I0733689

THE COLLECTED WORKS OF DULU WANG

王度廬選集

Author of Crouching Tiger, Hidden Dragon

《卧虎藏龙》作者

Wuxia Novels Volume Three

武侠小说集 卷三

金剛玉寶劍

寶刀飛

紫電青霜

雍正與年羹尧

DULU WANG

王度廬

Edited and Modified by Hong Wang

校訂者：王宏

JIANGHU PUBLISHING 江湖出版社

Copyright©2020 by Hong Wang
THE COLLECTED WUXIA WORKS OF DULU WANG
VOLUME THREE
王度廬武俠小說選集卷三

ISBN: 978-1-990113-39-0 (Paperback)
ISBN: 978-1-990113-45-1 (eBook-epub)
ISBN: 978-1-990113-44-4 (eBook-Kindle)

江 湖 出 版 社
JIANGHU PUBLISHING

Jianghu Publishing
PO Box 35075 Fleetwood Postal Outlet
Surrey, BC Canada V4N 9E9
www.jianghubooks.com

出版說明 （PREFACE）

Dulu Wang (1909-1977), was a famous Chinese Wu Xia (which literally means "heroes with martial art skills") writer in the 1930s and 1940s who wrote many novels including Crouching Tiger, Hidden Dragon (臥虎藏龍) Pentalogy which was adapted into a film under the title "Crouching Tiger, Hidden Dragon" by Ang Lee and his colleagues in 2000. Its spectacular action, rhapsodic landscapes and tragic romance have touched audiences in Asia, North America and around the world and won over 40 awards and was nominated for 10 Academy Awards, including Best Picture, and won Best Foreign Language Film, Best Art Direction, Best Original Score and Best Cinematography. In 2019, the film was ranked the 51st in 100 best films of the 21st century list by Guardian.

Wang was less interested in writing about ruthless killings; instead he focused on his characters' development, their emotions, friendship, and passions. Wang had great sympathy for women who suffered cruel oppression by the society, and his novels featured many strong female characters, warriors, and heroines. Most of his stories featured tragic endings. His perfect combination of wuxia, romance and tragedy in his novels have thrilled many critics and readers and this style has influenced many authors. During 1925-1949 Wang published more than 90 novels and thousands of articles and poems.

The Collected Works of Dulu Wang has many Wuxia novels including Crouching Tiger, Hidden Dragon Pentalogy. This Volume Three includes 《 金 剛 玉 寶 劍 》 Vajra Sword, 《寶刀飛》 Flying Sabre, 《紫電青霜》 Purple Light, Blue Frost, and 《雍正与年羹尧》 The Emperor and the Supreme Commander.

"Vajra Sword" was published in 1948. The story of this book occurred in the late 1790s of Qing dynasty and was about some knights fought to kill Heshen who was the most corrupt official in Chinese history.

"Flying Sabre" was published in 1948. The story of this book occurred in the early 1850s. In order to eliminate an evil, a knight was looking for a metal cutting sabre. He defeated many enemies and saved many innocent people including the young Cixi before she became the Empress. He also found his love with a poor girl.

"Purple Light, Blue Frost" was published in 1944. The story occurred in Qing Dynasty that some knights and normal people sacrificed their lives to make two steel-cutting swords (Purple Light and Blue Frost) and used them to kill evils who falsely accused Nian Gengyao and caused his death in 1726. Nian was a commander-in-chief of the forces sent to quell the uprising of the rebel of Qinghai, and was thereupon raised to a Duke of the First Class.

"The Emperor and the Supreme Commander" was published in 1947. The story occurred during the Kangxi period of the Qing Dynasty. The fourth prince secretly came out of Beijing to recruit knights and talents to help him seize the throne. After he became the emperor he eliminated all of his brothers and friends who helped him to power. A few years' later, heroine Lu entered the emperor's palace at night and killed him.

Jianghu Publishing 江湖出版社
www.jianghubooks.com

出版說明（PREFACE）

王度廬是中國著名的武俠言情小說作家，在上個世紀三四十年代曾發表过大量小說、雜文、詩詞等作品。《鶴驚昆侖》、《寶劍金釵》、《劍氣珠光》、《臥虎藏龍》、《鐵騎銀瓶》是王度廬創作的武俠悲情小說，通常被合稱為"鶴－鐵五部"。2000 年李安導演根據該系列改編的電影《臥虎藏龍》，曾獲得 40 多個國際電影獎，並榮獲了第 73 屆奧斯卡最佳外語片等四項大獎。

《王度廬選集》，收入了王度廬先生的包括"鶴－鐵五部"在內的不同時期的作品，王宏並對其做了一些必要整理和訂正。本书为《王度廬武俠小说》第三卷，包括四部作品：《金剛玉寶劍》Vajra Sword,《寶刀飛》Flying Sabre,《紫電青霜》Purple Light, Blue Frost, 和《雍正与年羹尧》The Emperor and the Supreme Commander.

《金剛玉寶劍》發表於 1948 年，描述了清朝中期一些俠客冒死刺殺中國歷史上最大的貪官和珅的故事。

《寶刀飛》發表於 1948 年，小說描述了俠客裘文煥在為了剷除邪惡而尋找一把削鐵如泥的寶刀的過程中同歹徒拼殺，搭救了年輕無助的慈禧姐妹和其他受欺淩的婦女，護得了一個平民姑娘愛情，最後得到寶刀的故事。《寶刀飛》可能是第一部把入宮前的慈禧，作為一位純真、浪漫而又不無"野心"的旗族姑娘加以描繪的小說。

《紫電青霜》發表於 1944 年，故事發生在清代，描述了幾個俠客和普通老百姓為被誣陷而死的年羹尧復仇的故事。年羹尧是康熙和雍正年間重要將領，曾平定青海叛乱，在擁立雍正帝即位時發揮重要作用。

《雍正与年羹尧》發表於 1947 年，本書描寫了清朝康熙年间，雍正（允禛）為夺取皇位微服出京，广结天下豪杰为自己效力，篡取皇位，之后將其兄弟及众豪杰一一剪除。為報深仇，呂四娘夜入皇帝深宮，將其殺死。

Jianghu Publishing 江湖出版社
www.jianghubooks.com

序 (Foreword)

徐斯年

　　王度廬是位曾被遺忘的作家。許多人重新想起他或剛知道他的名字，都可歸因於影片《臥虎藏龍》榮獲奧斯卡獎。但是，觀賞影片替代不了閱讀原著，不讀小說《臥虎藏龍》（而且必須先看《寶劍金釵》），你就不會知道王度廬與李安的差別。而你若想了解王度廬的"全人"，那又必須盡可能多地閱讀他的其他著作。這部選集收錄了他的一些代表作，這篇序文裏還會提及他的另一些作品，都有助於讀者認知全人。

　　王度廬，原名葆祥，字霄羽，1909 年生於北京一個下層旗人家庭。幼年喪父，舊制高小畢業即步入社會，一邊謀生、一邊自學。十六歲開始，先後在《平報》和《小小日報》發表雜文和連載小說（包括武俠、偵探、社會言情等類別），並曾在《小小日報》開闢個人雜文專欄"談天"，就任該報編輯。1933 年往西安，與李丹荃結婚，曾任陝西省教育廳編審室辦事員和西安《民意報》編輯。1936 年返回北平，繼續賣稿為生。次年赴青島，淪陷後始用筆名"度廬"，在《青島新民報》及南京《京報》發表武俠言情小說，同時發表的社會小說則署名"霄羽"。1949 年赴大連，任大連師範專科學校教員。1953 年調瀋陽，任東北實驗學校（即遼寧省實驗中學）語文教員。文革後期以退休人員身份隨夫人下放昌圖縣農村。1977 年卒於鐵嶺。

　　早在青年時代，王度廬就接受並闡釋過"平民文學"的主張。他的文學思想雖與周作人不盡相同，但在"為人生"這一要點上，他們的觀念是基本一致的。

　　從撰寫《紅綾枕》（1926 年）開始，王度廬的社會小說就把筆力集中於揭示社會的不公，人生的慘淡，以及受侮辱、受損害者命運的悲苦。

　　戀愛和婚姻是五四新文學的一大主題。那時新小說裏追求婚戀自由的男女主人公，面對的阻力主要來自封建家庭和封建禮教，作品多反映"父與子"的衝突——包括對男權的反抗，所以，易卜生筆下的娜拉尤被覺醒的女青年們視為楷模。到了王度廬的筆下，上述衝突轉化成了"金錢與愛情"的矛盾。

　　正如魯迅所說：娜拉衝出家庭之後，倘若不能自立，擺在面前的出路只有兩條——或者墮落，或者"回家"。王度廬則在《虞美人》中寫道："人生"、"青春"和"金錢"，"三者之間是相互聯係着的"，而在當時的中國社會裏，金錢又對一切起着主導性的作用。他所撰寫的社會言情小說，深刻淋漓地描繪了"金錢"如何成為社會流行的最高價值觀念和唯一價值標準，如何與傳統的父權、男權結合而使它們更加無恥，如何導致社會的險惡和人性的異化。

　　王度廬特別關注女性的命運。他筆下的女主人公多曾追求自立，但是這條道路充滿兇險。范菊英（《落絮飄香》）和田二玉（《晚香玉》）付出了生命的代價；

虞婉蘭（《虞美人》）終於發瘋，生不如死。惟有白月梅（《古城新月》）初步實現了自立，但她的前途仍難預料；至於最具"娜拉性格"，而且也更加具備自立條件的祁麗雪，最終選擇的出路卻是"回家"。

這些故事，可用王度廬自己的兩句話加以概括："財色相欺，優柔自誤"（《〈寶劍金釵〉序》）。金錢腐蝕、摧毀愛情，也使人性發生扭曲。人是"社會關係的總和"，他的社會小說正是通過寫人，而使社會的弊端暴露無遺。

在社會小說裏，王度廬經常寫及具有俠義精神的人物，他們扶弱抗強，甚至不惜捨生以取義。這些人物有的寫得很好，如《風塵四傑》裏的天橋四傑和《粉墨嬋娟》裏的方夢漁；有些粗豪角色則寫得並不成功，流於概念化，如《紅綾枕》裏的熊屠戶和《虞美人》裏的禿頭小三。

上述俠義角色與愛情故事裏的男女主人公一樣，也是現代社會中的弱者。作者不止一次地提示讀者：這些俠義人物"應該"生活於古代。這種提示背後隱含着一個問題：現代愛情悲劇裏的那些曠男怨女，如果變成身負絕頂武功的俠士和俠女，生活在快意恩仇的古代江湖，他們的故事和命運將會怎樣？這個問題化為創作動機，便催生出了王度廬的俠情小說，這裏也昭示着它們與作者所撰社會小說的內在聯繫。

《寶劍金釵》標誌着王度廬開始<u>自覺地</u>把撰寫社會言情小說的經驗融入俠情小說的寫作之中，也標誌着他自覺創造"現代武俠悲情小說"這一全新樣式的開端。此書屬於厚積薄發的精品，所以一鳴驚人，奠定了作者成為中國現代武俠悲情小說開山宗師的地位。繼而推出的《劍氣珠光》《鶴驚昆侖》《臥虎藏龍》《鐵騎銀瓶》[1]（與《寶劍金釵》合稱"鶴—鐵五部"）以及《風雨雙龍劍》《彩鳳銀蛇傳》《洛陽豪客》《燕市俠伶》等，都可視為王氏現代武俠悲情小說的代表作或佳作。

作為這些愛情故事主人公的俠士、俠女，他們雖然武藝超群，卻都是"人"而不是"超人"。作者沒有賦予他們保國救民那樣的大任，只讓他們為捍衛"愛的權利"而戰；但是，"愛的責任"又令他們惶恐、糾結。他們馳騁江湖，所向無敵，必要時也敢以武犯禁，但是面對"廟堂"法制，他們又不得不有所顧忌；他們最終發現，最難戰勝的"敵人"竟是"自己"。如果說王度廬的社會小說屬於弱者的社會悲劇，那麼他的武俠悲情小說則是強者的心靈悲劇。

王度廬是位悲劇意識極為強烈的作家。他說："美與缺陷原是一個東西。""向來'大團圓'的玩藝兒總沒有'缺陷美'令人留戀，而且人生本來是一杯苦酒，哪裏來的那麼些'完美'的事情？"（《關於魯海娥之死》）《鶴驚昆侖》和《彩鳳銀蛇傳》裏的"缺陷"是女主人公的死亡和男主人公的悲涼；《寶劍金釵》《臥虎藏龍》《鐵騎銀瓶》裏的"缺陷"都不是男女主角的死亡，而是他們內心深處永難平復的創傷；《風雨雙龍劍》和《洛陽豪客》則用一抹喜劇性的亮色，來反襯這種悲愴。

王度廬把俠情小說提升到心理悲劇的境界，為中國武俠小說史作出了一大貢獻。正如佛洛伊德所說："這裏，造成痛苦的鬥爭是在主角的心靈中進行着，這是一個不同

1　這裏敘述的是發表次序。按故事時序，則《鶴驚昆侖》為第一部，以下依次為《寶劍金釵》《劍氣珠光》《臥虎藏龍》《鐵騎銀瓶》。

衝動之間的鬥爭，這個鬥爭的結束決不是主角的消逝，而是他的一個衝動的消逝”[2]。這個“衝動”雖因主角的“自我克制”而“消逝”了，但他（她）內心深處的波濤卻在繼續湧動，以至遺恨終身。

　　李慕白，是王度廬寫得最為成功的一個男人。

　　有人說，李慕白是位集儒、釋、道三家人格於一身的大俠；這是該評論者觀賞電影《臥虎藏龍》的個人感受。至於小說《寶劍金釵》裏的李慕白，他的頭上決無如此“高大上”的絢麗光環。古龍說得好：王度廬筆下的李慕白，無非是個“失意的男人”。

　　在《寶劍金釵》裏，李慕白始終糾結於“情”和“義”的矛盾衝突，他最終選擇了捨情取義，但所選的“義”中卻又滲透着難以言說的“情”。手刃巨奸如囊中取物，李慕白做得非常輕易；但是他又投案伏法，付出的代價極其沉重。他做這些都是自願的，又都是並不自願的。出發除奸之前，作者讓他在安定門城牆下的草地上作了一番內心自剖，這段自剖深刻地展示着他的“失意”，這種心態可以概括為三個字——“不甘心”。

　　早期王度廬曾以“柳今”為筆名發表雜文《憔悴》，其中寫及自己當時的心態，與上述李慕白的自剖如出一轍。而在《紅綾枕》中，男主角戚雪橋為愛人營墓、祭掃時的一段內心獨白，其心態又與柳今極其相似。於是，我們看到了王度廬、柳今、戚雪橋（還有一些其他作品裏的男性角色）與李慕白之間的聯係——李慕白的故事，是戚雪橋們的白日夢；戚雪橋、李慕白們的故事，則是柳今、王度廬的白日夢。

　　不把李慕白這個大俠寫成一位“高大上”的“完人”，而把他寫成一個“失意的男人”，這是王度廬顛覆傳統“俠義敘事”，在中國武俠小說史上作出的一大貢獻。

　　玉嬌龍，是王度廬寫得最為成功的一個女人。

　　玉嬌龍的性格與《古城新月》裏的祁麗雪有相似之處，但是她的叛逆精神更加決絕、更加徹底。為了自由的愛情，她捨棄了骨肉的親情；同時，她也捨棄了貴胄生活，選擇了荊棘江湖，捨棄了“城市文明”，選擇了草莽蠻荒。

　　對玉嬌龍來說，最難割捨的是親情；最難獲得的，是理想的婚姻。她發現自己選擇羅小虎未免有點莽撞，所以又離開了他。她獲得了自由的愛情，卻在事實上拒絕了自由的婚姻。這與其說反映着“禮教觀念殘餘”、“貴族階級局限”，不如說是對文化差異的正視。儘管如此，這位“古代娜拉”並未“回家”，而是毅然決然地踏上一條不歸路。這條路是悲涼的，同時又是壯美的。

━ ━ ━ ━ ━ ━ ━ ━ ━ ━ ━ ━ ━ ━ ━

2　佛洛伊德：《戲劇中的精神變態人物》（張喚民譯），《二十世紀西方美學名著選》（上），第 410 頁，復旦大學出版社，1987，上海。

　　玉嬌龍和李慕白都是"跨卷人物"。《劍氣珠光》裏的李慕白寫得不好，因為背離了《寶劍金釵》中業已形成的性格邏輯。《鐵騎銀瓶》裏的玉嬌龍則寫得很好，她青年時代的浪漫愛情，此時已經昇華為偉大的、無私的母愛。她青年時代的夢想，終於在愛子和養女的身上得以成真，但是他們攜手歸隱時的心態，也與母親一樣充滿遺憾。

　　王度廬的上述成就，都是對於傳統武俠敘事的揚棄，這使他的武俠悲情小說擁有了現代精神。

　　王度廬又是一位京旗作家。

　　清朝定都北京之後，即將內城所居漢人一律遷出，由八旗分駐內城八區。王度廬家住地安門內的"後門裏"，其父是內務府上駟院的一個小職員。王氏一族當屬擁有滿洲旗份的"漢姓人"，雖無滿族血統，卻浸潤着滿族文化。

　　滿人崛起於白山黑水之間，民族性格剛毅尚武，自立自強，粗獷豪放。入關定鼎之後，宴安日久，八旗制度的內在弊端開始呈現，"八旗生計"問題日益突出，以至最終導致嚴重的存亡危機。王度廬出生時，恰逢取消"鐵杆莊稼"（即旗人原本享受的"俸祿"），父親又早逝，全家陷於接近赤貧的境地。他的早期雜文經常寫到"經濟的壓迫"，"身世的飄泊，學業的荒蕪"，疾病的"纏身"，始終無法擺脫"整天奔窩頭"的境況。他的許多社會小說及其主人公的經歷、心境，也都寄託着同樣的身世之感和頹喪情緒。這種刻骨銘心的痛楚，蘊含着當時旗人不可避免的噩運，漢族讀者是難以體會這種特殊苦痛的。

　　同時，王度廬又十分景仰滿族優秀的民族精神。他的作品，明確書寫旗人生活的有十多部；他所塑造的許多旗籍人物身上，都寄託着對民族精神的追憶和期許。

　　從這個角度考察玉嬌龍，首先令人想到滿族的"尊女"傳統。這一傳統的形成至少出於四點原因：一、對母係氏族社會的清晰記憶；二、以採集、漁獵為主的傳統經濟，決定了男女社會分工趨於平等；三、入關之前未經歷很多封建過程；四、旗族少女在理論上都有"選秀入宮"機會，所以家族內部皆以"小姑為大"。[3]玉嬌龍那昂揚的生命力，正是滿族少女普遍性格的文學昇華。《寶刀飛》可能是第一部把入宮前的慈禧，作為一位純真、浪漫而又不無"野心"的旗族姑娘加以描繪的小說。作者以"正筆"書寫入宮前的她，用"側筆"續寫成為"西宮娘娘"之後的她，沉重的歷史感裏蘊涵幾分惋惜，情感上極具"旗族特色"。

　　在《寶劍金釵》和《臥虎藏龍》裏，德嘯峰雖非主人公，卻可視為旗籍"貴冑之俠"的典型。他沉穩、老練，善於謀劃，善於掌控全域，比李慕白更加"拿得起、放得下"。他的身上比較完整地體現着金啟孮所說京城旗人遊俠的三個特徵：一、淩強而不欺下，一般人對他們沒有什麼惡感。二、多在八旗人居住的內城活動，沒什麼民族矛盾的辮子可抓。三、偶或觸犯權勢，但不具備"大逆不道"的證據，故多默默無聞。[4]鐵貝勒、邱廣超和《彩鳳銀蛇傳》裏的謝慰臣都屬此類人物。

─ ─ ─ ─ ─ ─ ─ ─ ─ ─ ─ ─ ─ ─ ─ ─

3　參閱關紀新《多元背景下的一種閱讀——滿族文學與文化論稿》，第219頁，遼寧民族出版社，2013，瀋陽。

4　參閱關紀新《老舍與滿族文化》第80頁所引，遼寧民族出版社，2008，瀋陽。

　　進入民國之後，由於政治、經濟原因，京中旗人的精神狀態呈現更趨萎靡甚至墮落之勢（《晚香玉》裏的田迁子即為典型），但是王度廬從閭巷之中找到了民族精神的正面傳承。《風塵四傑》實際寫了五個"閭巷之俠"——那位"有學有品而窮光蛋"[5]的"我"，也算一個"不武之俠"。作者清楚地認識到：雖然如今早非"俠的時代"，但是天橋"四傑"[6]身上那種捍衛正義，向善疾惡，剛健、豁達、堅韌、仗義、樂觀的民族精神，卻是值得弘揚光大的。這已不僅僅是對旗族的期許，更是對重振中華民族傳統美德的期許。

　　凡是旗人，都無法回避對於清王朝的評價。王度廬在雜文裏認為，"大清國歇業，溥掌櫃回老家"[7]乃是歷史的必然，人民期盼的是真正實現"五族共和"。他更在兩部算不上傑作的小說中，以傳奇筆法描繪了兩位清朝"盛世聖君"的形象。《雍正與年羹堯》裏的胤禎既胸懷雄才大略，又善施陰謀詭計。他利用"江南八俠"的"復明"活動實現自己奪嫡、登基的計劃，又在目的達到之後斷然剪除"八俠"勢力。但是，他對漢族的"復明"意志及其能量，卻日夜心懷惕懼，以至"留下密旨，勸他的兒子登基以後，要相機行事，而使全國恢復漢家的衣冠"。書中還有一位不起眼的小角色——跟着胤禎闖蕩江湖的"小常隨"，他與八俠相交甚密，又很忠於胤禎。"兩邊都要報恩"的尖銳矛盾，導致他最終撞牆而殉。作者展示的絕不限於"義氣"，這裏更加突出表現的是對漢族的負疚感和對民族殺伐史的深沉痛楚。王度廬對歷史的反思已經出離於本民族的"興亡得失"，上升為一種"超民族"的普世人文關懷。《金
剛玉寶劍》中的乾隆，則被寫成一個孤獨落寞的衰朽老人，這一形象同樣透露着作者的上述歷史觀。

　　滿族入關後吸收漢族文化，"尚武"精神轉向"重文"。有清一代，湧現出了納蘭性德、曹雪芹、文康等傑出滿族作家，其中對王度廬影響最大的是納蘭性德。"搖落後，清吹那堪聽。淅瀝暗飄金井葉，乍聞風定又鐘聲。"[8]納蘭詞的淒美色調，融入北京城的撲面柳絮和戈壁灘的漫天風沙，形成了王度廬小說特有的悲愴風格。

　　旗人的生活文化是"雅""俗"相融的，王度廬繼承着旗族的兩大愛好：鼓詞（又稱"子弟書"、"落子"）和京劇。他十七歲時寫的小說《紅綾枕》，敘述的就是鼓姬命運，其中還插有自創的幾首淒美鼓詞。至於京劇，據不完全統計，僅在《落絮飄香》《古城新月》《晚香玉》《虞美人》《粉墨嬋娟》《風塵四傑》《寒梅曲》

5　見王度廬早期雜文《中等人》，原載於北平《小小日報》1930 年 4 月 5 日 "談天" 欄，署名 "柳今"

6　民國初年，"天壇附近的天橋大多數的女藝人、說書人、算命打卦者都是滿人。" 轉引自關紀新《老舍與滿族文化》第 122 頁。

7　見王度廬早期雜文《小算盤》，原載於《小小日報》1930 年 5 月 20 日 "談天" 欄，署名 "柳今"

8　納蘭性德詞：《憶江南》——當年王度廬與李丹荃相愛，曾贈以《納蘭詞》一冊，李丹荃女士七十餘歲時猶能背誦這首詞。

七部小說中，寫及的劇目已達 96 折[9]之多！作為小說敘事的有機內涵，王度廬寫及昆曲、秦腔、梆子與京劇的關係，“京朝派”（即京派）與“外江派”（即海派）的異同，“京、海之爭”和“京、海互補”，票社活動及其排場，非科班出身的伶人、票友如何學戲，戲班師傅和劇評家如何為新演員策劃“打炮戲”，各色人等觀劇時的移情心理和審美思維……。他筆下的伶人、票友對京劇的熱愛是超功利的，而她（他）們的社會角色和物質生活則是極功利的——唯美的精神追求與慘淡的現實生活構成鮮明反差，映射着人性的本真、複雜和異化。他又善於利用劇情渲染故事情節和人物情感，例如《粉墨嬋娟》中，憑藉《薛禮歎月》和《太真外傳》兩段唱詞，抒發女主人公不同情境下的不同心緒，展示着戲如人生、人生如戲的微妙契合，極大地增強了小說的詩意。

　　入關以後，旗人皆認“京師”為故鄉，京旗文學自以“京味兒”為特色。王度廬的小說描繪北京地理風貌極其準確，所述地名——包括城門、街衢、胡同、集市、苑囿、交通路線等等，幾乎均可在相應時期的地圖上得到應證。《寶劍金釵》《臥虎藏龍》主人公的活動空間廣闊，書中展示清代中期北京的地理風貌相當宏觀，又非常精細。玉嬌龍之父為九門提督，府邸位置有據可查，作者由此設計出鐵貝勒、德嘯峰、邱廣超府第位置，決定了以內城正黃旗、鑲黃旗（兼及正紅旗、正白旗）駐區為“貴冑之俠”的主要活動區域。李慕白等為江湖人，則決定了以“外城”即南城為其主要活動區域。兩類俠者的行動則把上述區域連接起來，並且擴及全城和郊縣。《落絮飄香》《古城新月》《晚香玉》《虞美人》等社會小說中，主人公的活動空間相對狹小，所以每部作品側重展示的是民國時期北平城的某一局部區域：或以海淀——東單——宣內為主，或以西城豐盛地區——東單王府井地區為主，等等。拼合起來，也是一幅接近完整的“北平地圖”。上述小說之間所寫地域又常出現重合，而以鼓樓大街、地安門一帶的重合率為最高。作者故居所在地“後門裏”恰在這一區域，在不同的作品裏，它被分別設置為丐頭、暗娼等的住地。這反映着作者內心深處存在一個“後門裏情結”，他把此地寫成天子腳下、富貴鄉邊的一個小小“貧困點”，既體現着平民主義的觀念，又是一種帶有幽默意味的自嘲。

　　王度廬小說裏的“北京文化地圖”，是“地景”與“時景”的融合，所以是立體的、動態的。這裏的“時景”，指一定地域中人們的生活形態，包括節俗、風習。無論是妙峰山的香市、白雲觀的廟會、旗族的婚禮儀仗、富貴人家的大出喪、“殘燈末廟”時的祭祖和年夜飯、北海中元節的“燒法船”，以至京旗人家的衣食住行，王度廬都描寫得有聲有色，細緻生動。這些“時景”與故事情節融為一體，成為展示人物性格、心理的重要手段；它們同時也頗具獨立的民俗學價值。王度廬在小說裏常將富貴繁華區的燈紅酒綠與平民集市裏的雜亂喧鬧加以對比，他對後者的描繪和評論尤具特色。例如，《風塵四傑》裏是這樣介紹天橋的：“天橋，的確景物很多，讓你百看不厭。人亂而事雜，技藝叢集，藏龍臥虎，新舊並列。是時代

9　由於現存《虞美人》和《寒梅曲》文本均不完整，所以這一數字是不完整的。而未列入統計的《寶劍金釵》《燕市俠伶》等作品中，也常含有京劇演出、觀賞等情節，涉及劇目亦復不少。

的渣滓與生計的艱辛交織成了這個地方，在無情的大風裏，穢土的彌漫中，令你啼笑皆非。"他筆下的天橋圖景，噴發着故都世俗社會沸沸揚揚的活力和生機，嘈雜喧囂而又暗藏同一的內在律動；它與內城裏的"皇氣"、"官氣"保持着疏離，卻又沾染着前者的幾分閒散和慵懶。這又是一種十分濃厚，相當典型的"京味兒"！

　　"京味兒"當然離不開"京腔"。王度廬的語言大致是由兩部分組成的：敘事以及文化程度較高角色的口語，用的是"標準變體"，即經過"標準化處理"的北京話，近似如今的"普通話"；底層人物的語言，則多用地道的北京土語，詞彙、語法都有濃厚的地域特色，比一般的"京片兒"還要"土"。故在"拙""樸"方面，他比另一些京派作家顯得更加突出。

　　筆者認為，1949 年前促使王度廬奮力寫作的動力當有三種：一曰"舒憤懣"；二曰"為人生"；三曰"奔窩頭"。三者結合得好，或前二者起主要作用時，寫出來的作品品質都高或較高；而當"第三動力"起主要作用時，寫出來的作品往往難免粗糙、隨意。當然，寫熟悉的題材時，品質一般也高或較高，否則，雖欲"舒憤懣"、"為人生"，也難以得到理想的效果。是否如此，還請讀者評判、指正。

斯年於姑蘇香濱水岸，2020 年 6 月 [10]。

10　本文原係作者為北嶽文藝出版社《王度廬作品大係》所撰總序，移入本選集時作了一些刪改。

目录

目录

目录

《金剛玉寶劍》

DULU WANG（王度廬）

江湖出版社
JIANGHU PUBLISHING

Jianghu Publishing
PO Box 35075 Fleetwood Postal Outlet
Surrey, BC Canada V4N 9E9
www.jianghubooks.com

THE COLLECTED WORKS OF DULU WANG

王度廬選集

Author of Crouching Tiger, Hidden Dragon

《卧虎藏龙》作者

Wuxia Novels Volume Three

武俠小说集　卷三

金剛玉寶劍

DULU WANG

王度廬

Edited and Modified by Hong Wang

校訂者：王宏

JIANGHU PUBLISHING　江湖出版社

第一章　夜带柳梢春少年入梦　楼迷钗影艳倩女离魂

　　"金剛玉寶劍"這個名詞源於佛教故事，原是一種象徵及譬喻。但是據說在乾隆年間，就曾出現過一口銳利的鋼鋒，名字叫作"金剛玉"，由此劍，又曾引起過一件慷慨激昂，纏綿悱惻的故事，其中包含着許多俠客豪傑、美人淑女，而在故事的中心，卻又以距今一百五十年之前最大的豪門，乾隆朝的宰相和珅，作一個"樞紐"式的人物。

　　和珅的住宅，當年是在北平什刹海附近的三座橋，後改為恭王府，現在聽說是某大學的女生宿舍。占地很大，裏邊真是朱垣圍繞，畫棟雕梁，並有極為幽美的花園。據北平的一些老年人說，那就是《紅樓夢》裏的大觀園。自然經過了一二百年的世事演變，其中的舊觀多已更改，當年裏邊到底是甚麼樣子？曾經住過什麼樣的人？有過什麼事？也很難加以詳細考證了。

　　這住宅附近的什刹海，是北平城裏風景最清秀的地方。楊柳繞堤，像絕世的佳人在那裏排隊，個個細腰作出不同的嬌態，臨着春風，掠動着她們那毿毿的綠髮，梳理她們的晚妝。燦爛的雲霞鋪展在帝京的天空，印在水面上，波光粼粼，越發的綺麗。成群的烏鴉飛掠而過，漸漸地雲霞變紫，水色漸深，又好像是美人要睡了。暮色就如一幅淡青色的羅幔，徐徐地低垂着。

　　在這美麗的什刹海湖濱，此時有一個少年，沿着柳堤來回走着。他的軀幹長高，穿着元色軟綢的夾襖，顯得挺拔、英俊。他的辮梢挽在腰間的一條絲絛上，絲絛上又掛着垂着絲穗子的一口寶劍。

　　這個少年不住地向西邊去看，神情很是着急。他可又不敢向西邊靠近和中堂的宅第去走，只能在這裏徘徊。有時寶劍的鞘碰到柳樹幹上了，發出吧的一聲響。他把劍稍微抽出來一點，劍光立時與天上的星光相映，閃閃奪目，他趕緊又收入鞘裏了。天已經黑了，這堤上除了他，哪裏還有一個人？

　　堤當中有一座板橋，橋下有閘，水嘩嘩地直響。聽不見更聲，更望不見人家的燈火，只有西邊那三座橋頭，不斷有火球兒似的燈光飄過。飄過去一個，又飄過去了一對，那是轎子上和大鞍車上的燈光。轎子上和車上的都是往和中堂的宅第裏謁見的官，不然就是送金珠、送寶物的人。

　　少年想起和珅來，他就發恨，但他目前所焦急等候的那個人，也就在那顯赫、富貴，森嚴而綺麗的宅第之中，他急也是沒有法子。他還得站住，仰着臉望着天上的星星馳思、幻想，想着他前兩天在護國寺廟會裏遇見的，那個令一個僕人傳話來，囑他今天此時在這裏等候的人。

　　他可還不認識那個人，雖然當天就跟着人家的車，送到了人家的家門，也大略猜出那個人的身份來了，可還不知道叫他今夜來是有什麼事。不過他是願意來的，真願意來，因為這是一件奇遇。“身無彩鳳雙飛翼，心有靈犀一點通”。在和中堂的宅裏，此時大約正是綺筵方開，燈紅酒綠，笙歌未散，翠繞珠圍，不定有多麼熱鬧而豪華了。那個人在那裏是幹什麼了？想必跟他也是同樣的在着急，在等待。

　　夜愈深了，少年按劍，隔着柳絲去望遠處那三座橋。橋影模糊，漸漸的那車轎上的燈光又一個一個，一對一對，先後飄回去了。大概是上和珅宅裏去的那些官兒和送禮的人等，這時候才散淨。和珅宅裏的一些人也都該睡覺去了吧？可是那個人為什麼還不來？

　　如此又等待了許多時，夜露已濕了他的衣裳和寶劍。忽然他望見由黑糊糊的橋那邊，遠遠的晃晃悠悠地來了一粒極小的燈光，跟個螢火蟲一樣。他可立時就興奮百倍，急急地掠起衣襟，手按着劍柄，飛快地跑着迎上去，真如箭一般。霎時間他就到了那提着燈籠的人的臨近，把這人嚇了一跳，連燈籠都差點掉在堤旁的水裏了。

　　這人還是那天傳話的那個老僕人。牛角燈的光照着他那慘白的鬍子，他的身軀佝僂着，簡直好像是趴在地上走。他先高高地舉起燈籠來——他得先把少年的模樣兒弄清楚了呀！一看，真沒有錯，他就像怕有老虎要來似的，壓着蒼老的嗓音說：“大爺！這可是能夠要命，能夠掉頭的事情呀！您的命，她的命，還有我這條老命。大爺！您可要說真話，您真是蘇州葑門裏的人吧？您是姓伍嗎？”。

　　少年說：“我還能夠跟您說假話？前天在護國寺，你一問我的時候，我就告訴你了。我名字叫伍宏超，浪跡大江南北，走遍陝豫燕趙。我的姓名跟籍貫，從來沒有改過。我們本來素不相識，是她叫你找的我，又不是我找的她，我隱瞞什麼？”。

　　老僕人回答着說：“是，是，是！我叫王忠。以後您就叫我王忠好了！我伺候我們那位女主人多年了。咳！早先的事，現在我也不能跟您細說，我就告訴您吧！我們那位女主人現在要請您去。可是您也明白，她是和中堂府裏的人。府中的內院，除了我，是因為和中堂特別的恩典，許我進去，其餘的就是三尺童子，非呼喚也不准進去。進去被知道了，就得活活打死。您這麼大的一位年輕小伙子，現在這麼半夜裏，她可就要請您進去，究竟要幹什麼，我也想不出來。好像她是早就見過您，也許跟您有什麼要緊的話要說。現在就問您吧！您到底是敢去不敢去？”

　　少年微笑着說：“我為什麼不敢去？再厲害一點的地方我也敢去。”這老僕人王忠就把腳一跺，說：“好！您既豁出去了，我也豁出去了！那麼，就請您跟着我走！”少年伍宏超，就跟着這王忠，往西走去。

　　這老王忠走的真慢，半天，才走到了三座橋。卜的一聲，王忠就把燈籠吹滅了，由他帶着走進那和中堂宅第的正門。這廣亮的大門，氣勢真比得過王府。門只關了半扇，懸着的四隻大燈籠都沒有滅，人可大概都歇着去了，沒看見一個。更聲已經敲到四下，聲音離着好像很遠，可見這宅院太深。

　　又走半天，進了一條胡同，才到了宅子後的一個極小極狹簡直看不出來的旁門。王忠大概就是管這個門的，他一推門就開了，他就揪了伍宏超的衣裳一下，兩人一同走入，隨之，他又把這門兒給鎖上了。他慌裏慌張，好像全身都抽動着，只拉着伍宏超走。過了一個長條形的院子，登上遊廊，又轉過一個方形的院子，再穿過一間黑糊糊的小過廳，又登上一座假山石，盤下去，鑽進一個瓶形的門，斜着又上了廊子，下面有瀑布的淙淙流水聲。由此又進了一個亭子，而由亭子又進山洞，曲曲折折，忽高忽低。

老王忠畢竟在這地方熟了，所以他僅僅跌倒了三次，把頭碰傷了一回。他沒有出聲，幸虧沒遇見一個人，房子裏也都沒有燈亮。老王忠喘喘吁吁地，由山洞爬出來，卻又得上樓，轉過去，另外有一座像亭子又像樓的建築，裏面沒有人，可有傢俱，還有發光的，那大概是穿衣鏡，又有叮噹亂響的，那大概是奏樂的自鳴鐘。

出了這個半亭半樓的建築物，就都是走廊，樓上的走廊越發的縈迴、彎曲。走到盡頭，忽然看見了燈光，燈光是淡紫色的，浮在左邊一段樓廊上敞着門的一間室內。室內的裏間有一個圓形的冰炸梅式的小窗，燈光就是由這裏透過來的。這時，老王忠悄聲囑咐伍宏超在這裏站着等一等，他便先一人走入了內室。

伍宏超頭也有點暈了，他真不明白這些房子是怎麼蓋的，為什麼要蓋這樣令人不爽快的房子？他的寶劍幸虧摘下來在手裏拿着，不然連鞘都許磕壞。他把劍放在這樓廊的欄杆之上，樓廊下面有鬱鬱的花木，彎彎的發亮的月牙河，可見這裏是花園。他將掖在絲條上的衣襟抖落下來，辮梢也揪開，似乎最好這時找一面鏡子來照照，他好像有點自慚形穢似的，有點怕見那淡紫色燈窗裏的美人。

不多時，老王忠佝僂着腰走了出來，向他說：“快進去！快進去！可是別談得工夫太長，快點出來，我還要在這兒等着把你領出去呢！要不然你絕走不出去。”伍宏超卻搖頭說：“用不着，路徑我早就記住了，待會我自己會走，你請便吧！”老王忠又拉住了他，悄聲的說：“你今晚可千萬回你的住處，你明白吧？別害了她，也別連累上我！”伍宏超點頭說：“我都知道了！”說着他就走進了那敞着門的室內。

這室內的里間，垂着紫色的綢簾，比那窗上燈光的顏色稍微深着一點。而那冰炸梅式的細巧窗格上，糊的大概是紫色的綾子，裏面的燈光很亮，此時窗上映出來婀娜的人影，螺髮如霧，鳳釵搖搖，正是前天在廟會裏遇見的那位豔妝的，華麗絕色的女子。

伍宏超先輕輕咳嗽了一聲，遂即掀簾走了進去。就見室中的四壁金碧輝煌，而這女子穿的卻是一件極素淨的白綢羅衣。她的髮型，是巧妙的梳挽着螺形的雙鬟，所以看不出她是少婦，抑或是處女？她有着輪廓極好的清瘦的臉，皮膚細膩、皓潔，並施了輕輕的胭脂，或許是燈光的返照，使她的芳頰上有着像晨曦那麼微紅的顏色。她的眉像春風裏的柳葉，眼如晴空下的湖波，她的鼻梁和小口安置的都那麼恰當，叫人見了就愛，就像經過推敲的美麗詩句，而讓人永遠回憶，沒有法子忘記。她的美貌，總括起來是：彩筆不能描，香辭何易詠？尤其是在她左眉尖上有粒極小的紅痣，這更增助了她的嬌妍。

她苗條的身軀，傍着燈旁的紫檀茶几，婀娜地俏立着。見伍宏超進來，她只是嫣然帶笑，客氣地微微點了點頭。伍宏超不能太往近走了，就拱拱手，莊重地說：“小姐，你叫人找了我來，是有什麼吩咐？”

女子說：“您是不是蘇州葑門裏，伍家的三少爺伍宏超？”

伍宏超吃了一大驚，心說：她怎麼連我在家裏的排行，全都曉得？便問說：“那麼小姐，我聽你說話，還帶着點蘇州的口音，想必我們是同鄉了？我家裏的親戚朋友，女眷中的姊妹本也不少，可是我從十二歲就離開蘇州，今年的新年是第一次回去。我真忘了，想不起來小姐跟我是幾時見過面的？”

女子親熱地微微一笑，說：“我只見過您一回，那時候我八歲，才跟着我父親從鄉下搬到城裏，跟您住在一條街上。那一年，聽說您就跑啦……”她又趕緊改口說：“走啦！那條街上的人全都知道。後來，第二年我父親死了，我也就……”

她低下了頭去，悲戚若不自勝。

伍宏超真想不起來，幼年的時候附近居住的人家裏有什麼女孩子，便又問說：「小姐貴姓？」女子拭着淚說：「姓吳。」伍宏超又問：「那麼小姐的芳名呢？」

女子哽咽着說：「後來就改了名字，叫卿憐……」伍宏超一聽，這可不是什麼大方的名字，以為她或許是這裏的丫環，遂就說：「現在，小姐是在這裏……服侍人嗎？」卿憐搖頭說：「不……」她索性抽搐着痛哭起來了。伍宏超也不禁心中酸楚，便進一步地問說：「你是怎麼到的這裏呢？」說時，只見卿憐已經泣不成聲。

眼前，真如一枝梨花春帶雨，伍宏超十分地作難，就忿然地說：「你也不必再哭了，你的事，不用細說，我也知道了。我告訴你，今天你就是不找我，早晚我也是要到這裏來的。我十二歲離家，在外習文學武，至今又是十二年了。此次來到北京，我不為別的，只是為找和珅來報仇。遇着你更好，我要連你的仇，去找和珅一齊報！」

卿憐趕緊收住眼淚，走過來把他阻止，一手揪住了他的胳臂，兩隻眼睛驚惶地不住東瞧西望，說：「你千萬要小聲點說話！叫人聽見了可了不得！」

伍宏超冷笑着，搖頭說：「也沒有什麼，我並不畏懼和珅，不過既有你在這裏，我確實覺得有些投鼠忌器，不如明天我就設法先送你回家？」

卿憐擦擦眼淚搖頭說：「現在我可還不願意……」又嫣然地微笑說：「我也不知道是為什麼，一見了熟人，本來想是很喜歡，可是現在又哭了。其實我也沒有什麼太多的為難的事，得啦！都不用提啦！今天我請三少爺來……」

伍宏超說：「你不要這樣叫我。」

卿憐說：「那麼……」臉一紅，又說：「那麼我叫您哥哥吧？我也應當這樣叫。小的時候在蘇州，我常在您家的大門前玩，可是因為您不常出門，所以我只見過您一次，我就永遠也沒忘。今天，我喜歡極了，我要托您去辦一件事……」

伍宏超問：「什麼事？」

卿憐說：「慢慢再說吧！先不忙，您現在住在哪兒？」

伍宏超說：「我就住在護國寺街茂興和花廠朋友的家裏。」

卿憐點點頭說：「以後要是有事，我就派王忠去請您。您可別自己來，因為這地方路太不好找，我又不在這屋裏住。現在我們見了面就得啦，總算我也有了一個親人，天也不早啦，我叫王忠把您領出去吧？」

伍宏超搖頭說：「不用，我會自己走。」

卿憐仰着臉兒，似乎又要流淚，說：「我真膽子小，不敢留您在這兒多待，可是我一定不能忘您，您跟我的……哥哥一樣。我還有幾首詩……」她赧愧地低着頭，又笑着說：「作得不好，將來我還要送去，請您改一改……」

伍宏超實在是不願意聽她再向下說了，她這樣地忽啼忽笑，找了我來又催着我走，又談到作詩，真不知她是什麼脾氣？遂就說：「我現在要走了，以後有什麼事情，你就叫人去找我吧！」

卿憐點了一點頭，然而她微笑帶淚的美麗臉龐上，尤其是那凝滯的目光，確實含着留戀不舍之意，她用手又拉住伍宏超的胳臂，伍宏超這時才注意到她的手腕上，有一隻晶瑩的白玉鐲子。

燈光也不像剛才那樣地亮了，淡紫的窗櫺顯着有點發黑。卿憐掀開那門簾，送伍宏超出了外面那沒閉的門，來到了樓廊上。此時已經看不見老王忠了，天也不知是什麼時分。伍宏超就說：「你不必送了，我會自己走。」卿憐卻說：「沒有人領着路，您怎麼能夠走得出去呀？”

　　伍宏超微微一笑，先把衣襟掖好，自欄杆上拿起了寶劍，他卻登上了欄杆。卿憐的手仍然揪住他的衣裳，驚惶着說：“您是要幹什麼呀？”伍宏超說：“我就從這兒跳下去，方便又省事。”卿憐緊緊地揪住他，聲音顫抖地說：“不……不行！那不要摔了？”

　　伍宏超微笑着說：“一點摔不着，難道你還沒看出來我是個什麼人？現在我只勸你，若有事，趕緊就去找我。你不要在這裏甘心受罪，那和珅算不了什麼。”卿憐悲聲說：“是，我知道，哥哥……”伍宏超低頭看着她那模糊的俏影，問說：“你還有什麼事？”卿憐卻仿佛不能說了。

　　這時遠處更聲已交了五下，天快明了，伍宏超就輕輕地將揪着他衣裳的那只柔細的手抬開，說了聲：“再見吧！”便身如鷹隼，跳下了高樓。只聽上面“哎呀！……”一聲，那是卿憐的嬌聲驚叫。

　　伍宏超腳已踏到平地，仍恐卿憐以為他是摔死了，便將寶劍抽出，光閃閃的，舉着向上晃了幾下，為的是叫上面的人看見，好放心。不料他正晃着，卻聽得颼的一陣風聲，像是一支弩箭，正從他的肩旁擦過去。他疾忙將身下伏，覺得又有第二支箭從左側射來，他一下用手將箭捏住，心說：不好！這裏原來有能人！

第二章　　舞劍飞刀深邸惊怪侠　集龙会虎孤掌斗群英

　　伍宏超當時將得來的短箭銜在口中，劍鞘掛於絲條，身軀就地斜伏，胸仰眼視，劍口向下，準備着對方來到，便即橫擊。然而等了一會，並不見對方前來，箭也不再射了。他心說：這可奇！莫非是有意戲耍我？

　　此時他最不放心的是卿憐，恐怕那射箭的人上了樓了，卿憐可必要遭受欺侮。於是他立即颺地躍起，足尖在地輕點，躍步又奔向那樓廊。這樓廊的下面，本來有一棵小樹，他以靈猿盜果之式，攀上了小樹，再向上一躥，就又翻過了欄杆，重到了那樓廊之上。但見那剛才不關的門，此時卻已經關上了，用手推，也沒有推開，扒着門縫向裏瞧，淡紫色的燈光早已一點沒有。

　　他正在想主意，仿佛只有再見一見卿憐才得安心。然而，下面有一個人也直躥上來，登着欄杆，旋刀向他就砍。他疾忙撤步，左腳用寒雞縮爪之式，劍卻隨腕倒掛，先護住了身。對方的模樣兒，他還沒有法子看清，只仿佛是一個小胖子，頭上包着許多布。那小胖子砍來一刀沒有夠着，便在欄杆上一跺腳，推刀撲奔了下來，刀如閃電，向下揮轉，其勢甚猛。這地方太狹，伍宏超只得緊貼牆壁，用連珠步避開。他讓開了對方的刀，同時又用懷中抱月式，劍花自前放出，唰的一聲，反取小胖子。這小胖子似乎敵不住伍宏超的渾厚腕力，不得不疾速地將兩腿一絞，用絞花步變換了方向，又騰身上了欄杆，預備着要跑。

　　伍宏超用舌一撥口銜的短箭，咬得緊緊的，然後噗地猛力一噴，這支箭便一直噴出。那小胖子似乎沒防到這一手，立時身向後仰，一片秋葉似的就掉下了樓。伍宏超卻仍不放過，碾步提身，颺地又跳出了欄杆，再落於平地。他掌劍護身，向四下裏一看，那小胖子也真可欽佩，受傷不受傷倒不知道，可是早已蹤影皆無。伍宏超不由暗覺着詫異，可也沒見小胖子再勾什麼人來，他更覺着奇怪。此時東方漸露曙色，夜幕漸漸地卷起，這花園的一切景物，漸如淡墨畫的似的，現於眼底。雞聲已起，他不能再在此地停留，遂就飛快地奔向了近處的一段高牆，翻了出去，離開了這和珅的巨宅。

　　伍宏超在這曉煙彌漫之中，收劍抖衣，打着哈欠，一步一步地走往他的住處，心裏想着：從哪裏來了這麼一個小胖子？此人又是和珅家裏的什麼人呢？他越想越納悶。和珅的家，簡直像是一個又大又奇怪的悶葫蘆。這一夜，沒想到竟在悶葫蘆裏轉了半天。他現在身體實在疲倦了，可是仍不服氣，願意那個小胖子再來！他的心裏又很難受，像是認了一個親胞妹，更像是見着了髫齡之時訂下的多年也沒見面的未婚妻。而她，又正被困在那大悶葫蘆裏。他想揮劍把那葫蘆劈碎！她可又攔阻，暫時還不叫劈。伍宏超一邊走着，一邊又打哈欠、又歎氣。昨天這半夜過的真太離奇，使他的腦子亂得很，一會是很氣憤，想着：鼠輩！小胖子！你再來呀！一會又十分難過，恨不得再勸勸吳卿憐：妹妹！你不要哭了！

回到住處，他什麼東西也不吃，先倒頭睡了一個大覺。直到過午，方才起來，他回想昨夜的情形，簡直像是一個怪夢，心想：江湖上的怪事雖有，然而不如和珅家裏的多，和珅我倒真得會一會。

伍宏超的這個住處，是他朋友開的一個花廠子。他的這個朋友姓馮，名字叫茂興，所以花廠的字號就叫茂興和。這馮茂興先前往來陝甘與北京之間，是個販皮貨的。有一次他在黃河岸邊遇着了強盜，把貨物劫了個精光，他也身受重傷。幸虧伍宏超遊至該處，聞說此事，非常地忿怒，便仗劍往尋那些個強盜，刀劍相拼，惡鬥了一場，將貨物全都追回。伍宏超保護着馮茂興在那裏養了一個多月的傷，傷癒之後，又送到了直隸省的境界內，二人方才分手。臨分手之時，馮茂興要把金銀送給伍宏超作為謝禮，但伍宏超卻正色拒絕，並且還直生氣。馮茂興感恩戴德，只說："沒有別的，將來您幾時到了北京，千萬去找我，我們算交個朋友吧！我這輩子也忘不了您！"

馮茂興這個人是很誠樸的，自被救回到北京，就再也不敢出外做買賣了。他改了行，開設花廠。因為他本來就住在護國寺的附近，這裏的花廠又很多，一些人家，都到這裏來買花，所以他的買賣很興隆。這幾天又來了伍宏超，他樂極了，極力殷勤招待，並請伍宏超在他的家裏住着。聽說伍宏超想在這裏長住，他更是喜歡，便去托人，想給伍宏超活動個官什麼的去做，譬如捐個候補知縣，或捐個不用做事光領俸祿的郎中。馮茂興也能籌畫出來那筆錢，無奈伍宏超絕不肯幹，就是給他個尚書、侍郎，他大概也不肯幹。但他要幹什麼呢？原來他是專專地要去那由和珅和中堂兼管的神箭營，其實那裏就是為選拔他宅中的家將之用的。

見伍宏超睡醒了，馮茂興就擺上了專給他預備的午餐，有紅燒雞、白煮肉、燴三鮮、醬汁魚、海參湯，還有八寶飯，因為得有一件甜菜；另外還有從老便宜坊叫來的一隻又肥又嫩的大烤鴨，預備着玫瑰露和陳紹酒狀元紅跟蓮花白；小菜就不用說了，海蜇、蝦仁、變蛋、魚鬆一切俱全，另外還有乾鮮水果，只是沒有燕、翅。

伍宏超就不大高興，說："馮兄，你是怎麼了？你這樣是對我下逐客令麼？我們是至交，我在你這裏住着，彼此應當隨隨便便地，何必要這樣？"馮茂興一面給他斟酒，一面趕緊解釋，笑着說："不能天天這樣，今天我是給老兄弟你賀喜。"

伍宏超一聽，不由得倒臉上發熱，心裏覺着奇怪，就聽馮茂興說："老兄弟你有了喜事啦！哈哈！"伍宏超說："你瞎說！"馮茂興說："怎麼是瞎說呀？是真的，和中堂的府裏，您快進去啦！"伍宏超更為驚訝，趕緊問："是誰跟你說的？"卻聽馮茂興說："誰跟我說的？昨晚上，人家就給我送信兒來啦！可是我怎麼找也找不着你，一夜你也沒回來。我就猜出你一定是上八大胡同什麼樓、什麼院，找美人兒去啦……"伍宏超聽了，更不明白。末了，馮茂興才說出來，原來是神箭營明天要在北箭亭挑缺，人家已經來下了通知，叫已經由馮茂興替報了名字的伍宏超，務必前去應考。

馮茂興說："因為老兄弟你旁的事都不幹，偏想幹這個事麼！其實神箭營的差使雖低，可是也有前程，和中堂現在是專要在神箭營裏挑選出一個武藝超群的英雄，去給他府裏護院……"

伍宏超說："護院我也願意幹！"

　　馮茂興說：“給他府裏護院可有好處。和中堂富可抵國，金銀成山，給他幹事，還能少掙金銀嗎？和中堂位極人臣，跟乾隆老佛爺是兒女親家，在駕前說一不二；給他護院，他若看中了你，保舉一下，還發愁不能作官嗎？不過，可也難！聽說此次和中堂要選拔出來精通十八般武藝的，每樣只要一位，十八般武藝全是什麼呀？”

　　伍宏超說是：“刀槍劍戟，斧鉞鉤叉，鐺棍槊棒，鞭鐧錘抓，拐子，流星。”馮茂興點頭說：“我看你一定能行！你平日出來進去的永遠帶着寶劍，劍一定是你的拿手，能占一樣兒，就准挑的上！”伍宏超說：“其實我十八般武藝，件件精通。”

　　馮茂興喜歡得跳起來說：“那更好啦！可是聽說明天去挑缺的英雄多極啦！全是各路的鏢頭武師、豪傑好漢，都願意進和府去發財，倒不是為在神箭營當那份苦差。昨天來送信的人，說了一大套那些人的名字，是關照咱們，叫你好有些預備。他說你一定能夠都認識，他都跟我說了那些人的名字，簡直是一大騾車，個個好像是天神下界，魔王臨凡。我真記不住，就叫他當時抄了一張單子，留着好給您看，一共是十八位，別的人我還沒叫他寫。他說到了時候，和中堂一定叫來一場大比武，所以你先斟酌斟酌，看看單子上的人哪個不好惹，咱們就想個法兒，到時躲着他。”說時，從桌子抽斗裏拿出來一張紅紙單，遞給了伍宏超。

　　伍宏超就一邊飲着玫瑰露，一邊去看，只見上面寫列着：

使刀者賽雲長胡帆

使槍者猛翼德韓進

使劍者小專諸陳悠

使戟者病呂布劉灼

使斧者亞咬金郭揚

使鉞者無敵衛士趙永才

使鉤者狠賽墩常奉

使叉者開路天王保一傑

使鐺者推山虎焦定

使棍者火眼悟空唐二雄

使槊者短無霸龐飛

使棒者老雄信單彪

使鞭者金尉遲張恭

使鐧者銀叔寶馮瓊

使錘者博浪椎今世岳雲張廣仲

使抓者黑存孝李褒

使拐子者跛神仙程三杵

使流星者金臂飛俠凌萬江

　　伍宏超看了，不住地哈哈大笑，笑得肚子發疼，他說：“這些人都是瞎湊的，綽號也是臨時編的，原來他們不定姓什麼呢？一定都是些江湖上的混子，湊上一些人，請一位先生來，給他們每人另起一個名字，再根據古人或找個說書的人，遷就着使的那一把傢伙，起一個厲害的綽號……”馮茂興搖頭說：“不！那金臂飛俠凌萬江，就是北京城有名的老英雄，無人不知，我跟他還沾着一點親戚呢！”伍宏超說：“那也許只有他一個人的名字是真的。”

　　伍宏超把單子收在懷裏，照舊泰然地吃酒挾菜，但想了想，他就忍不住地又要笑，說：“這所謂的十八般武藝，原是俗稱，如今江湖道上的人是這樣的講，其實不對。在陝西紫陽縣，我跟我師父習學武藝的時候，他老人家告訴我，十八般武藝乃戰國時孫臏、吳起所傳，分為九長九短，九長是：槍、戟、棍、鉞、叉、钂、鈎、槊、環；九短是：刀、劍、拐、斧、鞭、鐧、棒、錘、杵。今春二月，我在江南又拜會了著名的拳師郝燕翎，他講的十八般武藝是：一弓，二弩，三槍，四刀，五劍，六矛——矛即是槊——，七盾，八斧，九鉞，十戟，十一鞭，十二鐧，十三撾，十四殳——殳就是竹杖，一丈二尺長，有棱而無刃——，十五叉，十六把頭——把頭也跟藤牌差不多，射獵人用它藏身——，十七綿繩套索，十八白打——就是不持寸鐵，白手相搏。”

　　馮茂興簡直都聽怔了，說：“哎呀！我的老兄弟，你難道全都會嗎？”

　　伍宏超搖頭說：“雖說全會，但旁的兵器，我都不喜歡使用。我也並非驕傲，可是那些人我實在看不起。我想：只我這一口青鋒寶劍就能將他們一一打服！那些人的十八般武藝，三十六般武藝，我全不畏懼。”

　　馮茂興說：“不過我們那個親戚，金臂飛俠凌萬江，你要關照他點！可也得小心他點！”

　　午飯用畢之後，伍宏超也沒有出門，他躺在馮茂興給他收拾得很乾淨的屋裏的床上，就把那張會使十八般武藝的十八位豪傑的名單，翻來覆去地看，這些人就是他明天的對手。然而，他真是沒有放在心上，他只是凜懼地在想：和珅現在既要選拔英豪，可見以後他那宅子防範得更得嚴密了，我要不趁此時進他的宅中，以後再想進，可就更難了！由此，他便又想起十二年之前和珅與他家所結下的深仇大恨，不由得氣忿填胸。對於那被難的昔日鄰女吳卿憐，他更感覺是非去救助不可，得叫她逃開那地獄一樣的似海侯門。更得去找一找那小胖子，看他到底是和珅家裏的一個什麼東西？事不宜遲，明天非得施展身手，壓倒那些人，叫和珅選中我，當他的隨身護衛。隔窗吹來了一陣陣的花香，令他又不禁想起了昨夜相會的那個美人，尤其留戀她那眉尖的一顆紅痣。

　　這夜，他把精神養得十分充足，到次日一清早，就聽馮茂興隔着窗叫他：“該走啦！老兄弟！你今天更得打扮打扮，因為挑缺也得論相貌，老兄弟，快着點呀！”

　　他興奮地起來，梳洗完畢，換上了一身青綢子的褲褂，外罩藏青色寧綢的長袍，腰間仍繫絲條，佩帶上今天他要力敵萬人的青鋒寶劍。馮茂興給他雇來了一輛小騾車，並且陪着他，一同走去了。天晴無雲，太陽升起來了，像個火團，越發振起來豪傑的意氣。

　　北箭亭在北平的內城裏，皇城的東北角，是琉璃瓦蓋成的一座亭台。還有一塊平坦的廣場，是為神箭營及其他的營官們，在此練習弓矢，或選拔擅長騎射的人材的地方。今天來參加選拔的有一些是貴族子弟，他們早就託人情補上了名字，現在來應試不過是官樣文章，反正一定能取中。而取中了就可以一輩子有錢糧，可以永遠不摸弓箭。他們平日就只會提着鳥兒籠子清晨上茶館，今天不過是暫時把鳥籠放下，各自拿上一份鏽箭殘弓。所以早就都來了，聚在一塊兒談閑天。此外，就是那十八位大英雄，有老有少，有的是面帶刀痕，有的是連串麻子，長得沒有一個好看的，打扮的也都差不多：小辮紮頂，敞胸露懷，腰繫板兒帶子，下登抓地虎的靴子。這都是些鏢頭好漢們，如今也是應徵前來，希望中堂錄用。

　　十八般武器都已預備齊全，擺在四座兵器架子上。這些傢伙，除了刀槍棍棒，很多都是不常見的。所以圍了一大群人，女人跟小孩也不少，賣吃食的也趕來做買賣。差官們很多，他們頭戴紅纓帽，身穿馬蹄袖的箭袍，挎着腰刀，足登薄底官靴，驅逐着閒人，喊着：「閃開！閃開！中堂可快來啦！」

靠近西首的幾棵小槐樹的旁邊，停着十幾輛簇新的騾車，車上坐的都是今天這裏的試官或差官的女眷。她們都是旗婦的打扮，梳着兩板頭，也是來看熱鬧的。

亭臺上已經到了不少的官員，他們時時把懷錶掏出來看一看，都很着急地說：「中堂怎麼還不來呀？」

伍宏超腰掛寶劍，到此下了車。馮茂興先引着他去見一個差官，就是這一次給伍宏超報了名，托了人情准許他來應試，並且前天去送信兒的那個人。馮茂興說：「見見！這是趙佐領，人家很幫咱們的忙！」伍宏超就拱手，表示謝意。

趙佐領年約四十餘歲，很是和藹，他說：「都是自己人，用得着客氣嗎？今天挑缺是破例，漢人也可以來，只要有本事，一樣能被錄用。因為中堂是存着一個私心眼兒，大家也都明白。所以，今天弓箭倒在其次，主要的是……」手指着那邊的兵器架，說：「那十八樣兒傢伙，能夠拿得起一樣兒來，就行！」

馮茂興說：「我們這位老兄弟，寶劍是耍得好極啦！」

趙佐領說：「這真好極啦！待會兒，我一定最先叫他的名字。反正，我敢說一句：准能叫他考得上！你們二位先上那邊歇一歇去吧！」

伍宏超轉身，跟着馮茂興往挑缺的人應站的那地方去走。忽然，馮茂興又看見了他的熟人，他向南指着說：「快看！那邊來的就是金臂飛俠凌萬江，我們是親戚，咱們過去先打個招呼好不好？」伍宏超卻攔住他，說：「何必？何必？」雖然馮茂興跟那金臂飛俠據說是親戚，但是大概平日走得也不怎樣近，所以，他遠遠招呼了一下，人家並沒理他。

金臂飛俠凌萬江，是一位身軀雄偉的人，年已五十多歲，可是沒留鬍子，看他那走路時的輕便強健，就知道工夫不淺。跟他來的是一個十八九歲的大姑娘，穿着一身藍布衣褲，好像是他的女兒。伍宏超對於人家的女子，不好意思特別地去注意，何況又離着很遠。凌萬江往那十八位大英雄的群裏走去，那些個人都對他顯出來恭敬。而那位穿藍布衣褲，衣裳上有幾塊補丁的大姑娘，卻走向那看熱鬧的人叢之中去了。當然，馮茂興也得往那邊去，別處是不許他站的。

人是越到越多，車也來了不少輛，突然聽見：「嘘！嘘……」許多位差官嘴裏全都這樣的響着，這是叫人該回避的快回避，該肅然的即速肅然，還有人悄聲的互相警告着：「來啦！來啦！和中堂來啦！」可以望見南首起了一片煙塵，滾滾的，越來越近，這是對子馬先來打通知。兩個差官到臨近一齊下了馬，順着紅纓帽淌着汗，他們把馬交給別人，吩咐着：「戒備！」

伍宏超此時也是在挑缺的人叢中站着，但距離亭子並不遠，所以他看得很清。檯子上的一些官員，大多數是戴着頂兒，翎子的，一齊下了臺階，排立着，恭謹地迎迓。

這時，先來到的是幾輛特別新的大鞍車，都用菊花青的大騾子挽着，趕車人的衣服也十分的華貴。車子咕嚕咕嚕地一直趕向西首小槐樹的旁邊去了，把那邊先到的一些眷屬們坐的車，逼得直向後退，而它們佔據了最眼亮，即最容易往這邊看的地方，好像是戲院的包廂。伍宏超不由心裏一動，知道這必定是和珅家的眷屬了。他趕緊注目去看，可是那邊的幾輛車全都掛着、嵌着一塊方紗的車簾，什麼也看不見。

此時，這麼多的人，幾乎沒有一個敢大聲說話，尤其是那邊的十八位英雄，個個擦拳磨掌，躍躍欲試，顯出來加倍的緊張。

第三章　试场来香车珠帘望断　交锋出素手贫女扬威

　　伍宏超此時尤其地興奮，因為說不定那幾輛車裏，就有前夜與他相會的那位呼他為哥哥的美人。他恨不得走過去，掀着那一個個的車簾去看，當然這是不可能的。

　　又有兩匹對子馬飛馳來到。待了一會，就聽見遠處傳來當當當，連續不斷的開道鑼聲。漸漸可以看見，鑼一共是兩對，敲鑼的人都穿着號衣，頭戴高高的紅氊帽。後邊是一對對的紅漆木牌，上面按照着和珅的官銜寫着什麼"賜同進士出身"、"侍衛總管儀仗"、"軍機大臣上行走"、"尚書大學士"、"晉封一等公爵"，大概把他的履歷全都寫上了，只是不寫他的兒子娶了公主。鹵薄越來越近，鑼聲震耳欲聾，差官們齊都弓上弦，刀出鞘，保護着過來的一頂八抬的綠呢大轎。

　　抬轎的八個人全戴着綠纓帽，生得也好像一般高，他們一致地掄着胳臂，平平穩穩地將轎抬到那亭子的階下，抽了轎竿。官員們一齊趨近轎前請安，有人就把和珅扶了出來。伍宏超氣忿填胸，強自忍耐着，想起他家與和珅十二年前結下的深仇，想起吳卿憐被這儓夫佔據和污辱，他恨不得這就拔劍近前！

　　和珅是一個細身材的人，他彎着腰，兩條腿患着軟腳症，所以得一半用人攙扶。他有着稀稀的兩撇八字黑鬍子，年紀不過五十來歲，臉是又白又瘦，眉目倒還端正。年輕的時候也許是一個美少年，小眼睛露出聰明的樣子。他頭上戴的是頭品頂戴寶石頂子，插着一根雙眼大花翎，蟒袍黼掛，下襟的前後都是金線繡的海水江涯，脖子上掛着大串珊瑚的朝珠，手上戴着翠玉的板指。跟班的還給他拿着玳瑁眼鏡和金水煙袋，前護後擁地，他就上去坐到了亭子的當中。

　　下面的人全都在着急，應試的人是恨不得當時施展身手，奪得錦標；看熱鬧的人是都直着脖子，急待着：為什麼還不快着點呀？獨有伍宏超只是注意那幾輛車的車簾，可是人家的車簾又總也不卷。車裏的人隔着那塊紗可以把外邊人都看清楚；但從外向裏看，尤其是這麼遠，卻真難！

　　這時，伍宏超又看見了那個跟着金臂飛俠來的大姑娘。這姑娘年雖已將及笄，卻也頗為窈窕，背後垂着一條大辮子。她一會兒跑到看熱鬧的人群中，一會兒又鑽進十八名英雄的群裏去找那金臂飛俠，好像那雖是她的長輩，卻又不像她的爹爹。金臂飛俠是兩個高顴骨，在那裏正對着別人說話，露出仿佛是山陝的口音。而那姑娘呢，最顯眼的是一雙天足——大腳，可見她是旗人。她雖然衣裳穿得破舊，卻是興致勃勃地走過來，走過去，仿佛只有她認識的人多，也只有她能幹。她的一雙大眼睛，從老遠就能看得清楚，就好像在那裏撩人。她的身體發育得挺勻稱，這也許是因為她穿的衣裳緊瘦之故。總之，她在這裏是很引人注意的。

　　忽然，上面傳下話來了，又聽見有金器當當的清脆緊敲之聲。有人便在很遠之處，安設上了箭靶（鵠），先請那幾位大爺來表演。箭靶子是木頭框，當中用紙糊的，上中下塗着三個紅色的圓圈。一位身穿青馬褂，臉刮得十分乾淨的貴族大爺，就站在六七十步以外，撚箭拉弓。這也真不容易，弓雖不算太硬，也夠瞧的。像這樣的貴族大爺，平常在家裏一點力氣都懶得用，現在只為挑上這個缺，事先也得經過練習，受過點苦：就是將兩隻膀子吊平了，下面用兩根木棍支着，口裏還得唱着歌，為免得兩臂痛苦難忍。這樣至少得練半個月，如今才敢上場，這是因為在拉弓的時候先得有個樣子。

　　這位大爺用牛角的板指扳住了弓弦，只這麼一拉，雖然弓拉得不算飽，但那種挺胸、張臂、瞪目的樣子也很可觀。旁邊站着的差官，明中雖為監視他射箭，其實早就托好了人情，或本來就是老親舊友。那人清亮的喉音喊了一聲：“一發！”箭就帶着響聲颼地射了出去，但及至落了地，離着那箭靶子還有四五步遠，沒有射着。再來第二支，於是這位貴族大爺再拈雕翎，那差官又高喊着：“二發！”這支箭倒是射出很遠，可是那邊的箭靶子依然無恙。

　　這位大爺犯了貴族脾氣，說：“今天倒楣！”他掛上了氣兒，彎弓三射，那差官又喊：“三發！”這支箭射得真准，差點沒射傷了給他喊着的這位差官，離着那三個紅圈，至少還差着五丈。可是噗的一聲，在最下面的紅圈上被打了一個大窟窿，同時箭靶子也倒了。原來在那箭靶子的近處早已安設下了人，等着這位大爺三箭射不着了，就拋上一塊磚頭。差官就喊起來：“三箭中！”旁邊的人雖多半都已看出來了，可是也不足為奇，向來挑缺射箭就是如此，於是這位大爺就算中了。

　　亭裏的和珅戴着玳瑁眼鏡雖沒看清，可是他猜得出是這麼一回事，就擺手說：“算了吧！叫他們都歇會兒去吧！別再糟踐我那好紙糊的箭靶子啦，就算他們全都中啦！”他氣得兩撇小鬍子都撅了起來，又傳下話來說：“叫那些會武藝的，都在我的面前施展施展！囑咐他們彼此都別客氣，只要別弄出人命就行！”

　　對於今天這事，他倒真是關心。他令人攙着他，將一把太師椅又往前挪了挪，又叫人給他點着水煙，一邊呼嚕呼嚕地抽着，一邊觀看人比武。當時就仿佛好戲上場了，圍觀的人齊都瞪大了眼睛。

　　只見一條黑大漢子舞着青龍偃月刀，跳躍到場子的當中，腳踢臂揚，大刀閃閃的映着陽光。這個人當然就是那賽雲長，他練了十來下，練的還真不錯。另有一個瘦小的人，抖動着很長的一杆扎槍，奔了過來。這是猛翼德，可是並不猛。他與賽雲長槍來刀往，跟戲臺上的武戲似的，耍了幾個花招兒，然後兩人相對着一亮相兒，這一場就算完了。

　　小專諸是一個年輕的、長着滿臉紅疙瘩的人，穿的褲褂倒很乾淨漂亮。他手掄一口銅活兒簇新，穗子五顏六色的寶劍，走到場中，就劍舞身騰。這時趙佐領過來催着伍宏超說：“你還不快過去練？這時再不練，待一會中堂可就走啦。中堂要是看不着，你再有好武藝，也是沒用！”

　　其實伍宏超早已將長衣裳脫去了，一聽這話，就鏘然抽出了青鋒劍，同時怒氣直向上湧，更有一種好像要對誰誇耀似的心理鼓舞着他。他手捧寶劍也走到場中，一手捏定劍訣，一手展劍挽半花透出，緊接着翻背高擊，換足點地而進，形如飛鷺，迫近了那個小專諸。

　　小專諸正一個人練得很得意，忽見又上來一個使劍的，他也不認識，不知是奉中堂之命，還是自己來的。他稍收劍勢，把眼一瞪，說：“怎麼着？你是要來比一比嗎？」伍宏超也不言語，自己依然在舞劍，青鋒閃閃，劍到身隨，鶴舞鷹翻，姿式美妙之極；砍撩摸刺，抽提橫倒，變幻莫測，劍法步步加緊。此時沒有人看那小專諸了，而全都把目光集中於他，並且有人喊着：「好！好！」

那邊，小專諸的一些朋友們全都氣了，揚鞭的揚鞭，晃戟的晃戟，槊棒叉錘，好像都要過來。小專諸向伍宏超怒罵一聲：「孫子！你他媽的是成心來攪我嗎？要想比劍，陳大太爺不含糊你！」說時，一個箭步躍到伍宏超的跟前，掄劍就砍。

伍宏超卻身形側閃，青鋒劍自懷透出，向他就刺。小專諸退步將劍一撩，伍宏超斜躍着更加進逼。小專諸跳旁一步，換了劍法，騰步劈來。伍宏超卻反舞以迎，取敵下腕。小專諸抽劍不及，就顯出慌張了。伍宏超卻又將劍翻轉，只聽吧的一聲，一劍就平擊在小專諸的頭上，雖沒有出血，可擊得發暈。

小專諸臉上的疙瘩全都氣得要裂，他晃了晃頭，瞪大了眼一喊，索性將劍胡掄了起來，直撲伍宏超。伍宏超一面輕快地跳閃，一面尋他的空隙，突然他一探劍，劍尖直扎到小專諸的左胯，只聽當鋃一聲，小專諸疼得一條腿跪下了，劍也撒手掉到了地上。

四外有人齊喊：「好！……」而那邊持刀槍戟斧，擋棍鉤叉各樣兵器的十五六個人，一齊忿怒的奔來，嚷嚷着說：「你這叫挑缺？簡直是他媽的瞧不起我們兄弟！」他們蜂擁而來，大小長短的兵器如林似雨，齊向伍宏超。只見伍宏超蹮聳跳躍，劍舞如飛，直打得亞咬金扔了大斧頭，推山虎拋了雁翅擋，短無霸失了棗木槊，老雄信折了狼牙棒，開路天王嚇得自己把叉撒了手，病呂布更是曳戟便逃。這些人紛紛大亂，受傷了好幾個，四下裏的官人們都喊着想攔阻，可是沒有人敢走到近前。官眷的車離得那麼遠，也驚得都往後退，看熱鬧的人更是一齊嚷嚷着，伍宏超的劍光仍在緊緊揮抖。

但這時，突見有流星錘飛來，這是那老英雄金臂飛俠凌萬江。他一隻手連連地擺動，向那些人說：「你們胡打亂打什麼？也不看看這是什麼地方？用得着嗎？叫我來領教領教他！」同時，另一隻手就振抖起來流星飛錘。這是兩個茶碗口大小的銅錘，以堅韌的皮繩分繫兩頭，而自中間抖起，這時就左右翻飛，毒辣辣的向伍宏超打來。

伍宏超急忙以劍去迎，然而對方這兵器變幻不測，他只得以後馳步向右後方連連的馳退，讓開了那一群亂哄哄的人。伍宏超引誘着金臂飛俠舞錘前來，忽然他再換步法，沖向前去。寶劍讓過流星，順勢迎門倒斫，其勢極凶，令金臂飛俠措手不及。

但在此刻，突由金臂飛俠的後身，斜馳來了一人，手中持的也是寶劍，一句話也不說，向着伍宏超就砍。伍宏超不由得一驚，疾忙翻身回避，只見來者正是那個天足的大姑娘。這姑娘用牙咬着辮子，劍來得極速又極狠，伍宏超順勢一挑，不料兩口寶劍立時撞在一起，只聽當鋃一聲，有若龍吟。姑娘人雖纖弱，腕力卻渾厚，劍法更是兇猛，她身如飛鳥，劍似落虹，與伍宏超一往一來。

這姑娘素手捏劍訣，嬌軀凝步法，先以翻身迴馬劍，身向右旋，劍從下落，一雙瘦小的天足，騰躍飛旋。待伍宏超前來，便即換式反挑，劍鋒距離伍宏超的咽喉不過數寸。伍宏超頓吃一驚，撤步收劍。待這姑娘的劍再刺來時，他便以劍撥挑，旋又變式反斫，力透中鋒。姑娘用劍一攔，當鋃的又一聲，劍尖相擊，姑娘的腕子也不顫。她大眼睛一瞪，小嘴把散了的辮子又一咬，嗆嗆嗆，猿步縱躍，寒光抖起，一連三斫，一劍緊一劍，一步緊一步，如連珠一樣的擊來。只見姑娘的大辮子與劍影齊飛，破補丁的衣裳無礙於她的嬌嬈及猛勇。伍宏超趕緊先護上頂，轉身削劍，以連環劍之姿式順勢迎殺，當當當，劍又對擊了第三次。

姑娘以大鵬掠翅再來進取，伍宏超閃步避開，轉守為攻，並以雪花蓋頂之式，自上來取姑娘。姑娘卻玉臂展鋼鋒，橫迎復豎擋，處處敏捷，時時緊湊，而且劍法綽然有餘，氣力全不鬆懈，她的步法、劍式、身形，沒有一絲凝滯，不停地跳躍翻騰。伍宏超可小心極了，幾乎將全力盡皆使出，如此相鬥了十餘回合，卻仍與這位姑娘不能分勝敗。旁邊的人全看得發呆了，那金臂飛俠想攔也攔不住。

幸虧這時，亭子上又傳下話來，由四名差官齊聲大喊：“停止！快停止吧！”

伍宏超急忙收住劍勢，向後退了半步。不料姑娘森森的寶劍又自中刺來，只聽凌萬江大喊了一聲：“算了吧！這個地方哪裏許你來動手？”姑娘方才止住，但仍用那特別大的秀麗的雙眸，不服氣地盯着伍宏超，說：“您憑什麼敢欺負我的姑父？”

伍宏超這時才知道，這姑娘原來是金臂飛俠凌萬江的內侄女。此女子，不但蓋過了那胡掄十八般武藝的十八名好漢，勝過金臂飛俠，她簡直是自己的一個勁敵。他覺得有生以來頭一次，今天才算是遇着了真正旗鼓相當的對手。伍宏超不由得直了眼，驚訝地看着這個武藝好，而又有着花兒一般容貌的姑娘。

姑娘說：“你別以為你不錯！來到這兒欺負人！哼！什麼破劍法？瞎逞能！”純粹的北京腔，漂亮流利，令人聽了真感到有點輕飄飄的，比吳卿憐的那吳儂軟語又好像格外的受聽。伍宏超持着寶劍，只是發怔。姑娘還要挺劍向前，她的姑父凌萬江卻忿怒地呵斥一聲：“畫兒，走開吧！”原來她的名字是叫畫兒，她確實像一幀妙筆的持劍美人畫兒。

那邊的一些好漢們，又拾叉撿槊，扛起來了狼牙棒和大斧頭。他們中有七八個都已身受劍傷，幸而倒都不重。現在，他們這裏出來了個女將，還仿佛是把伍宏超嚇唬回去了，於是他們威風重振起，一齊亂喊：“殺了他，別放開這小子！姑娘！你替我們殺了他！”姑娘卻把寶劍扔還給了那小專諸，半跑半顛地就走了。烏黑的大辮子在她的背後掠動，她的背影兒真美，可憐的是她卻穿着帶補丁的衣裳。伍宏超還扭着脖子盯着那姑娘的背影，姑娘卻已跑往那雜亂擁擠的、且都在爭着看她的人叢中去了，伍宏超倒覺得好像失掉了些什麼。

這時有一輛官眷的車，垂着車簾，咕嚕嚕地繞了個半周，把車倒了過去，就走了。臨走的時候，車中的人略掀着車簾，扒着頭向外看，正跟伍宏超眼睛對眼睛地互相瞧了一下。車走了，伍宏超像是又丟了一條魂，車上簾裏豔影一瞥的，正是那吳卿憐。她今天打扮得特別華麗而近於妖冶，似乎還向伍宏超笑了一笑。她先走了，她已經把剛才的事都看到了。她走吧！伍宏超這時候對她也沒工夫再留戀。

亭子上那和珅的兩隻軟腳也已立了半天，這時候他才摘下了玳瑁眼鏡，又傳下話來：“叫那個第一的來！”這時候趙佐領趕緊跑過來拉伍宏超，帶着笑說：“你考上第一啦！中堂在那兒要傳見你啦！快去！快去！一定有賞！”又悄聲囑咐着說：“你見了中堂，可是得屈下腿兒請安，別拱拱手兒就算了，因為做大官的，都有脾氣！”

伍宏超倒很作難，見了和珅，還真要屈膝行禮嗎？那是決不能做的，我豈能夠向仇人請安，磕頭？

他將劍插入鞘內，穿上長衫，就被領到了那在太師椅上坐着的和珅前，他的心頭勉強的按着怒火。忽聽和珅在上面大聲說：“誰要的是他呀？我叫你們帶的是那考第一的，上年紀耍流星的！這個小子，今兒我不辦他，就是便宜他。叫他快滾蛋！我不要這唱小旦似的小白臉，叫他快滾！」

當下一些差官齊聲喝道：「嗜……」伍宏超的肺都要氣炸了，立刻就想掄劍跳到亭子上去。然而他不能這樣去做，趙佐領在他身後也直拉他，他還怕連累了人家馮茂興。沒法子，他只得低着羞顏，忍着怒氣，退下了臺階。只聽和珅在上面還說：「豈有此理！什麼人今兒都來這兒挑缺來啦，成心混攪嗎？一點體統不知，還有點風流自賞，這是誰給保舉的？來！你們給我查一查。」趙佐領戰戰兢兢的，推着伍宏超說：「你快走吧！你快走吧！」

這時候已另有一個差官，領着金臂飛俠淩萬江上去了。伍宏超被氣得臉上發紫，就覺得四下裏無數的人都在對他譏笑，那邊那十幾個好漢，有的稱心大笑，有的在那裏耍雙鉤、掄單鞭，有的在指着他，談論他，差官們的閃閃刀光也都對着他。他這時都不敢摸一摸寶劍，就深深地低着頭，走出了這試場。

他氣得失迷了方向，邁着大步，一直走去。走了一段路，忽然覺出，我往南走幹什麼？我要往哪裏去呀？忽聽得身後有踏踏踏的馬蹄之聲，他急忙回首，只見追來一個騎着馬的差官，問說：「喂！喂！你是叫伍宏超不是？」伍宏超忿然的說：「你問我的名字幹什麼？」

馬上的差官說：「因為今兒中堂對你很不高興！你不該剛才跟那些人亂打，還招出一個潑辣的大丫頭，跟你直拼。得啦！老哥兒們！你就請吧，沒有別的事兒。待會兒，中堂要把你忘了，我們自然也不願意找麻煩；可是他要還記着你呢？所以我就先關照你一聲，你可要小心！」說完了話，撥馬又回去了。伍宏超不禁覺着一陣膽寒，旋而不住地嘿嘿冷笑，他心裏決定了，今天夜裏就到什剎海去殺和珅。

他現在站的這個地方，地名叫北河沿，有一條淺淺的河流，春水蕩漾，這水也是自什剎海那邊引來的。這裏柳樹稀稀，人家倒不少，賣江米粥的人挑着擔子，正在這裏吆喝。伍宏超餓了，他就叫住這個賣江米粥的，盛了一碗很熱的稀飯。擔子上有鹹菜，是醃蘿蔔切成的細條，可以就着粥吃，還有北京最好吃的小吃馬蹄燒餅和油炸鬼（油條）。他就大吃特吃，仿佛不但要用這些吃食來充饑，還用之解氣。

太陽已升得很高，天氣有點發熱。這時候，忽見那金臂飛俠淩萬江，獨自一個從北邊走來。伍宏超不由得扭着頭直看他，因為沒有看見他的內侄女跟着他，心裏覺着有點奇怪。但淩萬江一看見他就急忙地走過來，未到臨近就拱手，說：「朋友！剛才對不起！真對不起！」伍宏超只冷淡地搖了搖頭，表示沒有什麼。

淩萬江卻到近前說：「第一本來應當是你的，卻算是我的啦！我幹什麼要掠人之美？再說，我這麼個半老頭子啦，在江湖混了半輩子，名也有啦，利我又不貪，要個第一，又有什麼用？今天弄得我很覺無顏，跟人家比武，得單打單個；一群人都上手，就是不合規矩。連我的內侄女都出了頭，那更招人見笑。和珅給我第一，跟罵我差不多，我當時是不能推辭就是啦！」伍宏超微微地一笑，照舊喝粥，吃燒餅。

淩萬江拍一拍他的肩，說：「朋友！你是自外省新來的吧？要不然，你那麼好的劍法，我不會不認識你。今天我雖在大家跟前丟了一回人，我內侄女幫助我，就更是給我丟人，可是叫我認識了一個朋友。好朋友有緣千里來見面，我的流星，你的寶劍，那就是咱們的引見人。你淨吃這個不行，這種東西還能夠當得了咱們的飯？弄半斤酒咱們談一談，交一交，你要是肯點頭，那就是看得起我金臂飛俠淩萬江！」伍宏超說：「改日吧。」

淩萬江索性揪住了他的胳臂，說：「改日幹嗎？咱們走江湖的朋友，今天見了面，明天還說不定見得着見不着哪！是好朋友就交，有酒就喝，何必推三推四？你要是客氣，那你就是看我不夠朋友了！"伍宏超只得放下半碗殘粥，咽了一口燒餅，掏了幾十文錢給了，就跟着凌萬江一同往南走。

凌萬江說："我這大年歲啦，你當我還是爭強鬥勝，想謀個差事，來考這麼一個破第一？和珅，狗奸臣！我還甘心給他當家奴？這也是沒有法子！我還另有用意。"伍宏超仍是不言語，跟着他走，想要看看他到底是怎麼個人。

走了不遠，就到了他的家，這個地方名叫馬神廟，離着和珅的兒媳，公主的賜第不遠。他家在一條小胡同裏，有一個花牆子的小門樓，兩扇沒刷油漆的舊門板，鐵門環。因為門沒有關着，所以凌萬江帶伍宏超就走進去了。裏邊的院子、房子都很狹小，還很雜亂，住着不止一戶人家。凌萬江拉開一個東房的門，向伍宏超笑着說："請吧！請吧！這就到了我的家啦！"

第四章　　沽酒助豪情招啼惹笑　　登門贻厚礼起浪兴波

　　伍宏超卻看屋裏，婀娜的影子一閃，敢則"畫兒"姑娘已經回來了。原來她就在她的姑父家裏住，屋子又這麼小，剛跟她打過架，比過武，現在怎麼就跑到人家的家裏？這豈不無聊而冒昧？伍宏超很是猶豫，凌萬江卻用力拉了他一把，說："走吧！朋友，難道你還疑惑我在屋裏設着什麼埋伏？"伍宏超只得走入屋裏。

　　凌萬江進屋來便哈哈大笑，說："瞧我這個屋子！早先的一些朋友，多半闊了，他們早就不到我這兒來啦！他們都說我倒了楣，減了當年的銳氣，我也不理他們。現在還是有看得起我的朋友，一請就到，畫兒！"

　　這時他那內侄女剛要掀門簾往里間去躲，卻被她的姑父叫得止住了步，凌萬江說："我給你引見引見，這是……大叔！剛才你不懂場子的規矩、江湖道理，不等我向人家討教完，你就忽然躥出，硬跟人家動手，人家現在找你麻煩來啦！"

　　畫兒姑娘本來是有點羞答答的看着伍宏超，一聽了這話，她突然的又動了氣，蛾眉當時就直豎了起來。她正要爭辯，她的姑父卻又哈哈大笑，說："我是瞎說着玩了！人家能夠跟你一般見識嗎？不過……"他又沉下臉來說："快向這位大叔賠罪！"但是畫兒姑娘才不聽這話哩，她轉身一摔簾子，帶着氣進了裏屋，弄得伍宏超非常的難為情。凌萬江只好說："這個孩子！"就不再說了，好像他也是沒有辦法。

　　屋裏，牆上掛着刀，門後豎着扎槍，桌子底下還有石鎖，卻沒有什麼陳設，桌子凳子也都很是破舊。凌萬江就說："請坐！請坐！你要是客氣，下次我就不叫你來啦！我願意朋友到我家，有吃就吃，有喝就喝，不分彼此，好！你先請坐！"又扭頭向着簾子說："畫兒，給我打酒去！"

　　裏屋的畫兒姑娘，低着眼皮走出來，連看伍宏超一眼也不看，弄得伍宏超簡直在這裏坐不住。恰巧酒瓶子又正擱在一個小飯櫥裏，緊挨着伍宏超所坐的地方，畫兒姑娘非得到這地方兒來取。伍宏超趕緊站起來，眼珠兒也不敢有一點斜視，姑娘卻大大方方的拿了酒瓶子。凌萬江又說："給你錢哪！"他在口袋裏掏了半天，只掏出來了一張當票，幾張手紙和幾個小銅錢。他把錢放在桌子上，說："你就拿這錢去買吧！打一斤酒，買點熏肉，頂好再烙兩斤大餅。"畫兒姑娘一皺眉，說："這一點錢哪兒夠呀？"

　　凌萬江仿佛有點不樂意聽，沉着臉說："不夠，可以叫小鋪記上帳，再不然跟鄰居去借，你不會斟酌着去辦嗎？難道你姑媽不在家，我就不用請客了？"

　　伍宏超趕緊擺手說："不用買什麼東西！我們談一談就行了，不然，我可真不好意思在這裏打擾了！"

凌萬江搖頭說：“你就是不來，我也得叫她去打酒！我凌萬江命都可以不要，酒卻不能不喝，朋友卻不能不交。這孩子是才進城，她不會去賒帳，就憑我凌萬江這三個字，慢說附近的幾家小鋪得信服我，就是千八百萬，在北京城一轉彎，也借得到；我可就是不借，因為沒錢還！”

姑娘一個一個的拾起來桌上的小錢，就拿着酒瓶子，皺着眉，輕飄飄的走了。凌萬江又指着姑娘的背影說：“這孩子不是我們家裏的，要是我的女兒，我早就管教她啦！譬如今天的事情，就不對！”伍宏超倒是笑着說：“那沒有什麼！今天我到北箭亭，原也不是想非得挑上缺，第一倒是想跟諸位前輩領教領教。令親的這位姑娘，既有那樣的好武藝、好劍法，原也應當在場子裏施展施展。”凌萬江說：“她有什麼好武藝？好劍法？她不過是跟江南的郝燕翎學過幾年劍法，又跟陝南的沖天俠練過一些功夫。”

伍宏超一聽，不禁大吃了一驚，因為郝燕翎是當代江南首屈一指的拳劍名師，自己曾拜訪過他，確實功夫深湛；那沖天俠，二十年來更負盛名，高來高去的功夫，世間無二，他們還能教得出次等的徒弟來嗎？這樣想着，他就不禁有些發呆。

凌萬江又說：“我這內侄女，我真替她發愁。她是一個漢人家的姑娘，可自小在旗人的家裏長大，落得兩隻大腳；旗人家不要她，漢人家也不娶。今年十九啦，還沒法子給她說婆家，媒人一看見她那兩隻腳，就先搖頭，你說將來怎是個了局？可惜我老啦，又還有一碗飯吃，要不然，倒可以帶着她跑江湖去賣藝，那我凌萬江的名頭可也完啦！”說着又哈哈大笑了一陣，想要給伍宏超斟酒，卻才想起，酒還沒有買來呢！

他忽又一拍桌子，說：“朋友！你大概還不知道我。我金臂飛俠闖了三十年的江湖，保鏢的時候，打過南北豪強；教拳的時候，收了弟子無數。我現在雖說是窮，可是不能給和珅去當家奴，掙他那幾個不義之財，今天我不過是想賭一口氣罷了！因為和珅平素作惡多端，所結的仇人甚眾，他又有偌大的家私，所以非得有幾個武藝出眾的護院的不可。十幾年來，他家裏就仗着一個鐵瓜蛟龍毒霸王胡騰雨。那個人是綠林出身，武藝確實沒遇見過對手，有他給和珅護着院，和珅的家，真是草木不驚，晚上和珅可以開着屋門睡覺。但胡騰雨也驕橫無比，和珅每個月送他五百兩銀子，上上下下都恭敬他，呼他為“爺”，他就花天酒地，倚勢淩人，作的惡不少，我有幾個朋友跟徒弟全都栽在他的手裏了。我早就想去找他較量較量，拼一拼，可是我的老婆總攔阻我，怕我吃了虧，其實……”

他一拍胸，又說：“我也這麼大年紀了，英名也享夠了，跟他拼一下，也值，何況還不知鹿死誰手呢？但不料，前兩天忽然胡騰雨跟和珅鬧翻了，聽說是為了和珅的一個小老婆。亂七八糟的事，咱們也不犯上去打聽它。只是胡騰雨不辭而別，和珅從此着了慌，夜夜疑鬼又疑神；這才假借神箭營挑缺為名，其實是為選拔英雄，去補胡騰雨的缺。有朋友為此事來邀我，我才拿定了主意去給他幹，倒不是想給和珅保護那些小老婆跟家私，我是專為氣一氣鐵爪蛟龍，叫他看一看：你別拿搪，你走了我來，你有本事，夜入和珅家，我就有本事把你捉住，咱們兩人今日才得較一較雌雄。我得替我的朋友、徒弟出口氣，為這個，我今天才去挑缺！”伍宏超一聽，他這個賭氣的辦法，可真有點離奇，不過江湖上確實都是這樣。只是他那內侄女……

這時聽見院中有細碎的腳步之聲，伍宏超還以為是那畫兒姑娘打酒回來了。但不想屋門一開，進來的卻是一個三十來歲的婦人，細高的身材水蛇腰，頭上戴着許多包金的首飾，擦着一臉厚粉，描眉打鬢，貼着頭痛膏。她穿着青鍛子的小襖，豆綠綢子的夾褲，繡花小鞋，一扭一扭的走了進來，誰也不理。金臂飛俠凌萬江就對她說：「我給你引見引見，這是我新交的朋友，這是……」指這婦人說：「她是我的家裏！」

伍宏超覺着這婦人不像個好人，她作凌萬江的妻子配不配且不管她，但她卻實在不配當畫兒姑娘的姑母。他對這婦人沒有好印象，就微微欠身，虛作客氣，婦人卻把他不住的上上下下的打量，並說：「我在街上遇見畫兒啦，畫兒對我說了，我才知道你……」指着她的男人金臂飛俠，似笑又似輕視的說：「我聽說你不但挑缺挑了一個第一名，你還巴結上了一位闊朋友，給拉到家裏來啦！沒他媽的錢，可叫我侄女去買菜打酒！」她斜瞪着三角眼，並瞪了伍宏超一下。金臂飛俠凌萬江很顯出來難為情，就摸着他那白鬍子渣兒，低着聲說：「別理她，她的外號兒叫二擺風！」

凌萬江連他老婆的外號兒都說出來了，這才想起來問伍宏超，說：「朋友！我還沒請教你，到底貴姓？」

這時，畫兒姑娘回來了，只打來半瓶酒，買來一包鹽煮花生。伍宏超就回答說：「我姓伍，名叫宏超。」凌萬江立刻就斟酒，並笑着說：「宏超，這個名字不錯……」他點了點頭，又問說：「府上在哪裏？」伍宏超說：「鄙處蘇州。」

凌萬江泛想了半天，忽然吃驚似的說：「蘇州姓伍的？我倒想起了一個人，在十幾年前，有一位蘇州伍御史，為人頗為正直。因為憤恨和珅，有一日跟朋友聚宴，他只道了一句：『我要參奏和珅。』不想當日回到家裏，就死了，人都知道是被和珅派人毒死的。此事曾經轟動京師，連我們鏢行的人全都忿忿不平，想要給和珅一個教訓，不過因為顧忌有鐵爪蛟龍，沒人敢去下手。伍爺，你跟那位忠直的伍御史可是一家？」

此時伍宏超的臉色已經陰沉起來，顯出來一種淒慘，一種忿恨，他默然良久，便說：「那就是我的父親！十二年前我先父在京被和珅所害，靈運回家，家裏的人全都不敢舉喪，草草的給葬埋了。我就在那時，被我家裏的一位僕人領出，送我去投師，學習武藝。」

凌萬江立時站了起來，伸着大拇指頭道：「好！」他又把伍宏超仔細的看了看，忽然大笑着說：「我明白了！你今天去挑缺應試，原來是為要找和珅報仇呀！啊，我可明白了……」他說話的聲音很大，那畫兒姑娘便趕緊攔住他，悄聲向她姑父說：「您別叫鄰居們聽見！」凌萬江卻搖着頭，依然大聲說：「不要緊！就是叫和珅聽見了，也不怕！我雖考了一個第一，那使我害羞，但交了這一位忠臣的孝子，使我榮耀！畫兒你別攔我，你得向這位伍大叔起敬，你也會武藝，我也是個老英雄，咱們幫助這位伍宏超，今夜就往三座橋，割和珅的腦袋！」

他的老婆二擺風卻奔過去，說：「喂！喂！大概你的腦袋是不想要了吧？」

畫兒便說：「姑媽，您是不知道，您別管！」

這二擺風當時就掄圓了沾着紅胭脂，戴着包金戒指的手掌，吧的就打了她一下。畫兒低着頭趕緊躲，二擺風追着又是吧吧地打。她扭着屁股探着頭，指着罵說：「小騷精！賤貨！你給我走吧！你趕緊給我滾吧！滾回西陵你那臭狗窩去吧！跟你那瘋子乾老兒去鬼混吧！你也敢提和珅？敢提中堂和大人？你不想想你爸爸是怎麼死的？」

這時伍宏超更為驚訝，更為關心，更是義憤，真想要過去安慰畫兒姑娘，向這老婆子打去！

　　二擺風卻又罵着說：“你還想弄得我們也坑家敗產嗎？你還想叫我再改一回嫁嗎？死不了的小騷精，你看你那身破衣裳，你看你那兩隻沒人要的腳，你還覺得怪不錯的哪？你這混蛋！窮不死的姑父就夠瞧的啦，來的這個喪門客也就夠我生氣的啦，你還在旁邊點火？我知道你的心，你是捧場，架弄事。你要人家御史的少爺看上你，可是，你先別認你這姑媽！”說着又追過去，把畫兒又狠狠地擰了幾下。她又一摔，把個旁邊放着的篩米用的簸箕給摔在地下直滾，然後就氣忿忿地，掀簾進裏屋去了，在屋裏還砰砰地拍着箱子，說：“我這兒有的是好衣裳，休想拿出來給你一件！”

　　因為這些話已經把伍宏超牽扯上了，所以伍宏超雖然氣忿，雖然對畫兒姑娘同情，可也實在不好說話。只見畫兒躲在門後頭，背着身兒，拿衣襟在擦眼淚。金臂飛俠凌萬江這時倒勇氣全消，小聲地說：“沒法子……得啦！咱們還是喝酒吧！”

　　但這個酒，伍宏超如何能喝得下去？他又仿佛僵在這兒了，走也不行，坐也不好。凌萬江坐在他的對面，持杯自飲，說：“清官難斷家務事，我們家裏天天是這樣，伍爺你別笑話！正經……”他壓下些聲音，又說：“你今天挑缺沒挑上，這是枉費了一番心機呀！我看和珅雖奸，人卻真是聰明絕頂。他一看你，立刻就說不要，可見他是已經把你看出來了。你走時候，又是帶着氣走的，和珅直叫人查你的名字。當時雖礙着官的體面，他不能顯出量小心狹，沒有把你怎麼樣；可是，我可不是嚇唬你，你已經是大禍臨了頭呀！”伍宏超卻只是微微地冷笑。

　　凌萬江又悄聲地說：“你要用到我，我豁出命去也給你幫忙！”

　　伍宏超仍然不言語，又偷眼去看那畫兒姑娘，見她永遠背着身，藏在屋門後，不把臉來對着人。又待了一會，就見她用衣襟擦擦眼睛，也不知道她是怎麼一轉身，就要走出屋，所能夠看見的還是她腦後垂着的大辮子，和肩膀上的補丁。她大概是要躲出屋去，自己找個地方去傷心。

　　但是她還沒有邁出門檻，就聽院裏有人大聲叫着：“凌萬江！凌萬江！凌萬江是住在這兒嗎？”伍宏超一驚，凌萬江也是一怔。畫兒姑娘開了屋門，對外面的人說：“找凌萬江幹嗎？”

　　這時從屋裏就可以看到外面，院中是來了兩名戴着紅纓帽的差官，還有一個四十來歲，小帽青衣，緞子坎肩，穿着得很乾淨的人，像是大宅門裏的僕人。這人抱着一個很沉重的白布小包，向着畫兒姑娘說：“你叫凌萬江出來，他今天挑缺挑了個第一名，我們是中堂派來的，給他送錢來啦！”

　　畫兒姑娘沉着臉，臉上確實有幾塊紅印，她連一句話也不回答，只回首看了看她的姑父。

　　凌萬江仍然拿着酒杯坐着，搖着頭大聲地說：“不收！”

　　畫兒姑娘剛要照着話去回答，卻見她的姑媽二擺風，急急地自屋裏跑出，又是着急又似央求的，悄聲向她的老頭子說：“你是怎麼啦？你不收人家的錢，為什麼今天又去考呀？中堂派來的人，還跟着差官，找到家門口來給你送銀子，這是多大的面子呀？”凌萬江搖着頭，忿忿地說：“我不要奸臣給我面子！”二擺風急得直用手背拍手心，喘着氣說：“咳！我看你簡直的是瘋啦！這可怎麼好……”

　　和珅派來的那個僕人跟兩個差官，不等着讓，就都一直進屋來了，兩個差官都不住地瞪着眼睛向伍宏超看。那僕人先把白布小包袱放在桌上，說：“我拿着這覺着怪沉的！先擱在這兒，你們收不收，待會兒再說。我叫常慶，今兒不但是我們府裏的大總管汪四爺叫我來的，還是中堂親自派我來的。中堂和大人向來是禮賢下士，覺着應當把聘禮給人送到家裏去，我又不認識這個門兒，今天北箭亭挑缺的時候我也沒去，這才煩了韓頭兒、崔頭兒，帶着我來！」

那一個年長的差官韓頭兒，沉着臉，望着凌萬江說：「你就收下吧！中堂是看得重你，才先送你錢，你收下，不用害怕！」

二擺風連連笑着說：「好啦好啦！收下啦！收下啦！」

凌萬江突然一拍桌子，怒聲說：「誰叫你收？知道他這是什麼錢？」

常慶也沉着臉說：「這錢還有別的？這一共是一百兩紋銀，不信你可以秤一秤。汪四爺指明，五十兩是你的，因為你挑上了缺，挑的還是第一。由今兒起，那會使十八般武藝的各位壯士，就到府裏上班兒去了。你是一位老壯士，中堂特別賞識你，你更得換換衣裳，當時就去。」

凌萬江卻搖頭一笑，說：「我沒有衣裳可換！」二擺風說：「你不是有那件灰大褂嗎？我給你進屋裏開箱子拿去！」說着她就轉身要進裏屋去。凌萬江卻大喝一聲：「回來！」他霍地立起來那雄偉的身軀，說：「我的那件灰大褂，還留着我死的時候在棺材裏穿呢！為見和珅就穿它，那對不起我那件好衣裳！這個錢……」他向常慶說：「你照樣拿回去交給和珅，就說別給我。給我，我還是拿它去周濟窮人。我凌某人今天上北箭亭練練武，那不過是為消遣，他要是請家奴招護院的，那叫他別找我！」

常慶着急地說：「不是！你聽我說，這不是招護院的，是中堂特別看得重你。五十兩是給你，另外五十兩送給姑娘。」

凌萬江哈哈狂笑幾聲，便氣忿地說：「和珅真是瞎了眼！跑到我這兒想要買姨太太？你回去快告訴他，這姑娘……」他指着靠着裏屋門簾站着的，已經生了氣的畫兒姑娘，說：「這是我們親戚，不是我的女兒，要是我的女兒，我倒可以帶着她到你們那府門，跟和珅去講講買賣。可惜人家姑娘姓顧，我姓凌，相差有八丈多遠。姑娘又會武藝，和珅要想買她，先得問問她的武藝答應不答應！」

常慶笑一笑說：「你老哥不必起疑心！中堂就是因為今天在北箭亭看見了這位姑娘的好武藝，這才想連你帶姑娘都聘到府裏去。」

凌萬江搖頭說：「我做不了主，姑娘早已許配人啦，你問問他吧！」說時就向旁一指伍宏超。

伍宏超這半天本來連一句話也沒說，他只在觀察着顧畫兒對這件事是什麼態度，卻不料凌萬江突然來了這麼一句。也許凌萬江是恨他在旁不幫忙，故意把他拉上？也許是喝醉了？顧畫兒姑娘此時疾快地就躲進了裏屋。二擺風卻氣得指着她老頭的臉，說：「你真是瘋了吧？」又向常慶說：「三位老爺！別聽他滿嘴胡說八道！那姑娘是我娘家的親侄女，她還沒有人家兒，她的事情我能做主。」又指着伍宏超說：「這是我們這兒今天才來的客，早先誰也不認識誰，是老頭子給招來的！」伍宏超本來就臉紅了，此時竟要變得發紫了。

常慶跟兩個差官更是注意他，那韓老頭兒說：「我也認識他，今天北箭亭挑缺，他去挑，沒有挑上，還招得中堂很不高興。」

那崔頭兒又搶前一步，輕輕拍着桌子說：「我就明說了吧！我雖是在中堂府裏當差，咱們現在說自己的話，你們可別惱。我還沒見過把銀子往外推的，把中堂那麼大的官給的面子，竟會一點也不要的。中堂府裏，嬌妻美妾成群，可以拿鞭子趕。今天在北箭亭，你們沒看見那幾輛車嗎？那都是。裏邊有一位名字叫卿憐的如夫人，在北京城屬第一，天下也沒第二個，嫦娥見了她也得低頭，比你這位姑娘漂亮千萬倍。你們就疑惑中堂拿五十兩銀子要買姨太太？那太笑話了！還有這位朋友，我知道你是伍宏超。今天你攪鬧試場，還負氣而去，你這個罪名就不輕，事情還沒有完哩！我好意關照你，你趁早走，北京城你待不住啦，明白吧？”

伍宏超忿然而起，搶着拳頭說：“這話叫和珅當面來跟我說！”

凌萬江把那白手巾包的銀子抄起來，吧的一聲扔出了屋門，怒嚷說：“誰拿你們賊官的錢？快些滾蛋！我凌萬江是光棍，光棍的眼裏不揉沙子！”顧畫兒姑娘又自裏屋忿然走出來，指着常慶說：“快走！告訴和珅把眼睜大着點，看清我們是什麼人，還叫他提防着點！”二擺風也嚷嚷了起來，說：“喝！你們真都橫啊！都變了老虎啦！”又跺着腳說：“你們都不收銀子！你們都不上府裏！我去上府裏！”

常慶一邊往後退，一邊冷笑着說：“這件事好辦！不收銀子，不識抬舉，這有什麼難辦的呀？”

顧畫兒趕上前去，美麗的大眼睛射出怒火，臉兒下沉，怒聲說：“你還在這兒說什麼閒話？快滾！”凌萬江把伍宏超的寶劍抄起來，連鞘都遞給了顧畫兒，畫兒姑娘就將劍唰地一抽，這才把那常慶跟那韓頭兒、崔頭兒都嚇得趕緊跑出了屋。畫兒姑娘手挺寶劍，還往屋外去追，凌萬江嚷說：“你自管放開了膽！闖出禍來是我的！”那常慶從地下拾起來銀子包，跟着兩個差官就跑。

屋裏，二擺風卻大哭大鬧，把頭向着寶劍去撞，說：“好丫頭！我倒要看你有多厲害？你先殺了我吧！”顧畫兒趕緊把劍高高舉起，遞給了伍宏超。伍宏超收在鞘裏。二擺風卻又指着他，跳起腳來大罵，說：“你，你是什麼東西？誰認識你，就到我們家裏來？沒有你，這老東西也不能這麼逞能、發瘋！這不要臉的丫頭也裝不出來這麼厲害！都是你，野小子，叫我們把中堂都得罪啦！叫我的老頭子闖了禍，叫我的侄女邪了心！……”

第五章　嘱避锋芒西陵思丽影　飞腾绣户宝剑溅腥光

　　伍宏超自有生以來，也沒叫女人當面這樣大罵過。現在雖然生氣，雖然臉紅，可也是沒有一點法子。他既不能發怒去爭辨，又不能負氣而走去，因為現在已經闖了這樣大禍。待一會和珅就許派許多人來，抓走淩萬江，搶走顧畫兒，拆了這個家庭，自己豈能夠坐視不管，豈能事先躲避？

　　顧畫兒這時怒氣稍息，羞容又起，臉也紅着，她抬起眼皮來看了伍宏超一下，就輕快地跑進了裏屋。她的姑母二擺風沒把伍宏超罵出火來，便又撲到屋裏，喊叫着說：「會使寶劍的大腳丫頭精！你不是有本事嗎？你為什麼不殺我？你姑父給你找了男人啦！你就跟着他走吧！在我的家裏幹什麼？還衲你那些破鞋底子，由鄉下拿到城裏來賣幹什麼？跟着你那野男人拿寶劍當強盜去吧……」又聽見吧吧地打，咚咚地捶。

　　伍宏超站起來要進裏屋去救，淩萬江卻擺手說：「我們這些家務事你別管，連我，這麼大的一位英雄全沒辦法！我這老婆就是個二擺風，我不怕和珅，可是不怕老弟笑話，我有點懼內。得啦！朋友，你也請吧！今天招待多有不周，可是也叫你看見了，金臂飛俠我是一條好漢子！待會兒，就是和珅來了，我也是照樣把他踹出門。一千兩一個的金元寶，抬八筐來，我也是一個不收。我的內侄女，你更看見了，衣裳破，人卻是裏外乾淨到底！」

　　伍宏超將劍掛上，拱手說：「那麼，我現在就走了，我在這裏真是坐立不安，我也不能再說什麼話。假若這裏再有什麼事，你就隨時叫人去找我，我就住在護國寺街的一家花廠，字號叫茂興和。」說着話提步要走，淩萬江卻又站起來攔住他。

　　淩萬江這時顯得又是詫異，又是喜歡，說：「喂！你別就是在河南救過我們那親戚馮茂興的那位俠客吧？」遂急忙進了裏屋，向他的老婆說：「喂！別打啦，外屋伍老弟原來是咱們的熟人！」

　　他大概是向他的老婆說了半天，二擺風果然就不再打她的內侄女，並且又出來了。雖然她還直喘氣，可是態度和平多了，就指手畫腳地說：「馮茂興，他的前妻是我的親胞姐。他在河南被你救的時候，我那姐姐還活着，提說過你。去年春天我那姐姐才死，他又續娶啦，他的花廠子也發了財啦，就跟我們仿佛是斷啦。勞你駕，你回去告訴他，畫兒這丫頭可也是他的內侄女。和中堂拿五十兩派人接她都不去，還掄寶劍把人家嚇走，你叫他看看這架子有多麼大？這樣兒的千金小姐，我可不敢招惹她啦。叫馮茂興把她請了去吧，跟你在一塊兒去吧！」這話又仿佛帶着刺兒，伍宏超只好不言語，又向淩萬江拱了拱手，就走出去了。淩萬江大概還在家裏搗麻煩，所以也沒往外送他。

　　伍宏超這時的心裏倒很覺痛快，因為反正和珅已經認識他了，以後更可以正面為敵，為報父仇，為警奸臣，自無客氣。並且，今天一天之中又發生了這麼多的奇跡，最令他欽佩的就是顧畫兒，長得與卿憐不同，秀麗中含着一種英氣，又會武藝，而品行又是那麼可愛可敬。他今天並且知道了卿憐是和珅的如夫人，而畫兒姑娘又是馮茂興的內侄女，這可真得趕緊回花廠去細問一問。

　　他走了不遠就路過馬神廟那座公主府，只見門庭顯赫，奴僕出來進去的十分眾多，而且護衛得極嚴，連閒人都不許在門前走。他已經知道，和珅的兒子豐紳殷德，娶的是乾隆皇帝的小女兒和孝固倫，就同住在這座府裏，由此更可以知道和珅的威風和勢力。

　　出了地安門，又走到什剎海。此時已過了晌午，天漸熱，楊柳也無力地擺弄着春風，細草野花生滿了堤旁，豔麗的小蝴蝶翩翩地遊戲，春水也是那麼撩動人的情意。伍宏超故意從三座橋和珅的門前走過，按劍側目，向門裏忿忿地望了一眼。他順着那高垣，走了半天，又回首望了望那裏面高聳起來的樓閣，和露出牆頭的假山，心裏又有一些惆悵。

　　回到花廠子，一看，馮茂興在屋裏又預備了一個大圓桌，今天可有魚翅、海參、燕窩，並有一隻又烤小豬。看見他回來了，就大聲說：“你怎麼才回來呀？叫我好等！你要再不回來，我們都要餓死啦……來！快摘下寶劍，坐下吃吧！你看我今兒預備的這好燒酒，這是真原封，不像街上賣的那往裏兌涼水，又摻鴿子糞，這是真的。今兒還是沒有外人，就是給你壓驚消氣，也給趙佐領道謝答情，快解下您的寶劍吧！”

　　當伍宏超將寶劍摘下來的時候，卻又不禁想起來，剛才畫兒纖手掄起來這口寶劍，劍影襯嬌姿，清音發怒語，豪俠婀娜，剛烈無雙，清貧可敬。那一剎那間的情景，印在人的腦海裏，真是永生也難忘。

　　趙佐領原來就在裏屋躺着啦，現在出來，跟馮茂興伍宏超在一起飲酒吃飯。他的精神十分頹廢，皺着兩道愁眉，說：“我勸伍爺還是走一走吧！在京裏又沒什麼事，何必跟和珅種下這毒兒？我們惹不起他！剛才有好些人都抱怨我，因為你算是我給保舉的。今天招了中堂生氣，中堂幾時想起你來，好像我還得把你交出來似的……”

　　伍宏超說：“這麼一說，我更不能夠離開北京啦，我走了，豈不要連累老兄？”趙佐領嚼着燒小豬肉不住地搖頭，含混的說：“不能！不能！”又把筷子向桌上一摔，說：“頂多我辭了差事，還有什麼呀？你又不是賊！”

　　馮茂興說：“我看今兒會十八般武藝的那幾個才都是賊呢，除了金臂飛俠。”

　　伍宏超就問說：“金臂飛俠的那內侄女是不是你的內侄女？”問出這話來，又仿佛有點不好意思。

　　馮茂興趕緊擺手，說：“千萬別提那姑娘！她乳名叫畫兒，早就過繼給旗人，她大姑媽活着的時候，她也永遠不來看我，走在街上我也不認識她啦。聽人說她學着練武，還沒想到練得還算不離兒，只是比老兄弟你，差得天上地下了！”伍宏超搖頭說：“不！她的武藝一點也不在我以下，我非常欽佩她！”

　　馮茂興笑着說：“我還怕她今天把你氣着了呢！原來你還誇獎她，也許因為我是外行，我看不出她的本事來。不過一個姑娘家，會耍寶劍有什麼用？更沒有人敢給她說媒啦！她就住在西陵她的乾爸家裏。那個地方雖窮，可是風景真好。有工夫時我雇一輛車，帶着你去找她。你們談談，你收她作你的一個女徒弟也好！」

趙佐領忽然插話說：「西陵要有地方住，為什麼不叫伍爺到那兒去躲一躲呀？躲過這個勁兒，叫和珅把今天這事兒忘了，再回到城裏來，也就沒有什麼啦。」馮茂興也問說：「怎麼樣？你要願意，我就雇車送你到西陵，也省得你在這兒，我們佐領趙大哥老替你擔着心！」

伍宏超雖然心裏一動，勾引起來一點幻想，但旋即又連連搖頭，說：「不用！不用！我料和珅不能對我怎麼樣。假如你們二位若是怕因我而受連累，那我當時就可以將行李搬到客店，反正，我是不能因一個和珅，就離開京城！」他說出了這話，馮茂興就不言語了，趙佐領也搖頭說：「不必談啦，不必談啦，我原也是一番好意。」

伍宏超剛要再說話，忽有個花兒匠進來，向馮茂興說：「掌櫃的，現在外邊來了一個貓着腰的老頭兒，說是我們這兒住着一個伍三少爺？」伍宏超聽了一怔，遂說：「是找我的。」放下筷子趕緊出屋，一看，來的正是老王忠。

老王忠把伍宏超拉到花窖的後邊，看了看四下裏沒有人，這才悄聲說：「伍少爺，我們女主人，請你今天晚上再去一趟。」伍宏超不假思索的答應說：「好！我一定去的。」老王忠更低聲的說：「府裏，聽說招了一大群人，拿的那些傢伙都挺特別。今兒還沒把鋪蓋搬了去，不能全上夜，明天可就不行啦！連我也不敢來請你啦！」

伍宏超說：「你回去告訴卿憐，不必來請我，我什麼時候想去，什麼時候就能夠去，那裏邊的院子我也記得了。好啦！你回去告訴她，二更天，仍在那屋裏等候我吧！我必不爽約！」說畢又轉身進屋來吃飯，這些事他一點也不提，但心中已拿定了主意。

吃畢了飯，那趙佐領就走了，臨走的時候，還向伍宏超諄諄囑咐，叫他躲幾天。總而言之，他認為伍宏超今天在北箭亭把和珅招惱了，假若是不走，必將有大禍臨頭，但他還不知道剛才在淩萬江家裏的事情。

馮茂興本來是想着：大人還能見小人過嗎？伍宏超雖是一位少年英雄，但無官無職的，總算是一個小人，和珅乃當朝宰相，豈有工夫跟他作對？可是聽趙佐領屢次三番地這一說，弄得他的心裏也不由有點兒打鼓，但又不能向伍宏超下逐客令，好在伍宏超自己已表示：明天或後天，我就要離開這裏了！

這一明一暗的兩間屋，如今趙佐領走了，伍宏超就躺在裏屋的床上，想睡，也睡不着，他就又取來剩下的酒痛飲，可又想：我若是喝醉了，忽然在這時和珅派人來捉我，那我豈不是要吃虧？於是又趕緊放下了酒杯。他的心裏是十分不寧，直到傍晚時，方才睡了一覺。醒來時，就差不多有二更天了，他疾忙起來，趕緊將身上紮束利便。今晚他也沒有穿長衣服，將絲條在青綢的短夾襖上繞成了十字，下穿青綢瘦褲，軟底鞋，寶劍不用鞘，只用一塊青布纏裹。他就走了，于繁星微月之下，直奔三座橋。

來到此處已近三更時分，那大門前不見轎子和騾車，卻添了幾隻大燈。有五六個人，其中還有戴紅纓帽的差官，掛着腰刀，來回踱步。伍宏超雖沒有往那邊去走，但從遠處也望得很清楚。聽裏邊有梆梆、當當的巡更之聲，也比前夜的情形嚴緊，但仰面去望，裏邊那些比牆還高的樓閣，都有明亮的燈光。

伍宏超將劍插在背後，來到高牆之下，看看兩旁無人，他就將身一聳，上了牆頭。這時他不由想到：不知道那劍法精絕，婀娜多姿的顧畫兒，是否也有這種本領？那華豔無比，而身世可憐的吳卿憐，又在眼前了，這也使得他興奮，同時想着今夜就要為父報仇，心情不禁更是激動；但那小胖子的冷箭，卻也得時刻的提防。

　　站在高牆上細看這座巨宅，依然是望不到邊。不過前面那些像是居住的房屋，宴客的廳堂，僕人、護院、把式，以及他家用的差官們值班的處所。還有許多連窗戶也沒有的房子，大概是收藏珠寶金銀的倉庫。那邊前宅，有燈光的窗戶很多。後宅大部分是花園，卻依然花木陰鬱。除了高處的樓閣，還有華燈方明，纖歌未散的處所，其餘的假山、魚池、回廊、花廳等等，依然浸在黑暗的夜色裏。

　　伍宏超下了高牆，飛快地就先奔那邊樓廊之下。他這一次用不着攀登那株小樹，因為今晚沒有帶着劍鞘，而且身上紮束得利便。所以他一聳身就躥上去了，抓住了欄杆一邁腿，就上了那樓廊。這也就是前夜，小胖子與他刀對劍，而卿憐揪住他，不叫他往下跳的那個地方。他這時心裏更覺得緊張了，看了看那屋門真是沒有關，裏邊那冰炸梅的小窗櫺，淡紫色燈光又微微地染着，但是燈光不似前夜那麼亮。

　　他走了進去，第一步落得很輕，幾乎沒有聲音，並隨手將門輕輕帶好，門上有一個插關，他就給插上了；第二步他卻故意放重了些，為的是使裏屋的人聽見。這時眼前也如浮現出了那亭亭玉立、綽約如仙、左眉尖上有一顆紅痣的嬌妍的伊人。他將腳步向着樓板上咚地跺了一下，心說：裏屋的人還能聽不見嗎？還不出來迎接嗎？但是，不但裏邊沒有聲息，小窗上也不見人影和釵影。

　　他不由得要笑出來，心說：卿憐今晚是故意拿架子吧？但又暗暗歎息，想着：我今夜原不是專為你才來的，我是決定要在今夜殺和珅，以報父仇！可是我若不先將你救出此地，投鼠忌器，怎能叫我放心去下手呀？他走到了那窗櫺前，用手指就向那冰炸梅花形的窗格上，彈了兩下，並向裏面輕聲叫道：“卿憐！我來了！”可是窗裏依然無人回答。

　　他心裏着急，忍不住就猛掀起了那紫色綢門簾，邁步進了屋，同時一手高揚，預備只要看見屋裏有什麼怪異的情形，當時就自背後拔劍。可是，將目光向四下一掃，屋裏竟不見卿憐，只見紫檀木的長桌上放着一盞銀制的燈檯，上面的燈碗裏只燃着一根燈草，還用一個小雞形狀的銀的東西把燈光壓得極低。桌上平放着一冊緋色綾子的書本，上粘黃色虎皮宣的書簽，秀媚的小楷寫着：“卿憐吟草”。翻了一翻，見裏邊全是連史紙印着朱絲欄，詩只寫了十幾首，全用趙體的小字，謄寫得工工整整。伍宏超知道，這一定是擺在這兒預備叫他看的。然而此時，誰有工夫看她這吟風弄月的一些詩？

　　伍宏超見靠裏豎着一扇屏風，轉過了屏風，見又有一個小門兒，這個門卻怎麼推也推不動。伍宏超就拔出劍來，用劍尖去撬。門縫本來很緊，但被他鋒銳的寶劍撬了幾下，那油漆和木屑紛紛落下，就成了一道寬縫。他再用劍尖一撥，這個門就呀的一聲開了，同時聽到裏邊有撲撲撲、唧喳唧喳的聲音。原來是這屋內有幾隻鳥籠，有什麼鸚鵡、黃鸝，還有些外面不常見的小小的珍禽。這時全都被驚醒了，在籠裏亂飛亂叫，有只鸚鵡還叫着：“有人！有人！”這間屋很寬大，擺着許多盆花，清香撲鼻。外首有垂着薄紗的窗櫺，隔着紗帷可以看見天邊澹澹的新月，可見窗外的下面就是院落。

　　這屋裏沒有燈光，但裏邊還另有密室。此時密室的門也開了，先現出一閃燈光，照出是玉立亭亭的吳卿憐。她穿的是銀紅色摹本緞的瘦長的旗袍，繡着大朵的花。腳上的鳳頭繡鞋也是銀紅色的，衣領上還有個金珠發光的項圈，並佩戴着晶瑩的香串，和繡花嵌着玻璃鏡的小荷包。她的烏雲仍梳挽着螺形的雙環，除了垂珠鑲翠的鳳釵之外，兩邊都簪有綾絹製成的花朵。她今天是盛裝，也是濃妝，她的芳頰上施的脂粉是特別的紅，眉尖的紅痣也似經過了點染，更為顯着，愈見嬌嬈。她戴有白玉鐲的皓腕纖手發顫，持着一隻金色燦爛的小燭臺，那紅燭光也一動一動的。

吳卿憐隔着門縫用燭光看清了是伍宏超，就立即低頭將燭吹滅，回手將燭臺放在屋裏。她急遽地走出，緊拉住伍宏超的手，用發顫的聲音低聲說：「今夜可不像那次，我叫你來⋯⋯通知了你之後，我又後悔了！可是我知道你⋯⋯」她仰着臉說：「我知道哥哥你一定來的，但這裏可危險，不像那天了！」

伍宏超冷冷的笑說：「這裏不過是招來那十幾個人給他護院罷了，有什麼可怕的？」

卿憐搖頭說：「不，以後想到這裏來是一天比一天的難了！所以我才趕緊叫你來，不然以後更難見面。往常，這時候中堂都已安寢了⋯⋯」

伍宏超不禁忿然地說：「什麼中堂？和珅，奸賊，他幹麼安寢？今夜我就不許他安睡！」卿憐越發戰戰兢兢，搖晃着她的兩隻膀子，說：「哎喲！你可真別大聲說話！今天夜裏這兒有很多的人都不睡，和珅也沒睡，待一會兒，他還許叫人來召我呢！」伍宏超心裏不由一陣妒嫉，心說：原來她打扮得這麼花枝招展，並不是為等我，卻是預備和珅半夜裏叫她！便說：「和珅這時候不睡，正好，我這就見見他去！」

卿憐卻更緊緊地將他揪住，說：「你千萬別說這些叫我害怕的話！你拿着這口寶劍，更叫我擔心！你聽我說，今天早晨在北箭亭，我不是也去了嗎？你沒看見我在車裏？」伍宏超點頭說：「我看見了。」卿憐又說：「你因為跟那個姑娘比武，招得中堂很發脾氣。」又仰着臉兒低聲說：「那姑娘是誰呀？她怎麼也會武呀？你早先認識她嗎？」她仿佛對此很關心似的。

伍宏超回答說：「早先並不認識，今天我才聽說，她的名字叫顧畫兒，是漢人的女兒，在旗人家中長大了的。她的父親跟我的父親一樣，都是被和珅所害而慘死，和珅是我們的仇人。今夜，即使你不叫我來，我也一定來的，我來此就是為殺和珅⋯⋯」才說到這裏，一隻帶粉香的柔潤的纖手，伸過來就把他的嘴捂住了。他將臉躲了躲，又說：「我在殺和珅報父仇之前，必須先救你離開此地！」

卿憐顫顫的說：「我暫時還不能，真不能，我，真還不能夠離開這兒⋯⋯」不容伍宏超發問，她又央求似的哀聲說：「哥哥，你真千萬要可憐我！」伍宏超說：「不是可憐你，卻是我義所當為！你跟我的親妹妹一樣，我豈能眼看着我的親妹妹被和賊所霸佔，作他的侍妾？作他的寵姬？何況他也未見得怎麼寵你！」卿憐含羞低頭說：「早先，倒是對我不錯，自從會做詩的長二姑，跟會吹笛的賈麗瓊來了，他就⋯⋯」

伍宏超忿怒的說：「你不要說這些話，就是和珅寵你，我也要殺他！你不願意走，我也不能勉強。你等一等我吧！我去報完了父仇，再來同你說話。」說着將卿憐向旁一推，提劍忿然就走。

然而，卿憐的雙臂卻將他緊緊抱住，同時雙腿一屈，向他跪倒。這個嬌豔華麗的女人，就低着聲，婉轉哭啼地跪在他的膝前，滿頭的綾花貼住他的腿，頭油香、粉香攪合着花香沖來。他的那只沒拿劍的手，就觸到了那豐滿而柔秀的頭髮，和花枝顫動的雙環。籠中的小鳥也呢喃着，似替着卿憐來哀求，似向着他來婉勸，窗外的新月也似隔着紗帷向裏來窺視。

但就在這時，忽見有一人自外飛上了那窗，向裏踢開了窗戶，撕開了紗帷，揚起了閃閃的寶劍。伍宏超吃了一驚，疾忙推開了卿憐，揚劍要去迎敵。那突然而來的人站在窗上，冷笑着說：“好啊？我就知道……”他的話尚未說完，便啊呀一聲，連人帶劍全都摔到窗裏來。他似是中了由他的身後，由外邊射來的暗器，跌在這屋裏。卿憐已經站了起來，避到屋角，雙手緊緊捂住了臉，上下牙齒哆嗦的都擊出來聲音來，籠中的鸚鵡又怪聲叫着：“有人！有人！”

伍宏超身邊帶有取火之物，掏出來一抖，當時火光突突起自他的手中，照着七八隻梁上掛着的鳥籠，鳥兒們越發亂撲亂噪。地下仰臥着一個十分強壯，年約二十多歲的漢子，瞪目不動，胸膛的血水還直往外流，已經死了。旁邊扔着他攜來的武器，也是一口寶劍。他的脖子後面中了一支短箭，因為他剛才向後一躺，所以箭入肉中更深。卿憐這時微微露出臉來一看，她就更是哆嗦，說：“哎呀！這人是這兒護院的，鐵爪蛟龍的大徒弟！”伍宏超便放下自己的寶劍，彎身將這人抱了起來，走到窗前，就向外用力一扔，把個死屍就扔在樓外去了。

這時，卿憐就慌張地跑進了那裏邊的密室。伍宏超拾起來自己的寶劍，就往裏邊去追卿憐。這室中原來還點着兩盞燈，照着卿憐鬢花淩亂，嬌軀緊抖，仿佛連氣都喘不過來了。伍宏超就提劍走近前去，說：“這時候你還能在這裏待嗎？還不跟着我快走？你不要疑惑我是叫你嫁我，我沒有那心，我是要送你回你的家蘇州啊！”卿憐卻又如要摔倒似的，身子整個投於伍宏超的懷中，哭泣得淚似湧泉，抖顫得身難自持，她大哭着說：“我嫁你！我嫁你！我八歲的時候見過你，心裏就想着，我長大了一定嫁你，將來，我更得……嫁你！哥哥……”伍宏超擺了擺手，這時他仿佛倒怕被人聽見了。

樓外，此時梆梆梆、當當當，梆鑼之聲已經驚震起來，更有許多人亂喊亂叫。伍宏超趕緊又把卿憐推開，先出去將那窗戶緊緊閉上，紗帷遮住，將那人的劍也給藏起，門都關嚴。他再回到密室，見卿憐把兩盞燈全都挑得極亮，她又在對鏡修整妝飾，她拿着象牙篦子的手仍然緊抖，另一手向伍宏超急急地搖着。伍宏超走近前，見鏡裏的她，越發的嬌豔可憐，而那一粒眉尖的紅痣更為顯着。

她還在用粉掩淚跡，用手扶金釵、整頭花、理耳環，又喘着氣低聲說：“鐵爪蛟龍毒霸王胡騰雨，十幾年來就是和珅的膀臂，給和珅鎮住這個家，欺辱裏裏外外的人。他若在這裏護院，無論是誰來這兒也不行！我見他太兇惡了，又因為遇着了你，我想叫你來這兒找我，就在和珅的跟前給他編了個壞話。和珅真聽信了，就把他給打發走了，可沒想他還留下個徒弟，剛才死的那就是……”

伍宏超扶住她，怕她哆嗦得跌倒了，說：“你想，今天在這裏我不但給你闖下了禍，你還跟那鐵爪蛟龍結下了仇，你在這裏早晚也得被他們殺害。我已看出，這裏不但有鐵爪蛟龍留下的徒弟，有和珅今天選來的那些勇士，另外還有別的人呢。那個人不知是善是惡，總之，這個地方你不可再待，我憑這口寶劍，立時救你離開這裏！”

卿憐點頭說：“好吧！我也想，不離開這兒是不行啦！我太命苦，遇着哥哥你，我恨不得當時就跟你走，可是沒法子……”她又哭着說：“我就是死，也得在這兒再住一年！”伍宏超大聲問說：“為什麼？”卿憐仰在伍宏超的懷中，淚水又沖褪了新敷上的脂粉，她面容慘澹，似是極度地痛心，說：“我不能告訴你呀！”伍宏超歎息了一聲，只好不再問她了。

外面，梆鑼倒是不響了，可是閃閃的燈籠火把的光亮，都撲上了樓窗。

第六章　窗黑室暗惊遇锦绣球　钗坠花残忍窥薄命妾

　　這"密室"其實也就是卿憐的臥室，所以陳設得特別綺麗、奢華。室內四壁的牆裙和窗櫺，全都是極精細的刻工，所刻的圖案是百鳥朝鳳，漆着各種的顏色，尤以赤金的顏色為最多，所以格外顯着光輝燦爛。天花板和窗帷的顏色一律粉紅，燈光一照，柔豔動人，而在粉紅窗帷以裏，另有一層白紗，所以並不刺眼。這種佈置，按俗稱叫桃花洞式。其餘的陳設，因為過分的求其奢侈，反倒與這種色調不相調合。木器全都是紫檀木，嵌有發光的銀色貝殼，桌面及椅子心都鑲着煙雲出岫紋理的大理石，擺的是種種古玩；除了金鼎、翡翠珍珠的盆景、瑪瑙花瓶、西洋精緻的座鐘、碧玉嵌金的長柄如意之外，都是古硯、玉筆架、金鎮紙，宋磁哥窯的墨水盂、筆筒等等的文房用品。這是外屋，地下鋪着圖案是裸體美人抱着許多花朵的西洋地毯，壁上還有四幅檀木屏，用金銀的細絲和象牙，嵌出來的是這花園的全景。

　　隔着幾扇能關能開雕刻精緻的，嵌着一幅一幅小字畫的隔扇，裏邊就算是裏屋；地上鋪的是極厚的像一層雪似的白色地毯。桌上多是梳妝的用具，鏡子也極多，有圓形的如滿月，有方形的如池水，還有長形的立在床的對面，那是穿衣鏡。床裏也有鏡子，檀香木的床欄杆，垂着桃紅色繡着大朵白牡丹花的床帳，床上的錦被，繡枕等等也完全與床帳是一樣的色調，一樣的繡工。除了琴桌上一張古琴，圓几上一座二尺多高的玲瓏象牙塔之外，比較顯明的就是一個小佛龕，供着一尊白玉刻的小小的觀世音大士像，金質的小香爐裏飄散出來嫋嫋的香雲。在床的左側另有一個小小的門兒，通着外邊的過道，也許還通着別的居室。

　　卿憐把伍宏超一推，給他一把黃銅小鎖，叫他去把那門兒快點鎖上。那個門兒一鎖，卿憐的驚慌稍減。看這樣子，如若有人來，還都是得叫這個門。後面那兩間屋子和外面那樓廊，全都沒有樓梯，所通的是花園那些沒人住的亭台，和回廊、山洞，大概還不會有人從那邊來。然而，卿憐還是叫伍宏超快把後邊屋裏冰炸梅窗前的那盞燈吹滅了，將那本原預備給伍宏超看的吟草也快一點拿來，她又匆忙地對鏡再理妝。

　　伍宏超手提寶劍，又自後門走出這密室，不料這屋子原來竟有個人！他吃了一驚，疾忙一手橫劍，一手又掏出懷中的取火之物，那是一個很小的火摺子，點亮了。他驚訝的照着一看，只見是一個丫頭，拿着一把掃帚、抹布和一個水桶，她也不點燈，只趴在樓梯上急急地擦，用抹布擦淨了剛才那鐵爪蛟龍的徒弟流的鮮血，連剛才伍宏超藏在花盆後面的那人遺下的寶劍，也不知哪兒去了，當然是被這丫頭另給擱在別的地方了。但，是誰吩咐這個丫頭叫她如此做的呢？奇怪！

　　這丫頭可也不抬頭。伍宏超舉劍向前，往近邁了兩步，抖着火摺子，低身細看這丫頭，他就不由得一笑，點點頭說：“行啦！這裏倒不必麻煩你擦了掃了，快到後面那屋裏，把那盞燈吹滅，把桌上那本書拿來吧！”不等這丫頭應聲，他即收起了火折，提劍又走入密室。

　　卿憐自鏡前轉回身來，低聲問說：“你去把燈吹滅，把那詩稿拿來了嗎？”

　　伍宏超不慌不忙地說：“我已叫人替我去辦了。”卿憐驚問着說：“叫誰？”伍宏超說：“叫你那個年紀不大，胖胖的圓臉丫環去的，因為她正在外屋擦樓板。”卿憐更是驚訝，又顫抖起來，說：“你，你叫她看見了嗎？”伍宏超說：“不要緊，我們認識。”

　　卿憐說：“她是去年冬天才買來的，她名叫繡球，是個要飯的花子的女兒，被這裏花了兩吊錢給買來的，先伺候三夫人，又伺候過長二姑。可是人家都不願意要她，因為她半夜裏常常作夢，起來滿處走，糊塗極啦，什麼事也不會做，這才撥到我這兒來。我也不喜歡她，因為我更怕人半夜裏攪我。一到二更天，服侍我的幾個僕婦，她們必須回到她們的下房去睡覺，我好一個人在燈下做詩，到窗前望月。我喜歡的是清靜、沉思，尤其夜間，不願別人在我的身旁。這丫環一定又睡糊塗了，你別看她在那裏擦樓板，她是睡着啦，她心裏並不明白。待會兒她還回她的床上去睡覺，明天你問她，她是一點也不記得，這是一種病，你怎麼可以叫她去拿詩稿，吹那盞燈？”

　　伍宏超說：“她既是有個夢游病兒，那更無妨了，今天她看見了我，明天一早她就不記得你這屋裏來過外人啦！”

　　正說着，那個丫頭繡球就推開門，晃晃悠悠的真跟睡着大覺似的走進來，把那本卿憐吟草扔在一個桌上，連頭也不抬，回身就走，還幾乎在地毯上跌了一個跟頭。但是，伍宏超已把她的模樣看得很清楚，她只有三尺多高，可是寬就有一尺，粗眉大眼圓鼻子，胳臂腿、臉、腦勺，一切都是圓的。她的頭髮很多，辮子可挺短，穿着藍布衣褲，很髒。她出屋之後，卿憐還發愁說：“我真也不想要她了！”伍宏超卻鄭重着說：“你這裏倒確實應當要她！”卿憐想了想，就點頭說：“對啦！反正今天你叫她看見啦！誰知道她是睡着呢，還是醒着呢？我若不要她，她就許把這事去告訴別人。”

　　伍宏超點頭說：“就是，你千萬要記住，你既不願意跟我走……”卿憐搖着頭，又流淚說：“我並不是不願意跟着你走……”伍宏超就說：“好啦！這話也不必再提啦，以後我對你在這裏，也放心了，這個和珅的家，我更可以隨便來去，毫無顧忌。”

　　這時，猛然就聽那已經鎖了的前門之外，由遠而近傳來許多腳步之聲。卿憐就驚慌地推了伍宏超一下，悄聲說：“有人來了！有人來了！”伍宏超本來要持劍去開門，他是毫無畏懼，但驚驚惶惶的卿憐幾乎又要跪在地下向他央求。他暗暗地歎氣，只得又避到那有花有鳥的屋裏。

　　那個名叫繡球的胖丫頭，已經沒影兒了。樓板上的血跡倒擦得很乾淨，連掃帚帶水桶、抹布、和那口寶劍，全不知哪裏去了。窗外樓下還有許多人紛紛說話，大概他們正要經過花園那條曲曲折折，忽高忽低的路徑來這間屋。伍宏超這時倒並不在意，他將耳朵貼着密室的門縫，向裏面去聽，就聽來找卿憐的人不少：粗音的是婆子，細嗓音的大概是丫頭，七嘴八舌的，至少有五六個人。

　　這些人都是才奉了和珅的旨意，所以說話都很橫，一個說：“中堂叫你去哩！

你的樓外邊出了事，難道你不知道嗎？”卿憐回答說：“我真不知樓外有什麼事？我叫服侍我的人都去睡了，我正在這兒作詩哩！”又有一個似乎是很有權勢的大丫頭，說：“快走！快！中堂把別人全都問過了，說等着問你啦！因為知道這幾天你常常自己出門，你住的這個房子後面又通着花園！”卿憐說：“我後邊的兩間房子白天也不常開，天不黑，就上了鎖……”婆子丫環齊聲說：“走吧！走吧！你有話見了中堂再說吧！中堂今天本來就生氣極了！”又一陣腳步聲音漸漸遠去。待了一會，就連這密室裏，也一點聲音都沒有了。

　　伍宏超持劍開門又走進去，見燈依然點着，室中卻沒有一個人。梳妝盒裏的東西都散着，桌上還扔下了卿憐剛才擦淚的紅手絹，但，卿憐已經被逼着見和珅去了，如羊入於虎口之中。

　　伍宏超忿然提劍，開了那前門去追，但他仍不能明着去追，只能在後面尾隨。走過了這過道，連尾隨也不可能了，因為是穿過了這間屋，又到另一間屋，這裏原來是屋連着屋，樓連着樓，伍宏超怕撞着人，所以得時時停步。他再也追不上卿憐和那些婆子丫環了，也找不着和珅住的屋究竟在哪裏。他倒想起來一個主意，想去找那“夢遊者”胖丫頭，煩她來給領路，然而他現在已經走亂了頭，想回那卿憐的臥室，都回不去了。

　　他手持着寶劍乾着急，忽然聽得當當當當，原來巡更的已敲了四下，天快亮了。他走到一間沒有人又沒有燈，只有家俱、陳設的屋子的窗前，開窗向下去看，見月光已轉過了樓角，燈籠火把都走往花園，巡更的四個人是往前院去了。他就嗖的一聲躥出了窗，跳下了樓。到了院中，他就仰面去看，想找那燈光最亮的窗戶，他想那和珅必定在裏邊。但燈光亮的窗戶，樓上和樓下也太多了，要找和珅依然跟海裏摸針似的。

　　伍宏超將劍隱藏在背後，伏着身，向着樓下幾幢大屋子的窗前去走，隱隱地聽得屋裏全都有人說話。他正想要找一個人少的屋子，索性就闖進去，逼問逼問哪裏有和珅？有卿憐？就在這個時候，忽然聽得哎呀一聲，是女子驚慘的喊叫，像是卿憐的聲音。

　　聲音是由前面那燈光慘黯的大屋子裏發出的，伍宏超急忙跑幾步，到了那窗前，見窗上遮蔽着很嚴很厚的深顏色的帷幔，裏面的情形是一點也看不見，他真恨不得劈開窗戶闖進屋裏去。他心神緊張地站在窗外，向裏聽了一聽，可疑的是裏邊什麼聲音也沒有了。他吃了一驚，趕緊到門旁用力去推，門裏邊鎖着了，也推不動。他就用劍尖向門縫去撬，木屑和油漆紛紛的向下落，發出喀嚓喀嚓的響聲。這時，往後花園去的那些人和那些耀耀的火光，又轉向這院裏來了，人聲喊着：“在哪兒啦？找找！再搜搜！絕不能叫他跑了！”火光已照到了他正在撥着的這個門，

　　他是又想回身去迎殺，又想劈門而闖入，忽然門呀的一聲開了。不是被他的劍撥開的，是有人從裏邊給開了的。他不禁一驚，劍向前挺，邁步遂即走入。裏邊的人隨手又把門關上，鎖好了。他借着這裏昏暗燭光一看，見是又短又粗，圓頭圓臉的一個人站在眼前，正是那胖丫頭繡球。這個丫頭莫非是又犯了“夢遊病”嗎？她來到這屋裏可幹什麼？

　　這屋子裏真是可怕，牆壁上掛着燭臺，同時又掛着竹板、繩子，和一種名叫懶驢愁的極厲害的皮鞭，此外什麼東西也沒有，是一間空屋子。然而，伍宏超低頭一看，他驚得幾乎要喊出來，心痛得幾乎要暈過去。原來在地下僵臥的正是吳卿憐，她的雙鬢已經蓬亂，鳳釵掉在了一邊，頭上的綾花全都稀爛，臉沖着下面，還在微

微的抽搐着，她並沒有死。

伍宏超立時就跳了過去，蹲下了身，想要把她抱起來。可是那丫頭繡球，比他來得快，搶步跳過來，就把她的主人背起，往裏邊的一個門走去。伍宏超提劍在後，緊緊追隨，追到了一個昏黑的樓中的過道裏，他也不問卿憐是受了多重的傷，只問：「和珅在哪裏？」更忿忿地問說：「你快告訴我？和珅住在哪一間屋？」他手中振動着寶劍，恨不得即時就去殺和珅。但這丫頭繡球，卻是連半句話也不回答，臉也不轉，一直的就背着卿憐上了一座昏黑而又曲折的樓梯，敏捷得如飛一般。

伍宏超又急急地跟着，上了樓，穿過兩間無人住的屋子，就又回到了卿憐的臥室。繡球就把卿憐平平地放在床上，然後關嚴了前後的門，並將燭光全都壓低。她搬過來一把椅子在床前，似是為叫伍宏超坐下，然後她自己卻走到那外屋，站在桌子旁，很悠閒地玩弄桌上放着的金鎮紙和玉筆架。

伍宏超也顧不得去理她，只站在床前低着頭，細細的看着卿憐，就見卿憐的眼睛睜開了。她必定是被那懶驢愁或是板子打傷了，但傷的倒不太重，並沒有損傷她的容顏。像這類事情，她可能遭受已不止一回了，所以也不怎麼傷心，她只伸出那倒也沒有鞭痕的手，急急地推伍宏超，說：「你怎麼還不快走？快走吧！」

伍宏超搖頭說：「今天我不走了，我非得跟和珅見面！你快告訴我，他住在哪間屋子？」

卿憐急坐起來，歎着氣說：「今兒在我的窗外樓下，已經死了鐵爪蛟龍的徒弟！和珅剛才叫了我去，就是因為他已經疑惑我這屋裏有了人啦！」

伍宏超憤怒的說：「你這屋裏本來有人，人就是我！我還有寶劍，我的人跟劍，今天都要叫他瞧瞧，把你所受的虐待，跟我家十二年的仇恨，筆筆賬都要跟他算清！」

卿憐說：「咳！你可憐我，我不能再下床去跪着求你了！你就……」她哽咽不勝地說：「你叫我在這兒再待些日，再活些時，還不行嗎？」伍宏超忿然的說：「我不明白你為什麼還要在這兒待？為什麼不叫我替你去出氣，為我去復仇？你難道糊塗了？或是天生的下賤，寧願在這裏受欺，可不跟隨我走？」卿憐驚惶地指指窗戶，說：「外面，樓下，他們有很多的人呢，你小點聲兒說話！」

伍宏超說：「我還要嚷嚷！我不怕那些鼠輩家丁跟護院，除非你這就跟我走，不然我立時就去與他們廝殺，直到殺死和珅為止！」

卿憐忽又翻身下了床，宛轉嬌啼地向他又跪下。他伸手去攙，卿憐卻哭着不起，只是抽搐着哀求說：「哥哥！你快點走吧！我也願意跟着你出去，誰叫現在還沒到時候？頂多一年，因為我在這兒還有一點兒事……哥哥，你暫時先走吧！你不要再責備我，再問我了，你可憐可憐我這顆心！」

伍宏超覺得真沒有法子，長長地歎了口氣，就將她攙扶起來，送到床上，叫她躺好，又給她蓋上了那桃紅色繡着大朵白牡丹的錦被，並且用被角替她拭了拭臉上的淚。她又低聲說：「你回去不要太掛念我，我要有事，還叫王忠去找你！」伍宏超也沒有言語，轉身提劍，這時就覺着一口寶劍拿起來仿佛都費力氣了，心裏真是萬念俱灰。

他走到外屋，見那胖丫頭正給他開那後門，誰說這胖丫頭繡球患着夢遊病？她那張圓臉很精神的面對着伍宏超，伍宏超回手指指那床，說：「請你多多關照她吧！我們話也不必說了，再會！再會！」他還向這胖丫頭拱拱手，就走出這間密室。雖然他的腳步很輕，可還是把幾隻鳥兒驚得嘰喳嘰喳地叫了幾聲，而那紗窗帷之外，已沒有了燈火之光。

　　他又走出那有冰炸梅窗戶的屋子，來到了樓廊上，見天已發曉。這座花園，剛才確實曾經被許多人查找了一番，但現在那些家丁、護院、巡更的等人，全都走了，一個人也沒有了。伍宏超就輕如鶴鷺一般，飛出了這座宅第。他的身軀雖輕，心裏卻感覺很沉重。他一邊走着，一邊不住地長歎，覺着遇着了吳卿憐，實在不好，恐怕要因她消磨了我十二年來報仇的大志和雄心。

第七章　　脂粉英雄轻鞭驰小寒　　山陵风雨宝剑伴佳人

　　他回到護國寺街，離着馮茂興的花廠還遠，這時天還沒有十分亮，突然由路旁的一顆老樹下，奔出來一個高身的人，伸臂就將他攔住了。伍宏超嚇了一跳，但立時他就看出來，這人正是金臂飛俠凌萬江，他不由得更為驚訝，問說：“凌老英雄！你到這兒有什麼事？”

　　凌萬江說：“什麼事？昨天晚上鬧塌了天！和珅派了許多名差官，還有那叫常慶的，領着一些家奴到我那裏，單單要捉你伍宏超！我說伍宏超是我的朋友，有什麼官司我去打，他們不聽，說是往別處也能捉得着你。我一聽這話裏有話，他們裏邊必定有人知道你住在花廠子，所以我半夜裏就來啦。我把馮茂興由被窩裏叫醒，他萬也沒想到，我這見了面都不理他的老連襟，忽然半夜裏來啦。我就問他伍宏超在哪裏，他搖頭說不知道，還說你時常出去一夜也不在家，今兒又不知上哪兒去啦。他說有個趙佐領也勸你應當出城躲幾天，只是你的脾氣太硬。

　　“我們正在談着話等你，那時就有兩點鐘了，卻忽有大批的差官圍了那家花廠，口中喊着，捉拿在和中堂府裏殺傷人命的伍宏超。馮茂興趕緊跟他們去解說，說是你不過是在花廠浮住，跟他也沒有什麼交情，又有那趙佐領也在那兒啦，算是還沒打他的嘴巴。我是登着花牆，飛身而逃。我知道你要是從和珅的府裏回來，必定由這兒走，所以我就在這兒等着截你。老兄弟！好漢不吃眼前虧，腳底下抹香油，此時不溜，還等到何時？”

　　伍宏超冷笑着說：“這是什麼話？我伍宏超豈能臨難而逃，叫朋友替我受累？和珅的人現在都在花廠，這正好！我就去！”說着邁步就走。

　　凌萬江卻將他用力拉住，說：“老兄弟，你這就不對啦！咱們的命，跟鐵爪蛟龍還鬥得過，跟和珅可合不着。因為他不跟你一刀一槍，他跟你用的是勢力，那你有多麼冤？快些聽老哥哥我的話，你就快些走吧！馮茂興的熟人多，他有辦法，絕不能為你受累。天都快亮了，你就走吧！我送你去往西陵！”

　　伍宏超一聽說西陵，他的心裏就不由得一動，因為那裏是顧畫兒的家。他就又問說：“那麼我走，你家裏可怎麼樣？如若出了事情，可怎麼辦？”

　　凌萬江說：“我的家裏有什麼呀？和珅還能夠把我那老婆二擺風搶了去？那我才更樂意呢，送到他的府上去給他罵街，去拉老婆舌頭，可只怕他不要。那和珅也不是個小奸臣，跟我他大概還合不着，他抓的就是你。”

　　伍宏超只是沒法子問他那畫兒現在何處，然而，以她那樣的武藝，又何用我為她擔心呢？正如吳卿憐現在身畔有一個胖丫頭繡球，我再擔心，就是我多此一舉。

總而言之，女的都有本事，我這十二年的武藝是白學了！我仇既報不了，身也無處安，現在還跟淩萬江逞什麼強呢？所以他又長歎了口氣，說：“好！你叫我上哪兒去，我就上哪兒去吧。”

淩萬江先劈手將他的寶劍拿過去，說：“老弟你這劍，先交給我替你存一個地方兒吧！你不拿着劍，誰也不會認識你是伍宏超。”

伍宏超卻還想要把寶劍要回來，因為這口劍，雖不是什麼奇品名器，卻也相當鋒利，自己給它起名叫青鋒，相伴十二年，如今豈可交給金臂飛俠這麼一個有點荒唐的老頭兒之手？他要給弄丟了，那有多麼可惜？所以他就說：“我這劍，不能離開我的手，還是由我自己拿着吧！”

金臂飛俠卻用手指頭，當當的把這寶劍彈了兩下，說：“我看這也不是什麼特別的傢伙兒！你要愛寶劍，想要開開眼，看一看那價值連城、削銅剁鐵的鋼鋒，你還是得跟着我到西陵。別看我內侄女，給咱們拿瓶子打酒的那窮丫頭，她手裏可真有好貨，比你這口劍強得千萬倍。走不走？要想去看，你就得跟着我走！”這使得伍宏超很是吃驚。顧畫兒確實是個武藝出眾的美人兒，怎麼還又有名劍？現在全都在西陵了，這還不得趕快去一趟？於是他高興起來，淩萬江也興奮得高聲大叫，說：“伍宏超！咱們看看那寶劍去吧！”於是兩人轉身就走，把和珅派人現在正捉他們的事，反倒像是忘了，都不再提。

二人往東轉南，興興奮奮地走得很快，太陽出來時，他們已經走出了廣安門。淩萬江忽然站住了，叫住了伍宏超，說：“喂！喂！我可沒帶着錢！”伍宏超摸摸身邊，說：“不要緊，我身邊還有些銀子。”淩萬江笑着說：“這就好啦！我們已經走出城了，就不用着急了，先去喝點酒兒吃點飯，然後我們還得雇車。拿腿跑着去可不行，你別以為西陵是個近地方！”於是就在這廣安門的關廂找了一家酒飯店，金臂飛俠淩萬江拿着寶劍在前，伍宏超隨着走入。

這鋪子裏飲酒吃飯的人很多，其中認識淩萬江的也不少，都站起來招呼着：“淩大叔，您今兒怎麼閒在呀？”淩萬江把劍放在一張桌上，也向他們都點頭。又有一個瘦子走過來說：“聽說淩大叔挑缺考上第一啦，我這沒得工夫去給你賀喜，以後你可還得多提拔提拔呀！”

淩萬江卻當時就生氣起來，說：“我提拔你什麼？你偷雞摸狗的，不是很發財嗎？誰告訴你我考了第一？和珅他貼出榜來了嗎？我還沒當官，你就先來求差，怪不得你老是這麼瘦，太用心機啦！你去告訴別人吧，和珅就是叫我爸爸，我金臂飛俠也不去端他的飯碗！”把那個瘦子說得直陪笑，說：“大叔怎麼還是這個脾氣？”很沒臉的就走開了。

淩萬江罵完了人，恍若無事，又向伍宏超說：“老兄弟你坐下，反正和珅縱有天兵天將，也是拿不着你啦。你大概跟我一樣，一夜也沒睡覺，我們先叫夥計，來給我們打一盆洗臉水！”

少時這裏的夥計就給打來了盆溫水，淩萬江叫伍宏超先洗，然後他用剩下的水洗臉又洗脖子，同時吩咐夥計說：“先來半斤酒，把你們那酒菜全拿出來！烙大餅兩斤，炒白菜，豬肉加粉條，快着做！我們吃完了還要上西陵呢！”

伍宏超是坐在那一邊凝思，他又想着昨夜間的事。待了一會，酒跟酒菜全都擺上了，他只斟了半杯酒。淩萬江卻過來給他添得酒都溢到桌上，說：“喝吧！我就是不理不喝酒的人。這個飯館，十多年前我就常來，那時我還保着鏢，這廣安門是出京必經之道。當年我把元寶擱在桌上，跟人打賭，一喝就是五斤燒酒。喝醉了，抽刀躺在車轍裏，截過阿桂阿大人的官車。因為我是醉鬼，在鏢行又有名，阿大人竟沒辦我。那是當年啊！自從我弄了個老婆二擺風，我可就完啦……”伍宏超由着他說，自己卻想自己的心事。

少時餅來了，兩斤大餅叫淩萬江吃了有一斤十二兩，他還添了兩個大饅頭，菜也多半叫他吃了，酒壺也變成了空壺。他先叫夥計出來給他雇車，講好了是雇到西陵，然後就叫伍宏超會賬，好快走路。會過帳，出了這家酒飯鋪，寶劍還是由淩萬江拿着，二人就上了一輛專走長途的，雙騾子拉着的敞棚兒的車，離開了關廂，奔向了西去的大道。

這股大道，往來的行人車馬很多，尤其是騎着驢行路的，幾乎走幾步就要遇着一個。有的小驢跑得很快，淩萬江就大聲喊着：“好啊！好快的小驢呀！”其實他也並不和人家認識，他只是這麼個人，大概有點兒喝醉了。

他又說：“他們騎驢，誰也騎不過我那內侄女！”

伍宏超本來坐在車上已昏昏欲睡，一聽淩萬江提到了他那內侄女，不由得又有了些精神。就聽淩萬江誇讚着說：“我那內侄女，就是畫兒，她的本事，說實話連我也佩服！她還會騎驢，她是每半個月必要在京城與西陵之間，走一個來回，為的就是衲好了鞋底子，給京裏的鞋鋪送來，好掙點手工錢，幫助家用。她每次總是騎着小驢進城，把驢寄放在那鞋鋪的後院喂着，她就到我那兒，看看她的姑媽跟我。她那頭驢，其實也很平常，可是她會騎，騎起來就跟飛似的。一清早要是離開西陵，傍天黑的時候，就能進城了，你說她那驢有多麼快？簡直是個飛驢。那個孩子真不錯，只可惜叫兩隻大腳給耽誤了，我想給她找個婆家，可總怕人家討厭她那一雙大腳。”伍宏超本想為顧畫兒的一雙腳爭辯爭辯，但又實在說不出口，他心裏為此不禁覺得不平，並有一種惆悵。

車過了蘆溝橋，便往西南去走。他們這兩個騾子拉着的車，走得也不慢，將日落時，就到了淶水縣境。正要找店房投宿，卻見淩萬江用手指說：“喂！你快來看！她已經早就來到這兒了！”伍宏超倒覺着很詫異，因為只看見在一家賣餅鋪子的門前，繫着一頭小黑驢，那驢正在那裏低着頭吃草料。

淩萬江下了車，說：“咱們問問她，咱們今天走後，京裏還有什麼事情沒有？”正說着，就見由餅鋪裏走出來一個姑娘，正是顧畫兒，手裏拿着一隻包袱，大概就是做鞋底的材料。她可能是路過這裏，到熟識的這家餅鋪喂喂她的驢，自己到裏邊歇了歇。她將包袱放在驢上正要走，淩萬江就問說：“我走後家裏沒有什麼事嗎？”

畫兒姑娘搖搖頭，她那大辮子也跟着擺動，就說：“才一點什麼事兒也沒有呢！”說時看了伍宏超一眼，沒說話，也不問她的姑父同着伍宏超是要往哪兒去，只是解下她的那頭小驢。

餅鋪裏有一個抱着孩子的中年婦人，送她出來，跟她笑着說話，她也微微笑着說：“李大嬸，再見！我還得趕緊回家，十天后我再來！”她穿的依然是那帶着補丁的藍布衣褲，但姿容清秀超俗，眼睛大而嫵媚，並且有威。她並不看伍宏超，只向淩萬江問說：“姑父！你還有什麼事情嗎？”

淩萬江說：“也沒有什麼事，只是，你先回去，叫白二爺或是你乾爹給我們預備個地方，我們到他那兒，至少得住上十天半月，等我到了那兒再細說吧！”畫兒姑娘點頭答應，遂就騎上了驢，向那李大嬸笑笑，又向她姑父看看，就揮着小皮鞭子，驢兒嗒嗒的往南去了。雖看不出驢是怎樣特別的快，但不一會兒，伍宏超就看不見姑娘和那小驢的影兒了。

　　這時天上霞光已變為深紫，鴉群自空中飛過，是逼近黃昏了。凌萬江回首向發着怔的伍宏超說：「咱們別管她，她也不用打燈籠，大概二更天，她就回到西陵啦。咱們可犯不上那麼趕命，先在這兒找店歇一宵再說。」於是他就找了一家熟店房，跟伍宏超住在一間屋裏，他又大吃大喝了一陣，就呼呼地睡了。

　　伍宏超雖也疲倦，卻是睡不着，他只是想着那顧畫兒：如今天黑，路靜，她一個女子，此刻必仍在行走。強人不敢劫她，歹徒不敢侵犯，而她身着敝衣，自甘清貧，這是多麼可欽可佩的一位俠女呀！我十二年學藝，至今卻一事無成，既報不了父仇，又救不了卿憐，如今還被和珅逼得逃命，與她相比，我可太慚愧了！客邸孤燈，他不禁嗟歎。寶劍就在酣睡的凌萬江身旁放着，然而這口寶劍，他也真羞於再去動了，他覺着自己連顧畫兒那麼一個女子都不如，還算是什麼英雄？

　　次日，凌萬江先在店裏吃喝飽了，方才叫伍宏超付店飯錢，叫趕車的套騾子，這才又動身上路。伍宏超才知道西陵那地方，離着京城可真不近，越走地越荒，竟看見了高峰峻嶺。伍宏超知道那也算是太行山的支脈，心說：怎麼走到這兒呢？

　　凌萬江躺在車上又睡着了，伍宏超生怕趕車的走錯了路，他就問了問，趕車的卻笑着說：「哪會有錯？西陵那地方，我跑了也不知道有多少趟啦！」車又順着地下那深深的車轍滾動着前行，走到下午三點多鐘，方才到了西陵。

　　原來西陵是屬於易州，戰國時，俠士高漸離擊築，荊軻高歌「風蕭蕭兮易水寒」，便是在這附近。這裏有一座永寧山，原是太行山脈五回嶺的東麓。山下便是清朝皇帝的墳地，雍正皇帝（清世宗）的墳就在這裏，名曰泰陵。這清朝各皇帝的陵，修築得卻比歷代更講究，陵基完全是用石灰砌成的扁圓形，好像是個大饅頭，前面建有饗殿，殿中燃着據說是永遠也不滅的香油燈。四周松柏參天，占地方圓約三四里。在這裏設有專管皇陵事務的幾十個人，都是旗人，帶着家眷住着這裏的官房，多一半是等於在此落了戶。其中最大的一個官吏，名叫掌稿，掌稿之次是掌案，都是屬於宮廷內務府直接管轄的。這些事都是現在伍宏超隨凌萬江來到這裏之後，聽這裏的掌案白二爺說的。

　　白二爺年約四十餘歲，自稱是漢軍旗人，人很和藹，跟凌萬江很熟識。凌萬江帶着伍宏超一來到，就先去見他。他住的這地方，也像是一個小官廳，凌萬江就說：「白二爺！我們是來打攪你來啦！」一指伍宏超，說：「這是我的伍老兄弟，也是鏢行的，因為在京裏遇見點兒麻煩事，特來到你們這兒躲一躲！」

　　白二爺用一雙小眼睛把伍宏超打量了半天，才說：「這位伍爺，我是第一次見，可是凌老哥，你金臂飛俠給帶來的人還能夠有錯兒嗎？不過，我這地方兒可窄呀！還告訴您，我只是一個人住在這兒啦，家裏連孩子，半個月前就都進京裏去啦，因為不敢在這兒住。這山上有狼，聽說有四五隻，眼睛都像是小燈籠那麼大，天一將黑，就出來，吃了好幾隻羊，還咬死了一匹馬。」

　　凌萬江說：「別說是有狼，就是有老虎，我們這位伍老兄弟也不怕，你看見這口寶劍了沒有？這就是他的，他的武藝超群，我們鏢行的人全都佩服他。他來到這兒，白二爺你放心，並不是在京裏闖了禍，跑到你這兒來躲，只不過是跟同行的惹了氣。他要跟人較一雌雄，我怕他跟人弄得兩敗俱傷，所以才把他帶了來。我原想是把他送到你們老大那裏，可是你們老大，第一那兒地方是真窄；第二有我那內侄女在那兒住着，不大方便；第三……白二爺我是對你說，我寧來求你，也不求你那老大哥。因為你還懂得交情，懂得人情世故；你那老大哥，只有我們那親戚畫兒，還說她的乾爹好，除她以外，連我凌萬江都覺着他是個瘋子，比我還瘋，我幹嗎叫我這朋友在他那兒去找麻煩呀？”

　　這白二爺聽了，卻仍然不表示到底可不可以叫伍宏超在這兒住，他只扯一些閒話，談這地方的風景，又談這地方的歷史。他的書倒似乎讀得不少，水煙可也抽的真多。凌萬江就發急了，說：“你倒是說一句痛快話呀！到底我這伍兄弟能不能在你這地方住？我把他在這兒安置好了，我還得回去呢！不趕緊回去，我還怕我家裏的老婆跟人跑了呢！”

　　白二爺卻笑着說：“不至於！你家的大嫂子是一位賢德的人，不過……”他又磨煩了半天，才不急不慌地說：“我想還是讓這位伍爺到我哥哥家裏去吧！我這兒夜裏還有人來值班，更不方便，再說也沒有地方容留閒人。”

　　凌萬江一聽當時就氣了，說：“白二爺，你要是早說明這話，我們何必在你這兒白耽誤半天工夫？”說着，帶着伍宏超就走。

　　他們坐着來的那輛車還就在松樹邊停着，伍宏超就說：“不必這麼麻煩了，我哪裏不可以去？本來到這裏躲避，也是你的主意，現在你就不用管了！”

　　凌萬江卻幾乎跳起來，說：“那怎麼成？因為咱們是朋友，你眼看着就要遭和珅的毒手……”伍宏超冷笑着說：“那倒未必！”凌萬江接着說：“我才替你想法子！因為西陵這地方，和珅就是知道你在這兒了，他要捉你的時候，也得先斟酌斟酌，他絕不敢為捉你，擔上了驚擾皇陵之罪。不過白老二不懂得交情，我是因為先認識他的哥哥，才認識的他。現在沒法子，只好再去找白大爺吧！他們哥兒倆個的脾氣可不一樣。白大爺早先是這陵上的掌稿的，因為有一次內務府的堂官到陵上來，他給得罪啦。一位王爺到陵上來，他也給罵啦，因這就革了他的差事。他可仍是在這陵上住着，瘋瘋顛顛的，沒有人理他，就仗着他的乾閨女，就是我那內侄女，一個月跑兩趟北京，攬上了一些鞋底子，整天整夜的納，把手指頭都叫麻繩子給勒腫了，掙上那麼一點錢，養着他們老倆口。我本來不願帶你去見那瘋子，可是他兄弟這裏既不留你，只好去找他了！”他叫騾車仍在那裏停着等候，他就帶領伍宏超穿越着松柏樹林，再往西去。

　　走了半天，大概已經出了這皇陵的範圍了，便看見兩三間茅舍，一堵石垣，幾顆又高又細的榆樹。有幾隻雞，帶着一群小雞在石垣的柴扉外亂跑。狗望見人來了，也不住地汪汪亂叫。凌萬江又囑咐着說：“你見了那老頭子可別多說話。他說出什麼話，你可也別惱。”伍宏超這時卻精神奮發，並且未見那位白大爺，他已先肅然起敬。

　　凌萬江高聲喊着：“看狗來！”柴扉裏有女子的聲音答應，跑出來的正是顧畫兒，手裏還拿着正在縫納的麻繩和鞋底。凌萬江說：“看着狗！別叫狗咬着你伍大叔，把這些小雞也趕一趕！是你養活的這麼些個剛孵出來的小雞嗎？你看有多麼絆腳？我要踏死你可別心疼。你乾爹在家裏沒有？”

　　畫兒姑娘搖了搖頭，說：“我昨兒晚上回來，就沒有見着他老人家，大概是又到山上廟裏跟老和尚下棋去啦！”

　　凌萬江說：“你乾爹不在家更好，我真怕跟他見面。我本想送你伍大叔到白二爺那裏住，可是沒想到那傢伙，一個樹葉兒掉下來，都怕把他砸死，只好不去求他啦！我告訴你也不要緊，你這伍大叔在和珅的家里弄出了點事，想來這兒躲避幾天。你也跟你伍大叔見過，這是咱們自己人，你別拘束。等你乾爹回來，你就給他引見，叫你伍大叔在哪兒住都行。好啦！我走啦，我還得趕緊回京，要不然，你那姑媽又得鬧翻了天！”

　　畫兒姑娘一旁看着狗，趕着雞，一旁答應着，手裏可仍然納着鞋底。凌萬江就向伍宏超說：「我本想陪你在這個地方住上一兩天，可是這兒也沒有什麼地方住，我又急着回京裏去看看。你想想，你還有什麼事沒有？」

　　伍宏超說：「我也沒什麼事，不過如果和珅還要逼我，或是因為那件事連累了馮茂興，或是和珅的家宅中出了什麼慘事……」

　　凌萬江說：「他家宅中出什麼事，我沒法兒知道，可是馮茂興要是受了欺負，那還有我！反正我回去看看，如若有要緊的事，我一定還來，過幾天畫兒她也還進京去送鞋底。得啦，你就安心在這兒住着吧！沒事時指教指教畫兒的劍法，或是跟白二爺談談天。安心等着，養足了精神，將來找着那鐵爪蛟龍，咱們還得跟他去鬥一鬥呢！好啦！我走啦！」說完了話，他便將寶劍交給了伍宏超，遂轉身走去。

　　這裏只留下了畫兒姑娘與伍宏超，狗已經不咬了，小雞仍在唧唧的叫。顧畫兒說：「伍大叔進來吧！」伍宏超就拿着自己的青鋒劍，憂鬱地，又有點不好意思似的被姑娘讓進屋裏。

　　進屋一看，真是四壁蕭然，只是放着不少卷舊書，牆上一個釘子上掛着一口寶劍。這口劍很舊，帶着鞘，劍柄上連穗子都沒有。伍宏超恨不得當時就摘下來看看，但還不敢這樣冒昧，可是他知道此劍必如畫兒姑娘一般，看着雖窮，可是絕不平常。眼前這寶劍鋼鋒，佳人俠女，恐怕都是千古難逢，世間無二。

　　顧畫兒又說：「這屋子我也沒工夫打掃。我乾爹在家裏時就在這兒住，有了客來讓客住，前年我師傅來的時候，就住這屋。」伍宏超將自己的劍放在炕上，就很恭謹地說：「我來這裏打攪，也自覺着不對，可是我冒昧地說，我跟姑娘實在不是外人。姑娘的令師江南郝燕翎，跟我也是朋友！」他說出了這話，自覺着是套了個近，卻不料人家姑娘竟然不理，只說：「請伍大叔隨便歇着吧！」就轉身出屋去了。

　　這時天色已經不早了，屋子裏漸漸昏暗起來。伍宏超坐在炕邊很覺不安，因為這裏白大爺既沒在家，只是顧畫兒，或者還有她的義母，但絕對沒有一個男人，真是太不方便。他覺着在這裏住着實在不大合適，因此就想要離開，心說：誰能就聽凌萬江的指使呢？我這時候就是回到北京，只要不在那花廠裏住，也連累不着朋友，隨他和珅對我如何，我全都不怕！這麼一想，他就站起身來看着窗外。顧畫兒這時如在院裏，他想就向她告辭，當時就走，反正人家這裏沒有男子，自己是不能在這兒住的。

　　此時，就聽顧畫兒在院中把雞和狗喚進來餵食，還有一個嗓音極細的人幫着她。伍宏超隔着門縫去看，見院中有一個十歲上下的小男孩，梳着個小撅辮，衣服也很襤褸。他管顧畫兒叫「姑姑」，咬着舌說：「姑姑！咱該做飯啦！這兒不是還來了個客人嗎？咱餓着，別叫客也餓着呀？做點什麼好吃的呀？你不是從鞋鋪拿回錢了嗎？我給你上張家小鋪買點白麵，吃麵條好不好？我也饞啦！我在你家裏作伴兒，不能白作伴，你得請我吃麵條！」

　　顧畫兒說：「人家客人不嫌咱們吃的壞！等一會兒再做飯，我爹還許回來呢。」說着話，她手裏還時時在納着鞋底。外面的天色也十分的陰沉，好像是要下雨的樣子。

　　伍宏超只得又坐下，因為他聽說顧畫兒的爹等一會就許回來，總是跟人家見過一面再走才好，不然來得匆匆，去也匆匆，也太不磊落。白大爺不是尋常之輩，顧畫兒更是欽奇的女子，我豈可顯出來太拘謹，太迂腐，太小氣了？所以，他暫時又不能走了，只是這麼枯坐着，也太煩悶。

　　又過了一會，屋裏差不多全黑了，窗外也暮色漸深，從山陵那邊吹來的風呼呼的，一陣比一陣緊，雨聲也沙沙地響了起來，窗上的紙都被淋濕了。伍宏超就暗歎：走不成了！但又想：只要那白大爺回來，我跟他見面談幾句話，我還是要走。他不回來，待一會我也要走，別的倒都不說，只是不能在這裏麻煩人家時時刻刻在納鞋底謀生的顧畫兒。

忽聽窗外有人說：“怎麼這麼大的雨呀！”是那咬着舌頭說話的小孩兒的聲音，遂着屋門開了，外面的風和雨全都吹了進來，人也進來了。進來的卻是一高一矮兩人，矮的是那小孩，高的雖然模樣兒還看不出來，可是也知是窈窕的顧畫兒。伍宏超就站起身來，也不知道說什麼才好。

只見顧畫兒隨手就把屋門給帶上了，那小孩的兩隻手裏騰騰地直冒熱氣，還說：“真燙手！真燙手！”顧畫兒遂把火兒打着了，點上了手裏預備着的一個陶制的燭臺，上面有半枝羊油制的燭，就放在炕邊。那小孩把端着的一大碗熱湯麵跟一雙筷子，也放在炕上了。伍宏超便皺着眉說：“這樣，我的心裏真不安！我來了就給姑娘多添了這些麻煩！”顧畫兒卻什麼話也不說。

小孩又仰着臉問她說：“還是我拿去嗎？”顧畫兒只把頭微微點了點，小孩就出了屋去了。這裏，只是伍宏超跟顧畫兒，燭光顫顫，熱麵還冒着氣。窗外風雨響得更厲害，伍宏超嘴唇動了動，可是什麼話也沒有說出來。就見顧畫兒的衣服已有些被雨淋濕，那烏雲似的頭髮上都沾着水珠，鬢邊還有幾絲粘在臉上，她的臉秀潤如奇花，如美玉，那雙美麗的眼睛卻並不對着人。

顧畫兒走到牆邊去摘那掛着的寶劍，釘子很高，她畢竟是一個女子，伸着胳膊也夠不着。伍宏超剛想要替她去把劍摘下，可是見她已經脫了一隻鞋，就把一隻腳登在炕邊，布襪子上也有補丁，她就摘下寶劍，又下炕穿上了鞋。

伍宏超非常注意這口寶劍，但畫兒只是把劍取下來，連鞘拿着，也不知道是要做什麼。伍宏超就微微帶着笑說：“這口寶劍一定很好！”

顧畫兒鄭重地回答說：“這劍就是‘金剛玉’。”

伍宏超吃了一驚，雖然並不知道金剛玉寶劍究竟是怎樣一件利器，但在顧畫兒的手裏這樣珍重地拿着，還能是普通之物嗎？他不禁激動起來，景仰欽佩之情實難忍抑得住，就拱拱手說：“姑娘真是今世第一奇俠女，我得僥倖與姑娘見面，尤其姑娘的高超武藝，我也領教過了，我真，我真是自愧弗如……”顧畫兒卻仍然是什麼話也沒說，臉既不紅，也不笑，使得伍宏超倒不禁臉上發燒，因為自覺着是碰了一個釘子，自討了沒趣。

第八章　夜半叩门声惊人恶语　雨中腾剑气绝世娇姿

　　此時那小孩在院中喊道：“姑姑快開門呀，都淋濕啦！”顧畫兒趕緊一手拿着劍，一手去開了屋門，就見那小孩抱着一床被褥跑進屋來。這時伍宏超可忍不住要說了，他說：“這是幹什麼？是給我預備的麼？不用，我這就要走！”那小孩說：“走什麼呀？外頭的雨下大啦，天也黑啦，外頭有狼，又有鬼，離着城又遠，你走什麼呀？別走啦！”因為他是咬舌，把走字說成為肘。伍宏超笑了笑，說：“讓你們費了半天的事。煮的這碗麵，我是一定要吃完的，我可不能在這裏住。本來我是想見一見這裏的白大爺，因為我想着他一定是一位不凡俗的老人，但是看這樣子，他今晚未必回來了。我也不能再多等候，我住在這裏也不方便。”

　　顧畫兒就正色地問說：“有什麼不方便的？”

　　這話問得伍宏超倒難以回答了，遲疑了半響才說：“不方便是因為，我在京裏與和珅結下了深仇！”

　　顧畫兒說：“不就是因為這事，我姑父才帶着您到這裏來躲嗎？”

　　伍宏超歎息着說：“躲？我當着姑娘可以說，這並不是我驕傲，我實在不怕和珅！”

　　顧畫兒反問着說：“那麼伍大叔就覺着我們怕嗎？”

　　伍宏超笑着說：“姑娘自然更是不怕，不過……我實同姑娘說，自從前天我們在淩老英雄的家中，得罪了和珅家中的奴才，那件事情還不算太要緊，那夜裏我卻又往和珅的宅裏去了……”

　　顧畫兒不等他說完，就點頭說：“我都知道！因為昨天，是伍大叔跟我的姑父先離開京，我後走的。京裏要是有什麼事，我還不能夠就放心的回來呢！我跟伍大叔說吧，你就是在和珅的家裏闖出天大的禍，來到我們這兒住，也不要緊。我敢擔當，就是不為伍大叔的事，將來總有一天，我也得去找和珅，報父仇……”說到這裏，她嬌細的語聲略顯得悲傷，美麗的雙眸也帶着憤恨。

　　伍宏超也慨然說：“我也知道，姑娘與和珅也是有殺父的大仇，所以我更……引姑娘為知己，但是這裏是白大爺的家……”

　　顧畫兒說：“你還不知道，我乾爹比我們更有肝膽！你見一見他你就知道了。其實伍大叔現在你一定要走，我也不能攔，可是，你頂好等着我爹回來。他雖是一個旗人，但他自小將我養大。他教給我讀書，使我知道了忠信仁義。他還延請了江南郝燕翎，陝南沖天俠，教給我了一點武藝……”

　　伍宏超連連的點頭說：“是！是！”他此時似乎連頭也不敢抬，又說：“我也想到了，郝燕翎老拳師名震江南，哪能夠隨便到這裏來收一位女弟子？沖天俠更是漢中首屈一指的俠客，他能夠到這裏來，自然因為白大爺的為人太可欽敬了，姑娘又太值得造就了！我實在覺着慚愧……”

顧畫兒又淡淡地笑了笑，說：“既是這樣，伍大叔就可以放心在這兒住啦！等我爹回來時再說。”伍宏超只得又連聲答應着：“是！是！”

那小孩在旁邊也笑着說：“你幹嗎這個樣兒呀？你倒成了個小孩啦，麵也涼了，還不吃？這被褥是我白大爺爺蓋的，給你蓋，還不是跟你好嗎？”他咬着舌兒譏笑着，伍宏超又連聲答應着：“是！是！”招得顧畫兒也忍不住地笑了。她一笑就趕緊轉過了臉去，等她再轉回時，就見她的臉上微微布上了一層紅暈。她又爽快地說：“伍大叔快吃麵吧，快歇息吧！”又向那小孩說：“鐵兒！咱們也快上那屋裏吃飯去吧！”遂就又開了門，還哎喲了一聲，笑聲兒說：“雨真大！”小孩鐵兒就跟着她出了屋。顧畫兒站在屋外，一隻手拿着那金剛玉寶劍，一隻手在頭上遮着雨，叫鐵兒把屋門帶好了，他們就腳步聲在雨地裏響着，似是半跑着回另一間屋裏去了。

伍宏超一個人在這裏是又羞慚，又後悔。本來，這樣豪爽的姑娘，可譬作人中之龍，女中之鳳，又是郝燕翎跟沖天俠的女弟子，手中還有金剛玉寶劍，要說住在這兒“不方便”，那是自己心邪，態度太不磊落，同時也是可笑又可鄙。不錯，她實在美麗，但是也嚴正，凜若冰霜，誰敢生一點別的心呀？既是不敢生別的心，那麼又有什麼不方便？若說怕給這裏惹禍，更是過慮了，什麼禍能夠加得到這樣俠女的身上呀？這俠女就是泰山石，就是去邪除惡的女神，在這裏，要是再說什麼不方便的話，那就是輕視了這位女俠。

當下，伍宏超就端起碗來吃麵，決定在這裏住下了，然而這實在等於是求人家保護，求一個年輕的女子保護，並且還吃着人家辛辛苦苦納鞋底掙來的飯，這總是覺着害羞！

麵是一種黑麵，湯裏只有一點鹽，沒有醋也沒有油，更沒有一點肉。這還是待客的飯，可見人家平日是多麼清苦了。我是個什麼人呢？我雖也自幼就離家學藝，但我離開家的時候就帶走了不少的錢，十二年我在外並沒吃一點苦。今年回家，又帶出來了不少錢。我是一個無能的紈絝兒，奢華卑劣的浪子。我在那奸臣和珅的迷樓中，金屋裏，留戀着那麼一個仇人的寵妾吳卿憐，我還沒有一點膽量與勇氣。我與人家穿破衣裳吃粗飯的俠女比一比，我真不像個人！假使我知道羞恥的話，我就應當拿寶劍自刎才對！但是我的這口寶劍，也連一分一厘都比不上人家的那口金剛玉寶劍呀！

麵吃完了，蠟也點乾了，蓋着這半新不舊倒很厚的一床被褥，可還覺着寒冷。他自愧、自恨，又仿佛對顧畫兒還有些不服氣，得想個什麼方法才能勝過她，但想來想去，又覺着實在無方法。山陵的風，自萬木林中吹來的風，呼呼地響。這是春天呀，但竟似秋夜一樣的淒涼，雨聲倒漸漸地停止了。

他大概是睡了一個覺，忽然就驚醒了，聽見院中有人吵吵嚷嚷地說話，並有火光在紙窗上閃動着。他驚得趕緊下了炕，開了一點門縫，向院中一看，見站着有五六個人，手中全都舉着燃着了的樹枝。其中正有那位白二爺，他急得什麼似的，說：“可費了大事啦！柴又沒有乾的，點了半天才點着。沒幾根火把拿着，要是遇見狼，可有什麼辦法呀？幸虧今兒晚上我們那兒值班的人多，我又邀上了韓二叔、慶大爺、廣三哥、文四哥來跟着我壯着膽，我才來的，我們的鞋襪子走了這麼半天也都踏濕了。這都是你那姑父，金臂飛俠那傢伙帶來的禍，他把禍給帶來，他可當時就走啦！我告訴你，畫兒，你們這兒千萬別留那人住！那人，我今天看着他就是一臉的兇氣跟喪氣，他原是前天夜裏在和中堂的府裏殺了人，殺的還是那府裏護院老師鐵爪蛟龍胡騰雨的門徒，這禍可不小！剛才州衙門裏的徐頭兒特意來告訴我，他也是今天才從京裏來，他都知道那人名字叫伍宏超，是逃到西陵來了。和中堂的人今夜不來，明天一早也准追到，來了一看，雖說那人是在你們這兒住，可這也是我哥哥的家呀，還能夠不連累上我嗎？快點！快點叫那姓伍的走……」

顧畫兒這時已經出了屋，她說：「二叔，你不用着急！這件事，就是萬一出了禍，也絕連累不上你。」

白二爺急得直跳，說：「怎麼會連累不上我呀？滅門！滅九族！我是你乾爹的親兄弟，他要是因為窩藏兇犯殺了頭，我，反正我的差事得砸鍋！我也是有一大家子的人呀……」

旁邊幾個人都說：「畫兒姑娘，你就叫那姓伍的出屋來吧！他也一定是個好漢子。或者他敢作敢當，自己去投案，或者他趕緊逃到別處。姓白的跟他無冤無仇，他不應該在這兒等着連累人……」

白二爺又氣得大罵說：「你乾爹沒在家，留個野小子在家裏住，也不像事呀？你爹不管你，我可要管，快點叫那個野小子滾出來！」

此時伍宏超已經昂然走出了屋，擺着手說：「不要嚷嚷！叫我當時就走都可以，但你們不要胡說，不要侮辱這裏的姑娘！」

白二爺把手中將要滅了的一根松枝又抖了抖，借着火光照着，向伍宏超看了看，他就說：「好啦！伍爺！只要你出了頭就行啦！咱們都有交情，看你也像是一個讀書的人。這兒不能住，西陵這一帶全不許你住，你還不明白嗎？我們現在來，可也不是來捉你，只是好意來關照你一聲，你趁早兒請！」

伍宏超點頭說：「走我是一定要走的，不過我還要等着見白大爺一面。」

白二爺卻把嘴一撇，說：「白大爺是我的哥哥，你今天見着了我，就跟見着他是一樣了，我不叫你在這兒住，他回來也更不能叫你在這兒住。旁的話都不用提啦，人家家裏沒男人，只有一位十八九的沒出閣的大姑娘，你想想，你在這兒住着合適嗎？」

伍宏超心裏生着氣，但實在又無話可說，只好點點頭說：「好！我這就走好了！」說着便回身進屋，將自己的寶劍取出來。那白二爺一看他拿着寶劍，倒嚇得往後退了幾步。伍宏超轉頭望了望顧畫兒，就拱了拱手，說：「我走了！因為這裏既然不能容留我暫住，我自然也不能再打擾，只是未得見着白大爺，我很遺憾，只好改日再來拜訪吧！」顧畫兒站在那邊，正在對着她那「乾叔父」白二爺生着氣，聽了伍宏超的這話可也沒有說什麼。伍宏超就走出了柴扉，門前的狗又向他亂吠。

白二爺卻又跟了出來，他倒顯得和氣了，說：「伍爺！你可別就從此記恨上我呀！這是沒法子的事，我們也不願意。因為我們是當官差的人，你在京裏，在和中堂的府裏，聽說弄得事情也太大了。我們住着官房，吃着官飯，實在是不能夠收留你，很對不起！」

伍宏超搖搖頭說：「沒有什麼！」

白二爺又說：「現在跟我來的這幾位，也都是自己人，你走後，和中堂就是派人來問，我們也絕不會說你是上哪兒去了，可是你以後要是遇着什麼人，也千萬別說你曾到這兒來過，因為咱們都有交情，是不是？」

伍宏超說：「你放心！我既是走了，就是因為怕連累你們，不然，無論你說什麼，我也絕不走。因為我與凌萬江是道義相交，與白大爺是慕名的朋友，與這裏姑娘的師父郝燕翎也是舊識，我若在這裏住，原也沒有什麼不便！」

白二爺說：「得啦得啦！這話就不必再提啦！你就請吧！路太黑，你要火兒不要？」伍宏超搖頭說：「不要！」這時那孩子鐵兒也出來了，他咬着舌頭，大聲的嚷嚷說：「不拿個火兒可不行，遇見狼可就叫狼吃了！狼是什麼也不怕，就怕火，你快帶上一根火把吧！」還沒容伍宏超說什麼，白二爺就把那孩子連狗，都給呵斥到門裏去了，同時他也趕緊回到院裏，把柴扉緊緊閉上了。石垣裏，火把的光亮漸熄，說話的聲音也沒有了，大概是都進屋裏去了。

伍宏超在外邊站了一會，天並不太黑，還往下落小雨點，風也還一陣陣的刮着。他四顧茫茫，一腔的怒氣，此時實不曉得應當往哪裏去才好。這時他倒真願意有狼來了，先殺它幾隻；更願意和珅派的人來到，殺他一陣。他穿過了一片松林，沒看見一隻松鼠，也沒聽到一點動靜，只覺着衣裳濕了，提着劍的手也有點發冷。雨氣連着夜色，森林接着草徑，高陵倚着茫茫的山嶺，更沒遇着一點燈光。他就想：快些走吧！在這裏還留戀什麼？真要招顧畫兒也輕視我嗎？我這次來，總是太聽信了凌萬江的話，以致招得沒趣，還顯得我懦怯無能，現在我還是得回北京，索性去找和珅！

他放開腳步，急急地、忿忿地向東走着，走出約有半里路，可還沒有走盡這西陵的樹林。忽然聽見身後似有腳步聲，把他嚇了一跳。他趕緊回首，見來人隱隱綽綽的，正是姑娘顧畫兒。她的手裏提着一個寒光閃閃的東西，就是那金剛玉寶劍。

伍宏超回過身來，只聽顧畫兒說：「伍大叔不要生氣！我爹的那個兄弟，就是那麼一個人，他太膽小怕事，又不懂得幫人的忙！」

伍宏超說：「我在和珅的家中殺死了鐵爪蛟龍的徒弟，原不想逃避到這裏來，都是你姑父的主意。我也不是來到這裏求誰幫助，我的武藝雖然不行，可是生平除了姑娘以外，我還沒遇見過對手，我更非膽怯的人，到這裏求保護。」

顧畫兒點點頭說：「我都知道！可是伍大叔現在還要往哪兒去呀？」

伍宏超說：「請姑娘不要再稱呼我是什麼大叔！我只是伍宏超，你的令師郝燕翎算來也是我的長輩。姑娘自非江湖女子可比，我的事也不敢請姑娘操勞，可將來我們還許能一同在郝老師傅的門下見面，我不敢自居是你的長輩。」顧畫兒似乎沉吟了一會兒，伍宏超又說：「我現在就打算回北京去！馮茂興和凌萬江，你那兩位令親，我都不想再與他們見面了，可是姑娘如在京裏有什麼事，我還能去辦。」

顧畫兒說：「我在京裏沒有什麼事！伍大叔……」說到這裏，她又笑聲說：「我還得叫您伍大叔，因為您是我姑父的朋友。可是，我跟您是一樣的人。我的爸爸跟您的老人家全是為和珅所害。我的爸爸顧昆傑，生前本來也是個會武藝的人，開過鏢局，因他好喝酒，好管閒事打不平，所以把買賣作虧了，關了門，落得很窮。他也是一個脾氣古怪的人，早先跟我的乾爹白大爺因為喝酒，交了好朋友。我三歲的時候我媽死了，他就把我交在我乾爹的家裏寄養。我那兩個姑媽，都是他的胞妹，大姑媽嫁的是馮茂興，二姑媽先嫁過一回，居過孀，後來才又嫁的凌萬江。我爸爸可與他們全不來往，他只是跟我的乾爹好。我乾爹搬到這西陵來住，那時候我就七歲了，他就送來這口金剛玉寶劍。這口劍據說價值萬金，他窮到極時，也沒有賣。和珅那時就用勢力逼着要買這口劍，他也沒賣。郝燕翎與沖天俠，也是聞說這口寶劍在西陵，他們是為了劍才來的。又久聞我爸爸的名聲，更欽佩我爸爸的為人，才肯收我為徒弟，教給我武藝，也是為叫我永遠保護着此劍，免得落在和珅或鐵爪蛟龍胡騰雨之手。

「我的爸爸因為恨和珅作惡多端，就永遠想跟和珅去拼命，他打過和珅手下的家奴汪四，撞過和珅的轎子。他還把巡撫王亶望送給和坤的賄賂，是很多的珍珠金銀，都在半路上劫了，周濟了貧婦孤兒。他跟鐵爪蛟龍胡騰雨是死對頭，要沒有胡騰雨給和珅護院，他早就把和珅殺了。他曾被順天府大興縣、宛平縣畫影圖形捉拿，可沒拿着他。他在這裏我乾爹的家裏藏過，後來又喬妝改扮，隱在蔣侍郎蔣錫榮的宅裏，當一名更夫。這話是在四年以前了，那蔣錫榮原來也是巴結和珅的。那時浙江巡撫王亶望，因貪贓犯罪，被皇上降旨抄家，正法在蘇州。他有一個妾，名吳卿憐，本來是一個好人家的女子，年紀才十幾歲，能詩善畫……」

伍宏超聽到這裏，便忍不住問說：「這個女子後來又怎麼樣了呢？」

顧畫兒說：「這吳卿憐當初給王亶望作妾的時候，就是買去的，她就不願意。因為她長得好看，王亶望特為她在西湖畔蓋了一座迷樓，聽說樓欄杆上、窗上都嵌着寶玉，用的都是一些造孽的錢。王亶望死後，她就到了蔣錫榮的手裏，蔣錫榮又把她獻給和珅。那時她哭着，寧可尋死，也不願意去，是被和坤給強搶了去的。我爸爸當時正在蔣宅打更，看見了，就覺着不平，夜間就往和珅的府中想救她。不料在那夜裏，就被鷹爪蛟龍胡騰雨殺死了，還將頭掛在什剎海的柳樹上。我姑父凌萬江將頭偷去葬埋了。這些事，我後來才知道！」說到這裏，她顯出無限的悲哀與憤恨。

松風簌簌，細雨滴滴，在這靜夜荒陵裏，顧畫兒柔語哀聲的敘述着，活繪出了顧昆傑的烈烈俠氣，和和珅的種種惡行，並且也使伍宏超知道了吳卿憐的詳細身世。他是又欽佩又驚奇又感慨，尤其看着眼前的這口金剛玉寶劍，他恨不得拿過來細看一看，最好能夠試一試，只是顧畫兒的劍總不離手。伍宏超想把自己與吳卿憐是同鄉，這次在和珅宅裏惹了禍，為的也是她；而且她現在喚自己為哥哥，又要嫁給自己的這些事據實說出，無奈他在畫兒姑娘的面前，真真地是說不出口來。

這時顧畫兒又憂鬱地說：「可惜我乾爹太老了，他恨惡人，最恨和珅，卻又無拳無勇。並且他守法安分，怕我因會武藝，去為我爸爸報仇遭了不幸，就時時攔我，勸我。他老人家是一位義人，是一位高士，是我的恩父，我縱有急切的報仇的心，可是我不能不暫時忍受委屈，就是因為不忍得違背了他老人家的囑咐！」她說到此處，竟哭了起來。

伍宏超長歎着說：「姑娘你現在放心吧！你的父仇我替你去報，這也是為報我的父仇！」

顧畫兒當時沒再言語，停了一會，才又說：「現在，伍大叔，你就去見一見我乾爹，好嗎？」伍宏超趕緊問說：「他現在哪裏？」顧畫兒說：「他現在就在山上武通寺裏，因為他跟那裏廟裏的老和尚是好朋友，常在一塊兒下圍棋，一盤棋要擺四五天才能夠終局，他就在廟裏住四五天。他這些年來，也不常喝酒了，只是好下棋解悶。」

伍宏超說：「天色大概快要亮了，山又高，姑娘又一夜沒有睡眠，我不願又煩姑娘領着我去，我想只有改日吧！等我這次到北京，找和珅報了我的父仇，倘若我還能生存在人世，那時我必要再來專程拜訪！」

顧畫兒說：「可是，伍大叔現在你要不去，我也得上山去把伍大叔來過一次，被他兄弟白二爺趕走了的事，去告訴他老人家，不然，他老人家能夠怨我。他老人家一向最敬重江湖之間的俠客，所以郝燕翎、沖天俠一來到，便和他老人家交成莫逆，尤其是有肝膽有骨氣，敢與和珅作對的俠烈之士，他更為敬佩。伍大叔要是不見他就走了，日後他一定以為是我怠慢了你啦！”

　　伍宏超聽了這話，卻更是自覺着害羞，因為自己怎敢與郝燕翎和沖天俠相比呢？哪配稱俠烈之士呢？但如今顧畫兒既是這樣尊敬我，我又怎可以這麼扭扭捏捏，一點也沒個爽快的樣子，難道我是不敢上那座山……於是就點着頭說：“好！那麼，姑娘就領着我去見見白大爺，我來了這一次，若是不見着他，也實在是一種憾事。”

　　當下，顧畫兒就在前邊領着路，伍宏超跟着她，穿越着樹林往北去走。林子裏上面既滴嗒着雨水，下面又是濕泥，黑暗得什麼也看不見。半天，才走出了這片樹林，只見天色已漸亮，霧氣茫茫，細雨還在下着。顧畫兒的娉婷俏影，也能看得清楚了，她正用手中的寶劍向前指着，說：“就在這座山上！”伍宏超仰面去看，見遠處高山上霧氣騰騰，而近處顧畫兒手中的金剛玉卻閃閃發光。

　　又往前走，少時就來到山坡上，只見一股向上去的山路，山有多麼高，迷迷茫茫地也看不清。顧畫兒就在前邊向上去走，並時時回過頭來囑咐着說：“伍大叔可千萬緊跟着我走！”伍宏超不由得詫異，問說：“為什麼定要這樣的小心呢？你放心在前面帶着路好了，我絕不會跟不上你。”顧畫兒又回過頭來說：“不是怕你跟不上我，是因為這山的狼很多。白天還不大出來，可是一到晚間，尤其在這剛下過雨的早晨，就常常三隻五隻地出來咬傷牲畜，也吃過人。”

第九章　　素手屠狼山間初展技　　俠情換劍松下卞相思

　　伍宏超在北方也走過不少地方，聽說過狼，可是還沒有遇見過狼。自然，現在不用說有顧畫兒這樣的俠女同行，就是沒有別的人，手中既有寶劍，便不怕猛獸。不過知道狼雖不是像獅虎一樣的兇猛，可是只要一出現，至少也得是三隻五隻，那可實在有點叫人不能不提防，現在連顧畫兒都是這樣時時小心，可見狼也是很難惹的。伍宏超也不敢大意，就隨走隨回頭去看。

　　兩個人向這嶺上走了有好一會兒，已經轉過了一道山坡。再往上走，山路就漸漸崎嶇難行，兩旁還生長着許多酸棗樹，絆着腳，刮着衣裳。雲氣更為濃厚，濕雨淋淋，風吹來很冷。這時，忽然顧畫兒在前邊一回頭，說：“伍大叔可小心着，真有狼在你的身後邊了！”

　　伍宏超聽了這話，急回頭去看，就見自己的身後邊，也可以說是腳底下，不過有一丈多遠，真來了一隻比狗大的東西。伍宏超將劍一掄，這個東西不但不跑，反倒向着他兇猛的嗥叫起來，齜着一嘴的長牙，樣子十分可怕。並且後面原來還有四隻，全都作着撲食的樣子，慢慢往近來了。伍宏超將劍急急地揮舞着，他這劍雖也是白光閃閃的，可是不行，狼並不怕，狼是只怕火。伍宏超此時恨不得從哪裏尋來個火把才好，可是身邊連一點取火之物也沒有，天上還在下着雨。

　　他急得沒有法子，只好掄劍要與狼去拼命，這第一隻卻像是人似的，站起來要撲他。顧畫兒側身掄起了金剛玉寶劍，說時遲，那時快，未等伍宏超下手，那一道寒光砍了下來，這狼便被一劍砍在了腰上，就聽一聲怪叫，立時腰斷兩截。伍宏超不由得更是驚訝，心說：好鋒利的寶劍！

　　後面的那四隻狼回頭跑了不遠，卻又都回過頭來了，還都齜着牙，大聲嗥叫着。顧畫兒就又頻揮金剛玉寶劍，當時又被她殺傷了一隻狼，那三隻便一齊向山上跑去了。顧畫兒忽將金剛玉寶劍飛起，像投梭鏢一般擲了去。准極了，寶劍又插在一隻狼的身上，它連滾都沒滾就死了，其餘的兩隻狼卻已經跑得無影無蹤。顧畫兒跳將過去，從死狼的身上拔下了她的寶劍，又轉身上山去了。逃走的那兩隻狼似乎還在呼叫它們的同伴，借着山嶺的回音，嗥聲十分可怖。

　　這山雖不是特別高的高峰，卻也有一座懸崖，山腰間荊棘叢生，仰而去看，至少也有五六丈之高。但見顧畫兒手舞着劍，將身向上一躍。伍宏超正要說：“算了吧！就放那兩隻狼逃生吧！”然而轉眼前已不見了顧畫兒，她竟已躥到了這懸崖之上去了。

　　伍宏超更加欽佩顧畫兒的武藝，覺得除了沖天俠教出的女徒弟，絕不會有這樣好的跳躍功夫。可是又想，這顧畫兒也未免太逞能了，在我的眼前這樣施展身手，大概是專為給我看的，她這樣一來，更顯出我是不行了！在北箭亭的試場上，我雖與她可以說是打了一個平手，但如今一看，她這武藝，我就是再學十幾年，也是跟不上，完了！我以後真不能再向人顯示我是會武的了！

等了一會，就聽咕咚、咕咚，兩隻死狼都從懸崖上扔了下來。顧畫兒也手持着金剛玉寶劍，似一位天上飛來的仙女，隨着跳將下來，並無聲音，身形依然俏立。她把躺在山道上的五隻死狼全都看了看，就笑着說：「大概都殺絕了！以後這山上住的人不必再怕狼了。我是因為一向沒有工夫，所以才等到今日，伍大叔！咱們再往上走吧！」遂就又向上跑了幾步，趕上了伍宏超，又笑着說：「也是因為我這口寶劍好，要不然也不能就這麼容易叫這幾隻狼死了。」

伍宏超心中對這姑娘懷着一些敬畏，口中也不由得不誇讚，就說：「姑娘的武藝實在是好，身手也矯捷絕倫。這五隻狼，要是叫我一個人去對付……」他歎了口氣，說：「我實在對付不了！我這是第一次遇見野狼，我還沒想到狼竟這樣兇猛，不怕人，也不怕劍。幸虧有姑娘，姑娘的武藝可稱世間無雙，寶劍恐怕更是天下無二！」

顧畫兒聽了這話，卻赧顏一笑，說：「這算什麼的？伍大叔把我誇得也太過了！我這點武藝，殺死幾隻狼，能算什麼？我也殺不了和珅！」說着，她的聲音又顯出來悲傷，並且用袖頭直擦眼睛，大概是又流淚了。

這時的雨落得很微，雲氣仍然彌漫着，不過天色確實顯着亮，已經看得出來顧畫兒霧裏的嬌容。她鬢邊的發都貼在臉上，那身舊藍布的補丁衣裳，全都濕得貼在身上，兩隻鞋全是泥，但這姑娘比那珠圍翠繞，眉稍上有紅痣的吳卿憐，卻是百倍地使伍宏超心生愛慕。這愛慕只是在他心中的深處隱藏着，不敢表現出來一點。伍宏超就又說：「姑娘不必難過！反正我們兩人必要尋找和珅，同報殺父之仇。這一次我先回去，我若是得不了手，那只有請姑娘去幫助我了，但如若殺死和珅之後走不脫，那都由我一人擔當！」顧畫兒也沒再說什麼，只擦了擦眼淚，同着伍宏超迎着曉霧，再往嶺上去走。

又走過一座山頭，果然看見有一座很小的廟，正殿三間，兩旁的配殿只各有一間。紅牆和山門，倒還都很整齊，也許是因為接近皇陵之故，歷來總有人給重修。山門緊閉，牆並不高，顧畫兒來到這裏，她不跳牆進去，卻偏要輕輕去打門環，顯出十分謹慎。伍宏超就趕緊將自己的衣服也揪得平展了些，並把頭上的辮子也揪了揪，劍也不知道擱在哪兒才好。

顧畫兒叫了半天的門，裏邊才有人給開門，是一個四十來歲的和尚，也不說一句話。顧畫兒回身點點手，就叫伍宏超跟着她進去了。直眉瞪眼的和尚，把伍宏超攔住，不許他多走一步，顧畫兒卻手提寶劍，就進了那間西配殿。她進去了半天才出來，同她出來的一個彎着腰的年有七十多歲的老人，又乾又瘦，白鬍子也沒有幾根，穿着的長袍也很舊。伍宏超趕緊將劍輕輕放在地下，肅然起敬。

顧畫兒攙着這老人的胳臂給介紹着，說：「這就是伍宏超，這就是我乾爹！」伍宏超趕緊深深地打躬，連頭也不抬。白大爺慢慢走過來，溫和地拉住了他的手，誠懇地說：「伍義士，失迎！失迎！」伍宏超真沒想到，人都說是脾氣古怪的白大爺，原來竟是這麼一位和善的老人，他更恭敬欽慕了。

白大爺因為牙齒都沒有了，說話的聲音又小又不清楚，伍宏超用心去聽，才聽他說：「我聽我乾女兒告訴我了，伍義士是蘇州伍御史之令郎，令君被和珅所害之事，我也知道。和珅權奸小人，害國害民，害了不少忠良之士。我自己其實與他無仇，我雖是旗人，但二十年來我就看着他可恨，我恨我不是像沖天俠、郝燕翎那樣的人，我更比不了像伍義士你這樣的勇武、年輕……」

伍宏超又鞠躬說：「老伯父過獎！我至今不能為父報仇，很是羞愧。昨天是凌萬江凌老義士把我領來的……」白大爺擺着手說：「別提他！他雖是個直性男子，可是憑着他絕辦不了事。你將來要找和珅去報仇，還是得同着我這乾女兒，她行！不過，須待等着我死了之後！」伍宏超一聽了這話，卻又覺得奇怪，實在摸不透這白大爺到底是怎樣的一個人。

但聽白大爺又聲音低啞，態度卻慷慨激昂地說：「伍義士！你現在要去找和珅，為你令尊報仇，我也攔不住你，因為和珅確已惡貫滿盈。不過我這乾女兒，暫時我還不願叫她去。我自己沒什麼，我已活到這年歲了，只是我活在世上一日，我還不願我這乾女兒為剪權奸，身陷法網，所以我恨不得快些死去，那就什麼也不管了！」

伍宏超說：「老伯也不要為這事難過。眼前的事，暫時還用不着畫兒姑娘，只我一個人就行。我昨天來到這裏，原為拜晤尊顏，今日既已經見着了，我很榮幸，現在我就要告辭了！」

白大爺把他攔住，說：「你先不用忙着走！我這個人，向來是最愛交朋友的，不然如何能夠結識了畫兒她的爸爸，跟她那兩位師父？我原也是有一腔的壯志雄心，可惜現在老得要死了，倒變得什麼都怕了。這廟裏的地方太窄，我也不能讓你，我現在送你下嶺去吧，再到我那兒去待一天。」

伍宏超搖頭說：「我不去了！」

白大爺卻怒氣衝衝的說：「你不要聽我那兄弟的話！他昨夜將你趕走的事，畫兒已告訴我了。不要聽他的，你再到我那兒去坐坐，咱們談一談，我今天為你再開一開酒戒，我還要把酒送荊軻！伍義士你在這裏往下看，易水就離此不遠哪！」

伍宏超的胸中滾湧着慷慨之情，由地下拾起來了寶劍。白大爺卻向他義女說：「把你的金剛玉跟伍義士的劍換了吧！」畫兒姑娘當時就要換，伍宏超卻退步連連擺手說：「不用不用！我去殺和珅，倒還用不着那樣銳利的鋼鋒！」

這時，白大爺就去跟那直眉瞪眼的和尚說：「等你師傅醒來，就說我送朋友去了！那一局沒下完的棋，等過些日我再來的時候，再接着下吧。」顧畫兒是因見伍宏超不肯跟她換劍，她像碰了一個釘子似的，十分覺着難為情，臉都紅了，斜着眼睛看了看伍宏超，一隻手仍攬着她的乾爹。白大爺就說：「走吧！伍義士先請吧！」於是就一同走出了廟門。

白大爺雖然走得很慢，身體倒還硬朗，精神也充足，並且又說了許多話，只是因為聲音低，伍宏超又不斷地想着心事，所以多半沒有聽清。天已經晴了，煙霞也消散了，朝陽射到山上，小鳥各處跳躍着。岩石經過了宿雨的沖洗，跟玉一樣的晶瑩，顧畫兒的寶劍更時時閃耀着光芒。這位一夜未眠的女俠，精神還很大，眼睛還是那麼明麗，卻露出一種不可侵犯的俠氣。

走了半天才到了平地，在這裏就可望見那邊的石垣、小屋。可是忽然顧畫兒的面色現出驚訝，同時伍宏超也看見了，那門前原來站立着許多的人。白大爺的眼神也很好，他也看見了，當時就止住了步，向他的義女和伍宏超說：「你們先在這兒等着，別往那邊去！我先過去問問他們是有什麼事。」顧畫兒說：「我跟着您過去吧！」白大爺說：「那你可不能拿着寶劍過去！」顧畫兒聽了這話，當時就將金剛玉交到了伍宏超的手中。

伍宏超這回可不能不接了，他接過寶劍，卻昂然說：「不如我去問問那些人都是做什麼的吧？」白大爺說：「現在伍義士你可要聽我的話，千萬不可以魯莽。」伍宏超焦急的說：「如果是和珅派了人來捉我，我躲避也不行，不如我去見他們，任憑他們把我帶走。」

白大爺說：「那也是由我家裏把你捉去的呀！」

伍宏超一聽這話，便啞然無語，心裏仍在氣忿，卻也不願意連累了白大爺，怔了怔又說：「那麼我就自這山上走吧！」白大爺說：「過了這道山，你要往哪裏去？如果真是和珅派人來捉你，那就早已在四面八方佈置好了羅網。」伍宏超緊皺着眉說：「總是我離開這裏好！」又忿忿地說：「他們在別處就是把我捉住，總不致使白老伯父和畫兒姑娘因為我受累！」顧畫兒聽了這話，當時就沉下了臉，向他說：「這叫什麼話呀？」又瞪了他一眼。

白大爺說：「你別以為我怕連累，我若真為英雄義士受了連累，送了我這條命，我還正是求之不得！」又喘了喘氣，說：「伍宏超！你要是尊敬我，你千萬就聽我的話，再往山上去站會兒，靠着石頭藏着點最好。我跟畫兒先過去，看他們是什麼事，若是捉你的，我去跟他們說『你早走啦』；若不是捉你的，那等到他們走後，我叫畫兒來請你。你再到我家裏，咱們飲酒盤桓，因為我還有一件很要緊的事情，要跟你商量！」說着，也不等着伍宏超點頭或是搖頭，他就叫畫兒攙着他向那邊走去。

伍宏超此時是又氣忿又羞愧，又覺着為難。白大爺帶着畫兒姑娘已往那邊走去了，那邊的人若是向這邊一看，恐怕就能看見他。他倒不怕那些人來捉，只是真不願意連累人，所以他不得不回身，又向山上走了幾步，而躲避那邊的視線。他站在一塊岩石的旁邊，直着兩隻眼往那邊去看，已隱隱綽綽的看見了那邊幾個都是頭戴紅纓帽的差人，他想：這還能夠是別的事嗎？一定是和珅的爪牙前來捉我！我應當挺身而出，這樣躲避，有多麼不英雄？畫兒的金剛玉也交給了我，我拿着有多麼羞煞？

看見白大爺跟顧畫兒已漸漸走到了那邊，石垣門外的一些人趕上幾步，團團的把白大爺義父義女二人圍住，仿佛正在說話，也不知說的是什麼話，更不能清楚的看出那邊的情形。伍宏超十分的焦急，想着：只要那邊的人一亂，就一定是打起來了，我便奔過去，挺劍救助。

可是待了半天，那邊也沒有打。又待了一會兒，那些人都蜂擁地往東去了，少時人影都為東邊那一片樹林所遮掩。白大爺的那個門前連一個人也沒有了，不知那義父義女是進門回家了，還是隨那些人走了。伍宏超更是驚疑憂慮，他就忿然地手提着兩口寶劍，急急向那邊走去。到了那石垣前，見榆樹還在風中搖動，地下的小雞亂跑，那只狗卻不見了。那小孩鐵兒在柴扉裏探着頭，是又着急又害怕的樣子，一見了他，就要哭似的咬着舌頭說：「你還不快追去看看嗎？我白大爺爺叫那些人帶走啦！我畫兒姑姑也跟着去啦！」

伍宏超大驚，一句話也顧不得說，向東就跑。才跑到那樹林前，忽見顧畫兒正在一棵松樹下，用胳臂在擦眼淚。伍宏超趕緊走過去，問說：「怎麼樣了？是不是和珅派人來捉我，沒見着我，就把白老伯父帶了去啦？」

顧畫兒流着淚點了點頭，說：「現在是往州衙門去了！我本要跟了去，可是我乾爹生着氣把我罵回來，叫我看家，不許我上別處去！」伍宏超面色蕭然，搖搖頭說：「姑娘不必發愁！和珅要捉拿的原是我，我到州衙門去自首也就完了，姑娘暫且先回家，我這就走！」說着，他就要將金剛玉寶劍交給畫兒。顧畫兒卻擺了擺手，擦擦眼淚說：「伍大叔請先拿着！我回家去取一件東西，待一會兒就來！」說着她轉身就跑，大辮子一顛一顛的，跑得飛快。

伍宏超在這裏很是驚疑，並且着急萬分。待了一會，就見顧畫兒又從她的家裏跑出來，手裏拿的原來是金剛玉寶劍的那只劍鞘。她跑到了這裏，眼角仍帶着淚，就向伍宏超說：「事情已經到這地步了，剛才來的那些官人，有的是易州州衙門裏的熟人，有的是和珅自京派來的，其中還有一個，就是那天在京裏，往我姑父凌萬江家裏強迫着叫收下銀子的。我家裏他們已經搜過了，只是沒搜出來您。我乾爹剛才見了他們，就說：『伍宏超我不認識，可是我知道他是一位義士。他昨天到我這兒來過，因為我沒在家，他就走了，至於是走往什麼地方去了，我可不知道。你們要搜，就隨便搜；要帶人，就把我帶走！』州衙門裏的官人因為跟我乾爹認識，本來沒肯帶人走，可是和珅派來的那些個人商量了一下，就把我乾爹鎖上了。我乾爹被他們鎖走的時候，倒也沒害怕。我跟着走了不遠，他老人家一回首看見了我，就大怒着叫我回來，並囑咐我幾句話：叫我回來好好看家，不許犯法，還叫我換……劍！」說到這裏，淚如雨下。

顧畫兒雙手捧着劍鞘，交給了伍宏超，悲痛而帶着點害羞地說：「我乾爹為什麼一定要叫我跟您換劍，我也不知道，想是為使您去找和珅復仇，容易得手，您就收下吧！事情已到現在，我雖不能不遵我乾爹的話，可是我也得想法子救出他老人家，您走吧！將來再見……」說着，她便身倚着松樹痛哭，伍宏超把自己的那口青鋒寶劍交給了她，她也伸手接過。

伍宏超知道白大爺屢次主張換劍，臨被官人帶走之時，還以此事向着義女諄諄相囑，其中必定是還有別的意思的。畫兒姑娘斬惡狼、越高山這樣的一位英雄，如今竟婉轉嬌啼，楚楚可憐。她的一身技能，一腔怒氣與熱血，全都被她義父的幾句話給限制住了。我得了人家的金剛玉寶劍，就得即時憑仗此劍，去救白大爺，並為人為我報仇，去殺和珅。

於是他拱拱手說：「我走了！姑娘放心。」顧畫兒又說：「您還是去回北京好了！我乾爹這兒的事倒不大要緊，他們也許能夠給放回來。」伍宏超卻不答話，他把金剛玉寶劍收入鞘中，轉身就走了，頭也不回。

第十章　　单骑追车途中逢鬟影　　双侠探府夜半战蛟龙

　　離了西陵，伍宏超倒很願意碰上幾個和珅派來的人，就憑仗這口金剛玉與他們殺鬥一番，索性自己把禍闖大，然後就昂然自首，或是由他們畫影圖形去捉拿，反正得把白大爺給洗刷出來。他將劍掛在腰帶子上，忩忩地去走，在路上也曾看見幾個戴着紅纓帽的官人，但都像是在陵上當差的，人家並沒有理他。

　　易州城是在西陵的正東。走了不遠，先到了梁各莊，這裏是一個鎮，就聽街上有人談說着：「西陵的白大爺被衙門人鎖走了，不知是什麼案子。」伍宏超略略駐足，想要聽一聽，然而人家談話聲都很小，仿佛都知道這次白大爺的案子，是和京裏的和中堂有關。白大爺雖已閒散多年，也不常到京裏去，但他時常結交一些江湖豪客，常罵和珅，這是人所共知的。所以，現在都曉得這件案子不小，談上幾句便要向旁邊看着，伍宏超這樣面生的人，只要他站住了，別人當時就不說了。

　　他搭了一輛騾子車再往東去走，車上還坐着兩個人，也都是當官差的，一路上聽他們也在談說着這件事。一個說：「和中堂派來的人昨天就到了，不過因為案子是在皇陵上，恐擔上驚擾皇陵之罪，所以才不敢怎樣大搜大索。可是把白大爺抓了去也就夠了，反正他不冤屈。他的那乾女兒獨自騎着一頭小驢，常從京裏來來往往，又會武藝，多半就是一名女賊。」

　　伍宏超坐在車上，假裝打了一陣盹兒，又直着眼睛發了半天呆。他年輕力壯，寶劍隨身，本來是要遭人注意的，可是車上的兩個同行的官人，倒沒有對他怎麼留心。趕車的人是把他當作了保鏢的，還向他打聽：「鏢行的生意現在好做不好做？往紫荊關去的路上平安不平安？」

　　進了易州城，同行的那兩個官人都跳下車辦事去了，伍宏超一直坐着這輛車進了一家車店。車店就是為這些走長途的騾車預備的，不但可以停車喂騾子、住人，他們還管招攬雇主。當下這個趕車的人，就向伍宏超問說：「大鏢頭！你是還想往別處去嗎？」伍宏超說：「我在這裏歇一會，就去北京，你這輛車能夠把我拉去嗎？」這趕車的說：「只要你肯出錢，我哪兒不能夠去？」

　　正在說着，車店裏就有人說：「喂！你要有買賣可趕快的走，州衙門裏正在抓車啦！剛才就到這店裏問過，抓去了兩輛啦，也是去北京，聽說是解大案！」趕車的一聽，臉上就嚇得變了顏色。

　　伍宏超更是吃驚，趕緊問說：「是什麼大案呢？」此時有一個剛從街上回來的人，也是這車店裏的夥計，就說：「你們是從西陵那邊來的，怎麼你們竟會不知道？那案子是今天早晨由西陵辦來的，午間才到，立刻就要解往京裏去！」伍宏超一聽更是氣忿，心說：白大爺不過是被我所累，他是一個安份守己的老頭兒，哪至於這麼嚴重呢？和珅派來的人竟這樣辦理，可見他們的橫行，這樣看，白大爺還許性命不保……

他急燥、憤恨，真是忍不下去了，就向這趕車的說：「你拉我去吧！送我到北京，應該給多少錢，一個也不能夠少的。可是今天就得走，最好是那輛差事在前頭走，咱們就在後邊跟着，因為有官車給咱們開路，不至於半道出事。」

趕車的答應了，並說：「你放心！往北京去沒有什麼強人，沒有官車在前，也不能出事，頂多了也就走三十來里路。別忙，也得先叫騾子吃飽了，我還得歇會兒呢！」

其實伍宏超現在也餓了，他就叫來麵飯，在這車店裏吃了。同時他又聽由街上回來的人說：「那差事已經解走了，犯人是個老頭兒，姓白，當過西陵的掌稿。這案子是和中堂派人來辦的，案子小不了，那老頭兒大概活不成！」伍宏超聽了，心痛得幾乎落下眼淚，趕緊催着那趕車的快些動身。趕車的照例是又先得支借點車錢，並且磨煩了好半天，這才走。

離開易州城之時，日已西斜。伍宏超就催着車快些去追前面的官差，他說的理由就是追上了，好在路上有個伴，免得出事。但趕車的卻不聽他的，反說：「大鏢頭，咱們都是整年東奔西跑的，在外邊什麼事不知道？你催我，我也明白了，你是心裏有事，你為的是朋友，可是我為的是什麼？我這個騾子跟這輛車，就是我們一家子的飯碗。你也知道，我這輛車跑了一天了，要不是看你是鏢行朋友，將來圖個照應，你出的價錢又不低，我還真不能應你這號買賣。現在咱們得按着站走，反正比不了人家押着差事的官車。」

這趕車的分明是要脅着得多給他加錢，當時伍宏超就應得給他加了二兩銀子的酒錢。趕車的一聽，立刻興奮起來，可又問：「你懷裏方便不方便？方便頂好再借我點錢。你放心我，因為我要是借了你的錢不把你送到家，早晚這條道上你還能碰得着我，我能夠為幾兩銀子就賣了這條道？可是你們是保鏢的大爺，你又是叫我去追那差事的車，我知道你大爺什麼時候就沒影兒了呢？」

伍宏超聽出這趕車的對他的企圖已經明白了，當時也不多費話，遂就取出身邊的現銀，把應給的錢全都預先給了。這時，趕車的才加緊揮鞭，他的騾子也彷彿是因為多給了錢就特別地賣力，當時就加速拽着車飛跑。輪聲轆轆，馬蹄嘚嘚，走到天黑，仍然往下走，約二更時就過了拒馬河，到了房山縣。車卻繞過了城，到了北關。趕車的就回首悄聲說：「追上他們啦！這北關有三間官廳，向來過往的案子都是在那兒歇。你那個朋友的案子不小，你要想打聽，我給你去打聽，你可別自己幹。幹出漏子來，連我也跑不了！」

伍宏超一聽，這趕車的可真是一個老江湖，於是就全都託付他了，又給了他約有四五錢銀子，並說了許多交朋友的話。趕車的現在是心滿意足，遂就替他找了一家店房。那官廳就在這店房的斜對過，說是三間，其實後面還有院子和小房，也許是因為今天有差事寄押在這裏，所以門前早就支起了氣死風的四隻大燈籠。帶着紅纓帽，掛着腰刀的官人們不斷出入，氣象顯得十分森嚴。

伍宏超現在店房裏連飯也吃不下去，他想的主意是今夜必須將白大爺救走。但他又發愁，因為知道那白大爺雖然最恨和珅，雖然喜歡結交會武藝的人和江湖義士，但他本人的脾氣卻是很固執，去救他，他一定不願意走，那時可怎麼辦？

正在憂慮，那趕車的又悄悄的進了屋，向他說：「我都打聽明白了，那差事是押在那官廳裏，案子也確實是和中堂派人到西陵去辦的，本來是不要緊，那白老頭兒並不是真正犯人，也用不着這麼急就起解。但是和中堂派了人來之後，緊接着又派來了三名。這三名不是當官差的，卻是中堂府裏的護院的，其中兩個是什麼鐵爪蛟龍的徒弟，名叫飛鞭趙和滾刀徐，另外一個叫什麼跛神仙程三杵。”伍宏超一聽，就覺着這程三杵的名字有點熟，大概是那次北箭亭挑缺，會使十八般武藝的英雄之中的一個，當下他對這幾個人並不介意。

趕車的又悄聲對他說：“您要是今兒晚就辦事，我給您預備着車，您說什麼時候走，咱們就什麼時候走。”伍宏超沉思着，並沒有言語。

趕車的笑了笑，又悄聲說：“就這麼辦吧！我的車就永遠給您預備着吧！反正咱們是為交個朋友，以後我的車要是路過寶山，或是在別處遇着什麼事，還得向你借路，求你幫忙呢。”伍宏超一聽，這趕車的現在又不說他是保鏢的了，竟把他看作了綠林中的人，他倒不由得覺着可笑，但又想：今夜倘能救出白大爺，就即時乘車遁去，確也是一件爽快的事。

他拿定了主意，休息了一會，就出了店門，也沒帶着寶劍，就裝作是在門前眺望似的。此時夜色已經深了，街上冷冷清清，一個人也沒有，鋪戶也全都關了門板。只有斜對過的那三間官廳，不但門外的四隻氣死風燈，點得比剛才更亮，窗裏也有很明亮的燈光，窗上人影搖動，可知屋裏的人很多。

他才站了一會，就見由官廳裏面出來了兩條大漢，頭上全都盤着辮子，手裏全都提着鋼刀，二人在氣死風的燈前，就把鋼刀飛舞起來。忽又由裏邊走出一人，手裏拿的是三尺多長的一根鐵拐，這個人大概就是綽號叫作跛神仙的程三杵，他嚷嚷着說：“二位哥兒們！自己就別跟自己練啦！留着點兒精神，待一會好應付姓伍的！”

兩個練刀的之中一人就發急的說：“等着他，他不來，你說叫人多着急？”程三杵說：“一定來！胡老師傅料得絕不會錯，他說只要把這老頭子捉來，在半路上一定有人來劫，這叫作‘捉來兔子引鷹’。”練刀的人說：“兔子倒是捉住啦，鷹不來，可怎麼辦？”

程三杵說：“你別着急，你得等着呀！不過咱們都得預備着十足的精神，因為姓伍的那小子，我在京裏北箭亭挑缺的時候見過他，我還跟他比過武藝。他雖說抵不過我的這把鐵拐，可是我知道那小子頗夠厲害的，他真要是來了，你二位可真得加點勁跟他幹。還有這老頭子的乾閨女，凌萬江的內侄女，別看衣裳破爛，劍法可是真高。那丫頭要是來了，咱們更難，你既得使盡了全身的武藝，還得小心着別傷了她；因為咱們那位老爺和中堂，看那意思，還想要她哩！”

那兩個練刀的人，就是飛鞭趙和滾刀徐，聽了程三杵這話卻不住撇嘴，一個就說：“管他什麼姓伍的跟什麼丫頭，來一個咱們就殺一個，只怕他們一個也不敢來！”

那程三杵又說：“我給你們出一個主意，你們要依着辦，那姓伍的跟那姓顧的丫頭，一定就能出來。如若還是不出頭，那就是他們都沒在這兒，咱們趁早兒吹了燈籠，睡大覺。要是真在這兒，他們一男一女要是齊都出了頭，那可也實在夠咱們對付一陣的。”

飛鞭趙和滾刀徐兩個人就齊聲問說：“你有什麼法子，就快點說吧？”

程三杵卻先向四下裏看了看，然後他說：“在街上說，還是不大好，你們二位先請進來吧！再聽我的這一條妙計。”當下，那兩個人就都又提着刀，搖晃着肩膀逞着威風，同着那程三杵走進官廳去了。

　　此時伍宏超雖就站在斜對過的店門首，但有半扇將要關閉的店門遮蔽着他的身子，他所站的地方又沒有燈光，因此，街道雖不甚寬，那邊三個人雖說了半天的話，但全都沒有看見他。他十分的忿忿，又萬分着急，想那程三杵一定有極毒辣極壞的主意，大概就是要把白大爺拉到街上來侮辱一番。那樣，我可真不能夠坐視，我索性現在就取劍跟他們拼上一拼。於是，伍宏超疾忙跑回他住的那屋內，拿上了金剛玉寶劍，又走出來。

　　店房裏各屋中多已沒有了燈光，伍宏超拿着寶劍忿忿的就往外走。可是還沒有走到門首，忽聽見吧的一聲，眼前掉下來一個東西，好像是一個很小的石塊，是由北邊房上掉下來的。伍宏超一驚，停住了腳步，斜仰着臉向北邊一看，就見那間北房好像是廚房，屋裏不但沒有燈，連火也都滅了，房上卻隱隱約約的站立着一條窈窕的人影，手中現出一道閃閃的劍光，向着下面搖一搖，但一眨眼的工夫，就連劍光帶人影俱已無蹤。

　　伍宏超不由得又驚又喜，知道是顧畫兒也來到了，可不知她現在住在哪裏？又不知道她把寶劍向我搖了一搖，是什麼意思？難道她是攔阻我，叫我不可以魯莽地去救她的乾爹？可是她卻不知，事情已經危急萬分，那飛鞭趙、滾刀徐，和跛神仙程三杵，不定要施行什麼毒計！

　　伍宏超又出了店門，雖沒見那飛鞭趙等人從官廳裏將白大爺揪出來，但見那三間官廳的窗上，人影更多。街上仍是沒有人，那四隻氣死風的燈旁也沒有人。伍宏超就跑過了街，來到那官廳的窗前，只聽裏面正有許多人在說話。有個人說：“你就實招吧！那姓伍的人到底是上哪兒去啦？是不是你那乾女兒跟姓伍的小子，有點說不清道不白？”

　　另一個人又說：“你要是把那姓伍的都有什麼去處，告訴我們，或是你現在就寫個帖兒，叫我們拿給你那乾女兒看，叫她順順溜溜、老老實實地，騎着她那小驢進城去見和中堂，就准保沒你什麼事，你還能夠升官發財。我們因為關照你，才告訴你這些好話，你要是不聽，可也沒有法子！”

　　另外有一個人的聲音卻很兇狠，說：“反正你替姓伍的瞞也瞞不住！我們就是捉不住他，他早晚也逃不開鐵爪蛟龍胡老師傅的手心。你這老頭子雖不會武，可是大概你也知道，鐵爪蛟龍又有個外號叫作毒霸王，就是這位趙爺跟徐爺的老師，那伍宏超，十個也不行！你乾女兒的武藝也沒有用！胡老師傅一動手，他們都得完。何況和中堂既是看上了你那乾女兒，你們就是怎麼躲，怎麼藏，也是跑不了。現在不過是因為你們住在皇陵，和中堂也不願意硬辦。可是你也這麼大的年紀了，怎麼不懂得世故人情？放着福不去享，可願意受這個罪？”

　　這時就聽是白大爺的低啞而憤慨的聲音，申斥說：“你們不必說這些廢話，我都不聽！我只要去見見和珅，他就是殺死我，我化為魔鬼也得向他索命！那伍宏超是一位義士，慢說我不知他往什麼地方去了，即使知道，我也不說。至於我那乾女兒……”說到這裏，聲音變為淒慘，他說：“我雖是囑咐她要忍耐，可是你們如若欺得她太甚了，可得知道，她的武藝也不是好惹的呀！”

　　這時飛鞭趙大嚷起來，說：“啊！這老小子真不知好歹，跟他說好的他不聽，來！先把他拉出去，叫他吃一頓鞭子。看那姓伍的小子，姓顧的丫頭，到底敢不敢出頭？”

　　這時又有別的人給勸說：“不必這樣，絕不會激出什麼人來。這老頭子又是旗人，早先他也當過差，半路上若是把他打傷了，到京裏不好交代！”

飛鞭趙卻暴躁地說：“什麼叫不好交代？我飛鞭趙不管那一套！我就是得先出一口氣，不但得叫這老小子知道，還得叫人都知道，只要惹了我們鐵爪蛟龍門下的師弟師兄，他就得受罪、砍頭！”說時，屋裏腳步聲就亂起來，大概是就要將白大爺揪出來毒打。

伍宏超胸中怒火難忍，他現在已經聽明白了，白大爺所受的這些罪，還是因為他在和珅家中殺死了鐵爪蛟龍那徒弟，這怎可叫人家一位正直的老人無辜為我受累？此時那飛鞭趙揪着身帶鎖鏈的白大爺，還沒有出屋門，但伍宏超已將金剛玉寶劍直挺向前，準備着只要是飛鞭趙一出屋，自己這裏便戳他一劍。

就在這時，忽覺着身後有人用力的拉他，他驚得一回首，見明亮的燈光正照着顧畫兒。她手中也拿着寶劍，臉色卻是很着急的樣子，急急的向他擺手。他怔住了，同時義憤難忍，就想：我豈能聽你的攔阻？我救的不只是你的義父，我是不能眼見無辜的老人為我受屈！這樣一想，他就忿然地將顧畫兒一推。不想沒有把顧畫兒推開，反倒被顧畫兒一拉，把他拉下了臺階去，險些把一隻氣死風的燈籠撞倒。

這時就聽那官廳裏，大概是又有官人把那飛鞭趙攔住了，說：“這實在不可以！無論是多麼重案子的犯人，哪有半夜里拉在街上打的呢？再說這老頭子兩下就許給打死，打死了，我們可真難交待！”

飛鞭趙還暴躁的說：“打死他，有我哩！我擔不起，我師父鐵爪蛟龍也擔得起！”

又聽那程三杵說：“我們這樣辦，為的是激那姓伍的小子出頭。因為我們奉命前來的時候，鐵爪蛟龍老師就料到倘若辦了案，一定有他們的人在後追隨，因此我們倒得激出那跟着他來的人，鬥上一鬥。崔頭兒，你別管！”

伍宏超這時忿然地又要往臺階上去跳，但是顧畫兒仍然用力拉着他，並把他直拉到店門那邊。伍宏超喘着氣，同顧畫兒站在這裏又向那邊看了半天，那邊的飛鞭趙倒是始終沒把白大爺拉出來打，大概是被那崔頭兒給勸阻住了。這裏，伍宏超卻不由得指着顧畫兒說：“你空會一身武藝，想不到你這個人竟這樣軟弱！”顧畫兒發愁地說：“你是不知道我乾爹的脾氣！”伍宏超依然忿忿地說：“無論那老人家是什麼脾氣，他為我受了冤屈，我就得救他！”

顧畫兒低着頭沉思了一會，又發愁地低聲說：“這兩個人也不是好鬥的，何況鐵爪蛟龍胡騰雨又已料到必有人跟隨，他們這樣，是為激怒我們出頭。咱們自然可以抵得過他們，但是，倘若不等到咱們救了我乾爹，他們一急，先害了我乾爹的性命，那時可怎麼好？那兩個人那麼兇惡，程三杵也很壞，他們都能下那毒手呀！”說着，發出了悲哽之聲。

伍宏超一聽，覺着她所憂慮的也對，這樣魯莽的舉動不但是救不了人，反倒足以促白大爺速死，於是他也很發愁，說：“那麼，你說應當怎麼樣辦？難道就這麼眼睜睜地看着？”顧畫兒又拉了他的胳臂一下，低聲說：“咱們進來再想法子吧！”於是伍宏超就暫時帶着顧畫兒到了他住的那間屋裏。

這屋裏，桌上的一盞油燈發出極微的光焰，照着顧畫兒的襤褸衣裳、手中的寶劍，和臉上的愁容。伍宏超就說：“姑娘！你是郝燕翎的女徒弟，郝燕翎不必說了，我知道他也是個謹慎的人。可是你那另一位師父沖天俠，卻是在江湖赫赫有名，也是綠林豪傑，我想今天他若是在這裏，決不能夠就眼看着白大爺受罪，而不去救！”

顧畫兒說：“我是想，他們即便把我乾爹解到京裏，押在刑部，大概不致於判什麼罪，因為我乾爹本來沒犯法。”伍宏超說：“他雖沒有犯法，他卻得罪了和珅。和珅在十二年前就能把我父親毒死，如今他就不能夠要你乾爹的命嗎？”顧畫兒咬着嘴唇，持劍站立，愁容滿面，仿佛也要立時出去。

忽見有一個人拉開門探頭進來，驚惶惶地說：“快！快吹滅了燈吧！”說畢這話，立即把頭又縮回去了，並慌張地關好了門。顧畫兒不禁驚訝，趕緊問：“這人是誰？”伍宏超說：“這是個趕車的，我就是坐着他的車來的！”遂就噗的一下，將燈吹滅，這時外面明亮的燈光已照到這窗戶上。

只聽是那飛鞭趙到這店裏來了，他問說：“你們這店裏沒住着一個姓伍的嗎？跟着他的是一個騎驢的姑娘。”

店裏人回答着說：“沒有！沒有！在我們這店裏住的都是老主顧！”

飛鞭趙沒再言語，可是嘩喇嘩喇的，大概是他的一桿飛鞭在手中耍着。伍宏超聽見了，就不由生氣，向顧畫兒說：“我們出屋去吧！豈能受這東西的這般凌辱？”顧畫兒卻依然胳臂一攔，說：“那樣又給這店家招事了！”伍宏超只得又強自忍耐着。

飛鞭趙在院子裏轉了半天，給他打燈籠的是那程三杵，說：“趙爺！咱們回去吧？說不定有人趁着這個時候去救了那老頭子，那邊只是徐爺跟那幾位頭兒，恐怕抵不住呀！”

伍宏超在屋裏一聽，覺着這程三杵所想到的，連自己都沒有想得出來！當時，他趁着窗上的燈光一閃過去，就趕緊出屋，飛身上了房，顧畫兒也緊跟着出了屋上房。這時那程三杵打着燈籠，飛鞭趙搖晃着那十三節連着的鏈鞭，都已走出了這店門，店家也把門緊緊的關閉，並且鎖上了。等到伍宏超與顧畫兒踏着屋瓦到了門前，再張望時，卻見那四隻大氣死風的燈籠都換了新蠟，比剛才更亮了，且有人在街上當當打起了更，官廳裏面的官人三三兩兩的出來瞭望。那程三杵並且很高興地在屋裏唱起了二簧，嗓門很大，喊着唱到：“夏侯淵！你不來便罷，你若來時，中了老夫拖刀之計也！”伍宏超看到這裏，不由歎了一聲，說：“我們真沒有用！連這麼一點事也辦不成！”他一灰心，就下了房，又回到住的屋裏去了，顧畫兒卻沒再跟着他進屋，弄得他心裏又覺着惆悵難過。

他關上屋門，睡了一個覺，不覺着窗外的天色就亮了，那趕車的又來叫門，這才把他喚醒。他開了門，趕車的就低着聲兒說：“大爺！昨晚上那事幸虧你沒有辦，辦了可就糟了，你跟一個姑娘兒共事哪能行呀？現在她也沒有影兒啦。可是剛才，對門官廳裏押着那件差事，一清早就由京裏又來了幾個。”伍宏超趕緊問：“都是什麼樣子的人？”趕車的說：“我都替你打聽得明白了。來的幾個，一個叫小專諸陳悠，一個叫開路天王保一傑，一個叫什麼今世岳雲張廣仲，這全都是和中堂的護院；另外還有四個差官，全都是恐怕這裏的差事有舛錯，才趕來幫着押送的，現在都已經起程進京。我想你老哥要是有什麼打算，還是到京裏去，再想法子吧！”

伍宏超聽了，倒不由怔了半天，覺着和珅辦事確實厲害。小專諸、開路天王等人，雖都不配稱為什麼英雄，可是要想在路上救白大爺，一定是更難了，他真覺着發愁。趕車的又說：“天可是不早了，現在要吃點東西，就趕緊走，也得下午四點鐘才能夠進京城，倒是走不走呀？”伍宏超點頭說：“走！現在就走！”

當下趕車的就趕忙出去套車，這裏伍宏超叫來店家，到外面買來一碗粥吃過，遂就付清了店錢，出了門。見對過的那官廳這時倒是很清靜，他就上了車。驟車離開了這裏，又往北去，既沒有追着飛鞭趙、滾刀徐和小專諸等人押解的那車輛，也不知顧畫兒是往哪裏去了。伍宏超就手握着金剛玉寶劍，臥在車裏，他也不睡覺，只是休養着精神，由着車走去。

　　下午，日向西斜的時候，便回到了京城。現在他也不能再到馮茂興那裏去了，就叫這趕車的把他送到南城一條小巷裏的一家店房。趕車的現在是諸事已畢，伍宏超又多給了他幾錢銀子。趕車的很是喜歡，並問他說：“大爺你還有什麼事兒叫我辦嗎？我在京裏雖說不太熟，可是在這兒還有些老鄉。反正我們都是出外跑江湖的，將來誰還都見得着誰，我再給你幫忙，可一個錢也不要了。”

　　伍宏超想了一想，說：“我倒是沒有什麼事再叫你辦，只是昨天在店裏你看見過的那位姑娘，如再見了她，你還能夠認識嗎？”趕車的點頭說：“認識，我早就見過她騎着個小驢兒來來往往，她那個驢，可比我這騾子快得多了！”伍宏超說：“她姓顧，你如見着，就告訴她，我現在住在這裏。”

　　趕車的答應着，又問：“大爺你到底貴姓呀？”伍宏超說：“我姓伍。”趕車的說：“伍大爺！好啦，我們算是交了朋友啦，我叫小張三。你記住了，只要是跑長趟子趕車的人，差不多全都知道我。我現在做了這檔買賣，也得歇幾天了，還想在北京玩玩。那麼你的那件事，那件差事到底交在什麼衙門了，我還想去給你打聽打聽，效效勞，我們索性交個朋友。”伍宏超點頭說：“好好，拜託拜託！”趕車的小張三就高高興興地出去了。

　　這裏伍宏超又在想着他今天要做什麼事，對於白大爺的事倒可以暫時不急；卻必須得再到和珅的宅內，憑着金剛玉寶劍，去取和珅的頭，但是決不再與吳卿憐見面。

　　晚飯後，天已黃昏，他就攜帶金剛玉寶劍進了內城。二更時，他就又到了和珅宅第附近的什刹海。今夜，天空中懸着圓月，柳絲似比昔日更長，天氣也比那夜溫暖。四周靜靜的沒有人，遠處的三座橋上，仍然有車和轎上來往的燈光。

　　伍宏超手提金剛玉寶劍，就往和珅宅第那邊去走，口中還忿忿地低聲說着：“和珅！今夜就叫你死呀！你若不死，我也不活！”心裏又想：今夜我必定要跟和珅拼命！殺死他，我也不逃。有了我這正兇，不就把白大爺的冤枉全都洗清了嗎？而且，殺和珅是用我的手，又用了顧畫兒的金剛玉寶劍，可以說是為我的父親，為她的父親全都報了仇，這是一舉數得！我今夜是得做這快舉，決不能夠再像前兩次那樣，迷戀着女色和柔情！

　　尚未走出這湖堤，卻聽身後有人大聲的喊：“伍宏超！你現在就要往和珅的府裏行刺去嗎？天還早哩！”雖然伍宏超當時就已聽出，身後是金臂飛俠凌萬江在嚷嚷，可是也不由嚇了一大跳。這堤上雖沒有別人，可也不應當這樣大聲嚷呀！他就疾忙回頭，借月光一看，果然是凌萬江手拿着流星錘，昂然地走來。

　　凌萬江一邊走，一邊仍然大聲地說着：“伍老弟！你今兒回到京城，為什麼不去找我？要不是剛才畫兒到我家去，我還不知你們在西陵弄的那些事呢！這兩天我本來也氣得不得了，就是為鐵爪蛟龍毒霸王胡騰雨。上次雖因和珅的一個小老婆，他跟和珅鬧翻，不給和珅護院啦，沒想到和珅沒有他不行，家裏當時就出事。所以，趕緊又去請胡騰雨，大概銀子也送了不少，還叫家奴汪四向他賠了不少的不是。鐵爪蛟龍也因大徒弟死在和珅的家裏，他料到就是你伍宏超所為，就一點也沒拿架子，又回到和珅那兒護院去了。他並聲揚要為他的大徒弟報仇，還向人直打聽我金臂飛俠。哈哈！這可到了我姓凌的得跟他幹一幹的時候啦！這兩天都是我那老婆二擺風，她不願意再當一回寡婦，哭着攔阻我，不叫我出來。可是剛才我聽畫兒跟我一說，好和珅！狗奸臣！好鐵爪蛟龍，驕傲的匹夫！他們竟敢將一個安份守己的白老頭兒誣為罪人，和珅還想叫畫兒到他的家中作妾，他媽的這是藐視我淩萬江！

　　「伍老弟，你看我現在連鞋都沒穿。我在家，就是怕我老婆攔我，我是跳牆出來的。等會兒我更要跳牆進和府，先鬥鐵爪蛟龍。伍老弟！我一猜就知道你一定回來啦，並且也一定要往和家再施身手。好啦，咱們遇着了，正好一同行事，今夜這就叫作：雙俠夜探和珅府，大戰鐵爪蛟龍。老兄弟！你只幫助我就是了，到時還是我先上前，管叫『蛟龍鐵爪傷，和珅的狗頭落！』……」

　　他越說聲音越大，而且隨說隨走，已經快到了三座橋了。伍宏超不由得心裏着慌，想着：今夜遇着了這淩萬江，恐怕他幫不了什麼忙，還能夠把事情攪得一塌糊塗，結果倒許更壞了！

　　伍宏超將淩萬江攔住，略站了一會兒，就見有兩頂大轎，全都是八個轎夫抬着，全都有牛角的燈籠，全都有官人保護，就過了三座橋，往和珅的府去了。淩萬江就指着說：「這就一定有和珅那奸臣在內，我拿流星錘先去打破他的腦袋吧！」越說嗓門索性更大了。

　　伍宏超就說：「老哥你今天來，還不如叫畫兒來呢！」

　　淩萬江卻怒喊說：「叫內侄女出馬，那就更顯得我淩萬江不是英雄！再說畫兒既跟你換了劍，就算已跟你訂了姻緣，她應當蹲在家裏等着嫁人，更不應拋頭露面了。」

　　伍宏超聽了這話，倒怔了一怔，說：「這是怎麼說起？」

　　淩萬江卻擺手說：「都別說了！現在雖還不到四更，可也過了三鼓，要等到和珅抽完了大煙，跟姨太太樂夠了，恐怕就得雞叫，那我可等着發急，不如咱們現在就往他的府裏去闖！」說着，也不待伍宏超同意，他就抖起來流星錘，往和珅的那大門走。伍宏超真替他捏着一把汗，但也不願顯出來膽怯，就亮出來金剛玉寶劍，也隨着他向前走去。

第十一章　　金臂飞侠大闹和珅府　　铁爪蛟龙恶霸挥飞鞭

此時和珅宅第的正門前，車轎紛集，燈光照耀，官人全都拿着鎖、刀、弓；護院的人更是刀、劍、錘、抓，各式的兵器盡有。不斷有人出出入入，景象特別熱鬧而又森嚴。大門裏更是燈光如海，簷脊接雲，處處敲着梆鑼巡更，並有纖柔笙歌之音隱隱的，隨風散漫。然而這裏又像是閻羅殿、魔王宮。凌萬江與伍宏超就掄動着流星，閃爍着寶劍，奮勇而來。

和珅府的大門前人很多，既擁擠又熱鬧，轎夫們借着門前明亮的燈光，就蹲在一起賭博；有個僕人喝醉了，在吵吵嚷嚷地向管事的人爭論賞錢；更有些人在開着玩笑，談論這府裏哪一個丫環生得俏，哪一個丫環長得好，因此倒都沒有注意他們眼前走過去了兩個人。只有一個僕人看見了凌萬江耍動的流星錘，就驚訝地說：“那是什麼東西呀？這兩個人是幹什麼的？往那邊去了！”

這個人這樣一說，才有許多人扭着頭向那邊去看，其實這時候伍宏超跟凌萬江都已經走過去了，他們連半個人影也沒有看見，就說：“哪有什麼人呀？你是活見鬼了吧？”

這人卻說：“我明明是看見了兩個人麼！前邊走的那個手裏還拿着個東西，究竟是個什麼東西，我可也沒有看清。”

這時，護院的師傅火眼悟空唐二雄也正在門前，跟人談閒話，他也沒看見什麼，就把嘴撇了撇說：“哪兒來的事呀？難道半夜裏還有人來變戲法嗎？再說門前現在有這麼些人，裏邊的人又都還沒有睡，賊就是有天大的膽子也不能從這門前走！”旁邊的病呂布劉灼、推山虎焦定，也都說：“別再瞎嚷嚷了！還是到門房裏看看牌九去吧！”

但這時候，忽然那飛鞭趙走了出來，他連問說：“有什麼事？”那剛才說看見有人進來的僕人就發誓似的說：“我明明是看見了！有兩個人從那邊走過去了，一個人的手裏還拿着東西！”唐二雄、劉灼、焦定卻都申斥着說：“胡說！就是你的眼睛尖，看見了，難道我們都是瞎子嗎？”

這三個人全都跟那個人直發橫，因為那人不過是一個小廝，他竟敢自覺着眼睛尖，多嘴說出這話。尤其飛鞭趙是鐵爪蛟龍的徒弟，同他們本來不是一起的，他們這幾個以挑缺挑來的英雄自誇的人，哪能自認眼睛不行？唐二雄並且使力地拍着胸膛說：“真要是有人從這門前走過去，我沒看見，那就挖下我的眼睛！他媽的這是什麼事？這是活見鬼啊！”

飛鞭趙說：“唐爺你先不要這樣講，今夜我們的師傅已經料到……”說到這裏他頓了一頓，接着又說：「料到必定有人前來！來者不是伍宏超，必是顧家那女子。諸位幫個忙兒，咱們拿上傢伙，就往那邊搜去吧！」

飛鞭趙是鐵爪蛟龍的二弟子，現在大弟子已死，只有飛鞭趙算是最有本事，這宅裏的一切護院把式，除了聽胡騰雨的話之外，就得聽他的。當下他這麼一吩咐，這些人全都振起精神來，有的去拿刀，有的去拿棍，還有幾人舉着燈籠，亂紛紛的都往北邊那胡同裏跑去。

唐二雄也拿了他的棍，劉灼持着戟，焦定持着一對雁翅當（這種傢伙又名鋸齒狼牙刀），三個人也跟着去了，可是都不住的笑，劉灼還說：「咱們跟着他們看看去吧！要真是有個人，才怪？」唐二雄嚷嚷着說：「公主跟額駙現在可都在府裏啦！你們那麼瞎鬧，驚了駕，降了罪，我可不管！」

飛鞭趙卻不聽他的，依然掄着十三節的飛鞭，大聲說：「一定有人！在房山縣北關我們等了一夜，也沒等着人。今夜，我們師父他絕不能瞎說，伍宏超跟顧家女子全都不是孬種，無論怎樣，他們也得來這兒顯幾手兒。」說着一齊來到這胡同裏，把燈向各處照了半天，但是，別說沒有一個人，就連一隻貓也都沒有看見。飛鞭趙也有點掃了興，唐二雄卻得意了，撇着嘴說：「哪兒會有人呀？大概是那小廝睡眼朦朧的，發了糊塗啦！」焦定跟劉灼也笑。

忽然聽見高牆的牆頭上也有人哈哈大笑，眾人就齊都吃驚了，嚷嚷着說：「哎呀！原來真是有人！有賊來啦！」可是因為牆太高，都仰着臉，誰也上不去。飛鞭趙大怒，他手提飛鞭，將身一聳，就想飛上高牆。卻不料還沒有躥上去，卻被牆上的淩萬江掄動了流星錘，梆的一聲正打中了他的腦袋，他立時摔了下來，扔了飛鞭躺在地下，昏暈了過去。旁邊的人齊着了慌，有的嚷嚷，有的就跑，唐二雄等人卻趕緊跑回府門去大聲地喊叫。

那賽雲長胡帆、猛翼德韓進、小專諸陳悠等等的一些人，此時也都還沒有睡，一聽了喊叫，說是有賊進了府啦，就齊都趕忙去抄各人的傢伙。賽雲長胡帆帶着一些人跑出府門，又往那胡同裏追，可是已經不見高牆上有人，不知人是跑了，還是跑進府裏去了。府裏是小專諸陳悠等三十多個人，往各處去搜找，尤其在後花園他們找得更是仔細，但吵嚷了半天，還是連半個人影兒也沒找着。

本宅新回來的大護院老師傅鐵爪蛟龍毒霸王胡騰雨，帶着二名徒弟，這時也出了他住的那間仿佛是客廳似的大屋子。他並不慌忙，先走到大門前，一看抬進來的飛鞭趙已經死了。他也沒有細看，只擺擺手，吩咐人給送往什剎海旁的小廟裏先去停屍，明天再買棺材裝殮。他雄健的身軀直直地站立着，把眼睛瞪得溜圓，濃黑的連鬢鬍子根根豎起。雖然他的二弟子又死了，他可並沒有顯露出多麼悲哀，回身就往裏走，並吩咐一干人說：「不必大驚小怪！因為公主現在這裏。」又冷笑着說：「反正人既是已經進到了府中，我料他若不見我的面，也絕不能走。他既有這份膽子，就必定是好朋友！」遂就一聲不語的，只帶着眾徒弟、眾護院到各處去查找。

這時就已經到四更天了，由正院裏直到大門，那些僕人和轎夫們又是一陣的緊張嚴肅，原來公主和額駙這時候才離開這裏，去回馬神廟的公主府，鐵爪蛟龍趕緊跑了去保護。他要保護的是和珅，但是也許是公主的賢慧，並沒有叫患着很重的軟腳症的翁公送出來。鐵爪蛟龍等着公主與額駙的兩頂大轎走了，他這才如霹靂般的大聲喊着：「好啊！我早料到伍宏超必然再到這裏來！他總夠朋友，並且我佩服他的膽子大，竟將我兩個徒弟全都害死，這是要叫我鐵爪蛟龍毒霸王半輩子的英名丟盡呀！好吧！今夜我要叫伍宏超逃得出這座府，我就不姓胡！」更跳起來怒喊：

“來！把我的鞭拿來！”

　　他的三弟子滾刀徐，趕緊給他拿來了鞭，他這杆鞭也是飛鞭，一節一節都是純鋼打成，中間有鐵鍊聯繫着。他這飛鞭一共是十六節，抖起來就像是一杆鋼棍，那聲音嘩啦啦的，也夠驚人的；但放下來就是一大堆鋼鐵，如同一條惡蟒盤在那裏一樣。這種兵器，是鐵爪蛟龍獨有的，他以此獲得了毒霸王的綽號。他出身綠林，闖蕩江湖，後來在這和珅的宅中護院，他這鞭下不知打死打傷過多少人，也從來未遇見過對手。除了舞着玩，他也不常動這兵器，原因是他非遇勁敵，輕易也不用。

　　今夜，他是真真的氣炸了肺，他認為有一個神出鬼沒的伍宏超，似乎就在他的身旁了。於是他又高聲地叫罵：“伍宏超！你今夜敢來，自然是一條好漢，但是你為什麼不敢出頭露面呢？你這膽小的鼠輩！”他一邊罵一邊又往裏院走，身後跟着有三十多個人，拿着各樣的兵刃，舉着明亮的大燈籠。

　　這鐵爪蛟龍就一直罵到了內院的樓下，那天他那大徒弟的屍身就是在這樓下發現的，這樓上住的是他的主子和珅的寵妾吳卿憐。鐵爪蛟龍知道，上一次和珅所以跟他鬧翻，就是因為他曾向那美貌多嬌，眉梢有一粒紅痣的小娘兒們多看了兩眼，那小娘兒們一定是在和珅的面前給他進了讒言。並且他已猜出那小娘兒們常常的出門逛廟，必是有了外遇，她的外遇說不定是一個能夠深夜入宅，有高來高去本領的人，不然她何必進那讒言？何必叫我走？所以，鐵爪蛟龍雖然曾經一怒而去，但他留下了那個大徒弟，監視着卿憐樓上的行動，他那大徒弟也是因此才被殺的。

　　他更知道那殺他大徒弟的，就是北京城新出世的那麼一個小伙子，名叫伍宏超。他吩咐二徒弟飛鞭趙等人捉來那白大爺，也只是為激得伍宏超露面。今夜，真沒想到，伍宏超還沒有露面，就又把他的二徒弟給送了終！他越想越氣，當時就高跳起來，向着那樓上大罵：“無恥的狗賤婦！你別再在那裏媚人！要有伍宏超在這裏，快他媽的出來！老爺拿飛鞭見一見你！”

　　旁邊他的三弟子滾刀徐就悄聲地勸他，說：“師傅！你老人家罵姓伍的可以，別罵這府裏的人呀？”

　　鐵爪蛟龍就又跳起來更大聲的罵說：“府裏的人，只要是姦夫淫婦，我也要罵！這裏十幾年來要沒有我，連……”他本要說“連和珅也早就掉了頭”，可是他雖然氣急，究竟還不能夠把這樣的話罵出來。

　　滾刀徐又悄聲的說：“師傅您別再罵了，罵了半天，也找了這麼半天，慢說姓伍的小子，連姓六的小子也沒出頭。那個人決不是沒一點火氣，我想他一定不是為咱們來的，還是保護中堂那裏要緊！”

　　鐵爪蛟龍聽了這話，也覺着很對。本來，雖說先後一連死了兩個徒弟，這個臉面丟得究竟還小，要是今天讓中堂遭了暗算，那可真是十幾年的英名盡喪，鐵爪蛟龍再也見不起人了！當下他不再向樓上喊罵，並將飛鞭又交與滾刀徐暫時給他拿着。他又吩咐這些人仍舊在各院落嚴加搜尋，並自管去罵，喊出名來罵伍宏超，說他若是不敢出頭來較量，那他也算栽了。

　　吩咐已畢，鐵爪蛟龍卻抄了一口單刀，離開了燈光和人群。他飛身上了一座樓，順着樓走進一屋，見到一個丫環。這丫環他認識，是伺候和珅另一寵妾長二姑的。他就問說：“中堂在你們的屋裏沒有？”嚇得這丫環渾身打哆嗦，搖着頭說：“沒有！”又指了指，說：“大概是在麗瓊姨奶奶那裏了！”鐵爪蛟龍於是手提着單刀，穿過了這屋，又往這座樓的更深更隱密之處疾快地走去。

　　這四更的時分，雖說今夜府中有盛筵，有歡會，可是各屋裏的人也多半都已睡去了。有的人被院中的燈光，雜亂的聲音，尤其是鐵爪蛟龍剛才那一陣喊罵給驚醒了，可也都不敢點燈，到處全都是黑忽忽的。鐵爪蛟龍在這裏極熟，他雖沒到這些屋裏去過，但是他也都知道各屋裏住的是誰。他在這宅裏護院多日，和珅信任他，所以特許他無論日夜，都可以在各處行走。

當下他到了和珅新置的寵妾賈麗瓊的屋門前，他將刀向門上輕敲了兩下，屋裏有人驚問說：「是誰？」鐵爪蛟龍在屋門外說：「是我！我是胡師傅，我要見見中堂，有緊要的事請示！」屋裏沒有再言語。鐵爪蛟龍可也不敢怔推屋門，他只好仍然站在這裏等候着。但他時時回首向黑暗之處去望，腳站的是丁字步，手緊握着利刃，預備着如有人前來，他就隨時格鬥。

這屋裏雖然沒有吳卿憐的臥室那般的奢侈，可也極為華麗。賈麗瓊是最愛珠玉的，所以這屋裏擺設的珠玉的玩物和陳設很多，並有一枝嵌着玉的笛。她會吹出許多宛轉清麗的曲子，長得也很嬌媚豐腴，頗得和珅的寵愛。今夜和珅正是在她的屋裏，所以她和兩名丫環、兩個婆子，全都沒有睡。

和珅是因為最近有一個外任官「孝敬」給他了一顆夜明珠，這是世間難得之物，連宮廷大內恐怕也沒有。他令這宅裏的老夫子給考證過，但他可並沒說他已經獲得了此物。那位老夫子當時就說：「夜明珠即是古之照乘珠，史記上說，魏王與齊威王會田于郊，魏王曰：『若寡人之小國，尚有徑寸之珠照車前後各十二乘者十枚』。言其只要有一顆夜明珠，能夠使十二輛大馬車夜晚行路都用不着點燈。」和珅聽了大喜，就把這珠子寶貴地收藏起來。

前幾日因為宅中出了事，挑缺挑來的那十幾名護院全都是草包，所以這明珠，他連自己在小屋裏關嚴了門，也不敢看一看。如今，鐵爪蛟龍胡騰雨又回到宅裏來保護了，今夜宅中戒備得更加森嚴，他這才請來他的兒子駙馬豐紳殷德，和兒媳固倫公主來此共同賞玩。

這位公主是當今乾隆皇帝的四女兒，也就是和珅的靠山。今夜給恭請了來，除了備有豐富珍貴的酒筵接待之外，並把他的夜明珠取出來請公主觀賞。卻不料這個珠子不做臉，大雖是很大，圓也很圓，擺在明亮的燈燭旁邊，它確實是發光，但將燈燭一吹滅了，非用手摸，簡直就找不到它了，這算什麼夜明珠？公主雖然沒有說什麼，可是他那做了駙馬爺的兒子，有意無意地卻說了幾句嘲笑的話，弄得他這做老子的也不能夠發急、使氣，但是心裏大不舒服。丫環和侍妾們攙扶着他，就到了這賈麗瓊的屋，叫賈麗瓊給吹了一曲笛，他也覺着無味。

和珅現在正躺在里間的檀木床上，賈麗瓊在給他輕輕地搥腿。他眯縫着眼睛看着賈麗瓊穿的小鞋，鞋底是碧綠的翡翠制的，上面刻着鳳紋。他覺着不大好，認為這鞋只能夠在屋裏穿，穿到外面被人看見，要受非議的，因為鳳就是皇后，怎可以踏在腳底下呀？

他又想他這十年來的榮華富貴，掌着的那些大權和貪的那些錢財，他也算不清到底有多少。但他還覺着美妾過少，更發愁皇上已經太老了，倘若皇上晏駕，那時恐怕他的權勢就要減低，這真是一件憂煩的事。此外，看來世上既沒有真的照乘珠，也沒有不死藥，並且軟腿病也治不好，尤其是新近出來的那麼一個膽大包天的伍宏超，竟敢來到府裏搗亂……這些都是使他氣惱的事，使他睡不着。他又想：把卿憐叫來吧？那個賤人！近來很使我生氣……更想：蓋一座金樓，叫賊來了也抬不動，我住在裏邊也很好；再養活幾隻專吃人不咬我的金錢豹，給我看家，也好叫我放心呀……他胡思亂想着，簡直沒有個頭。

　　賈麗瓊用媚眼看着他，說：“您還不養養精神？還不閉眼呀，我的親人？”他擠着眼也不禁地笑了，心裏這才感覺舒服些。他喜歡賈麗瓊嘴兒甜，很會打情罵俏，使他能夠重溫年輕時到花街柳巷冶遊，跟二三等的妓女在一塊胡纏那種有趣的美夢。

　　這時，忽然有一個大丫環驚驚惶惶地跑到這里間，欲語復止。賈麗瓊就說：“什麼事？你這麼慌慌忙忙的，不知道中堂現在正要歇着了嗎？”丫環站住，定了定神，這才悄聲地說：“現在胡騰雨胡師傅他在門外了！說要見見中堂，有緊要的事情請示！”賈麗瓊就把眉一皺，說：“有什麼要緊的事情呀？天都這麼晚了！說要見中堂，當時就得見中堂，他是有多大的爵位呀？”

　　和珅這時候也有點生氣，覺着鐵爪蛟龍這麼半夜裏來找他，簡直太不成體統了！這時卻聽那丫環更驚惶地說：“宅裏……一定是又有外人進來了，不然為什麼樓下那麼亂哄哄的呢？”和珅不禁打了一個冷戰，拍着床沿說：“這是怎麼回事呀？北京城的這些衙門，什麼順天府、督察院、步軍統領衙門，都是管幹什麼的呀？咱們這兒，連胡騰雨，他還是鐵爪蛟龍哩！怎麼現在也變成飯桶啦？快去先問問他，到底是有什麼事？”

　　這丫環答應了一聲，轉身走出了這個很嚴密的裏屋，到了外屋。幾個丫環、僕婦都害怕似的向她來問，她只擺了擺手，隔着門向外邊問說：“胡師傅！中堂問你，到底是有什麼事情呀？”

　　屋門的木頭很厚，她說話的聲音太細，外邊大概是聽不明白。鐵爪蛟龍的性情又急，立時就把門一推，門裏的這丫環就哎喲一聲坐在地下了，幸虧地下鋪的是毛絨的地毯，倒沒有摔着。但是那手提鋼刀，高身軀長，面孔凶神似的鐵爪蛟龍就已走進了屋。他先擺了擺手說：“你們不要驚慌，我只是問問中堂在這裏住着沒有，這裏得小心點！”丫環和僕婦也都不敢言語。

　　鐵爪蛟龍就先走到窗前，用刀尖將窗上掛着的紫紅色的窗幔撥開，隔窗見樓下仍然有幾處燈光人影，倒是還沒顯出來亂，可見那伍宏超仍是沒有出頭。他又將窗推開，他的大手這麼一推，就差點把窗戶推掉了。側耳聽了一聽，下面的更聲隱隱的，仍然打着四下，別的聲音可都聽不見。他將窗又關上，轉身問說：“中堂他到底在屋裏沒有？”

　　那才被推倒的丫環，這時候已經爬起來了，就指了指里間，點了點頭。鐵爪蛟龍就說：“中堂既是在這屋裏，就得啦！我只是問一問，知道他到底在哪屋裏睡覺，我好保護他，旁的事都沒有，我走啦！你們都睡覺吧，快點都把燈吹滅！”說畢，他就大踏步的又走出了屋，並將屋門給帶好了。

　　那個剛才跌倒了的丫環，因為見那紫紅色的窗幔沒有遮好，她就走過去，想要給拉平展了。誰知道那兩扇窗戶原來並沒有關嚴，卻見由窗外跳進來一個年紀很老，但身軀雄偉的人。這人手拿一根皮繩拴着兩個渾圓的鐵球，吧的一聲，把桌上的一隻白玉的大瓶打了個粉碎，並怒聲問說：“和珅在哪兒啦？”

　　兩個丫環嚇得就要向裏屋去跑，來的這凌萬江也正要往裏屋追，卻見那屋門又驀的開了，鐵爪蛟龍手持鋼刀，忽然又從外邊跳回了屋。他大喝一聲：“你站住！”借着燭光一看，他卻很是驚訝，便冷笑着說：“啊！我還以為是什麼伍宏超，原來是你這個老小子！凌萬江，咱們已經久違啦！上次聽說你挑缺挑了個第一，我還沒得工夫去給你賀喜，又聽說你有個什麼內侄女，她很有點兒本領……”

　　凌萬江卻一手握着一個流星，怒聲說：“你別跟我說這些廢話！我凌萬江江湖上比你闖得廣，你這護院的飯咱也吃過，咱可就是沒給奸臣當過奴才！自從顧昆傑被你殺了，我就發誓要給他報仇。我埋他腦袋的時候，我就跟他說過：五年以內，我給他報仇！鐵爪蛟龍，小輩，今天連你帶和珅，全都叫你們去見閻王爺！」說時，流星錘自手中發出，向着鐵爪蛟龍的腦門子就打。

鐵爪蛟龍當時向旁閃避，單刀振動了寒光，唰的一聲向淩萬江的左臂削來。因為椅子桌子全都礙着事，他就一腳將一把紅木的椅子踢翻，又一腳踹得一個繡墩滿地亂滾，桌上的玉磬也被弄下來了，嚇得兩個婆子全都跑出了屋，那兩個丫環卻互相拉着跑往里間去了。

金臂飛俠淩萬江愈發的奮勇，緊緊地抖起了流星，兩隻圓溜溜的鐵球被他抖得滿屋子裏飛，呼呼的響，有如一股白氣。鐵爪蛟龍卻身手利便，鋼刀飛揚，時時想要先割斷了流星錘中間的皮繩。但他的刀雖然與那皮繩絞住過一次，可是割不斷。淩萬江一手抖流星，一手還要來奪刀。鐵爪蛟龍卻刀法緊湊，不但不許他奪到手，反倒突然將他的一隻流星抄住了，緊緊握在左手之中。

這樣一來，淩萬江就沒法子再抖了，他便疾忙用腳向鐵爪蛟龍的右腕踢去。他本想把對方的刀踢落，但鐵爪蛟龍抽刀甚疾，並翻腕一刀向他的頭頂削來。淩萬江將身子一伏，刀就削空了，他趁勢斜進步，並嚷了一聲：「出去幹！」

鐵爪蛟龍獰笑着說：「誰又叫你進這屋來的？老小子！我怕你們找不着，剛才開了窗戶，就為的是邀你們進來！可是我想來的必是伍宏超，不料竟是你。我鐵爪蛟龍這些年來真沒把你放在眼裏！因為同是江湖人，剛才我還想在手下留點情，現在你既是來送死，可說不得我要下毒手啦！」說着將刀狠狠的舉起。

淩萬江卻身向旁閃，驀的抄起來靠牆一張紫檀桌上的金魚缸，連缸帶水帶金魚，全向鐵爪蛟龍砸去。鐵爪蛟龍為了閃避，不得不向旁一跳。淩萬江便用力又奪他的流星，嘣的一聲，皮繩被兩人一奪，就揪斷了。鐵爪蛟龍的手中握着一個鐵球，就向淩萬江打來，咚的一聲這鐵球把窗上的玻璃打碎了，但因為有窗幔擋住，沒有飛出去，就掉在樓板上了。可是碎玻璃都掉在樓下了，外面因此又慌亂起來。

這時樓上淩萬江抖動着一隻流星，還不住地在拼打，但是鐵爪蛟龍的刀法已經展開。這傢伙真是兇猛，淩萬江簡直有些敵不住。這時卻突然由窗外又飛進來了一個人，手持寒光閃閃的金剛玉寶劍。淩萬江就大聲嚷嚷着說：「兄弟你先別幫我，快去殺和珅！那老賊肯定在裏屋，不然這裏用不着這小子來保護，你快去報仇，我在這裏抵他！」

鐵爪蛟龍這時可也急了，他本來身子擋着裏屋的門口，這時更加護着門，決不躲避。他瞪眼看了看伍宏超，說：「啊！原來你這個鼠輩就姓伍？」說時，將刀掄了一個架式，喊嚷說：「若是好漢，咱們跳下樓去再拼鬥，在這屋裏不算本事！」伍宏超卻自窗上向下一跳，同時寶劍向他就砍。鐵爪蛟龍用抗鼎的臂力，橫刀去迎，只聽噹啷一聲，他不禁大驚，原來刀已成了兩段。

他驚惶地拿着半截刀，疾快退往裏屋，卻見燭光含淚，紅帳未垂，連剛才那兩個丫環都不見影兒了，更不用說和珅。他頓然明白了，也放下了心，就飛身又跳到這裏屋的窗臺，扯下來窗幔向着伍宏超的頭上就扔，被伍宏超用劍撩開了。淩萬江又趕上來喊聲：「屁蛋，你別跑！」鐵爪蛟龍一腳踢開了窗戶，以半截刀指點了一下，說：「來！來！」伍宏超躍過去揮劍向他就刺，他卻飄然跳下了樓窗。

淩萬江喘着氣說：「別放走這個小子，這小子本事不弱，追他！」伍宏超卻收住了劍說：「還是先搜和珅要緊！」淩萬江卻說：「你看這屋子裏哪有個和珅的屍？」伍宏超卻說：「但是你看這張床，為什麼有些歪斜？」說時，他用手推開了這床，果然見這床後還有一個門兒，剛才是被床和慢帳遮着看不見，現在才完全的顯露出來了。

這門兒很窄，閉得也很緊，伍宏超就用腳去踹，凌萬江說：“不必踹了！裏邊說不定還有埋伏。咱們還是下樓跟鐵爪蛟龍那小子幹去吧！殺了那小子，沒人給和珅護院了，咱們什麼時候想來都行！”

但伍宏超不聽，依然用力踹門，並掄劍去劈，三下兩下他就將這門劈開了。他剛要進去，就見外屋吵嚷着進來許多人，原來是什麼賽雲長、小專諸、博浪椎、今世嶽雲等幾個人也全都跑到這裏來了。他們到了里間一看，就齊都不勝驚訝，因為凌萬江跟這幾個人原都是朋友。賽雲長就說：“凌老哥，你是幹什麼來啦？”凌萬江卻傲然一笑，說：“我要是跟你們哥兒幾個不說真話，那算我跟你們開了玩笑，算我不夠朋友。我今夜裏來，就為的是送和珅進墳地，因為他已經惡貫滿盈了！”

賽雲長等人一聽了這話，都覺着為難，對方若是別的人，他們當時就要胡掄兵器齊上手，這金臂飛俠卻是他們的老前輩，他們哪敢傷了面子？所以賽雲長就皺着眉說：“您這是幹什麼呀？”小專諸也說：“凌大叔！請你給我們一個面子！你現在就趕快請，我們什麼話也不說。”那今世岳雲張廣仲卻揚起了他那對甜瓜大小的紫銅錘，發怒地說：“你是專門來砸我們的飯碗呀？你可太不對啦！”

凌萬江只冷笑着，他手裏的流星這時只剩了一個錘兒，掄着也不帶勁了。但一聽了張廣仲的這話，他就驀地把單錘的流星撒了手，向着張廣仲打去，並乘機搶過來了那一對紫銅錘，雙手一掄。張廣仲雖然躲開了那一流星，卻被這銅錘咚的一聲打得他腰折背彎，當時就扒伏在樓板上。小專諸揮劍向凌萬江就刺，卻被那銅錘當地磕飛。賽雲長拽着大刀趕忙跑出了這屋，小專諸也越窗而逃。

外屋的人還在亂嚷，樓下也梆聲緊敲。凌萬江回首一看，見伍宏超劈開了那門，已經走進去了，他就說：“兄弟你可要小心！好啦，我把和珅交給你啦，我專去鬥那鐵爪蛟龍！”說時，他手握着紫銅雙錘，跳上了窗臺。向下一看，只見燈光照得真跟白晝一般，護院、打手密密層層，頭戴紅纓帽的官人尤其來了不少，刀劍齊舉，向着樓上來嚷嚷。

鐵爪蛟龍胡騰雨也已抖動了他那杆飛鞭，凌萬江曉得他這件傢伙屬害，江湖上稱之為霸王鞭，人提起來便皆膽寒。但他稍一踟躕，便把心一橫，向下呼叫着說：“胡騰雨！你小子站好了，等着我，我不怕你那杆霸王鞭王八鞭，今天我要不把你這鐵爪蛟龍打成個沒小兒的鱉，我就不姓凌，連老婆都送給你，看着！”說時，手舉雙錘，將身向下一跳，就跳到了樓下人叢之中。他這老英雄一點兒也沒摔着，同時緊掄雙錘，亂砸亂打，打得一些人東跑西躲，哪個敢來上手？

鐵爪蛟龍此時卻嘩啦啦舞起了十六節的純鋼霸王鞭，向着凌萬江就打。而凌萬江猛掄雙錘，兇悍地迎殺，這時竟把一座和珅府當作了戰場，翻江倒海似的大亂起來。

第十二章　　绣帐轻遮惊雷催绮梦　飞车宵遁小店晤英雄

伍宏超此時是手挺金剛玉寶劍，從床後的那個門兒走進去，急追和珅。過了兩間沒有人住的屋子，依然看不見那奸臣的蹤影，他心說：和珅這個老賊好狡猾呀！然而我今夜要不搜出你來殺了，決不離開這地方，並不再為人！

他忿忿地又去追，又進了一間屋，這屋內卻有兩個女人，一個手持着燭臺，一個急急地向他擺着手。他一看，原來是那胖丫頭繡球和吳卿憐。伍宏超當時就很生氣，說：“是你們把和珅放跑了嗎？快些告訴我，他到底逃往哪裏去了？你們要知道，我現今跟和珅拼命，不全是為我家的私仇，也是為國家。”

卿憐卻沉下臉來說：“你要怎麼樣呢？你得知道這是中堂府！你有多大的膽子，敢這深更半夜裏來這兒胡鬧？”伍宏超也把眼瞪起來，說：“好！你倒要護着他？我看你真是賤性！我殺和珅與你不相干，你放心吧！決連累不上你！”卿憐聽了這話，卻又不住掩面痛哭。她現時穿的是紫紅色的緞子長衣，雲鬢不整，花枝已卸，似乎是已經睡下又被驚醒的樣子。

旁邊那拿着燈的胖丫頭繡球，此時卻答了話了，現在她決不是又犯了夢遊症，說的話非常清楚。她說：“伍少爺你可要想一想，殺死和珅不要緊，這府裏由下到上，所有的人都得受連累。這裏的僕人也都養着一大家人，和珅待人過苛，平日他們也只能將就吃飽，很是可憐的。府裏若出了事，還不得把他們全都鎖起來問罪？”

伍宏超聽了一怔，揚目看着這胖丫頭，很是驚訝，就冷笑着說：“照你說，就應當把和珅饒了嗎？”

繡球把嘴一撇，說：“反正你要找和珅，想得手，是千難萬難！他是那麼狡猾，又自知結下了不少冤家，這房子是彼此相連，暗室極多，他還發愁沒有地方藏躲嗎？就是你都搜到了，搜着了他，他也一定還有暗器和埋伏，叫你上當！”

伍宏超一聽，可不由得減削了銳氣，有點猶疑。看這胖丫頭繡球如今侃侃而談的樣子，真像是久闖江湖，富於閱歷，她說的話必不假。她潛身混到這宅裏來，還不定打的是什麼主意，和珅要是那麼容易找到，容易下手，那大概不必等到今夜我來了。此時卿憐又過來用柔軟的手拉他，繡球也來推他，並都悄悄對他說：“過來！到那屋裏再慢慢地商量！”伍宏超便身不由己的就提着金剛玉寶劍，隨同她們走去。

繡球把燈吹滅了，拉着伍宏超穿過了幾間黑忽忽的屋子，不一會就進到了卿憐的那間臥室。這室中燈光也極暗，伍宏超便趕緊走到窗前，掀開了窗帷，並推開了窗，俯着頭向下去望。繡球在身後直拉他，他卻不動。就見樓下的金臂飛俠正掄動了雙錘，與鐵爪蛟龍相鬥得正緊，旁邊的一些官人和護院的只是看着，全都上不了手。鐵爪蛟龍的鋼飛鞭，真如一條怪蟒似的在空中飛騰，幸虧凌萬江還能夠敵得過；看他們相鬥大約已有十餘合了，雖還沒有分出勝敗，可是鐵爪蛟龍太為兇猛，凌萬江也快要支援不住了。

伍宏超剛要掄劍自窗跳下樓去助戰，卻見丫頭繡球自褲腿裏掏出了一支袖箭，其實不過是一個細小的竹管。她很快對準了下面，嘭的一聲，射出了一支短箭，當時就將鐵爪蛟龍射得飛鞭再也飛不起來，凌萬江便趁勢掄錘逃跑了。一些人都大亂起來，又聽鐵爪蛟龍屬聲大喊：“不要再追他了！搜一搜是誰射的我？姓伍的一定沒逃遠，姓伍的會使袖箭！”這聲音真跟雷響一般，在樓上聽着都覺得震耳。

伍宏超還擔心着凌萬江，恐怕他仍是走不開，自己今天若殺不了和珅，剪除不了鐵爪蛟龍，豈不又是白來？他忿然地要往窗外去跳，但又被繡球拉住。繡球這胖丫頭仿佛比他的力氣還大，動作也很敏捷，吧的一聲將窗閉緊，呲啦一聲將窗幔遮嚴，她早已收起了袖箭，用兩隻胖手將伍宏超推開。

卿憐在旁邊說：“繡球這個丫頭，我也真沒看出來。前天她才對我說明了，她原來也會武藝，她到這府裏來，是專為保護我。”

這時，繡球自己又侃侃地說：“其實這卿憐她對我有過好處嗎？也沒有。我本來姓張，我的父親叫草底蛇，十年前我們父女就流落到京都，雖然都會武藝，可是絕不偷盜，也不顯露。我爸爸又鬧病，又好喝酒，因此很窮，可是交了一個朋友，就是顧昆傑。顧昆傑自己也很窮，可是還時常周濟我們，他也不知道我們是會武藝的。”

伍宏超聽到這裏，就趕緊說：“那位顧昆傑義士有一個女兒，你可知道嗎？”繡球點頭說：“我知道！那位顧俠女名叫顧畫兒，是兩隻大腳，人物出眾，武藝蓋世無雙。”卿憐在旁又驚問說：“宏超！她說的那……不就是在北箭亭跟你比過武的那姑娘嗎？”伍宏超卻沒有言語，只管聽繡球往下說話。

繡球又敬又畏地說：“我可不敢去見那位顧俠女，她的武藝比我高得多了！她一定是跟神人一樣。顧昆傑是為來救卿憐，才死在這裏。去年我父親要往江南去找朋友，便把我賣在這裏，囑咐我不要惹和珅跟鐵爪蛟龍，只叫我隨時保護着卿憐。”

伍宏超冷笑了笑，說：“你的父親大概是和畫兒的乾爸一樣，他們都是多一步也不走，太老朽了，難道我們跟和珅還拼不過嗎？”說着又歎了口氣。

這時卿憐卻以雙手來拉住他的雙臂。伍宏超只是發怔，並極愁煩。同時外邊樓下的那些人依然在亂喊，也不知道凌萬江到底如何了，伍宏超更是發急。繡球就說：“你們先在這裏好好的待着，我去看一看！”說着她出了屋，把屋門全都帶嚴，她就走了。

而這時，外面的五更也沒有顧得打，窗帷上可是已經現出來了曉色，天都快亮了。伍宏超就說：“我也不能走了，我就等着和珅吧！反正今天白晝若是見不着他，晚上我還得找他；非得他死，或者我死，不然我就決不走！”卿憐卻對他說：“你聽我說……”這女人的確是溫柔的，燭光雖已成燼，可是曙色漸升，室中不太黑，她眉梢的那一顆小紅痣，依然看得見。

伍宏超現在心中完全失了主意，和珅搜不着，仇恨也不能夠報。看着溫柔的卿憐，他就想：顧畫兒已被繡球視之為神人，我這凡夫嗣後自然不能對神人有何情思和妄想，而卿憐卻是一個更可愛的女人。白大爺的官司，大概自然有他那神人乾女兒去想辦法。金臂飛俠那樣的驍勇，剛才他也必定沒有吃虧，我……就死在這裏吧！但是死也要與和珅跟這卿憐一同去死，將情與仇同時銷盡……

　　忽然繡球推門跑回屋，悄聲地說：“那金臂飛俠已經逃跑啦！這座府裏滿是官人，連花園都搜遍了，各姨奶奶的屋子也都要搜，待會一定要搜到這屋裏來！”

　　卿憐聽了，當時又驚惶得身體亂顫。伍宏超卻挺劍忿然地說：“不用他們來搜，我這就出去見他們好了！”

　　繡球卻急了，說：“你要那樣辦，卿憐姨奶奶還能夠活？”伍宏超更忿然地大聲說：“她是誰的姨奶奶？”繡球急得要來捂他的嘴，並把他用力的向床上去推。卿憐也宛轉地勸着，就叫伍宏超上了床，躺在床的盡裏邊。卿憐自己也上床躺在外首，連人帶那口金剛玉寶劍，全都用繡花的緞被蓋住，繡球丫頭並輕輕將錦帳為他們拉閉。

　　外面搜查的人順着樓的過道就來了，腳步之聲雜遝。繡球先去把門開開，看見來的是幾名官人，由五六個婆子帶着，來到這裏只向屋裏探了探頭。卿憐蓋着被睡在床裏，似乎是才睡醒的樣子。繡球昂然說：“我們姨奶奶這些日本來就病着，昨兒夜裏樓下也不知出了什麼事，她又受了驚嚇，病得就更下不了床啦！”說時帶着很氣的樣子。

　　有一個官人就說：“我們現在來搜，是奉了中堂的命，護院的胡騰雨也說，旁的屋裏都不要緊，這兒是必得細搜一搜。我們不進屋，只叫婆子們進去查看查看，行不行？”

　　卿憐在床上坐着，錦帳只掀開了一點，她作出病態，並且發起脾氣來，說：“行啊！你們都進來搜也行！若是搜不出什麼來，我的屋裏再短少了什麼東西，我也不找你們，我只跟中堂去說！”

　　屋外的幾個官人向屋裏一看，這麼些金碧輝煌的東西！萬一她要短少一件，或是沒丟失她可也訛上了，那誰能賠得起呀？所以就都猶豫着。幾個婆子因為是一夜沒睡，又困又煩，就說：“難道在中堂身旁最得臉的姨奶奶，屋子裏還能夠藏着強盜嗎？咱們來搜什麼？胡騰雨要是一定搜，叫他自己來吧！他的本事不行，叫賊鬧了一夜，結果把賊放跑了，他還叫咱們在自己家裏來捉？你們當老爺的差，聽上司的話就得了，還非得聽他的話嗎？”四名官人互相看了看，就都走了。

　　繡球把屋門敞了半天，看見人都走去，才將門倒帶上了。

　　這幽深的密室，綺麗的金屋裏，天雖已經亮了，因為窗帷未啟，室中的光線依然跟黃昏似的。卿憐是很溫柔的，伍宏超卻很是煩惱。他不能拒絕這幼年時的鄰女，她雖曾經兩次為貴人姬妾，但那不是她自願的，她是個可憐的，多情薄命的女子。於是，伍宏超本是挾劍尋仇而來，卻不料今朝竟自弄得英雄氣短，而兒女情長。金剛玉寶劍閃閃的寒光也似在向他冷笑，他只是長歎。

　　卿憐又送給他一隻白玉鐲，親自給他套在左腕子上，這跟卿憐腕上的那只玉鐲是一對。卿憐哭着說：當初嫁王亶望為妾，並非得已。王亶望作浙江巡撫的時候，搜刮了無數的民財，一半獻給和珅，一半他自己享受。他極喜吃一些怪東西，他愛吃驢肉絲，就專養着驢；吃的時候，叫廚師在活驢的身上去割，他說是那樣的肉才嫩。他又愛吃填鴨，用紹酒罈子去了底，把活鴨放在裏面，用泥封住，壇口外只露着一個鴨子的頭，用油和飯填鴨；填上六七日，鴨子就特別的肥，然後宰着吃，據說肉嫩如豆腐。那王亶望的性情就是那樣殘忍、奢侈，並且專為她在西湖邊建起了十二迷樓，樓閣都嵌着寶玉。和珅這裏的花園跟這幾座樓，也都是依照那迷樓的圖樓改建的。現在花園裏有兩座樓還沒有修完，和珅卻已對她愛衰了。

　　她在這裏給和珅為妾，住金屋，着綺羅，可是這些都是一些奔走于和珅門下的貪官們貢獻的，和珅自己並不花一個錢。除了接待公主他用盛筵，平常他最寵愛的妾也只能喝粥。當然，連丫環、婆子也都不能老喝粥，但無論吃什麼，都不能叫他看見，他自己可是天天必要喝燕窩湯。他因為害軟腳病，每晚上必要命人宰一隻活犬，剝小犬皮綁在他的兩個磕膝蓋上，這樣他才能夠上朝，夏天也是這樣。他愛美色，更愛黃金，令人鑄了許多一千兩一個的金元寶，都藏在庫裏。他雇了鐵爪蛟龍那些人，是為保護他的性命，也為保護他的那些元寶⋯⋯

卿憐又說："王亶望正法在蘇州，我不心痛。和珅現在死了，我也不難過。我留着這一對我媽給我的玉鐲，我是想將來再嫁人。我還年輕，他們都必不能長久。我想嫁的，就是我小時候見過的你⋯⋯哥哥呀⋯⋯"

她細聲的傾訴，婉轉的嬌啼，弄得伍宏超越發不知怎樣才保得住自己的英雄氣。後來，伍宏超就問她說："那你為什麼不同我走呢？難道你是願意在這裏受罪、受辱嗎？"卿憐卻說她在這裏至少還得待一年，說時哭得更是厲害。伍宏超又問她，並且嚴厲而急躁，問她到底是為什麼，她卻只是哭着不說。待了半天還是那句話："我要是跟你走，至少也得等到一年以後！"

伍宏超很是生氣，並且既慚愧又後悔，他現在倒很恨那老王忠，要不是老王忠那夜把他引來，怎至於如此？現在不但是墮入情障，簡直是喪失了志氣，成了個荒唐無恥的人了！這若叫顧畫兒姑娘知道了，豈不要笑死我？不，還許人家一生氣，把金剛玉寶劍要回去，獨自去報仇呢！可是，誰能面對卿憐這樣溫柔多情的人而不動情呢？

她的那個忠實的丫頭繡球，給她和伍宏超拿來了菜飯，並且還不知從哪兒弄來了一壺酒。菜和飯雖然不是稀粥，可是與這室中的諸般奢華貴重的陳設，卻大不相襯。

繡球又說："今天來給和珅壓驚、探慰的，頭品的官員就不知道有多少，小官兒多得更數不出來，所收的禮物怕是一個車也裝不下。可是這些送禮的人全都沒有見到和珅，誰也不知他到底是藏在什麼地方去了。鐵爪蛟龍胡騰雨是被袖箭傷了左肩，並不算重。他現在正在什剎海畔小廟裏給他的徒弟設祭，並發誓要請全北京的英雄，一同捉拿淩萬江、伍宏超。現在統領衙門、巡城御史衙門、順天府、大興宛平兩縣的官人，也都驚動了，都要保護這座府，捉拿賊人。"

伍宏超聽了這些話，自己倒不害怕，只是憂慮，不知淩萬江昨夜自這裏逃出之後，他的家裏情況如何？他家裏還有老婆呀！大概顧畫兒現時也正住在他家。那些官人和鐵爪蛟龍，還能夠不到他家裏去捉他們嗎？不定又弄出什麼事情來了，他們再也不想不到我卻藏在這和珅愛妾的床裏！

他慚愧、忿恨，不覺就挨到了天晚。他雖然沒有走出這間屋，可是也知道現在這所巨宅，是比昨夜防範得更為嚴密，要想找和珅，殺和珅，定是難上加難。更因卿憐悲哀婉轉的懇求，繡球也勸他說："不可憑匹夫之勇，自去送死，應當快些離開這裏，以後再設法報仇！"

伍宏超沒有法子，他只有歎氣，只得拿上了金剛玉寶劍，被卿憐和繡球送他出了這間密室。這裏真是銷魂之窟，喪志之地，他簡直不能抬頭看人了。穿過那養鳥的屋子，離開那冰炸梅的窗，卿憐至此，不再往外送他了，但仍是百般的叮囑。伍宏超也沒再說一句話，就由胖丫頭在前引路，悄悄離開了這如同撒下了地網天羅般的和珅府。

他與繡球在什剎海畔的柳下拱手作別，伍宏超就說："你回去告訴卿憐，恐怕我不能再到她那裏去了，以後有什麼事情，還是求你對她多多照應吧！”繡球問：“那麼你現在住在什麼地方呢？萬一有事情，我好去找你。”伍宏超只是搖頭，說：“我現在也沒有准住處，兩番入和珅的家，沒報了仇，我很羞愧！再見吧！後會有期！”說完轉身就走，又聽繡球似乎在後邊笑他。

伍宏超急忙回到前門外小巷裏他住的那店房，就見那趕車的小張三正在等着他，而且很急地說：“快走！快走！我的車就在巷口外了，伍朋友你快些逃走吧！”

伍宏超驚愕地問：“什麼事情？你叫我上哪裏去？”

小張三說：“昨天晚上我就遇見那位顧姑娘啦！她叫我來接你……得啦！這時候我也沒得工夫細說，天還不太晚，城門大概還沒關，趁這時候，你就快去坐上我的車咱們快走吧！”說着就連推帶拉。

伍宏超連去跟店家說話的工夫也沒有，從昨天下午他來這兒住店，還一個錢也沒給。好在店裏這時出入的人正多，也沒有人留心他們，他就又提着金剛玉寶劍走出了小巷，就上了車，小張三搖起了鞭子，騾子就又飛快的走了。

伍宏超離開和珅府那時是將過初更，現在二更天也還沒到，小張三的車就飛也似的趕到了永定門。這時因為皇帝正住在“海子”（南苑），所以來來往往，當差的人很多，車也多，城門也還沒有關嚴。小張三太為機警，伍宏超坐的這輛車，一下子也就混出去了。

出了城，只見燈光稀稀，一些當官差的坐的車，都是往正南二十里，那皇帝射獵游幸之地的南苑去了。他們的這輛車，小張三趕得越發起勁，卻偏向西去。走了還不到十里，就來到一個極短極小，算不上是個市鎮的街上。這裏至多有五六家鋪戶，清靜無人，微月照着一片土房和幾株小槐樹。

車到了一個小店門前,咕隆隆的輪聲立刻止住了,裏邊當時就出來了人,問說:“來了嗎？”這聲音很嬌細，小張三回答說：“來啦，我給接來了！”伍宏超拿着金剛玉寶劍跳下了車，一看，站在這店門前的正是顧畫兒姑娘。他未曾說話，臉上先發起燒來，就問說：“姑娘怎麼在這裏了？”顧畫兒卻悄聲的說：“請進來吧！”

伍宏超隨之走到了一間極狹極小的破屋子裏，這牆上油燈裏有豆子大的青色燈光，照着坐在破炕上的一位胡眉皆白的瘦弱老人，原來正是那位白大爺。伍宏超當時就更為驚愕，覺得顧畫兒實在是神人了！這麼快，才一天多的工夫，自己在和珅府裏什麼事也沒辦成；而人家把看守得那麼森嚴，已經提到京裏的重案她這乾爹，這麼容易就給救出來了，這實在是本事太大了！而且她與小張三，也並不怎麼認識呀，還派小張三來接了我！她的本事不必說了。就是剛才，我要是沒有那胖丫頭繡球帶着，恐怕這時我也出不了和珅府。她們這兩個女子，本領都比我高得多，我伍宏超枉學藝多年，真是，何顏再拿着人家的這口金剛玉寶劍？

他只顧了自己羞愧，只是歎氣，見了白大爺，卻沒有一句話說。這時趕車的小張三又由外面探進頭來，緊張的低聲問說：“姑娘，不是城裏還有人等着接嗎？我再去一趟吧？只要是城門有一道縫兒，我就能夠想着法兒進去，再想法兒出來。”顧畫兒卻回身，搖搖頭說：“不用啦！你先去歇一歇吧，我想那兩個人待會兒能夠自己來的。”伍宏超更發着怔，也不知道畫兒說的“那兩個人”又是誰？

第十三章　　旅夜聚英雄釵嗔劍恨　　风尘重拼斗鞭舞锤飞

　　這時小張三縮頭到外邊去了。在屋裏微弱的燈光下，白大爺忽發出忿恨的微弱聲音，掄着拳頭說：“去殺死和珅！你們不要管我，你們快去，不能叫那奸賊再在世上害人了！”

　　顧畫兒低聲勸慰着說：“乾爹！我想暫時先把您送到一個地方，您先去住着，我服侍着您，過幾個月慢慢地再想法子。”

　　白大爺說：“早先我也是想着：不忙，‘善惡到頭終有報，只爭來早與來遲。’你已將武藝學成，我還不放心叫你去為你爸爸報仇，想等到我死後再叫你去。可是現在，我知道早先我是錯了，早就應當由着你去將和珅那奸賊殺死！”

　　伍宏超這時在旁忍不住地說：“殺和珅很難，他的府倒容易進去，可是處處是迷樓、密室，簡直叫你找不着他的蹤影！”顧畫兒聽了這話，把眼睛看了看他，並沒有言語。

　　白大爺喘了喘氣，聲音更微弱地說：“我早就知道，我也活不了幾年了！這一次，和珅派人從西陵把我抓到易州城，當日就解我赴京。沿路上，夜間不許我睡覺。將我牽到這裏，又牽到那裏，似乎是怕有人在夜裏去救我。那個綽號叫飛鞭趙的，屢次都要用鞭子毒打我，幸虧被別的當官差的把他勸住，我才沒遭毒打。昨天解到京裏，因為我是内務府的旗人，所以把我押在慎刑司衙門。慎刑司是最厲害的，常常要將人犯活活打死。但我昨天被送在那裏時，天已晚了，也沒有過堂。我本想是決心死了，我這樣大的年紀，死還有什麼足惜？我死了，正好化為厲鬼，找和珅，去叫他遭受報應！沒想到我這個不聽話的乾女兒，她又把我救出來了。由我這次的冤枉，我更知道那賊實在太作惡多端了！伍義士，你快和我的乾女兒去剪除和珅，莫使天下臣民再受那賊的欺害！”

　　伍宏超說：“請白老義士暫時安心歇一歇，我們再想法子。本來昨夜，我是同着金臂飛俠老英雄一同到和珅府内……”

　　顧畫兒在旁點頭說：“我知道，昨天我騎着驢先到的京，見了我姑父。我姑父跟我姑媽正在家裏吵架，為的就是我姑父這些日子，總是說要去殺和珅，我姑媽怕他闖禍，所以就跟他吵。我去的時候，我姑媽把我趕了出來，我姑父倒是追着我，問我來了是有什麼事，還問我乾爹怎麼樣啦？我就一說，我姑父當時就氣得嚷嚷，叫我去救我乾爹，他去殺和珅，一夜之内，兩人要全把事情辦完。我由那裏又走到街上，可還不知道我乾爹是押在哪裏。幸虧到傍晚時，在前門大街的橋頭遇着了趕車的小張三，他已經打聽出來我乾爹是押在慎刑司衙門。那時我主意還沒有拿定，小張三就先帶着我到那店裏，想找伍大叔商量商量，可是也沒有找着。我猜出伍大叔一定也是往和珅府去了，我想人家全都是那樣英勇……」

伍宏超聽到這句話，臉上不由得又發起燒，心說：我到和珅的府裏去，能算什麼英勇？我作了些什麼事情？真是羞死人了……

顧畫兒接着又說：「難道我因為是一個女子，就這般懦弱？我才把心一橫，也不管我乾爹是願意不願意，當夜我就到慎刑司衙門裏將我乾爹救出，並把他老人家背出城來，送到這兒。我去年在京西道上，救了一個因得罪了一個土霸，而被毒打的人。他後來搬到這裏開了這個店，他跟我在城裏常見面，所以我知道這地方，就在這兒安置好了我乾爹。今天一早我又進城，先到我姑媽的家裏一看，那個地方已經被許多的官人，跟和珅家中的幾名護院，圍得密不通風……」

伍宏超聽到這裏，更急切地追問說：「怎麼樣了？淩萬江老英雄！」

顧畫兒卻不急不慌的說：「我姑父他不要緊！他同我的姑媽，大概在天還沒大亮的時候就都走了，和珅派的官人和護院，只圍了他那兩間空屋子。我姑父在城裏的朋友多，後來我就遇見了他的朋友，他悄悄告訴我說，我姑父昨夜同着伍大叔大鬧和珅府，又打殺了鐵爪蛟龍的徒弟飛鞭趙，只是還沒找着和珅。我姑父因為是與和珅府裏那些新雇的護院的人全都認識，那些人就不敢太為難他，他就脫了身，趕回家還救走了我的姑媽，聽說藏在他的盟弟家裏了。我托人去告訴他，叫他也到這裏來，只是直到這時候他們還沒有來到，我想大概不致出什麼舛錯。只是白天在城裏，我聽不見伍大叔的下落。我知道伍大叔的武藝好，也不能在和珅府裏吃虧，可是……」

伍宏超聽了這話，心裏又像被刺了一下似的，臉又熱起來，他慚愧地想：我固然是在和珅的府裏沒吃虧，可是說起來有多麼羞慚……

顧畫兒又說：「我也不放心伍大叔，我才又找着小張三，跟他說只要您一回到那店，就趕快把您接到這兒來。我不敢在城裏多待，沒到正午，我就回到這兒來啦。直等到現在您才來到，可是我姑父還沒來到。我的那驢也牽在這兒了，我想求伍大叔先護送我乾爹，明天就往南去走。我要回一趟西陵，安置安置我那乾媽，然後再趕上您。我再獨自，或是伍大叔跟我姑父都陪着我們一起去，送我乾爹到江南，到我師父郝燕翎的家裏暫避些時。」

白大爺卻喘着氣，搖着頭說：「我不去避！江南那麼遠，我不願意去！我也不願意去依靠郝燕翎！你們就叫我在這兒，不必管了，我大概也活不了幾天了。你們應當快再進城，殺和珅，報你們兩人的父仇！為朝廷除奸臣！為百姓去大害！」說着還直擺手，仿佛驅逐着，叫他們兩個人當時就去，同時他喘得越發厲害，顧畫兒忍不住的哽咽着哭了。

伍宏超低着頭，緊緊皺着眉，對於眼前這位義烈的老人，和智勇雙全的奇俠女，只有欽敬。人家把經過的事情都已跟我說了，我呢？尤其是昨天從清晨至傍晚，在和珅府中，在卿憐室內的那些事，哪有一句話可以告訴人？我真連跟人家在一塊兒的顏面，都沒有了……

顧畫兒扶着她的乾爹躺在炕上休息，伍宏超也把金剛玉寶劍放在炕邊，他就倒背着手兒，抑鬱地走出了屋。這小店裏，除了那小小的櫥房裏還有點兒燈光，其它歪歪斜斜的幾間小客房，都很黑暗，寂靜無人。大約是這裏的店家，因為顧畫兒在此的原故，已把今天要來投宿的旅客，悉已拒絕。月色黯淡，地下連人影也印不出來，星光都為浮雲所遮。暖風拂拂，四下無聲，小張三趕着的車也走了，難道他真是去接迎那金臂飛俠？伍宏超就在院中徘徊，仿佛是有些不好意思再進那屋裏去。

待了一會，忽見顧畫兒從那屋裏出來，問說：“伍大叔您怎麼不進屋裏來呀？”伍宏超也不知道答覆什麼話才好，只長歎了一聲：“咳……”顧畫兒卻往近走了幾步，似乎現出不悅的神氣，問說：“伍大叔！您歎息什麼呀？還有什麼值得發愁呀？”伍宏超又歎息了一聲，說：“我不是為事發愁，我卻是有些……咳……”他頓了一下腳，說：“我是不由得不慚愧！”

顧畫兒似乎是怔了一怔，借着黯黯的月光，不由得看了他兩眼，低着聲說：“其實我想，我們不能夠立時就剪除了和珅，並非是因為我們無能。您想：他是皇上的寵臣，秉政二十多年，他的府宅那樣寬深，護院的人又那麼多，密室不知有多少，哪裏容許外人輕身而入，去殺了他？伍大叔您到他的府中去了兩趟，雖然沒得手，可也未遭他們所擒，我看就算不錯啦，您何必要這麼着急呀？我與您一樣，都是跟和珅有殺父之仇，可是我不着急。這次，我想先送我乾爹到江南，索性等三年五年之後，把他老人家送了終，那時我才去找和珅。惡人早晚要有報應，等他兩年不算什麼！”

伍宏超覺着顧畫兒不知道他的心事，本來自己的心事，跟卿憐弄的那些事，人家一個姑娘怎麼能夠知道呢？

顧畫兒又走近一步，說：“我看伍大叔您這個人太老實，也太正直了！您只憑着一股勇氣，去找和珅，雖兩次都沒有吃虧，但第三次要再去，一定得吃虧，所以我也很不放心，我才主張您也同我們到江南去。江南既是您的老家，我師傅郝燕翎又與您是好友，您實在不妨回去一趟。再說，我說實話，我們的本事全都不行，憑我們一兩個人鬥鐵爪蛟龍都許鬥不過。我們不應當驕傲，我們頂好到江南，再同我師傅郝燕翎討教討教武藝，把武藝再練精些，然後我願同您再北來，一同去除和珅！”

伍宏超低着頭聆聽着，越聽他的頭越往下低，簡直抬不起來了。顧畫兒姑娘，把話說得這麼近乎，人家心地誠懇，拿我當人。人家那麼好的武藝，還要去練習，我的武藝自然更應當去練一練，可是練好了又濟得了什麼事？我的人品今朝已經完了，喪盡了！和珅的一個寵妾，把我的人品已經毀滅了，我無顏再與俠女對語……

顧畫兒見伍宏超永遠低着頭，不由得就生氣了，說：“這是怎麼回事呀？伍大叔！我看你怎麼一點也沒有了北箭亭挑缺時的那股銳氣？那時您有多麼爽快，現在有多麼……悶氣、發癡？我真不明白，一個男子漢，要是這個樣兒，我可就看不起啦！”

伍宏超又歎息着說：“姑娘你不知道，我願同和珅去拼！”顧畫兒沉着臉說：“拼就拼去吧！您與和珅有殺父之仇，您又是一位俠義英雄，您願意如何，我哪兒攔得住？”伍宏超又歎息着說：“今天我來，只是為送還姑娘的那口金剛玉寶劍，我已經放在屋裏炕上了，請姑娘將我的那口劍還給我。姑娘請自去江南，我在這裏要與和珅相拼，只要能手刃奸臣，我也甘願死於他那府內！”

顧畫兒又怔了，並顯出生氣的樣子，說：“那口劍是我乾爹叫我換的，他老人家是因為敬重伍大叔，才叫我那樣做，我不能不依從。您要想再換回來，也沒有什麼不可，但是，我不能作主，我不能夠反復失信，來來回回的換寶劍、搗麻煩，幹嗎呀？您再去跟我乾爹說去吧！他要說是換回來，我立刻就跟您換回來！”

伍宏超趕緊解釋着說：“我想將劍再換回，並沒有別的意思，我只是覺着，我實在不配使用那麼好的金剛玉寶劍，我不配！我愧得慌！”

　　顧畫兒更顯出驚疑不解，不由得也歎息了一聲，說：“我真不明白您是怎麼啦？得啦，有什麼話您跟我乾爹去說吧！我的事情很多，也沒工夫跟您再說話啦！”說着，她轉身就要回到屋裏。這時忽聽得門外又是一陣咕嚕嚕的騾車的輪子響，漸漸由遠而近，顧畫兒便急忙往店門外去迎，說：“來啦！”

　　外面車輪聲還沒有停止，就聽凌萬江大聲嚷嚷着說：“這個車我坐得可真便宜，一個錢也不要！其實，趕車的小伙子，你就是不把我們給拉來，難道我金臂飛俠拿着一對錘，背着一個老婆，就真走不到這兒嗎？”

　　趕車的小張三說：“以後就求大爺多關照我點兒！”

　　凌萬江說：“你放心！我姓凌的現在又算把腳踏到江湖上來啦！江湖上的那些人都是我的兒子跟孫子，誰要是欺負了你，你就拿我金臂飛俠的名氣，去嚇唬他！”

　　車輪之聲止住，又聽見是顧畫兒的姑媽，那二擺風邊哭邊說着：“哎喲！我算是倒楣透啦！連一個少衣沒食的平安日子也過不了啦！嫁一個老頭子，什麼都不叫你省心，整天罵，罵中堂，得罪人，現在可罵出禍來了！連我那一箱子衣裳，都扔在家裏沒拿出來，這可怎麼辦呀？我的天呀……”

　　凌萬江跳下車來，嚷嚷着說：“你哭什麼？你要再哭，我可給你一錘！現在出來，可不像在家裏了，那時我怕鄰舍笑話，不敢惹你；到了江湖上，就到了咱的老家，將來咱占一座山寨，叫你作壓寨夫人，皇后吃什麼，咱也吃什麼，娘娘穿什麼，你也穿什麼，那不是好造化？省得在城裏受和珅那鳥氣！”

　　他忽然看見了伍宏超，就說：“哈！你也來啦？昨晚上在和珅府裏，我也不知你上哪兒去啦，我還真不放心。果然你是一個少年英雄，竟也沖出了他那銅牆鐵壁，可見和珅手下無人，鐵爪蛟龍原來也是一個光會吃飯的傢伙！”說得伍宏超不由得臉又紅了，幸虧沒有被人看出來。

　　顧畫兒就說：“姑父！您小一點聲兒說話行不行？”

　　凌萬江卻依然大聲地說：“在這兒說什麼也不要緊，難道和珅的耳朵還能夠伸到這兒來？我不怕！伍宏超兄弟，咱們在這兒歇兩天，可還得進城！媽的再找和珅，就不再上他的家裏去了。他家裏十間屋子倒住着九個小老婆，咱們好漢英雄，闖到那種屋子裏去，真覺着晦氣！”

　　此時顧畫兒去攙她的姑媽。二擺風卻仍然在哭着，並且她一看見伍宏超，簡直要賴在車上不下來了。她說：“這是什麼地方呀？這難道就是你跟你這漢子租的房子嗎？要沒有你們，你姑父還不致瘋成這個樣子啦！你們都是賊，要叫我進賊窩，我寧可在城裏要飯也不跟你們啦……”

　　凌萬江便大聲地威嚇着，把一對甜瓜大小的紫銅錘敲得叮噹叮噹亂響，說：“進去！你要再不進去，我拿錘打死你！反正我連鐵爪蛟龍的徒弟都打死啦！”

　　顧畫兒依然勸她的姑父不要大聲，趕車的小張三也幫着勸，並幫着把那大哭大鬧的二擺風，攙到了那間小屋裏。二擺風一看見白大爺，她就越發的哭吵起來。凌萬江又大聲嚷嚷，當時就將這寂靜冷僻的小店，攪得好像起了狂風暴雨。

　　伍宏超真是煩惱，覺着這樣兒怎麼能成呀，這還要上江南去哩？路上得搗多麼大的麻煩呀？他越發不能在那小屋裏待，就獨自在院中徘徊。這地方聽不見更鼓，也不知現在是什麼時候了。

　　但，就在這時候，忽然聽得踏踏踏踏，外面傳來了一陣急促而雜亂的馬蹄聲音。只見小張三驚慌慌的跑進來，關上了店門，還要搬石頭去頂，口裏說：“了不得啦！有人追下來啦！”這時那群馬的蹄聲，已經來到了門首。顧畫兒手持着兩口寶劍跑出屋來，悄聲的說：“不用慌！不用慌！”遂就將一口劍交在伍宏超的手裏，伍宏超一看，仍然是那金剛玉寶劍。

外面這時就有人緊緊地捶門，伍宏超挺劍要出去，畫兒卻向他連連擺手。屋裏的二擺風，這時倒嚇得不再哭鬧了，金臂飛俠凌萬江卻手拿着雙錘跑出了屋，說：“怎麼着？莫非是追着我來的嗎？正好！問問他是誰？我來請他喝盅酒！”

外面有人上了牆頭，手裏使的是一對護手雙鉤，這人名叫狠竇墩常奉，他說：“凌大爺！沒有什麼的，咱們全是自家朋友，您出來吧。話好說，我們也決不能夠叫老朋友過不去……”

這個人還沒把話說完，卻見手拿短棒的火眼悟空唐二雄，也從外邊登上了牆頭，說：“凌大叔！沒您的事，我們要抓的還是伍宏超，這是中堂的旨意。您要是幫助我們把姓伍的捉住，我們跟您是一句話也沒有，因為咱們全是老朋友。還有您的那位內侄女，可真對不起，她在慎刑司劫牢，搶去了欽命捉拿的要犯……”

凌萬江聽了這話，當時就大罵說：“什麼叫欽命？難道他媽的和珅成了皇上啦？”

唐二雄又說：“凌萬江，你不可辱罵中堂！現在南北衙門的官人都已來到，這怪你剛才跑出城的時候，沒有跑俐落。你也是個老混混，得看看風勢，反正你是走不脫啦！可是連胡大師傅給你也還留着點面子，只要把你內侄女交出，就沒你的事，也決不能叫她受委屈。姓伍的也是一條好漢子，什麼事都應當由他擔當……”

伍宏超這時挺劍高跳起來，說：“我姓伍的在這裏！好啦，你們也不用再找別的人，我伍宏超一人擔當就是了！”說着他就要越牆而出，旁邊顧畫兒卻用手將他緊緊拉住。

凌萬江當的一聲，把手中的雙錘一撞，大笑着說：“哈哈！你們要找年輕的人欺負嗎？那算什麼能耐？打死飛鞭趙，大鬧和珅府，連到慎刑司救出來義士白大爺，全是我凌某一人所為！鐵爪蛟龍來了沒有？他要是來啦，就叫他快出頭，我還嫌你們的腦袋都有點軟！”

外面已經有人用沉重的東西，向着兩扇小店門猛砸，喱喱、嘩啦嘩啦，門當時就被砸開倒下了，原是鐵爪蛟龍胡騰雨已經前來，手掄飛鞭正要往店裏來闖。凌萬江卻喊了一聲：“小子你別進來！咱們外頭幹！”於是他手掄雙銅錘，急迎到小店門前，向來者摟頭蓋頂打下。鐵爪蛟龍胡騰雨也手掄飛鞭來打，當時就聽得當的一聲，巨響驚人，銅鐵相磕，迸出了火星。兩個人的手腕子大概都震得麻木了，鐵爪蛟龍就向外退了兩步。

凌萬江追趕而出，他一看，啊呀！這個小地方可真熱鬧了，人馬真來了不少。燈籠的光亮照耀着許多人的紅纓帽，個個緊張、威風，真正是刀出鞘，弓上弦。這時院裏的伍宏超也上了牆頭，與唐二雄、常奉就在牆上廝殺起來。凌萬江就回頭喊道：“畫兒！你們快着點兒預備着跑吧！不行！他們來的人太多……”

這時顧畫兒在院裏倒是沉得住氣，她並沒有出來，只是連聲喊着：“伍大叔！伍大叔！快下來吧！”伍宏超卻不聽她的話，先一劍將唐二雄劈下牆去，再掄起金剛玉往常奉的頭頂去削。常奉急架護手雙鉤去迎，就聽得噹啷啷，他的兩把護手鉤，卻只剩下小段的護手。兩個鉤頭全都像紙做的似的，被伍宏超的一劍一個，就都給削落了。常奉大驚，趁勢跳到了牆外，摔得兩條腿幾乎站不起來。

幾名騎在馬上的官人，一齊掄刀來戰伍宏超。伍宏超卻仍然站在牆頭，將金剛玉平飛直舞，寒光颮颮。官人們的刀是只要碰上，當時就折。這時外面的人可都驚慌萬分，亂喊着：「小心點！這小子手裏的傢伙太厲害！」馬都向後急退，不敢挨着牆。有一個官人撚箭拉弓，向牆上站的伍宏超射去，但是沒有射准。伍宏超反掄劍躥下，劍光抖得更疾。同時，鐵爪蛟龍的鋼飛鞭嘩啦啦地舞動，如山崩地裂，聲勢驚人。凌萬江也越殺越勇，一雙紫銅錘毫不躲讓。

這個小地方，短街狹道，地下又坑坎不平，哪裏容得下他們惡鬥？多數官人騎着馬早已跑遠，有的把燈籠都扔在地下了，呼呼，就着起火來。那還沒跑的馬，見了地下滾着好幾團火，一害怕更都驚了，飛似的蹬起了四蹄，奔得不知去向。由馬上摔下來的人，紅纓帽也丟了，捂着屁股不住地哎喲哎喲直叫。伍宏超用單劍抵住了小專諸陳悠、黑存孝李褒，和開路天王保一傑，但那三個人都很畏懼伍宏超的寶劍，不敢以他們自己的傢伙來直撞，只是且殺且走。

那聰明的小張三早就把他的那輛騾子車趕出這條街了，他又趁着空，低着頭，像一條機靈的耗子似的跑回來，向着門裏喊說：「快走吧！我的車可已經趕出街去啦，要是再待會兒，可就走不成啦！」

此時顧畫兒在院裏沒有做別的，只是勸她的乾爹白大爺，和她的姑媽二擺風，急速的跟她逃出此地。二擺風這時已經嚇昏了，哆哩哆嗦的，說話的聲兒比白大爺的聲兒還小，直說：「快走吧！畫兒你快救一救我吧……」白大爺卻只是歎息，說：「頂好是你們都逃，將來去找和珅報仇，我在這裏，看他們怎麼辦？」畫兒卻急得淚已流出，說：「那怎麼能行呀？我為的還不是救您嗎？乾爹，您千萬別死心眼！」

白大爺剛下了炕，這裏開店的夫婦二人，拿着包袱，拉着一個十二三歲的女孩子，也來哭喪着臉央求說：「顧俠女，您也把我們帶走吧！我們在這兒也待不成啦！」顧畫兒點頭說：「好好好！」她在這時也沒有工夫多說話，只叫她的姑媽攙着她乾爹，店家的夫婦帶着女孩子在後，小張三還直說：「小心着點！他們打得可正厲害啦！」顧畫兒就手挺青鋒劍，保護這老少婦孺走出了這小小的店門。

外面此時，鐵爪蛟龍胡騰雨，將沉重的鋼飛鞭抖起來，如同一條怪蟒，越殺越兇悍。凌萬江畢竟是老了，雖然喊罵的聲音還是那樣大，但雙錘掄得已有些吃力。伍宏超已經戰退了小專諸那幾人，手挺金剛玉上前來幫助，怎奈鐵爪蛟龍的飛鞭太厲害，叫他的劍法施展不開。

顧畫兒趁空護送她的乾爹等人往西，已將離開了這條街，她又回首向這裏高聲說：「姑父跟伍大叔！也快走吧……」但凌萬江仍在掄錘向鐵爪蛟龍去砸。鐵爪蛟龍又以飛鞭擊錘，並且變式，以鞭稍向着凌萬江腳下去掃。凌萬江縱身一跳，躲開了，氣喘吁吁地再以左手的錘向鐵爪蛟龍的胸膛去頂，同時伍宏超的金剛玉力透中鋒，也向鐵爪蛟龍肋間猛刺。鐵爪蛟龍卻飛鞭繞起花來，嘩啦啦，有若神龍護體，只聽得當的一聲將金剛玉給磕得飛出了好遠。

那邊顧畫兒看見了，就飛奔回來，疾速的由地下拾起了金剛玉寶劍，猛勇上前。此時伍宏超空着手已經退出了好幾步，顧畫兒飛快地把青鋒交給了伍宏超，並囑咐說：「你可快去保護那邊的人！」同時她手握金剛玉，躍步直撲鐵爪蛟龍，並急說：「姑父您快躲開！」

凌萬江不但不躲，反倒說：「你們都快走吧！我跟這小子要拼到底！」

鐵爪蛟龍哼哼一笑，斜着眼向顧畫兒說：「丫頭來啦！我看你到底有多大的能為？」說着他雙手飛舞鋼鞭，扇面似的一掃。顧畫兒也顧不得這樣沉重的武器，是否能夠傷了她的劍鋒，就用劍去挑。鐵爪蛟龍再翻身抖鞭，猛地來砸。顧畫兒用着十分的力，以劍向鞭削去，當時也沒聽出聲音來，鋼飛鞭就立時成了兩截。可是鐵爪蛟龍仍然緊握半截鋼鞭，驍勇倍增，雖然他的左肩昨夜曾被袖箭射傷，但是他不在乎，一手握着七八節的帶着鐵鍊的鋼鞭掄得更緊。

顧畫兒劍法也施展不開，因為她的姑父掄錘只是向前擋住了她。其實凌萬江的雙錘真有點掄不動了，只是他不肯服這口氣。顧畫兒急嚷着：“您快走吧！”凌萬江卻一邊掄錘一邊怒喊說：“你們走！我金臂飛俠要跟鐵爪蛟龍幹定了！”顧畫兒奮勇揮劍要救她的姑父，凌萬江卻仍掄錘直上。突然鐵爪蛟龍一飛鞭毒辣的砸下來，顧畫兒就眼見她的姑父凌萬江腦漿迸裂，屍身倒地，扔下了雙錘。驚得她哎呀叫了一聲，她的心也仿佛立時震碎了。

她一咬牙，金剛玉颼颼颼向着鐵爪蛟龍去削，她的身軀連連的躍起，她已不顧一切了，誓要即刻為她的姑父報仇。她的鋒利的金剛玉又將鐵爪蛟龍的左手鋼飛鞭削掉了好幾段，可是仍然殺不了鐵爪蛟龍。那鐵爪蛟龍胡騰雨，雖然只舞着半截飛鞭，卻仍是勇悍絕倫。他連戰連笑，說：“小丫頭，我要連你都打不過，就枉在和中堂府裏逞強十多年！”

顧畫兒劍雖利，力氣卻實有些不支，而且姑父已慘死，她又不放心那邊她的乾爹跟姑媽，還有被他們所連累的店家一家人。她就以連環三斫式的劍法，當當當，要致鐵爪蛟龍於死命。但鐵爪蛟龍只是向後退了退，仍然嘩啦啦地晃動着半截飛鞭，傲笑着說：“我給你找尋婆婆家去吧！”說着向後緊退。

這時騎着馬的那些官人又都蜂擁過來，小專諸一些人也大喊說：“拿！拿！拿住這個丫頭，要活的，中堂還想要把她收房哩！”顧畫兒又氣恨又悲痛，眼前鐵爪蛟龍卻已經跑開不見蹤影了。剩下這些人，其中多半是連紅纓帽都已丟掉了的官人們，她也不願多傷他們，只好晃動着金剛玉，且戰且退，退了十幾步，她就一越而上了旁邊的房。

官人們都不會往房上躥，小專諸等人也知道顧畫兒武藝高強，寶劍厲害，所以也都不敢逞能，就都大睜着眼看着，虛張聲勢地嚷嚷着：“別放她跑！別放這丫頭跑了，捉住她呀……”有個官人還射出了兩箭，但是顧畫兒早已蹤影全無。

畫兒姑娘在一座一座的土屋，一條一條的短垣上跳躍，看後面已經沒有人追趕了，她才跳下來。腳落於平地，這就已經離開了那道短街了，四顧茫茫，天上的烏雲遮住黯月，她的心裏更是凄慘。想着一世英雄的姑父凌萬江，竟落得那樣的慘死，她不禁心如刀刺，淚像雨一般的簌簌向下流。她以持劍的手，擦了擦眼淚，但是越擦越多。

她把心一橫，又想：死的人暫時不必管了，在與和珅、胡騰雨的血海深仇之中，又添了一筆血債，這些，都只好日後再報吧！此刻還是得先救走活人，老邁的乾爹、姑媽、店家婦孺都還在危難之中。她這樣一想，遂就順着向西去的一股土路，急速走去。

行約一里許，就見那小張三的騾車停在道旁。伍宏超先迎過來，問說：“是畫兒姑娘嗎？怎麼樣了？鐵爪蛟龍逃走了嗎？凌老英雄呢？還在那邊了嗎……”顧畫兒見問，心中更為悲傷，連一句話也沒有說出來。她喘了喘氣，忍了忍心痛，才催促着說：“咱們就快些走吧！”

二擺風坐在車裏又罵：“那老頭子！那老不要命的！他還不來，還在那邊闖禍啦？就叫他死在那邊吧，我算是跟他受夠了罪啦！從一清早，他就把我由家里拉出來，頭也沒梳，臉也沒洗，在他那個賣羊肚的窮盟弟家裏藏了一天。我想回去取我的東西，我那麼些個積攢了多年的東西，還有我頭一回陪嫁的好衣服，弄得全丟啦！家也回不去啦。只要一回去，就得叫衙門的人給鎖走，哎喲！我早晚得找個青天大老爺去喊喊冤，我男人得罪了和中堂，我可是一點兒也沒有得罪呀……」

　　畫兒就在旁着急地說：「姑媽！您還說什麼呀？」

　　二擺風又哭起來，說：「我說的就是我的命苦！我不像你，嫁着了一個又有錢又惜命的好人。人家在這兒又落好兒，又不用打架，那傻老頭子在那邊兒還不定怎麼樣啦？剛才我跟着他，逃命似的走出城去，在路邊我們兩人就直吵嚷。後來這輛車在半道上接了我們，我不願意上車，他就向我掄錘。那時我看他就是一臉的死氣，那死老頭子，准活不成了！畫兒！我的又有本事又能幹，又會找漢子的好孩子，給我娘家增光的好丫頭呀！你快給我買兩份燒紙來吧，你姑父一份，我一份……」

　　聽二擺風這麼哭哭啼啼，叨叨嘮嘮，罵罵咧咧的，伍宏超非常羞窘難受，而且看見畫兒一個人來了，凌萬江卻沒有下落，也實在疑心，他就忍不住的又問說：「凌萬江老英雄，怎麼還不來呢？莫非還跟鐵爪蛟龍在那邊打嗎？我們應當去幫助才對！」白大爺也在車裏歎息着說：「他的性情就是那麼驕傲！畫兒，你再去那邊把他拉來吧！」顧畫兒便悲痛的說：「告訴您吧！我姑父剛才在那邊，已經被鐵爪蛟龍的鋼飛鞭打死啦！」說出了這話，她不禁又哽咽着痛哭。

第十四章　热泪交流短街偷侠骨　幽情千种双剑订良缘

　　顧畫兒把話一說出來，她的姑媽又大哭起來，說：“哎喲！他真死啦！到底是走到死運上啦！天天罵和中堂，放着好差使不去當，銀子送到門上，倒給扔出去。闊，逞強，真可把命給送了！拋下了我可依靠誰呀？我的天呀……”她哭得更厲害了，連那店家夫婦和那小姑娘也都直哭。

　　白大爺只是歎息，說：“凌萬江不愧是一條好漢！可是為什麼要叫他那麼有用的人死呢？為什麼我這老朽無用的人反倒活着呢？老天真是不公……”

　　伍宏超忿然說：“我們再回去找那鐵爪蛟龍，當時就為凌老英雄報仇，怎麼樣？”

　　顧畫兒卻收住淚，發愁的說：“我看鐵爪蛟龍的力氣太大，武藝是另一路，並不是我們只懂些劍法的人能夠抵得過的。再說那邊的官人也太多，咱們可有什麼辦法呢？”

　　伍宏超冷笑着說：“姑娘你這個人太為謹慎小心！我們現在縱不能去殺了鐵爪蛟龍，可是也應當急速就回到那裏，去把凌老英雄的屍身搬回來。”

　　顧畫兒說：“我是想，現在我們應當急速找一個地方，先把我乾爹、姑媽他們安頓下來，然後咱們再回到那地方去，再把我姑父的屍身找回來，要不然，也沒有地方埋呀？”

　　那開店的人依然稱呼顧畫兒是顧俠女，他說：“我在西邊不遠倒是有一家親戚，可以請您幾位先到那裏去歇息歇息。他們田裏也有富餘的地方，要想給那位老英雄立一座墳，他們一定沒有什麼不樂意，還能夠幫忙給買棺材、刨坑呢！”顧畫兒點點頭說：“就這麼辦吧！”

　　她的姑媽二擺風卻仍然在車裏大哭，說：“還立什麼墳呀？我也沒給他生過一個兒子，有了墳，將來也沒人去給燒紙呀？我家裏的東西都丟了，他這個老死鬼，就是有什麼內侄女、內侄女的漢子，也都給他買不上一口棺材呀！他那老骨頭就扔在那兒，喂了狗我也不心疼。反正，他是叫別人給害了，我是叫他那老死鬼給害啦……我的天呀！”

　　伍宏超覺得在這裏更待不住了，心想：固然，這裏的老弱婦女幾個人依然飄流無所，我不能借辭走開，可是一任凌萬江的屍身暴露在那裏，我們又都是年輕會武，手中還有寶劍的人，就這樣束手旁觀，實在是不對。論起這件事的始末，還都是為我一個人，凌萬江也算是為我，才拋開了家，而慘死在外。這半天，並且由昨天起，我是一點事兒也沒有辦，現在無論如何，我也得去搶回來他的屍身……

　　這時天上的浮雲都堆聚在一起，倒把月光露出來一些，照着地面，路旁的田地、墳壘、樹木都顯出一種慘白。將近暮春的夜風，說是軟，卻也令人感覺着有些寒冷，也許因為此時各人都懷着悲哀，並且有些困倦了吧。小張三是不住地打哈欠，說：「我才倒楣呢！原想是交幾個江湖好朋友，將來彼此有個關照，沒想到，差點沒叫官人捉了去，拿我也當作賊，還，還撞着喪事啦！倒像是我的爸爸死啦，我的這位媽在車上直哭……吁！吁！得兒唔喝！」他叨嘮完了，又向他那騾子吆喝，並將鞭子吧吧地抽着。騾車向西走着，車輪吱扭吱扭地滾動，車上的二擺風仍在哭着嘮叨着：「我的天哪……」白大爺仍在低聲長歎。店家婆跟店家女在車上仿佛是睡着了，都一句話也不說。

　　那店家是同着顧畫兒跟着車走着，原來顧畫兒雖然早先曾救過他，並且還跟他相當的熟識，但是已經忘了他姓什麼，後來可也不好意思再問他了。這店家一邊走一邊說，原來他就是京西李各莊的人，他也姓李，莊裏的人都叫他二老實。他家裏原有幾畝地，靠近永定河，並靠近和珅的家奴汪四的侄子的地。

　　那汪四的侄子在本地稱為汪老虎，最是難惹。那一次李二老實把汪老虎得罪了，要不是遇着顧畫兒把他救了，他就得被打死。後來他開了那小店房，本來生意也不佳，房子是賃的，傢俱也沒有什麼，現在都扔了，他倒是不心疼。李各莊的家，他當然也回不去了，尤其現在這些一路同行的人，全是和珅的死對頭，更不能都到那兒去。因為倘若叫那汪老虎知道了，就能夠去通報和珅，那就連在那村裏住的他的同族、鄰舍，也全得受連累。現在由此往西，有他一家兩姨親，姓鄧，家裏的人口不少，向以種田為生。可是去了至多也只能夠住一晚，長了也是不行，並且還不能全說實話，因為那一家人的膽子也都很小。

　　總之，現在這輛車載着的和車後跟着的幾個人，全都如失巢之鳥，漏網之魚，前途茫茫無歸宿，還盡是老的、女的、病的，還有剛守了寡的，而且還都沒有錢。顧畫兒卻依然忍悲耐氣，沉着堅毅，她手提着金剛玉寶劍，英姿奕奕，俊美無雙，可是穿的那身衣裳是越顯得破舊了，她可又有什麼好辦法？

　　伍宏超跟着走了有一節路，心中想來想去，漸漸就決定了一個辦法，遂一邊走着，一邊向自己的懷裏去摸。他頭一下摸着了一個光滑的圓東西，這是今天早晨在和珅府裏，卿憐給他套在腕上的那只白玉鐲。在小張三接他出城的時候，他帶着這個裝飾品覺着羞愧，就摘下來藏在懷裏了。現在他一摸着，心裏不禁更羞更悔，要不是顧畫兒在眼前，他真能當時就掏出來給摔碎。於是他又摸，就摸着一個相當沉重的一個小包。他拿出來，叫住顧畫兒，帶着羞顏說：「我這個東西，請……請姑娘先替我拿着！」

　　顧畫兒止住了步，驚愕的問說：「這是什麼？」可並沒用手來接。

　　伍宏超又像怕碰釘子似的，急將手縮回來。他臨時改了主意，將東西又塞在李二老實的手裏，說：「請這位大哥暫時替我拿着也行！你們先走吧，我去辦一件事，待一會就去找你們。」李二老實用手一顛，那小包兒很重，就問說：「這是銀子嗎？」伍宏超卻不答話，回身就急快地走了。

　　他跟跑一樣快步又向東去，走了一會沒聽見後頭有人叫他，他才放了心，心說：好了！這件事算是暫時辦完了，我把我身邊所有的盤纏已經全都交給了他們，總可以幫助他們辦點事了。那是我由家中帶出來的錢，不是不義之財，我給了他們，也不能算是施惠。寶劍也換回來了，現在我拿的是我自己的。我不但趕緊要去給凌萬江收屍，還希望鐵爪蛟龍不要走遠，我要跟他們再拼鬥一場，決一生死……

　　他手提青鋒劍順着剛才來的路徑急急走去，想着淩萬江的豪爽、熱心、勇敢，他又不禁落淚。他更想把玉鐲掏出來，棄於廣野。但是又想：跟卿憐弄成了那樣，原是我自己的錯，我何必將過錯盡諉之於一個薄命的女人？這次，若是我也死在鐵爪蛟龍的手裏，那自然不必說了，白玉鐲正好作為我的殉葬物，我到來生再補報吳卿憐的一片癡情；若是我還不死，當然為要搬回淩萬江的屍體，再去見顧畫兒。目前我和她是要分別，可是日後，因為同報父仇，去殺和珅，總難免跟她再見面。但有了我跟卿憐的那種事情，不管別人怎樣說，我總不會對那麼純潔的顧畫兒有何非分之想，那就行了。咳！在我為卿憐的美色所迷，一朝失足，永遠悔恨之後，豈能再跟顧畫兒有何情思呀！

　　少時伍宏超就又走進了剛才逃出的那短短的街道。這個地方，剛才那樣的鞭飛錘舞，劍起刀騰，馬嘶人喊，多麼熱鬧？現時，卻又變得一片冷冷清清。月光照着死蛇一樣的窄街，一座一座的小土房，都像是在睡覺。五六家鋪戶，除了李二老實拋下的那小店房，門全都緊閉，天還沒亮，雞也不啼，小槐樹在搖動着模糊零亂的影子。

　　伍宏超先在街上找，既沒有找着淩萬江的屍身，也沒見着一個人。可是他無意之中一腳踏着了地下一灘發濕發粘的東西，低下頭仔細一看，原來是一灘鮮血。他的眼淚又不住往外湧，怒氣更從胸膛向上冒，心說：淩老英雄！請你的陰魂指點我，我去找鐵爪蛟龍，立時就給你報仇……

　　忽然他看見那小店裏的一個窗上，有一些燈光，他當時就挺劍向門裏去走。這小店的門，剛才已經被砸倒了，一進來，就見小院的地上，斜放着一具長大的屍身。伍宏超認出這屍身就是淩萬江，但是這淒慘的血色模糊的死者，他實在不忍細看。在南房的牆後仿佛有一條小過道，那裏拴着一匹白馬，還有一個趴伏着的黑色較小些的，看不清是馬還是驢。幾間歪歪斜斜的小屋，連剛才白大爺待過的那間小屋，也全都沒有燈光，只有那櫃房裏，明亮的的燈光還映着小窗。

　　屋裏正有人說話，那人說：“喂！老程！你別真睡呀！崔頭兒派的是咱們兩人看着這所房子跟那死屍，你睡着了，就剩下我一個人啦，我可有點害怕！喂！喝茶吧！沒有法子，誰不困呀？可是人家都走啦，回家睡大覺去啦，就把咱們兩個當小差使的，擱在這兒。等天亮了，我還得出門去找找我的帽子，真倒楣！我的兒子長大了，我真不叫他幹這一行啦，這多叫人提着心哪！這時候那個使寶劍的丫頭要是回來，叫咱們兩人給她的姑父償命，那可才糟糕呢……”

　　伍宏超就知道這裏是只留下了兩名官人，鐵爪蛟龍那一些人都已走了。自然現在也找不着人再拼鬥，立時為死者報仇了，只好都等將來再說吧，現在且將淩萬江的屍體搬走吧！於是他上前把已經慘死的金臂飛俠抱起來，這位老英雄的鮮血就粘在他的身上了。他本想到那牆根牽一匹馬來，可又想：那不但是形同盜竊，還得叫屋裏的兩個官人擔不是。我既不能去找鐵爪蛟龍與和珅，就不必與這當小差使的作對，現在事情是暫時完了，只有走吧！

　　他捎着淩萬江的屍身，又走出了這個空店，再往西去，就離開了這短街。因為他的寶劍沒有地方放，必須用胳臂挾着，所以只能抬着一隻胳臂擎着屍身，重量都壓在他的肩頭，金臂飛俠還是這樣的沉重。伍宏超邊走邊想：這位老英雄，真義士，他與我相交的日子雖少，可是他確拿我當作小兄弟。他的為人是那麼豪爽，身手是那樣的雄健，而且他與和珅無仇，跟鐵爪蛟龍也不過是賭氣，他竟為我們而慘死了！

　　伍宏超捎着死屍，努力地向西去走，他此時也真有些累了，可是他仍然不肯稍歇。夜愈深沉，雲又遮住了月，風簡直有些寒了。他喘着氣往前走着，走出約有二里地，就聽身後傳來嘚嘚得的一陣響聲。他驚得轉回了身，就見自東邊，有一個黑東西飛快的來了。他看出來是一頭驢，驢上的人是顧畫兒，因就想：顧畫兒可能是在我走了之後，她就也回返到那店裏，前後與我只差了一步。大概是我才把屍身搬走，她就去把她的驢兒牽來了。這倒不足為奇，然而連我帶她，這一位被繡球認作是神人，被我敬之為俠女的人，可又都有什麼用呢？今夕，都可謂慘敗於鐵爪蛟龍之手，也可以說就是慘敗於和珅之手！

顧畫兒把驢趕到了臨近，帶着哭聲說：“伍大叔！您快……快把我姑父放在驢上馱着吧！我姑父，姑父啊！想不到您老人家……”她哭着下了驢，幾乎昏暈在路旁。伍宏超將屍身自肩頭平平穩穩的放在驢背上，用手謹謹慎慎地扶着，又勸着說：“姑娘！你也不必哭了，我們把仇恨暫時壓在心裏，反正將來要再去找和珅與鐵爪蛟龍，用我們的寶劍去消解！”

顧畫兒更抽抽搐搐地哭說：“我不哭別的，我是不禁想起當年我爸爸被鐵爪蛟龍所殺，將頭掛在什刹海的樹上。那時認識我爸爸的，哪一個敢出頭？哪一個不躲避？只有我姑父仗義，將他的頭偷去葬埋了，想不到現在我們又搬運我姑父的屍身……”

伍宏超卻說：“走江湖人的結局，誰能夠知道誰將來怎麼樣？我想，我們將淩老英雄葬埋之後，再將白大爺安頓好了，就也不必再去找郝燕翎了，索性拿性命再跟和珅碰一碰，就完了！”顧畫兒卻擦擦眼淚，搖着頭說：“不行，那還是無用！我們非得去找我郝師傅，再求他指點指點我們的武藝不可。”伍宏超只好不言語了，然而，心中卻不以為然，覺着顧畫兒倒底是一個女人，太為謹慎小心，也可以說是膽子小，並且，她這一點可是跟吳卿憐有點兒相同，辦事太不痛快了，叫人覺着憋氣！

兩個人一左一右，各用一手攜着寶劍，一手扶着驢上馱着的屍身，在浮雲飄飄，夜色沉沉，春風拂拂，曠野茫茫之下，彼此不再說一句話，只向西緊走。少時就趕上了小張三的那輛車了，車上的二擺風聽說是她的老頭子屍首已經搬來了，她在車上又哭了起來，還帶着罵，說：“早就該死呀！你坑的是誰呀？坑的是我呀！你要死在家裏我還能給你買一口柳木棺材，現在，連我那樟木箱子全都沒有啦，還能顧得了你嗎？都是叫你那好朋友，跟你那賣騷逞兒的內侄女，活活兒地把你給害啦！我的天兒呀……”

李二老實說：“眼前可就到了我們那兩姨親鄧家啦！人家跟我雖說是老親戚，可是也有一兩年不常來往了，黑天半夜的咱們這麼些個人，還有死人，就要去到人家家裏住，可怎麼去說呢？說什麼呀？要說實話就得把人嚇死，要說假話我又不會……”他很發愁。

小張三說：“我早就想好詞兒啦，你就按照我的話去說。既是老親，他們讓出炕來也得留咱們……”於是小張三就教給了大家一套謊話。

他的這套謊編得很妙，妙得還十分離奇，然而不這樣還真是不行。於是李二老實就不但是發愁，還十分發怯，只得點頭說：“就這麼辦吧！沒有法子！”

他引着車繞過了一道高坡，坡的後邊就有一個小村，村裏的幾隻大狗就汪汪汪撲着他們咬來了。李二老實大聲喊說：“三表弟呀！大嫂子呀！快來開門吧！我們投奔你們來啦……”小張三也幫着喊。人喊嚷，狗又叫，亂哄哄的，車上的二擺風還在不住哭啼，李二老實的妻子和女兒在旁直勸，白大爺又歎息，驢也長嘶。

半天，村裏一個較大的人家才開了柴門，又放出來兩條更厲害的大狗。並有三四個男子全都手拿着木棍，問說：“是幹什麼的？找誰的？”李二老實趕緊哭喪着臉說：“是我呀！我是二老實呀！三表弟，大侄子、二侄子，你們快救救我們吧！”

對面的幾個男子走過來，其中的一個就驚詫的問說：“二表哥！你怎麼半夜裏來了呀？我聽說你在甜水井街上開小店啦？”

李老實說：“是呀……”這時他可用上小張三教他的那一套諕語了，他就有些結巴的說：“咳！可別提啦！我在那兒開着好好的店，買賣還對付，想不到着起火來啦！把房子都燒光啦……”

小張三跳下車來幫着說：“把整整一條街的房子都燒光啦！現在火還沒滅呢，這是一把天火！”

李二老實又說：“本街上就有一眼甜水井，又沒有救火會，誰家也沒有汲筒，眼看着火越着越旺……沒辦法！”

小張三又說：“我們，連車上這位老頭兒跟這位姑娘、那位大爺，都是在他那兒住店的。沒想到倒楣極啦！正遇着着了火。還有那個，你們看驢上馱的那死人，那是車裏那位嫂子的老伴兒，是個賣瓜的。他看見起了火，就上了房，年紀大了，腿腳不俐落，火倒沒燒着他，可一個跟頭摔下了房，把腦袋摔碎了，就這麼死啦……眾位當家的爺們，你們快行個好吧！我們半夜裏來，太打攪你們啦！只要叫我們進去歇一歇，明天我們就都走，永遠也忘不了你們的好處！”

這時柴門裏又出來一個老頭兒，扶着拐杖，也聽明白了這件事。李二老實又上前叫姨父，老頭兒就說：“這有什麼法子呀？你們總算都是有命的，得啦！別說還是我的外甥，一家人全都來啦，就光是你們幾位投到這兒，我也得收留呀！快請進來吧！可是那個死人，這可對不起，我一家子老少十多口人，小孫子是新娶的媳婦，我不能不講究點兒忌諱。”

顧畫兒趕緊上前來說：“是啊！我們想借您這兒的一塊地，就暫時把他老人家先埋了，因為我們的家也很遠，在易州呢！得等將來再來起靈。”

老頭兒想了半天，才說：“借一塊地方埋個人，也沒有什麼的，可是……你們先進來吧！別在外邊嚷嚷了，大半夜的，叫鄰舍們聽見了，倒像是我家裏出了什麼事。”

當下，這老頭兒叫他的兩個孫子在這裏看着騾車、驢和死人，他把這一些人全都讓進了他的家。在一間屋子內，臨時點上了的豆油燈，又叫人把他的兒媳婦們叫起來，給大家燒小米粥喝。李二老實的妻子和女兒，跟這裏是親戚，就都讓到媳婦們的屋子裏歇息去了。鄧老頭兒和他的二兒子、三兒子，對於這幾個不幸蒙受火災的人，還直用好言來安慰，弄得顧畫兒倒一陣陣的臉紅。

伍宏超這時也覺着發窘，李二老實把那小包兒又要交給他，說：“這是剛才您交給我的，現在還給您吧？”伍宏超卻擺手說：“我不要了！這包兒裏是一點錢，現在有多少事全都等着錢花，我這一點錢，應當大家分用。”李二老實還作難地說：“這，這怎麼好意思呢……”

小張三卻精神百倍地說：“伍大爺既是把錢拿了出來，要幫助咱們，咱們不要倒是不對啦！伍大爺人家是一位俠義英雄，銀子有的是，要不然我也不能跑這麼遠來給他趕車。現在死人得買棺材，還得埋；這位大嫂，又成了寡婦啦，是回娘家還是住婆家，也是有點錢才好；你這開店的，無緣無故受了連累，遭了天火，帶着妻子孩兒將來怎麼辦？也得有點銀子，好再謀生呀……”說到這兒，他扭頭看了看，見顧畫兒卻沉着臉，像一位姑奶奶似的，坐在炕上的白大爺又像是一位土地爺。

　　小張三就說：“人家姑娘跟老太爺倒用不着分這筆錢，因為人家跟伍大英雄，比咱們近得多，人家用不着。我可是得沾點光，我為什麼呢？我為做買賣呀！我人得吃飯，騾子得吃草料，車得上油……”說着，他嘻嘻哈哈的要過來那黑布小包兒，用手一顛，就覺着沉得很，心說：這麼一個小包兒，怎麼就會這麼沉呢？於是他趕緊放在桌上，打開來一看，原來是黃金兩錠，他不禁更笑着說：“哎呀！伍大英雄，不，伍大爺，你可真有錢呀！這是金子！”

　　二擺風此時也不哭了，站起來說：“這得給我！都得給我！我老頭子都那麼死啦，還不是姓伍的害的？兩錠金子，我還嫌少呢！”顧畫兒趕緊拉住說：“姑媽……”二擺風卻要抓她的臉，又大哭着說：“你，你們還能養活我……快點！你一個趕車的也要分我的金子？我跟你拼命！”說着，她跳着撲過去，就從桌上搶那小包兒。小張三急忙用雙手去按，但他究竟還是不行，二擺風就要咬他的手。這裏的鄧老頭兒也說：“應當給人家這個寡婦，別人都分不着。”

　　二擺風就把兩錠，大約是四兩金子，全都拿了去。她也不哭了，還冷笑着說：“明兒，我看着埋完了我的老頭子，我就還進城回家。我那箱子裏不但有衣裳，還有金首飾呢，官人要是給拿了去，也都得照樣兒還給我。我是寡婦，我誰也不怕，我還得找和中堂去呢！他也得給我錢，金錠我還不要，我要元寶，要不然我就去喊御御狀告他！”

　　她的這些話，鄧老頭兒聽了也很詫異，小張三是垂頭喪氣，一聲也不言語。結果是伍宏超從身邊掏了半天，又掏出來三張銀票，恐怕他也只有這一點錢了，他將一張四十兩的，贈給了李二老實，李二老實推辭了半天，方才收下。一張五兩的交這裏鄧老頭的二兒子，請為凌萬江購買一口薄材；另外一張五兩的銀子送給小張三，小張三雖然收下了，可還是不高興。

　　各人喝了一些滾熱的小米粥之後，在此倒是都安安靜靜的過了少半夜。次日，心裏最打鼓的是李二老實，因為甜水井街本來昨夜沒有着火，現在只要有人往那兒去，就得把謊話全都揭穿。他就說至遲明天，他也要帶着妻女到山西去找一個朋友，做買賣去。

　　凌萬江的屍身是由這村裏的人，臨時用木板釘成一個大匣子，埋在土坡後。二擺風又哭罵了一場，叫人給雇下了車，她自己回城裏去了，畫兒也不能攔她這姑媽。伍宏超在凌萬江的墳前焚了幾張紙，三拜之後，他主張即時動身。於是求小張三套上了車，請白大爺坐着，連顧畫兒一起，都向這裏的鄧老頭和兒子、孫子道謝作別。顧畫兒與李二老實又說了幾句話，她感到很抱歉，可是又實在沒有力量幫助。李二老實倒是說：“俠女請行吧！以後我還免不了要跟您見面，免不了求您幫忙。”此時伍宏超已同白大爺乘車走去，顧畫兒也騎着小驢趕上。

　　小張三很機警，他怕再有什麼鐵爪蛟龍追來，那他就先吃不消，所以他趕着車，專走僻靜的路，一直往南。他們是上午十點多鐘動的身，午間在固安縣的地面找小飯鋪打的尖。飯後，顧畫兒就與她的乾爹和伍宏超分了手，約定的是在束鹿縣城裏十字街一準見面。因為她得先回西陵，將她的乾媽，即白大爺的老妻安置穩妥，也許得耽誤兩天三天，而後，她才能夠放心南下。

　　顧畫兒揚鞭騎着小驢向西走去，這裏伍宏超與白大爺坐着車再往南，當日晚間到雄縣附近的雙堂鎮找了店房。伍宏超與白大爺同住在一間屋，白大爺雖然年老體弱，說話的聲音很低，但談起話來頗多教訓。這位漢軍旗人，仁義的老者，是十分可敬可佩，不過他並不瞭解伍宏超此時此際，心裏的難處。

伍宏超現在身邊只剩了幾百錢了，所謂幾百錢實際就是幾十文，只是幾枚方孔的銅製錢而已（一個當作十文）。明天開發店錢飯錢，恐怕還都不夠。亡命而出，行李盡無，除了那一隻白玉鐲以外，是別無長物，金銀都已給了人了，在此地又沒有半個朋友。自有生以來，他也沒為錢發過愁，想不到如今竟至如此，簡直可以說是囊空如洗了。客況淒清，床頭金盡，自己就是個壯士吧，於今可又有什麼辦法？

他想跟小張三借一兩銀子，但，這個臉他不願意丟，並且小張三現在也找不着了。這裏，白大爺躺在炕上，比死人還難看。屋子小就覺着天氣太熱，壁虎都出來了，就在掛着一盞豆油燈，直往下落土的土壁上亂爬。

店裏倒很熱鬧，呼夥計的，叫拿開水的，雜亂得很。還有乞丐進店來，發着悲聲：“大爺們呀！大掌櫃的呀！賞一口兒飯吧……”店家卻呵斥着說：“去吧！人家都快睡覺啦，誰有錢來給你？滾！”伍宏超心裏就想：難道我也要落得要飯？

他向來也沒有這麼發愁過，又一細想：仇既沒報，英雄的志氣是完了，好朋友金臂飛俠已慘死；顧畫兒已回西陵，還不知要出什麼舛錯；吳卿憐還在和珅那迷樓上，穿着錦繡，吃着稀粥，還許要遭和珅的一頓懶驢愁。……愁！細想起來種種的事，真令人愁上加愁！

他決定要把那只白玉鐲賣了，賣了也乾淨，不過又一想，自己平時也覺着自己是個好漢，現在要拿着一個女人給的定情物換錢買飯吃，付店資，雖然別人並不知道，自己可實覺着臉上無光。所以，就是窮死，那只白玉鐲也是不能賣。那麼，還有什麼可賣的呢？只有自己身上的小夾襖和綢小褂了。

現在天氣漸熱，越往南走，這小夾襖在身上越穿不住，反正是沒有用了，裏面又全是綢子的，大概也能夠賣幾個錢。只是這小夾襖上已經沾了凌萬江不少的血，賣了它，又跟賣了好朋友的血一樣，可是沒有法子，只有快些到了江南，再學點武藝，好再來替凌萬江報仇吧！

次日早晨起來，白大爺說：“我們現在就要走嗎？”伍宏超說：“我想，今天再在這裏歇一天吧。”他原是想，像白大爺這樣的病老頭子，一聽說要在這裏再歇一天，還能夠不樂意嗎？卻沒想到，白大爺竟因此長歎起來，說：“我是恨不得即時就到江南！畫兒她去不去，都沒甚要緊，我只是想面見郝燕翎，託付託付他。因為我想，要想剪滅和珅和鐵爪蛟龍，如沒有他，就永遠無濟於事！”

這話可有一點激惱了伍宏超，因為若按照白大爺這話來講，除了郝燕翎，其餘皆是無用之人？這簡直是看不起自己，自己的武藝或者差些，但並不是不敢與和珅，與鐵爪蛟龍去拼。白大爺又長長地歎息，說：“我是真不願意在路上耽誤時日，因為只要見着郝燕翎，託付了他，我就放了心；那時我死了，也無遺憾……”他竟把江南郝燕翎看得這麼高！固然，郝燕翎是江南最有名的拳師，為眾所欽仰的俠客，然而，也不致于就高成這個樣子吧？

所以伍宏超聽了白大爺的這些話，當時雖然沒有言語，心裏卻實在不服氣，他就說：“那麼，我們待一會兒，吃點什麼東西之後再走也不晚，我現在先要出去辦一點事。”白大爺卻仍然說：“越快些走越好！能立時就見着郝燕翎，是最好！”伍宏超心裏就想：這位老頭兒，他的話說得倒很容易，可是現在沒有錢，付不了店飯錢，開店的就能夠叫咱們走嗎？可他一句什麼話也沒有說，就將小夾襖脫下，悄悄的拿着出了屋走了。

將要走出店門的時候，就有一個夥計，迎面笑着問說：“您是要把這件衣裳找人拆洗嗎？”伍宏超搖了搖頭，說：“不是，不是。”臉上覺得發燒，就趕緊出了店門。

　　這個市鎮本來不大，既看不見有當鋪，也沒有買賣破爛的小市，街上往來的人也不多。伍宏超走出了很遠，手裏拿着衣裳，把心一橫，就拉下臉來，找着一個像是客商樣子的人，說：「我這裏有一件衣裳，老兄你買不買？」這人倒一怔，把那件小夾襖看了一眼，就搖搖頭走了。

　　伍宏超又找着第二個人，照舊地問，這人卻說：「天氣都熱了，我有錢也不能夠買夾襖穿呀？」哈哈地笑着，仿佛把伍宏超當作一個窮傻瓜。伍宏超臉越發的熱，心裏生着氣，又去找人買。

　　他見一家油坊前，有十幾個人蹲在地下賭錢，便走過去，用大一點的聲音問說：「誰要我這件衣裳？我要賣，價錢可以便宜一些！」但是這一些街頭的賭徒，只顧了賭錢，誰顧得來理他，都連看他也不看。伍宏超看着這些賭徒手裏面都拿着不少錢，心裏想：他們既然有錢，也許願意買我的這件衣裳吧！遂就又大聲說：「誰買我的這件便宜衣裳？」

　　正說着，卻有一個年輕的賭徒回身跳起來，掄着拳頭就要向他來打，還罵着說：「你他媽的在這兒窮嚷什麼？拿着件鳥衣裳……滾你的蛋吧！」伍宏超也伸手要打，但又趕緊將手縮回去，心說：我現在是為將衣裳換一些錢，並不是來和誰打架，再說我連和珅、鐵爪蛟龍全都不能打，跟這個人來打，又有什麼光榮？於是便忍下了一口氣，站着發愁。

　　這時，忽然有一個衣裳穿得很闊的中年人走過來，笑着說：「我來看看這件衣裳！」遂就將伍宏超的這件小夾襖接到手裏，仔細地看，說：「衣裳確是很好……」又指着那幾點血跡說：「只是髒了一些！」伍宏超說：「不瞞你說，我是盤費花盡了，沒有法子，只好脫下這件衣裳來賣！」這人說：「我瞧你就不像常賣東西的，好啦！這件衣裳我要啦，你要多少錢吧？」

　　伍宏超說：「我想賣二兩銀子。」

　　這人一笑，說：「我也不用跟你爭什麼價錢啦！咱們都是出門的人，你到了這個地步，我也願意幫個忙，交個朋友，你說二兩，就是二兩吧！你住在什麼地方？」

　　伍宏超向北指了指，說：「我就住在北邊，路東的那家店裏。」

　　這人點頭說：「我現在身邊也沒帶着銀子，我得回去取。待一會見，我拿了銀子再到你那店裏取衣裳。你先回去等着我吧，待一會，我必去。」伍宏超點頭說：「好，好！」那人又把他細細地看了一眼，回身就走了。

　　伍宏超手裏仍然拿着衣裳，如今已經找到主顧了，他心裏有一些高興，就往他所住的店房去走。隨走隨又想：那個人穿得很闊，倒像是一個做大買賣的，他卻又要買我的這件髒衣裳，而且不還價錢，似乎有些可疑。也許，他看出了我是一個落魄的英雄，故意借此來周濟我？這樣好心的人，江湖上原也不少，如今我可算是受人的恩惠了……心裏對那人有些感激，同時又為自己慨歎。

　　回到店裏，那白大爺這時似乎又有些精神，他說：「伍義士，你聽我告訴你，這話我原是不想跟你說明，想等到見了郝燕翎，我再跟他說，請他作媒；因為我若這時就告訴你，怕你將來與畫兒一路同行，彼此倒拘束了！」伍宏超一聽了這話，卻不由驚愕得不知說什麼好。

　　白大爺本來是躺臥着，此時勉強用力自己坐了起來，說：「當初，我叫你和畫兒，互相把劍換過來，就有這意思。因為畫兒一向視我如同親父，我待她，也如同親女。只是我還沒有為她辦一件事，那就是她的終身大事！」伍宏超已經聽明白了，反倒覺着十分難為情，趕緊就擺了擺手。

　　白大爺雖已坐起來，兩眼卻閉着，似是無力睜開。伍宏超在這裏擺手，他就沒有看見，依然歎息着說：“她年歲也不小了！早就應當訂好了婆家。只是，弄得高不成，低不就，她的脾氣又冷僻，一般青年男子，她全都看不上。前幾年郝燕翎來西陵，傳授她武藝的時候，也說將來要帶她到江南，為她在那裏物色一位夫婿，她聽了可立時就惱了，幾乎與她的師父反目。因此，對於她婚姻的事情，我同已故的凌萬江，全都不敢跟她去提。

　　“不過據我看，她對伍義士卻似乎有些情。她很看重你，我叫她同你換劍，她立時就換了，可見她對你是很好。這原因就是你們的父親同為和珅所害，全是矢志報仇，遭遇有些相似；你又是一表人才，武藝更為她所敬慕。因此，我已將為她擇你為婿的意思，暗中告訴了她。她聽了並不惱怒，跟你反倒愈覺着近了，我就知道她的心中已是默許了。這件事，趁着我還有這一口氣，不得不告訴你。我若能夠到得江南，也必告訴郝燕翎，就請他促成你們的婚配。你們成為一對少年俠義夫妻之後，憑着兩口寶劍，將來再去找和珅復仇、雪恨！”

　　白大爺的嗓音雖低，但一口氣竟說了這一大套話，說完了，他就不住的氣喘。伍宏超聽了，卻感愧交集，連連搖頭說：“不行！不行！這件事做不得。我並非嫌棄顧姑娘，只是我自覺着不配！望老義士不要再提這事了，見了郝燕翎也千萬別提這事。我只想送老義士到束鹿縣，那時我也要另往別處去了！這件事情，老義士固然是一番好意，可是我，太不敢當了！”他把這些婉謝的話，全都忍痛說了出來，可惜他說的語音不清，仿佛比白大爺說話的聲音還小。白大爺又躺下了，一句話也沒有再說，大概是伍宏超的這些話，他全都沒有聽清。

第十五章　悵望街头伊人无片影　追逐车骑利剑斗三雄

　　那個已經說妥了價錢，要買衣裳的人，半天也沒有來。伍宏超就想：那人必是後來又覺得不值，不願意買啦。好吧！就由他吧，我也不想賣了！

　　但是現在怎麼才能夠動身呢？伍宏超又想：還是找小張三去通融一下吧！他的車拉了我這一趟買賣，雖然是走了不少的路，他也頗為出力，可是掙我的銀子也不少。我暫時跟他借上一兩半兩，並請他送我們到束鹿縣。只要一到了那兒，會着了顧畫兒，我們再一同想辦法，湊了銀子還給他，還可以多送他一些錢，這大概也沒有什麼不可以的。於是，他就叫店夥去找小張三，並且預先擬好了一些話，預備見了小張三說。小張三是一個講面子，好交朋友的人，諒他一定能夠點頭。

　　不想店夥出去找那趕車的小張三，回屋來卻說：“那趕車的連車帶騾子，全都沒影兒了！昨晚他在隔壁賭錢，輸了一個精光。他又跟人說：‘我拉的那個客人，早先是一位闊人，現在卻成了個窮酸啦，他困在這兒，我卻不願意也困在這兒。’他就偷偷地套上車溜啦，隔壁有人還要找他要賭賬呢！”伍宏超當時就好像是一塊木頭似的，呆呆地怔了半天。

　　店夥又說：“大爺你要真是盤費不夠了，也別作難！有幾個錢可以留下幾個錢，我們也不押你的東西，你自管走，咱們交個朋友。”這話倒是相當的慷慨，然而伍宏超明白是要驅逐他了，怕他不給店飯錢，還要占這一間屋子，所以才說這話。

　　伍宏超又想了一想，本來若只是自己一個人，立時就能夠走，可是白大爺卻非車不可，這實在令人發愁，只好說：“我有個朋友，快要給我送錢來了。明天我們一定就走，還准保店飯錢一個也不差！”店夥看了他一眼，面上露出一種怠慢的神情，就出屋去了，這裏伍宏超卻越想越是沒有一點辦法。

　　黃昏時候，外面有人問：“今天早晨在街上賣衣裳的那位朋友，是住在這兒嗎？”伍宏超趕緊去開了屋門，見外面正是要買他的小夾襖的那人。他剛要回身去取小夾襖，那人卻不等着讓，就邁腿進了屋，說：“朋友！你正在難中，我應當幫助你錢，卻不應當要你的衣裳。”

　　伍宏超說：“你要是不要我的東西，我也不能收你的銀子，你貴姓？”

　　這人很客氣地說：“我姓汪！”遂就掏出幾塊碎銀子，交在伍宏超的手裏，並說：“這夠你的盤費不夠？要是不夠你自管說，我還可以多給，你要到哪兒去呀？”

　　伍宏超說：“我只到束鹿縣去，有這些銀子，足足的夠了，好吧！你將我的這件小夾襖就拿去吧！”

　　這姓汪的接過了帶着血跡的小夾襖，卻仍是站在屋子裏不走。因為店夥沒給送來燈，黑忽忽的，白大爺抬起頭來，但也沒看清楚這姓汪的面貌；姓汪的向炕上去看，自然白大爺的模樣他也看不清楚。可是在炕邊放着的一口寒光森森的青鋒寶劍，卻似乎引起他的注意，他就隨口說着：“不要發愁，以後咱們若再見了面，你們有了什麼難處，我還可以幫忙。”

這時院裏又有人叫着：“汪爺！”

姓汪的高聲答應了一聲說：“好！我這就出去！你們先在門口等我吧！”他拿着那件小夾襖，又說：“再會！再會！還有朋友在外面等着我，要請我去吃酒。只要你們不走，明天我還來拜訪，我喜歡結交不走運的朋友，我生平最喜幫人的忙！”說畢，拿着小夾襖就走了，這裏伍宏超對這人倒不禁有些懷疑。

店夥把燈給送來了，菜飯還都是熱的，茶也很香，他似乎知道伍宏超賣了小夾襖，已經有了銀子。伍宏超當時就將店飯賬俱都付清，並叫店夥去給講好一輛往束鹿縣去的車，明天清晨是就要出發。店夥連聲地答應着，就把伍宏超才賣衣裳得來的銀子，拿去了少一半。

白大爺現已是一點東西也不能吃，喘息不止。伍宏超吃畢了飯，就閉緊了屋門，吹滅了燈，青鋒劍永遠握在手裏。這一夜，倒是沒有什麼可驚的事，只是，當冷颼颼的夜風吹進門縫的時候，伍宏超身上僅穿着一件綢小褂，別的什麼衣服也沒有了，實在有點禁不住春寒。

次日清晨，在曉霧迷漫之中，一輛破騾車就載着白大爺和伍宏超離開這裏，再往南去。又走了一日的路程，就進了束鹿縣城。

此時伍宏超的心裏緊張得很，他暗想：顧畫兒大概已經來了吧？好了，我快點把白大爺交給她，我得走了。我決不願跟她到江南去，這倒不是為別的，是不能由着人給我們作媒。我不願意娶她，是因為我已經在和珅家裏做了錯事，我不能以我這樣一個沒志氣的人，屈辱人家那位俠女；可是我跟吳卿憐的事也實在不必跟她去說，我走就是啦。我不怕她罵我薄情，我對吳卿憐也是寧願負心。總之，我躲開她們兩個人就是了，我誰也不近。我自己重返北京，在街頭去等着和珅，攔住他的轎子，要他的命！並到什麼茶樓酒肆，去會鐵爪蛟龍！至於一切的熟人，包括顧畫兒，此次分別，就永遠不和他們再見面了！

他叫趕車的特意將車趕到十字街，這街口很熱鬧，路卻非常狹隘，兩旁對面開設的鋪子，這邊的招牌，差不多就可以撞着那邊的招牌。他在十字路口一站，眼睛注意着往來的人，但是看了半天，也沒有看見顧畫兒和她的那頭小驢的蹤影。這使伍宏超不禁疑惑起來，猜想着：莫非顧畫兒回到西陵，那裏又出了什麼事？自己恨不得當時就由這裏至西陵的道上去迎，只是這裏的白大爺又真離不開人。

當下就在這十字街的附近找了一家店房，他把車錢開發過了，所餘的零碎銀子，已經無幾。白大爺經這一日的顛撲，喘吁得就更厲害，他簡直病重得起不來了。伍宏超看着很是發愁，趕緊托店家在附近延請來了一位醫生，給白大爺診了診脈，開了一張藥方，求店夥把藥買來。伍宏超自己到廚房裏去煎藥，一不小心，把藥又灑掉了半碗，弄得他身穿的那件白綢小褂更是污穢不堪。他的鬍子也有幾天沒有刮，一摸就扎手，不摸又仿佛覺着癢癢。

他拿着半碗藥回到房間，扶起來白大爺，伺候着請他服下。白大爺卻只是對着屋中一盞慘黯的燈，瞪着兩隻無神的眼睛，口中喘着氣，不斷地說：“郝燕翎！郝燕翎！惟有到江南找到郝燕翎，才有辦法……”別的話仿佛他全都不會說了，這老人病得已經糊塗了。

　　這個店裏很亂，咕隆咕隆地直往院裏進車，馬又嘶叫，來住店的人好像全都很橫。有一個就咆哮着說：「開店的！你們得站在院裏給看着！我們這車上的東西可要緊，卸丟了一件，慢說你這腦袋，就是把你們這兒縣官的腦袋拿來賠，也他媽的賠不起！」

　　伍宏超心說：這是什麼東西呢？竟這樣的重要？他就出了屋。在黃昏暮色之下一看，原來院中是幾輛大車，鏢旗還在車上插着，上寫：「河南同利鏢局」。車上全都是些個大木頭箱子，有很多人用力的往下抬，都累得哎喲哎喲的，好像是抬不動。

　　旁邊站着兩名威風十足的鏢頭在看着，還罵着，嫌這些人抬箱子不出力，抬得太慢。一個小個頭的說：「這些東西，媽的只要丟了一件，就先找地方官去說，就是直隸總督也叫他坐不住！」另一個矮胖的就去拉一個才把紅纓帽摘下，拿手巾擦頭上汗的官人，說：「這裏的事兒沒什麼啦，咱們上街喝酒去吧！」於是那官人就跟着這身材矮胖的鏢頭，一同出了店門走了。

　　這裏的那個頭很小，膀背卻很寬的鏢頭，還在大聲地喊嚷：「你們倒是快些往屋裏搬呀！要是往你們家裏搬，媽的也就不能搬得這麼慢了！」有一個搬箱子的人就向着這保鏢的開玩笑，說：「對啦！要搬到我們家裏這麼一箱子，我這一輩子可真不愁吃喝了。」這鏢頭說：「你媽的口氣倒真不小！這一箱子就只養活你一輩子，你他媽說這話真不怕折福？八輩子十輩子也足夠咱們花的，可是，就可惜你跟我都沒他媽的修來和中堂那樣的好命……」

　　伍宏超聽到這裏，心說：這些箱子裏的東西，一定都是要運到京裏去送給和珅的呀！大概不是金銀，便是珠寶，一定是河南的什麼官，替和珅刮來的地皮。好大的膽！他們還竟敢這樣的嚷嚷？這箱裏的東西不定是多少老百姓的血汗與淚水……想到這裏，他忿然回到屋裏，對着慘黯的燈發呆，又看了看炕上放着的那口冷森森的寶劍，而白大爺卻還在呻吟、喘吁。

　　這時店夥把店掌櫃的給帶來了，這位店掌櫃的態度非常和藹，可是仿佛心裏有什麼事情似的，把伍宏超不住地打量，又細細地盤問。伍宏超雖然對他很是疑惑，可也爽直地說出來：自己的名字叫伍宏超，與這患病的老人不過是朋友，在這裏還要等候一個人，三天兩天之後，才能夠動身。

　　店掌櫃連連點頭，帶笑拱手說：「伍大爺對朋友這樣的關照，可真是一位仁義的君子！我看您也不像做買賣的，更不像那些跑江湖的人，一定是一位世家公子！據我看，躺着的這位老先生，病可不輕呀！現在又出門在外，真是，真是……我們開店的人遇着這種事，看着都很發愁。此地地方小，也請不來好大夫。有好大夫，也沒地方去買那上等的、地道的好藥。這裏往西不遠，就是順德府，那兒可倒是有幾位出名的大夫跟大藥鋪呀！」

　　伍宏超一聽，不由得又氣了，因為這店掌櫃也分明是到這屋下逐客令來了，就強忍着氣說：「我們原是要往江南去，走不到順德府。我這個朋友，他雖是老，雖是病，可是這樣也非一日了，他也不能夠說死就死；便是死了，我也立時就想法子去埋，不能夠耽誤了你寶號的買賣……」

　　店掌櫃連連的擺手，說：「不是！不是！我不是這意思，開店的是住各地的客人，客人裏難道就沒有生病的？再說一句不好聽的，難道開一輩子店，店裏就永遠不死一個人？去年，我這店裏死了一個窮人，欠我的兩個多月的店錢我都不要啦，藥錢也都是我給開的；我還替他買的棺材，雇了人去把他家裏的人找來。我送的盤纏，才把靈運走。這是真事，您可以出門打聽去。只是，伍大爺……得請您維持小號這個生意，因為我在這裏也是一大家子的人，萬一我要是受了點兒牽連……”伍宏超聽到這裏，倒不由得十分驚愕。

這店掌櫃卻一面把旁邊站着的一個夥計給支走，一面又扒着門向外邊看了看，外邊這時還喊着嚷着的往屋裏抬那些大木箱。這店掌櫃就探着頭，低聲向伍宏超說：“您看見了吧？現在院子裏的那些東西，有差官跟鏢頭押護着，那都是些送給北京和中堂的東西。因為我這店是開設在城裏熱鬧的街上，比在城外的那些家店妥當，所以向來這些買賣是住在我這店裏。他們來了，別的客人當時我就不能收啦；那些已經住下的，他們也要逼着我立刻給攆走。這也難怪，萬一出了點什麼事，誰能夠擔得起？大爺你自然不是沒來歷的人，可是剛才你一進店的時候，就有兩位好像是當官差的人，到櫃房直向我們打聽，還叫我們留心着你們。現在，那兩個官人大概還在店門口沒走呢！”

伍宏超聽着，就不禁吃了一驚，心說：和珅可真是厲害，原來到處全都有他的人！這樣看來，我們這些人自從離開了淩萬江慘死的那個地方——甜水井街，早就有人在暗中跟着我們了。可是，白大爺是由慎刑司衙裏逃出來的罪犯，我是曾經數次大鬧和珅府，他們為什麼不就立時下手捉拿呢？有什麼值得投鼠忌器的呢？這可真令人不明白！

店掌櫃的又說：“我這可是一番好意！”

伍宏超拱拱手說：“我都知道，你是一番美意。我伍某要是什麼江洋大盜，身犯重罪的人，也決不好意思住在這裏，使你受累。可我卻全都不是，我只是走江湖、交朋友，除惡人、扶孤弱……”店掌櫃趕緊接聲說：“我也看出來您是一位俠義英雄！”伍宏超說：“我們只不過是得罪和珅了！”

店掌櫃嚇得臉色蒼白，說話的聲兒更小，連連地說：“這就不行啊！伍大爺，您難道不知道，和中堂是當朝一品，位極人臣，萬歲的女兒是他的兒媳婦，各地的督撫府道，哪一個不是他手底下的？哪一個上了任，不對他年年送禮，月月問安？現在我們店裏住的，那不就是河南巡撫派來的有名的大班頭，雙斧太保龍宗璧，還有大鏢師矮羅漢唐清和寬背虎盧泰嗎？這都是了不得的有大本事的人，每年至少要在我這店裏住兩回，都是往京裏給和中堂送禮的。你要是跟和中堂有了什麼過不去的事，叫別人知道了還好，要叫他們三個人看出來，真……我是好意，伍大爺你快些帶着這位生病的老先生，走吧……”

伍宏超擺手說：“你不用替我發愁！我也不能跟他們在這裏打架，他們也不能立時就來捉我。即使有事，也連累不着你。你看我這位年老的朋友，他病得已經起不來了，你就放心吧，我決不能夠把他扔下，我一人跑了。我既不跑，那麼什麼事情，自有我來擔當，決不致連累了你作生意的。”

店掌櫃聽了，仍然是緊皺着眉發愁。伍宏超倒是微微笑着，表示一點也不介意的樣子，並說：“我的朋友病了，弄得我心裏也很是煩惱，門外附近有酒鋪吧？掌櫃的，我請你去喝酒好不好？”

店掌櫃的卻搖頭說：“我不喝，我為今天住了你們這麼兩個客人，連晚飯都吃不下去啦！得啦，我的話也都說完了，您不走，我也沒有法子，我也不能往外攆您。不過我還有兩句話，人要是病死在這兒，那沒有法子，可是萬一有人來捉您，或是矮羅漢、寬背虎都亮出傢伙來，要跟您在我這店裏拼命，那時候您怎麼辦？”

伍宏超說：“這事你倒儘管放心，我要打要鬥，同他們到外邊去打，決不能夠把血濺到你這店裏！”店掌櫃皺着眉點頭說：“這就行啦！咱們就看面子吧！”遂就無精打彩地轉身出屋去了。

伍宏超也明白這店掌櫃並非過慮，他開店多年的人有經驗，已經看出來了。總之，我和白大爺在這裏，雖與人無爭，卻已經是危機四伏。他對眼前的這些事，倒是並不畏懼，只是白大爺病得這樣的重，顧畫兒又還不來，確實是使他發愁。但又想：發愁也是無濟於事，反正我就是永遠這樣老老實實地服侍着白大爺，等到和珅手下的人來捉拿我的時候，我們也得分散。何況又快沒錢了，哪裏再去找一件衣裳可賣？白大爺的醫藥，都要用許多錢，這可真非得向河南巡撫送給和珅的贓銀裏，取用一些不可了。他就把心一橫，遂即叫來店夥，託付他看照白大爺。他就拿着青鋒劍，出了店房。

這時已天黑如墨，滿天星光，風倒很暖。院裏剛才搬箱子的那些人，連車夫們，也全都出去喝酒去了。十字街口這時仍然很繁華，酒館有不少家，最大的一家酒樓，字號叫鼎春坊，樓上樓下的燈光照耀得真和白晝一般，裏邊的客人亂亂哄哄，也不曉得有多少。伍宏超就手提着寶劍，站在這門前徘徊着，他先向兩邊去看，也沒有見什麼人注意他，或許是在暗中跟隨着了？他又在心裏斟酌了一下，腰間帶着的錢是不是足夠到樓上去飲酒？假如樓上有和珅手下的人，見了我就要來跟我動手，我又應當如何？只因為有白大爺那一個人使他顧慮，所以他還有些猶豫未定。

這時忽見有一個人，竟從他的身旁一撞就撞過去了，這人正是剛才在店裏嚷嚷了半天的那寬背虎盧泰，他就像是沒看見伍宏超似的，大搖大擺地進了鼎春坊，上樓去了。伍宏超又有一股氣湧在胸上，暗想：他們已經向我來挑戰了！我縱想躲避已是不可能。他們江湖人縱使兇惡，也許還懂得一點道理，要打要拼叫他們向着我來，或者我同着他們到北京去，只是得叫他們應允不驚擾白大爺，否則我要亂殺一氣的。於是他忿然的也進了這鼎春坊，提着寶劍咕咚地向樓上走去。

樓上點着許多隻大燈，光亮刺着他的眼睛發花。他只看出是有三四十個人，分踞着各張桌子，有的在互相勸酒，有的在大聲豁拳，酒氣菜香都撲到鼻裏，煙雲蒸氣都繞在眼前。伍宏超並沒有看清誰是什麼模樣，他只是瞪大了眼睛，持着寶劍站在樓梯口。酒保就向他招呼說：“大爺！請這邊坐吧？”他也不理。

但這時，在靠近窗戶那邊，有一個人卻以為伍宏超是已經看見他了，當時就慌張起來，趕緊站起了身，招着手說：“來！來！到這邊來吧！真巧，咱們又在這兒遇見了！”

伍宏超細看這個人，卻正是在雙堂鎮，花了二兩銀子買去他那件小夾襖的姓汪的人。今天，這個人的來歷可沒法子隱瞞了，原來現在此人正和寬背虎盧泰、矮羅漢唐清，還有另外三名官人，正圍着一張桌子在大吃大喝。伍宏超當時就發起怒來，姓汪的卻趕忙過來，笑着說：“請在一塊兒吧！沒有外人，全都是朋友！”

現在伍宏超已經明白了，這姓汪的人，原來也是和珅手下的人。他那一次買我的小夾襖，也不過是為探一探我的情況。只是為什麼要這樣呢？我孤身只劍，又有什麼可怕的呢？他們不即時下手來捉拿我，反倒這樣的畏畏縮縮，卻又可疑了。

姓汪的此時好像有點害怕伍宏超手裏的這口寶劍，所以還不敢近前來用手拉。在那邊靠窗坐着的寬背虎與矮羅漢，便齊都瞪大了眼睛向他來看。而那邊的三名官人之中，有一個臉上有麻子，身子很壯的中年人，卻很客氣，他站起來也露着笑，高聲地來招呼說：“不必客氣啦！快請這邊來，我們一塊兒熱鬧熱鬧吧！”

伍宏超並不認識此人，心裏更是生疑，就想：莫非是他們知道我一定要來，才在這裏安排好了，預備捉拿我？他心裏先是猶豫，但旋即鼓起了勇氣，微微冷笑着，點點頭，跟着這姓汪的朝那邊走去。

此時樓上的一些酒客，齊都扭着頭，伸着脖子，還有特意站起來的，都在看他。寬背虎盧泰大喊了一聲：“全坐下！看什麼？”那些酒客們聽了這一聲喊，立時就全都又坐下了。因此伍宏超就更為驚訝，這些人也都是來飲酒吃飯的，為什麼這樣怕他？竟沒有一個人敢還言呢？可見這裏有不少也都是姓汪的手下的人。我如今已是身陷重圍，只好跟他們拼了吧！於是手中緊握寶劍，昂然走到了那邊。

姓汪的還笑着，指着伍宏超說：“這位的姓名我也不必向各位提說了，你們對他已是久仰得很啦！”

那有麻子的官人也說：“還提什麼？我們也都知道他是幹什麼的。這位伍老兄是久走江湖，閱歷深，眼睛亮，咱們是些什麼人，如今是怎麼一回事兒，我想他也不是不明白。得啦！現在大家是什麼話也不用提，只是先飲酒，然後再敍交情。”說着就拿起來一個大酒杯，還叫人用水給沖洗得乾淨了，這才斟了滿滿的一杯老白乾，送到伍宏超的面前，說：“伍老兄請飲這一杯，以後請你多關照。兄弟我名叫龍宗璧，金臂飛俠那也是我的老朋友！”

伍宏超聽人提到了金臂飛俠，他就不由得又是一陣心酸，同時知道了這客人就是河南巡撫手下的大班頭，在北方極有名的雙斧太保，這實在不是一個好惹的人。就聽他又說：“請伍老兄多多關照吧！”這似乎話裏有話，別是就叫我跟着他，乖乖地到北京去打官司吧？可是我在和珅的府裏鬧出的那些事，似乎他又管不着。

伍宏超一手提劍，一手就接住了酒杯，依然微微地笑着。突然那矮羅漢唐清自腰間拔出短刀，乒地向桌上一插，短刀相當的快，插進了桌子有一寸深。他又把眼一瞪，拍着胸脯說：“我唐清，這次保的是官家的鏢，往京去走的是和中堂的門子，江湖上的朋友誰要是瞧着我不服氣，誰就自管來！寶劍咱也見過、鬥過，小白臉更是唬不住咱們……”龍宗璧按他坐下說：“你就別說啦！”伍宏超拿着一隻盛酒的大杯，真想要向他頭上去打。又見姓汪的悄聲說：“全是自家朋友，會到一塊了，應當客氣些。矮羅漢是喝醉了，大家都別理他。伍老兄你也必然明白，我們這些日對你老兄已經客氣得很！”

伍宏超聽了這話，便冷笑着說：“這些日我也是懶得與你們往還，也像是很對不起似的。再說，你們也知道，我現在有事，我的朋友白大爺病了一路……”

姓汪的說：“那沒有什麼！我們要想找他，也早就找他去了。現在不單不找他，也不問他是由哪兒來的啦，將來還想要給他治治病。他要沒有錢，我還幫錢！”

伍宏超搖頭說：“那倒都用不着別人來管，他是一位義士、君子，我想自然沒有人能欺負他。但倘若有人敢動他一動，我決不能坐視！我在這裏，實在說，並非是要跟你們見面，我既不想逃，也不願意和你們鬥，我只是要在這裏等候一位朋友！”

姓汪的笑着說：“我也早就看出來了！”說着，又轉頭向龍宗璧低聲說了幾句話，伍宏超也沒有聽清楚。這姓汪的又說：“伍老兄！咱們也別淨鬥口舌，我索性說開了吧！兄弟姓汪，名叫汪進寶，排行第七，人都稱我為汪七爺。和中堂府的總管事汪四爺，那就是我的胞兄……”

伍宏超冷笑說：“我早已看出，你必是和珅家裏的奴才！”

汪進寶說：“伍老兄你可不要這樣開口罵人，咱們總也算是朋友。不錯，我也是吃着中堂的飯，你們夜鬧中堂府的時候，我也正在那兒。可是如果沒有中堂的命令，我雖也會了些武藝，卻真不願意多管閒事，因為我交朋友還怕交不上，豈能為吃那一碗飯，得罪朋友？現今我實在是受了中堂大人的親口託付。他要是叫我來捉你們，害你們，我也不幹；他卻是叫我來好意跟你們講交情……"

伍宏超將酒杯吧地向桌上一摔，忿怒地說："你說別的都可以，你說要我跟和珅講交情，這跟辱罵我一樣！我伍某明人不做暗事。實同你們說吧，我去和府雖幾次都未得手，但是早晚也要斬下和珅的頭。現在我在這裏等候朋友，也為的就是這件事，我跟和珅的仇恨，是永遠也解開不了！"

汪進寶的面色立時變了，冷笑着說："伍老兄要總是這樣說話，那我可也就沒辦法啦！"

伍宏超說："我要是怕你們，現在我也決不能來！我本想去找和珅，犯不上跟你們纏攪，可是剛才我在店裏一看，和珅的罪惡太大了，居然有河南巡撫派人整車地給他送贓銀，給他保護那些贓銀的鏢頭，又全都那麼兇橫！"

矮羅漢唐清撇着嘴，也冷笑說："你說我凶？嘿！你還不知道哩！這次北來，在咱這口短刀下，就殺死了有四五個了！那都是我看着不順眼的，他們都好像想要沾一沾車上的那些沉東西，我矮羅漢就不吃這個。我保着的鏢，不許別人多看一眼。因這，我就給他一個殺呀！你說我凶也罷，橫也罷，反正老子保着這麼大的鏢，有和中堂給我撐腰，慢說殺個倒楣的人不算事，就是現在把你宰了，這兒雖說有的是當官差的老爺們，可是他們還能抓了我去，叫我償命嗎？哼！"

寬背虎也瞪着眼睛說："姓伍的你快老實着點！別跟我們叫字號，你懂得吧？別吃眼前虧，現在要是不叫你活，你就不能活！"

伍宏超忿恨地說："好個萬惡的和珅，縱容你們這些惡人！我現在要去殺他，就不只的是為報當年他害死我的父親那件私仇了！也是為人間除這首惡！"

旁邊雙斧太保龍宗璧聽了，立時顯出驚訝，趕緊問說："你的令尊是哪一位？"

伍宏超卻不回答，仍氣忿地說："本來我店裏有病人，不願當時就跟你們拼命。現在我實在忍不住，你們想怎樣，咱們就怎樣。叫我同着你們到北京，咱們也當時就走，我伍某決不含糊。可是只有一樣，我的寶劍不能撒手，除非你們能勝得了我！"

那矮羅漢當時就將插在桌上的那短刀拔出來，說："好！我倒要看你有多大的本事？"寬背虎也捋着袖子，跳起來嚷："外邊幹去！離開這鼎春坊，這兒的人多，地方又窄！"

眼看就要打起來了，嚇得旁邊的一些酒客們，有的壺還沒幹，有的菜還沒上齊，可就紛紛地趕緊離座，匆忙地開付酒飯錢，就往樓下跑去。樓梯咚咚咚不住地響，連一些夥計們全都跑下樓去了。剩下幾個沒跑的，看那樣子都是雙斧太保龍宗璧帶來的官人，他們當時也緊張地掏鎖鏈，抽短刀，亮出梢子棍，就要向伍宏超下手來捉拿。伍宏超卻登在一個凳子上，唰地舉起冷森森的青鋒劍，擺了一個大鵬展翅的姿勢。

那雙斧太保龍宗璧卻大聲嚷嚷說："這是為什麼？這也未免都太小氣啦！用不着這樣。說仇沒有仇；說官司，我們既不是地面的，又不是北京派來的；說賭氣，本來是初次見面，又何必呢？說比武，這縣城又太小，誰贏了誰，也傳不出名去；說拼命，誰跟誰都犯不上，我們現在保的是鏢車，你又沒來劫我們的鏢車。再說我們是河南撫台派來的，你跟和中堂是怎樣回事，將來要怎麼樣，也跟我們無干，來！老兄！還是喝酒吧！"

他又向那汪進寶說："老七！這可都是你的事兒，要沒有你跟我們在一塊喝，這位伍老兄，也許不能向我們來搗麻煩！”

龍宗璧的這些話，把一些人的暴怒仿佛都壓下去了。那矮羅漢、寬背虎，和二名鏢頭嘴裏雖還不住地罵罵咧咧，眼睛雖還是瞪着，可是又都坐下喝酒吃菜。只有汪進寶的一張胖臉上，不禁一陣發青，又一陣發白。

因為剛才大家曾經一度翻臉，雖沒有打起來，可是也把那些酒客們都嚇跑了，現在一些座位多半空着。汪進寶就過來，和婉地要請伍宏超到那邊談幾句話。伍宏超點頭說：“可以！你叫我同你到什麼地方去說話都行！”當下手提寶劍，離開了座位。

汪進寶在隔着三四張桌子的地方，剛要同伍宏超談幾句話，不想矮羅漢等幾個人又都追過來了。矮羅漢唐清此時是喝醉了，就更為驕橫，他晃動着手裏的刀說：“你們背着我談什麼？敢是罵我？”汪進寶直着急，說：“這是哪兒的話？唐鏢頭你先躲一躲，我要跟伍爺談幾句背着人的話，因為這是和中堂叫我來跟伍爺說的。”

伍宏超也覺着可疑，更是十分地不耐煩，就說：“和珅還有什麼話，要叫你來轉告我？”

汪進寶點頭說：“這是真的！要不然……”說到這裏，又假笑着說：“要不然，咱們就是有交情，我就是明知捉拿不住你，可也早下手啦，還用得着花二兩銀子買你的那件小夾襖嗎？”接着又說：“這都是和中堂的意旨，因為中堂求賢若渴，愛才好士！”

伍宏超不禁冷笑，心說：難道和珅是囑咐他要用軟手段，籠絡我也去給他作奴才嗎？於是越發氣忿。

汪進寶又低聲說：“咱們都是朋友，我現在就索性跟你說實話吧，現在跟你們作對的，只是鐵爪蛟龍一人。中堂對你，實在沒有什麼，也知道你武藝高強，與別的江湖人不一樣。他身為宰相二十多年，哪能夠一個人也沒得罪過？所以想着，或許是早先與你有一點兒仇隙，那他也願意從此解開。他不但想要給你找一個好差使，提拔提拔你；並且如夫人卿憐跟你的事情，他也略略曉得了，他也願意不耽誤了卿憐的青春，叫她下堂，讓你領走……”

伍宏超聽了這話，氣得不住冷笑。不過又想：自己跟卿憐的事情，他們竟然也知道了，這確實可以看出他們的厲害，遂就說：“我做事光明磊落！我確實認識吳卿憐，因為她原是我的鄉親……”

汪進寶擺手說：“這件事關係着中堂的臉面，不要再說了，不過由此可以看出中堂對你是多麼海涵。還有白大爺的事，那更不算一回事。中堂捉他幹嗎？那也都是鐵爪蛟龍弄的。中堂只是留心一個人，我不說大概你也明白，就是你老兄現在所要等候的，那位快要來的顧姑娘！”

伍宏超忿怒地將劍提起，旁邊矮羅漢、寬背虎等人立時又舞起兵刃來，將他圍住。汪進寶反倒擺手，沖着他們說：“不要傷他！千萬不要傷他！給他一夜的工夫，叫他回到店裏再細想一想。他要是肯答應着，跟咱們到京裏去見中堂，可是得連那顧畫兒都得去見見中堂。那中堂必定降階相迎，一切舊事不提。以後伍宏超高官得做，顧畫兒也可以穿綢着緞，成為一品如夫人；白大爺更不用說了，他還能再受罪嗎？若是不肯，那中堂可就要真惱了，我也白費心對他伍宏超這樣關照了。咱們這麼些個人，隨時可以拴住他，姓白的跟顧畫兒也決逃不開和中堂的手心。乾脆叫他姓伍的仔細斟酌一下，他是願意趨吉避凶？還是甘心自走死路？明天聽他的回話。”說完了，就不再言語了。

伍宏超氣得面色發白，這才曉得，原來和珅那老賊竟把顧畫兒也看上了！可謂癡人多夢，可謂不識生死。於是他就冷冷一笑，說：“和珅真是發昏了，可憐他當了這多年的奸臣，竟沒有這麼一點見識。你們這些人也可謂雙目盡盲，不看一看我伍宏超是個怎樣的人？顧家姑娘又豈是平凡人物？由和珅到你們，全都是錯打了算盤！我也不願對你們再說什麼，只是現在由着你們辦，要叫我同那姑娘去見和珅也行，反正早晚我們也是要去找他的，但須要他把首級先拿來！”又冷笑着對矮羅漢等人說：“我再告訴你們，千萬要小心！河南巡撫送給和珅的那些贓銀，我可要把它留下，我要拿它去行俠仗義！”

矮羅漢唐清、寬背虎盧泰等人一聽這話，立時又掄刀舞棍向着他殺來，伍宏超將劍東迎西擋，當當就磕回去了許多兵刃。他又踢翻了凳子，跳到了一張八仙桌上，居高臨下，揮劍當當地同這幾個人來打。

汪進寶早已跑到了一旁，大聲地說：“伍宏超你可不要這樣！我對你已經夠講面子啦！你要再不識抬舉，我可立時就叫人把你抓起來！不用說旁的罪名，你那件血衣，已經到我手裏了，那就是證據，那就能把你問成個斬立決！”

伍宏超站在桌上緊緊地揮劍，同時忿忿地說：“你還提那件衣裳？那上面沾的就是我的朋友金臂飛俠義士的鮮血！我不但要為我父雪恨，我更要替顧昆傑，替凌萬江，替一切受過奸臣和珅害的人復仇索債！我現在就先要你們這些惡奴的性命，給我留下那筆奸臣的贓，我要將它散發給貧困的人；散發完了，我就要同着顧俠女到北京，叫和珅立時遭受報應！”

汪進寶躲在牆角又大聲嚷嚷，說：“叫你那顧俠女快些到北京，去做中堂的小老婆吧！那有多麼享福？你也就能夠跟着闊起來啦！現在眼前放着好事兒你不要，反而要找死，真是一個大傻蛋！”

伍宏超忿然從桌上躍下，掄劍就要去砍汪進寶。身後矮羅漢又舉刀向他背上就扎，伍宏超回身唰地一劍，矮羅漢趕緊就蜷腿縮頭，躲過去了。寬背龍同着三個人揚刀飛腿又向他來攻，伍宏超劍若旋風，颼颼地往來還擊，旁若無人，殺得寬背龍，矮羅漢等人齊都往後去退。

那河南的大班頭雙斧太保龍宗璧，在一旁本來還假作鎮定，獨自飲酒，向着這邊好像是坐山觀虎鬥，可是如今看見了伍宏超竟是這樣驍勇，劍法如此高強，他就不由得大怒，更覺得這時他要是再不說話，可就太丟面子。於是他就霍的站起身來，大聲吼叫着說：“算啦！你們全都住手吧！我算是認識他姓伍的啦！”矮羅漢等人聽了這話，一齊向後，都退到了那樓梯口，雖然都已住了手，可還是舉刀搖棍的，顯示着威風。

伍宏超微微冷笑，向着龍宗璧說：“你雖認識我了，我卻還不認識你，你有什麼能耐，快些使出來吧！”

雙斧太保龍宗璧卻哈哈大笑着說：“要跟你比本領，那還不容易？我也知道你的武藝是有兩下子，可是縱使當時抓不住你，那姓白的老頭子還能跑得了嗎？還能逃得開嗎？我龍宗璧就是不願那樣辦。一來我是管不着這些事，犯不上為人出力，得罪朋友；二來，我們還要給和中堂想要娶的那一位如夫人，留着點臉呢！你姓伍的不過是：禿子跟着月亮走，借點光就是啦！”

伍宏超聽了這話，當時又撲到他的桌旁，掄劍就砍。龍宗璧卻急忙抄起一隻凳子將劍擋住了，又冷笑着說：“不必立時就動手！我的雙斧現在沒帶着，要拿別的東西將你打死，我怕沾污了我的外號。你既是有膽子想要留下我們的銀箱，這就好辦。明天上午我們就動身，由這裏到北京，差不多還有一千里地。你要有本事，你就在路上截我們；你要沒本事呢，就在這兒等着當大舅子吧！”那邊的矮羅漢、寬背虎等人一聽了這話，也齊都哈哈大笑起來。

伍宏超也不明白他說的等着當大舅子到底是怎麼個意思，到底怎麼講，可是龍宗璧既然說出來“你有本事就在路上截我們”，也好，這倒得跟他們幹一幹。並不是為賭口氣，為逞什麼強，卻是那一筆貪官獻給和珅的贓銀，決不能就叫他們平安地送到北京，去給那老賊享受。於是他就點點頭說：“好！那麼就到路上再見吧！現在你們有什麼法子，還儘管去使，只是不准驚動白大爺，否則我的寶劍可不依！”說完轉身就走。

矮羅漢等人掄刀橫棍，要在樓梯口攔住他，那邊雙斧太保龍宗璧卻拍着桌子說：“不准攔他！叫他走吧！反正路上見！我姓龍的有兩三年沒跟人較量武藝了，現在我到底要看看是他的寶劍快，還是我的雙斧沉？明天，我們准能夠見一個高低，遇見這麼一個敢跟我碰的人，倒也不錯！”

在牆角的汪進寶卻又說：“等上一半天，胡大師傅也就來了，等到那時咱們再跟他鬥，好不好？”

龍宗璧冷笑着說：“用得着等鐵爪蛟龍嗎？我這條龍難道不如他那條龍嗎？我的一雙板斧，就不如他那一杆飛鞭嗎？不是吹，我龍宗璧要是前幾天在北京，要是我給中堂護院，我就決不能叫這小子今天還能到這兒來說這狂話，逞這威風！好啦，現在都不提啦！伍宏超！咱們就路上見吧！”

龍宗璧依舊坐下飲酒，伍宏超卻走到樓梯口將劍一揮，矮羅漢等人趕緊向旁躲避，並向他怒視，他就咚咚咚，走下了樓。在這鼎春坊酒樓上，雖沒有真的大殺大砍起來，可是連樓下的喝酒吃飯的人，也早就都嚇得跑光了。掌櫃的是早已藏躲起來。酒保們看見伍宏超手提寶劍，簡直是飛下了樓梯，嚇得他們簡直要撒尿。

伍宏超挾着氣忿回到店中，進到屋裏，卻見燈光愈黯，白大爺病得更是厲害，簡直呼吸都已短促了。伍宏超不禁更加着急，更加生氣，心中埋怨着顧畫兒：她怎麼還不來呀？來了好叫她帶着她的乾爹走呀！我這裏遇着了這事，哪裏還能專心伺候着這白大爺？咳……

他心裏着急，恨不得顧畫兒當時就來到，所以在屋裏坐不安，待不住。他就又到門前，向那十字街去看。這時街上，行人漸漸的少了，鋪戶也多半關上了門板，鼎春坊酒樓上那雙斧太保龍宗璧等一些人也都散了。

那姓汪的，汪進寶，原來是住在附近另一家店裏。現在也許他是怕他一個人住在那兒，到半夜裏伍宏超能夠拿着寶劍前去找他，所以他就趕緊搬來和龍宗璧這些人搭伴兒。他把他的一匹馬和兩隻包袱，還有跟着他的四個人，也都帶着馬匹和行李，一齊搬到這店裏來，只為求龍宗璧等人的護庇。龍宗璧卻相當沉得住氣，看見伍宏超站在店門前，他連看也不看。矮羅漢等人卻又都氣忿忿地掄着拳，撇着嘴。汪進寶低着頭，跟隨着給他牽着馬的人，自伍宏超的身旁就溜了進來。

店中頓然又增加了幾匹馬，添來了這幾個客人，倒更顯着熱鬧了。他們這些人，本來有的是自北跟着伍宏超來的，有的是自南壓護着銀箱到的，因為在此恰巧相遇，又都跟伍宏超成為了敵對，所以他們倒結成一幫了，住也住在一起，談也談的大概全是要對付伍宏超的事。似乎他們現在又出了新的主意，潛藏着毒辣的手段。

伍宏超卻仍然是孤單的，站了半天，也不見顧畫兒的影子。天是越來越黑，夜也越來越深，他不由得有些灰心。回到屋中，對着白大爺不住暗歎，心說：我現在真沒有法子再看護您這位老人了！不過，說起來這可算是一種恥辱，因為和珅惦記着要得到顧畫兒，他們還許暫時不能夠對您怎麼樣吧……

　　一想到了顧畫兒，那英爽明麗的嬌姿，又浮現在眼前，更想到顧畫兒的貧窮、多難，以及潔身自愛、堅忍操勞，就更是欽敬。和珅那個賊大約是在北箭亭試武的那一天，就已經看上了她，送銀利誘不成，繼而要以勢強逼；知道強逼也無用，如今又要用計謀。和珅可真是昏了心，他難道就不怕顧畫兒去割他的腦袋嗎？這真是奸臣妄想，色膽包天。顧畫兒若真能夠將計就計，倒可以立報父仇，但畫兒性格剛烈，不是會忍屈含辱，以達成志願的人，這恐怕她就要吃虧了！我又不能再跟着她，幫助她，惟有盼她能夠快些走到江南。可是她就是來了這裏，恐怕往江南去的盤纏也不夠用了吧？她在西陵的那個家，哪會有什麼錢能叫她帶出來呀？我實在應當為她想個辦法，截住獻給和珅的贓銀，留下一點，轉交畫兒作為盤纏。這種事情她必不喜，然而我卻不怕；我又不是想叫她嫁我，我只是要助她成行，並給奸臣及貪官一個教訓……

　　伍宏超決定了這麼辦，於是就關門就寢。身上穿着單綢小褂，到半夜裏仍然覺着寒冷，在這店裏住的那些人又全是他的對頭，他如何能夠放心睡覺？更時時擔心的是，說不定什麼時候，白大爺就能在他的身旁邊斷了氣，所以一夜屢次驚醒。

　　好不容易才挨到了天明，他起來細看了看躺着的白大爺，還睜着兩隻凝滯無神的眼睛，可是不能夠說話了。伍宏超就說：“請老義士在這裏稍等一等，我要去辦一件懲戒權奸、壓抑強梁、爽快豪俠的事情。你放心吧！我還能夠回來的。畫兒姑娘昨天沒有來，我料她今天准能來到，暫時叫這店裏的夥計照應你，我是這就要走了！”只見白大爺睜着眼睛，似乎要點頭表示同意，可又實在無力動彈，但他那眼神是表示願意伍宏超去仗義行俠，不要來管他。

　　伍宏超就出了屋，回手帶上門。他手提寶劍，繞過了院中停放的幾輛車，就去硬牽了一匹馬。那汪進寶正在屋裏漱口刷牙，隔着窗一眼看見了，就大喊着說：“喂！喂！你別牽走我的馬呀！咱們昨晚上並沒抓破了臉呀！還得算是朋友，等顧姑娘來了，我還要跟她當面談談呢……”

　　伍宏超卻怒罵道：“渾蛋！”又說：“我暫且借你這匹馬一用，現在我就要出城！”又高喊一聲：“龍宗璧你聽着！現在我就往路上等着你們去了，你敢去，便不愧是雙斧太保，要是不敢，或是車上不敢放銀箱……”

　　這時那龍宗璧光着脊背，手拿着濕毛巾跟胰子，由屋中忿然而出，點頭說：“好！你先走吧，待會兒見面！我要是少走一輛車，少帶一箱銀，我就不是英雄！永不當官差，永不走江湖，銀子也都叫你拿去，算我是強盜，好啦！見面再說……”此時矮羅漢，寬背虎等一些人，又都拿刀掄棍，紛紛自屋中走出，龍宗璧卻說：“別攔他！由他去！他騎着馬乘此潛逃，咱們連追也不追。反正他在這兒押着一個白老頭，那是顧畫兒的乾爹，比他值得多，就叫他走吧！”

　　伍宏超牽馬出門，隨即上了馬，將手中的寶劍一揮，又向門裏喊了聲：“快點！”當時他就催馬轉過了這十字街，蹄聲嘚嘚，一直出北門去了。

　　北門外，朝陽照着遍地禾黍的曠野，伍宏超就又向正北去望，他真希望這時能看見顧畫兒騎着驢來到，那就叫她去保護她的乾爹，可是所見的只有春風吹着漫天的塵土，大道上往來着稀稀的車輛，哪裏有顧畫兒的影子呀？顧畫兒辦事可真是緩慢呀……

　　伍宏超催馬又往北走去，走出有三里多地，看見大道的左近有一片密密的松林，雖然沒有西陵的森林那樣茂密，可是所占的面積也不算小。陽光越高升，天氣也越覺着熱了，伍宏超就到了樹林旁，下了馬，想要涼快涼快。這時他忽又想起：龍宗璧現在必定防範得甚嚴，帶着的人還許要更多，我雖決定以劍相拼，但也不可不先用點智謀。當下他就將馬牽到樹林裏，外邊大道上過往的人，便看不見這裏有人有馬了。這片松林原是個墓地，有斷碣、殘碑，古塚之上落着烏鴉。雖然天熱，但此時還沒到中午，所以除了伍宏超之外，也沒有人來這裏歇腿、乘涼。

等了約有一個多時辰，就見塵煙滾滾，不住地隨着東南風向這邊刮來，又聽見轆轆的車聲，嘚嘚的蹄音，聲音很是亂雜，由南面自遠而近漸漸地來了。伍宏超疾忙自林中向外去看，就見從南面，果然來了一大行車馬，大車共有五六輛，上面都是貼着封條的大木箱；車轅上斜插着很長的竹竿，隨風招展着"河南同利鏢局"的顯赫的鏢旗。

鏢車前後跟着有二十多匹馬，在最前邊的先鋒官，就是那寬背虎盧泰。他個頭雖小，膀卻寬，精神十足，嗓子也特別宏亮，喝着："快點走！只要走出十里地，看不見姓伍的小子，那就算是他栽在咱們手裏啦！快走！快些走！"他騎在馬上不住東張西望，手中持的是一杆很長的傢伙，跟槍差不多，這大概就是三國時張翼德所使的那種丈八蛇矛，然而他的威儀不夠，並已經顯出來有點兒慌張。矮羅漢唐清是傍着車走，手持一柄象鼻子樣式的大砍刀。

最後面的一匹黑馬上就是頭戴紅纓帽，身穿利便的官服的龍宗璧。他的手中可拿着一張彈弓。望見了一片樹林，他就拉開了弓，吧吧吧，一連打來三顆都是泥土和鐵砂捏成的彈丸，全都擊在樹枝上了，擊得樹葉紛落，烏鴉喜鵲都亂叫着驚飛四散。伍宏超只是微微笑着，依然在林裏，並不往外露頭。

林外的車馬都走過去了，伍宏超仍安心等待着，故意放他們往北多走出有二三里地。他見縣城那邊沒有再來什麼大幫的客販或官差，他這才出林上了馬，放開了馬韁，一股煙似的向北緊緊追去。一霎時便又望見了前邊走的那一行車馬，離着尚有一箭之遠，他就高聲的呼叫道："前面的鏢車！站住！"

前面那些人本來都正向前方和左右邊去看，並沒料到伍宏超卻自身後追來了，當時就全都吃了一驚。龍宗璧先收住了馬，他回頭一看，便立時挽弓按彈，要用彈丸來打。可是他忽然又把弓弦松了，冷冷地笑了笑，說："伍宏超！我要用暗器傷你，那就顯見得我不是英雄！現在你既來到，沒別的說的，我們只好較量較量了，你不要膽怯，就自管到近處來吧！"

當下伍宏超催馬揚劍，就往前近逼。龍宗璧已經將彈弓交給了他手下的人，而換了一雙沉重的發亮的雙板斧，勇悍地就要來與伍宏超拼鬥。不料，寬背虎與矮羅漢，一個直握着丈八蛇矛，一個猛掄着象鼻子大砍刀，都怒聲喊說："什麼他媽的伍宏超？這用不着龍大哥跟他動手，交給我們來吧！"於是一擁上前，當下伍宏超就要揮青鋒劍力鬥三雄。

第十六章　　劍起孤鴻單身施絕技　　人如雙璧連夜走風塵

　　這個地方極為空曠，道旁附近，不見人家，也沒有林木，風吹馬跑，塵土揚起了很高。五六輛鏢車全都停在道旁，一些趕車的人和同利鏢局的夥計，還有雙斧太保龍宗璧帶來的幾名官人，都很高興地看熱鬧，沒有一個顯出害怕樣子的。就因為他們的人多，而且他們知道龍大班頭雙斧太保的武藝高超，如今來了這麼一個單身找死的年輕人，算得了什麼呀？

　　寬背虎盧泰要顯一顯能耐，先回首向他的夥伴唐清說：“你歇一會！跟這麼一個無名小輩來打，用得着兩個人齊上手嗎？那倒叫這小子笑話咱們啦！”說時，他真像當年的猛張飛，催馬擰矛，向伍宏超的當胸猛刺。

　　伍宏超在馬上斜身探劍，擋住了長矛，反手縱馬又斜撲寬背虎，劍若疾風，就向盧泰的腹部去掃。寬背虎盧泰抽矛斜攔，馬向旁躍，再低頭按矛，去取伍宏超的右胯。伍宏超將劍喀的一聲剁向了長矛，長矛的杆兒雖說沒有折斷，可是把寬背虎震得也手痛。旁邊的矮羅漢也不管什麼叫人笑話了，他的大砍刀如半扇門似的掄起就向伍宏超砍來。伍宏超就縮身，抽劍，隨勢就躍下了馬，馬驚躍着向旁跑了。伍宏超反倒由步下進逼，躍起身來先一劍刺到盧泰騎的馬脖子上，馬痛得一躍蹶子，就整個把盧泰摔將下來了。

　　伍宏超回身舞劍又抵唐清，唐清急掄大刀，喊說：“好小子你要用毒手嗎？”大刀蓋頭砍下，伍宏超疾向旁閃，斜聳一步，乘着寬背虎還沒有爬起來，他就一劍刺去。寬背虎卻也機靈，手抱着蛇矛，身向旁一滾，躲開了劍。矮羅漢唐清的大刀太笨，掄得稍一遲緩，伍宏超的劍差點削到他的左肩上。

　　此時那邊的龍宗璧驚喊說：“不好！姓伍的小子厲害！”他當時舞動雙斧，自馬上跳下，向伍宏超背後來取。伍宏超不得不翻身舞劍去迎，龍宗璧這才僥倖救活了矮羅漢唐清一命。那寬背虎也已滾身而起，再挺蛇矛來刺伍宏超。龍宗璧卻右斧敵住伍宏超的劍，左斧向他們去攔，急喝聲：“算了吧！你們走開！”

　　這時龍宗璧的一張麻臉，滿布怒容，雙目中冒出了兇焰，他向寬背虎盧泰，矮羅漢唐清二人說：“你們白吃飯啦？真他媽的丟人！使着那麼長的傢伙，離開馬，你們怎能還掄得開？姓伍的小子有心計，他要叫你們都下了馬，他再以靈活的寶劍要你們兩人的命！快閃開！讓我來會會這姓伍的小子！”

　　伍宏超卻也忿怒着說：“你不可開口罵人！告訴你吧！若非在城裏，還有那位正在病中的朋友，我還有所顧忌，現在我的劍上早就染上血啦！”

　　龍宗璧點頭說：“我知道，朋友！你也用不着再吹啦，我已經看出來，你這小子倒是有兩下子，不愧你膽敢大鬧和中堂府。可是，我現在倒有點可憐你小小的年紀，會這麼兩手兒寶劍，現今遇到了我這雙斧，怕你就有點兒吃不開了。我要叫你死在斧下吧，一定叫人說我沒有憐才之心，要是饒了你吧，我雙斧太保可向來也沒受過這樣的輕視！”隨說着，隨手握着雙斧向伍宏超冷笑。

伍宏超卻說：“你不必費話！過來，較量較量就是了，反正，今天除非我敗在你手，不然，你就得把送往和珅的那些贓銀給我留下！”

龍宗璧又哈哈地狂笑說：“好小輩！你要發財也不是這麼容易的，你就先來嘗嘗龍老爺的雙板斧吧！”說時，將身一躍沉重的雙斧就向伍宏超蓋頂劈來，伍宏超卻一面避斧一面閃身斜聳，將青鋒劍的劍尖，直取對方的上腕，龍宗璧疾忙以右斧去迎，伍宏超卻又挽半花，隨身回轉，以丹鳳朝陽之式，劍自高處落下，龍宗璧雙斧劈了個空。伍宏超卻又抽劍變式，乘勢翻腕向下進取，龍宗璧再伸左斧去磕，伍宏超身軀一轉，卻又避開了。

龍宗璧奮起了勇力，雙斧舞動若車輪，呼呼地向伍宏超來砍，並說：“你要是好小子，就不准躲！”然而，伍宏超卻躲避着他這一股渾力氣，仍然沉着，眼視劍鋒，不與對方雙斧去力抵，反更巧妙的手足相應，劍法翻新，跳躍聳騰。連環反斫，處處用虛取實，摸，撩，抽，刺，劍劍加緊，只十餘回合，便將雙斧太保龍宗璧累得滿頭大汗，氣喘吁吁。

那邊的寬背虎盧泰急得大聲喊說：“龍大哥！你的兩把斧子太沉，使着不上算，來！給你這杆蛇矛吧！”他跑過來，要將矛交給龍宗璧。龍宗璧卻怒喊說：“誰也不許來幫助我，我要不把這小子劈成肉泥，我就不姓龍了！”氣得他把頭上的紅纓帽也甩了，丟在了一邊，雙斧掄得更猛。然而他總是撈不着伍宏超，並且伍宏超一劍一劍的戳來，使他真是防不勝防。

那矮羅漢唐清忍不住了，搖動着象鼻子大砍刀又來撲奔伍宏超。伍宏超孤劍抵二人，他就越發地謹慎。他先讓過了龍宗璧的雙斧，急用曲尺玄武爭鋒劍法，轉身向右，寶劍自上向下，迅若風雷，喀的一聲，正斫到了矮羅漢的大腿，矮羅漢唐清立刻就撲倒在地，把大刀也扔了。其時快極，龍宗璧的雙斧又向伍宏超背後砍來，間不容髮。伍宏超卻迅速地閃避，如葉底驚鶯，但忽的又不容對方的雙斧變式，他立即揚劍躍起，手似風環，劍如匹練，唰的一聲，橫擊敵頸。龍宗璧雖然受傷出血，卻仍雙斧不停地掄，伍宏超又向他的背上斫了一劍。這時寬背虎反拽着長矛而逃，龍宗璧就咕咚一聲跌倒，把兩隻斧子扔掉了一隻，他大聲喊說：“快護住了咱們的鏢車！”

這時風刮得更大，土起得更高，那邊的一些同利鏢局的夥計和幾名官人，雖然齊都持刀揚棍，護住了那幾輛鏢車，可是臉色全都嚇得變了，認為伍宏超是一個最兇猛的強盜。

伍宏超本來倒是想要過去就揮劍劈開那些只大箱子，將裏面的金銀完全抖散出來，自己只拿少許救窮，給白大爺治病，給顧畫兒做去南方的路費，其餘都分散給這附近一些貧寒人家，孤苦老弱。又想：這雖是應當做的，河南巡撫刮地皮獻給和珅的錢財，其實也就是和珅叫人替他害民得來的，原應當這樣辦。可是自己也要用這些錢，就有點不對了，這種行為，必是顧畫兒瞧不起的。我雖也不希望她瞧得起我，但是這樣的事，自己實在沒幹過……

因此，他猶豫了一會，又暗暗歎氣，心說：由着他們去吧！反正我已把龍宗璧等這幾個兇漢懲戒了，和珅聞之，不能不膽寒。現在我且回去看看白大爺，等候顧畫兒，以便叫他們往江南去。我自回北京，也許這些贓銀還沒有送到和珅府，我就已與和賊定出了生死。

當下伍宏超就又改變了主意，不理那幾輛鏢車。龍宗璧受傷躺在地下，還狠狠地說：「姓伍的，朋友！你再說一句吧！將來咱們在哪兒再見？」

伍宏超說：「在北京見好了！不久我就要回北京去了，但我並不找你，你已不值得一找了。我要找的還是和珅，叫他千萬防備着一點，還有那鐵爪蛟龍，我也誓為我的朋友淩萬江報仇，遲早必去要他的姓命！至於這些鏢銀我也不願動它，怕髒了我的手，你們就滾吧。」

說時，一眼看見剛才他騎來的那匹馬，現在已跑到西邊，在那邊低着頭啃地下的青草了。伍宏超便手提寶劍走向那邊，將馬牽住，遂就騎上，一直又回到了束鹿縣城裏。

伍宏超現在幹的這件事，自己起初還覺着非常地痛快，細一想，也覺着無聊。像龍宗璧、矮羅漢、寬背虎那樣的人原多得很，傷了他們，未必就能使和珅稍改惡行，只是與江湖人結怨更深了。這次惡鬥證明自己的武藝，並不是不行，只是和珅太為奸狡，鐵爪蛟龍又兇猛異常。如今淩萬江已死，自己與顧畫兒更顯得是人單力弱，難以由那深深的宅第之中抓住和珅。這樣一想，似乎應該往江南去訪郝燕翎，請他指點武藝倒在其次，請他助一臂之力，實在是必要的。

他當下騎着馬又回到了十字街，只見他住的那家店門前站着兩名頭戴紅纓帽，胯着刀的官人。他就覺出事情又有變了，那汪進寶必是邀來了本地的官人，要當一個案辦。好！我看他們是問我追截鏢車，殺傷龍宗璧等人之事，還是要把我送到北京，去交給和珅處置？

於是他就昂然地來到店門前，蹁腿下了馬，寶劍依然不離手，就向那名官人說：「這匹馬是那汪進寶的，現在我不用了，交給你們吧！」兩名官人卻都向旁一躲，一個說：「別交給我們，我們管不着！」另一個卻十分和藹地說：「伍爺，你快進裏邊看一看吧！跟你在一塊兒的那個老頭兒，可咽了氣啦，是剛才死的！」

這句話使伍宏超吃了一驚，他立時急忙走進去。到了屋內，就見白大爺確實已躺在炕上死了，他那瘦弱的身體直直地挺着，兩眼上翻，仿佛仍死不瞑目。伍宏超心如刀割，低着頭將死人的周身仔細的看了一番，倒並無傷痕，屋裏也沒有什麼可疑的情形，倒不像是被誰害死的。大概是因為白大爺早已病入膏盲，氣息奄奄，在伍宏超出城與龍宗璧等人去廝殺的這一會兒，他一着急，就死了。咳！他死的時候竟沒有一個人在他的跟前啊……伍宏超不由得流下幾點淚。

這時店掌櫃的和夥計又都進屋來了，問他說：「伍爺！現在這事，怎麼辦呀？」伍宏超沉着臉問：「我走之後，有沒有人又進這屋裏來？」店掌櫃的說：「只有我們這個夥計，他進屋來掃地，一看，炕上的人早就僵了！這您千萬可別疑惑，決沒有人把他害死，要不然您可以報官相驗。」

伍宏超又問：「在你們這個店裏住的那個汪進寶，他還在這裏嗎？」

正在說着，就見剛才在門口站着的那個很和藹的官人，忽然推門進屋，說：「伍爺！你是要問汪七爺上哪兒去啦不是？他可真是一位好人！他因為不知道你還回來不回來……」伍宏超說：「我為什麼不回來？」這官人仍然笑着說：「我們還都以為您是追着這雙斧太保往北京去了！這位老者死了，汪七爺覺着很是可憐，他也知道您沒有什麼錢，他就出去給看棺材去啦。」

伍宏超不禁忿忿地說：「我的朋友死了，為什麼要叫他給買棺材？為什麼要受他的恩惠？”店掌櫃的在旁趕緊說：“汪七爺也是一番好意呀！您要是有錢，等到棺材抬來自己再給，也沒有什麼的呀？”

伍宏超只得悶悶不語，但眼望着白大爺的屍身，自己的心裏實在難過。明知道那汪進寶不能有什麼好心，他是和珅的豪奴。他的錢，也就是和珅的不義之財，怎可用那不義之財，給白大爺買棺木？何況他們的目的原是為圖謀騙走顧畫兒，這樣白大爺死後，更是不能瞑目了。可是若叫自己現在發葬這位死友，慚愧，我一個錢也沒有，真真的買不起一口棺材！想劫那鏢車，結果也沒劫。

他暗暗地歎息，坐在炕頭。那官人卻用眼色將店掌櫃夥計全都支出了屋，對他悄聲地說：“伍爺！咱們可並不認識，更是無冤無仇，我不過在這裏縣衙當一份差使。伍爺你在北京弄出的那一些事，我也都不知道。不過現在汪七爺汪進寶的意思，我也看出來了，他就為的是等候着一個人來，那個人多半是一個女的。他也是奉命，反正無論花多少錢，或用軟手段，或用硬辦法，他總要把那女的得到手。因為他囑咐過我們了，到了翻臉的時候，就叫我們拿人。說是拿住姓伍的，拿不住姓伍的，都不要緊，只是千萬別放走了那女的，那個叫什麼顧畫兒的，也許是古畫兒？”

伍宏超聽了更不由得生氣，冷笑了笑，便說：“你們當的是差，我不能夠跟你們說什麼。待會兒，如果到了翻臉的時候，你們若是下手捉我，我決不惱，我也不逃；可是無論是誰，若敢侵犯顧畫兒一點，我的這劍就決不容情！”

這官人一聽神色也變了，又笑了笑說：“可是依着我說，伍爺！人在外頭自然得講究義氣，可是也不能夠有路不走，甘當那大傻瓜。伍爺你在北京得罪了和中堂，那就跟衝撞了太歲一樣，也就如同是驚了皇上的御駕，他要叫你在什麼地方死，你就得在什麼地方死……”

伍宏超忿忿地說：“我要叫他死，他也得死！”

這官人向後退一步，又擺着手說：“沒有我什麼事，你別跟我發脾氣！我只是說，汪七爺那個人不錯，他很講面子，懂得外場。你要是跟他說兩句好話……其實你連話也用不着說，你只是別管閒事兒就行。到時汪七爺他決不能夠為難你，一定要放一條路叫你走，還許給你點兒盤纏。你在北京衝撞了和中堂那件彌天大罪，他一兩句話，就全都能夠勾銷，因為本來這事都由他一個人辦嘛。他回去見了中堂說什麼，中堂就信什麼。反正，你得明白了，你跟和中堂鬥，是絕對鬥不過；和中堂要想得那張古畫兒，畫兒也飛不了。識時務者為俊傑，好漢得隨機應變，不能吃眼前虧！”說畢話，轉身就出了屋，氣得伍宏超幾乎要掄着寶劍追出去。

這時就聽見院中有很多的人，都在大喊着：“捉住他！別叫他跑了！他是強盜，想要劫鏢車，在城外把龍宗璧大班頭和那二位鏢師，全都用劍傷了！別放他走！”

伍宏超知道一定是那些跟着鏢車的人，或許是雙斧太保的手下，或許是河南同利鏢店的那些夥計，現在都又跑回城裏，又威風振起地前來捉他。當下伍宏超也不出屋，只在白大爺的死屍旁邊橫劍一站，專等待着那些人進屋來。可是外邊的人只管瞎嚷嚷，當然是已經將這店房圍住了，將這屋門都堵住了，可是還沒有一個人敢闖進這屋。

忽然又聽見是那汪進寶的聲音，他發着脾氣地喊着：“你們這是怎麼回事兒？這不是胡鬧嗎？人家既然沒劫鏢車，怎能說是強盜？龍大班頭比武受了傷，那沒法子，將來再叫龍大班頭自己去報仇，你們瞎鬧可不對。來！棺材來啦，快躲開！”

原來人都怕棺材，也許是嫌喪氣，所以大概都躲閃開了，也都不再大嚷了。又聽見噹啷噹啷，清脆的響尺的聲音。響尺原是一種極堅硬的木頭做的兩根短棍，由棺材鋪裏的頭兒敲打着，發出清脆響亮的聲音。這是北方的習俗，據說這聲音能夠引魂。同時這也是向幾個抬着棺材的人發號令，輕敲就是叫他們慢慢的抬，重敲就是快着點走，或是叫他們小心門檻！放下放下！

伍宏超這時才手提寶劍走出了屋，就見果然有八個人由外面抬進來一口很好的棺材，很多的人都站在旁邊看。這些人，有的是頭戴紅纓帽的官人，有的像是同利鏢局的夥計，有的就是特來看熱鬧的鄰人。那汪進寶倒真像是一位熱心的人，對伍宏超表現出胸中毫無芥蒂的樣子，只說：「伍老兄！你看看這口棺材怎麼樣？這是真正的松木十三圓呀！我也知道老兄你手頭不方便，可是白大爺當過掌稿，吃過皇上家的俸祿，也算是一個官；何況又是一個漢軍旗人，都是皇上家的臣僕，跟和中堂是一樣。」

伍宏超當時又忿然地說：「你不要這樣說！白大爺是位義士，和珅卻是個老奸臣！」

汪進寶說：「咳！你在這兒說什麼都不要緊，反正這兒離着北京遠，和中堂也聽不見。不過我告訴你，我買的這口棺材，全用的是中堂給我的錢。中堂如果在這兒，他也得叫我這麼辦。跟白大爺的事情那另說，何況人已死，還能記仇兒嗎？也都別問他是怎麼由慎刑司裏逃出來的啦。現在就是全都沖着伍老兄你的面子，因為咱們是朋友，他又是你的朋友，更是沖着那位顧姑娘的面子……」

伍宏超聽他說了這些話，覺着簡直是一種奇恥大辱，顧畫兒若是在這裏，也是不能忍受，遂就瞪着眼將劍一掄，大聲地說：「滾走！連棺材也都抬走！我們不認識你！」

汪進寶擺手說：「何必這樣？我買來了棺材，還能夠又退回嗎？現在先把死人入殮。停靈的地方也有，就在城東極樂寺。抬走了人，那時顧姑娘大概也就來啦，鐵爪蛟龍胡大師傅也快來啦，你有什麼話，咱們到那時候再說！」說着，又不住微微地笑。

他叫那幾個人把棺材放在地下，就要進屋去抬死人。但伍宏超手挺寶劍將屋門口擋住，那些人誰也不敢向前來走。當時這個店房裏可更熱鬧了，擠進來看熱鬧的人更多了，大家紛紛亂說，有的人就忿忿地說：「一齊進屋，把他捆起來就得啦！憑他一個人，能有多大的本事？」

那店掌櫃卻又進前哀求着說：「伍爺！別給我這店裏添麻煩呀？別管是誰給買來的棺材，可到底是一口棺材呀，人既死了，就得裝棺材呀！」

那汪進寶卻坐在院中的一條板凳上，抽起他的煙袋鍋兒來了，挺自在地說：「這倒也不必忙。等着那位顧姑娘來了，看着她的乾爹入殮，也好。反正我夠朋友，我已經把棺材買來啦，入殮不入殮由人家，我又不是孤哀子……」

伍宏超這時又回到屋裏去了，院中和門外的一些人可還都不散，而且越聚越多。當日，束鹿縣城裏城外的人全都知道了這件事，都認為是一件奇聞，很多膽子大的人，就特意來到這裏看熱鬧，膽子小的人卻連這十字街也不敢走了。

伍宏超就被這些人圍困着，他在屋裏伴着一個死人，此時能夠幫助他的，只有手中的一口寶劍。然而他又不能夠拼命往外去闖，因為他雖不願將白大爺的屍體安放在用仇人的錢買的棺材內，但死人也必須運出葬埋。他現在連屋子也不能出，錢更是沒有，所以只有乾着急。此外還有一個不能走的原因，就是還要在這裏等候顧畫兒呀！

直到下午，院中的一些人總是不散，伍宏超也沒有吃午飯。他只提着寶劍去了一趟廁所，望見院中的那些人，真有心要過去再殺傷幾個。汪進寶已不在這裏，那說話和藹的官人又向他說：「伍爺！你何必要這樣兒呢？死人停在屋裏時間若長了，可招蒼蠅，也能臭了！放着這麼好的棺材，為什麼不裝在裏邊呢？你可太不近人情，顧姑娘來了，也不能說你辦得對。」

伍宏超仍不言語，又走進屋裏，但是仍然沒有辦法。院中的人仿佛更多了，雖然還沒有亮出來傢伙，可也一定都有準備。並聽外面在說：「鐵爪蛟龍帶來的人已經來了！他帶來的是北京城一位最有名的英雄，為的是幫他的徒弟報仇，並為和中堂捉拿大案賊，鐵爪蛟龍胡騰雨本人是隨後就到……」

伍宏超在屋中聽了，心中就越發生氣，自覺已經到了生死的關頭。待一會，鐵爪蛟龍帶來的人一定不少，汪進寶一定要領着他們來；若是見不着顧畫兒，就必要來捉拿我，好，我就等候着同他們拼一拼吧！我若是武藝高，就可以再剪除幾個助和珅為惡的凶漢；若是抵不過他們，那也沒什麼，我甘願與義士白大爺同殉于此地……那倒希望顧畫兒不必到這裏來了。

伍宏超就這樣的把心一橫，專待胡騰雨來。不覺已到了薄暮黃昏之時，忽然就聽見院中有女人高聲的說話，正是俠女顧畫兒的聲音，就聽顧畫兒在院中忿忿說：「你們這些人，擠着看什麼？都走開！」

又聽見汪進寶說：「顧姑娘，你難道不認得我嗎？上次你到京裏去送鞋底子，我就正在那鞋鋪的櫃上閑坐着談天，咱們原是見過面的。這次我追着姑娘你，請着姑娘你，可真費了大事啦！錢也花了不少啦！白大老爺死了，連棺材都是我給買的，只是伍宏超他不叫入殮。現在我勸顧姑娘也不要再難過啦！事情都好說，好辦，中堂是十分看重您……」

顧畫兒本已生氣了，聽他說到義父白大爺已死，不禁悲痛得眼淚就要往下流，但她咬着嘴唇強忍着，鏘的一聲，抽出了冷森森的金剛玉寶劍。

這時伍宏超忙自屋中走了出來，高聲說：「顧姑娘，你怎麼今天才來？白大爺已於今日上午因病而死，他未得見着你，到現在還沒有瞑目。我沒有敢將他入殮，這院中雖有一口空棺材，但那是和珅的家奴汪進寶給買來的，我怎肯將白大爺的遺體放在那裏邊，受他們的這種侮辱？顧姑娘，就請你先快些進屋裏來，看一看你的義父吧！」

顧畫兒抬頭看了看伍宏超，並不說什麼，忽然她反倒轉身又要向外走。這時汪進寶已叫一個人把她的那頭驢，牽着進來了，畫兒姑娘走過去將寶劍一揚，那牽驢的人嚇得回身就跑。汪進寶又叫過來四五個人保護着他，才敢向前說：「我叫人把您的驢牽進來，也是好意。這店裏已經給姑娘準備下一間房子了，姑娘先歇一會，隨後咱們就把白大爺入殮，燒點紙，還想請僧道來念經超度……還有好些事，我要跟姑娘商量呢。那伍宏超伍老弟，我們要捉他，也早就下手啦，只是因為看着姑娘的面……」

畫兒姑娘聽他說了這些可厭的話，只是沉着臉，一句話也不說。她的驢背上還放着個被褥卷兒，她就過去親手解下來，汪進寶看着，便不住點頭讚歎，並露出巴結的樣子，說：「這對！這才對！我正發愁，沒有一份衣裳裝殮，也不大對呀？我本想叫人連壽衣都給辦一份來，錢我也早就預備好啦，只是我不敢再碰釘子啦！因為那位伍朋友的脾氣古怪，連棺材他都不收，我還敢給預備別的東西嗎？姑娘自己帶來了衣裳這更好，快把棺材墊平了，好叫死人在裏邊躺下。要我們幫忙嗎？」

畫兒姑娘卻仍是不言語，把那被卷拿着，另一隻手提着寶劍，就進了屋。

　　伍宏超也轉身跟了進去，院中的汪進寶等人卻都直瞪着兩眼表示驚疑，可是誰都不敢也進那屋。

　　顧畫兒姑娘看見了乾爹的死屍，她就越發流淚不止，但她並不因心中悲傷而動作緩慢，立時就很敏捷的解開了那被卷，將她乾爹的屍體，用被褥緊緊的裹了起來。伍宏超反倒不明白她要幹什麼，就悄聲的問說：「我們現在打算怎麼辦呢？」

　　顧畫兒這才悲憤的說：「剛才的事，伍大叔辦得對，我乾爹怎能用和珅家奴給買的棺材？」

　　伍宏超說：「他們現在還有更可惡的想頭，聽說鐵爪蛟龍不久就要來啦！」

　　顧畫兒說：「那不怕他！我也很對不起我乾爹跟伍大叔，我這次回到西陵耽誤了兩三天的工夫，可是也是出於不得已，因為我得把我乾媽安頓好了。我送她老人家到我們的一個最相好的鄰人家中，就是常在我們那兒幫忙的那名叫鐵兒的小孩的家，這人家也很窮。我費了兩天的時間，才把我乾爹的那些書籍變賣了，因為我們只有那些書還值一點錢；我留了一半錢作我義母的衣食之用，其餘的我帶出來作咱們往江南去的盤費。在路上我還直趕緊走，沒想到來到這裏，已經見不着我的乾爹了……」說着就不住的痛哭。

　　伍宏超勸慰着說：「現在哭也無益。」

　　顧畫兒點頭說：「我知道，現在咱們就趕快走吧！」

　　伍宏超指指窗外，說：「那些人已將這座店圍得密不透風，他們由那汪進寶領頭，又有縣衙官人和鐵爪蛟龍由北京邀來的一些人幫助，咱們要是想走，恐怕只有跟他們交手！」

　　顧畫兒說：「這事交給我！伍大叔只將我乾爹的屍體護住就行啦，走到別處再將他老人家掩埋，寧可水葬，或是火葬，也決不能沾和珅的一點好處。」伍宏超說：「我那凌老哥金臂飛俠的屍身就是我去埋了的，如今，白大爺是我的長者，是我的知己，我更能夠將他的遺體背走，送往一片乾淨的地方，使他長眠。」顧畫兒點頭說：「好啦！不必再說什麼啦，現在咱們就走吧。」

　　當下，伍宏超就將裹着白大爺屍體的這被卷，扛在肩上，這可比凌萬江的那屍體輕得多了。他的心裏很難過，就一手持着青鋒寶劍，又向顧畫兒看了看。畫兒姑娘此時反倒收住了眼淚，手挺金剛玉先走出了屋。

　　院中的人更多了，汪進寶仍在幾個拿刀持棍的人的保護之下，說着那些無味的話，又催着說：「快入殮吧！快入殮吧！白大爺得了這麼個收場，總是好事，這總比死在慎刑司獄裏，或是在菜市口身受國法，強得多了。這以後顧姑娘若是受了和中堂的恩典，或是當了中堂的眷屬，或是給府裏當了女護院的，那時白大爺的家裏，還許能領些錢呢，中堂原是一位待人寬厚的人，好吧！大家幫着點，快些入殮吧……」

　　可是顧畫兒聽了這話，只是忍怒而不睬，急匆匆的去牽了她的驢。有兩個人就要去攔，顧畫兒當時就舉起來金剛玉寶劍，喝聲：「快躲開！我已經忍了又忍！我不理你們，我們要走，你們要是敢來攔阻，那可就是來找死！」這兩個人嚇得趕緊跑到了一邊。

　　這時卻另有四個人飛躍到了近前，每個人的手中全都拿着鋼刀，顧畫兒剛牽了驢，伍宏超扛着白大爺的屍體正要向外走，就被他們一齊橫刀攔住。這四個人全都兇悍異常，並自道姓名和外號，他們的姓名，伍宏超聽來覺得很生疏，但是外號在京城中卻頗為耳熟，一個叫紫面狼，一個叫鋼頭太歲，一個叫賽瘟神，一個叫黃袍怪。他們有的是保鏢的，有的是護院的，有的是北京街頭有名的光棍，他們倒確實都是自京城被邀而來的。

那紫面狼就說：“朋友們！還想走嗎？你們也不睜眼看看風勢，我們等了你們有多半天啦，還能夠就叫你們這麼大模大樣地走了嗎？”黃袍怪卻說：“我們鐵爪蛟龍胡大哥他隨後就到，不等着他來，你們就跑，可顯見你們是怕他！”顧畫兒揮動寶劍，厲聲說：“誰理你們！快些躲開！可別找死！”

銅頭太歲卻笑着說：“聲音真好聽！可是顧大姑娘，您別上了姓伍的這個小子的當呀！他是一個窮鬼，是一個無來歷的人，又在京城闖下了大禍，我們現在不與他一般見識，可是早晚他也逃不開。他這小子要借着大姑娘你，當他的護身符……”

話才說到這裏，顧畫兒就已掄劍奔過來。黃袍怪急用刀來迎，當時當當地刀劍相磕，紫面狼與賽瘟神也一齊掄刀來助戰，那銅頭太歲閃在一旁仍然說：“顧大姑娘可千萬別上姓伍的小子的當！他要拐跑了你，還要拐跑你乾爹的死屍。他活不了多少日啦，和中堂決不能饒他，你卻是早就叫中堂看上啦！中堂想娶你……”他的話還未說完，畫兒姑娘的金剛玉一揮，當時他就銅頭滾落，屍體橫斜，血水四濺。

這樣一來，他們都慌亂起來，許多人都在大喊：“不好啦！姓顧的這姑娘把人殺死啦！出了人命啦！”

那邊的汪進寶又急又氣，不住頓腳說：“這就叫給臉不要臉！沒旁的說的啦，下手拿人吧！不給他們留面子啦！”

當時一些同利鏢店寬背虎、矮羅漢帶來的夥計，一些龍宗璧由河南帶來的差官，還有一些本縣衙門派來的人，齊都掄舞着刀槍棍棒、銅鉤鐵尺，就撲向了伍宏超與顧畫兒。尤其是紫面狼等三個人，因為他們的同伴死了一個，就都更凶，閃閃的鋼刀齊逼過來。

顧畫兒就飛舞起金剛玉寶劍，只聽得噹啷噹啷，那些刀鉤棍棒等等，只要一碰上那鋼鋒便紛紛折為兩段。那些人也真沒有想到遇着這樣厲害的傢伙，當時嚇得全都丟了魂，四下逃跑，都說：“好厲害！好厲害的寶劍！”汪進寶也早就躲進屋子裏去了。

伍宏超趁亂牽到了一匹馬，顧畫兒也牽上了她的驢，二人就一齊闖出了這店門，同上坐騎，繞過了十字街，向南就走。伍宏超帶着白大爺的屍體催馬在前，顧畫兒手握金剛玉寶劍，騎驢緊隨，還不住地回頭去望。

後邊那些人可就追趕來了，有的是已經換了傢伙，有的卻仍然掄着半截的刀，或折了的槍。他們雖然追來了，可還都不敢往近處走，只是在後邊跟着亂嚷嚷：“攔住他們！那騎馬的帶着死人的小子是強盜！那騎驢的女的也是賊！可要小心，她的寶劍可厲害呀！快截住他們，捉住！這是和中堂嚴令捉拿的大案賊，別放走了啊！”街上的人卻都慌慌張張地往兩旁去躲。

伍宏超與顧畫兒急急催着坐騎，在這黃昏暮色之中，蹄聲嘚嘚嘚，小驢跟馬跑得一樣快，眨眼之間，就來到了這束鹿縣的南門門臉。這裏的城門已經關閉了半扇，可是還有稀稀的車馬行人出入。守城門的幾個差官突然看見這一匹馬和一頭驢飛馳來到，後邊且有那些個人大喊着追來了，他們也不知道是怎麼回事，就趕緊過來要攔。伍宏超卻將劍一掄，同時催馬，從那半扇門縫就闖出了城，並回首高聲叫着說：“顧姑娘快走！”顧畫兒也在驢上又揮動着金剛玉寶劍，閃爍的劍光，確實驚人。

守城門的人剛要抽出腰刀，後面追來的人中就有人大喊說：“可要小心她的寶劍呀！”又有人喊着：“只要攔住她就行啦！胡大師傅眼看着就到啦！”這些人一邊嚷着，一邊就往近處來撲，來攔擋。但顧畫兒揮動寶劍，又斬斷了兩三件兵器，她的小驢就載着她也沖出了這城門口，追上了伍宏超的馬。他們連頭也不回，就一同飛馳出了南關，往南而去。

走出了約有半里多地，伍宏超覺着馬上帶着白大爺的屍體太不方便了，而且已經死了的人，何必再在馬上受這樣的顛撲？現在這大道的兩邊，處處是墓地，一座座墳頭罩在暮色裏，晚風吹動着墳前的青草，遠處磷光隱顯，似幽靈已走出了墳墓。伍宏超收住了馬，回首向顧畫兒說：「我們在這裏找一個地方，就先將他老人家的遺體掩埋了吧？暫且也不必要墳頭，只留下一個標記就行了。等將來我們殺了和珅，報了大仇，再將他老人家和凌老英雄先後啟靈，再為安葬。」

顧畫兒卻微微地歎息，說：「我們往下再走一會再說吧！這時哪有工夫？眼看着鐵爪蛟龍又要追趕咱們來啦！」伍宏超聽了這話，又不由得憤怒陡起，說：「我們豈真怕那鐵爪蛟龍？顧姑娘！你自己走吧！我在這裏暫將白大爺葬埋，而後我還要鬥鬥鐵爪蛟龍，並要回北京去殺和珅！」顧畫兒聽了這話，便一聲也不言語。在深深的暮色裏，雖然看不清楚她的模樣、神情，但可以想見，她的心裏必是更難過。

在這時，就見由北邊飛馳來了許多追騎，嘚嘚嘚的馬蹄聲，就如怒潮似的洶湧奔來。那些馬上還帶着許多隻燈籠，燈光映着閃爍的刀槍。伍宏超就興奮的喊着說：「這一定是鐵爪蛟龍那些人來了！咱們迎上去吧！」顧畫兒卻着急地說：「何必要惹這氣？他們又不是和珅本人，把他們全都殺了又有什麼用？一點也傷損不到和珅的身上。還是快走吧！跟他們鬥什麼？」說着，就將驢趕到伍宏超的馬旁，她就伸手用力來拉伍宏超。伍宏超也見後面追來的人是太多了，自己又帶着這具屍體，顧畫兒的金剛玉雖然厲害，可是究竟兩個人難敵眾手。他只好忍怒催馬，同着顧畫兒，一馬一驢，又向南緊走。

天更昏黑，星斗愈顯得多而明亮。後邊眾多的追騎漸漸地就追到了，那些人齊聲大喊：「伍宏超！小輩！顧畫兒！賤女！你們快些站住！抓住你們還許饒了你們的命，不然，就把你們當時殺死……」又聽有個人高聲咆哮着，說：「我鐵爪蛟龍又來啦！一對狗男女，你們還敢跟我較量較量嗎？」

伍宏超聽了這話，就忿然要撥馬去迎戰，可是顧畫兒仍然急急地說：「快走！快走！」於是他二人的一馬一驢再向前奔。那刀光、槍影、燈籠，和群馬的蹄聲，在後面追得更急。鐵爪蛟龍更大聲地喊：「伍宏超！你原來這樣膽怯？顧丫頭，你竟是這樣的無能呀……」那紫面狼、賽瘟神等一些人也一面追趕，一面齊聲地喊叫：「顧丫頭！快些給我們的朋友償命！要不然送你到北京，去給和中堂當個姨奶奶吧！」顧畫兒一怒，便將驢收住。

此時眼前是一座高原，高原上樹林鬱鬱，有一道坡，要想再往前去，就必須向坡上去走，是很為吃力的。伍宏超也收住了馬，氣忿忿的說：「我們不必再跑啦，索性迎上去，再跟他們拼一場吧！不把他們都殺回去，咱們就走不了！」說時，不待顧畫兒答應，他就先下了馬，將白大爺的屍身平放在較遠的田地裏，手挺着青鋒劍就向那些追騎去迎。

鐵爪蛟龍率領的約有二十餘騎，忽喇一聲，也就都來到臨近了。只見那些晃晃搖搖的燈籠的光亮，照着那個一臉橫肉、叢生着鬍鬚的鐵爪蛟龍胡騰雨。他騎着大馬，雙目迸發着怒焰，現時手使的是一杆長槍。與他並馬而行的卻是一個老者，長得也很是兇惡，面上有刀疤數處，並且堆滿了皺紋，有六七十歲了。這人手使的是一隻杆棒，這種杆棒當中是木頭的，兩頭卻全是鋼的，擦得很亮。

　　鐵爪蛟龍本要立時就擰槍來刺伍宏超，這老人卻擺手說：“先讓我來跟他們說幾句話吧！”遂就催馬往近處走了幾步，並叫人將燈籠都高高的舉起。他先仔細的打量伍宏超，就露出了微笑，說：“好個年輕的人！我要一杆棒將你打死，確實又有點可惜你，因為我最小的兒子，也比你還年長。你小小的人，走在束鹿縣竟不打聽打聽？我就是本地的閻王爺，外號叫花面閻羅。你來了，我知道，昨晚你在鼎春坊酒樓發狂話，今天早晨你在城北截鏢車，殺傷了雙斧太保等人，我就想要會會你。可是我老啦，我又覺着我三個兒子全都死在江湖，我應當積一些德，不必跟你這樣年輕的過不去。剛才是鐵爪蛟龍胡師傅找的我，他說你在北京任意胡為，私通和中堂的寵妾……”

　　伍宏超聽到這裏，就不由得漲紅了臉，立時用劍指着說：“你先住口！你把事情打聽明白了再說！”

　　花臉閻羅卻冷笑着說：“我還去打聽什麼？你現在又要拐走了人家姓顧的姑娘，這就是證據，可見你為人素日作事不端。我今天雖是應胡騰雨之約，可倒並不是為幫助他，我只是要除一個淫賊！”

　　伍宏超大怒說：“你胡說八道！”遂就一躍上前，掄劍就砍。花面閻羅舞杆棒相迎。顧畫兒也跳下驢來，挺劍躍起，去刺胡騰雨。那鐵爪蛟龍胡騰雨在馬上抖動了長槍，一面急急的狠扎猛戳，一面卻小心躲避，不使金剛玉寶劍損傷了他的槍桿。當時這四個人就惡鬥了起來。

　　胡騰雨帶來的那些人，騎着馬繞了一個圈子，就把伍宏超與顧畫兒困在垓心，此時他們縱使插翅，恐怕也難以脫逃。在這荒郊高原之下，夜色沉沉，星光閃爍，附近也沒有什麼人家，這裏正好成了他們的戰場。跟隨鐵爪蛟龍前來的那些人，還都騎在馬上，雖然插不上手，不敢上前幫助，可是都在四邊喊着助威，並齊將燈籠高舉。

　　火光照着生龍活虎一般的伍宏超，他真是劍法高強，差一點的人，實在抵他不住。但不幸的是現時他遇着了花面閻羅。這位不獨在這束鹿縣，並在黃河以北，也是頗為有名的老豪傑，他的杆棒就如一條巨蛇似的，隨着他的手亂舞，呼呼的帶着風聲。他由馬上躍下來，與伍宏超同在地下相拼，更顯得他雖老而健，並且身手矯捷，棍法毒辣。伍宏超先還可以與他打一個平手，但在六七合之後，就顯出有些招架慌亂，劍法難伸。他被對方的杆棒逼着，只是不住的後退。可是後面那些舉着燈籠的人，喊得更厲害，並且都伸傢伙要乘他之危，要他的性命。

　　顧畫兒是金剛玉舞在手中，有如一股白氣，纖軀聳躍，敏速絕倫，兵刃只要碰到她的寶劍之上，便必折斷。可是鐵爪蛟龍現在有準備，他的長扎槍，比他早先使的那飛鋼鞭又輕便得多，槍頭亂顛，對方的寶劍雖然銳利，卻削不着他，他並隨時的乘勢來扎。

　　四面圍着的人，一看他們這邊要占上風，就都高興起來，喊得更厲害了，罵着：“伍宏超！顧畫兒！你們一對狗男女！”氣得伍宏超拼起命來，也不管什麼劍法，更不顧對方的兵器有多麼凶了，他只將劍猛掄亂舞，因此反倒逼得花面閻羅棍法松緩，而不住的向後去退。

　　那邊的金剛玉也終於喀的一聲，將鐵爪蛟龍手中的槍削斷了。鐵爪蛟龍卻並不畏懼，只將馬退後了一步，及至顧畫兒掄劍飛躍過來之時，他又由旁邊人的手中接到了一杆兵器；依然是長扎槍，照舊抖成了槍花，狠毒地來刺。他嘿嘿冷笑，狂傲地說：“我今天倒要拼出十杆八杆的槍，叫你的劍來砍！我要不把你一槍戳倒，奪過你這寶劍，挾着你回京去交給中堂大人，我胡某以後就不再叫鐵爪蛟龍！”說時槍抖得更急。

另一旁，花面閻羅的杆棒也舞得更凶。那老傢伙並且向四周圍的人怒罵起來，說：“你們就白在旁邊看着嗎？也不來幫助幫助？媽的，只是叫你們來打燈籠的嗎？”他這話一經說出，那鐵爪蛟龍也高聲吩咐道：“動手！”當時他帶來的這些人之中，有紫面狼、賽瘟神、黃袍怪等，有在馬上的，有在步下的，就紛紛順着燈光所照之處，刀槍桿棒的齊舞，就都向着伍宏超顧畫兒二人來打。

二人各以劍光護身，如此又是七八合，但都是只能暫時遮護得住自己，卻不能彼此相顧，更不能殺出這重圍。當時刀光槍影，馬跳人飛，殺成一團。塵土騰起，仿佛彌漫起了一層大霧，幾乎將星光都遮住了。這時伍宏超已氣喘吁吁，顧畫兒也是危懸一髮。二人縱有真勇氣、好劍法，無奈對方的勢大人多。伍宏超便怒喊道：“胡騰雨，你這算是什麼英雄？你們住手！要見和珅，我隨着你們去見！”

鐵爪蛟龍卻得意地狂笑着說：“好小輩，真沒有閱歷！說這話好像孩子，你竟還想去見中堂？媽的你的鬼魂也見不着！那和大人雖說很想顧丫頭，可是我今天也改了主意啦，我要割下那丫頭的頭，再叫中堂去看……”他得意忘形，槍法來得更狠。

可是忽然不知自那裏射來了一支短箭，正射中他的腮幫子，痛得他咧嘴怪叫，馬也不由得往後去退。

斯時短箭颼颼地又一連飛來了幾支，原來是自上面的高原射下來的。黃袍怪已經中箭落了馬，顧畫兒乘勢又用劍砍斷了幾件兵刃，刺倒了幾個人；伍宏超一劍就將花面閻羅戳倒了，當時一些人都紛紛後退，有的把燈籠也扔了。

鐵爪蛟龍胡騰雨的左耳上又中了一支短箭，痛得他幾乎摔下馬來。他知道此時暗處有人在幫助顧畫兒和伍宏超，而且這種短箭他曾在北京中堂的府裏挨過，所以他很吃驚，急忙撥馬向北驚逃。顧畫兒與伍宏超也不去追擊，只是也都覺着駭異。

第十七章　河畔烧骨灰永思仇恨　雨中访侠客倍起猜疑

這時，有人在高原上向伍宏超大聲呼叫說："你們快走吧……"這呼聲是尖銳的，然而卻沉重有力。伍宏超當時就聽出了來人是誰了。斯時，就見由對面的高原上，飛跳下來一匹鐵青色的健馬，馬上的人是既矮且胖，頭上似乎包裹着一大塊布，模樣兒不能看得十分清，可是連顧畫兒也知道來者是一個女子。

來人就是奸臣和珅府中的胖丫頭繡球。她身負絕技，遭遇貧苦，但她忿恨和珅誤國害民、貪污淫佚、欺壓善良、鉗制義俠，所以她慨然假作賣身，在豪門中充一下賤的婢女，目的是想要趁機殺死和珅，為國家除害。只因為和珅太為狡猾了，防範得極嚴，更有胡騰雨一些惡奴助紂為虐，日夜護衛，因此她才不得下手。她只能暫在那裏保護着吳卿憐，那個被損害的柔弱可憐之人，這完全是因為她具有一副女性相助、見義勇為、濟困扶危的俠義肝膽。

當下，她催馬下了高原，來到近前，就笑着說："先讓我來看看顧俠女吧！"

她的身上帶有一個油紙的摺子，用火點着了，在手中一晃，當時就火光閃動了一下。她把顧畫兒看清楚了，表現出敬仰的樣子，笑了一笑，並沒有說什麼話。顧畫兒只看了看她，似乎就對她的來歷完全明白了，所以也沒有說什麼話。

伍宏超便說："謝謝你來幫助我們，可是卿憐一個人在那裏，不致於出什麼事情嗎？"

繡球笑着說："她哪會出什麼事？她長得那麼好，要叫和珅這時候殺她，和珅也一定還捨不得。我這次離開北京就為的是緊跟着鐵爪蛟龍，幫助你們來對付他。我原也想着就把卿憐帶了出來，我也跟她說過，可是她還不肯幹。她說她要離開那裏，至少還得等到一年以後……"

伍宏超到此時就忍不住的問："到底是為什麼緣故呢？她在和珅的家中受那樣的凌辱、苛待、危害，她為什麼還非得等到一年之後，才能離開那個地方？"說這話的時候，伍宏超心裏是真覺着憋悶得慌，而且又着急又慚愧，因為顧畫兒這時在旁邊已經聽得清清楚楚了。她雖知道吳卿憐是怎樣一個人，她可是還不知道我跟卿憐的關係，現在要是叫她曉得了，我跟和珅的那個寵妾，有那種不清楚的事情，她一定要把我看得一錢不值了！伍宏超發着窘，愧得無地自容似的，真恐怕繡球再往下詳細地說。

繡球倒也再沒有說什麼話，她只說："現在把鐵爪蛟龍打跑了，他們一定是回北京去了。我也得趕緊回去，要不然，卿憐那兒可真許要出事！"

伍宏超也說："好！你就趕快回去吧！叫卿憐也急速設法離開和珅的那個家，

離開那個罪惡的深淵吧！因為她與我是同鄉，並且是幼時的鄰居，我不能不關心她。”

繡球答應了一聲，又說：“你們將來自然還得回北京去啦？”

伍宏超說：“我現在同着顧俠女往江南找郝燕翎去。你是知道的，和珅府中防備得那樣森嚴，鐵爪蛟龍那些人又都兇橫。不是我們沒有膽子去馬上報仇……反正我們早晚得把和珅剪除，還得與鐵爪蛟龍那些人去拼命，但是，我們現在要去請一個幫手，就是江南的大俠郝燕翎，那是顧姑娘的師父。”

繡球卻說：“要去找郝燕翎？我聽說他武藝雖高，可向來不大愛管閒事，他是空有俠義之名，不大做俠義之事。你們真不如往漢中府去找沖天俠，那才是一位慷慨豪爽的英雄呢！比郝燕翎的武藝也不弱。”

伍宏超當時就怔了一怔，心裏確實有一些猶豫，又怕顧畫兒聽人提了她師父郝燕翎的短處，要生氣。但是又一想：沖天俠也是她的師父呀，最好把她的這兩位有大本領的師父全都找一找……

此時繡球又說：“這次胡騰雨回去，一定還要為和珅招兵買馬，把他那座中堂府護得更得跟鐵桶兒一般了，以後咱們下手恐怕更難！”

伍宏超卻憤慨地說：“無論和珅再想什麼辦法，在三個月以內，我們一定要回京去削他的首級！這不但是我們與他有殺父之仇，而是必須為國除奸，為民除害。連鐵爪蛟龍胡騰雨和家奴汪四、汪進寶那些人，我也一個不饒！”

繡球說：“好吧！你們快走吧，後會有期……顧俠女，再會！再會！”說着，她就轉馬向北飛馳，一陣連串的蹄聲，在深深的夜色之下，頃刻之間，便沒有了蹤影。顧畫兒多時沉默不語，繡球走後，她還是沒說什麼。伍宏超當着這位姑娘，被人揭露了他跟卿憐的事，仍然不禁臉上發熱。

現在的地下，還有幾個躺着趴着的人，都是剛才鐵爪蛟龍帶來的，他們也全都不管不理了。伍宏超只去牽了馬匹，畫兒又把她的那頭驢找着，並將她乾爹白大爺的死屍抱起，她現在不再累伍宏超扛這死人了。她自己把她義父的屍體重新裹好，捆在她的驢背上，拿上她的金剛玉寶劍，騎上了驢，向伍宏超說一聲：“咱們走吧！”於是伍宏超又騎上了馬，緊緊地隨着她，再往南走去。

夜色越顯得深沉，天氣也很熱，他們往前又走了三十多里地，便來到滏陽河畔。只見大水茫茫，濤聲滾滾，驢跟馬都不敢再往前走了。四下裏又是空曠無人，天上的星光也都被浮雲遮蔽。到了這裏，二人就都下了坐騎，將那用被卷裹着的義士白大爺的屍身，平放在河畔的沙地上。

顧畫兒叫伍宏超幫助她到附近的樹林裏去砍柴，二人用劍砍了一大堆樹枝，拿回來擺好，將白大爺的屍身平放在柴上。顧畫兒沉痛地說：“我乾爹活着的時候就對我說過，將來他要是死了，他願意火葬；因為既省得費一口棺材，又乾淨，不必弄一個墳頭占一塊地。他那個人在生前就是這樣的曠達，想得開。他雖然死了，他卻相信咱們一定能夠剪除和珅，為民除害，如今把他火葬，我想他老人家是瞑目的。”伍宏超聽了，心中倒很是難過，就說：“火葬也好。”

顧畫兒從她那小小的行李捲裏取出來火石、火鐮、火線等等，就打着了火。她先將包着屍身的被卷引着，漸漸地再燃着了柴。借着河面上吹來的風，越吹火勢燃燒得越旺，呼呼地響。在這火光照耀的沙岸上，顧畫兒就跪倒哭叫着乾爹，悲痛地說：“乾爹乾爹！你等一等，至多了在三年以內，我一定要為你報仇！殺和珅，遂了你的願……”伍宏超在旁邊低頭站着，也不禁鼻酸落淚。

等到火光漸滅，義士白大爺的屍骨已燒成了灰，顧畫兒將屍灰盡皆撮起來，揚灑在河中，讓它順着那滾滾茫茫的河水流去，流得不知去向了。天色都快明了，她這才擦了擦眼淚，說：「伍大叔！咱們走吧！」

伍宏超一聽，到現在她仍然叫自己為大叔，不但沒有一點親近的表示，更連普通的友誼也好像是沒有。金剛玉寶劍她也不再換回來啦，白大爺生前的那番意思，換劍訂婚，那只是幻想罷了。當然現在也不能跟顧畫兒提說什麼，或暗示什麼，而且更得跟人家客氣點了。只是他心裏卻有一點惆悵，不過又因為自己與卿憐的事情，覺得這樣也好，省得為卿憐的事跟她抱愧。現在彼此沒甚相干，只要快些一同到江南，只要找着了郝燕翎，能夠再一同北返，除惡復仇。若是不能，就分手，各自去幹各的，倒好，誰要有本事，誰就先殺了奸賊和珅。

主意已定，伍宏超心裏倒覺着坦然了，就同着顧畫兒，一驢一馬，順着河岸，向東去走。少時天色就發曉了，看見在渡口上，有一隻擺渡船，於是二人連同坐騎，全都乘船渡過了河，再往南去。沿路上他們不大談話，也都沒有什麼錢。他們白天只能買着鍋餅吃，夜晚不是宿在墳地的森林裏，便是找古廟棲息，簡直像是江湖上流浪的窮賣藝人，可是路上的人還以為他們是一對年輕的夫婦哩。

由直隸進入山東境界，順着運糧河的堤岸往南，就快到了蘇北地面了。這一路上，他們看見了許多的災民，還聽到了民間的不少冤抑之事。原來這時各省的督、撫、司、道大小官員，幾乎沒有一個不是和珅所用的人。這些貪官若不給和珅送禮，官就做不住；而且一旦犯了法，朝中也無人作奧援。所以就越發不顧一切地刮地皮、吸民脂，一半用以肥己，一半，還得是多一半，去賄賂和珅，這才能夠做得住官。可是老百姓全都苦極了，真是處處饑民，遍野怨聲。

伍宏超看見了許多淒慘之事，這些事，推其主因，都是在朝中當權的奸相和珅所造成。有一天他實在氣極了，就勒住了馬，向顧畫兒說：「顧姑娘！咱們為什麼還要往江南去呢？和珅活在世上一日，老百姓就都不能活。咱們不如趕快回去，拼出命去也得將他除掉！」

畫兒卻仍然皺着眉說：「不是因為有鐵爪蛟龍保護着和珅嗎？」

伍宏超說：「咳！難道咱們兩人就真拼不過他們？何況還有繡球也能夠幫助咱們呀？」

顧畫兒卻說：「要是真能辦得到，我姑父凌萬江也就不致被他們打死啦！鐵爪蛟龍一個人就能抵得住咱們兩人而有餘，他的那些徒弟，夥計，還有和珅後來招去的那些護院的人，武藝也都不錯。咱們若是去了，不但不能得手，反倒要吃虧，那何必呀？要是只為逞能，我也等不到今天啦。不是我的膽子小，怔辦真無用。既要再入和府，就得殺了和珅，不能又白去一趟。那不但無濟於事，倒叫他加倍小心了，那可圖的是什麼？」

伍宏超一細想，覺着畫兒這話也有道理。本來麼，我倒是往和珅的家裏去過好幾趟，又辦了些什麼事？還不是只跟和珅的寵妾添了些可羞的曖昧關係嗎？咳！確實是因為我們武藝不高，確實是得找郝燕翎去再學一學……

二人又往南去走，數日後就過了長江。南方的天氣陰雨連綿，草長得比人還高。顧畫兒是初次到江南，她覺着一切的事物，仿佛全都新奇。當地的人看見她騎着小驢，也覺着有趣，尤其是顧畫兒的裝束，一看就知她是北方來的女子。更因為她的衣褲都是有補丁的，伍宏超的衣服也很髒，鬍子也長得很長了，他們既窮，可又都帶着寶劍，因此很惹人注意。路上往來的一些當官差的人，更都用懷疑的眼光來盯他們。

顧畫兒的小驢兒輕輕地越阡度陌，自自然然地走着，似乎她什麼都不怕。伍宏超可是有些憂慮，怕被人疑惑了，惹出事來。幸虧過了江只走了一天多，便到了常州府武進縣，這裏就是名俠郝燕翎的故鄉。

郝燕翎的大名，在江南說起來真是無人不知，人們要是談起來，他的事兒可多了。據說他最善打六路拳、十段錦，身手高妙，所向無敵。並傳說他擅長碾步，在大樹旁邊碾起步來，能夠使樹枝樹葉紛紛自落，如被大風搖撼；若是在院中走起來，地上堅固的大塊方磚，也能粉碎。

據說他曾用短短的一根木棍，殺退過太湖二百余名強盜。但浙江巡撫王亶望活着的時候，曾差人送千兩黃金延請他去，想要一觀他的武藝，卻被他拒絕了。他就是這樣的一個人，可他從來沒有收過徒弟，在北方傳授顧畫兒的武藝之事，外人也不知。他並且有個毛病，就是閒事不管。

伍宏超於今年正月北上之前，曾經拜訪過他。知道他很窮，住在武進縣城內一條陋巷裏，以織編蓑衣為生。但這回同着顧畫兒到了這個地方一找，卻又找不着他了。天上還落着雨，這小巷裏，地下滿是稀泥，兩扇薄板的小門，極破舊，上面連銅環子都沒有。伍宏超就上前用手捶打了兩下，裏邊有人問說：「找誰的呀？」伍宏超說：「我找郝燕翎郝老師！」裏邊的人說：「姓郝的不在這兒住啦！早就搬走啦！」伍宏超問：「搬到哪兒去啦？」裏邊的人卻不再回答。

伍宏超與顧畫兒面面相對，顧畫兒倚着驢，很憂愁地說：「還得打聽打聽！咱們已經來啦，不找着他不行呀？」

伍宏超要進到門裏去問，正巧由巷口外來了一個頭戴草帽，身披蓑衣的老頭兒，好像也是在這門裏住的，來到近前就不住地打量他們。伍宏超趕緊拱了拱手，說：「請問！郝燕翎郝老師真是不在這裏住了嗎？他搬往什麼地方去了？」

這個老頭兒卻彎着腰說：「現在你不能再叫他郝老師了，得叫他郝老爺啦！他早就搬到城隍廟旁邊那條侯家巷去了，一進巷口第三個門兒。現在那條巷也改了名字，叫郝家巷了。我身上披的這件蓑衣，還是早先他編的，可是現在，你可不能再在這城裏說他的出身了！」伍宏超詫異地問說：「這是因為什麼？」這老頭兒卻擺着手，不住地晃着腦袋，連說：「別提！別提！」說着，就走進門去了，並且將兩扇門掩得很緊。

伍宏超這時驚異得說不出話來了。他回首又望了望顧畫兒，顧畫兒卻說：「咱們就到那裏再去找一找他吧！據我想，我師父無論到什麼地步，他也不能因為財帛、利祿，就失掉了他的人格。我們去，只是求他幫助，或是求他再指點我們的武藝，並不想跟他求錢，他現在是窮是富，都與我們不相干！伍大叔！咱們快走吧！雨越下越大了！」

伍宏超卻心裏依然不住地納悶，覺着這件事情太奇怪了。今年正月間，郝燕翎還是一個以織蓑衣為生的窮人，但談起他來，誰不欽佩？這才幾個月，他竟變得這樣闊了，然而他的舊鄉人、舊友們，可都怕提他了。這倒得去看一看，他的財是怎麼發的？發了財之後的江南名俠郝燕翎，是不是還跟早先一樣？

於是二人各牽坐騎，離開了這小巷，在煙雨裏，來到了大街上。伍宏超是到過這地方的，對街道還熟，不多時就找着了城隍廟旁的那條很寬大的侯家巷。現在這巷口已經立上了新的木頭牌坊，牌坊上寫着很大的字，雖被雨水洗得有點模糊了，卻是郝家巷。並有幾個較小的字，是「車馬禁止通過」。伍宏超心中更為驚詫，暗道：好氣派！

但是那幾個小字，大概也是瞎說，或者是有官勢的馬可以例外，因為這時，巷裏邊正有兩輛肥騾子挽着的簇新的，官氣的大鞍車，車上都罩着油布，從裏面走出來，咕嚕嚕的，車輪子濺起來許多泥漿。伍宏超趕緊拉馬往旁邊閃避了一下，他於此時，可正看見巷裏路西的第三個門兒是個豪闊的廣亮大門。那潔淨的高石階上，送客出來的主人還沒有回去，正在階上眺望着雨景，有個僕人為他撐着雨傘。伍宏超認得，這不就是郝燕翎嗎？

這時顧畫兒也看見了，她就驚喜地，趕緊牽着驢往巷裏去跑，高聲叫着：“師父！師父！郝師父！”

那郝燕翎身體文弱，鬍鬚跟頭髮都已慘白，可是氣色精神，兩隻眼睛如同點着火的燈籠一樣亮。他扭臉向着顧畫兒一看，也不禁驚訝地說：“啊！你果真來了！快進來吧！連驢兒也牽進來吧……”並且似乎特別注意驢旁掛着的那口金剛玉寶劍。

由門洞裏走出來兩個僕人，就將驢牽到門裏。顧畫兒上了臺階，拿手擦着頭髮上的雨水，喘吁吁地正要說話。郝燕翎卻似乎沒有工夫去聽，他就望了望伍宏超。伍宏超便走到臺階下，向他拱手說：“郝老師！幾個月沒見，原來你搬到這兒來啦？我同顧姑娘是在北京認識的，如今是特地到江南來拜會你……”

郝燕翎也不等到他把話說完，只說：“你先走吧！可以到街上那何家小鋪去等候我，我會派人去和你談。你快走！恕我不往家裏讓你了！”說着便推顧畫兒進了他這大門，叫僕人也全隨着他進去，並吩咐着：“關上門！關上門！”咕咚咕咚，就把門緊緊的閉上了，雨下得更大了。

伍宏超真氣得了不得，心說：好個郝燕翎！你闊起來了，就不再認識我。我的武藝固然不如你，名也沒有你的名大，交情更談不到，然而究竟我們是認識的，你竟這樣拒我於門外，太驕傲了……可是轉又一想：或者我們還沒來到這裏的時候，我們在北京、在束鹿縣做的那些事，與和珅成了對頭的事，就已經傳到這裏來了？他是怕受連累，所以才這樣謹慎小心……

他怔了一怔，就轉馬又出了巷口。在街上向雨中的行人打聽了半天，方才找着那個何家小鋪。這個鋪子可真小，賣的不過是一些蓑衣、草帽、草繩等等不大值錢的東西。屋子裏的光線很暗，也沒有顧客，只有一個年輕的夥計，在個小竹凳上坐着，像是要打盹。

伍宏超就將馬繫在門外，走進去，問說：“這就是何家小鋪嗎？”夥計仍然在凳上坐着，點點頭說：“就是，你是要買蓑衣呢？還是想買個草帽？”伍宏超搖了搖頭，說：“我不是想買東西，因為我剛才見過了郝老師郝燕翎，他叫我在這兒等着他。”

這夥計聽了這話，立時就站起身來，悄聲說：“你怎麼會和郝老師認識呢？”伍宏超說：“我們兩個人原是朋友。”這夥計又驚訝地說：“你是他的朋友，他為什麼現在還認識你呢？”

伍宏超說：“你說的這話真奇怪，他為什麼不認識朋友了呢？”

這夥計向外邊看了看，又悄聲說：“原來你還都不知道！大概你是才從別處來的吧？誰不知道郝老師……不，他現在叫人稱呼他為郝老爺了，自從今年三月，跟本地的郎知府拜了把兄弟……”

伍宏超傾耳去聽，這夥計就往下說：“郝燕翎他早先雖闖過江湖，前幾年聽說還到北京去了一趟，認識的朋友也不少。可是他一輩子也沒有做過官、當過差，也沒發過財。所交的全是窮朋友，有錢的人他不但不理，還恨。這兩年他也混得很窮，老娘八十多歲了，兒女還都沒有成人，他的老婆又死了，也沒有續弦，因為續不起。他專仗着編蓑衣養家，還時常挨餓，可是他絕不受人的一點好處。

　　「可到了今年三月，本處來了郎知府，那原是北京城和中堂的外甥，官兒雖是一個貪官，人可有眼力。他一到任就先拜訪郝燕翎，天天請客。郝燕翎要是不去，他就親派他的兩位小姐來請；還時常的送金銀，郝燕翎要是不收，他就叫他的官太太出馬，求着郝燕翎的母親收下。因這，就打動了郝燕翎的心，答應得跟他結為把兄弟。這麼一來，郝燕翎就把舊日的親友全都不認了，誰去找他，他也不見。郎知府給他置了大房子，雇了許多的僕婢，他一家人的吃穿享受，現在跟知府一樣，並且把那條胡同，改成了郝家巷。你看，那郝家巷現在平常的人都不敢走啦！到底是有本事的人有辦法，一步登了天。還聽說再過兩年，郝燕翎的老娘要是一死，兒女再長大一點，人家就上北京去了，那時候，和中堂和大人真許給他一個大官做……

　　「他還能見你嗎？他還沒忘了我們這小鋪？叫你在這兒等着他，是有好事，還是有壞事呀？老哥！你可先打定主意。他不像前半年了，現在他是這裏知府的人，也就是京裏和中堂的人啦，連總督、巡撫，怕也惹不起他啦……」

　　伍宏超握拳忿恨，心說：和珅呀！和珅呀！你竟是這樣的奸詐多謀，到處搜尋有本領的人，籠絡收買，為給你效勞，為助你為惡。我到天邊，也好像逃不開你的手心，也看得見你的劣跡、惡行，如今竟連清白的郝燕翎也墮入了你的圈套。好！你就能從此安然無憂嗎？我伍宏超就永遠也殺不了你嗎？他又不禁十分地憂慮：這可真糟糕了！和珅可真厲害，他要把郝燕翎請到北京，給他護院，那可就無論多大本事的人，也休想再敢瞪那和賊一眼了……

　　伍宏超低着頭，萬分地發愁，又想：現在連顧畫兒帶那口金剛玉寶劍，都到郝燕翎的家裏去了，也就算全都間接屬於和珅所有了，這可怎麼辦？這可怎麼辦？

第十八章　　夜发悲歌尔岂真侠士　　重归故里谁识旧邻娃

　　雨還不斷地紛紛落着，街上為生計而奔波的人仍在往來着，多半是連頭帶身子都那麼叫雨淋着。這小鋪裏有廉價的草帽、蓑衣，可全都沒有人來買，可見人都很窮呀！民脂民膏都叫和珅，直接間接地給搜刮去了！

　　這個夥計又說：“自從郝老師當了郝老爺，他那金腳玉腿也不再到我們這小鋪來了。他已經六親不認，還能夠認得你這朋友嗎？我想他現在學了不少的官派頭，這一定是敷衍你吧？把你支在這兒，叫你傻等着他，恐怕等一輩子，他也不來啦！”

　　伍宏超說：“他就是不親自來，也得派人給我回個話，不然我還是能去找他！”

　　這夥計說：“你要再去找他，那可就要惹出禍來了。究竟你跟他是有什麼事情要辦呀？”

　　伍宏超欲語復止，越想越生氣，越想越發愁，並且感覺到有一種凜然的恐懼。這種感覺是在和珅府裏大鬧，在束鹿縣境大殺，從來所沒有的。現在他是真有點害怕，好像身在虎口。那已被和珅收買了的郝燕翎，就如一只惡虎，他的猛勇將無人能敵。

　　待了一會，這何家小鋪的掌櫃的來了，原來就是那個早先與郝燕翎同院住的，剛才在那小巷裏跟他還說過幾句話的老頭兒，這何老頭兒更是歎息，說：“郝燕翎變了！早先浙江巡撫王亹望，拿一千兩金子都請他不動，那時誰不欽佩他？現在他可闊了，可是人也完了！他不認識老親舊友，老親舊友可也都不願意理他啦！叫他給郎知府、給和珅當那狗腿子去吧！”

　　這位何老掌櫃的，也勸伍宏超不要再在這兒等着了，說：“白等！沒有用！頂多他派個人來送你三百五百的錢，還得囑咐你，威嚇你，不准你再來找他。你要是真沒有錢用，可以由我這兒拿兩件蓑衣去賣，咱們交個朋友。”伍宏超卻把頭搖了搖，又拱了拱手，他就出了這小鋪。

　　他牽着他的馬，在雨中無精打彩地走着，但他還不願立時就離開此地。郝燕翎是再也見不着面了，更休幻想要他幫助去剪除和珅，但是顧畫兒已到了他的家裏。這不行，不能叫顧畫兒那樣清白的姑娘，沾染上這些奸臣、貪官、變節俠客的污垢。我得去和她說明，不能叫她受郝燕翎的騙，其實也就是受和珅的騙！

　　於是，伍宏超突然又有了勇氣，他決定今晚要私入郝燕翎的家宅，去找顧畫兒。他明知這是老虎嘴裏拔毛，魯班門前弄大斧，孔子門口賣三字經。郝燕翎是幹什麼的？深夜去往他的家，必定比往和珅的府還難上加難，險中又險，可是不行！我非得去一趟不行！

　　伍宏超就在這街上找了一家店，先叫店家去喂馬，他自己也把飯吃得很飽。

這時候，他才想起來身邊已經沒了分文，可是又想：到明天再說吧！今夜我也許就要死在郝燕翎的手裏……不過那樣我可不甘心，我還要跟他這江南大俠客鬥上一鬥！殺了他，也算剪除了和珅的一個爪牙，雖說他如今還沒為和珅效力，可是將來他一定是和珅最厲害的爪牙！

　　此時天色還沒有黑，他睡了一個覺，醒來大約已是二更多天了。外面還有雨聲，他抽出了青鋒劍，悄悄地到院中去。見各屋裏全都沒有燈光，他就一聳身上了房。房上有青苔、雨水，很是滑腳，他十分謹慎地踏着，走過了幾座房屋，就跳下到了大街。

　　街上淒清無人，雨下得雖微，卻不停，地下的泥漿很深。他疾疾地走着，找到了郝家巷那個木牌坊前。他憤怒得真想揮劍將牌坊斬倒，但又想：來到這裏得特別謹慎，郝燕翎就許已經知道我要來了，他若徒手使起他的六路拳、十段綿，就怕我雖有寶劍也難敵他……

　　伍宏超邊走邊想着，就來到了大門前。這門好像自從顧畫兒一進去，關上了，就沒有再開。郝燕翎一面吃着和珅，花着和珅，一面還肯收留和珅的仇家之女，這還算有點人心。不過他的膽量可也太小了，光天化日之下就把大門關上了。因為想到郝燕翎的膽子小，他自己的膽子倒壯了起來，他嗖的一聲躥上了牆頭，一翻身就輕輕的落於院裏。院裏種着許多花木，雨水簌簌的，響聲特別大，他的腳步聲也顯不出來。

　　看看那大門洞的門房裏，和外院各屋，全都黑忽忽的，可見屋裏的人全都睡了，他便放開了膽子，手提寶劍，直往裏院去走。原來這裏的院落不深，一進了垂花門便是正院，東、西、北三合房，各屋中的燈光全都很暗，只有北房的東屋裏面，窗上的燈光還明亮些，並時時浮動着模糊的人影。

　　伍宏輕輕的向着那窗戶走去，來到窗前，就聽屋裏正是顧畫兒在跟人說話，只隱隱聽她說：“……日子雖長，可是我也能忍耐等着，只是……”又聽是一個老太婆的聲音，說：“……我快點死，我的孫子孫女們都長大，就好啦！”又聽有男子在旁歎息，好像就是那郝燕翎的聲音。

　　伍宏超弄不明白，心說：他們到這個時候還都不睡，聚在一塊談什麼哩？

　　忽然又聽見顧畫兒的啜泣之聲，她繼繼續續地哭着說：“都是我不好，我無能！我爸爸死了這麼多年，我姑父也死了，我乾爹也死了，這仇我都不能去報！”

　　郝燕翎大聲說：“這怪我當初沒有將你的武藝教好！當初我到西陵去，只是為了看這口金剛玉寶劍……”說着，大概是用手指當當地彈了幾下寶劍，聲音清亮，真有如龍吟虎嘯。又聽他說：“那時我實在沒有用心教你，因為我想：你是一個旗人家的乾閨女，我教好你武藝，又有什麼用？我雖不幸生在這個清朝，可是決不甘心做它的子民。你的乾爹白大爺人雖不錯，無奈他也是一個入了旗的漢軍，所以我不願與他深交……”

　　老太婆着急地說：“你快不要說這反叛話吧！叫人聽見，把你告了，恐怕連郎知府跟和中堂也護不住你……”郝燕翎當時就不再言語了，顧畫兒卻仍在哭着。窗外的伍宏超聽了這幾句話，倒是不由得心生欽佩。

　　可是又聽郝燕翎說：“要叫我這時候就到北京去殺和珅，我可也不能去，因為他無論如何是當朝的宰相，滿清皇帝的兒女親家。殺了他，必定要興起大獄，那時得要牽連多少無辜的人呀？所以我的武藝再高，我也是不能現在就去。我半生隱名埋姓，別人說我的名頭大，那不是我自己願意有的，我只因為自知不能夠去殺和珅。既不能殺和珅，還佩稱得起是什麼俠客嗎？”窗外的伍宏超聽了，不由暗暗點頭，心說：這話也對！

又聽窗裏的郝燕翎接着說：“我更怕為他所用……”伍宏超又暗暗冷笑，心說：可是現在你吃的喝的，住的這大房子，都是和珅的呀！郝燕翎又說：“如今，我們不要再提這些事情了！顧姑娘你就安心在我這裏住着，可是連這裏院也不要出，外人更都別見，伍宏超……”

伍宏超這時趕緊把耳朵貼在窗上，只聽郝燕翎接着說：“……是不行的，他年紀輕輕的，太沒閱歷。他的父親伍御史，是叫和珅給毒死的。他離家十來年，學習武藝，立志報仇，也倒還可以欽佩，不過他的武藝本來就沒學成，不中用。他應當再去學學，最好去拜沖天俠為師，再有十年，或者還能對付。他幾次到和珅的家，沒有送了命，是他僥倖。我又聽說那個人的品行不好，你以後休要理他！明天我再叫人去打聽打聽，他要是仍舊住在店裏，還沒有走，我可就要強逼着叫他走了！他在這裏，能給咱們招事……”說着，又用手指當當彈着寶劍，喜悅地說：“這口金剛玉，太好了！天下的豪傑都不如你的父親顧昆傑，不然這口寶劍如何能單到你的父親的手裏？……好！娘，睡吧！天不早了，顧姑娘你也去睡吧！這口劍先交給我拿着！”就見窗上的人影又晃動起來了，是郝燕翎要往屋外走來。

伍宏超便將身一聳，像狸貓一樣的輕捷，就上了房，他將身伏着，往下去看，就見郝燕翎已經由屋裏大踏步的走了出來。房上的伍宏超心裏非常的緊張，又因為剛才聽那些話生着氣，恨不得掄劍下房，跟郝燕翎拼上一拼，心說：叫他看我的武藝到底中用不中用？至少也得跟他理論理論，問他為什麼說我的品行不好？可是，他又害怕，怕這時就瞞不住這位江南名俠的眼睛；他那麼大的本領的人，還能夠不知道現在我是爬在房上了嗎？

細雨霏霏，隨着風兒到處飄灑，郝燕翎手裏擎着閃爍的金剛玉寶劍，站在庭中，仰面望着陰沉的長天。天空一閃一閃的電光，有如劍光飛舞，閃電過後，便是咕隆隆的雷聲。“雨還要下大呀！”郝燕翎這樣說了一句，就移步向東屋去走，隨走隨彈劍高歌：“

閃電發兮沉雷動，　天暗暗兮蟲不鳴，

將大雨兮刮狂風，　得此利劍兮鋤不平！”

歌畢，他走進東屋裏，大概是睡覺去了。

房上的伍宏超卻在暗自冷笑，心說：郝燕翎的武藝未必怎樣強於我，不然為什麼我在房上看着他，他會一點兒也不覺得？可見他才真正不中用，徒有虛名，只會吹！他仗着個當知府的把兄弟，不做事，吃着和珅的飯，還吹什麼鋤不平？他只為騙去顧畫兒那口金剛玉罷了。我今夜索性要鬥一鬥他，我得把金剛玉拿走，那是白大爺應許跟我換的。畫兒既不要那口寶劍了，我就得拿走，不能夠便宜了他這只會吹牛的假俠客！

他如此想着，膽氣就更壯，可是沒有留心下邊的屋裏已有人走出來。忽然覺着身後有人用腳輕輕的踢他的腿。他不由大吃一驚，急忙轉身，用青鋒劍向後就斬，同時抬頭一望，就見有一個人，正是顧畫兒，也不知她是什麼時候出了屋，又從後房躥上來的。伍宏超既驚又喜，心想幸虧這一劍沒把人家砍着。大概也根本砍不着人家。

　　顧畫兒的身軀伶便，早就閃開了，也沒有生氣，只向他點了點頭，就輕身落到這房後的一個小院裏。伍宏超也跟着跳下了房，先急急地說：“姑娘你為什麼要把金剛玉給了他？他已經不是以前那個可敬可佩的俠義郝燕翎了，他也快要當和珅的家奴了！快跟胡騰雨一個樣了！”

　　顧畫兒卻說：“你千萬別胡說我師父！”伍宏超說：“我勸你趕快跟他斷絕情義，不要認這卑鄙的師父了！”顧畫兒說：“你是不知道。”

　　伍宏超冷笑着說：“我怎麼不知道？他一家人都叫那個什麼郎知府養活着，還不跟叫和珅養活着一樣？”

　　顧畫兒說：“他叫我再跟他學學武藝，至快還得一年。”伍宏超歎了聲，說：“咳！你怎麼也說至快還得一年？一年、八年都由你，我可是要獨身回北京去的。我一個人也要殺和珅，看我中用不中用！”顧畫兒似乎又流下淚來了，悲哀地說：“難道你就不能再等一等嗎？不能為我等一等嗎？”

　　伍宏超不由得心有點軟了，可是又堅決地搖着頭說：“不行！我倒是想等着你再學學武藝，可是我的父親、你的父親，跟你乾爹，跟我那朋友金臂飛俠淩老英雄的英靈，與天下二十餘年來蒙難受害、死於和珅及他的奴才之手的那些無辜之人的冤魂厲鬼，他們都不叫我再等了！我立時就要去殺死和珅，殺死鐵爪蛟龍，殺死汪四、汪老虎、汪進寶、和那一群奴才、惡棍，也許將來還要殺死那好虛名、貪小利，姓郝的假俠客！”

　　顧畫兒十分發愁地說：“你原是個明白人，怎麼現在糊塗起來了？”

　　伍宏超忿然地說：“不說這些廢話了！你就在這兒吧！你把金剛玉給了郝燕翎，叫他拿着去給和珅看家，我也不管！我也不怕！我走啦！”說着，便將身一聳，又躥上了房。

　　可是這時的房上已經站着一個人，正是郝燕翎。他手執着金剛玉寶劍，憤怒地說：“剛才我就沒有理你，以為你自覺得沒趣，一定也就走了。你應當自己去想法子，最好去拜沖天俠為師，跟他再學上十年八年的武藝……”

　　伍宏超這時更是生氣，將青鋒劍揮起來，大聲說：“用不着你來教訓我！別以為天下有本領的人只有你和沖天俠，我一個人也能殺和珅！”

　　郝燕翎冷笑着說：“你去殺他吧！哼！別以為我不知道你是怎麼一個人？你在和珅府裏弄的那些事，我全都曉得，你還在這裏跟我的女弟子囉嗦什麼，快些滾吧！”說着他就把金剛玉寶劍高舉起來。

　　伍宏超氣得在房上跺腳，說：“你不能侮辱我，你信口胡說！你是什麼俠客？你只不過是和珅的奴才郎知府豢養的人罷了！”說時，迎面一劍斬去。

　　郝燕翎搖身進步，金剛玉寶劍閃動着寒光，勢如疾風，就向他的手腕削來，並且趁勢上取咽喉，以虛轉實，弄得伍宏超立時就抵禦不住。房下後院站着的顧畫兒就急聲地說：“師父放他走吧！不要傷他！”郝燕翎冷笑着，將劍尖凝住，未向前去點。

　　這時伍宏超倒緩過手來，把劍掄起，直逼郝燕翎。郝燕翎卻靈活地抽劍，以剛變柔，將實轉虛，似乎並沒使出全力，卻令伍宏超捉摸不透，兩口劍並不相碰在一起。郝燕翎似含蓄着千鈞之力，但因為房下顧畫兒不住在勸，他有些未忍得使用出來。伍宏超卻把郝燕翎當作了鐵爪蛟龍、飛鞭趙、滾刀徐那一類的人了，他就唰唰唰無情地揮劍，一劍比一劍砍得狠。使他覺着奇怪，無論怎樣，也是砍不着郝燕翎，可是也不見郝燕翎躲閃，因為人家躲閃得疾速，使他的眼神都跟不上。

　　郝燕翎此時也忍不住氣了，就將金剛玉隨身一晃，他的渾身全都像繞着白光，攪得伍宏超眼花繚亂，頭暈手軟，似乎身不由己了，又像被郝燕翎給托起來了。顧畫兒在下面急得直嚷：“師傅放下他吧！別傷了他！”這時就聽郝燕翎說：“年輕人，你回去再學幾年武藝吧！”說着吧嚓一聲，竟把伍宏超從房上扔了下來。所幸郝燕翎使的力量不重，而伍宏超畢竟是練過武藝的人，他就順勢雙腳一蹬，輕輕落地，身上倒是一點也沒有摔着。

　　伍宏超不由怒火燃燒，心想：有點本領的人，就這麼驕橫！和珅的陰謀詭計也太毒狠了，連郝燕翎這樣有本領的人，也被他網羅，收買了。他以後還可能到北京去保護和珅，做和珅的護院。那樣一來，報仇的事就更沒指望了。自己學藝十年，決心報仇，如今不但報仇無望，和吳卿憐的一段私情卻弄得盡人皆知，郝燕翎說我品行不好，顧畫兒不定多麼瞧不起我呢！又想：我不如趁着郝燕翎尚未去北京，鐵爪蛟龍又新負了傷，大概還好下手，我就再回北京潛入和府。但決不再理那吳卿憐，只求繡球姑娘暗中幫助，設法殺死和珅。然後再返江南，將頭擲給郝燕翎，也叫顧畫兒看看，我是不是英雄？

　　主意已定，壯氣倍增，他回到店裏連覺也睡不着了。一夜雨聲風聲，直到第二天也還不住。他準備離開這裏，可是倒發了愁，身邊仍舊連一文錢也沒有，怎麼能夠開發這筆店錢、飯錢，和馬的草料錢呢？他把店掌櫃請過來，算清了帳，然後就臉紅着說：“我是一個錢也沒有了，情願把我那匹馬留在這裏，作為押帳！”

　　店掌櫃卻說：“這幹什麼？錢又不多，在外的人，哪能不交朋友？那你自管牽着馬走吧！將來幾時你再路過這裏，有了富餘錢的時候，再給我送來。這不算什麼，咱們交了朋友啦！”店家這樣的慷慨，更令伍宏超覺着難為情，他只得說聲：“對不起！再見吧！”他就離開店房，牽着馬走去。他覺得在江湖上風塵間，這些日子處處受小民小商的恩惠，幫助過我的也是像繡球那樣卑賤的人。真正的達官富豪，卻盡是害人者，像汪進寶那是犬豚、豺狼；郝燕翎是藝高人無品；連顧畫兒也是個執拗、寡情的人！

　　當下伍宏超冒着雨，攜劍騎馬，離開了武進縣，往東走去。因為他想先回蘇州故鄉，看看他的母親，還想由家裏要一點錢，好作為他再往北京去的路費。因為沒有錢，路上他連飯也不吃，只是急急緊跑。當日天色黃昏的時候，他就進了蘇州城，回到了葑門裏他的故居。

　　他回到家裏，仍被稱呼為三少爺，但是家裏所餘的老僕僅有一二人，飯都由他兩位嫂嫂自己做，家道已衰落。他的大哥是一個文人，作詩在本城裏最為有名，寫字也比得上顏、柳，只是不會做事；因為他父親是被和珅所害，他就立志不做官。二哥是棄儒學商，開了一個紙行，買賣還可以維持。

　　他的母親已經白髮滿頭，見他回來，就哭着說：“超兒！你怎麼又是這個樣子回來啦？”她又恐懼、悄聲地說：“你千萬別再走啦！你爸爸已經死去了那麼些年，什麼仇吧，恨吧，也就都別再提啦！這兒的知府換了一個，還是和珅的人，比前任刮得更厲害，更惹不得！你現在回來得好，快點把那寶劍收起來吧，把衣裳也換換。在家裏待着，別多出門。過兩個月還是把你舅母給你作的那個媒，答應了吧！跟着你二哥去做買賣，就這麼樣兒活着吧……”

　　伍宏超聽了母親的這些話，不由得更是忿恨，當時一句話也沒有說，眼淚卻止不住往下流。他換了衣裳，刮了臉，就要出門去訪問那吳卿憐家，看是不是還有人在。

第十九章　炼狱三年磨煞豪杰骨　金刚又闪惊见伊人来

　　人文富麗，風景幽美的蘇州，在伍宏超的眼裏卻是淒慘而又愁黯的，他打聽不出來吳卿憐是否在這裏還有家——她的娘家。

　　在家裏歇了一夜之後，第二天他又出門去找。聽說卿憐的母親還活着，可是不知道在哪兒住。他現在向鄰人們去打聽，甚至說明了，卿憐就是十二年前在這條街上住的一個女孩子，十幾歲時就賣給那個作過浙江巡撫，因貪贓被降罪在蘇州正法的王亶望，作了妾；長得很好看，左眉尖上有一粒紅痣，她姓吳，這兒是她的娘家。就是這樣仔細的打聽，人也都搖頭說：“不知道！”或是說：“想不起來啦。”

　　這條葑門大街，十餘年來也就像滄海桑田，不住的在變化。在和珅所任用的那些府官兒、縣官兒的苛政之下，人多已流散、遷徙，所以舊鄰居已經沒有兩三家了，富者變為窮，壯者變為老，老者又都死掉了；再說人都各自奔忙于生計，誰還能記得十二年前在這條街上住過的一個女孩子？

　　但是蘇州城裏，美麗的女孩子至今仍多。提着籃兒賣菱角的、賣瓜子的，都長得那麼秀氣，個個都像是卿憐昔日的縮影，只是難得尋出誰的眉尖上有一粒紅痣。當年恨不相逢，而今悔相識。十二年呀！卿憐是飄零身世，而我是抱着血海的深仇，和珅！仇人呀……

　　這街上往來着還有不少的高車駿馬，橫衝直撞，路人側目，這都是些貪官污吏和他們的奴才。伍宏超見了更是生氣。他在街上轉了半天，才回到家裏，他想叫他的二哥設法為他籌出點路費，他說他還要到北京去找事。他的二哥卻說：“算了吧！你不是才從北京回來嗎？連行李都給弄丟啦，衣服也弄得那麼破爛，可見北京那地方找事也難。再說和珅在那裏當朝掌權，咱們是他的仇人，他能夠叫你找事？找不着事，倒許找出禍來。依着我說，你就好好的在這兒幫助我，學着點做買賣，別再到北京去啦！”伍宏超卻決然說：“北京我還是非去一趟不可！二哥，你不肯給我辦路費，我也要自己去。”

　　他整天在家裏着急，坐立不安。家裏倒是還有些古玩字書等，值一些錢的東西，他原想也不跟母親、兄長言明，就拿出幾件賣了，作為往北京去的盤纏，可是又想：那不就跟偷是一樣了嗎？我自小就離開了家，回來一趟，就得拿走些個錢，雖然我為的是給父親報仇，但仇並沒能報，我卻成了一個敗家之子了！因此，他也不願意由家裏拿東西去變錢。除這以外，他又沒有一點法子，既不認識一個人，親戚們因多年不見面，也都生疏了，簡直沒地方去摘去借。可是他又恨不得當時就離開家再北上，立刻就去與和珅拼才好，只愁的是毫無路費，寸步難行！他就在家裏發愁、着急。

到第三天，清晨黎明之時，他還沒有起床，突然間外面咚咚地有人叫門。門還未開，就有許多的人索性砸開了門，闖進來了，個個都戴着紅纓帽，穿着官衣，有的拿單刀，有的拿鐵練。原來是知府衙門派來的一些捕役，領班的一個名叫薛頭兒，此人大聲說：「都不許亂來！別驚嚇着人家的老太太！伍三少爺伍宏超！我們府台大人派我們來，請你到衙門裏去一趟，有點事情要跟你商量商量。沒別的，只好勞動你走一趟，給我們哥兒幾個點兒面子，別叫我們麻煩，捧我們一場。咱們都是老世交，我敢保處處都能夠照應你，這是差事，三少爺你就陪我們走一趟吧！」

這時伍宏超在屋裏，本來已經穿好了衣裳，憤怒地拿起了青鋒劍，可是他又一想：不行！這是在我的家裏，我要是再惹出更大的禍事，我的全家、我母親，和我的兩個兄嫂，連親友恐怕都要受累，我又何忍呢？於是他就又將寶劍放下了，冷笑了一聲，就說：「好！」遂即挺身走出了屋，向一些官人說：「你們都是和珅派來的嗎……」話還沒有說完，早有兩名官人提着鐵練來鎖他。

他緊握着的拳頭，就要揮起，卻見他的大哥、二哥全都驚驚慌慌，面無人色。他母親是倚在北屋的門旁，老淚縱橫，顫顫地說：「超兒呀！你在外邊闖下什麼禍啦？你就是冤枉，也得跟着人家去一趟呀！可別給家裏再惹……」邊說邊哭着，好像都要跌倒了。伍宏超一點也不敢抵抗，就被人鎖上了。眾官人們把他推着，揪着出去，招得大街上有不少的人都跟着看，他就這樣的被捉進了府衙。

當日就過堂，由知府親自審訊，問他為什麼膽敢在京都私入和中堂府，盜去了珠寶，殺死了人，還勾結大盜，意圖不軌？伍宏超卻只是冷笑，一句話也不說。當時，知府命人把他拉下去，打了四十大板。可是他卻覺着奇怪，不知道是有誰在照應着他，打得不算很痛。知府又命把他拉上堂來，叫他承認在和中堂府中曾殺過人，並盜過珠寶，還逼着他畫押。

他只是哈哈大笑，說：「要殺要剮就隨你們好了！把我解到北京，能夠叫我再去見見和珅狗奸賊，我就更謝謝你們！要叫我承認殺人，就算和坤的奴才，鐵爪蛟龍的徒弟是我殺的吧。盜珠寶的事我可不能認，因為我從來也沒想要過他家的那些民脂民膏，我想要的倒是他的腦袋！」這話把堂上的知府都給嚇糊塗啦。因為這案情太大，弄得連問也不敢多問了，就命人把伍宏超先押在牢裏。

這知府衙門裏的監牢獄，四面都是高有三丈的石頭牆壁，砌得又厚又結實，牆頭上都鋪着很厚的荊棘。假定犯人要越獄，爬到牆上就得先扎爛了手。獄門是熟鐵做的，沒有窗戶，透進來的光線極少，獄裏真跟陰曹地府一樣，淒慘恐怖，臭氣薰人，又濕又潮，四壁爬着蜈蚣、蠍子和咬人的大螞蟻。一間獄裏就關着二三十名犯人，個個須長髮亂，都沒有了人形，生病的在呻吟，受了刑傷的在呼號，老實的人在哭泣，在叫着菩薩祖宗，強悍的是在大罵。

伍宏超剛一進來，很受老犯人的欺負、凌辱，及至大家一問他的案由，知道他是因為在北京城裏得罪了和珅，立時大家就都對他敬佩起來，親熱起來，還有的向他抱怨說：「你為什麼武藝沒練成，就去找和珅呢？弄得你沒有殺成他，反坐了監獄。你想，你現在既掉在他的手裏了，還能夠活嗎？咳！這都是因為年輕，辦事太不前思後想呀！」

那最凶的盜案老囚徒，竟過來向伍宏超論起朋友來了，說：「我也是叫和珅逼的害的，等着吧……」又扒在他的耳朵上說：「有朝一日咱們要能夠離開這兒，媽的，就把和珅那些狗官全都殺盡！還得叫他這大清國塌了台！那才叫高興呢……」

這夏天，監獄裏熱得像一個火籠，想要喝點冷水都難。看監的獄卒凶得都像鐵爪蛟龍，勢力似乎比和珅還大。可是，當日就有一個人來探監，是特地來看伍宏超的。隔着鐵門上的方孔，伍宏超一看，不由得憤怒之極，並且明白了自己是被誰捉到這裏來的了。這個人就是和珅的家奴，汪四之弟汪進寶，是和珅派來，一路上專盯着伍宏超和顧畫兒的。在束鹿縣一別，想不到他又跟到這裏來了，看獄卒對他都是既敬且怕的樣子，就可知他的勢力恐怕比這裏的知府還要大。

汪進寶穿着白綢子的大褂，搖着小摺扇，臉越發的發福了，他笑着說：“伍老弟！你落到這田地，可別怨我呀？我維護你也維護不來。不過，你要能夠答應着到北京去給中堂賠罪，並以後給中堂效勞，再把那位顧姑娘也送到和府，就什麼事也沒有了。我知道只有你才說得動那位姑娘，她是聽你的，她跟你的那些事兒，哈哈！我還能夠不知道？你們兩人的心一轉，不但沒了罪，還必能升官發財，她也就成了中堂最寵愛的姨太太了……”

伍宏超怒聲說：“滾開！恨我那天在束鹿縣沒有殺了你！”

汪進寶依然笑着說：“我勸你別再這麼耍脾氣啦！你已經是小命兒難長久了。其實和中堂府裏現在有的是豪傑、壯士，用不着你。不過我是可憐你年紀輕輕，怎好就這麼死了？顧畫兒現在哪兒，我也知道。中堂是真喜歡她，想她，勸一勸她，她也不能不樂意。只是這句話，我不能找她去提，郝燕翎恐怕也不能跟她去提，只有你能向她去勸，因為你們兩人好。還有，她要是進了和府，你還照舊能夠跟她見面，到那時我擔保給你想法子……”

伍宏超氣得真想將鐵門踹開，他哐哐哐地用手上戴着的手銬，不住地向鐵門去砸，怒罵道：“滾蛋！憑你來殺來剮，這些作夢的話休來胡噴！你去告訴和珅，只要我能夠再到北京，別管我是人還是鬼，也得要他的命，也得叫你們這些惡奴盡皆死掉！”汪進寶的臉都嚇黃了，勉強地發着冷笑，說：“好！那我可就救不了你啦！”便氣哼哼地回身走了。

獄卒又過來埋怨伍宏超說：“你這是圖什麼，怎好把他也得罪了？他現在是說叫你死你就死；說把你放了，知府也就能放。你在蘇州有家呀！你們老太太都快要哭瞎啦！你的哥哥要把紙行兌出去，給你打點人情，你可還把這麼一條能夠活命的道兒，都給堵死啦！”伍宏超卻又大罵和珅，大罵剛才走的汪進寶，大罵本地的知府。他最恨的就是手中沒有金剛玉寶劍，不然他立時就劈破了鐵門殺出去。由這蘇州府衙，殺到北京三座橋和珅的府裏。

他唯一盼望的就是顧畫兒能夠知道他在這裏，手執金剛玉寶劍前來救他。夜裏他就睡不着覺，時時驚覺着，好像是顧畫兒來了，但，哪裏有顧畫兒的影子？她恐怕在武進縣郝家巷，也甘心樂意、喪志忘仇地吃上了和珅養活郝燕翎的飯！寶劍無光，像凌萬江、白大爺那樣的豪傑義士都已死了，和珅奸賊更在狂笑了吧？吳卿憐怎麼樣了呢？咳！更不能想！

伍宏超在監獄裏，大概是他的二哥花了不少錢，由知府賄賂到獄卒，才使他還沒受什麼苦。又因為那汪進寶大概也留下了話，所以也沒有把他解往北京，只把他押在這裏，不審問也不殺。這案子重大，知府不敢自行處置，就這麼擱置下去了。

天氣是由夏而秋，而冬，轉過了一年，再過一年。鐵窗裏的歲月是冗長的，白天跟黑夜一樣。伍宏超的鐵骨鋼筋，被折磨得又瘦又弱，頭髮、鬍子長得跟個鬼一般，蟲螫蚤咬，都已習慣。獄中的老犯人都成了他的莫逆之交。病死的更不少了，連獄卒都好像由中年變成了老年。鐵門外常爬着的一隻狗，早先是個小狗，現在也變成了大狗。

光陰荏苒，不覺過了三年，此時正是戊午年（西元一七九八年）。伍宏超剛被關在獄裏時，還是乾隆年間。乾隆皇帝是和珅的兒子的老丈人，做了整整六十年的皇上，下了六次江南，遊山玩水，寫字作詩。各地的官員們為接駕，花費老百姓的錢無法計算。他寵用和珅，和珅又用了不少的貪官污吏，以致逼出了白蓮教的民變，這幾乎把他的寶座推翻。

到了乙卯年，伍宏超剛入獄，這乾隆皇帝就把帝位讓給了他的兒子顒琰，改年號為嘉慶。乾隆他自己卻做了太上皇，號稱為十全老人，在宮裏享他的晚年之福。沒事時，就寫他那一筆跟漢人學來的趙體字，令人到處建亭立碑。民間的血跡未幹，老百姓在刀兵烽煙裏依然流離失所。和珅倚仗太上皇的關照，依然當着宰相，並且貪得更厲害，狠得也更厲害，權勢更是了不起，為所欲為。

伍宏超在蘇州監獄中，對京裏的事情他雖然不能知道，可是也聽獄卒說過，是換了皇上啦。這個新皇上，按理說還是和珅的親家兒子，他兒子的大舅子。以伍宏超來想，覺得今後和珅的權勢一定更大，所以心中越發地忿恨急躁。自身被囚在這地獄一般的監牢裏，殺又不殺，剮又不剮，永久沒有出獄之日，沒有報仇、除奸的機緣了，這豈不令人憂心如焚，怒氣如火？他不禁握拳長歎。

這一天，是他在獄中第三年的一個秋天，中秋節才過，月輪尚圓。晚間，遠處已交過了四更，梆梆梆梆，這聲音因為被那麼高的牆阻擋着，十分模糊不清，而陣陣的秋風吹到鐵門裏，越發淒涼。別的因犯都跟死了一般的躺在地下睡着了，他卻睡不着，他就站在鐵門的方孔旁邊，看那方孔外慘黯的月色，覺着心裏越發的難過。他不知這三年來，顧畫兒是否武藝已學成？是不是還住在郝燕翎家？吳卿憐在和珅府裏的景況如何？月光照在這裏，跟照在和珅府中的迷樓上，恐怕是一樣，然而自己被這扇鐵門所阻，今生今世是難再見着她了……

伍宏超的手上掛着手鐐，腿上帶着的腳鐐，都十分沉重，壓得他渾身疼痛。幾年來被鐐磨得腳上的皮肉都破了，舊傷沒好又添新傷，天一涼，風一吹，更疼痛難忍。他自入獄以來，雖聽獄卒說，他家中的人不斷在外邊打點，可是從來沒有人來看過他，可能是因為他這案情過於重大，恐怕連累了他的家人。也不知家中是否還是那樣？白髮的老母，此時還在世嗎？想到這些，他的眼淚就不住簌簌的往下流。

眼淚是熱的，胸頭的熱血似乎也還在滾。數年來，伍宏超與和珅的仇恨是更深了！他忿怒得不住用力捶打了幾下鐵門，可是鐵門紋絲兒不動，依然向他扳着冷酷無情的面孔。門外的月色越發淒清，風刮得枯葉在地下滴溜溜的打旋，可是沒有人聲，獄卒們大概也已經酣睡了。在這夜深天寒之際，又有誰能知道伍宏超這萬丈的怒氣，一片義烈的肝膽，與兩行滂沱的熱淚呢？

他倚在鐵門裏長歎了多時，動也不動，好像就站在這裏睡着了。這時，忽然就聽見外面有人動這鐵門。他吃了一驚，立時精神十分興奮，就低聲問說：“外邊的人是誰？”

外邊沒有人回答，他心裏明白了，這不定又是哪一個獄卒趁着半夜裏，又來勒索家裏有點錢的因犯。可是忽然間聽得哧哧的，好像是用鋼鋸鋸什麼東西發出的聲音，這更使他吃驚。他瞪大了眼，扭頭去看，就見自那鐵門上留着的小小方孔內，自外向裏探進來一口冷森森、光芒芒的寶劍。他不禁心中暗叫一聲：“啊……”又見這口寶劍就像裁紙似的，把這厚鐵門上的方孔越割越大，有人向裏面低聲說：“伍大叔！快出來！”

　　啊呀！這語聲久違了！但灌在耳裏仍覺着很熟悉，這正是顧畫兒！她拿的正是金剛玉寶劍！這劍果然是鋒利無比，一霎時就將這方孔割成了一個大洞，如同是大鐵門上新開了一個小門。伍宏超這時候心裏緊張得一句話也說不出來，顧畫兒就從這洞走進了獄中。

　　她一手執劍，一手將個火摺子一晃，黃中發青的火光突突突地騰起，照徹了這陰沉的監獄。許多的囚犯全都驚醒，有的爬了起來，有的倒嚇得大叫。顧畫兒趕緊先割斷了伍宏超身上的鐵練、腕上的手銬和腳上的腳鐐。她又要去救別的囚犯，可是時間已經來不及了，因為監獄的獄卒聽見聲音都驚醒了，要出來捉人。旁的院裏，連這府衙的內宅，似乎都已經有了什麼警覺，所以梆梆梆，當當當，梆鑼之聲，自各處騰起。

　　伍宏超身上雖覺着輕鬆了，可是兩條腿依然邁不動，他着急地說：“這可怎麼辦好？我的腿走不啦！”顧畫兒急忙掐滅了火摺子，把他揪了出來。到了外邊，那監獄裏的幾個獄卒已經各持刀棒走出了屋，高聲喊着：“快拿！有人要劫牢反獄！”顧畫兒急忙將伍宏超背在背上，緊跑幾步，嗖的一聲就飛上了那很高很高的牆上。她又一閃身，在這月光下，秋風裏，頃刻之間，連她帶伍宏超就全都沒有了蹤影。

　　伍宏超被顧畫兒背着，真覺着慚愧，又覺出顧畫兒比以前力氣更大，身體更強。在這寂靜無人的深夜，她踏着霜一般的月光，履屋登牆，行走似電。仿佛沒有多時，就來到了一個處所，伍宏超細一看，這原來是葑門裏，他自己的家。

　　顧畫兒來到他家好像已有幾天了，可是只有伍宏超的大哥大嫂曉得這事。當時顧畫兒就把伍宏超攙到他的大嫂的屋裏。夜這樣靜，家裏本來沒住着什麼外人，何況人都已經在沉睡之中，大嫂卻叫顧畫兒仍然將門緊緊地掩上，燈光都不敢亮一點，說話也儘量的小聲。他的大哥，這位蘇州城內有名的書法家、詩人，卻也嚇得慌裏慌張的。顧畫兒擺着手說：“你們不要害怕！決不要緊。那知府決不敢怎麼樣，除非他真不要性命了！”她就叫伍宏超先躺在床上休息。

　　這時他的大哥就說：“你在監獄裏三年多啦！家裏倒沒有什麼事，只是為你這官司，暗暗地真花了不少的錢，不然怕你早就被解到京裏去了！可是咱們家裏連房子都典出去了，過了明年正月，就得給人騰房子。紙行也倒閉啦，你二哥躲債往安徽去了，可是還救不出來你。衙門裏的人都說：你這案子，恐怕要在監裏押一輩子了。我真着急！幸虧前天來了這位顧姑娘，說跟你是早先的江湖同道，現在特意來救你。這件事，我怕叫別人知道，就請顧姑娘進裏院來，在你大嫂屋裏住，連娘都不敢叫知道！現在，這位顧姑娘既是把你救出來了，明天你們就趕快走吧！我這裏給你們預備了一點盤纏，你同着顧姑娘明天就走。記住了，一定到北京去割下和珅的頭！若再出什麼事，我願意擔當殺頭、受剮的罪！”

　　他的大哥一向是個文縐縐的人，想不到脾氣也變成這樣了。大嫂也說：“這位顧姑娘，既有這麼大的能耐，能把宏超從監獄裏救出來，自然就能帶着伍宏超去殺和珅。咱們家裏的仇恨還不說，這些年，誰不叫和珅，叫那些賊官害得家敗人亡？現在該叫惡人遭報了！”

　　顧畫兒卻仍然說：“不用忙！也不用着急！伍宏超在獄裏住了三年，身體已經這麼壞了，他也得歇一兩天，然後才能夠跟着我去上路。”看來，顧畫兒還是這樣細心謹慎。

　　伍宏超躺在床上，心裏想着：三年多了，也不知她是幹了些什麼？她的脾氣，還是那樣不大愛着急。此時微弱的燈光照着她，仍然是梳着辮子，可見沒有結婚。

個子雖似較前稍高，且更康健，臉兒可還是很瘦。她穿的是青布的緊瘦的小夾襖，淺灰色的布單褲，倒都沒有補丁。下面是黑布鞋，跟男子穿的一樣。她還是那麼溫文的，坐了一會，便同着大嫂，往裏屋睡覺去了。窗上的月色漸漸退去，過了一會兒，雞就啼了。

伍宏超在這屋裏躺了兩天，連家中的老僕全都不知道，顧畫兒也不常出那屋。她像沒事人似的，還幫助伍宏超的大嫂做些針線活。金剛玉寶劍就放在伍宏超躺着的那被褥的底下，好像是她又借此機會，將寶劍換過來了。難道她還要實現她的乾爹生前那換劍訂婚的主張嗎？伍宏超可不敢再那樣想了。他只急着要離開家裏，一來免得知府又派人來這裏搜拿，連累了家中的人；二來是願意立時就往北京去殺和珅，以報十五年來的冤仇，而伸三年獄中的怨氣。

但也奇怪，監獄裏出了那麼大的事情，伍宏超被人救出來了，可至今竟不見那知府再派官人來他家裏搜查、拿問。知府難道是聾子、瞎子？府衙裏的那些捕快班頭，也一點不管事嗎？

他的大哥每天要到街上去探聽，回來就說：“街上一點什麼事也沒有！府衙監獄發生的那事，簡直好像就沒有人知道，衙門裏平平安安的，捕快班頭們閑得好像全都手癢癢。知府可是三天沒有坐堂問案了，也不知到底是怎麼回事？”伍宏超對此，也想不出是什麼理由來。顧畫兒卻一句話也不說，一點神色也不動，似乎她心裏全都明白。

伍宏超在家裏休養了四天，身體、精神漸漸恢復，手腳也都靈活了，就決定走了。回到家裏這幾天，他還沒有見着他的母親，如今大哥、大嫂領着他到北房裏一見。原來母親已經雙目失明，看不見她最小的兒子了，但性情卻仿佛變得剛強了。她切切囑咐着說：“你不必惦記着家裏了！以後外邊若是有路，也不必回來啦！你趁着這個時候，趕快去找和珅，請那顧姑娘幫助你，將那奸賊除掉！因為現在連皇上都換啦，千萬別叫那毒死了你爸爸、害盡了天下好人的萬惡奸臣，得了善終！你快去報仇吧，我在這兒瞎着兩眼等着看你了……”

伍宏超悲痛地落了幾點眼淚，但立刻就咬着牙將淚水忍回，隨即找出了青鋒劍，自己還要把金剛玉交給畫兒使用。可是顧畫兒臉紅着擺了擺手，說：“誰用那一口，還不是都一樣？”由是，兩口劍就又換過來了。

家裏還有一匹馬，伍宏超就自己去備好。顧畫兒的驢原來也在這兒了，還是三年前從北方騎來的那一匹驢，可是這驢也顯得老多了。伍宏超又將鬍子刮光，收束好了行李，帶上了盤纏，他就別了他的母親和兄嫂，與顧畫兒一同出門。這時正是吃晚飯的時候，他們走在街上，也沒被人注意，一驢一馬，各攜寶劍，就離開了蘇州府。秋風裏晚稻新收，明月照着處處汪洋的水田，他們就連夜往西而去。

二人先到了武進縣。三年前，伍宏超曾在這裏欠下過店錢，現在他就趕緊去還了。那店掌櫃的把這件事情全都忘了，不過既有人來還帳，錢雖不多，可這人總是一個君子人，所以十分感激，還執意要讓伍宏超到櫃房裏去喝茶。伍宏超卻謙恭地說：“我們還到別處有事。”這店掌櫃看見顧畫兒一點也不認識，由此可見，顧畫兒雖在武進城裏住了三年多，大概她真是永遠住在郝燕翎的家裏，沒有出門到街上來過一次。

這店掌櫃突然看見他們全都帶着寶劍，不禁嚇了一跳，趕緊拉了伍宏超一把。他回首看了看，院裏沒有別的人，就悄聲說：“你們快把這鐵傢伙收起來吧！叫衙門的人看見了，可真了不得。你難道不知道，這一年多來，這武進城、鎮江、南京，連個敢使拳棒在街上賣藝的，全都沒有啦？因為衙門裏是見了會武藝的人就抓，把一些教拳為生的老師們，嚇得也全都改了行啦！」

伍宏超聽了這話，不由得十分詫異，說：「會使刀劍的人，也不見得就犯法！」

店掌櫃又探頭低聲、指手畫腳，把這事的原因詳細地告訴了伍宏超，他說：「老朋友！大概你這兩年沒在江南這一帶吧？要不怎麼這些事兒你竟一點也不知道？難道你就沒聽人說？江南大織造——皇上派來的最闊的官，是中堂和珅的姑表親，在他的公館裏，半夜裏就丟了頭；總督因為太貪了，去年的一天，半夜裏被人在他睡覺的床帳裏，用寶劍斬去了一隻手；本府的郎知府，忽然一夜被人嚇死了；新府官兒到現在還沒敢上任……因為這些事，江南的一些大小官兒，全都日夜膽戰心驚。連七八歲的小孩，也都曉得這兩年，江南是出了一位無影奇俠，可是誰可也沒看見這奇俠是怎樣的一個人，只弄得人人不敢攜刀，不敢說是會武藝的，都怕被人疑惑上是那位連作大案的無影奇俠。若是真是，那倒不要緊，若不是可就糟了！你們還敢帶着寶劍哩？連這城裏的郝燕翎老師也早就不練武啦，也大概有兩年多在家裏不大出來啦……」

伍宏超聽到了這裏，不禁更為驚異，轉頭看了看，卻見顧畫兒神色如恒，態度淡淡的，一點也沒有因為這些事，這些話，顯出來什麼詫異。伍宏超心裏突然明白了，他笑了笑，向這店掌櫃的說：「不要緊！我們兩人帶着寶劍，是不會使人疑惑的，因為我們也不配當那無影奇俠。好！多承你關照了！再會！再會！」

當下，他就同顧畫兒走出了這店房，懷着十分興奮的心情，再往郝家巷去三會郝燕翎。

第二十章　　织布编蓑隐身行侠义　　长江小镇把盏待豪雄

　　現在伍宏超對於郝燕翎的為人，已經略略地明白了，可是心裏還有一點不服氣。同着顧畫兒到那郝家巷前，只見牌坊仍在，可是上面的那字跡已經脫落模糊。巷裏第三個門兒那高臺階，已長了青苔，像是不常有人掃，門前也沒有車輪留下的痕跡。雙門緊閉，景象蕭條，郝燕翎已不似以前與本地郎知府相交之時那樣炫赫了。

　　顧畫兒上前把門叩了半天，才有一個十五六歲的男孩子將門開了，笑着說：“姐姐回來啦！這位就是伍大叔吧！”伍宏超看這男孩子長得很像郝燕翎，身體十分強壯。經顧畫兒給介紹，知道這果然是郝燕翎的大兒子，名叫郝雲飛。

　　這郝雲飛接過了驢和馬匹，牽進大門，隨即將門閉上。大門裏更是寂靜得很，院落還是那麼大，可是沒有一個僕人。由裏院的北房又走出來一個年約十二三歲的男孩，顧畫兒說：“他叫郝雲佩。”另有一個八九歲的女孩，名叫郝雲飄。這都是郝燕翎的子女，三年前還都幼小，現在已都漸漸長大了。他們都很注意的看着伍宏超，跟他並不顯生疏，好像平日這裏就常常提說伍宏超的名字，如今來了，所以就都爭着要看他一看。

　　郝燕翎在屋裏發出來咳嗽聲，可是並沒有出來相迎。顧畫兒讓伍宏超進屋，伍宏超一看，屋子空的連一張桌子也沒有，大概是把傢俱都賣了。郝燕翎自里間走出來，穿着黑布的夾襖夾褲，擺擺手說：“我的母親現在正病着，正在睡着，你們到西屋裏去等着我吧！”說着直注意伍宏超腰間佩着的金剛玉寶劍，又正色說：“這寶劍現在又給了你吧？可見我並不是想要它！”說時還似乎氣忿忿的，舊日的誤會，在他的胸頭並未消釋。

　　伍宏超覺着很難為情，別後三年多，才一見面，郝燕翎就又像要打架的樣子，這還跟他談什麼？還在這兒待着有什麼意思？所以心裏也不由得很是生氣，臉色也變了。但是又見郝燕翎的身體顯得更弱了，背都駝了，鬍子也都白了，一臉的病容，兩眼可更顯得有光，伍宏超對他又仿佛有些可憐，遂就沒說什麼，只是淡笑了笑，便同着顧畫兒往那西屋去了。雲飛、雲佩、雲飄也都依然跟着到了這屋裏。

　　這屋裏擺着一架織布的木機，地下還有一大堆乾草，旁邊扔着織成了的粗布，編好了的蓑衣與草帽。雲飛來到這屋裏，當時就軋軋地織布，雲佩、雲飄就都坐在小板凳上去編蓑衣，笑着說着話，都是很高興、很習慣的樣子。

　　伍宏超一看倒不由得發了怔，因為看這樣子，這三年來，郝燕翎並不像因為那郎知府的照應，享受了什麼庸福；也像是沒給和珅去護院，發了什麼財，大概還保持着他的一點清高，沒有失掉了他俠客的人格。顧畫兒說：“你不要以為我郝師父是壞人，他是忍辱負苦，這幾年真不容易！」伍宏超沒有言語。心裏還是不服氣。

這時候，郝燕翎就大踏步急急地也到了這屋裏。他先叫雲飛停止住織布，雲佩、雲飄都不要再說話，然後就向伍宏超正色厲聲地說：「伍宏超！你當初以為我是貪圖郎知府的錢財，要給和珅去效力，是什麼好虛名、貪小利的假俠客，當時我也不和你辯駁。這三年來你可看明白了，我到底是個怎樣的人了吧？」

伍宏超搖頭說：「我還是沒看清楚你是個怎麼樣的人，因為這三年我是被蘇州的知府給關在獄裏。」

郝燕翎瞪着眼問說：「那你可曾聽人說過，兩年前，和珅的表弟，江南織造陳某，貪賊枉法，作惡多端，半夜裏被俠客割下了他的首級？」

伍宏超說：「這也不算什麼，殺個小小的織造也無濟於事。」

郝燕翎又說：「兩江總督是和珅的親信，搜刮民財，橫行霸道……」

伍宏超說：「我知道了，是你去斬下了他的一隻手。要說總督的官兒可是不小，夜入他的衙中，在他睡覺的床帳裏削去他一隻手，也確實是別人做不了的事。可是在你並不算難，總督短少了一隻手，也照舊可以刮地皮，這件事，我看倒不用誇耀！」

郝燕翎更加忿怒地說：「你不要以為我同本地郎知府拜為把兄弟，他給了我這宅子，並把胡同改為郝家巷，就能買住了我的心，我照樣除了郎知府！那次我去殺他，沒想到我的寶劍還沒有落在他的脖子上，他就先嚇死了。我去和他結交不過是韜晦之計，使人覺着我沒什麼志氣了，我好在這幾年中，將我的兒女撫養成人，將顧畫兒的武藝教得更好……」

伍宏超點頭說：「你也算不錯！可是你這些年吃的、穿的、住的，難道還不是來自郎知府？還不是間接的來自和珅？」

郝燕翎搖頭說：「不是！」他指了指屋裏的織布機，和織編的一些蓑衣草帽，說：「你看，顧畫兒來到這裏三年，她還不是一邊幫助我去除滅貪官，跟隨着我學習武藝，一邊又克勤克儉，自謀衣食？連我的孩子們也都不吃閒飯。郎知府確實送給我不少的錢，和珅也送給我一些禮物，我也收下了，但是我轉手就叫顧畫兒都去周濟了貧困，此事可以對天明誓！」

伍宏超擺手說：「你不用再說了！我已經明白了。可是在這城裏，你的那些老鄰居、舊朋友們，還都在恨你，他們說你自從結交了郎知府，巴結上了高枝兒，便都不認識他們了！」

郝燕翎說：「那是因我怕他們受我的連累，所以才故意與他們疏遠……」

他歎息了一聲，又說：「我並不是自誇！我一生學得的武藝，在江湖間，恐怕只有沖天俠一人堪稱是我的敵手，其餘的在我的眼中盡如草芥。我也知道，我們的名頭是太大了，和珅對我們必不能放過，他定會遣人用種種的手段與恩惠，來攏絡我們。郎知府之與我結交，全是聽從和珅的旨意。他並不是愛才、好客，卻是要用我的武藝抵制那些俠義之人。我一生清高自守，是絕不能給他幹的。可是三年前，我就已經知道沖天俠已為他收買了……」

伍宏超與顧畫兒聽到這裏，不由都顯出了驚愕的神色。

郝燕翎又說：「沖天俠是陝南、楚北、豫西一帶的第一好漢，出身綠林，行事也頗慷慨。此人可也有些毛病，雖不愛財，但喜美色。我當年往西陵去傳授顧畫兒的武藝，實在是為看那口金剛玉寶劍，可是沖天俠卻另有居心。若不是他曉得畫兒也是我郝燕翎的弟子，不但劍得被他拿去，畫兒也必被他所辱。因此，畫兒投到我這裏來，我必須費三年的功夫，將她的武藝教成，不然她將來還是不能自保。這些事，我存在心裏，對畫兒都沒有提過。多年以來，因為和珅曉得光憑鐵爪蛟龍那些人難保住他，所以千方百計收買我和沖天俠。我這裏是以老母在世，不能遠遊為名，才至今沒到北京去，那沖天俠卻在三年前就叫和珅給接了去了。沖天俠也是個明白的人，江南出的這些大案子，織造被殺、總督斷手、知府喪命，他不能猜不出來是誰幹的。我想他一定也知道，畫兒是在我這裏了。可是他並沒有敢多事，可見他還是顧忌着我。”

說完了這些話，郝燕翎又是歎息不置，又是拈鬚自矜。顧畫兒卻氣得不得了，因為她從來也沒有想到，她的那另一個老師沖天俠，竟是那麼個人！

伍宏超這時倒是心平氣和了，就向郝燕翎說：“我都明白啦！當初是因為我年輕浮燥，沒看出你的深謀遠慮，我現在才明白。我在蘇州府衙的獄裏三年多，你不是不曉得，可是直到最近才派了顧畫兒姑娘將我救出來。大概是你覺着早把我救出來也沒有用，倒許成事不足，敗事有餘。這些都不必多說了！三年以來，顧畫兒姑娘的武藝一定更高，我的那點武藝倒許全都忘了，可是我武藝雖忘，仇卻未忘，我在監獄裏也是時時刻刻地想要去殺和珅！這三年多，尤其有沖天俠在那裏助紂為虐，和珅的罪惡不知又增加多少？你能夠等這三年，我現在可是一刻也不能夠等！別說畫兒姑娘現在還願意與我一同去，她就是不去，我也得一個人再去找和珅拼一拼。還有那沖天俠，我不但久聞他的大名，我在陝南從師學藝的時候，還見過他的。記得在三年前那天，我深夜裏來到這裏見郝老師，我記得你還說過，叫我最好去拜沖天俠為師，再學上十年八年的武藝……”

郝燕翎說：“我當初說那話時，一半也是氣話。那時我就知道沖天俠已經為和珅所收買了，我為他惋惜，因為他的武藝實不弱於我，在北方，他名聲比我在南方還大。我原想也傳授你幾年武藝，那時候我實在有這個心，可是你與和珅結的仇太深，人人都知道，我才不敢留你在家裏住，而必須將你逼走。那時我想要叫你去找沖天俠，或者你與他去鬥鬥，或者他為你的至誠所感，就收你為徒了，而他也就不去再幫助和珅了。因為我想着，沖天俠大概還不至於良心喪盡。”

伍宏超冷笑了笑，說：“你們想的事情倒真容易，幸而我還沒有由着你們擺來擺去。我伍宏超的武藝雖比你們差得多，可是我不認識你們的時候，就已經跟和珅為仇作對了。我已經三次進過他那中堂府，有沖天俠在那裏，我照舊敢去！顧姑娘願同我去，咱們這就走。郝師父你尚有老母在堂，也不必同着我們去冒險，咱們只好後會有期。”

郝燕翎只是不住地冷笑，他的兒女雲飛、雲佩、雲飄，此時全都扭着頭看着他，郝燕翎就點了點頭，說：“你們走吧！”

伍宏超倒是想和郝燕翎再談一談，因為覺着他雖性情古怪，可也值得欽佩。沖天俠現在在北京給和珅保鏢，若沒有他相助，恐怕我們雖有勇氣，也難免會有波折……他想來想去，覺着自己雖然說話很硬，但是對沖天俠還真有一點畏懼。最好是再等一等，用話激一激郝燕翎，叫他自告奮勇，幫助我們去殺和珅。

於是伍宏超雖然都已經告別了，他可又不立即走。顧畫兒卻心裏很急，她匆匆地去向郝燕翎的老母親辭了行，出來牽着驢就走。郝燕翎這時也進到東屋裏去了，伍宏超只好牽馬攜劍，同着顧畫兒出了大門。那雲飛、雲佩、雲飄兄妹三人，都歡躍着到了門前，站在臺階上相送。

顧畫兒這時是什麼也不管了，看她這樣子，仿佛恨不得一下子就去將和珅的首級割到手。難得她在此住了三年多，如今才算武藝學成，磨礪而待用了。她跟伍宏超雖又換過了寶劍，又一路同行，叫旁人見了，不說他們是夫婦，也得說是兄妹，可是她跟伍宏超顯得越發疏遠了。伍宏超看得出來，這倒並不是她故意的矜持，而是她報仇心急，連說一句話的工夫，好像也都沒有了。

二人急急行走，渡過了長江，已是江北泰興地面。這時候已經傍晚，江水發着金紅的顏色，岸旁蘆葦蕭蕭，秋風瑟瑟。兩個人還都沒有用晚飯，驢馬更都要喝水，尤其顧畫兒騎的這個驢，因為太老了，已經沒有了當年的精力，現在竟仿佛要趴下了。

臨着這渡口，有一個小小的鎮市，二人就牽着驢馬，走進了鎮街。這街上只有一兩家小店，稀稀的一些住戶，景況蕭寥。更因時已薄暮，街上的人更少。他們正向前走着，忽見一家小店裏跑出來三個孩子，都拍手跳着，說：“你們倒來晚啦！哈哈！你們先出的門兒，倒現在才來，我們可都來了大半天啦……”

伍宏超非常驚愕，因為這正是郝燕翎的兒女：雲飛、雲佩、雲飄，剛才在武進城分手時他們還都在家裏，現在居然這麼快就先來到了。顧畫兒倒並不怎樣感覺詫異，只十分的喜歡，她就笑着說：“郝老師也來了吧？”雲飄替她拉着驢，笑說：“不但全都來了，還辦了不少的事，都辦完了才來的。”說着就一同進了店房。這時伍宏超反倒覺着有些害怕了，因為由此可以證明，郝燕翎的武藝已練到飄乎莫測的境地，也許因為他對於這一帶的地理精熟之故，而他的兒女們，年雖都小，可是武藝一定也是全都精絕。

郝燕翎正在這店裏的小屋內用晚飯。他預備得很多，筷箸就預備了六份，因他料到伍宏超跟顧畫兒必到這裏來。他此時的態度有些驕傲，拈着白髯微微地冷笑，臉上雖然還像是帶着病，但因為喝下了酒，所以臉色發紅，雙目瞪得更大。

他就說：“剛才你們走後，我便先將我的老母寄託在開小鋪的何家。那何家老頭，原與我是多年的鄰居，後來因為我要與郎知府假意接近，故此也跟他們假意疏遠。三年前有一天，我曾叫你在他那小鋪等着我，後來我去了，你也走了，外面又下着雨，我便跟他將我的真心說明了。所以這些年，我獨跟他家，還有一點來往。今天將我的老母寄在他家裏，他決不能錯待。我本想是效法古時的專諸，老母在堂，己身不敢輕率冒險，否則我不能等到今天才去找和珅。現在卻顧不得啦！趁着我還有這兩膀力氣，一副身手，我倒要去和沖天俠見一高低，因為我想我不去不行，光你們去還是沒用！”

伍宏超聽了他這種俠情壯志，自然是不勝欽佩，可是又聽他說“光你們去還是沒用”，不由得心裏又惱了，覺得郝燕翎太輕視人了。雖說我武藝不如你，但就沒有去殺和珅，去鬥沖天俠的膽量嗎？他心裏忿忿的，可是沒言語。

郝燕翎持杯，只是喝酒。雲飛身體健壯，吃的飯很多；雲佩雖只有十二歲，但身材跟他的哥哥高矮竟差不多，他們的腰間都帶着鋒利的匕首，現在就放在飯碗旁。雲飄小姑娘生得很好看，雖只八九歲，但談吐流利、明白，那份堅強豪俠的神態，竟如同大人。顧畫兒卻仍是憂鬱着，只是低頭吃飯，不大說話。伍宏超看着他們，自己倒不是拘束，只是跟郝燕翎這樣的人，仿佛不知說什麼話才對；既不能奉承他，又不能輕視他，摸不着他是什麼脾氣。

郝燕翎以前一向很拘謹，織蓑衣、受苦，跟普通的窮苦人無別。現在也許是因為他暮年重走江湖，千里去懲權奸，一身別無他顧，很有“壯士一去兮不復還”之慨，他就敲着酒杯，高唱起來：“

世莽莽兮仇何深？壯士回首兮淚滿襟。

雲滿山兮霧滿江，仗利劍兮走遠方。”

他長歎一聲，喝了一杯酒，又唱道：“

屈辱十年兮鬢已蒼，憂兮憤兮不能忘。
血已凝兮劍復光，向彼和珅兮把怨償！”

這歌詞連伍宏超聽了，都不禁打了一個冷戰，想要回手將屋門帶嚴，卻又怕那樣顯出自己太膽小了。雲飛、雲佩、雲飄聽他們的爸爸唱着，齊都十分的高興、歡樂，顧畫兒此時也正襟危坐，停了箸，咬着嘴唇靜聽。

郝燕翎用掌吧吧地擊着桌子，又高聲唱道：“

有俠客兮踏江來，會彼‘沖天’兮駑劣材。
夜將深兮月將昏，風瑟瑟兮天沉沉。
慰眾民兮剗賊心，鋤權奸兮捉賊魂。
妄號‘沖天’者兮非俠之倫，願與之搏鬥兮死生分。
彼‘沖天俠’兮胡不來，來與劍對劍兮亦雄哉！”

伍宏超聽了大驚，因為聽他這麼一唱，好像是他已經知道那沖天俠就在眼前，一場惡戰就已臨近了。

第二十一章　屢斗沖天俠画儿恼怒　相逢扬州府老少齐欢

　　伍宏超坐的這個位兒，身後邊就是敞着的屋門。門外，小店的院落很小，木椿上繫着驢跟馬，但也只是兩匹，好像這店裏住的客人就不多。別的屋子裏雖然也有燈光，可是門都閉着，聽不見有說話的聲音，院裏雖有人往來着，可那只是店裏的夥計。

　　吃畢飯，郝燕翎仍是談話不休。他酒喝得不少，卻全無醉意，精神興奮，似面臨着大敵。伍宏超倒想跟他說明，沖天俠要是真來了，自己一定助他一臂之力，並願把金剛玉寶劍借給他使用，免得他吃虧。可是聽郝燕翎說的一些話，全都是誇述自己的當年之勇，豪言壯語，又似乎沒把那沖天俠放在眼中，伍宏超也就不敢再說什麼了。顧畫兒是坐在旁邊，面帶愁容，一言不發。那三個小孩仍高興地嘻笑玩耍，像沒有什麼事一樣。

　　郝燕翎今天來這店裏時，就訂了三間屋子：一間給伍宏超住，一間他自己帶着兩個男孩住，另一間叫顧畫兒帶着雲飄姑娘住。飯後，各人回屋裏休息。伍宏超心想：看郝燕翎那興奮的樣子，也許他知道有人今夜能找他來，自己也應該準備着點。熄了燈，他和衣而臥，把金剛玉寶劍就放在手邊。夜靜悄悄的，月光透過紙窗，屋內並不很黑。他躺在床上，睜着眼靜聽着，半晌卻什麼聲音也沒有。實在是戰勝不了一天的旅途疲勞，漸漸地他就昏昏睡去。

　　約摸三更時分，他猛然驚醒，似乎隔壁顧畫兒住的屋裏有開門的聲音。他趕緊起來開門去看，就見那兩間屋子的門都虛掩着。他推開郝燕翎的屋子進去一看，竟空無一人，顧畫兒的屋內也是如此。他嚇了一跳，急急回屋取了金剛玉寶劍，飛身上房。由房上向下一看，見這房後是一片菜地，再遠處有一片樹林，林外就是夜色茫茫的田野，既聽不到人聲，也看不到人影。估計一定是剛才來了歹人，他們大家都追出去了。

　　他跳下房來，四面去找，高聲叫着：“郝老師！”又叫：“顧姑娘，你們在哪兒呀？”店家也都驚醒了，直問：“出了什麼事？”伍宏超也顧不得答話，就提着金剛玉寶劍跑到外面。

　　街面上倒還是很安靜，他們那麼多人，一定是打到江邊去了？於是他就往江邊緊走，隨走隨大聲叫喊着：“沖天俠！大概你也還能夠想得起來我，我名叫伍宏超！武藝是自陝南紫陽學來的，咱們原是一家人！”又喊說：“你是有名的俠客！我料想你也不能甘心給奸臣和珅為奴，郝老師是你的同道，顧畫兒又是你的門生，有什麼話不好說？何必這樣的為仇作對？”

　　他就這樣自己跟自己大聲說着，也不知道有人聽見沒有。凜冽的西風自曠野吹來，好像往他的臉上、脖子裏直灌涼水，他持着劍的手，都有些發僵了。

　　他又走了幾步，就聽見了嘩嘩的江水澎湃之聲。長江沉沉，夜色蒼莽。而在這時，就見對面有幾個人走了過來。伍宏超趕緊追奔過去一看，不由得更驚了，原來是那冲天俠已經逃匿，不知去向。顧畫兒幫助郝雲飛抬着受了傷的小姑娘雲飄。細看時，雲飄的傷倒是不重，只是被冲天俠踢了一腳，踢得她手腳都不能夠動了。雲佩恨恨地罵着：“冲天俠，那王八蛋！他竟敢踢傷了我的妹妹。爸爸，咱們還得找他去，殺了他，給我妹妹報仇！”

　　郝燕翎這時卻不說一句話，也看不出他的臉色是什麼樣子，只覺着他那傴僂的腰，此時已經完全直挺起來了。他走得很快，並催着別人也都跟着他快走，不多時，就都回到了店房。這店裏的人也都自相驚攪了半天，郝燕翎勸大家都去睡覺，他只把小女兒抱到了屋裏，連燈也不點，也不細看看小女兒的傷。

　　伍宏超覺着很不平，就拿着金剛玉寶劍進了屋，說：“郝老師！你不要難過了，今天所以未能將冲天俠捉住，致使你小女兒受了傷，是因為你手裏沒有好兵器。現在我拿的這就是金剛玉寶劍，顧姑娘交給了我，其實我真不配使它，不如交給你。等到冲天俠再來的時候，憑你的武藝再加上這寶劍，那就一定能夠獲勝！”

　　郝燕翎卻擺着手說：“不用！不用！寶劍還是你使着吧！我與冲天俠原是二十年來的慕名之交，同時也是沒有面對面較量過的對頭。我早就知道，我所作的那些俠義行為，全都瞞不了他，而他必已在暗中監視着我許久了。這次我北上去尋和珅，在我們離家的時候他就知道了，所以我料定他必要來鬥鬥我，果然未出我之所料。剛才我一與他交手，才知道冲天俠果然名不虛傳，同時他也一定曉得我郝燕翎不是個好欺負的了，他更曉得和珅的頭已經一半握在我的手中了。至於我小女兒這傷，倒不算什麼，是因為剛才在江邊我與冲天俠決鬥之時，別人都不敢近前，唯這小女兒上前去幫助我，所以冲天俠才用腳踢了她一下。但我也知道冲天俠的腳下是有分寸的，不然我這小女兒，是不能活着抱回來了。”

　　伍宏超忿忿地說：“無論冲天俠的武藝怎樣強，但他沒品行！他賣身投靠奸臣，助紂為虐，就是個惡人。金剛玉寶劍這麼鋒利的兵器，正是要除那奸臣惡人的！”

　　郝燕翎卻說：“你可以用這寶劍去跟他鬥，去殺他，我卻不能！我郝燕翎要殺死冲天俠，最好是徒手，憑拳腳，其次是論刀槍，用凡鐵，不要好傢伙。若是徒憑出色的兵刃占上風，那他死了也不服我，所以我用不着這金剛玉寶劍。”伍宏超一聽他是這樣的一個見解，自己也就不能執拗地非得叫他使用這好寶劍了。

　　他歎息了一聲，回到自己住的那屋內。後半夜他更睡不着了，手中緊緊握着寶劍，心裏忿忿地說：冲天俠若敢再來，我就單獨跟他去拼，先殺了這和珅的走狗！給雲飄小姑娘報仇……

　　後半夜倒是沒有什麼動靜，可是到了天明，顧畫兒又來催着他走了。

　　顧畫兒現在已收拾得很乾淨，頭髮用布帕罩着，但面色更顯得憂鬱，並添上了一層急躁。店裏的雞才叫，她就要伍大叔跟着她，立時就走。她牽着她那頭老驢，帶着那口青鋒劍，行於這曉色蒼茫之間。伍宏超說：“姑娘！再等一會兒好不好？等着郝老師起來，看看雲飄小姑娘的傷重不重？能不能夠一同走……”

　　顧畫兒說：“我已經看過了，我郝老師叫咱們先走。他們還要在這兒歇一天，至多一兩日，他們一定能趕得上咱們，因為咱們走的慢，他們走得快！”

　　伍宏超笑着說：“咱們有驢又有馬，倒比他們慢？”

顧畫兒說：“這就是功夫有深淺，得啦，咱們別磨煩啦！快點兒走吧！郝老師還囑咐我，說咱們在往北的路上，可要提防着沖天俠。咳！我真想不到，他也是我的老師，他怎麽竟變成了這麽一個人……”她又惋惜又生氣，更仿佛很難過。

伍宏超一聽說往北京走，又有遇見沖天俠的可能，當時就興奮起來，連說：“好，好！這就走！”於是連臉也不洗，手攜金剛玉，牽馬同着顧畫兒出了店門，就向北去走。晨風凄冷，秋葉飄零，他們離開了這條鎮街，就往西北走去。這是郝燕翎剛才向顧畫兒指示的路徑，令他們先到揚州府，然後再沿着運糧河一直北上。

顧畫兒這時是心緒火急，她急急鞭打着她的老驢，一口氣就走出了三十多里。太陽已經很高了，伍宏超，連他坐下那匹馬，全都滿身是汗，他就勒住馬說：“顧姑娘，你也歇一歇吧！你看你騎的那個驢，它簡直走不動了！”

顧畫兒卻說：“不快些走還行？老這麽磨煩着，耽誤着，來到江南以後又等了三年多啦！都等到改了朝換了代啦！難道還想等着叫和珅壽終嗎？”她說着話，悲憤的眼淚又不住簌簌地落下。

伍宏超說：“和珅也是害死我父親的仇人，十餘年來我是一心想為父報仇！但我在蘇州，經過三年獄中的熬煉，我見那些負屈含冤的犯人，也都是為和珅的貪婪虐政所害。給和珅作爪牙的酷吏、貪官，更有不少豪紳惡霸，他們全都欺負人、害人。所以光是殺死和珅也不行，我們還要剪除盡天下的強梁惡霸才對！”

顧畫兒說：“據你這麽說，和珅就可以不剪除了嗎？”伍宏超說：“不是，我們不殺和珅，決不甘心，誓不為人！連滿清的皇上，也不應當容許他存在！”說到這話之時，他不禁扭頭向四下看了看，因為這是大逆不道的話呀，被人聽見了，告發了，不但全都要被砍頭，還得夷滅九族，不是鬧着玩的事。可是顧畫兒聽了，面上並不稍露驚詫之色，只是微笑了笑，說：“別說了！快點走吧！”

她依然催着她的驢向前快走，但是這頭驢到了江南以後不大跑路，年齒既增，又閑了一身的病。如今連着走遠道，它哪裏受得住？越走越沒有勁兒。顧畫兒就下了驢，牽着它走，可是這個驢已經是實在不行了，又走了二里地，就死在了路旁。

顧畫兒忍着悲淚，連看也不忍得多看，解下驢身上的東西，又催着伍宏超快走。她已經沒有了驢，伍宏超也不好意思自己騎着馬，所以就也牽着馬走。這樣一來走得更慢了，顧畫兒就更顯得神情憂鬱，脾氣急躁。午間找了一個小鎮，二人用了午飯，再往西北去走。本想趕到揚州，可是來到了大橋驛這地方，天色就已黑了，並且瀟瀟地落下秋雨來。二人只好冒着雨，前去投店。

這鎮上的幾個店，早就全都住滿了人，找了好半天，才找着一間小屋子。伍宏超覺着兩個人住在一個屋裏，不大合適，所以就說：“還是到別的店裏再問一問去吧？能夠有兩個單間兒才好。”

顧畫兒卻把眉毛一皺，說：“這算什麽？將就一點好不好！我就不信那些男女授受不親的酸秀才話！”

這話叫伍宏超聽了，倒好半天沒有說出什麽來。因為顧畫兒說這話時極為爽快，而且光明磊落，弄得他倒不好意思了。又想起換劍訂婚之說，不禁心裏又湧起了深情。可是又想：壯志未遂，要家何用？而且我要是真想成個家，也應當設法將吳卿憐救出來，娶她，不應當娶顧畫兒呀？可是顧畫兒又實在比卿憐好得多。她要能與我將來成了夫婦，殺完了和珅，再一同去浪跡江湖，行俠仗義，打盡人間之不平，助天下之孤弱，救貧困不幸之人，那才不負這一生，才不枉學了這一點武藝！但是哪裏能行？顧畫兒對我是若有情，若無情；說是有緣，也怕是沒有緣。這可怎麼好？將來如何割捨、分散……

　　伍宏超想了半天，越想越煩，吃了一點飯，就點了一盞燈，坐在燈旁，見顧畫兒已經躺在床上，連鞋也沒有脫，已經沉沉的睡去了。他突然又想起了沖天俠，心裏當時又一陣的凜然。他趕緊站起來，將門關嚴，插關插上，鎖頭掛好，然後用金剛玉寶劍將燈焰壓滅。屋裏黑了，他就靠牆一坐，躲開畫兒遠些，先是打盹兒，後來就半臥半坐的睡着了。

　　秋雨還在下着，秋風挾着雨點時時往窗紙上吹，沙沙的不住地響。雷聲倒不大，閃電也不太亮，屋裏雖然黑，倒還隱隱的能夠看得見人。伍宏超迷迷糊糊地睡了一會，可是忽然自己就驚醒了。他睜開兩眼一看，不由得更為駭異：只見有一人已經進了屋，就坐在床旁邊，用手輕輕撫摸着顧畫兒的頭髮，顯出一種憐愛之情。

　　顧畫兒雖然還沒有醒，伍宏超卻實在忍不住氣了，當時就急揮金剛玉寶劍向着這人砍去。而這個人身輕如燕子，嗖的一下就飛出了屋。伍宏超仗劍追出，大罵道：“沖天俠！你是個什麼東西？真給江湖上的俠客丟人！你給和珅當了家奴，今夜又來調戲你的女徒弟！你是個什麼東西？豬狗不如！卑鄙小人！無恥之尤！”

　　伍宏超一邊罵着，一邊向房上就追，只見沖天俠正在房上等着他，他便揮劍去砍。沖天俠用劍相迎，這道寒光來勢疾急，就像是一股冷氣吹在他的脖子上了。伍宏超便用分身步在房上立穩，橫着金剛玉寶劍去迎，心說：你敢碰一碰？我就先斬斷你的寶劍，再斬斷了你的頭！

　　但沖天俠抽劍換步，翻身重展劍式，以白鶴亮翅斜擊而來，非常疾快，伍宏超簡直有點難於招架。這時就見顧畫兒掌劍，也自房下躥上，來幫助他。伍宏超就說：“姑娘你不要認他是師父了，這東西不是好人……”好人這兩個字還沒有說清楚，就覺着沖天俠向他的臉上擊了一掌，這一掌正打中了他的臉，他躲也躲不開，顧畫兒也沒法救了。他就覺着有什麼堵住了他的鼻子，呼吸不過來，頭一陣發沉發暈，身子就站立不穩了，當時就連劍帶人，噹啷、咕咚，齊都掉下了房去。

　　伍宏超心裏原是明白的，本想來一個鯉魚打挺，再挺起身來，卻不料沖天俠的這一掌打得真沉，他已挺不起腰了，當時整個的將後腦勺撞在地面上，他可真的立時就暈過去了。此時雨還在落，房上的顧畫兒和沖天俠還在打，伍宏超可什麼都不知道了。

　　他昏暈了多時，後來略略地蘇醒了，發現身子已經躺在屋裏的床上，燈也點上了。他斜眼看了看，見金剛玉寶劍和顧畫兒，還都在他的身旁，他就知道是顧畫兒把他救到屋裏來的，那沖天俠已經走了。

　　伍宏超忍着腦後的傷痛，翻身坐起，氣得幾乎要跳起來，他忿忿地說：“什麼沖天俠？我今天才算認識他了！好啦，他大概也沒走遠，路上不見，到京裏也能夠見。不除掉這惡賊，這兇惡的假俠客，我就誓不為人！”

　　顧畫兒卻說：“還大聲嚷嚷什麼？總算我們的命運不濟就是了！”伍宏超更忿然的說說：“什麼叫命運？命運那是瞎說！也不論什麼武藝，只憑着正氣、肝膽，我就相信和珅跟沖天俠都得在我們的劍下喪命！”顧畫兒又微微地歎息，說：“這時候要能夠到北京就好了！”

　　伍宏超說：“明天就快快地走！我願意再會着沖天俠，我跟他一路走一路鬥，我看他決攔不住我們去殺和珅！”說着話，他手中緊緊握着寶劍，仿佛最好沖天俠能夠再來，馬上就再廝殺一場才好。

　　顧畫兒坐在床邊，沉思不語，看她這樣子，剛才她和沖天俠交手，大概未分出勝負，那沖天俠就遁去。而她想去追，也追不着了。沖天俠對她實在是懷有一種戲耍之意，使她羞憤。那沖天俠又本來傳授過她的武藝，如今竟成了對頭，這也使她傷心。她在江南從郝燕翎又學了三年武藝，滿以為技已學成，北上除和珅當無阻礙，卻沒想到又有沖天俠幫助和珅，成了他們的勁敵，因此她又十分憂慮。再加上她與伍宏超之間，不能說沒有感情，然而將來是怎樣的結果呢……

她低着頭沉思，熒熒欲淚，伍宏超倒是呼嚕呼嚕地睡着了，她可依然坐着不眠，燈也不熄。窗外的雨，淅淅瀝瀝的，直到天明之時，方才漸漸停止了。雞叫了，院中走着的人，可還趿拉着雨鞋，有的客人已經上路。

伍宏超醒來了，他又急忙催着顧畫兒快動身。按理說，昨夜他叫沖天俠打得那一掌並不輕，鼻子和臉全都浮腫了，後腦痛得更厲害，血都粘住了頭髮；可是他不但不想休養休養，反倒當時就要走，心情比顧畫兒還要急，並忿忿地說：「我非得在路上再會一會沖天俠不可！」他這樣的勇敢，使得顧畫兒也很欽佩。

他付清了店錢，牽着馬就走。出了店門，他一定要叫顧畫兒騎上馬，而自己寧可忍着傷痛，步行相隨。顧畫兒也沒有法子太為推辭，只好騎上馬。伍宏超就腰掛着金剛玉寶劍，肩背着小包袱，在泥濘裏隨着馬往前去走。

細雨還在若斷若續地下着，雁群從長空哀鳴着飛了過去，路上的行人並不多。走到近午時，他們就到了揚州府。這裏雖也下了一夜的雨，可是仍是繁華熱鬧，實在與別處不同。顧畫兒也喜歡了，就高興地說：「伍大叔！咱們趕快到碼頭上去看看吧！我郝老師一定都先來了！」

伍宏超說：「他們哪能夠這樣快？」

二人到了碼頭，一看，這裏停泊着的大船，真是數也數不清，桅杆密密層層的真像樹林似的。跳板上往來着人，碼頭上堆着小山一般的貨物。有腳行在那裏使着勁地呼喊着：「哎唷唷！哎唷唷！」將沉重的東西搬上船去。官船上的官員們，站在船頭悠閒地看熱鬧。

顧畫兒來到這裏下了馬，她仰着臉，直着眼睛，向這許多船上去找，伍宏超只好跟着她來回地邊走邊找。官船上當然不會有郝燕翎，可是在商船上也看不見他們。伍宏超心說：他們哪會這麼快就來呢？他們既沒有馬匹，那郝雲飄小姑娘且負了傷。我一個強壯的大漢，只挨了沖天俠一掌，到現在痛得我還直要暈哩；雲飄那小姑娘挨了那一腳，她哪能吃得住？所以，他就想向顧畫兒說：算了吧！不必瞎找他們了，他們不會比咱們先來到這兒。或者我們就在這附近找個地方等着他們，或者我們趕旱路，他們就搭船，自己走自己的吧……

因為四周亂嘈嘈的，這話他可是還沒有說出來。顧畫兒又只管向各船上亂找，跟她說什麼，她也是聽不見，擠來擠去就擠進了人群。人群中還有些賣煮肉、賣稀飯的小販，全都把擔子放在地下，熱氣騰騰的，遮擋得人連腳步都邁不開。

忽然看見有個穿着花夾襖小姑娘，拉了顧畫兒一下，說：「姐姐！你們怎麼才來呀？」這時連伍宏超也驚愕了，原來這個小姑娘正是郝雲飄！她跳跳躍躍的，仿佛前夜她所受的那踢傷，已經完全好了。

當下她就帶領着顧畫兒與伍宏超，找着了他們那只船。這是一隻大貨船，高高的桅杆上掛着小旗子，帆蓬都掛起來了，船都快開了。郝燕翎和雲飛、雲佩全都站在船頭，招呼着他們說：「快上來！連馬也牽上來吧！船這就要開了！」伍宏超、顧畫兒，連那一匹馬，遂就跟着郝雲飄，都上到了這貨船上。

這船上的人，同郝燕翎都很熟識，稱呼他為郝老師。伍宏超就問：「小姑娘的傷全都好了嗎？”郝燕翎微笑着說：“好了，她早就好了，沖天俠還能真把她踢死嗎？我想着就不會的。”

伍宏超本想要把昨夜沖天俠打了他一掌，把他摔暈的事情說出來，可是不用他說，雲佩跟雲飄早就指着他的臉，笑着說：“伍大叔，你的臉怎麼胖了？”伍宏超不由得一陣面紅，本想去和郝燕翎詳談昨晚遇着沖天俠的事情，可郝燕翎這時在同船上的艄公們談話，並不來招呼他們。

雲佩、雲飄拉着伍宏超跟顧畫兒的手亂嚷嚷，指指岸上，指指河裏，仿佛他們對什麼都覺得新奇。船身已經移動了，高高的帆篷已經扯起來了，風呼呼地吹着，河水汩汩地流着，就離開了那些鄰舟，一直向北駛去，把熱鬧繁華的揚州府，漸漸拋在了背後。駛船的人一邊搖着槳，一邊“哎唷呀，哎唷呀……”地喊將起來。

第二十二章　匕首投桅杆豪強墜水　青鋒刺轎與奸相丟魂

　　船往北走着，天邊有點陰，兩岸也沒有什麼風景可看。伍宏超吃完了飯就到後艙裏去躺着，可是因為腦後疼痛，臉也發漲，他想睡也睡不着。他倒是很惦記顧畫兒的，更想把昨夜的事，對郝燕翎去詳談一談，告訴他們還得提防着沖天俠那小子。可是，郝燕翎等人全都在大艙裏了，雖然離得並不遠，他卻因傷，懶得走動。這傷，說不重可也不輕，躺着難受，坐着也難受，加以這船晃晃悠悠的，他簡直發暈了，覺得天地好像都在旋轉。

　　如此整整走了一天，也不知道走到什麼地方了，只覺着艙窗外的天色已黑。船泊在了一個地方，兩旁並無鄰舟。伍宏超心裏就想：奇怪！為什麼單要在這個荒僻的河邊兒停泊呢？這一定又是郝燕翎的主意，不知道他是在這裏躲避沖天俠呢？還是要在這兒等着沖天俠？

　　他吃了一些乾糧，喝些白水，依舊在後艙裏躺着。傷處雖痛，他卻提着精神準備戰鬥。天越來越黑，在船上也聽不見更鼓，約莫快到半夜了，他就手提着金剛玉寶劍出了後艙，夜晚的秋風一吹，腦後的傷處像刀割一般的痛。

　　天陰，沒有星星，兩岸枯柳的影子模模糊糊的，倒好像是有人站在那裏。這時連船上燒火的小孩全都睡着了，艙裏黑糊糊的，更沒有一點光亮。伍宏超就想到左邊船舷上去看看那匹馬，心說：這船上未必預備着草料，也不知道他們把馬喂了沒有？馬現在雖沒有用，可是到了北京還用得着，將來剪除了和珅之後，我還要騎着那匹馬去闖江湖呢！

　　伍宏超手提寶劍，深一腳淺一腳地往左船舷去走。他走得很慢，因為船上堆着不少大簍大捆的貨物，十分礙路，他從船頭繞過去，差一點就失足掉在河裏。才到了左船舷，還沒有找着他的馬，忽然就聽見有人冷笑，他不由得陡然興奮起來，急忙執劍，順着這聲音去尋。就見那大艙的窗戶外，站着黑魆魆的一個人，他正與窗裏的人以劍對持，各不相下，互相不服氣，二人都嘿嘿地發着冷笑。伍宏超曉得這站在窗外的必定就是沖天俠，他氣憤地想：我要不趁着這時候，把這和珅手下最兇惡最頑強的走狗除掉，還等到何時？

　　他壓着腳步向前去走，眼看着來到近前，這時就聽郝燕翎在艙裏邊說：“我們二人在江湖爭名三十餘年，如今也應該分出個生死了！”

　　沖天俠冷笑着說：“說我幫助和珅是瞎扯，我就是為跟你賭這一口氣！”

　　郝燕翎嘿嘿地笑着說：“好！你把你自己賣了，義氣良心全都喪盡，只為與我郝某為難？好惡賊！我可要對你手下不留情了！”說時當當利劍相磕，聲音特別的震耳，可見兩個人所用的力量全都十分猛烈。

　　又聽郝燕翎訶斥着說：“你們都好好地待着，不許上前！”這一定是艙裏的顧畫兒和雲飛等人都要幫助動手，可是郝燕翎不許。站在窗外的沖天俠兇悍地一劍緊一劍，向窗裏進逼，身軀決不稍退。伍宏超氣極了，自他的背後掄動了金剛玉寶劍，唰的一聲砍去。

　　沖天俠真沒有料到身後有人，但是他突然覺到寒氣逼近了他的身，便疾忙翻身以劍相迎。兩口劍磕在一處，只聽當的一聲，他手中的劍便被金剛玉給削為兩截；一半掉在船板上，一半依然拿在他的手中。沖天俠大驚，更為怒惱地說：“好東西！我昨天沒想要你這劍，今天你反敢拿這劍來傷我？你想找死，並不太難！”

　　伍宏超卻並不聽他這些話，只趁着寶劍得勢之時，驀然又往前進，金剛玉再向下削，打算削斷沖天俠的胳臂。沖天俠卻巧妙地用半截劍將金剛玉撥開，蓄住力氣，等待伍宏超再向前猛逼之時，沖天俠就急躍向前，制住了伍宏超，不許他反手，並要來搶奪他的寶劍。伍宏超趕緊將劍高舉，身向旁撤，同時寶劍直斫下來，沖天俠就向後一縮步。

　　這時，大艙裏的郝燕翎、顧畫兒一齊持劍而出，郝雲飛、郝雲佩、郝雲飄也各持寒光閃閃的匕首跳了出來，齊向沖天俠去劈。沖天俠就哈哈一笑，說：“你們的人多，就算有本事嗎？”說時扔了他的半截劍，颼的一聲就攀上了桅杆。他順着桅杆，咔咔就爬上去了，越爬越高，一霎時他就爬到了桅杆頂。

　　這時候船上的艄公們也都驚醒了，都出來仰首向上面望着，說：“有賊爬上去了嗎？”

　　伍宏超說：“這算什麼？他難道就永遠蹲在上面不下來啦？我一寶劍就能夠將桅杆砍斷，叫他摔下來！”

　　艄公們都擺手攔阻他，說：“可千萬別砍斷了桅杆！”

　　顧畫兒卻高仰着臉，向上懇求着說：“沖天俠師父，你下來吧！有什麼話全都好說。何必這樣，自己人跟自己人為難、作對？”

　　沖天俠坐在桅杆頂，向下冷笑着說：“這件事與你們全都不相干，我只是要找郝燕翎！咱們倒得看看，是誰的武藝高？”

　　伍宏超在下邊忿然地說：“你給和珅當了走狗，你就別再饒舌！”

　　郝燕翎就擺了擺手，說：“不用跟他多說了！”遂就由他的女兒雲飄的手中要過了匕首，高聲說：“沖天俠！我現在要叫你傲氣減消，要叫你良心發現，不得不給你個厲害了，你可要當心一些！”說時就將匕首向空中擲去。

　　只見上面的沖天俠，就像一隻被箭射中了的鳥似的，飄然落下了桅杆，撲通一聲掉落在河裏，把水濺起了多高。又聽沖天俠在水裏還忿忿地說：“好！京裏再見！咱們京裏見……”他一定是已經負了傷，但這時要下水去捉他，可也絕對捉不着，他已經踏浪登波，逃遁而去。

　　郝燕翎在船板上拾起了剛才擲去的那只匕首，摸了摸，覺着有些發粘；聞了聞，帶有一些血腥氣味，他就把這匕首仍舊交還了雲飄。他的大兒子雲佩在旁說：“這樣一來，咱們可就跟沖天俠更結仇了！還不如剛才爸爸你多使一點力，一下就結果他的性命，也省得叫他再去幫助和珅！”

　　旁邊的艄公們聽了，卻都向他們擺手，有的還東瞧西望的。有個艄公就說：“不要大聲說話呀！什麼和珅和珅的？今天幸虧咱們泊的這個地方兒僻靜，要是有別的船，叫人聽見了，好！你敢叫出和中堂的名字？這就得是死罪！”伍宏超聽了這話，肺都要氣炸了，顧畫兒在旁邊也憤恨不語。郝燕翎卻催着眾人說：“你們都快回艙裏睡覺吧！”

伍宏超就慷慨地對眾艄公說：“諸位都是跟郝老師有交情的，現在更明白了我們是幹什麼的。和珅奸賊當朝二十餘年，害得百姓好苦，刮得贓銀無數。我們現在就是要去剪除他，煩勞各位送我們走這一趟！”

船上的幾個年輕的聽了這話，一齊拍着胸脯說：“好啦！你們既都是俠義英雄，我們船錢都可以不要，五六天就能夠把你們送到通州！和珅那壞傢伙也該遭受惡報了！”

年老的艄公卻仍然搖頭擺手，說：“說話可要小聲一點呀！叫人聽見了可不得了啊！當今的太上皇，早先的乾隆萬歲爺還是他的兒女親家呀！他還有權有勢呀！說叫誰死，誰就得死呀……”

眾人先後都回到艙裏去了。這時秋風吹着河水，烏雲遮住長天，兩旁枯柳蕭蕭，不久艙中便鼾聲又起。

不覺就天色發明，鴉鵲都亂噪起來。船上的人燒了飯，大家吃過，遂就又都使起力來，嗨喲嗨喲地撥着船走。郝雲飛跟顧畫兒全都幫助拉帆篷，伍宏超也幫助撥船。那雲飄小姑娘坐在一個貨垛上就漫聲地唱，她原來跟她的爸爸一樣地會唱，唱的都是她隨口編的殺和珅、罵和珅的話。她也十分機警，只要看見對面來了別的船，立時就不唱了。

這只船本是到北通州去卸貨的，也沒有什麼商人跟着，更不在船多的地方停泊，休息的時候很少。風吹着帆，船隨着水，過清江浦，過山東臨河，又過了直隸天津府，在這幾個大碼頭，全不多停。約五日，便抵達了北通州，這運糧河的盡北頭了。郝燕翎、顧畫兒、伍宏超和三個孩子，就都在這裏向艄公們道了謝，離開了船。只有伍宏超牽着一匹馬，其餘的全都各自攜帶着寶劍、匕首跟小包袱，往西步行四十里，就到了京城。

這時候的北京城，仍然是滿清皇帝及一些權臣貴族的天下。乾隆老頭兒雖然讓了位，當了太上皇，可是和珅的權勢仍然炙手可熱。新皇上雖然因為他比自己還闊，不由得有些恨他，但也奈何他不得。

和珅現在是錢更多，性更貪。他當了二十多年的宰相，貪污專橫，沒有人敢說一句話。在早先有個御使名叫曹錫寶，曾上本彈劾過他家裏的惡奴劉全，說是藉勢招搖，家資豐厚。其實劉全還不算是和珅家裏的頭等家奴，頭等家奴應當算是汪四和汪四的兄弟汪進寶。他們笑裏藏刀，萬分奸詐險惡，被他們所害的不止是伍宏超一人。他們家裏的汪老虎更是京西一帶著名的土霸，但是汪四並沒有人敢碰他一下，更不用說批評和珅。僅僅彈劾了劉全一下，曹錫寶便落得個廷臣查勘，竟以聞風無據覆奏的“妄言”之罪，而被詰責。由此，更沒有人敢用正眼看和珅一下了。他每逢出來，必是前護後擁，保鏢、侍衛常常多至一二百人，所過之處等於淨街，別人要看他一眼，也是難上加難。

這天，和珅從他那極為嚴密的一間屋醒來，他新置的兩個最寵愛的姬姜，把他輕輕地，像扶着粉捏的菩薩似的，慢慢扶了起來。好像手要是一重，他就許散了架。他的兩條寒腿，已經跟沒有骨頭一樣了。侍妾們得趕緊把兩張新剝的，帶着血，帶着熱氣兒的狗皮，緊緊地縛在他的兩個磕膝蓋上。也許是心理作用，他立時就覺着舒服了許多，於是腦子裏又細細算起賬來。

他現在年紀已快到六十了，自奉倒是不儉了，叫人傳話給樓下的廚房，囑咐那碗燕窩要燉得爛一些，又問：“我那一匣燕窩怎麼吃得那麼快？那是十年前張巡撫送給我的，送了一百錦匣，叫蟲咬去了一半；我只吃了一年，怎麼就快吃光了？莫不是誰給偷着吃啦？”

他新置的寵姬還不大明白他的脾氣，就笑着說：“誰愛偷吃那東西呀？又不好吃。庫裏裝了有半庫啦，足夠大人你吃到一萬年的，你就放心吃吧！”

和珅說：“不是，我知道咱府裏有些人是真饞，她們老說喝粥喝不飽，其實我叫人給她們熬的是八寶玉米粥呀！又叫她們也可吃點饅頭，她們可還都不知足。我這個家，上下這些人的吃穿嚼用，全是我手下的那些官孝敬的，我本來沒什麼錢。人家說我家裏的那幾座庫裏，滿滿地堆着大元寶，那都是財迷的話。我是清官，怎麼能夠發財？就因為外邊的那些謠言，弄得江湖一些小人，都與我作對……”

他是真有些發愁，這是他心裏永遠結着的一個大疙瘩。他素來不怕言官，不怕御使，只怕那些“江湖小人”。他記得有一個叫伍宏超，還有一個叫顧畫兒的，倘若能把那伍宏超認為義子，給他個小官兒做也行呀。再把顧畫兒納為寵姬，那可還得叫個人時時防護着她，不然我可不放心。總之，若把那兩個“小人”收買了，或是除掉，那可就好了，我就可以高枕無憂了……

他叫人喚進來汪進寶，問說：“你這小子！淨花我的錢，吃我的飯，你倒長得越來越胖，你家裏的小老婆聽說比我的還多，你到底給我辦了什麼事啦？那些江湖小人，你倒是給我除淨了沒有呀？”

汪進寶說：“回稟中堂，我給你除淨啦！”

和珅說：“除淨了？你把那伍宏超的腦袋給我拿來，給我看一看！”

這話汪進寶可真沒有法子回答，他不能說：三年之前他陷害了伍宏超，因為伍家花了錢，他跟蘇州的知府全都使了賄賂，所以沒把那案子往京裏來解；他更不敢說：伍宏超現在已被俠客自獄中救走，而且那個俠客很厲害，在那一夜就先警告了蘇州知府，大概誰要是再追究此事，那麼誰的腦袋就許不保。汪進寶就柯柯絆絆地，把嘴動了一動，說：“這是，這是因為，因為……”他總也沒答覆出來一句話。

和珅又說：“那個什麼叫畫兒的姑娘，怎麼你們也不再提啦？是嫁了人啦？還是死啦？”

汪進寶的胖臉上笑一笑，說：“那都是一些草民，無名無姓的人。她又是一個姑娘，誰知道她這幾年怎麼樣了？江湖上耍拳賣藝、踏軟繩、跑馬戲的娘們多得很，有的是，中堂怎麼還記得她？”

和珅瞪着兇狠的小眼睛，說：“你淨說多，你為什麼不多給我辦幾個來？叫她們保護着我，省得我日夜睡不好覺！”

汪進寶說：“這三年多，府裏不是一點事兒也沒有嗎？鐵爪蛟龍胡大師傅、猛翼德韓進、病呂布劉灼、亞咬金郭揚、無敵衛士趙永才、狠竇墩常奉、推山虎焦定、短無霸龐飛，以及老雄信、黑存孝、金尉遲、銀叔寶那一干給你護院的豪傑，還有雙斧太保龍宗璧、寬背虎、矮羅漢、紫面狼、賽瘟神，留在這兒給咱們幫忙，也三年多啦……”

和珅聽了這一大套人的名字，氣得他，要不是腿軟早就跳起來啦。他用手捶着小炕桌，嚷嚷着說：“你說的這些人，他們吃了我多少飯呀？三年來他們花了我多少錢呀？你也知道，我家裏的開銷、用費，向來是下官們承辦，用不着我自己的一個錢。我這麼些個姨太太，逢年到節，即使遇見我的生日，我也從來不給她們賞。可是除了鐵爪蛟龍，那是真給我出過力的，脾氣大一點我也能夠包涵他，其餘的那些個死鏢頭，名義是給我護院，其實一點事也不管，只會整天的吃肉喝酒支銀子！我這裏只有河南巡撫送來的一筆錢，但那也不夠養活他們這三年的呀？我賠了本兒啦！我上了當啦！”

汪進寶說：“中堂也別這麼說，也多虧有他們鎮壓着，才不致江湖人再來亂攪這座府。譬如沖天俠……”

和珅說：“對啦！你又說那沖天俠啦，那個人倒沒有開過條子向我支錢。可是他什麼時候來的，什麼時候走，我也不知道，我連見也沒見過呀？”

汪進寶說：“他是個有名的俠客，脾氣自然大，要叫他整天在這兒看着門，自然他不肯幹。不過這就跟江南的郝燕翎是一樣。那郝燕翎，怎麼請他也不來，你看他的架子有多大？可是他不來也行，只要他們不跟咱們這兒作對就行。我前三年奉了你的命，出外去對付伍宏超跟顧畫兒那一對男女。我到了外面一閱歷才知道，原來最有名最有本事的，南方只有郝燕翎，北方獨推沖天俠。因此我才趕緊派人帶回來我的建議，叫你無論如何也得把這兩個人設法籠絡着。這三年來因為有他們……”

和珅就說：“有他們便怎麼樣？我的親戚江南織造死了；兩江總督掉了一隻手；郎知府在武進任上，還不知道是怎麼死的哩？郝燕翎又有什麼鳥用？”

汪進寶說：“這就算是郝燕翎知道了中堂大人待他的恩厚！不然呀，那些事這三年來也不會只出在江南啦，也許就出在咱們這府裏了！”

和珅一聽這話，不禁嚇了一身冷汗，半天也沒有言語，因為這是他心裏最害怕的事情。對那些所謂之江湖俠客他是又怕又恨，可那些人還真不少，他們都是些既無官又無祿，更沒有錢的一些窮小子跟窮姑娘，可是他們真都不講面子，真不管什麼權勢與貴人。他心想：他們大概也不管我有幾座庫的大元寶，不管我有多少捨不得的元寶和小老婆，他們更不可憐我這兩條寒腿，他們還是能隨時就來要我的命呀！因此愁得他連新熬的燕窩湯，也喝不下去了。

他用畢了養身保壽的早餐，就叫他現在最為心腹的汪進寶，快去吩咐人預備車轎。不多時，車轎已經備齊，他就被許多珠翠滿頭、脂粉滿臉、綺羅滿身的侍妾丫頭攙上了那頂綠呢大轎。這綠呢大轎就由府內深院裏給慢慢地托出去，再穿上了紅漆的轎杆，由八個一般高，一樣年輕俊美，一樣頭戴新官帽、身穿新衣履的轎夫抬起來，這都是經過嚴格訓練的。轎子被抬起一點也不能顛動，坐在裏邊跟坐在軟床上似的，就像駕雲似的。同時，當當當地敲起威嚴的開道鑼來。

這時他的府門口，三座橋這一帶，早就禁止任何的人通行了。前邊是四匹頂馬，後面是四匹跟騾。護衛的人無數，個個弓上弦刀出鞘。那雙斧太保龍宗璧、賽瘟神、紫面狼、猛翼德、病呂布等人也全都穿着侍衛的官衣，挾着各種鋒利的兵刃，隨轎保護。更有鐵爪蛟龍胡騰雨的幾個徒弟，在前面吧吧地揮動着皮鞭，用虎狼一般的吼聲喝道：“走！走！快都滾開！”嚇得街上抱着孩子的婦人亂跑，有的跌倒了，有的哭叫。有些行路的人，就趕緊躲避到路旁的鋪戶裏，膽子小的鋪戶也都趕緊的關上了門。

他們所經過的街道，情形全都是這樣，連飛鳥也似乎不敢向他這頂轎來窺一眼。和珅在轎裏拈拈小鬍子，威風又振起，覺着有這麼些人保護着他，他還怕誰？他覺得：賄賂是應該多貪，小民們死不足惜。金銀美妾，多多益善。權位永遠保持，人言可不管它。太上皇跟前應當多說諂媚的話，新皇帝的駕前也得聯絡着。異己者殺，拍我者榮。害了小民，刮來地皮。多多孝敬我者，我提拔他官做，如此，如此。

我多吃燕窩，永遠不死，富貴無比，豈不快活？川楚民變（白蓮教），離我太遠，且有人剿。俠客義人，一個兩個，又能奈我何……和珅如此地昏心妄想着，於是他又得意了，要上朝去了。

但是他的轎子還沒有走到神武門，突然由景山旁的紅牆隱蔽之處，躍出來一個青年布衣女子，行走如飛，直撲轎前，手執青鋒寶劍，向着轎裏就狠狠的刺去。立時一些護衛的人全都驚得大喊：“有刺客！捉呀！捉這女刺客呀……”

寶劍哧的一聲，已扎進了綠呢的轎圍。和珅哆哆嗦嗦地喊了一聲：“媽呀！”立時就匍匐在轎裏了。外面一些護衛的人刀斧齊掄，圍住了那女刺客，想要立時就把這女刺客砍為肉泥。不料這女刺客卻比他們的武藝全都高得多：寶劍搖寒光，潛若遊魚，行若飛鳥，疾若追風，真是眼快、手快、步快。但那龍宗璧、紫面狼、賽瘟神等人已從四面八方將她遮攔得無處可走，遠處的官人、捕役們，也齊都踏踏踏地騎着馬趕來捉拿刺客。

那猛翼德、病呂布一些人都認識這個女刺客，早就都大聲地嚷嚷起來，說：“哎呀！這個就是顧畫兒呀！是早先的金臂飛俠凌萬江的內侄女呀！她的武藝比以前更高了，可要小心着點呀……”

此時顧畫兒確實是很兇猛。她咬着牙，瞪着眼，頭上蒙着黑布，手揮青鋒劍，哧哧哧地平斫、立斫、順斫、橫斫，翻身斫、回馬斫，一口劍上下翻飛。一霎時，她就將紫面狼的頭顱砍落，並將猛翼德的胸膛戳穿。只可惜和珅的那頂綠呢轎，早就被許多人給救走了，顧畫兒想要急急去追，可又沖不出重圍。

這時景山的附近，神武門外的人越聚越多，刀槍如林，圍得密不透風。顧畫兒縱使武藝再高，可也逃不出去了。其實她的劍法並沒有亂，身軀步法也不稍呆滯，勇力也還有，可就是她的眼睛，被紛亂閃動的刀槍光芒給攪花了。

又戰了幾個回合，她感到有點頭暈，劍法也有些亂了，眼看着就要受傷、遭擒。在這危懸一發之際，突然自北邊飛跑來了一個人。這人的鬍子也全都白了，可是勇悍無比。他手執利劍來到近前，就叫大家都閃開。這時龍宗璧就說：“好了，沖天俠老師傅來了！這位老師傅可比我們武藝高得多，快來幫助我們捉這個女刺客吧！”

來人正是那沖天俠。他跑進了人叢，先伸手將顧畫兒的寶劍奪在手中，然後就將顧畫兒用臂挾起。龍宗璧等一些人齊喜歡地喊道：“捉住了！把女刺客捉住了！快來綁上吧……”不想那沖天俠反倒翻了臉，揮劍就砍倒了兩個官人，而後挾着顧畫兒就跑，一直跑到了景山的紅牆邊。

這裏一些人更驚惶發急，喊着說：“這是怎麼回事？這老傢伙也是賊呀？別叫他把女刺客救走了，快捉住他！抓住他……”但這個沖天俠真似一隻沖天的飛鳥，雙手都拿着寶劍，還挾着尚在掙扎的顧畫兒，他就自平地躍起，登上了景山外面高高的紅牆，一霎時就跳到裏面，蹤影全無了。

景山即是煤山，明末時崇禎皇帝曾吊死在該處。當滿清霸佔了中原後，就將那山加以修築，成為五座山峰。每一山峰之上，築上了一座琉璃瓦的很美觀的亭子。山后建有壽皇殿，是供祭祀之用的，平時只有三五個年老的太監在看守。四周圍的紅牆很高，雖然有門，可是永遠也不開，裏面蒿草沒脛，遍地是鳥糞，沒有什麼人來。

現在，沖天俠就把顧畫兒救到這裏邊去了。立時一些官人、捕役、和珅的家奴，和那鐵爪蛟龍胡騰雨等人，氣勢洶洶地趕到門口，將門叫開，可是還都不敢冒然地進去。因為這也是皇上家的御地，怔走進去就能殺頭，所以得等稟奏。及至裏頭（即是宮裏頭）派了個大太監領着他們進去搜找時，天色可也快黑了，哪能找得到什麼呀？連個沖天俠跟顧畫兒的腳印，也沒有找着。

王度廬武俠小說選集　卷三　金剛王寶劍

到什麼呀？連個沖天俠跟顧畫兒的腳印，也沒有找着。

第二十三　章鐵爪蛟龍逞凶砸酒店　綉球俠女履險入深宮

　　這件事情當天就轟動了京城。綠呢轎將和珅抬回他的府中，他雖然沒被刺傷，可已經嚇得半死，兩腿更軟了。救命要緊，他不得不開庫，又拿出了一些銀子，分賞給胡騰雨和龍宗璧一些人，令他們由今日起，日夜加緊護院，還得特別防備着沖天俠呀！他原來也跟顧畫兒是一邊兒的。汪進寶是特別着急，格外害怕，東差西遣，分外忙碌。和珅是早就藏在他的密室裏邊了。這一夜內，他的府裏倒是沒有什麼事情發生。

　　本來郝燕翎、伍宏超、顧畫兒，和雲飛、雲佩、雲飄一共六個人，是昨天進的京城，住在朝陽門內南小街一家店裏。他們認為，要想依然跟早先似的，夜入和珅府去大鬧，那未必有什麼用。誰都曉得和珅的府裏有迷樓，有密室，想要找着和珅是很難。他那府裏護院的人又是那麼多，縱使驚得他們騷擾一陣，或是殺傷幾個人，也全無益處。

　　因此，他們六個人就仔細商議了一番。顧畫兒是想做一個女中的荊軻，所以今天才去攔轎要刺和珅。這當然是一件魯莽的事，郝燕翎當時也是這樣說。可是顧畫兒覺着，為除一個權奸，為伸她十多年的冤怨，她只能這樣以性命相拼。

　　郝燕翎卻仍然覺着：要想殺和珅，必須先剪除掉他的爪牙沖天俠和鐵爪蛟龍胡騰雨等。雲飛、雲佩、雲飄全都聽他們爸爸的，他說什麼他們都覺得對。

　　伍宏超自己卻另有想法。他現在認為和珅的專權，固然是他的人壞，可也是乾隆皇帝把他縱庇而成。所有的皇帝沒有好的，全都是屠殺百姓的劊子手。更因為他在蘇州關了三年大獄，受了一個囚犯的影響，他知道了現在的朝廷是滿清，是異族。所以他如今重到京城，卻也不願再往和珅府，因為那頂多是見見吳卿憐。他更不願去訪舊友，如馮茂興，因為他不願意連累朋友。他想要深入宮禁，殺不了那太上皇，至少也拿着那金剛玉去威嚇威嚇他，而後奸臣和珅就不愁不走向死路。

　　他們這樣商議了，就打算分頭去做。可是並沒有說立時就去做，因為這一回他們做事必須要格外的穩重、謹慎、小心。連伍宏超也沒有想到，今天顧畫兒就在大街之上冒然行刺和珅；更都沒想到，她是被沖天俠給救走了，實際上就是給搶走了。伍宏超怒氣填胸，他比誰都坐不安，立不安，因為他知道那沖天俠不是好東西，是一個萬惡無恥的老淫徒。

　　當日，雲佩和雲飄從外邊打聽了一些事，回來就說：「畫兒姐姐被沖天俠抱着進了景山啦！許多的官人進去搜找，也沒有找着。」又說：「和珅大概連傷也沒受着！街上的官人可多極了，盤查得嚴極了，人都不敢說話，有人連街上也不敢去了！"

伍宏超聽了，忿忿地說："我這就往景山裏去找一找。"郝燕翎卻不住地歎息，把他攔住，悄聲說："你去也是無用的！那景山裏與皇宮一樣森嚴，能容許你進去嗎？"伍宏超忿忿的冷笑着說："就是皇宮，我也要進去！"

郝燕翎說："不可淨說徒然快意的話，我們得從長計議。顧畫兒此舉，我也嫌她太魯莽，白白的打草驚蛇。她現在失蹤了，我估計也不會出大事，因為冲天俠也是她的老師，不會把她殺了的。"

伍宏超卻不住冷笑，心說：冲天俠雖然不致殺了畫兒，可是他能夠侮辱了她呀！

郝燕翎又說："畫兒這三年從我習武，技藝已較前高超十倍，縱使仍然不是冲天俠的對手，可也相差不了許多，我料定她不會怎麼吃虧的。只是咱們如今既已來到都城，仇人和珅及胡騰雨、冲天俠，甚至連乾隆老頭兒全都算上吧，他們全在眼前。我們要辦得好，就如探囊取物，手到擒來，不但害民的巨惡得以剪除，你們的家仇也能得報；要辦得不好呢？你們可要知道，我們現在已是身在虎口，官人捕役多得是，我們就算是會點武藝吧，也難免被人一網打盡！"

伍宏超聽了郝燕翎的這些話，覺得他太絮絮叨叨，心裏真不耐煩。當日，因為連雲飄小姑娘也攔住他，勸阻他，所以他倒是沒有出門，悶在小店裏，憂急欲死。

到了次日，一清早，他可就不顧一切地出門去了。他預先買了兩匹布，就把金剛玉寶劍包在裏邊。他穿的是青布短夾襖、夾褲，頭戴新買的瓜皮小帽，像個商販一樣，就離開了南小街，往皇城那邊去走。他原想是看看景山，看那景山四面的的圍牆有多高，晚上還想跳進裏面去看一看，因為他想着顧畫兒必定還在裏面。

他慢慢走着，就來到了景山的附近。這裏有一條石頭鋪着的平平的馬路，就是官員們每日上朝、下朝的必經之路。自從昨天這地方出了攔轎行刺和中堂之事，好像往來的官員們的車轎也少了。官人戒備得不算十分森嚴，卻有些流氓地痞之流往來閑晃。伍宏超猜出這些人必定是鐵爪蛟龍的徒弟，或是雙斧太保龍宗璧所率領的鷹犬。

伍宏超就像是個賣布的小販，肩荷着沉重的長包袱這樣走着，倒沒有人注意。才走到景山的牆東，他察覺出這兒原來離着馬神廟，即和珅兒媳的公主府所在地倒是很近的，又想起這離着沙灘，以前金臂飛俠的家，也不算遠。他不禁回憶起三四年前初會顧畫兒時，那種激昂俠烈的情景，更想像着昨日這條道上的女荊軻，亦殊可欽可敬。寶劍雖未得手，卻也使權奸膽寒，那顧畫兒，可敬可愛的顧畫兒呀！你現在究竟在哪裏了？

他徘徊了一會兒，忽然見從這景山的北牆角轉過來了一大幫人，都是雄糾糾地攜帶着刀槍斧棒，為首的就是鐵爪蛟龍胡騰雨。這個凶傢伙，因為在三年之前曾經屢次負有輕傷，肩膀都歪了，然而卻更碩壯，臉像紫肝似的，又肥又長，兩眼露出凶火，身後還有兩個人替他抬着新鑄的鋼飛鞭。他今天像是有什麼要緊的事，所以親自出馬，又像是他已經惱怒得瘋狂了，自己要出來殺人。

胡騰雨的身後還跟着金尉遲、銀叔寶、推山虎、短無霸那一些打手、凶漢。這些人都是曾和他會過面的，伍宏超怕被他們認出來，趕緊轉身躲開了。好在鐵爪蛟龍等凶漢，這時都走得很快，都直着兩眼，沒有注意到這瓜皮小帽，肩扛着包袱的小商販的背影。不多時，伍宏超看見他們這些人都走往馬神廟那條胡同裏去了，心裏就想：他們是往那裏做什麼去啦？尋什麼仇人對頭去啦？於是他就在後面遠遠地跟着，也往那邊走去。

他走得慢了些，及至進了馬神廟街，又走些時，到了那金臂飛俠凌萬江故居之處不遠，就看見有一個小酒店已經被鐵爪蛟龍那些人堵住了門。劈劈吧吧，連門窗都給拆碎了；又聽裏邊是嘩喇嘩喇亂響，把酒罐、酒杯、酒壺全都擊碎了；桌子凳子也拉出來在街上劈，又向裏邊亂擲，還有人竟要放火燒房。幸虧有附近住的人在地下跪了一大片，磕頭、求情，這些凶徒才沒有放火。

鐵爪蛟龍並向裏面怒罵着說：“狗老婆！叫你那男人凌萬江還了魂，再和我們來鬥！叫你那內侄女滾出來，再和老子幹！”他帶來的一些人也搖拳，踢腿，罵出的話，難聽可惡之極。看樣子，他們拆了這小酒店的目的，就是要激顧畫兒再出來，可能是因為捉不住顧畫兒，他們到這來出氣。打完了，拆完了，他們一邊怒罵着，就都揚長而去。旁邊雖站着也有官人，可都只是瞧熱鬧，並不管。

這被拆、受禍的小酒店的女掌櫃，剛才還只是在裏邊哭，現在她哭哭啼啼的走出來了。她是一個約有三四十歲，細高身材，水蛇腰的中年婦人，穿着極為樸素。她坐在扔着破窗，破板凳的門前，哭得死去活來，並且大聲叨嘮着說：“不叫人活啦！來了這群強盜啊！死鬼，凌萬江你為什麼不出來打他們呀！畫兒，你有志氣的丫頭，給我招了這禍，你得露面呀！哎呀，我的天呀！我的侄女呀！街坊鄰舍們全都知道，我那老頭子凌萬江死了，我弄了一點錢回來，嫁了孫二，安分守己的開着這小酒店。我那侄女三年多沒上我這兒來啦，她是死是活，我全都不知道。怎麼今天突然天上降下了禍，說我的侄女刺了和中堂，要來跟我要人，不容分說就打我，把孫二也嚇溜啦。他們就把我這些東西拆成了這樣，哎呀！這簡直沒有了老天爺啦！街坊鄰舍們，你們給評評理吧……”

街坊鄰舍，連行路駐足看熱鬧的人，剛才還都有些不平，敢怒而不敢言，如今都聽明白了，原是這麼一回事，事情牽涉到了昨天的女刺客行刺和中堂，於是嚇得都不敢說話了，而且立時就全都躲開了，溜走了。

伍宏超強捺了半天難忍的怒火。他早已認出這被禍的不幸的婦人就是畫兒的姑母，即凌萬江之妻二擺風，便走過去，稱呼了一聲：“姑母！”

這姑母二擺風揚着淚眼，抬起頭來一看，立時就驚訝着說：“哎呀，原來是你呀……”當時就站起來，拉着伍宏超的胳臂，急忙的走進屋裏，悄聲的問說：“你是跟畫兒一塊兒來的嗎？我們畫兒，那叫我佩服的丫頭，她真把萬人皆恨，萬人皆罵的和珅給殺了嗎？……你快告訴我，我不怕，就是有剮罪，我也去擔當！”

伍宏超恭敬的說：“姑母！這事也不必多問了！這時我沒有工夫對你多說。姑母放心，我們不久就要為凌萬江老英雄報仇，也必能為你伸今天所受的這口怨氣。我現在有兩匹布，送給你，你暫時收拾收拾再謀生活吧！”他遂就將布都留下，而用那包袱獨將金剛玉寶劍松松地包起，轉身出了這酒店，又走了。

他胸藏着更深的義憤，就在景山附近，皇宮附近，徘徊了整整的一天。好在這些地方，除了每日有些官員們上朝，下朝，和稀稀的幾個老太監出來買東西，幾乎沒有什麼人來往，既不是鬧市，又在這深秋的時候，人跡更少。地又大、高牆古樹又多，所以即使有一兩個人在此徘徊、逡巡，也是不為人所注意。

伍宏超只吃了晚飯，是在附近的一家茶館裏用的。他實在吃不下去，因為今晚他就打算要會會那和珅的主子，而這是一件非常的事，是一件驚天動地的事。天色漸漸的黃昏了，夕陽照着那高高的古老的紅牆，景山峰上松柏蕭蕭。伍宏超胸中的熱血，也像怒潮一般的滾湧着。

　　烏鴉成群掠過了天空，刮刮刮亂叫，像哀哭似的；御河裏的寒水淒清，像是萬民的血淚。那紫禁城上的雉堞間，已有巡城的官人，在遠遠的高處吆喝着什麼，是滿州話，大概是說：「天晚了！皇上要安眠了，守夜的人可要小心着呀！……」但是一會兒就走過去了，又往別處去吆喝了。這不過是一套規矩，這個人當的就是這份差使，天高城厚，地曠宮深，也沒有人聽得見。

　　正如神武門外，紫禁城邊也有不少挎着腰刀的守衛者，可是他們的刀，是不是能夠抽得出來？鏽得還能不能殺得死雞？那只有他們自己曉得。反正他們當的也就是這份兒差使。領的錢糧米有限。他們沒有什麼精神，因為喝不着好茶；他們也沒有什麼心事，只關心養着的那個百靈鳥或是藍靛頦。那雖然是個小東西，可是關係着他們的生活興趣，簡直就關係着他們腐朽的生命。

　　這些給皇上家看門的官兒，可比和珅府上那些如豺似虎的護院把式差得多了，單由這一點看，主子還沒有奴才闊。可也不儘然。這皇宮是有一種固有的屏障，就是城牆太高，宮門太厚，貓也爬不上去，老鼠也鑽不進來，因此才有恃無恐。

　　天已黑了，星星都閃爍的出來了。伍宏超站在御河邊，這河俗名叫筒子河，緊緊環繞着一座寬長數里的皇城四邊沒有人，背後就是景山。伍宏超此刻反倒猶豫不定了，心說：我是應當先往景山裏呢？還是這就直接進入宮禁？往景山那邊或者可尋着顧畫兒，而進入宮禁尋着太上皇乾隆，或是尋着現在的皇上嘉慶，我就要指斥他們任用和珅之罪，也許就要揮動寶劍，割下他們的兩顆「龍」頭……

　　這種想法，他自己都覺着似乎是大逆不道了，但又冷笑一聲，心說：我也沒讀過他那些科舉書，沒食過他的俸祿，我自十一歲就出來學武藝，見到的只是被皇上、被貪官欺凌損害的百姓。我知道乾隆六次下江南的奢華，我知道他們在川楚大屠殺的殘忍，我今夜就要伸天下之奇冤，雪漢族之大辱！管他什麼宮不宮，皇上不皇上……

　　伍宏超就順着御河的河牆，往宮門那邊走去。這河牆是磚石築的，約有半人多高，很窄。牆的外邊是甬道，牆的裏邊是深河。這時，伍宏超忽然看見一個人，就在這牆頭，就在他的眼前，飛快的走着。他真驚訝了，心說：這是什麼人呢？給皇宮作護衛的，難道真有步法這樣輕快、身手這樣敏捷的人嗎？他不由得止住了步，順手抖開了包袱，亮出來金剛玉寶劍。突然見這個人，順着河牆又跑回來了，跳躍着，飛走着，也跌不下去，真是好功夫，就像一隻松鼠。

　　伍宏超橫劍怒聲地問說：「你是誰？幹什麼的？」

　　這個人撲哧一聲就笑了。這笑聲伍宏超就覺着很熟悉，他立時就知道這個人是誰了，就是那個幫過他多次忙的老朋友，那個他所欽佩的，名字叫繡球的胖丫頭、奇女子。繡球是個要飯花子的女兒，兩吊錢賣給和珅府。她假裝患着夢游病，其實是潛身在那府內，時時在援救弱小，懲戒奸凶。她的短箭無敵，身手輕妙，一向保護着吳卿憐；還追到束鹿，幫過伍宏超跟顧畫兒的忙。伍宏超當時就問說：「三年多沒見面，你可好嗎？」

　　繡球依然站在御河的牆頭，調皮地說：「你為什麼不問卿憐現在好不好？」

　　這實在又叫伍宏超臉上發燒，三年來卿憐的情況如何，他不是不關心。那一粒美麗的眉梢紅痣，他是永遠也沒忘，一回到北京，他更想起來了。如今見了繡球，他原是頭一句話就想問，可是不好意思，尤其是在這緊急之時，更覺着不應當先問她。伍宏超遂就作為沒有聽見，只說：「繡球，你來得正好！你一定知道我現在為什麼到這裏來，我想要到哪個地方去……」

繡球點點頭說：“我還能猜不出來？白天我就看見你啦，你可是沒有看見我。”

伍宏超忿忿地說：“這些年來的事情大約你也都知道，你想和珅已經凶頑到何等的地步了！他的那些爪牙，就說今天鐵爪蛟龍所做的事吧，該殺不該殺？乾隆皇帝縱庇着這一些權奸……”

繡球擺着手說：“你不用在這兒瞎嚷嚷，你不是想找和珅的主子乾隆老頭兒嗎？好，你就快跟着我走吧！”說時她轉身又在河牆頭上飛跳。

她的意思是要叫伍宏超也這樣飛跳着走，可是伍宏超真覺着不行，他要是這樣跳，就得掉到河裏了。繡球便拉着他的手，叫他跟着。伍宏超先是腳在牆外，後來不登上這河牆頭也不行了，就由河牆上，又跳到了那前面的一排禁城侍衛軍所住的房子的房頂。又由這裏，迂回地攀樹、越脊，向那高高的禁城城牆之上去爬。多虧有繡球幫助，不然憑伍宏超一人，實在上不去。

第二十四章　御宮歌舞突惊短箭来　高殿荒凉半宵群俠至

　　紫禁城的城牆上，路比街上的馬路還寬。向裏一看，是層層的宮殿，黑壓壓的，簡直跟山嶽一般，可是看不見什麼東西跟人，伍宏超心說：皇上可在哪兒啦？

　　繡球拉着他下了城，就已經到了宮裏。順着甬路去走，真寂寞，連一聲狗叫也聽不見，處處是紅色的高牆，和釘着銅釘子閉得很嚴的大門，也無樹木。此時圓圓的月亮已自天際出現，淡淡的月華，自薄雲間濾下，照着深宮，照着高大的殿宇。走了多時，伍宏超就覺出來了，這裏面還分出許多的區域，每一區域占着幾個院落，就算是某某宮，大概是分住着妃嬪。可是此時連個人影也看不見，更不聞什麼車輦之聲。

　　繡球真算有本事，她一個要飯的草底蛇的女兒，卻對這皇宮大內路徑很熟，好像她常到這兒來玩似的。伍宏超不但是轉了向，兩腿也發酸。他想叫繡球慢着點走，因為他實在跟不上。繡球卻連頭也不回，越脊登牆、忽高忽低，飛快地走着，伍宏超只得努力跟着她。

　　他們又越過了幾重宮院，就見繡球也走得慢了一些，顯出謹慎的樣子，然後就伏在琉璃瓦上。因為這些琉璃瓦跟琉璃一樣光滑，腳站不住，伍宏超只好找了一個瓦有殘缺的簷頭上蹲着。二人同時借月光向下去望，就見前面的殿宇房屋愈為豪華、壯麗，燈光也密如繁星一般，並有不少的人在那裏往來。繡球就高興的向伍宏超說：“你聽，那邊正在唱戲呢！”

　　伍宏超側耳一聽，果然由那邊傳來了一陣隱隱的絲竹管弦之音，還聽見當當，有節奏的大鑼聲。繡球帶着他下了這牆頭，再躍越過了一重院落，二人都扒伏在屋脊的後面，探着頭向下去瞧。就見這座宮確實比其它的宮院顯得寬敞幽深，廊子曲曲折折的，都掛着宮燈。當中有一座華麗的看戲廳，廳的對面，建有三層戲臺，每層都是畫棟雕梁，裝金飾寶，四邊懸掛着燈；每層戲臺上都在同時演着戲。

　　繡球仿佛是貪着要看戲似的，她就帶着伍宏超索性爬到了廊子頂兒上，這裏有一顆松樹遮蔽着他們，他們從松枝的隙處，向戲臺上看得更清楚。三層戲臺上同時演的原是一齣戲，上層佈置的是神話中天宮的情景，中間是山嶽，有花果山，下層是海底龍宮。飾孫悟空的那個人正在跳躍着，唱着昆腔。這一切的燈彩全都用的是精製的砌末子（即舊時舞臺上象形的用木頭和布做的，加以彩繪而成的各種道具），演員一律是太監，是屬於清廷南府，即升平署的專唱戲的太監。敲鑼打鼓的、吹笛的，及往來侍應的，伺候御駕的許多的人，也全都是太監。

　　太上皇乾隆老頭兒坐在看戲廳裏，頭頂着金邊的碧璽（一種貴重的玉器）的頂兒的小帽，鬍子眉毛全都白了，他在龍椅上已有些瞌睡了。因為沒奉到旨意，神怪荒唐、亂鬧亂跳的這出《西遊記》，可還是得往下去演。

這位十全老人（乾隆帝），是個瘦子，臉作三角形，身材相當的高。他是滿洲人，可是羨慕漢族的文化。做了六十年的皇帝，雖然屢次到江南去玩，他可仍然覺着不舒服。因為在物質享受上，他可盡情滿足，在精神上他卻是十分痛苦。他的太太孝賢皇后，常跟他鬧別扭，據說他和他太太的娘家嫂子有點愛情，所以皇后才屢次醋海興波。有一次皇后隨着他巡幸江南歸來，坐船順着運河走在直隸省境內，兩口子為這件事又在船上吵了起來。這老頭子被孝賢皇后挖苦得簡直不像個皇帝了，他就大怒，逼着皇后跳河淹死了，回到北京卻說是中途病殂。並叫一位汪學士撰了一篇碑文，說是什麼：“憶昔宮庭相對之日，適當慧賢定諡之初，後忽哽咽以陳詞，朕為歔噓而聳聽……興懷及此，悲歎如何！”一大套的瞎話。第二個皇后納蘭氏，又跑到杭州廟裏當尼姑去了，後來死了，他不准葬以厚禮，說：“無髮之人，豈可母儀天下哉？”所以，他一生在婚姻上是很失意的，女性始終和他作對。

在他做皇帝的第三年，貴州苗叛；十二年，大金川事起；三十一年，金川復亂；三十六年，小金川復反；四十六年，甘肅回亂；五十一年，臺灣林爽文叛；五十八年，更厲害了，官逼民反，白蓮教的勢力已蔓延達于河南、湖北、四川、陝西、甘肅各省，直到現在也平滅不了。同時，貴州銅山的苗民又反了，動搖着他的大清江山岌岌可危。他這太上皇的心裏，實在太不舒服，且時時有恐懼感。

他好玩樂，好跟口齒伶俐的人談天，和珅就是這麼得到他的寵倖的。這些神奇鬼怪的荒唐戲，都是和珅給他排的，他看着倒很開心。可惜和珅也老了，腿又有毛病，昨天還險些被人刺死。他覺着和珅倒楣，和珅是他的親家老兒呀！他非常牽掛。

現在他看着戲，直打盹兒，可還斷斷續續想着這些事兒。突然，竟聽得哧哧有冷箭飛來，當時御駕大驚，太監們都慌作了一團，戲臺上演的戲也立時就停止了。有的太監趕忙去叫侍衛，可是這時，冷箭已經不再射了，繡球帶着伍宏超，登殿攀牆，又走了。

伍宏超覺得繡球的短箭射得很痛快，但他沒看見短箭射中龍椅上坐的那個太上皇，覺着是白來了這一趟，他就問說：“你為什麼不多射幾支箭呢？”

繡球拿着她那小竹筒，笑着說：“射死他也沒有什麼用，倒不如警告他一下。”伍宏超搖搖頭，總覺着今夜冒險入深宮，只這麼就算完了，太不甘心。繡球卻催着說：“快走吧！那邊還有要緊的事等着去辦哩！”

伍宏超詫異的問說：“哪邊？咱們還要往什麼地方去？”

繡球就說：“不要多問！你就老老實實跟着我走吧！”

這時候大約才不過二更多天，深宮之中發生了驚駕之事，一些宮監、待衛自然都很慌亂，警備也立時加嚴。可是因為這個地方的面積太大了，院落太多了，也顯不出來人多，所以伍宏超就由繡球帶領着，幫助着，得以從容地爬出了紫禁城。

過了御河，于朦朧的月光下，又望見了那高高的景山了。伍宏超就說：“我們這就到景山裏，找一找顧畫兒去吧？”

繡球不理他這話，只說：“你就跟着我走吧！”

伍宏超就又跟着她走，往西走了不遠，就看見一所既像是宮殿，又像是大廟似的一處地方。這裏與景山相隔只有一條馬路，也有紅垣、高闕，宏偉的牌樓，還有兩座建築奇巧的俗名為七十二條脊的亭子。伍宏超倒曉得這裏名叫大高殿。早先聽說過，這裏是皇上祈雨的地方，平時裏邊也不大有人。

　　當下，繡球就領着他越過了高牆，又進到這裏邊來了。伍宏超覺着很納悶，這是個沒有人來的地方，是奢侈的帝王浪費民財，強征民力，建築得這麼一所墳墓似的院落和房屋，可又終朝的緊關倒鎖。這裏邊，月光照着荒榛亂草，蟋蟀好像都凍死了，沒聽到一點蟲叫聲；人更是沒有，燈火在這裏更加難尋。石階倒還乾淨，伍宏超就坐下了，心說：我先在這兒歇一歇吧！

　　繡球卻拉他起來，說："喂！你先別歇着！現在還有要緊的事情等着你給辦哩，正要用那口金剛玉寶劍使一使哩！"她遂就拉着伍宏超，走到了西邊的那七十二條脊的亭子。

　　這亭子四周，都有楠木雕刻的精細而又堅固的窗櫺，門也是極結實的，由外面用大鐵鎖鎖着。這時候繡球就將金剛玉寶劍要了過去，當當地向着那鐵鎖連砍了兩下。

　　伍宏超很詫異，猜不出她開這個鎖是要做什麼。突然聽見這亭子裏，隔着門，裏邊就有急怒的聲音，向外說："你快把門開開讓我走！我真恨我為什麼管你叫過師父，你哪配稱什麼沖天俠？你是個萬惡的盜賊！"伍宏超大驚，因為聽出這是顧畫兒的聲音。他剛要答言，繡球已將這鎖頭連門都劈開了，只見顧畫兒就自裏邊一躍而出。顧畫兒還以為是沖天俠來了，她躍起身來，掄拳就要打；忽借月光一看，她才看出來是伍宏超。伍宏超就問說："顧姑娘你怎麼來到這兒了？"

　　顧畫兒說："我沒刺死和珅，倒被那些官人圍住了。沖天俠把我救出來，先到了景山，由景山又把我送到這個地方。他救我，我以為他是好意……"往下的話，她好像不能再說了，只說："我雖能跟他交手，可還抵不過他，他竟將我的劍也奪去了，把我鎖在這裏。我因為沒有劍也沒有刀，沒法子砍破這堅硬的窗戶……咳！我應當再去學三年武藝！"

　　繡球走上前來說："顧俠女！我昨天就知道你是在這兒了，因為沖天俠在景山裏是藏不住你的，我想他一定把你藏在這兒。隨後我也來過一趟，可是也打不開那麼結實的鐵鎖。今天我才找着伍宏超，用他這寶劍……顧俠女！你在江南練了三年的武藝，我可也在和珅的後花園，每夜不斷偷偷地下工夫，也練了三年的武藝。現在咱們應當彼此幫忙，趕快再去找和珅算總帳去吧！"說畢，將金剛玉還給了畫兒。

　　顧畫兒將金剛玉接到手中，她剛要跟伍宏超說話，忽見自高牆外飛躍進來了一人，似被什麼人追趕來的。這人手使的就是那青鋒寶劍，穿一身青布短衣褲，鬍子雖然不長，可是顏色慘白。他一眼看見了這裏的三個人，就怒吼一聲說："呔！誰敢把我的女徒弟放走？"

　　來的這人正是沖天俠。顧畫兒恨他極了，當時就過去，手擰金剛玉向他刺去。他卻抽劍閃身，敏捷的躲開。那邊繡球咻咻射來兩箭，一箭被他用劍撥開，一箭被他接在手裏，嘿嘿地發出冷笑。

　　伍宏超舉起一塊石頭來要向他砸，他冷笑說："這更一點也沒用！我沖天俠也不是無名小輩。我來幫和珅，不是為他的錢。我第一是要和那與我齊名的郝燕翎較量較量；第二是為找我這女弟子！因為當初，我們先後到西陵收她為徒，其實是各懷私心。郝燕翎貪圖的是那口金剛玉，我是垂涎顧畫兒生得美。那時我們二人雖沒見面，卻各自存着顧忌，我怕郝燕翎，我沒敢向畫兒說什麼歹話；郝燕翎也大概是因為我，他才沒敢染指那口金剛玉。我們倆是'麻桿兒打狼，兩頭害怕'，相猜相恨又相忍，這麼許多年。最近在揚州才算碰頭了，我現在就是才從郝燕翎那小店裏攪鬧了一番才來的。"說時，他還表現出來洋洋得意的樣子。

伍宏超就上前兩步，說：“沖天俠！你也這大年紀了，我們也都知道你非無名小輩。你既然不為和珅的利祿，也不是甘心要給和珅當奴才，那麼我們的事情你就不要來攪，好不好？”

沖天俠點頭說：“都行！只是要叫郝燕翎在我跟前服輸，還得叫顧畫兒由我帶走！”

顧畫兒聽了這話又氣得掄劍躍起，向他去斫，沖天俠展劍相迎。月光下雙劍飛舞，虎躍鷹翻，師傅與女徒，撕破情面，就在這大高殿裏，決死拼鬥起來。

顧畫兒用劍頗有力，先將劍鋒去撩沖天俠的手腕。沖天俠撤手翻腕，將劍向她來壓，同時避免雙劍相砸。畫兒又換劍法，寒光自懷中穿出，正對敵心。沖天俠剛一退，她又左手一揚，劍身更進一步的推進，依然是毒蛇攢心之式。沖天俠就笑了一聲，說：“好狠劍！這就是郝燕翎傳授給你的吧？”說時高高跳起，用捲簾姿態，橫劍反取顧畫兒。

畫兒姑娘縮頸翻身，以退勢轉進，手似風環，兩手撕開作猛禽的撲勢，金剛玉鏘鏘連斫三下，連進三步。沖天俠卻用虎口勁將劍倒提，隨退隨禦，直說：“好徒弟！好厲害……”他哈哈大笑着，忽然又換式，一劍向前，青鋒要斬畫兒的手腕。畫兒卻縮手斜進足，低鬢伏身將劍撩下。沖天俠一躍飛起，竟躥到畫兒的背後了，不容畫兒返身，劍刀挾風，向背削來。畫兒卻斜身一蹲，劍隨頭轉，往上去迎。

這時那邊的繡球又哧哧射來兩箭。伍宏超咚的一聲扔過來一塊大石頭，差點砸着了沖天俠的腳，箭也差點就沒躲開。沖天俠大怒，急急掄劍，撲上去就要先殺那空着手的伍宏超，畫兒急又掄劍去救。

這時候，忽由牆外又跳進來了四個人，原來是郝燕翎帶着雲飛、雲佩、雲飄，追趕沖天俠也來到了這裏。月光晦暗，寒風呼呼，眾人相聚在一起，郝燕翎、顧畫兒手中都持着利劍，雲飛兄妹是三隻匕首，伍宏超由地下拾石塊扔，繡球的短箭又不住地發，就圍困住了沖天俠一人。但沖天俠舞劍如飛，前遮後護，戰了又五六合，威悍之氣不滅，結果是他的右臂中了一支短箭，不得不將青鋒劍扔在地下。

伍宏超趕緊跑過去彎身去拾，沖天俠趁機會要向伍宏超的頭狠踹，郝燕翎此刻劍式向上，直撲他的咽喉，顧畫兒的金剛玉也沉着的向他背間去取。沖天俠四面是敵，危在頃刻，但他忽然騰身而起，凌着月影，竟躥上了那七十二條脊的亭子。他的身手敏捷，轉瞬之間，就不見了。

這裏，郝燕翎才住了手，便說：“他一定是逃回和珅的府裏去了，我們趕快再到那裏去找他吧！索性一勞永逸，在今夜我們就把和珅、胡騰雨、龍宗璧，及他的家奴汪四等人，盡皆除掉，一下子全辦完。走！你們這就跟着我走！”郝燕翎這時說話的聲音意態，十分堅決沉毅，大家都沒有話說，就跟着他先後越出了這大高殿的高牆。

此時道路上益為淒清，月光更顯得慘黯。郝燕翎一人在前，走得很快，仿佛從來沒見他這樣興奮過。顧畫兒是在後緊跟着，大概是自從昨天早晨行刺和珅，後來又被沖天俠囚禁在那亭子裏，到現在一天半了，她的嘴唇還沒有沾着水米。可她依然精神很大，勇敢積極，手裏擎着她拿着最合手的金剛玉寶劍，再也沒有往日的那些顧慮和猶豫了。雲飛兄妹是跟着她走，尤其是雲飄，跳跳躍躍的，高興得好像是要上什麼好地方去玩似的。

伍宏超是與繡球並行着，繡球倒像是要回家去，一點不興奮，腳步可一步也不遲緩，處處顯出她這三年以來，練習得武藝益為精深。伍宏超這時也緩過力氣來了，他一邊走，一邊回憶着剛才深入皇宮的壯舉，仿佛那是一件很得意的事情。他又斜着眼睛借月光瞧着顧畫兒，心裏很是喜歡，因為又得相逢了，而且這位女荊軻，雖然行刺和珅沒成功，可是英氣不減。

如今是一干的英豪俱昂揚，慨慷齊往和珅府。走到地安門，卻遇見了一大隊舉着燈籠、騎着馬的官兵，蹄聲嘚嘚嘚嘚，很急地往紫禁城皇宮那邊去了。他們這七個人閃在一旁，略略躲避了一會兒，聽得蹄聲向南去遠了，他們便都越過了這黃城（即紫禁城的外邊的另一道圍子）的高牆。此刻就望見了那邊寒柳蕭疏，池水寧靜的什刹海了，他們就穿過這條更為荒涼的堤岸，踏着霜一般的月色，迎着呼呼的西北風走去。

走了不多時，眼前就望見了橋影模糊的三座橋了，伍宏超說：“快到了！”

郝燕翎就先停住了步，回首來向眾人悄聲的吩咐，他說：“咱們現在是不入虎穴，焉得虎子，事不成功，不要回去。和珅自經過昨日之事，也防範得一定更嚴，沖天俠此刻必定已經回去了，他必然要叫那裏的人更得多加準備。所以我們都得分外小心，不可有一個人魯莽……”

他又向繡球說：“這位俠女，我是知道你的，你的父親草底蛇也是我的朋友。四年前他到江南去找我，也是要請我來幫助他除掉和珅，我們見面還盤桓了兩天。因為那時我無意北來，他就走了，大概是往川楚之間去了。有人說他在那邊與清兵對陣，可也不知是真是假。總之，你也是我的侄女，你既在和珅的府裏潛居多年，他那府裏的形勢你必然曉得，你先回去吧！到時你要幫助我們。反正現在已經過了三更，我們辦事至多用四個鐘頭，不能等到天亮。我們不應一擁而入，要分先後進他的宅子。”

繡球聽了這話，就說：“那位伍宏超就先同着我走吧！”伍宏超倒看了看顧畫兒，心想：要論到和珅的家裏去，除了繡球，就得算我最熟了，我何必還要叫人帶着去？但是繡球卻又用力拉着他，說：“快走！快走！你是到那個地方去過的，現在你應當去打頭陣！”

當下伍宏超就跟着繡球在前面先走了。此時楊柳已枯，堤岸依舊，使他不禁想起來約在四年前，與卿憐訂約的情景。

三座橋上，沒見什麼夜間來給和珅送禮的車轎。那大門口，銅釘鐵葉、叩環發光的朱門緊閉着。門外橫着帶着鐵蒺藜的攔路木，又名拒馬，白天原是為阻擋車馬通行的，因為擋得太嚴，卻連一條狗也鑽不過去。門外倒沒有掛着什麼燈籠，也沒有人站崗守衛，可是院裏面各處卻不斷的傳出梆梆梆、梆梆梆的緊急的更聲。伍宏超心說：這可怎麼能夠進得去呢？他的府裏，這麼多的人連氣不斷地敲着梆子，守護的人一定不少。我們這幾個人縱使能夠進去，可也不易得手啊！

繡球卻不容他逡巡，拉着他飛躍着過了那橫在面前的攔路木，就向那條小胡同去走。這個地方，伍宏超覺着更熟了，記得這裏有個通着花園的旁門，似乎是由卿憐的老僕王忠在那裏看着。王忠那麼大的年歲，如今未必還活着，卿憐可又怎麼樣了呢？

此時，繡球就領着他跳進牆內。這裏正是那座後花園，不過房屋建築仿佛比以前更多，但景象淒涼，竟如一座鬼城，就連那些梆子聲，仿佛也傳不到這裏來。伍宏超就停住腳步，向繡球說：“你別胡帶着我滿處走了！這裏的院落形勢我全曉得，我只是找不着和珅的臥室，你快告訴我吧！或是你帶着我去，只要找着和珅睡覺的屋子，那就行了。”

　　繡球卻悄聲的說：“這幾年來，我要能夠找得着和珅藏着的地方，那就用不着你們今兒又來啦！找不着不要緊，放火把他這所宅子整個燒了，他那兩條軟腿，還能夠逃得出去嗎？可是你別忘了，這裏還有一個跟你好過的人哪，吳卿憐。可憐她在這兒又等着你三年多啦！我就是因為受你的吩咐照應她，這三年我才沒能到別處去。得啦！現在你既是來啦，兩件事你就都得立刻辦，一件就是你們殺和珅，除鐵爪蛟龍；再一件就是，無論如何你也得這就去見見卿憐，還得今夜把她救走！”

　　這句話真令伍宏超感到震憾，以往的事是又溫馨，又令人悔恨，他作了難，心想：怎麼救她？把她救到哪裏？我若只把和珅的一個寵妾救走，而不幫助人家郝燕翎、顧畫兒去殺和珅，這還算是什麼人？

　　繡球卻緊拉着他，又用力推着他，直說：“快走！快走！你要是還有什麼不願意，等到見了她的面，當面去說。反正，三年多你都沒有管她，今兒來了又不見她，那可是不行。走！走！她在那兒等着你啦，因為我說是今天夜裏一定能把你找來。”

　　伍宏超心中雖猶豫不決，但也只好點頭說：“好！我就先去見她一面！”

第二十五章　大鬧和珅府惡奴授首　人墜翡翠楼美妾忏情

　　這次走的路，依舊是三年以前那條幽會的途徑。繡球先攀着樹上去了，伍宏超也掄劍將身一躍，又踏到了那段樓廊。月影橫斜，樹影與欄杆的影子全都模糊得很。繡球先進那屋裏去了，伍宏超也跟着進去。就見裏面黑得厲害，那冰炸梅的窗欞，也沒有了淡紫色的燈光。此時繡球已然不見了，也不知她往哪裏去了。伍宏超就試探着，邁步往裏去走。他用手摸着，輕輕的推開了屏風後邊的那個小門，怔走了進去。

　　這屋裏已沒有了那些撲撲撲、唧咕唧咕的籠中鳥，花香也聞不到了，大概那些鸚鵡、黃鸝等等全都死了，菊花、丹桂、各種盆木也俱枯萎了，這些都說明了三年來這屋裏主人的悲慘生活與命運。只有那幾條已破舊了的薄紗窗簾，被窗縫透進來的風，吹得蕩蕩飄飄。

　　再往裏邊走，見那密室的門似乎未閉，淡淡的燈光自室裏透出。這密室早先是吳卿憐的臥室，快四年了，她就住在這裏，永遠沒有挪動一步，這可比我在監獄裏還可憐……他心裏一緊，舊日的情思完全憶起，覺着卿憐這個人也實在應當見一見，更應當趕緊救她出去，於是他就邁步走進了這室中。

　　這裏室內的燭光倒很強烈，外屋還是昔日那些陳設，地下鋪着的地毯還是很新，只是桌子上的座鐘不擺動了，似已經多日沒有人上弦。古硯、玉筆架、金鎮紙，宋瓷哥窯的墨水盂等等，已全不在了，這又說明了這裏的人已有多日沒有再寫作那些詩篇了。

　　伍宏超走進了隔扇，到了裏屋，就見吳卿憐已經匆匆往外來迎，見了他還沒說話，就先哭了，抽泣着好像站都站不住。伍宏超的心裏也不由得難過，就低聲說：“卿憐！我們三年多沒有見面，我不是忘了你，不是沒有管你的事。我回到蘇州的後，就各處去探訪你的家，只是沒有探聽出來……”

　　卿憐搖着頭，眼淚紛紛往下落，更加哽咽地說：“別再提啦！我知道我家裏的人大概全都死啦！因為不知道你的音信，我愁得想死，可是不再見見你，我死也……不甘心……”

　　伍宏超說：“這三年多，和珅派的那汪進寶把我陷害在蘇州的獄中，我的身體，都被那監獄給折磨壞了。可是他們折磨不掉我胸中的仇恨、怒火。我最近才被顧畫兒姑娘救了出來，我們又殺回來了。說實話，我這次來不是為你，我是要找和珅，找鐵爪蛟龍，找這裏的一切惡奴、惡霸，替天下人報仇！卿憐……”

　　他說到這裏，就見卿憐一邊哭着，一邊倚在他的身上。這卿憐，當年花一般美麗的吳卿憐，確已顯得更為瘦削、柔弱。她的臉兒是那麼蒼白可憐，簡直像是畫畫用的宣紙，臉上的胭脂看得出來是新擦的，雙螺髻也似是因為知道伍宏超要來，才特意挽好的。她的眼淚沾在睫毛上像是明珠，左眉尖上的那一粒極小的紅痣，還是特別清楚。伍宏超就低聲叫着：“卿憐……”他憐惜着，留戀着，又為難着。

卿憐也低聲說：“哥哥……”更哭泣着說：“我知道你是叫和珅害了，我還沒想到你還能活呢？我也……有幾次我也真想要設法把和珅殺了，給你報仇！哥哥，你不信我能有那膽子吧？可是我真這樣想過。我只是後悔，早先那時候我為什麼不……跟着你走……”

伍宏超也想起了早先的事，就說：“對了，以前我要帶着你離開這兒，你可是無論怎樣也不肯走。你說是什麼‘還要在這裏再住一年’，我也不知道是為了什麼，問你，你也不肯說。現在可已經過了三年多了……”他本想說：“你還想再在這兒住一年嗎？”這話他可沒有說出。就見卿憐這時已表示出十分的懊悔和慚愧，深深地低下了頭。

金燭臺一共四座，倒有三座是完全點着，燭光明亮，照着繡着大朵白牡丹的床幔、錦被。這些東西似乎是伍宏超走後，她就收起來沒有用，今天又特意取出來換上的，所以還是那樣新。伍宏超就說：“把蠟快滅兩支吧！不要使窗上這麼亮，因為今天不是我一個人來的，我來也不是專為着你的事……”

卿憐卻搖頭說：“我不吹！我要借着這亮的燭光細細看看你，因為……”她又哭着說：“我想你想了三年多，病也病了三年多了，現在你來了，我是誰也不怕了！”她的脾氣似乎比早先倔強了，說話好像也什麼都不考慮。

她索性哽咽着把實情說了出來，她說：“早先我為什麼說是要再待一年呢？原因是那時候我疑惑我有了身孕。我不敢跟你說，怕你生氣，所以想瞞着你，想等着悄悄的生了，把小孩安置在別處，再跟着你走。可是我弄錯了，不是那麼回事，我原來是病，不是喜。我從那時候起，就一直病到如今……”

伍宏超聽了這話，半響也沒有言語，只是歎息了一聲，忿恨地說：“和珅真是萬惡！”

卿憐擦了擦眼淚悄聲地問：“今天同來的還有誰呀？這個府，這兩夜可防備得更緊了！”伍宏超說：“這你倒都不用管了，現在我也沒有太多的工夫跟你談話，只是你快說，你願不願意這時就跟着我走？”卿憐決然地點頭說：“我願意！”

伍宏超又說：“可是我們為除權奸，為打不平，為很多的事……尤其是我，已經身犯了重罪。全城、全國，普天下滿清皇帝的官人，和珅豢養的那些奴才，都正在嚴拿我們……”

卿憐說：“那我也不怕！把我拿了去我也不怕！我只要嫁你！”

伍宏超說：“我沒有一個錢，你要跟着我，也不能由這兒帶走錢財；和珅這些全是民脂民膏，我決不沾染一點。”

卿憐說：“這些東西，叫我拿我也不拿呀！挨餓受窮我都願意，我只要嫁你。因為我從小就夢想過要嫁你，後來我……直到我在這兒跟着和珅，我都不是自己願意的。我也在恨，在想着報仇……哥哥，你就把我帶走吧！你信我吧！我說的話全是真話，我是真心，受苦到死我也沒怨言。哥哥，你快救我走……”

伍宏超說：“繡球在哪裏啦？托她先把你帶走。你們先離開這兒。我還要和我的朋友去辦事，我還得去找和珅……”於是他就趕緊去找那義俠胖丫頭繡球。卿憐卻又緊緊把他拉住，說：“你不能去！要是有別人看見你，那可怎麼辦？難道，非托繡球不行嗎？你自己就不能先救我走嗎？”

伍宏超手提着青鋒劍猶豫未決，而這時就聽見這樓下梆梆梆、當當當，梆聲緊敲，鑼聲也響了起來，同時各處的梆聲也亂響亂敲，如暴雨似的，人聲吶喊，沸騰起來。聽見好似是鐵爪蛟龍那粗暴的聲音，說：“小子們！別怕！他們頂多能來幾個人？還能都有六個腦袋嗎？快上手！捉不着賊，你們就別再吃飯！”又用更兇狠的聲音喊着：“這一定有刺客，有顧畫兒，有伍宏超……快搜！快捉！忘八蛋，你們快上手！”

卿憐嚇得哆嗦起來，趕緊去吹那幾支蠟燭。伍宏超攔阻她說：“先不要吹！吹了倒不好！”可是卿憐在慌張中，已經將三支蠟燭倒吹滅了兩支。窗上剛才照得很亮，此時突然發黯了，外面樓下的鐵爪蛟龍一些人，立刻就起了疑心。

這裏，卿憐因為伍宏超不叫她吹滅蠟燭，可是她已經給吹滅了，她就慌慌張張的又想再給點上。伍宏超就擺着手說：“不用再點了！”同時手中緊握着寶劍，向窗外樓下去聽。

樓下此時反倒忽然顯出有點清靜，鐵爪蛟龍不再嚷嚷了，可是那外屋，即是早先養過花鳥的屋子，這時卻發出了異樣的聲音。原來是鐵爪蛟龍率領的幾個人，有的自平地直接縱身上了樓，有的搭了梯子，一個接着一個的爬了上來，全都從那幾扇掛有紗帷的窗子鑽了進來。

伍宏超察覺到了，趕緊說：“不好！有人上來了！咱們走吧！”卿憐更是驚慌，兩人就拉着手，要由這密室前邊那通着走廊，通着許多別的屋子的那個門去走。剛將這門推開，鐵爪蛟龍等七八個人就各執鞭斧刀槍，如同一群猛虎似的從那邊闖進了屋，當時地毯就被他們踢壞了，玲瓏而精緻的隔扇也被撞倒了。鐵爪蛟龍嘩啦啦，掄起了新鑄的幾十斤重的鋼飛鞭，咕咚一聲，象牙雕刻的塔就給震得摔了下來，樓板都砸裂了。他那長面孔上的黑肉凸起，眼睛瞪得像是火球，斑白的連鬢鬍子在腮下豎扎起來，好像是刺蝟。

鐵爪蛟龍的喊聲像是塌了天，他叫道：“伍宏超！小子！你娘的還要往哪裏去跑？我就知道早晚你要來的，有這個娘兒們在這兒，油鍋你也得跳！這小娘兒們不是和中堂護着，我也早就把她收拾啦。這次你要想跑，可比登天還難！”說時就趕上來，又掄起了沉重的鋼飛鞭，嘩啦啦，橫掃過來。

卿憐驚得舉着雙臂，尖聲的喊叫：“哎呀！”伍宏超一面向後去退，同時掩護住了卿憐，一面以青鋒劍相迎。劍觸鋼鞭，噹啷一聲，這劍不是金剛玉，未能將對方的鋼鞭削斷，反倒被震得幾乎撒了手，劍也差點兒被鞭打彎了。他急忙退身，推着卿憐在前，出了這屋，進了那條昏暗無燈光的樓中走道，趕緊逃避。

鐵爪蛟龍率領着滾刀徐、短無霸、銀叔寶，還有他後來收下的幾個徒弟：圓眼虎、大肚牛、歪頭蟹、六腳鱉等一干人，齊聲掄着傢伙大喊：“追！”並說：“小子！你趁早扔了娘們跪下來受綁，還許叫你少挨一刀，你要跑是休想了！”全都忽隆忽隆地緊追出來。

伍宏超一面謹慎地保護住了卿憐，一面奮勇揮劍，向這些個人抵擋。他一手在背後拉着卿憐發顫的手，一手將劍唰唰飛舞。鐵爪蛟龍卻不管他這一套，只當當地掄起了鋼飛鞭，一鞭緊一鞭。滾刀徐、短無霸等一些人，短短長長的兵刃，也齊來向伍宏超進取，人擠得這窄窄的走道都容不下。

伍宏超虛晃兩劍，趕緊又拉着卿憐跑。鐵爪蛟龍的鋼鞭嘩啦啦，自身後飛到，差半寸就要把他兩人全都砸為肉泥。伍宏超慌張得推開旁邊的一扇門，先將卿憐推進去，他自己隨着跳入。他剛要回手將屋門關上，可是嘭的一聲，門已被鋼飛鞭砸爛了。這屋裏桌上還有油燈，卻不見一個人，室中陳設簡陋，似是婆子、丫環們住的屋子。鐵爪蛟龍一些人已經砸破了門，追進來了，伍宏超想要叫卿憐先藏起來，都已來不及了。此屋又不通別屋，真是一條死路。

鐵爪蛟龍揮鞭，其他的惡奴也全刀斧齊舉，逼得伍宏超只好退到靠着外邊的窗旁，他一面用孤單的青鋒劍迎殺，一面他不得不抱着卿憐一同上了窗臺。窗戶倒開着，窗臺可很窄，下面就是……卿憐低頭向外一看，"哎呀"，下面就是樓外，離着平地有四五丈高。

伍宏超左手抓着卿憐，可是卿憐哎呀哎呀不住驚叫，腳在窗臺上站也站不穩。他真着急極了，而鐵爪蛟龍的鋼鞭在他的身前半尺多遠就又飛起來，就又猛狠的砸下，同時那些刀斧槊棒槍，各種的兵刃也叢集在他的身旁。在這萬分危急之時，卿憐忽然鬆開了揪着伍宏超的手，另一隻手也推開伍宏超挾着她的胳臂，身子一歪，就如落葉似的自樓上墜下去了。

伍宏超一驚，趕緊也將身向下跳去，想要急忙去救卿憐，但見卿憐已經頭髮蓬亂，凄慘地跌死在這樓下了。當時龍宗璧等一些人就將他圍住了，他趕緊強忍悲痛，又振作着勇氣揮劍向四面迎殺。而各樓上、各處此時也全都是喊聲沸騰，郝燕翎父女四人已由樓裏出來與眾惡奴殺在一起。

鐵爪蛟龍手掄飛鞭也自樓上飛躍下來，嘩啦啦地舞鞭又打，可不知這時自哪裏射來了一支短箭，射得他的身子向前一栽。這時顧畫兒也不知從哪裏跑來了，金剛玉寶劍唰的一揮，當時就將鐵爪蛟龍的人頭斬落，頸血直濺，身子倒下，頭滾在一邊。一些人都大聲驚喊："胡師傅死啦……"此時郝燕翎又一劍把雙斧太保龍宗璧刺死。雲飛、雲佩、雲飄全都跳躍着，手持着鋒利的匕首東扎西戳，就如幾隻蒼鷹飛到了兔兒窩。和珅府裏的一些家奴，全都驚慌慌地叫着，能跑的都往四下裏逃去。

郝燕翎大喊着："誰說出和珅住在哪屋裏，便饒誰的性命！"可是沒人說得出。雲飛也歎息着說："那奸賊住的地方真找不着！"顧畫兒就手挺金剛玉，又跑進樓裏搜去了。伍宏超回身想去找吳卿憐的屍體，卻已經看不見了，不知道是被誰抬走了。他心痛如割，恨怒更起，提劍也闖進了樓，向各樓亂搜，並沒有遇着什麼人抵抗。

這些樓裏室內，有的是空的，有的是只有姬妾跟婆子、丫環們在裏面驚惶藏躲，或是跪在地下求饒。伍宏超看見雲飛兄妹也進來了，就高聲囑咐說："千萬不可亂傷人！我們找的只是和珅，別的人全可以饒了！"這時顧畫兒也與他們會在一起了。他們尋找到一間大屋子，這個門關得好像特別緊，用金剛玉與青鋒劍連劈了十幾下，方才將門劈開。他們闖了進去，就由床底下、桌子底下搜出來兩個人，顧畫兒認識其中的一個大煙鬼樣子的人，正是和珅手下頭一個惡奴汪四，另一個伍宏超認識他，就是汪進寶。

顧畫兒一劍先將惡奴汪四砍死在這屋裏，那汪進寶被伍宏超狠狠的揪住，臉都嚇白了。他哆哆嗦嗦地說："伍老弟！別這樣，咱們兩人不但沒仇，還有過交情。我在雙堂鎮買過你的一件小夾襖，在錢財上幫過你的忙，在蘇州府我探過你的監……"

伍宏超冷笑着說："你這時候還有什麼話說呀？你快把和珅藏的地方說出來！"

汪進寶指着鼻子發誓說："他藏的地方真連我也不知道！我倒是有個法子，你們先把我撒手，等到明天你們再來，我一定把和珅住的屋子告訴你們；我要是騙你們，我就不是東西，反正我也逃不出你們的手心！"

伍宏超聽了這話，暫時真不願殺他，因想：若是殺了他，更沒法子問出和珅藏匿的地方了，搗平了這座府又有什麼益處？心裏拿不定主意，就向着畫兒去瞧，畫兒也猶豫未決。

突然間，外面的梆鑼又緊敲緊鳴起來，人聲吶喊，又如滾湧起了海潮，不知是哪裏又來了些保護和珅的人。此時郝燕翎手攜寶劍匆忙地自外走入，說：「他們勾來了官人、快捕，來了恐怕有一千多人，已將這宅子圍住了，咱們得快些走！」汪進寶一聽當時就笑了，可是還沒閉住嘴，伍宏超就一劍刺透了他的肚腹，血水橫流，死屍斜倒。

郝燕翎、伍宏超、顧畫兒，和雲飛、雲佩與雲飄各挺利刃，出了這屋又上了樓。他們仍然不死心，又在各屋各處搜找和珅，可是狡猾的和珅仍然無蹤影。無論抓住什麼人逼問，都說不出來，真不知他鑽到那個地縫兒裏去了。

此刻外面的情勢已十分緊急，燈籠火把、刀斧弓弩全都沖進來了。郝燕翎帶着他們幾個人趕緊走避，登上了房頂，一齊飛奔後花園。花園裏官兵們也都佈滿了，都在喊着：「拿！拿呀……」顧畫兒都覺着走不開了，郝燕翎卻沉毅而又鎮定地說：「你們都不要慌！跟着我來！」當下就由他帶領着，眾人於月斜星稀之下，離開了這和珅府。無數的官兵還在那裏圍喊、捉拿，他們卻趁着天色未明，就一齊回到了南小街的小店。次日清晨，他們趕緊就搬走了。

京城中，自此夜起就緹騎滿布，大街小巷，茶館酒肆，到處都有衙門的捕役。這倒並不是完全為了和珅府中鬧的那事。據說是因為有刺客曾深入皇宮，驚了太上皇的御駕。所以，這件事情嚴重極了，嚇得居民百姓白天也不敢開門，日落時街上就不許有人走，處處風聲鶴唳，蛇影杯弓。

天時是已經入了冬令，大雪紛飛，北風凜冽，全城的人都被寒冷與緊張的空氣壓得出不來氣。又聽說太上皇的御體自那夜受驚之後，就在病中。川楚的刀兵猶未息，全朝的官員俱憂慮，潛藏的壯士熱血沸騰。

就在這次年，即嘉慶四年正月初三日，太上皇御駕崩，死了！一些當官的、食祿的人們就覺着仿佛天地皆變了。而權勢重的，秉政二十年的奸相和珅，雖幸脫于俠客的利劍之下，這時可也到了倒楣的時候了。

第二十六章　和珅勢敗抄家且喪命　易水春寒搏虎復盟鴛

　　和珅的靠山乾隆一死，當時就有御史廣興，給事中廣泰、王念孫等具章彈劾，歷述和珅的種種劣跡。嘉慶皇帝是不顧恤這岳家的，就即日將和珅奪職下獄。這一回和珅可在他那夾壁牆裏藏不住了，軟着腿就被抓到刑部；不到兩天，就由皇上隆旨賜他自殺，一條白練，結束了他的生命。他死的時候，年紀還不到六十。

　　那些嬌姬美妾、廣廈高樓、貂皮錦鍛、古玩珍品、字畫陳設、良田店鋪，以及各種的財寶與夜明珠，人參、燕窩等等補品，現在都已不屬於他了；整庫的、成山的一千兩一個的大金元寶，還有說不清、數不盡的許多好東西，也已不屬於他了；更有他對於小民百姓任意壓榨、生殺予奪的那種權柄、那種淫威，現在這些都已不屬於他了；連他自己的性命亦保不住了。

　　和珅死時，家產盡被查抄。先後查抄沒收他的財產，編了厚厚的一冊，共分一百零九號，其中有二十六號可以估計出價錢，就已值白銀二百二十三兆（一兆系按一百萬計算）兩還要多。未估計出價錢的有八十三號，若以比例算之，又有八百兆兩有餘。總計他的家財共有一千零二十三萬萬兩。甲午之戰及庚子之役，兩次的賠款總額，若以和珅的家財去付給，還大大的有富餘。又有人說：法國最富的皇帝是路易十四，他的私產也只有二千余萬兩，乘上四十倍，也沒有和珅的錢多，所以和珅可稱為曠古最大的豪門了。

　　和珅死後，他的那些姬妾皆被藉沒入官，像什麼長二姑、賈麗瓊都是有點才學的，也交與官媒給賣了。有一些無聊文人就作了幾首詩，冒充和府姬人之名發表，以博得一些酸溜溜的先生們的惋歎。於是據說那長二姑曾有：「墜樓空有偕亡志，望闕難陳替死書。」還說吳卿憐作了什麼：「村姬含笑不知貧，長袖輕裾帶翠鬟，三十六年秦女恨，卿憐猶是淺嘗人。」其實這都是無聊文人代作的。卿憐早在和珅未敗之時，就墜樓摔死了。

　　卿憐的墜樓並不是為和珅，而是因為那時伍宏超在被鐵爪蛟龍所逼之時，沒有拉住她，而失足摔死的，她的死實在使伍宏超的心碎。那夜他們離開了和珅府，次晨為躲避沖天俠，在別處另找了房子搬去。過了兩天，忽見那胖丫頭繡球又找他們來了，她向伍宏超說：「卿憐的屍身，我已經在那後花園把她掩埋了。人已死了，你就別再想她啦。我這兒給你帶來了一個紀念物品，這是她生前永遠在腕子上戴着的一隻白玉鐲子。她死後，我把它摘下來，留給你吧！」

　　這只白玉鐲，與三年前卿憐送給伍宏超的那一隻，原是一對兒，據說是她媽給她的，總之這倒是乾淨的東西，不是王亶望、和珅非義所得。那另一隻白玉鐲，伍宏超在最窮困的時候，也沒有賣掉，回到蘇州就放在家裏。他出獄後，回到家中一看，玉鐲依然存在，這次他又帶出來了，現今仍在他的小包袱裏放着。只是，如今玉鐲雖已成雙，伊人卻已慘死。留着它何用？徒然增添煩惱！因此，在一個沒人看見的時候，他就將那只也取出來，湊成了一對，放在地下，用青鋒劍的鋼劍鐓，崩崩吧吧地砸，將兩隻玉鐲砸得粉碎。然而他自此成病，臥床不起，一切全由顧畫兒服侍着他。

繡球不再回和珅府了，便也住在這兒。她幾乎是天天都要出去的。她那樣兒，雖然是很胖，可是臉也不洗，衣服越穿越破爛，她長得既不好看，精神也不充足，有時還攜着個罐兒，簡直像個要飯的，因此也沒有人對她加以注意。可是郝燕翎等人全都不出門，外邊的一切事情，全都是她給打聽來的。太上皇乾隆怎麼死了，和珅怎樣賜自盡，抄了家等等事情，都是她回來，繪聲繪影地給報告的。

郝燕翎聽了這些事，就歎息着說：“我們到了這一趟北京，原想是手刃和珅，沒想到只在他的府裏白鬧了一回。後來就因為外邊太緊，都不敢出門了，白白度過了這麼一冬，什麼事也沒幹。如今竟叫和珅這樣死了，總還是叫人心裏不大痛快！”

伍宏超忿忿地說：“和珅家裏的那些錢，全是民脂民膏，應當把它散發給受害的百姓才對，怎麼可以叫嘉慶皇帝一個人獨吞了？”他的病已漸好，而心情更加急躁，仿佛恨不得再多殺幾個與和珅差不多的貪官，再做些轟轟烈烈的事情才好。

繡球卻說，她的父親草底蛇現正在川楚一帶，殺貪官污吏，為百姓伸冤。她說：“我這就要找我爸爸去了，你們誰願意跟着我去？”當下伍宏超首先說：“我願意跟着你去！”顧畫兒也說：“我也去！”雲飛、雲佩、雲飄也都高興的說：“我們都去！”說這話時，並望着他們的父親。

郝燕翎卻微微歎道：“我送你們一程。不過，我時刻也沒忘的是沖天俠呀！這許多日，全沒有他的下落，可是我和他，早晚也還要決一生死！”

因為和珅已死，太上皇也晏了駕，所以城裏也不那麼緊張了。在這期間，他們就辦了幾件事。第一件是顧畫兒與她的姑媽見了面。二擺風現在與早先大不相同了，尤其因為她的酒店曾被鐵爪蛟龍率人砸毀，所以她把那些倚勢欺人的惡霸、土棍恨入骨髓。她的小酒店也恢復了，生意還很不錯，並去給凌萬江遷了墳。第二件事，是伍宏超曾與顧畫兒同到護國寺街的花廠裏，去看過馮茂興。馮茂興以為他們倆已經結婚了，高興得特意叫來了上好的宴席，請他們吃了一頓，並說：“以後咱們可是親戚啦！”

第三件事是繡球幹的。和珅生前所用的一些惡奴，劉全聞已被嚇死了，汪四及汪進寶俱已被殺，可是汪四還有一個侄子，外號叫汪老虎，住在京西李各莊，簡直是一方的大惡霸。和珅勢敗之後，他依然仗着有錢在那莊裏橫行，並且招去了和珅府裏早先的那些護院人，其中還有鐵爪蛟龍的徒弟，聲言要為他的伯父汪四和叔父汪進寶報仇雪恨。最近又因為強搶村中民婦，而打死了人家的丈夫。繡球知道了，就於一天深夜到了那李各莊，割去了汪老虎的首級。

第四件事倒不要緊，就是早先那在甜水井街開店的李二老實，他帶着妻女到了山西一趟，後來同着一位山西的客商，又到北京開了一個油鹽店。買賣是合夥作的，生意相當不錯。有一天他在街上遇見了伍宏超，知道了伍宏超的住址，他就特地派了個小夥計給送來了一簍醬油，以表他的心意。

畫兒是跟伍宏超又把寶劍換過來了，她跟他的感情漸近。大仇已報，她也不再似往日那樣的憂鬱了。伍宏超也平復了因為吳卿憐所致的那顆受創的心，而與畫兒日漸親密。這一點郝燕翎也看出來了，只是他並不表示他是否贊成，因為他好像顧不得關心這些事。他一心一意，時時刻刻作着準備，就是還想要鬥一鬥他的死對頭沖天俠，然而沖天俠早已沒有了蹤影。

過了正月，是二月初旬，他們就離京西去，先回到顧畫兒的故鄉西陵。那裏松柏蕭蕭，依舊似當年，但她的義母白大爺的老妻，已于前年就病故了，那位白大爺之弟白二爺也死了。因為去年由京城傳來了顧畫兒攔轎行刺和珅的那件事，就把白二爺嚇得了不得。本來前幾年他的哥哥在慎刑司越獄的事情，他就幾乎受了連累；誰都知道顧畫兒是他哥哥給撫養大了的，是他的乾侄女，跟他們自家的人一樣，這次一定得連累了他，因此他一發愁，就跳井死了。這些事，使顧畫兒的心裏很是難受。

她早日的鄰居家裏那個小孩，名叫鐵兒的，現在倒長得很高了，以為人牧羊為生。這易州城西，西陵一帶，本來山坡很多，最適於牧羊。自從三年以前，顧畫兒將山上的幾隻狼殺了，就更平安了，牧羊的人越來越多，附近並開闢了羊市。

當下那鐵兒坐在山坡上，四面都是正在啃草根的雪白的綿羊，約有幾百隻。見了顧畫兒，他咬着舌頭叫說：“顧姑姑！你們走呀？幾時再回來呀？”顧畫兒向他笑着說：“我們將來一定要回來看你們。”鐵兒又向伍宏超說：“姑父！你也走嗎？”弄得伍宏超也不知道怎樣回答才好，轉頭看了看顧畫兒，見她的雙頰已有點發紅。這山上的廟裏，還有畫兒的乾爹白大爺的好朋友，那位老和尚，但他們也無暇再去訪問，當日就離了西陵。

這一帶，因為有羊市的關係，境況已較前繁盛，大道上往來的車輛不絕。突然有一輛騾子車，看見了他們，特地趕着騾子追趕過來，這趕車的高聲叫說：“伍大爺！顧姑娘！少見你們呀！你們是幾時回來的呀？現在還要走哪兒去呀？我的買賣這些日也不好，我還拉着你們去好不好？多遠的路我也願意去呀！”伍宏超細細一看，認識這是三年前用車拉過他們的那小張三，也算是與他們曾在一起共過患難。不過這個人太機靈了，太貪錢，幹事兒還有始無終，所以伍宏超不願意再招惹他，只說：“我們只到南邊，不遠，用不着坐車。”說畢，就同着郝燕翎、顧畫兒等人往南走去。

他們一共是七個人，但只有一匹馬，就叫雲佩、雲飄兄妹兩人輪流的騎着，這兄妹嘻嘻笑笑的，倒非常高興。可是郝燕翎卻永遠深鎖着幾乎全都白了的眉頭，只要是聽見身後有一點聲音，他就立時回首。他倒不是驚恐什麼，而是時時在準備着與人拼生死的決鬥。顧畫兒就說：“郝師父，何必要這樣兒呀？現在決不會再有什麼事了！”郝燕翎卻微微現出苦笑，傲然地直視着眼前白波滾滾的易水。

這條河又名沙河，據說戰國時刺秦王的荊軻，便是在這地方與燕太子丹作別，又曾經唱過：“風蕭蕭兮易水寒，壯士一去兮不復還”。郝燕翎常常唱着的就是那種調子，如今他到了這古代俠客慷慨悲歌之地，不禁發了詩興，於是又高聲唱道：“

> 挾劍風塵兮五十年，骨已老兮髮成斑，
>
> 除奸賊兮誓不還，望易水兮春風寒。
>
> 有仇家兮在我身邊，胡不速來兮血相濺！”

顧畫兒心裏又難過又着急，就說：“師父！師父！您幹嗎要唱這些個呀？誰又是您的仇家呀？誰又能夠來與您血相濺呀？你豈不是要瘋嗎？”

郝燕翎只微笑着說：“你哪裏知道！”

　　正在說着，已經來到了渡口。這易水古渡，現在已經荒涼了，因為在這東邊又有了一個新碼頭，許多的擺渡船和來來往往的人，全都在那邊。這邊的渡口本來不通着大道，只有一隻小船在這兒擺着，是為便利附近住的人往來之用的。渡過一個人去，只用一文小製錢，倘若錢不方便，不給也行。在這兒撐着擺渡船的是一個老頭兒。夕陽殘照，古渡衰翁，令人疑惑當年荊軻過易水，就是這老頭兒給渡過去的。這自然是一種幻想，然而現在郝燕翎實在就沉溺在這種幻想裏了。因為他們幾個總是在北京惹了些事，不得不避一避的人，所以才走到這一條荒涼的小徑，黃昏的古渡，然而卻使得他不禁想起荊軻來了，就好像荊軻的鬼魂徘徊在他的身邊。

　　在這渡口的北岸不遠之處，蓋着有兩間茅草的小屋，圍以土牆、柴扉，可是沒有樹，可見這房子蓋成的日子並不多。郝燕翎這幾個人才來到這裏，忽然間，就見自那土牆柴扉裏跑出來了一個人，牽着一匹黑馬，手持一口寶劍。這人騎上了馬，飛也似的就撲向他們來了，大喊着說：「郝燕翎！我在這裏等着你多日了！知道你早晚要由這兒走過，好啦！現在你可來啦……」顧畫兒等人一看，全都吃了一驚，原來這人正是沖天俠。

　　其實郝燕翎、沖天俠兩人也沒有什麼深仇，可是一見了面，當時就都紅了眼。郝燕翎也點頭說：「好！好！我也料到必定遇着你！」說着就抽出了寶劍，並跟雲飄要過來那匹馬。

　　沖天俠又冷笑着說：「去年你們在和珅的家裏大鬧，我都沒跟你們作對，可見我不是他的奴才！」

　　顧畫兒趕過去說：「既然這樣，咱們有什麼不能夠說得開的呢？你幹你的去，我們幹我們的去，你也別管我們！」

　　沖天俠卻又冷笑着，說：「你說的這話倒容易！可是我和郝燕翎，我們幾十年來名頭相等，他雖沒與我見過面，可是他處處壓我。要不是因為他，畫兒！我早就把你帶走，教給你武藝，並叫你跟我享福去了！」

　　顧畫兒聽了這話，當時就氣紅了臉。雲飛、雲佩、雲飄也齊都生氣，抽出匕首，跳起來罵他：「渾蛋！」伍宏超手持金剛玉就撲向前，說：「沖天俠！你這夾纏不清的人，有話你不要找郝燕翎，你來找我說好不好？」沖天俠卻大笑着說：「我為什麼要找你呀……」正說着，又聽哧哧哧，由繡球那裏一連射來了三支短箭，但都被沖天俠用手接住了。

　　郝燕翎上了馬，揮劍向繡球、畫兒、伍宏超，以及他的子女們大聲說：「不許你們幫助我！誰要是幫助我，我可就將他的好意當作惡意，我就從此也不認他，和他翻臉！」又向沖天俠說：「你在這裏等着我，也很好，省得咱兩人的帳永遠也算不清，省得咱兩人的武藝、名頭永遠分不出來高低上下。現在咱們兩人就走，誰要是叫人幫着、跟着，誰就不是英雄！」

　　當下，他和沖天俠兩人全都騎着馬，全都使着寶劍，全都是白髯飄飄，可也全都如凶煞附了體，兩匹馬就由此往北，蹄聲嘚嘚，揚起了很高的塵土，頃刻之間就已去遠，由這裏全都看不見了。

　　四面已暮色低垂，顧畫兒着急的說：「這不行呀！」繡球也說：「快追着去看看吧！」於是他們六個人便也往北緊跑，在各處都找遍了。這裏是田野無邊，高原、沙丘、低地坑坎不平，有疏疏的村落和破舊的廟宇。忽然聽見了馬嘶之聲，就見沖天俠的那匹黑馬，背上也沒馱着什麼東西，驚奔着過來了，他們便順着這匹馬跑來的方向又去找。

　　這時夕陽晚霞俱已落在山后，東方的明月已升，在慘澹的月光下，他們就發現了在這曠野上躺臥着兩個人。他們緊緊地肉搏在一起，每人的利劍都深扎在對方的胸間，流血很多，兩人都已經死去了，可還都緊緊的互不撒手，這兩人正是郝燕翎與沖天俠。

　　雲飛、雲佩、雲飄一看他們的爸爸已經死了，都不住放聲大哭，顧畫兒也落了許多的眼淚。然而伍宏超總覺着郝燕翎這樣與沖天俠相拼而死，是死得有點不值，他們死得沒有金臂飛俠凌萬江壯烈。繡球在旁邊也說：“他們這兩個人，倒都是俠客，可是都太糊塗，只知道賭氣較高低、拼生死、爭名頭，卻不知道真正的俠客只應當舍己助人，這樣勇於私鬥，是不對的！”然而無論怎麼說，郝燕翎與沖天俠是都已經死了，他們的兩匹馬也不知道跑到什麼地方去了。只是那兩口劍，顧畫兒與伍宏超費了半天的事，才把他們各自的劍從對方的胸中拔了出來。

　　這時繡球跑出了很遠，從人家裏借來了鎬頭和鐵鍁。顧畫兒、伍宏超一齊上手，就在這地下掘了兩個深坑，將郝燕翎、沖天俠，連同他們的寶劍，各自分別掩埋，也堆起來兩個墳頭兒，讓他們與距此不遠的那個荊軻古墓作伴吧。雲佩、雲飄小兄妹兩人還是不住哭泣。

　　六個人趕緊再向南走，他們就又趕到了那古渡口。小擺渡船上的老頭兒已在河邊睡覺了，他們給喚醒來，就請他給渡過河去。這老頭兒睡眼朦朧的，真不大高興，就說：“我要不是看你們六個人，都是大姑娘、小媳婦和小孩兒，說真的，我才不管渡你們呢！”於是小擺渡船晃晃悠悠，天上明月浮雲，他們就渡過了這春風蕭蕭的易水。

　　的確，他們除了伍宏超是個壯年的男子之外，雲飛、雲佩、雲飄都算是小孩，繡球是一個粗笨的大胖丫頭，而顧畫兒則像是個小媳婦。顧畫兒與伍宏超確實是儼若夫婦了。

　　過了易水往南，有時步行，有時搭車，數日後就來到了元氏縣境內。坐在店房裏，忽然由雲飄小姑娘領頭，說是一定要去買點布。顧畫兒還以為他們是要去買白布縫孝衣，給他們的爸爸穿孝呢，當時就也沒有注意，繡球也笑着跟着他們走了。

　　這裏顧畫兒與伍宏超是同在一間屋裏，旁邊放着他們的金剛玉與青鋒兩口寶劍。兩人正在談心，伍宏超還慚愧似的提到了吳卿憐，畫兒就笑着要用手堵他的嘴，說：“得啦！你就不用再提啦，人家已經死了……”

　　忽然間，繡球帶着雲飛、雲佩、雲飄，都笑着從門外闖進來。他們買來的布，原來是兩長條子大紅色的布，就把這布分向伍宏超與顧畫兒的身上一圍，當時伍宏超就成了新郎，畫兒就成了新娘。繡球等人都哈哈大笑起來。

　　由此，伍宏超與顧畫兒就成為了夫妻，他們與繡球、郝雲飛、郝雲佩、郝雲飄等人，又同往川楚之間去行俠仗義。

《寶刀飛》

DULU WANG（王度廬）

Copyright©2020 by Hong Wang
Flying Sabre 《寶刀飛》
THE COLLECTED WORKS OF DULU WANG 王度廬選集
ISBN：978-1-7773402-5-4 (Paperback)
ISBN：978-1-7773402-6-1 (eBook-epub)
ISBN：978-1-7773402-4-7 (eBook-Kindle)

江 湖 出 版 社
JIANGHU PUBLISHING

Jianghu Publishing
PO Box 35075 Fleetwood Postal Outlet
Surrey, BC Canada V4N 9E9
www.jianghubooks.com

THE COLLECTED WORKS OF DULU WANG

王 度 廬 選 集

Author of Crouching Tiger, Hidden Dragon

《 卧 虎 藏 龙 》 作 者

Wuxia Novels Volume Three

武侠小说集　卷三

寶刀飛

DULU WANG

王度廬

Edited and Modified by Hong Wang

校 訂 者 ： 王 宏

JIANGHU PUBLISHING　　江湖出版社

第一章　運糧河漂泊雙雛鳳

　　本書開始，先述中國的一個偉大的工程——歷史上有名的運河。據說這道河流，當初是隋煬帝命人開掘而成的，當時只為他于御柳成行，清波蕩漾之中，乘坐着龍舟往揚州遊玩。

　　這條河，北起河北省通縣，南至浙江省杭州，縱貫冀、魯、蘇、浙四省，全長一千四百四十公里。在以前，沒有津浦鐵路，沒有沿海的輪船的時候，由南方運糧到北方，以及官宦、商賈北往南來，全都仰仗着這道人工河流，而為交通之要津。所以，那時河面雖然並不甚寬，但永遠不斷往來着無數的船隻，沿河各城鎮亦莫不繁華富庶。而其中以江蘇省淮安府所轄之清江浦，地面最為重要。因為那時總管運河的惟一高官“漕運縣督”（通稱之為“河帥”），就駐節在這裏。同時，又有自南方來，往京都去的人，多半在此舍舟登陸。所以，清江浦這地方熱鬧至極。商店、貨棧、旅舍、鏢局，開設着不知有多少家，河壩上日夜不絕地擁擠着人和船隻，因此也就能夠發生許多的事情了。

　　這一天時當暮春，運河兩岸，隋朝栽種的楊柳垂着長絲，在東南風裏，顯出一種柔弱無力的姿態。柳梢上仍留着金色的夕陽，鴉群掠過，天色已近黃昏。這時就從南邊來了一隻船，停泊在此處。船不大，艙也很小。艙中的兩位姑娘，還都是旗人家的姑娘，是姊妹二人。作者在此就述明白了吧，這作姐姐的即是日後的西太后（慈禧太后），為清穆宗同治皇帝之母；那位妹妹，就是日後清醇王的福晉，也即是光緒皇帝清德宗的母親。請讀者想一想，在那封建的帝制時代，這是多麼了不起的兩位貴人？可是在這時候，她們也料不到日後有那樣的尊榮富貴，卻都正處在艱難困苦的命運之中。

　　原來她們姊妹是滿洲正黃旗的旗人，姓葉赫納蘭。我們現在就暫稱這位姐姐為納蘭大姑娘，其妹為納蘭姑娘。她們的父親是做着正黃旗的參領，原是個極小極小的官兒，一年只能得兩次俸祿，生活非常之窮苦。他們住在北京西城的一條小胡同裏，每天的菜和油鹽醬醋都要姑娘自己去買。那時候的納蘭大姑娘，即後來的西太后，才不過七八歲，長得十分美麗聰明，幾乎每天都要到附近的一家油鹽店去買一個小制錢的醬，或兩個小制錢的香油等。她穿着帶補丁的舊衣裳，胳膊肘兒挎着一個荊條編制的小筐子，裏面放一個碗或一個瓦罐兒，那油鹽店的掌櫃的時常逗着她玩。在這樣艱難窮苦的日子中，她漸漸地長大了，成了一個丰姿綽約、端重而又大方的姑娘，妹妹也長到十四歲了。在這時候，她們的父親才被擢升為湖南的副將，他把妻子和兒子留在北京，卻帶着她們姊妹前往任所。

　　本來，兩個年輕的旗人姑娘到了遼遠的南方，飲食起居就多不習慣，幸仗着大姑娘為人能幹，把家中事務處理得井井有條。老副將在任所上的生活尚稱舒適，可是他究竟年紀老了。副將即是副總兵官，通稱之為協鎮，領着一協人。一協人就等於現在的一旅，責任不算小，公務也甚繁多，所以這位老副將就因勞致疾，不到一年，竟病歿于任所。

　　這在她們姊妹，真如晴天的霹靂，小姑娘只剩下哭了。幸虧大姑娘遇事不慌，忍悲治喪。可是老副將的身後又極為蕭條，幾乎連運靈的盤纏都沒有。幸是任上的幾位同仁湊了一些錢，並派了一個老僕人跟隨着沿途照顧，將棺木抬到船上。她們姊妹穿着重孝，上了船還不住地痛哭，又兼春雨連綿，景況是十分的悲慘。船出湘水，順江流而東下，至揚州，這才換船北上。長途跋涉，一棺附舟，長姊幼妹，相依相慰，盤費也漸感不夠了，離着北京可還遠呢！那個老僕人還直發牢騷，她們姊妹，心中愈是難過。

　　憑着船窗向外去看，運河之上真是熱鬧繁華。只見風帆擁擠，整船的糧米，整船的貨物，還有那往京去的官船，艙門前都掛着某某正堂的成對的燈籠，僕廝也眾多，且有差官和鏢行的人保護着，聲勢真是十分的炫赫。那些船上的官眷太太和小姐，甚至丫環們，也都是周身的綺羅珠翠，更有的船上吹奏着笙歌。與她們這船上的淒涼景象相較，真是天上人間之別，而且她們姊妹現在遭遇的這個“人間”，還處處是孤零無助。

　　這一天黃昏的時候，她們的船便來到了清江浦。清江浦這地方，最大的官是漕運總督，最小的官恐怕就是知縣了。這時清江浦，即清河縣的知縣，姓吳名棠，是一個很忠厚而沒有什麼才能的人。衙裏有一個書吏，姓韓，無論什麼事情都由這位韓師爺給辦，而吳棠只在衙裏享福，有幾個聽差的伺候他，做着這個清閒的“七品官”。

　　可是清江浦這兒的七品官，收入也不錯呢，所以吳老爺手頭頗積蓄了不少的銀子。他並不吝嗇，凡是老朋友路過此地，缺少了盤纏來告幫，他多少總要資助一些。他為人很念舊交，愛周濟人，不過要是跟他沒有關係的人來求他，那可又辦不到了，因為他的錢也是不願意隨便花的。

　　近來他有一件心事：因為聽說有個老朋友，姓張的，在福建做着副將，一大家子的人，跟他時常通信，交情很好。最近有從那裏來的人說，那位張副將死了，家在保定府，即將要運靈北上回籍。吳老爺的心裏很難過，便預備下了三百兩銀子，囑咐他的常隨連升，說：“你常到河壩上去打聽着，要是帶着張副將靈柩的船來了，就趕快來告訴我，我得去行個人情。”

　　連升是一個小孩子，平日只會背着老爺去賭錢、去胡鬧，老爺的話，他當時記住了，過了兩天就忘了。可是他已經轉托了在河壩上以賭混飯的毛頭小趙，說：“喂！小趙！你替我留點兒心，要是有棺材經過，死的人是個副將，你就趕快來告訴我！我還得回稟我們老爺呢，因為那是我們老爺的好朋友。”小趙倒是記住了棺材和副將，他是整天長在河壩上，無論來了什麼船，他全都知道。

　　這一天，黃昏的時候，他就來找連升，說：“來了一隻船，是運靈回家的，是一位副將的靈柩。”連升就趕快回稟了吳老爺。

　　吳棠聽了又一陣的難過，就趕緊叫太太取出來預備好了的那三百兩銀子，交給連升，說：“快把這銀子送去，交給那船上的少爺，就說這是我一點兒小意思，給他的父親買點兒紙燒吧！你就說，我也不到船上去祭奠了，因為我若見了老朋友的靈，一定得痛哭，咳！你快去吧！”連升連聲答應着，抱着三百兩銀子就走了。

這裏，吳老爺很是煩悶，就命人請來了韓師爺，在一塊兒擺棋。擺着擺着，吳老爺這邊就剩下一個車跟兩個仕了。韓師爺只要是一擺起棋來，就這樣不讓着老爺。吳老爺正在着急，連升就回來了，兩隻手空着，吳老爺就問說：“把銀子送去了嗎？”連升回答說：“送去了，兩位姑娘給老爺道謝！”

吳老爺聽了，不由得一陣詫異，說：“什麼？兩位姑娘？他哪兒來的姑娘呀？他只有一個兒子！”

連升說：“大概少爺是沒在船上，我沒見着，我只見了兩位姑娘，都是旗裝，梳着大辮子，白辮根、大腳……”吳老爺跺腳說：“你弄錯了吧？”連升說：“我沒弄錯，我看見船上的棺材，我也問明白了，死的是副將，是由湖南來的，正黃旗人，現在是要回京。”

吳老爺氣得不住地拍桌子，罵着說：“你笨蛋！我吩咐得你明明白白，副將是姓張，他是保定府的人，怎麼會是旗人呢？他是福建的副將，怎會又是從湖南來呢？你真是個飯桶笨蛋！什麼事你也不會辦！怎麼就把銀子給送錯了呢？你給銀子的時候，難道就沒有問問嗎？”

連升皺着眉說：“我，我，我見了船上那兩個姑娘，我就……我就說不出話來了。”

吳老爺跺着腳說：“你快去！把那三百兩銀子給我要回來！這不行，我不認得這麼一個旗人的副將，憑什麼要去給他送奠儀？快去，快要回來銀子！”

連升答應着，剛要轉身走，韓師爺卻擺着手說：“不要忙！本來就辦錯了，再要辦錯，可就不好了！”

吳老爺還着急地說：“三百兩銀子，不要回來還行？我跟他們並不認識呀！”韓師爺說：“老爺聽我說，您是做官的，將來還要盼望高升，對於旗人，可是得罪不得的呀！”吳老爺還生着氣，說：“我也不得罪他，是我的聽差的把銀子送錯了，跟她們要回來，她們還能夠不給嗎？”

韓師爺說：“自然不能夠不給，可是人家船上的兩位姑娘，本來也不知道她父親的生前好友都有誰，接到了銀子，一定很感謝，覺着父親的這位朋友——清江浦的知縣，真是一位仁厚的長者，還許正在感念不置呢！突然，你又派人去把銀子都要回來，這未免有點兒不大合適，太叫人傷心了吧？”

吳老爺想了想，也很作難，說：“那麼，難道就把銀子這麼白扔了？就給了兩個不相識的姑娘？”

韓師爺悄聲的說：“可以由此機緣就互相認識呀！旗人的姑娘，將來全都有選進宮裏作貴妃的希望。今天聽說宮裏就要招選秀女，這兩個姑娘，將來還就許是娘娘呢！得罪了她們還行？即使她們選不到宮裏去，可是旗人家的姑娘將來無論如何，也不能夠嫁個漢員；無論嫁一個什麼滿員，若是認識，也總有點兒照應。俗語說‘朝中有人好做官’，咱們現在外邊做官，在京裏連一個人都不認識，那還行嗎？所以，依着我說，那三百兩銀子索性您就將錯就錯吧！結下一個好兒，將來也許就能夠因此得到便宜。”

吳老爺越聽這話越覺着有理，他連連地點頭，沉吟着，看見連升還在旁邊垂手侍立，他就說：“那銀子你也沒有給錯，我又想起來了。好！你去吧！”連升就退出屋去。

這邊，吳老爺跟韓師爺的棋也擺不下去了，又談了一會兒閒話，韓師爺便也回往前院他自己的房裏去了。這裏吳老爺又想了半天，結果是拿定了主意，那三百兩銀子，不但不去索要了，明天自己索性到那船上去祭一祭；不管將來是有用沒用，只要落個"整人情"，銀子就算是沒白花。

一夜過去，次日一清早，吳老爺穿上了官服，戴上官帽，蹬着官靴，吩咐連升給預備些燒紙和金錢的錫箔，並囑咐他到時候少說話。連升唯唯地答應着，吳老爺就令連升跟着轎，往河壩去了。

河畔的柳樹裏帶着朝煙，停泊着的許多船還都沒有走。連升領着到了昨晚送銀子的那船旁，轎子便放下，吳老爺就叫連升去投遞名帖。連升也實在有點兒莫名其妙，可是決不敢多說一句話，他就上了船。

這只船實在比人家別的船是又小又破舊，艙門又緊閉，艙窗裏也遮着粗藍布的窗簾。有個船夫正在船頭扇一個茶爐子，那個老僕人正在漱口，連升就問說："二位姑娘全都起來了嗎？我們老爺來祭祭靈，並要見見姑娘們。"

老僕人已經知道了本地的縣太爺，昨天給送來了三百兩銀子奠儀的事。他本來不是跟着納蘭副將的，也不知道副將在生前跟這位太爺有多大的交情。此時，他看見這位縣太爺坐着轎子來了，才不過三十歲，是個中等身材的胖子，滿面的忠厚之相，他不敢怠慢，趕緊就進到艙裏報告。此時，兩位姑娘全都已起來了，先把連升傳了進來。連升遞上了他老爺的名帖，上款寫着是"吳棠"。姊妹兩人本來全都認識字，可是一時想不起父親生前幾時有過這麼一位朋友。納蘭大姑娘便趕緊說："請！"同時姊妹兩人一齊迎到艙門前。

此刻吳老爺已踏着跳板上了船，連升和那老僕人趕緊給開了艙門，吳老爺進了艙，就問說："這就是二位姑娘吧？"二位姑娘就要行禮，吳老爺親手給攔住了，說："免禮！我與你們的令尊——我這位老哥哥，已經是十多年沒有見面了，想不到，他竟去世了！"此時二位姑娘全都悲哽不勝，真如兩樹的梨花帶着春雨一般。

吳老爺把這兩位姑娘仔細地看了看，只見大姑娘才不過十六七歲，二姑娘約十四五歲，姊妹兩個的身材都差不多，而大姑娘更是特別的苗條。兩人全是長闊臉兒，大眼睛，大姑娘的眉目之間，尤其顯出一種威嚴，凜凜然，仿佛使人一見了她，就得有點發怵。總而言之，這兩位姑娘的容貌和儀態，全都是十分的雍容大方，實在是與小家女子不同。兩人都是梳着大辮子，白繩的辮根和辮梢，穿的淨白的粗布長孝服，都是天足，穿着青布的鞋——這就是旗人家的姑娘穿孝時的打扮。

納蘭大姑娘拭着眼淚，向吳棠表示了謝意，她說："昨天派人送來的那三百兩銀子，已經收到了。當時我們想着，不收吧，是辜負伯父的盛意；收吧，心裏又實在過意不去！"

吳棠擺手說："咳！不能再提啦！我實在是手裏沒有太多的錢，要不然，我應當給我這位故去的老哥哥多打一點兒紙。二位姑娘如果有什麼用項的話，還自管告訴我，咱們可不是外人！"大姑娘點頭說："是！我們知道，我們也實在沒有別的用項了。"吳老爺就說："那麼，我祭一祭靈吧！"

當下，兩位姑娘同着吳老爺到了艙後。這裏停放着一口棺柩，不過是普通松木的，板子很薄。由此可見，死者的身後確甚蕭條。不過這棺板的上面是嵌着葫蘆形的一塊板子，這又表示是旗人的壽材，在前面還貼着一張"護照"："……茲有湖南副將，葉赫納蘭……於某年某月病故……靈旋京都，仰爾各路孤魂怨鬼，勿得攔擋……須至護照者！"上面蓋着總兵衙的朱紅大印，這是特為給沿路的城隍土地、怨鬼孤魂看的。

　　當下吳棠恭恭敬敬地上了香，連升和那老僕人在旁邊燒紙，二位姑娘在旁陪着行禮。吳老爺並且撫着棺材流了幾點眼淚，這又引起了兩位姑娘的悲戚，都又哭了一會兒。

　　吳老爺始終是滿面的憂戚之色，又說：“我應當親自送二位姑娘跟大哥的靈柩到北京去！”兩位姑娘趕緊攔阻。吳老爺又說：“我也是實在離不開身，天天得伺候着總督，做這個小官真不容易！我衙門裏也沒有幾個人……”

　　納蘭大姑娘趕緊說：“伯父不必再多禮啦！您這樣待我們，我們已經就終身難報了，哪敢再勞伯父送我們呢？這裏離着北京也不算太遠了，往北去又都是平穩的路，決不至有什麼舛錯的，請伯父放心吧！”

　　吳老爺說：“那麼我就回去了，將來我到北京的時候，再去看你們。二位姑娘千萬要節哀，我知道我那位死去的老哥的脾氣，他生前是很曠達的，他做了不少的好事，現在一定已經登了仙界了，只望二位姑娘千萬要保重身體，以使故去的人瞑目！”他這一番沉痛而懇切的話，益使兩位姑娘感激流淚。

　　吳老爺離船上了岸，坐上了小轎，心裏還想着：我真是一生也沒做過這麼荒唐的事！但今日事雖荒唐，可是也對那兩位姑娘有些安慰；死的那位副將，他雖然不認識我，他的靈魂如果有知，也一定得深深地謝我吧？

　　當下這一頂小轎，很快地回縣衙門去了。連升在轎後跟着，心裏還有點兒納悶，因為看着他的老爺，剛才簡直跟唱戲一樣，不知又為了什麼。

第二章　清江浦俠士出頭

　　這時，太陽已經升起，河壩上漸漸熱鬧起來，本地縣太爺到那只船上去致祭的事情，已弄得無人不知了。在河上掌舵的、拉縴的，以及挑夫腳行，沒有一個不是心地直爽的漢子。吳老爺此舉，真正使他們伸大拇指，有一個大船上的人就說：「哈！這位吳老爺，沒料到他竟是這樣的一位好人，可真難得！」

　　另一個是在這河邊扛挑的，有時他也當短工，常給船上掌舵拉縴，他佩服得簡直要跳起來，說：「好官！好官！這才真是一位仁人君子。吳老爺這三百兩銀子，比三千、三萬還重，因為這是雪中送炭，不是錦上添花。現在的一些人，都是勢在人情在，交朋友是件難事，一不小心，就能夠交着酒肉朋友，有酒有肉，他跟你稱兄道弟；你要是倒了霉，他理也不理你，更不用說人已死了，那誰管你的孤兒寡婦？像這位吳老爺，知道了老朋友的靈柩從這兒過，其實他假裝作不知道，也就完了，那兩位姑娘本來不認識他，可是他竟能夠這樣辦，送銀子、弔祭，勸慰兩位姑娘……這樣的好官將來要是不提升，皇帝老兒可是沒長眼睛了！」

　　說這話的人名叫裴文煥，他是一個異鄉人，來到河壩上已有一個多月了。為人非常和氣，性子直，講義氣。他有兩膀子力氣，常幫別人的忙，但他的生活卻很苦，住在臨着河的一家小店裏，一天所掙得的錢，也就將夠他的吃喝和店錢。他很年輕，不過二十多歲，生得身體強壯，眉毛濃黑，兩眼非常有神，嘴唇可有點兒厚。大概因為他的長相，所以人家都不討厭他。他假若是把破衣服脫去，換上了新衣，再洗洗臉，換一雙鞋，還真是一個漂亮的少年。

　　這時，他滿口的稱讚吳太爺，又歎息世風不古，可惜像吳太爺這樣的人現在太少了。他為此事正在興奮，忽見，就是兩位姑娘的那船上的船夫頭兒，向着岸上嚷嚷說：「喂！誰來呀？北通州，管吃，到了北通州，開發兩吊錢！只幫着撥撥船，拉拉縴，哪位去？願意去的就快來呀！」

　　這船上，連這個赤紅臉兒的船夫頭兒，只有三個船夫。往北走，水淺河又狹，必須要有人拉縴，他們三個人當然是忙不過來。現在船上的客——那兩位姑娘，銀子也有了，多出幾個錢也不在乎了。為了快走，快將靈柩運送回家，就得添雇一兩個在船上幫忙兒的人。當然是已經得到兩位納蘭姑娘的同意，所以，這個頭兒才向岸上招人。

　　他嚷嚷了半天，岸上的窮漢、閑漢並不在少數，可是竟沒有一個理他的。他又把雇價提高至二吊五、三吊、三吊五，依然沒有一個答應。他到岸上來勸、拉，這些人也沒一個願意去的。原因很是顯明，在江湖上混的人最講究取吉利，最怕喪氣，沖着船上的一口棺材，就是沒人願意去幹。船夫頭兒很是生氣，嘴裏罵罵咧咧的，艙裏的兩位姑娘也更是憂急，因為盤纏倒是有富餘了，船可是更走不了啦。

這時，天色還不太遲，河畔還停留着不少隻船，這也是因為這個地方太繁華了，凡來到這兒的，全都捨不得走。此時各船上的頭兒們大都還在岸上玩樂，商人們、有錢的人們，是都住在岸上的熟買賣家，或另有歡樂的所在，誰都願意在這兒，消遣消遣數日來在船上的煩悶，都仿佛沒有什麼急事似的。一些船夫、腳行、苦力、閑漢，就蹲在岸上的柳樹下押寶、搖攤、嚷嚷吵吵，也都沒有一點兒想走的意思。更聚來了一些挑着擔子賣涼粉的、賣茶的賣酒的，還有背着筐賣燒鷄醬肉、大燒餅的，越來越熱鬧了。

這些人都不急着走，都挺開心，獨有那只若非今天去了縣太爺，簡直不足令人重視的小船，那只運棺材的倒楣船，夾在這些大船裏，好像是一群大魚裏的小蝦，幾次要走也沒走成。

艙裏的納蘭大姑娘命那老僕人把船夫頭兒叫來，嚴厲地問道：“為什麼今天到這個時候了，還不開船呢？你說得多雇兩個人，我們答應了；你說到北通州得多二兩銀子，這也不要緊，可是你得開船呀？你還撐什麼？你這是故意的刁難，想着法子勒索！你要是再不開船……”她向那老僕人道：“叫縣衙門派人來！”

船夫頭兒急得直流汗，說：“姑娘！大小姐！你老人家別怪我呀。我到岸上雇了，連一個答應的都沒有，人家都討厭咱們船上的這口棺材……”納蘭大姑娘瞪起威嚴可畏的兩隻眼睛，厲聲地呵斥說：“你說什麼？”船夫頭兒趕緊說：“我說錯了！人家也不敢討厭老爺的棺材，不過，誰沒個忌諱呢？這個地方又是個大碼頭，人家怎麼都能夠混個飽，咱們給的錢又不多，誰願意給咱這船上幫忙？”

納蘭大姑娘依然沉着臉，又說：“你們怎麼把船撥來的？已經由揚州到了這兒啦，為什麼現在沒有人幫助，就不能走了呢？我看你們是成心想多勒索點兒錢，可是你得明白，吃官司可不是好事！”船夫頭兒又連連地解釋說：“我們哪兒敢勒索呢？在別處都沒勒索，來到清江浦，這裏的縣太爺又是你老人家的親戚……”納蘭大姑娘說：“不是親戚，是老世交！”

船夫頭兒又連連點頭，說：“無論是什麼，反正我明白，只要你們一句話，今兒早晨來的那個縣官就得派人把我拉到衙門，拿板子打我，我找那不自在幹嗎？再說，我們也願意快點兒到北通州，卸下棺材，我們好攬別的生意，誰不願快開船誰是王八蛋！”

大姑娘生氣了，說：“你說的這是什麼話？真可氣！出去出去！”

船夫頭兒趕緊說：“我說錯啦！姑娘別怪我，我們是粗人，不會說話，可是也願意客人平平安安，莫出舛錯。再往北去，就要過駱馬湖，湖裏時常有強盜出沒，咱們急着走，到了那兒出了事兒，可怎麼辦？再說，往北有的地方水就淺，不雇人幫忙拉着船，真沒法兒走……”

納蘭大姑娘沒料到還有這些困難，船夫頭兒永遠在這運河上來往着，他自然不能夠瞎說。水淺倒不要緊，湖盜卻真是可怕。於是，她便皺皺眉，氣已平和了一些，說：“那麼，依着你，應當怎麼辦呢？”

船夫頭兒現在可有話說了，腰也直起來了，他就說：“也不是依着我，是非那樣不行！能雇兩個雇兩個，雇不着兩個雇一個，反正遇着水淺的地方，得有人幫忙拉縴。咱們走，還得跟着大船走，大船上還有保鏢的，跟着他們走就沒事兒……”

納蘭大姑娘說：“哪兒有大船？大船也未必今日就走呀？”

　　船夫頭兒指着窗說：“兩位姑娘！你們掀開窗簾看看有多少只大船？再到岸上去望望，北邊那三條官船有多麼大？那是江南織造彭大人進京的船，船上滿滿都是綢緞和繡的衣裳什麼的，那都是進給皇上家的。那三條船上，至少也有四十多個人，還有保鏢的，聽說今天過午就走，跟咱們正是一路……”納蘭大姑娘聽到這裏，就點頭道：“好！那麼咱們也可以等到過午，跟他們一塊兒開船。”接着又囑咐了一句：“再多等可是不行！”船夫頭兒這才緩了口氣，退身出艙，他又去雇人，可是依然沒人肯幹。

　　岸上和別的船上，這時可更熱鬧了。陽光灑在大地上，照着渾濁的河水。岸邊的柳樹老幹歪斜，長絲搖曳，樹蔭下是一片鬧市。大小的船隻，只有來的，卻沒看見有什麼走的。那邊，江南織造的三隻大船，簡直如同三座皇宮，闊綽極了，還沒看見那位彭大人和眷屬，只就那些男女僕人來看，都是渾身的綢緞，也就夠闊了。

　　江南織造本來是內務府最闊的官，管轄着江寧、蘇杭各地出產的綢緞綾羅，專供給朝廷和宮裏的一切衣料，和制帛、誥敕、彩繪之類。宮廷祭祀，和春秋二季頒賞，很多之處要用絲製品。所以江南織造簡直是一個欽差，直屬于皇上，不歸任何人轄制。做這麼一任，比做幾年督撫大臣還有出息，而且威權大，能夠直接跟皇宮裏辦事、說話。無論哪個作官的，任憑他是一品、二品，誰不來巴結織造？

　　如今這位彭大人進京，雖然不願太張狂，只雇了三隻船，可是三隻船上的金銀、珠寶、絲羅等等，就不知道得值多少多少萬了！船上有官人，還有鏢師。尤其是鏢師，有四五個，個個莫不揚眉吐氣。他們有時也走到岸上來閒逛，看到那些人正在聚賭，就也擠進去下一注。他們的身上都帶着刀，也不必太用力去擠，自然就有人站起身來躲開，讓他們過來押寶、來尋樂，一點兒也不敢惹他們。

　　真的，誰敢惹保鏢的呀？除了那不識時務的裘文煥。裘文煥這時正捧着個黑面餅吃着，這就當他的午飯了。他雖然穿的破爛，滿臉的滋泥，他可真看不起那些自命不凡的鏢師，心說：自大是個“臭”字，他們有什麼本領，個個揚眉吐氣地橫衝直撞？他們要去賭錢，別人就得給他們讓地方。他們贏了，就得意地怪笑；輸了當時就瞪眼、耍矯情，不講理……

　　裘文煥真想打這個不平，跟他們幹幹。可是，一來他知道這是揚州“繼興鏢局”寶刀龐公繼應下的鏢，那龐公繼是江北幾省聞名的俠客，這幾個是他手下的鏢師，不看僧面看佛面，裘文煥不好意思得罪他們；二來，裘文煥另有他自己的心事，為這麼幾個徒有其表、未必真行的鏢師，他不願輕易顯露出身手來。所以裘文煥雖然很是生氣，可是究竟那幾個鏢師沒侵犯着他，他也就沒有多管閒事。

　　而在這時候，各船上全都炊煙縷縷，都在燒飯做菜了。從江南織造那船上的廚艙裏，散出來濃厚的燒魚煮肉的種種香味兒，真令人饞涎欲滴。還有岸上的一些大飯館，派小夥計提着食盒，往船上送菜。船上的人也漸漸地都由街上回來了。還有些是來到河壩送客的，亂紛紛的比剛才更熱鬧了。

　　忽然間又來了幾匹馬，馬上的人打扮得也跟鏢師一樣，可是那態度、模樣兒比那些鏢師更為驕傲，更為兇悍。這裏有幾個船夫可真是眼毒，他們似乎是認得這幾個騎馬的人，當時就非常的驚訝，彼此努努嘴，又悄悄地談論。裘文煥往近走了幾步，想要聽他們說什麼，他們卻連一句話也不說了，似乎是很害怕、很憂慮，互相搖了搖頭。

　　那幾個騎馬來的人到了碼頭前，就齊都下了馬。他們在這裏有一隻預備好了的船，船雖不大，可是船夫卻有七八個。下馬登船的僅有四個人，一個是臉黑如炭，一個是頭上有一大塊刀疤，第三個是瘦小精悍，還有一個卻是頭髮全都白了，年已有五六十歲，卻是精神矍鑠，兩眼冒着賊光。其餘幾個都是送他們的，看他們上了船，又談了幾句話，就牽着馬都離開了河壩，回去了。上船的這幾個人是十分的眼生，不但裘文煥來到這兒一個多月，沒看見過他們，別人也好像是全都不認識他們，除了剛才那幾個小聲談論的人。況且這時船上、岸上人聲擾擾，有的來有的走，有的上船，有的又下船，太雜亂了，恐怕沒有什麼人，能像裘文煥這樣的眼睛明銳，他已看清了那四個行蹤蹊蹺的人。

天將近正午了，炊煙都在空際消散了，東南的風陣陣地吹着，那幾隻大船都在撤跳板、扯帆篷。納蘭家船上的那個船夫頭兒可更急了，站在船上又嚷着說：「喂！喂！誰來就快來，北通州！船可快開了！幫幫忙，管飯，多給錢，誰去？」

裘文煥忽然跑過去說：「我去！我去！」

船夫頭兒點手說：「快來！快來！快上船來！你怎麼不早答應呢？」

裘文煥說：「我早還沒拿定主意呢！可是你還得等等我，我得到店裏拿行李去。」船夫頭兒說：「你這個人可真是！你還有什麼值錢的行李呀？得啦！你可快去快來，來晚了，我們可就不等你啦，你住的店在哪兒啊？」裘文煥指着說：「就在那邊不遠，我去一會兒就來，你別着急！」

船夫頭兒歎着氣道：「我怎麼能夠不着急啊？人家大船都開啦！得啦，快！快！快拿了行李可快來！」望着裘文煥向東邊飛跑，他又叨念着說：「窮得連雙整鞋都沒有，可又有行李？真是怪事！」

這時候，那三隻大船都已挪動起來了，這裏的姑娘叫老僕人出來問道：「怎麼還不開船呀？」船夫頭兒連連地說：「開！開！這就開！說話就開船！好容易才雇上一個人，他又拿行李去啦，只好等會兒他吧！他來了，咱們立刻就開船！」老僕人說：「等會兒他要是不來，咱們可就走啦！」

船夫頭兒答應着，又連聲歎氣，他心急似火，瞪着兩隻大眼睛向岸上看着。過了不多的時間，果然見裘文煥拿着行李跑來了，其實他這能夠算是一份行李嗎？只是胳膊下夾着一個破鋪蓋卷，跑得倒是飛快，來到這兒，一跳就上了船，連口氣也不喘。船夫頭兒心說：這小子倒還挺棒！於是就大聲吩咐着：「放下行李，幫點兒忙，開船！開船！」

當下裘文煥把被卷扔在船板上，就幫助船上原有的三個人解纜、撤跳板、扯帆篷。帆篷一扯起，立時船就動起來了，一個船夫去掌舵，頭兒在繫桅杆的繩子，裘文煥和另一個船夫就撐篙撥船。這時岸上有與他認識的人，向他招着手，嚷道：「走啦？北通州嗎？還回不回來呀？」

裘文煥向岸上點頭笑着，用力地撐着篙，嘩喇嘩喇，水聲不住地響，船就離開河壩了。風吹動着帆篷，吹動着岸上的楊柳，船夫們一齊口裏唱着：「哼嗨呀！哼嗨呀！唉，哼嗨呀！」一齊用力，加緊駛船，頃刻之間，就把前邊的那三隻大船趕上了。

第三章　駱馬湖黃昏刀光起

　　這一次離開清江浦的船，統共是五隻，三隻江南織造的大官船走在最前。第一只是開路船，一邊走着一邊還當當地敲着大鑼，彭織造大人和眷屬就在那船上；第二隻船大概是滿載着綢緞；第三只船的上面是廚艙，還有鏢師們的艙。銜着這只大船尾巴的，就是納蘭家的這小船。在他們的後邊不遠，還另有一隻船呢！裘文煥看得很是清楚，後面那船上，就是剛才由騎馬而登船的那四個形跡可疑的人，只有那個黑炭臉的人昂然站在船頭，其餘的三個大概都在艙裏。他們的船夫不少，可是船行得甚為遲緩，好像是雖然緊緊地盯住前船，卻又故意不往近處來。裘文煥就不禁笑了笑，這船上的船夫頭兒也笑了，指着說：“你們看，並不單是咱們的膽子小，非跟在人家船的屁股後頭就不敢走路，還有跟在咱們屁股後頭的呢！膽子比咱們還小！哈哈！”

　　裘文煥說：“這條路上的船常來常往，大概也沒有出過什麼事兒吧？”

　　船夫頭兒擺手說：“別說沒什麼事兒！你知道嗎？你敢保嗎？你大概是新上跳板的人，在河邊吃飯決不到一年。我看得出來，你還是一個生手。我卻是喝這河裏的水長大的，早先這道河是什麼樣子，現在又是什麼情形，你哪兒知道？”

　　裘文煥說：“莫不是運河上的買賣已經一年不如一年了嗎？”

　　船夫頭兒說：“比十年前可差得多了！現在因為水越來越淺，船越大走得越慢。客人也是，差不多到了清江浦就全上岸換車走啦，誰敢往北來呀？這半年來，誰不知道駱馬湖裏的飛叉老黿！”

　　裘文煥問道：“飛叉老黿是個什麼，是個忘八吧？”

　　船夫頭兒說：“要是個忘八還好了呢！咱們還可以把它釣出來吃了……”說到這裏他卻咧咧嘴，仿佛說錯了話，一副很後悔、很害怕的樣子，又說：“咱們別多說了！草上說話路人聽。萬一吹到飛叉老黿那位大王爺的耳朵裏呢？咱們跟着大船走，也是沒法兒，少說話！”於是就全都不言語了。

　　本來是順風，這只船用不着四個人一齊費力氣，裘文煥就把篙提起來，橫放在船板上，他歇息了一會兒，又拿起來他那長長的被卷，想要放在一個地方。可是前艙是那兩位姑娘住，後艙一個席搭的棚子，是船夫跟那老僕住，同時也就是廚房，裏面的東西亂七八糟，他也不願把被卷往那裏放。找了半天地方，他覺得棺材後邊還穩妥，所以就將他的破被卷放在那裏了。這被卷要是賣了，連兩個錢也不值，可是裏邊卻好像有一件硬硬的東西。他再走向船頭來，就見前艙的窗簾已經掀開了一幅，裏面的兩位穿着孝的姑娘，正在憑窗觀覽着沿河的風景。

　　這時的船已經離遠了鬧市，河的兩岸是稀稀的楊柳。柳絲之外，是碧綠無邊的麥田。蜿蜒的小徑上，走着幾個農夫、村婦，有的還趕着牛。遠處是個小小的村莊，更遠之處是深青的山色，山外有天，天空飄浮着片片白雲。一切都如同是畫筆描繪出來的，實在是秀美可愛，令人忘掉了疲勞，忘掉了心中的苦痛。納蘭小姑娘很天真地向外指着說：「姐姐你看，這景致有多麼好呀！」她喜歡得笑了。大姑娘雖然沒露出那麼喜歡，但也眉頭展了展。

　　小姑娘又說：「我覺着，當一個鄉下人可真好！」大姑娘卻說：「也沒有什麼意思。」小姑娘說：「哼！我看可是比在城裏住好，我寧願在鄉下住小屋子，也不願在城裏住像王府那樣的大房子！」

　　大姑娘聽妹妹提到了王府，她的心中不禁頗有所感。她不像她妹妹那樣胸襟淡泊，好像個隱士似的，她覺着那很可笑。無論是男子女子，都應當儘量地享受榮華，盡力地攬取權利，要出人頭地，要有願必遂。這就是這位大姑娘的抱負，也就是她對於將來的希望。

　　她因為遭遇多艱，所以深深地厭惡貧窮。然而家世本來是貴族，近日又有入宮選作秀女的訊息，她便對於本身的前途愈有美麗的憧憬。她在京的朋友之中，有不少是王公的姻眷，她常覺着那些人不會享福。她住在北京，自幼便曾見過壯麗的紫禁城，聽家中人和親友每天談說的都是宮裏的事。她知道宮裏的人都是尊榮的，但那種生活也是寂寞而痛苦的，且有的要被貶入冷宮，有的要被活活打死；即使不受暴虐，也不能夠和家中的人見面。因此，幾乎沒有人願意叫自己的女兒去當秀女。可是這種人人害怕的命運，在她父死之後，就有訊息要臨在她的頭上了。眼前是一片深海，踏進去之後，就永不能和父母弟妹聚首，這在別人不定得多麼憂愁了，她卻反而欣喜、盼望。她認為那茫茫的深海，並不是昏黑可怖的，而是光明可喜的，那裏邊有無數的奇珍異寶，都在等着她掀波鼓浪，前去尋求。

　　這位納蘭氏的大姑娘自己想着：妹妹的話是小孩子的話，真要叫她在鄉間住幾天，睡土炕、喝小米粥，她也就哭了。一個人是不應當自甘微賤的，我要去想盡方法，抵銷我自幼以來受的這些貧窮困苦，令向日輕視我的人，都對我驚惶地仰視。我只要進宮，就不怕進那冷宮，宮裏的暴虐，決不讓它加在我的身上，我還要把它加之於那些輕視我的人！

　　這位驕傲自信的姑娘，不願再多看沿河的單調風景。她覺得臉上被風吹了些沙土，就回身走在鏡匣的旁邊，對鏡擦了擦臉。雖然因為居喪之故，胭脂是決不可以擦的，可是她也敷了輕微一點兒香粉。這是她的習好，她是天天要擦幾次粉的。她的美麗就使她自信自己的前途；她受的十幾年的生活鍛鍊，就使她不怕一切困難。

　　在她這鏡匣裏，裝粉的小瓷罐兒下，就壓着吳棠的那張名帖，她展開又看了看，依然放在原處，這個人的名字她是一生也忘不掉的。她又十分感激地向她的妹妹說：「吳棠這個人真好，我們將來有一天要是『得了地』，可真得報答報答人家！」「得地」也就是得志之意，妹妹聽見了，卻沒有言語，因為年輕的姑娘，誰能夠想到將來得志的事情呢？姑娘得了志，頂多是嫁一位好夫婿，可也未必就能對一個縣官實行怎樣的報答，除非是做了女皇上，才能夠把他由縣官提升知府，而升到總督。

　　船艙裏，萌動着這個奇女子的壯志；艙外，裘文煥撥着船，流了一身汗水。漸漸的河岸愈狹隘，水流愈緩慢，水淺了，風的力量仿佛也小了。前面的大官船，已派了許多人到岸上去拉縴，這裏的船夫頭兒也向裘文煥叫着說：「夥計！該到岸上去拉一拉了！」

　　裘文煥的頭上連個破草笠也沒有，他只盤挽着辮子，頭上都被曬出了油兒。船夫頭兒是個好心的人，趕緊找了一頂破草笠給他戴着，並要把船靠岸，好叫他上岸去拉。沒想到，用不着，船離着岸邊還有一丈多遠，裘文煥就拿着縴板，一縱身，就跳到岸上去了。這時他倒有一點兒後悔，覺得不該顯露出自己的本事來。幸喜，大概還沒有被注意。裘文煥就以兩隻臂挽着縴板，板子上有一條粗繩緊聯在船上，他就用力往前拉，船就在水面上滑動着前進，他就喊着："哼喝唉……唉嗨！哼唉嗨……"前面的三隻船有十多個挽縴的，也同樣地喊唱。那邊有個縴夫頭兒又唱起來一種當時流行的小曲。他述說一句，唱一句，大家就跟着"唉嗨"幾聲；如此有節奏地拉縴行進，連裘文煥也忘了疲倦。

　　風習習地吹着，水淙淙地流着，篙聲與水聲相應，如此直走出了十餘里，就渡過了這段窄河，漸漸河面又寬，水流也盛。縴夫們又都各自回到船上，放下縴板，便又都加緊地撐篙。裘文煥剛想要歇一歇，那船夫頭兒又走過來，向他說："夥計！別歇着呀！這個地方是前不着村，後不到店，你看人家大船都一點兒不停。因為再走不遠就是泗陽，到那兒就得天黑，前面的三隻大船一定得停住，咱們也就跟着歇一夜；明天再走，大概可以到宿遷，再歇一下；後天，那就愛什麼時候開船再開船了。反正是清早或正午過駱馬湖，就准保一點兒事也沒有；要是算不清楚路程，太陽快落的時候走到那湖邊，可就非遇見強盜。"

　　裘文煥說："這倒不要緊！你想，這是一隻小船，船上又有一口靈，強盜們也要討個吉祥，不願喪氣呢。"船夫頭兒說："啊！你可別說！強盜還管那一套？誰不知道這船上的兩個姑娘，在清江浦得了三百兩銀子？"裘文煥又連連搖頭，說："三百兩銀子，就能夠叫駱馬湖裏的強盜看得上眼了？你可也未免太小瞧了他們！前邊那三隻大船上，有三十萬、三百萬銀子也多。跟着它們走，非得吃大虧不可！"

　　船夫頭兒說："可是人家有鏢頭呀！"裘文煥說："他們那幾個鏢頭，也沒多大用處，你沒看見咱們後邊的那只船？"船夫頭兒說："那也是跟着大船走的，跟咱們的一樣。"

　　裘文煥卻冷笑了笑，說："依着我說，咱們把前邊跟後邊的船，全都放過去！"

　　船夫頭兒說："怎麼着？咱們孤零零地走，那不是自找倒楣？得啦夥計，你還差着呢！因為你還年輕，我比你經過得多，見過得多，不能聽你的，你就還給我賣點兒力氣吧！"

　　當下，裘文煥也無可奈何，只好什麼話也不說了，他就又拿起篙來，撥着水。他這麼一使力氣，船又進得很快，頭兒卻又不叫船快走，非得不即不離的在那第三只大船的後面十來丈左右，仿佛這樣才合適。船夫頭兒是個赤紅臉的人，人很好，就是脾氣太為固執；其他的兩個船夫也都年輕，活潑潑的，一邊撥着船一邊唱。那老僕人是在後邊燒飯，兩位姑娘在艙裏，一點兒聲音也沒有，真安靜，不愧是大家閨秀。

　　前邊的那三隻江南織造的船上可是亂七八糟的，尤其是那幾個鏢師，真張狂得了不得，又是唱又是笑，還相互的亮出刀劍，在船上虛晃着架勢，比武取樂，他們的武藝，卻實在平常。後面，那只可疑的船，卻忽然離着遠，忽又離着近，還時常被柳蔭遮住；有時在水面上停半天，有時又快得似箭一般的來到臨近。就這樣，前前後後的五隻船，又走了半天，天色近黃昏時，就來到了泗陽。

　　泗陽在這時候是屬於淮安府桃源縣，也算是一個碼頭，船都停泊在這裏。裘文煥還得去幫助一個船夫去燒飯。可是這時，那個老僕人早已把飯做好了，還有炒得很香的菜，給艙裏的姑娘們送去，並給那靈柩前供上。此時，東方的柳梢上已升起了團圓的月亮，兩位姑娘出艙來給靈柩燒紙，火光和月色照着她們娉婷的素影，真如兩位縞衣的仙子一般。尤其她們都是旗人家的姑娘，長衣天足，另有一種雍容華貴的美，所以招得鄰船上的人都是很注意，爭着站在船上，向這邊來望。

人家這樣悲哀地祭靈，他們那些船上卻有不少人向這邊指指點點，尤其是那幾個鏢師，又是嬉笑、又是唱曲，這又使裘文煥非常地生氣。幸是兩位姑娘祭完了父靈，很快地又回到艙裏去了，還沒有太受那幾個鏢師的耍笑。但裘文煥依然怒不可遏，他罵了兩句，那幾個鏢師也沒有聽見。他忿忿地雙手叉着腰站在船上，明月照着他一身襤褸的衣衫，照着他的一股不平之氣。

身後的船窗布帷上隱隱有一點燈光，但待了一會就滅了，河面上的風，吹來倒很涼爽。

當夜，裘文煥就在船尾上，那口棺材的旁邊，露天躺着睡的覺，也沒有打開他的破鋪蓋卷。次日清晨醒來，着了一身的露水，手腳都被夜晚的風吹得發僵，他在船上掄了掄胳膊，踢了踢腿，精神才又振作起來。

那船夫頭兒是恨不得現在就開船，好在白天渡過駱馬湖。可是人家那三隻大船上的人，又都到岸上玩去了，他乾着急，人家的那船不開，他這只船仍是不敢開。一直耗到八點多鐘，那三隻大船才開走，並另有一隻大船，裝的是些木頭，也跟着開走了，他們這船就又跟隨着走。船夫頭兒很是高興，因為伴兒更多了，過湖的時候，更可以穩妥了。同時，在後面跟着他們的船也多添了兩隻，都比他們這船更小，上面的人據裘文煥瞧着，也有點兒可疑。

由此再往北去，河寬水旺，風也刮起來了，風吹動着帆篷，船都是走得甚快。到宿遷的時候，太陽才將將落。宿遷是個大地方，楚霸王項羽就生在這裏。眼前就是汪洋無際的駱馬湖，風帆往來，數不出來有多少船隻。這時，帆影隨着天際的錦霞，紛紛下落，大都來到這碼頭旁邊停泊；惟有那前面的三隻大官船，不知是嫌這個地方的船隻太擁擠呢，還是迴避城裏的官兒來應酬，竟一點兒也不停，照舊往下去走。

這裏的船夫頭兒本想就在這兒歇下吧，這時簡直急慌了，連說：「這可怎麼辦？這可怎麼辦？他們不停，難道咱們也不停？眼前就是駱馬湖呀！飛叉老鼋就在這兒啊！」裘文煥高聲說：「頭兒！你要想千穩萬妥，頂好就在這兒泊着，別再傻跟着他們走，明天有的是大船往那邊去。」船夫頭兒說：「可是，別的大船未必是官船呀？也未必有這麼些位鏢頭呀？」裘文煥就不言語了。

一個船夫就說：「走吧！天還早呢！前邊有這麼些只船，哪能夠就出事？再說，不錯！眼前就是駱馬湖，可是咱們不過是走湖邊兒，又用不着穿過湖心，沒事兒！決沒有事兒！快點兒走吧，索性走到窰溝再過夜。」

另一個船夫卻說起這駱馬湖的歷史來了。這駱馬湖，據說在二百年前還是一片窪田，後來由附近的諸山沖下來了大水，就把這片地方變成了個仿佛是長方形的一個汪洋大湖；水自董家溝、陳窰溝注入運河，北上的船，本來用不着走進湖裏。可是那片湖簡直就是個水寨，裏面的強盜極多，尤其近半年來，所出的事要是說出來，真令人膽寒，也無怪這船夫頭兒發怯。

可是，大官船及另外好幾隻船全都昂然不顧地向前走着，後面跟來的小船更多。兩個船夫都用力地撑着篙前進，嘴裏說着駱馬湖的許多故事，還有神話，倒還很開心。頭兒索性也壯起膽子來了，就緊追上那三隻大船去走。近處河水滔滔，遠處煙波浩浩，餘霞四散，天漸昏晦。那三隻大船上都點起了燈，銅鑼也當當當的接連不斷地猛敲起來，震得波翻浪滾。大概也是他們知道附近的湖上有強盜，希望別來劫他們。

卻不料他們的鑼正在緊敲着，船也在急速的前進着，突然水面上就發生了一種奇異的現象：從那駱馬湖與運河交叉之處，忽有無數的漁舟，齊都奔向那最前面的一隻大船，並且弩箭齊發，如飛蝗、如急雨。那只船上的鑼聲立時停止了，船也停住了，船上就大亂了起來。同時後面的那幾隻小船上的人都已亮出了刀劍，直向三隻大船去逼近。

這只船上，裘文煥卻生起氣來了，他說："啊？真有這樣的事兒？"那船夫頭兒可着了急啦，他張着兩隻手，跺腳說："這可怎麼辦啊？"他手下的那兩個船夫都說："快到艙裏去躲躲吧？別叫箭給射着！"那老僕人是早就藏在船艙裏了，還不知道那兩位姑娘驚嚇成了什麼樣子？

這時，忽見一隻小船由他們的船邊緊擦而過，原來就是自清江浦跟着他們來的那只，那黑炭臉的、大刀疤的，和那個瘦小精悍的都手持刀斧站在船頭，另有七八個人一起撐篙，船如飛一樣。那個白頭髮的老頭子，手持一杆三截棍，凶得如一只老狼似的，他就向裘文煥喊着說："快往後！往旁邊去！沒有你們的事！若是在這兒礙着事，受了傷可休怨我……"說話之間，就直撲那三隻大船去了。

他們實都沒把裘文煥所在的這只船看在眼裏，真沒工夫，也仿佛是不值得打劫他們。這裏的船夫頭兒可立時驚喜了，如同獲赦似的，就叫着兩個船夫和裘文煥，說："咱們快躲開！或是沖過去……"他簡直慌了手腳。

河身本來不寬，船又這麼擁擠混亂。此時那三隻大船上已經打起來了，有的狂呼慘叫，有的喊嚷着大罵，把他們這船就算是夾在裏邊了。風聲獵獵地吹着帆篷，使這船不能自主，不住地亂轉亂碰。裘文煥這時卻鎮定不慌，連那個船夫頭兒現在全聽他的指揮。他先上手幫着，費力地把帆篷卸下，然後他用力撐篙，喝令着："轉舵！往懷裏！往外……後！"他指揮着方向，振作着精神，發揮他的神力，這才將船在眾多的賊船之中轉了過來，又箭一般地向南駛去，直到離開了那邊數十丈遠，便靠住了岸。

船夫頭兒累得都說不出話來了，喘吁吁地說："怎麼辦？是上岸去躲躲呢？還是停在這兒呢？"

裘文煥卻跑到靈柩旁找着他那破被卷，由包裹裏面抽出一口寒光閃閃的鋼刀。這可把船夫頭兒嚇了一跳，還以為他也是強盜一夥的呢，當時就說："朋友！咱們可沒仇……"裘文煥說："你別胡疑惑！那些個賊，他們雖顧不得來劫咱們，因為那三隻大船上的東西就夠他們搶的了，可是，他們要是欺侮了人家的女眷可不行！那幾個鏢師都是飯桶，我得去幫幫他們！"

船夫頭兒急得要去拉他，說："我勸你就少管閒事兒吧！咱們自己的這船，還不把牢呢！"裘文煥說："你們放心！你們在這兒很好，這兒有柳樹遮着，他們那邊決顧不到這兒。"船夫頭兒說："咳！你哪兒知道？咱們這船上可還有三百兩銀子，和二位姑娘呢！"

裘文煥說："那三隻大船上更有的是！我裘文煥立志打天下的不平，救每個人的災難，不能只顧咱們這一隻船！"他忿忿然，英風畢露，早已不像是那個疲憊贏馬似的拉船縴的了。船夫頭兒和那兩個船夫一聽了這話，好！他分明是一位俠客大英雄呀！當時都驚詫得說不出話來了。只見裘文煥噗咚一聲向河中跳去，嚇得船夫更都大叫了起來，以為他要投河自盡。卻見他在水中如同一條大魚似的，翻波鼓浪，直奔那大船而去。

　　此時大船上的燈火倒更多了，因為那些湖盜們也點起了燈籠火把，熊熊火光之中，眾湖盜們正與那幾個鏢師在亂殺亂砍。那幾個鏢師一來寡不敵眾，二來本事全都不高，所以有一個就被砍倒在河裏了。裘文煥泅水來到臨近，又呼喇一聲躍出水面，扳住了船頭就盤腿而上。船上的一個強盜掄刀問說：「你是幹什麼的？」裘文煥渾身水淋淋的，很快地就上了船，他一句話也沒答，反翻刀砍去。這強盜以刀相迎，旁邊又有那頭上有一大塊刀疤的漢子，舞動雙斧，向他來斫。裘文煥的鋼刀翻飛，當時就砍倒二人，就連那掄雙斧的也被砍下水去。那瘦小精悍的使着一桿鈎鐮槍，向裘文煥直鈎且刺。那老頭子舞着三截棍向裘文煥來打，並說：「你這小子，不是給那個船拉縴的嗎？你他媽的來管什麼閒事兒？」

　　此刻裘文煥又已經把那個瘦小精悍的砍倒於船板之上了，他又一縱身躍上了另一隻大船。這就是那織造彭大人的官眷所在之船，湖盜們已把艙都圍住，正在逼索財物。裘文煥就好像是從天而降，鋼刀閃閃，見着了強盜就殺。好在這時船上的那些差官和僕人幾乎看不到了，抗拒的是已為眾盜所殺，慌張的就嚇得墮到河裏了，膽小的早跑到個角落裏，趴伏在船板上藏了起來。現在船上威風凜凜的，差不多全是一些強盜。但裘文煥一來到，舞動了鋼刀就殺，這些強盜嚇得東奔西跑，有的負傷落水，大半就都跳回他們的小船上去了。

　　那舞三截棍的老頭子還在與他惡鬥，並有一個瘦長的漢子手持三股鋼叉，非常的兇猛，與裘文煥拼鬥了四五回合。裘文煥猜着這人大約就是駱馬湖的強盜之首，綽號叫飛叉老鼍的。當時他就專心要殺倒這個人，鋼刀一刻也不緩，削砍撩刺，很快就將飛叉老鼍逼到了船頭。再一刀就能夠把他砍下水去了，不料那老頭子的三截棍自後砸來，黑炭臉的人也掄着一隻大錘向他來砸，裘文煥不得不回身來抵禦這兩個，那飛叉老鼍就趁此際向着他們的賊舟上一跳，就跳到了上面，大嚷着說：「走吧！」旁的強盜們也都跟着走，那使三截棍的老頭子也躍上了賊舟，黑炭臉的未及逃走，就被裘文煥砍倒。

　　當時群盜紛逃，情形更亂，舟船交撞，喊聲震天，篙櫓之聲連成一片。燈籠火把也多半都滅了，有的掉在河裏了，還有的引着了船上堆着的綢緞，已熊熊的燃起了大火，當時就亂到極處，可是盜舟也已紛紛逃走了。一個未受傷的鏢頭又領着幾個才從船板上爬起來的人去救火，好不容易才找着兩個吊桶，就由河裏打起水來，向那火上去潑。

　　裘文煥這時也顧不得別的了，他將刀放下，搶過一隻桶來，自己打水自己用力向火上去潑。他的力大，打水打得快，潑得也遠，一桶緊接着一桶；並不像有的人，慌慌張張的，打上水來沒潑就灑了，有的還險些連人帶桶全都掉到河裏。

　　此時，那些盜舟已都逃進了湖中，這河裏的死屍有的沉下去了，有的順着河水漂遠了，火也漸漸地被裘文煥撲滅了。船上的官眷們雖受了很大的驚嚇，可是倒還沒有受傷的。

　　江南織造彭大人，是個矮身材的人，這時也不大害怕了，他出了艙，看着救火。他起先以為裘文煥是這個船上的船夫，很驚佩裘文煥的勇敢、敏捷。後來聽旁邊的人說：「這人不是咱們船上的，多虧這個人來了，那些個湖盜全是被他一個人給殺走的……」彭大人就更為驚訝，心說：這是一位俠客呀！這是一位奇人呀！他就等待着裘文煥把火撲滅，好請他過來談一談，問問他的姓名和來歷，並謝謝他。

　　這時火就算是已經滅了，可是煙更多更濃，滾滾的，一團一團的，好像是大霧似的。就在這煙霧裏，裘文煥也不容別人跟他說什麼，他就拾起了刀，又躍入水中，依舊撩動着波濤，如魚一般的回到了他那只船上。

這時，這船上的兩個船夫和船夫頭兒，剛才全都望見了那邊的一片火景，還擔心着：咱們的這個夥計可也不知怎樣了？大概回不來了吧？驀然見由船邊好像爬上來了一個水怪，嚇得他們又都哎喲哎喲直叫，細一看，才知道是裘文煥回來了。船夫頭兒就說：「我的老哥！你怎麼管了這件閒事？可真把我嚇死了！」

裘文煥微微一笑，放下刀，卻又拿起篙來，說：「咱們快些走吧！」

當時船夫頭兒就以為若不走，一定還有什麼兇險，所以他趕緊解下了纜，並喊着叫那兩個夥計快些撥船。此時，裘文煥的氣力依然充沛，他們就加緊撐篙，船又如箭一般地向北而去。

在與那三隻大船相擦而過的時候，那大船上的人又驚問道：「是誰？哪裏來的船？」

裘文煥高聲地答應着說：「是我！」

那大船上的用竹竿挑着個燈籠高高地照着，一看，就是剛才的那位俠客，現在又變成船夫了，遂就說：「俠客！請你留下大名！將來我們好報答你！」

裘文煥卻笑着說：「誰是俠客？好了！咱們將來會吧……」

當下，他更加用力地撐船前進，就離着那三隻大船越來越遠了。天也越黑，空中銀星亂迸，河水急流，夜風愈緊。這只船又扯起了帆篷，就走得更快，及至走到了窯灣地面才泊住船。這裏，鄰船都已熄了燈火，岸上已敲過了三更。

第四章　鋪襯市里隱俠蹤

這只船雖然一點也沒有受什麼災難，可是連行了半夜，也像是從虎口裏逃出來似的，船夫頭兒還在心驚肉跳，那兩個船夫也都累得站不起了。裘文煥跳到岸上將纜繫好，這時候老僕人就由艙裏出來叫他，他又跳回船上。老僕人卻手裏拿着十兩銀子，說：“我們那位大姑娘，知道你很出力，特地給你五兩銀子的賞錢；那五兩，是賞給頭兒跟那兩個夥計的。”

裘文煥卻擺手說：“賞給他們多少錢，我不管，我卻是一文額外的錢也不能夠要的！”

老僕人說：“你幹嗎這樣啊？難道你是嫌少嗎？姑娘也實在沒有太多的錢，所以也不能夠多賜。這不過是點兒意思，犒勞犒勞你們，因為剛才你們太出力了，尤其是你……”

裘文煥微笑着說：“我出力是應該的，誰叫我到船上來幫忙？我幫船上的忙，吃船上的飯，到時候我跟頭兒要講好了的錢，多一個我也不能夠要。再說，那兩個姑娘也很難的，幸虧在清江浦遇着了那位吳太爺，贈了點銀子，這大概盤費才算夠。她們送靈回家，開吊、安葬，不知還有多少用錢之處，她們這點兒有限的錢還是留着正用吧！不必來送給我。”

老僕人不住點頭稱讚，說：“你這人是個好漢子！可是今天多虧有你！大概江南織造的那三隻船，要不是你去幫忙，不是叫強盜搶盡了，也得叫火燒光了。兩位姑娘都知道你給他們幫了大忙，你是一位俠客！”

裘文煥拱手說：“這是過獎。”老僕人又說：“那麼，你跟我進艙去見見兩位姑娘，好不好？”裘文煥搖頭說：“我身上的衣服都沒幹，怎能去到艙裏？再說，我不過是個在船上幫忙的，是個粗人，不該去見姑娘，我不去！”

老僕人點點頭說：“既然這樣，我就替你去回稟一下。你既是這麼個英雄好漢，不把錢看在眼裏，我想姑娘若非叫你收下不可，那倒是小瞧了你啦！好！你等一等，我去說一說。”

這時候船夫頭兒就在旁說：“為什麼不要賞錢哪？那也是咱們應當得的呀！”

裘文煥並不言語，心裏卻非常欽佩那兩位姑娘真會辦事，銀兩雖然不多，但是這種賞行得恰當，這種待人叫人心服，這種意思也叫人感佩。他不禁望了望那船艙的窗戶，只見裏面燈影微微，說話的聲音外邊簡直無法聽見。

等了一會兒，那個老僕人才又出來，他先把五兩賞銀給了船夫頭兒，然後向裘文煥，帶着點笑說：“你既不願意要賞錢，姑娘們也不能勉強地叫你收，那倒顯着是小瞧你。可是大姑娘叫我問問你的貴姓大名，說看你是個誠實人，將來有什麼事，還許要提拔提拔你。」

裘文煥一聽，倒覺得有點可笑了，心說：我要她提拔我幹什麼呀？她一個姑娘家，有什麼力量提拔我？難道她認識不少的官，要給我找事兒？他遂就說出了自己的姓名，並說：「我可不願當官差，請姑娘少提拔我。」

老僕人又笑了笑，說：「你真是個好人，可是我看你在船上太苦了，大丈夫趁着年輕，應當找個出身，奔個前程！」

裘文煥說：「我是想到了北通州，離開船，就到京裏去。」

老僕人點頭說：「對！對！你這樣的人，這身本領，到了京裏不愁不得志。好吧！咱們到京裏再見面吧！我姓寶，我的家眷都在京裏，在東城大啞巴胡同住着，你將來可以找我去。我本來在湖南跟官，可是我這樣年紀了，這一回趁着給納蘭協台送這口靈，到京裏去，也不想再回湖南了。我有三個兒子，全當着差，大兒子在鑾輿衛；二兒子出了家了，在宮裏服侍主子……」

裘文煥對於這話可有點不明白，想着：「出了家」，當然不是做了和尚，便是當了道士，怎會又在宮裏服侍主子呢？他那二兒子到底是個做什麼的呀？他雖然心裏不大明白，可也不願意多打聽，因為這些事本來與自己全無關係，他也不打算將來到北京去找這老僕人。

寶老頭兒接着又說：「我的三兒子做買賣，他們都能夠養活我，我何必還在外頭奔波呢？我回到京裏就什麼事也不想幹了。將來你要是有什麼不得意的事情，可以找我去，我跟我那三個兒子，都可以給你想點兒法子。」裘文煥說：「等我到京裏，再去望看老大爺吧！」寶老頭兒說：「別這麼稱呼，咱們有這一次患難，以後就是好朋友啦！」老頭兒說着又笑了笑，便回身又往艙裏去了。

船夫頭兒跟那兩個船夫，都回到艙後睡覺去了。裘文煥也覺得十分的疲倦，就到那棺材旁展開了被褥，身旁放着鋼刀，仰臥着看天空上的星星，不知不覺就睡去了。

河上的夜風陣陣吹着，不覺天色已發曉。裘文煥的一身破衣褲更濕更涼了，他也沒的可更換。船夫頭兒和那兩個船夫也全跟他一樣，沒有一件富餘的衣裳，不過可都比他高興，因為得了五兩銀子賞錢。現在，由船夫頭兒親自到岸上沽酒買肉去了。見刀上沾了不少露水，裘文煥就用那潮濕的被褥擦了一擦，便依舊卷起，放在棺材的旁邊。

窯灣是一個小地方，泊着的船很少，昨晚從南邊來的船隻有他們這一隻，江南織造的那三隻大官船全都沒來到。裘文煥心裏也明白，想必他們是又回到宿遷去了。因為在駱馬湖旁出了事兒，雖說湖盜死傷了不少，可是他們船上的鏢師、僕人等也不能說是毫無損傷；綢緞等物，恐怕也被劫去了相當數目。這也是個事兒，宿遷縣的官兒都許因為此事而落不是。江南織造被劫，就如同是欽差大臣遇盜，這個案子也不算小啊，那三隻船當然不能來了。

船夫頭兒買了肉、沽了酒回來，待了會兒，就請裘文煥在一塊吃喝了一頓，然後，大家又鼓起精神來解纜開船，又往北去。漸漸進了山東境界，過微山湖、蜀山湖、南陽湖，也都平安穩妥，沒再遇見一點兒事兒。如是，一直向北去，清晨開船，暮晚停泊，一連十餘日。

船上的那老僕寶老頭兒跟裘文煥越發地熟識了，可是裘文煥從來沒進過艙。雖然每日晨昏兩次，總能看見兩位姑娘出艙來上香焚紙，他可從來沒跟姑娘們說過半句話。但他欽佩這兩位姑娘，尤其是大姑娘，神態莊嚴而端重。他又想：我的名字可是已經叫這位大姑娘給記了去了，也許她是想着將來做了官太太，叫我去給她的老爺當常隨，好提拔我？哈哈！那可真是可笑了……他如此想着，但也不願叫人知道自己的詳細來歷，依舊勤勤謹謹地在這船上辛勞操作。

這天，船便到達了北通州，這裏距離北京僅有四十里。這河堤上比清江浦可又繁華熱鬧了。一方面是各種的貨物等等要往大船上去裝，一方面可又有不少貨物要由船上紛紛往下去卸。只有他們這只船上，除了一口靈柩之外，是什麼也沒有。並且，若是達官顯貴、有錢人家的靈柩運回時，岸上不定有多少人來迎接了，現在納蘭家的這口靈回來的景況卻淒涼得很，只有兩家至近的戚友，同着納蘭大姑娘的弟弟桂祥來這兒接靈。雇了八個人，抬着靈柩，姑娘們都坐在騾車上，就往京裏去了。

這裏，船夫頭兒已經領到了錢，並把裘文煥所應得的開發了，又跟他商量着說：“老兄弟，你是一把好手，我還真沒見過你這樣的！咱們索性講好了，在這兒歇幾天，有了買賣就回去。以後的工錢是按月給，你索性幫忙到底。我姓黃，外號叫紅臉黃，只要你幫助我，將來買賣做好了，我決不能夠虧負你！”

裘文煥卻搖頭說：“我暫時不想回南方去了！我到京裏去還有些事，想找個朋友去，咱們後會有期吧！”他向船夫頭兒和那兩個夥計都拱手道別，就夾着他的那裏面藏有鋼刀的破被卷，離開了船，往西去走。

這邊，運河的水汩汩流着；那邊，北京城裏煙霧繽紛。這正是咸豐（清文宗）元年，南方的太平天國雖也已經起事，北方卻依舊是一片升平景象，聞說現在宮中正要征選秀女。所謂秀女，就是預備作妃嬪的女子們，以旗人家庭中的姑娘為限，照例每三年征選一次。凡是已經成年的姑娘，由八旗都統造冊，諮送戶部，奏請引閱。或者留在皇宮，或者就指配宗室近支。這些應選的姑娘們，都有一步登天的機會，不過若是從此幽居在深宮，終生難得寵倖，就會與白頭宮女同樣的淒涼了。

這都說的是宮廷及貴族人家的事，由此也可見那時的北京城裏是怎樣的一種情形。現在還是要說那自清江浦來到北京的裘文煥。

裘文煥來到了北京，就住在正陽門（前門）外，地名叫鋪襯市的一家小店裏。北京所謂的“鋪襯”，就是破布爛衣。鋪襯市這個地區，就是一些個買賣破爛布的小商場，他們從換“肥頭子兒”的貧婦手裏買來那些爛布，惟一的用處就是打夾紙。北京把夾紙喚為“袼褙”，就是把一塊一塊的破爛布，用漿糊粘在一起，曬乾了，襯在鞋幫子、鞋底子裏用的。在彼時一般人穿的鞋，都是自己家裏做。有的人家想做鞋，卻沒有那麼些個爛布打夾紙，而這種東西本來又用不着拿新布做，所以只好買，價錢十分便宜。因為是必需品，銷路也大，所以就成了個“市”。

至於“肥頭子兒”，原是一種樹上結的種子，外形黑色而有光澤，每個約有蠶豆大。砸開了，裏面是白色的，用水泡起來，能產生粘性。以前普通人家的婦女，都用它來擦在頭髮上，以便將頭髮粘在一起，而把髮髻兒梳得好看，等於後來的“生髮蠟”或“凡士林”，所以也是普通人家不可缺的。

因此，一般貧窮的婦女，就每天背着一個荊條編成的大筐子，穿街過巷的向一些小戶人家收買爛紙和破布。但她給的不是現錢，只給十個八個的肥頭子兒；也就如同那“換茶碗的”，和拿頭髮換梨糕的。這是早先社會上的一種小生意，也可以說是惟一的婦女商業。這裏所指的婦女，是貧窮的婦女。至於“三姑六婆”，那是可以進到大戶人家家裏去的，而且那多半有副業，並不是真憑着一點本錢和終日的辛勞換取衣食的。

　　裘文煥住的這個地方，每天所見到的就是一些破布商，和這些換肥頭子兒的貧婦。他住的店裏還住着好幾個既窮而又不幹事的人，他看得出來，這幾個全都是小偷兒。但是，他為什麼要住在這裏呢？他似乎是很有用意。因為這些人是整天在街上閑轉，北京城裏，無論何處發生的大小事情，他們當日便能知道。而由他們的閒談之中，便能送到裘文煥的耳朵裏。所以裘文煥來到京城，日子並不多，他就把街上的情形全都知道了，比如誰是有名的鏢師，誰是有名的地痞等等。

　　並且因為這店裏住的小偷兒之中還有飛賊，他們專門注意各富家，尤其是王公府第之中所藏的珍寶。所以裘文煥還常能聽說某府中藏着個"避塵珠"，某宅中有一對"翡翠核桃"，某家裏又有個"金蛤蟆"等。當然這一半也許是事實，是被他們間接聽來的，一半大概就是這些偷兒們的夢想：他們恨不得偷到這麼一件價值連城的東西，就夠一輩子吃喝的了。

　　他們永遠偷不到，永遠在說夢話、生幻想，可是裘文煥卻有意地聽，還時常跟他們打聽，但結果卻總是失望、掃興。

　　裘文煥雖然仍穿着破衣，睡着破被，吃着粗飯，可是他不但不發愁生活，有時還幫助人錢財，也不知他的錢是從哪兒來的，因此才被偷兒們認作同類，以為是一條線兒上的人。其實，裘文煥為人十分耿直，一個非義之財他也不取，他並且每晚睡覺，不常出店門，絕不像是個雞鳴狗盜之輩。他的來歷及他來到京城的目的，絕沒有一個人曉得。他只是自己向人說過，他是要走遍天涯，尋訪一人，並且要尋一件東西，打算借用一次，以彌補他生平的一件憾事。

　　行蹤神秘的裘文煥，這一天清晨醒來，收拾起來他的那個長方形的破被卷，便要往外走。此時，跟他睡在一鋪大炕上的幾個人還都在酣睡，只有光穿着襪底的小耗子黑張才從外面回來，悄聲問他說："喂！你要上哪兒去？"

　　裘文煥說："我出去，吃點兒什麼去。"

　　小耗子黑張又悄聲說："出去替我看着點兒！昨兒夜我到北大街的戶部侍郎翁家，東西一件沒摸到，反倒幾乎叫他家護院的雙刀費彪把我捉住。好險！雙刀費彪他認得我，只是還不知道我在哪兒住，他今天一定得在街上找我。你要是看見他，可別說我在這個店裏住着！你還看看他是手松還是手緊，手松就是他不想理我了，手緊就是他非得把我拿住才甘心！"

　　裘文煥卻搖頭說："我並不認識誰叫雙刀費彪！"

　　小耗子黑張就說："那麼我就勸你也別出門！因為你雖然來到京城日子不多，你是個幹什麼的，我也明白，現在有不少的人都在留心你啦！就我知道的就有三個人。一個是廣雲鏢店的大鏢頭鐵環刀羅壽，一個是永王府護院的金翅刀崔洪。昨天他們還在茶館裏說：'北京城來了飛賊啦，多半是住在鋪襯市的那幾家小店裏。這個賊的來意一定不善，要偷就得偷大傢伙，可是他現在還沒有得手。'還有一個就是雙刀費彪。他這兩天也直往這邊溜達，他並且在街上向人說：'好啦！快有熱鬧看啦！外省的大飛賊來啦，也許他能做下件驚天動地之事，也許我就要展一展擒龍伏虎之能了。'"

　　裘文煥一聽，倒不住地呆呆發怔，心裏佩服北京城這地方的確有高人！可是他們把自己當作了飛賊，那是弄錯了。不過他們又是鐵環刀，又是金翅刀，還有一個雙刀，真有不少使刀的，可是不知道其中有否一口寶刀？這樣一想，他當時就十分興奮，搖着頭說："不要緊！"

　　小耗子黑張卻又急又怕地說："怎麼不要緊呀？你吃他們一回苦頭就知道

了！”裘文煥卻微微一笑，說：“我出去看看。”說着向外就走。小耗子追在他的後邊，又悄聲地說：“要是有人跟你打聽我，你可千萬別說我在這店裏住！”裘文煥點點頭，就走出去了，小耗子也沒敢跟着他出門。

　　裘文煥大搖大擺地走着，他本來穿着一身破爛衣服，這麼一擺就更叫人注意。他離開鋪襯市走到前門，就見大馬路旁有不少賣早點的。北京的這些早點小吃真是五花八門，不但種類繁多，還貴賤不同。譬如只喝一碗麵茶，這種用糜子面熬成的粥，上面掛一點兒芝麻醬，再灑一點兒椒鹽，這一碗不過一文小銅錢。要是吃點兒豆腐腦，加鹵至少得每碗四文錢。另外再吃兩個燒餅，兩個若不夠，吃上四個，可就得十文錢了。十文錢在北京說是“一百”，能這樣隨便吃的，也算是闊人了。

　　現在裘文煥來到這兒舒服地大吃特吃，吃了一碗豆腐腦，又再來一碗，燒餅也吃了好幾個。其實他的穿章跟要飯的差不多，因此招得旁邊一位手提着兩隻鳥籠、衣履闊綽的高身大漢，不住地看他。這人也在吃豆腐腦，可是他仿佛還沒有裘文煥吃得這樣痛快，不管錢多少，就放開大吃。這人就看着裘文煥可疑，扭着頭看了半天，驀然就把裘文煥的胳膊揪住，厲聲地問道：“你是幹什麼的？”

第五章　牡丹——"二丫頭"

　　裘文煥一點兒也不驚慌，手裏還托着滿滿一碗新盛的熱豆腐腦，他就說："你為什麼揪我呀？"

　　這個人說："我看你不像個好東西！憑你這窮樣子，會有錢吃這麼些個？"旁邊賣豆腐腦的倒說："他倒是常吃，吃了有三四天了，每天都拿這當飯，也沒欠下過一文。費大爺……"裘文煥一聽，這人大概就是雙刀費彪，他雖沒帶着那雙刀，可是力氣還真不小。他把裘文煥的胳膊揪得很緊，惡笑着說："京城裏，這些日子常鬧飛賊，昨晚上我家還去了小偷，不是你這小子才怪？得啦！你就跟我走吧！"他把裘文煥又用力一拉。

　　不想裘文煥把手中的碗揚起，就向他的臉上一扣，當時這費彪的紫黑大臉上，連鼻子帶眼睛就全都是豆腐腦和鹵湯。裘文煥又咚的一拳，正擊在費彪的肚子上，費彪一屁股坐在了地上，差點兒將豆腐腦的鍋撞翻了。賣豆腐腦的和旁邊的幾個小販全都大嚷了起來。裘文煥卻早將胳膊奪回，轉身就走。那費彪用袖子一擦臉，大罵着："好小子！"他挺身而起，先拾起了那兩隻已滾得很遠了的鳥籠，就去追。

　　這時裘文煥已經走回了鋪襯市，那費彪如猛虎一般地追來，怒喊道："小子！你站住……"裘文煥緊走並不回頭，然而就聽身後有婦人的聲音，尖叫道："哎喲！"裘文煥回首一看，就見原來是一個剛從一家破門裏出來的，背着筐子換肥頭子兒的貧婦人，被費彪給撞躺下了。費彪還怒罵着："你為什麼擋着大爺的去路？"說時向那婦人身上又是一腳，婦人又慘叫了一聲，就躺在地上起不來了。

　　裘文煥大怒，他回身撲過去，掄拳向費彪就打。費彪以拳相迎，並抬腳向裘文煥踹去。裘文煥卻疾速地閃開，分身十字，長拳自右打出。砰砰砰接連三拳，來得飛快。雙刀費彪哪裏招架得了？當時鼻血也流出來了，配上還沒擦乾淨的豆腐腦，更顯得難看。他往後退了幾步，直說："好小子！你打得好！反正我已知道你在這兒住了，好小子你可別離開，待會兒我找你來，你姓什麼？"裘文煥忿怒地說："我的名姓不能告訴你，不過你也太強梁霸道了！像你這樣的人北京還不知有多少？你去告訴他們吧，我都要會一會，我在這裏絕不走！"費彪冷笑着說："你不走就行，好吧，再見！"說完就拿着他那兩隻鳥籠，回身忿忿地走了。

　　旁邊有人悄聲對裘文煥說："你還不快跑？他回去一定就把兩個鳥兒籠子換成兩口鋼刀，再找你來！他真能殺了你不償命！"裘文煥卻冷笑着說："不要緊！"就急忙地去攙扶那躺在地上的貧婦人。

　　這個婦人年紀有四十來歲，穿的衣服比裘文煥也不見得整齊，她身後背着的那個巨大的荊條編成的筐子，早就滾到了一旁。沒有這東西，剛才雙刀費彪也不至於嫌她礙路。她的筐裏現在還是空的，她是才出門要去做買賣。

她就住在旁邊的這個破門裏，這時鄰居家的幾個婦人都跑出來了，也都像是幹這行兒的，她們也來幫助攙她。她卻面色臘黃，哇的就吐了一口血。鄰居婦人有的就驚慌着說："咳！不好！她本來就有這吐血的病，這一回叫人踢的還真不輕！"又有一個白頭髮的老太太喊着："二丫頭！二丫頭！這丫頭大清早的可又上哪兒去啦？她媽叫人打成這樣子，她倒沒影兒了！"裘文煥就說："先攙進去吧！"於是大家就往破門裏攙這個貧婦，把她攙到了一間小屋裏。

這屋裏破破爛爛的，一件完整的東西也沒有，只是在炕上放着一隻硬木的梳頭匣。這貧婦就躺在炕上，還不住"哎喲哎喲"地叫着，旁邊那白頭髮老婦人就說："這可怎麼辦呀？她的女兒又不在家，這二丫頭可真可氣，她媽遇見了這麼倒楣的事兒，她可又瘋到哪兒去啦？"

裘文煥說："都不用着急，請位大夫來給她治治吧！"

旁邊有個鄰家婦人說："你說得倒好！請人來治得花多少錢？那還不是因為你，惹別人行啦，你敢惹費彪？不是你，韓七嫂子也不至於受這個傷！"

裘文煥一聽，連這裏的婦人全都知道費彪，可見他是有名的惡棍了。當下他就說："你們也都不必抱怨我，我也不能叫他白打傷人！待一會兒，他就是不來找我，我也得去找他。現在還是請大夫要緊，我這裏有錢。"說着就從他那破衣裳的懷裏掏出來一個手巾包，這塊手巾倒還不太髒，裏邊還真有幾塊碎銀子。

這使得旁邊的幾個婦人都詫異了，有人就說："誰去請大夫去？陳一貼，他專會治跌打損傷，誰行個好去一趟吧！"

忽然那白髮老婦人向院中一看，就喊着說："二丫頭回來啦，二丫頭！大清早的，你又上哪兒瘋去啦？你媽都快要叫人打死啦！"躺在炕上的韓七嫂，這時也淒淒慘慘地叫着她女兒的名字："牡丹！牡丹……"

"牡丹"就是二丫頭的名字，這名字可真漂亮，而且帶有十足的貴族氣，出在這貧寒之家，仿佛有些不稱。裘文煥就驚訝地把頭一回，見這位姑娘還真像是一朵牡丹花！她長得胖胖的，模樣十分美麗，一雙大眼睛似乎是她的一個特殊標記。她把目光向這邊一投，就像帶來了許多情思，裘文煥這個少年男子，簡直就要把什麼費彪等等全都忘了！

他注意地看這牡丹，見她大約也就是二十歲上下，梳着大辮子，前面留着"孩兒髮"，還戴着對銀耳墜，臉上擦着粉、胭脂，抹着紅嘴唇，真比牡丹花還艷麗。身材不高不矮，微微有點胖，但又不失其苗條。下面是青布小鞋，衣服褲子都是青的，可是鑲着五色絲織的花緞邊，真俏皮，手指上還有兩個琺瑯戒指。假若不是在這裏，不是有人叫她二丫頭，誰能相信她就是這換肥頭子的貧婦韓七嫂的女兒呀？

她忽見她的母親成了這樣，非常地着急，趕忙地來到近前，問說："媽！怎麼啦？您……"她說的是北京話，喉音清細，邊說邊從衣襟的紐扣上摘下手絹，不住地擦眼淚。

旁邊那個白髮的鄰家老婦，就指着她說："你還問哩？那不是你這個丫頭大清早的就出去了，你媽要做買賣去，剛一出門，就遇見費彪，他本來是跟他……"她指着裘文煥，說："費彪是跟他打架，可是你媽倒楣，費彪嫌她礙路，一腳又一拳，你來看，你媽又吐了血啦！從打你爸爸死了以後，你媽就撐持你們這份日子，她容易不容易？你媽有多苦？你可打扮得跟個小賣娼的似的，一清早就出去。我看也好，你媽叫人打死了也好，省得將來也叫你氣死……”牡丹只是用手絹捂着臉，一聲也不敢言語。

白頭髮的老婦人又狠狠地問說：“你到底上哪兒去啦？說說！你那死鬼爸爸是我的乾兒子，他那口棺材還是我賣了我的那份壽衣跟九連環，才給他買的。你媽這回死了，我還得管你，我能活一百歲呢！管你到頭！你這小騷丫頭，休想能夠稱心！由着你，打扮得個賣娼的似的，咱們這院裏沒有你這樣兒的……”

旁邊就有鄰居婦人勸着說：“得啦，湯老媽！你也就別說她啦，還是快點兒去請陳一貼去吧！既然這位大哥拿出銀子來了嘛！”

裘文煥趕緊說：“陳一貼在哪兒住？我去請！”

白頭髮的湯老媽卻說：“你別走！你想拿出銀子晃一晃，又拿着就跑嗎？告訴你，你跑不成啦！老太太我活了七十三歲啦，我的孫子都比你還強，現在鏢行裏當夥計，我會看不出你來？你一定不是個好東西，不然你也惹不着費彪，你把費彪打成那個樣子，你還想跑？等待會兒他就得勾了人來找我們麻煩，你不用想走！惹了費彪是你的事兒，傷了這個人也是你的事兒。二丫頭的媽要是死了，棺材發葬全是你的事兒，想跑也跑不了，抓住他！”這老婦人可真厲害，她吩咐人把裘文煥揪住，可是旁邊的都是婦人，人家誰好意思揪呀！

這時，牡丹把手絹從臉上拿開，她沉着臉說：“幹嗎訛上人家，賴上人家呀？”

湯老媽說：“那也不能放他走！不然待會兒費彪來了不答應，可怎麼辦？還得問問他姓什麼？叫什麼？在哪兒住？”

裘文換從容不迫地說：“我就在隔壁小店住，我姓裘……”

正在說着，外邊有兩個男人進來了，這都是在本院裏住的，一個叫胡大耳朵，是個趕曉市賣破爛貨的；一個叫劉五，是賣青菜的。他們都知道了剛才的事兒，一進屋來，胡大耳朵就推着裘文煥說：“你快躲躲！待會兒費彪一定帶着人來，你哪惹得起他？鏢行跟街上的一些人多半是他的把兄弟，你快跑吧！”他的老婆在旁邊說：“湯老媽還要叫我們揪住他呢！”胡大耳朵擺手說：“幹嗎？人家是外鄉人，咱們能救人一步，就得救人一步，費彪他們全都是殺人不眨眼！”

劉五的老婆指着炕頭上的銀子說：“這銀子就是他拿出來的，是誰去快請陳一貼呀？”

劉五說：“還請大夫幹嗎？有這錢還不如給她母女留着吃飯，七嫂這傷恐怕一個月也爬不起來，她不能出去換肥頭子，家裏吃什麼？”

白頭髮湯老媽又嚷着說：“那也得把銀子交給我！不能叫二丫頭拿着，她手裏有錢還行？她更得打扮個賣娼的似的了……”炕上躺着的韓七嫂卻呻吟着說：“牡丹！牡丹！把銀子快還給人家吧！我這傷又不是人家給打的……”胡大耳朵向裘文煥說：“你也沒錢，你把這銀子還是收起來吧！快躲躲去吧！”

然而這時，就聽門外有許多人大聲怒喊着：“哪兒去啦？”屋中的人聽了多半臉色都嚇白了，裘文煥卻挺身而出，說：“我在這裏！”牡丹又趕緊拿起那銀子，追着他說：“你把銀子拿去，我媽說不要你的……”裘文煥卻已經到了門首。

只見這胡同裏來了二十多個人，都是彪形大漢，手中全都拿着棍棒和鞭子、繩子等。費彪是把臉洗乾淨了，短打扮，手中拿着一對明亮亮的鋼刀。他望見了裘文煥，就冷笑着說：“好小子！你敢情還沒跑？我知道你也是個練過功夫的，現在把你打趴下在這兒，也掙不回來我剛才丟的那個臉，有個地方你敢去嗎？”裘文煥拍着胸說：“刀山火海我也敢去！”雙刀費彪點頭說：“好！咱們這就走！”

裘文煥剛一邁步，卻聽後面有人說："哎喲！可別跟他們去！他們能打死你呀！"裘文煥不禁一回頭，卻見倚着門站立的正是那牡丹，她十分惶懼地說："這銀子，你拿着，千萬別跟他們去……"裘文煥倒沒說什麼話，可是那些惡狠狠地盯着他的人更都氣了，有的就罵說："這窮小子！他還勾搭人家的娘兒們，非得揍他了！"雙刀費彪也瞪了牡丹一眼，更把閃閃的鋼刀一掄，向裘文煥說："走呀！小子！"裘文煥也沒向牡丹答一句話，就空着兩隻手，昂然地被費彪這些人擁着、用刀棍脅迫着走了。

出了鋪襯市，過了大街，又來到一條買賣繁盛的胡同，就進了一家鏢店。這家的字號是叫聚英豪鏢店，名字很奇特，口誇得不小。一進大門，就見刀槍架子早就已擺好了，各種刀刃無不俱全。人也已經來了不少，有高有矮，有胖有瘦，個個都是態度驕傲，揚眉吐氣的，大概都是費彪給邀來的。

當下裘文煥就將腳步止住，一看，四面全都被人圍住了，他卻面上毫無懼色，只點了點頭，說："好地方！你們叫我到這裏來，是打算怎麼辦吧？"此時有一個披着小褂，露出胸前紋身的人，一個箭步就跳了過來。這人小辮盤在頭上，一隻眼睛有點兒斜，他雙臂一掄，表示着很有力氣，就怒問道："小子你到底是幹什麼的？"裘文煥說："我什麼事兒也不幹！"說着反往前進了一步。

這時又有一個年約五十的"老豪傑"走過來，這人還懂得點兒客氣，先向裘文煥呼了一聲："朋友！"問罷了姓名，又問是從哪兒來的，跟誰學過武術，保過鏢沒有。

裘文煥卻說："你們都不必問了！我裘文煥來到此地，並沒招惹過你們，可是今天你們竟仗勢欺人，叫我來到這裏，是打算幹什麼吧？"

這老豪傑自己通出了名，說："我叫鮑子龍，大概你也知道我的名和姓，走江湖三十年啦，沒有人不認識；凡是外路來的，頭一天就得遞帖子來拜訪我，我可也不欺負人。費彪是我們的老兄弟，也從來沒有人敢在他的臉上灑豆腐腦。今天，你欺負了他，就是欺負了我，所以我才把你叫來，要看看你。朋友！你別瞞着，你要是從哪路來的，或是誰的徒弟，可快說出來；假若要是熟人，我們不能不講面子……"

裘文煥卻說："不是熟人，我誰也不認識。"鮑子龍又把他打量一番，說："你要是因為過不去，想借盤纏，或是找事，那只要你肯低頭，我們沒有不幫忙的！"裘文煥搖頭說："這也不必，我只是來認識認識你們，因為雙刀費彪是那樣的兇橫，你們也一定都不是好東西！"

他說出了這話，那個斜眼的人當時就撲過來一拳，裘文煥伸手去抄，卻被鮑子龍從中攔住了。費彪在那邊大喊，說："鮑二叔！跟他費什麼話呀？"旁邊的一些人也都忿忿地要上前來，都說："揍他一頓就完啦！"

鮑子龍卻連連擺手，又向裘文煥說："你大概還不瘋也不癡，那麼既敢來，就得有點橫勁兒，你是為耍光棍來的吧？"裘文煥說："我不明白你的話。"鮑子龍也氣得臉發紫了，說："你的意思一定是想在我們的眼前露兩手兒，好！我們也不客氣啦，你就說你是願意文來還是武來吧？"

裘文煥說："什麼叫文來？什麼叫武來？我都不明白。"

鮑子龍更氣了，冷笑着說："你別裝糊塗！告訴你，文來就是你站好了，不准動一動，由我們收拾你，無論怎樣打你，想着法子叫你的皮肉受苦，不許你哼哼一聲兒，也不許你稍微皺一下眉。你要是真吃得住，那就是好朋友！我們給你養傷，供你吃喝，因為佩服你是好漢……」

裘文煥卻說：「這算什麼好漢？我憑什麼要受你們收拾？我不幹！」

鮑子龍把眼一瞪，怒聲說：「那麼咱們就武來！武來就是刀對刀、槍對槍，可是你得先寫下字據，殺死了你，不償命！」

裘文煥冷笑着說：「我也不會寫字，立什麼字據？你們叫我來，該怎樣就怎樣好了，何必囉嗦？」

那斜眼的人當時又上前掄拳，說：「跟這小子白費什麼唾沫？揍他就完啦！」說時一拳就向裘文煥的胸口捶來。裘文煥就將他的右臂揪住，向上一擰，當時就聽吧的一聲，這斜眼的就大聲喊叫：「哎呀哎呀！」原來是把他的筋骨給扭了，痛得他面色慘白。

鮑子龍更為大怒，碾步扭拳，也向着裘文煥打來。裘文煥卻先把那個斜着眼的撒了手，又一腳踢出了好遠，同時就與鮑子龍動起手來。鮑子龍不愧為老豪傑，拳若流星，出手極快。裘文煥也展開了拳法，不獨防禦，而且進逼。鮑子龍以「蒼鷹抓兔」之式躍過來「擒」，裘文煥卻如「撩月撥雲」以手「招攔」，同時身進拳翻，腳飛臂落，顧盼自如。三五回合，就以「滾斫逼進」之式，前手抹下，後手斫進，一拳出其不意，正擊在那老豪傑的胸膛上，他並沒用十分的力氣，但鮑子龍當時就覺得發暈，幾乎摔倒。

那邊費彪早掄着雙刀奔來，閃閃的刀光有如兩扇車輪，挾着風聲，就向裘文煥來削砍。裘文煥卻用「連枝步兒」閃開躲避，但身雖閃避，手依然向前進取，眼隨時盯住他的雙刀。費彪刀舞如飛，但絲毫挨不着裘文煥的身體，他越累越急，眼瞪得跟銅鈴似的，喘氣罵道：「你大概不知我是誰？」說着就雙刀蓋頂，齊往下剁。

這時裘文煥的後面又來了個長漢子，拈着杆花槍向他的後心刺來。裘文煥就像是後心長着眼睛似的，不急不緩，等到槍尖離着他的後心約有二寸時，他才驟然將腰一扭，雙手分開，其時極快，一手就握住了槍頭，一手卻托住了費彪的左腕。但費彪右手的刀又狠向他的大腿剁來，他就飛起一腳，正踢中費彪的右腕，那口刀便飛了起來，嗆啷啷，落到五步以外的地面上。

雙刀費彪立時成了單刀費彪了，而他手中的這口刀也立時就被裘文煥奪了過去，他兩手空空，臉嚇得煞白。幸仗此時又有兩個人奔來，一使護手雙鉤，一使齊眉棍，齊向裘文煥來打。裘文煥把那人的花槍也搶到手裏，他用足尖一踢，那杆槍就像一條飛蛇似的，飛得又高又遠。他手中有了刀，當時舞起，颼颼颼寒光飛揚，身隨刀進，那個使護手雙鉤的人無法招架，被他一刀劈倒。那使齊眉棍的人，棍也被他唰的一聲，用刀砍斷。

四面八方又奔來了十幾個人，刀槍斧棍，掄舞齊上。但裘文煥刀法展開，左削右砍，後護前攔，並且他越殺越緊，精神越為奮發，步飛刀舞，只聽一陣唰唰、嘁嘁之聲，有的槍斷棍折，有的被震得腕痛斧墜。他一連砍倒了四五個人，但都是用刀背猛砍的，被砍的雖受傷不輕，卻沒見血花飛濺。

裘文煥縱橫抵擋，從容不迫，把原在這裏的那些人全都打得四下奔逃。他掄着刀仿佛是追了出去的，其實他並未想追，他覺得今天所做的事也夠了，將這些素日橫行霸道的鏢頭和土棍，管教得也差不多了。他本想走，卻不料才出了這鏢店的門，就聽人叢中有人尖聲叫着：「快回去吧！哎喲！可真嚇死我啦！」裘文煥手捧鋼刀，驚訝地一看，原來又是那位姑娘——牡丹！

第六章　力鬥群雄突驚失腳

　　很奇怪，牡丹竟從鋪襯市跟着他來了。剛才這聚英豪鏢店裏的一場惡戰，門前站着的那些閒人全都看見了，她一定更看了個清楚。她的膽子可真不小，小戶人家的女子本來就愛看熱鬧，所以人說聽見打鼓上牆頭，但那指的是愛看娶媳婦的，愛看出殯的，還沒聽說過像這女子這樣，她竟敢看一群人拿刀拿槍，拼命打架！裘文煥向她看了一眼，可也沒理她，因為當着這麼些人，目光又正都集中在他的身上，他怎能跟這麼一個打扮得像是挺素潔，其實很風騷的年輕女子說話呢？

　　他昂然地往西就走，後面的人都盯着他看。他穿着這麼一身破衣裳，可是後邊卻跟着個嫋嫋娜娜的牡丹姑娘，有的人就起了哄，“哦哦哦”地叫着，越喊聲音越大。及至裘文煥憤怒地把頭一回，身後的一些閒人卻又都不言語了，然而仍免不掉交頭接耳地竊竊談論。

　　牡丹倒不會生氣罵人，她只是羞得垂下了臉兒，快快地向前去走。走到裘文煥的跟前，她又把臉兒微微地一斜。裘文煥向旁一閃，讓她先走過去。但她扭扭捏捏地走出了兩三步，卻又朝裘文煥一轉臉，後面的人忍不住又哄起來。牡丹急忙又低着頭，半跑半顛地向前快走，那條烏黑的大辮子在背後直顫動，她卻連頭也不敢再回了。

　　裘文煥直生氣，怒目看着身後的那些閒人，本想掄刀過去跟這些閒人再幹幹，但是他極力地忍着氣，同時又暗暗地責備自己，心想：我現在鬧的這事也就夠了！我來到北京是有事，是為找尋一件寶貴的東西，我豈是為在這裏打架出名來了？因此他極力收束着自己的性情，並且也覺得那牡丹很有點奇怪：她是一個女子，跟我並不認識，現在她的母親還正受着重傷，她可追着我來幹什麼呀？雖然她長得很美麗，打扮得又風流，處處使自己有點心緒飄蕩，可我絕不能再把這女子放在心上了，也絕不再看她。誰管她是牡丹還是芍藥，我既不可太惹氣，更不可以動色心。因此，他的態度雖依然高傲，心裏卻想着是趕緊完場，趕快回小店裏忍着去吧。

　　他急速地走着，連頭也不回，卻沒想到才走了不遠，還沒到前門大街，就在這條寬寬的巷中，早就有一個留着兩撇黑鬍子的人在等他。道北有一家茶葉鋪，這人站在那七層高的臺階上，向他怒喊着說：“站住吧！聽我跟你說幾句話！”

　　裘文煥一怔，揚目看了看這人，知道也必是個練功夫的。看他的穿章，還像很有點身份，於是他就站住了。這有兩撇黑鬍子的人，沉着一張黃中發黑、有幾點麻子的方臉，說：“我在北京三十年了，沒看見過你，你是什麼地方來的？敢在這地方充英雄！”

　　裴文煥說：“我剛才鬥的是雙刀費彪，因為他們太欺負人，你不要來多管閒事！”

　　這個人卻將腳一跺，就由七層臺階之上躍下。他雖是身穿長袍，可是手腳又乾淨又俐落，姿勢挺拔。他引臂就把裴文煥攔住，說：“你不用走啦！我已命人去取刀。我三四年來也沒跟誰慪過氣。現在，我也知道你來到北京，是為找對頭、會英雄，我倒要先來找找你，會會你到底是個何等人物？”

　　這時身後邊的那些閒人，又都團團的圍住，來看熱鬧了，有些人高興地大聲嚷嚷，說：“好啊！鐵環刀羅九爺現在可出頭了！”

　　裴文煥一聽，原來這人就是小耗子黑張所說的廣雲鏢店的大鏢頭鐵環刀羅壽，就想：這一定是此地最有名的鏢頭了！他為要跟我打架，還必須派人去取刀，可見他的那口刀，當然不是什麼平凡的刀了。好！我倒要等着看看他的那口刀！於是他就捧刀而立，站住不走，話也不說，神色更是一點也不變。

　　鐵環刀羅壽氣得真不得了，說：“你來到京城，也得先打聽打聽這地方都有誰？這是天子腳下！尤其這一帶，藏龍臥虎，哪條胡同、哪條街、哪家鏢店、哪家客棧，都有各地的英雄豪傑跟前輩的老師傅，揚州的龐公繼他來到這兒，也得先投帖拜客。你是哪兒來的小輩？竟敢在北京黑夜當飛賊，白天還藐視我們鏢行朋友，你有多大的本事？”

　　裴文煥卻趕緊說：“你說我藐視鏢行的朋友，卻說得不對，因為像寶刀龐公繼那樣的鏢頭，我敬之不暇。北京也真有些位老師傅、老前輩，可絕不是你們，你們不過是些鏢行裏的混子！”

　　羅壽瞪眼說：“你說什麼？”

　　裴文煥持刀微微一笑，說：“費彪的雙刀我已領教過了，真太稀鬆，他只會打人家換肥頭子的貧婦！你能幫助他，可見你們是一流人，不過是打着鏢頭、拳師的牌子，欺負老實人，我自然要藐視你。可是你說我是什麼黑夜當飛賊，那你可叫胡說！我裴文煥也是堂堂的英雄！”

　　這時羅壽已脫去了長衣，早有閒人跑過來接衣裳，說：“羅九爺，把衣服交給我吧！”羅壽挽着袖頭，摩拳擦掌，又驕傲地說：“你去打聽打聽，北京城周圍四十里，誰不知道我？往北出長城，往南過長江，誰不認得鐵環刀？”裴文煥也拍着胸說：“我今天倒要看一看你的鐵環刀！”

　　這時候，遠遠跑來了一個滿頭是汗的人，好像是個鏢店裏的小夥計，雙手抱着一口裝在鞘裏的刀。四方看熱鬧的人，都往遠處去閃，茶葉鋪的七層高臺階上全都站滿了人。看羅壽這樣子，確實是不但有名，還有身份。雖然他在廣雲鏢店當着大鏢頭，可是大概他輕易也不跟誰動手，因為他的武藝太高了，名頭太大了，遇見小事兒犯不着。

　　他大概是常來這家茶葉鋪閑坐，今天正趕得聚英豪鏢店裏出了事，也許是哪個吃了裴文煥虧的人，來找了他，說是來了一個姓裴的窮漢，怎樣武藝高強，怎樣橫行霸道。他這才惱了，要為他的後輩們爭一口氣，所以他急忙派人取來了他這三四年來都不大用的鐵環刀。

　　這刀一定很出名，並且平時他必視同珍寶，鐵鞘之上裹着紅綢，刀穗上有兩個鐵環子，擦得非常亮。小夥計把刀送到羅壽的眼前，他嗆啷一聲，抽了出來，只見光芒閃爍，確是不像別的傢伙。他就將刀一揚，真像是打了個閃電，臺階上的人都齊聲喊着：“好刀啊！”並且又有個女子的聲音，叫着說：“哎喲！千萬別打呀！”

原來牡丹也跑到這個臺階上來了。

　　裘文煥卻沒有工夫看她，只注目地看這口刀，覺着那兩個鐵環還許不稀奇，可是刀太亮，一定是一口寶刀，因此，真不敢用自己手裏的這口刀去碰它。羅壽卻威風騰起，大聲說：“來！來！小輩你先施展施展你的本事吧！”刀柄上的雙鐵環嘩楞楞的直響。

　　裘文煥卻趕緊倒退了半步，將刀橫掠，雙目瞪起，便注意着對方的鐵環刀，只見鐵環刀就以泰山壓頂之勢砍了下來。他不敢用刀迎，只好急閃。羅壽卻又翻刀，如鶴展翅，狠劈裘文煥的左肩。裘文煥便嗖的一聲跳開，刀自下掠起，直探對方的腰際。對方趁勢將刀順水推舟，裘文煥的刀又急忙避開，身軀還是躲閃着。羅壽卻猛躍起來，只聽呼呼呼、嘟嘟嘟，刀挾風來，環隨腕響，緊揮三刀，勢極兇猛。裘文煥巧妙地躲閃着，刀自上來，他向後退；刀自左至，他向右閃，猿軀跳躍，鶴步往返翻騰，刀緊護身，眼不離刀。兩人一往一來，越殺越緊。

　　裘文煥覺得羅壽的刀法確實不錯，但也沒有什麼特奇的功夫，只是他的鐵環刀亮得耀眼，不敢不避。因此裘文煥的刀勢就被對方狠狠地壓住，一點也不能施展，他覺得不好辦。同時，他對於對方的這口鐵環刀也十分的喜愛，恨不得借到手裏看一看，拿個什麼東西試一試，看它是否能夠斷鐵削銅。

　　此時那羅壽見裘文煥只是躲避，他就越發驕傲，冷笑着說：“你的本事原來不過這樣？我真覺得今天我拿來刀，是太不值得了！”

　　旁邊和那高臺階上的人，有的就大喊着，說：“羅九爺！您快施展開您的真功夫吧！別便宜了這小子！”

　　羅壽聽了這話，精神越發抖擻，刀更一下一下劈來，並且擰刀猛刺，揮刀急削，步步逼緊，使得裘文煥避無可避，躲無可躲了。無意之中，兩個人手中的刀磕碰在一處，就聽得噹啷一聲巨響，裘文煥不由得大吃一驚，趕緊退後兩步。然而一看，兩刀相撞，彼此皆無損傷！自己手中的這刀，不過是才從費彪手中奪過來的雙刀之一，可見羅壽的鐵環刀，雖然擦得亮，裝璜好，其實也不過是一條頑鐵而已，這還怕它幹嗎？

　　於是裘文煥放開了膽子，展開了刀法，當當當，連連以刀迎刀，震得羅壽的手腕直發麻。裘文煥刀如鷹翅，猛擊高揚，漸漸壓住了羅壽的刀勢，那鐵環刀的光芒已不能騰起，鐵環也不再響亮了。羅壽明白他抵不住了，就虛晃一刀，轉身便逃。

　　這時那些看熱鬧的人也不再嚷嚷了，個個嚇得臉白目瞪，還有人跺腳說：“糟啦！難道這窮小子竟是這麼厲害？”

　　裘文煥卻往西緊緊追上了羅壽，羅壽回身掄着鐵環刀又迎殺了三合，他覺着實在抵不住，恐怕要吃虧，只好抹頭又跑。裘文煥挺刀在後又追，並說：“姓羅的！你站住，我跟你說兩句話！”羅壽卻連聽也不聽，就跑到前門大街了。

　　這條街上車來人往，正在熱鬧，裘文煥趕緊止住了腳步，心說：我來到北京，不是為叫誰都知道我、注意我，現在就算了吧！

　　他倒想停手了，不料這時由南邊掄刀舞棍的又來了二三十個人。羅壽嘩楞楞，急晃鐵環刀，狂叫着說：“來！快來！打死這小子！”那邊的二三十個人如風而至，刀槍晃眼，棍棒挾風，從四面八方齊向裘文煥打來。裘文煥舞動單刀，東迎西擋，當當當、唞唞唞，一陣亂敲亂擊，只見槍折棍倒。同時他的這口刀大概也鈍了，因為砍在別人的木棍上，卻發出啪啦啪啦的聲音，一點也不響亮了。他就尋了個空隙，沖圍跑去，鐵環刀羅壽卻率領着那二三十個人，在後仍然緊追。

　　這時，繁華熱鬧的大街上更顯得騷亂起來，車馬全都靠在道旁停了下來，行人也多半躲到路旁的鋪子裏，或避進了小巷。裘文煥一直的往北跑，隨跑心裏更覺着後悔，他不願再把這場糾紛弄大了，但是就這樣的跑了，卻又覺着心裏不服。

　　此時他已經跑到了五牌樓，這地方靠近着正陽橋。他才跑到橋上，就見自橋北馳來五六輛騾子拉的大鞍車。他驀然看到車上的人，仿佛是吃了一驚，同時可就想起了一個主意，他就迎頭向那幾輛車跑去。

　　後面追來的羅壽這些人，人雖還沒到，喊聲可已經來了，他們大聲喊着說："截住他！快截住他！他是個賊……"這時有一個挑着兩隻水桶的人，正走在裘文煥的身旁，聽見喊聲他就放下水桶，抽出了扁擔，忽然就掄起來，對準了裘文煥的腦袋就是一下。裘文煥連抵抗也沒有抵抗，就直躺在地上，暈死了過去。

　　後面的鐵環刀羅壽等人刀棍如林，霎時即已追到，可是這裏的五輛車也都停住了。

　　在第二輛車上坐着的正是穿着白孝服的納蘭氏姊妹二人，那第三輛車跨在車沿上的就是那老僕人竇老頭兒，他們都認識裘文煥。當下，大概是納蘭氏大姑娘先發了話，說："快救這個人！快救這個人！"

　　於是由第一輛車上下來了兩個男子，這多半是納蘭家的至親，都是穿着官衣，紅纓帽上戴着亮白的頂子。他們把那鐵環刀羅壽等人給攔住了，說了許多話。雖然他們不是地方官，可是究竟穿着官服，氣派也大，說話也還和氣，只說："你們還要怎麼樣啊？已經把他打暈了，難道還非得再砍他幾刀？你們願意去打人命官司嗎？那可也不是件什麼好事。你們諸位大概都是鏢行的，打架也不過是為賭口氣，現在你們把人已經打了，氣也出了，還不算完嗎？非得等着我們把官人叫來嗎？那諸位可也都落不着什麼好兒！"

　　有幾個拿刀持棍的，還都恨恨不休，仿佛非得把裘文煥綁起來抬走，再收拾一頓，方才能出氣。然而這時車裏的納蘭大姑娘和小姑娘都又傳下話來，由那老僕竇老頭兒來跟羅壽說："你們打昏了的這個人，他不是賊，我們敢保他，因為我們都認識他。你們這些人是整天打群架，欺負人，無法無天。現在我們兩位姑娘都說了，你們要現在不完，不走，可就要叫衙門人來啦！"

　　羅壽這些人到底是不敢跟沾着點官的人發狠，同時羅壽特別驚佩那個挑水的，心說：我跟這姓裘的打，我都不行，這挑水的一扁擔就把他打暈了，可見北京城真是藏龍臥虎，此人必定是一位俠客！於是他先叫手下的人都不要再動手，他也顧不得裘文煥了，就上前向那挑水的抱拳，問："請問貴姓大名？"

　　但這挑水的可能只是個挑水的，年有三十來歲，直發怔，他就說："我還當他是個賊呢，當你們是捉賊的呢，我才趁勢兒打了他一扁擔。哎呀！他又動彈了！幸虧我沒把他打死，原來他不是賊！這可也不怪我，我弄錯啦！得啦，現在沒我的事兒了，你們也不用問我姓什麼了，我要走啦！"

　　可是鐵環刀羅壽的那些人，都以為他是真人不露相，就把他團團地圍住了，要請他到鏢店去。

　　這挑水的人不過因為管了這麼一點閒事，順手拿扁擔打了一下。他也沒想到竟打得那麼巧，他倒成了武藝超群，被眾鏢頭欽佩的一位大俠客了，弄得他也走不開了。他被圍在人群裏，急得不住地擺手，說："喂！喂！我可真不說假話！我哪兒懂得練武呀？我是給宅裏雇的，因為我們老爺講究喝茶，還非得喝城裏四眼井的甜水，我才給他去挑。我好多管閒事兒，我可也對不起這人，人家既不是賊，我只聽你們嚷嚷，就掄扁擔打了人家一下，差一點兒沒打出漏子來！”

　　羅壽仍然抱着拳，說：“朋友！請你賞個臉，到敝鏢店裏，我們談一談。今天雖是跟這姓裴的惹了一場氣，可是幸喜也遇見了一位高人。敝鏢店裏今天要擺一桌酒……”

　　這些人在這裏搗麻煩，人是越聚越多，那邊的裴文煥可早就坐起來了，他的腦皮確被打青了一塊，但也沒出血。納蘭大姑娘看着他很是可憐，當時便騰出最後邊的一輛車，幾個趕車的一齊上手，就把裴文煥抬到這輛車上。可是問裴文煥現在哪兒住，打算把他送回去，他卻說他沒有家，也沒地方住。弄得那寶老頭兒倒很是着急，說：“他一定是受了內傷，可是往哪兒送他呢？這人除了好打架，其實人倒是挺好的，在駱馬湖又幸虧他給出了一回力，現在也不能夠不管他呀？”

　　這時幸是納蘭大姑娘在車上又多吩咐了一句，說：“把他拉回宅去吧！叫他在門房歇歇去，咱們宅裏現在也用人。寶順，你把他送回去吧！”說畢，納蘭氏二位姑娘和親戚們的四輛車都又往南去了。

　　寶老頭兒卻乘一輛車折回，把裴文煥送到了西城納蘭家的公館，就叫他住在門房養頭上的那塊傷。

第七章　初入朱門探寶刀

　　納蘭氏的家中，目前已經不像早先那樣的清貧，因為大爺桂祥已有了差使。家道從前年起，就漸漸的變好一些了，把典質出去多年的房屋，也贖回自住。房子雖不太大，可也是三重院落，前院有門房，是專為男僕居住，管看門，並管傳達。

　　現在納蘭老副將雖已病故，但二位姑娘都已長了起來，且已決定孝服滿後，即將入宮應選秀女，前途無限，老親舊友誰敢顯出炎涼之態，而和他家疏遠？所以現在老副將的開吊、設祭、誦經等等的事，很有不少的親友爭着給忙碌。人家銀子也有：清江浦吳棠知縣饋贈的那三百兩銀子，一時也不能花完。

　　不過京城的規矩，靈柩只許出城，不准進城。所以納蘭老副將的靈柩現今停在永定門外的石佛寺。昨天已經開過吊了，但是今天還要去供飯、燒紙，以後天天如此，再有十幾天才能夠安葬。現在這幾輛車上，有她們的弟弟，還有至親。不想才走到正陽橋，就遇見了裘文煥被打的事。若沒有裘文煥，她們姊妹和靈柩也不能平安返京，所以現在也算是感恩圖報，就讓竇老頭兒把裘文煥送回了她們的家宅。

　　下了車，竇老頭兒倒有點納悶，因為裘文煥也不用誰攙扶，他就自己下來了，跟着竇老頭進了門房。這時他的精神，哪像剛剛暈倒過？其實他的腦袋漫說是用扁擔打，就是用鐵錘子砸，也不一定能砸得暈。

　　他進了屋就自己倒茶喝，他可真渴了，一連喝了四五碗。竇老頭兒歡喜得直呲鬍子，說：「好！好！只要沒傷得太重就好。剛才看你趴在地下那個樣兒，我可真害怕。現在我放心了，因為咱們是患難朋友麼！你喝酒不喝？我這兒有好陳紹，剛開壇的。」裘文煥擺手說：「我不喝。」

　　竇老頭兒又說：「你來得好，因為我不能長在這兒待着。我那三個兒子，大的在鑾輿衛，二的在宮裏，用得着我再給人家看門、當小使嗎？這兩天因為喪事沒完，我不能夠不幫點忙；喪事完了，我就得回我家當老太爺去啦！可是這兒沒有個人也是不行，雇個閒雜人又靠不住。你總是個熟人，又有本事，人也忠厚，在這兒看門真合適，雖然也沒有什麼多大好處，可是總比常漂流着強啊！我說老裘，你是我的老兄弟，咱們是自己人啦，你得聽我的話。你的這身衣裳可得換一換，等大爺回來，我跟他給你要幾件衣裳，你就換上。因為你別看這宅門小，可是親友多，旗人家更好體面，聽差的也得講究點衣裳……」

　　裘文煥卻說：「老大叔！你的盛意真叫我感激不盡，可是我本是個粗人，不曾給人聽差……」竇老頭兒卻說：「你說錯了，誰又是個細人呢？慢慢練着就好了，當聽差的還有什麼難處嗎？」裘文煥又說：「我是灑脫慣了，受不了拘束。」

　　寶老頭兒說：“不要緊，這兒的老太太和大爺全都沒脾氣；二姑娘人也很好；大姑娘雖說有點兒脾氣，可是待人也寬，對你更得有個擔待。再說，你在這兒又只管看門、回事，其實門也沒有什麼可看的，掃院子都許用不着你。不過既是有個門房，就得有個門上人，這才顯着排場，其實你就是天天在這兒睡覺也沒有人管，可就是別唱戲，因為總得規矩點才行。”

　　裘文煥還是搖頭，道：“不行，不行，我不能幹！”

　　寶老頭兒怔了怔，又說：“你一定是以為這事兒沒出息，其實在這兒出息才大呢！兩位姑娘不久就要被選入宮，說不定就是娘娘，這兒就是娘娘的娘家了！房子都得重新蓋，上下聽差的還不知要添多少！你要是願意在這兒，保管大管家是你的。你要是不願意在這兒，可以保舉你進宮去伺候皇上，當一名侍衛……”

　　裘文煥一聽侍衛這兩個字，他突然顯得特別的注意，趕緊問說：“什麼叫侍衛？”

　　寶老頭兒說：“侍衛就是跟着皇上、保護皇上的，就好像是皇上的保鏢的，有頭品侍衛、二品侍衛，那非得是親友近派；像你可不能當，你只能當一個三品侍衛，掛着刀站在宮門外……”裘文煥趕緊又問：“那口刀是皇上給的，還是自己預備？”寶老頭兒說：“刀是官發的。”

　　裘文煥又問：“是寶刀？還是普通的刀？”

　　寶老頭兒怔了一下，說：“你這話我可聽不明白，怎麼刀還分寶不寶呢？”裘文煥興奮地說：“寶刀就是能夠削鐵如泥，切金斷玉！”寶老頭兒搖頭說：“我可沒聽說過有那麼快的刀！可是皇上家裏一定有，也許將來你把皇上伺候好了，皇上能夠賞你一口。”

　　裘文煥說：“伺候皇上是怎樣的伺候？是不是皇上叫我去殺誰我就得去殺？”寶老頭兒說：“皇上也不是不講理呀？再說深宮大內，譬如有人招惱了皇上，那是交給慎刑司衙門去拷問，有的立斃杖下，有的拉到菜市口去正法，侍衛並不是劊子手。”裘文煥又問：“假若宮中的妃嬪有錯，皇上叫來侍衛，交給侍衛一口寶刀，命他去殺某某妃嬪，這侍衛是不是就得去下手呀？”

　　寶老頭兒聽他這樣一問，更發怔了，說：“宮裏也從來沒有過這事兒呀？不過，皇上說的話可是金口玉言，慢說是叫你去殺妃嬪，就是叫你自己抹脖子，你也得當時就遵旨。當然這不過都是譬喻，我一輩子可也沒聽說過這種事兒，因為皇上才是慈心善心的一位佛爺呢！皇上是龍，是真龍天子，所以侍衛就叫作蝦，蝦是保護龍的……”

　　裘文煥又搖頭，說：“伺候皇上，在宮裏，我也不能幹！”

　　寶老頭兒又說：“侍衛也不能天天見着皇上，想伺候還不行呢！非得聖旨呼喚，也只能站在宮門外，跟在這門房一樣，不能隨便往裏怔走。乾脆也是天天沒事兒，白天睡覺也行。真正隨身伺候皇上的，是像我二兒子那樣的，他是太監，他可是不能娶媳婦啦。你要是當侍衛，還照舊能娶媳婦。”

　　裘文煥又笑了，寶老頭兒說：“你別淨笑呀？這是真的，以後我不能保你當侍衛，可准保你能成家。沒事兒你就相看着，看見誰家的姑娘好，你就告訴我，我給你去說親。我大兒子在鑾輿衛當差，鑾輿衛就是不但管伺候皇上和娘娘的龍車鳳輦，還專辦皇上家的喜事；自然不能把皇上家的轎子抬出去給你娶親，可是喜事也一定替你辦得熱鬧，還許不用你花錢！你就留點兒心吧，北京城的好姑娘可有的是。”

　　這話倒不由得使裘文煥生出了許多幻想，他想起來了今天遇着的那個牡丹，就想：在我假作被挑水的打量了之時，不知她看見了沒有？她若是看見了，不知心裏作何感想呢？是笑話我武藝不高，抑或是憂慮我受傷過重？

他又想着剛才的那些事，覺得仗義鬥毆也是痛快的，但若太出了風頭，實於自己要做的事有礙。自己此番出來，原是受師父的囑咐，尋找那口利器，以為師父雪恥。因在清江浦沒有找到，才到北京來找。現在在北京也還沒有找着，如何就可以出很大的名，而與許多的人作對？幸虧今天改悔得快，裝死而下了台，躲到這裏暫避鋒芒。而且我連什麼訂親娶媳婦的事也全都不應當想，因為沒那閒工夫。現在我唯一的事，就是得把師父所囑的事辦成，然後離京覆命。

他發着呆，想他的心事，可是牡丹的倩影仿佛總在他眼前晃，嬌音也似在他耳邊直響。他是一個出身於僻鄉，在山谷裏學習武藝十餘年的獨身漢、老實頭、鐵羅漢、魯男子。清江浦有多少娼妓，他都沒正眼看過一個，可是不知為什麼，今天這個牡丹卻使他掛上了心，銷散了魂。

寶老頭兒到底把他的陳紹酒拿出來了。他對裘文煥說：「你先等等，我叫個小孩兒來給買點盒子菜，咱們先就着酒兒吃着。現在也該吃飯了，咱們二人隨便用點兒。還是那話，你不能不答應我，你絕不能走，這裏實在是需要有你這樣兒的一個人給看門兒。你沒聽說嗎？」

他壓下點聲兒，又說：「近些日北京城裏飛賊可鬧得很凶啊！有好幾家大宅門，連王府裏，夜晚都有躥房越脊的人進去了。咱們這兒雖說不是太大的宅門，可是人口少啊，也得提防着點兒！你的武藝本來不錯，那天在駱馬湖，打跑了那麼些個湖盜，不全虧你一個人嗎？連這兒的兩個姑娘都說你是一位俠客！今兒你吃的虧，也不能怨你本事不好，是他們的人太多了。又加上那挑水的怔小子，出其不意打了你一扁擔。要不然，你還得把他們都打了！所以你是個有本事的人，你在這兒，飛賊一定不敢來！」

裘文煥聽到這裏，他就不住地發怔、思索，因為他聽說北京城現鬧飛賊，已經不止一次了，大概飛賊鬧得真厲害。這實是可疑，莫非是有人已經先我而來？但又是從什麼地方來的呢？是誰呢？他腦子裏就猜測着那飛賊，寶老頭兒又跟他說了些話，他全都無心去聽。

酒熱好了，又烙來了幾張蔥油餅，還有盒子菜，就是什麼臘腸、小肚、醬肉等等，都切成了薄片，可以佐酒，也可以卷在餅裏吃。裘文煥倒是吃了不少，酒卻沒喝幾口，就好像是醉了。他倒頭躺在炕上，待了會兒，就鼾聲如雷。其實他並沒睡，他只是在想着那飛賊跟牡丹，這兩個佔據在他腦裏的人，他恨不得當時就與他們見面。

躺了多時，外面的天色漸晚，他就起來了，揉揉眼睛說：「我先出去一趟！」

寶老頭兒說：「你出去還有什麼事呢？你再等一會兒吧！反正大爺跟二位姑娘回來，絕不能到天黑，你既在這兒看門，還得見見他們呀！」裘文煥說：「我的衣服這樣破，怎麼能夠見他們？別看在街上見了，那不要緊；到人的宅裏，還想做事，這個樣子就不行了。大爺就是有舊衣裳，我穿上也未必合適，不如我先回店，把我的行李拿來。」寶老頭兒說：「又是你那份破鋪蓋卷嗎？」

裘文煥搖搖頭說：「不是！我未到北京時已經置了一身衣裳，平常我捨不得穿。現在我去把衣裳換了，還得剃剃頭呢，反正不到天黑我一定回來。」寶老頭兒說：「其實明天剃頭也不要緊。不過你既是要出去會兒，我也不攔着你，你可快去快回，別等天黑，也別不回來。因為待會兒，我一定把你願意在這兒看門的事，跟大爺、跟姑娘去說，我還得給你作保，保你一定幹得下來……得得！你快走吧，別磨煩啦！”他跟着裘文煥出了房門，又說：“你看！現在天就快黑了！”裘文煥笑着說了聲：“回頭見！”就急急忙忙地走去。

裘文煥又走出了前門，到了那五牌樓、正陽橋。此時已經薄暮，對面看不清楚人了，只見車馬紛紛，城裏的往城外去趕，因為再待一會，城門就要關了。街上已經敲起了頭一更鑼，催着人快回家去睡覺。

裘文煥便趕忙地又來到那鋪襯市，到了牡丹住的院子門前，他把那破門一推，門就差點掉了下來。就見院裏一間一間傾斜低矮的房屋裏，破紙窗上映着黯淡的燈光，這間屋裏是醉酒的丈夫在跟老婆吵架；那間屋裏又傳出嬰兒呱呱的哭啼聲。裘文煥找着了他今早曾經來過的那間屋，拉門就往裏進，屋裏的人都嚇了一跳。韓七嫂仍在炕上躺着，就聽她問道：“哎喲！這是誰呀？”

在炕邊放着一點兒蠟頭，牡丹正斜坐着拿針線縫補她的一件小褂，一看見有人進來，她當時就站起身來，一手扶住了牆壁，壁上就嘩嘩往下直落土屑。借着微弱的燭光，她驚訝地看着來人，看明白了是裘文煥，她那緊蹙含憂、驚疑帶懼的神情立時全都消逝，她用明眸向着裘文煥掃了一下，輕聲說：“慢着點兒。”這時她母親又問：“哎喲！是誰呀？”她微微地呻吟着，兩隻眼睛可還沒有睜開。牡丹又朝他擺手，就見她的手上又換成了個白銀戒指。

裘文煥就指着炕上躺着的人，壓着嗓子問道：“怎麼樣了？”牡丹皺着眉，眼裏含着淚水，悄聲地說：“晚上什麼東西也沒吃。”裘文煥忿恨地咬着牙，壓着聲說：“那費彪真該殺！他把你媽傷得一定不輕！”

牡丹又擺了擺手說：“你小聲兒說話！別教我媽聽見，先讓她歇一會兒吧。她本來就有這老毛病，自從我爸爸死了……”她又問說：“你到底怎樣了？我聽說你在正陽橋叫人拿扁擔給打死啦？”

裘文煥笑着說：“那是我裝死！我是因為看見有熟人坐着車過來了，我才故意裝死的，一來藉此脫出重圍，二來我正好可以到那熟人的家裏去。現在我已經找着了個事……”

牡丹又驚訝地說：“你到底是個幹什麼的呀？你是哪兒人呀？”裘文煥說：“我是河南人，我也沒幹過什麼事，不過你放心，我是一個好人……”牡丹點着頭說：“我知道你不是壞人！”說着，又向他掠了一眼。

裘文煥說：“你真是個好姑娘！長得真好看！更難得的是今天我去跟人打架，你還去跟着我、勸我，可見你是關心我……”

牡丹說：“那倒不是！我知道那些保鏢的都很凶，怕出事，你幹嗎惹他們呀？”

她說話的聲音大了一點，那躺着的韓七嫂又呻吟着說：“是誰呀？我怎麼聽見有人說話呀？是我作夢了嗎？”裘文煥就大聲說：“是……”“我”字還沒有說出來，卻被牡丹給攔住了，幾乎要用手來捂住他的嘴。裘文煥也不敢再說了，他就站在那裏，連身子也不敢動了。

牡丹又近前來，幾乎扒在他的耳邊悄聲地說：“今兒我跟着你，看你跟人打架，回來就挨了院裏的鄰居和我媽的一頓好罵，她們說我又發瘋去啦！告訴你，以後還是別上這兒來了，別叫我媽跟院裏的人知道……”

裘文煥聽了這話，不由得大不樂意，就正色說：“我來這裏，就為看看你媽，她要是被人打得太重，我就再拿出些錢來給她看病；她若是因此而死，我得替你們報仇，為人間除害，不能就饒了那雙刀費彪！”

　　牡丹急得直要跺腳，又擺着雙手小聲說：「算了吧！你別給我們惹事了！」裘文煥又說：「我來還是為告訴你，我並沒真被人打暈，並且……」牡丹點點頭，說：「我知道了就行了！人誰沒良心？你是一個好人，要是真叫那些個凶保鏢的給打死了，我也……我心裏也不好受。今兒一天，我都發愁極啦！不知為什麼，心裏就那麼不痛快，現在才算好一點兒。」

　　裘文煥說：「我來還想問問，因為我今天既同你們相識了，你媽又是因我的事，才招惱了費彪，才受的傷，那麼，她現在不能夠出去做買賣了，你們可怎麼吃飯？」這話卻勾起了牡丹的傷心事，淚珠一對一對的流了下來，她搖搖頭說：「我媽好着的時候，就是天天能夠出去換肥頭子，把換來的爛紙爛布都賣了，得來的錢，我們娘兒倆也是吃不飽！」

　　裘文煥又有點納悶，他借着越來越微弱的燭光，看着牡丹的模樣，真不像窮人家的女兒！這微胖的美麗的臉兒，哪裏像常常吃不飽飯？她穿着這麼整齊，還鑲着花邊的衣裳，又哪像個沒有錢的人？她現在戴的是一個白銀的戒指，不是今天早晨戴的那兩個琺瑯戒指了，可見她的首飾還真不少，這又是哪兒來的錢呢？因此，裘文煥很狐疑。

　　但見牡丹可真傷心，她拿手絹擦着眼淚，抽抽咽咽的哭着，悄聲說：「我們不願意跟人哭窮，可是窮也瞞不住人，不窮能住這地方嗎？早就住那大宅門去啦！我們也不願意沾誰的便宜，也還沒窮到要飯的地步，今兒你給的那銀子，要不是看你還是個好人，由我這兒就不收！」

　　裘文煥趕緊解釋說：「我拿出銀子是為給你媽買藥的！」

　　牡丹點頭說：「是呀，要不然還不知道你的心眼好呢！你心眼要不好，你愛跟誰打架，愛叫誰打死，我才管不着呢！就因為我覺着你好，我才不放心你。可是鄰居們都罵我，我媽也疑惑我……得啦！話都說明白啦，你快走吧！以後你可別再來了……」說着，她就急急地向外推裘文煥。

　　她的媽又在炕上呻吟說：「牡丹！給我倒點兒水……你跟誰說話啦？」

　　牡丹趕緊又向裘文煥擺手，不叫他再言語，並且努努嘴，意思是叫他快走開。裘文煥的心裏頓時有一種異樣的感覺，他二十多歲了，可是從來沒遇到過這事，也沒接近過一個女人。如今這牡丹，仿佛令他有些英雄氣短！他走出了屋，見那紙窗上，還浮動着牡丹的俏影，他又發了發怔，便向門外走去。

　　才出了院門，卻見東邊不遠之處站着兩個人，靠牆還蹲着一個，在那裏抽着煙袋，火光一明一滅的。裘文煥心中一動，趕緊退身回來，暗想：這一定是雙刀費彪派來的人，他怕我受傷不重，還能夠來，所以就叫人來這裏別着我。自然，我並不怕他們，不過何必又給牡丹家裏惹事？想到這裏，他就把兩扇門輕輕閉好，並把插關插上。

　　這院裏的人家雖不少，可是大概都勞累了一天，這時多半都休息了，所以院中倒沒人，天又黑，裘文煥又向牡丹住的那屋投了一眼，便飛身上了房。這房子可真不行，腳踏在瓦上，瓦就要掉，因為本來都是碎瓦。他趕緊躥到別家的房上，輕輕地走着。原想走過幾重房屋，再跳下胡同裏，不料突見身後有一條黑影飛來了。他一驚，趕緊閃身，幸虧他閃得快，不然准挨這人一腳。

　　這人來到他的近前，一腳沒有踢着他，就嘿嘿一笑，遂即迅速地跳到另一幢房屋上去了。裘文煥不服這口氣，趕快去追。前面的人真快，又越過了兩幢房屋，頃刻之間，便已沒有了蹤影。裘文煥幾乎驚得喊起來，心說：好啊！都聽說北京城裏現在鬧飛賊，如今可叫我遇見了！

第八章　醉眼神獅把酒話宮闈

　　裘文煥的心裏又驚又氣，覺得這次到北京來可真遇見了對手，心想：這人的夜行功夫我比不了，但是這口氣不能不出！好在此人已認得我了，這很好，以後我們兩個就鬥一鬥吧！

　　下了房是一條小胡同，他走出去，就見是前門大街。今晚這大街上，好像比往日熱鬧，最可注意的是那些短打扮，仿佛逢人就要打架似的人，特別的多。他們敞着胸，挽着袖子，走路搖搖晃晃，大概全是雙刀費彪、鐵環刀羅壽的朋友。可能是為白天的事，把他們都惹着了，所以現在天黑了，還出來逞英雄。

　　裘文煥就跟在幾個人的身後走着，只聽有個人說：「那位挑水的英雄，已經在聚英豪鏢店裏了，飛叉老黿的二弟也去了，再請上那位醉眼神獅耿春雄，可稱為三英聚義。裘文煥若敢再出頭，非叫他不但再栽大跟頭，還得去見閻老五……」

　　他們是且談且走，裘文煥在後面跟着聽了，更是不勝驚愕，他就想：這裏的一些鏢頭們原來真惹不得！白天在正陽橋上，我自己故意栽了個跟頭，他們卻依舊不肯甘休。不但請了那挑水的，還有飛叉老黿的二弟，那一定是自駱馬湖跟着我來的，只不知醉眼神獅又是個何等人物？

　　他正想着，就見前面的幾個人走進了路西一家很大的店房，裘文煥認得，這家店的字號是寶興店。又待了一會兒，這些人就又都出來了，並請出來了一位中等身材、衣着很闊綽的人。這人隨走隨扣着紡綢大褂的扣子，另一隻手搖着一把摺扇，他說：「我本來喝了點酒，正睡着，你們就來請我……」他說話的聲音非常宏亮，是略帶南方口音。

　　那幾個鏢頭便恭恭敬敬地說：「耿大爺！我們要是早知道您是這樣一位高人，等不到今天，就早請您來了！現在聚英豪鏢店裏有多少位朋友，都正等着瞻仰您哩！」這人必定就是醉眼神獅了。只見他隨同那幾個人向東走去。

　　裘文煥從後面一看，見這人走路的姿勢很是奇特，雖然也仿佛是邁着方步，可是腳步十分地輕捷，簡直像是沒有沾地的樣子，可惜現在天晚，看不十分清楚。然而裘文煥的心裏明白了，暗想：原來就是你呀！剛才你還在房上幾乎踢了我一腳，現在一回到這店房裏，立刻你又變得衣冠楚楚，被人請去赴會？好，我倒要看看你這飛賊是個何等人物？現在究竟打的是什麼主意？於是裘文煥就又隨在他們的後邊去走。

　　進了東邊的胡同，走了一會兒，就又到了白天他跟鮑子龍等人比武的那家聚英豪鏢店了。這裏的大門開着，許多很闊的鏢頭樣子的人都在往裏面走，還有些像是看熱鬧的閒人，也往門裏去踱，並沒有人攔，裘文煥就隨着閒人們溜了進去。

進了院子，就見明燭輝煌，當院子擺着五六桌豐盛的酒席，原來是這裏的鏢店主人今晚大請客，要聚會英雄。這鏢店的主人原來不是鮑子龍，卻是一位身軀雄偉、滿面蒼髯的老者，說話聲音十分宏亮。

因為醉眼神獅也才進門，就有一個身穿藍綢大褂，黃臉、翻鼻孔的人給他一個一個地介紹着。這人稱呼鏢店主人為宋老師傅，此外，還有什麼佟家鏢店的猛靈官佟柱，泰升鏢局的鋼牙虎魏鐵帆，立軒鏢店的敏金剛龐立、飛太歲龐軒，悅興鏢局的偷桃猿胡小五和金鏢手胡小六，還有許多沒聽清楚名字的鏢頭、英雄。那鮑子龍和鐵環刀羅壽、雙刀費彪，也全都在這裏了。他又由屋中請出來了一個黑臉膛的人，這人重眉毛、凶眼睛、身材矮胖，身穿灰綢長衫，驀一看也是個場面上的人。但經那翻鼻孔的人一給介紹，說此人是什麼飛叉賽山神，是新自駱馬湖來的，裘文煥就曉得必定是那飛叉老黿的二弟了。

此時就見他們彼此客氣着，又抱拳又把手，講江湖話，提熟朋友，敘舊交情，又拉着扯着地互相讓座，亂哄哄的，酒菜也直往上去端。這裏門首擁擠着的二三十個閒人，看見人家談話都很羨慕，看見人家讓菜、吃菜，也都有些眼饞。

這個地方本來不能站，就有兩個夥計樣子的人走過來，說：「喂喂！諸位，走吧！出去吧！這裏有什麼可瞧的呀？人家怎麼商量，這事兒跟你們沒有相干；人家坐席，又不能讓諸位也去吃一口，幹嗎呀？擠着幹什麼呀？天不早了，快回家睡覺去吧！」這裏的眾人就往後退着，裘文煥更得往後退，他是怕被人看清了模樣。

但那邊的座間，醉眼神獅卻擺了擺手，鐵環刀羅壽也嚷嚷着說：「就叫他們看吧！這都是老鄰居，有的是各鏢店跟着來的，可惜座位不夠，要不然也請來坐坐。不要趕人家。咱們對付裘文煥那個小子，還得請這些位助威呢！」

因此這些看熱鬧的人又都不走了，還指點着悄聲說：「那邊那個，就是挑水的英雄⋯⋯」

裘文煥企着腳兒，從前面人的肩膀上向那邊一看，果見白天那個挑水的，居然貴賓似的坐在主人宋老師傅的左邊。他也不喝酒，只顧大口地吃菜，夾那大塊的肉，就聽他說：「我可真不會武啊！咱們交朋友倒行，打架我也可以幫助，我就是，不能說假話，我真沒有練過武！」

他旁邊的鐵環刀羅壽還說：「秦老弟！現在來了這些朋友，你又何必這樣謙遜呢？」挑水的老秦沒言語，又伸着筷子去夾肉。羅壽就大聲地說：「今天我算是吃了虧，竟遇見了裘文煥那麼個小子！平心說，此人的武藝確實不錯，後來幸虧被這位秦老弟用扁擔打敗了他。但是，劉六哥又說他是裝敗，被打暈也是他假裝的⋯⋯」黃臉、翻鼻孔的劉六在那邊兒只是冷笑。

偷桃猿胡小五卻哈哈大笑起來，說：「你是愛聽劉六的！劉六他是專說跟人彆扭的話，好顯着他高。其實，這件事情不是明擺着嗎？裘文煥那窮鬼，他既找到這裏來，就是要顯幾手！跟費爺打，跟羅九哥打，他的手下也沒放鬆，怎麼能夠自己裝死呢？他為什麼要裝死呢？我就不信！」

飛叉賽山神卻說：「就我知道，裘文煥確實武藝高超，一扁擔絕打不暈他！我因為疑惑他是哪一路的俠客，所以趕緊跟到北京，我要訪一訪他，領教領教。因為家兄也說，他一定受過高人的傳授，因為他武藝精通，決不是個平常之輩！」

鋼牙虎魏鐵帆就站起嚷嚷着說：「咱們現在就去找他怎樣？」

醉眼神獅又在那兒擺手。這醉眼神獅在這許多人之中，誠然是一位出色的人物，他氣宇不凡，面目端正，微微有點兒白胖，好像是個公子哥兒，並不像飛賊，也與他的外號不稱。他站起來抱抱拳說：“我今天是被劉六哥請來的，我們也是因為前天在酒館打了一架，才結的交。兄弟本非鏢行，也沒給人護過院，只是自幼隨先嚴學過幾手拳腳，在江湖上走了幾天。此次是運了點綢子來京販賣，不想由劉六哥的介紹，得與諸位見面，真是三生有幸！兄弟也沒見過裘文煥，白天的事我也沒在場，裘文煥是英雄還是個狗熊，我不知道。不過我告訴諸位，你們這幾天，可得留心點外來的英雄！”他這話一說出來，仿佛把在座的人都給嚇住了，一齊瞪着大眼來看他。

他又大聲的說：“因為大江南北現在出來了一位少年英雄，此人名叫鴛鴦劍妙手小天尊……”這時眾人更都驚異起來，仿佛都沒聽過這個人的名字。

醉眼神獅又說：“這人是近些年來無比的英雄，才出世不多日，就將大江南北的豪傑盡皆打敗。他的武藝倒還不是十分了不得，只是那兩口寶劍，削鐵如泥，兵器遇見它便折，所以沒人敢惹。這人橫行無忌，時常夜入人宅，調戲婦女，因此天下的豪傑俠客，聞之皆甚忿忿不平，但也沒辦法。連揚州的老英雄寶刀龐公繼，對他也沒有一點辦法。龐老英雄武藝雖高，刀也鋒利，可是也知道一定碰不過此人的那對寶劍！除非也有一口特別鋒利的傢伙，能敵得過他那一對鴛鴦雙劍才行，但是，今世上哪裏找得到那些魚腸、巨闕、龍泉、太阿？所以現在南北的英雄，以及敗在那小天尊手下的眾豪傑，有的預備用千金萬兩高價求買利器；有的就走遍江湖，到處尋覓鋼鋒！”

主人宋老師傅聽到這裏，就搖動着蒼髯不住大笑，說：“哪裏會有那樣的兵器？我就不信！我在江湖上走了也五十多年啦，永遠聽人說有什麼寶刀、寶劍，我可就沒看見過一回，大概古時候也許有那些東西，現在，早就絕啦！”

醉眼神獅卻正色地搖頭說：“不然，現在還有！妙手小天尊的那對鴛鴦劍我是親眼見過，一點兒也不假，真是鋒利無比，削鐵如削泥！這種東西江湖上已很少見了，但是著名世家、王侯府第、深宮大內還藏着這種東西。北京城裏就有，可惜沒在咱們的手裏！”

鐵環刀羅壽聽得也出了神，說：“誰有？我願意把我的刀倒貼一百兩銀子，跟他換！”

鮑子龍卻搖着頭說：“沒有，北京城裏絕沒有！我在這兒住了也有三十年了，見過的珍寶不少，連會叫喚的玉蛤蟆我都見過，常遇春當年使的那杆槍我也見過，可是就沒見過什麼削銅剁鐵的寶劍寶刀！那若是有，北京這些年來，保鏢的也不都是像我這麼窮，就是它價值連城，也早就有人買到手裏，跟同行的去顯一顯了！”

醉眼神獅卻冷笑着，仿佛笑話他們的見識都太淺。他坐下來喝了一杯酒，又說：“現在我向諸位說一個故事，諸位若有知道的，可千萬告訴我……”他見一些人仍都在飲酒夾菜，雜亂地閒談着，他就又高聲說：“我說的這個故事，不但與寶刀有關，還跟裘文煥，和將要來到北京的若干英雄，本是一件事！諸位別當我是瞎說。”

這時旁邊的人仍在三個一群、五個一夥的，各談各的閒話，有的談誰發了財，有的談誰熱上了一個窰姐，簡直沒人願聽他的故事。裘文煥這時可是異常的興奮、驚訝，趕緊往前擠了擠，留心去聽。

只聽醉眼神獅用清朗的聲音往下去說：“世上有寶刀並非妄談，不過這東西大多藏在宮內，前皇帝道光爺的手裏就有一口寶刀，永久在寢宮內的壁上懸掛着。道光爺的脾氣本來很好，對待妃嬪更是溫和，可是有一天夜裏，不知是因為什麼事，把這位萬歲爺給惹惱了。他大聲地呵斥，嚇得太監們全都不敢打聽是什麼事。道光皇帝怒不可遏，當時就將值班侍衛王得寶宣召進內，他親手由壁間摘下那口寶刀，交給了王得寶，並命一名太監領着他到某宮第幾室內，在床上將一個妃嬪的首級取來覆命。當時王得寶遵奉聖旨，就去用寶刀，割下了那個年輕美貌的宮妃的頭⋯⋯”

這時所有的人都聽得出了神，一齊問說：“到底為什麼事情呀？”

醉眼神獅說：“詳情連那王得寶也不知道。不過，道光皇帝也很是後悔，不忍再見那口寶刀，就賞給了王得寶啦。”

鮑子龍說：“哈！他倒不錯，怪不得他叫王得寶，他還真得了一口寶刀！”

宋老師傅卻搖着蒼髯，歎息着說：“當個妃嬪也不容易呀！說不定幾時，為一點兒小事招惹了皇上，就要被割頭！”

醉眼神獅又說：“這樣的事，因為在宮內也不常有，也是一件慘事，後來就傳出去了。事隔至今，已然二十多年，最近還有一位著名的才子，作詩詠此事，那詩是：‘中使傳宣急召蝦，乾清宮畔月籠紗，龍顏一怒娥眉死，御劍封還帶血花。’”

羅壽、費彪和那飛叉賽山神聽到這裏，就都急得很，趕緊齊問說：“那王得寶的寶刀到哪兒去了？”

醉眼神獅說：“大概還在王得寶的手裏。王得寶這個人，現在也許還在北京住着，因為在十年前，先嚴柳湖公來京訪友，曾在一家酒店裏遇着了王得寶。那時在旁的還有河南孝義縣的老拳師鎮洛陽劉鵬和清江浦老鏢師運河龍彭君善，一共只是四個人。當時試了一試，真是一口削鐵如泥的好寶刀！先嚴要出五百兩買他的，王得寶不賣；劉鵬跟他講交情，要向他借用三年，他也不借；彭君善要以三頃地跟他換，他也不肯換。後來彭君善使出幾位豪傑，費盡了心機要把寶刀得到手，大概也沒得着。如今，大江南北出來了妙手小天尊的鴛鴦雙寶劍，使天下的英雄束手無策，都在想到哪裏去找傢伙能夠敵他？但有幾個人知道王得寶的手裏有那麼一口寶刀，為這寶刀，我想各處的英雄必定都要來京尋找，那裘文煥就是一個！”

羅壽、鮑子龍、鋼牙虎魏鐵帆等人又一齊嚷嚷，說：“你把那裘文煥也看得太大了！他那樣窮，不過偷偷鷄、摸摸狗倒許有得，他配是個專來找寶刀的英雄嗎？”

羅壽的聲音尤其大，他嚷嚷着說：“我明天就要訪那王得寶去！殺過貴妃的那口刀，我得先要！”

劉六說：“今天姓裘的上一個旗人的家裏去了，我想那也一定是他的計策，咱們得留心他在那兒所做的事！”費彪也說：“連那牡丹的家也得去看着！找着王得寶，咱們大家湊錢買他的刀。他不賣，就殺了他！刀得到手裏，大家輪流着使用，或是抓鬮⋯⋯”立軒鏢店的龐氏兄弟也一齊說：“哥兒倆傾家蕩產，拼出兩條命去也得要他的刀！”偷桃猿胡小武跳起來說：“刀是我的！”飛叉賽山神卻只是生氣不語。

宋老師傅哈哈大笑着，說：“刀還沒見着哩，你們就這樣着急；刀要是得來了，你們還不把它拆了？見着刀，大家還不得滾在一塊兒？哈哈！這事兒未必靠得住吧？也許本來就是瞎說。”

鮑子龍說：“還是對付那姓裘的要緊！誰管他到北京是幹什麼來的，明天咱們非得去找他！”

飛叉賽山神也點頭說：“對了！那姓裘的決不可饒！今天這場聚會，咱們大家見了面，就得同心合力。以後是兩件事：一找寶刀，二找姓裘的！”

醉眼神獅卻冷笑着說：“要找寶刀那可真難，直到今天，我還不知道王得寶在哪兒住；但是想找裴文煥，那卻是遠在千里，近在面前！」

這醉眼神獅真是厲害，說出了這句話，他立刻抄起來眼前的一隻錫酒壺，就驀地向門旁看熱鬧的人群打來。錫酒壺飛到，裴文煥卻已經飛身上了牆。當時可就亂起來了，因為已經發覺了裴文煥，有的就抄起凳子，有的去抽刀、抓棍，有的也飛酒壺，那門旁看熱鬧的人真有腦勺上挨酒壺的，就驚惶地都跑了。

宋老師傅着急得擺着雙手，說：「不要亂來！不要亂來……」可是大家分明看見裴文煥的那條黑影已疾快地由牆上了房。眾人又齊喊着：「拿呀！拿呀……」房上卻飛下來兩片瓦，桌上那個盛水晶肘子的大碗當時就碎了。劉六沒有小心，另一片瓦正打在了他的頭上。挑水的老秦也嚇得藏到桌子底下去了。鮑子龍、偷桃猿、敏金剛、鋼牙虎和飛太歲卻都手執着傢伙，颼颼地也都躥上了房，可是裴文煥的那條黑影早就沒有了。下面的飛叉賽山神十分着急，醉眼神獅倒是沒有動，仍在那裏微笑着飲酒。

這時，裴文煥又已踏着屋瓦，飛快地走遠了。他心裏也很着急，想着：今天見着了這許多人，知道了他們都要找寶刀，都要跟我作對，並且還見了那姓耿的醉眼神獅，此人必是京中連日盛傳的那飛賊無疑。他的本領實在可驚，更糟糕的是他來的目的跟我一樣，也為的是找王得寶，為找那口寶刀前來！他對於那個故事又知道得那麼詳細，真糟糕！真糟糕！原來他竟是十年前來京的南方大俠耿柳湖之子……

裴文煥先急急忙忙地到了鋪襯市他住的那小店裏，拿了他的那份行李就走。小耗子黑張這時正蹲在房上，向他點着手兒，輕輕吹着口哨招呼他，他也沒有理。他順着牆就又到了牡丹的家，見這個院裏的幾戶人家都已睡着了，一點燈光也沒有。牡丹住的那屋子更黑，他將耳朵貼着窗紙，也聽不見一點鼾聲，可以想出，牡丹是已經入了夢鄉，她母親的傷可還不知怎麼樣了？也沒聽見呻吟聲。裴文煥不敢驚動她們母女，就又跳上了牆。向胡同裏看了看，見夜色沉沉，倒是沒有什麼人影，他就夾着行李捲兒走了。這行李捲裏不過有他大戰駱馬湖的那一口破刀，他現在倒真想把它扔了。

在這深沉的夜色之下，裴文煥憑着他的絕技，鷺伏鶴行，沒有被人看見，就進了內城。他走過冷清清的街道，傍過高巍巍的禁宮城垣，又有時穿越小巷，有時踏登屋宮，就直奔西城，並且一邊走一邊尋思。他的來歷現在是瞞不住人，已經被醉眼神獅全猜出來了。他自去歲秋間，在洛陽奉師父之命，出來尋覓那口寶刀。先到清江浦沒有尋着，因為那裏有名的老鏢頭運河龍已經去世。寶刀到底是被他於生前得了去，抑或是還在王得寶的手中，沒人曉得。他只得又到北京來，可是也沒找着一點頭緒。

他又想：連醉眼神獅以飛賊的姿態連日連夜地在京中尋找，聽他的那話也是沒有找着。現在他不但還要找寶刀，還叫大家一齊為他去找寶刀，並且跟我明鬥了起來。醉眼神獅可是寧可刀落於別人之手，也不能叫我得了去！好！這也算巧，當年王得寶酒店誇刀之時，只有我的師父、他的父親和運河龍在旁。三個人之中現已去世了兩個，只是不曉得王得寶是否尚在人世。他若是在世，若是仍住在北京，寶刀若還在手，那可就真是熱鬧了！我倒要看看鹿死誰手，寶刀最後落在何人的手中？但，在這深夜茫茫、漠漠無邊的偉大京城裏，在這千千萬萬家，千千萬萬人之中，一個並無赫赫名聲的王得寶，上哪裏去找呀？好在他曾經做過御前侍衛，細去打聽，早晚有一天，就許能夠打聽着……

　　他邊走邊想，就又來到了納蘭家的門首。這時三更已經敲過了，大門早就關閉，門前也沒有人，他就一縱身又跳到牆上。向裏院展目去看，只見裏院的正房還有燈光，他就想：那兩位姑娘必是早就由廟裏回來了。這兩位姑娘可跟牡丹不同，她們心都太高，一心一意要到宮裏作妃嬪呀！可是，假若我把那個"龍顏一怒娥眉死"的故事說給她們聽，不得嚇哭了才怪。慢慢地我一定要告訴她們，要勸她們放棄那應選入宮的念頭！現在還不用忙，因為她們還穿着孝，我也得趕快去找那口寶刀……

　　他夾着行李捲跳進院來，就輕輕地躡足潛蹤地向門房走去。

第九章　青衣小帽隱豪雄

　　裘文煥撥開門，進了門房，見桌上有一盞油燈，燈裏燃着一根燈草，壓得極低，屋子裏好像沒有一點兒光。他把燈草略微挑了一下，借着暗淡的燈光，就見炕上躺着那竇老頭兒和一個十二三歲的小孩，就是白天去給他們買盒子菜的那個孩子，他們現在全都睡得很熟。炕上還有空地方，裘文煥就把他那鋪蓋打開、放平，把刀藏在褥子底下。他有一身比較乾淨的衣褲，也換上了。

　　裘文煥將門閉好，把燈索性吹滅，他就躺在竇老頭兒身邊想睡覺，可是又睡不着。這一天的事，確實夠緊張的，但他並不怎麼往心裏放，使他思來想去、輾轉反側睡不着覺的，卻是那個二丫頭牡丹。他實在沒有想到，這次來到北京，雖沒有找着那口寶劍，竟然有了這麼一個奇遇！

　　想了半夜，到天亮的時候，他才昏沉沉地睡去了。沒料到睡了沒有多大時間，就被竇老頭兒給捶醒了，竇老頭兒一副很生氣的樣子，說：「喂！喂！你昨天晚上是什麼時候回來的呀？怎麼溜進屋子來的呀？你這不成了賊了嗎？你就是有本事，也不能老這麼着呀！傳揚出去，成了什麼事兒啦？本來這些日各大王府就淨鬧飛賊，別叫人疑惑把飛賊窩在這兒啦！」

　　裘文煥趕緊坐起來，帶笑說：「昨天我因為回來晚了，沒敢驚動你們，可是由今天起我就在這兒，不再出門了。」竇老頭說：「我們知道你是個規矩人。要不，不但不能收你，還得把你送到衙門去！因為你這鬼鬼祟祟的行徑真叫人疑惑！」裘文煥只是笑。

　　竇老頭又說：「你看，你也沒把辮子理一理，頭也沒剃一剃，昨天你出去了多半夜，淨幹什麼去啦？你千萬記住了，既在這兒就得規矩，你要是把前門外那些鏢頭，招上一個半個來，這兒可就不要你啦！我也得逼着你辭活兒！因為你在這兒是我的替工，我是你的保人，出了事兒，我得擔沉重呢！」

　　裘文煥連連說：「以後我一定守規矩！我本是個江湖漂流的人，蒙你老人家提拔我，給我找了吃飯的地方，我還能夠不守規矩，不好好幹嗎？」

　　竇老頭聽了又喜歡了，說：「你要是守規矩，好好地幹，以後我還能往高了提拔你！別看我也是給人使喚，可是我的兒子伺候着皇上！」

　　裘文煥說：「將來我想求您那位少爺幫幫忙，叫我去當一名侍衛，或是叫我認識幾位侍衛……」

　　竇老頭說：「別忙！只要你好好幹，我一定給你出力。眼看這裏的姑娘們也快進宮去了，早晚叫你把侍衛當成，將來還許叫你做別的官呢！你算是有前程了。

因為那一回你在駱馬湖立下的功勞不小，我跟這兒的姑娘們，總要報答報答你的。這是說心腹話，你可別因為這就驕傲，你要是一驕傲可就全吹了。」

裘文煥真是很規矩的，聽了寶老頭的話就去掃院子。他把院子掃得乾淨至極，連牆頭上的浮土都掃淨了，就差沒上屋去掃瓦。寶老頭領着他見了這裏的大爺——桂祥。桂大爺是一位很忠厚的年輕人，當時就囑咐他在這裏好好地看門，又給他錢，叫他出去理辮子、洗澡，去買衣裳換上。

由此，裘文煥就成了納蘭家的聽差了。這兒也實在沒有事，桂大爺跟二位姑娘還是天天到廟裏去祭靈，但是也不叫裘文煥跟着。裘文煥整天吃飽了飯沒事，可又不能夠走遠。他悶極了，就到門前去站着，東看看西看看，跟附近住的人，以及常來到門前賣小吃的人，漸漸地都熟了。

然而他可感覺到有一種威脅，因為時常有三三兩兩面生的人來到這門前，仿佛是專來找他的，跟他撇嘴瞪眼的，意思是挑釁，他也不理。又有一天，竟然來了十多個人，還有個提着梢子棍的，向他怒目橫眉地說：「走呀！姓裘的小子，你要是有能耐，跟我們走呀？鮑子龍、羅壽羅九爺、雙刀費彪全在那兒等着你啦！事情不是就完啦，小子有能耐走呀？再幹幹去呀？」他可就趕緊退回到大門裏，藏在門房裏不出頭。畢竟這兒是一個宅門，那些人還有點顧忌，沒有敢追進來找他的麻煩。夜間，也曾有兩三夜，子時之後，他分明覺出是有人找他來了，有一次還隔窗發着冷笑，說：「裘某人，咱們來見見面！寶刀就在眼前，咱們去找呀，倒看得在誰的手中？」他卻吹了燈，手中緊握着刀柄，不言語。外面的夜行人倒是沒有進屋，如此兩三夜，後來就不見再來。這些事，幸虧沒叫寶老頭和宅裏的人知道。

裘文煥現在每天把臉洗得很乾淨，辮子也梳得很整齊，垂在身後，穿着灰色長褂，外面還套着一件桂大爺賞他的青紗坎肩，腳下穿的是白布襪子，青緞雙梁鞋，很像一個俊僕。胡同裏有些姑娘媳婦就常偷眼看他。他的心裏卻惦記着那牡丹，但是，莫說是在白天，就是夜晚，他暫時也還不敢到前門外去，他時時提防着他的那個勁敵——醉眼神獅。

這些日，醉眼神獅鬧得實在厲害，連這胡同裏都有些人在談說。說是前門外現今出來了一條好漢，由南方來的，是鏢行裏最有名的。這人姓耿，年輕漂亮，穿得也闊，手面極大，交的朋友很多，連衙門裏的著名班頭，都跟他成了朋友。聽說此人要捐資找一個出身，他大概是想做一名御前侍衛……同時，可又有飛賊的傳說，也是越來越厲害，連紫禁城裏，大概都去過了飛賊。昨夜，曾經做過頭品御前侍衛的黃大人家裏也受了驚，但是沒丟失什麼東西……這些話，在酒樓茶館裏，談說得一定更厲害了。

裘文煥知道，這是醉眼神獅為要得那口寶刀，所以日漸加甚的肆意恣行。他不由得很是氣憤，本想拼出去，倒看看是誰死誰生，誰強誰弱？可是又覺着那也沒有什麼用處，先跟醉眼神獅較雌雄，結果是誰也找不着那口寶刀。那寶刀現在依然是下落茫茫，沒有一點蹤影，也沒有一絲頭緒。果真要是訪着了，而且到了手，那才不愧是英雄好漢！因此，他想來想去，對於醉眼神獅的近日行為只是暗暗冷笑。

裘文煥現在是經常設法跟寶老頭兒接近，向他打聽過去是不是有一位名叫王得寶的侍衛。寶老頭兒搖頭說：「這我可說不清，我得問問我那二兒子去。可是我那二兒子在宮裏服侍主子，不常回家。你打聽那王得寶幹嗎？莫非你們是鄉親嗎？」裘文煥只是漫然地答應着，並不說明是為什麼，可是請托詢問得更急。

寶老頭兒回家了一趟，說是已經把話告訴他的大兒子了。他大兒子常到宮裏給皇上去預備轎子，有時能跟他那當太監的二兒子見面，有時還能親自跟侍衛們談天，一定能打聽得着那王得寶。好在那人的名字很容易記，於是裘文煥更是期盼着。

這納蘭氏的宅中，也常有不少的高親貴友來到。那些親友也都帶着僕人。來到這裏，僕人們就到門房裏歇着。裘文煥給沏來茶，有時還拿出酒來殷勤地招待。因為彼此都是伺候宅門的，所以特別親近，這些人也都好閒談，裘文煥就向他們打聽北京的一些故事，尤其是關於宮裏、關於侍衛的一切事情。

因此他才知道在宮裏有個侍衛處，總管侍衛處的稱之為領侍衛內大臣。這個官職不小。侍衛之中多半是王公大臣的子弟，此外即是武進士。若是沒有出身，沒有一副魁偉的體格和端正的相貌，不會拉弓射箭、騎馬使刀，可就不能夠幹。侍衛之中又挑選出來御前侍衛和乾清門侍衛，分為一等、二等、三等，更分為"宗室侍衛"與"漢侍衛"。曾經領過御賜寶刀、手刃貴妃的王得寶，當然應該是一名乾清門的漢侍衛了。裘文煥幾乎是見了人就打聽此人。

寶老頭兒的那當太監的兒子也有了回話啦，說是沒聽說有過一個叫王得寶的。裘文煥就想：大概是因為事隔已有二十年，人事更移，那王得寶必定早已離開了職務。他又是漢人，也許是回老家了，寶刀大概也已不在都城以內。他要是已經死了，那口寶刀還許給他殉了葬，埋在墳裏了呢？所以如今是徒然尋找，連醉眼神獅也是瞎找一場。

裘文煥非常灰心，但又想：美人愛紅粉，俠士愛寶刀。倘若得到了寶刀，那時是怎樣的威風？何況……又想起莽莽江湖之間，妙手小天尊，憑着一對鴛鴦寶劍正在橫行，無人能制。他的年邁的師父，因在去年與小天尊交手，而吃了寶劍的虧，師父非常憤恨，嚴命他去覓寶刀以復仇。所以他既不忍放棄那口寶刀，又不敢有辱師命。雖然目前毫無頭緒，他可是還得盡力地去找。有時他又很着急，並且時時打聽着那醉眼神獅的消息，只要醉眼神獅還沒有走，飛賊有時還鬧，他就放心。他最怕的是被那醉眼神獅捷足先登，而將寶刀先得了去。

為了好叫人再去給打聽王得寶，所以他就把那二十年前的宮闈秘史，詳細地說給了寶老頭聽。寶老頭起先還不信，只是搖頭，說："哪裏能有這樣的事呢？我也沒聽說皇上有寶刀！再說，拿寶刀來叫侍衛去殺貴妃，這話更靠不住，簡直是謠言，你是哪兒聽來的呀？"

裘文煥說："這是真事，就是那王得寶在十年前，親口對人說的，所以我才要訪一訪此人！"

寶老頭又細想了想，就摸着鬍子說："也許呀！本來這十多年我都是跟官在外，京裏的事情不大知道。這可倒是一件新奇事兒，宮裏的嬪妃倒是不少，早先也有觸犯了皇上，被賜自盡的，可是還沒有聽說過派侍衛，拿寶刀去割頭的！"

這寶老頭聽說了這個故事，就跟這裏的桂大爺說了。這一天，桂大爺就將裘文煥叫進裏院的北屋，詢問他這些話是從哪兒聽來的。裘文煥就說是聽現在南城客店裏住的，一個名叫醉眼神獅的人當眾說的，於是他就又重述了一遍。他詳細地講述着這件宮闈中的淒慘可怕的故事，那光閃閃的寶刀，血淋淋的宮妃頭……

這裏，桂大爺這位年輕的人，聽得都呆了。而在那雕刻得極精細的楠木屏風後邊，納蘭姊妹也正在傾耳聽着，妹妹是實在怕得了不得，姐姐卻一點兒也不動容、不畏懼，並且絲毫不為這故事所感動。裘文煥曾向屏風那邊偷看了一下，他就故意把這個故事說得慘而又慘，可怕又可怕。他是想暗示出來，那宮中是去不得的，當貴妃的將來全都沒有好結果，說不定哪天就要被寶刀砍下頭來。他是好意，是想勸那兩位姑娘莫貪榮華，然而，卻聽到納蘭大姑娘吩咐她的弟弟桂大爺說：“快讓他回去吧！沒事兒可在這兒說這些個幹嗎？”

從這一天起，裘文煥也就沒再進過院裏。既然打聽不出來王得寶和寶刀的消息，他便覺着在此住着也是無味。

這時已經過了一個多月，納蘭家的喪事已經辦完，而姑娘們正忙着進宮選秀女。寶老頭兒也忙，也不可能回他家去享福。裘文煥倒因為是個外鄉人，說話還帶着河南口音，旗人家——尤其是挑選秀女的事，他一概不懂，所以他插不上手。這裏的主人也不派他，只是囑咐他好好地看着門。而納蘭大姑娘就于這幾天之內，應選入宮，做了貴妃，這也即是西太后入宮之始。家裏頓時榮華起來，門房裏又添了一個名叫保順的僕人。裘文煥因此有了閒工夫，這天的午後，他就又出了南城。

這天天氣很熱，空中佈滿了烏雲。裘文煥又走到了正陽橋，熱得他真喘不過來氣，頭上身上全都流着汗。這前門一帶，是各處豪雄來京的停留之地，鏢店又這麼多，他的對頭很不少。如今他的這個打扮，叫人一看就知是個聽差的，尊稱之為“二爺”，實在就是個奴僕。裘文煥就覺着羞辱，他便摘下了小帽，拿在手裏，把灰布大褂和青紗坎肩都脫了，往肩膀上一搭，他裏邊穿的是白布小褲褂，依然是非常的乾淨，倒像是江湖上的人。他先到了一家南貨鋪，買了幾樣禮物，是一斤小花生、一斤蜜棗、兩斤白糖、兩斤紅糖，都打成了包兒，他就提在手裏，徑往鋪襯市去了。也許是因為天熱，又正在中午，街上的人很少，所以也沒遇到什麼人找他打架。

到了牡丹住的院門首他就走了進去，見牡丹住的那屋關着門，他隔窗問說：“有人嗎？”他不好意思叫牡丹，也不能叫韓七嫂，而稱呼什麼韓七太太或是韓大娘，更覺着都不合適。見沒人答應，他就更大聲的問說：“有人嗎？屋子裏有人嗎？”這屋裏還是沒人答聲。

這時從那另一間小屋裏，那個白頭髮的湯老媽走了出來，問說：“你是找誰的呀？”裘文煥趕緊朝她點點頭，笑着說：“湯老媽，您不認識我啦？我是那姓裘的呀！”湯老媽說：“啊！怎麼有一個多月也沒看見你呀？”說着話，就朝裘文煥的身上不住地看，笑着說：“你混好啦？現在幹什麼啦？”

裘文煥說：“我在城裏一個宅門裏幫一點兒忙。今天我是買點禮物來看看韓七嫂，因為不知道韓七嫂受的傷好了沒有？那次，總是我跟費彪打架，才使她受了傷；她們又只是母女二人，很是可憐，因此我的心裏總覺着過意不去！”

湯老媽說：“我也聽我孫子從鏢店回來說了，他說你是個好人，本事也有，可是你把一些保鏢的，還有個什麼醉眼神獅，全給得罪了，他們都想要揍你啦！”

裘文煥笑了笑，說：“不要緊！他們揍不着我，我也不理他們。”

湯老媽說：“對啦！你不理他們倒好，我看你現在也混整齊啦，得啦，你就好好幹你的事情去吧！你今兒送來的禮物，雖然不是送給我的，我可也看出來你這小子還有人心。你就留下吧，以後你可千萬別上這兒來啦！”

裘文煥聽了，不由得一怔，就問說：“韓七嫂的傷好了嗎？她沒在家嗎？”湯老媽說：“她的那個吐血的病兒本來就常犯，雙刀費彪就是那天不打她，她也得吐血；她可也死不了，因為她還沒受夠這窮罪呢！也沒受夠她那個丫頭的氣呢！”裘文煥一聽這話，因為關係着牡丹，他更得問一問了，就說：“那麼，韓七嫂的傷倒是好啦？”

湯老媽說：“早就好啦！也沒去請陳一貼，她自己就好啦，早就又天天背着換肥頭子兒的筐子，出門做買賣去啦！不那樣，她怎麼吃飯呀？你那天給她們的那塊銀子，還不夠二丫頭買胭脂、買粉、做衣裳的哪！”

裘文煥又問：“牡丹現今也沒在家嗎？”

湯老媽一聽，忽然生了疑心，說：“怎麼着？你是不放心嗎？你手提着這禮物，是非得見着他們母女，你才給嗎？怕我給昧起來嗎？你也不打聽打聽，老太太我吃過見過！”

裘文煥趕緊陪笑說：“不是不是！我這禮物本來就是一半送給她們母女，一半便是真心誠意送給老媽的。”湯老媽問說：“是什麼呀？你可別送給我些嚼不動的東西呀！”裘文煥說：“您可以留下這白糖紅糖。”湯老媽喜歡得笑了，說：“你到屋裏來坐坐好不好？外邊太熱！”

裘文煥把手中的禮物，就都交給了這老婦人，就說：“不用了，我只同老媽談幾句話，我就走。因為我實在關心她們母女，我早就想要來看看她們，總怕因為我，又給她們惹事。因為那天我打完了雙刀費彪，就進這院裏來了。我去聚英豪鏢店跟那些人打架，牡丹又跑了去勸我，所以我恐怕她們已經因我而受連累了！”

湯老媽說：“連累倒是沒受什麼大連累，可是我聽我那孫子說……我的孫子湯小牛，就在立軒鏢店當夥計，他全都知道。我聽他說由那天起，鏢行的人差不多全都認識二丫頭啦，都說二丫頭長得好，人可是太瘋，不是個好姑娘。他們還都疑惑你跟二丫頭有一腿，可是因為這些日，你也沒再到這兒來，他們才不疑惑啦，要不然，更得都想揍你啦。要說起來，那些保鏢的可全是好漢子，勾引人家姑娘的事情他們也不敢幹，他們顧全着名聲。可是那個醉眼神獅可真不是人！自你走後，他就天天來找二丫頭……”裘文煥聽到這裏，不由得臉色就變了。

湯老媽又說：“那醉眼神獅人又年輕，穿得也好，還闊綽極了！他來找韓七嫂，仿佛就要認乾娘，開口就管牡丹叫二妹妹。”

裘文煥的心中怒火高騰，又問說：“那麼後來怎麼樣了？”湯老媽說：“人家韓七嫂，窮可要臉，不能讓女兒認識個野男人，指着女兒享福、吃飯，所以對醉眼神獅就不大理，可又不敢惹。”裘文煥又問：“那麼牡丹……怎麼樣呢？她不生氣嗎？”

湯老媽說：“她生什麼氣？她那個瘋丫頭，我要不叫她找個地方躲一躲，由着醉眼神獅常來，日久天長，非叫他勾搭上不可！有我在這院裏住着，有我還活着，我就不能叫外來的野小子打她的主意。因為她的爸爸是我的乾兒子，她爸爸死啦，她媽管不住她，我就得管管她。我又聽說那醉眼神獅是個無來歷的，連鏢行裏的人全疑惑他，還不知他那些錢是怎麼來的呢？他要是個大案賊，將來還得犯案呢。我可又不敢把他罵走，因為我孫子也在鏢行作事，出名的大鏢頭現在全都不敢得罪他，我也不敢給我孫子惹事兒。幸虧二丫頭還有個去處，我就勸她先到那兒去躲一躲……”

裘文煥聽到這裏，才稍稍放了點心，又問說：“湯老媽！那麼現在牡丹她住在哪裏呢？”

湯老媽說：“她有一個姑媽，在御河街織造彭家當打雜的，是韓七嫂的大姑子，可是跟韓七嫂不和，跟二丫頭倒好。二丫頭早先就常去看她的姑媽，她穿的那衣裳，戴着的那銀戒指，她零花的錢，都是她姑媽給她的。在前幾天，我就叫二丫頭找她姑媽去了。那織造的家裏多闊，多添一個人吃飯，一點兒也看不出來。又聽說織造大人是才從江南回來，帶回來的丫環就不知有多少了。二丫頭混在裏頭，幫着打打雜，那宅裏的大人太太要是查出來，也許就把她當個丫環用，還許給她工錢呢！那麼大的宅門，院子又深，醉眼神獅就是不死心，可也不敢找去了。”

　　裘文煥點了點頭，又站着發了一會怔，他就又掏出兩塊碎銀子，說：“等到韓七嫂回來，請你把這交給她，還算是我送給她治病的。湯老媽的好心，我改日再為酬勞！”湯老媽說：“我對你有什麼好心呀？”裘文煥說：“因為老媽媽能叫牡丹躲避那醉眼神獅，就是一片好心，就使我欽佩，令我感謝！”說畢，將碎銀交給了湯老媽，他拱了拱手，轉身就走。

　　湯老媽媽又追着他說：“你站住！裘大爺！我還跟你有幾句話！”

第十章　牡丹的淚

　　裘文煥頓了腳步，就聽湯老媽又對他說：「你到底住在哪兒？你這個人我也看出來啦，是個熱心腸的人，跟我一樣。熱心腸的人早晚都能得着好報應，你看我，七十三啦，可是眼不花，耳不聾，也不用拄拐棍，這就是老天爺給我的好處，你將來也能夠發財！你把你的住處告訴我，以後有什麼事，我好叫我的孫子湯小牛去請你。二丫頭牡丹是個姑娘，去看你不方便，可是她的媽，將來也得去給你道一道謝，因為，哪兒去找像你這樣對她們好的人呀？」裘文煥遂就把他現在住的地方，詳細地告訴了這湯老媽。

　　他走出了門，心中仍非常的忿恨，因為他想：這醉眼神獅是處處與我作對！他未嘗不知道我的來意，也知道我與牡丹雖然還沒有談什麼情愛，可是總是先來往的，他竟來調戲她，真是居心叵測，並且太輕視我了！他越想越氣，恨不得立刻就去找醉眼神獅生死相拼。忽然又想到：牡丹現今住在江南織造彭家，那彭大人也是我的熟人呀？我雖不便去巴結他，可是我到他家裏找一找牡丹，囑咐她幾句話，總是可以的吧？好！現在我就去！

　　裘文煥腳步很急，走進前門，就打聽往那御河街去的路，急急走去。這時候，天上咕隆隆、咕隆隆地響起了一聲聲的沉雷，路上的一些騾子車也咕隆隆地亂跑，雨快下來了。他走得更急，還沒走到御河街，粗暴的雨點就自頭上擊了下來。他冒着雨往前跑，一口氣兒就跑到了御河街。這裏有一家廣亮大門，他就跑到近前去避雨。

　　這裏，不用問，就必是織造彭家，因為這條街上只有這一家大門，而且房子都是新蓋的。可見並不是什麼世代簪纓、科甲出身的宦家，只是偶然作了一個什麼「織造」的美差，可是這美差仿佛比一切大官都闊。

　　現在這大門洞裏正有一些衣服整齊的男僕、女僕，還有幾個像丫環似的年輕女子，都在欣賞外面的雨景，並開着玩笑、談着閑天。裘文煥夾着大褂和坎肩，頭上戴着小帽，冒雨跑來，就有這裏的一個男僕問他是誰家來的，有什麼事兒。裘文煥掏出手巾來，把臉上的雨水擦了擦，身上的小褲褂也幾乎濕透了。那男僕又說：「你看你，你們宅裏叫你出來，也不給你一把傘？」

　　裘文煥笑了笑，就問說：「這裏是江南織造彭宅嗎？」那男僕問他說：「你是有什麼事吧？」裘文煥就說：「我來這兒找一個人，是在這兒跟着她的姑媽，給這宅裏幫助打雜的……」

　　這男人說：「你看你，這話說得有多麼麻煩？我告訴你，這兒上上下下有一百多號人哩，你找的這個是姓什麼叫什麼？她是伺候大人？還是伺候太太？還是伺候二太太？三太太？還是伺候大少爺？二少爺？幹少爺？二小姐？幹小姐……”

裘文煥說：“是個姑娘，她也不是這裏的丫環……”旁邊有個丫環樣子的女子聽了這話，就不住地瞪他，仿佛“丫環”這兩個字就不應當說，招她們生氣。裘文煥卻沒有覺出來，又接着說：“我找的這個人，她的名字叫牡丹！”這男僕把嘴一撇，說：“咦！你跑到這宅門找牡丹來啦？我們這兒可沒有牡丹，就有夾竹桃、石榴花！”旁邊又過來一個男僕，挺橫的，說：“這兒沒有牡丹，連芍藥也沒有！再說，就是有，也沒人管給你去找，你去吧！還告訴你，這兒不許避雨，你要避雨，找別的地方避去！”兩個丫環還是不住地瞪他，裘文煥不由得有些生氣。

而這時，就由裏院順着穿廊走出來一個仿佛是頗管點事的體面男僕，把裘文煥不住地看。看了半天，他就驚訝地說：“哎呀！你不就是那天在路上，在駱馬湖邊……”裘文煥看了看這個人，雖不認識，可是知道他一定是跟着彭織造的船，上月自江南來的。在運河上駱馬湖邊的那個晚上，這個人那時一定是在那船上，他當下就點了點頭。

這人趕緊來拉他的手，笑着說：“哎呀！想不到咱們在這兒又見面啦。那天多虧你幫忙，不然我們大人跟眷屬們受的驚一定更大。前天我們大人跟家裏人閒談話，還提到你哩！說你真有本事，好功夫。可是，你現在不在船上了吧？你找着什麼事啦……今兒來這兒是想見見大人嗎？”裘文煥搖頭說：“不是！我是來找一個人。”遂又把剛才的話說了一遍。這個人就向旁邊的那兩個丫環問說：“內宅是有一個叫牡丹的嗎？”

兩個丫環可都不敢不說真話了，一個說：“是有一個叫牡丹的，又叫二丫頭，她是打雜的閻媽的內侄女。現在跟二太太說好了，也叫她在這兒幹活兒，在廚房幫着刷碗。”另一個丫環便自告奮勇地說：“我把她叫出來！”說着就順着穿廊，忙忙地跑往裏院去了。

這個大管家似的人，很親熱地拉着裘文煥，說：“到這邊來坐吧！”於是裘文煥就在那些男女僕人們驚訝的目光下，被這個人讓在這外院的偏房裏了。這裏不是客廳，可是也陳設得相當乾淨，好像是專為別的宅門奉命來辦事的僕人，在這兒歇着、喝茶的。裘文煥已向這人請教過了，他自稱名叫彭升，如今他大概還有別的事兒，也沒顧得叫人給裘文煥沏茶，只寒暄了幾句，就出屋去了。

窗外的雨落得更大，待了一會兒，那個丫環真把牡丹給找來了，可是牡丹進了屋，那丫環只向屋裏看了一眼，卻沒有進來。

牡丹現在完全是丫環的打扮，穿着月白的小褲褂，看上去似乎比一個月前瘦了。她進屋來也瞪了裘文煥一眼，就低聲問說：“你幹嗎找我來？”裘文煥笑了笑，說：“我是才從你家裏來，誰也沒見着，只見着了那位湯老媽，是她告訴我你現在這兒了。”牡丹說：“若不是因為你，我還不能到這兒來呢！”說出了這話，她的神情顯露出一些幽怨。

裘文煥很詫異，就說：“我不明白你這話是怎麼說起？”牡丹又瞪了他一眼，頓頓腳說：“你不用問我，反正你也明白。那天藉着我媽受了傷，你就到我們家裏去，晚上又去……”裘文煥說：“那……也沒有什麼人知道呀？”

牡丹說：“怎麼沒有什麼人知道？可是我也不好，你去跟人拼命，我又糊塗，就追了你去，還當着那麼許多人喊你、勸你。你可也沒聽我的話，你還是跟人打。別的人可都知道了，一傳十，十傳百，都說我跟你是……”說到這兒，她緊緊咬住了嘴唇，臉緋紅，裘文煥倒不知道說什麼話才好了。牡丹又說：“我媽也信以為真，先前還生氣、罵我。後來她傷好了一些，又一細想，覺得你也不錯，她就天天盼着你去，你可又不去啦！她叫我來這兒也是沒法子，也是為你。你可這會兒才來……”她說到這裏，眼淚就像斷線珠子似的簌簌地滾下。

裘文煥也心裏很難受，就問：“那麼，你在這兒覺着怎麼樣呢？太累嗎？我想還是不如回家去吧！”

牡丹擦了擦眼淚，說：“在這兒倒是沒有什麼，天天只是幫着洗洗茶碗，連飯碗都用不着我洗。有別的丫環嫉妒我，我也不理她們，她們也不能給我說什麼壞話，因為我現在不過是個短工，不是他們買的，也不是他們雇的。我早晨在這兒，晚上就許走，沒人能攔我。就是因為我姑媽，她願意我在這兒多待些日子。她是一個寡婦，沒兒沒女，在這宅裏就雇了十幾年啦，她有點兒貼己，打算將來給我，叫我將來發葬她。她早就叫我上這宅裏來，以前我也常在一清早，或是晚上，來這兒找我姑媽，她就給我點兒錢跟衣裳。

“這宅裏最主事的是二太太。二太太見過我，喜歡我。二太太還有一個乾女兒，是她在江南收下的，名叫淑銀，跟我同年歲，這宅裏都稱她為幹小姐，在大人跟前很紅。她也喜歡我，我姑媽才願意我到這兒來。大人在江南織造的任本來還沒有滿，可是因為這一次回京來，在什麼駱馬湖邊受了一次驚，就想辭官，再找別的差事，不願出外回江南去啦。以後二少爺也要娶少奶奶，更得用人。二太太就不願意叫我走，說將來還要叫我陪小姐念書呢……”

裘文煥說：“那麼你願不願意在這裏？”

牡丹搖頭說：“我不願意！我在這兒還不跟丫環是一樣嗎？我是沒法子，不是為躲那醉眼神獅嗎？大概你也知道那事啦。可是那個人，挺厚的臉皮，淨到我們家裏去。是誰把他招了去的？反正不是我，我從來沒搭訕過他，歸根還是因為你！他覺得你能上我們家裏去，他就能去，他要跟你比。可是我已跟他說過了……我媽也跟他說過了……”

裘文煥問說：“跟他說了什麼？”

牡丹的臉更紅，說：“你自己想去吧！反正一傳十，十傳百的都知道了，我媽也說把我給了你……”說着，她羞澀地深深低下了頭。

這事兒竟由牡丹的口中自己說出來，真是出乎裘文煥的意料之外，他心裏是有些希望，但不敢相信能夠達到，如今，也不必再煩月下老人繫紅線了，可是……那口寶刀還沒有找着呢？

牡丹又抬起眼來看着他，問：“你現在到底在哪兒住着啦？幹什麼啦？”裘文煥就坦白地說出來他現在給納蘭家當聽差。不想牡丹當時就皺起眉來，沉着臉兒說：“你就找不着個別的事兒嗎？”

裘文煥笑着說：“現在我的這個事本來就不錯，也是說幹就幹，說走就走。”

牡丹又眼淚瑩瑩地說：“你還覺着得意哩！難道我在這兒給人當丫頭，你就在那兒給人當聽差？你也不想想奔個前程，立點志氣！”裘文煥趕緊擺手說：“你是不知道我的心思！我來到北京，原是奉我師父之命……”牡丹卻又頓着腳，流着淚說：“什麼命呀，大概是我的命不好……”她哭着，抽搐着，又說：“醉眼神獅也瞧不起你呀……”

這話叫裘文煥聽了不由得又氣又急，他明白了，這是女人愛浮華的心，使她不願意嫁給一個宅門聽差的。他就想：這也難怪她，她是不明白我，可是跟她細說細講也沒有用。再說，我來北京尋找寶刀的事，還不能跟她提，提了她倒許疑惑我是個賊，更不願嫁我了。那斬過貴妃的寶刀的來歷，當然更不能跟她說，說了她一定害怕，其實她一輩子也進不了宮裏……

他想來想去，就長歎了一聲，說：「好了，你也用不着再難過了，自今天起，我就不回那納蘭家裏去了，不再給人當聽差的了。我本來也不是以此為生，別的事，不用說我想當個鏢頭很容易，就是想當侍衛、作官，也易如反掌。古人有一句話是『最難消受美人恩』，你實是我的紅顏知己、風塵巨眼。為了你，我從今日起，必定要樹名聲、奔前程。你在這裏，或回到你家裏去，至多我叫你等候我兩個月，我就准能夠讓你稱心如意了！好了，牡丹，你也不要再哭了，我對你不是誇口，我有這一身好武藝，富貴榮華，盡皆唾手可得！」他說這話時氣態昂揚，真似乎是一個大英雄，而此時窗外的雨聲越大，雷聲更猛，也像是在增加他的壯志。

牡丹聽了這話，心中似稍安慰，就說：「那麼，你不在那個宅門住了，可是搬到哪兒去呢？你告訴我，我得着空兒好去找你，在這兒說話也不方便。」

裘文煥想了想，就說：「前門最出名的店房是寶興店和五魁棧。這兩家，哪裏有空房，我就在哪兒住。」牡丹又說：「你可要躲避着醉眼神獅那些人！」裘文煥說：「你就不用管了，你放心好了，他們並不能將我奈何！」

牡丹沉默了一會兒，又扒着窗向外看了看，回首略微皺眉說：「這麼大的雨，你可怎麼走呀？我又不能多在這兒陪着你！」

裘文煥說：「你要還有什麼事，你就回屋裏去吧！不過你也要記住了，無論這彭家怎樣待你好，你也不可以答應給他們這裏當丫環，還是預備着隨時就走，因為我雖是叫你在這裏等候兩個月，可是說不定不到十天我就能來接你！」

牡丹嫣然一笑，說：「你也用不着太着急，反正……你還不放心嗎？我媽先願意，我也……沒什麼說的啦，就等着你。你可也得都預備得差不多，才能不叫人笑話。」

裘文煥點點頭，又看着牡丹豔麗的姿容，窈窕的身材，不由得為自己稱幸，覺着真仿佛得着了個仙女似的。他就想：雖然還沒有得到寶刀，但這仙女般的姑娘，竟願意作我的妻子，這比得到寶刀強不強？高興不高興？他心裏真歡喜，真是高興得不得了，窗外的暴雨沉雷，也如向他歡呼慶賀。

屋中的光線越來越黑，牡丹背靠着窗兒，那窗外濺進來的雨點兒掛在她的頭髮上，跟珠子似的。她斜眼看了看裘文煥，又說：「你還不走？你出去跟他們借一把傘吧，他們一定能夠借給你。」

裘文煥搖頭說：「雨我倒不怕，我只是……」

他實在不願意離開這兒，不願意離開牡丹，但轉又一想：我也太兒女情長了！我還有多少事情都要趕緊去做！若想在這裏徒事戀戀，那只有一個辦法，就是見一見這裏的彭大人，求他收我作個聽差，或是給這裏護院。但那是牡丹所期望我的嗎？那真得叫巨眼識我的美人知己傷心了，叫她不再看得起我了！想到這裏，他就說：「好了！我走了！你在這裏千萬要安心，要保重！」說着自己推開屋門，一步邁出了門檻。

卻忽見牡丹對他也仿佛是戀戀不捨的，又含着淚低聲說「你可是快着點……」這句話裏含着無限叮嚀之意。他答應了一聲就出了屋。走了幾步回頭一看，見牡丹跟着他也出了那屋，三步兩步跑上了穿廊，又轉臉向他掠了一眼，就趕緊跑進裏院了，那背影兒更為曼美。

簷水如瀑布一般地流，庭院積存的雨水已經很深，大雨還在下着，房上都騰起了一團團的水氣。裘文煥又走到門洞裏，那彭升卻正站在這兒等着他，見他出來，就帶笑問說：“說過話了？”

裘文煥也陪笑點點頭說：“我們本來是親戚，今天是她的媽，托我來跟她說一件事兒。她在這裏，就多求關照了！”

彭升說：“哪兒的話？有你的託付，我們就更不能錯待那位牡丹姑娘了。剛才，我們大人也知道了，本想請你到內宅談一談，可是正會着客，叫我拿來這……”他由懷中掏出個紅封套來，說：“這是十兩銀子的銀票，是我們大人的一點小小意思……”

這倒出乎裘文煥意料之外，他不悅地回答說：“這我不能收，我來是看看牡丹，並不是拜訪大人，也不是來求錢！”因為他正色而言，彭升倒不敢勉強他把銀票收下了。旁邊有幾個傭人看着他，也都覺着奇怪似的。他就要走，彭升又說：“雨這麼大，您怎麼走呀？再請到門房裏等等吧，待一會兒雨也許住。要不，這兒有傘，您打去吧！”裘文煥卻搖搖頭，就離開了這彭家的大門，冒着雨一直走去。

一霎時，雨就淋透了他的衣服，他還不顧地去走，心裏卻想：那彭織造忽然要給我十兩銀子，那意思實在是看不起我！他竟以為我是乞丐，認為我是無聊……但，這也難怪人家！我為了尋覓寶刀，怕被他人注意，在清江浦我就住小店、充船夫；到了此地，又在納蘭家作奴僕……我是自己做錯了，這樣不但也沒有找着寶刀，還令牡丹傷心，叫彭織造疑惑我是去乞錢。我從今起要全都改了，我要光明正大地當一個像樣兒的人，並且要跟醉眼神獅和那些鏢頭們全都鬥一鬥，我要在北京城內出大名……

當下，他就忿忿地走着，大雨也像是在助他的壯志，他就又回到前門外，進了那家五魁棧。

五魁棧與寶興店是前門外最著名的兩家大店房，不是富賈貴客，絕住不起這樣的大店。兩家店相離不遠，他知道醉眼神獅就住寶興店，所以他住在這裏，他要跟醉眼神獅比一比，明着較量較量。

裘文煥渾身是水，小帽坎肩也都濕了，然而來到這裏，他就找了個很大的房間，由他的貼身的袋子裏掏出銀票來。

他在洛陽拜別他的師父之時，他師父就把多年積蓄的幾百銀兩交付了他，說：“你如找到那口寶刀，王得寶若是肯借你一用，便罷；他若不借，你可以拿銀兩買他的，切不可以強行搶來！”

裘文煥沿路到開封、到清江浦，就把銀兩全都兌成了著名錢莊所開的通用銀票；到了北京之後，他又兌成了本地有名的“四大恒”錢莊所開的銀票。他本想這些錢可能用不着：王得寶絕不肯賣刀，除了向他懇求借用，就得暫時偷走，將來再奉還他。所以他就把銀票貼身帶着，都叫汗跟雨水給弄濕了。他也沒想到現在竟要取出來用了，事情逼得他顧不得許多，他要先拿出來顯一顯闊。

等了些時，雨就停了。他出了店，到新衣莊買了兩套華貴的綢羅衣裳，並去買了靴子和帽子，然後又到綢緞莊買了些綢緞，到南紙店買了一柄名家書畫的摺扇，還到打磨廠買了一口銅活做得很精細、刀磨得極鋒利的單刀。他回到店房，又令店家叫來裁縫，給他量身材，再做綢羅褲褂、襪子等等。於是到了次日，他就打扮了起來，立時成了一個闊客官了。

雨後天氣仍然悶熱，仿佛還要下大雨。他白天在店裏睡覺，傍晚時才出外逛大街。他遇見了那天在聚英豪鏢店見過的許多人，然而這些人都不認識他了，大概就是由於他的衣履忽然變得闊綽起來的緣故。

第十一章　縱酒征歌神獅狂語

　　現在，裴文煥要在北京做幾件轟轟烈烈的事，要使得人都知道他、都景仰他，尤其得叫牡丹知道，他不是只會給人當聽差，而是一位偉大的英雄。他想着：首先就得去找醉眼神獅耿春雄較量個高低！因為那個人近來是太有名了，打了他，才能使群雄甘服，令北京的人全都注意我。那時，或許就有人將寶刀送到我的眼前了，而牡丹姑娘也會對我更傾心更喜悅，我同她訂了婚姻，也不愧是‘郎才女貌’……

　　這天晚上，他在街上閒逛，就見從寶興店裏又走出來那醉眼神獅，並同着四個人。眼見他們走進了西邊的一條繁盛熱鬧的胡同，裴文煥就趕緊跟了過去。

　　夕陽將墜，晚霞滿天，天還沒有黑，看人還看得很清楚。裴文煥現在穿的是灰色的綢小褂，青綢褲子，自覺得已是很闊了，但是比起人家醉眼神獅，他還是自慚弗如。因為醉眼神獅穿的是寶藍色的官紗大褂，紗綢長褲，紗綢的腿帶和襪子，下穿着是青緞雙梁鞋，這種打扮顯得文雅、瀟灑，他手中還拿着把大摺扇，好像是個官員，或是個富家公子，而裴文煥總覺得自己還是像一個江湖人，不由得更是氣妒。

　　裴文煥沒拿着兵器，但跟着醉眼神獅的一個人，卻帶着一口在鞘裏的刀，可見他們已有準備。那幾個人裴文煥都覺着眼熟，都是那天晚間見過的。那個黑大漢就是鋼牙虎魏鐵帆，那個短小精悍的是偷桃猿胡小五，另一個胖子，他的名字裴文煥已不記得了。這三個人同醉眼神獅一同走着，又說又笑，旁若無人。後面那帶着刀的好像是個夥計，他們大概都沒看見裴文煥。

　　進了這胡同，又轉過兩條街，便來到了一個很大的飯莊之前。早有人在門前等候着了，一見了他們，就笑着說：“樓上的人全都來了，就專候等你們幾位哩！”醉眼神獅展開了摺扇扇着，含着笑，就一同進去，上樓去了。

　　這個地方接近着煙花柳巷，所以這時候特別熱鬧，來來往往有不少花枝招展的女人，還有的也進了這家飯莊，上樓去了，後面跟着夾着弦子的琴師。飯莊裏邊，樓上樓下燈燭通明，刀勺亂響，跑堂的大聲地喊出各種菜名。然而飯莊門前，卻站着不少要飯的，有的瘸腿，有的長着癩瘡，都在哀號：“打發打發吧！發財的人，掌櫃的……”

　　飯莊裏邊出來個夥計，趕也趕不走，就勸他們說：“待會兒再來吧！現在客人們還都沒入座呢，哪有剩飯剩菜給你們呀？”

　　可是說這話都無用，乞丐們還是哀求着，堵住了門口不走，連才來到的一個姑娘兒都捂着鼻子，不能進去了。這姑娘兒穿着銀紅衫子、銀紅長褲，嫋嫋娜娜的。乞丐們又都向她哀求，說：“大姑兒賞我們幾個錢吧！行行好吧……”這姑娘兒向後退着說：“我哪兒有錢呀？”後面，她的跟媽也來了，另有兩個穿花衣裳的姑娘兒，帶着彈弦子的、拉胡琴的也都來了，可就是都似乎嫌髒，不願意從乞丐的身旁走進去。

這時，忽然間由裏邊走出一個人，正是偷桃猿胡小五。他說：“好啦！好啦！由櫃上拿錢，打發他們……”又向眾乞丐說：“這可不是我給的，這都是醉眼神獅耿大爺賞給你們的！每人二百錢，你們可別再來啦！”

夥計從裏面拿出來錢，分給這些乞丐，並說：“哼！他們要是不知道耿大爺今天在這兒吃飯，還不能來這麼多呢！這全是因為耿大爺平常好施捨，走在哪兒，他們跟在哪兒。”眾乞丐領了錢，都說：“謝謝耿大爺，那真是一位菩薩！”都笑着，滿意地走了。幾個姑娘兒和跟媽、琴師也都面上露出羨慕之色，仿佛覺着那位醉眼神獅真是一位財神爺，接着她們也全進到裏面去了，裏面當時更顯得熱鬧。

裘文煥站在外面，倒不禁發了半天呆，心想：好個醉眼神獅，還真會沽名釣譽！現在此人在北京，恐怕已經是無人不知的一位俠客了，看來我非得把他的底細揭穿了不可！

於是，裘文煥便也走進去。櫃旁邊的夥計趕緊攔住他，問說：“是找誰的？”大概看他沒穿着長衫，或許看他衣服穿的不窮，可是沒有派頭，所以問話時也不怎麼客氣。裘文煥說：“我是到樓上去吃飯。”

這夥計說：“對不住！我們這兒不賣散座，賣的都是整桌的席。”裘文煥忿忿地說：“我就是要吃整桌席！”這夥計說：“那您得頭一天訂下才行！我們好預備，現在也來不及啦！”

裘文煥握着拳頭說：“來不及也得給我去做！該多少錢我給多少錢。你們門前的招牌上也沒寫着‘吃飯得先訂下’？”這夥計說：“不用寫，是飯莊子全是這規矩！我們這兒的買賣又特別忙，是老主顧全都知道。”裘文煥說：“難道你們只賣老主顧，不賣新主顧嗎？”他越說越氣了，拳頭就要高揚起來，他想先在樓下打完了這個夥計，接着就上樓去打醉眼神獅。

糾紛眼看就要起來，這時候那掌櫃的就趕緊上前來。他先叫夥計躲開，隨後就帶着笑，向裘文煥說：“這位大爺不必生他的氣！他是沒把話說明白。今天我們這樓上，是有佟三老爺跟耿大爺兩起請客的，房間都占滿了。”

裘文煥依然忿忿地說：“我就是為他們才來的！”掌櫃的問說：“您是跟佟三老爺認識？還是跟醉眼神獅耿大爺是朋友？”裘文煥搖頭說：“不認識，也不是朋友。我只是要到你們這樓上去吃飯，吃完了我給錢！”

這掌櫃的就怔了怔，接着便又笑着說：“大爺你這麼一說，我就明白了！因為現在樓上叫了幾個條子，四美班的翠喜、惜春院的秀紅，那幾個出名唱得好的姑娘兒現在都來啦，您是想聽一聽曲兒……”不等裘文煥點頭，他就又說：“這不要緊，都是老主顧，樓上就是沒地方，我們也得想法兒找出個地方來，請您去聽一聽呀！您別生氣，跟着我來！”當下，這位精於世故、圓頭圓臉的大掌櫃的，就客氣地將裘文煥讓上了樓。

樓上的地方很大，現在用屏風分成了兩部分，客人都已來得不少。一邊已經調弦擊鼓，纖細的嗓音唱了起來：“春季裏，水仙花兒開呀！花開奴不開呀，想起奴的哥哥來……”

裘文煥一聽，就不由更為氣忿，心說：醉眼神獅今天在這裏宴客，還招妓女，唱這種難聽的小調，可知他是一個酒色之徒，不是什麼英雄好漢。我要是在這兒跟他較量，倒是侮辱了我……

　　這時，掌櫃的已把他讓進一個單間。這個單間，其實還沒有半間房子大，原來不過是為跑堂的在這裏預備手巾把兒、洗碗換碟子、調和小菜。這麼一個小地方原不是為待客人的，只有一張長方的小桌、一個凳兒，燈也不明，門簾也沒有掛。掌櫃的就客氣地說：「您避避屈，待會兒，他們要是走了，我立時就給您換屋子！」裘文煥點了點頭，說：「這裏也行。」當下掌櫃的又問他要什麼菜，用什麼酒，裘文煥說：「你們有什麼，就給我來什麼吧！反正我吃完了，一個錢也不能夠少給你們。」

　　掌櫃的又連連帶笑說：「哪兒的話？都是熟人，平日都有交情，還能跟您要錢嗎？頂多了給您記在水牌上，您要是有工夫，什麼時候把錢帶過來都行。要沒工夫帶過來，我們非得到八月節，才跟您去要呢！」他又哈哈地笑着說：「您可多擔待！今天我們這兒忙，伺候得不周到，您就多海涵、多幫忙就是了。」說完又悄悄囑咐了幾個跑堂的一番，才走。

　　裘文煥見這掌櫃的這樣世故，倒不由得有些奇怪，心說：莫非這掌櫃的他認識我？恐怕至少他是已看出我今天的來意不善，是要跟醉眼神獅那些人拼命的樣子，他這樣優待我，也許是怕我在他這飯莊裏鬧出事兒來，攪了他這買賣。他可真會辦事，他這樣一來，我倒真不好意思跟醉眼神獅在這兒打架了。於是，他又覺着有些心平氣和了。

　　跑堂的先給他擺上了四碟小菜，這小菜是北京的飯莊飯館所特有的，通常不過是什麼涼拌白菜、生拌嫩豆腐等等，而現在給他擺上來的卻是松花鴨蛋、魚鬆、海蜇等四樣冷葷，好像跟那邊大桌席上的是一樣，酒也是在一起熱好了的，分給了他一壺。

　　裘文煥飲下了兩杯酒，又想起了醉眼神獅那一次到牡丹家裏去調戲的事，真覺得可恨，心想：牡丹是一個清白的女子，怎可以受他這個酒色之徒、飛賊大盜的覬覦、摧殘？現在竟使她不敢在家裏住了！想到這裏，不由把酒杯吧的一聲往桌上一磕，差點兒沒給磕碎了。那幾個跑堂的因為正忙着，所以對他也沒有注意。

　　他現在坐的這地方，往外看着非常方便，因為沒有簾子擋着，並且這裏的燈暗，外面的燈光通明，照如白晝，所以他看得更清楚。只見外面本是兩起請客的。一邊的主人是一個衣着華麗的黃面大漢，大概就是所謂的佟三老爺，此人好像是個做官的。他請的客約有十餘人，也都有些官派，或是富商樣子的人，他們這裏就有妓女彈唱。而那邊，隔着四扇屏風，就是以醉眼神獅為東道的七八個鏢頭，駱馬湖的湖盜飛叉老黿的二弟也在座間，侍酒的也有妓女。兩邊的幾個妓女都是濃妝艷抹，並且也都會唱些大鼓、時調小曲，那邊唱起來《四季相思》，這邊就唱起來《妓女告狀》，簡直像是在比賽，也像是要打起架來。

　　後來大概是醉眼神獅覺着不合適，就叫劉六到那邊去說一說。劉六翻着鼻孔，面若薑黃，穿的衣裳雖也是綢緞，然而看上去卻窮酸得很，好像是個窮秀才。但是他不但跟鏢頭們都廝熟，走到佟三老爺那邊，也很有面子，立刻兩邊就全都不叫妓女們再唱了，弦鼓全停。佟三老爺並且還親自過來拜見醉眼神獅，他們好像是一見如故，當時就帶笑攀談起來。

　　兩旁的客人全都見面了，互相介紹着。其實他們之中，有不少都是相熟的好友，就聽他們介紹着什麼余四爺、趙七爺、張老爺、王老爺等等。這叫裘文煥更為高興，因為他們今天來的朋友越多，像樣兒的朋友越多，才更得跟醉眼神獅鬥一鬥，不但是得為牡丹出那口氣，還得壓倒了他而令自己成名。

外邊已經令跑堂的把屏風拉開，兩起請客的，現在成了一起了。聯了桌，大家更高興了，兩邊的妓女也會在一起，粉白黛綠，燕燕鶯鶯，各自收斂起來她們的歌喉，而齊伸纖手，來給客人們敬酒。這邊的妓女聽了醉眼神獅的吩咐，嫋嫋娜娜地到那邊去讓酒；而那邊的妓女又聽了佟三老爺的使喚，姍姍地過來給這邊的客布菜。妓女們本不是自一個妓院來的，她們不大認識，然而卻互相妒嫉，爭艷競俏，所以使得兩邊的客都更是暢飲歡呼、高談大笑。

那佟三老爺特意過來，跟醉眼神獅並坐相談。旁邊有一個細條身子、眉目如畫、妝飾入時、特別美貌的妓女，仿佛也身價高，艷名大，聽他們稱呼她小秀紅。這像是醉眼神獅的“相知”，不是因為他的面子，大概還叫不來呢。她依在醉眼神獅的身邊，給他斟一杯，又給佟三老爺斟一杯。佟三老爺的黃臉，喝得漸漸發了紅，他笑眯眯地問說：“怎麼樣？那姓裘的不敢再出頭了？想是怕了老哥你？”

醉眼神獅得意地微微搖頭，撇着嘴笑說：“我倒不打算跟他怎麼樣，因為我認識他，他是河南孝義縣鎮洛陽劉鵬的弟子……”

佟三老爺驚訝地說：“那是位很有名的人呀！”

醉眼神獅卻輕蔑地笑說：“他的名頭，可比先嚴柳湖公差得遠了，連當年清江浦的運河龍彭老鏢頭他也趕不上！先嚴柳湖公擅長的是十四套追風逐月刀，五十年在江湖上沒遇見過對手；運河龍彭君善老鏢頭是他的同門，他們二人生平的絕技只傳授了我一人。至於鎮洛陽劉鵬，他雖與我先父當年會過面，但沒有交情，我也沒拜會過他。論名聲，總還可稱為俠義，是一位老前輩；論武藝，自從他去年連次敗在一個不過二十多歲的後起小輩——鴛鴦劍妙手小天尊的手裏，可見他是不行，也許因為他年紀已老。這裘某人，聽說倒確是他的弟子，只是又這麼不成材……”

隔着個門口，這些話被裘文煥聽了個清楚，不由得更是怒氣倍生，但他還是極力地忍耐着，因為他想着：這飯莊的掌櫃的對我很有面子，我要打，也別在這裏打。所以，他反倒扭過臉去，自斟自飲地又喝了半杯。

待了會兒，忽聽那邊有個人說：“裘某人現在納蘭家當了聽差的，你們知道嗎？”又仿佛是劉六的聲音，笑着說：“早就知道啦！他本來就只能幹那號事兒，只能當個二爺，當不了大爺！”接着是一陣許多人的哄笑聲，倒仿佛就是為給這裏的裘文煥聽的。

又有個人說：“你們看，這兩天北京城的飛賊也不怎麼鬧了，飛賊本來就是那個姓裘的嘛！納蘭家裏收下他那麼個人當聽差，可真有點懸，因為那姓裘的，心裏不定打的是什麼主意啦！佟三老爺，你可派人對他留點心，別容他在你的地面上鬧出什麼大案來！”佟三老爺笑聲說：“不要緊，我諒他就是會點法術，大約還不敢在我的手心裏施展！”說着又哈哈大笑。

這半天倒沒見醉眼神獅言語。

忽聽佟三老爺又說：“那納蘭家的大姑娘已進了宮，聽說封的西宮娘娘，很得皇上的恩幸，皇上……”他說到這裏，忽然旁邊另有一人插嘴說：“聽說圓明園已經修好了？裏邊修的都是西洋式的……”佟三老爺又說：“我聽說了，並且還聽裏邊的人說，萬歲爺還要選拔幾個民間的女子進宮……”

劉六笑着說：“進宮幹嗎呀？”佟三老爺說：“進宮去，當然是伺候萬歲爺！可是恐怕連個妃嬪的封號都弄不着，因為聽說這回，萬歲爺是要選那小腳兒姑娘……”劉六又笑着說：“選小腳兒的？我看那牡丹的腳兒倒是真不大。”

他這話剛一說出來，忽聽吧的一聲，這裏的裘文煥急忙扭頭去看，就見是那鋼牙虎魏鐵帆，整個搧了劉六一個大脖兒拐，打得劉六臉都歪了，鼻子更顯得翻了。鋼牙虎又大罵說：“小子！你說話留點兒神！你可知道那牡丹，是咱神獅大爺的相好的嗎？”劉六趕緊連連地作揖，說：“咳喲！我真是一點兒也不知道，這別怪我！”

佟三老爺轉過臉來，有些驚訝地笑着向醉眼神獅問說：“兄弟，我倒是聽說過鋪襯市住着一個貧家女子，乳名叫牡丹，長得好邊式，跟那姓裘的似乎還認識。怎麼，現在她成了耿老弟你的人了嗎？”

醉眼神獅耿春雄對此事並不加以否認，他把頭點了點，微微作出得意的笑容，說：“還沒有成，她本人倒是傾心願意，做我的二房她也甘心，只是她的媽還想多跟我要些錢……”

佟三老爺站起來大笑說：“錢還算是事兒嗎？你要不方便，我們可以給你湊！好，好，跑堂的！快換大杯來！”又向眾人說：“我們今天就要預先喝他的喜酒！”更向眾妓女說：“你們也都得給這位耿大爺賀喜！”眾姑娘兒齊都笑着叫着：“啊呀……”那小秀紅尤其聲兒高，她笑着說：“我可得看看耿大爺的那朵牡丹！”當時笑聲四起。跑堂的紛忙來換杯送菜，鏢頭們咧嘴大笑，幾個闊商人模樣的也現出羨慕之色。

劉六直起脖子來，又笑說：“要不是我說錯了一句話，也引不出神獅耿大爺的這段風流事兒來！先得讓我灌他一杯！”

這時醉眼神獅耿春雄卻站起了身，一邊笑着，一邊擺着雙手說：“別忙！別忙！你們先別灌我酒喝，她現在也沒在這兒。明天，明天就是這個時候，我把她帶到這兒來……”

佟三老爺搖頭說：“不行！現在你就叫車把她接來，讓我們看看！”

醉眼神獅高興地說：“好吧！那麼就請你們諸位在此稍等，我現在就去，待一會兒就叫她跟着我來！”佟三老爺問：“怎麼，還非得你自己去接她嗎？”醉眼神獅說：“她不能像是這些個姑娘兒們，寫一個字條子便可叫得來！牡丹是我平生所見的第一美貌的女子，我這次到北京總算還沒白來，我是一定要娶她的……”

許多人都歡喜地嚷着說：“現在你就把她帶給我們看看！”

醉眼神獅又點頭笑着說：“好！我現在就去接她！可是她也得重新梳梳頭，再打扮打扮，所以你們諸位要打算看，得在這兒多等些時。”鋼牙虎大聲嚷說：“就是等你到三更，我們也不着急！可是你准得把你的新娘子給我們接來！”醉眼神獅傲笑着說：“那一定！”說畢，他連長褂也不穿，摺扇也不拿，當時就高高興興的急匆匆的跑下樓去了。

這裏一些人有的驚訝，有的歡笑，佟三老爺說：“今天我們來得真巧！說看牡丹，待會兒就能看見牡丹。”

那劉六卻不禁吸了口氣，微微搖了搖頭，說：“我可沒聽說神獅耿爺再見着過那牡丹！這幾天牡丹也沒在家，連她們院裏的鄰居也不知道她上哪兒去了。耿爺他現在去了，就能夠把牡丹叫來？我看有點兒不大那麼容易吧？”

那鋼牙虎魏鐵帆聽了這話，又要打他，說：“你不相信？可是你想，神獅耿大爺他現在去了，要是找不來，騙咱們白在這兒等着，他還是英雄嗎？他跟那牡丹早就成了兩口兒了！人家是個風流少年，要是你這翻鼻孔兒說這話，我們要等才是傻瓜！”

偷桃猿胡小五趕緊從中勸解，說：“你們先別吵！預備好了精神，酒也要少喝一點，好待會兒看那風流俊俏的牡丹美人兒。”大家連連笑着說：“好好好，吃菜吧！”那佟三老爺又命那翠喜姑娘唱起了京韻大鼓，是《鬧江州》。

第十二章　　施詭計雨夜賺嬌娘

　　樓上這時候弦鼓更顯嘈雜，談笑聲愈為熱鬧，但是只有那掌櫃的才知道，剛才醉眼神獅匆匆走了之後，裘文煥便也跟着走了。

　　裘文煥現在是既氣憤且驚疑，想起剛才醉眼神獅說的那些侮辱牡丹的話，真是可恨！但他說現在就要去找牡丹，那決不會是瞎說，決不會是跟這些人開玩笑，他一定是說得到，做得出。這卻很可疑，莫非牡丹真是已經到了他的手中？

　　裘文煥走出了這條熱鬧的胡同，見天已黑了，醉眼神獅也不知往哪裏去了。他就想：醉眼神獅這時候決不會回店裏去睡覺的，而牡丹也不會已經回家，她必定還在那彭宅，莫非現在醉眼神獅是到那裏找她去了？他是想要用飛賊那淫惡的手段把她掠來嗎？這樣一想，裘文煥就十分着急，他趕緊就雇了一輛騾子車，咕隆隆，急速的走進了前門，趕往那御河街去了。

　　來到御河街時才不過二更時分，但與那繁華的前門外可大不相同，這裏已經是路靜人稀了。遙望紫禁城，黑兀兀的有如一座山嶽，近處御河的水面散溢出來陣陣的荷香。天上有濃雲，遮住了月光，又像那天似的，仿佛要下大雨。

　　尚未走到那織造彭家的大門前，裘文煥就叫車停住了。他給了車錢，就下了車，向前走了幾步，心裏卻拿不定主意，他暗想：我要是直着去找牡丹，彭家的傭人還不能不叫她見我，可是叫牡丹一定覺着厭煩。我還沒謀到前程，見她也實在無顏。若是去告訴她說，現在要有人來搶走她了，她一定還得笑我大驚小怪，倒許生一回氣。並且這時醉眼神獅也許還沒來到，我要叫彭家的人都預備着捉賊，也顯得我太不英雄，所以不能這麼辦，看來，我還是只能在暗中鬥一鬥那個"神獅"了！

　　於是裘文煥就不往那大門口去走，他卻在一箭之遠，靠着牆根兒站立着。陣陣晚風吹來，倒覺着有點兒涼快，天上，過一會就劃一下閃電，可是聽不見雷聲，雨悶着，下不來。

　　時候也快到三更了，仍不見醉眼神獅的黑影飛來，也沒聽見這彭宅裏有什麼動靜，他不禁更生了疑惑，心說：怎麼着？醉眼神獅不想到這裏來了？但他還叫那些人等着啦，送不去牡丹，他豈不是失信、丟人？我還是先進去看看吧，看看牡丹到底是不是還在這裏？

　　當下他向四下看看，沒有看見人，他就輕提身子躥上了房，伏着身形履着屋瓦，連走帶跳，一霎時就到了裏邊的正院。向下一看，燈燭輝煌，原來彭宅的人都還沒有睡覺。這裏，是北京城官宦之家的排場，高搭着席棚，北京人叫這為天棚，是專為白天遮擋炎熱的陽光的，現在已將四周的蘆席都卷了起來，為的是透進涼風。

大塊方磚鋪成的院子裏，擺着不少盆石榴樹、夾竹桃、梔子、茉莉，還有金魚缸、冰桶，有幾把椅子和竹榻。

這個時候，大概大人、太太、二太太全都在院裏涼爽夠了，進屋了。只剩下幾個丫環在這裏偷着喝那剩下的酸梅湯，並悄悄地說着閒話，還你推我一下，我擰你一下，悄悄地打鬧着，同時伺候着屋裏的吩咐。裴文煥伏在房上細細地向下去看，見沒有牡丹在內，他就很是驚疑。待了一會兒，聽屋裏叫"春香"去倒茶；又吩咐"夏香"去傳什麼話；叫"秋香"吩咐廚房做夜點心；讓"冬香"去把貓兒給抱來，雖都是小事情，可是支使得幾個丫環也都夠忙的。

忽然又見西廂走出一個僕婦，高聲地問說："冬香呢？"一個小丫環答說："冬香剛走！上喂貓的屋子給太太抱那黑白花兒的貓去啦，大太太要睡啦，沒有貓睡不着！"這僕婦仿佛不大看得起那大太太，她就哼了一聲，說："是貓要緊，還是人要緊哪？牡丹怎麼到這時還不回來呀？乾小姐都等急啦！二太太也着急，怕她出了什麼事，快叫冬香去問問彭升！"

小丫環回答說："是剛才彭升忙忙的進來把她叫出去的！說是有人來找她，她有個親戚家的哥哥出了事，叫她趕緊去。她就連院兒也沒有回，跟着找她來的那人坐車出南城去啦！"

那僕婦說："到底是怎麼回事兒呀？真要把二太太急死啦！"

這時候屋上的裴文煥聽了，就像頭上響了個霹靂，又如身上燒起了烈火，他趕緊自房上站起，急急又跳出了這座宅，順着來時的道路往南去走。雇車也沒雇着，他就撒開了腿去跑，心中忿忿地罵着：好個醉眼神獅，狼心狗肺！原來他沒有以飛賊的辦法來掠搶牡丹，卻施行騙術，冒充我的名義，派人來把牡丹給騙走了！可見他早已知道了我同牡丹二人之間的情愫。他一定是捏造我在前門外受了什麼重傷，也許說我是快死了，牡丹當然不暇詢問真假，就急忙忙地被騙走了。好惡毒的計！他必定是把牡丹騙到那飯莊去了……

於是裴文煥更加緊地走，越走越急，胸口都覺着疼痛。及至來到前門一看，已經關上了城門，原來已過了三更。他更是着急，就扒上了馬道，到了城牆之上，又翻下城去，這才重返到前門以外。裴文煥想到自己受醉眼神獅之騙，白白進了一次城，白白耽誤了半天工夫，真是氣惱。又想到，他這樣毒惡險詐的人，說不定牡丹今夜就許要遭他侮辱，因此更是憤恨，走得更急。

這時，前門外一帶繁華的胡同，也因夜漸深，而燈火闌珊，天空中的閃電也劃得更緊。裴文煥來到了剛才的那飯莊，先在門外仰面一看，見樓上的燈光已經全滅了，更無弦鼓之音，他就不禁更為吃驚。走進門去，只見那掌櫃的正在跟幾個大夥計在一起結帳，算盤亂響，看見他來，全都顯出來驚駭之狀。

裴文煥連氣也不暇喘一喘，就急問說："樓上那些人全都走了嗎？"

掌櫃的回答說："早就走了！"裴文煥又問："剛才，醉眼神獅走後，又來過沒有？"掌櫃的說："你問的是耿大爺嗎？他後來又來了一趟。"裴文煥瞪眼問說："和他同來的有什麼人？"掌櫃的說："同來了一位年輕的姑娘。"

裴文煥不由得將腳一跺，說："咳！牡丹真傻！怎就會眼睜睜的受他這個騙！那麼……"他又大聲地問說："他們現在全往哪裏去了？"這掌櫃的趕緊扔下算盤走過來，擺手說："這位大爺先別着急，聽我慢慢說……"裴文煥卻低着頭不住歎息，說："咳！咳！你快快告訴我吧！"

掌櫃的說："您第一趟來的時候，我就看出您跟他們是對頭。我們這兒有一個夥計，也知道您的大名是叫裘文煥，您這些日，跟那些鏢師、跟醉眼神獅全是對頭。我知道，剛才您要不是看在我的面兒上，早就跟他們打起來啦……」

裘文煥又長歎，說：「你快說剛才的事吧！」

掌櫃的說：「我也不怕得罪他們了！也不想再叫他們照顧了！剛才，您走後，約有一個鐘頭，他們就騙來了個好人家的姑娘，聽說名字是叫牡丹。牡丹進門上了樓，就怔了，因為她來是聽說您在這兒被人打傷。她一看沒有您，卻都是些混混兒跟無賴，並且那佟三老爺也顯露了原形，要拉人家叫嫂子，嚇得人家直哭，逗得大夥兒直樂。醉眼神獅就又說，您是剛才在這裏受了重傷，現在又抬回店裏去了，於是那位姑娘就哭哭啼啼的跟着他又走了。我們在旁邊看着，明明知道他們說的都是假話，玩的都是圈套，騙人家老實姑娘，叫他們大家開心，可又都不敢說什麼，因為他們都是翻了臉就能打人呀……」

裘文煥不待掌櫃的把話說完，轉身就急急走出。這時已經打起了沉雷，閃電在空中如同燃起了一把一把的烈火，暴雨傾盆而下。裘文煥飛快地跑回了他所住的那個五魁棧，向這棧房的夥計一問，竟是什麼事兒也沒有；到他自己的屋中去看，不但沒有牡丹，尤無一絲可疑之處。他就更是氣憤、焦心，抄起了的那口單刀，冒雨出店，直奔寶興店去。

闖進了寶興店的櫃房，他就要找醉眼神獅，而這櫃房裏的夥計們卻都說：「醉眼神獅大爺自從下午出去宴客，直到這時候也沒有回來！」裘文煥更是驚疑，拿着刀冒着雨，就又出了這寶興店。他徘徊於茫茫的雨夜之中，不知向哪裏去救牡丹，去殺那醉眼神獅，淚水不禁隨着暴雨，汪然流下。

忽然在閃電之下，他看見街西的白牆上寫有幾個大字，是立軒鏢店，他想：說不定這裏有人知曉醉眼神獅那小子的下落？這鏢店的大門已經關上了，推也推不開，他一聳身就跳過了牆去。見北屋裏有燈光，窗上人影幢幢，他就過去猛地拉開了門，提刀便進了屋。

屋中的幾個鏢頭都光着膀子正在推牌九，一見有人持刀進來，齊都吃了一驚，有的就趕緊去抄傢伙。裘文煥把手中的刀一晃，說：「朋友們！我不是來找你們的，我是跟你們打聽打聽，醉眼神獅這狗東西，現在在哪裏了？」

這裏的幾個鏢頭定了定神，一看，一個瘦長身量的就更顯驚訝，說：「呀！姓裘的朋友，原來是你呀？」

裘文煥卻不理這人，他一眼看見旁邊有一個胖子，正是剛才跟醉眼神獅一同在那個飯莊聚宴的。這傢伙現在又跑到這兒賭錢來了，他要不知道醉眼神獅和牡丹的下落，還有誰曉得？當下，裘文煥就如老雕遇着了兔子，驀地一進身，伸手把他抓住，他把鋼刀往那胖子的臉上唰地一蹭，怒目屬聲說：「你快告訴我！」這胖子嚇得幾乎癱軟了。

旁邊瘦長身的卻擺手說：「姓裘的朋友！你先別欺負我的二弟。我名叫敏金剛龐立，他名叫飛太歲龐軒，咱們大概見過面，全是朋友，有話好說，不必這麼急！」

裘文煥卻跺腳說：「我怎能不急？龐軒他都知道，剛才醉眼神獅那惡賊行使騙術，騙走了我的牡丹！」

這時，旁邊有個小夥計高聲地說：「裘大爺，你將我們二掌櫃放開，我來告訴你！你大概不認識我吧，我就是牡丹的同院鄰居，湯老媽的孫子，我叫湯小牛！」裘文煥聽了，遂即將飛太歲龐軒放了手。湯小牛說：「我還正要找你去呢！因為剛才我們二掌櫃回來，一說那飯莊情形，我就猜出牡丹因為跟你好，她才受了騙！」

飛太歲龐軒這時才緩過顏色來，說：“其實剛才的事情我真不明白，我只是佩服醉眼神獅真有兩下子，他說把牡丹弄來，果真就把牡丹給弄來了……”裘文煥越發着急地問：“你們快說！他現在把牡丹弄到哪裏去了？”龐軒搖了搖胖腦袋，說：“我可惹不起他！”敏金剛龐立卻說：“就把實話告訴他也不要緊，因為那件事本與我們不相干！”

湯小牛卻抓起一件蓑衣來披上，跳起來說：“來！裘大爺跟我來！我帶着你去！”

當下，裘文煥也不再逼問龐氏兄弟，便急急地同湯小牛出了屋。湯小牛又不會越牆，開門就費了半天的事，兩人便在這愈下愈大的夜雨中，走出這鏢店。

湯小牛帶着裘文煥，迤邐地又走進了一條胡同。這裏原來也盡是一些煙花柳院，雨中的這胡同裏，這時候門還都半開半閉的，門前掛着玻璃燈，上面寫着什麼院、什麼館、什麼“清吟小班”，大多數的還沒有熄滅。裘文煥想着：他把牡丹竟騙到這裏，莫非是要將她賣了作妓女嗎？這就更可恨了！於是就拿刀指着，急急地問說：“在哪一個門裏？在哪一個門裏？”

湯小牛卻指着說：“還得進那邊的胡同呢！”這話說得含混不清的，因為他不能夠張大嘴，一張嘴雨就往他的嘴裏灌。這時的雨是更大了，湯小牛披着的很厚的稻草蓑衣都已淋透了，他不禁渾身打顫。裘文煥卻依然氣忿忿、雄赳赳的，雨水就順着他手中的刀往下流。

湯小牛在前面，就拐過了一個小胡同，突然，看見牆角站立着一個人。

這小胡同既狹且黑，裏邊的雨水、稀泥深可沒脛。但是在這胡同口，因為斜對面有一家妓院，門前掛着個寫着“情春院”的燈，燈光透過掛着雨水的玻璃罩，就斜照到這裏。這人撐着一把紙傘，順着傘邊，雨水流泄如注。這個人的模樣很是奇怪，穿着件藍布短衣裳，鬍子很長，背已經駝下去了，年紀大概已很老了，可不知在這裏幹什麼了。

這老頭子不住地扭過頭來看裘文煥，裘文煥覺着他也很可疑，就橫刀問說：“你在這裏幹什麼？”湯小牛卻說：“走吧！你還管人家在這兒幹嗎？這多半是這一帶的窯子裏雇的更夫。”老頭兒也沒說話，還不住瞧着裘文煥。裘文煥卻跟着湯小牛腳涉雨泥，進了這小胡同。

這小胡同似是個死胡同，沒有一點兒燈光，但閃電在天空上驀地一劃，立刻四周就跟白晝一樣。看見這裏有一個小門，湯小牛就指着說：“牡丹肯定就在這兒啦！我是聽龐軒剛才回去的時候說的。我早就知道這兒不是個好地方，醉眼神獅把牡丹騙到這兒，心懷不良。我本來就想到這兒救她，可是我知道我一定不行。裘大爺，你使點兒力氣，趕緊跟醉眼神獅去拼，要不然，牡丹今兒准逃不開他的手……”在這小胡同裏說話，風倒沒把雨吹到他嘴裏，可是話還沒說完，裘文煥就手掄單刀，衝破了暴雨，猛躥到牆上。牆上太滑，他站立不住，就咕咚一聲跳到了院子裏，他來到這裏，可就不管腳步的輕重了。

裘文煥看見北屋裏有燈光，他就提刀向屋內去闖，這時屋裏就傳出了醉眼神獅的大笑之聲，並說：“哈哈！果然來了！裘文煥你這小輩，還算有點膽量，竟真個兒敢給你神獅爺爺送喜酒來，快來認一認你爺爺新納的嬌娘！”裘文煥咚的一聲踹開門進了屋，只見屋中，閃閃的鋼刀共有六七口，都正在等待他前來。

第十三章　寶刀飛起

　　這屋裏現在有驕傲地冷笑着的醉眼神獅耿春雄；有一隻腳踏着凳子，手裏捧着刀要顯本領的偷桃猿胡小五；有雙眼惡瞪，手中現在也拿着刀的飛叉老黿的兄弟，那個外號叫什麼賽山神的。還有老豪傑鮑子龍，他威風凜凜地向裘文煥說：「姓裘的！這回咱們可得再幹一幹啦！」更有那羅壽，依然抱着那口鐵環刀；費彪的手中也是鋼刀兩口；另外還有那翻鼻孔的劉六，手裏是一根短的梢子棍；鋼牙虎魏鐵帆，拿的是一雙虎頭鉤。這些人是全在外屋，里間卻傳出來牡丹的哭叫聲：「裘大哥！快來救我呀……」

　　裘文煥把手中的刀，刀尖向下，緊握待機。他用騎馬式站立，目光向四處一掃，忽然緊逼着醉眼神獅，氣憤地說：「好！我於今算都認識你們了！你們誇武藝、混江湖的，原來就專會騙取人家的姑娘……」

　　醉眼神獅把刀一點，說：「你先別說！告訴你裘文煥，從你來到北京的那一天，我就知道你啦，我要叫你的腦瓜落地，那容易得很！可是因為我先嚴與你的師父有點交情，我不能不留點情面。咱們全是為一件東西來的，你知道我也知道，咱們要找的全是那王得寶的那口寶刀！得啦，現在那口刀我也不要了，你有本事找着就算你的，可是牡丹這個美人兒，你得讓我……」

　　他才說到這裏，裘文煥的刀就自下向上一掠，寒光飛了個半圓形，既速又猛，轉刀正刀，步隨刀進，蓋頂劈下。醉眼神獅卻一閃身，出刀下捺，當的一聲，搭成十字。待裘文煥又抽刀變式，翻雲轉推，那對方的六七口刀卻光芒霍霍的一齊劈削撩刺過來，逼他退後。裘文煥將刀抖起了旋風，可惜屋中地方狹小，但是他決不稍讓。

　　此時，醉眼神獅又向旁邊的人使眼色說：「用不着大家全來上手！我一個人，三刀要砍不出他裘文煥——滾個蛋，我就從此不叫耿春雄，哈哈……」

　　他一陣大笑，又說：「裘文煥你得量力！告訴你實話，你不行！你的本領差得遠啦，就那點詭計都叫我替你臉紅！你在清江浦裝窮漢的時候，就有人來告訴過我了。我知道你為的是那口刀，還猜着你在那裏找不到運河龍，就必定要到京都來找王得寶。你想得到寶刀那是作夢！連我，到如今都沒找着。我比你早來了兩個月，費盡了千方百計，我都灰了心啦，我諒你更是海底摸針，瞎忙一陣，屁也尋不着！可是你有點兒運氣，比我先遇見的牡丹，可是你沒照鏡子看看，你不配呀！」這時裏屋的牡丹又嗚嗚地大哭。

　　裘文煥急怒地掄砍着，醉眼神獅卻用刀巧妙遮攔，他並且警告着說：「你可別招得我急了，要不然我可也不跟你細說了！小子你現在要明白，對於牡丹，騙也罷，搶也罷；她願意也罷，不願意也罷，反正她已到了老爺的手心了……」

　　當當兩聲，他一邊將裘文煥狠劈來的刀磕了回去，一邊又冷笑着說：「或者，你死她歸我；不然，你死她也完。反正，她休想逃出我的手心！」他一邊掄着刀，一邊又說：「我恨她一聽說你受了傷，就能甘心受騙，我看不出你哪一點配？來！你小子來得正好！我早已料到你會來，還特意請來了好些位會刀法的老師，讓他們來看一看我的刀法，來！看刀！」裏屋的牡丹哭得更加厲害，可是不能出來。

　　裘文煥的氣更騰，刀尤猛，單刀颼颼、當當，然而，奈何他真真的人單勢孤，刀獨力弱，對方的人跟刀太多了。醉眼神獅力也充沛，刀法更為緊而敏，繞背三刀劈來，轉守為攻，裘文煥就不得不向後退。此時鮑子龍就大喊說：「姓裘的！現在放你一條活路！若要命，就快滾出屋！」

　　裘文煥反掄刀躍進，又穿雲劈斫前來。鋼牙虎猛迎過來，雙鉤抖起，裘文煥招架一合，他就去將屋門擋住。裘文煥卻揮刀開路，要到裏屋去救牡丹，費彪、胡小五卻又擋住了那里間的屋門。裘文煥現已進退維谷，左有醉眼神獅，右是鮑子龍跟羅壽。那飛叉賽山神竟上了條案，抄起案上的一隻花瓶，就向裘文煥飛來。裘文煥用刀一迎，花瓶飛回，吧的一聲落地粉碎。

　　醉眼神獅卻刀飛腳起，羅壽的鐵環刀也砍了過來，身後的鋼牙虎的又要用雙鉤來鉤他的腳。裘文煥刀飛身轉，左劈右削，凶如猛虎，到底他是拼出命了，圍着他的人雖多，究竟不能不讓步。鋼牙虎魏鐵帆不但沒有鉤着他的腳，反倒差點兒被他的刀削了下巴頦，他就趕緊讓開了路，使裘文煥得以跳出了屋。此時屋裏的人也不往外追，只是全都哈哈大笑，牡丹卻仍在哀啼。

　　外面的雷雨還很大，裘文煥站在雨中，胳膊可真覺得發酸，心頭更是急痛。屋裏的人笑着並且鼓掌，他氣得肺都炸裂，但也無可奈何，心想：這成什麼世界了？憑醉眼神獅這麼一個人，他就可以把良家婦女騙來，關在這個地方！別人來找，他們還聚眾持刀攔阻、毆鬥……這樣想着，胸中的怒火又加倍的燃燒起來，他又要掄刀再往屋裏闖，再去拼命，這時卻聽牡丹又在裏屋裏喊叫：「文煥！裘大哥！你快去叫衙門的人來吧！」那外屋，醉眼神獅一些人卻更加狂笑起來，還有人唱着：「小娘子休傷心聽我言講……」

　　裘文煥覺着他們真不是人，可是鬥他們，又實在鬥不過。要叫牡丹在此一夜，他們是什麼事也能夠做得出來。北京城天子腳下，還不至於沒王法，我就去叫官人來！於是他提刀又上了牆頭，才要往下去跳，卻見牆外站着一人，仔細一看，原來就是剛才在胡同口看見的那個撐着雨傘的老頭子。

　　這老頭子真是奇怪，此時他手中高高舉着一口刀，向裘文煥說：「你那口刀不行！那口刀鬥不過他們，來！換這口用吧！用完了千萬還我！」

　　裘文煥頓然吃了一驚，看這口刀並不太亮，然而，尺寸似乎較長。他就接過來顛了一顛，覺着很輕，比手裏現在這口笨刀輕了一半，這樣一來，倒覺得手腕不大酸痛了。他就說：「好！我就換你這口刀用一用！請你在遠處等等我，我殺完了他們，救了人，咱們再談！」當下他將自己的刀交給這老人，反身又跳回院裏，重又踹門沖進了那屋。

　　屋中的幾個人正在商量什麼，一見他又來了，醉眼神獅先忿然跳起，怒聲說：「好個裘文煥，你還敢來？真不要命了！」裘文煥什麼話也不說，舉起新換的鋼刀，唰的一聲斫去。醉眼神獅展刀相迎，他還想將裘文煥的手腕震酸，不料雙刀再一碰，卻與剛才不同，嗆的一聲如削麻杆，醉眼神獅的刀立刻成了兩段。他大聲驚喊道：

“哎呀！寶刀竟落在你手裏了？”

　　裘文煥也一驚，同時心中大喜，勇氣倍增，他絲毫不讓，寶刀掠風，嗖的一聲又削了過來。鋼牙虎、偷桃猿、鮑子龍、羅壽、費彪等幾人的刀和鉤仍然齊上，但禁不住裘文煥手中的寶刀一掃，立時刀斷鉤盡折，每人手中只剩下了半截兵器，立時全都嚇白了臉。醉眼神獅不顧一切地猛撲過來，張着兩隻空手要來搶寶刀，裘文煥寶刀一揮，立時咕咚一聲，醉眼神獅連喊也沒喊出，就腰斷兩截，血流滿地。

　　鋼虎牙、偷桃猿，連羅壽齊都拼命往外去逃，劉六就躥到桌子底下去了，費彪是嚇得渾身打戰。鮑子龍倒是還鎮定，他說：“怎麼樣？現在可出了人命啦！姓裘的你是要斬盡殺絕呢？還是官裏去說呢？還是各走各的，將來再見面？三條路由你選，我鮑子龍沒什麼說的了，誰叫你的本事高、刀也快？”

　　裘文煥卻顧不得答話，他手提寶刀，先急急地走進了裏屋。

　　這屋裏，燈光仍然很亮，原來這裏就是那名妓小秀紅的家。小秀紅早就光着襪底跑到炕裏藏着去了。她的跟媽，也許是她的養母，是一個四十多歲、身體蠻壯的婦人，這時還緊緊地抓着牡丹的兩隻手不放，被裘文煥打了兩個嘴巴才給打走，而嬌弱可憐的牡丹便哭着投入裘文煥的懷裏來了。

　　牡丹被裘文煥攬着出了裏屋，看見了地上的一灘血和醉眼神獅的兩截屍身，嚇得她就趕緊閉上了眼。此時，鮑子龍等人全都逃走了，只有那婦人還在叨叨嘮嘮地說：“這人命官司算誰的？耿大爺呀！你這一下，可真把我們娘兒倆坑啦……”她又大聲哭起來。

　　裘文煥什麼話也不說，就趕緊攬着牡丹出屋，雨仍在下着，閃電照着牡丹的慘澹容顏。此時裘文煥自幸是寶刀、美人全已到手，可是他開了街門，攬着牡丹剛要出去，卻見那老頭就迎着門說：“該把刀換回來了吧？”倒把牡丹又嚇了一跳。

　　裘文煥忙問：“敢問老俠客是不是當年的侍衛王得寶？”怪老頭只嗯了一聲。裘文煥更加驚喜，可是這口昔日斬過妃嬪，今天殺死了醉眼神獅的無敵寶刀，卻不得不當時還給老人了。他又問：“王老俠客現住在哪裏？改日我好去拜訪！”那王得寶卻一聲兒也不再言語，他將寶刀收入一隻破皮鞘裏，用臂夾着，一手打着雨傘，就傴僂着腰，跟個老怪物似的，在雷雨閃電之下出了小胡同，走了。

　　這時披着蓑衣的湯小牛又來了，驚訝地說：“你真把二丫頭給救出來了？是怎麼救的呀？”裘文煥說：“你先別管，借你這件蓑衣先用一用！”遂就將湯小牛披着的蓑衣拿下來，給牡丹披上，並急急地說：“湯小牛！好兄弟！你快去追那個老頭子，看他在哪兒住？然後你到五魁棧裏去找我，告訴我，我還要重重地謝你！”湯小牛答應了一聲，趕忙就追那王得寶去了。

　　夜色沉沉，泥水滿途，裘文煥攬扶着牡丹出了小胡同，卻也無法找得着一輛車，他只得在這大雨下，攜刀攬扶着牡丹，暫回五魁棧。為了免得使店家生疑，也是不願到了明天給店家招麻煩，他不能去叫門，於是他便將牡丹背着，越進了牆去。

　　此時，除了雨淋在蓑衣上發出籔籔的輕微響聲之外，再也沒有別的聲音，天上的雷也不再那麼一聲連着一聲地打了。牡丹就緊緊地依隨着裘文煥，進了屋裏。裘文煥把燈點上，燈光照着嬌弱的牡丹，她的淚已經乾了，頭髮上可還往下滴水，那蓑衣穿在她的身上，倒好像《昭君出塞》裏的那昭君娘娘披的鬥蓬，顯着十分的風流嫵媚。

　　脫下蓑衣，她身上穿的綢子衣褲可盡皆濕了，裘文煥倒覺得很發愁，因為這屋裏沒有一件女人的衣裳可以叫她更換。衣服換不換，還倒不要緊，只是她腳下的那一雙小鞋，濕得好像尖嘴的小魚，現在還直往外吐水。裘文煥就說：“你把鞋脫下來，上炕去歇一歇吧？”牡丹卻把眼睛向他一掠，赧然地笑着說：“那你可得轉過臉兒去！不許瞧我！”裘文煥說：“好！我先到門外去站一站，待會兒再進來。”牡丹卻搖頭說：“不用！外邊雨還沒住呢！又涼！”於是裘文煥就轉過身去。

待了半天，牡丹輕聲地說：“好啦，你回過頭來吧！”裘文煥轉回了身，見牡丹已經脫去了濕鞋襪，上了炕，盤腿坐着，並拉過了炕上放着的被褥蓋上了腿，還顯着怕冷的樣子。

裘文煥就往近走了走，低聲問說：“你出來的時候沒有吃飯吧？現在要是覺着餓，我可以到廚房去找點什麼吃的。”

牡丹卻皺着眉，微微地歎着氣說：“吃不吃有什麼要緊，現在這事到底是怎麼辦呀？”裘文煥仿佛有些不明白，問說：“現在還有什麼事呢？”牡丹像是又害怕又憂慮的樣子，她哽咽悲泣着，斷斷續續地低聲說：“你剛才在那兒殺了人，殺了醉眼神獅，你不得給他去償命嗎？不得……打官司嗎？我發愁……”

裘文煥卻搖搖頭，微微的笑說：“不至於！你要這事發愁，那可就太傻了，你還不明白我……”他走近前來，向牡丹低聲說：“我們原本都是江湖上的人，你明白吧？江湖上的人走了邪路就是盜賊，走了正路就是俠客。當俠客的人憑仗武藝，行俠尚義，濟困扶危，剪惡安良。殺人用不着償命，殺那醉眼神獅更是大快人心，用不着打官司的！”

牡丹說：“那麼，明天你就還能夠在這兒好好地待着？就沒有衙門的人捉你？你還能夠照舊在街上走？我就有點兒不信！”

裘文煥對這話也難以回答，他就想：本來事情已經惹下了，到了明天，衙門人一定得上那小秀紅的家裏去驗醉眼神獅的屍身。小秀紅的養母，還能夠不原原本本的說出今夜的事？那就一定得傳鮑子龍他們那幾個人，並且一定得到店中來捉我。他們自然捉不着我，但牡丹可就跑不了啦……因此他不由得也發起愁來，可是依然笑着說：“不要緊，一點也不要緊，現在我只問你一句話，你願不願意明天一早就跟我走？”

牡丹拉住他的手，仰着臉兒問說：“跟你？上哪兒去呀？”

裘文煥低聲告訴她說：“跟我回河南。如今我奉師命，走遍天涯尋覓的那口寶刀，已經有了下落。我想得到那口寶刀，帶着你，就回河南，見我師父覆命，然後咱們往遠遠的一個地方去做夫妻，過日子，再也不到北京城來了，好不好？”

牡丹卻搖着頭說：“不，我不願離開北京！”

裘文煥說：“你的母親也可以跟着咱們一塊走。”

牡丹卻又搖頭，皺着眉說：“不，我不願意！你想啊，我們是這兒生長大了的，說走好遠，就走好遠，那怎麼能成？這兒不但有我媽，還有我姑媽，她也離不了我。我現在彭宅那裏，人家二太太、幹小姐，連大人、太太全都待我好極了。本來我今天晚上，要不是受了醉眼神獅的騙，也不會出這事兒。他派人去跟我說是你在前門外飯莊裏被人打傷了，都快要死了，托他們來找我趕緊去跟你見一面，要不然就見不着啦！我一着急，當時什麼都顧不得啦，也沒有回裏院跟二太太說一聲兒，就跟他們坐着車走了。

“到了那飯莊一看沒有你，他們又說抬到什麼朋友家裏治傷去了！我傻，也因為我是急糊塗啦，我就又跟着他們到了那裏，可是一進了那小院的屋裏，就瞧見醉眼神獅了。他們就揪住了我，不叫我走啦，我哭也不行。那個妖妖佻佻的女人跟那婆子又嚇唬我，又哄我，說什麼又不是想叫我混事兒、掙錢啦，只是叫我明天一早跟着醉眼神獅離開北京。我說我為什麼要跟他去呀？我正想要尋死，你就去救我了……我可想不到，你也叫我離開這北京城……」說到這裏，她哭得更厲害了。

她接着又抽抽搭搭地說：「不錯！連我媽也願意把我給你，我自己也沒什麼話說了。我在彭宅住着，就為的是躲那醉眼神獅，也為的是等你，等你有一個體面一點的好事兒就行，將來跟彭宅能夠跟親戚似的來往。你要是當個好差使，我見了彭宅的二太太、小姐，也臉上好看。我沒想到……今兒聽說你跟人打架叫人打傷了，我就很傷心，幸虧那是假的。你殺了醉眼神獅，這可是擺在眼前的真事兒，這可怎麼辦呢？難道你這麼大的一個俠客，就除了逃跑，沒有別的辦法了嗎？」

裘文煥搖頭說：「我沒有別的辦法！不逃跑也行，只有明天等着人來再拼命！」

牡丹說：「你不是跟彭升認識嗎？他現在是彭宅的大管家。」

裘文煥說：「我何止跟彭升認識？連彭織造都應當稱我為恩人！不是我在駱馬湖邊將他們救了，他們全家都回不來。還有，今天和醉眼神獅在一塊兒的那個飛又賽山神，就是那次在湖邊劫他們的一名大盜。」

牡丹不禁很是驚訝，就又喜歡着說：「那麼，明天為什麼不……咱們兩人一塊兒去到彭宅，求彭大人去給你向衙門說一說情，就不必再追究你啦！還可以捉住那個劫過他們的大盜……」裘文煥說：「你想叫我將功折罪去嗎？」牡丹就眼睛看着他，微微的笑着說：「你想想，我出的這辦法好不好？」

裘文煥也微笑着說：「好是好，可是不能那樣辦！因為那次我在駱馬湖邊，本來就算是多管閒事，得罪的江湖仇家已經夠多的了。飛又賽山神是飛又老鼉之弟，他來欺侮我，我可以打他，但卻不能去捉住他，送交官裏。這是江湖上的規矩，我若那樣去做，惹起了江湖豪傑的憤怒，麻煩是更多。至於叫我去求彭大人……你別看我在納蘭家看過門，但這種倚人求人的事，我還實在不願做。如今殺死醉眼神獅，這並非我的本意，見到了那口寶刀，卻實在是大功告成。此後，我更要慷慷慨慨地做一個英雄，哪能陷人求賞，或托庇于富貴之家？」

牡丹着急地說：「反正我是天一亮就得回彭宅去，只剩下你啦，你到底是打算怎麼辦吧？」說着又低頭垂淚不語。

裘文煥說：「辦法我已經有了！天亮你回彭家去也好，你在那兒住着，我也很放心，只是我願意你能等我半年！」牡丹點頭說：「行！可是這半年裏，你幹什麼去呀？」裘文煥說：「你就不用管了！反正半年以內，我必然回到北京，來的時候還必光明正大。那時我是錢也有了，事情也有了，我就必定娶你。」牡丹又抬起眼皮兒來，問說：「你說的這話可是真的？一準辦得到？」裘文煥點頭說：「當然一準辦得到，而且還用不了半年。」

牡丹點頭說：「得啦！這就都不用說啦，我信你的話。現在我也放了心啦，別說半年，就是一年、兩年，跟王三姐似的等你一十八年，我也等得了！就盼着你……」她又悲哽着說：「就盼着你好好兒的，別再那麼江湖江湖的……真叫人又擔心，又害怕！」

裘文煥說：「從此你不要再害怕了！」

牡丹卻又憂愁起來，說：「可是，天亮了我怎麼回去呀？衣裳鞋襪也都不能夠乾！」裘文煥說：「這很容易，你在家裏還有什麼衣服鞋襪沒有？」牡丹說：「我都帶到彭宅去了，新近二太太又給我做了兩身。」裘文煥又問：「全在什麼地方擱着？」牡丹說：「我是住在二太太旁邊那屋子，屋裏就是我跟我姑媽。我的衣裳、襪子、鞋什麼的，都擱在我姑媽的箱子裏。”

　　裘文煥點頭說：“好！你稍等一等，我就給你取來！”說着他就出了屋，牡丹還說：“你先別去……”但裘文煥連頭也沒回，開門就走了。

　　裘文煥依然施展他躥房越脊的身手，就出了這客棧，卻見門外蹲着個水鴨子似的人，他走近了一看，正是湯小牛。原來他早就來了，只因不會跳牆，所以進不來。裘文煥就問說：“怎麼樣了？你跟隨那老頭子到了什麼地方？”

　　湯小牛說：“原來他住在白紙坊姑子廟，那廟裏的老尼姑，我還認識呢！”

　　裘文煥聽了，心中非常喜歡，就點頭說：“好好！可是你就在這兒待着，先別走，等我回來還有幾句話要跟你說，有一件事要託付你。”湯小牛說：“行！反正我今兒晚上已經叫雨淋了半夜啦，覺也沒法睡啦！為二丫頭嘛，我也不能抱怨誰，再等會兒也不要緊，可是你老哥還上哪兒去呀？”裘文煥只說了聲：“待一會就回來！”隨即向北走去。

第十四章　攜刀催馬別都城

　　雨剛停了一會兒，現在又瀟瀟地下了起來。這時雖聽不見梆鑼之聲，但估摸着，離着五更已近。裘文煥就如黑夜裏在雨中猶自翱翔的一隻猛禽，急速地飛進了城，並飛進了彭織造家中的內院。那屋裏牡丹的姑媽尚在酣睡，他就開箱取了牡丹的衣褲鞋襪，又急忙往回走。但是還沒走到前門，雨雖沒住，天色可就亮了。天這麼一亮，他縱是有爬城越垣的本領，可也不好施展了，只好在城門旁等着。

　　這時恰好有一輛騾車也正在這兒等城門，車棚子上都落着油布，裘文煥就同這趕車的人商量，說：「我求你一件事！我們宅裏有一位親戚家的姑娘，現在城外店裏，本來昨天要接進城裏去，可是因為下雨，沒接得了。現在你幫一幫忙，出城再把她接進來，送到御河街彭宅，行不行？」

　　這趕車的說：「不行！我這車也不是自己的，現在也是給我們宅裏去接親戚，不能夠耽誤工夫！」

　　裘文煥說：「你先替我們麻煩這一趟，行不行？省得我到別處再叫車了。彭宅裏現在也是有急事，宅裏雖也有車，可是都去接人去了，分配不過來。你要是能夠幫這個忙，我願意送給你二兩銀子。」這二兩銀子，趕車的要是得了，算是「外找兒」，因此他也很願意。

　　少時，城門就開了，裘文煥就坐着這輛車出了前門。到了那五魁棧的門首。這時店門也已開了，裘文煥就匆匆地走了進去。到了屋內，他將衣服鞋襪全部交給牡丹，叫她快些更換，並說：「車已經雇來，現在門外了，你換好了衣服，就快點兒出來走吧！」牡丹看見裘文煥拿來的都是她的衣物，就更驚詫他的本領，並且仿佛有些害怕似的。

　　裘文煥因為容她更換衣裳，就先回避出屋，又到了門首。門外就是前門大街，雖然大雨仍在下，可是已有人帶着傘往來行走了。裘文煥恐鮑子龍等鏢頭此時尋來，又慮衙門的官人來捉兇手，便很着急，他就先給了這趕車的二兩銀子，趕車的還催着說：「怎麼還不快出來呀？」

　　裘文煥又怕櫃房裏的夥計們起來，他們見了一定要打聽，倘若看見自己屋裏忽然又走出一個姑娘來，那更得叫人起疑心。將來自己走了不要緊，可是於牡丹，就能夠有後患。於是，他又急忙忙進了院，就驀地走進屋。這時牡丹才將鞋襪穿上，衣褲換了，正在扣那銀紅色緞子小襖的紐子。見了裘文煥，她臉上又一紅，便很傷心地急急問說：「到底，咱們什麼時候見面呢？」

　　裘文煥說：「半年，至多是半年！也許還能夠快！現在你就快走吧，車錢我已經付了，反正我叫他把你送回彭家，我可也不能送你去了！”

牡丹便急惶惶地把脫下的濕衣服跟鞋襪全都扔在這裏，她也細心，還要用裘文煥的包袱給包起來。裘文煥說：“這就不用管了！我可送到你家裏，洗乾淨了再叫你媽給送到彭家去。”牡丹也真是都顧不得了，就出了屋。

裘文煥為她把那蓑衣撐起來，像傘似的頂着雨，兩人就半跑着到了門口，牡丹上了車。這時店裏有一個夥計從櫃房探出頭來，向外直看。裘文煥也未得再跟牡丹說一句話，車就在雨中，在朝霧裏走了，裘文煥不禁悵然若失。

這時由南邊來了一個打着傘的人，原來是那湯小牛。他是沒聽裘文煥的話，趁空兒回了一趟立軒鏢店，歇了半天，還吃了些剩飯，找了一把傘，現在又來了。裘文煥說：“現在你就帶着我到那白紙坊姑子廟去吧！”湯小牛打着哈欠說：“行啊！”於是裘文煥匆匆地又回到自己屋裏，將行李和牡丹留下的衣襪等全都包起，夾着就走了出來。

那店夥又從櫃房出來，問說：“你要走嗎？”裘文煥匆忙地交給他一塊銀子，說：“先給你這個！我出去有一點事，我可還回來，細帳咱們待一會兒再算。”他就出了店，跟湯小牛兩人合打着一把傘，就往南去了。

湯小牛還不到二十歲，為人很是精明，對於昨夜的事，他並不細加打聽，只說：“裘大哥，你要是想娶牡丹，就快一點兒娶，不然一定得到別人手裏！”

裘文煥說：“我因為事情還沒有辦完，怎能夠當時就娶她？可是我想她在那彭家，不會有什麼錯的！”

湯小牛搖頭說：“也說不定！我跟牡丹在一個院兒住了多年，從小兒就在一塊兒，她跟我的妹妹一樣，她是怎樣個人，我還不知道嗎？”裘文煥有點擔心了，趕緊問說：“她到底是怎樣個人？”湯小牛笑着說：“她是一個女人。”說完這話，就不再說什麼了。

裘文煥跟着他冒雨行走，一直往南，又轉向西，走的都是一些荒地，與鄉間無異。地下的黃泥很深，跋涉費力，可是很清靜，走了半天也沒遇見一個人，雨卻越下越大了。湯小牛又說：“裘大哥！我看你的本事，在江湖上也找不出第二份兒來了！外邊的朋友一定很多。我想跟着你出去，因為我在北京混着，老當個小夥計，也沒什麼意思，我想出外去闖一闖！”

裘文煥說：“這事將來再說，現在我要離京回家，是去辦件急事。”

湯小牛問說：“你家在什麼地方？”

裘文煥說：“在河南孝義縣，你一打聽我的師父鎮洛陽，那是無人不知，就能找得着我。現在我是要去找昨夜咱們遇見的那個老頭子，去借那口刀，當天我就得走。”

湯小牛說：“我能給你借一匹馬。”

裘文煥說：“借馬不好，因為我最快也得半年才能夠回來，馬借去若不能很快返還，那倒使你對不住朋友。我現在倒還有些銀子，我想給你三十兩銀子，你給我去買一匹馬。我再給你三十兩銀子，二十兩銀子作為牡丹的媽度日之用，千萬不要再讓她去換肥頭子了，十兩孝敬你的祖母……”

湯小牛搖頭說：“那倒用不着，我家裏還夠吃的，夠花的。”裘文煥說：“反正我要交給你些銀子。”湯小牛說：“那也行，我替你留着，有什麼事兒再用。要是沒事兒，等你半年後給你辦喜事用。裘大哥！不是我嚇唬你，你把那些鏢頭可都得罪了，你走後事情也不能算完！牡丹那兒，反正若有什麼事，小事情我就給你辦了；大事情，我可就得去找你了。」

　　裘文煥發了半天愁，才說：「我倒不是怕那些鏢頭！若是咱們去了，還借不到那口刀，我就不走了。只是，若將刀得到了手，我就不能不急速出京去覆命，因為我的師父在那裏等着這口刀，很是着急。我的師父有個仇家，有個對頭，就是那個鴛鴦劍妙手小天尊。非此刀不能消仇，不能雪恥，不能為人間除惡。我本是想送去了刀，還得給我師父幫一點忙，現在聽你一說，我也實在不放心這裏的事。看來只好這樣，假如我得到了刀，今天就騎快馬出京回河南。見了我師父，將刀交與了他，我當時就騎快馬再回這裏來。這樣，往返之間，至多也不過一個月。」

　　湯小牛就點頭說：「好吧！我要再見了牡丹，我也告訴她，叫她就預備着嫁妝好啦！一個月還不快？轉眼就到了。」當下湯小牛也很高興，二人就不再說話，一直往西走去。

　　走了多時，雨已漸住，兩人就來到了白紙坊。這裏原來是靠近西城根，一個十分落荒的所在。湯小牛就指着一座小廟，說：「到了！」裘文煥一看，山門緊閉，門前的石頭臺階倒被雨水沖洗得很乾淨。他就在這裏打開了他的包袱，將銀子拿了些交給湯小牛，說：「你就給我去買一匹馬吧！但是，待一會兒咱們在哪裏見面？」

　　湯小牛說：「馬是待一會就能買來，可是你出南城門，怕都不大妥。因為這南城就是那些跟你結了仇兒的鏢頭們的天下，說不定他們料到你要走，早在南城各城門安下了人，等着你啦！他們抓住你就能打官司。昨天和醉眼神獅一塊兒吃飯的佟三爺，就是順天府衙門的大班頭，跟鐵環刀羅壽是把兄弟，只要把你捉住，你就活不了。我想頂好你進順治門，順大街一直走，到新街口。那兒有個小茶館，字號叫大碗齋，是我妹夫張三開的，我在那兒等你。你去找我，我送你出西直門，還許送你到蘆溝橋呢！」

　　裘文煥覺着他說的這辦法太麻煩了，但又聽他說：「我先把牡丹的這些衣裳送回去，還得到彭家去看看她呢！也得叫她別着急，安心等着你。要不然，我知道她，一定靠不住！」裘文煥又不禁一怔。然而這倒是他所希望的，去看看牡丹倒是回到彭家沒有，也好放心。當下湯小牛用牡丹的那些衣裳包着銀子，夾着雨傘就走了。

　　裘文煥在這裏敲了幾下山門，裏面也沒有人答應，他等了一會，遂就一縱身上了牆。向裏一看，只見這座尼姑庵的院落不大，殿宇亦皆很小，而且殘破不堪，像已多年失修。因經宿雨，院中積聚了深深的雨水，像是個小池塘似的。各殿宇中，全都窗櫺嚴閉，只有西邊的一間小屋卻屋門大開，屋內有一個蒼老的聲音說：「怎麼還不來呀？快些來吧！」

　　裘文煥吃了一驚，跳下院庭，兩隻腳當時就沒入積存的雨水裏。他嘩啦嘩啦地淌着水，猶豫着就往那西小屋去走。此時屋裏卻發出一陣嘻嘻嘻、哈哈哈的可驚又可怕的笑聲。

　　他來到這大敞着的屋門前，向裏面看，見這屋子很矮，也不深，但是裏邊黑魆魆的，簡直像是一個洞，也看不見有人，但見裏面有一道寒光在閃閃發抖。裘文煥知道，這就是那口最使天下英雄垂涎，自己為此而來，醉眼神獅也因此而死的寶刀，當時他倒不敢向前走了。裏邊卻又發出嘻嘻的笑聲，那個蒼老的聲音又說：「你們這些小輩人，可真是膽怯！」裘文煥這才往近前走了幾步，他先向屋裏打了一躬，可不知道應當稱呼什麼才好。屋裏又說：「你進來吧！」他這才帶着羞愧似的走進了屋。

　　這屋裏真是四壁蕭然，而且牆都是黝黑的，不知已有多少年沒刷也沒掃了。

屋裏連一張桌子也沒有，只有一鋪破土炕，炕上展放着一張蘆席。那個老頭子就坐在炕上，駝背彎腰，老態龍鍾。在昨夜的大雨之下，裘文煥就沒看清楚這老頭子的模樣，這時在這黑暗的屋子裏，依然看不大清，只見他的鬍鬚不大長，但是已經白似霜雪，而且亂蓬蓬的，臉上的皺紋已經遮擋住了眼睛。

可是這老頭子好像還能夠看清楚裘文煥，並且還似乎很熟識，當時就雙手顫顫地拿着那口寶刀，說：“我料定你就能夠找我來！因為昨夜你派了個人跟着我，以為我就沒覺出來嗎？哈哈哈……”

裘文煥不由更為驚訝，心想：王得寶這人本事不小，絕不只是個曾當過侍衛的，他必是一位精明幹練，武藝高深，行蹤飄忽不定，令人難以捉摸的奇俠！他遂就又恭敬地打下一躬，說：“老俠客！我的事情我也不必再說，我只是為尋訪老俠客才來的……”

這老頭子卻說：“你哪裏是為尋我來的？你不過是為要我的這口寶刀！”

裘文煥就說：“老俠客說的這話也對，我實在是為這口寶刀來的，由河南至清江浦，由清江浦又漂流到北京。我也是奉了我師父之命，我師父就是河南孝義縣的老拳師鎮洛陽劉鵬。老俠客你還記得十年前曾在酒店裏見過此人嗎？那一天，老俠客你曾當眾誇示此刀，說此刀曾經由道光皇帝親手交給了你，你就去往某宮第幾室，在床上割下來了一顆美貌年輕的宮妃的頭……”

他才說到了這裏，不料這王得寶啊呀一聲大叫，當時就站起來了，渾身發抖，兩隻手也顫得更厲害。裘文煥趕緊攙住他的胳臂，才算沒有把寶刀扔了。但是他氣喘吁吁的，臉上的皺紋全都繃起，露出來兩隻大眼睛，目光淒慘可怕。如是約有一刻鐘，他才漸漸地恢復了常態，又有聲無力地長歎了一聲，說：“咳……我想起來了！那天，是個深秋的夜晚，我攜着這寶刀，在前門外冷芳居酒店裏飲酒，恰巧座旁有劉鵬跟運河龍彭君善，他們是來北方會朋友。我認識彭君善，他們看見了這口寶刀，就向我詢問這口寶刀的來歷。旁邊還有一個南方人……”

裘文煥說：“那人名叫耿柳湖，十年前在南方頗有盛名，如今已去世了，聽說醉眼神獅耿春雄就是他的兒子。”

王得寶點點頭說：“我知道！我且說那天吧！唯有耿柳湖把這口寶刀的來歷問得最為詳細，其實我是向來也不肯說的。我自從得到了這口寶刀，這刀我就從沒離手，睡覺、吃飯，以至於出恭，這刀永遠不離我手。這柄刀，就好像跟我的手膠粘在一起了，用繩子綁在一起了……”又大聲地喊道：“用鎖鎖在一塊兒了！”

他接着又說：“這刀就像跟我手上的骨頭長在一起了，時刻也不能離開。因為有刀在手，我還能坐得住，站立得住，眼睛也敢睜，太陽也敢見，不然……”說到這裏，他又緊緊的發抖，吁吁地劇烈喘着，並且眼淚直流。他低着頭畏懼地說：“只要我的手一離開這把寶刀，我就……哎呀！哎呀！我現在可還沒糊塗呀？但是……”

他用一隻手顫顫地指着，說：“我怎麼就見這裏，這裏，這裏……你快看！這不是金漆雕鳳的椅子，玉石嵌成的桌子，這裏不是還有個八寶梳妝盒？這，這上面懸着的燈不是垂着金線的穗子，有個鳳凰形的結子嗎？那邊還有個玲瓏的龍鳳檀香爐，這，這……”

接着他手指着他的破炕，驀地一轉身，對着炕，就唰地掄起了寶刀，大聲地說：“這，這不就是雕龍鑲鳳、嵌金聚寶的沉香床嗎？哎呀！你看，床上這繡着這麼些只龍的金光閃閃的錦緞被，這龍鳳枕，這……”說到這裏，寶刀颼的一聲落下。他怪叫了一聲：“哎喲！”身子倒退了兩步，駝着背，彎着腰，寶刀拄地，渾身顫抖。

他又低聲的緊緊說：「不怪我！不怪我！我，我是奉旨。你，你年紀這麼輕，長得這麼美，你，你的臉兒都嚇黃了，你都嚇得說不出話了，你哭着央求我……我也知道你是無辜的，不過，我是奉御旨呀……哎呀！娘娘，哎呀！可憐的人，你的血別濕了這被褥……哎呀！你要顯靈呀？你光剩了一顆頭還對着我流眼淚，哎呀！哎呀……」當時他一聲比一聲大的叫喊起來，手腳都不由自主的亂動，就仿佛是見了鬼一般。

裘文煥也十分驚慌，趕緊自他的身後將他緊緊地抱住，同時又緊緊地扣住了他拿着寶刀的那只手。王得寶這時忽然間心裏又轉為明白了，清醒了，就長歎了一口氣，搖搖頭說：「不要緊！裘文煥你放開我，這不要緊，這是我常犯的心病。」裘文煥還直着急，頭上也流了不少的汗，氣也不由得直喘，他就說：「老俠客，你的這個心病可真是怕人！你怎麼得了這麼個病呀？難道就是因為你曾奉旨，手刃妃……」說到這裏，見王得寶又渾身抖顫起來，他就趕緊改口說：「我不再說了！那是二十年前的事啦，老俠客你也不像是個沒有膽的人……」

王得寶拍着胸說：「我當年學習武藝，闖過江湖，若論刀法，生平沒遇見過對手！差一點兒的還行？那一晚在冷香居酒店裏，鎮洛陽劉鵬、運河龍彭君善，和耿柳湖，他們三個人全都是南北聞名的大俠客，一見了我這口刀全都垂涎三尺，想買，我不肯賣；要借，我是決不借；用地畝換，我啐了他一口唾沫。這寶刀，我都沒叫他們摸一摸！深夜我回到家中，他們三個人又一齊去盜我這口刀，但被我一人把他們殺了個落花流水，才使他們死了心。這些事他們三個人都絕不肯對你們談吧？因為他們沒臉說。還有，在去年，有一件事情外人誰也不知道，揚州的龐公繼曾扮成個道士模樣，偷偷來到北京，也想要盜取我的這口寶刀，可是結果，他狼狽而逃，我只饒了他一條性命！」

裘文煥一聽，不由得更為驚異，心說：想不到這人的武藝竟是這樣高超，不只是寶刀厲害！完了，我這趟也算是白來了。我雖僥倖見了此刀，並且還摸了一下，用過了一次，但是要想到我手裏，我可真別夢想了！難道我的武藝還能超過他們？即使能超過龐公繼、彭君善、耿柳湖，可是也絕對趕不上我的師父呀？我還能從他的手裏奪寶刀？

這時，王得寶又傲然地說：「當年我在江湖上行走之時，也不知殺過多少惡人！」裘文煥說：「既是這樣，那麼你奉御旨去……那還算一件事嗎？怎麼就成了這心病？」王得寶說：「我過去殺的都是惡人，都是兇惡強橫的男人。但那次我用那寶刀殺的，卻是一個無辜的、又好看又年輕的女子呀……」說到這裏，他又開始發抖。

裘文煥又問說：「老俠客，你家中還有什麼人？」

王得寶說：「子女、孫子全都有，我的孫女都像我殺的那宮妃那麼大了！」說着身子抖得更厲害了，他又接着說：「我本是先闖江湖，後來改邪歸正，挑上一份差使，就當了侍衛。我在宮裏天天與太監們周旋，也不回家，我更信了佛，整天念菩薩。卻萬也想不到那一夜，道光爺竟叫我去殺人，殺的又是我生平也沒見過的天仙一樣年輕美貌、又纖弱的宮妃！我下了手，拿起了頭，心裏就什麼也不知道了，我就覺得那個女鬼就永遠跟着我了！不幸萬歲爺又把這刀賞給了我，我就更完了！從那一天起，差事也不能當了。

「我在白天也能看見她的鬼魂，我見這口刀上永遠有鮮血，那血淋淋的頭永遠在我這刀底下……我還做過夢，夢見她對我訴屈，對我說宮中的苦，對我說普天下的女子皆是薄命……我就對她說，我雖然不能再到宮裏，憑仗此刀去保護那些可憐的宮妃，但我要誓憑此刀保護普天下可憐受欺的女子！

「我為什麼要在這尼姑庵裏住？就是因為常有無知的小子想來欺負這裏年輕的尼姑；我為什麼昨天幫助你，把刀借給你，叫你去殺了那醉眼神獅？就是因為他施行惡計，欺騙、淩辱那名喚牡丹的女子。凡是仗義保護世間薄命女子之人，都可以用我這口寶刀。為去救女子、殺淫徒，刀離開我這手，我也不覺得難過。這寶刀，不幸它曾經割過一個弱女子的首級，但它要去救普天下的可憐受欺的女子……」

裘文煥趁此時機就說：「所以我此番來，要借此刀，就為的是交與我的師父，去抵鬥那現在江南，仗着一對鴛鴦雙寶劍，橫行無忌，時常夜入人家，調戲婦女的那個妙手小天尊，那個淫賊！」

王得寶至此時，忽又嘻嘻哈哈大笑，說：「我全知道！妙手小天尊那淫賊所做的惡事，所欺辱的可憐女子，有多少我都知道。因為我雖在這裏不出廟門，可是我還有些舊日的徒弟，倒時時來向我報信息。我囑咐他們向我報告的全是有關寶刀，和弱女子受欺辱之事。我已經知道醉眼神獅要來得我這口刀，是為助他去作惡，去欺凌婦女；但你卻實是想去剪除那淫賊。所以，我很喜歡你，我知道你必來，特地在這裏等候你，好！就把這口寶刀借你去用吧！」說時他突然掄臂，就將寶刀扔出了屋。

寶刀嗆啷啷地飛了出去，未容落在雨地上，裘文煥已經緊隨着飛身而出，將刀柄吧的接在手裏。屋內王得寶又大聲喊着：「快去為我殺盡天下兇暴淫賊，普救天下薄命可憐女子，快去吧！」接着，哐的一聲，就把兩扇屋門緊緊的閉上了。

裘文煥站在院中的雨水地裏，手中拿着這口鋒芒無比、多少人都想得而得不到的寶刀。但，他並不是只有高興，而且十分地激動。眼望着那已經閉了門的小屋，他也沒有再說話，只是默默地在心裏說：好！我借去你的這口寶刀，我一定要普救天下薄命的女子！他就提刀出了廟牆，逕自走了。

裘文煥進順治門，到了新街口的大碗齋茶館，就見那湯小牛已代他買了一匹胭脂色的矯健的馬匹，在這裏等着他了。湯小牛說：「我到彭織造的宅裏見過牡丹了。牡丹在那兒還很好，她說因為有昨天那件事兒，以後就無論誰去叫她，用什麼計策去騙她，她也不再出那個門兒了，只在那裏專專地等候你回來……」裘文煥聽了，便又放了點心，與湯小牛一同在這茶館吃過了大碗的湯麵，他們便一同走去。

出了西直門，只見這裏用黃土鋪道，許多的官人們正在驅逐着閒人。聽說是萬歲爺跟東宮、西宮兩位娘娘，昨夜被雨阻在圓明園離宮之中，現在又要進城了。這位咸豐萬歲爺，在紫禁城皇宮與圓明園之間常來常往。

現在最得他寵倖的就是西宮娘娘納蘭氏。最近聽說一個清江浦清河縣的小小知縣，姓吳名棠的那位老爺，因為西宮納蘭氏的幾句美言，立刻便提升為知府了。所以現有不少的官老爺們都想要「走內線」，去巴結巴結這位西宮的娘娘。這位西宮，將來一定要有大權，可真了不得啦……

街上正在警蹕的官人們就彼此閒談着，裘文煥也不敢再多聽，但他深信納蘭大姑娘，不會像慘死在寶刀下的宮妃一般懦弱。但是，牡丹——這個和自己最親近的女子，她那身世，她那環境，她那性格，她那美麗，將來結果如何，殊難料到。然而那也不怕，因為自己現在已有了這把專救世間不幸女子的寶刀！

湯小牛不敢再往前走了，就說：「我回去啦！裘大哥，咱們再見吧！」裘文煥點了點頭，遂即上了馬。這時有兩個官人來驅逐他，說：「快去吧！這兒可站不住！衝撞了御駕可是了不得！”裘文煥遂急忙將馬撥開，向那往圓明園去的御道掠了一眼，又眷戀地回首向那巍峨的北京城望了望，心說：牡丹！再會！遂就鞭馬，奔向了一股岔道，蹄聲嘚嘚地離開了京郊。

　　宿雨才晴，天高地闊，白雲飄飄，柳絲輕拂。寶刀紅馬，蕩起了飛塵，裘文煥俠士就從此去了。

《紫電青霜》

DULU WANG（王度廬）

Jianghu Publishing
PO Box 35075 Fleetwood Postal Outlet
Surrey, BC Canada V4N 9E9

www.jianghubooks.com

THE COLLECTED WORKS OF DULU WANG

王 度 廬 選 集

Author of Crouching Tiger, Hidden Dragon

《 卧 虎 藏 龙 》 作 者

Wuxia Novels Volume Three

武 侠 小 说 集　卷 三

紫
電
青
霜

DULU WANG

王 度 廬

Edited and Modified by Hong Wang

校 訂 者 ： 王 宏

JIANGHU PUBLISHING　　　江 湖 出 版 社

第一章　論寶劍開始述奇人

　　在浙江省的西北，有一處名山，喚作莫干山。該地峰巒秀美，松竹蒼青，且有瀑布清泉，風景絕勝，是一個避暑和隱居的好處所。這山，若按照着地理來講，原是浙西的名嶽天目山的分支，可是它比天目山更為有名。為什麼呢？就因為它這座山上面有一個古跡，名叫“莫邪干將鑄劍池”，本山也就以此而得名。

　　莫邪、干將原是夫婦，俱生於春秋時代，那干將乃是鑄劍名師歐冶的弟子。相傳吳王闔閭命干將在山上鑄劍，干將以金鐵合熔，煉了許多的日子，金鐵卻合不到一起，煉不出汁子來。干將的妻子莫邪在旁就着急了，她問說：“有什麼辦法才能使金鐵合熔，而將劍鑄成呢？”

　　干將便歎了口氣，說：“我聽我的師父歐冶說過，如若久煉而金鐵不熔，那就必須派一個女人去求爐神，如此才能夠成功！”莫邪一聽，當時就捨身向那烈焰熊熊的火爐之中一跳。她死了，金跟鐵才熔化在一處，干將才鑄就了兩口寶劍；一名“干將”，一名“莫邪”，乃是雌雄二劍，全都鋒利無比，為古今罕有之物。

　　上面所說的這段故事，是帶着點神話的性質，自然不大靠得住。不過，所有的寶劍皆分雌雄，雌劍的全部共長約二尺八寸三分，重約一斤；雄劍較雌劍者寬長，重量須加一倍，只用純鐵精鋼鑄造即可，用不着什麼黃金，更用不着女人去無辜地喪掉性命。

　　又據武技家及器物收藏家言，那種削銅剁鐵、斬金切玉的寶劍的確是有的，不過世不多見，現在更沒有人會鑄。這是因為以前凡是有點本事的人，向來都秘不傳人；即使收了徒弟，自己也必留下幾手兒秘訣，所謂絕技者便是：等到他一死，他的技藝便真的絕傳了。所以鑄劍煉鋼的技術越來越退化，其它的事亦多今不如古！

　　但是，著者說這段話是為什麼呢？就因為本書所述的故事內容，乃是以三口寶劍為連索，以義士、孝女、俠客為主角，開始也要先敍述一件鑄劍的事情。不過這個地方可不在那莫干山，卻是在西嶽華山之下的華陰縣。時候是在前清雍正年間，青海叛亂，年羹堯率兵討平，官封太保，後因恃功而驕，被內外群臣交章彈劾，以致下獄賜死。

　　過了三十多年之後，華陰縣中便出了一個奇人。但若是細說起來，這個人可也不算是怎麼出奇，他不過是一個開刀剪鋪子的。姓吳，名叫慕冶，有六十多歲了，而且是一個瞎子。這個人也不是華陰縣本縣的人，他是孤身從別處來此，在南關因為開設了一家雙魚為記的吳家鐵鋪，專門製造剪刀。出了名，有了錢，娶了妻，置了田地，大家才知道了他，喚他作吳老師父。又因為他在六年前盲了雙目，人們在背地又呼他為瞎老師父。

這位瞎老師父的煉鋼打鐵之術可真是精絕。他自己所製出來的菜刀，敢說能切得斷銀元寶；他製的剪子，一下就能夠把很粗的鐵條剪成兩截。可是他絕不多製，並且也沒見他製出過刀劍槍鉤等兵器。買賣一出了名，他就自己絕不再動手了。他有幾個徒弟，現在替他經管買賣的是大徒弟黃老實，跟二徒弟李如江，手藝雖也都不錯，可是比他老人家差得太遠了。

他自從失明之後便不再打鐵。至於他失明的原因傳說不一，有的說是因為在打鐵的時候，鐵屑迸起，傷了他的眼珠子；有的說是因為他打鐵的本事太好了，為造物所忌，所以老天爺才讓他瞎眼，免得他去傳人。但是據李如江說，他常看見他的師父背着人哭泣，兩眼是哭壞了的。由此可知他師父的生平必定有一件傷心的事，同時證明他的師父感情過重，是個好心的人。

這話可也沒有人信，因為瞎老師父的老伴兒是今春死去的，雖說那位老婆兒生前有點說話顛三倒四、好吃懶做，並且沒給老師父留下兒女。但究竟是夫妻一場，死後，沒有人見過老師父的瞎眼眶裏流下半滴淚水，這能夠說他富於感情嗎？

再說，李如江的年紀也有三十五六了，生長在本地，自幼父母雙亡，幫助老師父做這個買賣，操心得頭髮都快白了。他白天在鋪子裏又打鐵，又站櫃，晚上還得走七八里地，到望蓮村老師父的家中去伺候，外帶着看門守夜。因為老師父的屋子裏有個銀櫃，每天鋪子裏所賣的錢都得交給他，他一五一十點過了，就收入銀櫃，他最怕賊去偷他。可是他的家裏唯一的傭人——長工帶廚子的崔快嘴，就是半個賊，連掃地的笤帚全都偷，非李如江去看着他不可。李如江這樣地出力，手裏卻沒有一個私錢，老師父也不拿出錢來給他說一個老婆，誰能夠又說這瞎子的心好呀？

並且這瞎子簡直可以算是不瞎。他的耳音極靈，一顆芝麻掉在地下他都許能夠聽得見。兩手的感覺更是驚人地敏銳，用手一摸，他就能分得出米粒的粗細，能分辨得出是一根頭髮還是一根馬尾。他的兩足尤健，常常獨自拿着一根竹竿，去往三十里外的郭家屯找他的老友郭海鵬談天、摸骨牌頂牛兒，當天還必得回家。

這瞎老師父越老越有怪僻，越來越吝嗇，越老還越精神。他的背雖然駝，可是雙臂極健，力氣還非常之大。他那一張跟鐵似的面孔從來沒有過笑容，兩眼凹陷，一對半青半白的無光的眼珠中，像是蘊藏着他平生的絕技，半世無人知道的歷史，與他那滿腹貪婪尖刻之心。

這一年的春天，離着四月初八佛祖的誕日已很近了。華山是一處香火的盛地，蓮花峰上有一座西嶽廟，遠近的一般僧人、道士、善男信女們，都要在這幾天之內前來朝山進香。華陰縣就在華山之陰，為朝山所必經之路，因此，這城裏和關廂就呈現出一種異常的熱鬧。什麼賣香燭跟燒紙的，賣桃木棍子為叫人上山拄着用的，賣那竹笠跟竹籃的，還有賣本土的出產：麥梗兒染了顏色編成的扇子跟玩具等等，簡直多得令人目不暇接。而且是人擠着人，那平日不出門的一般小媳婦、大姑娘，也都打扮得花枝招展，出來遊逛來了。

天氣是一天比一天熱，街上的人是越來越多。這一天，瞎老師父吳慕冶也手持着他的那根領路的竹竿，到南關裏來了。凡是見了他的那些人，都不住地要笑，都說：「他瞎着兩隻眼睛也來這裏看熱鬧，他可能夠看見什麼呀？」

可是，瞎老師父手中的那根竹竿，並不胡拄亂碰，因為別的人一看見了瞎子，自然就要向旁邊讓路，所以他頗能夠信步閒遊，一點也不顯出來慌，更不覺得擠。遇見了打扮得特別豔麗的婦女，他還總要扭着頭看一看，兩眼向着人急色兒似的那麼一盯。他還絕不會盯錯了，盯的必是娘兒們。這叫看見了的人更驚疑了：誰說這老傢伙是真瞎呀？可是他們不知道，瞎老師父一半是因為聞見了人家走過去時，那陣風吹來的桂花頭油味，一半是聽見了人家輕輕的鶯聲燕語，還有就是假如陽光正照在婦女的衣裙上時，他有時還能微微辨出來是大紅的，還是濃綠色。

他走着走着，就走進他的刀剪鋪了，他的兩眼就仿佛真能夠看得見東西了。轟的一聲，那烘爐中的猛烈火焰在他的眼前一閃，並且他還聽見了叮噹叮噹，錘子打在鋼鐵上的響聲。由這聲音的緩急，用力的輕重，他就知道是誰在這裏打鐵了。於是他就叫了一聲：“如江！”又問說：“你又在這裏自己幹啦？那幾個小徒弟全都是光吃飯不做生活的嗎？”

李如江見師父來了，這才停止了打鐵，他的那張被烤得通紅的忠厚的臉，跟赤着的健壯的背上，全都滿掛着汗珠子。他手拿着鐵錘子喘了口氣，才說：“是，師父你老人家來了？咱們的買賣太忙，主顧又都挑貨色，我自己不着手就不行。”

瞎老師父也不再說什麼，他用竹竿拄着找了一找，就找着了個離着火爐子既遠，鐵屑又落不到身上的穩妥地方，摸到一把榆木椅子，他老人家就坐下了。這個地方還正對着門口，能夠看得見外面的景物。旁邊蹲着那正在吃鍋餅的黃老實，雖然沒哼一聲氣兒，他可不敢不趕緊起來，給師父倒茶。瞎老師父一聽見那邊嘩嘩的倒茶的聲音，他就預備着伸手來接茶碗了。

三個小學徒剛才正因為李如江不督促他們，都偷眼往外看熱鬧，這時師爺爺一來到，他們就都趕緊表現出來勤勉的樣子。李如江也就把鐵錘子交給他們，過來聽師父吩咐他什麼話。於是在斷斷續續的打鐵聲和門外的嘈雜聲中，老師父就喝着茶，向李如江問說：“今天你沒看見郭四爺來嗎？”李如江回答說：“沒有！他也許到關廂裏來了，可沒到咱們這櫃上。”瞎老師父聽了就把頭點了一點，又似乎微微地歎了口氣。

瞎老師父現在所關心的這位郭四爺，正是他唯一的老友，住在郭家屯的郭海鵬。此人今年也有六十多歲了，既不是本地生長的人，大概他早先也不姓郭。他是在瞎老師父來此二年之後才來到的，在刀剪鋪中曾閑住過半年，那時候吃喝全由瞎老師父供給。後來他走了一趟京城，回來就頓富，娶妻生子置田莊。因為住在郭家屯，他就自己也姓起郭來了。這個人長得像貌極醜，身體雖因病已顯得瘦了，但是體格還很魁偉。他說話粗野，目不識丁，但性情極暴，好打不平，一看就知道是個行伍出身的。他也自稱帶過兵、打過仗，跟隨年太保到過青海。他與瞎老師父是生死之交，可跟縣城裏狀元街作過大學士的崇家，又是冤家對頭。

當下這坐在椅子上的瞎老師父，就低着聲音告訴李如江說：“你若是見着你郭四叔，就無論如何要勸他回去！他也那麼大年紀了，早先的什麼事全都忍了，這時候何必又爭強鬥勝，去惹麻煩？”

李如江不大聽得明白他師父說的這些話，只點着頭說：“見着郭四叔，我一定要勸他老人家回去。今年也不能夠再像去年了，狀元街崇家那個三少爺，自從得到了賣菜的劉大的媳婦，他也不至於又像去年開山的時候那樣，調戲人家的婦女，還直追到人家的家裏，用錢、用勢逼着娶了人家當他的偏房。”

瞎老師父一聽這話，突然就面現怒色，說：“什麼三少爺吧？那不過是一個敗家之子！跟他爸爸一樣奸壞狠毒，早晚必得報應！不過，我們怕是看不見了！”說出了這話，他倒仿佛自悔失言似的，面上的怒容全失，現出一種謹慎的樣子。

旁邊的黃老實又給他倒了一碗茶，說了聲：“師父喝吧！”

　　瞎老師父點點頭，又說：「老實，你去幫助小徒弟們做活兒吧！你的手藝也夠啦，不要淨閑着，這幾天是得忙一點。外縣來的人，進罷了香，誰不捎幾把雙魚家的刀子、剪子回去呢？我瞎了，活兒不能自己做，你們可也別把咱們這『雙魚為記』的招牌做倒了。我還能夠活上幾年？鋪子將來就是你們的啦。把那個爐子升旺了點，拿那個大鐵鍬，再續上兩鍬半的煤！」仿佛眼前的事他都看見了似的，火旺火微，他都能由四周圍的溫度而覺得出來。

　　李如江聽了這話，他就最為注意。因為煉鋼打鐵的秘訣第一是在乎火候，第二是在乎將那燒紅了的鐵浸入在水盆之中，那種功夫說一句行話叫做「淬」；究竟用多少水，水的溫度應當怎樣，那都有秘訣。他隨着師父學了這多些年，仍是沒有學好，因為師父全都沒有詳細地教給他。如今他就留着心去看，看黃老實怎樣依着話去添煤，煤添下去之時，那火焰升起來是有多麼高。

　　但是在這時候，瞎老師父可又說了：「如江，你到門口兒去站着，留點心！看見你郭四叔就把他請進來，我在這裏也正好勸勸他，因為這不是玩的！若是賭氣、打架、報仇，也得是年輕氣燥的人才能夠幹。現在我們全都老啦！我是瞎了兩隻眼，他是一犯了病就痰喘咳嗽，還跟人家嘔什麼氣呀？人家又雇着兩個護院的，都比老虎還凶還猛！」說着這老師父又歎了口氣，他對於任何人也沒有這樣關心過，他也從來沒有像今天這樣的憂慮、感慨。

　　李如江又向那火爐投了一眼，就走出了店鋪的門口，站在石階上向下去望，只見來來往往的人真是熱鬧，可沒在人叢中看見那位郭海鵬。他也納悶，因為剛才師父說什麼賭氣、打架、報仇，這報仇兩個字確實可疑。城裏狀元街的崇家跟郭海鵬，本來是井水犯不着河水，談不到有什麼仇恨，然而這些年來郭海鵬總是把人家恨得入骨，有時候還成心去找麻煩。崇家的三少爺平日的行為雖然不端，尤其性好漁色，但也沒有犯過他郭家；同時比崇三少爺更仗勢淩人的人，本地也還有，卻沒聽說郭海鵬再恨過誰，可見那老郭跟崇家必在很早很早就有過仇恨。可是師父他老人家既是知道，又為什麼不說呢？

　　李如江腦中如此尋思着，眼睛仍然向着人群去望。這時他就望見了兩個打扮得十分嬌豔的少婦，跟着一位手拄拐杖的老婆婆走了過來。旁邊還有個穿得也很整齊的中年人，臂上挎着一隻竹籃，裏面有才買來的香燭和燒紙，看這樣子是個鄉間的小康之家。其中那穿紅衣裳的女子，年紀很輕，像是個新婦。她必是回娘家了，今天隨着母親跟兄嫂來此遊逛，並且買點東西。

　　李如江向來對女人不大關心，剛要去另看別處，忽見由北邊橫衝直撞地來了幾個人，就緊隨在那兩個少婦的身後邊起哄。李如江既生氣又吃驚，他認識這幾個人之中有狀元街崇家的護院人醉虎徐七；還有崇三少爺的小舅子竇文慶——這也是個有名的花花公子，好色之徒；其餘幾個都是年輕的小廝，都穿着一身綢緞。那醉虎徐七是武師的裝束，足登魚鱗靸鞋，腰系着花綢汗巾，還別着把短刀子。這群人彼此說說笑笑，推推鬧鬧，又唱又叫好，簡直是在街上公然調戲人家婦女。路旁往來的人都對他們側目而視，卻都不敢管閒事。

　　忽然那個醉虎徐七假裝喝醉了的樣子，身子歪斜，腳步踉蹌，就往人家那穿紅衣的新婦身上一撞。那新婦嚇得一閃身，那老婆婆也用拐杖一攔，可是醉虎徐七雄壯的身軀仍然斜着向那新婦去撞。只聽新婦啊呀了一聲，就摔坐在地下。老婆婆還沒罵出來，便也跌倒在街心。

　　李如江看着真忍不住氣了，而那竇文慶跟幾個小廝們卻都歡躍大笑了起來，醉虎就越發得意。那老婆婆的兒媳一面攙扶婆母，一面向他們罵着。醉虎徐七反倒嬉皮笑臉地說：「我也不是故意的呀？」他還要伸手去拉那位跌倒了的新婦，新婦的娘家哥哥就氣忿忿地過來質問他。他反倒發了怒，一手就奪過來竹籃，向着空中去扔，扔得很高，香燭、燒紙都紛紛落在了地上。旁邊的行人全都躲閃，而寶文慶和那幾個小廝又都仰着臉，拍手大笑。

李如江已下了臺階，心裏說：鬧得也太不像話了！他們欺人太甚了！自己恨的是無拳無勇，連句公道的話也不敢說。然而這時，忽然見由南首的一家酒肆裏跑出來了一個身軀高大、滿臉蒼髯的人，奔過去也不說話，向着醉虎的當胸就是一拳，打得醉虎向後連退了幾步。李如江不禁喊出來：「打得真好！」然而心裏卻又很吃驚，原來這位打不平的人正是郭海鵬。

他剛要上前去勸，卻見那醉虎由腰帶上抽出了刀，但還沒敢去扎。郭海鵬卻又向前，吧吧，打了醉虎兩個大嘴巴。醉虎忍着疼，反低着頭笑說：「四爺，這是幹什麼呀？我也沒短給你老人家請安去呀？」郭海鵬指着他說：「貪官惡主才養出來你們這般惡奴！竟敢在光天化日之下欺侮人家的婦女！」

醉虎說：「我真是喝醉啦！走路沒有留神，剛才我扔人家的竹籃也是想跟他們開個玩笑。」說着他就低下身，從地下一張一張地給人家拾起紙來。郭海鵬向着他的屁股又猛踹了一腳，踹得他當時臉就貼在了地上，成了個狗吃屎的姿勢。醉虎可真急了，挺身而起，就舉起了短刀。郭海鵬伸手將刀奪了過去，指着他大罵說：「諒你們的主人若沒做過大學士，你們也不敢這樣胡為！等着，叫他們防備一些，現在可到了時候啦！」醉虎的臉上忽然一陣變色，頭又低了下去。

此時那寶文慶和幾個小廝全已跑得沒有了蹤影，那老婆婆跟那新婦也已被攙扶起來了。郭海鵬可也不過去安慰人家，只是手中緊緊握着短刀，發着怒，發着怔，那張臉上雖然很嚴肅，卻呈現着蒼白的病容。忽然，他披了披衣襟，挽了挽雙袖，向北就走。李如江趕忙迎頭去攔，說：「四叔，我師父正在櫃上，他請你老人家去有話說！」郭海鵬也不看他，只把他用手一推，就走過去了。

他走得很急很快，是要進城去的樣子。這時街上就有人驚訝地說：「啊呀！了不得啦！一定要出事，郭四爺必是找狀元街崇家拼命去啦！」

李如江驚慌地趕忙跑回鋪子裏，將這件事告訴了師父。瞎老師父只聽了幾句，就急得站起身來，頓着腳說：「這可怎麼好？醉虎徐七知道他的名氣，才不敢惹他；可是崇家還有惡蟒苗雄才呢！那個人哪能饒他？再說崇家還有許多的打手，那崇三少爺本人也是個兇悍的人。海鵬他的病又還沒好，去了一定得吃虧！」說着拿竹竿拄着地，向外就走。

他走得太急了，步子也不穩，李如江趕緊上前攙扶。但瞎老師父還沒邁出門檻，忽然又止住了，他自言自語地說：「我還是不能夠去，去了，連我是什麼人也被人知道了！」他回過頭來向着黃老實說：「老實！你的力氣還大一些，你趕緊帶着兩個徒弟到城裏，見了你郭四叔，無論怎麼樣也得把他硬拉回來。你們只作為是勸架的，還不要多說話，千萬千萬！快！快！不要管他那病身子，硬把他拉回來最最要緊！」

黃老實當時就放下正做的活兒，披上衣裳，往外就跑。瞎老師父又氣喘吁吁地叫李如江攙着追出去，把黃老實又叫了回來，悄悄地囑咐着說：「你拉他出城來，可不要一直就把他拉到咱們這裏來，先拉着回他的村子，就說隨後我就去找他……好啦！你就去吧！」黃老實也沒問什麼話，就帶着三個小徒弟很急地往城裏去了。

　　這裏的瞎老師父趕緊又回身往鋪子裏走，這時他的腳步一點也不利索了，若沒有李如江攙着他，就幾乎被那打鐵用的鐵砧絆倒了，可見他的心裏是十分的驚慌。他並且命李如江把椅子拿開，才去又坐着，他仿佛不願再迎着門坐着了，怕被門外往來的人看見他。他那兩隻瞎眼珠子顯出來紅色，雙手都直抖，並向李如江緊張地說：“我為什麼不叫你去拉你郭四叔呢？因為城裏認識你的人多。知道黃老實是我的徒弟的人還少些。唉！但願不要出事！已經忍了這些年了，今天忽然又想去拼命！”

　　李如江此時站在師父的身旁，他更是驚疑萬分，生平也沒見過師父這樣着急，這樣恐懼。他料到這絕不是一件尋常的事，郭海鵬也不是簡簡單單地到崇家去打不平。他也着急，怕黃老實跟三個小徒弟不會辦事，恨不得自己也到城裏去看看。可是這裏現在只剩下他跟師父了，他又實在離不開身。

　　半天之後，也沒有人從外面進來。瞎老師父又叫他給倒了一碗茶，喝了，精神似乎略略安寧，可是眉頭依舊緊皺，又說：“如江！你再去看看！可只在門口兒站着，不要往遠處去！”李如江答應了一聲，就說：“師父坐穩了些。”老師父卻發急地說：“我還能夠無故就由椅子上跌下去嗎？我也不能立刻就死，郭海鵬若是死了，我也死不了！”

　　李如江覺着他的師父已經是語無倫次了，自己也不敢言語，就又走出了門口。卻見街上雖然還有往來的人，賣東西的攤子也都沒有收，可已不似剛才那樣熱鬧了。很有幾個好事的人都往城裏去走，並招呼着別的人，說：“快走！到狀元街去看看吧！郭海鵬是拼命去了！惡蟒苗雄才可不像醉虎徐七那麼欺軟怕硬，崇三少爺也向來不吃虧，一定熱鬧，快去看吧！”

　　李如江在此站着，心頭是陣陣地發緊，直着眼不住向北邊那座城門去望。又過了許多時，他的兩條腿都站得發酸了，忽然見那邊有一群人來了。李如江伸直了脖頸去看，只見那邊的人黑壓壓的，把路全都塞滿了，蠕蠕地齊向這邊來了。來到相離着不遠的地方，李如江站在臺階上就看見了，只見那人群中是有兩個人抬着一扇門板，門板上仰臥着一個身軀雄壯、很長的灰白鬍鬚的人，渾身的衣裳都沾着鮮紅的血，後面還有戴着緯帽的官人押送着。

　　李如江沒敢細看，但是心頭更緊了起來。他想要趕快進鋪子去稟報師父，可是又覺得不可，就把自己攔住了。忽見黃老實自那人群中跑了出來，驚驚慌慌，兩腿飛快，就直往鋪子裏來跑，李如江要攔也沒攔住。

　　黃老實進到鋪子裏，就大聲說：“師父啊！可糟了糕啦！我們一到狀元街，郭四叔就已經跟人家拼起來了！那苗雄才雙手持着他那杆惡蟒長槍，郭四叔手裏的那把小刀兒怎能敵得過？再說崇三少爺站在他們的門裏，又喝令着十多個家丁亂棍上前……郭四叔完啦！咳！肚子都流出了血……衙門的人趕來了，也沒問誰有理誰沒理，就抓了街上兩個乞丐，找了一塊板子，抬着……”

　　這時門前那些人就吵吵嚷嚷地走過去了。黃老實接着又說：“要抬回郭家屯去了！師父你不快去看看嗎？郭四叔這回是一定要完了！他一輩子脾氣就暴，那大學士崇家，那怎麼可以惹得呀？”

　　李如江和那三個小徒弟也都進來了，全都對着老師父站着，默默地不發一語。街上的人，這時都追着看那受了重傷的郭海鵬去了，走遠了，也顯着十分的沉寂。

　　黃老實又拿起鐵錘子來，一邊打鐵，一邊嘴裏念念叨叨地說：“都是那個穿紅衣的小娘兒們惹出來的事！沒那小娘兒們，醉虎徐七不至於發瘋；醉虎不發瘋，郭四叔也不能打不平；不打不平也不能到狀元街，惹得……，哎！完啦，一輩子的好漢就算完啦！連命也沒人給抵。歸根說是那小娘兒們她不好，娘兒們全都不好！”
　　三個小徒弟也都不敢閑着，可是做着事都不能專心了，都時時偷眼看着他們的師爺爺。

第二章　盲師父爐火煉鋼鋒

　　突然間出了這不幸的事，吳老師父的兩隻瞎眼睛已經滾滾的流出熱淚來，他趕緊就派李如江到郭海鵬的家中去看看，並囑咐了許多的話，令李如江快去轉告郭海鵬。那些話，李如江聽了，就不禁驚訝，然而他又不敢細問，只得遵命當時就離開了鋪子。

　　他很快地向郭家走去，心中既疑且忿，就想：自己雖然不明白郭海鵬跟狀元街崇家，到底有什麼冤仇，可是崇家連主帶奴也確實兇暴得可恨。郭海鵬若是一死，以後他們更要無所畏懼了！

　　他走得直喘氣，來到了郭家屯，只見滿村紅紫粉白的丁香花，遙對着青青的華山，而與天邊的燦爛雲霞相輝映。郭海鵬在此是大戶。李如江敲了門，被一個愁容滿面的老僕人領到裏院，就聽見了房中的哀哭之聲。李如江被請進了屋，屋中郭太太、郭少爺、少奶奶跟小姐的哭聲，才算都暫時止住了。郭海鵬是躺在一張床上，身上已蓋了一幅青綢的夾被，倒是看不見傷處跟血了，但臉色蒼白，閉着雙目，如同已經死了一樣。

　　郭老太太也快有五十歲了，一聽說李如江是刀剪鋪裏的夥計，她就說：“你們那個瞎師父來一回就勸他一回，勸了這麼幾十年啦，他到底也不聽。現在可怎麼辦呀？他要是一死，這些個家務事，我能撐得起來嗎？”說着又哭了起來。

　　旁邊站着的郭少爺才十四五歲，可是長得又瘦又老蒼；少奶奶倒有十八九歲啦，是去年娶的；姑娘才將十一二歲，倒還聰明俊秀，身軀也高，頗不愧是郭海鵬的女兒。

　　李如江先勸得郭太太跟女眷們都止住了悲痛，各回自己的屋裏去歇息，這裏只留下了少爺跟一個老僕。少爺是連一句話也說不出來，不是流鼻涕，就是流眼淚。倒是那僕人在旁說：“我們的老爺大概還不要緊，剛才抬回來的時候還能夠大聲說話呢！”

　　李如江趕緊就問說：“他說的都是什麼？”

　　僕人說：“一放在床上，他就叫我取出他藏在櫃子裏多年的刀創藥，給他敷在傷處。他又叫我們大少爺趕緊到北京城三里店太保墳，去找那裏看墳的人紀海鷗。”李如江聽了這話可就不大明白了，又問說：“紀海鷗是什麼人呢？”這僕人回答說：“連我們的太太都說不知道，猜想着必是我們老爺早先的朋友。可是北京城離着這兒幾千里地呢，我們少爺年紀又小，怎麼能夠說去就去呢？”

　　正自說着，忽見床上躺着的郭海鵬把兩隻眼睛睜開了。李如江忙上前行禮，並說：“郭四叔好好地休養着吧！一定能好，等到痊癒以後，再慢慢想法子出今天的這口氣。”郭海鵬把嘴撇了一下，表示着：還能夠好嗎？他可一句話也說不出來了。

李如江急着要說出來師父所囑的話，覺着郭少爺跟老僕人在旁聽見了也無妨，反正連自己都不大明白，他們更不能明白，於是便說道：“是我師父叫我來的，他聽說四叔受了傷，他也很難過，所以今天不能夠親自來了，但他老人家囑咐我，叫我來請四叔放心！”

說至此處，李如江怕受傷的人正在苦痛之中，耳音不大靈，就高聲地說：“我師父叫我來轉告四叔，他說，四叔早先求他做的那件東西，他就要做了！可惜……因為四叔還得靜養，他做得了也不能給四叔使用，但他將來要找着一位能夠給四叔出氣、給恩人報仇的人來使用……”

才說到這裏，郭海鵬就極為興奮，大聲吼着說：“打好了，不會去送給紀海鷗嗎？他也不是不認識海鷗！”使力說出來這幾句話，就又觸動了他的傷處，他痛得臉色一陣發白，就閉上了眼睛，呼吸也顯得急促。

郭少爺立時就驚慌着去請他的母親。少時郭太太同着小姐、少奶奶又都來了。李如江又覺着不該就把師父囑咐的那些話，告訴這受傷的人，那一定是他們的秘密，而且傷心的事。所以李如江很是後悔，不得不退出了屋。

院中的方磚地面上鋪着許多丁香花瓣，烏鴉在老樹上叫着。他就在這裏站着，又過了一些時候，就聽到屋中的人齊聲哭了起來，少爺跟小姐都哭叫着“爸爸”。李如江心如刀割，淚如雨下，知道郭海鵬是已經死了。他不忍得再進屋去看，就淒然地，悄悄地出了郭家，離開了郭家屯。

及至回到南關鋪子裏，天色已黑，瞎老師父早就回家去了。於是李如江又趕緊點了個紙燈籠打着，去往望蓮村。到了瞎老師父的家門口，無論怎麼叫門、捶門，也是不開，裏邊好像是沒人啦。他又急又疑，就先把燈籠放在牆頭上，然後搬來石頭墊着腳，費了半天的事兒，才由短牆上翻了進去。噗哧的一聲，原來兩隻腳也不知陷在什麼地方了，是又濕又粘的一大堆。他趕緊拔出腳來，由牆頭上取下燈籠照着，低頭一看，原來是一大堆黃泥。他心裏就想：今天又沒有砌牆，又不蓋房子，可和這許多的稀泥做什麼？這一定是崔快嘴幹的事，真可氣！

李如江將兩腳沾着的泥在牆上蹭了幾下，就趕緊往師父的屋中走去。就見那屋中有黯黯的燈光，崔快嘴正走出來，手裏拿着一把鐵鍬，疲乏得什麼似的，說：“李爺！你叫了半天門，我早就聽見啦，知道是你，可是我沒有工夫給你來開。老師父一回來就叫我幹這活兒，一直幹到現在，連晚飯還沒做啦！”說完就急急忙忙地又走了。

李如江吹滅了燈籠，便進屋去看，更覺着非常的驚疑，因為靠着牆，離着那只銀櫃不遠，已用黃土泥和碎磚，高高地築起一座打鐵的爐子來了。老師父渾身跟兩手都是泥，還正在搪那爐口兒。

李如江發了會兒怔，才叫道：“師父！”他雖不敢冒然說出郭海鵬的死耗，但是他發出的聲音就不覺有些悲慘。老師父忽然把身回過來了，張着兩隻滿是黃泥的手發着怔，李如江就說：“師父有什麼事情，叫我來做吧！師父不必又自己操勞。”

瞎老師父就說：“這個活兒非我自己來幹不行，只要一個幫手。可是崔快嘴他只能夠幫着搬搬土、抬抬煤，細活兒他不但幫不成，反倒礙着我的事。你跟我這些年了，我見你還誠實，心還好，從明天起你就不用管櫃上的事了，專一幫助我做出這個活兒來吧！”

　　李如江說：“隨師父的吩咐，叫我怎樣便怎樣。可是師父你老人家也這大年紀了，兩眼又不中用，這樣的累活兒，何必你自己動手？交給我來做，你老人家就坐在旁邊指示，好不好？”

　　老師父連連搖頭說：“不行！不行！你只在旁邊防着我跌倒，或是火星子把我燙着，也就行了！其餘別的事你一點也不准着手，因為這不是一件等閒的事。我……咳！眼睛還沒瞎的時候，我就早已發誓不再幹這個活兒了；老天爺叫我瞎了眼，也是怕我再幹這種奪天地之造化，荼毒生靈、傷人損己之事。可是如今有什麼法子？誰叫我已經答應了郭海鵬，我要為他做出這件東西？”

　　李如江益為驚異，心說：師父怎麼竟說這話呢？於是就又問道：“你老人家是想做一件什麼活兒呢？”

　　瞎老師父擺着手，嚴肅地說道：“你少打聽，並且不要向外人露出一個字兒來！將來若有人問你為什麼多日沒到櫃上去，你就說是因為我得病了，你得在這裏侍候着我。黃老實跟別的人若到這裏來，也都不許進我這間屋。崔快嘴……”

　　說到這裏，他突然把話停止住，側着耳朵聽了一聽，才悄聲地又接着說道：“萬一崔快嘴要是問呢，你就說別處來了客人，要訂打幾十把剪子，出高價錢，要頂好的貨，將來是拿到北京城去送給大官，作為禮物用的。因此咱們爺兒倆才不能夠不忙一陣，可也不許他向外人去說！以後還少叫他進這屋來。”李如江一聲一聲地答應着，臉色可滿帶着驚疑，幸虧老師父的兩眼看不見他。

　　又待了一會兒，崔快嘴就背來了一筐上好的煤炭，嘩啦一聲就倒在屋角。他直起腰來，嘴裏仍然叨叨嘮嘮地說：“這麼一間小屋，搭上了爐灶，又倒上一筐煤，還能有人站着的地方嗎？”

　　老師父卻似乎帶着點笑說：“這兒沒有你的事了，你就做飯去吧！櫃上既是應了一件好買賣，人家要頂上的貨，幾十把剪子雖說是小活兒，我自己若不着着手，能行嗎？開一個買賣不容易，‘雙魚為記’的招牌也不是一年兩年了。我兩隻眼瞎了倒不要緊，可是只要我還有這口氣兒，我就不能夠叫字號做倒了；不能把送上門來的銀子推出去，叫它去便宜給旁的家兒！”

　　崔快嘴撇了撇嘴，心說：這個老財奴！又向李如江看了看，表示出一種對老師父輕視的樣子，李如江也沒理他。他說：“李爺！拿上燈咱們上廚房去吧！我告訴你一件事，郭家屯的郭四爺今兒可遭了殃啦！”老師父卻忽然呵斥着說：“不要把燈拿走！如江還得在這兒幫我做活兒呢！我用不着燈，是因為我眼瞎，你看看如江他的眼也瞎嗎？你快走！做好了飯若不叫你，也不許你再進這屋來！”崔快嘴向着老師父做了個鬼臉兒，他就走了。

　　這裏李如江的腦裏還翻騰着白晝所見的那件慘事，倒又希望老師父向他詢問郭海鵬身死的情形，他好悲痛地陳說一番，那樣心裏還許能夠舒暢一些。然而老師父卻並不去問那件事情，只是側耳聽着崔快嘴走出屋去之後，那漸遠漸微的腳步之聲。然後，他就慢慢地挪動着身子，李如江趕緊去攙扶。

　　老師父伸着兩隻泥手摸到了他的床角，就由床褥下摸出一把鑰匙來。他把鑰匙交給了李如江，就吩咐說：“拿這鑰匙去把東南角的那間小屋開了，把裏邊存的那份傢伙全都搬來。慢慢地，不必忙，也不要太累着。”

　　李如江答應着，就拿着鑰匙去開那間小屋的門。這間小屋可以說自從老師父雙目失明以後就沒有開過，屋裏存放的東西李如江也都曉得，不過是一份舊時所用的打鐵器具，還有幾根鐵條。早先老師父就用這些東西做活兒，瞎了眼之後，他命人由鋪子裏全部給搬了回來。據他說，這份器具不吉祥，別人若是用了，也得跟他一樣的瞎眼。所以鋪子裏另換了一份打鐵的新器具，這份就鎖在這裏，如今鎖頭全都生了鏽。

李如江開了半天才把門開開，他進屋把這裏放着的鐵錘、鐵鉗、鐵砧、風匣、木盆、砂碗，以及幾根鐵條材料，一件一件全都搬到了師父的那間屋內，並把鑰匙又交還給師父，老師父就命他把風匣安在了火爐旁邊。

這時，崔快嘴就在廚房那邊大聲喊着說：「飯好了！快來吃吧！」老師父又命李如江快去取來菜飯。李如江取了來，就坐在鐵砧上吃。老師父把碟碗放在炕上，先用被單擦了擦兩手上的泥，然後就摸着吃。今天他的飯量頓減，粗面的饅頭只吃了少半個。李如江是又累，心裏又煩，也吃不下去，忽然就聽老師父問他說：「你郭四叔是什麼時候死的？」

李如江停了半響，就淒然說：「我去了，他還跟我說了兩句話。後來我離開了屋，他就死了！那時候天還沒黑。」於是就把今天在郭家所見的情形詳細述說了一遍，並問說：「那紀海鷗又是誰呢？也是師父跟郭四叔當年的好友嗎？」

瞎老師父只微微點了一下頭，燈光照着他的那張臉，十分淒慘而且可怖，真比郭海鵬臨死時的容顏更為難看。但他那兩隻深深的眼眶裏並未滴出淚水，只歎了口氣，說：「紀海鷗是一位能人，可是如今他是不是還活着，我也不知道。咳！聽天由命，盡我的力量去辦吧！只是……」於是他又囑咐着說：「如江！明早你就再到一趟郭家屯，務必把你郭四叔臨死時脫下來的那件衣裳取了來，我有用處。現在，我的飯也吃完了，你就收拾起來拿走吧！你也該歇一歇了，有什麼事情明天再辦，只是不要跟崔快嘴多說話，明天見了別人也不可多談，千萬記住！」

李如江又答應着，站起來把碗箸全都收在木盤裏，一手拿起來那盞燈，他就說：「師父，我走了，你老人家有什麼事就再叫我吧！」老師父坐在炕頭也沒言語。

李如江慢慢走出了屋，只見天黑如墨，銀星萬點，而老師父的那間屋隨之就閉緊了雙門。李如江頓住了步，回身去看，那屋裏一片漆黑，但是忽聽得老師父發出一陣悲哽之聲。這聲音李如江實在聽過已不止一次了，然而往日全都不明其故，今日卻曉得師父是痛哭他的老友，所以引得自己的心中也辛酸。

但目前有兩件最不明白的事情。第一件是：過去師父與郭海鵬、紀海鷗，到底是怎樣的一種交情呢？他們的恩人究竟是誰？而他們為什麼又對狀元街的崇家同懷怨恨呢？這件事一時打聽不出來倒不要緊，只是第二件：李如江雖然沒猜透師父明天是要打造什麼東西，但已料到必是一種兇器。這種器具如果是傷天害理的，李如江發誓絕不幫他的師父，且必要勸阻。不過，李如江想到了師父那秘而不傳的煉鋼打鐵之術了，這卻使他生出來一種貪婪之心，到時候他要注意去看，以便偷偷地學，因此又有些興奮。回到他住的屋裏，就摒去了一切煩思，安心去睡，一夜就恢復了身體上的疲乏。

次日，李如江往郭家屯取來了郭海鵬的那件臨死時穿着的衣裳。回來用畢了飯，老師父就把他喚到了屋內，叫他幫忙。

老師父昨日為悲痛亡友，至少哭了半夜，所以今天他那兩隻白多黑少的眼珠都已哭得又紅又紫，兩個眼眶也都腫了。但是他的精神極為興奮，手腳也頗為俐落。他脫去了短衣，露出來脊背。他畢竟是老了，所以顯得很瘦，然而那青色的，帶着皺紋和燙傷痕跡的皮膚，依舊能顯示出來他是一位老鐵匠、名鍛工。

李如江赤着背，先拿起鐵錘來，說：「師父，讓我來掄錘子吧！你老人家先燒鐵，到燒紅了的時候，我再告訴你。”老師父卻搖着頭說：“都用不着你，你先把爐子升着了吧！”

於是李如江趕緊遵命向爐中添柴、引火、加煤，然後又拉風箱，立時風箱就呼呼，呱嗒呱嗒，連聲響了起來，爐中的火焰熊熊而起。老師父又令李如江取過郭海鵬的那件衣裳。這件衣裳幾乎被鮮血染滿，窟窿就有四五處，可見崇三少爺唆使那苗雄才，用惡蟒長槍扎戳時的狠毒。老師父面色陰沉，兩隻瞎眼瞪着那爐中的烈焰，說道：“爐神在上！弟子吳慕冶現在為報年太保之恩，郭海鵬之義，以及崇家兩代之仇，請爐神見憐保佑！”說着將這件血跡斑斑的衣服就投於爐中，立時火焰高騰，濃煙彌漫，薰得李如江不住地咳嗽。

於是老師父用光着的胳臂，拭了拭眼邊的淚和頭上的汗，他就開始打起鐵來了。李如江在旁，一邊聽着師父的吩咐，一邊仔細地看着師父將那鋼鐵煆煉、錘擊、水淬等種種的手續。因為老師父是個瞎子，所以手藝雖然嫻熟，可是動作卻不得不慢，李如江也就得以細細地偷學，一件一個往心裏去死記。

他就覺出老師父現在所用的手法，不但跟教給自己和黃老實的那種尋常的打鐵之法不同，就是早先老師父還沒瞎的時候，每次親自製刀製剪，也費不了這麼多的事，也沒有像如今這樣的專心。現今老師父真是把一生的精力，全套不差的功夫，都拿出來了。他是先將已成的鐵條用鉗子鉗斷，放在沙盆內，重新煆煉，火候的強弱，時間的長短，老師父都能夠一點不差地查得出、算得准，知道得確實。他的兩目雖不能見物，但心中仿佛懸有一盞明燈，一切的細微事物他都能夠鑒察得分明。

第一天工作到深夜，第二天又由清早起，直做到天黑，這才算把鐵汁煉成了純粹的鋼汁，然後倒在一個模子裏，成了一條三尺多長的純鋼瘦鐵。雖然還不像是個什麼東西，可是李如江已經看出來了，瞎老師父現在所要鑄造的，原來是一口雙鋒寶劍。

李如江不禁更是驚訝，且有一些驚喜，因想寶劍到處可以買到，師父何必這樣精心自鑄？不用說了，這口寶劍若是鑄就，必與尋常的劍不同，必定是一口比得過干將莫邪的真正的寶劍！於是李如江益是留心，要學到老師父的這項鑄劍的絕技。然而老師父處處又防備着，只叫他拉風匣，至於錘敲、水淬之事都不叫他動手，分明也是怕他看破、學會了。

第三天跟第四天，師徒的工作更忙了，因為那條瘦鋼已錘得漸漸成了劍形。李如江把心用得極專，他師父掄起鐵錘向那條燒紅了的鋼條上，一共敲打多少下，他都一下一下地數着，死死地記在心裏。老師父有時向爐中灑上幾點水，為是使火焰更猛，熱度更高，李如江也仔細估計那灑上的水約有多少。老師父由爐中抽出來那條燒得通紅的鋼，向着那滿裝着冷水的水盆中去淬，然後又急取出來，放在鐵砧上，就掄起鐵錘來，叮噹叮噹，一下連一下地去砸。而此時李如江早已將手探在那盆水中試驗水的溫度，以揣摩當老師父以劍淬水的那一刹那，究竟有多麼急速，究竟熱力有多麼大，才能將一盆冷水變成了這麼溫熱的水。這是鑄劍時最重要的一個階段，即是所謂的“淬工”。名家與俗手之不同亦即由此而分，因為鋼鐵雖經爐火燃燒，只能燒到通紅的程度，不經水淬卻不能達到白熱的程度。白熱即使極度的熱，在此時鋼鐵已柔軟得像麵條差不多了，打煉便極為容易了。

所以李如江在此時是全神貫注，簡直把一切都忘了。很燙的鐵屑鋼渣飛在他的赤背上，他都不覺着疼；盆中的水經過幾次浸淬，已經變成了滾水了，但李如江仍然用手去試，燙得他直皺眉咧嘴，可是也不敢出聲。

　　老師父忽然臉上現出些懷疑的神色，好像是已察覺出李如江一半是幫着做活，一半卻欺他兩眼看不見，而正在做着別的事。但是活兒正在做得緊張，他也無暇防備。李如江更是忘了形，忘了自己的一切。他覺出老師父的燒、淬、錘都有一定，每次跟每次，一回連着一回，實在是絲毫都不錯。就跟彈琴似的，來回彈這一個譜子，無論彈多少次，都是一樣。燒時由火焰的高低，時間的長短可以看出；淬時由水的溫度也能夠察明；捶時，譬如這次捶了十七下，下次一定還是十七下，絕不是多捶一下或是少捶一下，這也可以數出來；然而老師父所用力氣的大小，可就難以測知了。

　　李如江百思無計，到最後，當老師父雙手高舉起鐵錘，正要往鋼條上去砸之時，他就忽然用左臂去迎，一錘正砸在了他的左腕上。他忍住了一陣澈心透膚的疼痛。雖因下面沒有鐵砧墊着，未至將腕砸斷，然而他的胳臂可抬不起來了，他就急忙向後一退。

　　老師父覺着錘子沒砸在鐵上，卻砸在肉上了，也忽然停住了動作，神色更變了。但他並不說砸得重不重呀？誰叫你自己不小心呀？這等安慰的話或責備的話，卻生了氣。他把鐵錘咚的一聲砸下，哈哈哈哈，連聲地一陣怪笑。

　　李如江忍着痛，驚問道：「師父，你老人家怎麼啦？」老師父稍微把那兩隻瞎眼珠兒一翻，便說：「不怎麼！好徒弟，拾起錘子來再給我，咱們再接着打吧！」這時李如江就如同成了殘廢，只能用一隻臂，一隻手來幫助做活，可是他處處更加留心，老師父也不再防範着他了。

第三章　窺絕藝細聆恩仇

　　當日打完了，天已子時深夜。老師父扔下了鐵錘子，倒在炕上就睡了。李如江等着爐中火熄了之後，他又偷偷地量了量那爐身有多麼高，多麼粗，爐口有多麼大，都記在心上，如同帳記在紙上，碑文刻在石上一般。回到自己的屋中就寢之前，他還默默地溫習了很多遍，也不知腕傷的疼痛。

　　次日，他又去幫助師父打製那口劍。原來老師父早就預備着鑄劍，他開了那只銀櫃，從裏摸出一個包袱打開，就見銅製的劍鐔、銅製的護手，以及木製的劍柄，和劍上纏用的絲繩，全都現成。當日工作直到四鼓，劍身上的血槽已經挖好，又經過了幾次磨淬，此時的劍身已發出了白光，可以說是完全鑄就了。

　　老師父便握劍而笑，高呼道：「如江！你舉起來鐵錘，對着我這劍鋒上來砸。」

　　李如江說：「師父，這可砸不得！一砸，這口費了多少日子才鑄成的劍可就鈍了！」

　　老師父發怒一般地大聲說：「不怕！你自管來砸吧！」

　　李如江也想試驗一次，於是連那只時時在疼的左臂也抬起來了，就雙手舉起來鐵錘。那鐵錘至少也有甜瓜那麼大，相當的沉重。他把錘子砸在劍鋒上，同時老師父把擎劍的手腕也用力向上一迎，只聽吧嗒一聲，就把鐵錘子削去了一半，正如同是金刀剖玉瓜。李如江驚訝得變了色。老師父又命他取來了幾根鐵條，再用劍去斫，全都如切豆腐，如挑蛛絲，半分力氣也不費。

　　老師父感覺成功了，兩隻瞎眼之中萌出來向未有過的喜色。可是頃刻之間忽又變為怒容，他又叫了聲：「如江！」

　　李如江趕緊答應道：「是！師父還有什麼吩咐？」

　　老師父就說：「天色不早了，你也太辛苦了，這些東西等到明天再收拾吧！你就睡覺去吧，你還是住在廚房旁邊的那間屋裏吧？」

　　李如江又答應了聲：「是！」可是心中卻覺着納悶，暗道：師父忽然間又問我這句話，是幹什麼呀？

　　他注意地觀察着師父的神色，只見師父面上又呈出哀淒之容，又問道：「你看郭海鵬的那個兒子能夠繼承他的父業嗎？他家裏有謹慎的僕人能夠走一趟北京嗎？」

　　李如江便答道：「郭少爺年紀雖小，身體雖弱，可是為人倒還老成，我想一定能夠守住了父業。至於派人赴北京，我想他們家裏也許能找得出一個謹慎誠實的，會辦事、能走遠路的人。」

　　老師父忽又哈哈一笑，說：“這可好極了！你快去歇息吧！有什麼事，等到明天咱們爺兒倆再說吧！”李如江又說了聲：“是！”老師父忽然長歎一聲，這聲歎是更為奇怪了。李如江不禁一回頭，只見師父手中又摸着那口寶劍，雖然眼睛看不見，他卻把玩着，愛得不忍釋手。

　　李如江回到自己的屋內，他哪裏睡得着？既驚訝那口寶劍，愛那口寶劍，又自覺得技已學成，等得過兩天之後，自己也得設法找一個秘密的地方，安上一隻打鐵的爐子，照着法子鑄一口劍，看看到底能否與師父所鑄的那口一般鋒利？那麼以後自己也就成了鑄劍的名師了，想鑄多少口就鑄多少口，豈不是好？想了一會，天色就亮了，他這才睡了。

　　他一覺就直睡到午後，起來卻聽見廚房裏刀勺亂響，跑去一看，就見崔快嘴今天真做起大司務來了。原來是瞎老師父早已起來，命崔快嘴買來了肉、菜，殺了兩隻雞，還預備下了許多的老酒，說是今天要犒賞犒賞他們。所以崔快嘴是又高興，又犯饞，只預備做好了，好大喝大吃一頓。

　　李如江到師父的屋裏去收拾那些打鐵的用具，卻沒再看見寶劍，不知師父給收藏在什麼地方了。瞎老師父今天對待李如江也非常地和氣，特別地親近，並說：“可惜你沒有家，也沒有個親人，不然我拿出些銀子就叫你給他們送去了！”

　　李如江心裏就想：這幾句話雖是表示好意，可是從何而說起呢？我跟了他多少年，難道他不知我只是孤身一人，無親無故嗎？

　　老師父又囑咐李如江說：“天色大概也不早了，就等着吃飯吧！你跟我受了這幾天的累，我真得請你喝幾盅酒了。”

　　然而他卻叫崔快嘴把菜飯做好了，就先自己去吃。他吃飽了，老師父又給了他幾串錢，叫他隨便到哪兒去賭錢，並說：“今天晚上你不用回來了，我放你一天的工，明天你過了晌午再回來也不為遲。”

　　崔快嘴跟着這位刻薄的瞎老師父也有好幾年了，哪見過老師父像今天這樣的大方呀？大方得簡直又有點離奇了。可是酒足肉飽，又得了錢，為什麼不出去樂一宵呢？他臨走時樂得都閉不上嘴，就叫李如江隨他去關門。

　　李如江站立在門前，卻不住呆呆地發怔。只見紅霞已落，暮色漸深，樹上的鴉鵲都已睡眠，空中的炊煙，也盡消散；村中家家戶戶全已掩緊了門，看不見一個人，也沒有一點燈火，更無一聲犬吠。

　　李如江將門閉上，回來就在老師父的屋裏，師徒二人對面飲酒用菜。老師父真是變了脾氣，今天是又豪爽又灑脫，一杯復一杯地叫李如江飲。先前還是笑着勸，後來簡直是瞪着兩隻瞎眼睛硬逼，說：“酒都是為你才預備的！你若不喝，就不行！”李如江不敢違背師父的意思，他只好忍着喉嚨痛，就一杯一杯向下去飲。

　　老師父忽然歎了口氣，又說：“一個人有了特別的本事，就是奪了天地造化之功，鬼神對他也得嫉恨！我瞎了兩眼，也就是為這原因。還有的人遭受橫禍而死，說起來總是不冤屈！”李如江已經半醉了，點了點頭，也沒說什麼。

　　老師父又叫他飲了一大杯酒，親手給他斟的，怕他不喝，還摸了摸杯底，最後又把酒壺晃搖了幾下，覺出真是快喝完了。他雖看不見李如江的臉紅，可是已聞見李如江的呼吸之中都帶着濃烈的酒味，他這才說：“你吃飽了沒有？吃飽了就快睡覺去吧！今晚把崔快嘴那可厭的人打發走了，你我都可以安歇一夜了！”

　　李如江站了起來，更覺着頭部發暈，就說：“師父也歇着吧！”說出這句話，同時酒也就自喉中往外溢，他勉強又咽了下去，胃部卻更覺着難受。

　　出了屋，他晃晃搖搖地簡直不知該向哪邊去走了，也不知道走了幾步，就覺得胃直向上頂。他忍不住連嘔吐了幾口，鼻子裏都又酸又辣的，可是胸間倒舒服了，頭也顯着輕了，腦筋也明白了。

　　天色不知已到了什麼時候，仰面去看，就見烏雲飄浮，連一顆星光也沒有，好像要下雨的樣子。風自山嶺那邊吹來，很是淒冷，搖得樹木都簌簌直響，不像是四月初夏的天氣。李如江忽然想起崔快嘴沒在這裏，就想：今天師父為什麼要把崔快嘴支走呢？

　　他又想：師父知道我是向來不會飲酒的，他自己從來也是不喝，為什麼特別預備下了那些酒，向着我直灌？即使是因為劍已製就，他太歡喜？因我幫助了些日子也太辛勞，才置酒慶賀且慰勞我？可是細說起來，劍是為郭海鵬之死才鑄的，也不是個什麼喜事呀？值不得這樣地狂歡呀？師父的脾氣可真是改變了！

　　李如江一邊想着，一邊在院中慢慢地徘徊，醉意已盡消失，精神反倒倍長。回到了自己的屋裏，躺在炕上翻來覆去地也是睡不着，自知是因為睡了一天的覺，又沒有做活，這時身體當然不疲倦。他想起來點上燈，幹一些旁的事，可是又怕以後就這樣晝眠夜起慣了，那可真不好，又想：明天大概就得回到刀剪鋪裏去做活了，還得要私下試一試自己偷學來的那番技藝。

　　腦中越是如此翻來覆去地想，他就越是睡不着覺，在此時就聽見院中仿佛有了腳步聲。起初他還覺着是風吹樹響，未加以十分的注意，不料漸漸地這腳步聲越來越清楚，也越來越離着這間屋近。他倒笑了，心說：這崔快嘴不定把師父給的那幾串錢扔在哪裏了？也許是花在土娼家了，也許是輸在賭窟裏了。現在他錢花光了，肚子又餓了，這才偷偷地扒着牆回來了。

　　他剛要問：「是快嘴回來了嗎？」忽然聽得當的一聲響，仿佛是有什麼銅鐵之器觸在牆上了。李如江吃了一驚，趕緊坐起身來，就聽外面的腳步聲忽然重了兩下，並且已來到了屋門首。屋門本來沒有插好，一推就可以推開，可是外邊來的這個人就好像是找不着屋門。

　　李如江此刻神情緊張，他下了炕，雖然並沒嚷嚷出來，但已高高舉起來一條榆木的大板凳，心中恨恨地說：這一定是賊！只要你敢進屋來偷東西，我就一下子砸破了你的頭！可是等了半天，門外的人並沒進來，可也沒有走開，他就有些驚疑了。

　　他剛要由窗紙的破處向外去看，忽然聽得咕咚一聲，外面的人驀然就進了屋。不是闖進來的，卻可以說是跌了進來的，一進來就一腿跪倒了。李如江驚問道：「你是誰？」同時喀的一聲將板凳砸了下去。他的手也不准，並沒砸着這個人。這個人忽然挺腿立起，他的手中原來拿着傢伙了，雙手舉起向下就剁，說：「如江！我可不能夠可憐你啦！」說着狠狠地一劍剁下來，嚓的一聲，卻把一條榆木大板凳砍折了。

　　李如江才知道這是他那瞎老師父。他奮身上前，抱住了師父的胳臂就奪寶劍。老師父還緊緊不放手，還死力地掙扎，並要用牙去咬。李如江的左腕雖使不上力，可是又氣又急，便將寶劍奪到了他的手中。瞎老師父又驀地一頭向他撞來，不想又撞空了，正撞在炕沿上，整個身子就跌倒在地上，痛得他直叫：「哎呀！哎呀！」

　　李如江先由窗戶把寶劍噹啷一聲投向院中，他就彎身抱起來老師父，叫着說：「師父！師父！因為什麼事我得罪了你老人家，你就想把我害死？」瞎老師父急急地喘息，說：「因為你把我的功夫全都偷學去了！」李如江說：「不錯！在師父你做那口劍的時候，我是偷學了一點，可還沒有試過究竟成不成。我想我既是你的徒弟，又經管着你的買賣，我學好了手藝，不是也于你有益嗎？」

　　瞎老師父愈是發起怒來，將頭又要向他去撞，並狠狠地說：「什麼有益？你知道我多年來只賣刀剪，不鑄寶劍，就是怕有人將來要用我所鑄的劍去做惡事，你給偷學去了還行？」

　　李如江說：「師父！你要是不鑄這口劍，我也無法在旁偷學；你鑄劍也是叫人拿去殺人，還能夠算是好事嗎？」

　　瞎老師父忽然大吼起來，說：「我鑄劍是為殺我的冤家呀！我新鑄得的這口白光劍，要叫它天下無敵，將來殺死了狀元街崇家那一老一少！不想，你在旁偷偷地學成，將來你也鑄上十口八口的寶劍，賣給那崇家，那時我的這口白光劍還有什麼用處呀？年太保和郭海鵬的冤仇，幾時才能夠報呢？」

　　李如江聽師父又提到了年太保，不由得更是驚疑，他還沒發話去問，老師父就頓着腳痛哭起來，說：「李如江！你原是我的好徒弟，我本不該恨你，可是為了我給年太保跟郭海鵬報仇，我真不能不先叫你死呀！」

　　李如江歎息了一聲，就慨然說：「師父！你老人家先不用着急了。我是孤身一人，死就死，也沒有什麼掛念的，只是師父你得把事情全說明了啊？年太保和郭海鵬到底是從什麼時候就跟崇家有了仇恨？這事與你老人家又有什麼相干？我聽完了，若覺得師父辦得對，我非死不可，那我就把寶劍交給師父，請你殺我，我是絕對不躲避！」

　　他把師父扶到炕頭坐着休息，他去摸着了蠟臺，取火點上。借着搖搖的，慘黯的燭光，他就見瞎老師父頭上磕得已流出了血，而且滿面都是淚水，吁吁地不住喘氣。窗外已簌簌地落下雨來，雨絲隨着風都濺到屋裏。李如江趕緊去掩閉屋門，卻見天空上忽地一道銀蛇似的電光，接着是霹雷墮下，大雨滂沱。

　　老師父的兩隻瞎眼也大如雨似的落着血淚，他聲音淒痛，在雷聲之下斷續地說着。李如江的心神緊張，湊近了炕，低着頭側着耳去聽，就聽他師父說出了一件悲壯激昂的驚人故事。

　　在三十多年之前，雍正年間，青海地方有一個部落的首領，名叫羅卜藏丹津，他率眾造反攻打寧夏城。那時候雍正帝特命了一位大將軍，名喚年羹堯，率師討伐。年羹堯是漢軍鑲黃旗的人，別號雙峰，是康熙年間的進士，本來就討平過西藏，官至川陝總督。他不但是一位能臣，而且為人任俠好義，生平最喜與慷慨悲歌之士，及身懷絕技之人交遊。

　　那時在他的門下，最受知遇的有三個人，第一個是善作詩文，且工擊劍，又熟悉兵法的秀才紀海鷗；第二個是劍門山的大俠金翅大鵬沈九，這人武藝超群，生性魯莽，作為年公部下的勇士，給他又起了個名字，叫作海鵬；第三個人就是江西臨川人，世傳的鑄劍名師吳海蛟。年羹堯討平了青海，位封公爵，恩賜太保，顯赫無比。然而年太保之建功也多虧這三人之力：紀海鵬是用兵如神，沈九是永遠護衛，吳劍師是為年太保鑄過一口斬銅斷鐵，削金剖玉的寶劍。年太保治軍最嚴，但對這三個人卻深加寵遇，私下裏簡直是吃喝不分，如同父子一樣，勝過了孟嘗君之對馮驩，魏無忌之待侯嬴，又不亞于燕昭王的黃金台延聘樂毅。古雲「士為知己者死，女為悅己者容」，所以這三位奇士都樂意為年太保效死。

　　後來年太保功高遭忌，並得罪了幾個朝臣。最與他為敵的就是一位內閣大學士，姓崇，華陰縣人。這個人結連了內外群臣，查出點年太保的劣跡，就加以誣陷之詞，交章彈劾，例出僭越謀叛等大罪九十二款，朝廷遂將年太保下獄，旋貶為杭州守門吏。不料崇大學士又奏了一本，於是年太保就被罪而賜死！在獄中以一條白練，斷送了性命；家產且被查抄，門客多數逃亡，這是雍正三年之事。

那紀、沈、吳三人，齊感念年太保生前知遇之恩，願捨身為恩公報仇，便一同立誓。紀海鷗因家中尚有老父，須待父親沒後，他才能捨身，所以暫且他只能夠給年太保看墳，住在京城附近。吳劍師卻到了華陰縣，改名為吳慕冶，開了一家刀剪鋪子，也是暫且隱身。斯時那個崇大學士也辭官返里了，住在華陰縣城裏的狀元街。沈九也就趕到，他在吳家的刀剪鋪裏住了半年，時時想要殺害那仇人崇大學士。可是崇府上的門禁森嚴，院落又極深，沈九雖出身于江湖遊俠，卻不會半夜裏去蹦房越脊，所以他總是無法下手以如願。

他們三個人追隨年太保多年，只紀海鷗有妻有子又有錢，沈九跟吳師父，半輩子都是光身漢。沈九所掙的錢都隨手揮霍了。吳師父不過是個手藝人，掙的錢原來就少，又有個好賭的毛病兒，所以手中也沒有多大的積蓄。然而，如今年太保一經去世，除了紀海鷗之外，還就得靠吳老師父了。《雙魚為記》的買賣既發達，獲利也頗厚，同時他又戒了賭，所以直往銀櫃裏積蓄錢。

沈九在這裏既不能夠報仇，吃着、喝着老朋友，心裏也很是不安，所以他就走了。他到了趟北京郊外的三里店，見了紀海鷗。只見他名曰給太保看墳，其實在墳的附近已置了幾頃田地，蓋起了莊院，他的父親依然健在。紀海鷗說：「雖然終日痛心疾首，思為太保復仇，但因盡孝之故，暫時還是不能夠盡義。」沈九就說：「我自己要延請江湖朋友為助，再往華陰縣前去復仇，可惜沒有銀錢，沒法子在江湖上結交。」紀海鷗留沈九在他家中住了七八天，才給他湊足了一百兩銀子，沈九沒有嫌少就走了。

他用六十兩銀子買了一匹馬，十兩銀子又打了一口刀，就去遨遊各地。走在山西地面，銀錢就用盡了。他在旅途中結交了玉鼠韓飛和黑熊楊起，這兩個都是綠林好漢，因此金翅大鵬就又淪落江湖。不過這時的他卻第一是恨貪官，第二是敬老弱，第三是得了銀錢絕不浪費，第四是留意尋訪江湖義士，尤其是擅長蹦房越脊，有特別夜行功夫的人。

約有一年多，他結交了一位好友，乃是河津縣住的王公弼，外號叫雲中俠。這人拳腳精通，劍術高妙，夜行之術更是超絕。沈九就把自己欲為年太保復仇之事向他說了。他平素也最為尊敬年太保，忿恨那奸惡的崇大學士，他當時就答應了。可是此時他的太太已身懷有孕，他非得等着太太分娩之後，看看生的是男是女，然後才能夠去走，去幫助人復仇。沈九就與他約定半載之後在華陰見面，他也滿口答應了。

於是沈九先與玉鼠韓飛，黑熊楊起二人拆了夥，他帶了一些私錢就回到了華陰縣，買了幾畝地，蓋了幾間房，並且因為房、地都在郭家屯，他便也改姓為郭，名字仍用海鵬二字，又娶了妻，居然有人稱呼他為郭爺了。他又自稱本來行四，於是又都呼他郭四爺。

他仗義疏財，頗為人所景仰，但他是時時不忘給恩人年太保復仇。他之所以自稱行四，乃是因為現在暗中思為年太保復仇者共有四人：一是紀海鷗，二是吳師父，三是雲中俠王公弼，四即是他。可是事與願違，紀海鷗是永遠在北京不挪腳步；吳師父的兩隻眼睛忽然又瞎了，成了殘廢，人也變得更為謹慎，反時時勸阻郭海鵬，叫他要忍耐，不可冒然就去向崇家惹事；那雲中俠王公弼是忘了他的諾言，一年兩年，兩年三年，不但不到華陰縣來，也打聽不着他的行蹤。

至於那位在城裏狀元街住着的，做過大學士的崇老員外，也料到他自己與年羹堯的家人結仇太深，而年公的故舊之中頗有不少奇特之士，難免前來尋仇，所以是絕不出門。他只在深宅裏觀魚賞花，養生樂道，宅中的男僕都難入內宅，不能與他見面。他的長子、次子都已做了高官。三兒子不願仕進，在家裏是終日使拳弄棒，蓄養歌妓，縱容小廝，在外邊是欺人獵色，無所不為。崇家並雇有幾個護院的人，其中以惡蟒苗雄才的武藝最高，無人敢惹。

　　歲月如流，催人老去，使得義士的雄心銷磨，使得名劍師吳海蛟成了個猜疑苛刻的瞎老頭子；使得郭海鵬的田莊日廣，家口益多，鬢髮蒼白，身體多病；使得紀海鷗與雲中俠已被人遺忘。

　　郭海鵬在華陰縣住了這些年，除了瞎老師父知道他的來歷之外，還有一個就是狀元街崇家後來雇的一個護院的，名叫醉虎徐七。這小子幫着崇三少做了無數的惡事，可也被郭海鵬狠狠地教訓了幾回。他對於郭海鵬是敬而且畏，一點也不敢惹，並暗中告訴過崇家的人，說：「千萬莫跟這一腦門子煞氣的老傢伙鬥氣啊！」原來他以前是山西綠林英雄玉鼠韓飛、黑熊楊起手下的，那兩個人後來都被捕獲正法了，他就躲到這裏來當家奴。他知道點郭海鵬的來歷，可是因為他自己的來歷就不正，所以他也不敢對人明說。終於因為他調戲了那個小媳婦，而惹起了大事：郭海鵬奪了他的刀，奮身往狀元街尋釁復仇，以至被惡蟒苗雄才用槍扎死。

　　瞎老師父吳海蛟（慕冶），經此刺激，把他心中壓制了三十多年的復仇意念又重新撩起，他這才鑄就了那口白光劍。然而，察覺了鑄劍的絕技又被弟子李如江所偷學，他為嫉妬之心所使，為不容人間再有第二口寶劍，以免為崇家或幫助崇家的人所得之故，就必須要殺死他本來最愛惜的高徒李如江。所以，他才會在今夜這風粗雨暴之時，持着劍，瞎摸着，往李如江住的屋內去下手，可是他失敗了。

　　他痛哭着把這一段沉痛的往事，向李如江陳說完畢，然後他就說：「如江！好徒弟啊！你到現在都明白了吧？可是我也不忍得再下手殺你了，你也不可以自己去尋短見。我知道你是個心地忠厚、誠實可靠的人，你又還年紀輕，不像我似的瞎了兩隻眼，現在你應當遵我之托，去替我辦這件事吧！」

　　李如江也落着淚說：「雖然我明白了師父的鑄劍之法，可是我發誓一生絕不鑄一口劍、一把刀，或一件能夠害人的東西！如果做了，就叫鬼神來攝我的命，使我碎屍萬段，不得善終！」

　　瞎老師父擺了擺手，說：「你也不要再說了！」又歎了口氣，道：「我屋中的那只銀櫃，存着三千五百七十多兩紋銀。在去年我就托郭海鵬給我換成的多半是永泰發錢莊的匯票，為是攜帶便利，到平陽府、太原府、保定府，以及北京各地，只要是有永泰發錢莊的地方就都能夠兌取現銀。剛才我都已預備好了，收在一隻小木匣裏。我原想是將你害死之後，我就拿着我的竹竿和寶劍、木匣前往郭家屯，去見海鵬的兒子，叫他或遣一可靠的人到北京城東三里店，將劍和銀兩全交給那紀海鷗，再叫他用銀兩結交天下豪士，將寶劍交付於豪士之中的英傑，令他來殺死崇大學士與崇三少爺，並那惡蟒苗賊，以報年太保之仇，也兼報郭海鵬之仇！你再發下個誓吧，應得准去替我辦，一定千妥萬妥地替我去辦，發誓！快說吧！」

　　李如江垂淚慨然說道：「我若不替師父盡心去辦，也叫我碎屍萬段，不得善終，死後托生為牛為馬。」

　　瞎老師父說：「好！你將白光劍好好收藏起來吧！現在風雨太大，又在深夜，你也不必立刻就往郭家去了，明天再去也不為遲。如今我把所有的事都交付於你，倒不必太忙了，一年二年再將事辦完，也不算遲緩。」李如江拭了拭淚，又答應着。

　　老師父就叫他攙着回屋去，又說：“我把那裝銀子的匣子交給了你，以後就算全都是你的事了，我就都不管了，也就放了心啦！”於是李如江到廚房去取了雨傘，又回到屋裏來，攙扶着他的師父去走。戶外的雨仍大，電光更亮，雷聲也更是震人。半天，李如江才將師父送回到屋內，老師父把一隻沉重的木匣交給了他，就脫了鞋，躺在床上睡去了。

　　李如江抱着木匣，出屋帶好了門，在院中尋着那口浸在雨水之中的白光寶劍，又回到自己的屋內。他將門關閉，就用那被砍斷了的大長板凳，頂上了門，他剪了剪燭心，仔細看這口白光寶劍，真也愛得不忍釋手。他又打開木匣，見裏面除了三封白銀之外，就都是北方最大的錢莊永泰發所開的到處可取的匯票，可見老師父蓄心已久，他真是一位可欽佩的義人啊！李如江歎了口氣，覺得自己即使不為發了誓，也應當去辦這件事，肝腦塗地也在所不辭！

　　次日起來，風雨已停，但老師父還沒有起來。李如江拿着一柄鐵鍬，剷除積存的雨水，收拾乾淨了院子，就聽見有人叫門。他去開了一看，原來是崔快嘴才回來，身背着三四串制錢，喜容滿面地說：“你看，這都是一夜之間我贏來的！今兒我還得請客呢，你可先不要到櫃上去，待一會我就去割肉。”

　　李如江卻真想在此吃完了早飯，就得快走，不是回櫃，卻是得持劍攜匣去往郭家屯。看郭少爺那樣年輕，那樣文弱，大概不能去辦這件事；若是他家中再找不出一個可靠的人，那銀匣和寶劍可不能輕易交人，事情也不可濫托，義不容辭，只有我自己走一趟北京了。於是他就叫崔快嘴快些給做飯。

　　他又去看師父已經醒來了沒有，想問問是不是還要給郭家帶去些什麼奠儀。但他走到了老師父的門前用手推了推，並沒有推開，便向裏輕聲問說：“師父，醒了沒有？”連問兩聲，屋裏未見答話，他又大聲些問說：“師父，你老人家醒了嗎？”可是還不聞應聲。

　　他就疑心起來，扒着門縫向裏一看，他不由就啊呀一聲，急用腳將門踹開，搶進去解救。原來瞎老師父在牆上的高處釘了個很大的鐵釘，系的是很粗的麻繩，他的頭頸套在裏面，腳下有一踢翻了的凳子。這時他已伸出了長舌，流出了喉血，身體冰涼而僵硬，縊死已經很久了。

　　李如江當時就放聲大哭，哭得幾至氣絕。崔快嘴聞聲趕了來，只驚叫了一聲：“啊呀！”回身就跑，跑到門外就大聲呼叫，叫來了街坊鄰舍，男男女女許多的人都跑進來看。崔快嘴連連頓腳，說：“這不是怪事嗎？好好的，瞎老師父怎麼就上了吊啦？”

　　來看的人，有的人只是驚訝着老師父瞎着兩眼，能在牆上釘那只長釘，系那條麻繩，真不容易，真算有點本事。有的是很注意那只銀櫃，並驚訝屋內設着的這只打鐵的爐子。還有的勸李如江不要再哭了，心裏卻說：瞎老師父生前對你可有什麼好處呢？他那樣的人早就該死！有的卻知道他的上吊是與郭海鵬的受傷慘死之事有關，跟得罪了狀元街崇家的事也有連帶，就連多一句話也不敢說了。

　　李如江喘過來了氣，拭盡了淚，依然悲痛地說：“我的師父，他老人家真是一位義人啊！”痛苦咬着他的心，但他也知道哭泣是無用，就從南關找來了黃老實，同為瞎老師父治辦喪事。辦得也十分草率，買了口棺材，盛斂了屍身，請來僧人超度一番，就埋在老師父生前置的塋地之中，並與他那個老婆兒並了骨，壘起來一座新墳。李如江又雇人刻了一座碑，上寫“臨川吳師諱海蛟之墓”，豎在墳前。

　　那縊死過人的房屋沒人敢住，就將院子鎖上了。幾十畝田地向來就是租給別人耕種，如今當然算是《雙魚為記》刀剪鋪的產業了，也無問題。崔快嘴是另去找事兒，李如江也搬回鋪子裏去住，但他不再打鐵了，連櫃上的一切事務也都交付了黃老實。他將那口白光寶劍秘密地配上了鐵鞘，將那只銀匣也堅固地鎖起。

第四章　中途結伴時刻驚心

　　李如江來到郭家屯，這時郭海鵬也早就埋了，郭家的人仍都身着重孝，他就去見了郭少爺。這位郭少爺名字叫作繼高，本來就體瘦，就有病，如今經過了父喪的哀毀，更不成樣子了。李如江又逐一地去尋着郭家所用的男僕，見面時假作是閒談，實則他是想看看哪個人精明，會辦事，誠實而可托。但郭家所用的男僕不過三人，一個是老僕，六十多歲了；另一個是個跛子，還有點癡；再一個才十五歲，是個連村子都不常出的小孩，這幾個人哪能夠去辦那樣艱巨之事？哪能帶着那麼重要的銀匣跟寶劍，去走那樣的長途呢？

　　所以李如江把他的來意是一句也未說出，只去見了郭太太，說：“我是來辭行，因為我師父已死了，我真不願在這兒再做買賣了！”郭太太說：“咳！你想到外省去發財也好！可是你想到哪一省去呢？盤纏夠用嗎？”李如江遲疑了一下，才說：“我大概是要往北京去一趟。盤纏，因為我師父留下來的一點錢，也還夠用，足足夠用！”說到這裏，他心酸得眼淚都幾乎落下。

　　這時在郭太太身旁站着那位年齡很小的郭小姐，不住地用那兩隻秀麗而明亮的小眼睛向着他來看。李如江已經沒有什麼話能夠再說了，便起身打躬告辭。

　　他出了屋，慢慢走到了外院，還未走出大門，忽見那位郭小姐從裏邊追出來，向他叫着：“姓李的！姓李的！”李如江回身，勉強笑着問說：“小姐叫住我有什麼事呀？”這位小小姐卻說：“你既是上北京去，我就得叫你辦一件事。你到那裏的三里店去找紀海鷗，叫他快來給年太保、給我的爸爸都報仇吧！”

　　李如江嚇得臉色頓然白了，擺着手說：“哎呀小姐！快不要說了！這是哪兒來的事呢？”

　　郭小姐卻沉着小臉兒說：“別人全不知道，我可都知道！瞎老師傅找我爸爸摸骨牌玩的時候，他們每次都是悄悄說，但不避我。他們都要殺崇家的那個老頭子，給年太保報仇，可恨是那紀海鷗跟那雲中俠老不來，仇也沒報成，倒叫我爸爸跟瞎老伯都白白地死了……”說着，那雙有神的，頗有心眼的小眼睛便垂下淚來。她頓着腳又說：“你非得給我去找紀海鷗才行！”

　　李如江嚇得都哆嗦了，趕緊又擺着手悄聲說“小姐不要着急！我，我就是……這次往北京，我就是……”他本想請小姐隨他到外面去再談，可是知道門外樹底下有不少的人，這裏兩旁倒還沒有人聽見，於是他就簡捷地說：“我實同郭小姐說，我往北京去，正是遵我師父遺囑，去請來紀海鷗……”

　　郭小姐這才點了點頭，又說：“只請紀海鷗來也是不成，你還得到河津縣去打聽打聽雲中俠，那個人會躥房越脊，武藝比誰都高！」

李如江連連點頭說：「好好！我一定都去找，全去辦，快辦快回來。大約至遲到了八月節，他們必定全都來到。可是小姐啊！這件事若被崇家那邊的人知道，那就了不得啦！」郭小姐拿小手擦了擦眼淚，搖着頭很堅決地說：「對我媽，對我哥哥，我都不說！」李如江望着這位小小姐，只見她穿着一身重孝，烏黑的小辮紮着白頭繩，說話有條有理，神態是既大方而且精明，簡直不像個年僅十一二歲的女孩兒。

李如江對之十分喜愛，原想說：你跟我一同往北京尋你那紀伯父吧？但又想：她若是個男孩子，還許能夠幫助我做點事，一個小姑娘，她的母親也不能夠就把她撒手呀？遂就又勉強地笑着說：「小姐！你就在家等着我把他們都找了來好了！只是你的哥哥名叫繼高，我已經知道了，小姐你叫什麼名字呢？因為我見了紀海鷗的時候，他若問我，我好向他去說。」小姐說：「我的乳名兒叫小芬，爸爸還沒給我起過正名字。」李如江點頭說：「這就是了，那麼我就走了。」他拱了拱手，轉身就走出大門，心中充滿着無限的悲哀慷慨之情。

此時滿村的丁香花均已謝落，天氣悶熱，空中凝滯着不散的愁雲。走回到了南關，因為華山上的香會早已開過，現在的街上一點也沒有熱鬧的景象了。他尚未走到鋪子的門首，忽然聽見身後傳來一陣急速的馬蹄之聲，幸是他向旁邊躲避得快，不然就把他撞倒了。他扭頭去看，只見來了六七匹馬，簡直兇猛得都跟老虎一樣；馬都備着全份的新鞍，鞍上的人都是錦衣紈綺，個個都驕傲非凡，就像撞死人白撞，打死人也白打的樣子。其中一位戴着編制得精細已極的大草帽，穿得特別闊的人，就是那崇三少爺，也就是大家都怕的，稱他為三太爺的那個崇大學士的小兒子；另外還有他的內弟竇文慶，帶着幾個小廝；最後邊一匹馬上的就是他家的護院人惡蟒苗雄才，此人年紀不過三旬上下，一張紫色的大臉，長得是兇惡非常，穿的衣服跟他的主人一樣闊綽。他們大概是到南郊馳馬玩耍去了，這時才回來。

李如江心中是又恨又怕，連看也不敢多看，這一群烈馬就忽喇一聲，由他的身旁沖過去了，把一些髒土灰塵都揚在他的臉上。他暗暗地生着氣，回到了鋪子裏，就見黃老實買了一身半新的繭綢褲褂穿着，坐在瞎老師傅常坐的那把椅子上，手搖着蒲扇，居然當起大掌櫃的來了。

李如江對於鋪子裏的事情是一點也不過問了，當時他就收束行李。次晨天色才明，他就用一根桃木棍捎着他的行李——被卷中藏着白光寶劍，粗布的套袋裏是盛着銀匣，竹笠芒鞋，如同一個做小買賣的人，離了華陰，順着大道往東，他就踏上了往北京去的路徑。

李如江因為負着這艱巨的責任，又攜着寶劍與銀匣，所以他在路上就特別地謹慎小心，總是跟隨着大幫的客人在大路上走；無論見着什麼人，他絕不多交談，天還沒有黑就先投宿；在店中他絕不住那許多人擁擠着睡覺的大屋子，寧可多花錢住單間；睡覺之前必將屋門閉緊，而且從裏面頂上椅凳。

兩天的工夫，他就走到了潼關。此地臨着黃河，有一渡口，名叫風陵古渡，若是往河津縣訪那雲中俠，就須由此渡河到山西省界。然而他想：雲中俠不過是郭海鵬的一個朋友，那個人既未受過年太保的恩，也與崇家素無怨恨。他既背約失信，可知不是個好人，還是不要去找他為是。如今只是應當直往京師，紀海鷗不但是個義人，且是孝子，將劍和銀匣交付於他，是絕無舛錯了。於是他就決定不由此渡河，而直往東去。

李如江的為人雖然謹慎，可是第一次外出，簡直毫無行路的經驗。四月底的天氣又是時陰時晴，晴的時候熱得人喘不過來氣，陰的時候只要飄着一片烏雲就能夠來一陣大雨。豫西又都是黃土高原，無風時是三尺塵土，有雨時幾百里地之內都是泥濘。李如江又沒帶着多少更換的衣鞋，草鞋是磨破了再買，粗藍布的衣褲被日曬雨淋，塵揚汗汙，已經變得一塊黃，一塊白，並且都磨破了。然而他的行李捲卻難得打開一回，睡覺時便當作枕頭；他那只粗布的套袋也磨破了，露出裏邊木匣的一角，尤其是當他把這份行李擔子掮起來的時候，很顯然的是一頭兒重一頭兒輕。

這天他來到陝州地面，清晨他在店房中起來，剛要收拾好行李再向東去，忽聽有個人在院中嚷嚷，說："有往山西去的沒有？有過河的沒有？要是往直隸省去的可也得由這裏過河。要是有，咱們就搭個伴兒，船錢也能彼此省些，店錢也是人多點合算。"

李如江還不敢冒然回答，他先叫進來店夥，問說："要是往北京去，是得由這裏就渡過黃河嗎？"

店夥說："莫非客人你沒走過這股路嗎？不要說上京裏去的，就是走太原府，也得由這兒過河，到茅津渡往北去走，不然可就得多走幾百里地，還不穩妥。現在由我們這兒再直往東走的，不是走洛陽的，就是走開封的啦！"

李如江一聽，就急忙收束行李，又問道："在院中嚷着找同伴的，這人是幹什麼的呀？"店夥說："是兩個買賣人，大約是作銀錢生意的。因為往北去的人少了，久走路的人全都謹慎，想要多約上幾個伴兒同行。"李如江就說："我跟他們一塊兒走最好！"

李如江開了門向外面一看，見是一個穿得很整齊的年輕商人，正跟一個像是賣力氣的人談話，那人說是要走平陽府去，他是推着一車子西瓜。年輕的商人卻擺手說："不行！我們是過了河，不雇車也得雇腳，你推着一車子東西，怎能跟我們一塊兒走呀？"那賣西瓜的人轉身就走了，還撇了撇嘴，說："我推的是西瓜，跟我在一路走有你們的好處，准保你們渴不死！"

因為店夥還在屋裏，李如江的腳就不敢邁到門檻外，他只向外面說："大哥！咱們一塊兒走吧！我也想由這地方渡河。"年輕的商人轉過身來問他說："你是走什麼地方去的？"李如江說："我是走京裏去的。"年輕商人笑着說："好遠！你隨身的行李多嗎？"李如江說："沒有什麼，只是一個擔子，卸下來背着也能夠走。"

年輕商人又問："一共幾位？"李如江說："只是我一個人，多了也就用不着半路上搭伴兒了！"年輕商人又問："貴行是……"說着已經走進屋來，看了看炕上放着的行李。

李如江就答道："我是鐵爐行的，打製刀剪的手藝。因為京裏有我的一個師兄，新開了一號買賣，托了人帶信，邀我去幫助他。"

這年輕商人就說："這很好呀！京裏的地方大，到了那兒就准能夠發財。去年八月節我還是在那兒過的呢，我住在珠寶市，到那兒提起我來，有很多人知道。"

李如江說："請教大哥貴姓高名？"

年輕商人的態度十分謙遜，拱手帶笑說："可不要這樣，我可不敢當！兄弟姓孟，名叫保財，自幼跟隨着叔父出門作生意。您想一想，我每次到京裏是一準住在珠寶市，就可以想出我是哪一行的啦！"他指着店夥又說："您再問問他，我們來往，每次總是住這家店，不只一年了！"店夥在旁邊也點頭。李如江就也通了姓名，並問他們是要往哪裏去。

孟保財就說："在潼關才交了貨，由這兒渡河就回家了，家是住在高平縣河西鎮，離這裏有六天的路程。其實這條路我們已經走熟了，閉着眼睛也能夠走到家，可是外邊什麼事都有；尤其是我們這一行的人，人不值錢，貨可沒有價兒，身上總得有個兩三千兩，不能不過分地小心。若搭上幾個靠得住的伴兒，那就彼此有益，搭船雇腳住店，我們多拿出一份兒來也不要緊。」他笑了笑，又說：「那麼李掌櫃，咱們可算是約好了，現在就走。我還得嚷嚷幾聲去，要有做官為役的老爺們也跟着咱們搭上伴兒，那可就更穩妥啦！」說着他轉身走去，又站在院裏喊着找伴兒，店夥也跟着出去了。

李如江想着，跟這樣謹慎的珠寶商人一路同行，可以放心了，於是就趕忙收束了行李。

等了一會，孟保財就又進屋來，笑着說：「喊了半天，也沒再搭着個伴兒！大概是因為年頭兒太好了，人都在家裏耕種，夠吃夠喝，沒有事誰也不出門了。」

李如江想着：三個人在一起走，也總比單身行路強些，便問道：「咱們是打算怎麼樣？還想招伴兒嗎？」

孟保財搖頭說：「不用再招了，靠不住的人，即使願意跟咱們一塊兒走，咱們可也不敢答應。現在咱們就起身吧，好在只要一過了河，往東就是大道，那條路上，你想叫人少一點、清靜一點，還不能夠呢。」說着又出去了。

不多時候，他便在院中高聲叫着：「李掌櫃！收拾好了嗎？咱們這就走吧？」李如江答應了一聲，匆匆忙忙地叫來了店夥，將店賬付過，便用桃木棍子搯着兩件行李走出了屋。此時那孟保財身背着一隻小小的行囊站在院中，旁邊有他的叔父，年紀約五十餘，鬍鬚也並不太白，可是老態龍鍾，拄着一根很粗很長的拐杖。孟保財指着他的叔父向李如江引見，並笑着說：「李掌櫃！我看你的這份擔子不大輕呀？我來幫你個忙兒吧？」李如江搖頭說：「不用客氣！我們打慣了鐵的人，力氣總還有點兒，搯這麼兩件行李不算什麼。」孟保財又笑了笑，遂就一同出了房。

一直往北走了不遠，到了河邊便是渡頭，這裏有三四隻大船往來渡人，什麼騾子、馬、大車、小車，都可以往船上去放，人也十分擁擠。由此看來，孟保財在店裏嚷了半天，只找着了一個伴兒，卻又可疑。

他們上船渡過了河，河北邊那屬於晉省管轄的茅津渡鎮，景況更是繁華。孟保財在這裏就雇了一輛車，請李如江卸下了擔子同他叔父一同上了車，他卻在地下步行着，就往東走去了。越走越覺得路上荒涼，人煙稀少，原來由此往東的路徑雖不狹窄，可是不能達到通都大邑。右邊是滾滾的黃河，左側遠遠的是綿延無盡的中條山。天又熱，田間的禾黍曬得都垂了頭，陣陣風吹來刮得滿車都是黃沙。

那孟老頭子是一上車就打盹，孟保財跟着走了不遠，就也跨上了車轅，他就跟李如江談起閒話來了。趕車的是一個酒糟鼻子的漢子，也在旁邊搭腔。他們都說這條路上不大好走，春天夏天還不要緊，秋冬的時季卻常有強人出沒，黃河裏並有水賊，能夠上岸來打劫旅客。

李如江聽他們說了，不由得有點心驚膽戰，孟保財卻笑着說：「不要緊！我在這條路上熟，即使出點事，至多了把咱們的粗笨行李拿去。」聽到行李有被劫去的可能，李如江就更是擔憂，他的套袋和被卷就在他的身邊。那孟保財說着話就把他的被卷往裏推了推，仿佛是也要往車裏來坐。然而他的手大概是觸到了被中的劍柄了，就像觸着蠍蛇似的，他立時將手縮回，臉色也變了一變，但沒有說什麼話。過了些時，他又扭着臉，把李如江仔細打量了一遍，微微帶笑的問說：「李掌櫃！你一個人走這麼遠的路，總得有點把握吧？我猜着你必定會武藝！」

　　李如江聽了這話，心中更為吃驚，就想：在路上不可對人盡說真話，也不妨吹一吹，好使得人不敢輕視。因就點頭說：「略會一點！再說我們當鐵匠的，兩臂既然有力，胸中也就有膽。何況這一擔破行李，匣子裏不過是我做活用的傢伙，給了賊，恐怕他也不肯要。」

　　孟保財哈哈一笑，說：「李掌櫃，我們搭上了你這個伴兒，可真算是搭着了，跟請了一位鏢師差不多啦！」趕車的也回轉了頭，用眼睛向着李如江直盯。

　　走到晚間方才投宿，住的是小鎮裏的一家小店，距離着縣城很遠。李如江可絕不能與他們叔侄同屋，因為自己的行李重要，所以非住單間關嚴門不可。當夜他可把那銀匣打開了，只將百兩一封的銀兩三封，仍鎖在匣中，卻將銀票三千多兩分藏在褲腰裏。粗布的腰帶緊了一些，摸了摸，覺得還不至被人看出，這樣萬一出了事，也不至於全都落在他人之手。

　　當夜他又細細尋思那叔侄，覺得也沒有什麼太可疑的。再說，即使他們真是歹人，他們既沒帶着刀劍，又都不是什麼年輕力壯的彪形大漢，也不能奈何得我。我也不必多疑，只要謹慎些就是了。

　　因此，到了第二天，仍然相約結伴東去。這一天孟保財就跟李如江談得更為歡恰，李如江也很佩服他見識多，閱歷廣，心中也忘了對他的懷疑。晚間又投店，因為店中的人太多了，房屋沒有了富餘，李如江只好跟他們叔侄住在一間屋子。但李如江也頗放心，天熱，也用不着打開被卷，夜裏就連被卷帶寶劍都作枕頭。至於銀匣，他是故意大大方方的，一點也不關心，表示出裏邊反正沒有多少錢的樣子。

　　一宿之後，次日再同行，可是孟保財另雇了一輛騾車。這個趕車的有點可疑，身短體壯，兩個拳頭似兩隻打鐵的錘子。李如江自思，如果跟他揪扭起來，自己可真不是對手。可是這個人，還不願拉這趟買賣呢，沿途直向孟保財抱怨給的車價太少。

　　中午找了地方打尖吃飯，由孟保財替他出了飯錢，他仿佛才高興了一點。接着又往下走，他就將騾子趕得拖着車飛快地走，然而愈走卻愈遠離了大道，而靠近了黃河。不覺天色漸近黃昏，一個行路的人也看不見了，四下裏也沒有村舍人家，李如江就心說：不妙！遂在車上問道：「喂！喂！天都到這個時候了，咱們還這麼走嗎？快點找鎮店吧！」

　　趕車的這壯漢子卻回過頭來，說：「你叫快點找店房，你去找呀？走到太歲鎮也得二更天，要奔鬼王屯還有五十多里，急可急不得，誰叫你們要趕着走路？」李如江說：「我可沒叫你趕着走路！天這麼晚了，可怎麼辦？」忽然那孟保財偷偷地向後推了他一下，這意思是不叫他跟趕車的頂嘴，這樣一來，可把李如江嚇得不禁打了個寒噤。

　　這時這趕車的難惹極了，反而故意慢慢地走，孟保財直跟他說好話，他可也是不理。他沉着張黑臉，比這時的黃河水還要可怕，因為河水還有嘩嘩的流淌聲，比這時的天色更為可怖，因為天上還有星光在閃灼。趕車的人雖就在跟前，可是暮色已遮住了他的臉，黑忽忽的使人看不清他是藏着奸詐，還是已現出了兇狠？孟老頭子忽然在車的最裏邊唱起戲來了，也許他是害怕極了才唱的？但腔調既難聽，聲音又慘屬，他侄子攔他，他還發脾氣。

　　走着走着天更黑了，忽然孟保財也不像剛才那樣和氣了，對趕車的說：「往南邊去趕！」趕車的說：「幹嗎呀？南邊可就是河，趕到河裏去過夜嗎？」孟保財說：「我不能聽你的，你小子錯翻了眼皮啦！媽的，你沒有打聽打聽車裏坐的都是什麼人？快把鞭子給我，你瞎了眼，敢對我們起歹心？小子你去打聽打聽，我們叔侄走這條路不止幾百次了，會看不出來你？你跟我們耍這個？」

　　此時李如江已手摸着了劍柄就要抽劍，趕車的卻把鞭子交給了孟保財，他倒跳下車去了。孟保財就急向李如江說：「他勾人去了！咱們得快走！這南邊不遠住着我一家親戚，咱們趕到那裏去住，才保無事！」於是他就吧吧地用力揮鞭，車就咕隆隆地快走起來。

　　也不知走了多時，車才止住。李如江隨着孟保財下車一看，卻又不禁驚疑，原來這是個孤村，夜色之下，土垣柴扉只此一戶人家，連犬吠聲也未聞見。

　　孟保財將那柴扉敲得吧啦吧啦緊響，裏面就有人出來了，先是一個矮小的人，手中托着一盞搖搖欲滅的油燈，又一個高大的黑影也隨之走來。柴門呀的一聲開了，黯黯的燈光裏顯出了那兩個人，托着燈的是個十四五歲的孩子，光着膀子，只穿着一條破短褲；隨他出現的那條巨影，原來是一個大漢，胸前和兩腮滿生着一團一團的黑毛，上身也沒穿衣裳，那兩個膀子簡直比松樹還要粗壯。可是孟保財呼他為大哥，說：「我們遇見壞趕車的啦，險些就出了事……」那大漢卻未容他說完，就喊了一聲：「進來吧！」回身就走開了。

　　這裏孟保財攙着他叔父下了車，又向李如江說：「進來吧！這是我們親戚的家，在這兒住着，一點舛錯也沒有！」李如江可覺出來這個地方更靠不住，那黑大漢絕不是良善之人，而且似是已預料到他們就要來自投羅網。尤其可疑的是那孟老頭子，下了車就毫無老態了，拿那根粗拐棍一杵李如江，說：「進去吧！怕什麼？來到了這兒就算是到了咱們的老家啦！」

　　孟保財卻叱責他的叔父說：「你胡說什麼？」走過來仍然向李如江很客氣地說：「李掌櫃，你不要疑心！在這個地方若是出半點錯，我管賠！」

第五章　遇救欣結小友

　　此時李如江已顧不得車上的銀匣了，他只將被卷緊緊抱住，心中突突地跳，在驚懼之中且燃起了怒火。他就大聲喊嚷說：「你們全是騙子！全是賊！以為我還沒看出來嗎？」那邊的孟老頭子卻把手中的粗杖舉了起來，說：「你看出來了又當怎麼樣？這地方你就是喊叫一萬八千聲也沒個人管！」忽見那托着燈的小孩子直向他擺手，而他已緊張得全身都在亂抖。

　　孟保財依然客氣地說：「李掌櫃，我看你夠個朋友吧？我還能夠為難你嗎？只要你肯進去，話都好說好講！」

　　李如江想了一想，就長歎道：「進去也行，但是銀錢都由你們拿去，我這條命，可求你們饒了！」

　　他忽覺吧的一下，脖頸又痛又涼，原來這半天他的身後，早有個人持刀比着他的脖頸了。那人用刀拍過他之後，便伸手來奪他的被卷，屬聲說：「快把這給我吧！我不能白饒了你這條命！」正是剛才那趕車的聲音。

　　李如江一直將被卷抱得很緊，這人就沒有奪過去。李如江想，這裏邊的白光劍是絕不可落到賊人手內。他遂死也不肯放手，挾着被卷就跑。但對面又被那孟老頭子橫杖擋住，身後又有鋼刀砍來。緊急危難之間，李如江就突然將被卷扔開，同時鏘的一聲，亮出了白光劍，他翻身就砍。

　　那趕車的冷笑着說：「啊！你還竟敢動傢伙嗎？我料你的武藝也不會高強！來，較量較量！你若一定找死，那還不容易嗎？」說着一刀砍來。李如江急用劍去擋，就聽當的一聲，賊人的刀已被削成了兩段。這一下可把這幾個賊嚇得立時驚奔，李如江也壯起膽來，他就大聲喊着說：「看你們誰還敢近前？」

　　賊人都逃進院裏去了，一個也不敢出來了。燈光已無，外面很黑，李如江就心說：我也快走吧！於是他就急急地邁步，知道南面是黃河，他就向北邊去走。北邊有北斗星，閃耀於天際，他的心中就默默地禱告說：求神佛快救我脫離此難！年太保、郭四叔、我的師父，你們的陰魂快來助我吧！

　　他邁步既急，地下又不平，屢次都要跌倒。走了也不知有多遠，忽然身後就有一件沉重的巨物擊來，正打在他的背上。他痛得大喊了一聲，身子向前一倒，劍也扔了，當時就昏過去了，如同死了一樣。

　　過了片刻，他略略有了知覺，就覺得全身，尤其是後脊梁，徹骨錐心地疼痛，比那次他為試驗瞎老師父打鐵用的力氣，鐵錘子擊在他的臂上可痛得多。並且他覺着有個人在拖着他，跟拉車似的拖着他的身子在地上走。這更使他忍受不住，他就呻吟着極力掙扎，把雙腳用力一蹬，喊着說：“快放了我吧！難道你們要把我拉去埋了嗎？我沒死！你們……可也太狠毒了！你們知道冥冥之中有神佛吧？啊呀啊呀……你們小心遭報吧！”心中的悲痛，加上身上的疼痛，使得他真都不想活了。

然而，這個人立時住了手不再拖他了，並且蹲在他的面前，說：“不要嚷嚷！我是要把你挪開，另找個地方叫你歇一歇，好去逃命。不然天再亮些，黑面鬼他們來了，看見你還沒死，他們再拿一塊大石頭向着你一砸，你可就完啦！”

李如江一聽，這個人說話的聲音清脆，身軀和手腳都不粗壯，就猜着必是剛才看見的那個手裏托着油燈的小孩，遂就說：“小孩，小兄弟！你快救我逃命！”

小孩說：“那邊不遠就有樹林子，我帶着你去歇一歇，藏一藏，可是你走不動呀？”

李如江咬牙忍疼說：“我能夠走。”他勉強站了起來，可是腰痛得他實在不能挺起，就駝着背，等於是伏在那小孩的肩上。幸是這小孩還頗有力氣，他就在前馱着李如江走。走了多時才進了樹林，林中漆黑，連星光都望不見，小孩也疲倦極了。

李如江就趴臥在一棵樹旁，一聲聲地呻吟着。小孩坐在他的身畔，喘過來氣兒，才說：“咱們在這兒也不可多待，被他們搜出來，連我的命都饒不了！”

李如江說：“那幾個強盜難道都不怕王法嗎？那個孟保財，面上頗像是個做買賣的人，誰知他卻是個強盜呀？可是我這麼窮的一個孤身客人，他由陝州就用計騙我，走在這裏才下手，可也太不值得了！他們為什麼不去圖謀那成幫成群走的，身藏百萬的大客商呀？”

小孩說：“因為你帶着那麼沉的一隻木頭匣子，在路上又不謹慎，就叫他們看上了。那個孟保財跟那老頭子，是專在這條路上幹這個事兒的，他們也不是叔侄。那個趕車的小子叫鐵胳臂小嚴，倒真是黑面鬼的外甥。他們若不是在車上看見了你的寶劍，疑惑你是保鏢的，也早就把你收拾了，用不着去找黑面鬼。”

李如江問說：“黑面鬼就是那個兩腮跟胸前都生着黑毛的人嗎？”

小孩說：“對了！就是他，他倒是個真正的漁戶，雖說會點武藝，可是近幾年來都不做壞事；不是他不做，是他不敢，因為有一個人管着他。”

李如江又問：“什麼人管着他？”

小孩說：“那是山西省的一位大俠客，這位俠客沒有真姓名，只因他無論走到哪裏都騎着一匹白馬，我們就都稱他為白馬奇俠，又叫他白馬老爺。他有兩個兒子，大兒子叫屠龍將軍，出外兩三年了，也沒有回來。有人說是被人殺死在外頭啦，可是怕白馬老爺傷心，不敢告訴他。二兒子叫斬龍壯士，人極能幹，現跟着他爸爸在王屋山上過日子。白馬老爺時常騎着馬各處雲遊，專做好事。我本是平陽府的人，我姓陳，乳名叫小石頭，自幼爹娘就都死了……”

李如江聽到這裏就歎了口氣，說：“兄弟，你跟我的命是一樣啊！我也是自幼父母雙亡。”

小石頭說：“我可有一個叔父，他沒出息，是一個賭鬼。他把我送在繡花作裏當學徒，我真受不了那苦，內掌櫃的凶極啦！掌櫃的有兩個女兒，也都狠極啦！她們天天打我，還不給我吃飽飯。我的叔父有時輸光了，又常去找我要錢要飯，還跟我們的掌櫃子打架。他來鬧一回，我就得挨一頓大打！有一天是在臘月，下着大雪，天也黑了，我的叔父從賭場裏被人攆出來；他光着膀子，快要凍死啦，半夜裏蹲在我們鋪子門外直哭。我聽了心裏真難受，無論怎樣，他也是我的叔父，我就偷了掌櫃的一件破棉被，悄悄開門給了他。沒想到叫我內掌櫃的知道了，她就把我揪住，讓她的兩個女兒拿着繡花針向我的身上亂扎……」

　　李如江聽了不由得就憤忿，連背上的傷都忘了，他大聲說：「天地之間竟有這樣狠心的女人嗎？」

　　小石頭委委屈屈的說：「可不是？有句俗話說：最狠婦人心，那是真的！扎完了我，打完了我，他們還把我趕了出去，我就成了要飯的了。幸虧我要了不到十天的飯，遇着了白馬大老爺。白馬大老爺騎着白馬，真威風！他見我很可憐，就送我到了黑面鬼的家裏，讓我幫着黑面鬼打魚，有時白馬老爺還特意來傳授給我武藝。黑面鬼雖不是好人，可是他不敢惹白馬老爺，就也不敢錯待我。這樣，我就在他們那兒住了兩年啦，武藝雖說學得不多，可是有了工夫我就練，整天整夜的練，我也練得不錯啦。」

　　李如江此時臥在地上，呻吟着說：「兄弟！你是個好人，就為你的叔父受累的事，我就佩服你！今天我若沒有你，就不能活。我也知道他們把我砸死在路旁，是為離着他們的家門遠些，免得叫官人找他們，可是我……」他奮臂高呼一聲：「我一定要去告狀！」

　　小石頭說：「你去告官辦他們也好，找白馬老爺管教他們也行。我來救你，就是覺着他們做的這事太可恨啦！搶了你的錢跟東西，還要用石頭把你砸死，老虎豹子也不能這麼兇惡。我為這才趁着他們分銀子的時候跑出來，幸虧找着了你，摸了摸你的胸口還有出入的氣兒，我就把你給拖來了。這樣見了官也不能說我是賊，白馬老爺要是問我，我更有話說，反正我沒幫助他們作惡！」

　　李如江此時的氣忿又低下去了，他歎着氣，心說：我這件事情還是不應當經官呀！他便向小石頭請求着說：「兄弟，你既救我就救到底吧！現在，黑面鬼那些人搶去了我的銀子，我也都不要了，更不到官方告狀，可是那口寶劍，咳！那確實是要緊的東西，若沒那劍我就無顏再活！兄弟，你快回去一趟吧！見了黑面鬼，無論如何也得替我哀求，把那劍還給我，將來我不但不記怨恨，還一定報他們的恩德；因為那劍不是我的，是別人托我帶到北京去的！」

　　小石頭搖頭說：「唉呀！這事情我可不能替你辦！我背着他們跑出來，再回去，他們把我也得弄死，若是知道你又活了，更不能饒了你。再說那黑面鬼得了你的那口寶劍，好，他連銀子都不顧得啦，把他家的鐵斧、鎬頭都給劈碎了！高興得什麼似的，又驕傲的不得了。他說反正現在他是誰也不怕啦，有了那口寶劍，他連白馬老爺都不怕了，以後也還要指着那寶劍發大財！」

　　李如江一聽了這話，急得他驀然站起身來，咚咚地跺了幾下腳，哭似的說：「唉呀！這可怎麼辦呀？寶劍到底是落在惡人手裏了！我可怎麼能夠對得起我的師父呀？」說着，傷痛而又氣急，就咕咚一聲，又暈倒了，驚得小石頭又去救他。

　　李如江昏暈了不多的工夫，就緩過氣來了，剛要放聲大哭，立時就被小石頭用手捂住了他的嘴，說：「這時候黑面鬼就許在樹林外搜找咱們啦！你一哭，被他聽見了，拿着那口寶劍進來，就能要了咱們的命！」

　　李如江雖然止住了哭聲，但仍然焦急、愁慮。他歎着氣悲聲說：「兄弟你快逃走吧！我自己去找黑面鬼。寶劍丟失了，我就無顏再活于人世。」

　　小石頭卻不住地勸他說：「我帶着你到王屋山去找白馬老爺，求他老人家把你那寶劍要回來！」說是除此之外，沒有別的法子。於是奄奄如死的李如江只好依着他的話，就又伏在小石頭了的身上，他的兩條腿雖也挪動，但全身的重量都壓在小石頭的雙肩上。小石頭就跟個小牛兒似的，馱着他向前去拽。

　　直走到了天亮，眼前才有一處市鎮，小石頭才改為攙扶着他，就到了那裏，找了一家極破爛的小店住下。一間小屋，倒住了七八個人，都窮得跟叫化子差不多。李如江在個炕角一頭就倒下了，他面色慘白，背上雖未湧出血來，但腰骨恐怕已被砸斷了。到了這時候他才敢大聲呻吟出來。屋裏的人，連店家都驚訝的問他是怎麼了？得了什麼病了？小石頭就說：“不是生病，是遇見強盜啦！”

　　店家主張去報官，李如江卻急急地擺手攔住了眾人，他一邊呻吟一邊說：“報了官也是無用啊！若捉不住強盜，反倒叫強盜更加銜恨上了！”

　　其實他的心裏倒並不是顧慮這些，他是想着：捉住了黑面鬼那些人，也是無濟於事，我要的只是那口寶劍！但那削銅斷鐵的寶劍，除了小石頭這孩子沒覺着是怎樣稀奇，旁的人即使有意還給我，但誰能夠不向我窮究根底呀？但那年太保之仇，郭海鵬之恨，師父吳慕冶的苦心卓志，怎可以向人實說呀？因此他除了呻吟之外，旁邊的人無論問他什麼話，他是絕不發聲。

　　他抬起眼來細看小石頭，覺得這孩子不但是善良勇敢，精明幹練，而且長得極為俊秀；年紀雖不過十四五，可是身材挺拔，比成年人也低不了多少，大眼高鼻闊嘴，是個漂亮人物。假使不是那麼窮，不是穿着短衣破褲，赤腿草鞋，那麼給他說媳婦，一定有人爭着要他，女孩子看見他一定都得愛慕。

　　小石頭一夜也沒睡覺，可是精神還不小，連坐也不坐下。李如江就用手拍着炕頭的一個空地方，說：“兄弟，你也歇歇吧！”小石頭卻搖頭說：“大哥你歇着吧！我不歇，我還得出去找點活兒做，掙幾個錢，拿來咱們好吃飯。”說着轉身就走。李如江急忙坐了起來，叫着：“兄弟，你回來……”但小石頭卻已經走了。李如江見屋裏有那麼多陌生的，而且都對他很注意的人，他也不敢說明自己的腰裏有三千多兩銀票。

　　他昏昏暈暈的，可也不敢就睡。過午小石頭才回來，一身的白灰，兩手的黃土，滿頭的汗珠，原來他是在街上做泥水活了。幹了半天小工，大約掙了幾文錢，買了一塊鍋餅給李如江。李如江接過來，流着眼淚吃了。

　　小石頭坐下歇了一會兒，就又出去做活去了。李如江覺着他這樣勞累，養活着自己，心中實在不安，就忍着背上的傷痛，慢慢地走到廁所。看見廁所裏無人，他才檢點自己的銀票，見有幾張，上面開着是“憑票付紋銀十兩整”，他想這個數目還小，像我這樣的窮漢有這麼一張，還不至於使人生疑。於是他就把其餘的照舊密藏，只拿着這一張去找店房的櫃上，求掌櫃的給去兌兌。永泰發的銀票，通行於北方幾省，店掌櫃看了一看，立時連多一句話也沒說，就平了九兩碎銀子，又給了他幾串錢。他要給店家幾文兌換的費用，掌櫃的也沒收，他就又叫店家給他另找了單間。

　　到了晚間，小石頭回來了，就驚訝地問說：“李大哥，你怎麼換了屋子啦？”他便微微地笑說：“兄弟，你不必再去做泥水活了！你也好生歇一歇吧！不瞞你說，黑面鬼他們劫去我那銀匣，那裏面不過是三百多兩，可是我還有，身邊還有……”小石頭聽了他這話，反露出驚異的神情，就低聲問說：“李大哥！你到底是個幹什麼的呀？”

　　李如江說：“兄弟你也不要疑我，我確實是一個鐵匠，可是因為我受人之托去辦一件大事，人家才給了我那口寶劍，跟一些錢。”

　　小石頭就問：“是什麼事情？你不能告訴我嗎？”李如江歎息說：“是一件大事！而且是發生在三十年前，將來不知何時才能辦了。兄弟你容我歇幾天，等我的傷好了一些之後，我必要詳細告訴你。”小石頭點點頭說：“好吧！李大哥你就安心養傷吧！”

由是二人就住在這店房裏。這地方名叫柏木橋，離着李如江遭事的黃河沿有四十里，可是都屬於垣曲縣管轄。王屋山在東北方，是一抹蒼翠的遙遠山峰，出了屋，站在店房的院裏就能望得見。小石頭就盼着李如江快點好了，他們就去往那山上，去拜訪那位白馬奇俠。因為現在吃喝不發愁了，小石頭就也不必再去找那泥水活兒了。他也怕黑面鬼找來，而在街上遇見，所以他就不常出店門，但在屋裏他又閑得仿佛手腳都癢癢。

住了兩天，李如江的傷勢稍微減輕了些，就又換了兩張十兩的銀票，決定走了。他給自己和小石頭都置了一身衣服跟鞋襪，可是小石頭是除了褲子，連衣裳都不愛穿。布鞋他也覺得沒有草鞋便利，襪子他穿上更是不習慣。天氣可也真熱，他們雇了一輛騾車，車裏就像是個蒸籠。小石頭忍受不住，就索性下車來走，可是地下又沙塵飛揚，太陽直射，沒有草帽，也沒有遮陽傘的他，曬得頭上直出油兒。

他們走了一天，才覺得對面的山容漸漸清晰，已來到山麓之下了。只見紅霞滿天，映得山上的林木全都發紫，鳥語才歇，群鴉又返，一縷縷的炊煙自山后飄起。李如江下了車，與小石頭順着山路向上去走，多時也沒有遇着一個人。李如江就覺出這個地方太幽靜了，想那位白馬老爺必是一個高人，不然他如何能隱居於此？於是心裏也覺得坦然了，願意見了那位高人，把實話說出一半，就求他做這一件俠義之舉，並將那口白光劍找回。

當下小石頭在前面走着，他說：“去年秋天，我曾跟着個人到這兒來過一次，路徑我還沒忘。”他就很熟的領着路。走過一道極狹的山溝，又過了一座石樑，果然就見前面有一戶人家，茅舍三椽，竹籬環繞。院裏有一棵杏樹，結着滿樹的又紅又大的杏兒。李如江就不由得誇讚着說：“這個地方真好！這就是白馬老爺的家吧？”小石頭搖頭說：“不是，白馬老爺的房子可比這大得多，還得再往上走走。”

說時他們已走到了竹籬外，就聽得裏面有男女的嘻笑之聲。竹籬內的人也聽見他們在外面說話了，就有年輕的男女二人在竹籬裏向外一探頭。小石頭先悄悄的告訴李如江說：“這就是白馬老爺的二公子！”遂就上前作揖說：“二少爺，您好啊！”

李如江抬頭細看這位奇俠之子，果然是風度不俗，身材很高，竹籬只能到得他的胸際，他眉目英明俊爽，真是個有氣派的少爺。在他的旁邊站着個十六七歲的村女，梳着辮子，腳底下不知登着什麼東西了，所以也能夠露出來一張很風騷的臉兒。當下這位二少爺，他大概就是斬龍壯士，就向小石頭問說：“你是幹什麼來啦？”小石頭指着李如江說：“我帶他來見見白馬老爺，有點事情求給辦辦。”李如江也趕緊向這位二少爺打躬。這位二少爺卻不大理他，依然跟那村女調笑。他由樹上摘下個杏兒給了那村女，村女咬着杏兒還不住咯咯地笑。小石頭一拉李如江，兩人又向山上去走，背後還不斷傳來笑聲。

李如江對於那位斬龍壯士二少爺，可真是不大佩服，認為是個輕浮少年。小石頭又說：“咱們見了白馬老爺，可不要說他的二少爺是跟那個瘋姑娘在一塊兒了，叫他知道了可得氣壞。”李如江就問說：“為什麼他是個正氣的人，他的兒子卻這麼放蕩？”

小石頭說：“也是因為白馬老爺不給他兒子娶媳婦，恐怕兒子一娶了媳婦就扔下了武功夫。可是他的這個二兒子，又專愛背着老子幹這些事，我也不大明白……”

　　小石頭說到這裏，好像有點難為情似的，就又說：“我可真不喜歡姑娘，我更恨娘兒們！因為我在繡花作學徒的時候，那個內掌櫃，跟她那兩個女兒，都是夜叉精。打我罵我的時候，狠極啦！我可真怕她們，又恨她們，我想天下的娘兒們、姑娘一定都沒什麼好的，都跟她們一樣……”

　　李如江由他說着，自己卻不答話，因為在李如江這個人的心中，實在不常想到男女的事情。他如今滿心的急憤之情，要見那位奇俠請求援助，更不顧其它，好在又向山上走了不遠就到了。

　　這裏是一座平谷，建有七八間土屋，四圍的牆全是用石壘成的，壘得很高，也很堅固。小石頭先走到門前，那門是用很厚的松木釘的，上面也沒塗着漆，兩扇門環很沉重。小石頭就伸手叩打。吧吧吧的叩門聲，借着山谷的回音十分響亮。半天，裏面有人問道：“是誰？”小石頭說：“是我，我是黃河邊的小石頭！”裏面將門開了，出現了一個很雄壯的漢子，看見了小石頭他就大笑說：“啊哈！你這塊小石頭，怎麼一滾又滾到這兒來了？”說着話就摸小石頭的頭。

　　小石頭卻十分正經而且着急地問說：“白馬老爺在家沒有？勞你駕，倪大哥，你就說我跟這個姓李的，要見他老人家！”倪大把李如江打量了一過，就點手說：“你們進來吧！”

　　二人進內，大門隨之又關閉上了。李如江一看，這門裏無所謂院子，只是在空地上鋪着細沙，設成了一座專為練武用的場子，房屋和窗櫺都很簡單。靠着西牆栽有一排木椿，系着有四匹馬，其中一匹比別的馬高大，全身雪白，簡直如同是白玉雕成的。白馬奇俠，白馬老爺，大概就是因此物而得名。

　　這時，那位白馬老爺已走出了屋，他身穿山裏人穿的土布衣裳，一點也沒有老爺的氣派，然而丰采奕奕，俠骨超俗，長瘦的臉，花白的鬍子，兩隻豹子一般的大眼，令人生畏。他先把李如江看了一眼，就用清朗的聲音問道：“你們到山上來，是有什麼事？”

第六章　白馬老爺雲中俠

　　李如江本來就駝着背，如今深深地打了一躬，腰更難以直得起來。白馬老爺忽就問說：「這個人是受傷了嗎？」小石頭替李如江答說：「是受傷了！現在還沒大好。是黑面鬼為謀他的財，奪他的劍，用一塊大石頭把他砸傷的⋯⋯」遂就把李如江所遇的事情說了一遍。

　　這位老爺聽說到了黑面鬼謀財害人，他就把臉向下一沉，及至又聽說出那口削銅剁鐵的寶劍，他便把李如江又打量了一遍，說：「你們進屋來吧！」

　　李如江恭謹地隨着小石頭進到屋裏，見屋中不過是牆上掛着劍，桌子上放着幾卷書，陳設得非常簡單。白馬老爺先在一張椅子上坐下，眼睛瞪着李如江來問：「你是以何為生的？」李如江說：「在刀剪鋪裏當大夥計，我有打鐵的手藝。」白馬老爺又問：「那口寶劍是你自己打的嗎？」李如江趕緊搖頭說：「不是，是我師父打的，我師父已經故去了。」

　　白馬老爺再問：「你是哪裏的人？自哪裏來？」李如江回答說：「我是華陰縣的人，就自陝西華陰縣來。」白馬老爺聽了，忽然若有所思。

　　李如江又說：「我師父費了一生的力量才製了那口寶劍，他臨死時囑咐我，將那劍送到京都給他的一位老友。不想因我一時不慎，竟被黑面鬼⋯⋯」

　　白馬老爺忽然把他攔住，說：「你且不要說！聽我先問你，你既是華陰縣的人，可知道那裏有個人，叫金翅大鵬沈海鵬嗎？」李如江點頭說：「我認識，他後來因為住在郭家屯，就改姓為郭，可是這位郭四爺也已不在人世了！」白馬老爺聽了不由歎息了一聲，接着又問：「華陰城還住着位作過大學士的⋯⋯」

　　李如江趕緊答道：「是！有的，那是狀元街的崇大學士。郭四爺沈海鵬就是於今春四月間，為一點小事，他前去攪鬧崇宅，被崇宅的護院人惡蟒苗雄才一槍扎死了！」

　　白馬老爺聽到這裏，忽然動容，立起來就咚地把腳一跺，把小石頭嚇得直瞧李如江。李如江的心裏也有些犯疑。只見這位白馬老爺轉過了臉去，又問說：「崇大學士那個老東西還活着嗎？」

　　李如江說：「活着，他死不了，郭海鵬跟我師父雖都已死了，雲中俠也負了約⋯⋯」

　　白馬老爺聽到這裏，忽又回轉身來，問說：「你怎麼知道的雲中俠？」問這句話時，他的神色是非常驚訝，態度更十分嚴肅，並且一擺手，令小石頭出屋去了。

　　李如江這時嚇得全身亂顫，他就問說：「莫非，白馬老爺知道那雲中俠王公弱的下落嗎？”白馬老爺拍着胸說：“我就是！”李如江咕咚一聲，雙腿就跪下了。他痛哭着說：“求大俠客向黑面鬼追回來寶劍，以便替年太保，替郭海鵬復仇……”

白馬老爺歎了口氣，一手將李如江扶起來，說：“今天若是你不來，我把三十年前的諾言幾乎忘了！你說的那郭海鵬，當年他在山西的時候同我確實是好友。年太保與崇家之仇，他也對我詳細說過。他要用我的飛簷走壁的功夫，去往華陰，結果那個老賊，我已滿口應允了。可是那時亡妻尚還在世，正要生我那薄命的兒子景俠……”

提到他的大兒子，他的臉上就生山淒慘之色，又說：“那時我就未得離開身。不到半載，我又遇着一個冤家對頭，那就是現在江湖人稱為第一條好漢的劉猛龍。那時我們都年輕氣盛，因為他遨遊到我的故鄉龍門，顯露武藝，發下大話，我為朋友所激，就去找他較量。我自信劍法高強，飛簷走壁的功夫世間無二，可是未料到劉猛龍的武藝件件比我高強。連鬥十次，我盡皆敗了。因此我無顏再稱好漢，無顏再叫雲中俠，更沒有臉再在故鄉住，我才搬到了這裏。”

李如江說：“怪不得這些年，外面不聞你老人家的大名啊！”

雲中俠說：“前十五年我幾乎是沒下過一次山，沒出過一次門。我的老妻就于那個時候故去了，我帶着兩個孩子，就在這院裏終日練武。後來我出去又找了一趟劉猛龍，在河南嵩山上我們交手了三次，結果是一次平局，兩次我皆敗北。此事除了我二人之外，江湖上沒有一個人曉得。我知道我之所以敵不過他的緣故，是因我的劍法不精，缺少真傳。因此我就時常騎着白馬出遊，到處尋訪江湖名師，只要遇到會一套新武藝、新劍法的人，我必要設法把它學會。你看我如今鬍子都快白了，我可還不服老，還像是才學武藝的小徒弟似的天天在學。我的兩個兒子，大兒子屠龍將軍王景俠，二兒子斬龍壯士王夢俠，武藝也都學得不錯了。可是我那長子，在兩年前，他沒得到我的吩咐，就去找劉猛龍，直到現在還未回來。一些人又都瞞着我，說是他在外邊娶了親，不回來了，其實……”說到這裏，他淒慘地一笑，咚地把腳一跺，高聲說：“我早就知道，他是死在劉猛龍的手下了！可是這不要緊……”

李如江怔了一會，也說：“既然沒有真實的音信，或者大公子也不能夠就在外有什麼不幸。”

雲中俠擺着手不叫他說，接着又歎道：“你想，我自己的身邊出了這許多的事，我還能顧得了當初答應給朋友的話嗎？幸虧今天你來了，不然我真想不起來了。好！我的事情今生未必能如願，因為我曉得，劉猛龍他也在精心學習劍法，刻苦地練功夫，他並且廣結天下豪俠，怕的就是我再去找他。但郭海鵬的事情好辦，那崇老匹夫不過是豬狗而已，派我的次子夢俠去一趟就行。”

李如江說：“可是那崇家雇着的那個護院惡蟒苗雄才，為人也頗是厲害！”

雲中俠搖頭說：“不要緊，那都是無名小輩！”遂就向屋外喊了一聲：“來人！”當時外面有兩個人答應，接着小石頭跟那倪大就進屋來了。雲中俠就向倪大吩咐說：“把二少爺，把徐永、焦強、趙大春都叫來！”倪大答應了一聲，轉身就走了。

雲中俠回到了裏屋內，這裏小石頭就悄悄地問李如江，說：“怎麼樣了？”

李如江說：“白馬老爺的大名我早就知道！本來我這次出來辦事，若是能夠見着他，上北京不上北京，都不要緊了。”

小石頭覺着非常奇怪，趕緊拉着他問說：“到底是什麼事呀？”

李如江悄聲地說：“兄弟，等我得了工夫，再細細告訴你。可是，剛才白馬老爺沒怎麼提我那口寶劍的事情，雖說只要白馬老爺能夠派二少爺去給我辦了事，即使沒有那口寶劍也無關係，不過那東西若是長久在惡人的手中，總算我對不起我的師父……”說着他又不住地皺眉。

這時院中腳步聲音亂響，那倪大給找來了三條大漢。小石頭認識他們，都是白馬老爺的徒弟，兩個是住在這裏，一個是在山后有家。雲中俠由裏屋走出，手裏托着三個沉重的紙包，問道：“二少爺他怎麼還不來？”倪大張口結舌地說：“二少爺他，他，他還在……”雲中俠把眼睛一瞪，問說：“他還在幹什麼？徐永去把他揪來！”

三個大漢中的一個黑臉的人，答應了一聲，轉身就走。可是他才一出屋，就聽院中說：“我回來啦！我正在山頭上練功夫，爸爸就派人找我，不知又是什麼事？”

進來的正是那位二少爺斬龍壯士王夢俠，他搖晃着肩膀，兩眼迷離，腦子裏大概是還想着那滿樹的杏兒，跟那個風騷的村姑啦。他門也不會給帶上，兩條腿也不會站直，在他這嚴父面前，還是這種浪蕩的樣子。李如江心裏就想：派這樣的人去了，如何能夠辦事？

雲中俠先對他的兒子說了三十年前曾許諾于郭海鵬，及年太保被崇大學士構陷致死的概略。小石頭這時也在旁邊，聽得都發了呆。接着雲中俠又手指着李如江，說：“這是一位義人！他不會武藝，但他有一顆比你們還剛強的心！”

徐永等三個人齊都振奮着說：“只要師父吩咐我們，我們舍出命去也要幹！”

雲中俠說：“這非難事，我又不是叫你們去找劉猛龍。”王夢俠卻說：“找誰去也行呀！我的武藝早就練成了，可是爸爸你總不叫我下山。”雲中俠哼哼地冷笑，說：“好，這次我就叫你下山！你聽我的吩咐，事不宜遲，明天清晨你們就都走。”

王夢俠說：“現在走也行啊！夜間比白天容易趕路。”

雲中俠說：“那隨你！給你們這銀子作路費，半路上不可妄取人家一點東西，住店吃飯不可恃武賴帳。除了我吩咐的兩件事，別的事都不許管，江湖的朋友也不准得罪。”

王夢俠的手裏還揉着個紅杏兒，不耐煩地說：“請爸爸快吩咐吧，哪兩件事？”

雲中俠說：“你們四個人先往黃河沿，將黑面鬼捉住，捆上他，由徐永把他押來，聽我發落！”

王夢俠點頭說：“這件事不費吹灰之力！”

雲中俠把一大包兒銀子交給他，一小包兒銀子交給徐永，另一小包兒交給那年最長的，樣子很精明的趙大春，就又說：“徐永先回來！夢俠你得了那口寶劍，就同着焦強、趙大春去往華陰。到了那裏，一切事都要聽趙大春安排，夢俠你只管到時候下手，並除了那崇老匹夫和苗雄才之外，不許妄傷一人！還須要記住，這不是去叫你同人比武鬥勝，只用夜行的功夫便行了，要辦得漂亮一些，然後拿着那寶劍回來見我。”

王夢俠聽着他爸爸的吩咐，雖然點頭，可是一點也不帶勁兒，仿佛這點小事兒不值得他一辦似的，轉身就走了。這時由他身上掉下來一個東西，小石頭的眼快，趕緊用腳給踏住，別的人倒都沒有注意。

徐永等三個人也都出了屋，雲中俠也隨了出去，又高聲地吩咐他的兒子，說：“你就騎着我的那匹白馬去吧！”他的這句話一說出，王夢俠可真是興奮了，當時就見院中喂馬備馬，十分地忙亂。

李如江說：“今天已經晚了，也不必今天就走呀？”

小石頭悄聲說：“不用管，他們全都是急脾氣，說辦當時就得辦。”說着話，小石頭彎身拾起來腳底下踏着的那個東西，看了看，原來是有杏核大的一個紅緞子繡花的小荷包，放在鼻子上聞了聞，還很香。李如江就說：「快給他吧！這一定是跟他相好的那個姑娘給他做的。」小石頭說：「在這時候怎麼能夠給他？叫他爸爸白馬老爺看見，好，那可就了不得啦！」

李如江暗暗地歎氣，看着那四個人在院中備好了馬，捆好了行李，帶上了刀劍，一齊向雲中俠施禮告別，當時就都走了。李如江可反倒不放心了，因為他看着王夢俠那個好色之徒、輕浮少年絕不會辦事，事情倘若辦成倒好，只要得回了那口寶劍，自己仍然可以去找紀海鷗；只怕的是他把事情辦糟了，那就連郭家的太太、少爺、小芬小姐都受累，因此李如江就恨不得再把王夢俠那幾個人追回來。

這時雲中俠已回到了屋裏，小石頭趕緊就把那個小荷包藏起來了。李如江兩眼驚疑，真想要問問：你的那位二少爺靠得住嗎？雲中俠卻向他們揮了揮手，說：「你們到西屋歇息用飯去吧！半個月之內，他們必定回來，你們就在此安心等着吧。」

小石頭又拉了李如江一下，李如江卻也不敢說什麼，因想：人家對於這件事情這樣的熱心，說辦，立時就去給辦，我若是再不放心人家的兒子，豈不使人生氣嗎？於是就駝着背走出。

那倪大領着他們到了西屋，那小石頭此時是精神倍發，他說：「就恨我年紀小，白馬老爺把我看不上眼，要不，我也騎上馬跟他們去走一趟，那有多麼來勁呀！」

倪大說：「你這塊小石頭就不用想充大人啦！以後你在這兒住着，這院子就用不着我掃了。」又向李如江說：「李爺，你隨便歇着，飯是待一會就熟。你還放心，我們的二少爺武藝高強，不在白馬老爺之下，可就怕給他的錢不夠花的，因為他在路上難免要……」說到這兒就不往下說了，然後又叨叨嘮嘮地小聲說：「二十多歲了，不給娶媳婦，說怕扔下了功夫，其實其實……咳！」他出去了，小石頭又掏出那只小荷包來聞了半天。

此時這裏，除了他們兩人算是客，其餘就是僕人倪大，還有一個燒火做飯的老頭兒。飯好了，四個人在一起用畢，這時天才黑，牆外的松柏樹的梢頭上，漸漸升起來一鈎新月。

夜間，山風甚涼，各屋中都不點燈。可是北屋開着門，明亮的燈光照射到院中，院中時常聽着有人咚咚地跺腳。小石頭扒着窗紙上的破洞向外看，並來拉李如江，李如江就傴僂着腰，慢慢走近了窗，偷眼向外去望。就見院中有一人在燈光月影裏錚然舞劍，劍光越舞越急，身軀往來徊躍，少時劍光身影合而為一；忽然又嗖的一聲，飛上房去了，到了房上可是悄然無聲，也不知是往哪裏去了；又少時，才見由高牆之外跳進來，提着劍進屋歇息去了。這位練功夫的人就是雲中俠白馬老爺。李如江驚訝得打顫，心說：他這樣大的本領尚且鬥不過那個劉猛龍，那劉猛龍的本領該有多麼大呀？

當夜，就李如江所知道的，雲中俠就在院中練了三回。他這樣下功夫，當然是為找那劉猛龍去。劉猛龍殺了他的長子，那人必定十分兇惡。李如江就想：只要他的兒子夢俠能夠辦完了那件事，將白光劍帶回來，那麼我就將那口劍奉贈給他。以後，白馬奇俠腰帶白光劍，必定更是威風，劉猛龍就許要望而生畏吧？

次日李如江起來得很早，就見雲中俠又在院中練起劍來。原來這位老爺是除了午飯後睡一個覺之外，其餘的時間都是精神奕奕，歇息一兩點鐘之後，必要出屋來練半天。他平時也不大出門，大概只要一出門，就得騎着他那匹白馬，而且絕不能往遠處去。

　　李如江在這裏休養着，倒頗安逸。因為山中氣候不寒不熱，這裏也很清靜，有時隔着窗看雲中俠舞劍，一點也不覺悶得慌。小石頭有時也在院裏掄拳踢腳，雲中俠把劍交給他，他居然能夠舞幾套，還很熟。李如江見了也很心喜，不過他的心總是放不下，常常幻想着：往西去的那條大道上煙塵滾滾，王夢俠、徐永、焦強、趙大春，四匹馬上四位英雄，白光劍在那裏發着白光，惡蟒苗雄才在那裏抖着長槍……崇大學士也許命已到了絕路，瞎老師父跟郭海鵬也許已在墳裏瞑了目……可是事情不能證明，捷音尚未傳到。

　　五天之後，徐永一個人騎着那匹青馬回來了。雲中俠正在院中練武，就收住了架勢問道：「怎麼樣了？沒把黑面鬼捉來嗎？」徐永說：「二少爺到了那裏，才見着黑面鬼就是一劍，黑面鬼命就完了，還容我把他捉來嗎？」

　　雲中俠又問：「寶劍呢？」

　　徐永說：「二少爺得了那口寶劍，樂得真要飛，當時就把他從家裏帶去的那口劍削成兩段，騎着白馬就又往西去了，趙大春、焦強跟着他去了。因為沒有我的事了，所以我就回來了。」雲中俠點了點頭，面有喜色。

　　這時李如江在窗外聽見，也將心放下了一半，因為以前所發愁的是寶劍落于惡人之手，現在寶劍已被王夢俠得去了，往華陰給年太保報仇去了，這還愁什麼呢？於是心中就禱告着，盼早成功。

　　如此又過了幾天，李如江背上被砸的那處傷，已漸漸痊癒了。他想叫小石頭帶着他出門，在山裏游一遊，小石頭卻搖着頭說：「不敢。」李如江問他為什麼不敢，小石頭說：「前天我剛一出門，打算去拾幾個落在地下的熟杏兒吃，好！那有杏樹家的瘋丫頭就出來了，揪住我，問我二少爺為什麼還不回來？我說到陝西去啦，怎能夠這麼快就回來？她，好厲害！真是最狠不過婦人心，刮刮就打了我兩個耳光，哭着向我大罵，說都是我把她害了！我不來，白馬老爺也不能把二少爺派走。二少爺如今一走，必定得跟他的哥哥一樣永不回來了，死在外頭啦，把她永遠拋下了！」

　　李如江說：「這山上竟有這樣無恥的丫頭？你不會告訴她麼，二少爺此次是奉父命而出去，做俠義之事，那樣的一條年輕好漢，豈能就為她這麼無恥的女子所迷？」小石頭說：「我不敢跟女人打架！我躲着她就是了。」

　　此時雲中俠又在院中帶笑叫道：「小石頭！出屋來，我再教教你躥房越脊的功夫！」小石頭高興地答應了一聲，一個箭步就跳出去了。現在雲中俠白馬老爺心裏是特別的喜悅。

　　又過了五天，這日的下午，忽然那焦強也獨自回來了。他滿頭滿身都是汗，他騎回來的那匹黃馬也喘息不止。一進院他就急向倪大問道：「師父他老人家沒出去嗎？」

　　此時雲中俠已自北屋走出，驚問道：「你為什麼一個人先回來了？」焦強笑着說：「我來報告你老人家大喜之事，咱們二少爺把劉猛龍結果啦！把師傅你三十多年的怨氣出了，把大少爺的仇也報了！」

　　此時李如江跟小石頭全都出了屋，就見雲中俠臉上顯出一種極度的驚訝，又非常懷疑的神色，他向焦強說：「你細講！」

　　焦強簡直喜歡得直跳，就連氣也不喘地說：「我們在黃河沿結果了黑面鬼，二少爺得了那口削銅剁鐵的寶劍，威風更增。走在平陸縣，忽聽人說劉猛龍剛走過去，往北去了，二少爺就對我們說：『狹路遇着了冤家，豈可輕輕地放過！不如先辦自己的事，然後再去替人家報仇。』趙大春還不敢去，怕敵不過劉猛龍，可是我高興去。趙大春無奈，只得隨我們去，我們就一直追到了絳州……”

　　雲中俠趕緊瞪着大眼睛問說：“到了絳州是怎樣與劉猛龍交的手？相鬥了多少回合？”

　　焦強一笑，露出滿嘴的黑牙說：“哪裏算是交手呢？連三合也沒有打。咱們二少爺可稱是智勇雙全，進了城見了劉猛龍，他連瞧都不瞧。劉猛龍也是有點藝高人膽大了，他就沒想到。現在他是專結交官兒，他的女兒要跟雁門關總鎮的少爺訂親，他是路過那裏，許多的朋友跟當地的官兒，全都請他吃酒。晚間他喝醉了，才回到他住的店裏。可是咱們的二少爺早已藏于他的床下，等到他一進屋，二少爺就突然躥出來，一劍扎了下去。他大驚，去抽劍，可是劍又被二少爺的寶劍斬斷。二少爺再一揮劍，當時……師父，你老人家給兒子起那綽號真沒起錯，他真不愧是斬龍壯士，劉猛龍三十多年自誇為江湖無雙的好漢，就這樣糊裏糊塗地完了！”

　　他說着又笑又跳，簡直替雲中俠高興得了不得。他又由身畔掏出來一隻已經擊碎了的紫玉鐲，說：“二少爺想着你老人家必定不信，所以就把劉猛龍胳臂上永遠帶着的那只鐲子砸下來，叫我帶回來作證據。”

　　雲中俠接過來這只碎玉鐲，仔細看了半天，竟是一點也不假。他回憶起來，他與那畢生的對頭，那劍法無敵的劉猛龍，在河津縣龍門、在嵩山少室峰幾十次的死拼惡鬥中，劉猛龍總是袖頭高挽，左臂上總是套着這只紫玉鐲子！如今他是完了，可是兒子王夢俠所用的手段，也太不光明了！

　　這時焦強又笑着說：“你老人家總不放心二少爺，以為二少爺的武藝不高，可是現在他才第一次下山，就把你老人家三十年來的對頭給結果了。”

　　雲中俠說：“這樣把人家結果了，誰都會辦。”他歎了口氣，又說：“替別人辦事，只要是除惡剪凶，用什麼手段都行；可是劉猛龍這些年間，同我較量的是拳腳功夫、寶劍路數！我那不肖兒子用這種手段殺了人家，真叫我愧死！”

　　焦強見老師父一點也不喜歡，他就不住地發怔。雲中俠卻意志消沉，倒背着手兒在院中來回地走。焦強又說：“無論如何，現在你老人家是沒有了對手啦！以後白馬老爺是江湖間第一位，二少爺也得稱為是江湖第一的少年英雄。”雲中俠卻怒斥了一聲：“走！”

　　焦強回身走了，雲中俠手中把玩着那破碎的紫玉鐲，倒好似不勝扼腕歎息，覺得對不起他的仇人劉猛龍。

第七章　蕩子違命迷麗蝶

　　小石頭與李如江回到屋內，他也說王夢俠這件事辦得不光明，替兄報仇可以如此做，但給爸爸爭英名這樣做可是不該。李如江對此事倒未加評論，只是想：王夢俠既能夠連劉猛龍全都殺死了，那麼他若去找崇家的老奸臣，必定更得馬到成功，年太保的大仇不難報了！因此心中甚喜。

　　晚飯後，忽然雲中俠把小石頭叫了去，給了他錢，叫他下山到小鎮裏去買東西，小石頭就走了。

　　那焦強進屋來找李如江閒談。他騎着馬趕行了三天，特為回來報告劉猛龍喪命之事，以博得白馬老爺一喜，結果不但沒有博成，倒挨了幾句呵斥。他怨恨着說：「白馬老爺簡直糊塗了！有那樣的兒子，替他剪除了多年的仇人，他不但不高興，反倒說叫他愧死，這人有多麼糊塗呀？」又說：「要不是王夢俠的智謀廣，他們父子倆，一輩子也休想打得過劉猛龍！不用說劉猛龍，就是劉猛龍的女兒，也夠難惹的。劉猛龍雖已死了，以後的麻煩一定還少不了。劉猛龍的女兒外號叫作錦弓玉箭劉綺娥，你聽聽這個名字，漂亮不漂亮？厲害不厲害？她能叫她的爸爸白死嗎？還能夠叫白馬老爺在這山上安居嗎？」

　　李如江說：「也許他的女兒就得懼怕這裏的白馬老爺了。」

　　焦強說：「未必！父是英雄兒好漢。劉猛龍雖沒有兒子，可是女兒既會武藝，武藝就不能夠弱，就不定連王夢俠都許抵不過她。可是年輕的女人遇見了年輕的男人，無論如何也不至於真拼命。夢俠二少爺又是個英俊的人物，風流的事他全懂得……這次在路上，要不是他看見了美貌的娘兒們就發呆，我們也許早就由華陰縣回來了。可是王夢俠總有辦法，只要有他，就不怕那錦弓玉箭劉綺娥。光是他的爸爸可不行，人老了，到底不中用，無論當年是怎樣的英雄。要說雲中俠白馬老爺，至今在江湖上說起來還是當當的響，可是禁不住老啦！糊塗啦！辦起事情來就叫人看着彆扭……」

　　這焦強說着話非常之灰心，他跟李如江商量着，想去到別處做一個買賣，他就不在這山上再住啦。李如江也說：「我等着王二少爺將我那件事辦完，我也不想再回華陰去了，找個小城市開一家小刀剪鋪，也就度過這一生了！」焦強趕緊又問說：「你也能打出那削銅斷鐵的寶劍嗎？要是有那麼一把好手藝，多打些寶劍賣，可真能夠發大財呀！」

　　李如江嚇了一大跳，趕緊搖頭說：「不能不能！」又勉強地笑說：「那種手藝如何是盡人皆會的？我師父生平也只是鑄了那一口呀！」

　　少時，小石頭回來了，焦強就問剛才白馬老爺叫他去買什麼了。小石頭說：“買的酒跟檀香，我也不知白馬老爺是要做什麼。”當日晚間，就沒見雲中俠再出屋來練武。次日依然，他的精神不振，仿佛從此就把他那練了多半輩子的武功夫擱下啦。

　　小石頭倒是努力不息，跟焦強、徐永三個人常在院中打拳。焦強、徐永的身材雖高，力氣雖大，可也時常被小石頭打敗。李如江就覺得這孩子將來一定了不得，可是又想：無論多麼能幹的人，若永遠在江湖上混，也不會有什麼發跡跟好結果。所以他就打算等王夢俠將年太保的仇報了之後，自己身邊帶着的這三千兩銀子也沒什麼用處，就將多一半去助那貧苦老弱的人，去助那瞎了眼、瘸了腿的殘疾，以便替師父的身後做點好事。其餘的就供給小石頭讀書，成家立業。至於自己，有幾十兩銀子就可以開一個小鐵鋪了，就不至於衣食有缺了。他的心裏擬想着這些辦法，但是並未對小石頭說。

　　小石頭雖然不常出門，卻整天也閒不住，替那倪大掃院子，又替老頭兒燒火，現在這裏最有生氣、最活潑的人就得屬他了。雲中俠倒是一天比一天疏懶，而且愁悶。小石頭曾偷偷地到北屋裏看了看，就飛也似地跑回西屋，驚驚慌慌地告訴李如江說：“白馬老爺在堂屋設着香案，燒着檀香，當中供着那個已經斷成了兩半的紫玉鐲。不知是為什麼？莫非白馬老爺真要瘋嗎？”

　　李如江想了一想，就搖頭說：“不，據我想，白馬老爺乃是一位真正的豪傑！心腸是光明正大！那劉猛龍雖然是他的對手，殺死了他的長子，可是他仍然欽佩劉猛龍的為人跟那武藝，覺着王夢俠施行巧計致人於死，是不對的，所以他才要祭奠劉猛龍。”說到這裏，李如江忽又歎息一聲，說：“白馬老爺真是一位慷慨豪俠，正直的人，可是他的那個兒子雖有本事，人品卻是太壞。這兩天我時刻心神不寧，我怕他到了華陰，不但不能為年太保報仇，倒許惹出了旁的事！你看他辦的這兩件事，就都是沒遵他父親的囑咐，都是隨意而為，這樣的人，怎能令人放心？”

　　小石頭說：“好在再等幾天，他們也就回來了。事情辦成怎樣，必定能夠知曉。他要只去玩了一趟，什麼事也沒給你辦，那也不要緊，我行！這次我見了白馬老爺，我又學了不少武藝，去對付一個老頭子那還不能夠辦嗎？”李如江連連搖頭說：“那可不是一件容易的事。”

　　於是他們又在此住了幾日。落了兩場雨，山中的氣候更涼了，雲中俠白馬老爺取出來兩件棉衣，給了李如江和小石頭穿上。這兩件棉衣，大概都是他的長子的遺物，他不禁歎息，又忿忿地說：“夢俠那逆子，為什麼還不回來？”李如江也擔着心，心想：雲中俠的次子，若是在華陰出了什麼舛錯，那可真是我的罪過了！

　　一日，又落着簌簌的雨，李如江與小石頭在屋中愁坐着。忽聽外面緊急的拍門聲，門環驚人地響。小石頭趕忙冒着雨去開了門。外面，牽着一匹紫騮馬，進來了渾身都是雨水的趙大春。小石頭就問道：“怎麼只是你一個人回來了？二少爺沒回來嗎？”趙大春搖頭說：“他沒回來，你把門關上吧！”

　　小石頭很是驚疑，看他的神色也有些不對。就見趙大春將馬系在椿上，便問道：“那個姓李的還在這裏住着嗎？”小石頭指了指西屋，趙大春就在絲絲的亂雨之下，腳步匆匆，直來到屋內見了李如江。

　　李如江此時才離開那有幾個破洞，可以向院中偷看的窗戶，他回身拱手說：“辛苦了一趟！二少爺還在路上了嗎？”趙大春卻不回答他這句話，只悄聲說：“你快些下山跑吧！”李如江驚得怔了，問說：“為什麼？”趙大春說：“隨後王夢俠就要回來，他回來必不容你活！”

　　李如江的兩腿都哆嗦起來，面色慘白。小石頭卻站在趙大春的背後，握着拳忿怒地說：「因為什麼呀？二少爺他奉了他爸爸的命，去替我李大哥辦事，去給忠臣年太保報仇，難道他一點沒給辦，反倒回來要殺我們？他不講理嗎？」

　　趙大春也面色發紫，忿忿地說：「他講什麼理？他能辦你們的什麼事兒？連他的老子他都不認啦！他現在只認得金銀、寶劍、好馬，最使他迷了心竅的就是女色！現在我得去見師父，你們……逃命要緊，兩人趕緊收拾了東西快走吧！」說着他就往北屋見雲中俠去了。小石頭也跑着去聽他對雲中俠細述情由，李如江在這裏卻頓足搥胸，不住地哭泣。

　　這時雲中俠已知道事情變了，趙大春一進他的屋，他就沉着臉嚴厲地問說：「夢俠為什麼不同你回來？我在三十年前應允人家去辦的事，命他給辦，他到底辦了沒有？」

　　趙大春歎氣說：「我真沒有法子勸那位二少爺！才一下山的時候，他本來不錯，跟我們都又說又笑。可是到了黃河沿懲治了黑面鬼，他一得到那口削銅剁鐵的寶劍，當時他的人就都變了！他騎着白馬，帶着那口寶劍，走在路上成心找着人鬥氣，焦強又架着他。他簡直把我當作了奴才，還抽了我幾鞭子。後來他逼着我同他又往絳州，使用手段結果了劉猛龍的性命，他簡直更狂了。在平陸縣他就要叫我回來……」

　　雲中俠不耐煩聽他細說，就厲聲喊道：「你快些講！」

　　趙大春說：「臨走的時候既有師父的囑咐，我無論如何也得跟着二少爺到華陰。我們到了那裏，依着我的主意是，要跟劉猛龍鬥就得明刀明槍，那才不愧是江湖豪俠；跟崇家卻應當用暗的。因為崇大學士當年做過高官，宅院寬大，奴僕眾多，再說華陰那地方是個通都大邑，殺了人得償命。」

　　雲中俠又跺腳嚷嚷道：「你快講！」

　　於是趙大春就話如連珠，一句跟着一句地說：「二少爺弄得正相反！到了崇家門前，大白天的，他就在那條狀元街展開了身手，寶劍斬斷了無數兵刃，嚇得崇三少跟惡蟒苗雄才全都不敢出頭，官人來到也捉拿不住二少爺。正巧那時候有崇家的一個女眷，出去探親回來，因為門前鬧了亂子，她下了車，就驚驚慌慌往門裏跑。咱們二少爺只看了人家一眼，當時可就着了迷啦，不但架也不打了，反倒向旁邊的人打聽人家那位姑娘是誰？給了人沒有？後來大概是崇三少看出來他是一個好色之徒，就又親自出來跟他講客氣，咱們少爺立時也就和和氣氣地跟人家進去了。」

　　雲中俠聽到了這裏，咚的一聲將椅子踹翻。

　　趙大春又說：「咱們二少爺自進了崇宅，就兩天沒出門。第三日我不放心了，夜晚偷着到那宅裏去看，不想二少爺正跟崇三少和苗雄才在花園飲酒呢！有幾個娘兒們伺候着他，那個美貌的姑娘也在其中。原來那姑娘叫麗蝶，早先是個小丫環，後來在崇宅裏亂七八糟，最後崇老頭子收她為乾女兒，宅中上下都稱她為乾小姐。現在是崇老頭子用了這條美人計，絆住了咱們二少爺的那條英雄腿。咱們的二少爺就做了崇宅的乾姑爺，不但不殺那崇老頭子啦，反倒給人家護院。知道房上有了人，他就把我給捉住了，幸虧我先喊叫出了他的名字，不然那夜我就死在他的劍下了！他見了我，先飽打了我一頓，然後寫了一封信叫我給帶回。」

　　雲中俠氣得暴跳如雷，問說：「信在哪裏？」

　　趙大春一邊由懷裏掏信，一邊又說：「二少爺做了崇家的乾姑爺，可真替崇家辦事。他先去砸了黃老實的鐵鋪，又到那郭海鵬家，幾乎將人家的母子全都逼死。現在他天天跟着崇三少、苗雄才花天酒地，衣裳穿得闊極了，銀子也花得多極了，他那口寶劍跟那匹白馬已在華陰縣出了大名！他就住在崇家，有他那個新娘子陪伴着他。他又見了我一面，叫我先回來捆起來李如江，等着他……大約再過一個月，他要回山來看看，那時他再親手結果李如江的性命！」

雲中俠氣得不住地喘，嘴裏說着：「好逆子！好逆子！」遂出屋到了階前，手顫顫地看那張信紙，只見上面寫道：

父親大人膝下，叩稟者：

崇家與我本無宿仇，何得聽那李如江搬弄是非，致兒幾做不義之事？幸蒙崇府老大人恩宥，且深慕父之名，憐兒之才，慨將其義女麗蝶小姐配為兒妻，此實佳偶天成，良緣不淺也。諒父聞之，必亦感慰。

又查李如江原是市井小人，郭海鵬乃是江湖強盜，彼等欲報年太保之仇等語，都是虛捏亂造，其實是向崇府詐財未遂，銜恨而出此。其寶劍亦系儻來之物，非其師所鑄成。其師系一瞎子，焉能鑄劍？彼蓋挾此物以求善賈，且欲以之鎮嚇江湖，劫財擄物也。此人不除，是無公道，但是尚有話要問他，請父親先將其留於山上，勿使之逃，兒于下月，必可還家，迎奉父親大人來華陰長住。

父親潦倒江湖，業經半世，窮居深山，亦殊寂寞。如今劉猛龍已了，大人何不來此享受榮華，以待天年耶？

稟此即叩大人健安！崇府親家老太爺向大人問安！親家三少爺亦向大人叩安！晚輩苗雄才慕名向前輩師尊請安！

兒夢俠叩上。

雲中俠看完，將信撕得粉碎。這時李如江已到院中跪於雨地之上，向着雲中俠痛哭。雲中俠冒雨過去，親手將李如江攙起來，並攙到屋裏，長歎道：「是我把事辦錯了！我未料到我竟生此逆子，我不該把這件事派他去辦。如今，這逆子我絕不能容他再活，三十年前的諾言我必親身去踐，現在我就走！」

小石頭昂然喊着說：「白馬老爺！我跟你去！」

趙大春卻忙將雲中俠攔住，說：「師父！你老人家可千萬不要下山！」雲中俠瞪着眼睛問說：「為什麼？」趙大春說：「我本來不敢說，這次我也幾乎回不來了。倒不是二少爺派人追趕我，卻是劉猛龍的女兒劉綺娥已經到了平陸縣，要替她的爸爸報仇！」

雲中俠說：「這正好！我正想去找她說明，我的兒子用卑劣手段殺死她的父親，非我之意。我可以帶着她去殺我那逆子，然後我到劉猛龍的墳前拔劍自盡，以叫她看我是否好漢！」

李如江又跪倒了，哭說：「這可使不得！」焦強也趕來說：「那劉猛龍的女兒不好惹，她的外號叫錦弓玉箭劉綺娥！」雲中俠冷笑道：「我不能同她一般見識！我死後去找劉猛龍的陰魂，我先向他道歉，然後再同他較量劍法，我們在閻羅殿前見一高低！」說着，轉身往裏屋去了，眾人都不敢隨進去。

少時，雲中俠就臂掛包袱，手攜寶劍，頭戴大斗笠走了出來。焦強跟趙大春全都來攔，說：「怎麼，師父你老人家真要走嗎？」雲中俠發怒說：「不走怎樣？」又向李如江拱手說：「請李兄在此稍待幾天！」說畢大踏步走出了屋。

外面的徐永也來了，連同焦強、趙大春、倪大，四個人都把雲中俠拉住，都苦苦勸阻，不叫他走。雲中俠卻怒氣勃發，砰砰幾拳，將焦強、趙大春、徐永全都打倒，又一腳將倪大踢翻，自己就去解下來那匹黑馬。小石頭趕緊去給敞開大門，雲中俠在院中就騎上了馬，一鞭馳出，少時無影。只聽得嘩嘩的雨聲中有馬蹄嘚嘚的急速聲音，越走就越遠了。

　　趙大春先爬了起來，一身兩手的泥，就也去解了那匹黃馬，出門又追。徐永、焦強和倪大，爬起來就都灰了心了。小石頭卻興高采烈地大聲嚷嚷着說："白馬老爺這一去准行！准能夠把李大哥的事辦完了！"

　　李如江此時卻如錐刺心，他要回西屋，但走在雨地裏就覺得眼前一陣發黑，哇的一聲，一口血吐在地下，當時就被雨水衝開了，臉色益是淒慘難看。小石頭驚慌着來攙扶，問說："你怎麼啦？"李如江也答不出話來，身子晃晃搖搖，兩腳沉重，就被攙回到西屋裏。小石頭說："你光着急也是無用，索性等着白馬老爺回來，事情才能夠分曉……"

第八章　小石頭水鬥王夢俠

　　此時那站在北屋簷下的焦強，竟扯開嗓子大唱起來。他唱的是本地流行的一種小調，難聽極了，又加着他的喉嚨裏永遠像是堵着一口痰。然而他唱得極高興，因為他現在沒有管主了，愛怎麼唱，怎麼鬧都不要緊了。他並且說：“倪大！我不是說喪氣話，咱們師父這次出去，必定不吉利！你想，他的外號人稱白馬老爺，今天他可騎着黑馬走啦，這不就是個大大不祥之兆嗎？”李如江在屋中驀然聽了，也不禁擔着心。

　　少時天就黑了，那徐永又進到屋裏來，也好意地勸他明天快些走開，連小石頭也應當躲一躲，千萬不要等到王夢俠回來。李如江聽了，就慨然地回答說：“徐大哥！你對我是一片好意，我也曉得，可是事到如今，即使王二少爺拿着寶劍回來，真要動手殺我了，我也是不能夠走，非得等着白馬老爺回來才行。我也不願白馬老爺因這事，使得他父子傷了和氣，可是無論如何必須還給我寶劍。那口寶劍，我絕不能叫不義的人得到手中！”

　　徐永也是個忠厚的人，可是聽了他這話，就大不樂意，說：“本來你一個不會武藝的人，弄那麼一口寶劍就是多餘！你既是死心眼非得等着白馬老爺回來，還非得要你的寶劍，那我可就沒法救你了。告訴你吧，王夢俠他回來對你絕沒有好的！因為你說你不會鑄劍，他可不信。他怕你將來再鑄了寶劍到了別人之手，那時他手裏的那只劍就不值什麼錢啦！”李如江聽了這話，可真嚇得膽戰心寒，一聲也沒再言語。

　　徐永出去了，那焦強也不唱了，外面是黑沉沉的夜，冷森森的風，急瀟瀟的雨，閃亮亮的電，咕隆隆的雷。李如江就覺得，這比瞎老師父鑄成了劍，想要殺他的那夜，雨還大得多。小石頭又扒在李如江的耳邊問說：“到底那口寶劍是不是你自己鑄的呀？”李如江說：“咳！兄弟你想，若是我自己鑄的，丟失了，我何至於這樣地着急？”

　　小石頭想了想，覺得也是，待了一會又問說：“難道你就沒那手藝嗎？你師父鑄劍的時候，你不會偷着學一學嗎？”

　　李如江說：“他哪裏許人偷學？再說，那也不是看一兩次就能夠學會了的。”說畢就閉口不語。此時他連小石頭都有點不放心了，只覺得自己是身處危境，隨時都能夠死，不過總希望雲中俠回來，若能夠奪回來劍，辦完了事，那時雖死也是甘心的。

　　當夜他憂思恐懼，加上吐過血之後，心臟俱痛，到第二日，也就病得起不來了。雨可還沒有住。小石頭跟倪大借了錢，借了草帽蓑衣，下山到小鎮上，去給李如江買藥。

回來時他就說：「是誰把二少爺要回來的事情，告訴有杏樹的那家姑娘啦？剛才我看見那姑娘花枝招展地打着雨傘出來，在門前望，大概她就是等着二少爺了。」焦強聽了不住地笑，說：「二少爺在華陰招了駙馬，有了好的啦，還能夠要她嗎？她就好比是地下的爛杏兒，連我也不要！乾脆，小石頭，你就把她要了吧！」小石頭撇撇嘴說：「誰要女的，誰就是找死啦！你們想，二少爺他若不是中了崇家的美人計，他老子能夠氣成了那樣去找他？」

當下他就趕緊給李如江去煎湯，叫李如江把他買來的那專治吐血的丸藥服下去，他像對着長兄一般地伺候着李如江。李如江心中很是感激，又見他年紀雖小，可是身體強壯，會武藝，而且不知道什麼叫女色，有這樣的一個人，自己雖死了也不要緊，事情可以托他給辦，因此心中又萌出了希望。

歇了三日，雨已住，病體已漸愈。這天他正跟着小石頭、徐永、焦強、倪大在一起用午飯，忽聽門外有人高聲喊道：「開門來！」這裏的幾個人都吃一驚，徐永說：「我聽出這可是二少爺的聲音！」

李如江一聽這話，臉就嚇得慘白。小石頭卻跳起來說：「這可真是怪！怎麼白馬老爺還沒回來，他倒先回來了？叫我去問問他！」徐永把他用力地一推，說：「你去問他什麼？你也要找死麼？你快領着李如江藏一藏！」

這時焦強卻高興起來，說：「二少爺大概是給我找着事啦，要接我去啦！」

外面的人已經跳上了牆頭，由牆就跳進來了，正是二少爺王夢俠。只見他渾身的鍛子衣裳全都發着光，腰間系着絲條，上面掛着的，李如江認識，正是那口白光劍！但已系上了紅綠的絲穗，並且配有鑲金的鯊魚皮的劍鞘。

李如江此時奮不顧身地站了起來，雖然小石頭拉着他，他仍向屋外去走，並高聲叫着：「二少爺！小人李如江要同你說幾句話！」他身軀亂抖，但王夢俠卻沒有理他，就去把門開了。由外面讓進來了一個人，正是那惡蟒苗雄才。李如江大怒，忿忿地指着他說：「苗雄才！你也敢到這裏？你認得我嗎？」

苗雄才只看了他一眼，便猙獰地一笑。他牽進來了兩匹馬，一匹是白馬老爺的那匹白馬，如今也鞍韉俱新；一匹就是他自己騎來的，鞍下掛有他的那杆黑纓子的惡蟒長槍。苗雄才摘下槍來就對準了李如江，王夢俠把他一攔，說：「暫且用不着！」

這時焦強就笑向王夢俠問：「二少爺！你曉得咱們的老爺下山找你去了嗎？趙大春也跟着去了。」

王夢俠說：「我本來不曉得，剛才見了杏樹下的花家姑娘，我才聽說他沒在山上，這都是因為姓李的會搬弄是非，使得我們家裏沒事出事！」

李如江趕緊說：「二少爺！你可知道，這件事是你令尊三十年前答應過郭海鵬的呀？你們父子原都是江湖豪傑……」

王夢俠鏘的一聲抽出白光劍來，瞪着眼睛說：「你再說一聲，我當時一劍殺死你！我不信你的身子比銅鐵還結實，你會不怕？你說的那個郭海鵬家我也去過了，他的那兒子簡直是膿包，他的那個女兒倒還有一眼，只是年歲還小點。」

李如江氣得身體更抖，手指着王夢俠說：「啊呀！你怎麼又……又看上了人家小芬姑娘啦？你真是個好色之徒！你給白馬老爺丟盡了名聲，你真是雲中俠的逆子！」

王夢俠被他這一罵，倒笑了，說：“老李！現在有兩條道兒叫你挑選着走。一條是活路，因為我已打聽明白了，你的師兄弟黃老實跟那個崔快嘴全都說了，寶劍是你幫助瞎老師父鑄成的，你必定也會鑄成這等削銅剁鐵的鋼鋒！”李如江大驚，連連搖頭。王夢俠用眼狠狠盯着他，又笑說：“你只要把頭點一點，答應給我再鑄幾口寶劍。也不用這麼好的，次一點的也行，那時你可就活了，你還能夠發財！”

李如江搖頭說：“不行！漫說我不會鑄，即使會鑄，也絕不能給你這惡人鑄！你這惡人，快些把白光劍還給我吧！”說時他就拼命地去奪。

王夢俠舉劍怒喝說：“呵！你真要自尋死路？殺了你，我這口劍可就是天下無雙了！”

此時苗雄才挺長槍也向李如江扎來，但旁邊的徐永已預備着刀了，橫刀將苗雄才抵住。王夢俠揮劍向着李如江就砍，他沒提防小石頭驀地躍起來，雙手緊緊握住了他的右腕。王夢俠怒喊道：“啊？小石頭！你竟敢……”小石頭卻向李如江急急地說：“大哥你快逃！只要你逃了活命，年太保的仇就不難報！”

這時那倪大也掄動着一杆獵叉打這不平，幫助徐永將苗雄才逼到牆根。焦強是兩面兒為難，索性躲起來不管啦。

小石頭的力真大，竟使斬龍壯士王夢俠緩不過腕子來。

李如江趁勢急急跑出了大門，向山下就跑。小石頭也同王夢俠相扭着出來，他一面還喊着說：“大哥快跑！大哥快跑……”同時他將王夢俠撒了手，隨着李如江也向山下跑去。

那王夢俠手提着白光劍一面罵着，一面往下來追。那個有杏樹的人家的姑娘也聞聲出了竹籬，此時李如江已經跑了過去。小石頭剛跑到，她就伸着手一攔，小石頭急了，咚的向着她的臉上就是一拳，她哎喲一聲就摔得坐下了。王夢俠過來先得攙她，小石頭就趁此時，雙腿如飛，趕上了李如江，他拉着李如江說：“快！快！快跑……”他也不管李如江跑得動跑不動，就緊緊拉着、拽着，只管驚慌逃奔。

他們跑下了山，順着大道又往東去跑。過了一座破廟，又過了一座破窯，依然跑。對面來了幾個行路的人，問道：“你們跑什麼？”小石頭就說：“後面有強盜追我們！倘若強盜向你們打聽，你們千萬說‘沒看見’……”一面說，一面拉着李如江又跑。李如江已跑得氣都接不上了，咕咚一聲，整個身子就撲倒在地。

小石頭用力來拉他、抱他，忽然一回頭，又大驚道：“不好！他騎着馬追咱們來啦！”李如江趕緊爬起來，跟着小石頭又跑。道邊兩旁，禾黍搖搖，身後的馬蹄聲漸漸追到，小石頭就拉着李如江進了高粱田裏，都伏在地下。小石頭並偷眼向外瞧着，就隱隱見得那斬龍壯士王夢俠的高長的身軀，騎着那匹白馬，手拿着白光劍追過去了。小石頭就在李如江的耳邊悄聲說：“不要緊！咱們可以在這兒歇一會，可是也不敢多歇，因為那傢伙也夠壞的，他騎着馬往北追不着咱們，一定知道咱們是沒跑遠，是藏起來了，他一定要回來搜。”

李如江此時氣喘吁吁，連話也不能夠說出，趴了半天，他才歎息說：“我沒見着雲中俠，逃了命也是不能甘心！”

小石頭說：“他一定是換了黑馬騎上，外人都不認識他了，所以他的兒子也沒跟他遇見。他雖是個好人，可是他生了這樣的逆子，咱們還能夠盼着他給太保報仇嗎？咱們得離開這裏，再去另想法子！”

李如江點頭說：“好！兄弟，只要有你，我就又不愁了！”遂站了起來，先摸了摸褲腰帶裏藏着的銀票，見沒有丟，他就更放下心，於是與小石頭相挽着，反往田裏的深處去走。

那密密的、跟刀一般快利的高粱葉子、玉蜀黍葉子等等，把小石頭的胳臂割了好幾道口子，血直流。小石頭由地上抓了把土，向傷口上塗了塗，血就不流了。白馬老爺在山上給他的那件棉襖，在這時熱得他如何能穿得住？他早就脫下來，夾着，依然光着膀子，背上無數的汗珠，還沾着不少的泥。

這小石頭帶着李如江在田裏走了半天，結果是又走出來了。一看，原來還是剛才的那股大道，不過王屋山的山谷，在他們的背後已離得很遠了。李如江還有點驚慌，小石頭卻說：「不要怕，這時候王夢俠那小子一定又回到山上去了，咱們慢慢地走，絕不會有人追了！」

李如江又歎息着說：「今天幸虧那徐永跟倪大抱打不平，他們抵住了苗雄才，不然咱們也都逃不了！」

小石頭說：「他們都是白馬老爺的徒弟，又知道白馬老爺待你很好，哪能就眼看着別人把你殺死？叫我一個人去打苗雄才，我也敢。早先我也是膽小，不行，自從來到山上這些日，白馬老爺告訴了我許多秘訣，教給了我幾套護身拳。我，連他娘的斬龍壯士也不怕了！」

說着他們就轉往北去走，又走了二里多地。這條路徑很窄，很彎曲，路上清靜無人，地下都是些又濕又松的泥土。前面傳來淙淙的流水聲，原來是一道河，水有五六尺深，清澈見底，河底有不少大塊的青石，中間並有板橋一座。河兩岸生着柳樹，翠絲千縷，有的垂於水面，有的隨風輕拂。

這裏鳥語蟬聲相應，蜻蜓蝴蝶往返飛舞。二人走在橋上，小石頭就喜歡得直跳，跳得板子都直動，嚇得李如江都不敢邁步兒了。小石頭卻笑着說：「大哥你快看！這個地方有多麼好呀？真跟畫的是一般。我早先在繡花作學徒的時候，掌櫃的常派我去大戶家去送訂活，大戶家的堂屋裏全掛着山水畫，還有畫着漁樵耕讀，畫着風塵三俠，可沒有畫得這麼好的！」此時李如江腦裏正思索着事，也沒有理會他說的這話。

過了橋，又往北去走，道路還是很濕，可是不大曲折了。又走了不到半裏，忽然李如江驚慌地向北指着說：「哎呀，你快往那邊看！那邊不是有一個人騎着白馬來啦？」

小石頭向北一看，也驚訝着說：「對啦！旁的馬還沒有這麼高，這一定是王夢俠回來啦！你看那不是閃閃的劍光？這小子！」李如江着急說：「這可怎麼辦？」小石頭說：「不用發愁，咱們往回走，走到那橋邊我再對付他！他有馬又有寶劍，可是我在黃河沿邊練過水性，跟他到水裏幹幹！」李如江說：「咳！兄弟，你年紀還小，如何能行？」小石頭說：「一定行！快走！」於是二人又回身往南去跑。

跑到橋邊，李如江又不住地氣喘，小石頭就領着他藏匿在河岸北邊的一棵柳樹後，前後左右都有柳絲密密遮覆，很難被人看得見。李如江就說：「兄弟，你也在這兒藏下吧！」

小石頭卻說：「我不藏着，我得跟他拼一拼！我若不拼，咱們還是跑不開；苗雄才若是來了，那咱們可就全得完。待會兒，我若是跟他扭到河裏，你就趕緊撒腿再往北去跑，不用管我。你最好是一直往北走，過了山再往西，到曲沃縣城裏的魁星巷，找那裏開酒鋪的秦老。他家的兒媳婦小名叫喜姑，是我的表姐。你就說陳家的小石頭，再說出我那叔父是賭鬼，他們就知道了，一定能夠留你住幾天；要是不留，你就天天在那酒鋪門口兒轉，我就去了，見了面咱們再另想主意。」

李如江點點頭，流下淚來，說：“兄弟！可是萬一你有了舛錯呢？”

小石頭說：“你在那兒等我十天，過了十天我若是不去，你就另想法子吧！你不會上北京去嗎？”說着北邊的馬已快來到了，小石頭趕緊就又跑上了板橋，將身蹲伏着，好像是一個猴子。

少時馬蹄聲已來到了臨近，李如江這時極度地緊張，他隔着柳絲去看，只見那王夢俠來到橋邊，就下了馬，暴怒着問說：“小石頭你這孩子，是要找死嗎？快告訴我，李如江是跑往什麼地方去了？”

小石頭說：“我還要問你啦？一定是你把他殺啦！等着白馬老爺回來，我把你的事情都得告訴他！”王夢俠嘿嘿地冷笑說：“你這麼一個東西，也敢和我作對？我要把你殺死在這兒，比宰一隻小雞子還不費力氣！”小石頭站起身來，昂然地拍着胸脯說：“我不信！斬龍壯士，你是王八蛋！小太爺我瞧不起你！”王夢俠氣極了，一手挺着白光劍，一手往後牽着白馬，就走上了橋。

小石頭一邊向後退身，一邊接着罵說：“你在華陰縣丟盡了人！人家弄個丫頭乾閨女，就叫你中了計，把你爸爸氣壞了。如今你還拿着寶劍跟白馬來嚇唬我，你好不識羞！”王夢俠氣得大叫說：“好個渾蛋，你敢罵我？”說着就逼進一步來揮劍狠刺。小石頭卻將身一跳，撲通一聲跳到水裏去了。

小石頭就如同一條魚似的，直沉到河底，摸着了一塊石卵，然後兩腳向後登着水，又浮了上來。王夢俠蹲踞在橋上，看他的頭剛一浮上來，就探劍向下去扎。小石頭卻躲得極快，他的半身又從別處露了出來，揚手就把石卵打出，吧的一聲正打在王夢俠的臉上。王夢俠實在沒有提防着這一手兒，當時鼻痛眼酸，用手捂臉。在這一刹那之間，小石頭就攪起來很高的水花，忽喇一聲扒到橋上，把那匹馬嚇得就奔。

王夢俠被馬一撞，本來就立不住腳了，小石頭又給了他背上一拳。他急怒着趕緊回手相扭，當時就撲通一聲，比剛才的聲音還大，他就和小石頭一起跌到水裏了。王夢俠手中的白光劍倒還緊握着不放，但在水裏，他也舉不起來。小石頭按着他的頭想要浸死他，可是王夢俠也相當地會水，他把頭一扭就又露出了水面。兩個人登着水互扭着不放，真如兩條龍在水中惡鬥了起來。

小石頭伸出了水淋淋的頭，張着嘴大喊：“李大哥你還不趁着這時候快跑嗎？”

這才提醒了李如江，他趕緊站起身來就跑。這時候往南跑的是那匹白馬，往北跑的是李如江。但是李如江也跑不動，並且不放心小石頭，就不時地回頭去望。那邊是煙柳扶疏，人跡毫無。李如江心說：他如何抵得過王夢俠呢？倘若他死了，我獨自得了活命，怎能對得起他？又何顏為人？他心中悲痛難過，腳步可不敢停歇，只緊緊地走着。

走出了很遠，回頭再看，仍是不見小石頭，他就長歎了口氣，想着：都因自己一時疏忽之過，不然也丟失不了寶劍，也出不了這許多事情！如今自己只有舍生效死，以補贖罪愆。最要緊的還就是要鑄出一口寶劍來，以抵住那口落在惡人手中的白光，然後千金結義士，寶劍報冤仇，非得酬答了師父的遺命不可！寶劍一口還不中用，必須鑄得兩口，交付兩位真正的義俠，才能夠剪除了王公弼的逆子，而致崇老匹夫於死地！想到這裏，他又興奮起來。

又往北走了十數里，就到了霍山麓下。這裏有一處市鎮，他在此用了飯，並歇宿了一晚。次日在街上走了半天，也沒看見小石頭前來，他的心裏更難過。恰巧有一大幫客商，正要穿過山去往西，他就尾隨着人家，過了霍山的曲折的山路。

　　李如江沿途打聽着，原來往西直走，便是曲沃縣。於是他也不雇車，只是步行。他的腦裏任什麼事也不想，只回憶着、思索着，瞎老師父打製那口白光劍時的情形，及自己的心得。他走着走着，還用兩隻手比一比，心裏算計着：爐身得這麼大，爐口得那麼小……又由地下拾起一塊石頭，舉起來咚地一砸，心說：得用這麼大的力氣！像這樣的力氣我還有，跟師父偷學來的技藝我還全熟，不怕。憑你王夢俠的手中得了一口"白光"，我會再鑄出兩口來，也許鑄出十口來，一百口來，"紫光"、"青光"、"藍光"、"綠光"、"金光"……比那口"白光"還要更快，還要更強，諒你王夢俠也保護不住那老匹夫了吧？他眼前如迸出火星來，耳邊如聽得鐵錘擊着鐵砧響，他就仿佛是入了魔了。

　　當日晚間他又到一處村鎮投宿，這地方名叫報恩寺村，他覺得這地名很好。在店裏遇着一位秀才，這位秀才住着店還念書，念着什麼"騰蛟起鳳，孟學士之詞宗；紫電青霜，王將軍之武庫。"李如江就覺着這幾句書，念得音節鏘然，非常好聽。

　　他以為這位秀才是赴京趕考的，就想求這秀才給寫一封信，信上旁的話也不用說，只說：海鵬、海蛟現均已死，望海鷗莫忘前言。他打算就托這秀才順便去送給紀海鷗，以使他在那裏也急速設辦法。

　　李如江去拜訪這位秀才，不料卻很失望，原來這位秀才是要到太原府應秋闈，打算考舉人，並不是去北京的。李如江只好把心裏的事不提了，隨便閒談了幾句。而這位秀才卻以為他是個貧而好學的人，就向他說了一些什麼匡衡鑿壁借光，朱買臣采薪勤學；又因為見他年紀不小了，還以什麼梁灝八十二才中狀元的話來勉勵他。

　　李如江本來就最敬重讀書的人，遂又問他剛才念的是什麼書？這秀才說是古文中的《滕王閣序》，因就展卷為他講解。講至那"紫電青霜"的句子，李如江才知道是古代的兩口寶劍的名稱，正觸到了他的心上。他便恭請這位秀才用小楷將此四字寫于一張紙上。秀才詫異地問他要這有什麼用處，他搖頭說："沒用！沒用！我只覺着這兩個名字很好，想要記住。"他拜謝了走出，回到自己的屋內，將這張紙條連同銀票，全都在身邊更嚴密地藏好了。

　　次日清晨又往西去，傍晚之時，他就進了曲沃縣城。城裏的魁星巷很容易找到，是通着大街的一條巷，稀稀地有幾家小鋪，其餘全是人家。有個酒鋪，門前的葫蘆幌子已經摘下去了，裏邊剛點上燈。李如江這時倒很躊躇，暗想：小石頭一定沒在這兒，我見着他的親戚可怎麼說話呀？於是他就暫且作一個買酒的人，拉了門進去。

第九章　思恩仇重鑄紫電青霜

　　屋中的燈光很黯，桌凳都很破舊的，也不見一個酒客，櫃裏只有一個年輕的媳婦照料着。李如江心想：這大概就是小石頭的表姐喜姑吧？他就客氣地點了點頭。那媳婦問說：「要喝酒嗎？」李如江說：「對了，我還要找一個人，是小石頭，他叫我先到這裏來等他……」

　　李如江實在不敢想小石頭能夠來到，可是這個媳婦當時就把他打量了一番，遂回首向裏邊高聲叫着：「小石頭！你出來看看，有人找你啦！」

　　李如江驚喜極了，心中砰砰地亂跳，借着黯淡的燈光向裏去看，見裏邊是有一個後院，大概有三五間房。接着就聽咚咚的腳步聲，小石頭真由裏邊跑出來了，見了李如江他就喊了聲：「大哥！」笑着跑出櫃來，緊拉住李如江的手。

　　李如江的眼淚都不住往下流，但見小石頭安然無恙，上身雖仍沒穿着衣裳，可是膀子光滑，又黑又亮，一點傷痕也沒有，他真是喜歡，就問說：「兄弟！你怎麼倒先來到了？」

　　小石頭說：「我在路上，高興起來就跑一陣，有時還偷着扒上人的車後邊坐着，自然就比你先來了！」忽又悄聲問說：「你還有錢沒有？」李如江點頭說：「還有很多的錢。」小石頭就大聲地說：「你先給我點錢，我給咱們買肉去，你得請客！連我們親戚家裏你都得請請！」

　　這時才由裏院出來了個老頭和老婆，都有六十多歲，一齊歪着頭來看李如江。小石頭就給引見，原來這就是那媳婦的公婆。李如江已掏出幾兩銀子，小石頭拿了錢就要去買菜買肉。那老夫婦都出櫃來攔阻，說：「可不用買太多了，我們都已用過飯了！」小石頭說：「老爹跟老媽都不必客氣！我李大哥從遠路來到此，我也得拿着他的錢給他接接風，待會兒我把肉割來，得勞我表姐，給我們做一頓餃子吃。」秦老說：「那行，那行，李大哥先請坐吧！先請吃酒，歇歇吧！」

　　李如江趕忙鞠躬說：「老伯伯不要客氣，我跟小石頭，我們是同胞兄弟一樣。現在我到這裏來，是為跟我的兄弟合夥做個買賣，以後還難免要打攪老伯！」秦老笑着說：「哪裏的話？以後我們就都是一家人了！」當下小石頭就出去了。秦老就叫媳婦給擺上一壺酒，兩碟素酒菜，就讓李如江坐下吃。但李如江非要等着小石頭回來，他才能夠用。這時，秦老夫婦連媳婦，都對李如江非常之客氣，使他倒感覺十分不安。

　　少時，小石頭買了肉、醬油、蔥、白菜，回來就都交給了他的表姐。那喜姑就在櫃後邊的一個小廚房忙着，做起餃子來了，而秦老夫婦已經回到了後院。李如江與小石頭就對坐在一張桌旁，李如江持杯慢慢地飲酒，佐着那小碟裏的鹹豆跟黃瓜絲。

小石頭卻連一滴酒也不飲，只管伏在桌上跟李如江低聲說話。他說：“他娘的，真是人情勢力！我來到這兒，秦老跟他的婆子假裝不認識我，我表姐也待我很冷淡，說我跟我叔父是一樣，不是賭光了，就是在家裏惹了禍，才逃到他們這兒來。我說我來這兒等朋友，他們也不信。我表姐夫是出外做買賣去了，我要幫助他們照料酒鋪他們都不放心。這兩天的飯，我都是到大街上給住店的客人刷車遛馬，掙來吃的，一點也沒沾他們。現在你來啦，他們見你掏出銀子來，又說要在這兒開買賣，他們就以為你是財神爺，立時連我也另眼看待了，真他娘的！”

李如江也是歎息，又問說：“那天，兄弟你是怎樣脫的身？王夢俠後來的結果如何？”

小石頭忿忿地說：“論水性，我比王夢俠高得多，可是武藝、力氣，我真都不及他。我想奪回那口白光劍，不料他握得最緊。後來我見惡蟒苗雄才也趕來了，我就浮着水逃跑了。”李如江說：“他們能夠想到咱們是來在這裏嗎？”小石頭搖頭說：“不能，他們知道你是上北京，必是往東去走，絕想不到咱們倒往西邊了。這是個小縣，一輩子他們也不能找到。咱們且在此歇幾天，慢慢再想法子。”

李如江說：“法子我已經想出來了，只是兄弟你得幫助我！”小石頭昂然說：“這話還用說嗎？”李如江不再言語了，以辛辣的酒澆着他辛酸的肺腑。

少時那媳婦喜姑已將餃子煮好。小石頭先端了兩碗送到裏院，給那秦老夫婦去解饞，然後他才與李如江一同食用。這個酒鋪的買賣真不佳，他們在此直待到二更多天，只見有一個小姑娘來沽了二兩酒，兩個鄰人來這裏閑坐了一會兒，此外就再沒有顧客，也無怪喜姑的男人還得出外謀生。

秦老夫婦都是十分的嗇吝、貪婪。當晚，李如江與小石頭都在酒鋪裏寄宿的。次日，李如江就跟秦老說好了，租了他們後院的一間屋子，說是預備要在此開鐵鋪。因為他給的房錢多，秦老也是無不歡迎，漫說打鐵，就在這兒幹什麼，他也不管了。

李如江又託付小石頭出去，給置辦打鐵用的錘子、鉗子、砧子、木桶、碎鐵、砂盆、柴煤等等之物。小石頭在大街上給人遛過兩天馬，店房、鋪子他都已認識了不少的熟人，不到三天，他就都給採辦來了。於是李如江又叫他買來了磚，和好了砂，就在屋中，費了一整天的力氣，經過了四五次的修改，便築成了個和瞎老師父吳慕冶打製白光劍時用的一樣高，一樣粗細，爐口一樣大小的火爐，風匣也安上了。

小石頭添上了煤，試着呱嗒嗒地拉了一會兒，那火焰立時就熊熊地騰起。李如江觀察着火焰的高低，囑咐小石頭或慢拉或快拉，他將鐵屑放於砂碗之中，置之爐內，使其先熔化。屋中熱，門緊閉着，兩個人的身上都汗出如漿。李如江這時又淚如雨流，他暗暗地禱念着：“師父！郭四叔！忠義的年太保！冥冥有知的過往神靈！你們體念我這一片誠心吧，助我成功！我今鑄劍非是要去作惡，是為贖我誤將寶劍失去，落于惡人手中的罪愆！我願這兩劍成功，以抵擋那一口劍。願這兩劍，永護忠義，長驅惡邪……”

他先將鐵汁鑄成了長棍的形狀，然後又在爐內燒紅，再取出淬于水中，然後置於砧上，掄起鐵錘子向下砰砰地砸去。他努力回憶着他師父那時所用的力氣之大小而去錘、敲，並依據偷學來的技藝，一絲也不差去水淬、火煉，而小石頭只是盡力地當他的助手，可一點腦子也不用費。

如此費去了四五夜的工夫，便鑄就了兩根鋼條和一柄小刀。小刀之長還不到五寸，可是鋒利無比。漫說是鐵，就是那鋼條，也一削就如削甘蔗的皮，想削掉多薄就有多薄，想削多厚就有多厚。小石頭喜歡得直跳，李如江卻囑咐他好生收藏，莫要在人前顯示。

如今他以小喻大，就知道“紫電”與“青霜”劍之必定成功。為了小心謹慎之計，他在白晝絕不打製寶劍，除了睡覺休息，就打上一兩把普通的剪子跟菜刀，放在酒鋪裏賣，或是叫小石頭拿到街上去賣。這些東西都是李如江馬馬虎虎打成的，但一拿出去賣，本地的人都說好，都爭着來買，都知道了秦老的酒鋪裏住着一個好手藝的鐵匠，雖然沒掛招牌，可是貨色真不錯。

李如江因此倒害怕了，以後他打製這種往外賣的刀剪，就故意不往好處做。因此又有已經買了的人，又退回來了，說：“你們這個鐵匠真懶，越來越做得不行了！這剪子，簡直是木頭剪子，這刀，抹脖子都許不死，大概你們這買賣也是不想發財啦？得啦，給你們，你們退給我錢吧！”李如江聽了這樣的話，心裏倒很喜歡。小石頭也說：“愛要不要，我們也不希罕賣！”

雖然這樣，二人的衣食全都極為儉省，不過有時得給秦老夫婦買點肉吃，小石頭也偷偷地給喜姑買點胭脂、粉送給她，房錢更是從不拖欠。因此秦家的一家人都對他們很好，即使在半夜裏他們把風匣拉得呱嗒嗒，鐵錘敲得叮噹當，吵得人都不能睡覺，可是秦家的人也沒有半句怨言。

每晚，屋門總是閉得極緊，燈光也壓得很黯，可是紙窗上有一閃一閃的火光，屋中有他們的打鐵聲和喘息聲。誰也不知道，李如江已將兩根鋼條打成劍形了，但鋒利之中再求鋒利，他依然煉、淬、打、磨。如此，不覺着已過了兩個月，這時就快到八月十五了。李如江的工作已完成了十分之八，便同小石頭說：“咱們應當歇兩天了，等到過了節，再接着做吧！”他就把兩口將成的寶劍深藏在炕洞裏邊，爐子也不升火了。

小石頭可仍然不閑着，他將幾把沒賣出的剪刀，就找了塊石頭，磨得相當的快。次日便是中秋節，午飯後，他就拿到大街上賣去了。街上今天頗為熱鬧，賣肉的、賣水果的全都很多。紙店還擺出來一種應節的東西，是用秸稈紮成的架子，上面糊着紙，紙上又印着月宮、娑羅樹，樹下有個金臉的兔兒爺在那兒搗藥。

小石頭知道這是今天晚間應當供奉的，他想買這麼一份，再買幾個水果，兩斤月餅，一股高香，都拿回去，秦老夫婦自然高興。喜姑也得喜歡，因為她的丈夫沒回來跟她團圓，她本來就正難過，若是叫她供供兔兒郎，拜拜月，吃點果子和月餅，不就忘了愁了吧？以後再打鐵，打到四更天，他們也不能怕吵了。於是小石頭就想賣出去刀剪買節禮，可是今天，人們都穿戴整齊在街上游，還誰買剪子回去做活？菜刀也不是什麼急需之物，好吃的人早就把肉割了，燉熟了，而且吃在肚裏了。

因此小石頭白在街上叫賣了半天，也沒有人買。他拿到熟識的鋪子裏、店房裏，求人家留下，人更都向他擺手。尤其是店房，十間屋子倒有九間是空的，即使是長住的客人、賣卜者，也回家團圓去了；夥計們一個個新剃的頭，洗乾淨了臉，在櫃房裏賭錢，掌櫃的也帶着內掌櫃的逛街去了。

小石頭在熟識的幾家店裏歇歇、談談，不覺着天就晚了。走到街上，月亮已經升上來了，可是被房頂擋着，仰面還看不見。街上往來的還有稀稀的人，小石頭就又高聲喊着：“誰買我的刀子跟剪子呀？賤賣呀！”手裏還敲得叮噹響。

他一面喊一面敲，一面跳跳蹦蹦地走。還沒走回魁星巷，忽聽身後有人叫着：“小石頭！小石頭！”這聲音低沉，又很耳熟。小石頭愕然地站住，趕緊轉身，卻見一個高身的人急閃到旁邊的牆陰裏。小石頭就更為驚訝，問說：“是誰呀？哪位呀？”他向着黑影走了幾步，臨近仔細一看，就叫道：“唉呀！白馬……”雲中俠趕緊囑咐他不要大聲。

小石頭回頭看看沒什麼人，就更近前，先施禮，而後才低聲問：“老爺怎麼來到這兒啦？”雲中俠卻說：“我是才進的城，你現今住在誰家裏？”小石頭回答說：“我現同李如江住在一塊兒。”

雲中俠問：“你們那裏可清靜？”小石頭點頭說：“還清靜，只有一家是房東，又是我的親戚。”雲中俠又問：“我若到你那裏去住一夜，你的親戚不能明天去告訴別人麼？”

小石頭簡直發癡了，他不明白白馬老爺雲中俠今天為什麼會成了這個樣子？於是搖頭說：“不能！可是……你先給我幾個錢，我給他們買兩斤月餅堵住他們的嘴，他們就一準不說。”

雲中俠由身邊一掏就是一大塊銀子，碰得他腰間的短刀叮的一聲響。小石頭就說：“進了這條胡同往南去拐，就是魁星巷，那裏有一家酒鋪……”雲中俠沒容他說完，就點頭說：“我這就往那裏去候着你，你可快一些把東西買了！”小石頭答應着，只見雲中俠疾走幾步，就進了那月光更照不到的小巷裏去了。

小石頭的心裏泛着疑，擔着驚，先到了一家都快要閉門休息的點心鋪，買了二斤月餅，給了那塊銀子，還找回來許多錢。出了這個鋪子，小石頭也進了那條小巷，才走了兩步，忽聽身後有馬蹄之聲，他疾忙回身去看，見是有兩個騎着馬的人，行在街上，由這巷口過去，向北去了。雖然小石頭不過是看了一眼，可是他心裏就很疑惑：奇怪呀，後邊的那個騎馬的怎麼是個女人呀？女人也能夠騎那麼高大的馬？

當下他就跑出了巷口，向北一望，那兩匹馬還未走得太遠，月光正照着馬上的人。只見前面的一個確系男子，後面的雖也穿着青衣裳，可是腦袋後面扣着個很大的髮髻，身子又那麼細，可不是個女人嗎？小石頭覺着女人會騎馬，就更得潑辣了！好在與他沒關係，也不必往心裏放。

小石頭又進了小巷，手裏拿着沒賣出的刀剪，提着個月餅包兒，他心中是又驚又喜，驚的是白馬老爺的神色那麼慌，一定是在別處殺了人，有官人追來要捉他了，萬一若是連累了李如江，那寶劍可就鑄不成了；喜的是雲中俠白馬老爺來到，那兩口寶劍正好給他使用，年太保的大仇還難報嗎？他的兒子王夢俠，也休想再拿着那口寶劍逞能了！

他腳步急急地走，忽然聽得眼前又有人叫道：“小石頭，你來了嗎？”原來雲中俠尚未走遠。小石頭就笑着叫說：“白馬老爺……”雲中俠卻斥他說：“不要大聲說話！”小石頭不禁又吃了一驚，趕緊回頭再瞧瞧。這條巷裏可沒有什麼人，大概都回家吃月餅去了。小石頭緊跑了幾步，趕上了雲中俠，就悄聲問道：“老爺是從哪裏來呀？”

小石頭仰着臉兒問着，這時月光已照着雲中俠的側臉，就見他面容清瘦，蒼髯亂飄，卻不住嘿嘿嘿嘿地發出笑聲。他沒有回答，卻將一隻手拉住了小石頭的胳臂，小石頭就覺得他的手有些發粘。細一看，原來他的胳臂已受了傷，從那土布的單衣裏浸出來血，且有血流到他的腕上與手上。小石頭可真害怕了，然而不敢再問，就帶着雲中俠到了秦家的酒鋪門前。

雲中俠又問說：“就是這裏嗎？”小石頭說：“對啦！”酒鋪裏也沒有燈，小石頭將手伸向了窗裏，就把一根頂門的棍子卸下來，推開了門。雲中俠隨他進來，見屋中無人，窗上的月光很亮。他就叫小石頭把門又頂上，他還搬來一張桌子，使門關嚴。小石頭注意看他的胳臂，見依然靈活而有力，又不像受了重傷的樣子，就一聲也不語，領着他直到了後院。

李如江的那屋裏還有很亮的燈，小石頭就將門一推，半身探進屋裏說：“李大哥，你出來看看，白馬老爺來啦！”他遂就把刀剪放下，提着月餅包兒去到秦老的屋裏，用那些吃食把那一家人安頓下，他這才趕緊又回來。就見雲中俠站在屋內，看着那火爐和全份的打鐵用具，正在發怔。李如江在旁恭謹地侍立，兩個人好像還沒有說一句話。小石頭就說：“老爺！你在哪裏坐着呀？”

雲中俠點了點頭，卻先不就座，眼睛盯着李如江，他就讚歎說：“不料你這個人這樣有志！受人之托，便忠人之事，而且雖受患難，也百折不回，真叫我愧死！我當年答應了金翅大鵬沈九所托之事，三十年來卻全置諸腦後。如今我的兒子反倒去助人為惡，咳！”他跺了一下腳，又說：“我實已無顏再生于人世！如今有一個對頭想殺死我，這倒頂好，只是我未踐早先的諾言，死也不甘心！”

小石頭嚇得變了色，問說：“有什麼事呀，白馬老爺？”雲中俠冷笑了笑，並沒言語，就在炕邊坐下了，他由腰間抽出來一口短刀，交給小石頭說：“把這刀給我磨一磨，磨得越快越好！”小石頭把刀接過來，手不住的顫抖，着急地問說：“白馬老爺，莫非你在外邊遇見了什麼事？有什麼人跟你作對？或是……把你給逼來啦？”

雲中俠點了點頭，用衣衫擦左臂的血，微笑着說：“不要緊！很小的一件事情，今天我也是無意走到這裏，非是想在此逃避。”說到這裏，他忽然精神益發興奮，就問說：“前邊既是家酒鋪，大概還有酒吧？”

小石頭說：“有！這兒賣的都是汾酒，還不錯。”雲中俠就說：“你打一壺來，我要飲一點，因我現在只覺得身上寒冷，並且，想不到，哈哈！我王公弼在江湖上行走有四十年了，到今天，竟有點膽怯！拿酒來！我把膽壯一壯！”小石頭一聽，更害怕了，可是不敢不答應一聲，趕快去給打酒。

這裏李如江就說：“自從蒙受大恩……”見雲中俠向他擺手，他就不敢再說客氣的話了，遂就說：“我來到這裏，恨我自己因一時不慎，才把寶劍丟失。幸是我跟着師父時，還學過一點手藝，所以我就又鑄了兩口，但尚未鑄成……”

雲中俠攔住他，囑咐說：“不要再說了！我早就猜着你必有這種手藝。如今你能夠把實話告訴我，可見你還是看得起我。”李如江就要蹲身向炕洞裏去拿東西。雲中俠卻把他拉起來，先向窗外看看，然後才低聲對他說：“你要做什麼？你是要取出那兩口尚未鑄成的東西，來給我看嗎？我何必看？即使你都交在我的手裏，我也不能再去替年公復仇了！如今連我自己的性命尚且難保。”

李如江流淚說：“我正是知道現在有人逼迫老爺，才要拿出來叫老爺挑選。老爺看哪一口好，我就在今夜把它打製好了，明天就能夠叫老爺帶走。老爺拿着它，好去抵擋那與你作對的人！”

雲中俠搖頭微笑說：“全無用處！我若是到華陰縣去找我那逆子，找那崇老匹夫，一定要借你的東西用一用，但如今……”說到這裏，門一響。雲中俠趕緊站起身來向外去望，見是小石頭打了酒來，他就又坐下說：“我離開家，下了王屋山，本要到華陰去殺我那逆子，未料到半路上就遇着了劉猛龍的女兒錦弓玉箭劉綺娥，和他的徒弟神拳鐵棒伍華傑。這兩個人，我本可以抵得過，尤其那伍華傑是一個晚生小輩，武藝平平。但劉綺娥，一來因她的父親是被我那逆子所殺，我的理虧，自然手就先軟；二因我王某的鬍子都快白了，怎願與一個女孩子拼命，而低了我一生的名頭？再說我一世與她的父親為敵作對，如今她父親已死，我又傷她，太非英雄所當為；第三便是劉綺娥不但劍法受過她父的真傳，箭射得也很准，我那徒弟趙大春，就被她一箭射得墮下了山溝，我……」

他用手吧吧地連向左臂拍了幾下，說：「我這一隻膀子就中了她四支箭，都被我硬拔出來，棄在荒野。旁處她可不能射着，我的這只膀子現在照舊能使。不過是我寧可躲避，或者把頭割下來給她，也不能與一個女孩子死鬥呀！」

這時小石頭已斟了酒過來，雲中俠拿起酒杯來就一飲而盡。小石頭又驚驚慌慌地說：「可是，白馬老爺！剛才我買了月餅才一出鋪子，就看見了一個男的跟個女的，都騎着馬……」雲中俠瞪大了眼睛，驚問說：「是嗎？」小石頭說：「他們的模樣我也沒看清楚，我就看見那個女的腦袋後頭，是梳着個大髻兒！」

雲中俠點頭說：「那正是他們，居然也追我來到此地？哈哈……」他笑了兩聲，怒容又突現於面上，點點頭說：「我是在馬上被他們射下，走了來的。他們都還騎着馬，自然要走得快。可是這樣好的月光，他們還遲來了一步，沒有追上我，可見他們還是無能呀！」

小石頭忿忿地說：「白馬老爺你不用着急！你跟她娘兒們鬥不過……」雲中俠說：「我實在不願同她鬥，不然，將來在九泉下我無顏見她的父親，我那對手！」小石頭說：「我可是全不管三七二十一！我想她一定住在大街上的店裏，我能夠找得着她，我有一口小寶刀！」

雲中俠斥說：「去吧！你快去給我磨那口刀吧！小小的孩子，多想做些光明磊落之事！」

小石頭低着頭，氣得都要哭了，他轉身去找着那塊磨刀的大石頭，蹲在地下，哧哧地磨着雲中俠的那口刀。他想把自己的那口小寶刀給雲中俠用，又覺得那口刀還沒有雲中俠的手指頭長，他一定是不要。

此時雲中俠又飲了一杯酒，就說：「劉綺娥既是追我來，我就不能再躲藏了，否則太顯着我懦弱，她的父親劉猛龍在陰間也要笑話我！」李如江趕緊說：「我想老爺你應當在我們這裏住幾天，將箭傷養好，諒那女人也不能尋到。將來老爺你的春秋正轉，有許多人間不平之事，還仗着你去管呢！」雲中俠淒慘地笑道：「我能夠管什麼？連那逆子我都管不了！」說着又飲酒。

李如江卻垂下淚來，說：「能夠為年太保報仇，為華陰縣除害的，只有紀海鷗和王老爺二人。紀海鷗還不知道怎麼樣，我們到北京去也未必尋得着他；老爺既與我們見着了，我想還得求你，無論如何也要把這件事辦完才好！」

雲中俠卻又長歎，說：「我也是自覺負疚於心！我辜負了亡友沈海鵬的重托，倒還不要緊，我的兒子卻反倒去做了崇家的姑爺，做了他們的奴才，這真令我死也不安心！」頓着腳又長歎。然而他突地走到小石頭的近前，把那口刀要過去，自己又用力磨了幾下，就說：「好了！」遂帶在腰間，向李如江拱手說：「再會！只要我不死，我必然走趟華陰縣。」說着就走出了屋。

李如江與小石頭全都驚慌着追了出去，卻都被他用手攔住了。他仰面看了看當空的明月，就又冷笑，說：「劉綺娥既也來了，難道我不去見她，還等着她搜到這裏來嗎？」小石頭這時也顧不得什麼大聲不大聲了，就嚷着說：「白馬老爺你若一定去，我也跟着你！」李如江也急呼說：「我勸老爺還是別去！」但雲中俠此時已縱身上了房，霎時便無縱影。

　　小石頭急慌慌地趕緊進了屋，拿上了他的小寶刀，又往外走，幾乎將李如江撞倒。李如江說：“兄弟你真是要去幫助他嗎？”小石頭急急地說：“咱們能叫白馬老爺吃那女人的虧嗎？”李如江說：“兄弟你等等我，我也要去！”小石頭說：“大哥你不要去，你去不行，再說我也不能顧你！”於是他急急地開了街門，還說：“李大哥快把門關上！”

　　小石頭就撒開腿，一口氣跑到了大街上。他喘吁吁地先進了一家店房，跑進櫃房一看，店掌櫃跟幾個夥計正在吃酒慶中秋，向他笑着說：“小子！你也來坐下吃一盅呀？”小石頭卻急急地問說：“你們這裏沒住着個騎馬的娘兒們，跟一個漢子嗎？”幾個夥計都笑着說：“大節下的，你找誰？你看看我們這裏還有半個客人沒有？”

　　小石頭趕緊回身去走，又跑了出去，再敲另一家店房的門，敲了半天也沒敲開。忽見對門還有一家店，店裏卻有人吵了起來，小石頭趕緊不敲這裏的門了，轉身就跑進對門的店裏。

　　別家都是那麼冷清，惟獨這裏可真是熱鬧，棚下有兩匹馬正在嘶叫，店裏的夥計全都在嚷嚷：“別打啦！別打啦！傷了人可不好啊！”在月光下，雲中俠正跟一個漢子，刀對刀地廝殺起來。雲中俠雖僅僅是一口短刀，同時胳臂還受了傷，但是他武藝高強，刀光閃閃，殺得那劉綺娥的師兄神拳鐵棒伍華傑，不住地往後去退。也許是因為他現在沒有使棒，而在使刀之故，他簡直敵擋不住了。

　　這時北屋內忽有女人之聲大喊：“師兄躲開……”說時就從屋裏一箭射了出來，雲中俠當時中箭跌倒，那伍華傑掄刀向雲中俠就砍。小石頭大聲喊道：“你敢傷白馬老爺！”他一躍上前，掄着小寶刀就去迎。伍華傑打算用刀背把他磕開，可是沒料到這把小刀與雲中俠的那刀不同，當時只聽得鏘的一聲，小刀反把大刀削成了兩段。伍華傑大驚，急忙跳到了一旁。

　　這時那個劉綺娥由屋裏出來了，她一手拿着錦弓，一手拿着玉箭，狠狠地就要射小石頭。雲中俠卻忍着傷痛，忽地挺身而起，將身護住了小石頭，說：“劉綺娥！你先不要射！你必要射就再射我。我今晚既敢來找你，就是不怕死，並且，若非伍華傑來與我動手，我還絕不跟你較量！這小孩與你無仇，不許你傷他一點。你也不過是為要我的性命，我更是想到陰間再去找你的父親，好！你來看吧！叫你看看我雲中俠是有如何的血性。”說時就將手中的刀向自己的脖際一橫。

　　小石頭急忙從後邊將他的胳臂緊緊抱住，大哭着說：“哎呀！白馬老爺！”雲中俠卻忿然說：“你不要多管閒事！”一腳將小石頭踢開。可是卻另有一個人又把他攔住了，並且雙膝跪倒，哭求着說：“白馬老爺，就為年太保和郭海鵬的冤枉未報，你也不應就如此舍了性命，就這樣自盡呀……”

　　那劉綺娥在月光下看得很是清楚，她非常地驚詫，不知道是怎麼一回事，可是她的箭也實在不能再射了。雲中俠卻因傷帶氣，一陣昏暈，身子就向後跌了下去。小石頭急忙又去攙扶，雲中俠就半臥半坐在地下的月光裏。李如江又連向劉綺娥和伍華傑磕頭，並說：“二位俠士，手下留情，千萬不要傷了白馬老爺的性命！”

　　伍華傑就厲聲地問：“你們是他的什麼人？”

　　李如江說：“慢慢地再說，先請那位姑娘不要放箭，我們將白馬老爺抬到屋裏去歇一歇，然後我把詳細的情由，全都告訴二位！”

　　劉綺娥狠狠地瞪了雲中俠一眼，說：“好！先叫他再多活一些時，反正他跑不了！”當下她就提着弓箭回轉屋裏去了。

　　這裏，李如江也站了起來，又求店夥們幫助，把雲中俠抬到另一間屋內，然後李如江就到了劉綺娥住的屋裏。他知道這是一位女俠，所以他就一點也不隱瞞，把他怎樣受師父吳慕冶之托，帶着白光劍往北京，去找人為年太保及郭海鵬復仇；半路上他丟失了白光劍，又結識了小石頭，二人就一同前往王屋山拜訪白馬老爺雲中俠。雲中俠派了他的二兒子去往華陰，王夢俠就在半路上得到了白光劍，殺死了劉猛龍⋯⋯他說的很慢，又很詳細。

　　劉綺娥起先是不耐煩聽，後來聽說她的父親劉猛龍確實是死于王夢俠之手，而並非雲中俠之意，她就忍不住抽搐着痛哭起來。

第十章　急製劍義士嘔血

　　這劉綺娥是一個二十二三歲的女子，但是她挽着頭髻，也許是因為這樣的媳婦打扮，在路上行走不太招人注意，而感覺方便之故；或是她已經出嫁了。她的身材是細高條兒，長闊臉兒，模樣雖無十分姿容，但並不難看；穿的是青色粗布的孝服，頭上戴着白簪子，還有一條白布。這時候她已經哭成了淚人兒一般，跟剛才那種兇悍的樣子完全不同，她又問說：「王夢俠現在哪兒啦？」

　　李如江說：「他現在大概還在王屋山上，他在那山上還認識着一個姑娘，那個姑娘未必能放他走；可是也可能回到華陰去了，因為他已經娶了崇大學士的乾女兒。」

　　劉綺娥就擦了擦眼淚，點點頭說：「好啦！我爸爸在絳州客店被人殺死，不知道兇手是誰，可是我斷定必是雲中俠，所以我們就在風陵渡截住了雲中俠。因為他回身逃避，我們就追，追了這麼些日子，今天才算把他追上了，我就射了他幾箭。可是，既然害我爸爸那並不是他的意思，我也就不再要他的命了；他的那個兒子，我可是絕不能饒！」

　　旁邊她的師兄伍華傑就說：「師妹！咱們現在就走吧！快去往王屋山找一找王夢俠去；他若是不在那裏，咱們再追往華陰縣。」當時，這師兄妹兩個就要走。

　　李如江卻又上前說：「劉俠女跟這位俠士！王夢俠的去處我本來不應當告訴你，可是冤有頭，債有主，他是你們的仇人，你們也理應去尋。不過，那口白光劍現在王夢俠的手裏，他一定十分難惹，光憑飛箭去抵他未必能行，只要……」說到這裏他又想了半天。

　　李如江傴僂着身子，直瞪着兩隻含淚帶血的眼睛，樣子十分古怪，令急着要走的這師兄妹二人，不由得都驚訝又惱恨地看着他。就見他聲音顫顫地說：「我見你們二位也都是恩怨分明，能為自己的事，必也能為旁人的事。那崇學士是一個奸臣，縱着他的三兒子做了不知有多少惡事。你們如果能夠順便把年太保和郭海鵬的仇恨也報了，那就請你們明天早晨再走，我也給你們鑄上一口寶劍，足可以抵得住那口白光！你們找着了王夢俠，才不致於吃虧，或束手無策！」

　　劉綺娥倒是不注意什麼寶劍不寶劍，可是那伍華傑，因為剛才吃了小石頭那口小寶刀的虧，他就恨不得當時也弄到一口厲害的傢伙使一使。他就問說：「你真會鑄那麼快的寶劍嗎？」李如江點頭說：「小石頭的那口小寶刀，就是我給鑄的。」伍華傑於是就低聲跟他師妹商量。劉綺娥只是擦眼淚，最後也應允了找着王夢俠報了仇，自然同時也要給什麼年太保跟郭海鵬報仇。

　　李如江聽了驟然地歡喜，精神也更為興奮。他就趕緊又去到那屋裏去找小石頭。這時小石頭正在服侍着雲中俠。雲中俠已經蘇醒過來，這位一世的英雄白馬奇俠，左臂上就中了三箭，膀上又有新箭傷一處，血跡斑駁。然而他依然忿恨，他並不恨傷他的劉綺娥，卻是恨他那不肖之子。

　　李如江就要拉着小石頭趕緊回家，可也不說是為什麼事。小石頭又不放心雲中俠住在這裏，他就叫來店中的人幫着，還央求了半天白馬老爺。雲中俠才應允得叫他們攙往秦老的家中，就住在那酒鋪裏。他咬牙忍着疼痛，口口聲聲仍在說：「我既不死，就必還要到華陰去找那逆子！劉綺娥的帳我也不欠，我殺死我的逆子，酬答完了我昔日對沈海鵬的諾言，我還是要把頭顱割下，擲給她；我的魂靈到陰間，再去跟劉猛龍較量劍法！」這位傲氣的白馬老爺，精神微弱，可是意志猶然堅強。幫着攙他來的三個店夥都走了，小石頭就把他的那把意圖自盡的短刀，跟自己的小寶刀，全都藏了起來。可是小石頭還不願離開雲中俠的身邊，只是李如江用力地拉他。

　　李如江這時也好像是瘋了，力氣很大，拉着小石頭就又回到他們住的那間屋，急忙地又叫小石頭幫助他打鐵。小石頭問他，他也不說，仿佛現在一分鐘的光陰都是極其寶貴的，他連說半句話的工夫都沒有了。他就忙着升火，把藏在炕洞裏的兩口將成的寶劍又燒、淬、打、磨，風箱聲呱嗒嗒，鐵錘聲叮噹當，淬劍聲嗞哧哧，磨鋒聲嚓鏘鏘。外面是中秋的明月朗照，屋中是火光閃閃，小石頭都累得氣喘吁吁，並且不住地打呵欠。

　　李如江傴僂着腰，不顧疲倦，細緻地打，精心地煉，直到天明，才將寶劍完全製成。他並按照着那秀才給他的紙帖，將那四個字分刻於兩口劍之上，一劍名「紫電」，一劍曰「青霜」；光芒閃爍，好像兩條青龍，並都裝置上了他早已預備好的護手、劍柄和劍鐓。至此一切皆畢，爐中的火已熄了，窗色是跟他的臉色一樣的慘白。

　　小石頭的兩眼皮都直往一塊兒打架，連氣打着呵欠，說：「好啦！李大哥，咱們歇歇吧！真的，何必要這麼忙呢？白馬老爺現在正受着重傷，也不能給咱們去辦事，咱們忙着鑄好了，劍不也是擱在那兒嗎？」

　　李如江也不答他的話，只叫小石頭舉起那只沉重的鐵錘，他用紫電劍迎着，說：「來打！用猛力向我這劍鋒來砸吧！」小石頭還有點膽怯，恐怕把這口費了多日的工夫，流了許多的汗才製成的劍給砸壞了。可是李如江用劍去削，當時鐵錘子就像是麵捏的，被削下了一半。小石頭高興得跳起來，說：「真好！」

　　李如江放下了紫電，又舉起那口青霜，掄起來向着鐵砧狠狠地去剁，小石頭忙說：「哎呀！這鐵砧子可是太厚啦！」剛一喊出來，就見也如同快刀切涼粉，當時把個鐵砧也剁成兩半了。李如江細驗劍鋒，只見毫無傷損，他不禁發狂似地哈哈大笑，但是緊接着又咽哽着啜泣起來，並哇哇吐出來兩口鮮血。小石頭大驚，趕緊扶住他，李如江仍不住地氣喘。

　　就在這時，忽聽門外有馬嘶的聲音，又有急急地打門之聲，有男子的聲音問道：「李如江是在這裏住嗎？」小石頭發着怔，說：「這時是誰找咱們來啦？」李如江卻先慌忙地將紫電寶劍藏在炕洞內，手拿着青霜寶劍，向外高聲答應道：「是在這裏，伍俠士請進來吧！」又推着小石頭去開門。

　　小石頭才一出屋，只見一人已自牆頭翻了進來。曉色中微月下，他看見此人正是劉綺娥的師兄，神拳鐵棒伍華傑。門外還有雙馬的嘶聲，可見劉綺娥也來了。伍華傑急急地問：「打好了沒有？我們這就要走！」李如江慌慌忙忙地由屋裏出來，雙手托着青霜寶劍，說：「已經打好了，敬送俠士轉交給劉俠女吧！千萬急去為年太保和郭海鵬報仇……”伍華傑說：“不用你再託付！”說時接過來寶劍，看了看，又把他身後背着的一隻很粗的鋼鞭似的鐵棒，摘下來跟這寶劍一碰，他可就大吃一驚，鐵棒差點就兩斷。他十分喜歡，卻又行意匆匆地說：“後會有期！”便越出牆去，一陣馬蹄嘚嘚地響，他們就走了。

李如江像完了一件大事，靠着門壁喘息，小石頭可真急了，說：“李大哥，咱們打好了寶劍，憑什麼送給他呀？跟他有什麼交情呀？”

李如江說：“雖無交情，可是他已應得替咱們去辦，因為咱們的事情太急，等不得叫白馬老爺，或是去往北京托紀海鷗給辦了！”

小石頭說：“他們都靠得住嗎？”

李如江點頭說：“我看是靠得住！因為他們與白馬老爺原有大仇，但昨晚經咱們把事一說明，他們立時便不再跟白馬老爺作對，而急着要去找王夢俠，可見他們也都是恩怨分明之人；托他們順便辦事，他們必定盡力！”

小石頭說：“李大哥，你怎麼也不跟我商量商量？我看你是受他們騙了！剛才那伍華傑跟黑面鬼大概是一樣，絕好不了！劉綺娥是個娘兒們，更靠不住！再說他們一個使棒槌，一個使弓箭，寶劍付給他們，他們一定也不會使；結果不是劍叫他們給拐了去，就是給王夢俠又送去了一口劍。李大哥，你這麼忠厚，淨上人的當，可真叫我着急！”

李如江也發了一會兒怔，就說：“不要緊，我還藏下了一口紫電劍，那是給白馬老爺的，等他傷癒了再付與他。劉綺娥如不能替咱們辦事，還是去托白馬老爺！”小石頭跺着腳說：“大哥，你會打多少口寶劍呀？打一口就胡亂地送出去一口，將來打得越多，送得越多，年太保跟郭海鵬的仇更沒法報！”李如江更發怔了，仿佛也有些後悔。

這時那酒鋪裏，大概雲中俠已經睡醒了，就聽他連聲地歎氣，並仿佛又在忍痛呻吟。李如江把小石頭一拉，悄聲說：“進屋來再講，別叫白馬老爺聽見。”二人進得屋來，小石頭一腳就踏着了李如江剛才吐的血。他又心痛，又覺着把青霜劍送給劉綺娥是絕靠不住，便不住地皺眉、着急。

李如江坐在炕頭，又悄聲地說：“現在若是叫白馬老爺聽見了，他也一定當時就要走，可是他身上受了那樣重的傷，走在半路還不得死了？再說王夢俠是他的親生子，無論如何，他未必忍得下手去殺他的兒子。但，現在護衛那崇家的苗雄才，倒不算什麼了，王夢俠是最要緊呀！”他喘了喘，又說：“因此，我才一見了劉綺娥，雖是素不相識，可是我看出來她為人豪爽、慷慨，是知道恩、知道怨的人，我就立時趕着將劍鑄好，先托她去給辦。因為不能再遲延了，我不知幾時就要死，尤其，因為我已違背了在我師父前立下過的誓，我……”他說到這裏，已哽不成聲，並且渾身不住地緊抖。

他又悲哀地說：“我最怕的是，現在郭海鵬的家裏又有什麼變故呀！因為他家裏只有老太太、少爺，跟小姑娘小芬。上一次在王屋山上，趙大春回來曾說，王夢俠自給崇家當了乾姑爺之後，就去砸了雙魚記鐵鋪，並到郭家幾乎逼死了人，所以我時刻心裏不安。現在劉綺娥跟她師哥去了，我雖稍稍地放了點心，可是，兄弟你疑惑得也有理，真還不知結果怎麼樣。兄弟，你也會些武藝，不如你趕緊拿上這口紫電劍，我再給你錢，買一匹快馬，你也趕了去吧！”

小石頭搖頭說：“我倒用不着寶劍，我有我的小寶刀。好吧！我也當時就走，還許都用不着別人，我就把年太保跟郭海鵬的仇都報了！我也應當去闖練闖練。大哥還放心我，我一定小心謹慎，不能有錯。可是雲中俠白馬老爺現在受着重傷，大哥你又剛吐了兩口血，我走也是不能放心呀？」

　　李如江說：「不要緊，白馬老爺受的不過是箭傷，不至因這便喪命，我也是無論如何我也能等到兄弟你回來。你這親戚家裏，我也都熟了，你走後他們也能夠照應。」小石頭說：「我這親戚家是只要你有錢就行。好啦，我也這就走，我也不向誰辭行啦！」說時，李如江給了他兩張銀票和一些銀子，他就拿上了他的小刀，轉身出了屋。

　　李如江流着眼淚，起身送小石頭出了街門，小石頭又向那間酒鋪投了一眼，便回首向李如江說：「大哥，我走了！」李如江淚如雨下，小石頭卻昂然走去，這時已是月落星稀，燦爛的朝霞升起。

第十一章　走飛駒三傑尋仇

　　小石頭先走到大街上，找着一個熟識的店，拿銀票作押賬，就算租了一匹馬，他說他是到別的縣裏去找朋友，騎上馬就走了。他雖然不太會騎馬，可是身強力大，撒開了韁繩，就離開了曲沃縣。陽光高升，把他一曬，他倒有了精神了，於是一天馬不停蹄，就跑出了二百多里。在解州找店房宿了一夜，這一夜他可真睡得香，次日精神充足，懷揣寶刀，策馬順着大路又走。他的心更急，恨不得一下就到華陰縣。

　　近午時到了風陵渡口，只見黃河滾滾，風帆片片。小石頭剛要牽馬上一隻大船，好渡過河去，卻聽有人說：「啊呀！這不是那個小孩嗎？」小石頭覺着很奇怪，因為這是女人說話的聲音。又有個男子說：「他叫小石頭，小石頭！你怎麼也來啦？」

　　這渡口的擺渡船共三四隻，等着上船的人可至多有六七十，還多半推着貨、牽着馬，還有的趕着一大群豬。小石頭扭着頭找了找，就見隔着幾個人，有個男子正在沖着他招手，原來正是伍華傑，旁邊是劉綺娥。小石頭說：「嘿，你們敢則比我走的還慢！」伍華傑說：「到這邊來吧！上這只擺渡吧！」於是小石頭牽馬到他們那邊，彼此只是點點頭，什麼話也都沒說，又等了一會兒，就一同牽馬上了擺渡。

　　渡過了黃河，眼前就是陝西河南的交界潼關，他們進了這座險要的關隘，倒還都沒受什麼盤查。到了潼關縣的西關，遙遙的就看見了那蒼翠的華山，往西便是寬敞平坦的關中大道，秋風蕭蕭，路上往來的車馬不斷。

　　伍華傑這三十來歲黑臉膛的中年漢子，到這裏才說：「我們原想先到王屋山去，可是走到絳州地面，就遇見了幾位鏢行朋友。在一個月以前，他們就聽華陰縣來的人說，王夢俠早就回到他乾丈人家裏去了，並且他向人承認，我的師父劉猛龍確是被他用計殺死⋯⋯」

　　旁邊的劉綺娥此時已上了馬，她聽了這話，又氣又恨，就怒目說：「還說什麼？快走吧！」於是伍華傑和小石頭也都跳上了馬，劉綺娥在前，一騎飛馳，煙塵滾滾，他二人是在後騎着馬緊緊跟隨。

　　伍華傑又說：「小石頭！你來的意思，我也猜出來了，一定是李如江給了我們那口寶劍，他又不放心，才又派你跟了我們來。其實他想得不對，受人之托，忠人之事，我們不是那些江湖沒名沒姓的，既答應了去順便給他辦事，就不能到時不管。再說我們也打聽出來了，崇大學士確實是富而不仁，他那三兒子是個惡霸，苗雄才更是個驕橫兇惡的傢伙；就是李如江不拜託我們，我們平時既稱行俠仗義，就也得打一打不平。現在還告訴你，我們這次到華陰，還是儘先辦你們的事，後報私仇；先結果崇老頭子和崇三少的性命，然後才叫王夢俠給我的師父抵命。」

　　前面的錦弓玉箭劉綺娥，又回首發急地說：“還說什麼？快些走！”於是伍華傑又急急地揮鞭，小石頭也緊緊地跟上。

　　伍華傑可又說：“小石頭，你這孩子不錯！我看你必定也練過武藝，現在你跟着去看看也好，反正咱們全都是替人辦事。我不認識年太保跟郭海鵬，大概你也沒見過他們，可是他們必定全都是好人，只是為奸人所害。咱們行俠仗義的人，本應當管這事。”

　　他們就一直走着，一刻也不停，一路上伍華傑還直跟小石頭說話，劉綺娥卻連頭也不回。西風很大，她頭鬢上罩着的青紗有兩三次都幾乎被刮掉。她顯得比誰都急，心中就像燃燒着猛烈的火。小石頭更願一下子就辦完，也走得很快，太陽還沒落下，就來到了華陰。

　　他們來到這裏，都一齊下了馬，伍華傑命小石頭把三匹馬全都牽着，就在北關裏找了一家車店。伍華傑進去，跟車店裏的人說了許多江湖話。車店裏住着不少車戶，他們都是常走遠路的，其中有一兩個，提起來跟伍華傑還算熟人。伍華傑就說：“我們是到城裏去探親，牽着馬不方便，所以得將馬寄在這裏一兩天。”他又肯先付草料錢，加上熟人在旁一說，車店的主人也就答應了，於是這三匹馬算是有地方管飯了。

　　小石頭已經看出來，伍華傑這番舉動是有用意的。他要進城去辦事，倘若殺了人，可以越城而逃，馬可就沒法子跑了，所以先將馬寄在城外，以免跑的時候沒有馬，這傢伙畢竟是有些閱歷。錦弓玉箭劉綺娥，此時也與平常一般婦女無異，顯出很安嫻的樣子。他們的行李，包括她的弓箭和伍華傑的鐵棒，連那口青霜寶劍，一共捆的是兩個卷兒，都用毯子包着，這時候就都叫小石頭用肩扛着，所以小石頭很覺着累。

　　三人混進了城，走不遠，就找了一家店，找的是兩個單間，劉綺娥住一間，小石頭跟伍華傑住一間。小石頭這才心裏舒服了一點，本來跟娘們一路行走，他就覺着彆扭，倘或叫他跟劉綺娥同屋睡覺，那他可真怕睡不着。

　　小石頭的心裏此刻也像燃燒着一把火，他着急極了，恨不得一下子就由他自己之手辦完此事！他沒殺過人，但他今天想殺崇大學士，還得殺那崇三少，鬥那王夢俠呢！就憑這口小寶刀！他把小寶刀特別地帶好了，雄赳赳的，立時就跟隨劉綺娥、伍華傑一同走出了店門。那二人就像是夫婦，閒散地在街上溜達，小石頭像是個小聽差，又像是他們的侄子，因為他們的兒子絕不會有這麼大。

　　三個人走着走着，就到了那條狀元街，劉綺娥的臉上已經現出緊張的樣子來，小石頭也心裏直跳。可是來到了那崇家的大門前，他們卻不由得齊都驚訝，因為看見那大門上進士及第的匾額上，全都蒙上了白紙，出來進去的僕人也都穿着白布孝衣。裏邊咚咚地打着鼓，還嗚啦嗚啦用鎖吶奏着哀樂，街上的燒紙就像山似的堆了一大堆。從那邊又抬來了是紙糊的金庫銀庫、金山銀山，還有金童玉女，紙紮的船、轎等等，跟來了一群人追着看。這裏就有幾個僕人掄着馬鞭子驅逐：“去！去！不准看！滾開！”連小石頭也幾乎挨了一鞭子。

　　劉綺娥趕緊走開了，伍華傑跟旁邊的人打聽了打聽，也往南就走。小石頭緊緊地跟着，問說：“什麼事呀？崇家是什麼人死了？”

　　伍華傑略止住步，向他說：“剛才你沒聽見人說嗎？這裏死的就是那崇大學士。那個老頭兒，死了有十幾天啦，可是隔七天就要誦一回經，要燒一大堆紙紮，得等到七七四十九天才能夠出殯。”小石頭一聽便怔住了。伍華傑又悄聲對他說：

“你們還報什麼仇？人家已經死了！”說罷，同着劉綺娥又往南走。

小石頭就站在這兒，不由得心灰意冷，精神一點也沒有了，走也仿佛走不動了。他見路旁有很高的一座酒樓，字號狀元居，樓上的人多極了，他也不知道是怎麼回事，就跟着走了進去。一直到了樓上，卻見這些人原來都是為看崇宅燒那些紙糊的東西的，仿佛這還是個盛會。

一些人還邊看邊議論着，就聽有人說：“喂，你來看！今天糊的東西可比那天糊的多。人要是死了，能燒這麼些東西，到了陰間才享福哩！”又有個人說：“像咱們可也不配！生前就是個窮光蛋，死了，假使有人給燒這些個金山銀山，結果也是一個也落不着，都得叫怨鬼孤魂給搶了去，因為沒那命嘛！人家這是進士及第，當朝的閣老，退歸林下的老太師。生前就是金銀滿庫、妻妾滿堂、子孫繞膝、奴婢成群，駕返酆都城，閻羅王也得接迎，在鬼門關裏打一個轉兒，立刻就上西天；像咱們，地獄裏也不要！”

小石頭無心聽這些閒話，自己就找了個空座位坐下。跑堂兒的也去扒着臨街的窗子往外看，所以沒人來招呼他。他就想：真發愁！聽伍華傑的那話，我李大哥對他們的託付，他們是全都不管啦，到底還是讓他們騙去了一口寶劍！本來可也是，崇大學士現已壽終，他跟年太保有仇有怨，可以到閻王殿前去理論，我們還能夠跟死人為仇嗎？不必啦！總算李如江把事情給耽誤啦，也算是崇老頭子有命，應當壽終，不該慘死⋯⋯

小石頭就像是丟失了什麼似的，心裏雖也想得開，可是不痛快，仿佛這一趟就是白來了。他又想到，還有崇三少，他是殺死郭海鵬的仇人；惡蟒苗雄才，那是兇犯；王夢俠⋯⋯

他剛一想到王夢俠，就聽那窗戶旁邊的人說：“快看！快看！王夢俠⋯⋯真漂亮呀！”

小石頭也趕緊跑過去擠着往下看，就見街上來了一匹白馬，小石頭認得最為清楚，這就是白馬老爺的那匹白馬！馬上就是王夢俠，他穿着一身白布孝服，乾淨漂亮，身上真是沒有一個泥點兒。他的臉上也像是擦着粉，全身上下、連人帶馬全是白的，腰間並佩着白光寶劍，手揮着皮鞭就馳來了。他並不像是死了乾老丈人，不獨沒有一點悲哀的樣子，反顯得十分高興。

王夢俠不知是到哪裏浪蕩了一天，如今才回來。現在他騎馬追的可是一個年輕的少婦。那少婦在前面跑，他在後邊追。當然，他的馬有多麼快呀，所以一追就追上了。他就用鞭子在少婦的髮鬢上一掠，說：“娘們兒家看什麼熱鬧？衝撞了崇老大人的喪，你可擔得起？快回家繡你的花鞋去吧！”他一馬鞭竟沒抽着那年輕少婦，他又一笑，問說：“你在哪兒住呀？”

道旁有許多的人在看，樓上有些人也直笑，有的卻歎息着說：“這婦人也太沒有家教，幹嗎來這兒看熱鬧呀？這不是自找羞辱嗎？王夢俠是幹什麼的，他要看見了個娘兒們，他還能放得過？”

此時小石頭氣得幾乎要跳下樓去打王夢俠，因為他看到被調戲的少婦正是劉綺娥。可是劉綺娥也怪，她竟自躲開了，跑走了，一點也沒向王夢俠報仇，更沒顯出那錦弓玉箭的半點威風，她可也真能夠忍。而神拳鐵棒伍華傑，雖然氣得臉已跟紫茄子一般，他可也沒發作，就低着頭從崇家的門前走了過去，又往北去了，招了一大片笑聲。

王夢俠洋洋得意的，後面是那惡蟒苗雄才和幾個惡奴，並擁着一位面貌蒼白，兩隻眼可努着的驕橫闊少。以他穿的孝服來看，他是孤哀子的身份。他們仿佛都羨慕王夢俠做了一件漂亮的事，都用一種惡笑來贊佩他，因為他又調戲了一個婦女，仿佛這也算是他的本事。

這時，小石頭忽聽身旁有個人歎息了一聲。他趕緊扭頭一看，見也是一個來這裏喝酒的客人，長長的白鬍，臉消瘦得如同一條兒紙，可是皺紋鋪滿，頭頂也全禿了。這人至少也有七十多歲了，穿着長袍雲履，倒像是一位老學究。他又回到桌旁去飲酒，自言自語地說：「這都是些什麼人？哪像官宦人家的呀？我看簡直是敗家子弟，結交了些流氓惡棍。」

這老頭兒說話不留心，旁邊就有個跟他不認識的人，立時推了他一下。幸虧這老頭兒身體還結實，要不然這麼一推，也要經受不住。推他的這人倒是好意，只囑咐了一聲：「別多說話。」

老頭兒當時就連忙改口說：「我不過是說呀，崇府裏的大公子、二公子還都在外邊做官，沒有趕回來。這位三公子其實人也不錯，只是遭了父喪，真不應該就到門前來看熱鬧……得啦！我不說了。」

那剛才推他一下的人，又瞪着他說：「你趁早不要說吧！我也認識你，你這老頭子來到這兒不過半個月，連你住在哪兒我都曉得。可是你這麼大的年紀了，趁早別惹事！」老頭兒一聲不語，只是低着頭看着酒盅。那些人還都在窗旁向外看着，對這裏倒也沒有注意。

小石頭是氣憤填胸，可是他也不能下樓去了，因為王夢俠和苗雄才全都認識他。他知道要是下了樓，被他們看見，那就除了拼命，就得挨打，他只得也像劉綺娥似的那樣暫時忍着。他叫跑堂的拿來酒，要了飯菜，心裏恨恨地想着：王夢俠、苗雄才，連崇三少，你們都先別得意，到夜裏咱們再見面，我非得試一試我的小寶刀！

他不會喝酒，可也喝了有一盅多，飯更吃得不少。他還在慢慢地吃，為是故意耽誤工夫，等待時機。如此過了多半天，街上的銅鈸、大鼓、嗩吶亂吵了一陣，許多人又哦哦地歡呼亂噪了半天，漸漸歸於岑寂；一定是那些紙糊的金山銀庫等等，全都燒成了灰了。小石頭可連一點也沒看見，他只見樓上的人也漸漸散去，就留下了稀稀的幾個，是真正來飲酒吃飯的人，連剛才那白鬍子瘦老頭兒也沒有影兒了。回想起來，小石頭倒覺着那老頭兒很是可疑。

他又等了半天，外面天色全都黑了，連跑堂的都走來走去地不住瞧他，結果不耐煩了，就向他說：「怎麼樣啊？您該走了吧？我們可要上門啦，明天您再來吧。」小石頭只好叫算帳，掏出錢來，一個也不差地給了。跑堂的倒有點抱歉，直送他下樓，他卻連頭也不回，就走出了這家酒店。就見崇家的大門前，還點着幾隻白紙糊的大燈籠，門前還停留着車馬，那堆紙灰卻堆積得更高了。

天色已黑，星光閃爍，西風吹來，好像向臉上灑着涼水。小石頭就帶着點酒意，順着這條街往南，又往西，然後再轉身向東，來回地走。街上已經沒有什麼人了，他想着：這就是華陰縣，就是李如江大哥的故鄉啊！也就是瞎老師傅煉畢了寶劍，自縊托人復仇之地，郭海鵬就是死在這狀元街上。崇三少他們不知害過多少人，王夢俠不知又在這裏欺凌過多少婦女，惡蟒苗雄才更是這裏的一霸！這些小子，如今雖然崇大學士已死，可是我小石頭還得仗義行俠，今夜我要試一試我的小寶刀！

他轉了半天，天更黑，夜漸深，街上人跡全無。崇府門前的車馬已散去了，只有幾隻燈籠倒還點得很亮，兩三個僕人在那裏看門。小石頭順着崇家院牆又轉到房後，這裏是一條小巷，更沒有人，也更覺昏黑，他就聳身向牆頭去躥。然而這牆太高，他躥了三次，都沒有躥上去。他可真着急了，心說：我的本事怎麼這麼不濟？我進不了人家的宅子還能辦什麼事？我白受了李大哥的託付了！他恨不得能到哪兒去找幾塊墊腳石，能有一個梯子更好……

但就在這時，忽見有兩個人飛也似的走進了小胡同。他還以為是崇家護院的來了，趕緊就拔他的小寶刀。只聽前面來的這個人說：“是小石頭嗎？你上不去牆，來，我幫助你。”這人正是伍華傑。他來了，不費事，就把小石頭的胳膊一揪，小石頭趁勢再一聳身，當時二人就齊上了牆頭。那跟在伍華傑後面的劉綺娥，倒先飛身跳到了牆裏。

伍華傑悄聲說：“小石頭，你不知今天我跟我師妹受的那王夢俠的欺辱，我們是仇上加仇了，今夜非要他的性命不成！小石頭，你能幫助我們便幫助，不能幫助你就快走，千萬可別在中間攪我們。”小石頭說：“你放心，你們辦你們的事，我辦我的事，各不相擾。”當下一同下牆。

這裏是座後花園，滿地的落葉也沒有掃。大概這些日，僕人們都只顧了辦喪事，也沒有人掃這裏。他們三人再往前去，見前面就是正院，那裏高搭着為辦喪事用的席棚。燈光明亮，還有僧道在那裏誦經，叮兒當兒地敲着法器。伍華傑就暗暗地歎氣，低聲說：“咱們來得太早了！”

小石頭說：“這還早嗎？都快過了三更天了。今晚咱們既然前來，就得拼出去，實在不能暗中下手，就得明來，你們沒帶來青霜劍嗎？”這時前面走的劉綺娥回過頭來，發怒地悄聲向他們說：“你們說什麼話？小心叫人聽見！”小石頭搖頭說：“聽不見！這兒沒有人。”又往前躒蹤地走了幾步。

在這時，就忽聽得對面的房上有人哈哈大笑，說：“來了！來了！好，我正在這兒等着你們哩！小乖乖，我知道你一定來，來聽聽焰口吧？”小石頭跟伍華傑驚得一齊伏下身去，劉綺娥也躲在了假山石的後面。房上站的這人，說話的聲音很大，又笑着說：“白天我就明白啦！你們來到這兒是有事，今晚你們必定能夠來……”

小石頭聽得清楚，這人正是王夢俠，心中不由得更驚，暗道：想不到這小子的本事竟這樣大！被他看見了，沒別的，只好上前怔拼吧。他手中緊握着小寶刀，剛要跳躍起來，卻聽得嗖嗖嗖，原來劉綺娥那裏連發了三支箭，可是都沒射中王夢俠。

只聽王夢俠也發出驚訝的聲音，說：“啊？箭？莫非你是錦弓玉箭劉綺娥嗎？啊呀我的小妹妹，我早料到你一定要找我來，果然，你今晚登上門來結親。哈哈，我現在正缺少一個姨太太，你又長得這麼標緻，比我的麗蝶兒還俊俏十分……”

這小子大概是色魔附了體，膽子真大，他跳下房來，手晃着閃閃的白光劍，說：“出來吧！咱們別叫旁人知道。來！那邊有個亭子，咱們上那邊去細細談心吧。”說時，劉綺娥又嗖嗖，迎面射去了兩支箭，可是全都叫王夢俠接到了手中。他得意地傲笑着，竟向假山石後走來，還說着：“別放箭啦，幹嗎呀？你年輕，我也年輕……”

此時劉綺娥就扔了弓箭，猛拔出來了青霜劍，一躍離開了假山石後，怒聲說：“仇人！你給我的父親抵命！”說時一劍刺來。王夢俠急忙向旁去閃，說：“幹嗎還提那些事呀？咱們原是老世交……”劉綺娥卻劍風急抖，嗖嗖向他狠劈。王夢俠用寶劍一迎，只聽鏘然一聲，這聲音可是非凡的響亮。白光與青霜兩口寶劍猛碰在一處，卻令王夢俠大吃一驚，他急往後退了一步，說：“啊呀！寶劍竟還有重的？你是從哪裏也弄來了一口？”他的遇鐵立折、削銅必斷的，自以為舉世無雙的白光劍，沒想到今天也遇見了對手。

他可再不敢那麼放蕩了，當時就謹慎起來，說：“劉綺娥，你是真要來拼命嗎？我可⋯⋯」他又笑了，說：「我是最捨不得跟女娘兒動刀動槍兒呀⋯⋯」驀然又聽身後刀風，他急忙回身，以劍迎殺伍華傑，刀來劍往。他並怒罵道：「你是什麼東西？」劉綺娥揮劍又來向他狠刺，他孤劍敵住了兩個人。小石頭也躍起身來，手掄小寶刀說：「王夢俠！快把你的寶劍扔下吧！」王夢俠一邊力敵三人，又驚訝，又生氣，說：「好個小石頭，你也來了！你真好大膽！」

小石頭是悍勇絕倫；劉綺娥是一劍比一劍狠；只有伍華傑，他手中的刀可不敢去碰，這三人手中的兵器，哪件他也不敢碰，但他趁空就向王夢俠去砍。王夢俠劍法出眾，白光護身，敵住了這三個人。他還直笑着，說：「劉綺娥，算了吧！小石頭，你是我的小舅子⋯⋯」小石頭卻潑口大罵。

這時那前院裏已聞着了聲音，當時那僧道敲擊法器的聲音完全停止，卻換成了當當當當緊急的銅鑼聲，燈籠火光滾滾地向這後花園湧來。為首的是惡蟒苗雄才，手提長槍，後面跟着的還有醉虎徐七，及一大群奴僕、護院的、打手等等，不下三十多人，各個手中都拿着明晃晃的刀，亮閃閃的槍，一齊喊着：「捉呀！拿住！快拿住！」

伍華傑趕緊說：「師妹快走！」劉綺娥仍在憤恨，仿佛是不跟王夢俠決一生死，她依舊不甘心似的。可是王夢俠還是笑着，他也說：「快走吧！快走吧！快回你們那店裏去吧！咱們有什麼仇呀？」一邊說着，他一邊卻橫劍攔阻住惡蟒苗雄才那些人，說：「都不許上前！來的這是我的好朋友，想要跟我比一比武，你們別多管閒事！」在燈光之中，他高高的身軀挺拔而英武，如女人一般美麗的臉膛上全無怒容，倒含着點笑意，他身穿着青緞衣褲，真個瀟灑，白光劍在他的手中閃閃的發着光。劉綺娥又瞥了他一眼，就隨同她的師哥急忙又跳牆走出。

苗雄才發着怒，向王夢俠說：「姑爺，你怎麼把他們放跑了？太便宜他們了！」

崇三少跟他的內弟寶文慶，都身穿着白孝衣也都來了，崇三少還直打酒氣的膈兒，跺腳大罵：「你們都是廢物！這麼些人，會把賊給放走啦？」

苗雄才等人都說：「因為賊裏邊有一個女的，王姑爺攔住我們，不叫我們上手⋯⋯」

崇三少一聽還有個女的，他也覺着新奇，怔了一怔說：「那也得拿呀！驚了宅院，驚了老大人的靈，這麼大膽的賊還不給拿住？」

崇三少吩咐眾人再搜、細搜。他一邊跺腳發脾氣，一邊就親自率領眾人往各處去搜，不想就走到那假山石畔。小石頭這時並沒走，他正在石頭後蹲伏着藏身，看准了過來的是崇三少，他就猛然躍出，拿小寶刀沖着崇三少的後胸就是一下，崇三少爺啊呀一聲慘叫，便倒在地下。苗雄才等眾人大怒，掄刀擰槍齊奔小石頭。

正在這時，忽聽那前院裏更是大亂，誦經的僧道和一些跪靈的女眷們，全都亂紛紛地驚叫起來，不知是什麼人用火點着了那席棚。眾人紛紛跑去救火，小石頭趁亂也趕緊跑了。可是沒有伍華傑相幫，他也跳不過院牆，他就順着後牆摸了半天，發現有個小後門插着插關，並未上鎖，他連忙打開小後門跑了出來，所幸沒有遇見什麼人。

這時，劉綺娥已回到店裏，她獨自在屋中就着燈光，仔細地看那青霜劍，就見這劍鋒上只留下極微小的兩處缺口。她深喜這寶劍鑄得好，而又凜然于王夢俠手中的那口白光劍，實在又在此劍之上。她又想起王夢俠來，她痛恨這殺父的仇人，但見了王夢俠卻又有點下不去手，她不禁難過起來，淚水便滴落在青霜劍鋒之上。

一夜過去，到了第二天，他們三人都連屋子也不敢出，都想着一定會有人搜到這裏來。他們都預備着刀、劍，等待拼鬥，因為這時跑也跑不了啦，卻萬也沒想到，竟沒一個人來店裏找他們。店裏的人倒都紛紛地談說：“那火是賊人放的，燒了六七間房，傷了幾個僕婦丫環。姑爺王夢俠的老婆麗蝶，把臉都燒壞了，可是倒不至於死……崇三少爺是被個小賊殺死的……聽說還有個年輕的女賊呢，這可真是膽大，是為錢財還是為仇呢？莫非跟早先郭海鵬死的事情有關聯嗎？是李如江給勾來的兵？”

小石頭在屋裏聽着，他倒很樂，因為覺着事情已經辦完了，年太保和郭海鵬的仇都已報了；只是王夢俠……

又聽院中的人談說：“那王夢俠，出了這麼大的事，他也不着急，剛才還上了狀元居喝酒呢……苗雄才現在街上找賊呢。可是賊恐怕早就飛遠了，上哪兒找去呢？崇家一共一百多間房，只燒了幾間，這不要緊。喪事還得照樣兒辦，辦得還許更熱鬧呢，因為老大人的靈還沒葬，老喪又添上了新喪，還不得更多燒些金山金庫、紙轎紙馬嗎？”

最後又隱隱地聽了一句，不知是哪個店夥說的：“這是報應，人總憑着財勢天天欺負人，是不行的呀！”

小石頭總想着可能會有人來搜，在屋裏也睡不着覺；伍華傑也仿佛看見店夥送進來飯菜，他都會吃驚；只是不知道劉綺娥一個人在那屋裏幹什麼啦？想什麼啦？

當日白天無事，夜裏忽聽劉綺娥的屋裏發出驚人的聲音。先是有人大笑，說：“今夜我是特地跟你成親來了！白天我也不是不知道你們住在這兒，我想找你來，有些不方便……現在你還有什麼說的？我待你多麼好呀……”這正是王夢俠的聲音。緊接着就聽到劉綺娥痛哭着嘶喊說：“壞賊……”王夢俠又笑着說：“我不壞，我是跟你好……”鏘鏘的劍聲又起，由屋裏殺到了院中。

小石頭急忙抄起他的小寶刀要出去，伍華傑卻把他一揪，說：“這事兒咱們別管啦！”

院中的劉綺娥一邊打着一邊卻直哭，這可也真奇怪。王夢俠也似有了氣，他一邊迎拒，一邊冷笑着說：“反正我遂了心了，我也絕不叫他們來抓你。你若還想給你爸爸報仇，那可是妄想，因為你的劍雖還好，可是武藝不行……”接着就聽瓦聲，王夢俠跑上了房去了。劉綺娥一邊哭罵，一邊也追上房去了。

小石頭不明白是怎麼回事，只知道是打架。伍華傑卻說：“王夢俠是個風流英雄，反正氣已經出了，不如忘掉了仇，結個親。”小石頭說：“什麼叫結親呀？我不管，反正我得去殺這白馬老爺的壞兒子！”他當時就手提小寶刀跑出了屋。卻見房上的兩條黑影已殺到了門外。這店房的牆他可能躥，他一躥就躥出去了，又見王夢俠晃着白光劍在前面跑，劉綺娥手執青霜劍在後面追，他就拿着小寶刀也緊跟隨着追去。

第十二章　劍折人死恨綿綿

　　這時天色已經濛濛地發曉，正是所謂黎明時分。王夢俠一跑又跑到了狀元街上，身後的劉綺娥與小石頭追隨而至。王夢俠大怒，說：「好，我知道你們住在哪兒，可是一天我都沒去抓你們，你們反倒追到我家裏來了！」說着回身掄起白光劍，向着小石頭就砍。小石頭以小寶刀相迎，劉綺娥也用青霜劍從旁狠刺，王夢俠又一人敵住了二手。

　　他正在抖起威風兇悍地拼殺，突見由崇家的正面高牆上驀地就跳下一個人來，來人手中執着的也是明晃晃的寶劍，向王夢俠怒斥一聲：「逆子！」

　　小石頭先一眼看見了，這人正是白馬老爺雲中俠王公弼！他不由得大驚，因為他自曲沃縣走出的那天，雲中俠身受的數處箭傷都很重，如今怎麼也來了？

　　雲中俠手中執着的正是紫電寶劍，他掄起來向王夢俠就斫。王夢俠就用白光相迎，只聽鏘然一聲，兩口寶劍依然各無傷損；劉綺娥的青霜又自左側刺來，也被王夢俠手中的白光磕開。雲中俠手舞紫電，又怒罵道：「今天我不殺死你這逆子，我誓不為人！」

　　王夢俠白光急抖，他跳到一旁，喘着氣說：「爸爸！你可別上了他人的當！這劉綺娥就是你的仇人劉猛龍的女兒……」

　　劉綺娥嗖嗖嗖地舞着青霜，又向他的頭上直砍，並哭泣着說：「我父親被你害了，我又被你侮辱，你……可恨……」

　　王夢俠卻用白光鏘鏘地迎擊，他又笑了，說：「我便這樣，你能奈何？不如趁早兒嫁了我吧……」

　　他的爸爸雲中俠手中的紫電，卻比劉綺娥的青霜來得更猛，忽而如惡蟒攢心，忽而如猛禽展翅，劍光挾着劍風。王夢俠便虛晃兩劍，回身便逃。小石頭高高舉着小寶刀，喊道：「他跑啦！快追呀！」

　　王夢俠往北亂奔，雲中俠直追，劉綺娥和小石頭都跟在後面跑。王夢俠且逃且回身砍殺，白光與紫電就又當當地相擊了兩次。他就說了聲：「爸爸，我可自今天不認識你啦！」雲中俠將劍挽花，又向兒子狠刺，說：「你毀盡了我一世的英名！」王夢俠卻說：「誰叫你不給我娶媳婦？」說畢又跑。

　　劉綺娥越過了雲中俠直追到王夢俠的背後，又急怒地哭着說：「你快償我爸爸的命！」青霜寶劍就狠扎他的後胸。王夢俠疾快地回身躲過，又冷笑說：「你們還得賠我的媳婦呢……」

　　二人交戰三合，雲中俠方才追到。他因為身上箭傷未愈，到底是不行，然而他氣更急，力也更猛，那紫電劍就隨着他的生平之力、生平絕技展開了。連同劉綺娥揮舞的青霜，雙劍閃爍，就與白光翻飛的王夢俠惡鬥起來。小石頭在旁喊着助威："哦！哦！打！打！王夢俠！你還不快扔下你的劍嗎？"

這時只見王夢俠的白光向左一嗑，鏘的一聲與青霜互震了一下；他趕緊又向右擋，他爸爸的紫電又與他的白光相磕在一處，又是當的一聲響。小石頭舞動着小寶刀也要上前，忽見雲中俠與劉綺娥二人的紫電、青霜同時掄起，向王夢俠猛劈，王夢俠用白光橫擋，只聽當的一聲巨響；接着就見雙劍擊一劍，一下連一下，一聲緊一聲，當當當，如龍咬龍，蛇咬蛇，三道寒光絞在一起。最後聽得嗆啷一聲，響聲頗巨，立時白光、紫電、青霜三隻鋒利的寶劍同時斷落！同時都成了兩段，而同歸於毀。

劉綺娥大驚，急忙退後，王夢俠也轉身要跑，但雲中俠白馬老爺卻疾從小石頭手中奪過來小寶刀，追前兩步，一刀揮去。王夢俠啊地慘叫了一聲，左胳膊就被他爸爸斬斷了半截。然而他並沒有痛暈，卻帶血飛身，躥上了旁邊的一家屋宇，霎時無蹤，他逃跑了。雲中俠卻氣喘吁吁，頹然地倒在地下。

地下扔着幾個全是半截的寶劍，全成了廢物了。小石頭心痛得簡直要哭，他趕緊把那斷劍一截一截都拾了起來，一共是六截，這倒好，全都變成了小寶刀那樣的長短了。地下留下了許多血跡，還扔着王夢俠掉了的那截胳膊，十分凄慘。劉綺娥用淚眼看了一下，當時她不但沒有解氣消恨，反倒好像傷心得更厲害了。

雲中俠倒在地下不住地氣喘，他的箭傷更重，力氣已盡，並且心中一定也難過極了。這時幸虧伍華傑也自店中來了，他就和劉綺娥、小石頭三個人一起上前，把雲中俠抬了起來。小石頭同時還得抱着那些破爛寶劍，就覺得十分沉重，幸是天還早，鋪戶人家還都關着門，也沒有官人查街。

他們把雲中俠攙到了所住的那店裏，這時天才發亮，伍華傑就趕緊到院中去找店夥，吩咐店夥趕快去給雇車。

雲中俠剛才借用的那口小寶刀，是早就叫小石頭拿回了。這玩意兒，這時候可真成了寶貝，因為只有它還齊全。小石頭就把它別在褲帶上，好好地藏在身邊。他又跟劉綺娥要了一塊包袱皮兒，把白光、紫電、青霜的殘骸妥妥地包好。

錦弓玉箭劉綺娥，臉上的淚水總是不斷，她對她父親一生的勁敵雲中俠，竟像對她父親似的誠意地服侍。伍華傑也很佩服雲中俠，他本想把車雇來，拉着雲中俠出北關，他們再到那車店去取了馬匹，就一同離華陰而東去。然而，雲中俠卻叫先出南關，前往郭家屯。

雲中俠在曲沃縣小石頭的親戚秦老的家中調養時，因那天忽然不見了小石頭，他向李如江詢明了真情，他就忍耐不住。他不能見別人去替他殺死他的那不肖之子，也不能叫別人代他去實踐那三十年前，他對郭海鵬許下的諾言。於是他就向李如江借了紫電劍，買了馬，負傷忍痛，也來到了華陰。

他是昨天午後到的，先去郭家屯見了亡友郭海鵬（即沈海鵬）的家屬，晚間他才進了城。等至深夜進了崇家，可沒找着他的兒子王夢俠，只找着了系在廊中的那匹白馬。這就是使他之所以號稱為白馬老爺的那匹白馬，他心惜此物，然而無法牽出，又知自己不能夠再騎了，他就揮劍將白馬斬死，然後躍出了深宅。出來時正遇劉綺娥、小石頭追他的兒子來到，這才演出了剛才那一場父子拼殺，而使白、紫、青三口鋼鋒盡皆折毀之事。

現在雲中俠既主張往郭家屯去，眾人只好依他，當時雇來了兩輛車，就連劉綺娥、伍華傑和小石頭，全都于晨光將升之時，一同坐車混出了城。

來到郭家屯郭家，小石頭先嚇了一跳。原來這裏除了郭太太、少爺郭繼高、小姐小芬，和郭少奶奶及僕婦、僕人之外，還住着一個老頭兒。這老頭兒白鬚飄蕭，瘦臉上皺紋滿布，正是小石頭前天在酒樓上遇着的那個老人。

這人原來就是紀海鷗，他本是年羹堯年太保昔時幕中三奇士之中的一位，與郭海鵬、吳海蛟皆曾誓為年公復仇。然而那時他家中還有老父，他又已經很有家當了，所以他就在北京給年太保看墳，實際上卻是享起福來，捨不得出來拼命。

轉眼三十多年過去了，如今他已經七十多歲，忽然又想起了舊事，他就獨自又來到華陰。這其實倒與為年太保報仇之事無關，他是想發一筆大財。因為北京現在有一位大官，願出無比的重資，購求削銅剁鐵的寶劍。他想起吳海蛟吳慕冶會鑄這種東西，所以就想來給這瞎老師傅攬買賣，他好扣傭。

不料瞎老師傅已死，所鑄的白光，連徒弟李如江鑄的紫電、青霜，全都成了兩截了。紀海鷗頓足長歎，心痛得簡直要斷了氣。他向小石頭索要這些寶劍的殘骸，小石頭見他這樣，不但不給他，還要揪着他的白鬍子揍他。他也無法，不過又聽說紫電、青霜二劍都是吳慕冶的徒弟李如江所鑄，而且師徒的手藝，可以說已分不出高低，李如江現時又在曲沃縣，所以他就催着大家應當都往曲沃縣去。

此時，李如江的師兄弟黃老實也來了。他嚇得了不得，驚驚慌慌地說：“城裏崇三少爺被殺，喪棚起火，凶賊連夜大鬧，乾姑爺王夢俠也生死不明，人已都知道是跟今年春間郭海鵬死的事有關。現在那惡蟒苗雄才、醉虎徐七那些人，就要同着差官衙役到這兒捉人來了……”

這裏的人一聽這話，全都驚恐起來。紀海鷗就又催着快走，說是最好到山西曲沃去找李如江；黃老實也願意去找李如江，好將來一同就在曲沃開鐵鋪；小石頭因不知他的李大哥現在怎麼樣了，所以也急着要去看他；劉綺娥與伍華傑也都要走，於是就去叫人多雇來了幾輛車。

這裏郭家的人也忙忙地收拾細軟財物，留下僕婦僕人看着家，就連同劍傷更重了的雲中俠，全都坐上了車，匆忙離了郭家屯。劉綺娥、伍華傑和小石頭又都去取了馬匹，馬隨着車，急急慌慌，風塵僕僕，就一起逃出了華陰縣。

沿路的顛撲，雲中俠的箭傷更重了。他並且思念他那慘死了多年的長子王景俠，也未嘗不心痛那被他斬斷了半隻臂，大概也已死了的次子夢俠，他感覺一生之事，已經完畢。他懺悔與劉猛龍為比武而結仇，如今劉綺娥沿路還服侍他，更使他又感激又傷心。走出了潼關，才過風陵渡，他就死于車上。在途中盛殮設祭，又遇着了徐永、焦強，這二人是正出來尋找他，便把他的靈柩運回了王屋山。於是這一世的奇俠，便與那蒼翠的山林，共存千古。

小石頭帶着這些人急往曲沃縣。路上，小石頭可就不痛快極了，第一是雲中俠的死叫他傷心；第二，這些人裏有好幾個是娘兒們，他覺得真不慣。他是最怕娘兒們的，像劉綺娥，早先多大的本事呀，現在卻常在店中、在車上落淚，難道是因為已經報了仇，她才這麼傷心？可是她傷心的實在是更厲害了，也不知是怎麼回事？

郭太太人老了，碎嘴子，不斷地抱怨她死去的丈夫郭海鵬，說：“死了，還留下禍，落得現在全家的人拋下了田園……”郭少奶奶是不大說話，時時跟着她的丈夫郭少爺，那郭少爺都快成了癆病鬼了。這兩個女人都叫小石頭頭痛。

可是還有個女人呢！那小小姐名叫郭小芬，才十多歲，長得身材又高又細條，簡直已經成了一位大姑娘。小芬聰明俊秀，兩眼是那麼吸人，說話是那麼脆快，小石頭可也覺着頭痛。但這種頭痛和別的頭痛兩樣，因為這叫他太費心思，太傷眼睛；因為他不但是常常想她，還一路上不斷看人家，想着將來娶人家當媳婦，看人家好看，又覺着自己寒傖。

這天來到了曲沃縣，得知李如江死了，小石頭可真傷心了。原來李如江是在小石頭和雲中俠走的那一天，晚間就突然發了瘋狂，時時喊叫有鬼神要來攝他的命，又說有人要來將他碎屍萬段……他連口地咯血，直耗到第二天的下午，他就死去了。棺材還是秦老給他辦的，現在還沒有抬出去。

這又是一場喪事，小石頭哭天號地，葬埋了他的李大哥。李如江還留下許多銀票，倒足夠他花的。黃老實更好，就此繼承了李如江的那份打鐵的傢伙，就在曲沃城裏開了一家鐵鋪，然而他可不會打寶劍呀。

吳慕冶唯一的傳人李如江於今也死了，鑄劍的技藝絕了傳。紀海鷗大失所望，他求小石頭給他那六截斷劍，小石頭是連一截也不給，他只得敗興而去，仍舊回北京給年太保看墳去了。

伍華傑也走了，他說他是要再去請江湖朋友，要再到華陰縣去剪除惡蟒苗雄才。因為劉猛龍、雲中俠俱已死去，如今江湖已無赫赫有名之人物，他要借此揚名，使神拳鐵棒成為江湖第一名俠士。

但是後來聽說沒等到他去，那惡蟒苗雄才和醉虎徐七，就都在華陰縣下了獄。原因是那崇大學士的大公子、二公子，他們丁憂還鄉，聞悉了家中所出的種種事情，認為都是苗雄才和徐七引誘他們的三弟——那已死的崇三少，橫行欺人，給惹來的，並查出苗雄才與徐七都是大盜出身，就不但不再讓他們護院，反倒都給交官治罪去了。

乾姑奶奶麗蝶現在也不美麗了，當然不能再得勢。乾姑爺也沒有了，那王夢俠斷了臂之後，就一直沒有了下落。王屋山上有杏樹的那花家姑娘，大概是也另嫁了他人。

不過最感傷心的還是劉綺娥。她本來已有跟雁門關的總鎮少爺訂親的可能，不幸他的父親中途慘死，那親事當然不能再提了，更不幸的是她又遇着了冤家王夢俠。這話她說不出來，她至今仍恨王夢俠，同時她可也似乎愛王夢俠，這種愛與恨，將要纏綿她的一生，所以她常常哭。小石頭只覺着很奇怪，他哪裏能曉得人家的心事呢？

劉綺娥就也住在這裏，常常將武藝教授給郭小芬。小石頭就也跟着偷學偷練，因為恐怕再過幾年，小芬的武藝就許比他都高了。如此，就一年一年度着他們的光陰。將來也許小石頭跟郭小芬都能夠成為武藝很好的人，或許他倆還能夠結婚，那些事可就不在《紫電青霜》這部書的範圍以內了。

紫電、青霜，連同白光這三口寶劍的殘骸，與那小寶刀，就永存於小石頭的手中。名俠都死，江湖無事，這三口殘缺的寶劍就都成了廢物了，只空留下吳慕冶及李如江鍛煉寶劍的這篇驚人故事，供人猜想：那斗室爐火，鐵錘鋼砧，叮叮噹當，錘砸、火煉、水淬，諸般的情景，鑄成了沖霄劍氣，慨付與絕世的奇俠。唯是古風往矣，於今只可以寫成小說，藉為慕古之人，酒後快談之一助吧！

《雍正与年羹尧》

DULU WANG（王度廬）

江 湖 出 版 社
JIANGHU PUBLISHING

Jianghu Publishing
PO Box 35075 Fleetwood Postal Outlet
Surrey, BC Canada V4N 9E9
www.jianghubooks.com

THE COLLECTED WORKS OF DULU WANG

王 度 廬 選 集

Author of Crouching Tiger, Hidden Dragon

《 卧 虎 藏 龙 》 作 者

Wuxia Novels Volume Three

武 侠 小 说 集　卷 三

雍 正 与 年 羹 尧

DULU WANG

王 度 廬

Edited and Modified by Hong Wang

校 訂 者 ： 王 宏

JIANGHU PUBLISHING　　江 湖 出 版 社

第一章　雍和宮跳神談往事　博物院訪古引疑思

　　一想起了北平，我就先想起雍和宮的"打鬼"。告訴您，那才真是一個最熱鬧而且神秘的場面呢！

　　雍和宮是在北平城內東北角，是一座最大的喇嘛寺。喇嘛（即是番僧），您沒瞧見過嗎？那就是西藏和蒙古、青海等地的和尚，據說是屬佛教的密宗。早先以紅教為最盛，僧徒都身着紅衣。後來有一位先知者宗喀巴大禪師，鑒於紅教的腐敗，而加以改革，使僧徒完全改穿黃衣，這即是所謂的黃教；其傳佈得極廣，信徒極多，至今在青、藏、蒙古等地，不但最得人民的信仰，而且握有政治的大權。稱為喇嘛，即是最勝無上之意，原是一種美稱。喇嘛普通都着黃衣，馬褂、長袍、帽子都是黃緞子的，在北平時常都可以看見。北平的喇嘛寺也很多，全都建築得莊嚴壯麗，廟款充足，而其中最大最富麗堂皇的，即是著名的雍和宮。

　　雍和宮每年新正月，便要打鬼。打鬼是個俗稱，真正應當叫作跳神，據說是為驅邪祈福之用的。那可真是個偉大的場面，北平的居民，男婦老幼，要到了正月，不去看看打鬼，可真是一件遺憾的事。

　　民國十年的時候，我在北平（那時還叫作北京），就看見一次打鬼。同去者是我表兄，他可是老北京呀！他帶着我到了那廟門前的時候，我就驚訝這座廟的偉大，簡直是座皇宮，比我故鄉的那座縣城，大得不止兩倍。這裏有紅色的高牆，巍峨的飾金大門；無數的宏偉殿宇，都是用紅黃發亮的琉璃瓦蓋成；高高的旗竿得仰着臉看，真不知有多少丈；漢白玉的石階，走半天也沒有走完。

　　這一天，廟門前來了許多賣玩藝兒的，賣吃食的，十分擁擠。大門簡直擠不進去，人擠着人，人擁着人，你要是腳輕一點，就能夠把你高高地舉起來；但你要頭重一點，那可危險，倒下了便不會再爬起來，而必定死於亂足之下。

　　我被人幾乎要擠扁了，我就嚷嚷着："哎呀！別擠！我可受不了……"但是這時候有誰理我呀？我看看我的四圍，我的表兄已擠在前邊去了。他是會武術的，身體好，有氣力，可以仗着他給我開路。但我也不願意去太擠別人，因為我的兩旁，有好幾個擦胭脂抹粉的大姑娘、小媳婦，還有老太太們。北平的女性都是十分的勇武，賽過男子，老太太也都身體強健，這樣地擠着，她們沒有一個像我這樣喊叫的。結果，我倒是到了旗竿座兒了。我的表兄就將我一抱，像舉小孩子一般的把我放在這高高的石頭的旗竿座兒上了；我倒算是有了好地方了，可是我也下不來了。

　　我在旗竿座兒上，一點也沒擠着，因為這等於是個"特別包廂"，爬上來的人當然不少。我的下面，及我眼睛所能看見的地方，全都是萬頭攢動。我倒不害怕跌下去，跌下去也只能落在別人的頭上，而不會摔壞的，可是我沒法子上廁所了。

我站了有一個多鐘頭，兩條腿都發痛了，這才聽見遠處傳來了一種雄渾的樂器之聲，十分恐怖。人們都亂了起來，嚷嚷着："來啦！打鬼的來啦……"

我的兩眼都直啦！我看見打鬼的儀式，是漸漸由裏面向外走出。我看見了無數的喇嘛，聽見了那像海潮翻湧一般的誦經、念咒聲。我看見了生平沒有見過的巨大的樂器，那是一種三丈多長的大銅喇叭，前面有一個人給抬着，後面一個人專管吹，吹起來是："哼！嗡！哼！嗡！"，真如獅吼虎嘯一般。其次是牛皮大鼓，這個鼓大得像一個圓桌面，有把子，一個人專管扛着，後面跟着一位全身黃緞的喇嘛，持着一根長而彎的大鼓棰，專管擊鼓。這樣的喇叭和大鼓，就有四五對，吹起來震天震地地響："哼！嗡！"鼓聲重而遲："咚！咚！""哼！咚！嗡！咚！哼！嗡……"。再配上吹着巨大的海螺，"嗚喇嗚喇"地響，還有人吹着一個獸骨做成的喇叭，音調是越發的凄厲。

這時，主要的"打鬼"的人就奔來了。他們都戴着面具：一個是純黑，黑衣，鬼怪形的黑面具；一個是純白，白衣，白色面具也是鬼怪形的。這兩個人都揮動着極長的皮鞭，"叭叭"地驅逐開閒人；還有一個戴着牛形面具和一個戴鹿形面具的，這四個就是最重要的角色。他們都是年輕的喇嘛，經過了長期的練習扮演的，很熟練地隨着那鼓聲的節奏，往來地跳躍、舞蹈。在我面前剛才抬來了一個彩紮的亭子。他們的目標，就是亭子裏面供着的一個麵做的怪樣子的人形。他們都圍繞着這麵人跳舞。其餘的喇嘛也圍着麵人念咒，那"哼！嗡！咚咚！嗚喇嗚喇……"的神秘而恐怖的樂聲，也都似是向着這麵人吹奏着，他們似乎是把這個麵人恨極了。而其結果，則是由那個飾鹿的，用那七岔八岔的長而尖銳的鹿角，隨跳着隨將這個麵人豁得、拆得七零八落，好像是凌遲處死。直等到把那個麵人用犄角拆得什麼也沒有了，這一場儀式才算告終，觀眾們也都滿意地散去——原來這就叫打鬼，即跳神。

我看過了之後，永遠沒忘。那天歸來，我曾問我的表兄說："他們所拆的那個麵人，當然就是鬼魔的偶像了？"但我的表兄卻搖頭說："不。"我的表兄是一個多能的人，他是個專門的理化技術人才，而且擅長武術。每天早晨他都要到社稷壇——那時叫中央公園，那裏面的空氣清新，地面寬大，他去打太極拳運動身體，然後才去上班。晚間回到家裏，飯後寢前，他又常為兒女們講說故事；他知道的歷史故事、宮庭秘聞、名人遺事是最多的，常常使人聽之忘倦。

當下他說："那個麵人，不是什麼魔王鬼怪，卻是清代歷史上的一位名人。那位名人，在前清雍正二年，率兵征服現今的青海，殺過幾個活佛。活佛即是喇嘛寺的方丈，想必是反抗過清庭的。因為活佛被清兵所殺，所以至今各喇嘛僧便將那時的清兵統帥，那位名人恨之入骨，永遠不忘，製成麵人，用牛角凌遲，以表泄忿，直流傳到今日。那位名人是誰呢？就是年羹堯，清代有名的大將軍。"

我聽得入神了，然而我的表兄卻不給我細談了。後來他又說："過幾天，我們再到雍和宮去看看。"

過了幾天，是一個星期日，他果然履行他的諾言，帶着我又到了雍和宮。這個喇嘛寺在不打鬼的時候，是非常清靜的；只有三五個旅行家，還有西洋人，來這裏參觀。許多的院落和殿堂裏，我們都看過了，使我更驚訝這座廟的偉大。

我們由喇嘛僧帶領着，看見了歡喜佛，這原來沒有什麼神秘。我的表兄說："歡喜佛，即是佛經上所說的'歡喜天'，其實這在佛經上是有根據的；不過它的形狀，在一般世俗的眼中看來，是有點近於猥褻。"我點點頭，倒也並不覺着怎樣神秘，只是看着那塔像太為猙獰可怕。

我們又到了這雍和宮裏的一座關帝廟。這裏的關羽的泥像，與外邊的沒有什麼不同，但那赤馬的韁繩、轡頭，據說都是人皮所製成的。我聽了，簡直連看也不敢細看，這可真叫我感覺到不但神秘，而且有點恐怖了。

走出廟的時候，我的表兄才對我說："這座廟在二百年前，康熙年間，原是四皇子禛貝勒的府。那禛貝勒為人極為殘忍，當年年羹堯幫助他，殺害了與他競爭帝位的諸王，他才做了皇帝，即是所謂雍正帝。他的故宅，後來改為喇嘛寺，即是現在的雍和宮。""怪不得呢！"我回答着，身上卻打着哆嗦，緬想着二百年前帝王的殘暴，真令人不禁膽寒。

我聽我的表兄又提起年羹堯來了，我就想：怎麼，年大將軍年羹堯，還幫助過雍正帝殺戮諸王，奪取帝位嗎？我表兄又因為忙着回去辦理別的事情，所以當時沒得工夫跟我細說這些掌故。這本來是不要緊的，因為誰能夠沒事兒老說故事呢？

後來我就離開了北平，又到別處去上學，一直到民國十八年，我才又到了北平。那時是夏天，自然也不能再到雍和宮去看打鬼，我跟我的表兄，只參觀了一次故宮博物院。

故宮即是清宮，以前叫做紫禁城。四面高高的朱紅色的城垣，圍以御河。進了偉大壯麗的門標，裏面就是太和殿、保和殿、中和殿，俗稱為三大殿。這就是所謂的金鑾殿，建築得全都莊嚴華麗。裏邊都有皇上的寶座，漢白玉的丹墀，一層一層的巍然重疊，令人想見當年帝王的奢侈、豪華。此外還有乾清宮，是皇帝處理平常事情的辦公處所；坤甯宮，是太后、皇后住的地方；更有這個宮，那個宮，都是妃嬪居住之所，實在不止三宮六院。這就是帝王的家，當年除了內監，或是奉旨召見的貴戚，誰能夠到這地方來？可是現在任人遊覽了。

故宮裏因為面積太廣，處所甚多，陳設的東西又很不少，因此故宮博物院的主持人，把它分為幾個區域，買一張票只能遊覽一個區域。全遊覽了，大概得買五六張票，票價也很昂貴。不過我們這一回，卻是因為我的表兄在裏頭認識幾個熟人，他討來了一種特別的票，只要憑票進了大門，就可以"橫行無阻"，幾個區域，各殿各宮，可以在一天之內完全游畢。

是，我們這一天只能說是遊了，連遊覽都夠不上，簡直是走馬看花。我只記得有許多大幅的古畫，有什麼郎士寧畫的馬；有許多翡翠雕刻的如意，很大，也很多；還有各種的古玩、陳設，我想大概能值不少錢。又有一個鐘室，室內陳列着數百種各式各樣，制做得極為精巧，而且會自動變出許多玩藝兒的時鐘；聽說這都是歷代西洋各國，遣使進貢來的。現在連西洋也不再做這麼"麻煩"的鐘了。

我們又看見了戲臺，實在比戲院的台建築得考究。參觀過了西太后的臥房，房子的確不小，光線可太低暗，室中的陳設也不如想像中的豪華。

在一個宮門旁，還看見幾條中間灌着鉛錫的竹杖，聽說以前的宮人若是有了過失，便是用這種杖給打死的；這幾根竹竿下，真有過不少件淒慘可怕的事情。我們還看見了珍妃井。庚子年間八國聯軍陷北京，西太后與光緒帝倉促而逃，臨逃時，西太后命人將光緒帝最寵愛的珍妃，推墮於這口井中淹死，即所謂"宮井不波風露冷，哀蟬落葉夜招魂。"帝制時代，一切都是慘酷的，當時貴妃落此結果，真是可歎。

我的表兄實在是一個博學的人，差不多遊到一個處所，他就能夠為我講述關於這個處所的宮闈秘史。他能夠活繪出來當時的情形，仿佛他曾身歷目睹似的。有這麼一個導遊的人，可真不錯。不過我也知道，他的這些材料，多是由稗史上看來的，也有的是聽北京的老頭兒、老太太信口開河，有枝添葉，零零碎碎地說的；他就都記在腦子裏了，只要一遇機會，就要顯示他的博學多聞。然而我覺着都很有趣，簡直聽得入了迷。

臨出故宮的時候，他又問我：“你都看見了吧？皇帝的座位、太后的床、貴妃葬身的井，你都看見了，你可看出來這些宮中，有什麼可疑之點？”

我說：“可疑之點？這還有什麼可疑之點？”

他說：“你可注意到這各宮中，一切設備俱全，可見當年帝后生活之奢侈。可是你知道他們在哪兒拉屎嗎？你看見宮裏的茅房了嗎？”

我想了想，覺得這確是一個可疑之點，宮中確實沒有廁所，當年皇帝和後妃大小便的地方實在成問題。我就說：“他們一定是坐馬桶了？”

我表兄點點頭，又問我說：“清朝的帝王後妃全是北方人，為什麼他們不命人蓋幾間華麗的廁所，挖幾個茅坑，可偏要採用南方的習俗，坐馬桶呢？你知道這是什麼原故？”

我搖頭說：“這可真難死我了，早先的皇帝後妃不蹲茅坑，我哪裏曉得他們是為什麼？”

我的表兄卻得意地說：“我告訴你吧！這是因為清朝有一個皇帝，身死不明，傳說他是被人殺死在茅房裏，死在茅坑邊。所以從那一次起，以後宮裏全不用廁所，改為在寢宮裏坐馬桶。”

我覺着這真是奇聞，然而我剛才遊過的各宮院，實在沒有一個茅房，確實有點可疑，這沒法子否認我表兄所說的傳說了。我就問：“誰敢殺死皇上呀？”我表兄說：“是外邊飛來的女俠，為報祖父剖棺戮屍之仇。”我覺得這話不大靠得住。

表兄又說：“這件疑案又直接間接地與年羹堯年大將軍有關。”

我說：“怪！年羹堯，不就是雍和宮打鬼的那個麵人嗎？”

我表兄點點頭，又說：“這些事都是傳聞。在當時，即有此秘密的傳聞。蒲松齡生在那個時候作《聊齋志異》，書中《俠女》一篇，即影射此事。”我立時又聽得呆了。

我們出了故宮博物院，往家中去走。一路上，表兄就對我大談特談什麼“血滴子”、“阿其那”、“塞思黑”，種種的古怪名稱、離奇的事，惟其中雖然恐怖離奇，卻也連帶有不少慷慨壯烈、俠義仁孝之事，兼有兒女的柔情，離合悲歡。當日歸家後，我就把它草草地記了下來。

於今事隔廿年，表兄已經故去。舊時所記之稿猶存，把它重加整理，演為小說，以易柴米。至，所記或有與前人筆記、父老傳說稍有出入之處，則悉不詳為之考證，且作姑妄言之姑聽之而已。又，“血滴子”及雍正劍俠的故事，聞以前有人作過小說，且演過戲劇，我也都沒看過；只是各作各的，並不相干，所說的只是這一段不見於正史的掌故。

閑言敘過，以下即入正文。

第二章　鬥角勾心諸王競位　疏星澹月一俠飛來

　　中國的宗法，向以長子為最尊貴，尤其是當皇帝的，在他自己還沒有死的時候，便必須立儲。所謂立"儲"，就是儲蓄下一個皇帝的意思，將來的帝位由他繼承，名之曰東宮太子。這必須是長子，長子若是沒等到即位就死了，應當立長孫，是絕沒有別人（諸王）的份兒的。

　　因此歷代的宮庭之中，就發生過不少的篡奪之事。例如唐太宗李世民殺死建成和元吉；宋太祖趙匡胤為其弟趙匡義（宋太宗）所弒，舊劇演的那出"賀後罵殿"便是這件故事；明太祖把位傳給了太孫建文帝，但是又被建文帝的叔父燕王棣奪去了江山，稱為明成祖。這樣的宮庭慘變，在歷史上記載得很多，尤其是到了清朝康熙晚年，這種亂子鬧得更是厲害。同時，立長子為儲的辦法，也於此告終，繼康熙為帝的雍正帝，根本是皇四太子。

　　雍正以後，為避免諸王為帝位而爭奪，便改變辦法，絕不立儲。而於老皇帝未死之前，先親手於諸子之中，不論次序之長幼，憑己意而選出一個好的，秘不告人（連第二個也不讓知道）。由老皇帝親筆寫一人名於黃綾上，封在金盒子裏，用金鎖堅牢地鎖好，然後再用黃綾包裹，命人藏在金鑾殿那"正大光明"的匾額的後邊，無論何人皆不能動。直到老皇帝晏駕之後，才在太后、皇后、諸王、諸大臣親眼觀看之下，恭謹地取下來那只金盒，打開，看那塊黃綾上寫的是誰的名字（反正都是皇子），就擁誰即位。這個辦法就像猜迷似的，然而確實因此免去了不少帝皇之爭的糾紛。

　　本書現在要說清聖祖康熙皇帝。這皇帝坐了六十一年的江山，歷代的皇帝沒有比他任期再長的了。在漫長的數十年之間，他的三宮六院、七十二偏妃，給他生了很多的兒子，他一一地給起了名字，名字第一個字全都是"允"字，亦即"胤"字。"允"、"胤"二字本來可以通用，《書經》上有"胤征"一篇，亦可寫為"允征"。

　　因為"胤"字寫起來太麻煩，沒有"允"字省事；同時又因為宋朝的那開國皇帝，使着一根杆棒打天下的宋太祖，名字就叫做趙匡胤；而清代清世宗，亦即本書的主人翁雍正皇帝，他的名字原來是叫胤禛。早先，皇上的名字是不准別人寫的，即使必須寫時，也得故意缺一筆，所以宋版書上和清朝人寫的文章，遇見胤字時，都得把最後的一筆不寫，這豈不是個怪字嗎？及至清末以及民初，寫"胤禛"時，都寫為"允禛"，大概是為寫着省事。

　　本來在帝制的時期，皇上的名字那還了得？他為與別人不同，故意要用怪字，或筆劃多而難寫的字。尤其康熙皇帝給他那許多兒子起的名字，頭一個字是胤，筆劃多；第二個字卻怪，例如胤禵、胤禩，總而言之，第二個字都是示字旁，多半都在字典裏查不到的，鉛字架上更沒有，非得另刻不可，那有多麼麻煩呀！那些字根本就是康熙老頭兒自造的，或許他命人編的《康熙字典》裏才有。

現在我不是在寫歷史，卻是在作小說，是要寫出來一部比"趙匡胤打棗兒"那出戲，更熱鬧而有趣的小說；要描繪出來一位比宋太祖更為武藝超群，更會遨遊江湖，結交俠客的雍正皇帝，那就不必很費事的寫他本來的名字了。他的名字必須簡單而又醒目。所以，本書把胤字一律寫為允，這倒不是避諱。

現在再言歸正傳，單說康熙帝的這些兒子，以允褆的年齡最長，但他是庶出；按照宗法說，他就失卻了被立為太子的資格。二兒子名叫允礽，倒是正宮娘娘所出，於是就把二兒子立為太子了。可是這允礽性情壞得很，他還沒有當皇帝，就已經荒淫無道；並且他等不及了，他要學那弒父自立的隋煬帝。康熙老皇爺一看不好，這還了得？當時勃然大怒，說他這個兒子有了神經病，立時將允礽的太子名義取消，而在紫禁城之內囚禁起來，改稱為理密親王。由此，太子的位就又空起來了，其餘的各兒子就紛紛的起了念頭，都要得到那未來的帝位。

諸王中以允禩為最有才幹。他的異母之兄允褆，曾經向康熙帝跟前推薦過他。可是老頭兒不願意，因他生平最不喜歡允禩。這時並有人說，太子允礽之所以成了神經病，就是允禩在暗中命人作魔法給"魔"出來的。所以允禩雖有才，且有野心，可是做不了太子；別人更不行，康熙老頭兒全都看不上眼。因此，老頭兒自覺得年歲漸老，帝位也有些坐膩了，倒很願意"龍歸滄海"，可是誰人繼承呢⋯⋯這倒叫他大傷腦筋。

諸王在外都有不少的羽翼，有的結交大臣，有的結交貴戚，甚至於收羅俠客，以及身有一技之長的人。允禩府中的人才最多，允䄉、允禟、允禵也全都不肯讓步。惟有四子允禛，表面上的態度是一點也不顯露，其實他想當太子，想將來做皇帝的心更急。在此說明，他就是未來的雍正皇帝，但那時他只是個貝勒，住在紫禁城以外，北京城東北角的禛貝勒府內。那個府，也就是後來的雍和宮。

允禛頗具古代孟嘗、平原那些個豪俠公子之風，愛才好士，門客雖沒有三千，可也不少；凡來投奔他的，他莫不收留，管吃管喝。但是他最看得重的只有三人，這三個人都有特別的本領。一個叫百隻手胡奇，這人長得雄偉，可是秉性特別，會一種特別的技藝，說來也可笑，他是有一個大口袋，裏面滿養着蛇，能夠放出來，做種種的把戲；第二個名叫九條腿秦飛，此人專會躥房越脊，走路無聲，手使一口單刀，不過武藝並不大好；第三個名叫十個口鄭仙，善吹簫笛，也會些刀法拳技。

不過要憑藉這幾個人的幫助，而得到帝位，卻也甚難。因此允禛就終日抑鬱不樂，他還想要物色幾位才識超群，武藝特殊的英雄豪傑，以為輔佐。所以他又找到了一個人才，名叫隆科多。此人乃皇后之父佟國維之子，算起來是允禛的舅父，現為朝中大臣，很願意幫助允禛成其大業，所以二人時常往來，只是仍然感到人孤力弱，敵不過允禩、允禟、允禵、允䄉等。同時，允禛心裏又時常在想，他的父親康熙皇帝本是一位雄主，曾經三次親征噶爾丹（彼時天山北路準噶爾部的酋長），又曾經數次巡幸塞北，親往江南。因此，允禛就也總想要離開北京，而往各省各地，遨遊風塵，以便結交些奇才異能之士。不過皇上家所定的祖訓極嚴，凡屬旗人，無論皇子或庶民，只要私自離京四十里之外，便有死罪。以此，他空有一腔雄心壯志，而沒有輔佐，又不能高飛遠走，只有終日仰天興嗟。

允禛生得身體魁偉，面方而長，自覺確是一副人君之相，他的兩眼並無兇猛之氣，而且還顯露慈祥。但他由於這環境——雖然是富貴而卻險惡的環境，已經磨煉出來一顆鐵一般的心，他心蓄機謀，表面上卻全不顯露。他曾飽讀經史，延請過名師，學習過武藝，更加自己精心揣摩，刻苦地鍛煉，會使一杆無敵的梨花槍，更有鬼沒神出的一口七星劍。他有恨地無環之勇力，更有興邦安世之奇才，然而他不能得志，只能夠住在這貝勒府中。這座府，就如同是一處深潭，其中雖潛隱着蛟龍，但卻尚未遇着風雲雷雨。

這一天夜晚，月色滿庭，他手攜七星劍步出了臥室，在院中來回地走了走，不住地歎息。忽然看見一條黑影在房上飄然而過，他還以為是秦飛呢！因為九條腿秦飛，時常在半夜裏練習功夫。滿房上亂跑，這成了什麼體統？所以，允禎就向房上大聲呵斥着說：「秦飛！你下來！真可恨！」但此時，那條黑影早已沒有了，並且沒有人回答一聲。允禎不由得更為大怒，就要叫人來，去把秦飛拿住，鎖他幾天，然後再行發落。

但是尚未容他叫人，卻忽聽得身後有人笑了一聲。他急忙轉身，在月光下看這人非常的清楚：卻是一個中等身材的少年，長臉濃眉，青色的手巾包着頭，上下是青衣青褲，手中持着一口寶劍，鋒芒也閃閃逼人。允禎不由得大驚，以為是允禩、允禟等人派來的刺客，所以他就趕緊向後連退了幾步，寶劍也高舉起來。這少年卻哈哈一笑，說：「原來也不過如此啊！」

允禎就厲聲問說：「你是幹什麼的？」這少年搖頭說：「你既是這麼個膽小的人，我就不必跟你再說話了！再會吧！」允禎卻掄劍逼上了幾步，喊說：「你休走！這是什麼地方，你明白吧？哪能許你來來去去？」說時一劍挽花刺去，其勢極猛。

這少年巧妙地將身一閃，便躲開了，手中的寶劍用波心撈月之式向上一挑。允禎疾忙反劍相迎，寒光相碰，噹噹的兩聲，允禎只覺得此人腕力渾厚，自己便略退半步，打量着這人。這人卻微微地傲笑，說：「你也不行！那寶座你也坐不了！」允禎說：「你別走！」這人卻將劍一掄，劍光繞着身，就仿佛一隻白鶴似的，騰越着就上了房。房屋很高，允禎都需要仰面看去。

這時護院的和巡更的都已聞聲來到，那青年在房上又冷笑了一聲，一抱拳，轉身就飄然而去。眾護院的和巡更的，全都又緊張又忙亂，上房去的，爬牆的，並往各院中去細細搜尋。允禎只囑咐眾人都不許吵嚷，他就提劍回到了屋中，卻不住地發呆。

待了多時，有個管事的進屋來回稟，說：「爺！剛才那個賊，已不知道跑到哪兒去了，各處全都沒有！」表現出很害怕要降罪的樣子。允禎卻早就料定是捉不着，只搖搖頭，做了個手勢，令管事的退出，他依然坐在一把太師椅上發怔。半天之後，忽然就把桌子一拍站了起來，仿佛把一切事全都不往心裏放了，就安然地去休息。

後半夜，一些護院的和打更的人，不敢再懶惰了，就在這整個的貝勒府中，處處加緊巡邏，可是再也無事發生。

次日一清早，允禎就起來了。他以皇子之尊，向來的衣着都是綾羅綢緞。今天，恐怕這是他有生以來的第一次，他竟換上了一身布的衣裳。他對着室中的紫檀木做的大穿衣鏡，照着看了一看，仿佛非常得意，又戴了一個青緞的小帽，如此，簡直像個掌櫃的似的，就向外走出。

他府中一向治理得極嚴，無論他何時出入，非親近的常隨和他所喚召的人，一律都必須趕緊回避，也沒有人敢偷着看他。現在只是一個小常隨跟九條腿秦飛，二人跟從着他，在車房裏就坐上了府中的一輛車，關了車門，就走了。

　　他向來都是坐轎，有時也騎馬，恐怕他有生以來，這也是頭一回坐車。府中的車，只是為些“媽媽”，即僕婦們坐的。而這輛車，是他剛才特意吩咐人給挑選的，一輛不大新的騾子車，趕車的也是個老頭兒。一輛車，連趕車的帶跨車轅的，只能坐四人，就已經很擠了。現在他叫那小常隨坐在車的最裏面，他卻坐在外首，擠得那個小常隨簡直喘不過氣來。並且，那時的馬路都是石頭鋪成的，十分的坑坎不平，騾車是木頭輪子裏着鐵皮，一走就搖動；小常隨在裏邊身不由己，後腦直向車後邊的木頭上去撞，可也不敢挪地方。

　　秦飛生得瘦小枯乾，倒是穿着一身布衣裳，像一個夥計，他是跨着車轅。他敢跟允禎說話，就問說：“咱們上哪兒去呀？”允禎說：“出前門！”有了目的地，就好辦了。秦飛遂就叫趕車的快走，趕車的還不敢，恐怕把爺顛得太厲害了。秦飛卻明白，快走絕沒有錯，爺現在必有急事，給他耽誤了，那倒了不得。

　　在騾車的劇烈震動之中，允禎就向秦飛囑咐了一句話，是：“逢有店房的地方就去！”秦飛應了一聲：“嘛！”“嘛”字大概是滿洲話，是屬下對上司、僕人對主人的答應之辭，所謂“之、喳、嘛、是”四種聲音，一樣的意義。秦飛來到貝勒府中還不到兩年，他就全都學會了。

　　當下他遵命催車，由禎貝勒府到前門也有七八里地，可是不到一個鐘頭就到了。騾子累得渾身是汗，久幹這個的老趕車的，都墩得屁股發疼；小常隨簡直是暈了；秦飛卻毫不在乎，因為他身輕似燕，車動他也動，他身子隨着車的勁兒，所以倒還覺着輕飄飄的；爺畢竟是身體好，也毫無疲倦之狀。於是，又由秦飛指着路徑向前去走。

　　秦飛閉着眼睛也可以走南闖北，什麼地方他不熟呀？何況他雖到了貝勒府未滿兩年，在北京可混了至少有四五個寒暑了，誰家的房有多高，他都知道，所以就不必打聽他以前是幹什麼的了。前門外的這些家客店，他更差不多全都住過，所以現在他可真遇見了好差事了，真可以借此而大顯本領。

　　他帶着先往打磨廠，對巷上頭條、下頭條，然後再往西河沿、煤市街、西珠市口。這些地方幾乎是一家挨着一家的店房。每到一家店房，他就領着允禎走進去，在那院裏轉轉。有認識秦飛的還問他說：“找房間嗎？”他卻不正經回答，只跟人家打哈哈，如是一家連着一家。向來只有人走馬看花，如今允禎竟是走馬看店。可是，他並不是看房子，而是專看房裏的人。雖然他還沒有怔進人家住的房間，他可是總要在院裏大聲說兩句話：“這家房是什麼字號？”倒好像他是不認識牆上寫着的那麼大的字似的；有時他又說：“這家店還不錯！”也不知是沖誰說的。

　　秦飛心裏明白，爺今天大概是要找一個人，他是故意用喚將法，希望碰上屋子裏的那個人，聞他的聲音而挺身出來。他絕不知道那人姓什麼，可是一定跟那人見過面，也許是聽出那人說話帶着點外省的口音，就認為是個住在店裏的異鄉人，所以來尋找。其實這個辦法哪兒靠得住？那個人——還用說嗎？一定是與昨夜府中所出的那件事有關。那人十有八九是住在鏢店裏，碰巧還許是我的師兄弟呢！不過這可不能向爺提醒，如果爺真要像這樣去闖鏢店，鏢店的人可不能夠像客店的人這麼好說話，就許問他幾句，他那爺的脾氣當時就許跟人打，那不就得出麻煩嗎？再說，他萬一碰見了那個人，誰又知道他現在存的什麼心？也許立時比武，不然就抓住交給衙門。那個人昨夜既敢私入貝勒府，就必定不怕——我倒難了！萬一真是熟人可怎麼辦？我是幫助誰好？所以，九條腿秦飛現在就不禁發愁，這個好差事他真不願再當了，但他雖然心裏發怵，可還不能不打着精神。

　　如此，串了也不知道有多少家店，天色都到了晌午了，允禛仍然不肯甘休。秦飛就遞着笑說：「爺！咱們到茶館裏去歇歇好不好？喝點茶，隨便吃點平常人吃的菜飯，茶館裏也是三教九流的人都有啊！」

　　允禛本來已很急躁，聽了這話，似乎心中很喜歡，當時就點了點頭。於是又一同上了車。秦飛就想帶着先到前門大街那家最雜亂的大茶館，因為他餓了。不料，車才由西珠市口往北轉，卻就見大街上有很多的人，跟着三輛新騾車，仿佛看什麼熱鬧似的。允禛一眼看見了，立時命車去追。

　　當時車又急急地走，少時就追到那三輛車的近前。允禛只從車裏伸出頭來，向那三輛車內都看了看，他仿佛是深為驚訝。那三輛車也立時就停住了，車上的人，原來都是允禩府中的幾個管事的。雖說允禛與允禩同時正在謀奪着將來的帝位，可總是弟兄，全都是貝勒，表面上還都很好；所以這幾個管事的見了他，就不敢不停住車而下來請安。

　　允禛已經看見了坐在第二輛車上的一個人，正是他現在尋覓的那個昨夜以劍對劍的人！如今此人卻恍若無事，安閒地坐在車的裏邊，允禛實在是做夢也沒有想到。

第三章　擁篲折節貝勒求賢　倚劍登堂奇俠尚義

允禛心裏明白，這必是允禩聽說京城之中有這麼一個技藝高強的人，就趕緊搶到了手。他有本事！厲害！我所不能辦到的，他竟能辦到，可怕！然而允禛面上一點聲色不露，只問說：「你們是幹嗎去了？」

這幾個異貝勒府中的管事的，有一個有鬍子的便侃侃而談，說：「我們的爺派了我們，分三路專訪各家鏢店，這才請來了這位司馬雄，為的是給我家小爺去教武藝。」

允禛一聽真後悔，為什麼這半天不到鏢店裏去找呀？就偏偏忘了這鏢店！其實今天我比他們出來的還許早，卻叫他們先得到手了。然而允禛仍然不露失意之相，又問說：「是從哪裏請來的？」

有鬍子的管事的，向南邊指着說：「那邊立隆鏢店，這位司馬師傅就在那兒住。」

允禛點點頭，微笑着，又向車上看那個司馬雄。只見此人年不過二十餘歲，中等身材，長臉、濃眉、大口，穿着還是青的短衣褲。他就像是新娘子一般，被許多的人圍着看，但是他神色自若，可也一聲不語。允禛就向那幾個異貝勒府的管事的說：「你們走吧！」

這幾個人，尤其是那有鬍子的，就高高興興地都上了車，又走了。看熱鬧的還有不少在後面跟着，可見，那司馬雄平時大概不是什麼使人注意的人，如今竟然被貝勒府中的幾位管事的，給設法訪着了，並當時就用車給請走了，這總是一件令人不解的新奇的事，也無怪這些人要跟着，也許都是要瞧瞧到底如何。

允禛容三輛車和這些人向北走遠了，他便目不轉睛地看着由南往北的每一個行人，他並囑咐那小常隨下車，讓他站在這兒等着、細看：只要是看見有咱們府裏的人，你就記住了，可也別理他，等回府去再告訴。

小常隨下了車，他卻仍在車上，秦飛不由得又問了：「爺！咱們還上哪兒去呀？」

允禛卻吩咐：「快往立隆鏢店！」

秦飛可真納悶了，心說：那兒只有一個司馬雄，已經被人請了去啦，咱們還去請誰呀？難道那個鏢店裏的人個個都是寶貝嗎？都被你們幾位王爺看上了，要往家裏去拉？這話他可不敢說出來，同時他對於剛才那事依然莫名其妙。他昨夜因為喝醉了，睡得很香，府裏鬧賊的事，他是最後才聽見的，當時他並沒在場；他沒看見房上的人，也不信司馬雄就是那個人。他至今還認為那個人若不是他的師兄弟，也得是他的朋友，不然絕不能也會躥房越脊。所以，他仍然糊塗着，就來到立隆鏢店的門前。

立隆鏢店是一家小鏢店，門外牆上寫的字都已脫落，院裏也沒有一輛車，更沒有一匹馬，看這樣子還許連鏢頭都一個也沒有呢。秦飛領着允禎進去一打聽，裏邊出來一個年有五十多歲的人，短打扮，精神矍爍，態度很是外場，一見就知道是個鏢行的。允禎問他：“剛才那姓司馬名雄的人，是從這裏被請走的嗎？”

這鏢頭聽了，就點點頭，說：“是有這麼一件事，我可也弄不大明白。我這個生意本來快要收拾啦，幾個夥計們都叫我給打發啦！只有一個姓申的老頭兒，他在我這裏多年，專管打掃院子；他因為孤身一個，無處可去，我就仍舊叫他在這住着。前幾天他來了個鄉親，是個年輕小夥，大概是來京謀事，跟他住在一間屋裏，我也沒管，我還不知那小夥姓什麼呢。不料剛才就來了一些人，自稱是異貝勒府的。其中有一個人就認識他，硬說他是俠客，貝勒請他去教武藝，連拉帶請，十分恭維，那小夥也就真跟他們上車去了；招得門口圍了一群人，倒好像是我趙鋼鞭的家裏出了什麼事兒！我吃了一輩子鏢行的飯，南北全都闖過，還真沒有看見過這麼走運的俠客呢！也許是人倒了霉，眼睛也瞎了，他在我這兒住了好幾天，我竟沒把他看出來！你們二位來，是又有什麼事呀？”

這趙鋼鞭仿佛對那司馬雄是一位俠客的事，也仍然不信，覺着是一件怪事，並對允禎卻不住的打量，大概是覺着允禎的儀表不俗。允禎卻說：“我要見見那姓申的老頭兒。”趙鋼鞭說：“對啦！他正在屋裏了，你向他去問吧，他還許也是俠客呢！”說着指了指旁邊的一間小土屋。

允禎推開破板門一看，只見屋裏很黑，什麼東西都沒有，只有一舖土炕；炕席上蜷臥着一個老頭兒，鬍子蒼白，亂如蒿草。一見屋門開了，老頭兒就翻身坐起，他光着腳，短褲子也破爛不堪，瘦得只剩下皺皺的髒皮膚包着骨頭。他的眼睛卻瞪得很大，喊着說：“喂！關上門！我正害傷寒病呢！”

允禎謹謹慎慎地走進了屋，並將門帶上。屋裏的臭味實在難聞，並且只有點上燈，才能夠把這老頭的表情看清楚點兒。允禎就先說出了實話，說：“我名叫允禎，是位貝勒，可是我最為敬佩各方的俠士。昨夜，司馬雄俠士到了我府中，因為我稍有慢怠，竟把他失之於交臂。我很後悔！現在既得見着了老俠士，也算三生有幸，就請老俠士隨我一同去到府中，談談，我還有要事拜託！”他說了半天，這老頭兒竟一句話也不回答，只是“啊！啊！”地打岔。

那趙鋼鞭拉開了門，向允禎說：“你得跟他大聲嚷嚷，他才能夠聽見；他年老了，耳朵發沉。”

允禎於是就大聲地說：“老俠士！”，老頭兒說：“什麼？雞鴨市？”允禎又嚷說：“我請你去！”老頭又說：“什麼？唱大戲？”

連趙鋼鞭都不由得笑了，他就替允禎喊說：“人家稱你為俠士，俠士就是好漢！”不想老頭仍然打岔，說：“什麼？管飯？”趙鋼鞭點點頭，又比方着：走、喝酒、吃飯……

老頭兒這才明白，遂就大喜，當時光着腳就下了炕，找着他的一雙破鞋，笑吟吟地說：“剛才你們不是才把我那鄉親請走嗎？現在還要請我去喝酒、吃飯？行！我攪你們一回！”又向趙鋼鞭問說：“掌櫃的你不也去嗎？”

趙鋼鞭搖頭說：“我去幹嗎？人家請的是你們這些俠士，還許給你們官做呢！趁早全別回來了，我也要收拾收拾生意，回老家去了！”

　　當下，允禛就攙扶着這老頭兒的一隻胳臂，就這樣兒給他攙到了門外，並給扶上了車。他吩咐秦飛不必跟他一塊兒回去了，先替這老頭兒去買一身衣裳；秦飛又連聲嘿嘿地答應，一轉身卻又暗自哎哎地歎氣。

　　允禛請老頭兒坐在車裏，他自己卻跨着車轅，就催着那趕車的快些趕車回府。

　　趕車的本來是個老頭，如今一看，貝勒爺給攙到車上的這個人，比他的年紀還老，車若是一顛，真許給顛斷了氣。因此他一點也不敢快，慢慢地才回到了府門前，允禛依然恭敬地攙着老頭兒進了府。

　　這件事情不能說不算怪異，但府中的人一點也不敢私下裏談論，這是因為他府中有森嚴的規矩。他命人將老頭兒請到一間幽靜的屋裏，又急速令廚下備飯；其實他自晨至現在，也還什麼東西都沒有吃，他不但忘了疲倦，而且也忘了餓。他將老頭兒請了來，仿佛才彌補了那司馬雄被允禩請去，所給他的遺憾和憂慮，他此時倒很高興。

　　待了會兒，他那個小常隨也回來了，他就問說：“你把我吩咐的事，辦得怎麼樣了？”

　　小常隨說：“回稟爺！我在前門大街沒遇見別的人，就遇見咱們這裏護院的白三虎了。”

　　允禛立時神色微變，又問說：“昨夜鬧賊的時候，白三虎看見那個賊了沒有？”

　　小常隨點頭說：“他看見了，那時我正在院裏，他也在院裏，賊站在房上還沒逃走；後來賊都跑了，他還毛嚷嚷，是我把他攔住的。剛才我在前門遇見他，我沒說是跟着爺出來的，他要拉着我聽戲去，我沒去。”允禛點點頭拂拂手，就什麼話也沒再說。

　　他盥面更衣，並用畢了午膳，這時已經下午四點多鐘了。有管事的來回稟，說是：“秦飛已經把衣裳買來了，還帶了一件布馬褂，說是他孝敬爺的！”允禛便命人將那件馬褂收下，命秦飛去幫助那老頭更衣，並去陪着，不許慢待。他雖在休息着，可還不住地思索，驀然又站起身，出屋直去見那個老頭兒。

　　此時那間幽靜的屋子裏，老頭兒已經更換了秦飛給買來的一身全新的綢衣，鞋還是福壽履，襪子是白綾的，與屋中四壁的華貴陳設，配起來倒還相稱。剛才他是一個窮老頭兒，現在竟像是富家翁，只是臉雖洗過了，小辮和鬍子還都很亂。他一個人正在大吃而特吃，桌上擺滿了杯盤，參翅雞鴨無不具備。他也很能夠喝酒，大杯地飲，一點也不像是害了傷寒病的樣子。

　　他見了允禛，依然是不理。允禛倒又向他點頭笑笑，並揮手令旁邊站着的秦飛走出。允禛絕不相信這老頭兒聽不見，便又用不大的聲音跟他說了半天，幾乎將目前諸王爭位的情形，以及自己的心事全都合盤托出了。孰料老頭兒竟是依舊地吃喝，把他的話，仿佛全都沒有聽見。

　　允禛仍不着急，又在旁坐候了多時，才見老頭兒吃完。這老頭兒就拿那新緞子的衣袖抹了抹嘴，笑着說：“這可真開了一個齋！我早就聽說城裏的大官待人最厚，我可真沒遇見過一回，今天才算是遇着了。老爺你到底是個什麼官呀？我看你的這座宅子真大呀！”

　　允禛無法回答，不由悶悶了一會，就說：“老俠士你不必再謙虛了！那位司馬雄的高超武藝，我已經領教過了，他實在是一奇士，是我生平所遇見的第一英雄。但是，他能夠住在你那裏，可見你老先生，也必定不是平常之輩！一向因為世俗上的肉眼不識豪傑，才致你淪落在那小小鏢店之中，做那賤役；更可見老先生你胸襟曠達，韜晦甚深，並且我想，你大概還有什麼難言之事？”他說到這裏，便笑了笑，又仔細地觀察着這老頭兒的表情。只見老頭兒拿着個牙籤，剔着他口中的那兩三個僅存的牙齒，允禛的這些話，他仍舊仿佛是一句也沒有聽見。

允禛也不管他，照舊往下去說，又道：“我如今把你請來，我十分覺得榮幸，就屈尊着你，暫時在這裏住着吧！想用什麼，或是你有什麼事情要辦，自管吩咐我這裏的人，他們絕沒有一個敢不聽你的指使。至於我自己的事，將來我再跟你細說，你若不肯相助，也不要緊；我只是為誠心跟你結識，因為欽佩你是一位老英雄，絕沒有第二句話！”

這老頭居然把他的話，仿佛聽見了兩句，就更笑着說：“我哪敢當？老爺你怎麼反倒稱我老英雄呢？我實是一個老無能！司馬雄那是我的同鄉，我姓申，我們並不是一家子……”

允禛卻大笑說：“我卻還以為你們是父子呢！”

這老頭兒的神色頓然一變，可是接着仍是說着那些所答非所問的話。他又說：“我給趙鋼鞭的鏢店掃了好幾年的院子。早先他買賣好的時候，鏢車塞滿了門，每天那些馬糞騾子尿，就夠我打掃的；他可也沒有給過我什麼好處，我連一條整褲子也沒有過！自從去年他被董家五豹給打了，他的那鏢店就完了，我也跟着挨了餓。幸虧來了個老鄉司馬雄，我想叫他跟我一塊去賣油炸果，好混飯呀！不想他走了運，今天被官兒給接去了，我，也來到這麼好的地方，這可真算是走了一步老運！”

允禛微笑說：“老先生，你真是玩世不恭，太好說笑話了！好吧！你就休息吧！明天再談！”

當下允禛又走出去，回到臥室，他就喚叫小常隨把府中的幾個管事的全都叫進來，當面吩咐了許多的事。最要緊的仍是得殷勤地伺候那個姓申的老頭兒，他要什麼東西，就得給他買，他要走也不可以攔阻，同時，又命把秦飛叫來。

這幾個管事的都諾諾連聲，退出去之後，九條腿秦飛才又來到這屋裏。允禛就叫他今夜到允禩的府裏去一趟，看看那個司馬雄在那裏是幹什麼，並且如果能將允禩的一些什麼事情查出，那是更好。當下，九條腿秦飛嘛嘛地連聲答應。允禛又囑咐他須要謹慎，提防那司馬雄，因為那個人躥房越脊的功夫，更是超群。秦飛是不願意聽這話，當時笑着搖頭說：“沒什麼的！躥房越脊的工夫，咱不是當着爺的面前吹，那誰也不行！除去我的師兄弟跟我的幾個朋友，可是他們也都佩服我‘九條腿’。”允禛不聽他再說話，就令他走。然後自己又在這臥室中來回地踱了踱，就又出屋去往裏院。

裏院住的都是女眷，允禛可不常到裏院去。尤其是近些日，他完全在那臥室中，獨自一人，籌畫他的那些事情，所以府中的女眷，都已多日沒有見着他了。

今天他特別的有心事，走到了裏院，依然呆呆地站着出神，然後才到了他妻子的房中（貝勒之妻，府中稱為“福晉”）。他的這位福晉是一位既賢德，且甚聰明的人，可也猜不出他為何這樣的憂鬱。他略坐了一會，便又去到他的妾（府中稱之為“側福晉”）的房中。側福晉生得非常美麗，並且精於繪畫，現在她正在畫着山水，畫的是江南風景。允禛看了一會，便又出屋去了，依舊回到前院他那臥室裏。

當夜二更以後，他又命人去看看那姓申的老頭兒的情形，據說是已經睡了，睡得還很熟。他的心裏反倒疑惑起來，暗想：莫非那老頭兒真不是什麼奇人俠士？是我弄錯了？自然，就這樣養活他，也沒什麼不可以，不過顯得我愚笨了。當下他心中頗不痛快，就手提着寶劍又出了屋子。

　　只見今夜的月色，依然很清朗。四下雖無聲息，可是各處都有人在戒備；連他府中的總管事的程安，都親帶着幾名護院的，在各院巡查，並且不准說話，腳步要輕一些，以免驚擾了裏院的女眷。但是微風卻送來一陣笛聲，非常的婉轉悲涼，這必是外號叫"十個口"的鄧仙，在隔着兩三個院子那邊，又表演他的吹奏的技藝了。允禎站立着聽了一會兒，就覺着不大好，因為這種纖柔的笛聲頗能夠迷惑人，使他的雄心仿佛有些發冷。

　　他趕緊走開了，又進到裏院，見各屋中的燈光都已昏暗，只有他的側福晉屋中，燈光還很亮的，大概不是在繪畫便又是在讀書了。他不由得有一點兒女情長，然而卻更加強了他的貪心和壯志，也沒有到側福晉的屋裏去，就又回往他的臥室。這時，院裏靠着牆蹲着四個護院的，眼前還放着一個蒙着綠布罩子的燈籠，正在一塊兒低着聲閒談。允禎一看，防犯得確實嚴密，只是恐怕待會兒秦飛回來，倒費事了。

　　他進到臥室裏，忽然吃了一驚，因為他這臥室，連隨身的那個小常隨，都非喚叫不得進來，現在椅子上竟坐着一個青衣的人！黯淡的燈光之下，這人正在看着一本書，而几上的蠟燭，燭花已結得很長。允禎頓住了腳步，其實他只要一退步，就可以出屋，而將護院的全都喚進來，捉住這個人；但他並不這樣做，他反倒一聲也不言語，並將屋門帶嚴了，手攜着寶劍往近去走。他笑着說："你真好身手！院中現在有人，你還能夠進屋來，可佩！可佩！"

　　這個人也一點不像別的賊那樣，見了主人立刻就得嚇跑；他卻連起身也不起，只抬起頭來，向着允禎看了看，從容地說："我已等候你多時了！"

　　這人一抬頭，允禎就更看清楚了他的相貌，正是昨夜來過的司馬雄，同時越覺着他長得與那姓中的老頭兒有點相似。允禎就笑了笑，說："我猜着你今夜必定來，我並且已派人請你去了。"

　　司馬雄微微地歎道："昨夜你若是這樣的豪爽，你在月下回身看見我的時候，你若不退步，不掄劍，能夠顯出鎮定而有魄力的樣子，我也就不至於走了！我來到京師，本來就為找一個識主。在你們弟兄之中，我覺着你最可成事，所以我才作毛遂自薦，於昨夜來訪你。但我一看，你的氣度還不夠，所以我就走了。今天，不料你的兄弟允禩，他比你認得出人來；不知他從哪裏知道了我，他竟派了許多人，恭請我到他的府裏去。"

　　允禎說："今天我是遲去了一步。"

　　司馬雄點頭說："我知道！可是我見允禩比你的氣度大，而且才識高。他的府中已有了不少位豪傑，有文有武，他都卑躬下士，無微不至，使人感激。今天我來到這裏，實在同你說，是他要叫我來取你的首級！"

第四章　匣開匕現貝勒魂驚　蛇淒馬奔江湖塵起

　　允禎微微一笑，說：“這並沒有什麼不容易商量，可是你可知道，你的父親已被我延請來了？”

　　司馬雄點頭說：“我知道！這件事辦得還算你有眼力。剛才我已經對他說了，他說你待他不錯，可是你也休想要他為你所用！”

　　允禎說：“我也不是要用他，我想托他的至多不過是把你請來，我們談一談。我爽快說吧！我想要與你交結，也並非要怎麼借助於你，因為借助於你，你也不能使我得到東宮太子之位。你不過是個風塵俠士，並非佐命的賢臣，這我也並非輕視你。你說我無度量，我也不怪，甚至你今夜前來要我的首級，我也不吝惜給你，只是得找一個見證。我們二人在他的眼前比一比劍法，叫他品評，如果他說是我的劍不如你，我就慷慨地叫你把我的首級割去！”

　　他激昂地說了這一大遍話，那司馬雄並不回答，更不跟他爭吵，只是連聲地歎息，說：“我錯了！我錯了！我的家門本來有十幾載的沉冤，以致我的父親由江南避仇北來。他本叫司馬申，卻改稱姓申，在立隆鏢店裏隱身避仇；我卻留在江南，從師學藝……”

　　允禎聽他連說了兩次“江南”，便都記在心裏。

　　又聽司馬雄說：“如今我藝已學成，北來尋父，並想要結交一個知己，謀求一個出身，以為家門報仇，並把這身武藝賣於一個識者；如果是知己，我為他捨身，也在所不辭。如今，可惜就是那允禩，他真可稱為是我的知己！”

　　允禎說：“你盡可為他效力！”

　　司馬雄長歎道：“但他叫我來殺你，我也確實下不去手，因為你又是我父親的一位恩人，咳！”他又說：“現在我要走了，以後我再來，也只是來看我的父親。我自然要為允禩效命，可是於你不利之事，我也絕不肯為，這你可放心！”

　　允禎拱手說：“你對我的這種盛情，我也不忘！”

　　司馬雄又說：“可是你也要仔細！允禩的府中，現在有像我這樣本領的人，就不只三四個！”允禎一聽了這話，真不由嚇得臉上變色，打了一個冷戰，頭上的汗當時就流下來了。司馬雄又說：“因為我今天初被請到他的府中，就在那裏認識了三個人，是妙手胡天鷺、錦刀俠郁廣德、雁翅陳江。這都是我在江南久聞其名的人，想不到今天竟都在他的府上見了面。所以我很替你擔心，今天允禩要派人來取你的首級，我當時就自告奮勇的來了，因為我來了還好，如若是別人來到，此時你無論說什麼話也是不行！”

允禛聽到這裏，不由得益發膽寒，又問道：“那麼，你今天第一次給允禩辦事，便沒有成功，你可怎樣回去見他？”

司馬雄說：“我照樣地回去見他，他如果是因此便慢待了我，我立時便拂袖而去。以後，只要我在他的府裏，你的眷屬可保無憂，倘若他叫人來欺侮你的眷屬，我必定攔阻。可是你，我卻無法幫助！”

允禛說：“你既已成了允禩的門客，你自然不能再幫助我了！我雖惆悵，卻也無可奈何。你這樣的盛情，已算很夠得朋友了。別的話沒有，你請便吧！以後你若有暇時，可以隨便找我來談，咱們談別的，見了面不許再談這些事！”說着，哈哈一笑。

司馬雄站起身來，提劍向外就走，並拱拱手道：“再會吧！”允禛點頭說：“好！恕我不送了！”當下司馬雄就走了。院中及各處，此時仍都有防夜的人，並且月色正清，可也不知司馬雄是怎樣走去的，連一點聲音也沒有。

這樣的神技、絕藝，允禛的心中是無限佩服，深深惋惜，但想起來允禩的府中還有幾個，並且都是司馬雄所傾慕的遊俠，那真是可怕！說不定以後那幾個人就也都要來取我的首級，我可怎麼抵擋啊？因此急得他汗珠又不禁自頭上涔涔流下。他將蠟燭挑高了一些，手撫着寶劍，皺着眉，腦中又不住地在思索。

過了許多時候，忽聽得窗外微有響聲，他趕緊起身，手挺寶劍，開門去看。只見這時月光已漸昏暗，天際浮有濃雲數片，使地下的月色朦朦朧朧，十分淒慘。又正是仲春時候，深夜的風吹來，猶有寒意。允禛心緒萬端，且帶着驚詫，向四下去看，就見廊下有一條黑影奔來，跑得雖快，但卻腳下無聲。允禛是始而驚訝，繼而擎劍細一看，就知道是九條腿秦飛回來了，他就趕緊退回到屋裏。

秦飛也隨之進來，肩上扛着一個沉重的東西，原來是一隻約有一尺長的鐵匣子，累得他不得了。他咕咚一聲，就給扔在地下，幸虧地下鋪的都是紅氈，所以聲音還不大響亮。秦飛喘吁吁地說：“回稟爺！那允禩的府裏比咱們這兒可厲害得多！幸虧是我，換個別的人，就是去了，也一定回不來！我這樣的功夫，敢說輕如猿猴，敏如燕子，可是不料今天竟被他們那裏的人看見了，飛鏢、弓箭、彈弓子、流星，都向我來打。幸虧我有個外號叫九條腿，逃得快，不但沒吃虧，反倒，到底叫我由他們的書房中，盜出來這只鐵匣。真沉！快打開看看吧！一定有不少的寶貝！”

允禛一聽，心中倒覺得很是掃興，暗想：偷出他的這麼一隻鐵匣，可又有什麼用處？即使裏面滿是珠寶，那我這裏也不缺少，拿來了是徒落一個賊名。秦飛這人到底不行，太小氣，到底是個毛賊，而不是俠客。

這只鐵匣上面有很堅固的鐵鎖，秦飛雖把匣子偷來了，鑰匙他可沒有摸着。但是他有巧妙的法子，他由桌上拿了個訂紙本子用的錐子，只在那鐵鎖的孔裏一轉，當時鎖頭就開了。打開了匣蓋一看，秦飛大失所望，因為裏面並不是什麼元寶錠子。允禛卻大吃一驚，原來匣裏竟是刃薄如紙而鋒利無比的匕首！大約有二十枝。這必定是允禩命人特製的。這種匕首，恐怕比什麼寶劍、鋼刀，更為厲害百倍，而他就為的是蓄養豪俠，奪取帝位之用的。此時，允禛非但頭上的汗水都滾了下來，身上也嚇得出了不少的汗，而覺得冷嗖嗖的。

但在這時，他心中盤算了許久的一件事情，就忽然決定了。於是他就叫秦飛將這只鐵匣收了起來，並諄諄地囑咐了秦飛許多的話，秦飛又嗻嗻地連聲答應着。隨後，允禛又命他去把胡奇叫來。

秦飛出去之後，不多時間，胡奇來了。允禛和他說了許多的話，並問他能不能夠做？胡奇連連地點頭說：“能做！能做！貝勒爺你別以為我只會耍蛇，大事情我原也能夠做得來，何況這個，很容易做！”

允禛命他走了，卻又另喊來小常隨，把府中的總管事的程安給叫了來。這程安年紀已很老，但是京城的一些巨家、府第，以及宮庭之中，他全都有熟人，有來往；平日允禛不大吩咐他辦事，但如命他去做什麼事，他幾乎沒有不能完成使命的。當下，允禛對他說明了自己心中打算的事，並把府中的一切之事，全都交付了他。程安唯唯地答應，允禛這才放下了些心。程安走後，他隨即就寢，但他因心中有事，哪裏睡得着覺？

到了次日，清晨他便起來，乘轎去到他的舅舅隆科多的宅第裏，談了片刻。然後隆科多上朝去了，允禛便也命轎去往宮內。他的轎進了紫禁城，然後就下轎走到了乾清宮裏。這時他的那些兄弟，允禔、允祹、允祥、允䄉、允禟，以及允禩，全都坐那裏等候着了。這些兄弟中以允禔最為忠厚老實，允禩最為鋒芒外露，但他見了允禛的面，還特別地表示出來親熱。

往日，允禛也總在面上顯露着和藹憨厚的樣子。但今天，他的神情和舉止，忽然大異尋常：坐也坐不住，立也立不安，一陣陣地抓胸頓足，並且擠鼻子、動眼睛。突然他又東指西望，大喊道：“有賊！不好！要取我的首級來了！哎呀……”他簡直是發了瘋，又像是中邪了。

當時他的這些兄弟，這些彼此正在勾心鬥角，各個都思奪儲位的貝勒們，一看了這種情形，不由都很驚訝，尤其是允禩，他驚訝得更為厲害。允禔卻也暗暗歎息，因為見允禛現在這個樣子，簡直跟那已經被廢黜而且囚禁起來的太子允礽，是一個樣，不知又是什麼人在暗中施用了魔法，把這位四皇子允禛，也給魔住了！忠厚而年長的允禔，當時就落下淚來。他同時想到，兄弟們在這裏，本來都是為等着見他們的父皇康熙帝。父皇近來心緒極為不佳，常為一點小事，便極震怒，尤其對他的這些皇子，每個都覺着不順眼。現在允禛忽然在這裏發了瘋，若是父皇知道了，那還了得？還不得當時也把他囚禁起來？所以允禔就趕緊命侍衛和太監們，把允禛攙着架着，送出了宮門。允禛這時還不禁口眼歪斜，喊道：“有賊！哎呀！要來取我的首級啦！”

幾個侍衛和太監就把他抬起來，塞進了轎子，很快地送出了紫禁城，而回到了他的府中。不想允禛下了轎，便飛也似的向他的臥室裏去跑，到屋中取了寶劍又走出來，胡掄亂舞，簡直像凶神附了體一般。跟來的侍衛們說：“趕快！把貝勒爺手裏的寶劍搶過來吧！不然他要是自刎了，咱們可都有罪！”於是這裏的管事的，便去找護院的，因為除了幾個護院的還都手腳靈敏，別的人，尤其在這時候，誰也不敢。

可是現在眾護院的和門客中會些武藝的，差不多全都在眼前了，可都不肯上前。尤其有一個名叫白三虎的，他連連搖頭，說：“要想奪傢伙，就得打架！他若不讓奪，至少得抽他兩個嘴巴，才能夠把傢伙奪過來。這對別的人還可以，對貝勒爺我們可不敢！”

他正說着，不料允禛就奔向他來了。他旁邊的人全都趕緊躲開了，他卻自覺得貝勒爺平時待他不錯，就笑着說：“爺！您今兒怎麼啦？您把寶劍放下，回屋去歇一會兒也就好了，這不定是誰把您氣的！”他一面說着，一面卻要以巧妙的手段，把劍奪過來，也好在那幾個侍衛和太監們的眼前顯一顯。

允禛提着劍來到他的近前，面上也像含着點笑，卻不料，驀然就是一劍，正刺進了他的前胸。就聽他哎呀一聲叫喊，旁邊的人忙跑過來救他，哪想到允禩對他如同對仇人，這一劍正將他的胸膛刺透。及至拔了出來，白三虎仰倒在地，早已一命嗚呼。

這樣看來，這位貝勒真個瘋了。允禩當時又將劍狂舞，口中喊出來更為驚人的瘋話，他說：“蛇！蛇！這麼多的蛇，都纏我來了！”於是他又揮劍向空而砍，真仿佛是砍什麼東西似的。

這時真鬧得一點辦法也沒有了，更無人敢往前去。幸虧九條腿秦飛來了，他一個箭步就躥了過去。允禩撐劍又向他刺，他又一跳，竟跳到了允禩的背後。也不知怎麼一來，誰也沒有看清楚，他竟然已將允禩的寶劍奪到了手中，然後趕緊就跑遠了。這時，眾護院的、管事的和來的那幾個侍衛和太監，才一擁上前，就將允禩連攙帶架地，請進臥室裏去了。允禩還在臥室裏不住地嚷嚷，說：“床上也有蛇！桌子底下也有蛇！窗戶上也爬着蛇……”其實這屋裏真是連個小蟲兒也沒有。他不斷地胡說話，兩眼瞪得和燈籠一樣發亮。

此時院中早有人抬出去了白三虎的屍身，侍衛跟太監也趕緊走了。他們回到宮裏，雖沒敢冒然就去稟告老皇上，可是此時諸王還都在宮裏，尚未回府，聞說了此事，卻不由得個個驚異。那允禩便與允禟商量，想要到允禩的府中去看一看，以表示關切之情。所以，他們由宮中出來，便都乘坐着轎子，去往禩貝勒府。

這時天色又已黃昏，禩貝勒府的門前，冷冷清清，府門都已關上了。他們帶來的跟班的上前叫門，裏邊才把府門開了。一看是又來了兩位貝勒，這才由小廝去通知管事的，管事的又通知總管事的，總管事的程安便恭迎出來。兩頂轎子抬進了府，允禩與允禟才都下了轎，就問允禩剛才瘋狂大鬧的諸種情形。程安卻連連擺手，並歎息着說：“我們的爺不定衝撞了什麼，簡直中了邪啦！並且他的屋中，也不能去了，怪事情都出來了！”

允禩卻說：“有什麼怪事情？我就不信，我非得去看看不可。哪兒有好好的人，突然就變成這個樣子的道理？”於是他在前，允禟在後，程安帶着，他們跟班的也跟着，就上了石階，來到廊子底下。

這時月亮又已升起來了，照得庭前，一片愁慘的顏色。允禩還要進屋去看，程安卻擺手說：“請二位貝勒爺隔着窗看看也就得了！”允禩還大不樂意，但是畢竟有點害怕，遂就走到窗前。

這窗戶上嵌着很大塊的玻璃，屋裏也沒掛着窗簾，只見几上的燭臺點着一枝紅燭，光線十分低暗。那床上，允禩的魁梧的身軀，還穿的是今天上朝時所穿的那身衣服，臉向着裏躺臥着，好像是得了重病似的，身上還蓋着紅緞的被褥。但是允禩再細細地一看，卻又不由得大驚，因為他看見那被褥上有一條長東西。起先還以為是解下來的帶子，但是現在竟蠕蠕地動了起來，原來是一條蛇！哎呀，真有蛇！再去看，就見地下還盤着兩條；更有一條很粗很長的大青蛇已爬上了椅子，而上了几，仿佛是要去吞那枝蠟燭。

這時，允禟也正扒着窗戶看。忽然他驚得大喊，趕緊就跑，原來有一條蛇竟從窗孔爬出來了。嚇得允禩也毛髮悚然，趕緊走開，不想才走了兩步，一隻腳踏到了一個東西，又軟又圓，同時他的腿也被什麼纏住了。嚇得他就像被火燒着了衣裳似的，也趕緊跑下了石階，又連連地甩腿，才把腿上的蛇甩掉了。跟班的也都驚惶着，跟着跑出了府門。

這時，程安才又命人將府門緊緊閉住，府裏越發清靜、嚴肅而且恐怖。

　　到了次日，這府裏的事可就傳出去了。各貝勒府，甚至宮庭裏，也都知道允禩不但患了瘋病，並且臥室裏滿是蛇，大概是衝撞了蛇神，以致蛇神作祟。因此弄得連往禩貝勒府中去看看的人也沒有了，都認為是一件怪異可怕的事。

　　不提禩貝勒府中的情形如此，但說在這事情發生的三四天之後，大名府迤南，由直隸省往南去的大道上，突然出現了三匹馬。第一匹馬是鐵青色的，馬上坐着一位身軀魁偉，相貌不俗，可是穿着布衣，好像是一位大掌櫃似的人；第二匹是白馬，馬上是一個小常隨，帶着不少的行李，還帶着寶劍；第三匹也是白馬，馬上是一個瘦小枯乾的人，倒是穿着綢緞的衣裳，並帶着一口刀。這三個人，也不知道為什麼事，都緊緊地往南走去；不像是父子兄弟，也不像東夥，更不像是師徒，因為那個瘦小枯乾的人和那小常隨，全都稱呼騎鐵青馬的人為爺。

　　這個爺，雖然也在小鎮市的小面舖裏打尖，但他吃那粗麵粗飯，仿佛是難於下嚥，可是結果還吃得不少。到晚間投店住宿，如非走到城廂裏，也實在找不到像樣兒的店房；不過是磚炕，炕上一領席，放着一塊磚，隨人拿個什麼東西墊上作枕頭，這位爺真覺得不舒服。好像他是富家的公子出身，一生下來就享福，簡直沒受過這個；但他並不懊惱，他的精神非常之暢旺，天色方明，他就催促着他帶着的那兩個人，與他一同起身趕路。

　　他簡直像是頭一回出門，什麼也不知道，架子還非常之大。路上有人招呼他，稱他為大哥，或是問他：「你們三位是上哪兒去呀？」他絕不答言。倒是那瘦小枯乾的人，還像個老江湖，路上的事兒都知道；見了一塊行路的，或是店家，都能夠打個招呼，而且十分和氣。假如沒有這個人，他們在路上真許走不通，因為那個小常隨，也是很老實的樣子，也像是頭一回出遠門，大概有時連東西南北都許不認識；他要是獨自跟着他那位爺走路，非得吃大虧不可。

　　這三個人，不用介紹，大概讀者也能知道。騎鐵青色大馬的那位爺，就是四皇子允禩。他是假裝瘋魔，藉以脫身，出外來非為遊歷，而是為尋訪豪傑。因為自從司馬雄被允禵聘了去，他愈感到自己人孤力弱，如果還在京裏住着，非但是將來奪不到帝位，而且眼前就生命危殆。所以，他用了這也可以說是金蟬脫殼之法。

　　不過現留在家裏，在他的府中裝瘋，整天躺着睡覺的那人，不是什麼「金蟬」，卻是專會弄蛇的百隻手胡奇。那人本來長的身材與允禩差不多，穿上允禩的衣裳，再蓋上允禩的被褥，頭向着裏一躺，差不多就沒有人能看出是假的；同時也沒人敢走近去看，因為那位百隻手，把他那寶貝的口袋打開了，裏面滿是粗蛇、細蛇、小蛇、大蛇，蜿蜒滿地。在他不過是跟喜歡鳥兒的人養鳥兒一樣，一點也不在乎，還覺着好玩呢，可把別人都給嚇慌了；既能夠把允禵、允禟全都嚇得驚慌而逃，別人更不會拆穿他那把戲。同時有程安那精明能幹的老總管，府中的事，絕對向外透不了一點風。

　　白三虎也死了，所有府裏現在那些管事的、常隨、護院、更頭等等，允禩相信全都是靠得住的人。何況還有十個口鄭仙，也留在那裏，他不止是會吹笛捏管，也會辦事。還有舅舅隆科多，允禩這次出走，他是知道的，他也能夠加以照拂。更因為那老頭兒司馬申，雖說他還在裝聾賣傻，可是看他住在府裏已很相安了，有他在，就不怕他的兒子司馬雄再去深夜鬧府，更可不必顧慮府中眷屬之安全。

　　因此，現在允禩雖已離開了家，可是他對於家，並沒有什麼不放心的，所發愁的就是眼前。眼前只見風塵滾滾，河水滔滔，路上往來各色各樣的人全都有，田園廬舍，也處處皆是，然而哪裏才能夠訪得着幾位真正的豪傑？若是這樣的走，恐怕走到天涯海角，走得鬚髮蒼白，走得馬疲人死，走得父皇康熙晏駕，允禩或是允禟，他們不定是哪個都已登了基，我依然訪不着一位豪傑啊！

第五章　鬥飛錘英雄施身手　憩小鎮父女奏琴歌

　　允禎的心中十分焚急，但是他向來是喜怒不形於色，心中的感情，絕對要強力抑制着，絕不在臉上顯露出一點。現在他只是馬走稍緩，眼睛時時凝滯着，看着遠處，仿佛是在沉思似的。秦飛就說：“爺！您看這江湖有多麼大呀！咱們現在不過是才出家門，離着江南還遠得很呢！走江南，要是多帶點盤纏，可也真有個意思！爺您說是不是？”

　　允禎卻不言語，心中暗笑秦飛只知道江湖。江湖算是個什麼？不過是他們那些流浪的人謀食求衣的地方罷了。允禎現在所想的是“江山”，眼前這真是無限的江山，廣大的江山，可愛的江山，可是將來不知要落於何人之手……他因此不住地在暗暗歎息。這可被秦飛給偷眼看見了，但秦飛裝作没有注意似的，依舊跟着他的馬去走。

　　現在是三月中旬，野地上開放着嬌弱美麗的二月蘭，道旁的小村柳樹也綠了，桃花也擦胭脂抹粉笑了；還有在井臺旁絞水的鄉下大姑娘，穿着紅襖兒綠褲子，也許是新媳婦吧？九條腿秦飛的兩眼專看這些個，有時他還扭着脖子轉着頭，着了迷、失了魂似的看。那小常隨也有時候看一兩眼，這個小傢伙，兩隻眼也不老實。只有允禎，卻對這些不屑一顧，他只是望着遠處的莽莽青山和身畔的滾滾煙塵。

　　秦飛已經大略地猜出他的爺此次出門來的用意。他一邊走，一邊就向允禎搭訕着說：“爺！咱們是往揚子江去呀？還是往鄱陽湖去呀？”允禎實不知道怎樣吩咐，因為自己也是沒有一點准主意。秦飛又說：“要找陸上的功夫，得過揚子江，躥房越脊、爬山跳澗、打鏢射弩、掄刀舞劍，那些好漢全都出在江南；水裏功夫卻得到鄱陽湖去找，那裏的三尺童子也會掀波鼓浪，跟魚似的。”允禎看了看他，可仍然沒有說話。

　　秦飛又說：“真正的俠客全都不露名，要想拜訪他們，也很難得見他一面，見了面要想跟他深交更難。爺只看見了一個司馬雄，其實天地之間，比司馬雄本領高的人可有的是，不過都是架子比他還大，脾氣也比他還特別。對他們有禮也是不行，贈金送銀他們更看不上眼，只有一個法子……”允禎就問說：“有什麼法子？你說一說！”

　　秦飛一聽，真把爺的心事給猜對了，他就更是喜歡，遂說：“這法子就是自己先得造出名聲來！譬如說，由這兒往揚子江或是鄱陽湖去，沿路上見着人就打，不怕他是銅頭金剛、鐵臂羅漢，打他十個八個的；再做幾件轟轟烈烈的事，做完了，要稱道出來字號。如此，名聲立刻就傳開了，等到咱們到了那裏，不用去找什麼豪傑，豪傑自然就得找咱們來。可是非得有真功夫、好武藝預備着才行！」允禔一聽，覺着他出的這個主意不錯。憑自己的劍法，確實可以打一打世間的豪強。不過就是一樣，那種任意凌人、無賴的舉動，卻是我這生於帝王之家，且欲立大業的人所不屑為。

他的精神卻因秦飛的那幾句話，就越發振作起來，馬加快地走。秦飛緊緊策馬跟隨，兩匹馬快得就跟箭似的。那小常隨的馬可落在後面很遠，他不敢呼叫他的貝勒爺，卻直喊着：「秦師傅！秦師傅！等我一等吧！」秦飛想着：這位爺是怎麼啦？說快就走得這樣快，可真是大爺的脾氣！

這時天色將近中午，路上的車跟行人都很多，他們的兩匹馬就這樣緊跑，秦飛還好一點，還躲避躲避旁人，允禔的馬簡直是橫衝直撞。這時候就有人大聲地罵起來了，說：「小子你跑什麼啦？媽的！你是奔喪啦嗎？」

允禔這也可以說是生平第一次受人侮辱，他當時就大怒，將馬勒住了，回頭去看。就見罵他的人是一共四個，全都穿着黑綢子的小夾襖，三個穿黑布褲子，一個穿藍綢子的褲子；隨着褲子的顏色在腰間繫着一幅帶子，有的上面還繡着花。鈕扣可全都不扣，露着裏面的雪白小褂和黑色的健壯胸脯，個個年歲都在三十左右；兩個是騎着馬，兩個是坐在騾車上，態度都挺橫。

允禔向他們怒目而視，他們也一點不服氣。那兩個騎馬的並且趕了過來，大聲問道：「你出過門兒沒有？有急事你也不能這麼奔喪呀？」其中的一個竟要拉允禔下馬。允禔卻揮拳向這個人就打，咚的一聲，連臂帶拳都打中了這個人的前胸，這個人當時就摔下了馬。

那車上的二人更為大怒，一齊跳下車來，挽袖握拳。這邊一個騎馬的已經仰臥在地下，摔得爬不起來了，另一個卻掄着皮鞭向允禔去抽。允禔便也掄皮鞭去猛抽，但都沒有抽着人，兩根皮鞭子卻絞在一塊了，如同擰了麻花似的。允禔趁勢往懷裏一帶，這人當時就撒了手。允禔再將皮鞭掄起，這人的皮鞭就像蛇似的飛出了很遠，而又叭的一聲，不容這人閃避，一皮鞭子打得這人，當時用袖子掩面，鼻血順着袖子淌了下來。

秦飛趕緊過來，擺着手說：「爺……」他沒有顯明地叫出來，因為當着江湖人的面，他不願顯出身份太低了，同時也不敢說破允禔原是一位了不起的大爺。他又向允禔使眼色，輕聲說：「這是鏢行的！」表示出不可以得罪的神色。

允禔卻不管這些，他更發起威來了。那由馬上摔下去的人，這時已經歪着屁股爬到了一邊，直嚷：「這還行？咱們能吃這個虧嗎？別放他走啊！」那挨了鞭子的是連眼睛都睜不開了，也下了馬跑到一邊，更是大罵。那兩個由車上下來的都從車裏抽出了鋼刀，拼命地跑向前來。允禔見此，也就鏘然一聲，亮出來他那口光芒閃閃的七星劍。

路上本有不少往來的人，膽小的是趕緊就走了，膽大的卻停車駐足向這邊來看，因為這邊都已亮出傢伙來了，所以沒有一個人敢向前來。只有秦飛把兩隻手亂擺，他並下了馬，向那兩個人抱拳，說：「朋友們！沖着我，我們這位掌櫃的脾氣有點暴，我可是懂理。兄弟姓秦名飛，外號叫九條腿……」

這兩人卻把刀向他一掄，說：「誰認得你？你快滾開！」說着就挺刀撲向了允禔。

允禔也持劍催馬迎着他們來了。秦飛是一面防備着刀劍傷着他，一面還給解勸，說：「都是出門在外的人，大家不必如此！我看出你們都是鏢行的朋友，說來都是一家人。兄弟早先也吃過這碗飯，我們這位爺是北京有名的皇四爺，也是最好交朋友的……”

　　這時，允禛已和那兩個人刀劍相拼起來了，秦飛只好躲到一邊，同時看見那小常隨已經來了，他就趕緊說：“你快走，往南先走！別管這邊的事啦。”說着又上了馬。這時只聽刀劍相擊之聲，十分猛烈，那兩個人的刀法都不錯，齊逼着允禛。允禛卻不下馬，只探身舒臂，以單劍同時敵住兩人。他的劍長又力猛，並且劍法新奇，到底與江湖的玩藝兒不一樣，那劍就如烏龍探爪，只是刺、扎。那兩個人的刀法都不過是些花着兒，自然敵不過他。所以只四五個回合，那兩個人就直往後退。秦飛便趁勢嚷着說：“爺！”他這回可叫得真是清楚，他又嚷說：“咱們走吧！行啦！得了好兒就快收吧！”

　　不想允禛仍然催馬去逼那兩個人，那兩人便往他們那輛車去跑。車裏原來還有一個人，卻是個商人模樣，他大概是怕傷着，所以就驚慌慌地提着個藍布包袱，由車裏鑽了出來。他剛要下車，允禛的馬已經沖過來了，這商人哎喲一聲驚叫，跳下了車，卻把手裏拿着的包袱扔了。包袱繫得又不結實，當時就散開了，裏面原來是一個精緻的木匣，蓋子一摔開，大大小小，至少有幾百顆珍珠，就都像豆子一般的灑落在地下。這商人更急了，跺着腳說：“咳！這可怎麼辦？這可怎麼辦？”他趕緊就彎腰去撿，也顧不得被車軋着、馬撞着了。而遠處看熱鬧的也跑過來幾個，不是幫助來拾珠子，簡直是要搶珠子了。

　　秦飛不由得有些眼饞，然而他又怕事，就更加着急地大嚷說：“咱們還不快走嗎？”

　　此時允禛看見了灑在車轍裏、泥土裏的那些珠子，雖然並不驚奇，因為他自幼就見過大珠子不計其數，真比看過的黃豆還多，這實在不能叫他看在眼裏。但是究竟這是在路上，路上的一輛車裏，就帶這麼些個珠子，卻也有點令他納悶。

　　這時那兩個使刀的，一個凶眉瞪眼地掄刀去驅趕那些乘勢兒搶珠子的人；另一個穿着藍綢褲子的，又到車上取了一件傢伙，向着允禛就打來，允禛當時就撥馬躲開了。這人的這件傢伙原來是個鏈子錘，鐵鍊約有三尺長，錘不過香瓜那麼大，允禛還真沒見過這種傢伙。那人一下沒有打着，又掄起來打第二下，但第二下也沒有打着，他第三下又狠狠地打來，並說：“叫你認識認識我飛錘龐五！”

　　允禛卻巧妙地一伸手，就將他那錘給抓住了，再一用力，那龐五當時就撒了手，飛錘就到了允禛的手中。允禛同時又將劍一掄，嚇得龐五趕緊跑開了，允禛這才催馬向南而去。秦飛緊緊跟着，蹄蕩塵揚，走出約有一里多地，才見那小常隨在路旁等着了，於是三匹馬又一起緩緩地行走。

　　現在秦飛很懊悔，不該勸爺見了人就打。現在真打起來了，倒沒有打了銅頭金剛、鐵臂羅漢，可是一開頭就打了四個鏢頭。這不單不講理，還得罪江湖朋友。除了我老跟着他、吃他，不然將來我秦飛就沒法子在江湖上混了。何況強中更有強中手，爺他不錯，劍法好、力氣大，可早晚得碰個大釘子，這還行？這豈不叫我時時得提着心？

　　這時允禛很得意地把那奪來的鏈子錘，在馬上玩了半天，並且掄了掄。秦飛趕緊躲開點，怕他一失手，再挨他一錘。只見允禛笑了，幾個月來，也沒有見他這樣笑過。於是秦飛就趁勢進言，說：“爺！您要是打江湖、闖名氣，也得把人分清楚點兒！綠林強盜可以打，江湖歹徒也可以打，可是別胡打呀！像剛才那車，別看只是一輛，可是我一瞧，就知道是鏢車。因為有四個鏢頭保着，也不插鏢旗，我就知道車裏一定有貴重的東西。果然是珠寶客人，那些珠子不定得值多少錢！他要是有數兒，全數拾起來，別叫人搶去，也別丟一顆，那還好點；要是受了損失，四個保鏢的就得賠他。那四個人，咱們只知道其中的一個，名叫飛錘龐五。他的錘也丟了，這個仇兒結下的不算小。您別看他們的本領都不大，可是他們必定是久走江湖，必定認識難惹的！」

允禛淡淡地笑着說：「我願意多見幾個難惹的，我出來就為的是遇見幾個豪傑，如果此刻遇見，當時還就回北京。」

秦飛不言語了，心裏卻更發愁，知道不遇見豪傑他是絕不回去；然而若是遇見了，也不能夠就好好兒地交朋友吧？他千思萬慮地跟着又走，肚子也餓了，更怕那四個鏢頭再追了來，虧倒可能不會吃，可是又得麻煩。於是他就趕在前邊領着路，快快地走，奔向了一股偏東去的岔道。

又走了約四五里，便到了一個鎮市里，他就駐了馬，說：「爺！咱們找個地方，先吃午飯吧！」

這個鎮市也不算小，約有數十戶人家和店舖，房子卻都東倒西斜，沒有什麼整齊的。街上的車轍很深，土很松，被風一吹，就揚起來多高的塵土，直迷人的眼睛。允禛已經和他騎的這匹馬一個樣，渾身、滿頭都是濕濕的汗水。

這裏倒有幾家小店，門前懸掛着笊籬的，表示是住客帶賣麵。也有小飯舖，門前掛着個圓的，下面垂着紙穗的麵幌子，可是髒得很；那小屋子，像允禛這樣的魁偉身軀，只有低着頭才能夠進去，並且還沒有近前，蒼蠅就嗡嗡地往人的臉上撞。允禛下了馬，還不禁猶豫，但他那小常隨已是又餓又困，打着哈欠說：「爺！就在這兒用膳吧！」

秦飛趕緊向他使眼色，認為他說錯了話，爺字還可以叫，用膳這兩個字是絕不可在外邊胡說亂道的！除了皇上跟王爺、貝勒，才管吃飯叫作用膳，現在既到江湖上來了，什麼用膳？叫人聽着多扎耳，不如乾脆說是打尖。

結果由允禛找了一個比較乾淨的小麵舖，這屋的外邊，柵欄下有用磚砌就的台兒，就算是桌椅。允禛坐的地方露天而涼爽，塵土刮來的可是更多，他就沒法子顧及了。於是，由秦飛將馬繫在門前的一塊石頭上，允禛就將鏈子錘、寶劍都放在磚臺上。他覺着熱得很，就叫小常隨幫助他脫下了大褂，露出裏面穿的絳紫色團龍緞子的夾襖夾褲；他還覺着熱，小常隨就取出一把大摺扇，替他呼呼地扇着。秦飛叫堂倌沏茶、下麵，並給打來了一盆洗臉水。水是涼的，用個破木盆盛着，那塊手巾髒得簡直不能夠用；幸虧小常隨帶着新的羅布，就撕了一塊，給爺擦臉，但那麼白淨的羅布剛在水裏蘸了一過，就髒得成了抹布了。

這時，忽聽身旁有人吧吧地擊節，並且嗚嗚嗚嗚地奏起樂來了。秦飛趕緊說：「喂喂！別在這兒拉，走吧！走吧！沒錢給，我們不是闊大爺，我們是走路的！」

允禛擦了擦臉一看，見是一個五十來歲的癆病鬼，拉着個「呼呼兒」（胡琴），帶着一個衣服襤褸、十一二歲的女孩子。這女孩手敲着竹板，唱着：「老薛保上前雙膝跪，尊一聲三娘聽端詳……」這大概是梆子腔。

允禛趕緊叫小常隨拿銀子給他們，小常隨就拿出來約有四錢的一小塊銀子，放在那拉胡琴的手心裏。這拉胡琴的望着允禛，稍微地欠身道了謝，允禛趕緊拂着手說：「走吧！走吧！」這時飯舖的堂倌給送出茶來，也看着這位客人太闊了。

秦飛卻十分不高興，就向小常隨低聲說：「以後再遇見這事，就是有爺的吩咐，你也應當先找我，我帶着另錢啦！頂多給他一文半文的，也就打發走啦，還能夠掏出銀子來？你們真沒走過江湖，金銀在外面是能夠隨便顯露出來的嗎？再說，咱們這是出外啦，不是在家裏，金子成山銀成庫，你能夠帶出來多少呀？就這麼隨便地給？”小常隨也不言語。

　　允禛坐在那裏，看着那把破茶壺和髒茶碗，仿佛又有些厭惡。小常隨趕緊過去給擦茶碗、倒茶。允禛捏着鼻子，才喝了一碗味道惡劣的熱茶。麵也端來了，秦飛在那邊連茶帶麵湯一齊喝，拿筷子挑起來有手指頭粗的麵條，用嘴吹一吹就往嘴裏送。允禛這幾天吃的麵食，雖並不比這好，可是仍覺着不大習慣，小常隨取出來由北京帶來的，府裏的廚子特做的醬肉；本來是一大包，吃得已沒有多少了，而且因為天暖都快要壞了，但允禛仍然拿筷子挾着吃。

　　這時候那唱梆子腔的父女坐在路旁，還沒有走，就見又有兩匹馬一齊來到。當時一片塵起土揚，都落在麵碗裏，允禛就非常不樂意。這兩匹馬也都在這裏停住了，馬上的二人，不住地向他們來看。由這兩個人的打扮，跟強悍的身體、兇狠的神氣，秦飛一看，就暗說：不好！這一定是飛錘龐五的朋友，找了來要給他們出氣！

　　其中一個黑圓臉的人，腰間也帶着鏈子錘；另一個人的馬上是帶着一杆扎槍，可沒有拿下來。他們不住地打量着允禛，大概是覺着：“對了，就是他！”於是一同下了馬，馬也不往石頭上繫，就一直走了過來。

　　這時小常隨也看出來有點不好，臉都嚇白了，秦飛又趕緊作逃脫之計，悄聲向他說：“你快一點吃，還是你先走吧！往南去，也不要走得太遠，就在道旁邊等着我們！省得到時候我們能夠走開，你卻來不及！”小常隨點着頭，嚇得兩隻手都哆嗦了，麵更吃不下去。

　　這時那黑圓臉的人，自腰間解下來他的鏈子錘，就咚的一聲，猛地向那另一個磚臺上砸去，大概得砸給個大坑，就聽他粗暴地說：“等着他們來了，問明白了，咱們再動手！”他離着允禛只不過三步遠，允禛卻面色不變，他反倒更加從容而鎮定了。他挑麵吃着，仿佛也吃出來了這種粗食的滋味。

　　那另一個來勢洶洶，微胖的人，就喊道：“夥計來酒！”

　　夥計趕緊高聲答應着，當時就從屋裏又走了出來。這個夥計，就是剛才伺候允禛的那個堂倌，大概他還就是這個小飯舖的掌櫃的，因為只有他一個人忙着，屋裏還有一個連看孩子帶掌灶的婦人。他跟這兩個原是熟人，當下，他就欠身遞笑地說：“胡七爺！盧二爺！你二位今天怎麼騎馬來啦？”由此又可知，這二人住的必定離此不遠，而今天是因為帶着急氣來的，所以才騎着馬。

　　微胖的胡七就吩咐着說：“拿一壺酒來！喝涼的，不要熱。”夥計又連聲答應着，當時就給他們送來了一把砂酒壺和兩隻都鍋着鍋子的酒盅。

　　胡七爺給那帶着鏈子錘的盧二斟了一杯，然後他就對着壺嘴兒喝，並拿拳頭捶着那磚砌的桌子，瞪着眼睛說：“從這兒過的得先打聽打聽！我神槍小二郎可不是好惹的！看得起我，什麼話都好說；看不起我的——欺負了我的朋友，就是欺負了我，那你，休想走得過這條路！”允禛依然不語，就跟沒聽見一樣。

第六章　顯奇能展臂出竹鏢　撞彩輿揚鞭來古剎

　　這時秦飛已解下一匹馬來，叫小常隨先走了。他很想上前跟這兩人講幾句江湖話，總是別傷和氣好，他們要拿錘打了貝勒爺，那就如同打碎了我的飯鍋；要叫貝勒爺拿錘打了他，可又給我得罪江湖的朋友。於是，他就向那兩個人先笑了笑，想要說話。不料那兩個人正在喝酒，正在自己稱道自己的字號，自己跟自己發脾氣，一點也沒瞧見他；他算是白笑了，落得很難為情。

　　而在這個時候，那賣唱的父女坐在道旁，把買來的一個包米面的餅子分着吃了，現在又走了過來。這父女畢竟是江湖的流浪人，他們來到這個地方大概沒有多久，所以不認識那神槍小二郎胡七，更仿佛是沒看出這兩個人都是正在急氣煩惱，想要找人拼命。他們父女卻又偏偏走到了近前，癆病鬼又拉起了呼呼兒，嗚嗚嗚嗚的調子十分悲涼，那女兒又敲板唱着："金牌呀喚來，銀牌呀！寒窯裏，又來了，王寶釧咳……"

　　黑圓臉的盧二當時更為大怒，呵斥着："你娘的唱什麼？"當時跳將起來，掄起了鏈子錘，向着那小女孩兒就打。允禎急忙奔了過去，將那小女孩兒拉開，幸是沒有打着。盧二怒問他道："干你什麼事？你是幹什麼的？"說着嘩楞楞，重又抖起鏈子錘，猛向着允禎打來。允禎卻向後一退步，回手也抄起來鏈子錘，向他去打，彼此倒都沒有打着。

　　黑圓臉盧二就向道旁一跳，點着手說："你來吧！老子人稱金錘太保盧成甲，那飛錘龐五就是我的師弟，在鏢行中老子出過大名，遠近無人不知！你是哪兒來的小輩？欺負了我的朋友，老子正是來找你！你還敢這麼大模大樣的？"

　　秦飛又直擺手，嚷着說："朋友！你這樣一說，咱們是一家人了！有話請對我講……"但允禎已經掄錘追了過去，向盧成甲打去，金錘太保也以錘相迎，嘩楞楞，兩條鐵鍊同時響，一對甜瓜似的鐵錘互相砸。盧成甲的錘不是瞎掄的，他先用的是烏龍探爪，直向允禎擊去，但是被允禎閃身躲開了。他又用流星襲月，用錘去擊允禎的面部，但同時允禎的錘也飛過來了。允禎本來沒練過這種傢伙，但他也不是胡掄，他是仗着力氣渾雄，而手法又準確，當時兩條鐵鍊就絞在了一起，兩個錘就跟鈕扣似的互相結了起來。但這卻不能夠像那皮鞭，因為鐵鍊極滑，一抖便又散開了，於是允禎又抖錘來打。

　　盧成甲急忙閃開，向旁跳了兩步，然後再用力地掄錘。這錘自遠處掄來，就好像風車似的，呼呼地帶着風，直向允禎砸來，允禎趕緊向旁去躲。而這時那神槍小二郎胡七，已把馬鞍下掛着的扎槍摘了下來，以惡蟒鑽心之式向允禎的後心就扎。

允禎趕緊向旁飛蹦閃開，同時掄錘，去打胡七。胡七身閃槍進，允禎劈手就抄住了。二人正在相爭，不料盧成甲又掄錘擊到，一錘沒打着，又把錘嘩楞楞地抖起。

允禎這時真有點一人難敵二手，同時又有十餘個人都掄刀舞棍，自西邊跑進了這個鎮市，其中就有那飛錘龐五。原來他們也找到這裏來了，並且勾來了這麼多的人。秦飛也慌了，趕緊又去解馬，並嚷嚷着說：“爺！咱們快走吧！”允禎卻仍與胡七同揪着那杆扎槍，但是誰也奪不過誰。

此刻金錘太保盧成甲的精神陡起，一面向他那些夥伴，招着手喊說：“快來！快來呀！”一面又把鏈子錘直直地抖起，像一杆鐵棍似的向允禎砸下。但是他並沒有打得準確，因為這時候突然由旁邊飛來了一個短短的，好像一枝竹鏢似的東西，正正擊中了他的眼睛。盧成甲的這隻眼，立時就睜不開了，他剛要喊罵，還沒喊出來，第二枝竹鏢突又飛來，又射中了他的另一隻眼，兩隻眼睛全都睜不開了。他剛要跑，允禎整掄起來了一錘，就蓋着他的頭砸下，他便哎喲一聲，身子倒下，腦漿迸流。

而這時那個十一二歲的賣唱女孩，突地跳了過來，急忙由地下拾起了她的那兩根竹板（即竹鏢），拾得真快。這時允禎的錘還在掄着呢，她卻敏捷地拾到了手，就跑開了，跟着她的父親走了，一點也沒受誤傷。

此刻，神槍小二郎已將扎槍松了手，允禎又得到了這杆傢伙。他把鏈子錘反倒掖在腰帶上，而梨花亂點頭，就抖起了槍。胡七可早就跑了，龐五卻大喊着：“出了人命嘍！打死人啦……”可是哪個還敢近前？

那邊的秦飛也上了馬，又嚷叫着：“還不快走嗎？爺！咱們快走吧！”這時允禎卻像是發癡了，他向地下去看，已找不着那兩根竹板；向兩旁去看，也不見了那賣唱的父女的蹤影。

龐五又說：“姓黃的！你留下名字吧！反正你已打死人了，我們也不跟你鬥了，自然會有人來找你。”

秦飛又嚷着：“走吧！走吧！還不快走嗎？我的爺呀！”允禎卻像是沒聽見，雙手握着扎槍，驚訝地瞪着眼，向四下裏尋找着什麼。秦飛這才猜出來，就說：“那唱梆子腔的小姑娘，早就跟她爸爸往南去了！”允禎一聽，這才急急地來上馬。

但是那龐五等人又站在遠處讓他留下名姓，小飯舖的夥計也跟他要錢，秦飛便扔下了一串錢在地上，又向那邊的人說：“我們掌櫃的叫黃四爺！外號叫九條腿……”他慌張之中把話都說錯了，要改可也來不及，因為這時他的貝勒爺早就騎着馬往南去了，他得趕緊去追。

這時允禎已催馬出了鎮市，這個鎮市也沒有官廳，所以他打死了人，竟沒有人來拿他，他也好像是已經忘了剛才把人的腦瓜用鐵甜瓜給砸破了。他的馬隨向前走，兩隻眼卻不住地往野地裏張望。秦飛趕了上來，喘息着，又歎息着說：“我的爺呀！”

允禎卻問說：“你何至於這樣驚惶？”

秦飛說：“您把人都打死了，我怎麼能夠不驚惶呀？在京裏，你爺殺個人不要緊，因為爺您是王爺，殺了人可以不償命，無奈現在可是出來了！您又不肯通真名、道真姓，誰能夠知道您是貝勒呀？萬一遇見個鐵面無私的官，跟包公一樣，那時就是鳳子龍孫他也不饒，您受得了嗎？現在趕快走吧！”

允禎卻搖頭說：“現在不能走，你再幫助找一找剛才唱梆子腔的那父女兩個！”

秦飛更着急了，連說：“咳！咳！您找那個拉呼呼兒的癆病鬼，跟那個小丫頭幹嗎呀？大概您是因為剛才那小丫頭，用竹板打了那小子的眼，就認為他們也都是豪傑、俠客了？咳！那是您想錯了！凡是走江湖混飯的，無論老小，都得有兩下子特別的玩藝兒。叫爺拉呼呼兒，爺您會嗎？您一定不會，那癆病鬼可拉得真不錯。那小丫頭板兒也敲得有板有眼的，後來她又用竹板當作飛鏢，可也不見得她就會武藝；那不過是江湖上的玩藝兒，我曾看見過比她打得還准的呢！”

　　秦飛雖然這樣說，允禎可還是不聽他的話，非要找那父女不可。秦飛就又說：“爺不必忙！他們父女是走江湖的，早晚一定還能跟咱們遇見。那小丫頭總算有良心，她拿兩個竹板兒救了爺的駕，將來再見着她的時候，再賞她幾錢銀子也就得啦，何必這麼忙忙地去找他們？”

　　允禎卻不聽，又要回那鎮市。秦飛急忙擺着手說：“那兒可不能回去！咱們……哎呀！爺的那個小常隨他往哪兒去了？”

　　在這莽莽的大道上，在這四周禾苗不很高的曠野上，哪兒也沒有那小常隨和馬的影子，他竟失了蹤。秦飛最着急的是小常隨還帶着行李包袱呢！包袱裏是由府裏帶出來的盤纏，金銀還能夠少嗎？如今要是丟了，可還怎麼吃飯住店？那時爺可就成了窮爺了。他一個錢也沒有，恐怕也未必願意回家，還得去訪豪傑。我雖然身上也帶着點貼己，可是我供得起他老人家嗎？所以秦飛非常着急，趕緊請允禎同他去找那小常隨。

　　他們走出了很遠，又折回來，三十里以內，還有幾處村鎮，他們也都去過了。並且秦飛提心吊膽地跟很多種地的、走路的、趕驢的、開店的，連推磨的老娘兒們全都打聽過了。他又怕有人認出來，他跟着的這位爺就是打死人命的，所以他就謙恭和藹地，樣子特別着急地問：“借光！沒看見有個騎着白馬的十五六歲的小孩子嗎？穿着灰大褂、青坎肩，戴着瓜皮小帽，長得很秀氣，說北京話，像個小常隨似的，馬上帶着黑布的兩個大包袱……”人家可都搖頭，說是：“沒看見。”

　　允禎又親口去打聽：“你們看見唱梆子腔的父女沒有？”人家更都搖頭。秦飛更着急了，心說：您不找您的小常隨，可專專地打聽那父女幹什麼呀？真是的！可是，允禎現在是一心一意要找那賣唱的父女；失了蹤的小常隨，他可不管了。

　　這樣各處的找着，天色已經黃昏了，小常隨和那父女，全都沒有蹤影和下落，允禎就微笑着說：“他們必是一同走了！找到那父女，就必定能找着那常隨。”

　　秦飛卻搖頭說：“那父女要真是拐子，還不至於那樣窮啦！再說小常隨也不是傻子，那丫頭又不漂亮，他哪能就跟着他們走呀？除非他們是拍花子的，可我想……”秦飛想着是被那飛錘龐五的夥伴們劫去了人馬和財物，他可沒敢說出來，因為怕是一說出來，允禎更得不離開這兒了；可是不離開能行嗎？已經在這兒拿飛錘打破人家的腦袋啦！

　　秦飛是心裏矛盾，又不敢在這一帶地方停留，可又希望找着那小常隨；允禎卻是神情更顯得反常，有時自向自微笑，有時又微歎，仿佛錯過了好機緣似的。

　　天黑了，星星都出來了，他們只得在另一個鎮市上找了一家店房。這裏，距離今天允禎打死金錘太保的那個地方，不過二十餘里，大概還沒有離開大名府的地面。秦飛真不放心，而這個鎮又是個大鎮，這店也不小，他們找的是小間屋子，允禎叫店家給做好飯菜，秦飛心說：你哪兒有錢呀？因此他就提了提：“外邊本來也沒有什麼豪傑俠客，再說，要是小常隨從此丟了，盤纏也就算全都丟了！我倒幸虧還帶着幾兩銀子，夠咱們回京裏去的……”不想這話剛一說出來，允禎立時就跟他瞪眼，嚇得他也不敢再說了。

　　允禎的寶劍本來是叫小常隨拿着的，現在也同時失蹤，現在所有的就是他奪來的大扎槍跟鏈子錘，但他的意氣更為驕傲，膽氣更壯，一點也不將就。用過了很好的菜飯，他就獨自出了屋，在院中、在店外、在鎮街上走了半天，直到二更時候才回來；他顯出很失望的樣子，卻又不住地微笑着，外面秦飛愁得簡直睡不好，允禎倒似乎睡得很香。

起來時天色已大亮，秦飛就叫來店夥給打洗臉水、沏茶，允禎還要吃早飯。秦飛看那店夥的神氣有點可疑，因為他不住地打量他們。允禎吩咐他做兩盤好菜，吃饅頭，他答應得也不痛快。秦飛可真有點身上發冷，暗說：不好！

他硬着頭皮走出了屋，就見院中和門外，站着好幾個都是頭戴紅纓帽，腰上掛着刀的官人。他趕緊跑回來悄悄地告訴了允禎。允禎卻是毫不驚恐，只不過站起身來，說：“咱們走吧！”秦飛一聽更着了急，因為他希望允禎出去見着官人，索性說明白了他是個貝勒，是當今萬歲爺的四兒子，那還能有什麼事兒嗎？不想爺是要溜之乎也，到了這時候，連我九條腿也跑不開呀！

此時，只見允禎從容地穿上了那件大褂，但是把他裹衣所繫的一條青色綢帶繫上，掛上了鏈子錘，然後又掀起大襟，便手提扎槍，昂然出屋。官人們都在院中，正等着他出來呢！何況飛錘龐五、神槍小二郎也全都來了，都指着說：“就是他！就是他！”當時官人就抖動了鎖鏈。

允禎卻神色不變地擺了擺手，問說：“你們知道我是誰？”

官人說：“管你是誰？你打死了人命，就得鎖你！”

允禎卻從懷裏掏出來一掛數珠兒，給官人看。這數珠是用一百零八顆又圓又大的珍珠穿成的；珍珠還在其次，穿珍珠所用的線卻是黃絨所撚成的，還垂着黃穗子。官人們當時就有點發怔，旁邊的秦飛可喜歡了，心說：還是我的爺闊，原來身上還有好東西！他就趕緊去解馬。

神槍小二郎胡七、飛錘龐五等人卻都不認識這種東西，還跳起腳來喊嚷着說：“你還想跑嗎？你殺了人得抵命！”允禎卻提槍向外就走。秦飛是已經牽着兩匹馬，忽喇一聲跑出去了，官人們急忙跟着追出，問允禎說：“你到底是幹什麼的？你得說明來歷才行！”允禎卻說：“叫你們的官到京城皇宮裏去找我吧！”說時跟秦飛都上了馬，又把那掛珍珠的念珠收在了懷裏。

飛錘龐五卻向官人說：“別信他的！他不但是個殺人犯，還是個賊！那珍珠大概是我保的那客人的貨……”官人們也覺着允禎可疑，當時又亮出刀來攔他，允禎卻不顧一切地走了去了。

他的馬在前，秦飛的馬在後，都跑得飛快。龐五等人臨時由店裏抄了別人的馬，在後面就緊追。允禎還要抖槍撥馬回去與他們廝殺，秦飛卻連說：“不可！不可！官人也騎着馬追下來了！還是快點走吧！”允禎回首看看，見果然有官人騎馬追來，並高聲叫着說：“你站住！你到底是幹什麼的？不說明白了，就不能夠叫你走……”允禎跟秦飛的兩匹馬便跑得愈加快，當時蕩起來多高的塵土。

秦飛回首看看，只看見滾滾的土，而那幾匹追他們的馬已經看不見了，他就向前叫着說：“爺！慢一點走吧！他們大概是不追啦！”連喊了兩聲，也沒見允禎回頭，也不知道他是聽見沒有。而這時候馬已放了韁，要想收住就很難了。秦飛也無法勒住他這馬的韁繩，只好兩條腿用力踏蹬，緊緊地夾住了馬的肚子，以免從馬上摔下；同時，就見允禎的那匹馬真跟活龍似的，躍跳如飛，越來離着他越遠了。

眼前是一座土崗，雖不大陡，可是馬也應當到此就站住了，可是不行，原來允禎已將韁繩扯斷了。他的這匹鐵青色的大馬，越發瘋了似的，就直沖上了土崗。

到了土崗上，忽然它又看見了一樣差眼的東西，就更驚了，摺起蹄子就向下跑。此時允禎實在危險，力氣要是差一點，身手要是遲笨一點的，就非得掉下來，滾下坡去摔死不可。

原來這時，下面正有一頂彩轎往上走來，那紅色的彩轎，銅的轎頂，映着朝陽閃閃奪目；更加着有幾個人打着招展的龍鳳旗，敲着銅鑼，吹着笙和嗩吶。本來這是娶親的，可是把允禎的這匹馬給驚着了。這匹馬被驚得飛奔而下，它大概也收不住蹄了，同時那吹樂器的、抬轎子的一些人，想要慌忙躲避，也已經來不及了，當時馬就撞在了轎子上，連人帶轎全都撞翻了；允禎也幾乎掉下馬來，幸而他抓住了馬鬃。

這匹馬大概把頭撞得不輕，下了這座土坡，又跑了不遠，它就自動地站住了。允禎這才下來，他氣得真想拿鏈子錘把馬頭打碎，但是見馬身上的汗就跟水似的直向下流，自己的手裏也拔下來了一大把鬃毛，他對於這匹馬又覺着有些憐惜。回首再去看，見那頂彩轎已被撞倒了，現在還沒被抬起，大概是把轎杆子給撞斷了，可也不知轎子裏坐着媳婦沒有？如果要再坐着人，那可真抱歉，還能夠不撞傷了嗎？

那些個抬轎的、吹樂器的、打旗子的，都在那土崗上聚在一起，多半不是在救那受傷的人，就是在綁那轎杆了。秦飛也騎着馬越過了土崗，還沒有走到臨近，他就着急地大聲嚷着說：“爺！您還不快走嗎？又闖出禍來了！”允禎原想過那邊去看看，但聽了這話，他不能不上馬再走，馬可遲緩地連走都走不動了。

秦飛來到，就連聲歎息着說：“真倒霉！真倒霉！這可怎麼辦？爺！我斗膽該死，我說一句話吧，您簡直不能走江湖，您只能在京裏當王爺！”允禎也不生氣，因為自己心中也誠然有點負疚，誠然有點慚愧。

秦飛又說：“您簡直不成……”這“不成”二字卻招起了允禎的惱怒，因為他如今走江湖，尋奇士、受艱苦，就希望的是將來成功，得到帝位，秦飛竟敢說他不成，這不是觸犯了他的忌諱嗎？他立時怒斥道：“住口！你竟敢說我‘不成’？你太放肆了！走開！你走吧！我一個人哪裏都能夠走，用不着你跟着！”

秦飛又趕緊連聲說着：“嘛！嘛！嘛！”並趕忙解釋說：“我真不敢說爺！我是真着急！您想想，小常隨也丟了，在那邊又打死了人，在這裏又把個年輕漂亮的新媳婦給撞傷了……這自然也不能夠怪您，可是咱們也太有點太倒霉啦！”允禎怒聲說：“走！不要多說！”秦飛只好又連聲地應着：“嘛！嘛！嘛！”並不住地回首去看，仿佛他是很心痛那邊受了無妄之災的新媳婦。

允禎的馬仍在前走，他的臉上也不顯得怎麼懊悔，或是生氣、憂愁，他只是東瞧西望，仿佛還是在尋找鎮市；乾脆，他大概是還打算找着那賣唱的父女！秦飛又不住地在暗暗歎氣，他真後悔！不該給爺出主意，叫他打江湖。現在爺倒是按着話辦了，可是，就跟着他惹麻煩吧！今天撞了新媳婦，明天就許撞了老太太。雖說爺身邊一定有好東西，憑那串珍珠念珠，要是變成錢，也能夠走遍天下，還花不了；那珠寶客人灑的那一包袱珍珠，算什麼的，那還真不過是黃豆呢。所以，盤纏的事，大概還真不用發愁。昨晚住店吃飯，今天早晨一跑，結果是一個錢也沒花；如果天天要是這樣，更省了盤纏，反正大概用不着我的貼己。只是，爺的武藝有點不叫他放心，因為像這樣毆傷人命，撞倒花轎，不遇見俠客便罷，遇見俠客就得對他絕不能饒。俠客都是好管閒事，好打不平，像那唱梆子腔的父女怎麼會是俠客呢？兩匹馬一前一後地又往前走，彼此一句話也不說了。

這條路上行的，除了附近的幾個鄉下人往來，連一輛車也沒有，因為這不是大道，而且越走越荒涼。涉水過了一道淺河，則見遍地綠草，桃花灼灼，遠山如黛，竟是絕好的風景。秦飛心說：走在這兒幹嗎？這兒恐怕連個店也找不着！

正在一邊想一邊走，忽然看見遠處有一座大廟，那裏的地勢甚高，松柏成蔭，紅牆掩映，鐘鼓樓高高地聳着。有兩隻大鷹在那邊飛旋，忽而凌空，忽而貼地，由此又可見那邊的小鳥必定不少，一定清靜極了。允禎是早就望見了，他將馬催得快一些，就往那邊去走。秦飛心裏也很喜歡，就說：“爺！咱們到那廟裏去歇一歇吧？去喝點茶，我真渴啦！臨走時給幾個香錢也就行啦。”

說話時，馬已走到了臨近，細一看，這座廟築建得很是雄偉，而占面積也很廣大。因為靠近着小溪，樹木又多，所以地下的土很濕，但是就在這濕地上，分明已經有了馬蹄的痕跡，可見是有人比他們先來了。允禎不住地往地下察看，二人就下了馬。允禎將槍跟馬全都交給了秦飛，他步上了石級，直走到了廟門前，見門上有用磚刻出而塗着金的幾個字，是“敕建法輪寺”，惟不知是何年代修建的。

山門並沒有關，向裏面看，院落也很大很深，有許多的麻雀飛鳴。允禎先踏步走入，並回身點手叫秦飛也進來。這頭一個院子，還不是正殿，只有鐘樓、鼓樓，有旗杆，有護法的四大天王。這四大天王都是泥塑的神像，穿戴着盔甲，呲牙瞪眼的，一個手執雙劍；一個懷抱琵琶；一個手執雨傘；一個拿着大蛇，即所謂之“風（鋒），調，雨，順”。允禎看見拿蛇的，不禁想起百隻手胡奇來了；看見抱琵琶的又覺得好像是十個口鄭仙，這些都是護駕的神，只是秦飛那瘦小枯乾的樣子，不配當他的護法天王。來到此處，允禎似乎愈加強了心中的帝王念頭。

這時秦飛已在門外繫好了馬，走入廟內，允禎就說：“你把這廟裏的主持僧人找來吧！”秦飛一聽，爺的口氣還是這麼大。像這座廟，主持僧一定不是個普通的和尚，爺竟說是把人家找來，人家就能夠那麼容易找嗎？除非是他做了皇帝！而他現在只是個貝勒，並且還是個私自離京，在外不說出真實來歷的一位爺而已。

秦飛當下可也不敢說什麼，遂就往裏院去找和尚，可是找了半天，也沒看見一個人。有的配殿，門上掛着大鎖頭；有的禪房，門外的浮土很厚，蛛絲密結，好像是沒人住的樣子；還有個偏院子，門關得很嚴，推了半天也沒有推開。秦飛扒着門縫向裏去看，見裏面綠色無邊，原來是一個菜園。既然種着這麼多的菜，絕不會沒有人呀？何況正殿裏香煙彌漫，好像是才禮過佛的樣子。秦飛便一直進了正殿，迎面我佛如來的莊嚴金身，把他嚇了一跳。他趕緊打了個問訊，幾乎要叩頭，心說：佛爺可別怪我！在那鎮市上打死人的那事，與我一點也不相干！也不是我教給他的，是他自己幹的。他是皇上的兒子，有什麼事情您去找他吧！

這大殿裏光線很暗，又加之濃煙彌漫，刺激得他直咳嗽，兩隻小眼睛也不住地流淚。這時他才看見，旁邊的一個香案下跪着個和尚，正在用極低微的聲音念經。秦飛不敢驚動，就站在旁邊等着。等了好多的時間，才見這和尚將經念畢，他就說：“大師傅！我們是路過的人，要在您的寶刹裏歇一會兒！”這和尚聽了，當時就站起身來。秦飛一看，這位和尚體魄雄偉，長得鼻大口寬，那氣派真可以比得上他家的爺！他就把話又說了一遍。

這位和尚點點頭說：“好！這本是地方山林，施主來了，慢說歇息，就是住上些日子，我們也願意結個善緣。只是這廟裏現在的人不多，我們接待得恐怕多不周到。”秦飛一聽，這位和尚談吐頗為不俗，於是他就也很客氣的，跟着這和尚出了正殿，卻見他的爺已經大踏步地走進這院裏來了。

第七章　深宵古寺婦人何之　小室燈窗英豪驟訪

允禎與這位和尚見了面，彼此先打量了一下。和尚向他打着問訊，他也拱了拱手。他到正殿中先去禮佛，只拈了拈香，卻並不下跪，這是他懷有一種將來必為帝王的自信心，所以得保持着他的身份，然後，被這位和尚讓到一間禪堂裏。這間禪堂卻是在外院，離着山門很近，臨時打開的鎖，裏面有一種潮濕的氣味，可是十分的涼快。

這位和尚又喚了一個俗人來，這人年有四十來歲，自稱姓黎叫黎保貴，是本地黎家村的人，在這廟裏幫忙，算是個火工道人。他把屋裏的炕掃了掃，鋪上涼席，又領着秦飛把兩匹馬牽進來，而給領到一個井院裏。這也是個跨院，可是不像種菜的那邊那樣寬綽，裏面有幾棵老松，有一眼井；石頭的井臺旁邊，還有一個石槽，兩匹馬正可以在這裏飲水。並且牆角還有用灰瓦搭蓋的兩間馬棚，那棚下已經拴着三匹馬，都比他們這兩匹馬的膘還肥。

秦飛說："喝！你們這廟裏，原來早就住着外邊來的人了？"黎保貴沒有言語。不過，當秦飛把那一杆扎槍和他自己帶着的刀，拿到屋裏的時候，那位和尚看見了，卻面上立顯出一些驚異之色。

彼此先客氣地談了幾句閒話，秦飛就指着允禎，仍然說："這是黃四爺，北京城有名的大掌櫃，我是他的一個小夥計。我們是要往江南去辦貨，順便去尋友。"

這位和尚自稱法號叫勇靜，即是本寺的主持，還有幾位師弟現今都沒有在廟裏，都是往仙霞嶺上柳蔭寺受戒去了，因為這座廟是柳蔭寺的下院。他把柳蔭寺連說了兩遍，仿佛是特意叫允禎跟秦飛二人聽明白了。

其實漫說是允禎，就是秦飛，他雖自誇為走遍江湖，可是他真不知道那仙霞嶺離這兒有多遠，在南邊還是北邊。但是，他看出來這位勇靜禪師，絕不是個平凡的和尚，不可輕視，不過卻也不必怎麼多談。因為現在只想在這兒歇一會，頂多了，看爺的意思，大概是想在這兒憩宿一晚，明天早晨就走了，又不是想在這兒出家，多說什麼話呀？他此時真累了，就也不管在爺的跟前是不是合規矩，他就仰巴腳兒往炕席上一躺。

勇靜禪師便出屋去了，火工道人黎保貴給送進來一壺棗葉煎的茶，還有一盤子用極黑極粗的麵蒸的饅頭。允禎這時候倒什麼也不講究了，就拿着饅頭吃，並問："這裏是什麼地方？"

黎保貴回答說："這個地方已是直隸省的邊上，再往南過了黃河，就是河南境界了。這個地方就叫法輪寺村，北邊是臥虎坡，坡的西南邊是黎家村，那就是我的家。過坡向北是康家鎮、白廟鎮、小河鎮……」

允禛聽到這裏，忽問說：「你們這地方附近的鎮市很多，你又不是出家人，想你必定常到那些鎮上去。你可曾看見過有一個很瘦的人，像是生着癆病，年有五十多歲，拉着把胡琴——就是呼呼兒，帶着個十一二歲的小姑娘。他們好像是父女，唱梆子腔，常在那幾個鎮上，向過往的人求錢……」

秦飛躺着，卻又暗暗地歎氣，心說：我這位爺，怎麼還沒忘了他的這件心事？得！問吧！這個火工道人知不知道那唱梆子腔的父女還不要緊，萬一看出你就是打死了金錘太保的那個兇手，可了不得，連在這兒歇一會兒也不行了！

他又着急又害怕，幸而見這黎保貴直搖頭，說：「我沒見過！我在這廟裏幫忙，哪有工夫到鎮上去聽梆子腔呀？」秦飛這才放心，卻又聽他說：「廟裏現在人少事多，我一天從早忙到晚，簡直沒有一點工夫出廟門。今天我們村子裏，我有一個本家的妹妹出嫁，我都不能去看看！」秦飛一聽，心裏又有點發愧，暗道：好啦！多半他那本家的妹妹，就是我這爺今天撞傷了的那個新媳婦，那事情要叫他知道了，也少不了麻煩！

所以，秦飛也不能再安心躺着了，他趕緊又說什麼：「你們這兒真清靜呀！明兒我也來這兒幫忙吧，叫我出家我也幹，反正我又沒有老婆。」他又向允禛問說：「爺！咱們到底打算是在這兒多歇呢？還是少歇呢？我可主張待會兒就走，因為早到江南早辦完了事，咱們好早回北京。」他在中間這樣的一攪，允禛也不能再跟那黎保貴說話了，黎保貴就出屋去了。

允禛又在這裏悶悶的，仿佛是有很多的心事，秦飛再催着他走，他卻搖頭說：「這個地方俠客可真不少，不能夠再失之於交臂了，至少也要在這裏住上四五日。」

秦飛一聽，心說：了不得！我們這位爺是成了俠客迷啦，他大概只要是看見一個人，就覺得是一位俠客！其實這也不錯，倒盼着他像在北京請那位申老頭兒似的，糊裏糊塗請上一兩位「俠客」，也就算達到他的意願了。於是就點頭說：「對了！據我看黎保貴就是個俠客；剛才那抬轎子的人裏邊也有俠客；你撞的那位新媳婦，那也是俠客——女俠；這廟裏的主持，剛才那個勇靜和尚，也是俠客……都是俠客！」

允禛微微地笑着，說：「你說的這些人中只有一人，哼！大概他可算是一位俠客！」

秦飛驚訝地問：「您說的是哪一個呀？如果真是，咱們就快點把他請到北京去，就得啦！」允禛卻說：「慢！慢！四五天以內，你必然可以知道。」當下，秦飛也沒辦法了，只得等着爺在這兒把俠客找着吧！快點找着好快點回家，就不必連行李都丟了，可還要往江南去。

允禛吃了兩個饅頭，喝了幾碗茶，就出屋去了。大概他是在這廟裏轉了半天，結果可還是悶悶地回到屋裏，躺在炕席上就睡了。秦飛也跟着一同兒大睡，這一睡，就睡到了天黑。醒來時，仍然是那黎保貴給拿來茶飯，並給送來一盞油燈。窗外十分昏黑，風吹松樹響，廟中寂靜得可怕。這間屋裏雖然點着燈，可是仍很黑暗，房梁上咯咯直響，不知是蛇還是老鼠。允禛與秦飛對坐着，也沒有什麼話可說，同時兩人都睡了一天，現在精神很大，全都睡不着了。

又待了一會，忽聽院中有腳步的聲音，允禛急忙用手將燈光遮住，不讓照到窗上，卻悄悄地叫秦飛扒窗去看。秦飛搖了搖頭，說：「外邊那麼黑，我看也是沒法子看見。」他也不敢大聲說話，一邊說着，又一邊側耳向外去聽，忽又聽見嗒嗒嗒嗒，接連不斷的馬蹄聲。

　　秦飛現在可忍不住了，雖知道那井院裏的馬不光是他們那兩匹，可是他就是不放心，恐怕被人牽了去的還就是他的那匹！因為他認為現在正是倒着霉，如果馬再丟了，那才真叫倒了大霉呢！此時允禎又催着他去看，他就一滾身下了炕，彎着腰，很快地推開屋門就出去了，又很快地將屋門帶好。這些動作，他做得簡直連一點聲音也沒有，真不亞於那司馬雄，因此，允禎對他也不禁佩服。

　　又待了一會，院中的馬蹄聲像是出了廟門，而秦飛反倒回來了，允禎就問他："看見了沒有？是什麼人？牽走的是咱們的馬嗎？"

　　秦飛還在地下蹲着，也不直起腰來，他滿面的驚詫之色，又擺手又搖頭地說："天太黑，我也沒大看清楚，可是，反正不是咱們的那兩匹馬。不過那個人，卻是女的……"

　　允禎一聽，不由得也很驚訝，就說："莫不是那個唱梆子腔的女孩子？"

　　秦飛又搖頭說："這是個娘兒們，可惜我沒看清楚她的模樣，反正她絕不是個十來歲的女孩，也不是彎腰的老太太。她獨自出了廟門，騎着馬走了……"允禎催促着說："你快去追！看她是往什麼地方？去做什麼？你快去！"秦飛本來還有一些發怯，可是禁不住允禎緊催，就振起勇氣又出屋去。他去井院中也牽了一匹馬，匆匆地出了廟門，上了馬就追那婦人去了。

　　這時天黑星密，院中無人，廟門就根本沒有關閉。允禎帶着鏈子錘也出了屋，他便覺着詫異，因想：這廟裏，怎會住有婦人？並且夜這樣的黑，她獨自騎着馬就走了，這是什麼事呢？又回想起白天所見的那勇靜和尚的相貌，便更覺着可疑，遂就往裏院去走。

　　只見那四大天王的巨影，現在也埋在黑暗裏，都仿佛大鬼似的；正殿的窗櫺還沒有關閉，佛前點着一盞香油燈，光線昏暗，愈顯得神秘可怖。允禎走進殿裏，四下去看，不見一人，他就把那盞香油燈拿起來，向各處照着看。不料窗櫺外的風吹了進來，當下燈就滅了，氣得允禎真要將燈向地上一摔，而摘下鏈子錘來先亂打一陣，然後再去打那勇靜和尚。但是心中的理智忽又抑住了怒氣，他不願意這樣做，認為"匹夫見辱，拔劍而起"那是不對的，成大功立大業的人不應當那樣做，還是設法在這廟裏察看察看，得見一個水落石出才好。當下他就輕輕地，將手裏拿着的已經滅了的燈，放在佛像的旁邊，然後又摸着黑，走出了這座殿。

　　允禎又往偏院裏去走，就到了那通着菜園的門兒了，只聽見裏面風吹着菜葉籟籟地亂響，並能嗅見菜葉的青氣味。這個門，關閉得十分緊，隔着門縫向裏去看，便望見裏頭遠遠的，有一塊方形的燈火，原來是一扇裏面有燈光的窗戶，燈光還很亮，可見是有人住了。

　　允禎本想要進去看一看，不過這扇門，他推不開。他不會那些躥房越脊的本領，而且他也不屑於做。假若硬將門砸開或是踹開，又顯着太為魯莽；若是搬塊石頭墊着腳，爬過牆去，那又分明像鼠竊了，他不能那樣做，所以他只能退身，仍回到前院，專等待秦飛回來。

　　九條腿秦飛一去，好像就永遠不回來了，允禎心裏更是着急，誠恐他被那個婦人發覺，而把他殺死了。又想起昨天遇見的那賣唱的父女，與剛才那婦人，好像都是一類人，而且小常隨丟失的事，也實在蹊蹺。總之，這一帶的地方，必定有不少這一類的俠客，或者就是盜賊。他們若是為他收羅，自然可以抵擋那司馬雄等人；可是若再叫允禎給得了去，那不但我的大業難成，生命都許不保。因此，他就益為憂慮，簡直坐也不住，立也不安。

又待了些時，忽然就聽見馬蹄響聲，他趕緊又將燈光掩住。就聽見馬已牽到廟內，並有婦人的咳嗽聲，可見人家並不是躲躲藏藏，廟裏有沒有人寄宿，她根本不管。她仍舊是大模大樣地就把馬牽回那井院裏去了，走路的聲音並不太輕，就往裏院去了。允禛更覺着詫異，可是也不能出屋去跟着她，因為她是一個婦人。

又等一會，廟外又響起輕微的馬蹄聲，人的聲音可一點沒有。不大的工夫，秦飛就進了屋來，倒還沒出什麼舛錯，可見他還是有本領，竟沒被那個婦人覺出。當下允禛就問他：「怎麼樣了？跟着那個婦人到哪兒去了？看見了什麼？」

秦飛一笑，說：「是一件稀鬆平常的事！剛才那婦人騎着馬在前面走，我在後面跟着，外面簡直一個人也沒有，黑糊糊的，連那道河也看不見，可是婦人的道路極熟，要不是她領着路，我差點就掉在河裏。婦人的膽量不小，走黑道兒一點也不害怕，可是畢竟不行，她就沒覺出我來！我就跟着她走了很遠，到了一個村裏，她在一個人家前下了馬，敲了敲門就進去了。我也就跟着進去瞧瞧吧，可是不瞧還不要緊，一瞧，原來是稀鬆平常，我真不必費這麼大的事跟着她去這一趟……」

允禛聽得實在不耐煩，就說：「你快些說！」

秦飛說：「爺得聽我細細說呀！事情可也巧，原來剛才她去的那個地方，就是那什麼黎家村。她去找的，就是爺白天騎馬撞倒了的，那花轎裏坐的那位新娘子！今天可耽誤了人家的好日子啦，爺那匹馬把人家的轎子撞毀了，所以新媳婦也受了很重的傷，既然不能抬到婆家去拜花堂、入洞房了，只好回到娘家去養傷。在這廟裏住的這婦人，跟那個倒霉的沒作成媳婦的姑娘，很有點交情，兩人親得跟姊妹似的。他們管這婦人叫曹三姐。她們兩人說了半天話，那個姑娘還對她直哭，她又勸那姑娘。我本來隔着窗子偷聽了兩句，仿佛是那姑娘今天被馬撞傷，倒算是好事了，因為她被娶過去，也是得受氣。她本來就不願意嫁那邊的人，她願意她的傷老不好，可是她這娘家，也像是沒有什麼親的熱的，都待她不好，在她娘家也住不成，要叫這婦人給她想辦法子。這婦人勸了她半天，大概也沒勸出什麼結果來。我聽着也覺着沒什麼意思，我想這些家務事，娘兒們的一些事，我聽它可幹什麼呀？我就沒細聽。後來那婦人回來了，我也就跟着回來了。爺千萬別再胡打聽了，這絕不是什麼豪傑、奇俠……」

允禛說：「不過一個婦人住在廟裏，可真怪！」

秦飛說：「這也沒什麼怪的，大概是因為廟裏的閒房太多，是和尚的街坊。」

允禛搖頭說：「馬更奇異！」

秦飛說：「馬有什麼奇異的呢？你老人家可真是！爺是生長在龍樓鳳闕，沒有見過，鄉下人家的婦女全會騎驢，騎馬跟騎驢也差不多。」

允禛又說：「那麼，為什麼她白晝不去看人，卻晚上才出去？」

秦飛說：「大概是因為白天沒工夫，晚上涼快……」允禛說：「你不要在裏面替她辯解，我知道你是怕我再惹出事來！」秦飛連連的搖頭，說：「不！不！爺要惹出事來，人家並不找我；您跟人打了，人家也並沒打我。」

允禛點頭說：「好！那麼你跟我出屋，再幫我去辦點事！」

秦飛一聽，不由又有點皺眉，心說：這位爺還叫我給他辦什麼事呀？大概非得叫我去挨一頓打，他才算甘休！可是他不敢不答應着，只得跟着他的爺出了屋。他這一回可很仔細，特意帶上了他的單刀，跟着允禛走往裏院。

允禛就叫他去開那菜園子的門，他悄聲說：「這兒是個菜園子呀！裏面沒有人住。」允禛非叫他去把這門開了不可，他沒有法子，只好飛身上了牆頭。往裏邊一看，他也不由得吃了一驚，原來他看見這園子裏邊的兩間小屋，方形的窗上，浮着明亮的燈光和幢幢人影。他心說：原來這兒真有人住！怪不得爺叫我來開這個門。可是，他進來找人家幹嗎呀？

當下，秦飛只得由牆上跳到園裏，一拉開門插關，不用費事就把門開開了。允禛走進來，卻又不往小屋的近處去，只叫秦飛到那窗戶前偷偷地去看看，然後再回來告訴他。這個差事秦飛倒是幹慣了的。而且剛才在那黎家村裏，他就扒着人家的窗戶，不但偷聽，並且偷看了半天，看得連脖子都發酸了，現在還覺着有點不大得勁兒。

當下他奉了命，就鷙伏鶴行地到了那窗子前。他總有辦法，拿他的指甲蘸上一點唾沫，向着那窗戶紙上輕輕地刮了一下，就弄破了一個小孔。他將一隻眼睛挨近了小孔，看了一眼，當時就回身輕悄而無聲地跑了回來，說：“沒有什麼事！稀鬆平常，不過是剛才的那個曹三姐跟那個和尚，還有一個老頭兒，都在那燈下看書、讲文章呢！三個書呆子，不是俠客，咱們快走吧！”

允禛一聽是在那裏看書，他更覺着詫異而且欣喜，趕緊叫秦飛再去偷着看看，並聽聽屋裏講的是什麼文章。秦飛歎着氣，低聲說：“爺！我哪兒懂得聽文章呀？我倒是知道蚊帳！咱們要真到江南去，可真得買一個蚊帳……”允禛又催着他快去，他只得又去了。

秦飛一手拿刀，一手當胸護身，躡足潛蹤地又到了那窗前。這一回他不必再用指甲刮窗紙了，他一找就找着了那個小孔，將眼挨近，向裏看去。這次他比剛才看得可清楚，只見屋子裏有一張方桌，點着一盞很亮的油燈，燈旁有茶。一個老頭兒，年紀有六十多歲了，長髯似雪，然而精神十分地矍鑠，穿的衣服也十分整齊，像是個讀書人，並且還像是個做過官的。桌上擺放着一本書，他一面飲茶，一面在為那勇靜和尚講解，並且低聲吟哦着，仿佛書中是頗有滋味。那勇靜和尚，別看像是個粗魯的人，可是原來很愛念書，他就跟個小學生似的，聽着老頭兒給他講解。名叫曹三姐的那婦人，也站在燈旁聽着講書，眼睛並且出神地向那書上去看。這婦人梳的是頭髮豐滿的一個頭髻，而不是處女式的辮子，可以知道她是個少婦。她的年紀也不過二十多歲，中常的身材，但很健壯，不像是別的女子那樣弱不禁風。她的模樣也不難看，臉兒紅潤，微胖，戴着金首飾，穿的是深藍色綢子的小襖，青綢褲子，腰間繫着一幅藍色的羅巾，到現在還沒有解。她也仿佛被那書給迷住了，同時書裏又像是有些叫她難過的事情，她就不住地擦眼淚。老頭兒一邊講解着，一邊也長聲地歎息。

秦飛還想再看一會兒，可是聽見身後有腳步之聲，原來是他的爺也來到近前。他就點手，意思是叫允禛也來扒着窗上的這個小孔，快向裏面看看。可是允禛哪屑於親自去做這事？他就去推開了屋門。秦飛趕緊擺手，心說：別怔走進去呀！知道人家是願意不願意呀？可是，沒容他去攔阻，允禛就已經大步走進了屋中。

屋中的三個人全都驚訝得非同小可，那老人趕緊把書推開，少婦卻怒氣衝衝地上前來，指着允禛就問說：“你是幹什麼的？為什麼一聲不言語，就怔走進人家的屋裏來？”

允禛卻不理她，只向那白髯老人拱了拱手，說：“天下原來盡多俠士，我如今在此，幸喜又遇見着了一位！”

他又向前走了一步，不料就被少婦給阻住了。原來這少婦的腰間帶有短劍，她立時就抽了出來，向允禛的胸前猛刺。允禛趕緊將身稍退，同時一掌打去，吧的一聲，打着了少婦的胳臂，可是並沒有將短劍打掉；少婦反倒翻臂用劍，向他的咽喉扎來。那勇靜和尚，也將拳掄起，向允禎來打。允禎卻雙手並上，右手托住少婦的腕子要奪短劍，左拳就猛向勇靜擊去，當時就聽咚的一聲，拳頭打中了拳頭，好像是鐵錘碰在鐵錘上一般。勇靜不由得把手縮了一縮，而更驚訝地向允禎來看，允禎卻仍是微笑。但婦人手中的短劍，就好像是生長在婦人的手中一般，也未能奪過去。那婦人趁勢驀然一腳踢來，但允禎也閃開了，同時他也抬起腳來，向婦人踢去。

　　這時那白髯老人才走過來，連說：“不可！不可！”遂先將少婦拉開，然後就伸手來攬允禎的腕子。但允禎忽然就覺着手腕一陣麻木，當時大驚，他趕緊退身，同時解下鏈子錘來，猛然地掄起，剛要砸下，卻立時就被白髯老人給抄住了。兩個人一齊用力爭奪，當時就將一條相當粗的鐵鍊子給揪斷了，錘已到了白髯老人手中，允禎的手中只剩下了半根鐵鍊。允禎更加吃驚，然而仍不慌張，並且絕不退出屋去。

　　屋外的秦飛這時隔着門看着，他可慌張極了，直說：“爺！要刀不要？”他想把他的刀交給允禎，允禎卻搖頭說：“不要！”

　　這時，勇靜和尚伸手以餓虎攫食之勢來抓允禎。那少婦又以燕子蹴花，用短劍向允禎的肋際去扎；她的右足也騰起來，仿佛是非得踢着允禎不可，而只要是一踢着，允禎大概就得倒下。可是允禎護衛得法，雖然在這窄小的屋裏，他竟能夠回避自如，並且一手敵住了勇靜，一腳反向那少婦踹去。這一腳正將少婦踹了一個跟頭，但少婦並沒倒在地下，她一挺身，又站穩了腳步，並趁勢將短劍拋出扎來。短劍從允禎的耳邊飛過，正插在牆上，入牆約二寸許，把外面的秦飛都嚇得哎喲了一聲。

　　這時，白髯老人怒吼了一聲，說：“都不許再動手了！有話慢慢說！”他雖然這大年紀了，而且文縐縐的，但怒喊起來，聲音卻非常洪亮，有如虎嘯一般。少婦與那和尚一起住了手，肅然地立在旁邊，卻依然向允禎怒目而視。

　　允禎這時的態度卻仍然從容，他又向白髯老人拱手，帶笑說：“老俠客！不必見怪，我來此是誠心拜訪，並非有什麼惡意，打擾了你一會兒，現在我們還是慢慢地談談吧！”白髯老人的顏色也平和多了，他就向勇靜和尚和那少婦擺了擺手，然後就向允禎點點頭，說：“來！這邊，請坐下吧！”

第八章　假客商屈躬會三傑　真俠士抵掌論群英

　　允禎將手裏的半截鐵鍊也扔在地下，含着笑走過去，坐在一把椅子上。白鬚老人就坐在他的對面，那本書仍攤放在一旁。允禎一看，原來是一個抄本，題名為《維止錄》，下寫：石門呂留良手著，後學曹仁虎恭抄。

　　允禎不知裏面寫的是什麼，只問說：「老先生，你就是呂老先生嗎？」這白鬚老人搖搖頭說：「不是！呂老先生現已去世了，我姓曹。」允禎再看那本書皮，就又拱手說：「哦！原是仁虎老夫子，眼拙眼拙！」

　　曹仁虎驚訝地說：「你認識我嗎？」允禎信口說：「雖不認識，我可是久仰大名，知道老夫子不止是當代的儒宗……」曹仁虎歎息着說：「慚愧！慚愧！鼎革以後，我為時事所迫，不幸在現在的朝廷裏，又做了幾年官，幸喜我退身還早！」

　　允禎借着話搭言，就點頭說：「本來是！老夫子你原是一位清高的人，你是前明的遺老，何況又是一位俠客，做官當然不合你的脾氣，還是作個山林隱逸、風塵奇俠才對！」

　　曹仁虎被他恭維得又是喜歡，又是感慨，誰曉得這個不速之客，這個素昧平生之人，剛才還打得很厲害，現在竟是個知音！於是他高興了，就叫那少婦給倒茶。那少婦已經將插在牆上的短劍取下，依舊掛在身邊，臉上還帶着點怒氣。可是聽了白鬚老人曹仁虎的話，不敢不過來，她就半生着氣半恭敬地，給允禎斟了一碗茶。曹仁虎就指着說：「這是我的女兒，她的名字叫曹錦茹，已經嫁出去了。但因為夫婦不甚和睦，所以這次我才帶她出來，也是為叫她到外面散一散心。她會一點武藝，也不過是自幼我隨手教給她，做個遊戲的，並不是專為打江湖，也並不是為欺凌人。」

　　允禎點頭說：「我知道！曹老夫子你父女的俠名，久已海內咸知。」曹仁虎又驚訝地問說：「你是聽誰說的？」允禎笑了笑，卻沒有回答。

　　曹仁虎又指着那和尚說：「這位勇靜師傅，是柳蔭寺了因長老的大弟子。你是久走江湖的人，你可知道江湖上有一篇歌謠，其中有兩句話是：霞嶺兩棵松，龍蛟拜俠僧。俠僧即指的是了因長老，乃今世第一奇俠；他的兩位弟子，一龍一蛟，龍現在跟從他在南方，蛟即是這位。」

　　允禎一聽，不禁十分驚訝，他不是驚訝這勇靜和尚乃是一「蛟」，而是想：此僧的武藝不錯，但是還不能夠超於我；可是了因，我雖沒聽說過那人的名字，然而必是南北聞名的一位無敵的俠客無疑。曹仁虎說的那一篇歌謠，我連聽說過也沒有，真應當問問，可是也不能顯露出我是初出茅廬的樣子，而惹他們的輕視呀！

　　他正想着，這時曹仁虎卻問說：「你是聽誰說的，怎知道我的？」

　　允禎便微笑着，說：“我也非是只聽一個人說過，譬如司馬雄和他的父親司馬申，他們就全都提說過你。”曹仁虎搖頭說：“我沒有聽說過有這麼兩個人。”允禎不由得臉紅，又說：“這兩個人，都是江南有名的俠士。”

　　曹仁虎搖頭說：“哪裏？江南的俠士，最有名的只有八個。江湖流傳的那篇歌謠說道：‘要不貧，問周璲；要不冤，請問白泰官。周老多病白失時，請問金陵鳳凰池。鳳凰真英武，不如曹仁虎，虎嘯一聲萬獸服，女中更有女丈夫。’又云：‘江上飛鶴鷺，群俠盡甘服；霞嶺兩棵松，龍蛟拜俠僧。’這說是八個俠客，其實連剛說過的龍蛟二僧，已經是十個俠客了，哪裏會還有一個姓司馬的呀？哈哈！我看你的武藝雖也不弱，但大概你還沒在風塵中見過什麼世面！”

　　曹仁虎意氣昂然地說了一番話，尤其是他把那歌謠說得更為流利，好像就是他編的。他掀着白髯，微微地傲笑，勇靜和尚在旁邊也忍不住淡笑了一聲。曹三姐曹錦茹更是輕視地向允禎看了一眼，仿佛這可把允禎給壓下去了：他竟連一個真正的俠客也不知，可見是一個初出茅廬的人，他本人的名字那就更不值得打聽了，必定是一個無名的小輩。

　　此時允禎聽畢，已經有些發呆了，本來是正發愁訪不着俠客，如今竟聽了這一大套俠客的名字，豈不值得喜歡？何況，所謂“蛟”的勇靜和尚，不必說了；而那“鳳凰真英武，不如曹仁虎”，這位老俠他就在面前！他的武藝今天並沒全施展出來，但已見功夫卓絕，還必定有些特殊的真技藝，不可輕視。再說他必定與那八個大俠客全是好友，所以，我倒實在不可以不知為知，假充老江湖，反把這些真俠客盡皆失之於交臂。這可真是千載不遇的機緣，如果由此一人，而得以結識了群雄，那允禎縱有司馬雄，又何足道哉？即使加上他府裏的那幾個……

　　這些話他沒有說出，卻先起座就向曹仁虎打了一個躬，說：“老夫子，你的這一番話真使我頓開茅塞，現在想請你把那些俠客的事蹟、來歷，都說一說，以使我增長一些見聞！”

　　曹仁虎又飲了半杯茶，便說：“這些人的事蹟和來歷，我此時也沒有工夫詳細告訴你，只可略略向你說說，以便指給你幾條明路，將來你若遇有機緣，可以一一地去拜訪他們；不過你如像剛才到我這裏來的這種樣子，可不行！”

　　允禎不禁慚愧，便說：“剛才我實在是太為魯莽了！”

　　曹仁虎擺擺手說：“我不能夠怪你！我這個人的氣量，還自覺得寬宏，何況我現在也正在失時無路之際。好！你聽着，我來告訴你吧！”當下，不但是允禎，連勇靜和尚跟曹錦茹，也都在傾耳靜聽。

　　曹仁虎掀着白髯，說道：“‘要不貧，問周璲’，此言俠客周璲，最能濟人之貧困。‘要不冤，請問白泰官’，白泰官是常州武進人，身輕似燕，武藝超群，專能夠申人之冤，平人間不平之事，他是八俠之中的第七人。但是周璲老俠身弱多病，白泰官飄流不知何往。‘金陵鳳凰池’，係指八俠中的末座——甘鳳池而言，此人名次雖在最末，武技卻是最高。至所謂‘鳳凰真英武，不如曹仁虎’，這是妄言，我在八俠之中雖為第六人，然而自知是濫竽充數……”

　　允禎說：“老夫子你太為客氣了！可是我再請教，八俠之中的第一位是哪一位呢？”

　　曹仁虎說：“第一人是俠僧了因，第二人即是‘女中更有女丈夫’的那位女俠。”

　　允禎回首望瞭望曹錦茹，曹仁虎連連擺手說：“不是她，不是她，她如何能躋身於俠客之列？我說的那位女丈夫……」說到這裏，他長歎了一口氣，又說：「人家是一位名門閨秀，我也不能將人家的名字隨便就告訴你。我只跟你說第三人吧，此人叫張雲如，別號野鶴居士；第四人姓路，名民膽，所以說是‘江上飛鶴鷺（路），群俠盡甘服’。八俠之中，彼此盡皆相識，不過有時也意見不同，再加上‘霞嶺兩棵松，龍蛟拜俠僧’統共是十大奇俠，於今你只見到了兩個。」

　　允禛說：「我自京都來，聞聽那裏允禩貝勒府中有幾位高人，一是司馬雄，此人我是見過的，他的武藝實在高超，莫不是哪一位著名俠客的化名？」

　　曹仁虎怔了一怔，然後搖頭說：「這，我倒不知道。」

　　允禛又說：「我還聽說那允禩貝勒府中有什麼：妙手兒胡天鷺、錦刀俠郁廣德、雁翅陳江……」

　　曹仁虎微笑道：「恐怕有這些綽號的，倒未必真是什麼有名的俠客。」

　　允禛又說：「此次我自北京南來，昨天行在這附近一處鎮市里，遇見了父女二人，父親拉着胡琴，女兒賣唱……」

　　曹仁虎突然驚問道：「你見到那拉胡琴的，拉的不是胡琴，是呼呼兒吧？」

　　允禛點頭說：「我也不認得是什麼，反正是那一類的弦索東西。那人年約五十餘，沒有鬍子，體瘦身弱，好像是有病；他的女兒是年才不過十一二歲。但，別人都不說，這父女二人，你若說他們不是俠客，我可不信！」

　　此時，曹仁虎竟然怔住了，他的女兒曹錦茹也忍不住驚訝地說：「哎喲！他們敢則真來了！」勇靜和尚也顯出來十分驚異之狀。

　　允禛又趁勢問道：「曹老夫子！你們可曉得那父女兩人是誰嗎？」

　　曹仁虎長歎了一聲，又微微地笑着，問說：「現在不要去管他人，我應當要請教你的貴姓高名了？」

　　允禛不假思索地說：「我姓黃，名叫黃君志，行四，一向在京城經商，稍有產業，但性喜結天下豪傑。近來，尤以貝勒允禩的府門之中，延請到了那幾個人，便爾驕縱，以為天下再無豪傑。因此我就一時負氣，倒要出來尋訪尋訪！」

　　曹仁虎又問：「你與那貝勒允禩，有什麼瓜葛？」

　　允禛說：「全無瓜葛！我是一個商人，如何能與他皇帝之子貝勒相識？不過我很生氣，我要訪出來幾位真正的俠客，前去對付他們！」

　　曹仁虎點頭說：「這就好說話！一半日內，我要離開這裏，我可以領着你先去拜訪一二位俠士；以後，或者他們也願同你去往京城走走。別的話都暫且不必提，你不是就住在外院嗎？」允禛點了點頭。

　　曹仁虎又說：「今天我聽這位勇靜師傅說，外院來了兩個人，像是會武藝的，我還以為你不過是江湖鏢客之流，並未留意，如果早知道你是如此一個人，早就請你暢談一番了。我看你的為人還很豪俠爽快，值得一交；你的武藝也還不差，只是，還得多有些閱歷呀！」允禛點頭說：「好！」曹仁虎又說：「你回去歇息去吧！明天咱們再談。」說畢，他又長長地歎氣。當下允禛站起身來，向曹仁虎拱了拱手，又向勇靜拱了拱手，勇靜也向他略略打了個問訊。允禛就說了聲：「再會！」遂即走出屋去，將門帶上。

　　他忽又想起那本《維止錄》，不知是什麼好書？似乎應當看一看。可是又想：於今自己急需的是俠客奇士，要的是將來的江山，那些書史，雖是自己早先所愛讀的，可是現在哪有工夫去讀那些呢？所以，心裏也就不把那《維止錄》太為介意。而那個已經故去了的呂留良，不過是著過一本書的文人，還許不像曹仁虎，雖為儒為俠，倒還做過些日子的官，這大概不是假話。尤其是那了因、周璋、張雲如、路民膽、白泰官、甘鳳池，就更重要得多了，他恨不得與他們立時就都能見面，把他們全都請到京內，以為自己的羽翼。至於那「女丈夫」，既居於第二位，或許武藝自有超人之處，但究竟是一個女子，我不必求助於她。

這時天色更黑了，星光更為稠密，寺中也無更鼓，但也可以覺得出，一定是不早了。允禛不禁打了個呵欠，就往菜園外走去，腳底下時時要踏着菜葉，他也不管。走到了門前，就看見立着一條黑影，他就問說：「是秦飛嗎？」

秦飛答言着說：「嘛！哎呀我的爺！您跟那位老俠客、女俠客、和尚俠客，可真是說打就打，說好就立刻成為知交！說了半天這個俠那個俠的，到底都是些什麼呀？我在窗外聽着都快睡着了，那白鬍子老傢伙的精神可真大！」

允禛這時心裏萬分高興，同着秦飛往外去走，一邊走一邊說：「江南十大俠，他們的名字我全已知道了！」

秦飛驚詫地問說：「怎麼，爺想要去一個一個拜訪嗎？」允禛說：「自然！我們是為什麼出來的呀？」秦飛暗自地又皺眉又着急，但是在這星光之下，雖看不見爺的神情，可是也聽出這話味兒就是喜歡極了，這時候，敢跟他說什麼話呀？他一定是上了那白鬍子老頭兒的當！

二人回到前院的屋內，允禛實在顯露出高興的樣子，連秦飛看着都覺得有點特別，他想着：不用說，要想回到北京去，暫時恐怕不能夠了！連訪江南十大俠，至少不得要半年的工夫嗎？其實我也不怕走路，不過爺身上帶的盤纏到底夠不夠呀？他雖這樣想着，可也不敢問。可是也得快點設法把那小常隨找着呀！但允禛對此事卻是一點也不顯着着急。

次日，秦飛真想托那個黎保貴，出去找一找小常隨，可又怕黎保貴太忙，沒有工夫。他正在心裏盤算着，忽聽窗外有人問說：「屋裏有人沒有？」他一聽，卻是婦人的聲音，不由得一怔。允禛叫他出去看看，他出屋一看，原來正是昨夜，他跟着人家到了一趟黎家村的那個少婦。他可不知這少婦的名字叫曹錦茹，他就趕緊帶着笑，又有點靦腆地問說：「您有什麼事呀？」

這少婦今天打扮得真漂亮，穿着花襖、綠褲子，繡花鞋，頭梳得那麼光亮，臉兒是那麼和氣。秦飛覺着自己太糟糕，本來，自己雖然打了半輩子的光棍兒，可也算是一個老江湖，不是沒見過婦人，怎麼如今見了她，好像就有點不會說話了？咳，大方着點吧！於是他就叫了聲「曹三姐」，說：「您請屋裏坐吧？」

曹錦茹搖着頭，說：「我不到屋裏去啦！我求你一件事。往北邊去有一個黎家村……」

秦飛點點頭說：「我知道！」心裏卻得意地暗笑，想着：你到底不行，昨兒我跟着你去了一趟，還隔着窗子聽了你們半天私話兒，後來又跟着你的馬後頭回來，原來你一點也不曉得，到底是本領差事兒呀！

又聽得曹錦茹說：「那兒有一位黎姑娘，乳名叫蝴蝶兒，就是昨天你的主人的馬，撞傷了的那個新媳婦，你知道嗎？」

秦飛連連點頭說：「我知道！我知道！」

曹錦茹說：「我求你去一趟，見着她就問她，因為我們快要離開此地了，她到底是怎麼個打算？她要是還回婆家，就叫她去；她要是不回婆家，我們另給她想辦法。你快去一趟吧！辛苦你啦！」

第九章　　蝴蝶兒逃婚趨僧舍　　勇王子結客訪俠蹤

　　秦飛一聽，不由得有點疑惑，暗想：你為什麼不自己去呀？你跟那個姑娘又有那麼深的交情，莫非你是白天不敢出門？可是我也不敢呀！萬一遇見飛錘龐五，或是那幾個官人，一定得揪住我，說我是幫兇的。再說，那個名叫蝴蝶兒的新娘子，昨夜隔着窗戶，我只偷看了她一個坐在炕上的背影，只覺着是個很能說的，可是她不認識我呀！我若莽然地去了，問她是回婆家不回，這個事兒有點不大好管吧？萬一她要說是不回婆家呢？我的爺撞壞了人家的花轎，我又去給人拆散了婚姻？那可真缺德……

　　曹錦茹見他顯出作難的樣子，就說：“你不用不放心，這件事絕拉不上你，叫她婆家人知道了，都由我承當！”

　　秦飛一聽，這裏面分明是有麻煩，更不願意去了，就說：“曹三姐！這件事您不會派黎保貴嗎？他就住在那個村，他們是一家子。”曹錦茹說：“他沒有工夫，再說我不願托他給辦。這件事，還是求你去一趟吧！這是一件好事，你若干了這件好事，能夠積德；你要是不放心，我可以把詳細的情由都告訴你。”於是秦飛就故意作出很關心的樣子，伸着他的瘦長的脖子，靜聽着這丰姿不錯，而且還很敞快、活潑的曹三姐略略地說了出來。

　　曹三姐曹錦茹說：“咱們現在都是一家人了，什麼也就不必瞞着啦！我的爹爹就是江南有名的俠客曹仁虎。他可跟別的俠客不同。我們曹家原是世代書香，可是我爹爹在幼年時，就遇見了清兵入關。明朝亡了，所以他老人家自幼是先學文，後學武；文的想通達禮義，武的想結交幾位有義氣的朋友。這話就不必細說了，細說你也是不能明白。後來，可是武沒有學成，朝廷微訪隱逸，我的爹也不敢不去應試，就應了試，也做了官。可是他真不願做官，後來到底是成心做錯了一件事，就被皇上給永遠革了職……”

　　秦飛也覺着奇怪，心說：你說這些話幹什麼呀？我並沒叫你背你們的家譜呀？但曹錦茹卻用很大的聲音這樣說着，好像是故意使在屋裏的允禎能聽見。

　　她又說：“我爹爹的朋友，跟江南那幾位俠客周璕、甘鳳池、路民膽，全都是這樣的人。可是，周璕因為我爹爹在朝裏做過幾年官，他就很惱怒，他總想要找着我的爹爹問一問。我的爹爹就很怕見他，並不是怕別的，是因為見了他，就不由得慚愧，所以我們才來到這裏。

　　“因為我們跟這廟裏的勇靜禪師是好友，來到這兒已經兩個月了。以前我天天騎着馬到附近去玩，就認識了黎家的蝴蝶兒姑娘。她長得是那麼好，又是那麼聰明，我們兩人就很好；還因為她父母雙亡，只跟着表叔過日子，很苦的，我也可憐她。只是她表叔不做好事，是個賭徒，把她給賣了，賣給康家鎮的康財主作二房。康家有婆婆，有大房，又有兩個小姑，娶過去准得受罪，她就不願意去。她也不是無能的姑娘，她豁得出去，她就拼死拼活，絕不過門；可是她的表叔已經使了人家的錢啦，就逼她，又央求她。她曾跑到這廟裏來找我，我本來……

　　“我就跟你說了吧！我爹給我在兩年前選的那個人家，雖也是個世家子弟，可是他沒出息，天天作八股，成了個舉人迷，我這脾氣跟他不能在一塊兒，所以我才跟着我爹爹出來。我也不願意蝴蝶兒去給人家作小、去受氣，我就想救她，我爹可又怕惹麻煩、怕累贅，便不叫我管。後來是康財主家答應了蝴蝶兒兩件事：第一是拿花轎娶，娶過去跟大房一樣，絕不受氣；第二是給她五十兩銀子作貼己，還給她很多的簪環首飾，以後還可以叫她常常回娘家。這樣，她才答應了，昨天才上了轎。可沒想到轎子才走到臥虎坡，就被你那主人的馬給撞翻！傷了她的臉，自然就不能往婆家去抬啦，她借着這就又回到她的表叔家。她的心又變了，還是不願去給人作小，她就托了個人來找我，所以昨天晚上我才去了。”

　　秦飛聽了這些事，更覺着麻煩，而且管這閒事幹什麼呀？她的爹爹曹仁虎大俠全都不主張管，她可又來托我去管？什麼蝴蝶兒蜜蜂兒的，她愛去給人作小作大，或是悔婚不悔婚，我九條腿秦飛可不管這事，我專不愛管娘兒們的事！

　　曹錦茹又說：“我爹不叫我管這事，是怕出麻煩，若是弄得叫周璕知道了，他就能找我們來，我爹爹真怕見他！”秦飛聽了還覺着不大明白，錦茹接着說：“昨天我就是趁着我爹給勇靜師父講書的時候，我才出去的；今天，我爹爹索性不叫我出這廟門了，因為他已知道周璕就在這附近。”

　　秦飛問：“周璕是個幹什麼的呀？”

　　錦茹說：“是個老俠客，脾氣很暴，我爹怕他，所以想在這一兩天就離開這兒，我們還是回江南去。同時蝴蝶兒有個表哥，又在金陵做買賣，是自幼兒跟蝴蝶兒一起長大了的，她想去找他……”

　　秦飛說：“你這麼一說，我可明白啦！是那個蝴蝶兒決定不給那什麼財主去作二房，願意到江南嫁給她的表哥？”

　　曹錦茹點點頭，說：“昨天晚上她就跟我說啦！我可以答應她，因為她要走，必須我們送她，可是那時候我們還沒想到回江南；直到我回來，你那主人去到我們那屋裏。你在屋外也看見了，他先跟我們打，後來又被我爹爹給說服了，談了半天。我爹爹也知道你們是從京都來的，可是就聽說你們在前天，曾在這附近遇見了周璕……”

　　秦飛發着怔，心說：沒遇見呀？莫非是我的爺跟他們瞎吹？當下可也不便否認。

　　曹錦茹又說：“我們這才想走，可是最好把蝴蝶兒也帶了去呀！省得她在表叔家裏尋死覓活的，那康財主又催着娶她，整天的搗麻煩。我們帶她走，送她到金陵跟她那表哥成了親，倒是一件好事！”

　　秦飛說：“這件好事，說來還是我家的爺給做的！他的馬要不撞了轎子，蝴蝶兒也就被人娶過去了；她真到了那邊，一看人家待她也不錯，倒許也就死了心啦。如今，偏偏也是因為我家爺說了看見過那個周璕，你們才想回江南，你才想帶她。她真要是跟她那表哥遂了心願，她們小夫婦應當給我家的爺供個長生祿牌！”

　　曹錦茹不由得笑了，點點頭說：“對啦！我看你們也都是江湖好漢，必定不怕管閒事。我因為我爹不叫我出廟門，黎保貴本是她的本家，也不能勸他侄女去逃跑，這就得麻煩你們啦！你只要去替我問一問她，到底決定了主意沒有？因為她的主意常常變。你告訴她，我們快要走啦，她要是真想走，就叫她今天就來！」

秦飛說：「要是她的表叔打我，說我拐她家的姑娘，那可怎麼辦？」

曹錦茹說：「她的表叔現在不大管她啦，生了她的氣啦！再說她要去找的那個表哥，就是她表叔的兒子。」

秦飛說：「這樣說，她表叔也不是成心賣她，不過是想騙那財主家點錢就是了。可是，萬一那康財主家中的人正在那兒，把我揪住……」

曹錦茹搖頭說：「不能！不能！康家離着她們那個村太遠，不能夠常派人去。再說，我聽說，因為她的脾氣那麼擰，昨天娶的時候，半路又被馬撞着了，康家認為不大吉祥，即使娶過去，恐怕也是得帶着喪氣進門，人家現在都灰了心啦！花了那點錢，人家也不在乎。你放心，絕不至於有什麼事！」

秦飛還不住地搖頭，曹錦茹可有點急了，就說：「你這個人真沒膽子！真不願意幫人的忙！不像個出門的人，我想還是托你那個主人吧，叫他去一趟！」

秦飛心說：喝！你可真有眼不識王爺！我家的爺，能夠管你這些又瑣碎、又沒味的事？於是他就說：「我的爺他是個大掌櫃的，他絕不能管這事，還是我去替你跑一趟吧！我可還得先問問我的爺，人家讓我去我才能夠去，因為我是吃他的飯。」

曹錦茹又大聲地說：「你那主人，連我爹都誇他很慷慨，說他一定有點來歷，他還能夠連這點忙都不叫你幫嗎？」

秦飛說：「你在這兒等等，我進屋去問問。」

當下他就進到屋裏，悄悄向允禵說：「爺！您都聽見了吧？這件事您說我倒應當管不應當管呀？我可也真不願意出這廟門，可是我又想出去一趟，順便打聽打聽您那個小常隨的下落。」

允禵這時盤膝坐在炕席上，窗外曹錦茹說的這半天話，他全都聽見了。他十分驚喜，原來前天所遇的那拉呼呼兒的癆病鬼，那個又老又窮的人，原來就是「要不貧，問周璕」的那個大俠周璕！諒那人一定能夠找得着曹仁虎，看他們二人見面，也是一件有趣的事，同時還可以跟他二人結交。不過，他們都像有故國之思，心懷着前明，不甘心作大清的子民，而我卻是一位貝勒，這倒暫時更不可叫他們看出來！曹仁虎是要回江南，我正好同他一起走，由他再結識甘鳳池、路民膽等人，我總有辦法叫他們都到我的掌握之內。可是，曹仁虎有一個女兒跟着他，已經很令人厭煩了，若再帶上個民家女子蝴蝶兒，豈不更是累贅？雖不是我的累贅，但究竟耽誤事情，使他不能夠同着我即刻去晤見群俠。京裏，現在還不知道允禩那些人鬧成了什麼樣子，我在外面豈可再多耽誤時日？他想了一想，也沒有別的法子，就點頭向秦飛說：「你去吧！」

秦飛又出了屋，告訴曹錦茹說：「我爺已經答應我了！天下人管天下事，我幫你們這個忙兒也不要緊。好啦！你回那菜園子裏去等着我的回話吧！」

這時允禵也走出屋來，向曹錦茹說：「令尊曹老俠客現在起來了沒有？我要再見他去談一談。」曹錦茹笑着說：「我帶着您去吧！我爹也很喜歡跟您談話。」當下，秦飛到井院裏牽出來馬，就替曹錦茹辦事去了。曹錦茹便很喜歡地，忸忸怩怩地在前頭走，領着允禵穿過了這古廟清靜的院落，又進了那菜園子裏。

此時，勇靜和尚正同另一個和尚在摘取菜蔬，曹仁虎在旁邊看着。一見他的女兒把允禵領來了，他就微笑着，大聲地說：「黃君！怎麼樣，你願意同我到江南去走走嗎？"允禛說："我來正是此意！"

當下，曹仁虎把允禛讓到了屋內，曹錦茹殷勤地給沏來了茶。曹仁虎就問說："黃君，我看你人才出眾，武藝超群，不像是平常做什麼買賣的人！"允禛卻微歎不語，表示也有很重的心事似的，但還不說明，曹仁虎也沒有往下去問，然而他對允禛，仿佛更成了莫逆之交。

談到往南去的事，曹仁虎也願帶着允禛前去。他並且說：那幾位俠客之中，現今惟有路民膽和他的交誼最篤，但路民膽是河南光州人，近兩年未見他在江湖之間行走，也許是回到家中隱居去了。所以最好是由此一直南去，先往河南會着路民膽，再與他一同先到金陵，後往杭州，還許上一趟仙霞嶺，那樣，就可以與那些俠客盡皆會了面。他說："有路民膽在一起，也容易見得着他們！不然，他們都曉得我做了幾年官，與他們並非一類人了，他們的心中，對我難免不存着芥蒂。"說着他歎了口氣，仿佛是很後悔那幾年他曾在清朝為官似的。

允禛也不便說什麼，更唯恐被他認出來自己是個貝勒，心想：那樣一來，恐怕這老頭當時就得跟我絕交！所以允禛跟這曹仁虎說話，時時留着心。

曹仁虎對他也是並不全都推心置腹，仿佛仍然懷疑他的來歷，尤其是他要帶着允禛去找路民膽等人，也仿佛是有一點別的用意，可又不說出來。允禛也看出點來了，自己是將計就計，反正是跟着他去，不怕他把那些俠客都湊在一起來收拾我，反正我是自有辦法的！他在心裏暗笑，一點也不狐疑，而且一點也不着急。

此時，曹錦茹的心裏卻惦記着她的朋友蝴蝶兒，一會就跑出去看一看，她也跟她的爹說明白了。曹仁虎先前還向允禛說："只有我女兒跟着咱們，倒還沒有什麼，因為她會騎馬，也常跟着我出來走路；若是再帶上那個女子，豈不有些累贅？"允禛聽了，只是微笑不語，想着：反正這些事都跟我不相干，由着你辦。曹仁虎尋思了半天，後來又自言自語地說："其實也沒什麼的，多帶一個人，也費不了多少盤纏，再說救了一個不願屈身妾媵的女子，送她去就一個美滿的姻緣，也是咱們應當做的事。我已老了，這些成全人家小兒女的好事，也多做幾件才對，何況她還可以在路上跟我女兒作伴，省得淨叫錦茹伺候着我，她卻連一個談閒話的人也沒有。"

允禛順口說："老夫子，你實在是好福氣！你的這位姑娘，我看既是孝順，武藝又好！"

曹仁虎搖頭說："不行！不行！比呂家的四娘可差得太多了！連我，帶路民膽，再加上甘鳳池，誰也不如呂四娘！"

允禛又覺着很驚訝，趕緊問說："呂四娘？莫非是一位女俠嗎？我願意老夫子把她的詳細事情也跟我說一說。"

曹仁虎說："因為不是一言半語所能說盡，只好慢慢我再跟你說吧！好在你我既已相識，又是一路同行，將來細談的日子正多。你是否到了江南以後，拜訪完了那幾位俠客，就還要回北京去呢？"

允禛點點頭說："那是自然，因為我的妻子都在北京，還在那裏開着幾個大生意，我不回去能行嗎？我這次出來不過是邀遊江湖、結交朋友，並沒有什麼志願。"

曹仁虎喜歡得笑着說："很好！很好！也許我們到了江南，我把我這女兒送到她的婆家，我也要跟着你一同再到北京去一趟呢！別看我早先在那裏做過官，我再去時，恐怕已沒有人認識我了，那時還得仰仗你幫我一點忙。"

允禛說："老夫子你不必客氣，遇着事我自必相助。"曹仁虎點點頭說："好！好！"如此又談了多時，允禛是始終也不明白曹仁虎將來想往北京去，又有什麼事，但也不好問。所以兩個人雖不斷談着，但其間仿佛有很多的隔閡。

　　又待了一時，就聽見窗外有兩個婦人說話的聲音，原來是那名叫蝴蝶兒的姑娘來了。曹錦茹也不管房裏有客沒有客，就把她帶到了屋裏。允禩一看，這個蝴蝶兒年歲也在二十上下，生得倒很秀麗，有兩隻大眼睛，不過頭上貼了一塊很大的膏藥，使她的美麗減去了幾分，這就是昨天在轎子裏摔傷的。蝴蝶兒穿着紅緞的褲、紅緞鞋，還是新娘子的打扮，上身卻穿了一件半新不舊的藍布褂。她把新嫁娘的髮髻又改成了一條長辮子，大概是因為她沒有嫁成，而且她也不想嫁了，想立刻就離開家，所以她現在胳臂上掛着一隻包袱，裏邊大概都是她自己隨身用的東西。

　　看樣子她是見過曹仁虎的，所以今天一見面，她就大聲叫着：“曹伯伯！”

　　曹錦茹又指着允禩，笑着說：“這就是剛才我跟你說的那位！多虧人家，才救了你。”

　　蝴蝶兒當時就向允禩道了個萬福，並說：“我也聽曹家三姐跟我說啦，您是黃四爺！昨天您的馬撞了我，真是救了我，我要叫他們娶過去，我就准活不了。在這兒，可也不許我活，賣我的銀子也叫我的表叔逼了去啦。我非得離開家，現在就求着黃四爺跟曹伯父帶着我走吧！”說着，她咕咚一聲就沖着兩個人跪下了，把包袱扔在地下，眼淚也流了下來。

　　允禩覺着這個女子真奇怪，怎麼一點也沒有閨秀氣，是又潑辣，還能夠拉得下臉，當下自己就將身子向旁一躲，不理她。

　　曹仁虎趕緊叫曹錦茹拉她起來。不想蝴蝶兒就跪着不起，並且哭得更厲害了。她一邊抽搐着，一邊說：“曹伯伯要是救我，就得現在趕緊帶着我走！我來的時候我表叔知道，他攔不住我，可是他一定不敢不去告訴康財主家。今天早晨聽人說康財主有個親戚，名叫飛錘龐五，是才從外邊保鏢回來的，那個人又厲害又凶，他能夠幫助康家來搶親！”

　　允禩聽了，心中不禁有些愕然，但仍不顯出慌張，也不說什麼話。

　　這時候秦飛也在門外聽了這話，他就走進屋來。他可是十分着急，顯出來他很怕那飛錘龐五，他急急地說：“我想也是，既要走，不如咱們就都立刻走！要是等着飛錘龐五和康財主的人來，還許有官人呢，他們一找到廟裏，那可就糟了糕啦！且不用說別的，這廟裏有兩個小媳婦，人家也不管是怎麼回事，就能夠叫這兒的和尚師父蒙受不白之冤，是洗也洗不清！”

　　曹仁虎一想，覺着這話也對，於是就向允禩問說：“黃君，你覺得怎樣？”允禩說：“我也是願意立時就走。”曹仁虎就點頭說：“好！那麼錦茹，你就去把咱們的行李收拾好了。可是既然帶着這位姑娘，她又不會騎馬，似乎應當給她去雇一輛車？”

　　這時，蝴蝶兒也已站起身來了，她趕緊擺着雙手說：“不用不用！不用給我雇車！那天三姐找我去的時候，我在家門前試着騎了一回馬，我能夠騎。我聽三姐說，這兒還有一匹富裕的馬……”

　　曹仁虎說：“那匹馬是這廟裏的，不過也可以借來用一用，騎到江南，將來有人往北來，再順便給帶回來，不過得先去問一問勇靜。”這時，那勇靜和尚還在院子裏拔草，錦茹就出屋向他問了問，他根本沒把那兩匹馬當做什麼必需的東西，當下就答應了。

　　這時，秦飛卻在心裏盤算着：好嘛！我跟爺自北京出來，本來還帶着個小常隨，現在那小常隨已是蹤影全無，找也找不着了；再找也許倒把那飛錘龐五和那幾位捉拿兇犯的官人老爺們給找了來！走倒對，可是小常隨沒有了，卻換成了白鬍子老頭兒跟兩個小媳婦，還都騎着馬，倒像是耍馬戲的。對！真像是耍馬戲的，那蝴蝶兒臉上還貼着膏藥，正好像是由高處失足掉下來摔傷的樣子，這倒不必叫人看了起疑心，只怕有人真攔住叫我們耍馬戲！

他這樣想着，又很高興，他是實在地高興。因為起初見着曹錦茹，他覺着有點膽怯，現在不但不膽怯了，還十分地喜歡，因為錦茹是那麼和氣，同時這蝴蝶兒人更風流。好啦！這一次走江湖可真有點意思，我生平還真沒享過這福呢！當下他興高采烈地也跑去收拾行李，其實現在他們真是一點行李也沒有了。

允禎又回到前院，那黎保貴又急忙着做飯，大家吃了一頓就算是早餐。五匹馬全已齊備，勇靜和尚就將曹氏父女送出來，珍重着說是將來到江南再見面，並向允禎打了打問訊。

允禎也拱手還禮，本想要取出一點香資，可是見秦飛暗中向他擺了擺手。他也想着：這座廟是僧少寺富，絕不短少錢花；再說勇靜雖是出家人，卻也是一位江湖俠客，若是給他香資，倒顯得是瞧不起他了，他倒許要惱怒了。因此允禎便不做什麼表示，幾個人一同牽馬，離開了這座廟，就見兩個女的已先扳鞍上馬，在前面走去了。

允禎是與曹仁虎並轡而行，且行還且談一些江湖之事，並且論及了詩文。允禎是學問淵博，曹仁虎更是才高識廣，隨口能作詩，並且詩皆佳妙，因此，允禎就覺着不但是訪着了一位俠客，簡直是遇着老師了，他就連聲喚着老夫子。

但是在最後邊騎着馬跟隨的那九條腿秦飛，卻不大尊敬這位老夫子，而是專門注意前面走的那兩個小媳婦。那蝴蝶兒騎馬騎得很穩，因為她是個膽子大的女人，所以雖沒有怎麼騎過馬，居然也能夠不落後，而且從容不迫地與曹錦茹並馬而行，一路談笑；她倒是十分開心，好像忘了她是為什麼事才出來的。蝴蝶兒身段兒美，神態美，連說話的聲音都特別好聽，只是她腦門上貼着一塊大膏藥，這真醜死了，所以使得秦飛都沒把她看上眼，覺得不如曹錦茹。可是，曹錦茹又是個有夫之婦，並且武藝不離，那口永遠隨身帶着的短劍還會飛，因此，秦飛雖然有點胡思亂想，可也不敢怎樣露出形跡來，而自找釘子去碰。

第十章　訪舊友聯轡走光州　換新妝一笑誇傾國

　　由這裏往南，因為曹仁虎仍然躲着周瑃，秦飛也不願太在路上招搖，所以他們所走的不是那通衢大道，而是僻靜的路。這樣一來，所遇見的人就不多，可是吃飯、住店也休想找着一個好地方。好在如今，允禎已經漸漸習慣於艱苦，也許是因為在他的眼前、腦裏，時時晃動着許多位俠士，許多位可以幫助他得到帝位的俠士，所以他心急，精神興奮，已無暇講究路上的住處和飲食了。

　　曹仁虎也是不管什麼好吃的不好吃的，只要吃飽了就行。他只是愛喝茶，每到店房裏，他跟他的女兒和蝴蝶兒必是同住一間屋子，必要把隨身帶着的好茶葉沏上一小壺，把允禎請過來，二人相對而飲，談些閒話，談的總是詩文經史。曹仁虎倒算是交上了一個文友了。武藝及江湖之事，他是絕口不提，尤其是他也沒再當着允禎看過那本《維止錄》。

　　他們兩人，連秦飛算上，在路上都不招人注目，招人注目的還是曹錦茹跟蝴蝶兒，尤其是蝴蝶兒腦門子上的那貼膏藥。

　　這兩個女人，也可以說是一文一武。“武”的是曹錦茹——曹三姐，她那婀娜的腰間，永遠帶着短劍，連鞘也不套，就讓它那麼閃閃地發着嚇人的光芒。可是她很溫柔，紅潤微胖的臉兒常帶着笑意，說話的聲兒更是動人，她倒是很安嫻，像是個文雅的大家婦女。至於那所謂“文”的，就是蝴蝶兒了。其實她不認識字，她不會武藝，但她倒唧唧喳喳地很能說，跟秦飛也很熟，跟允禎更時常說話，可是允禎不大理她。她是他們路上的一隻畫眉鳥，走一路叫一路；又像是個母猴子，精神非常之大。

　　這蝴蝶兒在店房裏時常也呆不住，總要站在院中看熱鬧，或是倚在門首賣呆兒，跟誰都熟。以她的身段來說，她長得是實在比曹錦茹更美，不過腦門子上貼着一塊大膏藥，無論怎麼樣美也是白搭，也難看。大概她還不能揭那塊膏藥，揭了露出在轎子裏磕碰的傷，一定更難看了。她為此一定很傷心，所以氣性不好，剛到店裏不大會兒，就能為什麼臉水沒打來，或是麵湯裏有蒼蠅，就跟店夥大吵。她也沒有法子打扮，因為她沒有好衣裳，她那只包袱裏只有些破舊衣物，她更沒有一個錢。

　　還有，連秦飛都看出來了，她對於允禎實在是特別巴結。這不為別的，一定是為允禎的儀表雄偉，同時也是因為允禎有錢。原來允禎真有錢，曾從身邊掏出來一個金元寶，叫秦飛換成了碎銀，零碎支付路上的開銷。秦飛心說：怪不得他的小常隨走失了，他一點也不着急，原來他的腰裏有貨。這大概被蝴蝶兒看見了，所以蝴蝶兒就對他更加殷勤了，秦飛又好笑，又生氣，暗想：看來蝴蝶兒並不是個好姑娘！早知道這樣，就不救她了。她也是白做夢，我們爺的眼中能夠有你？皇上的兒子能夠看得上你？沖你那塊膏藥，就完了！

　　入河南省境，過考城，經杞縣，行約數日，這一天就到了周家口。這個地方又名為周口，是在潁河與賈魯河的匯合之處，南通汝南、新蔡，北達陳州、新梁，是個水旱碼頭。雖只是個鎮，卻比一般府縣更為繁華，一條大街買賣擁擠，河畔停泊着無數的貨船。因為曹仁虎說，路民膽在這裏開設有一家糧行，所以他現在也許就在這裏了，如果能於這裏會着他，就不必往光州去了。

　　他們來到這裏的時候，才將將過午，天氣又很熱，尤其是允禛身上還穿着夾衣，他真熱得有點受不了，必需在這裏減換幾件衣裳。他們找的是一家很寬大的店房，他就又拿出一個金元寶來，叫秦飛出去給他備辦衣裳。

　　秦飛剛出這屋，從另一個房間走出來的蝴蝶兒就問說：“秦大哥！你要上哪兒去呀？”

　　秦飛故意把手裏的金元寶叫她看了看，說：“我要給我們的爺買兩身衣裳去！因為我們這次出來，帶着的衣裳倒是不少，可是沒想到我們爺的一個小常隨，跟我們走岔了路，因此我們的衣裳一件不剩，都叫他給拐去了！我真疑惑他是故意跑了的。”

　　蝴蝶兒說：“我也是！你瞧我，從家裏倒是帶出來幾件衣裳，可是那都是鄉下穿的衣裳，還有就是我陪嫁的衣裳，簡直走到大地方真不能穿。你等一等，我也拿點錢，我也出去買兩身衣裳去。”秦飛心說：你哪兒來的錢呀？可是就見蝴蝶兒回往屋裏去了，大概她是跟曹錦茹借錢去了。待了一會，她果然笑吟吟地又走出來，手裏拿着幾塊碎銀子，看來是把錢借到手裏了，跑過來就說：“秦大哥！咱們走吧！一塊兒走吧！”

　　這時店裏的人都直看她，秦飛倒覺着十分難為情，心說：我跟她一塊兒出去，算是怎麼回事呢？沖她腦門子上頭的那塊膏藥，就比我還難看，要叫人疑惑她是我的太太，那才給我丟人呢！可是他也不好意思拒絕，心想：究竟蝴蝶兒是個女人，人家也坐過花轎；究竟人家沒拿我當作外人，沖這一口一聲秦大哥，我也應當帶着她出去走一趟呀！於是他就在前，蝴蝶兒在後，出了這店房的大門，往大街去走。

　　周家口這裏的街上真熱鬧，人真擁擠，可是差不多沒有不看蝴蝶兒的，還有的在笑，有的彼此談論着，真弄得秦飛不禁臉上發燒。他直躲着蝴蝶兒，蝴蝶兒卻偏直追他，挨着他很近，並着肩走路，一邊走，還是一邊滔滔不斷地大聲談話。

　　蝴蝶兒談的話沒有別的，她就是問秦飛的主人——那位爺，為什麼這樣的闊？秦飛說：“我家的爺在北京開着好幾家大買賣，他還能夠不闊嗎？”蝴蝶兒卻搖頭說：“不像！你不用瞞着我，我看你們那位爺絕不是做買賣的，他必是一位大官！”

　　秦飛一聽，倒不由得暗暗驚佩，因為看曹仁虎父女，都把允禛真當做了一位商人。這蝴蝶兒雖還沒猜出允禛是一位鳳子龍孫，可是她竟能識出他不是普通的人，這就可以說是有點眼力了；這女人別看生在鄉間小家，可是她認得出來真貨！

　　秦飛當時沒有答言，蝴蝶兒卻問個沒完，連允禛有幾房太太她都問過了。秦飛就替允禛吹了一吹，說：“我家的爺，除了原配跟側福晉之外……”蝴蝶兒就趕緊問說：“什麼叫側福晉呀？”秦飛知道說漏了嘴，就趕緊改口說：“我說的就是我家爺的二太太呀！他除了二太太、三太太、四太太之外，還有五太太沒收房呢！”蝴蝶兒笑着說：“喝！你們的爺只一個，太太可真不少，我還是沒猜錯吧？他絕不是一個平常的買賣人！”秦飛也沒替他的爺加以辯白，又往前走。

　　忽然蝴蝶兒又說：“我有一件事，求你回店裏，得便跟你那位爺去說一說，行不行？”秦飛就問說：“是什麼事呀？”蝴蝶兒說：“是我的一件心事……”

　　秦飛扭頭一看，見她的臉都紅了，紅臉配上黑膏藥，越發顯着難看。秦飛是個幹什麼的？難道女人的這句話，他還能夠聽不明白嗎？可是他故意裝傻，故意裝作沒聽見，心裏卻想：這女人好厚的臉！可是她也不照鏡子自己看看？她簡直是做夢了，比做夢還沒邊兒！我們的爺，這時縱有天仙出來，他也未必睬一睬，能夠要她？她倒是想得不錯！

　　蝴蝶兒畢竟還是一位少女，不是不知道羞澀，這種話，她也沒有完全說出來，秦飛可就更躲着她了。

　　好容易才找着了賣衣服的舖子，這裏賣衣服的舖子共有三家，都相挨着開設，裏邊有新衣、有估衣，還有冠袍帶履，連唱戲用的雉雞翎這裏都賣。可是，秦飛為他的爺挑選了半天，連走了三家舖子，也沒有找到一件合適的。原來這地方雖說是個大鎮市，可是買現成衣裳穿的，都是些小生意人和賣力氣的，舖子裏根本就不預備什麼綢緞的衣裳；有幾件，也都是些由當舖裏來的估衣。允禎在外邊穿衣雖不大講究，可是也不能穿舊衣裳呀？所以弄得秦飛非常為難。

　　蝴蝶兒自己挑選了半天衣裳，結果也沒有一件中意的，她就說：“還不如到綢緞店裏買材料自己做呢！”

　　秦飛覺着這個主意倒也不錯，可是又想，現在爺還在店裏受着熱，還等着衣裳呢，不買兩件也不行。所以他就先挑選了兩身白細布的褲褂買了，然後又同着蝴蝶兒到一家很大的綢緞店裏，進去挑選了許多紡綢、官紗、洋縐等等夏季的衣料。

　　那蝴蝶兒也挑來挑去，仿佛什麼她都愛，只是發愁她手裏的錢太有限。她似乎是希望秦飛能夠把金子借給她一點，所以她直說：“哎呀！我的錢不夠可怎麼辦呀？這個倒不錯，那個我也喜歡，就是我出來把錢帶得太少了，這可怎麼辦呀？”秦飛卻早就躲閃在一邊，心說：你想沾點便宜呀？那可沒那麼容易。結果是可憐的蝴蝶兒，只撕了十幾尺粉紅的綢子，還買了兩幅緞子的鞋面，就跟秦飛出了這綢緞店。

　　秦飛還要去找成衣舖，蝴蝶兒卻把他攔住，說：“找裁縫要多麼費錢呀？還至少得在這地方住幾天才能夠做好。咱們不是今天來到這兒，明天就許走，跟浮萍草一樣嘛，哪有工夫等着慢慢地做衣裳呀？我想還都交給我吧，反正我在店裏也沒有一點兒事，我跟曹三姐說話，也覺着沒什麼可說的啦，我真煩悶得慌。這點活交給我，真不算什麼，我可以在路上隨走隨做，不出三天，我管保什麼都做好了！”

　　秦飛一聽，這也不離，本來，女人家想找一點兒活做，想找點零錢花，這還好意思拒絕她嗎？這跟她腦門子上的那塊膏藥，又沒什麼關係了，所以秦飛就答應了。蝴蝶兒很是高興，她就順便在街上又買了針線，還買了尺；剪子她大概是有，沒有買，於是就回到店房裏。

　　秦飛把那兩身細布衣褲交給了允禎，並將允禎的一身衣服給蝴蝶兒送去做樣子。那蝴蝶兒當時就連吃飯也不顧得啦，並且叫曹錦茹向旁邊躲一躲，讓出炕來，她就忙着給允禎裁衣裳，手腳不停閑；秦飛卻看見曹錦茹直向她冷笑。

　　秦飛回到屋裏，見允禎已換上了衣服，更像個大掌櫃的了，可是這位大掌櫃的樣子還是那樣嚴肅，還是心裏有事，大概還是在想着他那些個俠士、豪傑。

　　曹仁虎大概也出去了一趟，晚飯後，屋裏點上了燈，他才又來見允禎。他的手裏拿着一個大軸，大概是幅字畫。他先不打開，卻鬍鬚亂動着，高興地說：“咱們來得真巧！我剛才到了街上的糧店裏，見了路民瞻的一個表兄，是那裏的掌櫃的。

他說民膽是幾天前走的，往陳州去給朋友賀喜去了，大概兩三日內必能夠回來。我已告訴了咱們現住的這家店房的字號，叫他回來時，就急速來找咱們；我說現在有自京都來的一位俠士，特地慕名來拜訪他。”允禎聽了，也現出高興的樣子。

曹仁虎又說：“我從他的櫃上拿了一幅畫來，這就是民膽的手筆，新近才裱成的，很難得！你來看看他的畫，就可以想見他的為人了。”當下，就叫秦飛幫着把這軸畫展開。

允禎一看，就見是用工筆繪的一隻大鷹，真是羽毛如生、神采奕奕；上題幾個隸體的字，是“英雄得路”，下款署的是“民膽手繪”。允禎不由得非常欽佩，因為這幅畫不但可稱得起是一幅名畫，而且別致、新奇，畫得雄壯，題款也英氣勃勃，就連說：“很好！很好！可見他是專喜於繪畫花鳥了？”

曹仁虎搖頭說：“不！他不會畫花，我也沒見他畫過別的禽鳥，他只是專畫鷹，專寫英雄得路四字。因為他姓路，他自命是一位英雄，只可惜沒遇見過識主，落得英雄失路，也許是藉此發洩他的牢騷，表達出他的志願吧。還有一件事，我要跟你說出，一定又得使你感到後悔了，你在大名府那鎮市上遇見的那賣唱的父女，那似乎有癆病的男子就是周瑋！你別看他那麼窮困潦倒，其實他是賑貧濟困、仗義疏財，生平做過很多次‘千金散盡還復來’之事。他也會畫，畫的是墨龍，可稱前無古人，後無來者，與民膽畫的鷹稱為雙絕。不過他早先就不喜歡常畫，無論怎樣求他，也很難得到他的一幅。近兩年來他遭逢不幸，命運多舛，父女曾流落到秦中過，在那裏倒學會了拉呼呼兒。我想他也許是喜歡那悲涼的聲音，或是以為可以借着賣唱，浪跡江湖，並且找我。可是他那墨龍的大筆，恐怕要絕傳了！”允禎聽了，真是心裏更為惆悵，而且懊悔，曹仁虎卷起了那幅畫，就拿着又出屋去了。

他們在這裏住着，一連過了三天，允禎跟曹仁虎是天天盼着路民膽找了來，可總是不見來到。秦飛在這兒倒很是逍遙，他跟店家、跟門外的一些個人整天地聊天，這地方已成了熟地方了。曹錦茹仿佛焦急些，因為她是既不愛到門外去玩，在這兒住着又沒有一點事，太寂寞。蝴蝶兒是整天針線不離手地做衣裳，三天的工夫，竟然把允禎的一件藍綢子的大褂，兩身紡綢的褲褂全都做得啦。

秦飛一看，這活計真是精細，想不到這女人原是一把好手。當下秦飛去交給允禎，並說是那個跟咱們一路同行的蝴蝶兒給您做的。允禎只點了點頭，把衣裳都放在一邊，仿佛就沒大注意。這還不要緊，可是應當給人家手工錢呀？而允禎也沒有提，秦飛也不敢催。

秦飛原想自己先墊上幾個錢去給蝴蝶兒零花，可是因為少了是拿不出手去，多了自己可又覺着心疼，而且這種冤錢，他九條腿是不能出的。但又覺着蝴蝶兒有點可憐，他就特意去到她的屋裏。這時候蝴蝶兒又正趕做她自己的衣裳了，秦飛望瞭望她頭上那貼膏藥，覺着太噁心，趕緊往後退了退，就笑着悄聲的說：“那個手工錢，我慢慢地再跟我們爺要！”

蝴蝶兒卻連連地擺着兩隻纖纖的玉手，說：“我不要錢！我怎麼好意思要錢呢？可千萬別送來，送來我倒要惱啦！我本來是一個苦命的人，離家背井的，到了金陵還不知能不能找得到我的表哥。路上承你們這樣的照應，我感激還感激不過來，做點活兒要是還給我錢，那可真要逼着我哭了！”說着當時就真流下了眼淚。秦飛倒不知說什麼話好了，曹錦茹卻在旁邊直笑。

次日，允禎為着涼爽，就換上了新做的紡綢褲褂。這經過蝴蝶兒一針一線所做的衣裳，穿在他那魁偉的身軀上，是十分的合適而瀟灑，他可是連問也不問是誰做的。蝴蝶兒隔着窗看見了，卻很是喜歡，仿佛這就足已安慰了她的芳心。

　　又等了兩天，蝴蝶兒不但把她自己的衣裳也已做得，並且連一雙綠緞子的小鞋也繡畢，而且絎好了。她將新衣裳穿上了身，鞋也換上。尤其是腦門子上的那塊傷業已痊癒，她就揭下了膏藥，而且洗乾淨了，又在臉上擦上了些細粉和胭脂，嘴唇也染了紅，並把頭髮重新梳理，比曹三姐還別致地挽了一個頭髻。

　　蝴蝶兒穿着一身粉紅的紡綢小褲襖和綠色的小鞋，嫋嫋娜娜地走出屋來，秦飛先看見了，他當時就兩眼發直，心說：哎呀！這是蝴蝶兒嗎？我怎麼不認識啦！那塊膏藥一揭，立即就變成了這麼漂亮的大美人兒？他真不相信自己這兩隻眼睛，早先怎麼就看不出來？

　　這時，允禛也適由外邊回來，看見了蝴蝶兒，仿佛也不由得一怔。蝴蝶兒向他又嫣然的一笑，允禛卻不再看她，依然態度嚴正地走往屋裏。

第十一章　癡女子客中傾錯愛　猛俠士庭院戰長槍

　　蝴蝶兒現在就成了這店裏的一個美人兒了，昨天她還是個醜丫頭，今天成了楊貴妃了。不但是店裏的人全都驚訝地看她，都仿佛不認識她了，也不敢再跟她隨隨便便地說話了。並且因為她賣弄風流地出門站了一會，這麼一來不要緊，可鬧得附近的人沒有不知道的了。因為像她這樣美貌風流的人，不用說本地沒有，就是這地方每天來來往往不知有多少人，客商的眷屬也很多，還有專跑碼頭的煙花姊妹呢，可是像她這樣標緻的，據說是從來也沒有見過。

　　蝴蝶兒美豔非凡，超過了曹錦茹十倍，可是曹錦茹並不嫉妒她，也不勸阻她，只是仿佛有點不大喜歡跟她接近了。

　　又過了一天，聽說路民膽已從陳州回來了。曹仁虎高高興興地出去了一趟，不知是見着路民膽沒有，回來卻非常懊喪，只是不住地連聲長歎，也沒去見允禎，晚飯也沒有怎麼吃；愈愁煩，愈顯出他是年老衰弱了。曹錦茹就非常關心她的父親，屋裏又熱，簡直跟炎夏差不多了，她就想到河壩上去涼快涼快，並且使她的父親散一散心，所以就說了。曹仁虎也願意出去走走，遂就點頭答應，並問蝴蝶兒去不去。蝴蝶兒卻搖頭，臉微紅着笑着說：“我在這兒給您看房子吧！”

　　曹仁虎將要出屋的時候，忽然站着發了會兒怔。他白鬚下垂，神情呆板，似乎他很費尋思，又把他女兒的那口短劍帶上，這才走了。

　　這時店門口兒熱鬧極了，坐着許多的人乘涼，秦飛在那兒大談大講，說什麼：“……北京城的天壇、白塔……城門比山還高，皇宮裏的瓦，都是金瓦……”他正在這兒誇北京城呢，把一些個沒上北京去過的夥計，說得兩眼都直了。

　　因為店裏的人不是出去玩去了，就是在門口乘涼，所以店裏倒顯得十分清靜，天色雖已薄暮，各屋中全都沒有燈光。這時，蝴蝶兒忽然急急地在屋裏又打扮了打扮，就趕緊悄悄兒地溜到允禎住的房裏去了。

　　允禎正獨自在屋中躺臥着，搖着一柄大芭蕉扇子。聽見了門響，他才轉眼看了看，在昏暗的光線之下，看見進來了一個窈窕的女人，他就問說：“什麼事兒？”蝴蝶兒卻笑聲說：“是我！來看看您，您怎麼不點上燈呀？”說着，她就要去給點那桌上的一枝蠟，她腰肢嫋娜地扭着，並且還發出微微的笑聲。允禎卻坐起身來，說：“你不用管點燈！有事兒沒事兒？有事兒快說，沒事兒快出去！”

　　蝴蝶兒又噗哧一笑，用嬌細的聲兒說：“我有事兒！我早就有一件心事，只是沒法子向您說，今兒這裏沒有人……”她說話時，就如風擺楊柳一般的向着床那邊走去。允禎說：“你站住！有什麼事兒就站在這裏說吧！”蝴蝶兒說：“喲！您幹嗎說話這麽不和氣呀？沖您這麽不和氣，這麽大的架子，可也不像是個大掌櫃！您一定是位貴人，是一位大官，現在是出來私訪來了……”

允禎倒不由覺得驚異，心說：這個女子似乎不同凡俗，她真好眼力！連曹仁虎都被我瞞過去了，居然這一女子把我看出來了？遂就不加否認，然而更正色地問說：“你跟我還有什麼話？”

蝴蝶兒就低聲地，以憂鬱的聲調兒說：“我也沒有別的事，就是有一件事，這是我好些日子以來的……心事……”接着就委委屈屈地說：“我，我雖是命苦，沒有了親爹親娘，我可早就有個志氣！因為早先我表哥在家裏的時候，常給我說：‘樊梨花嫁的是薛丁山，王寶釧跟的是薛平貴……’我不像曹三姐，像她，才能比樊梨花呢！我要求她教給我點武藝，她可一點也不教；她說我年紀大了，不能學了，其實我今年才十九。我也不是要當樊梨花，可是我能像王寶釧那麽受苦，只要……真的有個薛平貴！我有這個心，我不願意嫁給人家當二房，才跑出來。我往金陵去，也不是想找我的表哥，我就是想找一個人；不管他是窮是富，只要他是有志氣的，我就跟他，我……我看你就像是一個薛平貴……”

允禎更覺着奇異，自己覽遍了二十四史，也沒看見書上有過什麼薛平貴，她把我竟比做薛平貴是什麼道理？

蝴蝶兒進前兩步來，擦擦眼淚又說：“你可別惱！我並不是說你像薛平貴那樣，是個叫花子的出身，我知道你很有錢，不過你現在一定又很不得意；你的家一定有人逼你，不然你也不能跑出來……”

允禎驚訝得站起身來了，暗想：她怎麼會猜出我是跑出來的呢？真是奇怪！

蝴蝶兒又說：“你現在是‘蛟龍困在沙灘上，虎落平原被犬欺’，我看出你現在一定有為難的事。可是無論你走在哪兒，無論你到了什麼地步，我也能夠跟着你受苦，哪怕十八年呢！我知道你將來一定能夠得地，往小了說你要掛印封候，大了你就是皇上！”

這正說中了允禎的心事，允禎不禁歡喜，然而蝴蝶兒現在的意思已經很明白了，這可不行！我出來是為訪豪傑，不是為找美人；我將來做了帝王，也絕不作那種風流天子，更不能像寵褒姒的周幽王，不能像隋煬帝與陳後主。於是他怒喝了一聲：“走開吧！”，嚇得蝴蝶兒喲了一聲，幾乎摔倒。允禎卻又態度平和了一些，說：“快走，快走，你看錯了人！我不是那種荒淫好色的人，我是正人君子，烈烈丈夫，走開！不要在這屋裏，不要說這些話！”

蝴蝶兒說：“哎呀！難道你就不可憐可憐我的這點心……”說着她伸出雙手拉住了允禎的胳膊。允禎卻將臂一掄，當時就把她摔出了兩步，蝴蝶兒咕咚一聲跌到地下，並撞在了桌子上，她就坐在地上低聲哭泣，不住的抽搐嗚咽起來。

這女人的悲泣之聲，確實使人的心裏發軟。可是允禎剛覺着有點可憐她，卻又立時橫住了心：這就如同落了遍地的嬌麗桃花，他寧願用腳去狠狠地踏；美玉也可以把它摔碎，錦禽也可用彎弓去打，反正是不能叫她銷磨了胸中的志氣！於是他就又厲聲說：“走！走！”蝴蝶兒卻只是慘聲哭着。

這時窗外忽然有人大聲叫着說：“曹仁虎！曹仁虎住在哪屋？”允禎怔住了，可也沒有還言，蝴蝶兒卻仍是在啜泣。

這時，院中的人似乎已經聽見了婦人的哭泣之聲，他就怔拉開了這屋門。一看屋中這般情景，他就問說：“是什麼事？”他向允禎看了看，雖沒有看清楚允禎的模樣，可也看見了他昂健的身軀；他一扭頭，又看見了蝴蝶兒那綽約的美人，他就又忿忿地說：“你是幹什麼的？住在店裏為什麼打這女人？這女人是你的什麼人？”

此時蝴蝶兒已經自己爬起來了，並且取火點上了燈，燈光當時照亮了全屋，並照着她那嬌豔而楚楚可憐的身影。蝴蝶兒不住地拍打着衣褲上粘着的土，又掠頭髮又擦眼淚。進屋來的這個人一看，就不由得有些銷魂了。允禎寧願把這一朵美豔的花踏碎，他可有心要拾起來。

允禎看這個人，是一個英俊的少年，穿着紡綢的褲掛，手提着一口光閃的單刀。此人進屋來的時候，似乎是很氣忿，如今只顧了看蝴蝶兒，倒不顯着怎麼生氣了。允禎就瞪起眼來，問說：“我並不認識你，你為什麼怔闖進我的屋裏來？”

這個人又將允禎打量了一番，就傲然地說：“我不是找你的！我是來找在這裏住的一個姓曹的。”

允禎說：“你找的是曹仁虎嗎？我們是一塊兒來的，他是我的朋友。你提着寶劍來找他，是有什麼用意？”

這人聽了這話，似乎一陣驚訝，他把允禎又仔細地打量一番，就哈哈一陣狂笑，說：“曹仁虎說，他同來的有一位豪傑，是北京城著名的豪傑，我還以為是怎樣了不起的一位呢？北京城我知道只有一位年羹堯，哪裏又出來你這麼一個無名的小輩！”這等於是罵了允禎，可是允禎當時也忘了生氣，他只是驚訝地想着：什麼？年羹堯？聽此人一說，年羹堯的名氣似乎很大……此人又說：“我從陳州回來，知道曹仁虎去找了我好幾次。今天白天他去找我，說是這裏有一位豪傑，請我來見見，我當時不但付之一笑，還將曹仁虎推出了門去！”

允禎驚問說：“你叫什麼名字？”此人說：“我叫路民膽，‘英雄得路’路民膽，那便是我！”允禎把他又打量了一番，心想：原來是這麼一個年輕的人……

路民膽又說：“曹仁虎做了幾年的官，已經與我們絕了交。但現在他的官職丟了，又踏到江湖上來，並帶着他的女兒。我們原不想再理他，八俠之中沒有了他，也不算少，可是剛才我又聽說他帶着女兒，並帶着短劍，又到櫃上去找我了。雖因我沒在櫃上，他們就走了，可確為可疑，莫非他是惱羞成怒，要脅着短劍前去找我拼命嗎？因此我一怒便帶刀前來找他，不意倒先見了你！原來是你，不是年羹堯，也不是什麼英雄好漢，不過是一個酒色之徒，是一個欺凌婦人的匹夫！”

允禎厲聲說：“你不可罵人！”

蝴蝶兒也杏眼圓睜地說：“你這個人怔進人家的屋裏，就夠冒失的了！你還說話這麼橫，開口就罵人，你怎麼這麼不講道理呀？”

路民膽又看了看她，便冷笑着，把刀往上一舉，向允禎說：“我看你與曹仁虎勾結着前來找我，必定是不懷好意！你隨行還有這麼一個婦人，多半不是你搶來的，便是你拐來的，可見你也不是個好人！”

允禎怒道：“你胡說！你這是當面來惡意傷人！我的屋裏你憑什麼進來？出去！”說時一腳踹去。路民膽的鋼刀斜着就向他的腿砍來。蝴蝶兒嚇得失聲叫着：“哎喲……”趕緊拿手捂住了兩眼，不敢去看。沒想到路民膽的刀並沒有砍着允禎的腿，反被允禎以手托住了他的腕子，兩人就奪起刀來。蝴蝶兒順手抄起了桌上的一隻茶碗，向路民膽就飛着打去，就聽唏哩嘩啦一陣亂響，原來窗子上鑲着一塊玻璃，這茶碗也沒打着路民膽，卻連碗帶玻璃全都碎了。

路民膽大驚，用力將他的刀抽了回去，回身就退出了屋，又怒聲喝道：“你出來！弄個婦人幫助你，你算什麼豪傑？滾出來！我今天來此，就為的是要耍一會你這北京城來的出名人物！”

　　他在院中跳着，暴躁地大喊大罵，這時店門口的人，連秦飛都跑了進來。秦飛就忙上前說：“不要罵！朋友，有話咱們好說，全是一家人！”卻有兩個店夥把他的胳膊拉住，勸他說：“你可不要往前去！這是光州的路民膽路大爺！他可不是好惹的。”秦飛嚇得一哆嗦，當時就不敢上前了。

　　而此時只見允禎手挺着扎槍出了屋，那嫋娜多姿的蝴蝶兒也跟着出來了。秦飛心裏詫異，暗想：怪！她是什麼時候跑到我爺的屋裏去了？還許就是為她才打的架吧？

　　只見允禎來勢甚猛，抖起長槍向路民膽就刺，槍如惡蟒，直攢前胸。路民膽疾閃身向右躲避，允禎的槍也追着向右去扎。路民膽卻將身一伏，連行幾步躲遠了槍，隨着就刀光騰起，映着微茫的月色，閃爍驚人。他先以刀背向槍磕去，喀的一聲將槍撩開，隨之輕身疾進幾步，讓過了槍頭，他的刀就如秋風掃落葉，嚓的一聲，刀刃順着槍桿削去，身也飛向前逼。

　　此刻除非允禎快些退步跑開，稍一遲緩，便立能被刀將十指削斷。可是允禎並不退步，卻將槍一抬，他的力氣渾厚，阻得刀便不能前進。而路民膽毫不松緩，此招未達，另換刀法，寒光緊飛，披削砍戮。允禎卻槍握中間，亦刺亦擊，吧吧，噹噹，兩個人就緊殺在一起。使刀的步步緊逼，使槍的理應後退，讓開了地方，才能夠施展開長槍，但允禎卻連半步也不肯退，他就與路民膽肉搏起來了。

　　那邊的蝴蝶兒便由地下拾起來破碗、碎玻璃，向着路民膽就打。她還恐怕打錯了，特地不避刀槍地奔到近前，看准了路民膽，才往臉上去扔。這可叫路民膽生氣，而且難防，所以他只好不住地向旁去躲。

　　允禎卻向蝴蝶兒大喝一聲：“走開！”他的槍此刻已施展開了，又以鳳凰亂點之式，抖動着去刺路民膽的咽喉。路民膽身軀輕敏，哪裏許他刺得着？同時他刀法精熟，飛舞旋轉，往來兩個回合，就又逼進了允禎。此時允禎不用槍刺扎，卻將槍當棍來運用，吧吧地只管來擊。這樣，路民膽雖已近前，卻又須防他打來。刀槍往返，又是五六回合，依然勢均力敵，各不能得手，亦各不示弱。

　　旁邊看着的秦飛雖直亂喊，但他哪敢近前？店夥們更都反倒跑往前院去了。蝴蝶兒也直尖聲地喊着：“別打啦！別打啦！再打可就要出人命啦……”秦飛一聽更着了急，心說：得！倘若再出人命，難道爺還仗着那串珍珠的念珠兒脫身嗎？不過，看這路民膽可也不是好惹的，真要出了人命，還不定死的是誰呢？這可怎麼好……

　　現在允禎跟路民膽打得更加緊張，秦飛也不敢跑過去；不跑過去，也就不能到屋裏去拿他的那口刀，幫助爺去打。他正在着急，忽見曹仁虎跟曹錦茹回來了，他就趕緊說：“曹老爺！你快去給勸勸架吧！”

　　曹仁虎在外院本已聽人說了，知道這裏已經交起手來了，所以他的神情十分焦急。他向曹錦茹要過短劍，護着身，直向二人沖了去。就見他白髯飄灑，大聲喊道：“不要打！我來了！聽我細講！”

　　此時允禎挺槍一扎，路民膽卻向旁一閃。他手挺鋼刀，側目一看，見曹仁虎手持光芒似雪的鋒利短劍一隻，當時他就又錯會了意，遂冷笑道：“好！你就也來吧！多年的交情，今日一刀兩斷！來，我不怕你曹仁虎！”說着掄刀又向着他來了。

　　這時曹錦茹趕忙徒手上前，以身護住她的父親，擺着手說：“路叔父！不要動手！”

　　曹仁虎反倒掀髯大笑，說：“周璕找不着我，叫他來找我更好！我這樣的年紀，死在別人的手裏又冤枉；死在我的朋友手裏，卻一點也不冤枉！」他走近了兩步，伸手拿着短劍說：「民膽，要殺我，何必用你的刀？剛才我帶着這劍去找你，就是請你用我的劍將我刺死，省得污了你的刀，可是沒找着你；現在這裏也是一樣，就請你動手吧！」一聽這話，路民膽反倒往後退了一步。

這時允禎卻叫過來秦飛，替他拿着扎槍，他走過去也向路民膽拱手，說：「路兄！我們來到此地，等了幾天，也就是為見你。如今一見你，果然名不虛傳，實是一位豪傑，我想尋訪的就是你這樣的人。剛才多有得罪，現在我們在一起聚談一番怎樣？」

路民膽發了發怔，便冷笑着說：「可以！」

當下曹仁虎也喜歡了，立即叫來店夥，吩咐在沒有客人住的大間屋子裏，點上兩盞明亮的燈，擺上方桌，擦抹得乾淨了，又命人去叫酒菜，遂請允禎和路民膽全都進來落座。曹仁虎就說：「這位黃兄是北京的富商，並且擅長武藝，如今是慕名專來訪你！」

路民膽又向允禎打量了一番，便又冷笑，但仍刀不離手。忽然看見那蝴蝶兒倚在門外，正向屋裏來看他們。這路民膽不禁又呆呆地向蝴蝶兒看，蝴蝶兒也就瞪了他一下。

曹仁虎這時很是興奮，也不管旁邊有沒有別人，他就又說：「論起武藝，我們原可稱為師兄弟，都算是出於獨臂聖尼，慈慧老佛的門下……」

允禎一聽，就趕緊問說：「這個聖尼老佛，又是怎樣的一位人物？」

曹仁虎長歎道：「這話也一時難講！只因為我在宦海裏浮沉了幾年，我的朋友便都對我不諒，以為我已經違反了師尊的教條，而成了一個世俗的人了。」

允禎聽了這話，愈覺着疑惑，因為曹仁虎的這話，說得十分的曖昧，令人不明白。再說，他既做過多年的官，而路民膽的年紀至多也不過三十歲，他們怎會又算是師兄弟，而且又是朋友呢？這頗有可疑之處。不過大概可以料想到，他們必是有國家興亡的隱痛，江湖離散的衷情，於是允禎也就故意不往下問。

曹仁虎又向路民膽說：「這位黃兄武藝超群，將來再會上年羹堯，再加上龍蛟二僧，我們整整是十二個人，然後我們再報答慈慧老佛。」

允禎至此，可忍不住地又問說：「慈慧老佛到底是怎樣的一個人，你們為什麼不跟我說明呢？」

曹仁虎便回身將蝴蝶兒驅走，然後才向允禎說：「跟你說明也不要緊！慈慧老佛即是獨臂聖尼。當前明甲申年間，崇禎皇帝……」說到這裏，連路民膽也當時正色起敬。曹仁虎又說：「崇禎先皇帝殉國之前，曾一手掩面，一手揮劍，向長公主說：『你為何生於我家？』劍落之下，斬斷公主一臂。公主幸而未死，被人救出，隱於深山古寺之中為尼，法號慈慧。經過了數十寒暑，她學會了湛深的武藝，傳授了八個弟子：第一是周璋，第二是我，第三是了因，第四是甘鳳池，第五是白泰官之父白夢申，第六是民膽。民膽藝未學成之時，我們幾人便俱已下山，志復先明。周璋、甘鳳池往投延平王鄭成功；白夢申並將武藝傳授給他的兒子泰官。最後慈慧老佛又收了兩個徒弟，一是金陵張雲如，一是石門呂四娘。」

此時，允禎驚得已通體出汗，但面上仍神色不改，又急問：「那年羹堯呢？也是你們的師兄弟嗎？」

曹仁虎搖頭說：「不是！不是！年羹堯的武藝是跟隨顧肯堂老先生學來的，不過我們都是莫逆之交！」

允禵又問：“現在那位先明崇禎帝的公主，那個老尼姑，還活着沒有？”曹仁虎悲痛地說道：“前年秋季才圓寂於仙霞嶺上，我也未得再見一面。”允禵也故意地歎息，心裏卻暗想：我為將來繼承帝位，才出外訪找豪傑，不想找到的這些豪傑，原來都是先明的孤臣，志復大明江山的壯士。我卻是個清朝的貝勒呀！怎麼能夠跟他們弄到一塊兒呀？這樣一想，他身上不禁打了個寒噤，但面上卻作出一種慷慨激昂的樣子。

這半天，只是曹仁虎的話說得多，路民膽幾乎不大說話，只是氣昂昂的，仿佛仍沒忘了剛才與允禵互相撕殺的事，並且仿佛是要再殺個高低，方能甘心。他的炯炯有神的雙目，不住地向允禵來看，似對允禵絕不信任。

曹仁虎又對民膽說允禵的為人怎樣的豪爽，而且在京師有很大的名聲，有買賣財產，並且告訴他：將來我們若到京師去，他必能夠關照咱們。他現在就要和咱們一同往江南去，因為聽說甘鳳池現已回到金陵，想與他見一面；並再往仙霞嶺去看看了因禪師……

路民膽卻說：“你們要找了因，何用去仙霞嶺？到了金陵就能夠遇見他。”

曹仁虎似乎有點驚訝，就問說：“怎麼？他離開了廟，也到金陵去了嗎？”

路民膽說：“現在的了因，卻與昔日的了因不同。他的武藝，在我們當中，可稱為首屈一指。有慈慧老佛在世時，他終日在山上除了念經，便是習武，並由他傳授出來了龍蛟二僧，也都頗守清規。但自從前年慈慧老佛圓寂，他便沒有了約束。他本來是個江湖大盜出身，舊性不改，所以常常離山，在西湖、在金陵秦淮河挾妓縱酒，交結了一些江湖強盜，無惡不作，甚至搶掠良家的婦女。”

曹仁虎搖頭說：“我想了因為人雖是性情殘暴，不似能守清規的人，但還不至於如此之甚吧？因為我是才從大名府來的，在柳蔭寺的下院法輪寺，我們父女住在那廟裏，與蛟僧勇靜和尚盤桓了多日，我見勇靜的為人還很好！”

路民膽說：“我倒沒聽說勇靜有什麼的惡名，只是了因近年確實作惡多端，江湖之人，凡是認識他的，無不為之側目。我此次到陳州，是到中原鏢行中著名的英雄，黑虎星嶽震亮的家中去賀喜，因為他娶兒媳。他那裏去了不少的人，其中就有自江南來的，談說起了因在那裏所作的種種惡行，令人聽了十分氣忿，並又十分的慚愧。因為我們學藝的時期雖有先後，但究竟是一門所出。如今他的這些行為，不獨違背了師訓，還足以敗壞了咱們的名聲，並且也是人間一害。他那樣的本領，誰能夠制服得了他？難道就看着他任意橫行？”

曹仁虎說：“我現在正想要回江南去，我想去見着甘鳳池，然後再一同去找着他，先勸一勸他。”路民膽點頭說：“這也好！我是決定如果勸他他不聽，我就要與他反目，不再顧什麼同師之情；我要與他拼一生死，以為世間除害！”曹仁虎擺手說：“也不要這樣性急，我們到那裏看看再說，同時有這位黃兄，也可以助我們一臂之力。”

路民膽卻冷笑着說：“我們自往江南，何必還要跟他姓黃的同行？他又與我們素昧平生。”

曹仁虎卻說：“這位黃兄實在是個很好的人，我敢作保。我是想要會着甘鳳池，將來還要一同北往，去訪年羹堯。因為在北京，如今的康熙已經年老，他的太子因癲狂被廢，許多的貝勒正想要爭奪東宮太子之位，將來好做皇帝，已經鬧得亂紛紛；許多的豪傑都去了，投奔到各貝勒府中……”

路民膽說：“你還想藉此進身，再做做官兒嗎？”

　　曹仁虎卻搖頭說："不是，不是，我是想趁此時機，重整大明的山河，以報答我們的慈慧恩師！"

　　曹仁虎卻搖頭說："不是，不是，我是想趁此時機，重整大明的山河，以報答我們的慈慧恩師！"

第十二章　俠少年風塵矜英俊　美女子湖畔恨相思

允禎聽到這裏，益發膽顫心驚，心想：真沒想到曹仁虎竟也知道諸王競位之事，他可就是不知道，我也是其中的一王，一位貝勒呀！好！這可不能叫他們知道。他們都是反叛者，都是我的對頭冤家，此中最可恨最可怕的，大概就是年羹尭了，那個人我倒非得會一會他不可！這樣一想，他又恨不得立時就回北京去。但又想：那甘鳳池恐怕也不是好惹的，並且還有個呂四娘；聽這人的名字，多半是個女的，武藝一定比曹錦茹要好，我要遇着那人，也不可將她放過。最好我先將他們一個一個盡皆剪除，然後再將年羹尭也除掉，不然我將來即使得到了帝位，恐怕也坐不穩。可是若將這些人盡皆殺死，恐怕天下已再沒有豪傑了，我這次也就白白地出來了，回去還是無法對付允禩和司馬雄那些人……因此，他又不禁犯起愁來了。

店裏的夥計從外面叫來了幾樣菜，還有酒，曹仁虎就給他們斟着，他的意思是極力要叫允禎和路民膽兩人拉攏上交情。其實允禎是沒什麼的，只是路民膽依然忿忿，仿佛對允禎絕看不起。他同曹仁虎倒是談了半天，可是沒有跟允禎說話，結果他是也要隨着往江南去，並決定明天就起身。

曹仁虎還問他是不是需要把這裏櫃上的事情再料理料理，然後再回光州，把家中的事也安頓安頓？路民膽卻驕傲地微微笑着，說：“我在周家口這地方，雖開設着生意，可是向來就不用我親自照料，一向我都是在各處遨遊；家中雖有田莊，有妻子，可是我一年也不回幾次家。現在說走咱們就走，我是毫無牽贅的！”當下就大杯地飲酒，他的酒量很大。

曹仁虎又把曹錦茹叫了來，又見了路叔父。蝴蝶兒沒有人叫她，她可也跟着來了。曹仁虎也把她的事情，向路民膽說了說。路民膽一聽，這個蝴蝶兒原來不但不是允禎的妾，並且跟允禎毫不相干，可是，剛才她為什麼在允禎的屋裏？好像允禎還打了她？路民膽對此又不禁生疑。他並沒有細問，可是對允禎更看不起了，他疑惑允禎是個好色之徒，不由得對允禎更為忿恨。他又細細地看了看蝴蝶兒，見蝴蝶兒真如同是一隻蝴蝶兒，又風流又美麗。路民膽本是一位畫鷹的英雄，但如今竟被這只蝴蝶兒攝去了魂魄，那口光芒似雪的鋼刀仍然放在手邊，他卻停杯呆呆地向蝴蝶兒來看。

蝴蝶兒可是並不看他，仍是看着允禎，剛才的事情雖沒有人提，她可還沒有忘；她的明麗的眼波時時看着允禎，也不知她的心裏是愛是恨。允禎卻還是沒把她放在眼裏，就和她沒在身邊似的，連剛才的事也都忘了。他的心緒本已很龐雜，哪裏還顧得理這個女人？他眼前雖有酒，可也飲不下去。

曹仁虎又與路民膽談了一會，他便把路民膽送走了，各自回屋。允禎在自己的屋裏卻是精神興奮，他一陣愁一陣懼，忽地又一陣嘿嘿冷笑，半夜也未能安眠。秦飛是早就睡熟了。

次日清晨，他們就忙着要動身。路民膽那裏早就收拾好了行李，派了人來這店裏催他們。他們這裏因為有兩個女人，所以又磨煩了一會，才算一切停當。店錢都由允禎開付，他的懷裏原來真有金子。開發了店錢，餘下的都交給秦飛拿着，所以秦飛也很快樂：往江南玩去了！跟着爺訪俠客去了！於是他牽着他和允禎的馬，就先走出了店門。

曹仁虎父女和蝴蝶兒騎的馬，也都由店夥給牽了出去，在店門外與路民膽聚齊。路民膽騎的是一匹紫驪馬，行李不多，只有鋼刀隨身佩帶。他看見了蝴蝶兒，就又發癡地看着，尤其使他驚訝的是，蝴蝶兒居然會騎馬，騎得還很俐落！他就轉頭向秦飛問說：「這個姑娘也會武藝嗎？」秦飛搖頭說：「她不會，她會什麼？馬她也不大會騎！不過是因為她的膽子大，就恓敢騎，現在騎了這些日，也就算是騎熟了。」路民膽一聽，立時就像是很豔羨似的，更向蝴蝶兒看個不止。然而，蝴蝶兒卻是不看他。

當下一共是六匹馬，就離開了周家口這個地方，齊往東南走去。騎馬的是四男兩女，有老有少，最令人注意的還是路民膽，因為他年輕，相貌英俊，穿的衣服也特別的闊，在路上所遇見的盡是他的熟人。先是遇見了一幫客商，都停住了車馬，向他親熱地問說：「路大官人！您上哪兒去呀？」路民膽只用馬鞭一指，就說：「往那邊去！辦一點事情。」他並不細說，拱拱手就走了。又遇見了一隊鏢車，車上都插着招展的鏢旗，數名鏢師騎着大馬，意態昂然。但一見了他，就一齊下馬，恭謹地稱呼着路大官人，並問說：「您到哪兒去呀？」他又把鞭子搖了搖，說了聲：「往南去！」他對這些保鏢的，更擺出很大的架子，就像連多一句話也懶得說似的。

走到了中午，他們就到一個鎮市去打尖。這個鎮市很小，飯舖都很髒，可是路民膽根本用不着上飯館。這裏有一家銀錢莊，門面雖也不大，裏面卻極講究，櫃房裏佈置得簡直就跟個闊人家的客廳似的。路民膽來到這裏，就好像到了自己的櫃上一樣，十分隨便，叫這櫃上的廚房給做菜備酒。允禎等人都隨着飽餐了一頓，他覺着菜飯真好，不亞於京都的名廚。飯後路民膽一個錢也不給，就帶着他們走了。一出門，就見圍了一大群的人，其中最多的是少婦長女，這都是本地的居戶。秦飛還以為這些人是爭着看蝴蝶兒呢，沒想到並不是，只聽那些少婦長女都悄悄地說：「看！這個就是路大官人！」原來路民膽在這一帶竟有這麼大的名聲，真可稱是婦孺咸知了。

離了這個鎮又往南去，到晚間找店房去投宿，不用人介紹店主也認識他，趕緊找那最乾淨的屋子請他住下，簡直把他奉若天神。因為路民膽有這樣的面子，所以允禎跟曹仁虎等人，也都跟着沾了光，而且受到特別殷勤的招待，這絕不是花錢能夠得到的。

次日再往南去，過光州，這裏是路民膽的故里，認識他的人更多。他卻也不順便回家去看看，就過門不入，而加緊揮鞭趕路。走到二更時分，到了一個地方名叫雙橋堡。這裏的一家大戶，姓蕭，聽說是在京裏做大官的，莊園廣大，奴僕成群。路民膽來到這裏，又被人稱為大官人，待他有如貴賓。他便穿房入戶，十分廝熟，可見他跟這裏的交誼非淺。允禎等人是被讓在一個偏院裏，那院子，有二十多個護院的莊丁，個個都精悍絕倫，在院裏掄刀弄槍，巡更打鑼，上房查賊，足足的一夜不休。次日用畢早餐才走，還有好幾個人送他們出莊走了很遠，才與路民膽拱手作別。

　　路民膽精神瀟灑，意態自得，熏風搖動着路旁的楊柳，吹動着他大草帽上的兩根飄帶，吹動着他的衫袖。他的俊秀的面孔，被陽光曬得有點發黑，更顯得英氣勃勃；而他騎馬的姿勢，揚鞭的樣子，以及他清朗的談話聲音和豪邁的性情，無一不表現出他是一位出色的少年英雄。

　　連曹錦茹都欽佩他，不過因為他跟曹仁虎是平輩，錦茹得管他叫叔父，使她的芳心不能有什麼幻想。可是她也想過，如果自己的丈夫能像路民膽這樣，該有多麼好呀？想到這些，她不禁有些暗自傷感。她曾悄悄地問過蝴蝶兒，說：“你看這路民膽為人怎麼樣？”出乎意料的是，蝴蝶兒卻哼了一聲，說：“我看他很討厭！怪可氣的！”若有人說自古嫦娥愛少年，那可是錯了。像嫦娥一樣美麗的蝴蝶兒，她竟一點也沒有把路民膽看上眼。路民膽愈追着，她愈躲；路民膽愈賣弄本領，她愈覺着難看。她跟路民膽同行三日，從來也沒交過一言。

　　曹三姐曹錦茹本來早先跟蝴蝶兒有如姊妹一般的親熱，現在可完全變了。她對蝴蝶兒已很冷淡，有時候連瞧也不瞧一眼。這都得怪蝴蝶兒，自己把自己的名聲弄壞了，不叫人可憐她了。依着曹錦茹，就要把她拋下了不管，她跟她的父親說：“咱們本來是好好地走路，其實帶着她也不要緊，不過她得規矩呀！像她這樣的不守本份，跟姓黃的那樣，跟我的叔父又這樣，算是怎麼回事呀？走一路出一路的事，將來到了金陵，還不定要出什麼笑話呢！她也未必有個表哥，將來也還得住在咱們家裏，這可更不好了……”

　　曹仁虎卻說：“一個鄉村的姑娘，自幼又沒有父母管教，第一次走出了這麼遠，見黃四那樣有錢，又見路民膽那樣年輕，她自然眼底子是淺的，舉止也不大對，可是絕不致有什麼事！”

　　錦茹也點頭說：“黃四那個人倒是不錯，我看我的路叔父可不行……”

　　曹仁虎笑着說：“民膽早先也不是這樣的人。這次他見了蝴蝶兒，也許是特別地覺着有緣。好了，我們也不用管他們了，既然帶了蝴蝶兒出來，就索性給她找一個着落。至於半路把她拋棄，那非仁人之所忍為；尤其我們，既負俠義之名，到處以拯人急難為懷，怎可以這樣的辦法對一孤弱的女子呢？不可！不可！”

　　他父女說這些話的時候，是背着蝴蝶兒，但是，蝴蝶兒已感覺到曹錦茹對她嫌棄了。蝴蝶兒因為愛慕允禎，而反倒招了允禎一場侮辱，大家都知道了，她也覺着無顏。她變得很憂鬱，一天也不說一句話，也不笑一笑。她還希望允禎能夠回心轉意，可是漸漸，允禎對她益為漠視，連秦飛也躲她遠了，她心中反生了怨恨，一點好氣兒也沒有。

　　她一個人兒跟誰也說不到一塊兒，每逢投到店房，屋子裏又熱，她簡直就呆不住，所以總要出屋，在院子裏的石階上坐一坐；看着出來進去的人，人家也都看她。漸漸地就有老婆兒們來跟她攀話閒談，因此就在路上結識了一個五十多歲的老婆兒，也是往金陵去的，帶着三個大姑娘，據說都是她的孫女；她自稱姓金，如今是帶着孫女們找她的兒子去。

　　這老婆兒非常精細強幹，三個孫女也都花枝招展的。蝴蝶兒曾到她們的屋裏談了半天，那老婆兒跟那三個孫女都邀她一路同行。蝴蝶兒也願意，但是她對她原來同行的那幾個伴兒，仿佛還有點留戀似的，所以她就沒有決定，沒有就乾脆地答應。第二天是一同出店門上的路，可是因為那金老婆兒跟三個孫女都是坐着車，極慢，而她和允禎等人卻都騎着馬，很快，這樣就走岔開了，蝴蝶兒為此很是悵然。

　　他們是由路民膽領着路走，一直往東，這天就來到了瓦埠湖畔。湖西又住有路民膽的朋友，此人姓余，江湖上稱為白龍余九。曹仁虎也久聞其名，秦飛卻說：“我也認識。”於是就一同前去拜訪。

　　這白龍余九的莊子就在湖畔，房屋很多，他原也是這裏的一家小財主。這人身材細長，鬍鬚發黃，一臉水銹，見了路民膽就親熱地說：“路大官人，你怎麼來啦？”

　　路民膽給他向曹仁虎介紹，他拱手連稱“久仰”。曹仁虎又給他向允禛介紹，他卻發着呆。因為允禛的神氣呆板，架子很大，就與一般久走江湖的人不同，尤其他聽說允禛是姓黃行四，名叫黃君志，這名字實在生疏得很，並且連個綽號也沒有，可見不是什麼有名的人，所以他只漫然地拱了拱手。

　　他忽然看見了這黃四爺的聽差的——九條腿秦飛，他就驚喜得幾乎要跳起來，說：“哎呀！你這小子怎麼會到這兒來啦？新近還有人從北京來，說你在什麼王爺府裏護院，外帶陪着那王爺玩，很是得臉。你這個小子不去陪着王爺發財，又上這兒幹什麼來啦？”

　　這時連曹錦茹跟蝴蝶兒全都在旁邊了，他把“王爺”連說了幾遍，這真使允禛大為吃驚；面上雖未顯露，心中卻是突突地亂跳，暗道：瞞不住了！被這個人把我的來歷說破了！曹仁虎、路民膽一定得跟我翻臉，我就準備着和他們廝殺吧……

　　此時秦飛倒是有兩下子，他便也笑着說：“余九爺原來不但認得我，這些日子還惦記着我？當年我倒霉的時候，連飯都混不上，溜到這個地方偷了船上的魚，被漁夫把我捉住了；要不是余九爺搭救，我早就被他們扔到湖裏，喂了魚了！後來我混到北京，竟就混住了。先在王爺府裏混了兩年，後來因為王爺的脾氣咱伺候不來，我就投到這位黃四爺的櫃上做買賣了。”

　　白龍余九笑着說：“你做了買賣，一定更發財了，倒還認得我？”

　　秦飛說：“我現在雖是跟着我們掌櫃的和他這幾位朋友上金陵，可是我特地路過這裏，專來看您，看看我的救命恩人。”

　　白龍余九說：“看我來，給我帶來了什麼禮物？”秦飛說：“什麼也沒有帶來，就是帶了個腦袋來。”白龍余九擺手說：“我是不要你的腦袋！你的腦袋不好吃。”

　　秦飛卻說：“我是預備給您叩頭來了！因為當初您救了我的命，我還沒有給您叩頭呢！今天我就是特來給您叩頭，因為若沒有余九爺，我九條腿便沒有今日！”

　　白龍余九又哈哈大笑，說：“算了吧！老朋友啦！還客氣什麼？多少日子也沒個人來看我，今天一來，就來了這麼些位好朋友！”說着，他望着曹錦茹跟蝴蝶兒，也不住地作揖。於是就命他的兒子們給備酒、做菜，並與這些位朋友開懷暢飲。

　　這白龍余九與秦飛很好，所以他就跟秦飛談上沒有完，並叫秦飛到他的屋裏，抵足共眠，以敘故舊。因此反而對路民膽，尤其是對曹仁虎和允禛，雖不怠慢，卻很忽略，只由他的兒子們給分讓到各屋裏。他的老伴已經故去了，女兒也都出閣了，現在只有六個兒子，全都是強健的小夥子，全都有一臉的水銹，都替他管着產業。他有五十多隻漁船，兩家大漁店。他的兒子們不但個個是水性精通，兼會武藝，能照料買賣，還會做菜做飯，可是只有一個兒子娶了媳婦，其餘的五個全是光棍，這不知是什麼緣故。

　　他的這個莊院，房屋都是草搭的，沒有一間大房子，可是間數很多，有的住着他的夥計，有的裏面堆放魚簍，有的就空着。所以今天來了這些朋友，倒不愁沒有房住，並且每人能住一間屋。

　　現在允禎是獨住在一間屋裏，這屋裏十分潮濕，並且有很大的腥氣味。屋裏枝着一份舖板，上面鋪着一張蘆席，也很濕，好像都是剛放過魚的。屋裏很悶熱，一盞燈旁圍繞着許多的飛蟲。允禎實在呆不住，他就走出屋來。

　　允禎見院子很是寬大，又很平坦，大概是為曬魚用的，也許是為打拳練武用的。前門已經關閉，可是有個後門兒，仍然大開着，皎潔的月色照着那門外，一片白茫茫的。他信步走出了那後門，一看，原來眼前就是汪洋無邊的湖水，在月光下滾蕩着。近處有一段小壩，栽着許多繫船的椿子，並有一根長竿，上面掛着一隻紅紙的燈籠，很亮；這是引路燈，大概是為引漁船泊到這裏來的。可是現在這裏連一隻船也沒有，遠處湖面上卻有不少忽明忽暗的燈光，就跟星光一樣，允禎看出那裏都是船，他想不到漁船原來在夜裏還打魚。

　　眼望着浩蕩的湖波，朦朧的月色，允禎不禁觸景生情，就想到：此時的京城、紫禁宮、太液池，及他自己的那貝勒府，也必定被這月光照着，但是幾時才能夠回去呀？今日與這些人在一起，真可以說是淪落江湖而所交非類，到幾時才能遂心如意？他不禁仰天長歎。

　　忽然他一低頭，看見偏右側的一根繫船的椿子旁邊，有一個東西直動；仔細一看，原來那椿子旁坐着一個人，正是蝴蝶兒。她手拿着一把小摺扇，一扇一扇的，正好像是蝴蝶的翅子一樣。蝴蝶兒大概也是因為屋子裏熱，所以來這兒涼快。她是先來的，沒想到允禎竟也來此，她就故意扇動這把跟曹錦茹借來的小摺扇，引逗允禎的目光；她胸中滿懷着怨恨，並不理允禎。

　　這裏寂靜無人，只有蝴蝶兒，允禎就想着應當趕緊走開，可是又想：我何必怕她？她不過是一個民間的女子，我不願理她，不理她就是了，她何足以使我介於懷，我何至於為她就躲避，就拋棄了這雲月、湖風？於是允禎便將目光又移到了湖面上、天空上，而站在此處不走了。

　　不料蝴蝶兒卻扶着木椿子，柔弱無力地站起身來，拿着小摺扇吧吧地拍打着褲腿上沾的土。允禎不由得又看了一眼，她的身影娉婷而嫋娜，她的雲鬢和美豔的臉兒，在一層紗似的月光下，愈是曼美如仙。她見允禎仍是不理，就哼的一聲冷笑，說：「真是的！怪不得架子這麼大，原來是一個王爺！」

　　允禎聽了這話，便不由得大吃一驚，趕緊問道：「你說什麼？」

　　蝴蝶兒搖着小摺扇，如風擺楊柳似的向前走近了兩步，又冷笑着說：「說什麼？我說的就是：我早看出來了，你是一個王爺！也不用今天余九說，更不用秦飛不認帳。你們蒙那幾個傻子可以，蒙我可蒙不了……」

　　允禎一聽，想自己在北京裝瘋魔，在江湖上改姓名，所嚴密隱瞞的真實來歷，不料竟為這女子一眼看穿！這還行？這以後我將什麼事也做不了了，那曹仁虎、路民膽等一些俠客，都要與我立時為敵！所以他真想斬草除根，殺人滅口，將蝴蝶兒一腳踢到湖裏去，淹死她。

第十三章　深湖暗月豪傑對刀　暴雨狂風桃花逐水

　　但是，允禎還不忍得這樣去做，他就正色地說："你不要胡說！無論你猜得對不對，以後不許你再說這種話；你如若向別人說了，我就能夠殺了你！"

　　蝴蝶兒反向前走了半步，她手背叉着腰，搖晃着嬌軀，昂然地說："我不怕你殺，你也別嚇唬人，可是我絕不能給你向別人說去就是啦！"允禎點了點頭，說："這就行！以後我可以給你一些金子，或是珍珠。"蝴蝶兒搖頭說："金子我也不要，珍珠我也不要，只是你以後別不理我，別拿我不當人，別永遠跟我擺王爺的大架子！"

　　允禎又厲聲說："不許你再這樣說，不許你再提王爺兩個字！"蝴蝶兒噗哧一笑，又搖着小摺扇，說："我嘴裏雖不提，心裏可永遠記着，誰叫你被我看出來啦？"允禎真覺得沒有辦法，這女子實在太厲害。

　　這時，月色更顯着昏暗，湖水也更黑。允禎覺得在這裏跟一個女子糾纏，實在不對，而且也失自己的身份，所以就想索性跟她說明幾句話，然後就走，於是就說："你的意思我明白！我也並不是不把你當人，我只是用不着理你，一來我現在是有事，顧不得別的；二來是男女有別。"

　　蝴蝶兒卻尖聲地說："你把話再說清楚一點，我怎麼沒聽明白呀？什麼叫顧不得別的？什麼叫男女有別呢？"

　　允禎真生了氣，心想這女子是故意的刁纏，要不給她個厲害的手段，以後還真不好辦，於是又想將她一掌推下湖去。但是他總是不忍，也覺着不對：自己是一個意圖登基將來要做皇帝的人，這蝴蝶兒不過是一個民間的蕩女，也沒做多大的惡過，我何必就要她的命呢？因此又不禁躊躇着、思慮着。他握着拳頭，站立着不動，好像是發了呆。

　　蝴蝶兒卻忽然聲音變哀，說："我想你不理我，將來還會有人理我，天下的王爺也不只是你一個……"

　　允禎一聽這話，不由得既驚且妒，心說：怎麼她竟也曉得王爺很多？她若是遇着允禩那些人，她也會跟司馬雄一樣，離開我而去投他們，那可真是豪俠、美人我一個也沒得到！這樣一想，他卻又有些捨不得蝴蝶兒了，便說："你別哭！別哭！"他的話裏並沒什麼溫柔的情意，但蝴蝶兒聽了卻覺着允禎還算關心她，因此她就益發抽搐嬌啼，並用小摺扇掩住了臉。允禎真覺得沒辦法了，眼望着萬頃湖波，一輪黯月和眼前哭泣着的千嬌百媚的美人，他的雄心和柔情雜亂地充滿了胸懷，真難啊！這可比什麼都難！

　　就在這個時候，忽聽身後有人哈哈大笑。允禎吃了一驚，趕緊回頭去看，就見從那門裏來了一個身穿綢褲褂、手擎鋼刀的人，雖看不清楚模樣來，可是能斷定就是路民膽。允禎當時就回身要進門裏，不料路民膽一縱身躍到門前，手橫着鋼刀，把這後門兒攔住了，他怒說：“姓黃的！你這大名鼎鼎的京都來的英雄，原來是這樣的人物呀？現在可叫我撞見了吧！哈哈，看你現在還有什麽話說？”

允禎沉着臉，昂然地說：“你不要污辱人！你把事情要問明白，你問問她……”扭頭一看，見蝴蝶兒又躲到遠遠的那繫船的椿子旁邊去了，她站在那裏，還戰戰兢兢地向這邊看着。

路民膽冷笑着說：“曹仁虎受了你的騙，還真信你是個什麽豪傑義士，還把我們的來歷出身，全都告訴了你，他為人太過忠厚了。我卻早就看出來了，你絕不是什麽好人，你不過是個酒色之徒！假使此番同行，若沒有曹錦茹和這女人，你大概也不能跟着；如今還把她叫到這裏私會，你好風流啊！你倒真是一個花花太歲！可是你得問一問，我路民膽的刀下殺過多少淫婦姦夫？我不但行俠仗義，打世間的不平，我還專看不過像你們這樣的，喪德無品的男女！”

允禎怒聲說道：“休要胡說！”他原來早已準備好了招數，隨着他的喊喝之聲猛躍上前，劈手就要奪刀。路民膽卻也提防着了，當時就將身子一閃，鋼刀唰的一聲，自允禎的左肩削下，把那邊的蝴蝶兒嚇得哎呀一聲尖叫。此時，允禎倒是已將刀閃過，而吧的一聲，就將對方的右腕托住，但路民膽也毫不放鬆，拳揮腳起，允禎更以拳還擊。

二人在這地面狹小的湖壩上互相扭打着，再走兩步，就能夠一同掉在湖水裏。允禎所怕的就是這一樣，因為他不會水。可是見路民膽也沒有往湖裏拖他，大概路民膽即使會水，水性也不見得高明。允禎終是愛惜他的武藝，便道：“不用再動手了！我們本無冤無仇，我還要跟你們這幾位慈慧老佛的弟子們，都要結交結交呢，何必如此？”

路民膽卻恨恨地說：“我就看你不像好人！尤其因為蝴蝶兒，她本來是一個可憐的女子，你卻對她如此惡意引誘！”

允禎真是有口難辯，但見路民膽這樣急、這樣凶、這樣不講理，他也不由得氣急了，於是他一面奪刀，一面說道：“放開……”路民膽不如他的力大，當時便將刀放了手，而被他搶了過去，同時他又一腳踹得路民膽退後一步。路民膽並沒有掉在湖裏，反倒揚臂踢腳向他撲來，他又將刀向路民膽削去，白刃挾風，其勢極速。但路民膽敏捷地閃開，就往門裏去跑。允禎卻又橫刀將他攔住，說道：“你別走，我們索性把話說明！”

路民膽卻一手當胸，雙足穩立，迎着他又冷笑着說：“也不用說明了，反正我看你不是好人！你絕不是北京的什麽商人……”

此時，那邊蝴蝶兒卻尖聲地喊叫說：“他怎麽不是北京的商人呀？我認識他，我們倆早就認識！”

路民膽一聽，不由得更是詫異，同時也更是生氣，心說：好！你還護着他，可見你們一定有點事兒！於是就還想回去取傢伙，再來跟允禎拼，他不能服這口氣。可是允禎也絕不放他走，非得要當面解釋明白，或者是二人決一生死。

這時湖風更大，湖水更黑，天邊的月色也更昏暗。正在二人相持不下之際，突然由院裏又跑出來了幾個人，都是光着脊梁的年輕小夥子，有一個就說：“路叔父，給你傢伙！”說着把一把刀扔了過來。

路民膽一伸手接住了刀柄，立時勇氣倍增，掄刀就去撲允禎。允禎以刀相迎，兩道寒刀，閃爍往來。那邊的蝴蝶兒，又尖聲兒地喊叫着：「別打了！別打了！」她緊緊地抱着一根繫船的樁子，仿佛就要掉到湖裏去了。

這時候，那幾個光着脊背的小夥子，這多半都是白龍余九的兒子，他們有的拿着傢伙，可是不上前幫忙；有的攔住了門，仿佛是故意要看允禎跟路民膽較量；還有的爬上了牆，站在牆上嘶嘶地吹口哨。這口哨之聲，十分尖銳響亮，直衝破了雲月，直穿透了湖水。先是一個人吹了，後來三個人同時吹，那湖面的船上就有人聽見了，當時就有一隻小船淩波而來。

這裏允禎和路民膽的兩口刀卻殺得更緊，刀光翻飛，映着月影；雄軀輾轉，震動了湖風。這個跳來，那個躍去，雙刀分閃，有如鶴翅；兩刀相接觸時，便立刻鏘然一聲響亮，同時迸起了火星。允禎還說：「你慈慧老佛的弟子原來是強徒惡棍！」路民膽也仍然說：「旁的不講，你絕不是個好東西，非得叫你死在這湖水裏！」允禎不禁嘿嘿狂笑。這裏地面雖窄，但他卻展開了刀法，刀進之時，急猛而有力；路民膽卻是刀法輕妙，處處都能夠抵住。

兩個人正在殺得緊急，這時那只小舟已經來到了。不料，余家的三四個兒子，有的從牆上跳下來，有的自門內跑出，他們並不給勸架，卻一齊撲到蝴蝶兒那裏。蝴蝶兒在那邊更尖聲地叫喚，並破口大罵。但余家的這幾個兒子也不管，卻先由一個人跳到那小船上，然後由上邊的兩個人抱起了蝴蝶兒，就往那船上一扔，就像扔一袋米似的，船上那人當時就把她接住了。蝴蝶兒在船上大哭着，大罵着，並掙扎着要向湖裏投，卻被那個人給抱住了。上面有二人也都飛躍到船上，見蝴蝶兒哭鬧，卻大聲笑了起來。

此時允禎更驚且怒，用刀抵住了路民膽的刀，同時向下面那船上去望，並且怒喝着道：「你們是要搶掠民女嗎？原來你們這一夥都是強盜嗎？」他真恨自己不會水，否則立時就跳到那船上，去殺那幾個人，去救蝴蝶兒。

但這時那船上的三四個余家弟兄，還有兩個漁夫，齊都向上面大笑，並說：「反正你們兩個打架也就是為這女的！不如我們先把她帶走，叫她到湖裏去玩玩，這也算是給你們勸架了！」當時且笑且歌，少時船又走往湖裏去了，那蝴蝶兒的哭喊聲，也漸漸地隱沒。

天空的月，已完全鑽入了雲裏，湖水黑沉沉的，連遠處漁船上的燈光全都看不見了。這時路民膽又掄刀向着允禎來砍，允禎卻用刀架住了他的刀，擺着手說：「不要打了，你們竟是這樣的人！我勝了你，也不算英雄，何況我們並無仇無恨。如今，那女子已被你們搶去了，我已經認識你們就是了！」說着又嘿嘿地不住冷笑。

這時，路民膽見蝴蝶兒已被余九的兒子用船搶去，這倒出乎他的意料之外，所以他也怔住了，而失掉了與允禎拼命的那股怒氣。牆頭上還趴着幾個人，大約不是余九的兒子，就是他的夥計，還在笑着嚷着說：「怎麼不打啦？打吧打吧！沒有了娘們兒，就不打了，那可叫人笑話！」這時曹仁虎跟曹錦茹才來到，就向路民膽勸解，路民膽依然向允禎怒目而視。

待了會兒，白龍余九跟秦飛也來了，牆頭上的那幾個才趕忙溜跑了。白龍余九聽說跟着曹仁虎來的那個女子，是被他的兒子們給用船搶跑了，他並不生氣，也不着急，反倒直笑，並說：「不要緊！你們放心，我那幾個孩子們全都極靠得住！要說別的壞事兒，他們倒許能夠做得出，惟獨對婦女，他們一點沒有別的。因為我那幾個孩子，都是好小子，都還沒有娶媳婦，不是我不給他們娶，是他們不要；他們都是專心練功夫的人，眼裏看不上婦人。這也許是他們一時的好玩，把那姑娘架到船上，在湖裏游一遊，待一會還能夠給送回來。我信他們，絕不能做出什麼非禮之事！」他又向允禎跟路民膽二人笑着說：「你們來到這裏，大家是因為太疏忽了，接待得不好，才致氣得你們打了起來……」曹錦茹聽了這話不禁掩着口直笑。

白龍余九又說：「今夜是群雄聚義，我看大家反正也都睡不着覺了，不如我再叫人給熱上酒，把新打上來的魚燒幾尾，咱們就痛飲一宵。等一會兒，我那幾個孩子也就把那個姑娘給送回來了，就此給路兄弟和那位黃四兄弟解一解和，諸位覺得怎麼樣？」

曹仁虎先連聲說好，路民膽也點了點頭，卻依然冷笑着說：「我路民膽交朋友交遍天下，絕不是無理欺人的人；不過若是不吐真情，隱名埋姓，跟人混着在一路走，還要調戲婦女，這種人絕不能饒他！」簡直說明白了，路民膽之所以跟允禎這樣作對，還是不信他是什麼北京的商人、豪傑，覺得他來歷不明，這倒不禁又使允禎吃驚。

白龍余九又哈哈大笑，說：「何必要這麼說呢？反正這位黃四兄，我也看出來了，在江湖上雖是初次聞名，可是若到北京去打聽打聽，還許名蓋北京城，聲震金鑾殿呢！」

他或許是無意地這樣說着，但允禎聽了，又不禁嚇了一跳，以為是這白龍余九也看透了他。他可覺着實在不妙，若是被人都知曉了王府的貝勒走到江湖，不但大事難成，傳到北京城裏，還得叫我家中的人也都得受累呢！因此，他愈發憂慮。本來這半天他就只是手擎鋼刀，呆呆地發着怔，如今更是連一句話也不說了。秦飛雖是白龍余九的老朋友，這時他可也不敢多說一句話了，只時時望着他的爺，也只是發着呆。

眾人又到了白龍余九的客廳裏，這裏的設備很簡單，只有些桌子和長條板凳，連燈裏點的都是魚油，用的是砂酒壺、粗瓷的酒碗。這時又送上魚來，一盤一盤的，熱氣騰騰，聞着也很香。路民膽不但大口吃着，而且高聲談笑，話裏不是矜誇他的武藝和名聲，就是諷刺允禎、輕視允禎。曹仁虎倒還像是個忠厚長者，直在中間勸解；曹錦茹也跟着吃魚吃肉，也笑着談話；蝴蝶兒到了什麼地步，此時是作何情景，也沒有人提及了。

允禎卻仍然是發呆地坐着，酒肉一點兒也不用，他心裏想着：我真跟這些人弄不來，這也許才是江湖豪傑的本色？但是這樣的豪傑實在有點不說理，我跟着他們，恐怕沒有什麼好處，他們不會幫助我的。因此又想到他們同門之中，還有一個甘鳳池和張雲如，那兩個人不知道怎麼樣，或者還許是具有肝膽的豪傑？又聽說他們之中有個僧人叫了因，那人的武藝似乎比他們全都高超。但據路民膽說，那人的行為不好，可是路民膽自己就不是個好人，他的話哪裏能信？那三個人大概都在金陵，我倒應當去訪訪他們。訪過他們之後，還有一個什麼呂四娘，卻是個婦人，我倒不用去見她；我應當趕忙回北京去找那年羹堯，他大概才是一個真正的豪傑……

允禎心裏這樣想着，就想要離開這些人。雖然曹仁虎仍直跟他解釋，白龍余九還親自給他敬酒，他勉強地應酬着，心中卻對這些人都已冷淡；認為這些人不過是些江湖人，與盜賊差不多，並不是什麼真正豪傑。

飲了半天酒，已經到了四更，可也不見那蝴蝶兒回來，看來余九的那幾個兒子可真有點靠不住了。白龍余九說出的話沒有作臉，他就也不提了。路民膽卻顯出着急的樣子，他拿着那口刀又出屋去了，也許是要找去。曹仁虎也不放心，就說：「那女子，不要有什麼舛錯吧？其實她也不是我的女兒，但是我既帶她出來，就應得把她送去找她的表兄，半途若是出了事，總令人心裏不安！」

他的女兒曹錦茹卻說：「爸爸就是瞎替人操心！我看她要是不願意跟那幾個人去，她為什麼不投水？大概她還許正願意跟人家在湖裏玩呢！還許永不願回來呢！這歸根來說，全是我的錯，當初我沒看出她是這麼個人，還以為她不過是個鄉下姑娘，很可憐的，哪知道她竟是這麼張狂呀？咱們才走了有多少路，可淨為她出事了！」說話時，又斜眼看了看允禛。

其實允禛現在還是沒把蝴蝶兒放在心上，她愛怎樣就怎樣，允禛就決定連打聽也不打聽，不過只是有一點憂慮：這些人對他雖都已起了疑惑，可究竟還都沒把他猜出來，獨有蝴蝶兒，可真把他猜對了。他所怕的就是蝴蝶兒對那幾個余九的兒子，說出來他是個王爺、貝勒，那可就要出事端；弄得江南江北，都知道京裏有個貝勒私自出外，結交江湖，即使自己將來做了皇帝，也給民間留下個話柄。他這樣想着，心裏確實不大痛快，但也無法將蝴蝶兒找回，只好就由着她去吧！不過，他心裏已堅決的拿定了主意，明天就離開這裏！

允禛見旁邊的人全都困得直打呵欠，魚油燃的燈也越來越昏暗，他便起身離席，回到他剛才住的那間屋，手裏還提着一口從路民膽手裏奪過來的刀。他很是警惕，因為他覺得這些人裏，除了曹仁虎一人之外，全都靠不住。當下他就刀不離手，將門關嚴，不想才關上門，外面就有人來推，他趕緊問：「是誰？」門外卻說：「是我，爺！您開門吧！」允禛聽明白了是秦飛的聲音，才將門開了。

九條腿秦飛驚驚慌慌地走進了屋，就問說：「爺！剛才到底是怎麼回事呀？蝴蝶兒是怎麼叫人給搶跑了？」

允禛卻說：「管她作甚。」秦飛說：「咱們也不能見人受難不救呀？我跟白龍余九的交情還行，我想勸他叫他那幾個兒子，把蝴蝶兒給送回來！」允禛搖頭說：「不用管！明天咱們就離開這裏，不跟他們一起走路了。」

秦飛說：「不跟他們一起走路，倒是個好主意，可就是怕事到如今，咱們想單獨地走，也是不成了！」

允禛驚問着說：「為什麼？」

秦飛說：「為什麼？爺您還不明白，他們已經把咱們的來歷都大概看出來了！剛才白龍余九在他的屋裏，直向我盤問，他們就不信您是個大掌櫃的！」

允禛說：「那麼你對他實說了沒有？」秦飛說：「我自然沒對他們實說，可是他們也弄得八九不離十了。」允禛又趕緊問：「他們當我是怎樣的一個人？」

秦飛說：「白龍余九猜您不是異貝勒的大管家，也得是個護院的。此番出來是專為異貝勒聘請豪傑，他好做太子，將來……」

允禛一聽，不由得發怔，想不到京裏諸王爭位之事，連這麼一個湖邊的漁戶都盡皆知道了，這如何了得？如果在外面訪不到真正的豪傑，也得不到賢人的輔助，將來有何面目再回北京？這樣一想，他不等秦飛把話說完，就問說：「你既然同這白龍余九很熟，你可知道他有多大的本領？比在北京的那個司馬雄如何？」

秦飛說：「我跟余九並不太熟，只不知他這次見了我，為什麼竟這樣熱情，簡直叫我有點疑心啦！他並沒跟我交手對打過，我也不知道他拳腳刀棒的功夫到底怎樣，由他的外號和他住的這地方來看，可知是水性精通。您要是想當龍王爺，大概非他不行，當別的就用不着他了。」

允禛又問：「你說明天還能夠有什麼事情？」

秦飛說：「這我哪能知道呀？反正只要跟路民膽在一塊兒，就絕不能夠消停。

他跟別人也未必都這樣兒，不過就是跟爺，索性成了死對頭了！”

　　允禎微笑着說：“我明白，他是為那個名叫蝴蝶兒的女子，還有就是他見我的武藝好，他不服氣，以為我絕不是一個商人。”

　　秦飛說：“您的模樣兒也一點兒不像！現在只有兩個主意，一個是跟他們把話說明，他們還有不願意巴結貝勒爺的？正好把他們全都請到北京……”

　　允禎搖頭說：“這事暫且還辦不到，白龍余九或者可以，那曹仁虎、路民膽絕對不行，因為你到現在還不知道他們是何等人。”

　　秦飛說：“要不，就跟他們幹！先逼着他們找回蝴蝶兒，他們若不給找回來，就跟他們拼。反正我也看出來了，除路民膽還能與爺打個平手，他們別人全都不行；我再施展施展夜行術，包管個個取下來他們的首級！”

　　不知現在秦飛為什麼這樣豁得出去，大概不是因為喝多了酒，就是因為蝴蝶兒被搶走，他急了。可是允禎仍然搖頭，說：“這也不必，我們明天只要離開這裏就是了。”秦飛一聽，原來爺又想溜之乎也了。他實在看不起他的爺，但不能不連聲地答應。他可是沒說嘛，他的態度已不再那樣恭謹，轉身就走了。

　　室中無人，鼻子裏充滿了魚腥氣，允禎不禁微微笑着。

第十四章　　長湖萬頃力卻追舟　　薄命千劫終歸落淵

　　紙窗漸漸發白，也不知是月光，還是已經天亮了。秦飛走後，允禎將屋門重又關好，躺在舖板上合眼睡了一會，便被雞聲吵醒。他立即起來，開門出屋看看，天色果已發曉。

　　白龍余九正跟他的三個兒子都在院中練習功夫，看見了允禎，他就趕緊收住了拳勢，走過來說：“黃四兄怎麼樣？一夜也沒得睡覺吧？”

　　允禎搖搖頭說：“沒有，我向來是這樣，每夜只睡一會兒，便已精神充足。”白龍余九又驚訝地向他打量了一番，允禎就說：“你把秦飛叫起來吧！告訴他，我們要走了！”

　　白龍余九說：“昨夜秦飛已經跟我說了，可是我想，何必這樣忙？莫非你們覺着我慢待了嗎？”

　　允禎笑着說：“不是！素不相識，冒昧前來，蒙你誠懇相待，我們半夜裏又攪了你，你也不怪罪，似你這樣的好朋友已屬少有。”白龍余九忙說：“不敢當！”允禎又說：“我們哪能倒說你慢待？只是我自己現在還有急事情……”

　　白龍余九忽然臉上一紅，說：“你也不必去找蝴蝶兒，不等到吃早飯的時候，我准能夠把她找回來！若是找不回來，我就不認我那三個兒子了，我見着他們的面，就割下他們的頭給你。”

　　允禎哈哈大笑，說：“你把事情弄錯了！那女子與我毫不相干，我一點也沒把她放在心上；她回來不回來，我也不管。我只是要去辦我自己的事，不願再跟他們同行了，將來咱們全都後會有期！”

　　白龍余九想了一想，就點頭說：“既是這樣，我也不強留你。我也明白你是個怎樣的人啦，我知道你跟路民膽那些人也絕弄不到一塊兒，可是我要問黃四兄，你要往哪兒去？”

　　允禎說：“要往江南去。”

　　白龍余九就說：“我告訴你幾個人物，到江南莫惹甘鳳池，必須提防了因僧！”

　　允禎點頭說：“我知道這兩個人。”

　　白龍余九又說：“可是有一個人，你必定不曉得，就是石門女子呂四娘。這女子可與蝴蝶兒不同，天下豪傑見了她，都得嚇得伏地拜倒！”

　　允禎不禁一驚，但又笑着說：“這我也知道！我不是去找她，絕不能和她見面。你的這番忠言，使我十分感激。”

　　白龍余九說：“其實你要把呂四娘請到手，那將來的江山，准是異貝勒的！”

這話更使允禛驚訝，白龍余九又說：“可是她絕不幹！除非你請年羹堯跟她去說，或許還能行。”

允禛一聽，這白龍余九竟知道這許多的事，就又不想走了，想要聽他說個詳細。卻聽余九長歎一聲，說：“只是我老了！不然也還能陪着你去闖一闖。好啦！後會有期啦！將來我或是我的兒子到京城裏去，請你多照應照應就是了。”

允禛微笑說：“這沒什麼話說，你的這番盛情，我永不能忘。”

這時秦飛也從余九的屋裏出來了，睡眼矇矓的，允禛說是要走，他也點了點頭。當時白龍余九就命他的兒子去給備那兩匹馬，現在這裏的是三個小兒子，倒全都很規矩。他那三個大兒子是自用船把蝴蝶兒搶走，直到現在，連他們也沒有影兒了，並且路民膽也不知往哪兒去了。允禛就託付白龍余九說：“那屋裏有一口刀，是路民膽的，他回來的時候請你給他。還有曹仁虎，這時還都沒醒，也不用去叫他；等他醒來時，請你轉告，說我們將來在金陵再見面吧！”白龍余九也點頭答應。

他對允禛倒沒什麼話可說，跟秦飛卻又談上了沒完，並要叫他這三個兒子，用一隻船，把他們連人帶馬渡過湖去。秦飛卻趕緊擺手說：“不用！不用！”頃刻之間，馬已備好，允禛與秦飛遂向白龍余九拱手作別，離開了這莊院，順着湖岸策馬直往南去。

這時湖上曉煙未散，茫茫無際，越往南去，好像越走不到湖的盡頭。允禛就勒住了馬問說：“得走到什麼地方才能夠繞過湖去呢？”

秦飛說：“這個瓦埠湖我知道，寬倒不寬，可是挺長。要想繞湖而過，那可遠了，往南至少得走一百里，除非是乘船渡過去，才算近便。”

允禛說：“那麼，咱們就在此處叫船吧？”秦飛卻搖頭說：“我可不敢叫船！因為這湖裏的船都靠不住，都是白龍余九手下的夥計。”允禛卻說：“他的夥計又能怎樣？難道都是水賊嗎？”

秦飛趕緊擺手說：“爺您怎麼可以在這裏說這個話，叫他們聽見了還了得？白龍余九就是這湖上的王！”

允禛說：“我見白龍余九人倒還好，除了昨夜把人搶了去的他那三個大兒子，其餘的，我看倒還都老實。”

秦飛又說：“我怕的也就是那三位大少爺。不過我想，他們把那麼漂亮的一個女人給搶走了，那哥兒仨不定得樂成什麼樣子了，說不定他們還得互相的爭風吃醋咧！這時絕顧不得找咱們的麻煩，咱們趁此過湖，也是個辦法；不過得找大一點兒的船，因為咱們這兩匹馬也得上船呀！可真累贅！”

允禛說：“南方本來多水，咱們將來還要往江南去，怕水如何能成？”秦飛說：“對！其實我倒還略通水性，只是爺……”允禛搖頭說：“我也不怕，你就叫船去吧！”

當下他下了馬，倚馬而立，眼望着茫茫的湖水，秦飛便找船去了。允禛其實也有點怕水，但既到了這裏，為免得繞很遠的路，就只好找船。同時，他現在手裏有件比較合適的傢伙，就是他的長扎槍，有這杆長傢伙，他就不怕水賊。

秦飛往南去找了一會，就看見了兩隻船，這也都是漁船，沒有帆篷，只有兩三個人搖着櫓；其中的一隻還不算太小，可以容得下兩匹馬和兩個人。秦飛就點手叫着：“船！船！駛船的大哥，往近來！往近來！咱們商量點事！”

等到那只比較大的船靠近了湖岸的時候，秦飛就求他們給渡過去。他們本來不答應，說：“我們還得打魚呢，沒有工夫。”但秦飛一邊求，一邊還出了很大的價錢；他因為見這船上的三個漁人一老兩少，還都長得很忠厚，他要趕時間，趕快過湖，所以把渡資給到了兩串錢。這個數目真不算小，他說出來都覺着有點心痛。那船上的兩個年輕的漁人還沒答應，可是那年老的答應了，並叫秦飛先給了錢，遂就搭上了跳板。

秦飛點手把允禎叫過來，他先把兩匹馬牽到船上。允禎也上來了，到底他是坐慣了車轎的人，坐船實在不習慣，覺着晃晃悠悠的，頭都有點發暈；他就極力地鎮定精神，並瞪大了眼，看這湖中的煙景。此時，湖面上的曉煙已漸散去，現出來清澈的浩蕩波濤。有許多鷺鷥、野鴨和種種的水鳥，脊背上染着紫色的陽光，在湖面上回翔着，飛叫着，有時又落到水裏，鷺鷥是呆呆地伸着長喙，在等着水裏的魚；野鴨們成群的遊戲着，清洗它們的羽翅，時而又噗嚕嚕地一陣驚飛。

這只船已駛向湖心，東岸的樹林和人家屋舍，已都看得很清楚了。南北的湖面很長，一望無邊，船影也越來越多。秦飛本來自上船之後就沒跟允禎說一句話，這時候，忽然他驚慌起來，神色都變了，他趕緊走過來揪了揪允禎的衣袖，說：“爺快瞧！快瞧！”

允禎也早已看見了，是由北邊箭似的飛駛來了兩隻小舟，到底是小舟，伶俐而輕快。這裏秦飛慌張了，便急急地向漁夫們說：“快點！快點搖呀！快點送我們過湖，再多出一串錢也不要緊，朋友們！加點力！”他簡直要去幫助搖櫓了。老漁夫倒覺着不明白，說：“為什麼要這樣慌呀？船又沒有腿，得讓我們慢慢撥呀！”秦飛卻驚慌地說：“那兩隻小船，船上多半是強盜！”

此時兩隻小舟俱將來到近前，小舟上幾個人的模樣，都已能夠看得清楚。老漁夫就笑着說：“哪裏會有強盜？我在這瓦埠湖上天天駛船，活了也五十多歲了，就沒聽說有過強盜！你這個外鄉來的人，說話真不小心，幸虧是跟我說，要叫來的船上的那三個聽見了，他們一生氣，就可能把你們扔在水裏！你看見了沒有？前面船上那兩個光膀子的，那耳朵上長滿黑毛的是水駱駝余大楞，小腦袋的是水鸚哥余二聊；後面船上的那個硬棒小子是叫水牛余三撞，他們都是這湖上的老英雄，白龍余九的少爺！”說着他又向那兩隻小船上高聲叫道：“三位老兄弟！來找我嗎？有事兒嗎？”

那邊的兩隻小船，就如兩隻輕盈的燕子，說話之間已到了臨近。小船上，除了昨夜搶去了蝴蝶兒的哥兒三個，另外還有兩個，也都是年輕小夥子；周身上下，都只是一條短褲，此外什麼也不穿，小船上可都放着傢伙。那水駱駝余大楞只飛身一躍，當時就躥到了這只大船上。他手使着一把蛾眉刺，這種兵器不過一尺來長，好像個圓鐵棍，可是頭兒非常之尖銳。允禎卻早就將扎槍自鞍旁摘下來了，迎着他突地扎去，水駱駝向旁一閃就躲開了。

這時三個漁夫，把船也不搖了，老漁夫就說：“原來是這麼回事呀！怪不得你們肯出大價錢，趕着忙着要過湖呢？你們一定是在余九老爺的家裏惹了禍了！”他們齊都來了個袖手旁觀，一任這大船在水上亂擺。

秦飛很是着急，他趕緊護住了兩匹馬，並大嚷着說：“別打！別打！爺別打，你們三位老兄弟也都別急，有什麼話好說呀！莫非還是為那個蝴蝶兒嗎？”

這時余二聊、余三撞也跳到大船上來了，每個人也是一把蛾眉刺，這種傢伙好凶，全都用雙手握着。這余三撞很胖，個子又小，氣哼哼的真像個水牛；余二聊水鸚哥，雖然瘦得跟秦飛差不多，他可是能說。就見他冷冷地笑着，說：“姓秦的，這不幹你的事兒！你跟我家老子有交情，兔子還不吃窩邊草，網裏也不打放生魚，只要你不多事，我們絕傷不着你。什麼蝴蝶兒、蜜蜂兒的，都說不着，我們只要這姓黃的！小子，你別裝孫子了，把金錢財寶都快點獻出來吧！」

余大楞雙手握着蛾眉刺向允禛就扎，但允禛以槍將他的傢伙一挑，就給挑開了，緊接着梨花亂點頭，抖槍猛刺。水駱駝余大楞向後一退，噗咚一聲就墮到水裏去了。余三撞也將刺來猛扎，允禛沉穩地又用槍去挑。這時水鸚哥就趕緊從中攔住，說：「先別忙！」他已看出允禛的武藝來了，就說：「你有兩下子，不錯，可是你在這兒使不開了！不瞞你說，我們聽蝴蝶兒說你很有錢，說你是在北京做大買賣的，現在你帶着的金銀財寶就不計其數！」

秦飛卻急說：「這是那丫頭胡說！你看我們哪有行李呀？」

水鸚哥又說：「用不着再裝着玩！有錢快拿出來，當時就放你們走！我們可也不是強盜，實在是因為要辦喜事，沒錢雇轎子。」

秦飛說：「我明白啦！一定是你們哪位想娶那蝴蝶兒。可是，她還想坐轎子呀？別再叫腦門子貼膏藥就得啦！這是件好事，我也知道你們沒錢；余九爺好交朋友，他更沒有錢，但這事可以跟我說，我可以送給你們十兩！」

水駱駝余大楞這時又從水裏爬到船上來了，耳毛都往下滴水。這回大概是他要娶媳婦，所以他特別的急，就怒聲喊說：「不行！十兩銀子不行！姓黃的，你脫光了衣裳，留下行李跟馬，我們放你活命；要不然，不叫你死於蛾眉刺下，也得把你扔在湖裏去喂魚！」

允禛卻嘿嘿一笑，說：「我因為初次來到這裏，不願意得罪江湖人，也有點看在白龍余九的面上，才不願傷你們。現在你們這樣的不講理，簡直是要殺人越貨，那就與強盜無別！」

水駱駝瞪眼說：「誰聽你來轉文？你就看刺吧！」突然又把蛾眉刺刺來。允禛以槍相迎，同時那水鸚哥余二聊、水牛余三撞，也一齊以蛾眉刺扎來。

使這種蛾眉刺，都得用雙手，只是扎刺。這也是一種軟功夫，仗着身軀靈敏，手腳都得像猿猴一樣地快，令人防不勝防。水駱駝跟水鸚哥的身手都很靈巧，只是水牛兒有些怔，可是他力大無窮；他的蛾眉刺碰在允禛的槍上，連允禛都覺着震得手顫。

允禛的槍又抖動起來，就如一條巨蟒，嗖嗖地向這哥兒三個躥去。這哥兒三個的三杆傢伙都像是毒蛇，分左右一齊來咬他，就只恨船面狹窄，施展不開。這船上的三個漁人都撲通通地跳到水裏了，他們一齊用力推這只船，像推磨似的，推得船亂轉。秦飛驚喊着：「哎呀，我的眼花了！」那兩匹馬也都臥倒了。

這時允禛一槍就整個將水駝駱余大楞挑下船去，當時浪花濺起來很高，流出的血立時就給沖沒有了。余二聊、余三撞兩人一見大哥死了，就越發兇狠，他們的蛾眉刺使得更為毒惡，但究竟敵不過允禛的槍，逼得他兩人自動的翻身下水。那兩隻小船上的夥計也都不管船了，也一齊跳到水裏。

這時，水中一共是七個人，就像是七個水怪似的，掀波逐浪的都來推這只船，他們是想把船給掀翻了；可是這船又很大，而且上面有兩匹馬，分量太重，他們掀不動，翻不了。兩個使蛾眉刺的就用刺嘭嘭地向着船上猛扎，想把船扎漏了。秦飛又連聲驚喊，允禛卻用長槍向下扎水裏的人；只兩槍，就又扎死了兩個，嚇得余二聊跟余三撞急忙踩着水逃跑，其餘的幾個也都像魚似的溜了。

這時船才略略地穩定些，秦飛卻蹲在馬旁邊直喊叫頭暈眼花，允禛叫他快去搖櫓，他可哪裏站得起來呀？允禛真生氣，遂就將槍扔在船板上，自己去搖櫓。他哪裏幹過這種行當？而且也覺得有些昏暈，幸虧他力大，於是他用力地一下接着一下地搖動了櫓，船就很迅速地無目的地開走了。

後面那余二聊等人又都上了小船，仍然追來，兄弟兩個手握蛾眉刺，齊聲大喊着：“姓黃的，你別跑！今兒絕不能叫你跑了！我們非得為我們的大哥報仇，連秦飛你小子也休想活命！”兩隻小船又如飛箭似的追來了。

秦飛嚇得趕緊站了起來，在船上走了幾步，眼還發花，幾乎要跌下水去。他趕緊去坐到船尾去掌舵，允禛把櫓越發緊緊地搖着，秦飛也大概認清楚了方向，於是轉而向東，凌波疾馳。後面兩隻小船又急追，眼看快追上了，秦飛又大聲喊嚷，允禛更加用力地搖櫓，波退船進，驀然間就聽咕咚一聲，船就撞在岸上了。原來這就是湖的東岸，可是秦飛還站不起來，兩匹馬也都起不來，那兩艘小舟卻飛似的追到。而這只大船大概是剛才被蛾眉刺鑿了個小洞，已經漸漸地浸進了水，船幫都有些傾斜了。

這時允禛又提起槍來，向那邊一聲大喊，嚇得兩隻小舟都不敢再近前。允禛就說：“今天這事是怪你們，不怪我，你們回去對白龍余九說吧！還告訴那路民膽，我這就要往金陵去了，他們誰若不服氣，就叫他們快去找我！”

這時，秦飛趕緊掙扎着站起來，將兩匹馬死拉活拽的牽到了岸上，船已斜在湖邊，不能駛了。允禛提槍跳到岸上，回首仍怒目而視，就見那小舟的老漁人已經大哭起來，允禛也不再去管了，就同秦飛慢慢地牽着馬，離遠了湖岸。

兩匹馬漸漸精神起來，秦飛這時頭也不暈了，他卻歎息着說：“這可怎麼好？這一下子可真結下了仇兒了！咱們在陸上結下的仇人是飛錘龐五和神槍小二郎，水上又與白龍余九結了仇，將來連我也休想再在江湖上混了！爺！您出來是為尋豪傑、請豪傑，怎麼倒把豪傑都給得罪了？”

允禛卻說：“他們都不配稱為豪傑，真正的豪傑是年羹堯與甘鳳池！”

秦飛說：“那兩個不見面便罷，見了面，您也得跟人家打呀！”允禛說：“不要說廢話！快上馬走！”秦飛又嘁嘁地答應着，同時仍然歎氣。二人這才上了馬，就直往正東，往金陵去訪甘鳳池等諸俠。

那邊小船上的老漁人仍在痛哭，他倒不是哭他這只船，這只船不過是被鑿傷了一點，修補修補，照舊可以用；他是哭他的兒子，此次被允禛用槍扎死在水裏三個人，其中的一個就是他的兒子。他有兩個兒子，如今竟死了一個，這是湖上很少發生的慘劇；尤其是水駱駝余大楞和一個夥計也死了，這更是一件大事情。三十年來白龍余九從沒受過這樣的欺負，當然現在他還不知道。余二聊跟他的兄弟余三撞，這時是既恨走去的允禛，又悲傷他們的哥哥，更不敢回去見他們的爸爸了，見了面可怎麼說呢？這都是為一個蝴蝶兒給惹出來的事！

原來那天晚上，允禛與路民膽為蝴蝶兒在余家後門外的湖壩上互相拼殺，那先吹口哨把船叫來的，就是現已身死的水駱駝余大楞。他們一共兄弟六個人，大爺是他，二爺是水鷗哥，三爺是水牛兒，他父親的家業就是他們給幫起來的，可是他們都長得很難看，人又粗野，有了錢就賭博喝酒。早先他們也沒把娶媳婦的事放在心上，現在想娶，可又沒人肯給了。只有老四水豹子娶了個媳婦，老五水螃蟹、老六水蛤蟆也都是光棍。他們倒都還認識土娼，還有的有姘頭，娶不娶是一樣，根本他們活着都沒什麼打算。白龍余九是說：“非得兒子自己都發了財，才能夠娶……”他不願意家裏有六個媳婦，再來一群孫子，都吃着他。他還說：“好漢子就不應當娶妻！”他拿這話勉勵他的兒子，也騙他的兒子。

可是余大楞受不了，他時時想弄個老婆，還想弄個美人兒。這回遇着了蝴蝶兒，他可就起了心，他喚來小船將蝴蝶兒搶走，運到了湖的東岸偏北的蚌兒店，他的賭友賽鐵頭的家裏。老二跟老三，本來是跟着哥哥瞎胡鬧，他們原不敢搶路民膽所喜歡的女人；本想等着允禎走了，還是把蝴蝶兒送還給路民膽，沒想到弄假成真。

一到了賽鐵頭的家裏，余大楞就叫預備洞房，老二跟老三都還說這件事對不起路民膽；路民膽不但是咱爸爸的朋友，還是個著名的好漢，惹不起他。水駱駝余大楞卻不管這一套，兩個兄弟也只好不說什麼了。怎奈洞房也沒入成，因為蝴蝶兒是撒潑打滾的直想尋死，足足鬧了半夜，連賽鐵頭一家人都沒有睡好覺。

後來，蝴蝶兒倒像是有點答應了，卻叫水駱駝得先去弄錢，她說：“你得打來金鐲子、金首飾，買來鳳冠霞帔，挑好日子拜天地，我才能夠嫁你！你這樣跟水賊似的可不行，你非得十字披紅，頭戴金花，像個官兒似的……”

水駱駝余大楞說：“我沒有錢啊！我爸爸有錢也不給我！”

蝴蝶兒說：“你不會去搶嗎？”余大楞說：“我搶誰去呀？”蝴蝶兒說：“你愛搶誰就去搶誰！”余大楞想了半天，說：“我們這湖邊，可沒有什麼像樣兒的財主。”蝴蝶兒說：“你真是個傻東西！眼前放着那麼大的一位財主爺，你竟會不知道？得啦，你還想娶媳婦啦？你不配！快點走吧！”

余大楞說：“財主爺是誰呀？你得告訴我呀？”他越發迷糊了，更感到娶媳婦的必要和有趣了。蝴蝶兒卻說：“你真是個睜眼大瞎子！眼前放着財主爺，你會不認識？”余大楞直眉瞪眼的，真想不起來誰是財主爺。

蝴蝶兒就說：“跟我們一塊兒的那個黃四爺，就是剛才跟路民膽打仗的那個，他不但是頂闊頂闊的大商人，還是……哼！我也用不着跟你說了，看你這一臉水銹，跟你說，你也是不懂得。反正我在路上是看見了，他的行李捲裏，滿滿的全是金銀，他的身上裏的都是銀票，你不用說全都搶來，你就是能夠借一點來，也就夠你……”

她緊咬着牙，一句釘着一句地說：“痛痛快快地跟你說吧！你這樣兒不行！你把人家搶來，殺了人家也是不能嫁你。你沒找個鏡子看看你的模樣，可是也應當低頭看看你身上穿的衣裳呀？穿着草鞋破褲子，還想娶媳婦？可真是做夢啦！不是我的臉厚，你把元寶、銀票都拿來，拿在我的眼前晃一晃，再換上一身乾淨的衣服，給我打點兒首飾，也不用跟我說什麼，我也就沒什麼不願意了！”說到這裏，她又現出一種嬌羞的樣子。

余大楞一想，覺着也對，沒有錢確實娶不了媳婦。他在湖邊長大，如今已三十多歲了。可是因為他爸爸白龍余九定下的規矩，凡是在湖裏，無論是打魚或是渡人的，一概不准有盜賊的行為，否則被他知道了，他就有嚴厲的懲罰對付；因此誰都不敢有一點妄為，他們當兒子的更是不敢。當下他遲疑了半天，又出去跟他那兩個兄弟余二聊與余三撞商量了多時。

那兩個起初也是不敢幹，後來聽他們的大哥說“有錢就能夠娶媳婦”，因此他們也就急着想弄一筆錢。又因為本來就看着唯獨那允禎帶着個聽差的，可知是個闊人；蝴蝶兒是跟着他一塊兒來的，說是看見他有錢，這還能錯嗎？雖然早先他們的爸爸，對他們管得那麼嚴，可是近年來因為他年老了，管理也有些鬆懈了，所以今天他們為利所誘，當時就都決定了去搶劫。

他們又乘船趕回了家中，可是那時天色已經亮了，秦飛和允禎已經走了。他們兄弟三個就背着他們的爸爸，帶着兩個夥計，乘着兩隻小舟，就在湖中追尋。倒是被他們把允禎追着了，可怎奈允禎的力大，武藝又高，他們兄弟的三把蛾眉刺全都施展不開；結果弄得那老漁人的兒子死了不算，水駱駝余大楞媳婦沒娶成，錢財沒到手，也落得一命嗚呼！並且，這時候蝴蝶兒早已跑了。

蝴蝶兒本來就是故意把余家兄弟三人支走的，叫他們去找允禎碰釘子，她便趁着賽鐵頭家裏的人都熟睡了，就悄悄地溜了出來。這時天色才亮，她就順着湖岸不辨方向地走着。忽然看見對面來了一個人，正是路民膽，在薄薄的晨霧裏正在東尋西找，像一隻獵犬似的，可是並沒看見她。她就躲在一顆大柳樹的後面，等到路民膽走過去以後，她才又半走半跑起來，居然就被她找到了一條大道，於是她又走，跟一隻鷹爪下逃出來的兔兒一般。

其實，她這時並不害怕。她本來自幼就沒有爹媽，沒有一點管束，跟她的表哥，跟村裏的一些野孩子，時常打架打破了腦袋。但是後來她漸漸長大，長得也像是個識體面的姑娘了，她可聽了不少的像王寶釧和薛平貴、柳迎春跟薛禮白袍那一類，因受苦而後來一步登天的故事，她便中了迷了。她永遠想要將來成一個貴婦人，所以康財主娶她作二房，她不幹，並逃了出來。雖然她看出允禎不是個平常的人，想要嫁允禎，但允禎不要她，她很失意，可是她仍然想，非允禎那樣的人，她絕不嫁。路民膽對她是時時刻刻不放鬆，她也明白，但她也沒把路民膽那樣的一個土財主，江湖略略有名的人看上眼；而水駱駝更是個癩蛤蟆，吃不了天鵝肉。雖然現在她是一文無有、漂流無所，可是她還要走。她討着飯吃，在曠野裏睡，她並不想為找個吃飯的地方，隨便去嫁一個人。

她就這樣在路上一直飄泊了四五天。自然她走得很慢，連後面本來離着他們很遠的車輛，全都把她趕上了。後來，她就恰巧又遇着了，前些日在河南地面店中相識的那金老婆兒。金老婆兒帶着她那三個孫女，坐着車，一見蝴蝶兒這種樣子，簡直已經成了個要飯的了，就把她叫上車來，要帶着她往金陵去。蝴蝶兒當然也很願意，於是就跟她們一路同行。

金老婆兒的三個孫女，一個叫嫣香，一個叫媚綠，一個叫喜寶，全都比蝴蝶兒大兩歲；她們是什麼話都說，有些話蝴蝶兒都不能夠說，她們可能說得出來。後來，金老婆兒漸漸說了實話，原來她是在金陵秦淮河邊開設妓院的，這三個"孫女"實際就是她買來的，已經教得差不多了，現在就要送去賣笑。她勸蝴蝶兒說："幹這個好！穿着綢緞，天天還能夠吃好吃的。陪着那些闊少大佬們玩，還不就是自己玩嗎？將來，或是自己積蓄些錢養老，或是跟人從良。像你這麼好的模樣，到了秦淮河一定得成狀元！不定得有多少做官的、為宦的、開大買賣的、有錢的公子哥兒們，去爭着搶着地送你元寶，送好東西；這個也要娶你，那個也要聘你，到時隨你自己挑！"

這些話自然使得蝴蝶兒也不禁害羞，心裏更有點兒難受，不過金老婆兒最後的幾句話又實在吸引着她。本來，她說想到金陵去找她的表哥，那是瞎話，她雖是有個表哥在金陵為商，可是恐怕早就成了家啦，再說她也不想嫁個商人。如今，像允禎那樣的，她既是嫁不成，她只好先當着妓女再去慢慢地找，將來還許找着比允禎更好的，真許能夠找着真龍天子呢？於是，她就擦了擦眼淚答應了。

金老婆兒自然是十分喜歡，所以在路上就給她打扮好了，也說是金老婆兒的孫女。四個姑娘排在一塊兒，真像四位小姐似的，其中自然以蝴蝶兒為最美麗。她可也沒覺出路上有多少人注意她、爭着看她，她只夢想着她的將來，她要先墜泥而後登天。

在路上行了幾日，這天，便渡過了揚子江，而來到了金陵江寧府。

第十五章　　甘鳳池賣藝夫子廟　　蝴蝶兒初會年羹堯

　　金陵城裏的秦淮河，是六朝煙水勝地。雖說在這時候最繁華的地方是揚州，可是揚州不過是個商埠。江南的高官顯貴，士紳世家還都住在金陵。這時的秦淮河依然是日夜笙歌，每一處妓館都裝設得跑迷樓似的。不過，秦淮河的妓女自古有名，有才有貌的人不計其數。但在這時候卻是不多，使一般走馬的王孫和揮霍的闊佬，常有"找不出來一個出色的"之歎，如今秦淮河邊的一家名叫豔春樓的妓院，卻新出了一個名妓蝴蝶兒。

　　蝴蝶兒才一來到的時候，是一點也不出名。因為她是跟金老婆兒的那三個孫女一塊兒來的，照着規矩，她們雖然年歲都在二十上下了，可依然屬於雛妓。因為是新入院的，還在學習期間。每晚至多了陪客人談幾句話，其餘別的事一概不做，大部分的時間是學習唱曲、吹笙，認識字的人還要學作詩、繪畫。因為有了這些特別的才藝，方能夠一躍而為名妓，能夠得到高雅人士的青睞，方能夠掙大錢。所以，這一帶有專教這些技藝的師傅，其中教曲的柳玉笙、教畫的翁彩筆，都是極有名的。

　　像蝴蝶兒這樣美麗聰明的，他們就想要用心來教，不料，蝴蝶兒卻什麼都不學。金老婆兒的那三個孫女都學會了些本事，嫣香是只用了兩三天，就將幾折《牡丹亭還魂記》唱得很好了；喜寶也能用笙吹一點《梅花三弄》了；媚綠居然會畫一朵芙蓉了，只有蝴蝶兒是什麼也不會。

　　蝴蝶兒來到這兒，倒好像不是來學做這種賣笑生涯的，她不跟人爭妍賽豔，卻只好看熱鬧。一到晚上，她就憑着樓欄，看那燈光裏出入的一個個的"走馬王孫"，有老的，有少的，有的是財大氣粗，有的是輕薄可鄙，她簡直一個都看不上眼。人家也都不注意她，因為誰願意來把錢花給她呢？她既不出名，又什麼也不會。

　　雖然也有人發現了她的貌美，要招呼她。金老婆兒趕緊給她借屋子，因為她自己還沒有一個屋子；金老婆兒又給她引見，說這是什麼王老爺、龐老爺、唐老爺、常老爺……反正只要是來到這兒的，就算是個十來歲的小荒唐鬼兒，也得呼為老爺。可是蝴蝶兒卻一點兒應酬也不會，更不會做笑裝憨，她高了興，就也跟人家大談大笑；她厭煩了，就把人拋下，她走了，又到樓欄杆旁邊看熱鬧去了。有時她還又笑又嚷地，並指着說："哎喲！快來看呀，那人原來是個瘌痢頭，哎呀！我可不理他！"

　　她似乎不明白她現在做的是什麼事，也不想想這是個什麼地方，也許她是裝糊塗，可是就把掌班的花胳臂老六給招惱了。他說："這是怎麼回事？弄來這麼一個，算是幹什麼的？說她是幹的她又不幹；說她不是幹的，她可又吃這兒的飯，這還行？乾脆把她關起來打一頓，餓她幾天吧！"

　　金老婆兒是花胳膊老六的乾媽，又是這豔春樓的半個老闆，幸虧她給講情，這才使得蝴蝶兒免去了吃虧。但她依然是一點眼色也不懂，依然是貪熱鬧，好吃喝，不學着伺候人。金老婆兒雖然護着她，可也沒法子往起來提她了，只好叫她去跟一些下等的妓女，在一塊去混。

　　豔春樓中的妓女有二十余人，可是卻分為上中下三等。上等的就是能詩會畫，伺候的都是一些富紳和富家的公子；中等的是必須會彈唱歌曲，至少也得會猜拳行令，善談吐、能應酬，她們交接的多半是一些巨賈富商；等而下之，屬於最末的，就是幾個姿色既不行，又沒有擅長的，其中也有的是過去頗有豔名，如今卻已是人老珠黃不值錢了。譬如這裏有個叫雅娥的，還有一個年雖已近四十，可還叫小玲寶的，她們就是屬於這種下等、末流，住着樓下的小房子，吃的是粗飯。

　　跟她們交往的不過是一些跟班的、鏢頭，或江湖術士，既使是這些人，也很少自動前來，她們必須常常地出外招引。她們幾乎每天都要打扮得花枝招展，藉名是出外遊玩，實際是招徠顧客。蝴蝶兒既不肯往上流去學，金老婆兒只好就叫她天天跟着小玲寶出去，也是想：她一個生在鄉間的女子，沒怎麼見過世面，不如叫她多出去玩玩；她見的世物多了，自然能夠增加她的虛榮和欲望，以後也就順手了。金老婆兒半輩子養了不知有多少成名的乾姑娘和乾孫女，她很有自信心，相信憑着蝴蝶兒的絕世容貌，別看現在還沒有什麼人注意，將來是金堆銀垛、珠箱寶庫，一定都能夠給她掙回來，不用着急。

　　秦淮河裏，畫舫晝夜不斷地往來，河岸上的一些闊佬、大少也不計其數。蝴蝶兒還嫌這裏不熱鬧，她幾乎天天要跟着雅娥和小玲寶，去遊夫子廟。夫子廟在這康熙年間，就已經是一座熱鬧的場館，舖子也是一家挨着一家，並且也有不少賣藝的江湖人，有的是相面、打卦，有的在賣膏藥、捉牙蟲，有的講評書、唱花鼓，有的是打棒掄拳。這些人大多是流浪的人，然而他們各有各的技藝，各有各的顧主，各有各的朋友，各自也都能夠空着肚皮來，而飽着肚皮走。

　　這些人裏就有小玲寶的客。她歎着氣對雅娥說：“相面的章鐵口，已有半個月又沒上我那兒去啦。前幾天遇着他，他說他近幾日生意不好，其實他是這兒看相最有名的，一天也不知有多少人找他，他哪能夠就沒有錢？他一定是發了財啦，又在別處另有了新相好的，把我給拋啦！今兒我倒得看看他……”雅娥也是前天來這裏的時候，看見了一個穿得很闊、像是很有錢的人，那人直看她。她希望再遇見那個人，今天別把那個人放過，一定得叫他跟着到豔春樓，那麼以後他就是個花錢的客了；有這麼一兩個，就不愁能置幾套夏天穿的衣裳了。

　　這時的天氣，已經很熱了，蝴蝶兒現在穿的是金老婆兒新給她做的，一身豆青色綢子的長褲、小襖兒，鞋也是豆青色的，大辮子上還繫着一塊豆青色的綢子。她搖着一柄新買的，灑着金面兒的，白骨頭上嵌着蚌殼的小摺扇，不住地，一下一下的，往人叢裏扇她那脂粉的香氣。忽然看見圍着一大圈子人，各個都擁擠着，探頭翹足的，不知是向那裏面看什麼。蝴蝶兒就好奇心勝，不住地往裏去擠。小玲寶就拉她，說：“你看什麼呀？這一定沒有什麼可看的。”她可是不聽。

　　憑她的力氣，哪能夠擠得進這密不透風的圈子呀？可是因為她是一個婦人，這裏的這些人全都是些莽男子，見她來了，不由得全都扭扭頭、動動身，向她來看，這麼一來，她可就趁勢擠進去了。擠進去她可又後悔了，再想出去，也不能夠了。

　　四周圍一層層的都是些個男子，只聽這賣藝人大喊了一聲：“開！”真跟霹靂似的，把蝴蝶兒嚇了一大跳；同時就見他用單掌，將一塊西瓜大的青石劈成了好幾瓣，石屑飛濺，幾乎濺到了蝴蝶兒的臉上，可是這賣藝的巨掌一點兒也沒受傷。他又由旁邊拿起了一隻錫酒壺，放在掌裏一捏，這錫壺就如同麵做的似的，當時就被捏扁了，並且團成一個球兒，再用手一捏，錫拉，就從他五個手指縫兒流出。這時，四圍的人有的驚嚇得不住的咋舌，有的大聲叫好，還有的在竊竊地說：“這真是神力！到底是甘鳳池，名不虛傳！”可是看的人雖都稱讚，給錢的人卻也很少。

甘鳳池這個名字，蝴蝶兒覺得似乎是聽誰說過，她就不禁去細看這個人，咳！這個人的模樣可是真怪。他的身材不算高，可是十分雄健，雙肩尤其寬厚，兩隻胳臂如同鐵棒子一般，兩條腿卻像石頭樁子那般的結實而有力。他的年紀也不過四十，眉目十分端正而英爽，但卻須髯如戟、亂蓬蓬的，頭髮是挽成了個髻，像是個道士。他穿的只是背心似的一件衣裳，短褲，光着腿赤着腳，連鞋也沒有穿，可見這人現在是很落魄的，卻又有這樣大的本事。不過他這本事也沒有多大的用，因為練了半天，把石頭拍碎了，還賠了一隻錫酒壺，結果，地上扔着的錢還不到二十文。他這個大力英雄，還得貓着腰，一個一個地去撿。

蝴蝶兒看着，不由動了一點憐憫的心，就回身向小玲寶問說：“你有錢嗎？借給我一點！”小玲寶隨手從身邊掏出約莫三十文，蝴蝶兒伸手就全都拿過來了，隨之向甘鳳池盡數一拋，嘩啦啦地灑了一地，有的還撞到了甘鳳池的腿上。甘鳳池這個大力而潦倒的賣藝人，就驚訝地向揚錢的人瞪目去看。這時小玲寶正在抱怨蝴蝶兒，說：“怎麼？你把我的錢一下子全都給了他啦？我就有那點兒錢，我還想買東西呢，並沒有想全都借給你呀！”蝴蝶兒卻說：“得啦！以後我還你一塊銀子，這錢你就別心痛了。給人家的也不算多，人家這麼大的力氣，這樣的一位英雄，咱們還不應當幫助人這點兒錢嗎？”說着，她微笑着，就跟小玲寶、雅娥兩個人拉着手，一同走了。

甘鳳池剛才跟大家要錢的時候，一大半是早就溜走得很遠了，這時這個場子的四周圍，卻還留着十幾個人，都是等着看甘鳳池再練的。蝴蝶兒扔錢的時候，他們看了也特別驚異，雖不認識蝴蝶兒，可有的人認識小玲寶和雅娥，就笑着說：“這是秦淮河邊的！”又一個說：“對啦，是金老婆兒那兒的，她們天天在這兒亂串，也為的是拉買賣。”又有一個就嘆惜的說：“你別看她們，她們掙錢有多難呀！可還真慷慨，肯幫助人！”

甘鳳池拾起來地下的錢，耳邊聽了這些話，他就更是發怔，兩隻炯炯有神的大眼睛，也顯出來有一種憂鬱。他用手摸着亂蓬蓬的鬍子，神情懈怠，仿佛也無心再賣藝了，待了一會，他就收了場子。

蝴蝶兒跟小玲寶、雅娥，在夫子廟閒逛了一天，結果倒是遇着了雅娥的一個熟客，帶着兩個朋友。那人請她們到一家小飯館裏吃了晚飯，然後一同回了豔春樓，都到了雅娥的屋裏。這個客本想把他的一個朋友和蝴蝶兒拉攏到一起，那個朋友自然也是求之不得；金老婆兒雖然見那人並不是太有錢的人，未必能對蝴蝶兒怎樣的報效，可是覺得也不妨叫蝴蝶兒借此練習，陪一陪人家，學着說點話兒。可不想蝴蝶兒當着人就沉下臉來，說：“我也沒屋子，沒地方讓人，再說我也沒那興致！你們玩吧，我可走了！”說了這話，她一摔手就走出了屋子。

金老婆兒追着她，用手指頭點着她的臉，說：“你陪不陪人倒不要緊，耍這臉子給誰看？你是個幹什麼的？這是個什麼地方？你吃的是誰？你都知道嗎？你要是當千金小姐，為什麼不在你家裏當去呀？你既沒有那個命，就得在這兒乖乖兒的聽說，想法兒得給我去掙元寶！”

蝴蝶兒說：“媽媽！媽媽！您聽我把話說明白了，我也不是不願意給你老人家掙元寶呀！可是您看那三個人，他們有元寶嗎？他們那窮樣子，大概倒是個現世寶，我才把他們看不上眼呢！媽媽您待我不錯，我將來一定報答您，可是既要給您掙元寶，就得掙那頂大頂重的元寶，小一點兒的我都不屑去掙。”

金老婆兒說：“你淨說，你快給我去掙啊！連個屁也給我掙不來！”

蝴蝶兒倚着樓欄，拭着眼淚說：“您不用忙，早晚我能夠找幾個有錢的！就像早先跟我們在一路上走的那個黃四爺，那樣有錢。”

金老婆踩着腳說：“哪兒找他去呀？他到底上哪兒去了，你也不知道。”

蝴蝶兒說：“天下難道就是他一個人有錢嗎？比他有錢的可多啦！金陵城這麼大的地方，更有的是，我一定能夠找得到，那時我掙來的錢全是你的！現在這麼個窮鬼，我要理了他們，就是貶了我的身價了！”

金老婆兒一聽，覺着她說的這話也頗有點兒道理，但是還不願意承認，還不能夠誇獎她，所以就用手指頭戳了她一下，說：“你不用哄我，等你找着有錢的主兒，大概我也就⋯⋯哼！也就死了！”說着可就走開了。蝴蝶兒覺得臉上被戳得生疼，可是並不怎麼傷心，她拭了拭眼淚，就依然倚着樓欄杆站着。

這時燈都點上了，樓上樓下各屋裏的姑娘們全都梳好了頭，含顰蓄笑地等待着顧客；那些走馬王孫、風流闊少，也都是三五成群，搖扇擺頭，嘻嘻哈哈地來到了。掌班跟夥計們就忙了起來，一邊高喝着：“打簾子呀！”一邊叫着姑娘們一個個的芳名。有的客人來此是初結新歡，有的是來尋舊識，其中就以蝴蝶兒的那三個乾姐姐的人緣最好，各個的屋裏都有很高貴的客，而且還彈唱了起來，所以金老婆兒這時更是一點工夫也沒有了。

蝴蝶兒在這兒倒沒有人管她了，並且她所站的這個地方也不妨礙別人的事，因為是二層樓上靠邊的一個角落。她的眼前是這些浮華的景象，身後卻是敞開的一面窗，那窗外就是煙波浩蕩，月色迷茫的秦淮河，那裏現在還有畫舫、遊船，還有笙歌處處，還有未散的綺筵、未盡的華燈。蝴蝶兒在此時頗有一些感慨，她想：我是已經墮落到這環境裏了，也掙扎不出去了，但誰是賞識我，而又憐憫我的人呀？恐怕一些有錢的、有身份的，不是像姓黃的那樣無情，就是像路民瞻那樣輕浮、魯莽，哪能找到一個像我所想的那樣一個人呢？恐怕永遠也找不到吧⋯⋯想到了這裏，這才真真的使她傷了心，不覺眼睛就被淚水模糊了。

她並沒有聽見旁邊有什麼聲音，卻突然察覺出來身後有一個很大的身影，並且好像已經站立了半天了。這可使她害了怕，心想：這莫非是個鬼嗎？為什麼一點也不喘氣兒呀？這個想法就像有一隻黑手捂住了她的臉，使得她很恐懼，不知該怎麼辦，她就驀然一回身，驚叫着：“哎喲！你是誰呀？”突然，她看出來了，這人原來就是今天在夫子廟看見的那個賣藝的，那滿臉都是鬍子的甘鳳池！她更是大聲驚叫着，說：“你，你在這兒幹嗎呀？”

甘鳳池卻一伸手就把她的胳膊揪住了，這就仿佛是老虎捉住了一隻耗子，真是一點兒也不費力。蝴蝶兒是一絲也不能掙扎，可是她仍尖聲地喊叫道：“你這是幹嗎呀？啊呀！你也配？你一個窮賣藝的，還要到這兒來⋯⋯”

甘鳳池卻壓着聲音，沉摯而懇切地說：“你不要混嚷！我來是想帶着你走，因為我看見你是一個好女子，不應當在這地方！”

蝴蝶兒依然嚷道：“我願意在這兒，你管不着！你叫我上哪兒去呀？”甘鳳池仿佛要用手捂她的嘴，又急急地說：“你別錯認為我是有壞心，我是江南有名的俠客，我專拯救孤弱，抱打不平。你是一個好女子，不該在這裏，你跟我到我家裏去……”蝴蝶兒卻要往地下去坐，她依然大喊道：“憑什麼……我到你家裏去？哼！你也配！你死了心吧！”

甘鳳池急急地辯解說：“我不是惡意，我是要救你，跟我走！到時候你自然知道……”他彎身就將蝴蝶兒抱了起來，但是蝴蝶兒依然哭着、嚷着，使勁要往地下躺。

這時候，她的嚷嚷聲早被樓下聽見了，當時掌班的花胳臂老六，還同着幾個夥計，就咚咚地跑上了樓。他怒氣衝衝，捋胳膊挽袖子地說：“你是怎麼回事？你這小子是哪兒來的？好麼，你竟敢欺負我們這兒的姑娘！”

花胳膊老六頗有些蠻力，而且也學過幾手拳腳，當下他就向甘鳳池撲來，卻被一個夥計攔住了，因為這個夥計已看出來，抱住蝴蝶兒的這個人正是甘鳳池。這個夥計見過甘鳳池在夫子廟賣藝，也聽人說過他的大名，所以趕緊就把他的掌班攔住，悄聲說：“這就是甘鳳池，比牛的力氣還大，可惹不得！”

花胳臂老六卻不聽這一套，罵着說：“什麼他媽的甘鳳池？我就沒聽說過！小子！我看你這個長相，就像個強盜。這個地方是花錢的大爺來的，不是你這樣兒的人來的，你快點把我們蝴蝶姑娘撒了手，要不然，你可認得我？”說時一拳打來。

甘鳳池卻用手將他擋住，說道：“你不要這樣！我不是不講理的，你聽我說！”

花胳臂又一腳踢來，然而雖然踢中了甘鳳池，可竟像是踢到鐵柱子上一樣；不但甘鳳池的身軀不動，他的腳丫兒反倒生痛。但他仍然不服氣，說：“你還有什麼說的吧？跑到我們這兒來怔揪住姑娘，你小子有錢嗎？有錢你也得先回家去換一身衣裳，還有你這鬍子，也得剃剃……”

甘鳳池卻正色的說：“聽我說！我甘某向來不到這種地方。今天我是看見她真是一個好女子，不該在你們這裏，我所以才來的，想把她帶到我的家中……”

花胳膊說：“喝！憑你這長相，還想由這兒接人從良呢？可是你想接人，也得先掏出銀子來！”甘鳳池慷慨地說：“銀子我想法子借來給你，你要多少我給多少。我接她出去，不是想作別的，是想叫她作我的妹子，在家裏伺候我的母親。”花胳膊把嘴一撇，說：“看不出來，你倒是個孝子！乾脆叫你的娘也上我們這兒來吧！”

他這句話，可真招惱了甘鳳池，就如同是觸了虎須一樣。當時甘鳳池大怒，眼睛瞪起，大喊一聲：“胡說！”這就像空中響了一聲劈靂，同時他就一隻手抓住了花胳臂老六的後腰。花胳膊還要掄胳臂打他，卻被他一摜，就整個給從樓上扔到了樓底下。

這時，有很多的人都齊聲驚叫，蝴蝶兒依然掙扎着嚷道：“快放開我吧！你把人都摔死啦，還不快點跑！”甘鳳池卻把她的身子高舉起來，就往肩膀上扛，蝴蝶兒依然手腳亂動地掙扎着。

那幾個夥計都跑了，喊人去了，金老婆兒也直叫喚：“這還了得！這不是沒有王法了嗎？寶貝兒們，你們可都千萬別出屋子！各位老爺們別看熱鬧了，快點進屋裏去吧！哎呀！甘鳳池！難道一個窮賣藝的，有點名姓的甘鳳池，就沒人敢惹，也沒人敢管嗎？”她由樓上跑到了樓下，張着兩隻手這樣地嚷嚷着。這時候，樓下的人倒是不少，連外面的人也都擠進來看熱鬧。那掌班的花胳臂已經摔得半死，被人扶起來，還不住地呻吟着，說：“快去報衙門！快去報衙門！”

金老婆兒當時就要叫人去報官，可突然被一個人給擋住了。這個人是才進的門，長身子，穿的是閃閃的綢緞，有些鬍子，年紀約有四十餘歲，一看這模樣就來歷不小；身後邊還帶着四名小廝，全都是青衣小帽，一樣的打扮。這個人就擺手說：
“你們都要安靜些！我認識甘鳳池，我到樓上去看看他。”說着就一直朝樓上走去。

金老婆兒戰戰兢兢的，心說：這是一位官老爺呀！官職還一定不小。於是她
趕緊跟在後面，又上了樓梯，並說：“哎喲！老爺您還是請到那屋子裏去坐吧！別
惹那個姓甘的，他有力氣，又不講理……”這位老爺卻一言不發，腳步輕快而有力。

他先上了樓，就叫着說：“鳳池！”

那甘鳳池因為樓下的人太多，他肩扛着蝴蝶兒，正要由那樓窗跳出去，也許
是想一下跳到秦淮河裏，浮着水再走。驀然聽得這人一叫，他當時就怔住了。這人
又說：“你這件事兒辦的不對，快把人家放下！”甘鳳池一聽，當時就把蝴蝶兒放
下了。

蝴蝶兒這時頭上的釵環都掉了，她哭泣着，頭發暈，腳發軟，她就斜臥在樓
欄杆旁，仰着滿是眼淚的臉兒去看這人。她感覺非常驚訝，因為這個人說的也是北
京的官話，跟那黃四爺幾乎是一樣，不過，這人說話的聲音比允禎更顯得有威風。
她趕緊用袖子擦擦眼淚，借着燈光去細看，見這人的鼻子很高，而且是鉤形，雙目
有棱，炯炯放光，真像一隻神鷹似的，而他的鬍鬚也襯托出他的威儀。

這人只用了幾句話，就把那力大無比的甘鳳池，完全給鎮懾住了。甘鳳池一
聲也不語，就像他的僕人似的，那樣聽從他。他又說：“你走吧！今天的這事我也
不怪你，明天你到我那裏去，有什麼話再對我說。”甘鳳池答應了一聲，就垂着鬍
鬚低着頭，既懊喪又畏懼似的下樓去了。

他一下樓，許多的人都趕緊躲開。他又瞪起眼來，忿忿地說：“這回事兒，
不許你們胡亂批評。我甘鳳池也是個好漢，今天來到這裏是為救那個女子，可是她
不明白，她想錯了。只有年二爺知道我，沖着他，我現在先走，明天我還要來！”
說着，他就昂然地、抑鬱地走出去了。

這時，樓上的金老婆兒趕緊向那位老爺道謝，並笑着問道：“老爺貴姓呀？”
那四個小廝之中，有一個就代替他回答說：“這是年二老爺！”金老婆兒就趕緊拜
了拜，說：“哎呀！年二老爺，我眼真拙，大概您早就來過吧？您認識的是我的哪
一個寶貝呀？”

小廝在旁邊說：“我們老爺幾時到你們這兒來過？你別混說！今天我們老爺
是從這門口兒過，要不是聽見這兒嚷甘鳳池，我們還不進來呢！”

金老婆兒說：“哎喲！敢情那姓甘的也是老爺手下的人呀！我們可真沒得罪
過他。他那個人，今天做的事太怔了！我這個寶貝兒叫蝴蝶兒，她本來是個小孩……”

這時蝴蝶兒已經扶着樓欄杆站起來了，她掠掠鬢髮，又擦擦眼淚，不住地看
這位老爺，而這位年二老爺也不住地看她。金老婆兒聰明，趕緊就說：“我給您找
間屋子吧？請年老爺坐着歇一會兒，讓我們蝴蝶兒姑娘服侍年老爺喝一碗茶，給老
爺道謝！”年二爺沒表示不願意，於是金老婆兒就趕緊給找屋。

蝴蝶兒本來自己沒有屋子，金老婆兒就臨時給借的嫣香的屋子，嫣香的客早
就嚇走了，此時嫣香就先陪着。她是一個新出名的名妓，豔麗得跟一朵花似的，她
這屋子也漂亮得像一座花房。然而這位年二老爺卻一切不看，一切不理，坐在椅子
上似乎還很發急。等了一會兒，那洗乾淨了臉，重擦好了粉，再梳好了頭的玲瓏嬌
小的蝴蝶兒，才穿着嫣香的一身衣裳，又姍姍走來。

此時，金老婆兒不單殷勤地伺候着年二老爺，還抓個空兒，出去要招待招待
那四個跟來的小廝。小廝們卻都站在屋門外等着，其中的一個說：“你不用應酬我

們，你只好好地伺候着我們老爺吧！可要小心一點，我們老爺的脾氣可暴！”金老婆兒一聽這話，不由得很害怕，同時她又仔細一看，幾乎嚇掉了她的魂；原來這四個一樣打扮的小廝，在青坎肩下面，都繫着一條青絲帶，每一個人的帶子上都帶着小刀子一把（其實就是鋒利的匕首）。

金老婆兒不由得身上打哆嗦，趕緊又進了屋。就見嫣香往里間去了，蝴蝶兒正陪着年二老爺說笑，這位老爺也直笑，好像一點也沒有脾氣。見金老婆兒進來，他就從懷裏掏出一塊至少有二兩重的黃澄澄的金錠，向桌上一放，說：“老婆兒！你把這個拿去，給那個剛才被甘鳳池打傷的人吧！”

金老婆兒心裏喜歡，手可又連連地擺着，悄聲地說：“哪用得了這麼些個？就是把那花胳臂摔死了，他也不值這些金子呀！”

旁邊的蝴蝶兒卻皺着眉，不耐煩地說：“媽媽你就收起來吧！”

金老婆兒又連聲地答應着，兩隻手哆哆嗦嗦的把金子拿起。她又到了里間，把那因為人家不理她，還在直生氣的嫣香給叫走，把整個的屋子都讓給了蝴蝶兒，心說：隨她去吧！反正我已有了這錠金子，什麼我都不管了！這位老爺，真還不知是一位什麼老爺呢？

第十六章　　結新婚美人舒巨眼　　述往事老儒授奇才

　　此時的屋裏，燈光灼灼，照着蝴蝶兒和這位頗有威儀的年二老爺。但這位老爺對她卻是十分地和藹可親，先笑着細語問她的年歲和家世，然後又問說：“你的家離着這裏有一千多里地，你為什麼到了這種地方呢？是誰把你賣的呢？”他問了這幾句話，蝴蝶兒卻不回答，小臉兒上突然現出一種悲哀的神色，因此年二老爺也就不能再向下問了。

　　蝴蝶兒又給他斟了杯茶，轉悲為笑，說：“我今兒在這兒遇見了年老爺，這可不是生拉硬碰上的，我想您就想了不知有多少個日子啦！”

　　年二老爺聽了這話，不禁感覺有些詫異，就問道：“莫非你認識我嗎？”

　　蝴蝶兒微笑着搖頭說：“我倒是不認識，可是我早就想到了，將來我一定能遇到像您這樣的人，不然我也不能甘心在這兒。我每天扒着樓欄杆，看來來往往的人，我時時留心着，有沒有我想着的那人；有時候我因為找不到，我都要灰心了，不想還是老天爺有眼，終於叫我遇見了您！”

　　年二老爺既是驚訝，又是納悶，他細細地看着蝴蝶兒，半天才說：“你不錯！像你這樣的人，漫說在煙花之中，就是在閨閣之中也很難找，你可謂為巨眼識英雄！”

　　蝴蝶兒又把這年二老爺打量了一番，就又笑着，悄聲地問道：“我知道老爺的尊姓是姓年，一定是瑞雪兆豐年的那個年字了，可是老爺您的大號呢？”

　　這位年二老爺卻說：“現在我只能告訴你，不可向別人去說。”蝴蝶兒倒一驚，當時就面色變了，就聽這年二老爺自己稱名道姓，說：“我就是年羹堯。”

　　年羹堯這三個字灌到蝴蝶兒的耳朵裏，她似乎覺得非常熟，當時她的神色就顯得更為驚訝，說：“哎喲！原來，您就是年羹堯呀！”

　　年羹堯問說：“怎麼？你知道我的名字嗎？”蝴蝶兒又微微笑着，說：“年老爺的大名我是早就聽人說啦，我不但知道，簡直可以說認識您！”年羹堯說：“奇怪！你怎麼會認識我？”

　　蝴蝶兒搖晃着頭，抿着嘴笑着，又說：“我雖然不認識年老爺，可是我認識您的好朋友！我們還在一塊兒走了許多的路，後來要不是遇着了事，我們至今也不能夠分手。”

　　年羹堯說：“我的朋友本來很多，你說說是哪一個吧？”

　　蝴蝶兒伸出一個手指頭來，說：“我先說出一個來吧！曹錦茹曹三姐，您認識不認識？”年羹堯搖頭說：“我不認識！除了我家裏的人，只是今天認識了你這麼一個女子。”蝴蝶兒一笑，說：“好啦！您不認識她，可是她的爸爸曹仁虎……”

年羹堯詫異着說：“怎麼？你竟認識曹仁虎？”

蝴蝶兒說：“我不但認識他，還認識一個路民膽呢！”

年羹堯點點頭，說：“曹仁虎我僅見過一面，路民膽倒與我熟些，他們與剛才那個甘鳳池全是好朋友；我跟他們，也就算是朋友吧！”

蝴蝶兒說：“有一個人，您更認識了！這個人他是北京人，他的名字我可不知道，人都稱他黃四爺；他帶着一個聽差的，名叫九條腿秦飛。”

年羹堯搖搖頭，說：“不認識此人，北京人？他可會武藝嗎？”

蝴蝶兒說：“不但會武藝，武藝還比曹仁虎、路民膽全都好；他的長相也好，腰裏帶着的盡是黃金。他說他是在北京開着大買賣的，這次出外是為尋訪什麼豪傑俠客，不久還要往金陵來。我可是把他點破了，因為我看他那氣派、樣子，一點兒也不像是尋常的人，當面我就說他必是個大官，還許是個……”由此，蝴蝶兒就滔滔不絕的，把她怎樣認識的曹氏父女，又怎樣認識的允禵，然後一同往河南，見了路民膽……一路之事，差不多她全都說了，尤其是把允禵的氣度、豪俠、多財、善武，及生性耿直，都說得很是詳細。

只見年羹堯越聽越驚詫，愈驚詫就愈顯得有精神，等到蝴蝶兒把話說完，他便哈哈地大笑，說：“真妙！真妙！今天真是奇遇，我不但遇見了你這樣的一個奇女子，還聽說了這樣一位不久就要到金陵的奇人。這個人，絕對不同凡俗，我非見見他不可。好了！既有這事，我更不能夠即刻北返了，倒要在此地再多盤桓幾日了！”

蝴蝶兒至此時忽然又落下眼淚，哽咽着說：“我把什麼話都跟您說了，可是我……”她的臉紅了紅，話更說不出來了。她對於年羹堯，還不能像對允禵那樣的能夠直說。她現在是十分地擔心，十分地恐懼，因為天地間大概只有這年羹堯，是允禵以外的她心目中所想望的人。她深怕年羹堯也像允禵那樣的脾氣，給她一個釘子碰，那就完全無望了，她的一切夢想也就完全喪失了，所以她不敢一下子把話就全都說出口去。

年羹堯卻似乎已經明白了她的意思，就點點頭說：“你放心！你的事，我一定能夠給你想法子。”但是說完了這話，也沒再往下說。

停了一會兒，金老婆兒拿來一大盤子水果，笑着說：“請年二老爺隨便用點兒吧！”

年羹堯卻搖頭說：“我不吃。”又說：“來！我對你們說，給你……”說着，又從他的身邊掏出來一錠黃金。金老婆兒驚喜着說：“哎呀！年老爺這是幹什麼呀？今天可真應了我這寶貝兒蝴蝶兒的話了，財神老爺真是進了門啦！”年羹堯說：“這金子不是全給你的，是叫你趕快給她預備出一間屋子來。”

金老婆兒點頭說：“年老爺不必吩咐啦！由現在起，這屋子就是我這個寶貝兒的啦！那嫣香住這麼好的房子她也不配，我再給她另找房子。哪地方陳設得不好，我趕緊就給改樣子，要不然明天我就給再添置點東西。”

年羹堯說：“這就行！可是叫蝴蝶兒在這屋裏住，卻不能再叫她見別的客人！”

金老婆兒笑着說：“這還用您囑咐嗎？別的人，就是沈萬三抬着聚寶盆來，我也給他一概擋駕，就是……”她不由得皺着兩道蒼白的眉毛說：“那姓甘的要是再來可怎麼辦？擋他也擋不住呀？我剛才又聽人說啦，他拿鐵錘子能夠當核桃那樣咬着吃；連根拔一棵樹，就像別人拔一根草似的；他還會上房，簡直是個老虎精……”

年羹堯說：“不要緊，他聽我的話，我保證他絕不能再來！可是，你知道我是個什麼人嗎？”

　　金老婆兒笑着說：「我老了，我的眼睛可還沒花。別說您還在我們這兒坐了半天啦，就是我一見着年老爺的時候，我就斷定了您是一品大老爺，至少也跟總督平肩膀兒。」

　　年羹堯說：「不許向外多說。」他說這六個字的時候，雙目直射出威嚴的光芒，像刀光那樣森森可怕，金老婆兒不禁渾身打哆嗦。年羹堯又微微笑了笑，就站起身來說：「我要走了，明天再來。」說着，他向外就走。

　　金老婆兒跟着往屋外送，並說：「年二老爺明天可想着再來啊！」又暗暗地推蝴蝶兒，悄聲地說：「你倒是往外送一送啊？也說一聲呀？」

　　平常能說會道，而且在屋裏連坐都坐不住的蝴蝶兒，此刻不知為了什麼，不知是什麼事情壓住了她的心，她竟不會說什麼話了，腿也仿佛邁不出門檻了。她只掀着一角簾子，斜倚着屋門，含嬌地笑了笑，說：「明天可一準兒……」她忽然又一陣悲戚，眼角进出來眼淚，被簷下的燈照着，瑩瑩的如同珠子一般。

　　年羹堯出了屋，回首說了聲：「你回去吧！」他遂就帶着四個健僕，走下樓去。這時各屋依然有絲竹弦管之聲，細細地奏着，有纖柔的歌聲嫋嫋飄着。

　　年羹堯走出了豔春樓，天已昏黑，當空一鉤新月，發着淡淡的光。附近倒還熱鬧，停着的車轎不少，還有點着個小燈兒賣吃食的。幾家妓院，人還不斷地出入，街上的梆鑼卻已敲了三下。年羹堯就在前面大踏步地走，身後四個健僕緊緊地跟着，但他們主僕彼此卻都不說一句話，就這樣，過了兩條街，就回到他們住的旅店門前。

　　這原是一家很大的旅店，裏面住的多是些官宦闊客和往來的富商。店裏的人，此時多半還在秦淮河那一帶遊玩歡樂，還都沒有回來，所以店門也還沒關。門前掛着一隻大燈籠，紅紙剪貼的幾個扁體的字，是：江安老店、仕宦行台。

　　年羹堯才走到這裏，突然就看見在門的右側，站立着一條黑影。當時他略略止步，但他身後的四個健僕，立時就全都從坎肩下面抽出匕首來了。刀光與天空上的星月相映，一閃一閃的，可是那條黑影竟一點也不挪動。年羹堯定睛仔細地看了看，就上前拉了拉他的手，說：「好！好！你就同我進來吧！」他遂就拉着那人，與他一同進了店門；後面的四個健僕也一齊收起了匕首，隨之走入。

　　這人正是甘鳳池，他對於年羹堯似乎是非常敬服，而年羹堯對他也很是尊重，兩個人便一同走到屋裏。這屋裏是三大間，兩明一暗。他們進到暗間裏，這裏還有一個守屋子的老僕，見他們進來，趕緊就把燭花剪了剪，等到他的主人和甘鳳池對面落了座，他就回避出屋去了。

　　這屋裏堆積着許多的行李，多半都卷捆着，可知他們是準備着上路，不想在這裏多留。行李之中以書卷為最多，足見年羹堯是一位飽學之士，是一個文人；可是壁間又懸掛着一口裝在鯊魚皮鞘之中的寶劍，牆角還豎着一張已卸下弦的硬弓，更有箭弧，這可就令人懷疑到這位主人，莫非他也近於一種俠客？

　　甘鳳池將兩隻粗胳臂放在几上，彎着腰，鬍鬚也幾乎都攤在几上，像一堆沾了泥的麵條似的。他的樣子很怪，兩眼萌出來一種誠懇的光，說着很痛切的話，他說：「剛才我到那裏，真是因見那女子很好，不該叫她在那裏。我想拉她到我家去作我的妹子，因為我的母親腿腳不能走動，我想叫她去伺候我的母親！」

　　年羹堯微微的笑着說：「甘兄弟！你的人是很好，既是個孝子，且是個俠士，可是你想，你由青樓中就硬拉一個人到你家去，這事情辦得到嗎？而且那女子，無論如何也不能跟着你們去受苦。甘兄弟，這件事你辦的未免魯莽，可是也不要緊，我是知道你的。不過，關於伯母無人服侍的事，前天我也給了你一錠金子，叫你去雇個人服侍你家伯母。兄弟，我看你是馬馬虎虎的，大概你是把那金子又弄丟了吧？”

　　甘鳳池搖頭說：“沒有！我原想雇一個人，在我家裏服侍我母親，並代做飯。我出城想去找我認識的樵夫施阿大，不料施阿大正給鄰家辦喪事，那辦喪的人家連一口棺材也沒有，阿大就滿村裏求錢，也沒求來，只好拿一領破席來卷死屍，死的人還有孤兒寡婦。我看他們可憐，就把那錠金子給了他們了。”

　　年羹堯點頭說：“這事做的對。”

　　甘鳳池又說：“我怕給他們的錢還不夠，所以我今天才在夫子廟賣藝，本想掙些錢再給他們送去，可是不想沒什麼人給錢。只有那個女子，她給的錢不少，因此我才覺出她是一個好心的人，我才想去救她。”

　　年羹堯說：“那些事情不必提了，你也不必賣藝，我的錢還帶着很多。”

　　甘鳳池卻站起身來，搖擺着兩隻粗大的手掌，說：“我不能夠再要你的錢！咱們雖是好朋友，可是你的錢不是你的，是你父親年遐齡做湖北巡撫掙來的，是你中了翰林，當了差掙來的，都是清朝的錢；我是大明的百姓，我不要你的錢。”

　　年羹堯的臉上微微發紅，說：“我們相交多年，你說這話，我不能惱你，若換個別的人在我眼前說這話，我立時就抽出劍來，與他拼一生死！”

　　他歎了口氣，又說：“我這次自廣州辦完了試差回來，本想急回北京，因為那裏允禩、允禛等諸王正在競位，我正要在他們中間攪起風雲，以便恢復大明的江山。因為我現在雖說是一個漢軍旗人，但我原籍是懷遠縣，我實在也是大明的百姓，這你們都是知道的。不過我來到這裏，就耽誤下了，使得我不能去了。這倒不是因為和你與張雲如，我們想盤桓些日子，而是聽說了因僧現在胡作非為、不聽師訓。他現在金陵姦淫婦人、霸佔妓女、勾結着地痞盜賊，卻避着不與你我見面。今天我到秦淮河去，就為的是去找他，可仍然是找他不着，沒想到卻在那裏遇着了你，並遇着了那妓女蝴蝶兒。由蝴蝶兒的口中我又知道了曹仁虎、路民膽和周璘他們，不久就都要來了……”

　　甘鳳池聽到這裏，就不由得大喜，說：“真的嗎？好！他們若是都來了可好！我們要一同把了因捉住，問他為什麼要違反慈慧老佛的教訓！”

　　年羹堯又冷冷地笑着說：“除了他們幾個人將要來到這裏，另外還有一個，我為等着此人前來，更不能離開金陵了！這個人還是自北京來的……”於是他又把剛才自蝴蝶兒口中聽來的，關於允禛的那些事情，以及允禛的年貌、性情，及武藝如何如何，全都向甘鳳池述說了一番。

　　甘鳳池一聽便發了呆了，連連地說：“北方我雖沒有去過，可是也常有朋友自那邊來，沒聽說過有這麼一個姓黃的，本事竟這樣高？”

　　年羹堯依然冷笑着說：“他的本事如何，那須待見了面，才能夠知道，不過據我猜想，這個人的來歷卻是大為可疑。”

　　甘鳳池瞪眼問說：“他有什麼可疑？莫非他是哪一處的強盜？是自北京來專為和我們作對的嗎？我去找他，打他……”

　　年羹堯擺了擺手，說：“現在還未見此人，不能斷定，不過如果真是有這麼一個人，我倒還許認識他。這些日子你就先出去找一找吧，第一要找着此人，趕快就來告訴我；至於了因，倒在其次。”又說：“你見着了張雲如，也這樣告訴他。”甘鳳池聽了，點了點頭，又坐了一會兒他就走了，年羹堯也沒向外去送。

　　年羹堯獨自在屋中，自向自地冷笑了半天，然後叫僕人沏茶來。這時已快到四更，他的這個年邁的老僕已經困極了，廚房裏的火也快要滅了，所以過了許多時，這老僕才慢慢地手捧着茶盤進了屋，兩隻眼迷迷糊糊的，連茶盤都不知往哪裏放才好。年羹堯不由得生了氣，怒聲道：“你是怎麼了？”其實這也是不要緊的一句話，但老僕當時嚇得一哆嗦，啪嚓一聲，瓷的茶盤、茶壺和茶碗就全都掉在地下，摔了個粉碎。

這些茶具還都是這次路過江西的時候，在景德鎮買的，上面都畫的是不同樣式的龍。此時，熱茶燙了老僕的腳還不說，卻把這老僕的魂魄都嚇丟了，他趕緊就咕咚一聲跪在了地下。這要是在家中，年羹堯必定要施以極嚴的懲罰，但現在因是在店中，他住在這裏，連他的真實來歷都不叫別人知道，更因他現在有很多要辦的事，所以不能夠發脾氣。他只將眼睛瞪了瞪，這兩眼中射出來的森厲目光，就能把知道他脾氣的人嚇死，他可是沒有再說什麼。

從外屋進來了兩個健僕，一個把老僕人揪起來推走，一個彎腰在地下拾那些碎瓷。年羹堯卻呆呆地望着燭光，這時他的面目反倒非常和善，因為他忽又憶起了蝴蝶兒，仿佛那嬌容媚態、楚楚可憐之姿，全都在燈影裏顯現出來了似的，使他覺得心醉、感到安慰，他覺得自己幾十年來也沒有過今天這樣的感覺。

年羹堯的幼時，他的父親是一位巡撫，官高勢大。他是最小的一位少爺，很得他父親的寵愛，因此把他嬌慣得異常頑劣，但是他還是很慷慨、有慈心。一天他到外面去玩，遇見一個老婦人在路旁痛哭，他就細問情由；知道是他家裏的人，有人在外邊放賬，以致把這老婦人的兒子給逼得病了。他就發了慈心，回家去，硬把一些借據要出來，當着那老婦人的面，全都扯碎。像這樣的俠義之事，他在六七歲時就做了很多。

可是後來，因為他的生身母親突然死去，而使他的脾氣轉為暴戾。他在小的時候還不大覺得，他的父親待他雖然寵愛，但待他的生身母親卻實在不好。他並非正夫人所出，他的生身母親卻是一個丫環，而且直到被虐而死，依然還是一個丫環。他是聽女僕們私下裏議論，他才知道，原來那才是自己的生身母親。他可又不能向別人去說，無法給他那可憐的親娘報仇，怨氣結在心裏，脾氣就更為頑劣暴戾。他的父親連給他請了三個老師，都是名儒，但都被他給打走了，他的父親對他也無法可辦，他八歲的時候手中就永遠拿着刀劍。

這時就有一個顧肯堂先生，自薦前來，願做他的老師。不過顧先生先跟他的父親訂下了契約，他說：“無論我用什麼方法教你這個兒子，你都不要管，三年以後，保管教他文武全才。”他的父親在那時候，只求有個人來管管他這頑劣的孩子，也就行了，所以，一切的條件全都答應，遂就叫顧肯堂作他的老師。但是他那時哪裏聽話？他的小心眼兒裏會生出許多詭計，用種種的惡毒手段，想毀了顧肯堂這位新老師，但始終不成功，而終於使他俯首貼耳地拜服了。

第一年，顧肯堂教給他練武及兵法，使得他武藝精通，韜略熟練；第二年教他讀書，一切的經史，盡皆讀過；第三年卻什麼也不教了，只跟他在樓上，整天的師生二人對面坐着，彼此一句話也不說，一點事也不做，如此半年有餘，永不下樓。

這時他的父親忽然染了重病，只剩了奄奄一息，臨死時說是要見他一面，他這才不得不下樓來。然而他的師傅顧肯堂當日便即辭去，臨走時歎息着說：“這個孩子，文武俱已學成，只是氣還沒有養好，將來必要因此殺身！”說畢走去，永遠也不再與年羹堯見面了。

年羹堯自父死師去之後，對於文章及武藝連年地自己研究，自己鍛煉。直到十八歲時，他便結了婚，但婚後不到兩月，他便出去了，不知去向。在外約有五載。

這五載之中，大江南北就出現了一個武藝超群的少年俠客。他最為精妙的就是弓箭，有許多強盜暴徒，全都是被他用箭射死的。此人就是年羹堯，他在江湖之間不獨做了無數慷慨俠義之事，並且結交了些肝膽相照的義氣朋友，這些人就是甘鳳池、周璣、曹仁虎、路民瞻、白夢申及白泰官等人。這些人又都是滿懷孤忠、光復大明的義士。他與他們相交，因此在他的心裏，也含蓄着民族的思想；他的才氣比那些人都大，他的韜略比那些人都深，所以便被甘鳳池那些人所敬服。

然而他是另有一種去向，他想，若憑單身只手推翻清朝，恢復大明，恐怕甚難，所以他才極力地想做一高官，把握住了權勢，然後再圖大事；先恢復了漢家的衣冠，再尋找一位明朝的宗室姓朱的即位，那樣，他才覺得不辜負他這一身文武的才藝，才算遂了他的壯志，才能夠對得起恩師顧老先生肯堂。

所以，他又學習制藝，屢次進場應試，於康熙三十九年賜翰林出身，從此一帆風順，做過四川的學差，如今又是才從廣州辦畢試差北返。他現在雖做了官，可是未忘武藝，脾氣猶然暴烈，並且身旁除了這多年服侍他的老僕年忠之外，永遠有數名健僕相隨。現在隨從着他而護衛他的這幾個小廝，一名年英、一名年俊、一名年豪、一名年傑，原是親兄弟四個，全都會武藝，並且武藝全是他教出來的，所以對他極為忠心。

他雖做着試差，然而沿路上，依然做了幾件俠義之事，並且仍不斷的與他相識的那些豪俠來往。在那些豪俠之中，他最敬重的就是這甘鳳池，因為甘鳳池不但力大驚人，武藝出眾，而且最忠最孝。甘鳳池曾飄洋過海，在臺灣輔佐延平王鄭成功的後裔，及至臺灣鄭氏完全被滅，他才逃回來。回到故鄉金陵，家居事母，只以賣藝為生。除了他的師弟張雲如，及現今來到金陵的年羹堯之外，很少有人曉得他的來歷。

今天，尤其今晚，在年羹堯半生的奇特而壯闊的生活中，仿佛是又發現了一個新的境界。這境界一方面是花柔柳媚，這是因為遇着了蝴蝶兒；一方面卻預感到必定要有些石破天驚、雲騰濤起之事，因為曹仁虎和那姓黃的人來到此地而發生。在他的心中柔情與壯志交迸，亦喜亦怒，又想到剛才向那老僕暴怒之事，覺得有些不該，那是脾氣使然；而那脾氣，也就是老師顧肯堂所說養氣之功未至所致，他不禁又慨然長歎。

少頃就寢，不覺就到了次日天明。年羹堯就仿佛心裏懸着許多的事，他稍稍地用了一些早點，便又往秦淮河邊的豔春樓去了。

第十七章　　銀燈耀耀豔妓談奇　　大江茫茫豪僧劫婦

　　自此，豔春樓就是這位年二老爺常去的地方了，蝴蝶兒也終於遇着了她理想中的人。年羹堯有許多的金子銀子，拿出來給了她，她就交給了金老婆兒，又給她打了簪環首飾，做了綾羅衣被。她終日臉上擦着宮粉胭脂，整天對鏡打扮，把屋子陳設得更加華麗；她也不再常去倚着樓欄杆了，不過有時還掀着簾縫向外去望，因為她等待年羹堯，是時時的心急。

　　金老婆兒把蝴蝶兒當做了寶貝，簡直是搖錢樹；她很慶幸自己有眼力，在路上因為看見蝴蝶兒是個俊人才，就把她帶了來，可以說是一個錢也沒有花，居然就白得了一棵搖錢樹。所以她處處順從着蝴蝶兒，百般殷勤地侍候年二老爺。這位老爺可真肯花錢，金老婆兒在煙花巷裏可以說是活了多半輩子了，闊客人見過了多少，但是還真沒有看見過像這位老爺這麼慷慨的。他的金銀可也不知道怎麼這麼多，真叫人害怕。

　　他像是財神爺，可又像閻王爺。尤其是，他每次前來至少也得帶着兩個健僕，讓他們進別的屋裏去歇着，他們都不幹，須得在香巢之前守候。這樣，可就叫人注意了。並且，蝴蝶兒這麼一個不出名的雛妓，居然一步登了天，包下她的，又是這樣的一位闊人，因此，蝴蝶兒之名就傳播起來了。不但秦淮河邊的一些班主和姑娘們，都時時地談論着，有的羨慕，有的妒嫉；有人又猜疑這姓年的，大概不是個強盜，就是個馬賊，不然一個過路的客商，哪能夠有那麼許多的錢？因此，又都恨不得豔春樓中出一場禍事。

　　而許多的花花大少也都來到豔春樓中，想要看看蝴蝶兒是如何的一隻蝴蝶兒，可是，無論是誰一見了她，也莫不驚之為天仙，而垂涎三尺。不過沒有法子，人家蝴蝶兒絕不接見別的客，憑你是誰！這樣一來，花花大少們可就更都賭起氣來，有的亮出來了大元寶，說：“我也有錢！我也能包！怎麼？看不起我？覺着我花不起嗎？”有的卻要動拳頭，動勢力。這可急壞了金老婆兒和那已經摔折了胳臂的花胳臂。他們這裏求，那裏勸，求得一些大少暫時饒了他們；大概也是看出那姓年的和他帶着的健僕們，有點不好惹。

　　然而事情可還沒有完，這才不過一兩天，以後……金老婆兒可就發愁了，難道因此就得罪許多人？為了一個財神，就得罪許多福神、貴神和喜神？所以，金老婆兒得了空兒，就去跟蝴蝶兒一提，打算是在年二老爺沒有來的時候，也偷偷地應酬別的客。

　　不想蝴蝶兒當時就翻了臉，說：“快別提啦！這事情辦不到。別說年二老爺現在天天來，就是年二老爺永遠不來了，我也不見別的客。好馬不配雙鞍轡，烈女不嫁二夫郎。我認識了年二爺，就算是嫁了他啦，他不接我從良，我也得誓死守節。別的話都別說，別的人有什麼想頭兒，都叫他快別做夢！」

金老婆兒一聽，這可又難辦了，莫非這棵錢樹子，只開一次花？本來想跟她說說，教訓教訓她：咱們煙花巷裏的人還講什麼貞節？然而她知道這時說也沒用，也不敢太逼，因為年二老爺實在是太有錢，又太叫人怕。何況在外還有甘鳳池，雖是這兩天沒有來，可是只要姓年的一句話，他又能來這搗亂。

但是，這秦淮河邊整天的車馬紛紛，尋花問柳的一些人之中，什麼樣的人沒有？年二老爺並不整天在這兒，而且他與蝴蝶兒結識至今，已經三日，雖然花錢不少，兩個人情意纏綿，可是他並沒提到要給蝴蝶兒梳攏，也從來沒有在這兒住過；蝴蝶兒是小孩子一樣，更仿佛沒有這個心。

這一天夜裏已經三更多，各姊妹的屋中多半熄了燈，弦管歌唱是早就停止了，惟有樓上蝴蝶兒的房中依舊燈光豔豔。金老婆兒就借着送茶為名，到那房裏去看了看。只見蝴蝶兒跟那位年二老爺，隔着一張八仙桌坐着，真好像是相敬如賓。他們兩人大概已經談了好久，可是話仿佛還沒說到要緊之處，金老婆兒就故意慢慢地洗茶碗、倒茶，偷聽他們兩人的談話。

他們談話的聲音都不大，只聽年羹堯追問着說：「你快告訴我，這姓黃的到底是什麼人？」

蝴蝶兒說：「他就許已經來到金陵了，您不會找着他，自己去問？可是要留心，他的本事大……」

年羹堯冷笑說：「我不怕有本事的！不過我着急，等不到……他現在一定還沒有來，因為他若是跟曹仁虎、路民膽一同來此，我絕不能夠不曉得。我聽你說了這個人之後，我心上就永久想着他，恨不能當時跟他見面，看看他到底是誰？我不信北京城還有這麼一個豪俠，還是個做買賣的……」

蝴蝶兒說：「本來那人就不是做買賣的麼！」

年羹堯說：「你一定知道他的來歷，你快對我說……」

蝴蝶兒卻笑了，說：「年老爺，您越是這樣的逼着我，我可越不能夠說了，因為我就是有這麼一個彆扭脾氣。我還有好些話要問您呢，我就是不明白，您為什麼偏留心這個人？當初我不過順口說出來有那麼一個人，跟我們一同走過路，可是您當時就追問，仿佛您認識了我，就為的是要認識這個人。您給我花的錢，不過為買出我的話，您剛才說心裏永久想着他，您為什麼不永久想着我呢？」

年羹堯說：「他是一位豪傑，你是一位女人，如何能夠相比？」蝴蝶兒點頭說：「是，假使他也是一個女人，那可更吃醋了！我就不明白，您為什麼偏急着要知道他？」年羹堯說：「這話現時不能夠跟你說，將來你嫁了我之後，看我能做出什麼樣的事來，那時你才能夠知道。」

蝴蝶兒說：「既是這樣，我可也得等到嫁了您之後，才能夠跟您說了！您非得再拿出些錢給我，雖不是贖身，可是也還有不少的用項。您的這個官職，比……比王爺大，還是比王爺小？」

年羹堯說：「王爺就是皇上的兒子，無論多大的官，哪能比得上王爺？」蝴蝶兒似乎很驚訝，又問：「那麼王爺，將來能夠做皇上嗎？」年羹堯沉吟了一會，就說：「這可說不定！」

蝴蝶兒又問說：「那麼，年老爺，您將來能夠做皇上嗎？」

　　年羹堯卻擺手說：“不要再說，這話怎可說得？”

　　金老婆兒這時候嚇得也不禁手顫，幾乎把茶碗都弄倒了。同時她也不明白，為什麼他們的嘴裏不是說王爺，就是說皇上呀？是做夢了，還是發瘋了？這才真糟！

　　這時卻見年羹堯呆呆地發着怔，金老婆兒把茶杯送到他的眼前，還笑着說了聲：“年老爺您請喝茶吧！”他卻依然呆呆的，仿佛一點也沒聽到。

　　年羹堯在這兒呆了半天，他好像是已有所悟，就不再向蝴蝶兒追問了，好像是已經問出來了，用不着再說了。他微微地冷笑着，又呆坐了會兒，便又向蝴蝶兒笑着，說：“不必再提了！我就是把你接出去，也不再向你問這些話了。”

　　蝴蝶兒卻過去拉住了他，說：“您今天先別走，我還有些話要跟您說呢！”

　　年羹堯說：“說話的日子還很長，何必急在這一時？我要趕緊回去，因為店裏大概還有人等我。”說着把手奪過來，他就走出屋去了。

　　金老婆兒說：“剛給老爺倒上的茶，老爺怎麼就要走呀？”她這樣說着，她可是去往外送，並且說：“寶貝兒，快送送老爺！”蝴蝶兒神情嗒然地向外送了送。在樓梯旁昏暗的燈光裏，就見年羹堯帶着四個健僕，腳步咚咚地一陣亂響，就下樓走去了。

　　蝴蝶兒回身進了屋，金老婆兒隨着進來，蝴蝶兒就拿出剛才年羹堯的一張莊票給了金老婆兒。金老婆兒雖不認識字，可是專能夠認識票子上的字，就近着燭光細看了看，她就認出是本城內有名的大銀莊開出來的銀票，數目是二十兩。一天來一次，連茶都不怎麼喝，就給二十兩銀子，這還不是財神爺嗎？可是這仍然讓她有點擔心，她就向蝴蝶兒說：“寶貝，咱們娘兒倆可真算走了運，我還沒遇見過這樣花錢的呢！可是，你得小心他點兒，他不一定是個幹什麼的呢。再說，我看他也沒有接你出去的意思，咱們就把別人都得罪了，可也合不着！”

　　蝴蝶兒急躁地跺腳說：“您不要再說啦！”

　　昨天蝴蝶兒就獨宿在這間屋裏，今夜，金老婆兒似乎心裏有點什麼感覺，有點不放心，心裏也不住突突地跳，她就故意地說：“今兒各姑娘的屋裏都留着客，我可在哪兒睡呀？我來陪着我的寶貝吧！”蝴蝶兒沒有言語。於是她就叫來了一個夥計，給她在這外屋支了一份舖板，她並切切實實地問這夥計說：“大門都關好了沒有？”夥計說：“已經關好了。”金老婆兒又問：“鎖上了嗎？”夥計回答說：“鎖得結結實實的。”

　　金老婆兒就自己叨念着說：“不是我膽小，是現在這種買賣不好做了，什麼人都來了！你不接吧，可哪兒去掙錢？接了這個客，可又得罪了那個客，真難！花錢的老爺們真難對付！”

　　夥計把舖板支好，就出屋去了。金老婆兒把屋門又關得嚴了又嚴，窗戶閉得是緊了又緊，並把一幅幅的窗帷全都放下。可是屋子外依然有燈光，屋裏吹滅了燈之後，窗上的光影可更顯着，是那樓欄杆上掛着的燈照進來的。一盆梔子花的影子都印在玻璃上，而浮在窗帷上，隱隱約約的，仿佛還有點動，可能是被風吹的，倒好像是有人在那裏站着。

　　金老婆兒真不敢仔細去瞧，她又走進裏屋，就見燈還點着，床上的被褥鋪得很整齊，蝴蝶兒連簪環也不卸，仍然坐着發呆。金老婆兒就笑着說：“我的寶貝，你怎麼還不睡呀？累了這麼一天半宵的啦，再不歇着可就累瘦了！你的心事也不必這麼多，沒有什麼不好辦的事。只要那位年二老爺能夠娶你，我就也不拉着你，可是，求他多少賞我幾個，因為我為你也墊了不少的錢，操過不少的心啦。他也不用多賞，只要能賞我一百兩銀子，我就心足。”蝴蝶兒聽了她這些話，卻一句也沒回答，一翻身倒向了床裏，蓋上被就睡了。

金老婆兒更覺着憂心，真恨不得得一筆錢就把她放手，因為她已經感覺出來了，這不是一只好養活的鳥兒：籠子裏既關不住她，她還得把什麼鷹呀、雞呀、老雕呀都招來，真許連夜貓子都能給招來，誰跟她操這份心？早晚一定得出事兒。

金老婆兒將這屋裏的燈壓了一壓，然後轉身走到外屋。她歎息着，慢慢走近了舖板，剛要脫鞋，忽見眼前有一條巨大的黑影，是一個人，不知是什麼時候進來的。她不禁喊道“哎……”剛喊出半句來，就見眼前寒光一閃，這人的手裏還拿着刀，嚇得她立時就全身哆嗦，喊也喊不出來了。

只見這個人真如一只巨大的黑鷹似的，悠然間就撲向了裏屋，一準是攫取那只小鳥——蝴蝶兒去了。金老婆兒以為還是那天的甘鳳池，她的雙腿雖然抖着，可是心裏太着急，急急忙忙地就走向裏屋，說：“姓甘的，你這可不能莽撞，我們的姑娘已經是年二老爺的人啦，你惹得起他嗎？”

那人手握尖刀，把臉一扭，說了聲：“你少說話！”金老婆兒一看，嚇得更哆嗦了，原來這不是甘鳳池，更不是跟年二爺的人！此人全身穿着黑衣，頭上也包着黑布，身體渾實，面貌極生，而臉上沒有一根鬍子，那兩隻眼卻瞪得又凶又大。

此時蝴蝶兒本來還沒有睡，她正在悲痛地想着：年羹堯的脾氣也令人捉摸不定，不知他是否會真心娶我，更不知道他是哪一種人。總之，他就是和甘鳳池、黃四爺、曹仁虎、路民膽他們，還有白龍余九的那幾個兒子是一類的人，咳！怎麼我遇見的全是這些人……

忽然聽到有種異樣的聲音，她趕緊一翻身，就見了這個面生的突來的暴客，驚得她哎呀一聲尖叫。這個生客將腰間繫着的一塊黑布搭包一抖就解了下來，同時也展開了，撲住了蝴蝶兒的臉。蝴蝶兒就覺得一陣發涼，仿佛是無法形容的一陣冷風，立時她的身體顫抖，而知覺又仿佛盡皆喪失。

這人就將蝴蝶兒挾起，向金老婆兒說：“我帶她去陪一陪酒，因為那裏現在來了客人。年羹堯若是不服，叫他到江邊去找我們！”嚇得金老婆兒腿一軟，就癱坐在地下了，哪裏還敢喊叫？眼見此人比那甘鳳池還悍猛，他真像鷹攫小鳥似的，就把蝴蝶兒給攫走了，簡直不知道是怎樣飛去的。

此時，蝴蝶兒被挾在那只有力的膀臂之下，被黑布搭包蒙着頭，並且這黑布搭包還有種濃烈的涼藥味。她的知覺已經清醒，就極力地掙扎，但是一點也不管用。她又喊叫說：“難道你們不怕年羹堯？”可是也不知喊出聲兒了沒有，只隱隱覺得似乎隨着這人由高處而墮下，驚得她又將雙目緊閉，但結果是一點也沒摔着。

現在仿佛是離開豔春樓了，因為外面有些夜風兒，吹進了她的褲腿、衣管。她仍然被這個人挾着走，忽而爬到高處，忽而又墮下來了，這種種的感覺，都跟那次在湖裏被劫於船上的情形，完全兩樣，倒也似乎很有趣。她心裏漸漸地坦然了，暗想：我倒要看看你把我弄到哪裏去？莫非又是白龍余九的那幾個兒子來找我？上一回我都跑開了，這一回我更得跑。不但跑，我還得把年羹堯、甘鳳池全都找了來，那時看你們鬥得過鬥不過？

所以，現在她也不掙扎了，並且一點兒也不害怕，她就來個聽天由命。她相信她的命大，無論到哪裏，絕吃不了虧。

然而，這個挾着她的人，胳臂用力極重，好像一根粗粗的鐵箍似的，箍得她的身子很痛，她不由得叫喊了一聲。但她也不敢再喊叫了，因為恐怕這個人一發怒，

　　會把她扔到河裏去，她不能夠吃眼前虧；連高處把她扔下去再摔傷，她也怕，因為過去她曾為了腦門上有一塊傷，而受盡了人的白眼。現在她不願意再損傷她的容貌，她認為只要是容貌無損，她就不怕一切強敵，她都能夠用美豔的容貌去折服他們。

　　當下她緊緊閉上了眼睛，就覺得這個人如風一般地疾行，忽而仿佛是爬到了城上，忽而仿佛又躍落在城下，耳畔的風也呼呼的直響，風更寒，也更大。不覺得就到了一個地方，然而這個地方好像極為低狹，連這個人也是彎着腰進來的，好像是個穴。她不由得渾身打顫，心說：我許是遇見妖怪了吧？現在被妖怪給拉到洞裏來了吧？她不由得就又喊了聲："哎喲！"

　　這人卻已將她放下，並隨手將蒙在她頭上的黑布搭包揭開。她這才長長地出了一口氣，睜眼一看，原來這是一間極矮極狹的小屋，壁上也沒有窗戶，地下連磚石也沒有，只是木板釘成；更沒有床舖，只放着一張小炕桌和一盞昏暗的油燈。這個強壯的漢子站在她的眼前，手裏還拿着明晃晃的那口尖刀，望望她，可也不說話。

　　蝴蝶兒坐着喘了喘氣，手撩着鬢髮，就問說："你們這是什麼地方兒呀？幹嗎搶了我來呀？告訴你們，你們千萬別打錯了主意，我可不是好欺負的！快點把我送回去，要不然……"說到這裏，她忽然越發的驚詫起來。原來這個全身黑的漢子，現在揭下了頭上罩的黑布，正在擦汗；大概是因為剛才跑了半天，太累了，累了他一頭的汗。蝴蝶兒借着燈光一看，原來這人的頭上不但沒有辮子，連根頭髮也沒有，敢則是個和尚！

　　蝴蝶兒當時仿佛有了理似的，膽子也壯起來，她就驀地站起了身。可是這房子太低了，對面的這個和尚彎着腰不算，她這麼玲瓏嬌小的身子竟也抬不起頭來。但她指着這個和尚就說："好啊！你還是個出家的人哪？你從豔春樓把我搶來，你安的是什麼心呀？"

　　這和尚卻擺手，正色的說："你不可胡說！我是正經的出家人，並且我們還都是有名的俠僧。我名叫龍僧勇能，我們的廟是在仙霞嶺上的柳蔭寺，下廟是直隸大名府的法輪寺，那都是天下有名的大禪林；不信你將來可以去打聽打聽，我們都是好和尚！"

　　蝴蝶兒想了一想，很是驚喜，她就更不怕了，說："好嘛！你這麼一說，咱們還是熟人，你剛才說的什麼直隸大名府？我的娘家就在那兒，我就是從那兒來的。不但是從大名府來的，我還是從法輪寺來的，那兒有一位師傅，人家那才是真正的好和尚，人家比你好……"於是，蝴蝶兒就把法輪寺的廟址、建築的形式，詳細地說了一說，又細細地說了那勇靜禪師的容貌。

　　這個龍僧勇能就不禁大驚，說："啊呀！你說的那正是我的師兄蛟僧勇靜呀！你怎麼會到那廟裏去過呢？你快告訴我！"

　　蝴蝶兒冷笑着說："我不能告訴你，反正咱們是熟人。今兒你把我搶來正對，將來我還要見見他，見見我們那裏的人，說一說：法輪寺的和尚在廟裏好，出了廟原來就……"

　　龍僧勇能擺着手說："你不要嚷嚷！"蝴蝶兒卻更大聲地說："我不但要嚷嚷，我還得喊叫呢！我得喊來人看看和尚搶來了小媳婦！我還得喊來年羹堯，我問你，你惹得起他嗎？"勇能說："不是為年羹堯，我還不能把你送到這裏呢！哼！"他說着又不禁冷笑。

　　蝴蝶兒詫異地問說："為什麼？"

　　勇能先回頭看了看，他的身後是一扇小板門，可不知是通着外面，還是另連着一間屋。這龍僧勇能似乎是也懷着畏懼，就又擺了擺手，悄聲的說：“你千萬不要嚷嚷年羹堯，他是我師父的仇人！我師父了因，在天下數起來是第一位俠客，他的武藝無人能敵。”

蝴蝶兒又說：“你們可還得小心點兒，年羹堯他可有一個朋友，叫甘鳳池，比你的力氣還大。”勇能點頭說：“我知道，我們都認識，他是我的師叔。”蝴蝶兒又搖頭說：“不對！他不是和尚，他有很多鬍子。”

勇能說：“我今天還遇見他了，他可沒看見我。跟你說你也許不明白，我們出家為僧是一件事，在江湖為俠客，卻又是另一件事。我的師父了因比他們都高，與那些人都是師兄弟，可是被年羹堯教唆的，他們師兄弟竟失了和氣。”

蝴蝶兒又尖聲地問：“這跟我有什麼相干？我又沒教唆他們師兄弟！”

勇能又擺手說：“你小聲點！不要讓我師父聽見。我師父為人最厲害，脾氣暴，他是因為你被年羹堯抬起了身價，不叫你見別的人。可是今天他可又看見你了……”

蝴蝶兒說：“怎麼，他今兒也到艷春樓去了？他一個出家人也到那個地方去？還吃年羹堯的醋？”

勇能顯出很慚愧的樣子，又連連的擺手，說：“這我可不知道，我只是奉我師父之命，把你帶到這裏來，旁的我都不管。可是因為你既見過我蛟僧師兄，我能夠關照你一些。”蝴蝶兒雖然還沉着臉，可是不再言語了，就見這龍僧勇能，又用黑布擦了擦頭上的汗，便提着那口刀，退身出去了。

蝴蝶兒驚惶四望，因為她想趁着空兒逃走，她感到現在是遇着了真正的危險。了因這個和尚的名字，她覺得很熟，似乎是在路上聽曹仁虎他們說過，好像是一個本事特別大而又特別兇惡的人。她就想：了因跟年羹堯作對，而年羹堯又特別對我好，這也難怪他把我搶了來。大概他是想要我的命，好叫年羹堯的心痛，他好出氣。雖然那個龍僧還講點理，可是到時恐怕他也救不了我，我得趕緊走，趕緊逃！

她想要推開門去跑，但這扇小板門，大概是自外面鎖了，真結實，無論怎樣推，也是推不動；她急得彎着腰，在這窄小的屋裏亂轉。最令她着急的就是四壁沒個窗戶洞，可是這牆壁，並不是磚石的，仿佛是木板做的。於是，她就自頭上拔下來了一根金簪，去劃那牆壁，卻覺着金簪太軟。忽又想起頭上還有一枝別頭髮的叉子，卻是銅的，包金的，於是她也取了下來；這樣，她的頭髮可就散了，她就一手握着長長的烏雲一般的頭髮，一手拿着這髮叉子，順着那壁間的縫隙，用力的去扎、去劃。卻不料這牆壁比木板還不堅固，大概是竹板子釘成的，半天的工夫，竟被她給掏了一個長長的窄縫，燈光自然立時透出去了，可是外面也好像是有光。

她扒着這個縫兒，用一隻眼睛向外面細細地一看，差點又要驚叫出來，原來外面竟是茫茫的大江，現在自己卻是在船上。她知道外面是揚子江，因為江水浩蕩，水勢比那瓦埠湖的水勢更大。她現時所在的這只船，一定是一隻大船，而且繫得很牢固，所以還不覺得怎樣的搖動。然而她已感覺到頭暈，立時就頹然地坐下了，頭髮蓋住了她的臉，淚水也流了下來，她覺出現今已是一點辦法也沒有了。

她曾經被白龍余九的幾個兒子搶過一次，那也是把她架在船上，但沒有多大的工夫她就被送到岸上了，而且那余九的幾個兒子並不太凶，還仿佛有點開玩笑似的。現在卻不然，這是大江，縱不是江心，也必是江幹荒曠之處。了因和尚也不像那幾個傻小子，他不定是怎麼一個凶煞一樣的惡僧！並且以前余家的兒子是想娶我，心並不太壞，這了因是個和尚，他當然不能娶我，那麼，他可是為什麼呢？為的是殺我報仇嗎？這樣一想，她立時全身戰慄，恨不得撞出牆壁，而投於江中自殺。

因為壁上掏了一個縫兒，所以由江上襲進來的夜風非常寒冷，好像跟冬天一樣；江波洶湧之聲也如虎嘯一般，令人害怕。夜，已不知是什麼時候了，她既悲傷又困倦，想起來這江湖實在險惡，所遇見的都是這樣一些人，連年羹堯也是這樣的人，那王爺也不是一個好王爺，他們都不知在哪裏了？怎麼沒有一個人來救我？

她就像死了一般，斜着身靠壁臥着，她的頭髮不覺着就沾在桌上那盞油燈的上面了，立時發出嗤嗤的響聲；她吃了一驚，趕緊直起腰來，頭髮都差點被燈給燒着了。她這麼一驚，精神倒陡增。忽然見那小板門開了，她真想驀然的奔出去，但是她看見了一個巨大的身影，將這小門整個給堵住了。她看見了一個身穿紫色僧衣的肥胖大和尚，因為身子是蹲着的，不知道站起來有多高多大，臉上滿堆黑色的肉；那眼睛卻是細長的，滿布着笑容，只是向她來看，品評似的，玩賞似的不住地看。

蝴蝶兒稍稍沉下點氣，就也瞪着他，問說："你是幹什麼的？你來看我幹什麼？"

這和尚說："我就是了因，大概你也聞聽過我的名字。我想找你這麼一個人，幾年也沒找着。你閱歷過江湖，見過世面；你見了人也不害羞，這就是難得。這麼難得的人叫年羹堯給得到，可是叫我發恨！"說着他咬着牙，表示他真是氣得了不得。

蝴蝶兒卻嚴厲地質問他說："你怎麼能夠跟年羹堯比？他是個平常的人，他可以娶媳婦、嫖妓女，你卻是出了家的，難道你沒受過戒嗎？"

了因一聽說受戒這兩個字，臉色忽然現出一種愁黯，他就搖頭說："你不要再提！這幸虧是你，若換個別的人來向我提說這兩個字，我就要把他弄死！"

蝴蝶兒嚇得身子又一陣哆嗦，說："這是為什麼呀？難道你不是個出家人？出家人應當做好事，你把我搶到這個地方來，你不對，你不該，趁早把我好好送回去！"

了因笑着說："你暫時在這裏待着，將來我一定送你到一個很好的地方。那裏有山有水，一到春天，有遍地的野花，還有叫得好聽的各種鳥兒；那裏也有你幾個姊妹，有好吃的，有好喝的，整天什麼事也不用做，就陪着我遊玩……"

蝴蝶兒啐着說："呸！你一個和尚，叫許多女的陪着你遊玩幹什麼！你一定不是個好和尚，快點放我走！要不然，我想你不能夠不怕年羹堯跟甘鳳池吧，他們可全能夠來救我！"

了因哈哈大笑，說："你若提些別的，還許叫我想一想，為難為難；提起他們兩個人來，卻只有叫我發恨！我更不能夠放你了，我就等着他們找來，我要叫他們全都葬身於江中！"

蝴蝶兒說："還有一個比他們更厲害的人呢，那人姓黃……"了因說："你說的是那自北京來的人嗎？"蝴蝶兒點頭說："你知道他就得啦！你可提防着他一點，他也能夠來救我。"

了因又哈哈大笑，說："你再多提出幾個人來才好，叫我多認識他們幾個！你這個好看的姑娘兒，不愧閱歷過江湖，見過些世面，只可惜你認識的人還少；叫他們都來，叫他們敵一敵我，看他們可能敵得過我這八寶鋼環！"說時便將他的袍袖一捋，伸出他的巨大的右掌。就見他那粗壯的五指，每一個指頭上都套着兩個鋼打的環子，就仿佛是戒指一樣，但比那沉重；他張着五指一搖手，鋼環嘩啷啷作響。

蝴蝶兒也不知道他是要做什麼，只見他忿忿地說："實同你說，我自被我師父所收，在山上整整的十年，真把我改了一半；我師父死後，我才漸漸地又活過來，我才弄到了幾個婦人。可是我的殺戒至今沒開，我就等着年羹堯了！你不要再護着他，否則招惱我，我可就先拿你開殺戒！”

　　蝴蝶兒本想再頂撞他兩句，可是實在是不敢，因為了因這時的相貌變得更為兇惡。他的笑容全失，紫黑的臉上滿騰起了怒焰，兩道細長的眼睛也發出了凶光，真不曉得他跟年羹堯是有多大的仇恨。只聽他說：“沒有年羹堯，我的師弟師兄全都不能夠跟我反目；沒有他，我這時也早就脫去了袈裟，做了高官，多少妻妾都得陪着我，我非得用我這八寶鋼環，制他的死命！”

　　蝴蝶兒知道他手指上戴的環子，一定都是非常厲害的兵器，因此真為年羹堯着急，而心裏更難過。了因又說：“你到前艙來陪着我喝幾盅酒！”蝴蝶兒卻搖着頭，把身子直向後退，哭着，怒着說：“我不能夠陪，我可是當妓女的，你得給錢！”了因笑着說：“錢很多，告訴你，我在十年前，闖江湖發的大財，連我師父都不知道，我都把它交給了人替我存着，那人連一絲也沒敢動，如今又都給了我，多得很，比年羹堯的金銀可多得多！”

　　蝴蝶兒依然向後躲，說：“那我也不陪着你喝酒，你出家人本來就不應當喝酒，菩薩能夠降你的罪！”了因又笑着，搖頭說：“菩薩我不怕，菩薩是泥做的，連話也不會說。我一生，普天下，我只怕一個人，那就是我的師父！”蝴蝶兒當時就向空中指着說：“你師父來啦……”

　　了因一聽當時就神色慘變，剛才還像一隻怒獅，現在竟畏縮得如同老鼠一般，他立時就趴在那裏，動也不敢動。但只是一會兒，他就明白了，便更忿怒地說：“你為什麼拿我打耍？我的師父已經死了，你竟敢拿她來嚇唬我？不用看……”他又笑了，說：“若不是看你是一個好看的姑娘，我立時就將你劈死！走！”他這一聲大喊，真好像響了個霹靂。

　　他伸着大手一攫，這才如蒼鷹攫兔，揪着蝴蝶兒就出了這小小的後艙，到了外面。蝴蝶兒哎喲哎喲地喊叫，可是那站立在船旁，手握尖刀，似乎正在觀望什麼的龍僧勇能，竟連管也不管。這浩浩的大江中，旁無鄰舟，她的呼救聲音更無人聽見，她極力的掙扎也是無用，就被了因給硬拉到前艙之中。

　　這前艙卻十分寬綽，設置得如同一間古雅幽靜的房間似的，也供着佛龕。然而旁邊卻有兩個人，都身旁放着刀，正在飲酒，也有菜和魚肉。了因就把蝴蝶兒一推，那兩人一個就搬了個凳兒，說：“大嫂你坐吧，我們今天給你來賀喜！”另一個亮出來寒光森森的一隻匕首，說：“大嫂你聽點話！好生侍候我們大哥，要不然，我們大哥他開不了殺戒，我們可能夠替他動手，這江裏、岸上，可全都是埋人的地方！”

　　蝴蝶兒此時只有戰戰兢兢，她一點什麼也不敢嚷嚷了，只有拿胳膊捂着眼睛痛哭。可是了因又將她的胳膊挪開，說：“不要擋着臉！我要細細地看你！”當下她只得流着淚坐着，一任這肥大的和尚斟酒狂飲，並藉着燈光來看她的嬌容。

　　了因旁邊那兩個呼他為大哥的人，一個名叫江裏豹，一個名叫鐵背黿，全都是江洋大盜，十年前都是了因的夥計。那時了因還沒有出家，他天生有奇大的膂力，並且武藝超群，自幼就當強盜，作惡多端；官人既對他莫能捕捉，一般俠客又都敵不過他，所以就一任他橫行。他尤其貪花好色，許多的良家女子都為他所污，他簡直是一個惡魔。

　　事被仙霞嶺上的獨臂聖尼，慈慧老佛聞知，特地下山，走遍了數省，方才把他尋到。他雖然頑橫，卻敵不住獨臂聖尼以降龍伏虎之力，很容易地就把他制服了。以他過去的作惡多端，本來應當叫他遭受報應，制他於死命，但是老尼以慈悲為懷，不能動殺機、開殺戒，所以就想感化他，把他帶到了仙霞嶺上的柳蔭寺。

這座廟在高峰幽谷處，原是一座古刹，在宋末即有人在此削髮為僧，現在這寺裏的和尚，也多半是前明遺老。獨臂聖尼是另有一座草庵，在更高之處，她在那裏就以武藝教授了幾位志士，如周璋、曹仁虎等人。但是她所收的弟子，都不令削髮，依舊都是俗家，原不是為人修行，而是為叫他們藝成下山，以便光復明室的社稷。

但她待了因卻不同，一上了仙霞嶺，立時就令他削髮為僧，給他借寺名柳蔭二字的諧音，而起了了因這名字，叫他隨那寺裏的諸僧，終日禮佛聽經。這原因就是知道他的惡性難除，不放心叫他將來下山，怕他不做好事，倒許做出來惡事。老尼一面思以佛法禪理度化他，使他消滅惡性；一面還特別教練出來了一個甘鳳池，以便日後對付他。

總之，獨臂聖尼之意，倒是想叫他做一個護山的尊者，將來還可以由他轉授人武藝。所以他在山上選了兩個年輕力壯的和尚，向他學武，並給起了綽號，稱為龍蛟二僧；獨臂聖尼對此並不干涉他，只是不允許他下山，叫他絕對要遵守戒殺、戒淫、戒酒、戒憤怒，戒背信等等嚴格的戒條。了因因為懼怕老尼，他就一一地謹慎遵守，不敢稍違。

其實他是真受不了寺中的那種清苦，他聽不下去經，時時還回憶着他的過去。當強盜的時候，他雖沒有殺人的癮，可是殺個把人他也沒當作一回事。他還夢想那些如花似玉的女多嬌，可惜嶺上一個也看不見。有個呂四娘是他的師妹，本事學得比他還精，他一點非份的念頭也不敢想。他又時時惦記着他存在鐵背黿之處的那些金銀財寶，也不曉得那小子替他好生看着沒有，他想大概早就沒了，就非常心痛。他雖在修行，卻盜心屢起，幾次都想偷點什麼作路費，趁個空兒逃下山去。但是他實在懼怕老尼，他覺得他一定逃不出去，所以也就不敢那樣做。

他受着苦，抑制着私欲，在仙霞嶺上整整裝了十年好人。他又從老尼之處學會了不少的真傳武藝，他自覺得越發無敵，除了甘鳳池，他把他的那幾個師兄弟簡直就沒看在眼裏。

第十八章　了因僧倡狂違戒律　聚英樓龍虎起風雲

　　十年來，了因這傢伙可真受夠苦了，好不容易才盼得獨臂聖尼慈慧老佛圓寂，給他去了唯一管主，他可就惡性復發，為所欲為了。他先下了嶺，在江湖上找着了那些舊夥伴，出乎他的意料之外，那些人還都混得很好。尤其是鐵背黿，居然成了一個大財主，在金陵城，在蘇杭，都開設着很大的店舖；早先替他保存的那些財物，一骨腦兒拿出來都交給了他，並且還想與他再做江湖綠林的買賣。

　　本來了因的財產已經比十年前增進了數倍，可是他還想着非得再顯一顯不可，並且想把他的那幾個師兄弟，連師妹也拉入夥；誰管什麼師父的訓誡和什麼大明江山，他要快快活活地做一個綠林之尊，酒肉財色的大王爺。於是他就先胡鬧了一陣，但後來卻使他吃了一驚，原來是這幾年來，比他早下嶺的周瑒、曹仁虎、路民膽等人，全都在江南負有盛名，人咸稱之為俠義，專門剪除一些強霸，憎恨淫殺之輩。他可覺出有點不對頭，尤其聽鐵背黿說，張雲如和甘鳳池，全都住在金陵，他因此更有所顧忌。近來，又由北方來了他的老朋友江裏豹，向他述說了北京的情形，說有許多的貝勒正在爭位，有為的英豪正都出頭。江裏豹又說，這幾年來南北第一的俠士，就是曾做過湖北巡撫的年遐齡的小公子年羹堯，別號雙峰，天下的英雄。尤其是甘鳳池等位俠士，全都聽他的指使。所以，了因對於年羹堯，不但是驚訝，而且加倍嫉恨。

　　了因自下嶺之後，現在將近兩年。他也知道，由於他惡性重發，弄得他那些師兄師弟師妹全都曉得了，全要找他，質問他，也許想把他趕回嶺上，或許就得跟他拼命。但實在他也有點委屈，他也沒做太多的惡事。他用他早先積蓄的錢，將柳蔭寺重修了，可是他為他自己另築了幾間密室。他先由嶺上附近連搶帶買，弄到幾個女人，他可也沒敢享受，因為老尼雖死，而餘威尤在，他的心被嚇怕了，他至今仍然有點不敢。所以他把婦女搶到手，只是看着，或令陪酒，他不敢破淫戒。他也沒有再殺傷過人，也因為他的兩個徒弟龍蛟二僧。蛟僧勇靜是早就在柳蔭寺的下院法輪寺當住持，遠在北方，聽說為人頗守清規，所以了因倒怕跟那個徒弟見面；這龍僧勇能也是一個古板的人，不過卻是對他極為忠心，他吩咐什麼，便給他做什麼，大概也是因為怕他。

　　他本來船行在江畔，假作是來購辦什物的外縣來的僧船，他在船上終日會着江裏豹等盜賊，采聽江湖上的一些事。而有時他也化裝成為俗人的樣子進城去，有時住在鐵背黿的家中，有時就通宵在妓樓之中取樂。年羹堯現今也在此地，以及其住所和每日的行事，都是鐵背黿派人打聽來告訴他。他在此，準備的就是要與年羹堯一決雌雄，只因為年羹堯的名聲太大，他猜想着武藝也必特別高超，所以不得不稍加考慮。

就在這時，他聞聽了年羹堯結識了蝴蝶兒，使得蝴蝶兒頓時聲價百倍，忽為名妓之事。他今天特地去看了看，那時他是俗家的打扮，站在豔春樓的院中，裝作嫖客。蝴蝶兒正好出了屋子，向下叫人給她買什麼東西，就被了因一眼看見了。了因立時就魂銷於九霄雲外，他就更恨年羹堯了，心說：好啊！你又有錢又有名，我的師兄師弟也都欽佩你，如今有這樣的絕世美人，竟也被你包下了，我不能由着你享受！依着他，當時就要把蝴蝶兒搶走，可惜那是白天，他還沒有那麼大的膽子。於是了因等到了今夜，派了比他身軀伶便，行走敏捷的龍僧，利用鐵背電所制的冰雪迷魂袋，便把蝴蝶兒搶到了船上。

現在，蝴蝶兒哭了一會兒，也不哭了。了因雖然跟江裏豹、鐵背電商談着如何對付年羹堯的事，眼睛可仍然時時看着蝴蝶兒，他越看越喜歡，還不住地笑。蝴蝶兒真覺着他討厭，可是沒有法子，因為要跑也不能夠跑，還怕把他們招惱了；他們都是強盜，就許把她給扔在江裏，那不是什麼都完了嗎？苦也白受了，美夢也做不成了。所以現在蝴蝶兒只是忍着，了因叫她喝酒，她也輕輕地向嘴唇沾了一點，並且她也屬在裏面說話。她說的話完全是譏諷他們，並且極力地誇甘鳳池的力氣如何如何的大，那位黃四爺的武藝又是如何如何的高，還說：「就是路民膽來了，你們也絕跑不了！」

江裏豹是不服氣，鐵背電是聽着有點發愁，唯獨了因只是笑，他毫不在意地說：「甘鳳池、路民膽的武藝怎樣，我豈能夠不知道？至於那姓黃的，大概也不能怎樣的高超。他來了倒好，我都得會一會他們！」

蝴蝶兒就盼着他去碰釘子，最好能叫甘鳳池一掌拍碎了他的腦袋，或是叫允禎一槍扎破了他的肚子。可是她絕沒有提年羹堯，因為她雖然相信年羹堯的武藝高超，且有四個健僕保護着，可是看了因也實在不是個好惹的，也許年羹堯真敵不過他；這是使她很提着心的，而且感覺着害怕、憂愁。

天色都快要拂曉了，江風愈寒愈大，連這只船都直搖晃。蝴蝶兒困得兩眼直往一塊閉，眼邊還掛着眼淚，了因大概也看着她可憐，就將她又挾着送回到那後艙裏，依然把那艙門緊緊鎖上。蝴蝶兒此時是什麼也不顧了，躺在艙板上就睡着了，也不知睡到了什麼時候。了因在黎明之時，就將鐵背電送到岸上，他跟江裏豹同在前艙睡的覺。那龍僧勇能，還有六個船夫——這全是鐵背電手下的夥計，都是大江一帶的著名水賊，他們是在船上徹夜巡更。

次日，是個陰霾的天氣，似是要下雨。約至中午，了因方才醒來，他什麼也不顧得，就先換上了俗家的衣裳，裏衣紮束得很俐落，外面卻罩着一件灰色的綢子大褂，頭戴一頂青紗瓜皮小帽。這小帽的四邊可有假頭髮，還垂着一條假辮子，扣在他這光光的禿頭之上，不大能夠看得出來是假的。他也不帶什麼刀劍，只在手指上套着幾個八寶鋼環，就一躍而離船登岸。

他們船泊的這地方本來十分僻靜，附近沒有別的船，也沒有人家屋舍。大江上波浪濤濤，煙雲迷茫，更看不見什麼別的東西，天也像在急怒。了因的心裏卻燃燒着妒火、急火，他決定今天就去殺死年羹堯。他又想：或者不殺死他，只用我的八寶鋼環將他打成重傷，把他也挾到這裏來，叫他看看他的蝴蝶兒，業已成了我的蝴蝶兒了！憑他在江湖上有多大的名頭，也叫他喪在我的手裏，那我才能夠出氣。

心裏這樣一想，便又想到蝴蝶兒了，昨夜那麼一細看她，實在是天底下最美麗的一個女人！這樣的美女，竟到了我的手中，實是僥倖。我就應當樂一樂，來一個蓄髮還俗，將來也跟鐵背黿似的置些房屋田地，做一個大員外，最好是做個官，那蝴蝶兒也就成了我的夫人、太太了……

他這樣一想，真覺着樂不可支，然而突然又想起，獨臂聖尼的那些威嚴的戒條，他不由得又打了一個冷戰。雖然獨臂聖尼是早就死了，可是昔日的威嚴和教誡，至今依然能夠懾服着他。他滿腔的希望，一腦子的胡思亂想，至此忽又完全變為冰冷，就像這時天空中愁悶的烏雲，又都把他壓住了。他想：不行！搶來蝴蝶兒，看着可以，要把她收為老婆，大概是不行。我這輩子恐怕不能再有老婆了，否則，倘若被獨臂聖尼知曉了……她雖然久已死去，可是誰知道她老人家能不能夠還魂？她既有神鬼莫測的高深武藝，恐怕也就有還陽之術。不行！什麼都可以做，娶老婆的事是實在不可以做。我要不當和尚，沒受了戒，那還不要緊，我要像年羹堯也不要緊……一想起年羹堯，他又不禁肝頭火起，心中暗罵道：好啊！年羹堯，你既有名，別人又都佩服你，還可以娶老婆！好啊！我一定要把你碎屍萬段！

他一生氣，腳步就特別快，不多一會便來到了城門。他可立時又膽小起來了，趕緊把背駝了下去，又將小帽在頭上按得牢固了一些，兩隻眼賊似的，不住地看着這來來往往的行人，為的是讓人家看不透他。

進了城，他就一直到了夫子廟，因為這裏有一家茶館，字號叫聚英樓，是金陵城一般有名的人，唯一的聚會場所；因為它的地方很大，樓雖僅有兩層，而上下可容一百多座位，並且自成部落。高尚的人都是棋友，象棋、圍棋這裏都有，一個個長袍摺扇的老夫子、小名士，整天在這裏摔那棋子兒，為一個黑白棋子，能夠發愁半天；為幾個車、馬、相、仕，有時也能瞪着眼睛吵起來。更有的人在這裏做詩，研究八股。靠着樓窗的那幾排桌，坐的大半是些保鏢的、護院的，他們有時在這裏講吃茶，有時在這裏談他們的買賣。總之，這裏是文武雙全，什麼人都有。這有種種原因，不獨因為地方寬綽，歷史悠久，同時還因為這裏的茶香茶好，掌櫃的更是一個八面圓通，專會應酬人的人，外號叫萬事和。但萬事和的這家茶樓，今天卻因為真的群英相聚，而起了莫大的糾紛。

了因知道來到這裏，至少能夠聽見許多的人談論蝴蝶兒失蹤的事，那麼，就可看情形行事了。如果豔春樓的班主報了官，這裏的督撫、藩臬各衙門，全都追捉得甚緊，那就等到晚上再去找年羹堯；但如果蝴蝶兒的事沒多少人知道，也沒大有人理，那就立時去找年羹堯。還是白天去找他好，因為他是個過路的學差，是個官，他也得做出文縐縐的架子來，絕不敢施展身手；到了晚上可就不然了，他會蹓房越脊，他的武藝未必比我低得太多，何況，到夜裏我這八寶鋼環也未必能打得十分準確。

他走進了茶樓，一看下面亂哄哄的，還有女人，大概也是秦淮河的妓女。他不由得看了看，覺得比蝴蝶兒差得太多。一個堂倌招呼他說：“大爺請到樓上去坐！”他這個“大爺”，趕緊又把頭低下去了一些，背也更駝了，他的大褂底襟簡直就擦着樓梯；因為他怕被人看見，他雖穿的是便鞋，腳上卻是一雙僧襪。

他上了樓，略略地抬頭一看，就見樓上的人真不少；驀又吃了一驚，原來他看見甘鳳池也在這裏。他們雖是師兄弟，但在仙霞嶺上見面的次數並不多。又因寺中的僧人太眾，了因羼在裏面不大能夠顯得出來；俗人卻只是幾個，所以容易認，而能夠記住。甘鳳池在嶺上時原是個白淨少年，他自從臺灣回來，才留了這滿臉的鬍鬚，但了因還能夠認識他。

其實他們在這金陵城裏已經見過三四次面了，甘鳳池雖然時時尋找了因僧，可是沒看出他就是了因，前兩次可也是因為了因立即躲避開了。今天他已經上了樓，躲避已來不及。他也是有點兒害怕，因為他曉得唯有甘鳳池是他的對手，或者比他的武藝還高，而且現在又是年羹堯的臂膀。他心想：不好！怎麼一來到這裏就碰着了他？還是不要讓他看出來為好。於是他就在靠近那些擺棋的文人之處，找了一個座位；旁邊還有兩個人，倒還不像是武師。

這時，堂倌過來殷勤地問他說：“大爺要泡什麼茶？龍井還是貢尖？”他只點了點頭，表示隨便。堂倌偏又問他：“大爺把帽子摘下來叫我掛上吧？”

了因可就吃了一驚，並且大怒，以為這堂倌已經看出他是個和尚；所以真的，假若這裏沒有甘鳳池，他就許一掌將這堂倌打死。然而，他旋即知道是錯會了意，因為好幾個帽架子上都滿滿地掛着各種各樣的帽子，都是客人的，這樓上也沒有戴帽子的。不過，雖然天這麼熱，這和蒸籠一樣的茶館裏，唯獨他的帽子可是不能摘。他就把頭搖了一搖，心裏更是氣，暗道：假若年羹堯在這裏，他就一定能夠摘帽子，我竟連這一點也不如他，他可是真真的可恨了！

這時，突然聽到那邊甘鳳池在喊着說：“金陵城這樣大的地方，竟敢有人半夜搶去婦女，還有人疑到是我，這是欺負我甘鳳池！”

旁邊就有人勸他，說：“甘大爺！誰也不能夠賴你。你是著名的好漢，疑惑一千個人，也絕疑惑不到你頭上，你就不要再說了，還是吃茶吧！”

甘鳳池卻又擂着他的胸膛，這幸虧是他自己的胸膛，若是別人的，一定得給擂碎了。他的蓬蓬如亂箭似的連鬢鬍子，氣得都紮豎起來，他又忿忿地說：“今天我要在這裏呆一天，叫人都知道我甘某！不錯，有一次我是想將那蝴蝶兒帶到我家……”了因聽到這裏，不禁扭頭去看，他也憤怒起來，也不怎麼怕甘鳳池了。

卻聽那邊又說：“是因為我家中有癱在床上不能起來的老母，我早就想找個人去服侍她老人家，只是找不到好人。我那天看着蝴蝶兒的心還好，在那地方是屈辱了她，不如叫她到我家裏去……”了因一聽，更是大怒，心說：你倒想得不錯，你莫非是想白白弄個老婆吧？但憑你那臉鬍子，蝴蝶兒也未必樂意，還許不如喜歡我這出家人呢！

又聽甘鳳池說：“只要她能在家服侍我母親，我就可以放心走了，我甘鳳池一生絕不娶妻，我絕無別意。後來我的一位朋友勸阻住我……”了因暗自冷笑，心說：你的那位朋友一定就是年羹堯了！他把你推開了，他卻去佔據了那個婦人，這就是你的好朋友……

當下他的心裏又笑又恨，正想要走過去，跟甘鳳池說：“師弟你還認識我嗎？年羹堯既是這樣的貪色忘友，咱們就一同去打他……”他可是還沒有站起來，卻見有一個人早已走到了甘鳳池的近前，向着甘鳳池一拱手。了因不由得注目去看，就見這個人的身軀頗為雄偉，方面細目，身邊還帶着一個瘦小的僕人；主僕所穿的衣履都很講究，不像是俗常的人，了因就更加驚疑。

這時，那堂倌已然把一壺茶和一盤佐茶的豆腐乾絲，給端來了。了因就說：“這邊來！這邊來！”他起座另找了一個坐的地方，這個地方離着甘鳳池更近些；他也顧不得倒茶，只把眼睛盯着那兩個人。

只見甘鳳池也似乎是很詫異的樣子，問說：“你是誰？”

這人卻說：“我姓黃名君志，排行第四，現自北京來，跟曹仁虎、路民膽，我們全是好友。”甘鳳池的態度越發驚異。

只聽這人又說：“我久仰甘俠士的大名，如今是特來拜訪。我來到金陵已經三天了，到處尋訪，俱都無人知道甘俠士的住處，幸喜今天在這裏相遇！”他又拱了拱手。甘鳳池卻仍然驚異着，不發一語。

了因此時也是驚訝，暗想：此人莫非就是蝴蝶兒說的，那個很有本領的姓黃的嗎？江裏豹也向我說起過此人，說在北京頗有威名，現在北方的江湖豪傑全都時常提他，他已經是年羹堯以外的又一個有名的人了。今天遇着也好，在這裏遇着他更好，我們倒要會一會，大家比較比較武藝！想到這裏他興奮得坐也坐不住。

就見那兩個人也都不坐着，甘鳳池說：“我也聽到朋友談你！曹仁虎和路民膽確實都是我的同門兄弟，不過，我卻與他們不一樣；我這個人的脾氣是除了至交舊交，新的江湖朋友，我全一概疏遠！”

那姓黃的（允禵）聽了這話，不由得顯露出來異常失望的樣子。他怔了怔，又說：“甘俠士！你可以同我到別處去談一談嗎？因為……”他還沒有說出來是因為什麼，甘鳳池便擺手說：“我不認識你，我可跟你去談什麼？我還要在這裏向凡是認識我的人，都要表白表白！”

允禵卻說：“你也不必表白，你甘鳳池的俠義之名，遠近誰不知曉？昨夜在什麼妓院之中，所發生的妓女蝴蝶兒被人搶走之事，那一定是極下流的江湖強盜所為。”了因一聽這話，不由得胸頭火起，因為這簡直是當面罵了他。

卻聽允禵又說：“誰也不能疑惑是你甘鳳池，我看你用不着表白。我遠路來訪你，既見了面，你雖不願與我結交，但我們也應當談一談，然後我再走，也算不虛此行；你如叫我幫助你去找那搶婦女的惡賊，我也盡力！”了因聽到這裏，不由得打了一個冷戰，因為他不知道這個人到底有多大的本事；甘鳳池卻仍然搖頭，說：“用不着！”

此時整個酒樓上的人，差不多無不注目於這兩個人，無不對甘鳳池表示欽佩，而對允禵表示出一種驚異。甘鳳池又說：“那搶去婦女的惡賊，我也曉得。我不但認識他，他還是與我同師學藝……”這裏的了因更是大驚。

卻聽允禵微笑着說：“你既說出來了，我也可以告訴你，搶走蝴蝶兒的，必定是路民膽！”

甘鳳池卻連連搖頭，說：“不是！不是！”又向允禵瞪眼說：“你可不要污蔑我的師兄弟！我的師兄弟盡是英雄，路民膽他也是個磊落的丈夫，只有一個人，我們早已不認他是同門！今天我來到這茶館，就是要對大家說，第一，那搶走蝴蝶兒的事，不是我幹的；第二，我要在三天之內，找出來那個惡賊！別管他是我的什麼人，我也要把他綁到這裏來，當着大家，我親手要他的命，以為我門中雪恥！為人間除惡！”

他的話才說到此處，了因便不由得發出了一聲冷笑。他這一笑不要緊，很多的人都把目光轉移到他的身上，這了因就沒法子再隱藏了。同時，跟着允禵的那個人，那瘦子秦飛，忽然走過來向他說：“你笑什麼？莫非你是知道嗎？”

秦飛這時也是多事，他也是仗着他的爺和甘鳳池的威風，同時他要在這許多人面前顯一顯，他並不是個跟班的，而也是一名俠客。卻不料了因不容分說，吧的就是一掌，打得秦飛哎喲了一聲，立時就暈倒在樓板上。

甘鳳池驀地跳了過來，一把揪住了他的脖領，怒喊道：“你是誰？”

了因這時忽然後悔了，他見甘鳳池大概不認識他了，就故作笑容地說：“我是來這裏喝茶的，我只是隨便一笑，不想這個人就來問我；我一時失手，誤打了他，這可不怪我……”

　　他正說着，忽覺腦後有人把他的帽子一撓，連他的假辮子也掉了，他的和尚頭立時就顯了出來。他當時大怒，趕緊回首，就見新上樓來一個人，仿佛是官員的打扮，有黑鬍子，眼睛帶棱，鼻如鷹隼，並帶着四名健僕。了因於前天夜間，曾在街上偷看過此人一次，此人就是那最可恨的年羹堯！自己的帽子和辮子都在一個健僕的手裏，這必是年羹堯叫他撓的；撓下我的帽子，顯出我的原形，手段好辣！

　　這時滿茶樓上的人全都大為驚訝，有的就笑說："哎呀，原來是個和尚！"了因不由得又羞又氣，胖臉漲得發紫。

　　甘鳳池雖然把他揪得更緊，臉上卻顯露出一些驚奇，說："原來是你！真給咱們的門中添羞丟臉，你如何對得起慈慧老佛？"

　　了因卻翻了臉，大罵說："什麼老佛？我不認得她，我也不認得你，你們都做了年羹堯的奴才！"

　　甘鳳池將他一揪，了因揚手就打，甘鳳池以拳相迎；兩個拳頭碰在一起，雖不似鐵錘相擊一般地迸出火星，發出巨響，然而這種力量，卻比鐵錘碰鐵錘還要沉重而猛烈，當時震得樓板樓壁都亂動，桌子、椅子，連坐着的人都震得要跳起來。一些人亂紛紛四散逃避，膽小的早跑下了樓，還有摔下樓去的。允禵剛上前說："不要打……"年羹堯卻指揮四名健僕說："殺！"健僕們一齊亮出來匕首。

　　甘鳳池又問："你將蝴蝶兒送回那豔春樓，便可饒你！"了因卻不住哈哈哈大笑，說："那蝴蝶兒，早已做了我的老婆了！"甘鳳池大怒，用力來扯他，這一扯就將他的衣領完全撕斷了。了因趁勢將自己的外衣剝去，卻回身向年羹堯來打。不料年羹堯早已無蹤，不知是什麼時候下樓走了，只留下了兩名健僕。

　　此時甘鳳池依然來抓他，他卻翻身又打。甘鳳池又與他相扭，他也扭着甘鳳池，兩人就如兩頭雄獅，齊扭到了那樓窗附近。兩人都想把對方推下樓去，這樣的一用力，只聽唭嚓、嘩啦，樓窗全斷。

　　急得那掌櫃的萬事和直嚷："這可怎麼辦呀？我的爺！"他被許多人擠在一個牆根，連出來勸都不可能。

　　這時甘鳳池就向了因說："咱們出去再說！"了因狠狠地冷笑着說："好！"當時兩人依舊死死相扭，同時將身齊向上聳去，就一齊躍出了樓窗，而跳到了街心。

　　幸虧樓上動武，外面的人皆已知曉，剛才折斷的窗戶又都掉到外面，外面的人都不敢由樓下走過了。這繁華的大街上，看熱鬧的人全都躲在兩旁，忽見獅子一般的甘鳳池同一個魯莽而兇惡的大和尚，自高處相扭着飛下，外面的人就都齊聲驚喊："好啊……"

　　甘鳳池與了因二人相扭相持，不分上下。突然兩人又一齊撒開了手，展開了拳法，只見鐵拳相擊，健腳對踹，往來四五合。這時年羹堯已命人牽着兩匹馬來了，向他二人說："城外去比武！"他二人就都各自收住了拳勢，彼此看了看。

　　了因先冷笑着，點頭說："好！"那邊，年羹堯便放過一匹馬來，讓他先騎上。隨之甘鳳池、年羹堯，及年羹堯的兩名健僕，也齊都上了馬。了因在前高聲喊道："隨着我走！"年羹堯說："今天你想逃也不行了！"當時了因騎馬在前如飛，年羹堯、甘鳳池等人催馬緊追，在許多看熱鬧的人高聲喊嚷之下，他們就闖出了城，繞過了莫愁湖岸，直趨夾江江口。

　　這個地方名叫三汊河，此時，眾人才都勒住了韁繩。然而年羹堯一回首，就見後面也有一匹馬緊緊地跟來，他就問甘鳳池說："這人是誰？"甘鳳池說："我不認識他，他自稱姓黃，他跟路民膽全都認識。"年羹堯就更為驚訝。

　　了因卻在馬上捋着袖子，大笑着說：“等他來吧！我聽蝴蝶兒說這姓黃的本事頗大；我有自北方來的朋友也說，他很了不得。叫他來看着咱們比武也好，他是行家，省得誰欺負誰！”

　　年羹堯此時已顧不得看了因與甘鳳池比武，他卻特別注意這追來的允禎。允禎是也不管他那被擊傷暈倒的僕人秦飛，急急地回到他的寓所，騎了馬趕來的。年羹堯也是聽蝴蝶兒說過此人頗有來頭，見他的馬越來越近，那魁偉的相貌也越看越真，年羹堯竟覺得好像在北京見過他似的，然而他是誰呢？卻一時想不起來。他只覺得驚訝，而不敢輕視，便轉首向了因說：“了因，你是慈慧老佛的弟子，與甘鳳池，你們全是同門，何必自相拼殺？我勸你及早改行向善，咱們得留心這個人。恐怕這人才是你我等人的敵手，我們得小心着他，他的來意可疑。了因，我們本來無仇，你把蝴蝶兒安然送回，也就完了。”

　　了因卻看出年羹堯是怕這個姓黃的，他就越發的驕傲、膽壯，大笑着說：“這個人我倒不恐懼他，他絕不是為我來的。你們，尤其你姓年的，可倒真得小心一點！年羹堯，你這幾年在江南江北的名頭可也太大了，為這個，我了因就先不服氣。你是一個文官，你可結交俠客，我的師兄弟盡為你所收羅，叫他們反倒都恨我……”

　　年羹堯立時斥道：“那是因為你行為不正，我卻是專奉慈慧老佛，獨臂聖尼的意旨。”了因狠狠地說：“你幾時又見過老尼？也竟來耍她的招牌！告訴你，姓年的，今天我也不跟別人鬥，只是咱們兩個得分出來生死，見個娘的雌雄！”甘鳳池見他這樣的兇橫無理，便要上前再跟他扭打，而此刻，允禎卻已催馬來到了。

　　允禎來到近前，便下了馬，拱手說：“你們諸位先不要爭持，聽我說幾句話如何？”甘鳳池說：“你說！”年羹堯卻不住地仔細打量着允禎。

　　允禎也看了年羹堯一眼，然而似是不甚注意，他仍是對着了因與甘鳳池說話。他就說：“我此次離京南來，尋訪天下豪傑。在大名府我遇見了曹仁虎和蛟僧勇靜，在周口鎮認識了路民膽，他們都說江南的俠客最著名的便是了因禪師與甘鳳池。如今我一見你們之面，果然是名不虛傳。語云：二虎相鬥，必有一傷。何況你們原是師兄弟，據我看應當就算了。我們還是找一個地方去談談吧！因為我有許多的事，俱要向你們請教！”

　　甘鳳池說：“你自北京來，誰曉得你是幹什麼的？你不用來和我們說話，我們這是自己的事，也用不着你來管，你快些閃開！”

　　允禎又說：“甘俠士，你也不可以絕人太甚！我來江南，便是為尋找你們，因為我是久仰你們的大名，我也曉得你們全是何等人物。在北京，我結交了司馬申、司馬雄父子；在直隸省我並見了周璕父女。我立志要交天下英雄，並能為天下英雄指點明路。你們想要飛黃騰達，我可以薦你們到北京去做高官；你們若必繼獨臂聖尼的遺志，那我也可助你們一臂之力！”

　　他說出了這話，使得年羹堯更為驚訝，了因聽了卻是非常喜歡。只有甘鳳池，無論允禎怎樣地說，他也不為所動。他就先將馬繫在道旁的一棵樹上，然後徑向允禎走來，把允禎打量了一番，便問道：“你有多大的本領，敢到江南來，還敢發這樣的大話？”

　　此時允禎見甘鳳池的來意，似是要向他動武，他就趕緊將身往後去退。他的馬鞍旁本來掛着他的那杆扎槍，此時他就要取下來以防不測。但是，他又斟酌着，因為知道甘鳳池實是力大無比，恐怕不是這杆扎槍所能勝得了他的；若是取下槍來，就必和他動手，倘若勝不了，反倒要為他們所笑。他心中遲疑着，面上還帶着誠懇的笑容，手上已準備着招架的姿勢。

　　而甘鳳池，原想要試探試探允禎的武藝，卻忽見年羹堯在馬上向他一努嘴，同時臉上浮現出凶煞之氣，雙目露出森厲的光芒。甘鳳池便立時明白了，這必是年羹堯已經看出，此人的來歷不但可疑，而且還必定於他們不利，所以才示意給他，叫他趁早結果了此人的性命。於是，甘鳳池便將全身的力量盡運到右掌之上，想要一掌即將允禎擊死。不過他又想着：允禎千里前來，慕名訪他，總也是個朋友，而且態度又如此的謙恭，何忍便即下手？何況，打死了人是要打官司的，不然就得逃跑，現在我還沒找到人侍候我的老母，我若跑了，豈不是不孝？他心裏輾轉尋思，雙目雖狠瞪着允禎，手卻下不去。

　　這時，那邊的年羹堯卻等不及了，又向隨他來的那兩名健僕，也一努嘴，兩名健僕就同時下了馬，各擎匕首齊奔允禎。允禎便蟊然取下了長槍，呼呼地一抖，顯出他的槍法精絕。二健僕不敢上前，甘鳳池卻要奪他的槍，不料了因和尚卻飛躍下馬，橫奔了過去，就將身護住了允禎。同時把他指上的鋼環嘩唧唧地一抖，說："年羹堯！你不要凌辱外來的朋友。這幾年來，你在江湖之間得下來一點名聲，你就驕橫自大，欺負他人，今天可到了你栽跟頭的時候了，你來看……"說時，就將他手指上套着的八寶鋼環取下了一隻，猛向年羹堯打去。這東西極為厲害，它是專打人的眼睛，百發百中。然而鋼環才經打去，年羹堯便伸手接住了，並向他冷笑着。

　　此時允禎一聽，原來這人便是大名鼎鼎的年羹堯，當時就不禁驚訝地注目去看。這時，由身後又來了兩個騎馬的，就是年羹堯的那另兩個健僕，他們是給送傢伙來了；送給了年羹堯一口青鋒寶劍，四名健僕每人是一口單刀。甘鳳池是一對紫銅錘，他卻扔給了因一隻，說："來！你來！"

　　這時允禎卻將槍一抖，站在垓心，說："你們諸位暫且住手，我想還是不要拼鬥，有什麼話請到城裏，我請你們飲酒細談；談得實在不能相投，再拼我也就不管了。"

　　甘鳳池說："這件事原與你不相干，了因是我們同門中人，他敗壞了我門中的戒律，我要替我們的師父管教他！"

　　年羹堯卻說："如若不打也可，先叫他把蝴蝶兒送回來！"了因依然狂笑着，說："蝴蝶兒？你還問她哩，我沒告訴你麼，她早已成了我的老婆了！"年羹堯一聽，催馬奔過來，擎劍向他就刺，了因卻晃起來那只銅錘相迎。甘鳳池也搶錘過來，幫助年羹堯與了因廝殺。一劍翻飛，雙錘並舞，往來四五合。

　　允禎閃在一旁細細地觀察，他就覺得年羹堯的劍法實在新奇而高超，真是他生平所僅見，不由得敬佩。而甘鳳池與了因二人將一對銅錘分用，往來相擊，處處可見他們的着數精熟，力氣渾厚，而且身軀健捷，誠然不是尋常的江湖豪俠，乃是天下之俊傑。尤可異者是甘鳳池與了因原是同門，竟願為年羹堯而效死命，可知這年羹堯不但是有過人之勇，而必有超人的韜略了。允禎就想：這樣的人才，我若看他們互相廝殺，而不將他們收為己用，那我的志向恐怕永不能達成。於是，他便緊抖長槍夾在中間，槍花如疾風閃電，攔住了兩方，他就說："請你們住手！第一，我勸了因改行與甘俠士恢復舊好；第二，我包管了因將那蝴蝶兒送出。"

　　他說的這話，按說了因聽了是先得用錘來砸他，因為他和了因不過今日才相見，並無交情，他如何能替這兇惡猛悍，並未服輸的莽和尚硬作主張？連年羹堯都覺着他是白說。卻不料了因當時就拋錘跳到了一旁，點頭說："好！好！我沖你姓黃的面子，把那蝴蝶兒送回去就是！"

年羹尭在馬上依然握劍發怒，說：“我叫你立時就將她送回！”

了因卻說：“立時可辦不到！”他用手一指，西邊和北邊盡是茫茫的江水，他說：“我告訴你們實話，我把那蝴蝶兒送到江裏的一隻船上了！那船現在漂到了哪兒，我也不知道；須到夜晚，那船上的人到城裏去找我，我才能夠告訴他，叫他把你那蝴蝶兒送回。”

允禩又說：“我為他擔保，他如若失信，你們可以找我。我辛辛苦苦來到此地，絕不能立時就走；而且我若走了，你們還可以到北京去找我，我在京中是略略有名的。”

甘鳳池依然不相信，他還不肯便將了因放走。年羹尭卻又向允禩打量了一番，就點點頭說：“好！那麼就由你作保，我倒不怕你逃走，因為我已猜出你是誰了！”

允禩聽了這話，不禁神色微變，但也沒有說什麼，只微微笑了笑。

第十九章　　小常隨良緣婚俠女　　莫愁湖暮雨訪群雄

　　當下，一場將起的惡鬥便已停止，風息雲散，但這幾隻虎豹似的英雄，依然都瞪着大眼睛。了因毫無懼色，他把手中的錘又扔還給甘鳳池，說：“給你！師弟，你拿什麼來，我也不怕；師父死了，我就誰也不怕了，哈哈哈！”說完他不住地狂笑。

　　甘鳳池接過來那只錘，怒猶未息，因為了因提起了他們的師父獨臂聖尼，這卻使他的心中更為難受。他難受的是師父圓寂之後，留下了這個禍害。了因的惡性復發，無人能制，想老尼生前一定沒有料到，否則，她死也是不能瞑目的。

　　此時，允禎已將長槍收回，掛在鞍旁，他的神態從容，氣魄宏大，更使年羹堯驚訝。了因又說：“姓年的，今晚我把蝴蝶兒給你送回，可是明天晚上，我就一定去要你的命；這江湖，絕不能讓給你！”年羹堯冷笑着，一句話也不說，卻仍然直眼望着允禎。

　　允禎走上前來說：“年兄！你的英名，確已震於遐邇，我想你們都是天下的豪傑，而我是專為尋訪豪傑來的，我們理應成為一家人。今天的事，不必再提了，了因禪師為人這樣豪爽，他也必不能失信，必能將蝴蝶兒送還原處。說到蝴蝶兒，我在路上就曾認識她，她不過是一個極尋常的女子，若為她，而使你們盡皆失了和氣，實在是不值。我現在住在城內鴻興客店，那裏的房屋很是寬敞，今晚我在那裏備酒，請諸位一同賞光前去，我們痛飲暢談一番，如何？”

　　了因便說：“我這就同你去！晚間喝完了酒，我也就將蝴蝶兒送回去了。我的心裏是什麼也沒有，我說得開，可是我也不怕硬的。”

　　允禎又問年羹堯，年羹堯卻說：“我不一定去，反正我在今天或明天，必然去拜訪你，因為……”他微微地笑了笑，說：“你既自北京前來，想必有事，那事情，我們確實可以談一談。”說着，他向甘鳳池招招手。甘鳳池就將一對紫銅錘插在腰帶上，也上了馬；他與年羹堯且行且談，後面跟着那四名健僕，往莫愁湖那邊去了。

　　而這裏的了因卻對允禎十分恭維，並為打傷了秦飛的事情道歉。允禎是喜愛他的武藝，並勸他千萬要守信用，無論如何，要在今晚把蝴蝶兒送回去。了因是沒有不答應的，他並且直笑，說：“我也曉得你是京中的一位貴人，可是你若是交了我這個朋友，包管你貴上加貴，貴比皇侯。”

　　允禎沒有言語，心裏盤算着是不是應當將自己的來歷都跟這些人說明，他想着：不說明是不行，而說明之後，恐怕他們就全要翻臉！相打起來，自己倒是不怕，可是那又為了什麼來這一趟江南呢？此時，北京我的府中不知要有多麼冷落，而允禎的家中，不定又招聘了多少豪傑……

　　他心中思慮多端，感到十分作難，策馬走去，也不覺來到了莫愁湖畔。只見沿湖楊柳成行，遠近重樓疊翠，多半是富貴人家的別墅。而湖波蕩漾，雖比不得瓦埠湖那樣浩大，卻是十分清澈；湖上的畫舫往來，湖波蕩漾，有如仙境。了因僧騎着一匹馬跟着他，又笑指着那些畫舫說：「你看，那船上也有不少美貌的妓女，咱們叫一隻船來玩玩好不好？」允禎卻正色地搖頭。

　　了因又說：「那麼就改日吧！改日再玩也好，反正秦淮河上有的是美貌的娘兒們，真的，很多很多，比蝴蝶兒長得美貌的多着呢！我要那麼一個蝴蝶兒幹什麼？她又不是一個真蝴蝶兒，反倒招年羹堯恨我，招甘鳳池也恨我，合不着！我一定把她送回去，然後再跟姓年的算帳。」允禎聽了他這話，也很相信。

　　同時，允禎還是想着年羹堯。他想：若能於這湖邊再將年羹堯尋着，那麼就索性告訴他自己是誰！他是個朝廷任命的官員，雖然也是一位俠客，可是絕不能像甘鳳池那樣的不通情理。所以，允禎就在這湖畔又走了半天，但是卻沒看見年羹堯的影子，倒聽見隨着湖上的清風，傳來了一縷笛聲，其聲嫋嫋，令人聞之，心碎腸斷。他不禁想起了十個口鄭仙，更想起了北京，恨不得即時就將這些豪傑盡皆收入網羅，帶回北京，以圖大業。不過，他現在也明白，這不是一件容易辦得到的事情。

　　回到城裏，了因就跟着他直回到店房。允禎先命店裏的人將了因騎來的這匹馬，給送還到年羹堯住的那江安店裏去，並且吩咐店裏的廚房備酒席。然後，他才去看那被人由那酒樓抬回來的九條腿秦飛。秦飛倒是早就蘇醒過來了，可是連現有的兩條腿也不能夠走路了。他躺在一間屋裏的板床上，哎喲哎喲地直叫，他恨死那個大和尚了。

　　忽然看見他的爺來看他，還把那個大和尚也帶來了，他就更氣更驚，說：「大和尚，你不該猛孤丁地就拿手打人！不錯，你有力氣，可是我秦飛也不是無名的小輩；你打聽打聽去吧，白龍余九都是我的好朋友，我早就闖過江湖，走遍天下了！」

　　了因卻說：「不打不相識，今晚我先把蝴蝶兒送回來……」

　　秦飛說：「啊喲！你還提蝴蝶兒呀，什麼事情還不是為她？我真願意你打我的這一掌，打在她頭上，叫她再貼上膏藥，那就許什麼事兒也沒有了！」

　　了因哪裏知道他說的這些是什麼，只點頭笑着說：「你要貼膏藥，我可以給你買去！你好了我一定請你喝酒，咱們到秦淮河的花船上，叫十個妓女陪着你，錢我有的是，這樣吧！待一會我命人給你送一百兩銀子來，作為我打你一掌的錢！」

　　秦飛聽說有錢，這才有點歡喜。看這大和尚，真許是個財主，反正打是已經挨了，得點兒錢，還不算冤。跟爺出來這些日，也一個錢沒有呀？挨一掌，有一百兩銀子，還不算少。他遂就說：「喝！你這個大和尚，可別拿我也當作秦淮河的妓女，有錢就行。我九條腿可見過錢，我也花過大把大把的錢。不過，你要賠我銀子，別淨空口說，送來我還得看看成色，稱稱份量夠不夠，還得問問你是怎麼得來的……」

　　允禎覺得秦飛說得太不像話了，他遂就讓了因又到他住的屋裏。了因又對他表現出很英雄的樣子，說：「黃四兄！我已聽蝴蝶兒說你是自北京來的，你的武藝頗強。我的武藝今天你也看見了，這不是吹，也瞞不得行家。我的好友江裏豹新自北方來，他知道現在京中的許多位貝勒，全都正在招請英雄。不用說，你就是他們派來的。我已看出來了，大概年羹堯、甘鳳池他們也看出來了。

　　「現在不妨打開窗子說亮話！我了因本來不是和尚，二十年前在江湖上大大的有名。細話不提，我只告訴你，我想還俗，我想做高官、博前程，將來還封妻蔭子。這裏還有我的江湖好友江裏豹、鐵背黿和龍蛟二僧，你若把我們薦到北京，那准保是你的一番功勞。年羹堯不行，他是徒有其名；甘鳳池更不行，他是一個假孝子！他媽是一個癱婆，在西城根的小巷裏受着窮，吃不飽飯，他卻不知拿本事多得些錢，供他的母親享福，卻要以打拳賣藝吃飯；上次，還想白搶去那個蝴蝶兒去服侍他的媽，這個人有多麼呆？多麼笨？多麼無用？”

了因如此譏笑甘鳳池，然而允禎聽了，卻不由得對甘鳳池益為敬重，想着：“求忠臣必於孝子之門”，甘鳳池是這樣俠義仁孝之人，倘若收到手下，何患他不能盡忠？

又聽了因說：“更可笑的是他甘心作年羹堯的奴僕！其實年羹堯不但不給他錢，反把他要收作義妹的蝴蝶兒給奪了去，他竟不生氣，還那樣聽年羹堯的話，不知姓年的用的是什麼手段？我卻不平，我將蝴蝶兒搶去，也是為出這口氣！這件事你頂好不用管，也不用再想結交他們，他們不行；只要有我，真的，姓黃的，你想要坐江山都不難！”

允禎一聽，不由得又一陣驚異，他覺得這個了因，雖然品行不端，可是心機太大，也不可輕視，更不曉得他的那幾個朋友都是何等人物？遂就微笑着說：“你既已看出，我也不能夠瞞你，那麼今晚，你把你的朋友江裏豹、鐵背鼉也都給請來吧！連同年羹堯、甘鳳池，咱們一同聚會，詳敘一番，你以為怎麼樣？”

了因卻連連搖頭，說：“不行！不行！他們跟甘鳳池、年羹堯，全都是冤家對頭，如何能在一起飲酒？乾脆我告訴你一句話，你如若要跟我交朋友，就不要再理他們那些人；若是理他們，咱們便斷絕來往，將來你可別後悔！”說話時他嘿嘿地冷笑，兩眼露着兇惡的光。

允禎就覺出這大和尚實在不大好鬥，遂也笑了笑，說：“你也太量狹了！四海之內，皆兄弟也，我們應當結交天下的英俊，哪可以便拒他們於千里之外，還與他們為仇？”

了因忿忿的跺腳說：“我的仇人就是一個年羹堯！今天我用八寶鋼環，沒有將他打着，可是不要忙，早晚我要把他打死。他只仗着甘鳳池幫助他，若沒有甘鳳池，我更不怕他！”

允禎說：“那麼，今晚你是否准能夠將那蝴蝶兒送回？”

了因又不住地冷笑，說：“君子一言既出，駟馬難追，我說是將她送回，哪能又失信？何況有你作保，我也不能夠連累你。不過，你跟他們若再結交，我可不但不能去幫你，也怕將來為了江湖的意氣，說不定還要得罪你，你自己斟酌着吧！”

允禎說：“我已經命人預備菜飯了，今晚無論如何也得請他們來，我不管你們有何嫌隙，我得品評品評他們，才能夠決定主意，你怎樣？你一定要在這裏喝酒！”

了因搖頭說：“我不怕他們，今晚我自然要攪你的，我的酒還得比他們喝的多，憑什麼那一隻胳臂的老尼姑，就叫他們酒色都任意而為，叫我卻什麼也不能夠幹？我與他們誓不兩立！今晚你要請客，我一定來，可是說不定我們就得打起來，我不怕他們。”說着他的胖臉都氣紫了，下巴上的鬍子茬兒根根在顫動，眼睛更似冒出火星。

就在這時，忽然有個店夥走進來，向允禎問道：“您是姓黃嗎？外邊來了一位客人，找黃四爺！”

允禎推開了屋門一看，見院中站的是一位精神矍鑠的白鬍老人，原來是曹仁虎，他就趕緊含笑迎了出去。了因卻立時變色，轉身就溜進了裏屋。曹仁虎必是因為年邁，所以沒看見他，只向允禎拱手。允禎說：“那日我在瓦埠湖畔白龍余九的家中，沒有向你辭別我就走了，實是抱歉！”曹仁虎擺手說：“不要提了！”二人遂就進到屋裏。

允禎見了因沒有了蹤影，便曉得他是藏躲起來了，便也沒將曹仁虎向里間去讓。曹仁虎也不落座，只說：「你猜我們為什麼今天才到金陵？」允禎說：「我也來到這裏不久。」曹仁虎說：「我們因在路上遇着了周璕，你還記得他們嗎？就是在大名府小鎮上拉呼呼兒的那父女，他的女兒周小緋還用竹鏢救了你……」

允禎一聽，心裏甚是歡喜，想不到又遇着了那父女兩位奇俠，然而曹仁虎所說的這個「救」字，卻使他不大高興。又聽曹仁虎說：「你的那個小常隨，現已成了他的招贅女婿了。」允禎微笑着說：「我早知道我那小常隨，是隨他們去了，但周璕能將女兒配他，我也十分歡喜。」

曹仁虎說：「我們是一同來的，還有路民膽。他的脾氣向來是那樣，你不要跟他計較。還有白龍余九也來了，因為他的長子是死在你的手裏，他自然很難過，你要向他賠個罪才好。」允禎當時面現怫然之色，但旋即又心平氣和地將頭點了點，淡淡地說：「那也沒有什麼。」

曹仁虎說：「我們今天來到，尚沒有找着店房，就聽說甘鳳池與了因在『聚英樓』大鬧，還有你在內，後來你們又鬧出城去了。」允禎微微一笑。曹仁虎又說：「了因早已不是我們的師兄弟了，因他不守清規，不遵師訓！」允禎這時倒很替他擔心，恐怕了因立時出來與他相打，但，裏屋卻一點動靜也沒有。

又聽曹仁虎說：「我打聽出你的住所才特來訪你，他們還都不知道，你現在打算怎麼辦吧？」

允禎問道：「你們現在什麼地方歇腳？」

曹仁虎說：「在東邊，烏衣巷口陳舉人的家中，因為陳舉人是我的同年，在那裏住，我的女兒比較方便些。我想叫她從此就住在那裏，我與路民膽、周璕，再會上甘鳳池，就要同往北京去了。」

允禎嚇了一大跳，面上卻依然鎮定，說：「既然全都來了，那正好，正好！請你帶我去拜會一下周璕，我再見見路民膽和白龍余九。無論他們對我如何，我也要對他們客客氣氣。這裏我已命人今晚預備筵席，正好將你們全部請上，我這次能夠交結許多位豪傑，總算不虛此行！」

他的態度這樣慷慨，曹仁虎也對他愈為欽佩。於是，允禎也不管了因在這裏怎樣，就立時同曹仁虎出了這店，步行着到了烏衣巷口。他一看這陳舉人家，很是豪富，大門前懸掛着康熙御賜的匾額，允禎趕緊就肅然起敬。隨着曹仁虎進門，到了一所偏院內的北房裏，就見路民膽在這裏了，見了他依舊傲然不理。

周璕也正在這屋裏，曹仁虎給介紹，允禎一看，這正是昔日在那小鎮上小飯舖門前，拉呼呼的那個癆病鬼似的窮漢，但現在的衣着還整齊。這個人的性情並不古怪，還相當的和藹，當時親自叫來了他的女兒周小緋，就是那會唱梆子腔也會打竹鏢的小姑娘。周小緋這時也穿了一身花襖花褲，見了允禎直笑。跟着又進來了她的未婚女婿，就是允禎的那個小常隨。

小常隨當時跪倒叩頭，允禎卻將他拉起，笑着說：「你不要這樣了！如今你已是周俠士的快婿，這我知道了，很是喜歡。你在京中的家裏，還有人嗎？」小常隨說：「我還有哥哥嫂嫂。」允禎說：「不要緊，以後我能夠照顧他們。」

小常隨又嚅嚅地說：「爺的包袱，跟裏面的東西和錢，我全都一點也沒動，全帶來了！」允禎說：「我早就知道那全都丟不了，可是，難道你還想給我嗎？哈哈！你不要再提了，那就算是我給你跟周小姑娘的喜事送的賀禮吧，不管多少，全送給你們小夫婦了！”小常隨一聽，驚喜萬分，又要叩頭道謝，卻被他的未婚的小媳婦周小緋一斜眼，把他給攔住了。

周瑋說：“黃四兄！我把我的女兒給了你的常隨，可不是圖那些財物，卻是因為我聽說他跟着你已有數載，既不學徒，又不做手藝，只在你的櫃上吃閒飯，這樣豈不把一個聰明的孩子給耽誤了？因此我才把他帶走，想安置他們一個地方，叫他們完婚，過日子。如今有了你這些錢財，可以叫他做買賣了，倒是你們的本行。”

允禎一聽，心中十分驚訝，而且喜歡這小常隨的嘴嚴，他想着：他跟着我好幾年了，是在府裏隨身侍候，我的事情他全知道；尤其是這次讓百隻手胡奇假充作我，在府裏裝瘋魔，我卻微服出來尋訪俠士，他是盡皆知曉的。可是他至今還不同周瑋父女透露一字，真是可愛……當下不由得又向他的小常隨看了看，心中有些惋惜。然而見小常隨跟那長得並不好看的周小緋，兩人倒是很親愛的。

周瑋又說：“我的事情，想仁虎兄必定告訴過你了。我破家浪跡江湖上，只為結交天下豪傑，恢復大明的山河……”允禎一驚，幾乎變色，又見路民膽霍地站了起來，神色嚴肅；那曹仁虎也低下了頭，顯出來感慨、悲戚。

周瑋又說：“我們父女流浪秦中，也沒尋着什麼仗義的朋友，倒學會了唱梆子腔乞食。回往江南，在路上就遇見了你。我們還沒有想到你是北京有名的俠客，我只覺着這小常隨很好，我把女兒給了他，就完了我的心事了；因為她雖也會武藝，擅打鏢，但究竟是個女孩子，不可常年跟我在外飄流。我與仁虎原也有些誤會，現在也全已說開了。路民膽也是我們自己兄弟。如今，我與你也是一見如故，不久我想我們應當齊往京中，趁着允禩、允禠、允禵、允禎等諸王正在爭位，咱們給他攪一攪！”允禎一聽，身上都嚇出了汗，但是面上仍然一點不露。

路民膽也走過來說：“姓黃的，本來我是至今仍不服氣，不知為什麼，我就看你的來歷可疑……”允禎聽了，更為吃驚，聽路民膽又說：“可是現在，我曉得你也是一條好漢，我也不再跟你說什麼了。到北京後，我看你能幫我們什麼忙；幫的好了，我再跟你傾心結交。”允禎笑着，點點頭。

這時忽然白龍余九走了進來，允禎想着他必定要為他的兒子報仇，不料他見了允禎，並未顯出什麼憤怒，只是笑着說：“黃四爺！我原猜着你是京中的財主，還許是什麼官。我想叫我的兒子們將來到了北京，還得求你多多照拂，給他們大小找個事兒，也省得永遠在湖邊打魚。不想，好一位黃英雄！你竟把我那連媳婦還沒娶上的大兒子，一槍扎死在湖裏！”說到這裏，他不禁老淚縱橫。

允禎趕緊向他解釋、道歉，他卻連擺雙手，說：“你不用介意，我不是找你給我兒子報仇來了！我的兒子還多，死上一個不要緊，再說既在江湖廝混，早晚命歸陰曹，我不心疼他。我是來見見你，然後還要跟着他們一起都到北京玩玩；崇禎爺是煤山吊死的，咱們最不濟也得去向他老人家弔祭一番。”

允禎心中局促不安，表面卻十分坦然，他把這些話拋開，並不答覆，只說：“年羹堯也在此處，你們曉得嗎？”

他是隨便說出這句話的，不想曹仁虎、周瑋、白龍余九，尤其是素來最驕傲的路民膽，一聞年羹堯之名，他們就像聽了一聲響雷似的，非常吃驚；又如欣見甘霖下降，齊都不勝喜悅。路民膽簡直高興得要跳起來，周小緋也說：“我得見見年二爺去，我還沒見過他呢！哎呀，這回可算是能夠見着他了！”她喜歡得直拍手。

當時他們都向允禎問年羹堯現住在什麼地方，允禎說：“我聽說他住在什麼江安店。”周瑋趕緊說：“走！”拉着他的女兒就出門了。路民膽匆匆地又洗臉又換鞋；曹仁虎也梳了梳他的白鬢，整衣戴帽，並趕緊叫人到裏院去叫他的女兒曹錦茹。少時這些人就匆匆地全都走了，只把允禎扔在這裏。允禎不由得面色慘白，發了半天的怔。他的那小常隨倒是趕過來跟他談話，要細敘別後之事，他也無心去聽。他微微地歎着氣，獨自毫無精神地離開了這裏，又回到了店房。

他的店裏冷冷清清，秦飛在那裏哼哼哎哎的，好像痛得要死。了因卻早已走了，留下一張字柬，歪七扭八地寫着核桃大的字，是：

某已去，曹老頭既來，恐無好意，但某不怕他。今晚我雖將蝴蝶兒送回，卻仍不能叫年羹堯得意，必定大鬥一場，以決雌雄。某是俠客第一名，你若幫他們，惹惱我，恐無好結果，某劍下不容情，望你三思之！

允禎看了，不禁一笑，但趕緊拿着這字柬，走到院中。他本想出門找了因去，卻又聽見廚房裏的刀勺直響，驀憶起今晚自己還要請客！如今了因雖已走了，曹仁虎等人卻又都來了，更得多預備些酒菜。他今天連午飯也沒有吃，因為這些事使他太費心思了，他簡直忘了饑渴。這時不過下午四時，天陰雲黑，卻有如薄暮。他趕緊命人預備座位，並命店中的夥計持請帖迅速分途去請曹仁虎、周琦、路民膽、白龍余九、甘鳳池與年羹堯。

店裏兩個夥計分途去後，他一個人在屋中咄咄書空，“年羹堯！年羹堯！”他不住地念叨着這幾個字，想着：年羹堯只是個本朝進士、學差，然而江湖上的這般義士豪傑，除了一個壞人了因，無不向他拜倒，他究竟有什麼雄奇的能力，竟收攏了這無數的兄弟？他又不禁“哈哈哈”大笑，暗道：我若把他一人得到手內，何愁帝位不歸我允禎所有？

當下允禎又喜歡了。窗外，雷起雲騰，好像神龍將要飛起，風雨欲來。佐命的賢臣，齊在手下，雖然他們還都懷念着先明，什麼崇禎皇帝，然而我自有辦法，我允禎就是皇帝！他傲然地揚起了他的方臉，直瞪着兩隻細眼睛。至於了因，允禎並不願與他為仇為敵，而且還想使他改去惡行，也與甘鳳池一樣的留為己用，那和尚雖兇猛，卻還不難對付；而蝴蝶兒回來，他更沒放在心上；他只是嫉妒，而且有些畏懼年羹堯。

天就要下雨了，但卻又不沛然而下，只是悶熱；雷空響，雲還在積。他這神龍似是尚難騰空而起，使他真急躁。廚房已將筵席備好，將他這屋子的隔壁也打開了，將裏外兩間通成了一大間，擺上兩桌筵席；每桌上四個冷葷，也都擺好了，就是客人還一個也沒有來到。

又待了些時，前往江安店送請柬的那個夥計回來了，說：“那裏的二老爺還沒在家，說是往莫愁湖吃飯去了。”

允禎就說：“難道他那裏連一個人也沒有嗎？”夥計就搖頭，說：“倒還是留着三個人，一個是個老管家，問他什麼，他也是說不知。再有兩個也是聽差的，好橫！青坎肩下的腰帶上，都別着小刀子，說話是一點理也不講；只說年二老爺出去啦，連請帖也不收，就仿佛是要拿小刀子劈我兩下子似的！”允禎不由有點氣，心裏更恨年羹堯的驕恣自大、目中無人，實在令人難以忍受。可是當時他的臉上依然一點聲色也不露，就把頭點了點，什麼話也沒有說。

而這時那去陳舉人家，給曹仁虎等人送請帖的店夥也回來了。這個人倒能辦事，他手裏的帖子雖然也都沒有送到，因為沒有人收，可是他給帶來了一個人，卻是小常隨。這小常隨見了允禎的面，依然是奴才見了王爺的樣子，唯恭唯謹。

允禎叫店夥全都走開，獨自與他談話，小常隨就悄聲的說：「爺！我勸您還是走吧！別跟他們來往了。他們因為不知道爺是怎樣一個人，還算好；背地裏說話，除了路民膽，倒還佩服您，只是因為他們不知道呀！若是您帶着他們到了北京，他們知道了您的來歷，立時就都得翻臉無情。他們還說了，將來要叫我跟着小緋一塊兒上什麼石門去，那裏住着個姓呂的俠女，叫小緋跟她再學武藝，叫我做買賣。我是實在沒有法子，一來我是怕他們，二來小緋對我不錯……」

允禎就不叫他往下再說了，只說：「你跟他們在一塊兒也好，因為我無暇顧你。那姓呂的俠女名叫呂四娘，總不致於是個女強盜，我也不想去見她。我只問你，莫非曹仁虎他們去找年羹堯，直到現在還都沒有回去嗎？」

小常隨說：「我現在就為這事情來的。他們一個也沒回去，都跟年羹堯赴宴去了。在莫愁湖邊，陳舉人在那裏有一所樓，那裏也有廚子……」允禎趕緊問道：「莫不是那陳舉人請客？陳舉人跟他們那些人也都很好？」小常隨搖搖頭。

這時外面的雷聲更沉，嘩嘩的已經落下雨來了，屋中更覺昏暗；蒼蠅也從簾縫裏飛了進來，去吃那為客所設的各樣菜。小常隨把話又往下說，因為他的聲兒不大，而窗外的雨聲卻十分嘈雜，雷聲也屢響不止，因此允禎須要側耳細細地聽。

他略略地聽出，大概是年羹堯在莫愁湖邊，不知是幹什麼了，根本就沒進城，只叫兩個健僕先回到江安店。曹仁虎等人到江安店去找，是那兩個健僕告訴他們說，年羹堯和甘鳳池全都在莫愁湖邊上。曹仁虎等人又立即出城去找，他們就都在那湖邊見了面，因就想要在那裏設宴。陳舉人的湖邊別墅，地點甚為清幽，他雖跟年羹堯並不相識，可是跟曹仁虎卻是最好，兩人一塊在京裏做過官。曹仁虎來到他家，就好像是半個主人，所以現在能夠把年羹堯等人全都讓到陳家的那別墅裏去臨湖開筵。他剛才叫曹錦茹回到陳家，原以為是允禎還在那裏，大概是要請允禎也去；可是看了看允禎已經走了，他才把話向小常隨說明。小常隨可又不知允禎住在哪家店裏，直到這裏的夥計去送請帖，小常隨這才跟了來……

允禎聽了這些話，立時就要走，小常隨卻說：「外邊的雨太大啦！街上大概都成了河啦，您可怎麼走呀？再說曹錦茹進到城裏來是還有別的事，她說她還要到年羹堯的店裏，等着什麼和尚給送回蝴蝶兒，人家並不是誠心敬意地來請爺，爺去不去不要緊。」他又說：「爺這兒預備的菜飯是要請他們嗎？我看不必了，他們現在一定都喝上吃上了；他們都跟年羹堯才是自己人，把咱們看作外人。」

允禎也不聽他的，心裏十分着急，他先叫來店裏的廚子，吩咐其餘的菜都不必預備了，這些就先擺在這裏；又叫店夥給他借來了一份蓑衣、草帽，披戴好了，自己就去備馬。小常隨卻還在這屋裏，聽廚子說是還有一個被和尚打傷的，是在另一間屋子裏躺着了，他就猜出來是秦飛，遂就往那屋裏看去了。

在這沉雷劍雨之下，城內郊外，到處都是雨水急流，卻無行人蹤跡。可是允禎騎着他的馬，也沒帶着兵刃，只是一蓑一帽，衝破煙霧，又出了城，重來到了莫愁湖畔。此時這裏的楊柳全都垂着頭，順着枝條向下流水；湖面上霧氣騰騰，再也看不見一隻遊船，樓閣房舍更都如被厚紗遮住，他哪裏認得何處是那陳舉人的別墅？

允禎在雨中揮鞭，鞭都揮不開，馬也走不動，他就順着湖岸去走。正在走着，忽聽見吧的一聲，不知是什麼東西，竟打在他的草帽之上。

第二十章　暴雨驚雷一現蝴蝶　江波夜霧遁走蛟龍

　　這個東西倒不是什麼八寶鋼環，所以並沒有把草帽打壞，大概只是個木頭塊，或是碎酒杯，不過使他一驚。他一抬頭，原來身旁就是一堵高牆，牆裏築着高樓；樓欄裏正是小常隨的媳婦周小緋。她向下點着手，急急地招呼着說：「黃四爺你快來吧！我們全都在這兒啦……」

　　這座樓平日登臨，正好可看湖中的風景。現在下着大雨，湖景沒什麼可看，但是樓的窗裏卻耀耀地搖閃着燈光，由裏面散出些高聲談話的聲音，與天上的雷聲，簷下的雨聲和牆外的馬蹄濺水之聲，廝混在一起。

　　周小緋由樓上打着一把傘下來，給允禎開了門。到底她是因為跟小常隨訂了親，所以對待允禎就像是對他們的至親長輩似的，她說：「我叫了您兩聲，您都沒聽見，我才用那剛才曹伯父失手砸碎了的酒杯，扔出去，故意碰了您的草帽一下，好叫您知道我們是在這兒。您可千萬別生氣……您把馬交給我吧！」

　　允禎這時是什麼也不顧，望見了樓梯，向上就走。上了樓，他才蕪然摘下了草帽，手中的皮鞭和蓑衣還都直往下流水。這裏燃燒着數十枝巨燭，襯以四壁的富麗陳設，好似王庭。俊傑多人，圍桌而坐，那年羹堯就高踞在上座；旁邊是一群豪傑，如眾星捧月一樣，他倒好像是一位王者。

　　大家正在飲酒談話，見允禎來了，並沒有人停住談話，或放下酒杯。只有曹仁虎一人站了起來，白髯飄飄地笑着說：「我們想不到你能夠來，很好，這裏坐！這裏坐！」

　　白龍余九喝得臉已經紅了，嚷嚷着說：「黃四爺！你快來吧！就等着你啦！在這地方喝酒可是闊多了，這是陳舉人的宅子，若沒有曹老哥的面子，咱們連這門也不能進。你來看！這菜有多好呀！這兒的廚房大司務，聽說是北京來的，大概是御廚，伺候過皇上老兒的。可是這魚不大新鮮，莫愁湖、揚子江裏的魚，原來比我們瓦埠湖裏的魚差得太遠，不行！還是瓦埠湖的魚肥，滋味又好吃。只是以後我也不能吃了，我的大兒子死在那湖裏，魚都喝過我兒子的血，我吃魚就是吃我的兒子了……」說着眼淚就像外面的雨似的直往下流。

　　甘鳳池突然將拳頭向桌上一擂，咚的一聲巨響，震得杯子和酒壺全都跳起來多高；那尾還沒有動筷子的醋溜魚，也像活了似的，又在空中打了一個挺兒，幸虧桌子是硬木的，不然必得塌架。他滿臉的鬍鬚亂動，眼瞪得比燈還亮，說：「不要緊！我跟年二爺，必定給你報仇！」旁的人，連路民膽的臉色都顯出來不安，都側目向允禎來看，獨有當中坐着的年羹堯，卻安然地飲酒，恍若無事。

允禛也沒露出驚慌，就將草帽、蓑衣和皮鞭，都放在旁邊的一把空閒椅子上。曹仁虎又拉凳兒向他讓座，並將旁邊一個中年的道士裝束的人，給他引見着說：「這就是外號人稱為野鶴道人的張雲如。」允禛曉得此人也是獨臂聖尼的弟子，奇俠之一，當時就拱了拱手。但張雲如卻連座也沒起，此人實有點性情孤僻，沉默寡言，半天他也沒說一句話，然而腰間的寶劍卻永不離身。路民膽只是吃菜，他也帶着兵器了，只一口鋼刀，在他眼前的酒杯旁放着。

周瑋一邊咳嗽一邊說：「錦茹大概在江安店等着了因，不回來了。」他見他的女兒回到樓上來了，就說：「小緋！這全是你的長輩，這裏沒有你的座位，你給一個個斟酒吧！」周小緋就持着錫壺一位一位的給斟酒，她先給斟的就是年羹堯，其次是曹仁虎，第三張雲如，第四路民膽，第五才斟到了允禛的眼前。

允禛並不看這晶瑩的綠酒，卻遠遠地望着那鉤鼻、棱目，面上永無絲毫笑容的年羹堯，只聽他說：「煩雲如去一趟吧！他是一個道士模樣的人，到了京中還方便；快些把白泰官找來，他的爸爸來不來倒不要緊……」張雲如這時才出了聲，他答應了一聲，說：「明天雨縱是不住，我也一定走。」

路民膽忽然說：「我看了因今晚絕不能把蝴蝶兒送回！他也不能給送到豔春樓，更不會送到江安店，白去派人等着他，他那人毫無信義。本來他就是大盜出身，慈慧老佛一點也沒將他度化好，倒叫他添了些作惡為非的本領……」

張雲如聽到這裏很是傷心，他悲戚地說：「我聽說當師父圓寂之時，她老人家對此事還很懊悔；那時，了因就已經打傷了平時愛管教他、勸阻他的監寺僧人，他就闖下山去了。」

甘鳳池卻未擂桌子，只是跺腳說：「不把他除了，我們門中的名聲，都得被他一人弄壞，做什麼事也不叫人信服了；見了誰，我們也得面上帶羞。依着我，今天就把他打死！」他跺得樓板都直搖動，一些人被震得坐都不安。樓外的雷聲也重擊着，雨也咆哮着，燈燭都搖搖欲滅。

年羹堯又說：「飲酒吧！我斷定待一會，了因一定會來。」

好多人都對他這句話很懷疑，曹仁虎頭一個搖頭，微笑說：「他不一定敢來了！」

允禛卻忽然高聲說：「我擔保着叫他把蝴蝶兒送回，他也應了，我想他為人雖惡，可是這口氣他說要賭一賭。」

一聽說蝴蝶兒這三個字，路民膽又瞪大了眼睛看着他，仿佛是又要來一場瓦埠湖邊的惡鬥。但，究竟他是與允禛已經說開了，同時當着年羹堯，他也得顧點面子，所以並沒有怎麼樣。而這時甘鳳池依然忿忿地說：「我願意他這時就來，我再跟他講！」

年羹堯說：「今天我們在這裏聚會，我為的就是盼他來到此地。他如改悔，我舉杯與他結交；他若不改悔，我們齊力將他剪除，無論他將蝴蝶兒送回來不送回來！」說話之時，他的眼棱裏萌出來煞氣，但提到了蝴蝶兒，他又顯得十分急躁，外面的雨下得更大了。

周瑋說：「我沒見過蝴蝶兒那女子，不知她長得是怎樣天仙一般，可是，咱們江湖的英雄，最忌的是財、色。我周瑋，人都說：『要不貧，問周瑋』，其實我自己倒真是一貧如洗，把家財都早已揮盡；有時取來一些不義之財，也都周濟了貧寒。財的一事我對它如此，色字我更是忿恨，多少的好朋友都因為好色，我與他們絕交。我的兄弟們之中，以鳳池最使我欽佩，但我聽說前兩天，他也要搶走蝴蝶兒……」

　　甘鳳池立時就大聲辯白，他說話的聲音真比雷聲還大，他擦拳磨掌，臉都氣得發紫。年羹堯也大聲地說：“蝴蝶兒的事與甘兄弟無關，他原是想叫那女子去服侍他的老母，他不曉得那絕辦不到，因為蝴蝶兒並不是一個安分的女子。所以，我已於昨日為他雇了兩個僕婦，現在他家中伺候甘老伯母，這件事是已完了。不過蝴蝶兒一個落溷的女子也很可憐，我已答應救她，不能出言無信。她被了因搶走……”

　　這時一陣風將窗戶吹開了，亂雨襲入，燈燭便滅了一半，樓上忽然顯着黑了。年羹堯又接着說：“我如不令了因將她送回，我誓不為人。我並非好色，但因為蝴蝶兒非是一般女子可比，我定要叫她終身跟着我，幫助我成立功業！”他這話據允禎聽來，可有點不講理，但座間的諸俠也都沒說什麼話，一陣黯然。

　　在旁伺候的兩名健僕和幾個大概是這別墅裏原有的僕人，正在拿着火去點那一枝枝被風吹滅的蠟燭，有個僕人去關那窗戶，卻忽然哎呀一聲，跌倒在地，不知是中了什麼暗器；同時窗戶又都開了，外面的風雨一齊吹了進來。外面的天色是黑沉沉的，霧茫茫的，忽然又有尖細的聲音喊着說：“喲……”竟是女子之聲，發自窗外，離得並且很近。

　　這時燈燭是全滅了，連剛點上的也都又滅了。眾俠大驚，一齊倏然紛紛地離了座位，黑糊糊中，各人早將兵刃抄在手中。突然一道閃電射進屋裏，神秘的閃光照着各人不同的相貌，驚愕憤怒的表情卻是相同的，都是極為緊張。閃光逝去之後，樓上益為昏黑。然而陡然間，在傍近窗戶之處，突突地冒起來一股火光。眾人益發驚訝地去看，就見一個人手抖着油紙的火摺子；這可比燈更亮，立時照出來這個肥胖魁偉，面貌奇凶的人，原來正是了因和尚，不知他是什麼時候進到樓上來的。

　　了因身上穿着短衣，發着光亮，好像是油布做的，頭上也蒙着一塊油布；赤腿赤臂，一手握着一口厚背薄鋒的撲刀，一手戴着鋼環，同時就抖動着火折。在火光中，不但照出來他那兇狠的正在獰笑着的相貌，同時還照到了那敞開的窗戶。窗外的閃電仍在一陣一陣地抖動，就見樓欄杆裏也站着一個凶僧，頭上卻連個遮擋的東西也沒有，這正是龍僧勇能。只見他一手擎着一把尖刀，另一手卻抱着一個年輕的女人。這女人身穿着一身淺紅色的褲襖，早就被雨淋得貼在身上了，她的頭髮貼在臉前，正在嬌啼：“哎喲……”這正是蝴蝶兒，在這大雨和雷聲中，在這閃電和火光的映照下，她就像快死了一般，就像一朵嬌花被踐踏得就要萎落了。

　　年羹堯此時已經將弓上弦，而取箭瞄準。他心痛極了，這一箭若是發出，准能將那龍僧射死。但是他可放不出這枝箭，因為龍僧現在是抱着蝴蝶兒了，射出這箭，雖可不傷蝴蝶兒，然而龍僧若死，是一定得連她一同摔下樓去，她還不一樣得非死即傷嗎？旁邊甘鳳池也已舉起了兩隻銅錘，暴躁得立時就要撲過去砸；張雲如亮出了寶劍；路民膽晃動着鋼刀；周璕尤為急烈，由懷中解下來十三節的連環梢子棍，就要向了因去打；他的女兒周小緋已取出鏢來；白龍余九也抄起來一把椅子；只有白鬚飄飄的曹仁虎擺手說：“別打！別打！說過幾句話再打不遲！”

　　允禎也擋在眾人與了因之間，他手無兵刃，而態度從容，說：“你們原是師兄弟，何必這樣為仇？請你們且住手，了因也將那女子送進來，閉上窗戶，將燈點上，我們重新細敘。這樣為仇，都無好結果。你們都是當代的俠客豪傑，何必要這樣？若是你們都肯聽我的話，我願指你們一條明路，使你們都不負這身武藝，奔向遠大的前程！”

　　了因依然一面抖着火摺子，一面冷笑着說：“姓黃的，你就別說了！你說了也是無用！我幹這些事不為別人，只是為年羹堯。年羹堯！你來看看，俺了因絕不失信，說把蝴蝶兒今晚送回，當時就送回，叫你看看你這個心上人。可是，哈哈！我還得把她帶走，歸你？那你是休想……”

話未說完，年羹堯一箭向他射來，“嗖”的一聲，射得極准，正中了因的前胸。可是卻聽得當的一聲，這枝箭當時就掉在樓板上了。原來了因早將撲刀當胸橫握，這枝箭其實是射在刀上了。了因依然手抖火折，發着狂笑。甘鳳池與周璕二人便都忍耐不住，他們錘掄棍舞，越過了曹仁虎，而撲向了了因；了因以刀相迎，毫無畏懼，樓板咕咚咚亂響，比天邊的雷聲更為驚人。

路民膽卻掄刀奔向了龍僧，喊道：“快把她交給我！”蝴蝶兒又慘呼着：“哎喲……”龍僧以尖刀向路民膽敵擋了兩下，立即抱着蝴蝶兒一躍下樓，跳出牆外去了。周小緋借着閃電的光，一鏢打去，可也打空了。龍僧背着蝴蝶兒向北就跑，路民膽、周小緋、張雲如和白龍余九，同時跳下了樓去，追趕龍僧。

這時樓上的了因突然把火折向窗上一扔，當時火光大起，樓上愈亂。幸仗窗外雨淋，周璕又疾忙將洗手用的那盆水潑去，這才滅了。然而了因卻又狂笑一聲，借此時機，越窗而逃走了。

甘鳳池急掄雙錘飛躍追去，了因回手以八寶鋼環打來，被甘風池的錘給碰開。這時雨也大，雷也響。甘鳳池大喊道：“我非將你這違背師訓的強盜打死不可！”了因依然冷笑說：“別的師兄弟我還都可認得，只是再也不認你了！”撲刀削來抵住了雙錘。二人死搏，頭上雨水直流，地下泥水飛濺，空中電光閃閃，似增助着他們的殺氣。這時周璕也由樓上躍下，了因又哈哈大笑着，回身便逃，二人又緊緊追趕。允祺與年羹堯也一同下了樓，齊上坐騎，策馬冒雨追去。

此時煙雲迷漫，雨氣連天，電光裂地，沉雷震撼着宇宙。深夜的莫愁湖邊，竟成了群俠生死爭逐之地。但究竟雨大夜深，阻礙了他們不少的力量，所以又拼殺了一陣，結果了因還是帶着龍僧向北逃了。

只可憐蝴蝶兒，她被雨淋得已垂斃。龍僧將她掄來掄去，她的頭都昏了。但她的心裏還明白，她就扯開嗓子叫着：“快扔下我吧……”“哎喲！年二爺快來救我吧！”她的聲音雖然淒厲而尖銳，可以穿破那雷聲，可是誰能來管她呢？

龍僧用肩扛着她，向北又跑。路民膽忽然追了過來，與龍僧殺了兩合，刀都幾乎誤傷在蝴蝶兒腿上。但是了因過來救了龍僧，龍僧扛着她又跑。地下雖有很深的雨水，可是龍僧真像一條龍，跑得還是飛快。蝴蝶兒喘了一喘，又嚷嚷着說：“龍僧大哥！這有你什麼事兒呀？你又不想娶我，你又跟年羹堯沒有仇，你把我放下不就完了嗎？”龍僧卻不聽，依然扛着蝴蝶兒飛跑，他倒真是了因的一個忠實的徒弟。

但龍僧忽然略一止步，回過頭去，借着閃閃的電光一望，就見他的師父了因已經被許多人圍住了。那些人大概是使雙錘的甘鳳池、掄梢子棍的周璕、持單劍的張雲如、使飛鏢的周小緋和拿着一根大木棍的白龍余九，後面還有兩匹馬追來。龍僧更忿，正要翻回身去救他的師父，卻見了因在那裏刀光亂舞，冷笑時發，驀然就破圍而出，還隨跑隨笑着，說：“哈哈哈！你們來！你們來！請你們到江邊去……”雷聲掩住了他的狂笑聲。

龍僧就扛着蝴蝶兒跟着他又跑，很快就跑到大江的江邊了，這裏就泊着他們的船。然而大江之上，雨霧迷漫，夜色深沉，船上雖有兩盞發着黃光的小燈籠，但在閃電之下，忽現忽沒。

這時甘鳳池等諸俠又緊緊追來，年羹堯更是破雨淩煙，催馬追到。借着閃光，他望見了蝴蝶兒的淒慘嬌娆的身軀，但不過是一閃，然而他的箭早已搭在弦上，馬遂趟水向前跑。他拉飽了弓，待得天上的閃電又一亮，他的箭當時就射了出去；這下可射得更為準確，正中了龍僧的後腰，龍僧連着蝴蝶兒就一齊跌倒在泥水裏了。

了因趕緊去拉龍僧，但是已經拉不起來了，他急忙親自扛起了蝴蝶兒。斯時年羹堯的馬已逼近，他大吼一聲，掄刀就去砍馬上的年羹堯；甘鳳池卻自側面以雙錘擊來，幸虧他躲得快，不然蝴蝶兒先要腦漿迸裂。蝴蝶兒現已渾身是泥，她仍尖聲地喊叫着，了因卻急怒地說：“你喊什麼？再喊，我可就要把你送回娘家去了！”他一面說，一面仍然奮力與甘鳳池廝殺。

周璕此時已結果了那龍僧的性命，他得了龍僧的刀，追來殺了因；他這又病又老的人在此大雨下竟精神百倍，連驅馬跟來的允禵，都已看出他是分外的英勇，可驚可敬。他的女兒趁空就向了因打鏢，雖未打着，可是真叫了因害怕張；雲如的劍法也極為精熟，追住了因不放；那甘鳳池更是了因的死敵；年羹堯是又拉飽了弓，又要借閃電的光亮，認准了了因，而躲避着蝴蝶兒去射。真是萬山齊崩，千江共湧，四面壓來，而最可驚的是了因，他不但扛着蝴蝶兒，還能夠一手揮刀，從容應付。

允禵可真驚喜了，心說：這些絕世的豪傑都在眼前，若一齊力佐我奪位登基，誰能敵得過？他們若傷一死半，也是我的損失，我既在這裏，豈可還任他們亂打！於是他就高聲喊叫：“不要打了！聽我的……聽我說……”他真要說出他就是貝勒允禵，但他尚未說出，那了因卻又掄刀殺出了重圍，扛着蝴蝶兒向北飛奔。

了因背着蝴蝶兒沿江而奔，甘鳳池等人一齊緊追，了因忽然看見了他的船，他就如飛一般地跳到了船上。他以刀割纜，將蝴蝶兒扔向船板，並喝叫他船上的人跑出艙來，急速地一齊搖櫓，他高聲喊着：“快走！快走……”這時年羹堯又從岸上射來了一箭，當時就把一個搖櫓的人射死，並跌倒江裏去了。了因更喊着：“快走！快走……”船便移動了。

甘鳳池扔下雙錘，換了周璕手中的刀，同着白龍余九，跳下江來追船。周小緋也跳下水中來追，岸上的年羹堯又以箭向船來射，但船已淩破了大江的波濤，沖風冒雨，直往江心去駛。江心波急浪惡，雨大煙濃，白龍余九頭一個就抓住了船尾，他本想要扒上船去，奪刀廝殺，卻不料先被了因發現，一刀將他劈死在江中。

這時雨更大，雷聲幾乎將船震翻，閃電接連不斷，像是天上起了火。了因恐怕蝴蝶兒在那裏被雨淋死，他就疾忙跑去，將蝴蝶兒抱進艙裏。卻不料這時甘鳳池已由波中如水怪一般的一躍而登上了船，了因扔下了蝴蝶兒又去與他廝殺，撲刀對利刃，惡虎搏雄獅，結果兩人噗通一聲，相扭着一同落入江中，一個浪頭打來，才把他二人衝開。

了因卻不敢再鬥，急忙蹬水去追他的船。這時他的那船被他手下的那些水賊船夫們撥着、搖着，仍在往江心的深處駛去，蝴蝶兒的尖銳呼救聲還在那裏飄蕩着。了因浮着水急追，水淋淋地爬上了船，連頭上的油布帽子也沒有了，他就光着頭大喊：“走走走！快走！”船立時急進。

此時他又想起徒弟龍僧已死，更恨年羹堯，遂就遷怒到蝴蝶兒。他於是手提撲刀，進到艙中，抓住了蝴蝶兒。借着艙中的燈光一看，蝴蝶兒的容貌簡直是更為嬌媚了，連剛才跌倒時沾着的泥，也都被雨水沖洗得一點也沒有了；她真像是一朵出水芙蓉，嬌嬈的，鮮豔的，真是好看。

蝴蝶兒見他拿着刀，兇狠狠地進來了，就瞪眼問他說：“你要怎麼樣？”了因說：“都是為你！”蝴蝶兒說：“我也沒讓你為我！告訴你，了因和尚！沖着你今天對我這樣，差點兒沒把我害死，更休想讓我把你看得上眼。我還是惦記着年羹堯，還是年羹堯好，你不配！沖你今兒把我叫雨淋了，你更不配！你不當和尚也還不配，永遠不配……”

　　了因的臉色都紫了，他又舉起撲刀，照定了蝴蝶兒的脖根，但他真是下不去手；他恨自己的手軟，不由得就把撲刀扔了，蹲下身子，對着蝴蝶兒一笑。蝴蝶兒就又掄巴掌打他，他趕緊一縮脖，蝴蝶兒看見了他這怪樣子，也不禁噗哧一笑；這笑其實是譏笑他，他卻錯會了意，當時心花怒放。

　　但才這麼一喜歡，忽見天空中打了個極亮的大閃電，接着艙外響了個大劈雷，他不由嚇了一大跳，身上亂打哆嗦；這半天他肆意地兇殺惡拚，也沒有打過一個哆嗦，如今可真要趴下磕頭。他想起他的師父獨臂聖尼來了：她可真許是沒死，她要是來幫助甘鳳池他們懲戒我，那我可真不敢，不敢。我開氣戒，但絕不敢開色戒，因為開色戒是出了家的人最不該的；我沒有開，我只是看了看蝴蝶兒，我只是拿着蝴蝶兒，跟年羹堯賭賭氣罷了……

　　當時，這個水中陸上騰躍如飛，搏龍鬥虎、勇猛無敵的大和尚了因，竟自發呆，面色蒼白。而蝴蝶兒就坐在船板上，慢慢地用纖手理着亂髮。這時艙外的雷雨愈大，船隻東倒西傾，江波滔天；夜色無邊，閃閃的電光，像要燃燒混濁的宇宙。

第二十一章　尋仇救豔眾俠長征　射弩揚弓雙舟遇盜

　　此時甘鳳池因為不能再追上這船，便已踏浪返回南岸。那周小緋雖然會水，卻因力氣單薄，江浪太大，所以她也沒遊多遠，便回去了。允禛、年羹堯、周璚、張雲如都仍在岸上，大雨還依然在下，只是不見了白龍余九，允禛不由得長歎了一聲。年羹堯也悵然了一會，見甘鳳池回來了，他就說：「咱們回去吧！」於是，甘鳳池等人在前邊走，年羹堯與允禛的兩匹馬在後面跟着，都彼此不說一句話，借着天上的閃光，便又回到了莫愁湖邊那陳家別墅之前。

　　這時那樓窗已閉得牢固，窗裏有明亮的燈光。年羹堯棄馬上了樓，卻又不禁吃了一驚，因為看見曹仁虎曹錦茹父女，同在這樓上。曹仁虎是根本沒有參與和了因拼鬥，自然是還在這裏，但曹錦茹卻是才來到的。她穿着的青衣褲上，不但滿是雨水，還有血跡。曹錦茹坐在一把椅子上，不住地呻吟、哭泣，曹仁虎是滿面的怒氣和愁容。年羹堯一看，立時神色驚異，並且那尚未平息的忿怒，突又猛烈地燃起，他就上前問道：「莫非剛才在城裏，那了因也做出了什麼兇惡的事情了嗎？」

　　曹仁虎擺手說：「你且先去更換衣裳，容我慢慢告訴你！反正了因已把惡事做過了，錦茹只是左臂受了一點刀傷，還不算重；鳳池的家中也沒受什麼攪擾。」

　　甘鳳池在旁聽了這句話，不由立時就瞪眼問說：「什麼？」曹仁虎仍然擺手說：「你不要着急！」甘鳳池卻忿然說：「怎能不着急？了因若是曾到我家裏去攪鬧，我立時就得回家去看看！」曹仁虎點頭說：「你回家去看看，倒是可以。」甘鳳池就又提起他的雙錘來，把兩隻銅錘當地對磕了一下，震得樓板、樓梯全都響動，他怒聲說：「我絕與那了因誓不兩立！他坐着船逃走了，我也要去追上他！」

　　曹仁虎說：「當然要去找他，但事情不能太急。」他又歎了口氣，說：「這總怪師父單臂聖尼，她老人家不該留下這個禍害！也怨咱們師兄弟，雖在同門之中學習武藝，可是並非同時，這就與別的門中的師兄弟不同。以致如今，不但不顧道義，反倒成了仇家，成這樣……」

　　甘鳳池催着他說：「你快說！」

　　曹仁虎遂就接着說：「今天的事，還怨年羹堯把了因看得平平了，以為他把蝴蝶兒或送回江安店，或送到這裏，也就完了，不知他卻是如此的兇惡！因為想到他也許會將蝴蝶兒送回江安店，所以叫錦茹在那裏等着，我們卻在這裏飲酒，這就不對……」

　　年羹堯說：「我是想錦茹是一個女子，她在那裏等着送去蝴蝶兒，總較為相宜。」

曹仁虎說：“我原就知道，我這女兒的武藝絕不能與了因相比，並且那了因既搶去了蝴蝶兒，他還有什麼事不能夠做出來？剛才錦茹在江安店等候蝴蝶兒，了因帶着幾個兇惡的人就去了，那時可不知道他們是把蝴蝶兒放在哪裏。他們去了，就說是要殺年羹堯，當時與年英、年俊就殺鬥起來。錦茹也出去與他們交手，他們卻還要將錦茹也搶去。這就幸虧錦茹會些武藝，使他們未能得手。又因店裏住着的人太多，大家一嚷嚷，才把他們嚇走了。錦茹便與年英、年俊尾隨着他們，想要看他們到底將蝴蝶兒藏在哪裏，以便救出。不料卻見那了因帶着那幾個人，竟往鳳池的家中去了。他們的意思當然不善，幸虧錦茹追去，在雨中與他們廝殺，年英、年俊也相助，巡街的官人也去了，他們才又逃走，錦茹就在那時受了傷。由那裏，了因大概才又來到這裏來，這才引起剛才那一場惡鬥。我真沒想到了因這和尚竟是這樣的兇狠，並且他手下的人恐怕也不少。”

張雲如說：“我知道，這城裏的鐵背黿就與他勾結。那鐵背黿面雖良善，在各處經商，在此地也頗有財產，其實他是綠林出身，與了因早就相識；還有一個江裏豹，也是個江湖大盜。”甘鳳池便說：“我現在就得進城回家去看看！”當時眾人也都不能攔他，就眼望着他手提雙錘，憂鬱而又忿恨地走了。

曹錦茹是負傷冒雨爬出城來的，此時確已疲憊不堪，就仍然臥在椅上呻吟。眾人在這個地方，本是借地方宴會，主人又不住在這裏，如今衣服全都淋濕了，尤其周小緋還在江裏浮了半天的水，哪裏有一件可換的衣裳？年羹堯遂就叫這裏的僕人給燒來了兩個大炭盆，大家圍着，一面烤衣，一面取暖。燈燭將盡，又都重復點上，酒也重熱了，大家飲着。

窗外的雨還在下，雷還在響，閃光仍然一下一下地舐着窗。允禎不住地看着年羹堯，心想：年羹堯今天可以說是大大地失敗了，不但沒把蝴蝶兒得回來，反倒死了白龍余九，傷了曹錦茹，看這裏還傷了一個僕人。雖然他射死了龍僧，但究竟放了因走了，而沒有一點辦法……年羹堯這時應當是懊悔的、氣惱的。可是他並不如此，也不以酒解愁，只是凝定着眼神，似乎是想了多半天，便忽然把目光轉到允禎的臉上，注視了良久，允禎倒是故意做出不介意的樣子。

旁邊路民瞻等人都忿忿地談着，明天還要再去找了因，絕不能將他放走，又說：他一定要回仙霞嶺，聽說他在那裏藏着幾個女人，還蓋着房子，儼然他是那裏的王爺了。這時年羹堯卻又囑咐張雲如，說：“明天你不要管這裏的事，你趕緊往北京去，叫白泰官回到江南來，因為我要借助他，以剿除了因。”路民瞻還說：“怎麼，非他不行嗎？”年羹堯卻不言語，又向允禎笑了笑，說：“黃君！你來得是很巧，你也願意同我們到仙霞嶺去走走嗎？”

允禎聽了這話，不假思索地就點頭說：“我願隨去看看！因我自己略會武藝，所以也愛看你們諸位豪傑，到時各自施展武藝！”路民瞻忽然回過頭來，說：“你不能夠白去，你得到時幫助我們！”允禎說：“那是自然，不過，我還是願意留下了因的一條性命，因他實在太勇猛了！倘若能夠使他改去惡行，幫助我們，也是一個有用之才。”

他的話才說完，年羹堯突然問道：“叫他幫助我們可做什麼呢？”

允禎從容地說：“幫助我們往北京去。”

年羹堯微笑着說：“我知道了！我早就看出了你的來意，並看出了你的來歷，只不知你叫我們到北京去幫助哪一個稱帝登基？乾脆你就說你是哪一個貝勒派遣出來的吧！”說話時，他那帶棱角的一雙眼睛，射出來兩道嚴厲的目光，真仿佛比那閃電更亮，而更能夠探到人心。

允禵卻面不變色，只搖搖頭，說：“這真是豈有此理！我哪裏認識什麼貝勒？我也沒聽說有什麼人思圖稱帝登基。”

他微微笑了笑，心裏此時並無畏懼，只是犯愁。因為他原想着倒是說出實話，可是這些個人實在不容他說。他知道倘若說出了實話，這些人不但不能幫助他去往北京，反能立時就與他翻臉，能夠像剛才與了因拼鬥似的一齊來與他拼，還許更屬害。論武藝，倘若爭鬥起來，他縱不能取勝，也不至便遭這些人的殺害，不過卻與這些人成了仇，這次來江南就是白辛苦了，一無所得，徒然又結了許多的仇家。尤其是年羹堯，他因我已知道了他的底細，必定不肯甘休，他就許反倒去幫助允禵，或是別的貝勒，以便保障他，而與我作對……

這樣地細一想，允禵就決定暫時還是不可說明來歷，由着他們疑惑吧！只好仍舊裝作個與他們一樣的人，而隨着他們往仙霞嶺去走走。這時周璕斟了一大杯酒給他，他就一飲而盡。

當夜，眾人就都在這樓上住宿。次日雨雖微細了，卻還沒有停止，莫愁湖上依然彌漫着煙霧。張雲如就先走了，他要冒雨渡江，趕赴北京。周璕父女依然回城內陳舉人的家中去住，並雇來轎子，把曹錦茹也抬回去調養；曹仁虎也跟着回去了。路民膽是氣忿忿地要往各處去找了因，允禵與年羹堯也各自進城回店。

下午雨方停止，街上的人漸漸多了。就有人說：江邊發現了一具死屍，像是個和尚！這就是龍僧的屍身，已經被人發現了。由此又有人說：那江岸上，前幾天還停泊着一隻大船，上面是有兩個和尚，可是今天那只船已經看不見了。有人還說：城裏有名的鐵背黿，這兩天就常往那船上去。今天鐵背黿也離開家了，據他家裏人傳出消息，說是他往仙霞嶺進香去了，可不知道這話是真是假。更有人在竊竊地談論着豔春樓的妓女蝴蝶兒失蹤之事，並談到江安店住的年二老爺。而甘鳳池今天卻氣忿忿地在街上走了一天，仿佛找對頭似的，他見人就打聽，問看見了一個相貌兇惡而又胖大的和尚沒有，因此惹得衙門的班頭都對他留上心了。

尤是聚英樓那些顧客，亂紛紛地談得最為起勁的這些話，都由人聽去了，轉報到年羹堯的耳裏，年羹堯就更覺着在這裏不能再待了。所以這一天沒再得到關於了因的消息，他就斷定，那凶僧確實是乘船逃走了，不然他絕不能不露面，而且他一定是挾着蝴蝶兒回往仙霞嶺了。因此，年羹堯就愈加緊地催着眾俠，同他去追趕了因僧，齊往仙霞嶺。

眾俠因為出於義憤，絕不能容門中有這樣的敗類出現，甘鳳池尤其的氣憤，曹仁虎也願意為女兒報仇，更兼他們都願重往仙霞嶺去看看，並思展拜獨臂聖尼慈慧老佛之墓，所以都願即日動身。並商定由年羹堯加雇兩名女傭，去服侍甘鳳池的母親，並由年英、年俊兩名健僕去保護。曹錦茹是還在陳舉人的家中養傷，傷癒之後，叫她暫歸她的婆家。周小緋跟那個小常隨是往石門去投呂四娘，並帶去了年羹堯的一封信；那小常隨是又去給允禵磕了頭，方才分別的。

最難辦的只有秦飛，他的臉其實還沒消腫；他又明知道，跟着這幾個豪傑、俠客去往什麼嶺，絕不會有好事，一定搗麻煩，而且圖的是什麼呀？人家都並不對爺怎樣尊重，爺可偏還要跟着人家。

允禵本也不想帶他同往，想要叫他搬到江安店與年羹堯的那老僕住在一起，去看守着年羹堯的那些行李。但是秦飛卻想：我為什麼要替他看行李呢？我也不是無名之輩！我又不像那小常隨，既發了財，又有了媳婦，他索性離開了爺，過好日子去了。我這次跟爺出來，卻是什麼也沒落着，差一點還把貼己賠了進去。我不想得到利，還不想得名嗎？不然，倘若寸功皆無，將來回到北京，也不能蒙爺重用，就得永遠把我當作一個飯桶。不行，掙扎着我也得跟着走，何況我是被了因打的，我也得去找找那和尚；我又跟蝴蝶兒有過交情，歸根說，她還是我給帶出來的呢。我們倆又一塊買過布，她現在身受大難，我若不隨身去救，她將來一定得說：「好麼！秦大哥，你可是真狠心呀……」

想到這裏，他九條腿秦飛就兩條腿跳起來，說：「好！我也跟着爺去！」他預備好了他的單刀，允禎並叫他到街上出名的兵刃舖子裏，買了一口青鋒寶劍。

他們一共是九個人，年羹堯、曹仁虎、周璵、路民膽、甘鳳池、允禎、秦飛，還有年豪、年傑兩名健僕，一律騎着馬，就於這天的次日，雨尚未霽，就離開了金陵；向南，出了秣陵關，過溧陽、宜興，走進浙江省界。

這天來到崇德地面，忽然間，除了允禎、秦飛，他們齊都下了馬；尤其使允禎驚奇的是，這些人一齊向東叩首，年羹堯雖未跪拜，卻也向東肅然地打了三躬。那曹仁虎等人莫不恭謹，而且面現出悲痛，拜完了又一齊上馬，向南走去。允禎就向他們詢問，他們都不肯說。只是曹仁虎告訴了他，原來那個地方往東不遠，就是名儒呂留良晚村先生之墓，他們因為崇拜他生前的為人，所以才一齊望墓行禮。

允禎由此又想起昔日在法輪寺裏，見曹仁虎看過的一本書，名曰《維止錄》，那就是呂留良手着的。他也漸漸地明白了，那呂留良必定是一位前明的遺民，而且是思復明室的志士，雖已死了，可是還受這些人的思念。這些人都思念他還不要要緊，只是年羹堯也竟如此，這實在使允禎的心中不勝的妒恨，而表面上卻依然作出並不關心，也不細問的樣子。

到了杭州，見年羹堯在這裏雖沒有什麼熟人，但是曹仁虎在西湖畔有一家故舊，也是官宦之家；他們便將馬匹全都寄存在那裏，而改乘官船，逆江流而南去。他們乘的是兩隻船，前面的船上是周璵、甘鳳池、路民膽，後面的船上是允禎、年羹堯、曹仁虎；秦飛算是僕從，自然跟着他的主人。

那曹仁虎，也許是因為年紀太老了，又因他也是做過幾年官的，他是特別地謹慎而且過慮，他說：「我們現在是要去找了因拼命，他也不是個糊塗人，如何能猜想不到？他必定要多方的防備。江裏豹、鐵背黿那兩個人都跟他一塊走了，可知必是幫助他去了！」

年羹堯微笑着說：「那兩個都是無名之人，算得什麼？」

曹仁虎搖頭說：「可不然，他們無名，不過是在咱們這些人的耳邊無名，其實他們在江湖道上，綠林叢中之名，實在都比咱們大得多。江裏豹能夠呼嘯水旱兩路的盜賊，鐵背黿不但有錢，還到處都有他的夥計；我早就聽說過他們並不好惹，這江的兩岸，此時恐怕就有他們的埋伏。」

年羹堯笑着搖頭說：「哪裏！哪裏！我是才從這條道上走來的，夜晚行舟也不要緊，絕無半個盜賊。你別看京城的眾貝勒，現在鬧得亂嘈嘈，天下卻正在太平無事！」他說着話看了允禎一眼，允禎也沒有言語。

年羹堯是絕不信曹仁虎的話，走過了一個小碼頭，他特意命停了一停，叫年豪上岸備辦魚肉菜蔬，並買來了一壇好酒；他約定今晚要與同行的眾俠，共賞明月。

其實，這時天色還不過正午，富春江的江水澄清，如美人的眼波；兩岸俊秀的遠山，又如女子的秀髮，這真是好風景。只可惜天氣太熱，都不願意走出船艙觀覽；雖敞着船窗，可是那風景是一塊一塊的，不能窺得全幅。允禎對此並不細看，他的心裏好像覺得這些山川，反正將來都是他手中的東西。曹仁虎是不顧得觀看風景，卻專注意兩岸上和往來的船隻上，有沒有行跡可疑的人。年羹堯卻在後艙午睡，並令健僕年傑為他扇着扇子，他在夢中還長吁着發恨，也許是夢見蝴蝶兒了。

年羹堯醒來時，天已傍晚，只見彩霞遮空，印於江面，真是美麗，好像蝴蝶的翅子，又像蝴蝶兒那美貌佳人的芳頰。他惆悵、鬱悶，百般無聊。到了晚間，菜已備齊，天又不作美，彩霞變為烏雲，遮住了明月。他不由得氣了，真仿佛找個小事就想殺人，但因有允禎在旁，他又不得不作出有涵養氣度的樣子。

他總想要勝過允禎，雖然在他的猜測之中，允禎不過是北京那些貝勒之中，某一貝勒府中的門客，至多了他是一個閒散的官員，沒什麼了不得的，然而，他總覺得允禎就有一種氣派；這氣派也不是官派，說他是鉅賈，也不像，他就仿佛是十分的威嚴，這不是可以摹仿的。因此在年羹堯心裏，總有一些驚異，而時時表露出來快快不快。

允禎羼在他們這群人裏算是一個客，又算是一個旁觀者，是想看他們到底怎樣去鬥了因，怎樣去找蝴蝶兒。年羹堯叫他跟着，也就為的是讓他看看。因為在金陵遭了因的愚弄侮辱，心愛的蝴蝶兒雖看見了卻不能奪回，實在是顏面上太難看的事，真叫允禎笑話。現在，就是為一雪此恥。他回想那兩天在豔春樓中更像是一場夢，如今美人已無蹤影，了因那兇惡的和尚，真是可恨……

他在船頭徘徊了半天，恨這兩隻船都走得太慢，簡直還不如拿腿走呢！尤其前面那條船，越走越歪斜，如像要靠岸停泊似的。他不由得歎氣，心說：甘鳳池等人武藝是好，心也忠，只是辦事頇顢，這樣還能圖什麼大事？於是他就向前面的船高聲叫道：「鳳池！鳳池！甘老弟！」他一連叫了好幾聲，前面也沒人聽見，周璕、路民膽也都不答應。

九條腿秦飛由艙裏鑽了出來，也幫着喊，也許他是向年羹堯獻殷勤，不然就是為賣弄他的嗓子。他的嗓子還真不錯，只嚷嚷了一聲：「喂！喂！前邊的船，聽着點呀！」前邊船上的兩個搖櫓的人，就齊都回首，向這裏來問：「什麼事呀？」年羹堯使着氣說：「快些走！」前邊的船夫也不知好歹，嘮叨着說：「怎麼還得快走？天都什麼時候啦，還不許找地方泊住，這個買賣，真的才叫倒了楣呢！」

年羹堯吩咐秦飛說：「過去打他，催他快駛船！」

秦飛暗中一撇嘴，心說：你別指使我呀！我不是侍候你的呀！他可是笑了笑，說：「年二爺不用跟他們生氣，叫他們快一點撥船就得了，天可也實在不早了！」

年羹堯搖頭說：「不行！今天要叫他們走一夜，絕不准停，多出錢可以；明天只許船上多雇人，卻絕不准歇，務須在三天之內趕到仙霞嶺，快……」

他正要叫他的健僕，前往那船上去打船夫，催着快走，然而這時忽聽嗖嗖幾聲，秦飛喊道：「哎喲，不好！是弩箭！」趕緊躲進艙裏去了。艙裏的允禎與曹仁虎，也全都驚訝。

待了一會，年羹堯才回到艙裏，他一點也沒受傷，手裏倒接了一大把半尺多長、矢鋒銳利的弩箭，約有七八枝。他微微地傲笑着，便叫年豪取來他的弩矢。此時秦飛已趕緊閉上了窗戶，曹仁虎急忙攔阻說：「外面既有人使用暗器，羹堯，你就不要再出艙了！」允禎也說：「外面天黑，弩箭實在不易提防！」年豪與年傑兩人只是着急，可不敢勸阻，年羹堯卻手提弓箭又出了艙。

前邊那只船上的甘鳳池已經出來了，大喊着問說：「什麼事？」

而東岸上有幾個賊人的黑影還在跑着追船，望准了年羹堯，兩三隻弩弓就同時往這裏來射，一枝接連着一枝。年羹堯就用手中的長弓撥箭，只見弩箭紛紛落下，不是掉在船上，就是落在江裏了。

岸上那幾個賊，大概是把弩箭全都射完了，不但不再追船，反倒一齊回身逃去。這裏，年羹堯卻拉飽了弓，"嗖嗖"兩枝長箭射去，那邊岸上便發出叫聲："哎喲！媽喲！痛死我了……"聽聲音可知，被射中的並不是一個人。甘鳳池手舉雙錘要往岸上去追打，年豪、年傑也全提着刀出來了，允禎也站到了年羹堯的身旁。年羹堯卻嘿嘿地笑着，吩咐兩船上的人照舊催船快走，不要管岸上的事，他說："這不過是雞鳴狗盜而已！"

回到艙中，年羹堯又飲起酒來，只是傲氣雖增，但依然是十分抑鬱寡歡，並且不由得又發出了一聲長歎。

曹仁虎說："這必是什麼江裏豹、鐵背黿，向你行使的暗算手段，絕不是了因；他只是兇狠，倒還不致這樣險惡。"

年羹堯冷冷笑着，說："若是了因，我早就叫船停住了！但……"

他的話沒說完，突然又吩咐年豪出艙，令兩隻船慢走，不要再快了。曹仁虎詫異地問說："這又是為什麼？"年羹堯說："我願了因的本人再來，那時殺完了他之後再往仙霞嶺；到了嶺上也不過掃一掃獨臂聖尼之墓，也就完了！"旁邊秦飛忽然多嘴說："據我想，這岸上既有他們的人，那了因和尚大概也離此不遠，說不定蝴蝶兒也在這兒了。"他這話卻提醒了年羹堯，當時年羹堯就沉思了一下，遂又命年傑出艙，去吩咐兩隻船到前面停泊。

第二十二章　　楓葉鎮偶逢釵裙俠　　仙霞嶺尋鬥了因僧

　　少時，兩隻船停泊在前面的一個小碼頭之旁，岸上有稀稀的燈火，隱隱的人家，是一處小市鎮。年羹堯坐在船艙裏，命人把兩隻船上的頭兒全都叫來，他在燈下依然審視着他得來的那幾枝弩箭，就問："這附近有強盜沒有？"

　　船夫頭兒是一老一少，那老的說："我在這江上駛船有三十多年了，根本就沒遇見過一個強盜。現在若有強盜，那也是由別處跟着你們來的；大概不是你們在旁處得罪了人，就是因為你們幾位帶着的銀子太多，被人跟上了。這個買賣我們也不願做了，現在你們就都到岸上找店去吧！我們怕惹禍，你們給多少錢，我們也不幹了！"

　　秦飛說："這是為什麼呀？別這樣啊，得講點兒面子呀！"

　　年羹堯卻將面容一沉，抬眼瞪着這兩個船夫頭兒，說："我們是要上仙霞嶺去辦事，才雇你們的船，船錢已經給了一半了；走到這裏，你們忽又不幹了，你們可曉得，這是不行的！"

　　年輕的船夫頭兒卻更是氣盛，說："老爺！我們知道你們有勢力，你們都不是好惹的，可是也得講理呀！就是仙霞嶺的了因和尚來了，他也得講理呀！"

　　這時甘鳳池也到這艙裏來了，聽了這話，他當時就將這船夫頭兒抓住，說："原來你認識了因？你們一定是一夥的！剛才由岸上往船上射箭的，就必定是你們的人！"周璕也來了，也很急怒，說："叫他說實話！"路民膽也闖進艙來，一手揪住一個，說："你們一定是與那射弩箭的強盜有關係！若不說出他們的窩處，我當時可就把你們扔到江裏！"

　　這兩個船夫頭兒卻都一點也不怕，說："你們這麼不講理，才是強盜哩！告訴你們，這可不是不講理的地方，岸上就是楓葉鎮，那裏住着朱二爺，他可是專打不平；了因和尚在前幾個月要在這裏鬧事，都被他幾句話就給嚇走了！"

　　聽了這話，當時大家就一齊顯露出驚異來。年羹堯叫路民膽把這兩人放開，就平和一點地問說："你們細說，朱二爺叫什麼名字？在這裏是幹什麼的？了因為什麼怕他？"

　　老船夫頭兒喘了喘氣，便說："了因和尚就是仙霞嶺上的，他不守清規。你們現在要往仙霞嶺，我也明白，你們一定是跟他交朋友去，因為我看你們都是厲害人，跟他一樣……"

　　年羹堯說："不要多說這些廢話，快說這裏住的那姓朱的！"

　　這老船夫頭兒說："朱二爺人家可不會武，是開設綢緞店的，平時好行善。

今年二月間娶的兒媳婦……"

　　路民膽瞪眼說："說這些話幹什麼？快說了因為什麼要怕他！"

　　老船夫頭兒仍然慢慢的說："了因和尚不守清規，在仙霞嶺胡鬧，常搶良家的婦女，我們這裏的人都知道。三月間他從這兒過，在岸上的楓葉鎮，他知道朱二爺綢緞店的後院裏，整天整晚的有媳婦姑娘們在那裏織綢緞，他就去了，要挑選好看的搶走一兩個；不想他沒有搶成，反倒趕快地跑了，聽說嚇得什麼似的，他還向人說，再也不敢來了！"

　　允禛問說："這是為什麼？"

　　老船夫頭兒說："當晚的情形沒人知道，不過那大和尚慌慌張張地離開這裏的時候，有人看見了。後來有人問朱二爺，那朱二爺說：他也沒跟了因打，只說了幾句話，了因就跑了。因此我們都知道朱二爺是有本事的，平常是真人不露相，有本事藏着不用，到時候顯出一兩手兒，那個了因誰不怕他呀？當時就把他嚇得屁滾尿流！"

　　允禛興奮起來，說："這可是一位豪傑，想必是不出名的俠客，我們應當拜訪拜訪他去！"周璕、曹仁虎、路民膽齊都詫異，說："為什麼不知道此人？也沒聽人說過？"甘鳳池說："我到岸上去找找他！說不定他原跟了因是朋友，大概跟鐵背黿一樣，了因現在就許在他那裏！"

　　年羹堯卻擺手，不叫旁人說話，他靜心沉思了一下，便微微地冷笑，說："我看其中必是另有緣故！現在既是停泊在這裏，倒不妨到岸上去看看，不過不要去的人太多。"周璕等人都不信那姓朱的真是什麼了不得的人物，所以都不願去。甘鳳池是要到那姓朱的家裏去捉了因，所以他不但去，還帶上了他的錘。

　　允禛是先出了艙，還叫秦飛跟他去。秦飛卻又皺眉，心說：我們這爺在北京就專幹這事：只要聽說了個人，不管是真俠假俠，當時就去訪。如今已經訪出這麼些個蝦（俠）來了，大蝦小蝦，連螃蟹都快訪出來了，又要訪什麼"朱"？這一定是上了船夫頭兒的當，說不定到了岸上就得遇着弩箭。他怕弩箭，又怕天黑，他可又不能不跟着。

　　年羹堯也只帶了年豪、年傑，就一同出了艙，搭跳板上了岸，叫那老船夫頭兒領着路，踏着由雲縫中透出的微微月色，就往東去。老船夫頭兒還說："你們見了朱二爺，說話總得講理。他要問找他有什麼事，你們就說是想買綢緞，要不然他可不能見你們。還有，別往人家後院去走，那後院有不少的媳婦、姑娘織綢緞，打夜工；那都是這市鎮上的良家婦女，你們可不能不規矩。"年羹堯說："不用你吩咐。"

　　秦飛卻想着：莫非蝴蝶兒也在這兒織上綢緞啦？他不由得就說出來了。允禛說："我們只訪一訪那姓朱的，或者買他幾匹綢緞，絕不到他織作的那院裏。"年羹堯卻微笑着說："我倒是非去看看不可！"

　　少時便走進了市鎮，這楓葉鎮，統共不過百十來戶人家，有很窄很短的一條街，兩旁的舖戶都已經關上了門。走到這條街的盡東頭，老船夫頭兒才說："到了！"遂就上前去敲門板。年羹堯一看，這裏是門面兩間，由門縫透出燈光來；後面是院落，有軋軋的木機聲，還有嗒嗒的接連不斷的梭子響。

　　老船夫頭兒隔着門縫兒向裏面說："現在有幾位客，是來買綢緞……"等得門開了，他才指着年羹堯、允禛等人，說："他們還要見見朱二爺，在家了嗎？"開門的也是一個老頭兒，像是寫賬的先生，回答說："在後院了！"年羹堯領頭，闖進了攔櫃，向後院就走。

老船夫頭兒嚷嚷着說：“別忙進去呀！”他只把允禵、秦飛兩人攔住了。甘風池是拿着雙錘站在門首，年羹尧卻大踏步地帶着兩個健僕走進去了，老船夫頭兒便也追了進去。這裏允禵非常地心急，只得站在這裏。秦飛想着，裏院不定有多少媳婦、姑娘在那裏做夜工，本想也去看看，可是不敢。

年羹尧進去了半天，便叫年豪、年傑二人先出來，又叫甘鳳池也進去，並叫他先放下錘。允禵覺着這件事情奇怪，但年羹尧的這兩個健僕卻都攔住他跟秦飛。允禵不由得氣了，並且十分疑惑，但他還鎮定着，忍耐着，反正今天得看看到底是怎麼回事！

甘鳳池走到裏院又有半天，便與年羹尧一同出來了；這兩個人的面色全都顯出十分的肅穆，可以說是恭恭謹謹的，就仿佛是官員散了朝的那種樣子，也沒有人送出來。只是那老船夫頭兒跟隨着走出，他笑着說：“見了面一說，都是自家人，那還有什麼說的呢？就是不給錢，我們這兩隻船也得把你們送了去。”允禵更覺驚詫，趕緊問說：“見着了那個人沒有？”年羹尧卻不言語，只微微笑了笑，表示出他的欣喜。他先走出，並向那管賬的先生道了聲：“打擾！打擾！”遂就走了，眾人都跟着他。

秦飛可有點不服氣，心說：這是怎麼回事呀？跟着他來了一趟，結果誰也沒見着；他們到底見着誰了，也連一句話都不肯說，未免太小瞧人了！難道俠客豪傑就都是這麼架子大嗎？我們的爺真是自討沒趣！而這時允禵依然是一句話也不多問，只是跟着走，但年羹尧與甘鳳池全都走得很快，他們就落在後頭了。秦飛就拉着他爺的衣襟，說：“咱們還跟着他們走嗎？這群東西都不通人性，他們都看不起爺跟我！”允禵擺手說：“你不用管！”當時允禵就還是很高興地跟着他們。

及至上了船，就見年羹尧、甘鳳池進到艙裏，跟他們那些人把剛才所見之事全都說完了。允禵只見個個人全都歡喜，並且都是異常的歡喜。秦飛忍不住問說：“是怎麼回事呀？剛才到底見了誰啦？那朱二爺莫非真是一個大俠客？”卻沒有人理他。

年羹尧當時就命僕人快去重新做菜換酒，連蠟燭都換了新的點上，把艙裏又都收拾乾淨，好像準備着迎接什麼貴客。允禵只是看着他們，卻一句話也不問。待了一會兒，只見曹仁虎走過來，向他笑着說：“再待一會兒，有一位朋友要來到這船上，我們都是相識的人，還有許多的話，彼此要商談。只是黃四兄，你卻是個外人，見了有些不方便，所以務請你到前面船上略坐片時，回避回避，諒你也不能見怪！”

允禵還沒有答言，秦飛卻實在忍不住了，就說：“咱們雖是後交的朋友，可是既一同去辦事，也就都是自己人啦。你們的朋友，也就是我們的朋友，大家見見面，又有什麼不方便呀？”旁邊路民膽聽了這話，當時就瞪起了眼，仿佛要過來打他的樣子。允禵倒微笑着點頭，說：“既是不方便，我們理應回避回避。”說着，帶着秦飛出了這船，就往前面那只船上去了。

秦飛可真氣得肚腸子痛，他上了這船，就往船板上一坐，心裏說：爺真不行！以他一個鳳子龍孫，說出真實的來歷，當時就得把那些人都嚇得跪倒，他可是偏要瞞着，以致受這樣的骯髒氣！然而，允禵卻一句怨言也沒有，他也不進艙，只站在這船上向着岸上，向着那後邊的船去望。

那只船上，不獨艙裏的燭光通明，船頭也點起兩隻很亮的大燈籠。年羹尧、周璣、曹仁虎、路民膽、甘鳳池五個人，這時都更換了新衣，在船頭恭恭敬敬地站立着，真像是接迎皇上似的。允禵不由得心驚，暗想：岸上的那個人姓朱，莫非是明室的後代子孫嗎？

正在猜疑，就見岸上有人來了，來的只是一個人，走路還輕飄飄的。借着朦朧的月光一看，來的人原是一個女子。允禎就越發驚異了，秦飛也立時站了起來，直着兩眼向那邊去看。只見除了年羹堯、周璕二人，其餘的人全到岸上去接迎。待這女子姍姍地走近，他們就互相恭恭敬敬地見禮，見的倒都是平輩的禮。這女子走上船來，燈光照得她更為清楚，就見她是一個細高身材的，腰肢十分的嫋娜，穿的是淺綠色的綢子衣裳，卻是很長，好像是古裝。頭上梳着的頭，是梳在前面，所以看不出她是個媳婦，還是處女；但她的年紀不過二十，長得眉清目秀，美麗而又端莊，尤有一種凜然不可侵犯之氣，那是一種俠氣。她對待年羹堯很恭謹，好像見了長輩一樣，年羹堯對她也很恭敬，見禮後他們就都進到那艙裏去了。

這裏，秦飛就想到那船上去偷着看看，允禎趕緊把他攔住，說：“不可以！來的這女子絕不是平常的人，你若去了，被他們殺死，我也不能救你。”秦飛嚇得兩條腿不住的哆嗦，心說：怎麼？難道是又出來了一個女俠客嗎？早先我的江湖可都白闖了，沒想到天下還有這樣的人！這女子可比蝴蝶兒又漂亮得多了！

允禎此時是一言不發，只呆呆地站立，仰望着天際的烏雲，及那被遮蔽的月光，心中十分惆悵。而後邊那船上的艙裏，雖有許多人，卻沒有一點談話的聲音。允禎對於那女子十分懷疑，並感覺到有一種驚懼，他覺着自己此番出外訪俠，可謂如願已償，所差的就是跟他們說開了，叫他們不但不提那些志復大明之事，還幫助自己北返，而爭奪帝位。但遇見了年羹堯，他能夠使眾俠聽命，這本來就很棘手的了，不意現今又出了這麼一個女子！看這女子的名望似乎比他們都高，而本領也比他們都大。

他暗暗地着急、歎氣，呆了半天，才見那女子走了，年羹堯等人又都往岸上去送。秦飛又直了眼啦，在燈光下，他看見這女子簡直賽過天仙，上了岸就嫋娜地走去，飄飄灑灑，簡直是月裏的嫦娥。而允禎也一直看着那女子往東回了楓葉鎮，直到影子一點也看不見了，他才暗暗地歎了一口氣，覺着要想使群俠拜服，盡皆收為己用，大概非得先制服了這個女子不可，然而，難啊！

年羹堯等人依然都回到那艙中，曹仁虎卻到這船上來了，見了允禎，不住地拱手道歉。允禎就問說：“剛才來的就是那朱二爺嗎？”曹仁虎搖頭說：“不是！這岸上的朱二爺不過是一個隱士，年紀已很老了，他是大明的後裔。”允禎一聽這話，雖然不出所料，可是畢竟感覺着吃驚。

曹仁虎又說：“那朱二爺兩世在此以織綢為業，他的後院雇着許多女子，日夜在織綢子販賣；他的女兒、媳婦也在裏邊織綢子，都很勤儉。他一共有三個兒子，都娶了媳婦。三兒媳是今年才娶的，乃石門趙家的姑娘……”

允禎問說：“剛才來的就是他的三兒媳嗎？”

曹仁虎又搖頭，說：“不是！他們一家老少男女，還沒有一個會武藝的。但是他那三兒媳，娘家有位表妹，也到了他們家中去住，為的就是也來織綢子學勤儉。這就是剛才來的那位女俠，那非別人，就是我曾跟你說過的：‘女中更有女丈夫！’她的名字叫呂四娘。”

允禎立時神色改變，問說：“她也是你們的師兄妹嗎？”

曹仁虎點點頭，又說：“我們師兄妹學藝並非同時，我同她也只見過一面，但我知道，她的武藝比我們高強得多。江湖人說，第一人是了因，第二人便是她；因為她是獨臂聖尼，慈慧老佛最得意的弟子，也只有這一個女弟子。她是當代著名的女俠，可是她頗為規矩，你看她現在住在親戚的家裏織綢子，就可想見她的為人是多麼規矩了。今天若不是遇見羹堯，我們又都在這裏，她是絕不會出來見人的！”

允禛問：“年羹堯並非你們同門，怎麼竟也認識她？”

曹仁虎說：“羹堯在未中進士，尚沒有做官的時候，他已行走江湖數載，到處行俠尚義，專打豪強，神箭是百發百中。他的名聲曾震於江湖，我們與他都是在那時就相識的。況又因呂四娘的祖父呂老先生，不但是一位名士，素通程朱之學，兼喜醫道。自從大明亡了，他老人家就削髮為僧，與顧肯堂老先生是最為友善。那顧老先生又是羹堯的恩師，算來羹堯是呂老先生的晚生，又是四娘的叔父了。

“並且羹堯對於呂家曾有過一點恩惠，那就是呂老先生一生清貧，不治生產；他死在廟裏，不但廟中無人為他治喪，家中也音信不知。那時恰巧羹堯遨遊至該處，由他慷慨出資，將呂老先生備棺盛殮，並親自送靈至呂家，眼看着將呂老先生安葬了，還奉送了許多銀兩給呂家，使呂家後人得以讀書，並勸呂家的人應守祖訓，保持高潔的門風。那時四娘的年齡尚幼，後來四娘才遇到了獨臂聖尼，學習了武藝，說來也是受了羹堯的一點啟迪。

“羹堯後來知道四娘藝已學成，他就十分歡喜，他雖驕傲，但對四娘卻最為佩服。剛才他到岸上去訪那朱二爺，無意中卻見着了四娘，才知道原來是這麼一回事：所謂朱二爺是位高人，能夠嚇走了因僧，原來就是四娘把了因嚇走的。那次了因路過此地，聽說朱二爺的家裏有許多的婦女在織綢子，他是懷着不良之心去的；但到那裏一看，卻有呂四娘，他就是不嚇走，也得羞走呀！四娘又不願叫人曉得她會武藝，所以就以訛傳訛，倒都以為朱二爺是位俠客了。”

允禛說：“那麼她對於了因如何？你們現今去找了因拼命，她不覺着是不該嗎？”

曹仁虎說：“她也素恨了因的惡行，決定與我們一同前往仙霞嶺，去制服了因，以為世間除害，為門中雪恥。現在她暫時回去，訂的是三天以後與我們在仙霞嶺下見面，不過她還想不傷了因的性命，只勸他改悔前非就是。”

允禛說：“這對！”又笑了笑說：“仁虎兄，這話我只能對你說，因為你的胸襟比他們曠達。這次我出來，得遇你們諸位，實是不虛此生。我想到仙霞嶺上，勸得了因僧改過向善，然後連呂四娘，我們全都前往北京。英雄終不可久淪於江湖，到北京去展一展奇才，遂一遂壯志，那才不愧是你們這些人物！”

曹仁虎想了一想，說：“這事，容我慢慢和羹堯商量，他若定了主意，大家必能聽從。不過了因他的惡性太深，恐怕不是能夠感化的。呂四娘剛才聽說，周璕的女兒和你那小常隨，都到石門找她去了，所以她想在仙霞嶺辦完事情之後，就要回石門她的鄉里去了。她是性好清靜，不慕榮華的一個奇女子，至今她還沒有夫婿，她平常仍作明代女子的打扮，所以也不常見人。但如有什麼不平之事，被她聽見，她就能深夜前往助人救困。不過要請她上北京，她多半是不會去的。總之，不是因她是我的師妹我誇她，她這樣的人，論才學，古之蔡文姬、謝道韞也不及她；論武藝，她能超過紅線、聶隱娘以上。她又明禮知義，對人謙和。你那小常隨真是有福，他不但得了個佳偶，那周小緋也可稱為一個俠女，且得到這樣一個明師良友。幾年之後，你如再見着你那小常隨，他一定也是文武全才了。”允禛聽了，默然不語。

當時曹仁虎仍請他回到那後邊的船上，只見年羹堯面帶喜悅，見了他，關於呂四娘的事卻一字也不提。當晚兩隻船就停泊在這裏，江風雲月，除了甘鳳池手提雙錘，在夜裏還防犯着賊人之外，一切都很安靜，就度過了這一宵。

　　次日天色微明，年羹堯就下了話，催着兩隻船上的船夫即刻開船。各船夫們知道這些客人都認識那位朱二爺，而且他們不知道呂四娘是誰，只曉得是朱二爺的眷屬都已經來過了，他們的交情還不算深厚嗎？因此沖着這個面子，大家就不能不努些力。年羹堯又說：船若快點到了衢州，就每只船加賞十兩銀子。這個賞額懸得也不算小，當時眾船夫就掌舵的掌舵，搖櫓的搖櫓，一齊手腳不停，兩船雖是逆流而上，卻都是飛快。

　　天氣是很炎熱的，但一陣陣的江風吹來，也很涼爽。允禎在艙裏坐着太無意思，因為他只能跟曹仁虎一人談話，跟別人談起來全都格格不入，而且年羹堯的態度驕傲，更令他不能接近。他就帶着草笠，常站在船頭上。因那甘鳳池也常在前邊的船頭上，幫助搖櫓，他的力大，使那只船進得更快。允禎就對這人更是欽佩、喜愛，以為像這樣的英雄，而能受年羹堯的役使，實在是令人不解。

　　路民膽跟周璕仍時常出艙，向岸上張望，大概還是注意岸上有無行跡可疑的人。允禎也想着：那鐵背鼉、江裏豹等人，一定也在暗暗地跟着了。可是直到晚上，並沒有什麼事情發生。夜間，船夫換着班，使船不停地前進。月光澄潔，江風清朗，年羹堯置酒船頭，與周璕、曹仁虎共飲。允禎也羼不上，他就回到艙裏去休息，秦飛為此又生了半天的氣。

　　行了兩日夜，船抵衢州，大家這才一同舍舟而登岸。他們有的步行，有的坐獨輪車，年羹堯卻坐的是小轎，允禎也雇了一頂轎子，就向東南去走。在路上，大家都只顧趕路，很少交談，晚間就找村落人家寄宿。如是又行了兩日，便來到了仙霞嶺。

　　這道峻嶺，橫隔在浙閩兩省的中間，主峰是在江山縣界；上面還有霞嶺關，是一座要隘，也是一條繁華的大道。而他們所來的這一段嶺，卻十分冷落、幽靜，山勢也特別的高，上面滿生着蒼翠的樹林，橫飄着一片一片的浮雲。在這裏，仿佛連日頭也看不見，更沒看見什麼村舍、人煙。秦飛不由得有點發毛了，心說：倘若在這個地方，他們不收拾了因，而倒將我的爺跟我收拾了，那可怎麼辦呀？因此他不住地腿軟，但見他的爺恍若無事，只是那一口寶劍永不離身。

　　來到此處，年羹堯就命他的僕人年豪，自行李中取出錢來，把所有的小車、小轎全都打發了。他們只用步行，由甘鳳池手提雙錘，在前面領路。順着山徑，越往上走，越覺着山路陡斜。秦飛簡直有點走不動了，直喘氣，他又怕遇到老虎。只見別人全都精神十足，不用說他的爺還跟走平道兒似的，一點也不顯着累。年羹堯也威風凜凜的，還像是個大老爺，並不慌忙，也不疲倦。連曹仁虎那老頭子，周璕那癆病鬼，敢則也都能夠爬山，而且這座山嶺，好像是他們的熟路。路民膽來到這裏更是逞能，他早把寶劍亮出來了，提劍向上飛跑，好像是個猴子，但他還是趕不上甘鳳池。甘鳳池手提着兩把銅錘，已經夠沉重的了，他還在最前走得極快，山風吹得他那連鬢鬍子直往後飄，倒好像翅膀似的。

　　他們上山的時候就已經不早了，如今已夕陽西落，林木全黑，雲氣濃而且發濕，鳥鳴之聲已俱停止。又拐過了一個山環，甘鳳池忽然高聲喊着說：“到了！”他這喊聲，借着山音，更是宏亮，把秦飛嚇得直哆嗦。但見前面忽然現出燈光，往近又走了一會，再一細看，原來是一戶人家，三兩間草房，還有竹編的圍牆。門已開了，有人提着紙燈籠出來。允禎見出來的是兩個人，這男子倒還像是個嶺上的居民，年紀也有五十多了，提着燈籠；燈光照着的另一人，卻是古裝長袖，嫋娜多姿，原來正是呂四娘，不知她怎麼倒先到了。

當下，允禛、秦飛隨着他們這些人，一同進了茅舍。就見屋中的東西非常簡單，除了竹榻和一些燒飯的用具之外，只是兩杆獵叉和弓矢之屬；竹壁上掛着幾張獸皮，還有一張皮是金錢豹，眼睛還在瞪着。秦飛就更是害怕，心說：這嶺上原來什麼猛獸都有！我可絕不往上走啦，我倒是不怕了因，我最怕的是老虎……

第二十三章　霧滿懸崖群俠展技　誓盟折箭眾虎騰歡

　　屋裏點着燈，很低暗的，還有氣味，燃燒的大概就是野獸的油。周璕給這裏的主人向年羹堯介紹，可並沒理允禎。然而允禎已聽明白了，這裏的主人姓許，他們叫他許阿叔。他有一個雄糾糾的兒子，名叫許大立。這父子全都是嶺上的獵戶，嶺上柳蔭寺的情況，以及了因僧的事情，他們全都知道。許阿叔還有老妻，又有個兒媳，現在正為他們這些人燒飯。呂四娘是昨天就來到了，她也挽袖操做，跟那婆媳像一家人似的。

　　許阿叔非常恨了因，他說：“要不是獨臂老師太活着的時候，就常照應我，沒有這一點兒老面子，我早就不在這裏住了。我初見了因的時候，他還很規矩，現在了因簡直成了魔王，就我眼見的，他已搶到嶺上三個女子了……”

　　周璕問說：“他回到嶺上來了嗎？”

　　許阿叔說：“前天他就回來了，帶着二十多個人，都是凶眉惡眼的，還拿着棍。來到我這裏借去了一張竹床，倒放着，當作小轎用；我出去一看，原來他們是抬着一個年輕的婦人……”

　　年羹堯此刻非常注意地去聽，面上漸漸現出怒容。許阿叔又說：“那婦人妖妖嬈嬈的，大概不是好東西，一點也不哭，不害怕……”秦飛聽了，不禁心說：蝴蝶兒行呀！沉得住氣，可是她許是早就變了心！她跟着和尚上了山，她倒受用了。這時只見年羹堯的面色已氣得發紫。

　　許阿叔又說：“昨天四娘還沒有來的時候，就已經又有十多個人，拿着刀槍，還帶着弩箭，又都上嶺去了，那大概都是了因給勾來的……”又說：“嶺上寺裏的這些和尚，本來都苦極啦。了因走了這些日，他們才好了點，才安下一點心；不想了因又回來啦，還帶了那些惡人來！”

　　年羹堯聽到這裏，忽然怒衝衝地說：“大家快些吃飯，吃完了，今夜就上嶺。誰若願意去，就去，不願意去的就留在這裏！”他說出了這話，沒有一個不願意去的，只有秦飛，連連向他的爺又使眼色又搖頭，允禎卻不理他。

　　少時，那婆媳和呂四娘已將飯做好，大家就在一起用飯。飯是精米飯，菜是兔肉脯，並且是涼的，帶着土腥味，也沒有酒，真是一點也不好吃。另外還有一鍋煮肉，一大塊一大塊的，倒真肥，不知道是老虎肉，還是豹子肉，秦飛簡直不敢下筷子。再說這裏用的筷子，就是新截的竹棍，很笨而且不好使。允禎倒是隨着人大口地吃，還像是吃得很香。秦飛覺出他的爺是變了，在外面闖蕩了這些日子，變得一點也不像貝勒了。

　　此時呂四娘早已把飯用完，秦飛也沒看見她吃肉，人家到底是一位小姐，端秀而又安嫻，那模樣簡直跟月裏嫦娥一樣。只見她到里間去了一會兒，再出來時就已經更換了裝束，長袖的羅衣已經脫去，而現在穿的是一身青，窄身瘦袖，剛健絕倫；頭上仍是雲髻金釵，胸前後圍繞着一條青綢子，背插着冷森森的一口寶劍。這時連允禎也不禁顯出驚愕之狀。

　　甘鳳池連嘴也不擦，就又提起他那對銅錘；路民膽抄劍；曹仁虎也是劍；周瑞是拿着他那十三節連環梢子棍；年羹堯不獨自己拿着劍，還叫年豪，年傑替他拿着箭和弓；允禎也將劍鏘然一聲出了鞘。秦飛忙趕過去，問說：“咱們也去嗎？”允禎說：“若是不去，為什麼要到這裏來？”秦飛說：“我可不去！這黑天半夜的，上那麼高的嶺上去？咱們在這地方又不熟！”也沒人理他。

　　當下，除了秦飛跟許阿叔在這裏，連那許大立都拿上了一杆鋼叉，跟着出去了。依舊是甘鳳池在前，呂四娘在第二，年羹堯、曹仁虎、允禎跟在後邊。這時雖有月光，然而被山峰遮住，光華露出來的很少，越往上走雲越多，風越冷，直如秋天一樣。嶺勢傾斜，山路縈回，處處是怪模怪樣的岩石，地下尤其坎坷不平，荊棘絆腳，而甘鳳池仍如猛虎一樣的勇猛，呂四娘卻像仙鶴一樣的飄逸。

　　很快就到了山頂，在這裏就可看見月光了，是從雲霧裏濾下來的，迷迷茫茫，就見眼前的一片平谷中，果然有一座寺院。甘鳳池喊着說：“了因是在這裏嗎？我們進去不進去？”呂四娘說：“我進去問問！”她的聲音十分的柔潤而清亮，真如鶴鳴一般，只見她飛身就跳進那廟牆去了，允禎又很驚訝。

　　旁邊的曹仁虎說：“這就是柳蔭寺，雖不如它的下廟法輪寺那樣的宏敞，可是這是一座古寺了，在這裏修行的全是義士、高僧。無端地受了因的欺侮，讓一個凶僧擾亂了這片淨土，所以咱們不能夠坐視。”允禎也點了點頭。

　　此時就忽見那呂四娘已自寺中躍身而出，她高聲說：“了因沒在這裏，他在思明崖上了！”當時她率先而走，飛一般的直奔那更高之處，只有甘鳳池還能夠跟得上她。這時月色越發低暗，雲也越濃厚了，連許大立這個當獵戶爬慣了嶺的人，現在都不敢往上去，他就留在這裏等候。周瑞等人卻高聲喊着說：“走！”曹仁虎和允禎也只得跟隨着，往上走去。

　　這思明崖的峰勢愈為斜陡，只有一條人工削鑿的小路，一磴一磴的，每個磴兒都距離得很高，非得邁着大步，攀着旁邊的岩石，才可以走上去，簡直就像是上梯子。向上走了約有十數丈，忽聽忽隆的一聲，一塊大石頭自上面滾將下來，幸虧呂四娘急速地躲開了，又被甘鳳池用兩隻錘把這塊石頭架住了。甘鳳池大聲向下面喊說：“躲開一點！”眾人都急忙身靠岩石向旁躲開，他就提開了一隻錘，把這塊足有水桶大的石頭放下，只聽咕碌碌的跟雷一般，就滾下了山岩。

　　呂四娘尖聲喊說：“了因一定在上面了，他已知道我們來了！”正在說着，上面咕隆一聲，又放下來一塊大石頭。這比剛才那塊更大，幸虧沒有打着人。但曹仁虎先有些膽怯了，他喊叫說：“大家可都要小心！”他這喊聲，蒼老而顯得發抖。允禎也覺着危險，這峰上不定有了因手下多少人，倘若再用石頭往下來砸，恐怕就得有人受傷。

　　這時就見年羹堯在石磴上站穩，自他的僕人手中取過弓箭，仰面彎弓，也不知看准了岩上的人沒有，他就一箭射去。箭穿雲中，立時就墮下來一個東西，分明是一個人，墮下了山峰，當然是死了，卻連一聲呼喊也沒聽見。周瑞喊說：“死的絕不是了因！咱們還得往上去！”當時眾人又一個跟着一個地往上去爬。

　　而峰上，忽隆忽隆又連着滾落下兩塊大石頭，雖沒砸着人，可是眾人都停止住了，不敢向上再邁步了。接着又轟隆一聲，落下來第五塊。甘鳳池便掄錘迎着砸去，當時聲音響亮，火光四迸，石屑紛飛。曹仁虎喊叫說：「這不行，停一停再往上走吧！」到底他是老了，這震聲他也受不住。允禎趕緊用手揪住他，他才站穩。年羹堯卻又嗖嗖地向上連射了兩箭，並沒有再射下人來，卻引來了上面的弩箭。弩箭嗖嗖的如雨點一般地射下，石塊咕隆咕隆的不斷地向下來砸，眾人趕緊又將身貼在岩石上，躲避着。

　　而此時走在最前面的呂四娘，竟然不避弩箭和飛石，就騰身一躍。誰也沒看清楚，她是怎麼一來，就躍上了山峰。她一到了上面，立時就和上面的人打了起來，所以弩箭飛石也全都停止。甘鳳池就掄舞着雙錘，緊跟着上去；下面的眾人也一起振奮起來，都向上走去。

　　及至允禎隨着曹仁虎走到峰頂，就見雲霧迷茫之中，眾人已經廝殺起來。那邊了因、鐵背黿、江裏豹等不下三十多人，個個兵刃齊全，武藝也都精熟。呂四娘、路民膽同時揮劍去戮，甘鳳池的雙錘亂砸，周璕的十三節梢子棍嘩啦嘩啦地飛抖；打得那些賊人全都噯呀噯呀地喊叫，可看不清楚都是誰。只聽見了因暴躁地說：「好！你們全都來了？年羹堯！別人我都能叫活，只叫你死！」

　　又聽呂四娘尖聲喊着：「了因！你快些聽話！我們便饒你，因為咱們是同門中的人……」

　　了因卻狂笑着說：「好啊！呂四娘，你竟也來幫助年羹堯？以為我真是怕你嗎？早先我不過是看那一隻胳臂的老尼姑的面子，其實……媽的，到今天我才說真話，我早想收你作我的老婆……」

　　呂四娘大怒，順着聲音尋着了他，擰劍向他就刺。了因的八寶鋼環，吧吧吧連着向她來打，卻都被呂四娘噹噹噹用寶劍磕落，了因只好掄劍相迎。呂四娘展劍又戳，就見雲霧裏雙劍翻飛，這莽和尚與婀娜多姿的俠女，越殺越緊，相拼起來。

　　了因一邊小心地敵住了他的師妹，一邊還獰笑着，說：「師妹呀！你比蝴蝶兒長得還俊，我要了她再要你，一個作我的東宮，一個作我的西宮……」呂四娘跳躍起來，喀喀喀用劍向他連削。他一邊躲閃，一邊招架。

　　三五合之後，甘鳳池掄着雙錘也奔過來了。了因更是大怒，說：「老子今天不但要開色戒，還得開殺戒！」他的單劍飛舞起來，一股寒氣護住了他的身子；武藝絕倫的呂四娘和膂力驚人的甘鳳池，竟也不能立時取勝。那邊周璕、年豪、年傑，尤其是勇悍的路民膽，已將江裏豹手下的賊人殺死了不少；曹仁虎卻沒上手，年羹堯依舊在彎弓挽箭。

　　此時允禎卻心情甚急，他急急地高呼着說：「全不要打了！了因師傅你先住手，鳳池也聽我一句話！我來是給你們解和的，你們都是同門中的人，千萬不可如此，都住手！我指你們一條明路，隨我到北京去，那裏有富貴榮華！」他說到這裏，年羹堯先不住地嘿嘿冷笑。

　　那邊了因一邊在奮力拼鬥，一面也大笑着說：「這倒好！有人把嬌滴滴的美人呂四娘給我送來，有人還請我去做官。好朋友！姓黃的，你等一等，我殺完了他們，制服了呂四娘，隨後就同你到北京去，幫助貝勒做皇帝。」原來他也知道這件事！他若能夠輔佐了誰，可真能使群雄懾服，因為他太猛勇了。

　　這時他的單劍翻飛，不但使得甘鳳池的勇力難施，路民膽、周璕更都不能得勝，只有呂四娘的劍就堪堪與他匹敵。但他不只對付呂四娘一人，所以就覺得吃力了。尤其這時，江裏豹已率眾逃跑，只他一個被困垓心。他就大怒，將手中的十幾個八寶鋼環劈吧劈吧盡皆打出，這樣才使得周璹等人退後了一些。

然而呂四娘的劍掠風帶霧，扎戳劈刺，一着緊似一着；甘鳳池的雙錘也越掄越猛；周璹、路民膽，連年豪、年傑也齊都奔撲而來。了因就大喊一聲："噯喲……"將身向下一伏。眾人以為他已受傷跌倒了，當時不由得就全都收住了兵器。

不料了因忽又挺身而起，劍舞如飛，趁空兒回身便逃，且逃且哈哈大笑。呂四娘等人又往前追，但雲霧太重，已看不見了因是逃往哪裏，同時那邊又嗖嗖嗖的有無數的弩箭飛來。呂四娘在前用劍急急地撥着飛來的弩箭，眾人就隨着她前進，衝破雲霧又向上走。

走了一會，弩箭也都沒有了，卻又望見眼前是一座亂石壘成的高牆，裏面還有隱隱的火光。年羹堯說："了因一定住在這裏，我們進去！"

雲霧迷茫之中，一時找不着門戶，甘鳳池便掄起兩隻錘向這牆上一擺，頓時轟隆、嘩啦一陣亂響，牆就倒了一截，真像山崩地裂一般。呂四娘早就跳進牆裏去了，甘鳳池等人就都由這豁口走了進去。裏面又有十多名強盜，各掄兵刃前來廝殺。但哪裏禁得住甘鳳池的雙錘疾舞，周璹的梢子棍狠掄，路民膽的寶劍連斫，結果又有五六個人倒地死傷，另有幾個是被曹仁虎放跑了。年豪跟年傑捉住了一個盜首，周璹就要叫路民膽立時將這盜首斬死，卻被曹仁虎跟允禛一齊上前給攔住了。

年羹堯就近一看，被捉的這人並不是了因，他就冷笑了笑，說："既不是了因，殺他不殺他倒都不要緊，只是得問問他，了因搶的那些婦人都在哪裏了？"於是路民膽就將這人綁上了。

這人的年紀不過三十上下，非常兇悍，他說："我就是江裏豹，你們不知道我，南北的江湖朋友可都知道我。你們要是把我殺了，也沒有什麼，將來你們走到江湖上可要小心。我在江南有二十八個盟兄弟，在北京有十二個師兄弟，還有蛟僧勇能、飛錘龐五，也都是我的朋友，他們都能替我報仇！"

周璹說："留着他幹什麼？"路民膽當時掄刀向他就砍，卻被允禛舉劍當的一聲給擋住了。

路民膽當時大驚大怒，仿佛就要跟允禛拼命。允禛趕緊帶笑說："我跟他並不相識，我也不是護着他。只是這地方原是佛門淨地，獨臂聖尼和許多高僧全都在此修行，我們在拼殺時傷幾人性命是不得已，但如今把他捉住，豈可又故意將他殺死？我想他也不過是一個小賊，得放他就放了他吧！"曹仁虎的心也很慈善，當時也直勸路民膽。

這時，忽聽呂四娘在那邊高叫說："快到這裏來！這裏有幾個女的，都是被了因搶來的。"

當時年羹堯先急急往那邊去了，其餘的人也都不顧這江裏豹了，就齊都往那邊走去，允禛便趁此時就將江裏豹的綁繩割斷。江裏豹滾身而起，驚訝地問說："朋友，你為什麼要救我？你是誰？莫非你就是那姓黃的嗎？"

允禛悄聲對他說："你不要再在這裏幫助了因了，他絕鬥不過這些人。我是京都禎貝勒府中的人，你趕快下嶺去找着蛟僧勇靜，再多找些有本領的人更好，一同到京都去找我，我不久便回去。"說這話時他急急地揮手，令江裏豹快些走。江裏豹是既驚詫又歡喜，遂抱拳說："那麼，後會有期了！"說着他就走了。這裏允禛手提寶劍又趕緊去尋年羹堯等人。

原來這座思明崖，就是昔年獨臂聖尼結廬修行，並練習武藝之處。近來了因命人在這裏建蓋了幾間石頭房子，為他在這裏享福，這裏有糧有米，還有衣裳綢緞，竟如大戶人家一般。他先後搶來的六名婦女，就全住在這裏，但是沒有蝴蝶兒在內。屋裏點着蠟燭，木窗又隔斷了外面的雲霧，所以人還都能看得清楚，六名婦女中最大的不過三十歲，據說都是山下的良家婦女，被了因搶來之後，也就沒再見他的面；因為他搶到一個，便又覺着不滿意，立時就又下嶺，另去搶別的婦女。她們以為了因是個瘋子，人倒還不太壞，因他從來沒有玷污了誰；這裏倒吃穿俱全，只是這地方荒得叫人害怕，她們又想家。說話的時候，這六個婦人都不住地啼哭。曹仁虎勸她們都不要再哭，應得天明時就把她們都送到嶺下，叫她們各自回家去。

路民膽又問：「還有一個是他新搶來的女人，名叫蝴蝶兒，現在哪裏了？」

當時就有一名婦女點頭說：「他們昨天忽然來了很多的人，並帶來了一個女的。那女的比我們都有膽子，對他們又笑又罵，逼着叫他們給送下嶺去；還直嚷嚷說：難道你們不怕年什麼堯嗎？」另一名婦女說：「剛才了因又把她挾走了，她還直掙扎、嚷嚷，後來你們就來了！」

年羹堯氣得面如紫肝，當時就說：「再追他去！」甘鳳池說：「在這上面還有一座攬月峰，那裏有兩座山洞，了因必定是逃往那裏去了！」年羹堯又振臂大喊，說：「走！我們都再往那裏去，非把了因捉住，救回蝴蝶兒，不能甘休！」

甘鳳池就要立時去，周璜和路民膽卻顯出猶豫的樣子，曹仁虎也搖頭，說：「我們在這裏都知道，攬月峰是一座絕峰，輕易上不去的，何況這時夜又深了，雲霧又重。」

年羹堯說：「為什麼了因能夠上去，我們就不能？」

周璜說：「他在這裏的時間比我們長，他的路徑又熟。」路民膽也說：「明天再說吧！反正他也不能把蝴蝶兒怎麼樣。他不跑到那峰上去便罷，跑上去，恐怕連他也下不來。」年羹堯凝目發呆，心中猶然急躁，不過他看見呂四娘現在和那六名婦女，都很親熱地談起話來了，一點也沒有即刻再去追找了因僧的樣子；呂四娘如此，他也無法再逼着別人去了。這時允禛卻找了個木凳兒坐下，手拄着寶劍看着年羹堯。他見年羹堯對於呂四娘仿佛也有一點敬畏，呂四娘不幫他，仿佛只有甘鳳池也不夠用，旁的人就更不重要了。

年羹堯遲疑了半天，又命年豪、年傑去把那被捉住的江裏豹給揪來，問他們在這裏還有別的藏躲的地方沒有。但是兩個健僕出去之後，尋找了半天，方才回來報說：「那江裏豹不知怎麼逃走了！」周璜和路民膽都又抱怨曹仁虎，年羹堯倒像是沒有怎麼介意。此時，夜愈深，外面的雲霧更大，山風也極為寒冷。這裏有乾柴，他們便拿到屋裏來燃燒取暖，有的睡覺，有的還小心的守院，一夜就這樣過去了。

次日，天雖發曉，但雲霧猶然濃厚，天地上下，完全迷迷茫茫的，什麼也看不見。然而呂四娘當時就要帶着這六名婦女下嶺，允禛驚訝着說：「她們怎麼走呀？」曹仁虎悄聲地告訴他說：「四娘有特殊的武藝！這山嶺雖然難行，雲霧雖然濃密，但在她並不算什麼；她必是一個一個地將六名婦女全都背下嶺去，辦完事她還回來。」

呂四娘帶着六名婦女走了之後，允禛依然驚異不止。年羹堯卻更是發愁，十分急躁。他出了屋，引箭拉弓向高處連射二箭，卻都沒有什麼反響，他不禁又長歎了起來。等到過午，室外的雲霧才稍稍地散了，大家就盼着呂四娘回來；可是直到年豪、年傑在這裏燒好了飯，大家都吃過了，呂四娘依然未歸，年羹堯急得直頓腳。

又待了一些時，忽有三個人上這思明崖找他們來了。這三個人，一個就是獵戶許大立，另一個是金陵分別，奉年羹堯之命前往北京，召請白泰官的那個野鶴道人張雲如；允禎非常詫異，不知他怎麼這麼快就回來了。而第三個人就是他找來的人，這更使允禎驚訝得立時變色；這是一位極其熟識的少年英雄，就是在北京貝勒府中，深夜兩次相見的那個司馬雄。這時候，允禎方才頓然大悟，原來司馬雄就是有名的俠客白泰官；他的父親，現在大概還住在自己府中的老頭子司馬申，當然也就是曹仁虎、周琦他們的同門，那白夢申而無疑了。

現在允禎所驚訝的不是因為知道了這白泰官的來歷，而是白泰官知道他是四皇子禎貝勒，並不是什麼黃四爺！他知道現在是完了，或者說服這眾人，或者就與這眾人決一生死。卻不料白泰官見了他，竟沒說一句話。

白泰官先同曹仁虎等敘些別後之事，與年羹堯談得尤為親切。他說他的父親因避仇北往，他在報完了仇之後，也往北京尋父。他的報仇之事，並沒有詳說，仿佛倒是私人的事情，與明朝和清朝都無關係。允禎聽了，才略略放下心去。

白泰官跟那些人說完了話，才過來與允禎笑着說話，他說：“我早就知道你是用脫身之計，走了出來，所以我也就離開了北京。現在你的府上都甚好，你不必掛念。我是想尋你，卻尋不着。我走到江北便遇着了張雲如，他正要往北京去尋我。我們遇着了，並知道你們是都往這裏來了，所以我才連夜的趕來，幸虧來到這裏還不算遲。”

這時年羹堯在那邊不住向他二人來望，曹仁虎也驚詫着問說：“怎麼？你們二人早就認識嗎？”白泰官微笑着不語，允禎也極力地保持着鎮靜。

好在這時年羹堯也不容大家多談閒話，他又急急地說：“泰官來了，正好助我一臂之力！我料到剪除了因，非用你不可，才在那時就派雲如去找你。現在你既來到，咱們不必再等四娘，現在就上攬月峰，把了因就地殺死，好去再辦別的事。”甘鳳池便又去抄起他的雙錘。

這時允禎就將白泰官一拉，悄悄地說：“我們是故舊了，我的事瞞不了你。我出來便是為邀請天下的英雄。這件事望你跟他們說一說，並對了因要手下留情；叫他那樣有本領的人，也跟着我們回北京做些大事，謀個前程。”

白泰官露出很作難的樣子，說：“我們都聽年羹堯的，因為我們都佩服他。為什麼這樣佩服他呢？就因為他為人正直，與我們雖非同門，卻是同道。你的來歷我自然得告訴他們，可是還不能急，否則你當時就下不了這座嶺，而我也沒法子護你。至於了因，那恐怕沒辦法，他太作惡多端了，違背了師訓，同門中的人都不能饒他。”允禎聽了，默默無語。

此時，甘鳳池、周琦、路民膽、年羹堯、曹仁虎等人都已走了，張雲如、白泰官全都手提寶劍，也出了屋，允禎只好也跟着他們走了出來。就見在迷離的雲霧之中，眼前又是一座高峰，簡直如同一座頂天立地的大屏風似的，看不見峰頭，更沒有草木，也沒有山道。向東走了不遠，便到了山峰的根底下，仰面去看，更是愁人，連甘鳳池都把濃重的眉毛緊攏了起來，說：“我還沒拿過這麼沉重的東西上過這座峰。”說時，就把他手中的雙錘放在地下，向曹仁虎討過來寶劍。曹仁虎跟周琦全都不能上去，只有路民膽、白泰官、張雲如、甘鳳池這四個人，現在全都手提寶劍，往上去走。

年羹堯手提着弓箭，站着向上去瞧，允禎也在猶豫。倏時間，就見那四個人全都像猿猴似的爬上去了，漸漸地都鑽入雲霧裏，不再能夠看見。年羹堯很是着急，大概是擔心他的蝴蝶兒能否救得下來。曹仁虎也很憂心，歎着氣說：“他還許沒在上面呢，這東邊另有一股山路，也許他早已逃走了！”周琦狠狠地搖着頭，說：“不能！他絕沒地方逃！」

　　正說話間，忽見由上面落下一個人來，接着又是一個、兩個，眾人趕緊上前低頭去看，就見摔下來的死人，身上都受有劍傷，是經過廝殺而被砍下來的。周瑋認得其中一個有黑鬍子的，說：「這就是鐵背黿！他是了因的臂膀，也是個巨盜，並且很有錢，其餘的兩個定是他們的夥計。他們這樣的人全都在上面了，咱們難道就上不去？」說時，他提着十三節梢子棍，也要向上去走。

　　而這時，忽見由峰上的雲霧之中，又落下來一個人，這人正是了因。他落在地下，不但沒摔傷，反倒蕶然躍起，手掄寶劍直撲年羹堯，說：「好個仇人！你把白泰官也找來要殺我！」

　　年羹堯向他的咽喉就一箭射去，但這枝箭正射入他的口中，就被他用牙咬住了箭頭。箭杆落地，箭頭被他用力地噴出，幸虧年羹堯急忙躲開了。此時周瑋的十三節梢子棍嘩啦啦地向他的腿部掃去，他一腳就將棍踏住，在石頭上一磨，梢棍的前幾節就完全粉碎，不能夠用了。他挺劍又奔向年羹堯，年豪、年傑上前以刀同時迎殺，但才兩三回合，兩個健僕便敵擋不住；幸仗年羹堯已扔了弓矢，拔出來寶劍，上前廝殺。允禵提劍閃在一邊，他倒要看看這名震江湖，威服眾俠的英雄，到底劍法如何？

　　當時只見了因兇狠地一劍刺來，年羹堯巧妙地閃開，接着他轉守為攻，將寶劍挽半花向了因的手腕去斬。了因撤劍避開，年羹堯拗步轉身，劍隨身進，挽背花一下斫去，疾如閃電一般；了因忙以劍相迎，兩劍幾乎相撞在一起。年羹堯前後顧盼，身劍合一，了因卻也挺劍向前進逼。突然間，年羹堯向右一縱身，勢如飛鳥，了因也疾向右旋；年羹堯從上一劍斫下，了因應勢去迎，年羹堯卻早將劍抽回，又伏身，斜式進攻，劍戳咽喉。了因趕緊退避，劍鋒上挑，當的一聲，相震了一下；年羹堯再騰步前進，劍似疾風，真可稱精熟、毒辣。了因卻很少閃躲，只管迎擊，他氣力的渾厚，似為年羹堯所不如；而年羹堯的劍法巧妙，又令他難防。

　　兩人一來一往，相殺六七回合，允禵就不禁地驚歎，趕緊又叫着說：「停住吧！停住吧！」此時，年豪、年傑都在旁緩了半天腕力，又要奔過去幫助他們的主人，了因卻毫不畏懼，劍法更緊。

　　這時由上面的山峰上又嗖嗖跳下來四個人，原來是白泰官、路民膽、張雲如、甘鳳池全都下來了。他們四個人本是到那峰上，先與鐵背黿及兩三個小賊相鬥，並將他們用劍給砍了下來。然後又到峰頂最高之處，跟了因惡戰了一場，結果把了因逼得跳將下來。他們搜索了一番，卻一無所獲，這才一齊下來。

　　這幾個人就都圍住了因，周瑋從年豪的手裏要過刀來，也奮勇地撲過來。當時刀劍閃閃，虎躍猿蹲，步步追緊，齊逼了因。曹仁虎也要過來年傑的刀，而上前助戰，這老英雄的身手敏捷，不在路甘等人之下。年羹堯卻跳出圍外，叫兩健僕拿過來他的弓，又引箭而拉滿了弓，要乘隙去射了因。可是這時了因在急密的刀光劍氣之中，他一身往來跳躍，孤劍上下飛騰，將全身的力氣和本事完全展開了，好像那些人全都不是他的對手。允禵剛要喊嚷，勸他們住手，突見年羹堯一箭發去，正中了因的右肩；然而了因帶着箭，卻殺得更猛。

　　此時曹仁虎很是危殆，張雲如也有點不敵，周瑋更顯出來力盡。突見白泰官凌空而起，他這一躍，就如猛禽飛上了天空，約有三丈多高，但其勢極快極速，倏地展劍落下，一劍正劈在了因的頭頂，立時血花飛濺。了因身尤未倒，劍仍狂掄，甘鳳池、路民膽雙劍齊戳，白泰官又補一劍，了因的巨大身軀，這才咕隆一聲倒下，有如山峰坍塌，他這才一命嗚呼，劍也扔在了一旁。白泰官、曹仁虎，連甘鳳池全都忽又面現悲哀之色，蕭然了良久。

而這時上面山峰忽然又直躍下來一個人，青衣嬌軀，身背寶劍，臂挾着一個嬌啼宛轉的女人，這人正是呂四娘。原來她已將那六名婦人送到山下，安置完畢後，立又回來，並且也上了攬月峰；而於這峰頂的石洞深處，將別人都沒有尋到的蝴蝶兒給尋着了，她就用臂夾着，躍下了絕頂。見了因已經身死，她略微皺一皺眉，並將蝴蝶兒放下。

蝴蝶兒一眼看見了年羹堯，她就叫了聲："哎喲！"又看見了允禎也在這裏，她更是吃驚的叫道："哎呀！"就見她衣服都撕破了，身上還有劃碰的傷在微淌着血，鞋也丟了一隻；頭髮十分蓬亂，臉上還沾着泥。她含着眼淚嫣然一笑，就投在年羹堯的懷裏。

這時，甘鳳池將了因的屍身拋在深澗裏，他與呂四娘、張雲如、曹仁虎、周璕、路民膽，連白泰官也叫上，他們就一同向南跪倒；那邊茫茫的雲海裏，就有獨臂聖尼慈慧老佛之墓。他們望着那方向一齊跪倒叩首，由甘鳳池說："現在因為了因僧違背了師訓，任意橫行，我們才秉承師父的遺訓，合力將他剪除，以雪門中之恥。以後我們七人之中，無論是哪一個，若有違背師訓，在外胡為，欺寡凌弱，非義苟得，見危不救，遇難不援，背禮忘信，奸盜邪淫，一切不良的行為，那其餘的六個人便也合力的去剪除他，如斬了因一樣！"

眾人叩頭完畢，一同站起。忽然呂四娘又向年羹堯說："年叔父，我們都已向師父的墳盟誓完了，你可還得向我們幾個人發一個誓，與我們一同收回大明的江山！"

允禎見此時的空氣是太為緊張了，他自己實在不能在這裏待着了，他就轉身走開，手攜寶劍，下了這座思明崖，獨自踽踽地走去。允禎現在不但是極度地失望，而且頗為憂懼，因為他看到甘鳳池等人是抱着對明室的忠心，思懷故國；年羹堯所以得他們的崇拜，也就是因為他也是存着那種志願。這些人在明為遺民，在清卻為叛逆，我是清朝的貝勒，他們是死也不能擁護我的；並且有這些豪傑在效忠明室，年羹堯又是一個梟雄，將來大清的江山，恐怕真要搖動，堪是可慮！

他隨走隨長歎，但雄心卻又一陣陣的勃發，暗想：因為有這些與大清作對的豪傑，我才更應當設法利用他們，並得消滅了他們！因為清朝的社稷正在可憂，我才更得做太子，將來更得做皇帝。他思來想去，便揮劍向路旁的山石鏘鏘地連斫，這並不是藉以出氣，卻是堅定他的雄心，振作他的的勇氣。

少時，他走回獵戶許阿叔的家，那許阿叔就驚訝地問說："怎麼他們都沒回來呀？我的兒子也沒回來呀？莫非出了什麼差錯？"允禎卻搖頭說："沒有出什麼差錯，他們在後邊了，我先回來等他們。"許阿叔聽了，這才放下心去，便叫他的老婆兒給燒茶。

秦飛因為昨夜睡得很好，現在倒是精神百倍，他的那份行李捲兒也早就收拾了。他走過來拉了他的爺的胳臂一下，悄聲地說："咱們還不快走？剛才我又見那什麼呂四娘上山去了，她那麼矯健的身手，我實在是頭一回見到。據我瞧，這些人都是獅子、豹子、母大蟲，而且他們的性情彆扭，跟咱們說不來。咱們若不趁着這個時候快溜，將來他們若一翻臉，那可就……我倒不要緊，爺你是金枝玉葉之身呀！爺，你千萬快聽我的話，咱們是三十六着第一着，'溜之大吉'就完了！"允禎又微微地笑，不言語。

這時，忽然外面人聲喧嚷，有人大喊着說：“捉住他！他是允禎，他是清朝皇帝的四兒子！殺了他！”秦飛嚇得臉都白了，渾身亂哆嗦，許阿叔瞪大了眼睛好像也要翻臉。

允禎趕緊手提寶劍走出去，就見甘鳳池手舉雙錘，周琇怒目橫刀，張雲如直挺寶劍，呂四娘娥眉直豎，似乎一躍身就要來結果他的性命。曹仁虎大笑着，說：“原來是這麼一回事兒呀！允禎，你可謂大膽！”路民膽是掄刀頭一個上前，他獰笑着說：“我早就看出你不是好人，原來還是我們的仇人！”

此時，幸虧白泰官將眾人攔住，他連連地說：“不要發急！他總算是有膽略的，我們要叫他死，也得叫他死個明白！”而竹牆外，又有許多老和尚，都奮臂揚拳地大嚷，說：“我們幾十年來在那廟裏受苦，現在才算把仇人捉住了！捆起他來，抬到嶺上去給獨臂聖尼祭靈！”當時，群俠眾僧，都要一齊上前，聲勢洶湧，相距允禎不過十步。允禎手橫寶劍依然微笑，可是話卻說不出一句。

正在此時，便聽嗖嗖地兩箭發來，全都釘在窗櫺之上，是年羹堯帶着兩名健僕趕到。他用臂分開眾人，急急地趕在前面，掄着弓大聲地喊說：“你們都聽我說！你們都聽我說……”當時大家的聲音立刻屏息，無數雙憤恨的眼睛還都看着允禎。年羹堯就指着允禎，高聲地說：“他，他是清朝當今皇帝的四兒子貝勒允禎。為要跟他的那些兄弟們奪取太子之位，並要將來做皇帝，他才出來尋訪豪傑，想叫我們去幫助他……”

那眾人更生氣了，齊說：“我們保的是大明，恨的就是他們，如何能幫助他？現在殺了他就算了！”

年羹堯擺手說：“不行！不行！你們還得聽我說。如今的清朝江山已經根基穩固，明朝想恢復實已很難，憑我們幾個人，縱然有本領、有忠心，也恐難施展。再說把他殺死也無用，像他這樣的貝勒，在北京還有很多，我們殺了他，不但不能恢復明室的江山，反倒能招來他們的官兵，滅掉了咱們這仙霞嶺柳蔭寺！”

周琇說：“他跟隨咱們這許多日子，將咱們的底細盡皆曉得了，如何還能放他走呀？”

年羹堯說：“這我有辦法！”他回首又向允禎說：“你的膽量，我們也很是佩服；你的才智、武藝，也並不在我們之下。你若肯誠心跟我們結交，我們便能去幫助你，得到帝位，保管是易如反掌之事！”

允禎態度從容，向眾人拱手說：“我私自出京，千辛萬苦，所為的就是與你們結交；你們這些人倘能隨我到北京，得到了帝位，便是你們的！”

年羹堯說：“這事得預先言明，第一，我們幫助你做了皇帝，你必須立時就令天下的臣民，恢復漢家的衣冠！”允禎說：“這很容易，但是須待我登基三年以後，因事急恐怕生變。”年羹堯點頭說：“三年也行，我們也能等得；第二是皇帝只許你做十年。十年以後，你須將帝位讓出。”允禎思量了一下，便也點頭說：“這我也答應。”年羹堯又說：“第三，是你必須保護住這仙霞嶺，柳蔭寺。”

允禎說：“我非匹夫，豈能背信？我若不是個慷慨丈夫，也不能單身來到這裏。君子一言既出，駟馬難追。第一，三年恢復漢家衣冠；第二，十年以後讓位；第三，我不但保護柳蔭寺，還要修建柳蔭寺，供奉獨臂聖尼！拿箭來，我折箭為誓！”當時他就由年羹堯的手中要過一枝箭來，立時折斷。

年羹堯大喜，緊緊挽住了他的蝴蝶兒，周琇也向允禎拱手，曹仁虎是捋着白髯不住地笑，路民膽也高興了，白泰官又拉住了允禎敘舊。那些老僧也都放了心，回柳蔭寺去了。惟有甘鳳池、張雲如、呂四娘三人，卻都立時就不辭而別。年羹堯雖命人去追他們，想把他們勸回，但也沒有追着。

第二十四章　　運機謀擁允禛登基　　從簡略述羹堯盡命

　　如今，由於允禛的立誓，年羹堯的撮合，他們已是一家人了。允禛果然遂其所願，不枉出來經歷了江湖，已經得到這些豪傑、俠客相助。他想：甘鳳池不過是一勇之夫，呂四娘終歸是一女子，張雲如又庸庸碌碌，他們幫助不幫助的也不要緊；有一年羹堯這樣智勇雙全、氣魄雄偉、威儀並備的人傑，實在已超出他的願望之外。所以他十分歡喜，連九條腿秦飛也都擠着小眼睛直笑。

　　年羹堯時時攜着他的蝴蝶兒，當日就一同起身，離開了仙霞嶺。兩日後到了衢州，年羹堯就在這裏住下了，並命人買綢緞，趕做衣裳，他就要在此正式的納寵。蝴蝶兒歡天喜地地等着做新娘了，周璋、曹仁虎等人也都預備着為他們賀喜。路民膽現在就管蝴蝶兒叫年二夫人了，其實他的心裏未嘗沒有妒意，但是也沒有奢望了。他只有想着將來英雄得路，輔佐允禛做了皇帝，恢復了漢家的衣冠，那時，自己一定要披戴上白盔白甲，作為五虎上將的趙子龍。趙子龍當然也可以置許多豔姬美妾的。

　　允禛在此地便與眾人分別，要帶着秦飛先趕回京城。他走到杭州時，因為必須往西湖畔曹仁虎的那個朋友家，取他們的馬匹，所以只好在此略作停留。而又聽見這裏的人說：“有一個也是北京人，他向人自稱是什麼貝勒府裏的，來到西湖已好幾天啦。那人帶着好幾件樂器，不是在蘇堤上吹笛，就是在孤山上吹笙，只不知道你們認識不認識此人？”

　　允禛聽了，立時就覺着很詫異，趕緊叫秦飛去找。及至秦飛把這個人找到了，兩人就一邊開着玩笑一邊來了。允禛一看，原是他府中的門客十個口鄭仙。允禛就聽他秘密的述說了京中最近的情形，他說：“請爺趕緊回去，要不然百隻手胡奇做的那把戲，就快被人弄穿了！他的那些長蟲，不再能夠嚇得住人了。允禩貝勒就已對此生疑，連日他不斷地到府裏去探病。我怕他給探出來是假的，所以趕緊出京來找爺，請爺快回去吧！”

　　允禛說：“我即日就趕路返京，只是你還得替我辦幾件事。就是江南各地，除了甘鳳池等人以外，還有許多的豪傑；譬如鐵背黿，他雖然幫助了因，自己慘死在仙霞嶺，但他手下還有不少會武藝的人。你可以跟他們說實話，邀他們到北京去，暫時可住在城西我的賜園裏，只是千萬別見我的面。日後我對他們必有重用，還能夠為鐵背黿報仇。”吩咐完了，他就令鄭仙走了。

　　當日他與秦飛就一同騎馬北上，路過金陵也不停留，即日就渡江再往北去。一路上真是馬蹄如飛，直到了北京城，他們才稍微停止。允禛一個人悄悄地進城，回到他的府裏，見了他的福晉、側福晉及子女等。他這才重新更換了衣服，而令他那個這些日來的替身百隻手胡奇，拿着那些蛇滾到一邊，當日就宣佈他的病好了。

允禩、允禟、允䄉、允禵等一些貝勒就都來看他，兄弟們彼此假意地問安，心中卻激鬥得更烈。他還進宮去見了見他的父皇，那康熙老皇帝本來對他是很喜愛的，聞聽他的病已經好了，纏了他這些日子的蛇神已經被驅走了，又見他不但強健如初，面目且更黑了，精神更顯得豪爽了，所以也很喜歡，就叫他再去休息。

他回到府中，借着祈福祛邪為名，招集了許多有本領的喇嘛僧。並把他的舅父隆科多，這個在朝中漸有大權的大臣請到府中，連夜秘商。

此時尤有一件驚人的事。就是允禩早先由前門外已經關閉的那個鏢店裏，請到府裏來，推誠相待的那個老頭子司馬申，也就是白泰宮的父親白夢申，他也是獨臂聖尼的弟子，是周璋那些人的大師哥。他因為感念允禩貝勒的知遇之恩，這些日他也沒離開這座府，養尊處優一個人住在一間屋子裏，想要什麼東西，這府裏的大管事的程安，就立時命人給他辦到。在此期間，他就研究出來了一個東西，是一種兵器：下面是個皮囊，上面是兩口月牙形的刀，刀連着個木把，木把上有彈簧；只要用皮囊套上人的腦袋，把木把上的彈簧一動，立時人頭就落於囊中。這種狠毒的東西，他給取了個名稱，叫作“血滴子”。允禩一回來，他就獻出來了。允禩一看，大為讚賞，並命人多多製造，以付周璋等人使用，以便剪滅群王，而得到太子和皇帝之位。

又過了五六天，年羹堯、周璋等人便來到京城。周璋、路民膽、曹仁虎和同來的曹仁虎的女兒曹錦茹，都秘密地住於允禩的府中，練習使用血滴子。白泰宮是仍用司馬雄之名住於允禩的府中，其實是幫助允禩做事。年羹堯受到允禩的特別信任，並由允禩介紹，與隆科多結為生死之交，共謀輔佐允禩成立大業。

年羹堯得先造出來地位才行，所以隆科多就向朝中保薦，立時擢升年羹堯為四川巡撫。次年，西藏起了亂事，年羹堯請纓，親自赴松潘協理軍務，以功晉升為四川總督，旋又授為定西將軍。年羹堯是一步一步地飛黃騰達起來了。他在京中本來有夫人和幾個姬妾，他的長子年斌，次子年富都已長大成人，三子年壽也十八九歲了，但是他在外做官為將，一個也不攜帶；時時跟隨着他的，只有他的一個妾，這就是昔時秦淮河畔，豔春樓裏的蝴蝶兒。

現在蝴蝶兒可真是遂了心願，誰還敢再叫她一聲蝴蝶兒呀？她簡直比鳳凰還要尊貴。她穿的是綢緞綾羅，渾身是珠圍翠繞，吃的是山海的珍肴，睡的是牙床錦被；一聲咳嗽，當時就有丫環捧金痰盂來。她抓癢癢都不用自己抓，腳疼了也不用自己捏。她的腳可也永遠不會疼了，因為每逢出門就坐八抬大轎；這轎子可比她早先嫁人沒嫁成的那轎子，坐上要穩得多，不用擔心被人用馬撞倒，而又在腦門上貼一塊膏藥。那事絕不會再有了，誰也不會有那麼的膽子，現在是出門就放炮，並且打鑼淨街。誰不知道年二夫人？年羹堯更是寵愛，也是因為她較前越發的風流嬌媚，同時還學會了些命婦的派頭。

康熙五十九年，清軍入拉薩，西藏平定，年羹堯以定西將軍之職，入宮召見，他在北京小住。這時，允禩的羽翼已成，周璋、路民膽等人早用血滴子，將其他貝勒所養的那些謀士、豪傑全已剪除。京中連出無頭案，嚇得那些貝勒一點也不敢活動。同時康熙年老病重，有隆科多、年羹堯裏外相應，便把皇帝的位子，很容易地送到了允禩的手裏。

關於這段宮闈秘事，傳說得甚多，前人筆記之中早有記載，並且也有人演義成為小說。不過本書不願細敘，因為本書著者的意思是，雖然利用這些在正史上、稗史上有名的人物和事蹟，但絕不抄襲；所以之前所敘的二十幾章，其主要者全是別人絕未曾說過的。別人說過的，本書便不必再細描寫，以免雷同，不過雍正得位的事，在此也應當簡略的述一述，以使故事連貫。

據說，允禛一方面是用喇嘛僧造出恐怖神秘的氣氛，一方面用血滴子行殘殺的手段，將允禔、允礽、允祉、允禩、允禟、允䄉、允禵等諸貝勒，連幫助那些貝勒的人，一個一個都嚇得昏頭呆腦，連大氣也不敢出了，更不用說和他來爭奪。他便趁此時機，又值康熙皇帝年已六十八歲，重病在宮，奄奄一息。

是日適為冬至節，康熙皇帝自知不起，便召見大臣進宮，以便囑託後事。這時朝中的大臣雖然不少，可都已於前一夜，在各自的宅中受了血滴子的警告；寧可皇帝降罪，也不敢來進宮。所以進宮者只允禛的舅父、年羹堯的好友隆科多一人。隆科多身帶匕首，並有扈從，進宮先將各壇各殿搜查了一陣，連桌子底下全都搜到了，說是恐怕有刺客，其實他還是怕允禩等人派來什麼刺客；又因為允禛恐怕周璕、路民瞻、白泰宮等人臨時變心，急於恢復明室，所以命他如此做，當時情形之嚴密可知。

隆科多未入寢宮之前，允禛已經入內；據傳他曾向康熙請求由他繼位，康熙不惟未允，反用腕上的玉念珠來打他，卻被允禛用手接住了。康熙皇帝這時已經處於半昏迷的狀態之中，急召大臣。宮燈昏暗之中，隆科多走入。康熙命人取筆墨，允禛急將筆交在康熙的手中，卻沒有遞給龍箋。康熙掙扎着最後的餘力，就在隆科多的手中寫了"十四子"三個字；原來那皇十四子貝勒允䄉，是康熙的心中早已決定了的，寫完了，當時駕崩。而隆科多卻將手上的"十"字用舌頭舔掉，成了"四子"兩個字，而皇四子正是允禛，當時他就轉身，走出了宮門。

這時高大壯麗的宮門以外，寒風蕭蕭，星月稀稀，文武百官盡在等候着宮中的消息，然而哪個敢向前多邁半步？那個敢說一句話？允禔、允礽、允禩等諸貝勒，此時也均在這裏，借着那稀稀的燈光，他們個個偷眼望着年羹堯。就見年羹堯身穿黃馬褂，紫緞的箭衣，頭戴官帽，兩隻帶有棱角的眼睛，發出森厲的光芒。他手按寶劍，昂然站立，兩旁站立着二十多個扈從，全都身佩寶劍，面帶凶煞；令人一看就知道都是血滴子的行使者，是允禛手下的那些豪俠。

隆科多一走出來，便口稱："萬歲爺現已晏駕！"百官及諸貝勒一聞此言，一齊跪倒痛哭。

隆科多接着又宣示着說："大行皇帝有遺詔，以皇四子繼位！"

年羹堯恐怕別人沒聽清楚，他便以他那高昂森厲的聲音，重說了一遍："皇帝遺詔，以皇四子貝勒允禛繼位！"同時令人把燈籠拿過來照着，隆科多高舉着手，將手上的兩個字給大家去看。其實這時的文武官員及諸貝勒，哪個還敢抬頭去細看呀？當時又一齊跪倒叩頭，口呼："萬歲！萬歲！"

隆科多面色大喜，年羹堯卻依然顯得那麼威嚴，這才招呼百官及諸貝勒，共商怎樣辦理大行皇帝的喪儀，及如何隆重的舉行繼位皇帝允禛的登極大典。百官只有唯唯，諸貝勒更皆是敢怒而不敢言，所有的一切，就全由隆科多及年羹堯二人主持辦理。於是，一方面將康熙皇帝葬歸陵寢，一方面擁立允禛登極繼位，改元雍正，頒發詔旨，昭示天下——這是癸卯年，即西元 1723 年之事。於此，貝勒允禛，即曾經遨遊江湖的那位黃四爺，他的壯志雄心都已達到，而隆科多與年羹堯的擁立大功也建樹了起來。

允禵繼位後，即封隆科多襲公爵，官吏部尚書，加太保銜；並諭隆科多應稱舅舅，啟奏之時，皆書"舅舅隆科多"，可以說尊榮無比。至於年羹堯，授川陝總督，封三等公，亦加太保銜，將邊疆兵馬全由他統領。而路民膽、白泰官，全都跟隨着年羹堯，雖無官職，卻等於部下的勇將；年英、年俊、年豪、年傑都授予把總的官職。曹仁虎因為年老，他不能跟着年羹堯去走，就住在年羹堯的宅裏，由他的女兒錦茹，服侍他養疾。

血滴子現在也用不着了，那些使用血滴子的豪傑，全跟着年羹堯做官去了，弄得白夢申那老頭子倒很寂寞。他仍舊住在允禵的舊宮之內（現已奉敕改為雍和宮喇嘛寺），整天還弄着一把血滴子研究着，仿佛還想把這種傢伙再加以改良似的。周璕也跟白夢申住在一塊兒，他的癆病又犯了，雖然精神很大，性情卻更加急躁。他也終日無事可做，只拿着一把呼呼拉梆子腔的調兒。他本來是一個擅繪墨龍的畫家，然而現在也不動筆了，因為允禵現在做了皇帝，他周璕卻顯得更不得志，如神龍之困於淺水，並未飛騰。

百隻手胡奇，十個口鄭仙，這兩個人比較有才幹，所以被派在京城的西郊御園（即是後來圓明園之地址）。在那裏有比使血滴子的那些人更厲害的英雄，為首的就是蛟僧勇靜，他是為報師父了因在仙霞嶺被殺之仇而來的。還有江裏豹等一干豪傑，早就在那裏日夜的練習武藝，並挑選到宮中，充任侍衛。這些事連年羹堯、周璕等人全都不知道，允禵就是預備用這些人，好保護他自己，而對付年羹堯那些人的。

只有秦飛，按說他是一個從龍的功臣，可是因為他好瞎說，性情懶，允禵並不重用他，卻叫他管理御膳房。這個差事倒也不錯，既得吃，又用不着他掌爐灶，整天沒事；宮裏既可出入，外邊也照常溜達。他就娶了一房媳婦，長得雖不如蝴蝶兒，可是也很秀氣，人又能幹，令他九條腿喜不可言，每天都要回家去睡覺。

允禵並由文武百官之中，選拔出來兩個心腹，一名李衛，一名田文鏡，這兩個人全都不是科甲出身的。李衛在康熙末年才做了雲南驛鹽道，允禵登極後，便命他管理銅廠；據說他原也是江南的一位豪傑，當年為年羹堯、甘鳳池的名頭所壓，他才捐資投身宦途，而蒙到允禵的賞識。田文鏡為人是足智多謀，允禵命他為河南總督，實際上就是令他鉗制着年羹堯的行動。

允禵知道由他本人繼承帝位，他的那些兄弟——諸貝勒的心中全都不服。尤其是允禔、允禩、允禟、允䄉、允禵，最是他的眼中釘，其中又以允禩為最有才幹，早先最跟他作對。雖然允禩手下的司馬雄，是早已變為了白泰官，而且成了年羹堯的臂膀了；妙手兒胡天鷺，錦刀俠郁廣德，也早被血滴子殺死；雁翅陳江逃跑無蹤，允禩已被弄得羽翼盡皆失掉，然而允禵還是不放心他。

允禵先封他為親王，命他同允祥（這是允禵的同母兄弟）管理政務，而把允禟卻安置在西寧。後來允禵查出允禟仍與允禩私通書信，允禩並且向人表示不平，於是允禵向太廟致祭，作表告訴祖先，宣佈了允禩、允禟二人的罪狀，將二人開除於宗族之外，並勒令更名。把允禩囚禁於宗人府中，改名為"阿其那"（豬之意）；將允禟自西寧召回，囚於保定，改名為"塞思黑"（犬之意），並將允䄉、允禵等諸貝勒全都拘捕，先後俱加以殺害。

然而剪滅諸貝勒容易，想剪滅年羹堯卻甚難。此時，蒙古和碩特部固始汗之孫和碩親王，名叫羅卜藏丹津，在青海突然造了反，率兵攻打西寧，邊疆告急。允禵急命年羹堯統率大軍，以年羹堯部下的大將岳鐘琪為先鋒，大舉征討，並授年羹堯為撫遠大將軍，於是年羹堯大將軍之名無人不知。年羹堯這時是威武極了，每出門，必令人用黃土墊道，官員全都穿着朝服來侍候他。他穿着跟帝王一樣的四釵衣服，佩刀用鵝黃色的鞘套，包袱也都用黃色的。在他的轅門上彩畫四爪龍，鼓上也畫龍，鼓手也都穿着蟒服，令文武百官、督撫提道見了都得跪倒叩頭，他簡直與天子無異。

尤其是，別人還不知道呢，他的愛姜蝴蝶兒，尊榮得更不亞於皇妃。蝴蝶兒時時跟隨着他，這可真實現了她的美夢。但她仍不知足，還時常地於枕邊向年羹堯竊竊私語，說：“你這不就算做了皇上了嗎？你為什麼不乾脆也登極做皇上呀？允禎黃四爺，他早先在江湖上還沒有你的朋友多哩！並且在仙霞嶺還是你救的他，他登極也是你保的，為什麼你就不能做皇帝呢？難道是我的命還不夠？或是你不願叫我到那皇宮內去享福？我真是白跟了你啦！”說時她還流着眼淚，年羹堯卻只是沉思不語。

年羹堯做着撫遠大將軍，便施展開了他由老師顧肯堂那裏所學的，及他多年自己研究所得的種種韜略。有一次行軍，他忽然傳令說：“明天進兵，各人都要帶一塊板子，帶一捆草，不得有誤！”他手下的人全不明白是什麼意思。及至次日進兵，正走之間，前面忽有一個大泥坑；他便下令，命眾兵將草捆扔在坑裏，上面墊上木板，於是大軍得以渡過，直搗敵巢。諸如此類的奇謀妙計甚多。

他的軍令又極嚴。有一次，他坐着轎子出外巡行，許多的官兵都跟着他，一個個地扶着他的轎杆向前去走。這時正下大雪，北風怒號，鵝毛般的雪花向下落着，都落在眾官兵的手上，手都凍僵了，指頭都快要凍掉了。年羹堯在轎子裏一看，不禁覺着可憐，就吩咐說：“把手拿下去吧！”他這句話不要緊，就等於是他的命令，眾官兵一聽，哪敢細問？更有哪個敢違？當時就錯會了意，立時各自抽出佩刀，將扶轎的那只手砍掉了，血流涔涔，染遍了雪地，然而絕無一人敢不遵，更無一人敢細問明白，由此可見他軍令之森嚴。

他在青海用兵共計一百零五天，結果由他的前鋒官奮威將軍岳鐘琪，將羅卜藏丹津的老巢搗毀，青海全平。路民膽也立下很大的功績，而白泰官卻於軍前陣亡。年羹堯封一等公，加太傅銜，他的長子年斌被封為子爵。緊接着甘肅省壯浪地面，又起了亂事，也被年羹堯討平。因此，他的功勳更大了，連他的次子年富也被封為男爵；三子年壽因為才二十歲，倒還未受封賞。總之，年羹堯此時不但位極人臣，而且與雍正皇帝允禎儼同敵體。

當他功成歸來，晉京召見之日，滿朝公卿跪接於廣寧門外，他策馬走過，毫不動容；到了宮內，見了允禎，仍然如早先在金陵聚英樓初次相見時的那般情狀，並不客氣。此時宮門以外，隨他來的眾將正在爭功奪賞，吵吵嚷嚷，允禎連發三道聖旨，囑勿喧嘩，但全然無效。年羹堯卻取出帶哨子的雕翎箭一枝，搭在弓上，嗖的一聲射了出去，外面的吵嚷聲立即停止，可見年羹堯的威風了。

允禎實在有點受不住了。何況更有當年在仙霞嶺許阿叔草廬之前所訂的條約，即恢復漢家衣冠等事，允禎是必須如限實行的，但他已經做了皇帝，又豈能甘心實踐江湖之時的諾言？他便先召蛟僧等豪傑入宮充侍衛，以便保護住自己，同時挑尋年羹堯的毛病。後來便於年羹堯的奏摺之中，挑出了“朝愒夕乾”四個字。按說這原是易經上的一句話，原文是：“君子終日乾乾，夕愒若厲”。注疏上說是：“‘夕愒’者，謂終竟此日後，至向夕之時，猶懷憂惕。”用白話講解，這意思就是：念書的和做官的人，天天努力不息，憂心國事，到了晚上，仿佛更厲害了。

所以用於為臣對君主，朝夕戒懼，不敢懈怠之辭，應當是寫為“夕愒朝乾”，不料年羹堯竟寫為“朝惕夕乾”；若是講起來，就是白天倒很發愁，到了晚上才努力。努力的是什麼呢？還不是跟周琦、曹仁虎他們晚上商量主意，或作夜行的打算嗎？在年羹堯也許是筆誤，然而允禎卻大吃了一驚，借此題目，便說年羹堯意存叛逆，於是下詔治年羹堯的罪。

年羹堯住在北京西城羊肉胡同，宅院廣大。當皇帝所派的禁衛軍將他的家宅包圍之時，禁衛軍的統領人宣讀詔書，命他將撫遠大將軍的印信交出，他竟不理。大門開着，無人敢入，他仍在與周琦、曹仁虎、路民膽等幾個人飲酒，年英、年俊、年豪、年傑等眾健僕在身邊保護着他。蝴蝶兒卻花枝招展地走了出來，哼了一聲，說：“怕什麼？他黃四爺難道真不認得老朋友了嗎？”周琦是不住地咳嗽吐血，說：“跟他拼！”路民膽手提寶劍默默不語，曹仁虎卻擺手歎氣。

年羹堯憂思徘徊，一連三日。到了最後的一天，他仰觀天象，不禁歎息，又想到：周琦多病，曹仁虎太老，路民膽的武藝不過平庸，白泰官已死，勇武的甘鳳池，神技的呂四娘，以及張雲如，全都沒在這裏，徒有四名健僕也無用處……外面允禎派來的禁衛軍已經層層佈滿，刀劍斧鉞，閃閃地映着星光，他於是自言自語地說：“完了！完了！”這才將印信交出，而束手就縛。

蝴蝶兒這時是又哭又罵。年英、年俊、年豪、年傑這四名俱已有了官職的，追隨年羹堯多年的健僕目睹大勢已去，悲憤填胸，當時全都拔刀自刎而死。

年羹堯被罪以後，允禎還不敢立即就殺他，先降他為杭州守門吏；以一個大將做一個小小的守門吏，這可以說使年羹堯傷心到極點了。周琦在北京已為禁衛軍所殺，路民膽逃走了，曹仁虎是一氣而絕。只有蝴蝶兒仍然跟着年羹堯，然而做這麼一個守門吏的姨太太，就是游西湖也覺無顏。年羹堯英雄末路，抑鬱無聊，整天坐在杭州湧金門旁。杭州賣柴草的、賣菜的小販，全都不敢走這門了，都說：“哎呀！繞點遠兒走吧，可別出湧金門，因為年大將軍在那裏坐着啦！咳，我的爺，那可真怕死人，誰敢從他眼前過？”

這時，允禎在北京又命人抄了年羹堯的家，據聞抄出來婦女用的舊包頭就好幾匣子，說是要給兵士做棉鐙甲用的；又抄出刀劍無數，因此又將年羹堯調回北京，賜他自盡。當年羹堯以白練一條引頸自殺之時，他還望着蝴蝶兒微笑，而蝴蝶兒已哭得暈倒在地了。

年羹堯被賜死之後，長子年斌、次子年富俱都斬首，只有三子年壽逃走了。家眷及其近支的子侄們，凡在十五歲以上的，都被發往邊疆。女眷們當然也是自裁的自裁，入官的入官，獨有蝴蝶兒，因她只是個沒有名份的姨太太，所以她倒沒被捉住，而藏躲起來了。

此刻，在雍和宮裏住着的白夢申，憤怒填胸，他說：“好啊！允禎原來如此！我要送血滴子去給呂四娘，叫她給年羹堯報仇！”說畢話，這老頭子就走了。

其實，呂四娘的消息毫無，允禎也早就把她忘了。不過，緊接着年羹堯的事，就連興了幾件文字獄，其中最大的一件與那繼任年羹堯的官職，做川陝總督的奮威將軍岳鐘琪有關。岳鐘琪的幕中有一位師爺，名叫曾靜。曾靜看了一本書，名叫《維止錄》，是明末遺民呂留良所作的，裏面的文章就是思念明朝，反對清朝。曾靜把這本書獻給了岳鐘琪，勸他造反。岳鐘琪一看，這還了得？同時以為這也許是皇帝差人來給他的一個試探，所以他趕緊便把此事奏報於朝廷。允禎大怒，下旨嚴辦。其實這時浙江石門灣的呂老先生留良早已去世，他的長子呂葆中，以及他的門徒嚴鴻達，也都死去好幾年了。然而允禎命人將他們的墳墓盡皆掘開，毀棺戮屍，並將呂老先生的次子呂毅中等，盡皆斬首，而將《維止錄》焚毀，獻書人曾靜反倒免死。

這件事，後來有人疑是允禛故意做出來的。因為他當年遊歷江湖之時，在法輪寺初遇曹仁虎之時，就見過這本書。曹仁虎向來是將此書隨身攜帶，當曹仁虎死在年羹堯的家中之時，這本書就被禁衛軍抄去，送交給了皇上。允禛於是想起了舊事，想起了昔時隨同年羹堯及群俠去往仙霞嶺，路過崇德縣，群俠遙拜呂留良的墳墓。可是呂留良雖死，他還能留下這些思復明室的種子，所以非滅之而後可；並可借此試探那手握重兵，第二年羹堯的岳鐘琪是否忠心，故特地造出來此案。因獻書人曾靜反倒免死，確也可疑，當然這不過是後來的人傳說。然而在這時，允禛大概沒想到呂留良的孫女，呂毅中之女，就是具有超人武藝的俠女呂四娘。

允禛對於在浙江富春江旁楓葉鎮的那位朱二爺，也曾派人去捉拿，但結果撲了一個空，據說連那綢緞廠也早就搬了家，不知去向了。他還命人上了仙霞嶺，那柳蔭寺中，卻一個和尚也沒有了，連那嶺下的獵戶許阿叔父子全家，也都搬走了。

是時，允禛的心腹李衛已做了浙江總督，並管理江蘇所屬七府五州的一切盜案。李衛奏報：“金陵有張雲如者，以符咒惑人謀不軌。”繼又奏報：“張雲如尚有餘黨甘鳳池等人。”允禛當時用朱筆下詔，命李衛嚴拿張雲如與甘鳳池等人，結果可也沒有拿到，允禛的心裏就異常不快。所幸，曹錦茹早已扶其父曹仁虎的靈柩南旋，路民膽也沒有下落，沒有人敢在他的眼前造反。

他的功臣舅舅隆科多，也被他降下了四十一款應誅之重罪，其中最大的幾條是：“妄擬諸葛亮，奏稱白帝城受命之日，即是死期已至之時”（可見康熙帝臨死時只有他在旁邊）；“仁廟升遐之日，隆科多詭稱曾帶匕首”（那時帶匕首何用？）“妄奏調取年羹堯來必生事端”（可見隆科多與年羹堯關係密切）。因此就在北京城西暢春園外造屋三間，把個舅舅隆科多囚禁起來，最後就死在那裏了。

允禛此時將禍患俱已除去，心中泰然已極。同時，他也做了一件好事，那就是他將早先的一些賤民，如樂戶、惰民、丐戶、伴當、世僕等（這全是奴隸社會遺留下來的，這些人子子孫孫被人歧視），全都下令廢除了，而令與平民同等。

作小說的人並不是論古人的功過，不過上面那些事，都是不能不簡略地說出來的；要細說，恐怕幾十本書也說不盡的，而且還都得詳加考證才行，那是歷史家的事，傳記家的事。作小說的人只根據稗史雜記和父老的傳說，而且在作小說的眼中，後者還重於前者；對於書中的人物也是如此，於今像年羹堯那樣的英雄，以及周璕等俠客，全都說完了，好像是已經沒的可說了，其實可說的還更多，現在還得慢慢地、細細地往下去寫。

現在單說九條腿秦飛，他已成了個當官差的了。每天一早上班，傍晚歸家，衣食足用，清閒享樂，一切江湖之事，他全都不再提；年羹堯賜死等事，他更是漠不關心。爺做了皇上，他雖不是個官，可也此生無憂了，所以也沒有別的想頭，只希望他的媳婦生個胖小子，那就心滿意足了。

這一天秦飛下了班，走出了神武門。他倒背着手兒，仰面看着天空中一群一群的寒鴉，正往家裏去走。不料才走到紫禁城外的御河之旁，忽聽有女人聲音在後邊叫着：“秦大哥！秦大哥！”

第二十五章　　小常隨義烈死深宮　　雍正帝杯弓驚長夜

　　秦飛回頭一看，見是一個穿着綠緞子小棉襖、紅緞繡花裙的婦人，梳着個很官派的頭，可是亂蓬蓬的；臉上的胭脂擦得不少，可是東一塊西一塊的，不勻稱。最奇怪的是現在是冬天，她卻拿着一把小扇，一邊扇着，一邊很急地向他追來，又叫着：“秦大哥！你眼眶子高啦？怎麼不認得人啦？”

　　秦飛嚇了一跳，細一看，原來是蝴蝶兒，可不知稱呼她什麼才好，只笑了笑說：“少見哪！你現在哪兒住着啦？”

　　蝴蝶兒站住了，還扇着扇子，並且直氣喘，她頭一句就說：“好不容易我才把你找着！得啦，你的爺現在做了皇上啦，你快帶着我見他去吧！”說着一伸手，就把秦飛的肩膀揪住了。秦飛趕緊往旁去躲，說：“喂！你揪我幹嗎呀？”蝴蝶兒卻說：“憑什麼不能揪你？黃四是閻王，你就是小鬼！早先，你們還能忘了？早先咱們認識的在先，一塊兒騎馬，一塊兒住店；他拋了我，我才找的年羹堯……”

　　秦飛說：“這是什麼話呀？”蝴蝶兒哭起來了，說：“什麼話？就是這些話，我見了黃四也是這些話！他把年羹堯殺了，叫他乾脆殺了我吧！”說着話，把秦飛揪得更緊。秦飛急得頭上直流汗，他見蝴蝶兒本來還很年輕，長得也還那麼漂亮，只是瘦多了，而且兩眼發直；她的這身衣裙，大概還是跟着年羹堯的時候做的，現在可都磨破了，她哭的樣子還很嬌柔，還直叫人的心軟。

　　可是秦飛怕被路上的人看見，就連連地央求着說：“你別跟我磨煩呀！又不是我害的年大將軍！說起來早先的事兒，連我都傷心，以我的功勞，應當賞我個頭品官，可是現在叫我在御膳房。你叫我帶着你去見他？告訴你，我的奶奶，他住在深宮內院，連我也不能見他了！人就是，朋友闊了，你千萬不必去找，何況他已做了皇上。年大將軍也是情屈命不屈，你更是享福享夠了，榮華富貴，就是這麼一回事，轉眼成空。我看你還年輕……”

　　不想蝴蝶兒惱怒起來了，把眼一瞪，說：“我還年紀輕，便怎樣？難道你還要叫我改嫁？”秦飛說：“我沒說呀！”蝴蝶兒說：“你叫我嫁你？”秦飛趕緊往後退步，說：“這是哪兒的事兒呀？”蝴蝶兒又狠狠瞪了他一眼，說：“你要真那麼想，你可真是大白天做夢了！告訴你吧，黃四現在想把我收在三宮六院，我也得跟他撞頭！我見他，不是想求他，是叫他賠我的年羹堯！”說着，又嗚嗚地哭起來了。

　　秦飛實在沒辦法，只好哄她說：“咱們都是熟人，難道我還能不幫你點兒忙嗎？你想見皇上，我一定給你想法子；可是得慢慢的有工夫時，我見了他，還得旁邊沒人，我才能跟他說。也許他一想起早先的事兒，真的，早先要不是他的馬撞了你的轎子，你現在一定還在老家，當財主奶奶呢！比現在享福。他也許就一心軟，召見你進宮。這事不能夠急，你在哪兒住呢？事情辦好了，我找你去。」

蝴蝶兒哽咽着說：「我哪兒還有家？我不是有個表哥麼，早先他在金陵做買賣，我在金陵住了那麼些日，也沒找着他；偏偏我們年二老爺都遭了事，他倒找了我來。他也是個倒霉鬼，他現在安定門大街開了個鞋舖，我就住在他那兒。」說着話，她一邊擦眼淚，一邊還搖着小扇子不住地扇。

這時鴉噪之聲都沒有了，夕陽西落，寒風吹着枯樹，那紫禁城的城垣，都顯着發黑。秦飛就說：「天不早了，你快回去吧！我一定給你辦，辦好了我就給你送信兒去。」蝴蝶兒這才一邊哭着，一邊走去。看她那背影嫋嫋娜娜的，還有點動人憐，可是她實在已成了一個瘋寡婦。

秦飛趕緊走回了家，今天他也特別覺着心裏彆扭，也沒跟他的媳婦說。不過從此起，他上班下班，再不敢走那條路了，恐怕再遇見蝴蝶兒，他每天寧可繞路。他家住在紫禁城迤東，每天他可要抄西邊去走，這樣使他每天要多走三四里地；然而沒有法子，費點鞋倒不要緊，總比再遇見蝴蝶兒好呀。他天天歎息着，覺着爺也實在太無情：俗話說「伴君如同伴虎眠」，越是他的老搭擋，他一定覺着礙眼。我的這個御膳房也不是常事，說不定哪天他吃哪樣菜，一不對口味，就許殺我的頭；我可也真應當積下幾個錢，作退身之計。

秦飛就常這樣想着，走路的時候也常這樣想。這天下午他下了班，又走這條躲避蝴蝶兒的路，不想迎面就來了一個人，驚惶惶地叫他：「秦飛！秦大爺！」他又嚇了一大跳。一看這個人，年紀二十來歲，像是個舉子，可又有點像買賣人；再細一看，原來是早先允禵的那個小常隨。他更覺得納悶，說：「你怎麼也來啦？你不是娶了媳婦了嗎？娶的是周璕的女兒⋯⋯」

小常隨不等他說完，就連連的點頭，說：「是，是，是，我就是為的這件事，我要你趕緊帶着我去見爺，有要緊的事！」

秦飛搖頭說：「有要緊的事情也不行呀！我現在見他都不容易，何況你？不錯，早先你是他的常隨，可是現在的爺，已跟早先不同啦，他是九五之尊。」他想了一想，又說：「這麼着吧！我帶你去碰碰，他要是肯召見你，算是你的福氣；他要是不肯召見你，我也沒有法子，反正我給你盡到力了，也就完了。」

小常隨點頭說：「好！你就快點帶我到宮裏去吧！」

秦飛說：「咳！你看我還沒吃晚飯呢！可是趁着這時候帶你進宮去也好，因為再晚一點，宮門是誰也不能進去了；明天早晨他又要當朝理事，見他也不容易，我先帶你去碰一碰吧！」說着，他就帶着小常隨回身就走，又走到了神武門。

這是紫禁城的後門，再待一會也就鎖上了，這時只掩了半扇。門前還有六七名禁衛軍，但是都認識秦飛，見了面就笑問說：「怎麼剛走又回來了？」秦飛哈腰笑着說：「來了個朋友，叫我帶他進裏頭去辦點事。」當下小常隨也沒受盤查，就被秦飛領到了紫禁城裏。

紫禁城裏也是一條一條的胡同，不過兩旁的牆，都是又高又厚的紅牆；走不遠便是一個門，那門上都覆着琉璃瓦，包着鐵葉子，釘着有饅頭大的銅釘，還有沉重的獸門環；地下都是大塊的平石鋪成，除了往來有幾個太監之外，人簡直沒看見幾個。宮裏也有河，河裏結着堅冰，河邊都圍着白石的欄杆，連只鳥兒也很少看見。秦飛就回頭對小常隨說：「你到過這兒來嗎？你可別以為還跟在府裏的時候一樣，你見了他，可非得跪下磕頭不可。」小常隨也不言語，只是低着頭跟着他走，仿佛心裏有沉重的事。

　　秦飛帶着他先到了御膳房，這裏倒有不少人，還正在預備着宮裏的夜膳，秦飛就叫他在這裏等着，自己卻往宮裏去了。他本來也很膽怯，而且他要見允禎，也非得先經過侍衛太監等很多人的傳達，實在不容易。幸虧現在守衛宮門的頭等御前侍衛，就是那蛟僧勇靜。這個和尚為要替他師父了因報仇，保護真命天子雍正帝，他已蓄起了頭髮，穿着御賜的紫色馬褂，腰間永遠佩帶着寶劍。他的精神很大，白天只睡一會兒覺，夜晚他永遠是連眼也不閉，真是頭不着枕。他督促着江裏豹等人保護住這座深宮，因為他比誰都明白，並且深切的感覺到了，年羹堯、周璕、曹仁虎、白泰官那些人，雖都已死了，但並不是沒有事了；這皇宮雖深，禁衛雖嚴，然而絕攔不住那有本領的人飛來。所以除了他手下的人和十幾名太監之外，他絕不叫任何人走近這宮門。

　　可是今天秦飛來，他沒有話說，秦飛早先就跟着皇上，在他那法輪寺都住過，這並不是外人。當下他放秦飛進內，由一個太監領着，就到寢宮內見允禎。

　　這時允禎正用朱筆批閱着文書，文書裏最使他關心的並不是旁的朝廷大事，及邊疆的情形，而是自江南來的李衛的奏摺，報告的是：“張雲如、甘鳳池尚未就逮。”捉不着張雲如還不要緊，捉不着甘鳳池他卻真真的憂急，他就用朱筆連批着：“速捉！速捉！”

　　忽然見太監領着秦飛來了，他不禁更想起了往事，就問說：“你在御膳房裏的事情多不多？”秦飛說：“啟稟爺！我的事情倒是不多。”允禎想了一想，說：“我想叫你再到瓦埠湖去一趟，因為咱們早先在那裏住過一晚，白龍余九人也不錯，死得又很慘，我想叫你去給他家送些銀子。”又說：“這件事其實叫那裏的地方官給辦也行，可是不如你去辦好。”

　　秦飛心裏雖不願再出外，可是又不能不嚅嚅地連聲答應，等得允禎把話說完了，他這才低聲說：“小常隨已經來到，有要事謁見，有要緊的話說。”

　　允禎一聽，不禁手持朱筆，而發起怔來。怔了一會兒，他當時精神突又興奮起來，叫太監與御前侍衛勇靜，急去宣召那小常隨。皇上發的御旨，說是宣召，其實是毫無聲息的，很快地就從那御膳房將小常隨押來了。

　　小常隨進了皇上的寢室，他卻依然和早先在貝勒府裏一樣，只是請安問爺好，並不行跪拜禮。這小常隨，畢竟是跟那俠女周小緋做了幾載的夫妻，他也沾染上了那種剛強不屈的俠風，而與早先不同了。

　　允禎命一些人全都退出，只留下他。檀木的御几之旁，金燭發着淡淡的光，允禎坐在雕刻的金龍椅上，壓着聲音問他：“你是為什麼來？”

　　小常隨回答說：“我來有要緊的事。因為周小緋為報父仇，她跟我一同來到北京，她不定幾時就要來到宮裏，恐怕對爺不大好。”

　　允禎微微地冷笑，說：“你倒還忠心。”

　　小常隨流下眼淚來說：“我跟周小緋結為夫妻之後，我就在南邊做買賣。但我做買賣，並不是用爺贈我的那包裹裏的金銀，那些金銀，我們一點也沒花，全都被周小緋給周濟了貧寒。周小緋到現在也沒生小孩，可是她對我很是恩愛，她叫我跟她到北京，一起來的還有別人。我們是來了一個多月了，現在她們都安排好了，就快要找爺來復仇了。但是我很着急，所以我才來向爺報個信兒。本來我這樣來報，是太對不起她們了，可我又想爺曾對我有過好處，我不能不背着她們來，請爺防備着點，這也算是我報爺的恩！”

允禎點點頭，又微微地笑着說：“你倒還有良心！可是這不要緊，周小緋那小丫頭，我也見過，她不過是會打鏢，但是她還沒有本事能夠飛到我這深宮大內。”他毫不在意地又笑着說：“你還願意來伺候我嗎？可是你不能帶着你的媳婦。”

小常隨說：“我那媳婦周小緋，我也知道，她倒是沒有什麼，再說我也時常勸她，慢慢的，她也許就想過來了。她的父親又不是爺親手給害的，也不能夠算是仇人。只是，我們這次來的還有呂四娘……”他說出了這句話，只見雍正突然面色變白，立時急急地問說：“什麼？呂四娘？不就是那在富春江楓葉鎮居住的，那古裝的女子嗎？”小常隨說：“這幾年她在各處飄流。因為她的家，本來在崇德縣的石門灣，我跟周小緋全在她的家裏住過……”

允禎點頭說：“她的武藝實在超群，人都說獨臂老尼的弟子之中，了因第一，她居第二，其實據我看，她的武藝還在了因僧以上，可以說是蓋世無雙。可惜她是一個女的，她的性情又冷僻、固執。”又問說：“她也到北京來做什麼？”

小常隨說：“她是為她的祖父、伯父，跟他的父親呂毅中，來報血海深仇！”

允禎詫異着問說：“我跟她有什麼深仇？”

小常隨緊緊張張的，又怨又恨的說：“她的祖父就是呂留良，別號晚村，著過一本書叫《維止錄》，因此被爺降旨，剖棺戮屍。她的伯父呂葆中也被累同罪，她的爸爸呂毅中被斬首在石門灣。”允禎聽到這裏，當時就呆坐着，一語也不發。

小常隨又說：“爺對待她的一家也太慘了！那時恰巧她沒在石門灣家中，她自別處聞了信，急忙回家一看，已經全家盡死，墳墓都被掘開。她悲憤得了不得，將我們救走，由那時就帶着周小緋跟我，連年漂流在江湖。她的武藝本來高強，而她連年又加緊地練習，如今她的武藝較前更好了。這深宮大內，是絕阻不住她的，說不定今夜就能來到……”

允禎這時就像中了瘋魔似的，突然地站起身來，急得跺腳說：“真想不到！原來她是呂留良的孫女，她竟是呂留良那老逆賊的孫女！”

小常隨又說：“在秣陵關，白夢申給她送去了一隻血滴子，然後白夢申就投江自盡了，甘鳳池也斷指與她餞別。呂四娘這次來到京師，發誓無論如何，要取去皇上的首級！”

允禎大怒，更咆哮着說：“好大的膽！你快告訴我，她們現在在哪裏住？我立時就派人去捉她們！”小常隨卻搖搖頭說：“我不知道。”允禎說：“你們是一同來的，她們住的地方，你怎能不知道？快說！”

小常隨卻流着淚，搖着頭堅決地說：“我絕不能夠說！因為周小緋她們待我不錯。我來見爺，告訴爺她們已經來了，請爺防備着，這也就算是我對得起爺，我可也不能再說什麼了；我若說出她們住的地方，叫爺派人把她們捉住，那我又算對不起她們。我兩面都要知恩報恩，不能夠喪天良！”

允禎又微微笑着，說：“你從哪裏學來了這些？那麼，你還在這裏服侍我吧，不必再跟她們去了，我可以由宮女裏挑出一個，給你作媳婦。”

小常隨仍然搖頭說：“不！我還得走！她們都待我好，她們的人也都好，我不能貪富貴，就忘了她們。”

允禎不由得面現怒色，指斥着說：“你可知道我現在已是天子，我說的話就是御旨，我叫你如何，你敢違拗？”小常隨說：“不行，我還得聽她們的，不能聽爺的。”允禎說：“你要走，我派人跟在你的身後，也能知呂四娘和周小緋是住在哪裏。你想，你能夠走得開嗎？”

　　小常隨仍然搖頭，說：“那我也不怕，我離開紫禁宮，絕不當時回去見她們。我只求爺從今晚起小心着點就是了，周小緋還不要緊，呂四娘卻真厲害！”

　　允禎一聽這話，越發大怒，拍着案說：“你敢再提呂四娘？你好大的膽！”當時喝進來四名太監，說：“把他綁起來！押下去！問明了他在哪裏住才行，不然交慎刑司，把他杖斃！”四名太監狠狠地揪住小常隨向外就走，才一出門，小常隨就驀地向那牆上一撞，只聽咚的一聲悶響。

　　允禎在這裏怒猶未息，四名太監卻都一齊慌張地回來，跪倒說：“他，他已撞死了！”當時全都渾身戰慄，不敢仰首，以為皇上一定為他們的疏忽，也得降他們死罪。不想，允禎卻沒有言語，他怔了一怔，臉上似乎顯出點悲愴的樣子，就說：“召勇靜侍衛進來！快！”四名太監趕緊叩頭起來，去召蛟僧勇靜。

　　允禎忙親自摘下壁間的寶劍，他的手都不覺有點抖了，心裏既痛惜又恐懼。痛惜的是小常隨，人真不錯，可以說是忠義雙全。周小緋早先也與我無仇，並且想起來早先在莫愁湖，暮雨之下，她從那別墅的樓上擲下一件東西，打在我的草笠上，才請我進去，會着年羹堯那些人。昔時在江湖，彼此雖非同道，也是朋友，不料今日竟結下這樣的深仇。尤其是呂四娘，想不到！想不到！她原來是呂留良的孫女！咳……

　　這時雖在寒冬，但深宮之內，兩隻大炭盆燃燒得很旺，不但不冷，可以說是室暖如春。所以古瓷盆裏的梅花，開得極為茂盛，與那邊盆景裏的人工做的水仙——是翡翠的葉子、白玉的花朵、金蕊的，燦爛地相映着。允禎的頭上確實流汗，然而身子卻覺着寒噤。

　　少時蛟僧進來，允禎摒去了眾太監，對他實說：“呂四娘將要來到了。我也知道，這宮苑雖深，可是攔不住她進來，我一定要與她拼一生死，你也自今夜起幫我防範着一點！”

　　蛟僧勇靜驚訝着問說：“呂四娘她為什麼要來與皇上作對呢？”

　　允禎勉強地微微一笑，說：“只為呂留良的逆案。”遂就把呂留良的文字獄略略說了一遍，並說：“我知道呂四娘是他的孫女，我才降的旨。呂四娘不來，是她有福，她若是來……”他冷笑了笑，又說：“若沒有她，了因和尚當年也不至於死，現在你為你師父報仇的時候到了！”

　　勇靜忽然發驚，連連地搖頭，又打問訊，說：“如果呂四娘來了，我可不能與她為敵！”允禎說：“你不必怕她，她的本領，自非你所能敵，可是我到時也與她交手。”勇靜又搖頭，說：“那也不行！我也不是畏懼呂四娘。只是那位呂留良呂老先生，我雖沒有見過他的面，可是我曉得他是一位好人。他為《維止錄》被罪之事，我是不知道，我若知道，我早就離開這裏了！”

　　允禎一聽，不由得更為驚訝，將手中的寶劍握得更緊。他驀然又想起，當年初會這蛟僧勇靜之時，原是在大名府法輪寺中，那一夜曾見他與曹仁虎父女同在小室燈下，讀那本《維止錄》。本來，這個和尚也是他們一起的人，無怪他到如今一聽提到了呂留良，就當時要背叛於我，這樣的人，寧可殺了他，也不能再叫他去幫助呂四娘。想到這裏，允禎真想揮起寶劍，立時結果這蛟僧的性命，可是蛟僧現在腰間也備有鋼刀。

　　蛟僧勇靜此刻面色陰沉，又打了個問訊，說：“我若不是想為我師了因報仇，我也不能在此當這名侍衛。你待我確實不錯，可是我將一些侍衛和二十幾名小太監，全都教練成了很好的武藝，他們也都能夠保護着你了。呂四娘來了，請你保重，這件事，我是不能幫助你的。”

允禎怔了一怔，問說：“莫非你這就要走嗎？”

蛟僧勇靜低着頭答道：“這不一定，因為我本來是個和尚，現在我應當再回法輪寺去了。”

允禎說：“這我也難以攔阻，只是你何妨再多住兩日？這兩日內，如若呂四娘來到，也用不着你動手；看我把她擒住，給你看看。如今我雖已是帝王，可是講起武藝來……”他微微冷笑着，又去看蛟僧，只見勇靜的樣子是十分地煩惱，心裏仿佛是又為難，又不願當時就離開這裏。允禎便沒有再說什麼話，只叫他退回去。

待了些時，允禎又把江裏豹和十個口鄭仙召了進來，低聲囑咐了他們一些話。

當晚，在宮門外的監獄裏，江裏豹和十個口鄭仙，就請勇靜喝酒。勇靜自脫去了僧服，跟隨允禎之後，本來已遇酒不辭，今天被這兩個灌得更是不少，他就顯出醉的樣子，被人攙到裏屋，倒在炕上就睡了。

這時天色已過二更，十個口鄭仙趕緊去回復允禎。允禎此時卻還沒有睡，他的寢宮裏燈燭全滅，院中卻有不少精通武藝的侍衛和小太監，手中全都持着兵刃。鄭仙找了半天，才找着允禎，原來他也雜在那些侍衛之中，手持着寶劍，看來好似保護聖駕的武士，誰也看不出他原來就是“九五之尊”。不過他的身軀是顯得比別人更為雄偉，尤其現在秦飛也在這兒了。秦飛長得既瘦小，精神更是一點也不振奮，他拿着一把單刀，不住地打呵欠；離開他的爺幾步，他就暗暗地唉聲嘆氣，向人說他真是倒了霉啦！

允禎卻精神興奮，而態度沉穩，一聽鄭仙來向他悄悄地說：“已經把蛟僧灌醉了。”他當時就做出了一個手勢。鄭仙轉身就走，找了江裏豹，二人忙往蛟僧睡覺的那屋子，就齊掄鋼刀；尤其是江裏豹，他平日就嫉恨蛟僧的武藝比他好，在允禎的面前比他能得信任，現在奉旨殺掉蛟僧，他是特別的高興，刀下得特別狠。然而，雙刀齊下，卻聽噗的一聲，原來刀都砍在炕上堆着的一團棉被上了，那蛟僧卻已不知去向。

二人大驚，趕緊將外屋的燈挑起，拿到裏屋來；細一看，就見不單蛟僧勇靜的蹤跡全無，連他那把刀和他裹着僧服的那套行李，都已不見了。這二人驚驚慌慌，趕緊又去找允禎稟報，允禎聽了，不由又一陣發怔。

他當時雖未說什麼，但心中卻是十分的紛亂。蛟僧突然地走了，小常隨淒慘地死了，呂四娘與周小緋，眼看就要前來報仇，這一些事情，並不是他身為至尊的人所能挽回，所能補救的，甚至他恐怕都不能夠防禦。他仰面看着天空的繁星冷月，高殿深垣，身旁還有不少的護衛，但是這時他不禁心驚膽戰，連當年隻身行走江湖，與群俠相猜相處之時，那一半的勇氣也沒有了。他不由得想起了年羹堯，倘有年羹堯在此，一句話就能將呂四娘勸走，周小緋更不足為慮。如今雖是梟雄盡滅，可是自己已感到人單勢寡。他不禁暗歎，他對於與呂四娘交手相拼，實在是沒有一點把握。

他又想躲進一座秘密的宮殿之內，一到夜晚就不出來。然而又想：那也不行，因為他每在晚間就寢之前，必要上一趟廁所。宮中的廁所雖也是一間寬大的房屋，而且每當他上廁所之時，廁門以外也必有幾名侍衛，持刀執戟嚴密地守衛着。但廁所究竟與深宮不能相連，他還是得走出來的，還是得被星月之光照見的；那星光就好像是呂四娘凌厲的眼睛，那白雲就好像呂四娘那飄飄的衣袖，那月牙就好像呂四娘手中的利刃，他簡直有些畏懼去看，他的魂魄仿佛時時在頭頂上飄着。

當夜，所幸再無別的事情發生。次日他照常升朝理事，然而他卻安頓了他的後事。他將一個金盒密密地封好，用黃緞包裹，命人藏在金鑾殿（即乾清宮）中"正大光明"的匾額後面，那裏面便藏的是他親筆所書的，他的太子的名字；預備他萬一若有不幸，就由內戚和大臣們將那金盒取下打開，按着盒裏的名箋擁立太子登極，以免似他當年那樣的兄弟發生篡奪。他並且留下密旨，勸他的兒子登極以後，要相機行事，而使全國恢復漢家的衣冠，以保他的信用（傳聞後來在乾隆時代，曾一度擬恢復漢家衣冠，但為太后所阻，致未實行）。總之，現在的允禎心中是頗有些懺悔，而又深為驚懼不安，每夜防範得更為嚴密。

也許因為防得嚴密之故，宮中竟沒有一點事情發生。勇靜僧一去不回，小常隨屍骨早冷，江裏豹、十個口、百隻手等人，那些侍衛和會武藝的太監也全都放下心了，認為不會有什麼事。但是皇上允禎依然嚴逼着他們夜夜通宵加緊地防衛，弄得九條腿秦飛的新年都沒有過好，熬得是更黃更瘦。他覺着爺大概是也中了魔，哪兒會有呂四娘呀？

如此又過了一年，天氣由春而夏，而秋，而冬，又是風寒天冷萬物枯僵的時候了。忽有一夜，北風呼呼，大雪飄飄，多日晏安無事的宮殿之內，驟然間傳出了哀詔，說是雍正駕崩了。但是事先並未聞龍體有什麼不適，也沒有傳過太醫，所以這件事是很令人猜疑的。這時正是雍正十三年之冬，歲次乙卯，明春由皇子弘曆繼承大位，年號乾隆。

關於雍正帝允禎的死因，後世傳說均謂為呂四娘所殺，並有說係死於廁所的門前。這些事並無詳確的記載，作者對於當時的情形，自也不便妄加描寫。不過就在那個時候，北京城的北郊，一個小村裏，卻發生了一件令人驚奇而近於香豔的事情。這事情在當時應當沒有什麼人知曉，然而後來卻頗多傳說，《聊齋志異》之中有《俠女》一篇，就是暗述着這件事。不過聊齋的作者蒲留仙，是康熙年間人，雍正死的時候他未必還在世。因此又有人說："《聊齋志異》非純出留仙手，尚有後人羼入之作。其《俠女》一條，即隱指呂四娘，而所謂鬚髮焦而模糊之頭顱，即當時某貴人也。"當時宮闈秘事，絕非外人所能知，而俠客行徑，尤非常人所能推測。關於這些事情，作者也以質疑的態度處之，但就父老的傳聞，記述在下面。

第二十六章　報前恩荒村添綺話　償宿怨雪夜泣分離

　　原來當那小常隨進宮謁見允禵之時，呂四娘和周小緋已經來到京城有一個多月了。周小緋是性情急，她恨不得當時就進紫禁城，為她的父親報仇。其實若論起對允禵的仇恨，還是呂四娘比她深得多，然而呂四娘確極為審慎。她來到這裏就跟沒有什麼事一樣，並不顯出來半點哀愁，更是不急不慌的，表現出她這位蓋世無雙的女俠，確實與別人有異。

　　呂四娘自小就遵從她父親的教誨，永遠是穿着古裝。這在別人看來，當然有點奇特，可是她那時年齡尚幼，又不常出門，也沒有什麼人看得見她，所以倒還沒有惹出什麼禍來。後來，她就往仙霞嶺隨從獨臂聖尼學藝，藝成之後，她的行蹤更是飄浮不定，除了那些在一塊紡織的女伴，很少有人能夠看得見她；因此她的裝束也沒有怎麼被人注意，知道她的人，也不過以為她的脾氣有點古怪。可是她的祖父呂晚村老先生，原來就是個古怪的人。古怪的人而有一個古怪的孫女，也就不足為怪了，卻無人曉得她是存着故國之思，如今又添了家門的大恨。

　　允禵是她呂家的仇人，她要報仇；而年羹堯又是她家的恩人，所以她又要報恩。此番來到京城，她要恩仇並報，所以她得特別地審慎，她並且想先報完了恩而後再報仇。

　　她現在卻是改變成普通婦女的裝束了，梳着一條大辮子，下面是青布的弓鞋，身穿是青粗布的短衣和長褲，脂粉不施，十足是一位鄉下的大姑娘。可是鄉下姑娘有幾個能像她這樣具有清麗的姿容呀？她雖年已三十餘，可是就像剛二十歲那樣的嬌豔。

　　她們到了北京城，先住的是小常隨哥哥的家中。後來她就設法找着了蝴蝶兒，因為蝴蝶兒是年羹堯的唯一的遺妾，一定能夠曉得年家現在還有什麼人。這一天，她是同着小常隨、周小緋夫婦，一同到了蝴蝶兒的那個表哥的家中，然而蝴蝶兒卻已患了很重的精神病。

　　屋子裏生着火爐，她還扇着她的那柄小扇子，說話是語無倫次，只說：“我見着秦飛了，秦飛天天在紫禁城裏上班下班，他應得叫我去見黃四爺，把年二老爺還給我。”說着話又笑。但待了一會，她又說心疼，又哭，她實在不像樣子了。她的表哥跟表嫂說：“她連飯都不怎麼吃，因為她這幾年享福享慣了，粗糧食實在是吃不下。幸虧有個岳媽，是早先年府上的老僕婦，有時給她送點錢來，她就買好吃的吃；可是一吃多了，病就鬧得更厲害了……”

　　那位岳媽是住在城北清河鎮，憑了這一點線索，呂四娘就又同小常隨和周小緋夫婦，去往清河鎮，見了那岳媽。原來岳媽早年在年府已經三十多年了，年羹堯的最小兒子，名叫年壽，就是岳媽奶起來的。在岳媽的家裏，只有她的大兒子和大兒媳，另外可還住着一個年輕的文弱書生，據岳媽對外人說：「這是我的遠房侄子。」

但因為呂四娘來時，說明了她家與年家的淵源，所以這位老乳娘就垂着淚，悄聲地說：「這位，實在並不是我的侄子，他就是年小少爺年壽。家裏遭了滅門之禍，他幸虧躲在我這裏，才得到一條性命。」年壽當時也不禁悲傷落淚。呂四娘的面上卻只出現了一種慨然之色。當下，她就問這裏有沒有閒房，她說她願意在這裏住些日，再回南去。岳媽這裏只有幾間土房自己住着，並沒有鄰居，所以略略地騰了一騰，便叫她們都在這裏住下了。

周小緋此時就急着要去報仇，呂四娘百般地勸她，阻止她，她才沒有去貿然行事。然而她的丈夫那小常隨，忽然有一天外出未歸，呂四娘就很疑惑；因為知道小常隨受過允禎的好處，他很有進宮告密的可能。呂四娘口雖未言，可是有好幾夜她都沒有睡覺，心中時時地忐忑不安，恐怕小常隨把她們來到北京及住在這裏的事，都告訴了皇帝允禎，允禎一定要派人來捉拿。她自己倒不怕，周小緋也有一身好武藝，只是年壽到時可怎麼辦？所以她十分地憂愁。她除了將一個血滴子（這是那老白夢申千里迢迢找着她，送給她的），永遠隨身帶着，並將一口鋒利的青虹寶劍時時準備在手邊。

然而過了十天之後，並沒有什麼事情發生，可是周小緋的丈夫也自此就不回來了。周小緋更氣更急，無論怎樣攔她勸她也是不行了。這一夜，呂四娘就帶着她，於深夜進了城，並且深入了皇宮。周小緋到底是武藝差點兒，她的躥縱之術，實在上不了那高大的宮殿，並且宮殿上鋪着的那光滑的琉璃瓦，她也站不住腳。她又急又氣，坐在宮殿的房頂上就哭泣起來。依着她，就要奮不顧身地跳下，去找允禎拼一生死，但呂四娘悄聲告訴她：「那沒有用！」叫她在這裏等着。

呂四娘獨自踏殿攀垣，如履平地一般，各座的宮院，她幾乎全都查遍。只見這深廣無邊的皇宮裏，就好像是一片大海似的，同時看出是處處戒備森嚴，無法尋着皇帝允禎是住在哪裏。她也不由得歎息，只好再帶着周小緋回到城外。

兩個人依舊在清河鎮岳媽的家中住着，可是現在只剩下她們兩個女人了。周小緋知道她的丈夫必是凶多吉少，竟憂思成病，比以前更瘦了。而這時呂四娘與年壽卻感情日漸密切。

年壽身經家門慘變，倒沒有一點公子脾氣，可是他忘不了讀書。他所讀的書，也不是什麼五經四書和制藝，因為他是不能再應試中舉去做官了。他每天只研究一些詩詞，他作的詩慷慨激昂，如壯士拔劍起舞，而他的詞卻填得十分旖旎纏綿，如少女對月幽思；這原因既是由於他的身世遭遇，也因他本是一個少年多情的人。呂四娘雖是剛烈的俠女，但平時卻極為安嫻、靜雅，詩詞也皆通。兩人住在一起，時常談話，時常互相研究詩詞，便漸漸產生了愛情；年壽並不知四娘還有一層報恩的意圖，所以兩人便訂下了終身，這事漸漸連岳媽和周小緋也知道了。

呂四娘的心中是極苦的，因見年壽身弱，而且一點武藝也不會，絕不能隨她去走江湖；但年壽在這裏住着，實在連門也不敢出，更不能夠娶妻成家，所以呂四娘為報恩，這才與年壽年公子以身相許。

春天來了，柴扉旁的桃杏都燦爛地開了花，四娘卻忽然懨懨如病，幾乎變成了一個病美人，還特別喜歡吃酸的東西，原來她已有喜了。她由此更一天比一天喜歡、高興，因為她報恩的志願將遂，同時離着她報仇的日期也愈近；但她也有一點悲傷和難過，那就是她預料仇報之後，必要和她的情人永遠分別。

岳媽的大兒子除了耕種之外，家裏還有一輛騾子拉的大車，時常運些附近窯裏出的磚瓦，到城裏去賣，回來便帶來些城裏的消息，可都是一些小事。宮廷大內裏的事情，他是一點也聽不到的。岳媽還有一個小兒子，在城內學買賣，有時候也回家；他便替他的母親，時常去給蝴蝶兒送錢。據他說蝴蝶兒的瘋癲倒似乎好了一些了，可是心痛的病卻越來越重，並且時時咳血，請過大夫給診治，也不見好。

一個秋風淒冷的黃昏，岳媽的小兒子忽然帶着蝴蝶兒的那表哥一同來了，說是蝴蝶兒已死，臨死還哭着叫年二老爺，岳媽聽了也不禁流淚。因為在年二老爺一生最興盛的時期，蝴蝶兒是最得寵的，像今日死得這麼淒涼，不禁令人又憶起當年的豪華、驕奢，所以岳媽不禁難過，年壽也很是感歎。呂四娘拿出銀錢來，又叫岳媽的兩個兒子去幫助，便將蝴蝶兒埋葬了。

周小緋時常進城，由小常隨的哥哥那裏，隱隱聽得小常隨在宮裏觸壁而死的音耗，也不知是真是假。但她的丈夫可往哪裏去了呢？她更加悲痛、急躁，不但得為父報仇，還得為夫雪恨！但呂四娘仍勸她再等一等。

十月滿足，呂四娘便生了一個小孩，還是個男孩。又過了一個月，這時天氣又屆隆冬，冰雪滿地，呂四娘親手為小孩做了很厚的棉衣和棉被，同時她又看了看她那只血滴子運用是否靈便。她做了將近一年的愛人、賢妻，如今且當了母親了。這許多日，她都是很溫柔、婉順、慈愛的，與普通人家的姑娘媳婦並沒有兩樣；然而於此時，她的眉端又流露出來了俠氣，心底又翻憶起來了冤怨。

她的丈夫年壽也覺着她變了樣兒了，仿佛驟然間愛情全冷，並且，這一夜忽然失去了她的蹤跡。

這一夜，北風呼呼，天黑如墨，星月全無，呂四娘不知往哪裏去了，連周小緋都很着急。候至夜深，呂四娘仍然未歸，周小緋就在她自己的屋裏，不知不覺地睡着了。年壽可還不能睡，他還得看着小孩，並等候着他的妻子；這時他才知道他的這位愛人，這位嬌妻，原來是一位異人，他可還沒有料到她是一位俠女，更不知道她是做什麼事情去了。

子時以後，小室中，燈碗裏的油都快要燃乾了，窗外已經飄起了大雪，年壽在屋中凍得渾身打戰；炕上的白胖的小孩哭過了一陣，也沒尋着奶吃，就合上了兩隻小眼睛又睡着了，他的母親可還不歸來。

驀然間屋門開了，進來了呂四娘，就見她身上已沾了不少雪花。此時她的頭上罩着一塊青綢巾，身上穿着的仍是青布短衣，腰間卻緊緊地繫着一條青綢帶，長褲的褲腿緊綁着，利便、輕快，更顯出她的娉婷、嫵媚。她的腰帶上插着一口雪亮的短劍，纖手卻提着一隻皮囊，上面也掛着雪。年壽就問她：“你往哪裏去了？小孩醒了一回，直哭，現在又睡着了。”

呂四娘卻面無笑容，也不急着去看小孩，只說：“數載的大仇，至今才報，我現在給你看看。”她把手提着的皮囊稍微打開了個口兒，給年壽看了看。年壽不禁大驚，渾身更哆嗦了起來，原來皮囊裏面卻是鬍髮模糊的人頭一顆，嚇得他實在說不出一句話來了。

呂四娘就說：“如今我的仇已報了，可是恩也報了，我得走了。”說着她就將皮囊放下，先把小孩叫醒，又解開她的酥胸給小孩餵奶。她說：“我得走，小孩離不開母親，所以我得把他帶走。你因為不會武藝，身體又不好，不能跟着我們走，我們兩人只好暫時分別，將來再見面。你還放心，我一定能夠把咱們的小孩撫養大了的。”說着話，她那憂鬱、秀美的雙眸，也不禁流下來眼淚。

　　她去叫醒了周小緋，大概是把話已跟她說明，所以周小緋就趕緊收拾行李。待了一會，呂四娘便一手抱着用棉被包裹着的小孩兒，一手仍提着那只皮囊——血滴子，就與年壽告別。她只婉轉地哀聲說：“你以後千萬要珍重，別思念我跟小孩，咱們再見吧！”說畢她就出了屋，與周小緋相偕着走去。也不知她們是怎麼走的，及至年壽追到屋外，卻見已經全無蹤跡，唯見大雪彌空，飄飄不止。

　　自此一別，便又是十年，此時年壽因患癆病，業已去世，就埋在清河鎮岳媽家的附近。這已是乾隆年間了，忽有一年的清明節，他的墳前來了一個素妝的婦人，年紀似在四十上下。她一手提着竹籃，裏面放着燒紙，一手拉着一個將過十歲的男孩，在墳前燒了紙，便即走去。然而是夜，岳媽的家裏，忽然不知是誰，給送去了約有半封銀兩——這當然是俠女呂四娘所做的事。

　　周小緋後來入仙霞嶺為尼，江湖間只聽說還有一個路民膽，但也漸漸地老去了。其餘如甘鳳池等人，俱無準確下落，也不知他們的歸宿如何了。

跋 － 尋找父親的足跡 (Epilogue)

王宏

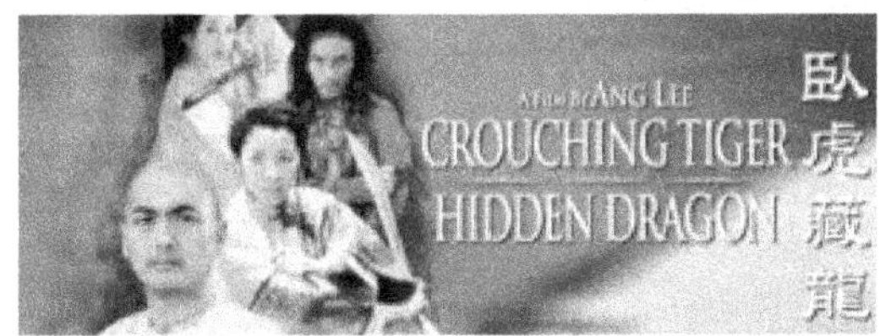

一、影壇驚世

　　2000年，由臺灣著名導演李安執導，根據已故作家王度廬的武俠小說系列「鐵鶴五部」改編，由周潤發、楊紫瓊、章子怡、張震等主演，拍攝了《臥虎藏龍》電影。

　　該電影大獲成功，獲第73屆奧斯卡包括最佳影片在內的10項提名，獲4項獎（最佳外語片、最佳藝術指導、最佳原創配樂和最佳攝影）。獲3項金球獎提名，其中兩項獲獎（最佳導演獎和最佳外語片）。這是華語電影歷史上第一部榮獲奧斯卡金像獎最佳外語片的影片。《臥虎藏龍》電影在西方尤為受到廣泛好評。世界總票房為2.1億美元，其中美國為1.3億，打破了美國外國語電影票房的歷史記錄。

　　愛屋及烏，西方對該電影的喜愛甚至擴展到它的名字：Crouching Tiger, Hidden Dragon，以致創造了許多類似的用法，例如

　　對中國的傳統理念和價值觀，特別是對來自於中國民間的俠義精神有所認識。這些自然應該歸功於李安先生的高超導演才能。然而，對於其原著的作者王度廬，國外一無所知，甚至國內也很少有人知道。

二、深隱市井

　　王度廬是我的父親，可是我以前並不十分了解他的過去。小時候，我就知道父親是一個普通的中學老師。不擅交際，朋友不多，家裏的裏裏外外，都是母親一人張羅。父母從來不過節，不慶生。年三十我只好跟別人家的孩子一起放鞭炮，到鄰居家吃年夜餃子。父親是老教師，初一，一大早校長就領着一大幫幹部和老師來拜年，父親基本上是年年被堵被窩，大家也見怪不怪。

　　父母工作都很努力，晚上父親還要到學校給學生輔導。母親負責學生的舍務，晚間回來更晚，有時甚至不回家住。有一天晚上，我跟着母親去學生宿舍樓，困了就睡在一個職工的床上，半夜被母親喚醒，發現我的兩隻耳朵都被臭蟲咬腫了。晚上常常是我一人在床上躺着，等父母回家。父親從來都是體弱多病，當他走到離家還很遠的地方時，我就會聽到他強烈的咳嗽聲，趕緊去給他開門。

　　六十年代困難時期，從來都吃食堂的家出現了食品危機，媽媽只好支起爐子，生火做飯。煤柴不夠，媽媽沒辦法，就打開了一個裝滿了書的大木箱，問爸爸："燒不燒？"爸爸答道："燒就燒吧，反正都交代了。"媽媽轉過頭來對我說："這都是你爸過去寫的書，你看不看？"我一瞧，書的顏色都發黃了，封面上的畫也很怪，心想，一定不好看，就搖頭說不看。於是，媽媽就一本一本地，把這些書燒掉炊飯了。

　　初中時，團支部組織我們去撫順階級教育展覽館參觀學習，當我走到一個展示反動、黃色書籍的櫥窗時，霍然發現裏面有署名王度廬的書，嚇得我趕緊走開，沒對任何人講，把這件事埋在心裏。

　　文革期間，父親受到了衝擊，遭到大字報揭發，可是缺少"罪證"（都燒了）。學校的紅衛兵對他還是比較客氣的，來抄家也只是翻翻書架，拿走了一個相冊。在

批判會上一個學生指着相冊裏的一個照片，問："王老師，你說你在舊社會的日子很窮，可是你們這張全家照都穿得挺好，這是怎麼回事？"父親笑了笑，答道："李老師抱着的那個嬰兒是王宏，他是解放後出生的。"

　　每天早上，所有人必須到院子裏去跳忠字舞。我出去一看，這幫老師和家屬，一個個笨手笨腳，跳起來簡直就是群魔亂舞，心裏覺得好笑。出去一看，這幫老師和家屬，一個個笨手笨腳，出去一看，這幫出去一看，這幫老師和家屬，一個個笨手笨腳，跳起來簡直就是群魔亂舞，心裏覺得好笑。母親讓父親也去，他就是不去。逼急了，他就說："不去，打死我

也不去！"母親也沒辦法。父親在家裏對母親從來都是言聽計從，令行禁止，這次居然堅決"反抗"，使我感到很吃驚。

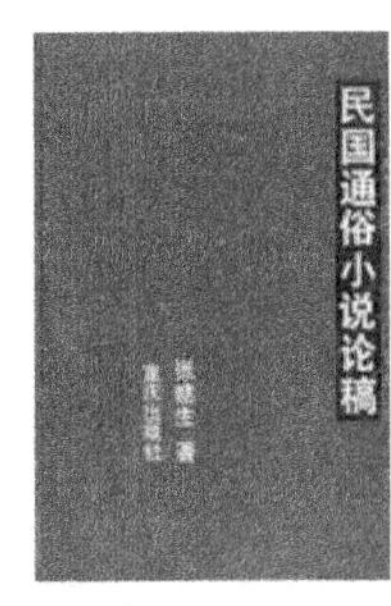

　　1970年，母親被下放農村，"走五七道路"，父親被指令退休，作為家屬隨行。當時我已經在農村插隊。學校領導對父母說：現在是照顧你們，派你們到你兒子下鄉的縣裏，以後下放的還指不定要去哪呢。我雖然那時思想很左，決心扎根農村幹革命，可是當我得知父母也要被趕到農村時卻十分不理解。父母已經分別61和54歲了，而且父親體弱多病。我趕緊往家裏趕，要跟領導理論一番。沒想到一到家，看到家裏的東西已經全都被裝到了卡車上，就準備出發了！一路上，年邁的父母坐在裝滿物品的敞篷卡車上，隨着顛簸的汽車搖晃，痛苦不堪。爸爸半路下車解手時，站了半天也解不出來。媽媽暈車，走一路吐一路，膽汁都吐出來了。那情景，我現在回憶起來都止不住要流淚。

　　父母去的是一個窮困的小山村，借住在農民的半間屋裏。母親每天要去勞動，父親在家裏常常吃不上飯，生活上遇到了很多困難。唯獨可以慶幸的是，淳樸的農民並沒有歧視他們，並給了他們許多幫助。父親覺得像是躲開了喧囂的亂世，來到了世外桃源。尤其是後來姐姐把孩子送到了他們的身邊，使他們看到了希望，嘗到了天倫之樂。四年後，"五七戰士"陸續被調回安排工作，而母親卻被動員退休，無緣回城。所幸我當時已經畢業留校，他們便搬到了我這裏。1977年，父親因帕金森氏綜合症離世。

　　改革開放以後，海內外學者開始尋找父親王度廬，並研究他的作品。天津藝術研究所張贛生先生多方查詢作者的生平，詢問過不少津京老報人，但一無收穫。臺灣葉洪生先生批校的《近代中國武俠小說名著大係》收入了度廬的"鶴—鐵五部曲"等七部作品。他在文章一開始就說："王度廬之生平不詳。"

　　80年代初，葉洪生先生托小說家宮白羽之子宮以仁先生在大陸尋找王度廬。宮先生根據小說內容，推測王度廬可能是北方人，便與蘇州大學徐斯年教授聯係。徐先生回憶道：

　　"我所在的學科決定立項研究通俗文學，這一課題並被列為'七五'國家社科重點專案。不久，幾位研究通俗文學的朋友相繼來信，說起'武俠北派四大家'中，寫白羽、李壽明、鄭證因三人的生平，人們多已知曉，惟王度廬，至今不知何許人也，問我可有這方面的線索。經過他們的'強化刺激'，猛然想起母校的王度廬老師。

他是我高中同班同學王膺的父親，沒給我們上過課，也從未聽說他寫過武俠小說，但姓名倒一字不差，姑且問問看。很快就收到了母校回信，得知王老師已經逝世，但因此卻找到了王老師的夫人，我們當年的舍務老師李丹荃女士，並且確認了那位四十年代聞名全國的‘俠情小說大師’果然就是王膺的爸爸。正是：踏破鐵鞋無覓處，得來全不費功夫！”

後來徐先生為《王度廬武俠言情小說集》寫的序言，就是以《尋找王度廬老師》為題

母親回憶道：

四十多年前，我和我的丈夫王度廬同在一所中學裏工作，那時，徐斯年是這所學校裏的一個朝氣蓬勃、多才多藝的學生。以後我們多年未見，再見面時他已成了一位學識淵博的學者。我和王度廬共同生活了四十多年。如今，我已是耄耋之年，以後的時間不會太多了，所以我願意將我能憶及的一些往事和想法寫下來，留給熱心的讀者和關注通俗文學及其發展的學人。

從此，母親便帶領姐姐和我，開始艱難地搜集、整理父親的作品，追尋他曾經走過的足跡。

三、出身寒門

父親生於 1909 年 9 月，他的青少年時代是在北京的皇城根下度過的。父親原名王葆祥，字霄羽，王度廬其實是他後來的筆名之一。爺爺曾是清宮管理車馬機構裏的一名職員。父親七歲時爺爺不幸病故，遺腹的弟弟葆瑞出生，一家人老的老，小的小，生活困頓。

父親 9 歲那年，姐弟三人又相繼患上傳染病。他昏迷了好幾天，慢慢地又蘇醒活過來了。當他睜開眼時，卻見屋裏全變了樣子，空蕩蕩的少了不少東西，桌子和炕頭上的櫃子也全不見了。奶奶坐在炕邊掉淚，為了給孩子們治病，把家中能賣的東西全都賣了。父親病癒後，由於長期營養不良，身體很不好。

儘管貧窮，奶奶還是支撐着讓父親斷斷續續地上了幾年學，讀完了舊制高等小學。父親十二、三歲時，家裏曾送他到眼鏡舖當學徒。原想這活兒較輕，三年出師，學門手藝，一個月也能掙幾塊錢養家。誰知幹了沒幾天，掌櫃的嫌他身體瘦弱，不會幹活，就打發他回家了。以後又送他去給一個獨身的小軍官當聽差，試工三天，人家嫌他太小，半天生不着一個煤爐，給了幾個銅板，就叫他捲舖蓋了。後來，父親在他寫的小說裏曾經一而再、再而三地寫及城市下層民眾生活的困苦景況和貧民青年求生之難，應該是來自他親身的感受。

父親讀書勤奮，人也聰明。當時有位姓李的小學教師很賞識他，經常借給他書籍，並且教他音律和詩詞格律。

他的學識主要來自於自學。北京大學一院當時離他家很近，所以他有時就到那裏去旁聽。那時的北京大學很開放，外邊的人進去聽課，也無人過問。若有名家來講課，常常是連窗外都站滿了旁聽的人。

父親也常去三座門的北京圖書館看書，一坐就是一天。那時候“鼓樓”那裏還有個民眾圖書閱覽室，可以進去任意翻閱書報雜誌，那裏也是他常去的地方。

父親在十幾歲時就常向報刊投稿，寫些小文章和舊體詩詞。

四、少年修箴

1924 年 6 月 5 日，父親在北京《平報》上發表了《座右箴並序》一文，署名"高小生王葆祥"，時年不足 15 周歲。他寫道：

人非聖賢，孰能無過？撼心意之常忽，故箴之以自警。吾本小子，將以致德，行之未嫻，故爾常忽，昭昭矣。效先人之法，作自修之箴，以於座右云：

孔曰成仁，孟曰取義。惟其義盡，所以仁至。邪之將熾，正心以止；善之將萌，力之以成。公德急公，是心宜充；私欲利私，是心勿滋。合群守分，勤學好問。今也不修，後也為恨。義烈敢勇，愛眾直耿。茲彼二則，人其猛省。遇宜則為，見賢思齊。日則孜孜，夜則休息。食前運動，飯後步走。處恭禮儀，安命耐時。上述之德，人之要持。交友以信，待長以敬。賢者炙之，惡者感動。勿拘小節，見危授命。勿爭小奮，守真持性。思范淹之訓以先憂，三衛武之詩而謹語。樂然後笑，義然後取。盡己之謂忠，推己之謂恕。拳拳服膺之謂慎，己所獨知之謂獨。忠恕慎獨，聖賢之素。力行忠恕，再加慎獨。亹亹上者，難至極處。要哉要哉，要在勿忽。

接著，他又在平報上發表了《座右銘並敘》。從此，父親用這座右箴和座右銘激勵自己，成為指導自己行為的指南，開始了持續了 27 年寫作的生涯。

1925 年 2 月 1 日，父親（15 周歲）在《平報》上發表了第一部武俠小說《浮白快》，約二十萬字。
此書開頭有題詞：

勁梅獨逞歲寒姿，英沾玉碎落池硯。鴻孤天冷無聊趣，呵冰筆寫易水詞。劍光激目奸心悚，翩舞定跡遊俠兒。毫勞一時談千古，傳贊高著史遷遺。
少林外派武當門，藥歌俠士幾人存。冷劍抽出心驟悚，光斑猶具淚珠痕。惜哉未涉咸陽地，難賢薛家秦客門。德薄姑敗狂遊志，轉向烏毫快談論。

大都王葆祥避萆氏自題

舒翼和貿貿居士在他們所作的序和評注中對《浮白快》讚不絕口，有的地方也許有些過譽，如說《浮白快》堪比《水滸》和《紅樓夢》。但他們盛讚父親對情感描述的真切和深刻應該是恰當的。《浮白快》連載了九個多月，頗受歡迎，隨即被報社印行出版。

《浮白快》完成後，父親便一發不可收拾，接連不斷地發表小說、短文和詩詞。由於大量報紙缺失和有些發表過父親的文字的報刊，如《升報》就根本沒有找到，我們尚無法找到父親全部的作品。至 1933 年的八年內，我們發現父親在《平報》和《小小日報》上發表了四十餘部小說和一千多篇包括雜文、筆記小說和詩詞的短文。

五、長安定情

1933 年 6 月，父親去了西安，在那裏他做過《民意報》的編輯，在"戲劇與電影週刊"上發表了一些文章。他還做過陝西省教育廳編輯室的辦事員，編輯了《陝西謠諺初集》，撰寫了《民間歌謠之研究》。父親在西安工作得並不順利，他既無背景，又不會逢迎，而且物價飛漲，薪金低微。

但這些都算不得什麼，因為父親去西安的目的是追隨與他相愛的人—— 母親，她在早些時候隨父母從北京遷往西安。1935 年父親與母親結婚。

根據母親的回憶，她在北京讀中學時，在一個同學家裏認識了做家庭教師的父親，從此彼此相愛。父親曾送給母親兩本書，一本是沈三白的《浮生六記》，另一本是納蘭性德的《納蘭詞》。母親不太喜歡《浮生六記》，卻很喜歡那本詞。《納蘭詞》中既有刻骨銘心的愛情詩，更有蒼涼悲愴的邊塞詩。

父母一起遊逛過許多北京的名勝古跡，北海、景山、中山公園、太廟、十刹海、陶然亭等地都去過，所以在父親的作品裏常會提到這些地方。陶然亭在永定門外，俗稱"南下窪子"，是明清時期文人騷客、落第舉子聚會賞景、飲酒賦詩之處，人稱"城市山林"。他們慕名前去遊覽，跑了許多路，結果大為掃興，看到的只是遍地荒草、成片污塘、一座破亭，和幾間坍屋。然而，父親曉得有關的典故，帶着母親找到了那座著名的"香塚"和"鸚鵡塚"，並去誦讀那香塚石碣上鐫刻的銘文（香塚毀於十年浩劫）。那銘文母親在晚年時仍能背出：

浩浩愁，茫茫劫。短歌終，明月缺。鬱鬱佳城，中有碧血。碧亦有時盡，血亦有時滅，一縷煙痕無斷絕。是耶非耶？化為蝴蝶。

後來，當父親撰寫俠情小說《寶劍金釵》時，便把書中的那位身後淒涼的"俠妓"謝翠纖的墓地設置在了此地。

父母在西安居住的時間雖然不長，但是那段經歷對父親後來的創作卻意義不小。西北地方，自然環境嚴峻，民風剽悍，加以窮困，乃多鋌而走險者。母親的父親因猝發心臟病，卒於三原縣。父親從西安前去接靈，途中就曾遭遇綠林強盜，衣物被洗劫一空，他只得返回西安，重新打點，再走一趟。後來父親在《鐵騎銀瓶》中寫韓鐵芳在那一帶被匪幫劫持，應是滲入了那時的切身體驗。

1936 年，父母回到了北京，接着在《平報》上連載了武俠小說《黃河遊俠傳》、《燕趙悲歌傳》和《八俠奪珠記》（未完成）。

六、開創先河

  1937 年，父母去青島看望母親的伯父。父親的身體一直不好，青島的氣候很適合他養病，於是他決定"在此住一夏天，陪着闊人們避暑，休養我的身體，恢復我的健康，為預備我的衣食，繼續效力。但是我還需要回去……"

  不久，叔叔與幾個北平青年同來青島。小住之後，父母送他們離開青島，去參加抗戰。叔叔是遺腹子，父親對他格外疼愛，甚至在小說裏也寫進了他的小名。母親回憶道："他們兄弟一向感情很好，分手時不無留戀。最後王度廬慨然說：'你就放心走吧，我們以後會團聚的，母親的生活，家裏的一切，有我呢。'他把自己的懷錶給了弟弟。"

  後來的事情則是始料不及的，7 月 30 日，日寇佔領了北平。1938 年 1 月，青島也被日寇侵佔。父親一家只得滯留青島。父親給自己起了個新的筆名"度廬"，他說"度"就是"渡"，希望能夠度過這一段艱辛的日子。"廬"就是簡陋居室。

  1938 年 6 月 2 日，他在《海濱憶寫》中寫下了這段經歷，署名"度廬"：

  去年櫻花開的時節，我由北京初次來到青島，目的第一是看望多年未晤的戚友，其次便是因為我過了多年的寫作生活，把身體弄壞，需要覓一個適當的地方休養幾個月。……然而，命運，不久便發生時局的變化。

  把避暑變成了避難，快樂休養變成了憂患戰亡，度了半載多的恐怖生活……自然，在我是僥幸的，然而我的身體卻因為一往的憂患，需要更長時期的休養了，換句話說：我需要更長時期地住在青島了……

  "時局的變化"，當然是指"七七"事變和青島淪陷。父親雖然只是個文弱書生，可是愛恨分明、嫉惡如仇，可以想像得出，他的內心有多麼痛苦。但是為了養活家人，為了能在淪陷區不失尊嚴地生活下去，他只能賣文為生。

  父親在青島的作品主要為俠情小說和社會言情小說，俠情小說多為清末故事，社會小說則多發生在上世紀二十年代至戰前，而地點多被設置在北京。北京是父親魂牽夢繞的地方，他熟悉那裏的地理環境、民風民俗，而且那裏還有他的母親。他只能在小說中寄託自己的鄉愁，通過小說裏的豪傑行俠仗義、除暴安良，以去心中之塊壘。想起父親在北京時寫的那些痛斥日本帝國主義的雜文，更能理解他此時內心的苦悶。儘管在日本人的鐵蹄下，他的作品仍保持了中國人的尊嚴，……沒有媚骨。

  父親在青島寫了《臥虎藏龍》五部系列和《風雨雙龍劍》等二十餘部俠義、

俠情小說和《落絮飄香》、《燕市俠伶》等八部社會言情小說，並將其創作成就推向了新的高峰。

臺灣學者葉洪生先生指出：

作者悲憫地將玉嬌龍這種對封建門第觀念視同‘原罪’，並予以無情地揭露、鞭撻，正要世人認清其禍害本質所在。”而其震撼人心的力量，正是借玉嬌龍的悲劇性格和悲劇命運方得以顯示。在揭示人物內心上，作者甚得力於佛洛伊德的心理分析學說，運用較為成功。

張贛生先生曾寫道：

度廬先生是一位極富正義感的作家，這在他的社會言情小說中表現的格外鮮明。《風塵四傑》《香山俠女》中天橋藝人的血淚生活，《落絮飄香》《靈魂之鎖》中純真少女的落入陷阱，都是對黑暗社會的控訴，很能引起讀者的共鳴。度廬先生自幼生活在北京，熟知當地風土民情，常常在小說中對古都風光作動情的描寫，使他的作品更別具一種情趣。

度廬先生是經受過“五四”新文化運動洗禮的人，他內心深處所尊崇的實際上是新文藝小說，因而他本人或許更重視較貼近新文藝風格的言情小說和社會小說創作。但從中國文學史的全域來看，他的武俠言情小說大大超越了前人所達到的水準，而且對後起的港臺武俠小說有及深遠影響的，是他創造了武俠言情小說的完善形態，在這方面，他是開山立派的一代宗師。

七、留芳身後

父親是一個窮苦人家的孩子，從十幾歲起就開始寫作，從北京的皇城根一直寫到青島海濱，竟寫了上千萬字。我們不清楚他到底寫了多少，因為至今仍不時有新的作品發現，每每想到體弱多病的父親連續數年同時寫着幾部小說，想到他當時經歷的苦難、內心的苦悶，不禁淚目。

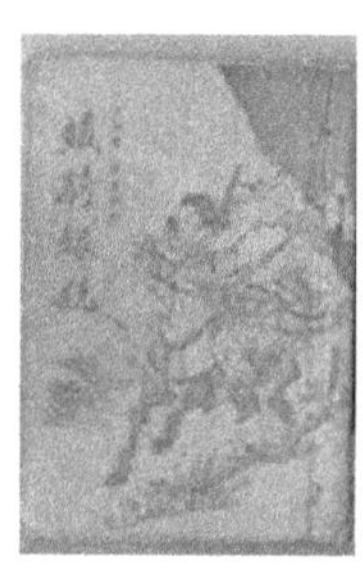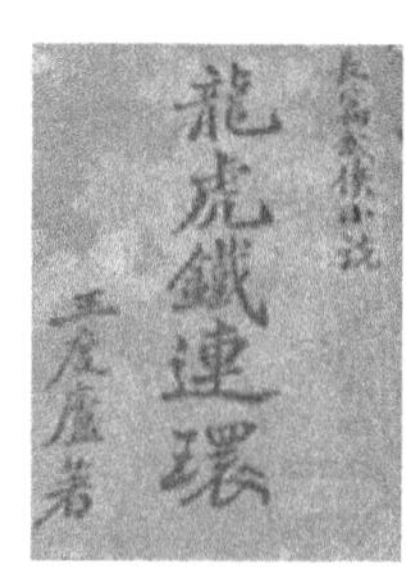

　　父親生前擱筆從教27年，寡言少語，絕口不提以前寫書的事。當別人問起時，他也只是敷衍作答。在長期左的思潮的影響下，我也誤以為父親過去寫的東西肯定不好，也從來沒想去問問父親。只是在改革開放以後，社會上開始"引進"，重新認識和接受我的父親早年的作品，學者、專家們開始研究和評價其文學價值和社會意義，這才使我們開始重新"發現"父親，了解父親，現在真是追悔莫及。

　　父親到底是如何看待他的作品的？我想父親或許對他的作品有不滿之處，因為那些畢竟是為了養家糊口，不打稿，不修改，一氣呵成，與有的武俠作家反復修改、精雕細琢、屢出新版的作品相比，難免時有粗糙。但細讀父親的作品，不但發現其才華橫溢、妙語連珠，更感受到充滿的激情、正義感、同情與憐憫及嫉惡如仇，是父親傾注全部心血甚至生命寫出的。所以，父親的內心，對他的作品應該又是喜愛的，珍惜的。

　　父親雖然已經去世幾十年了，但他的作品仍未被遺忘，他寫的故事被一版再版，被拍成了電影，被譯成了多國文字，還被收入了中學語文讀本。根據《臥虎藏龍》拍攝的同名電影對世界的震動遠遠大於其對中國大陸和華人社會的影響，這是一個很獨特的現象。這固然同李安先生的導演有關，但也說明了父親幾十年前的作品所表達的理念得到了西方現代文明的理解和認同。這一現象引起了海外許多學者的研究，及至於對中國的傳統文化和價值觀的興趣和重新認識。

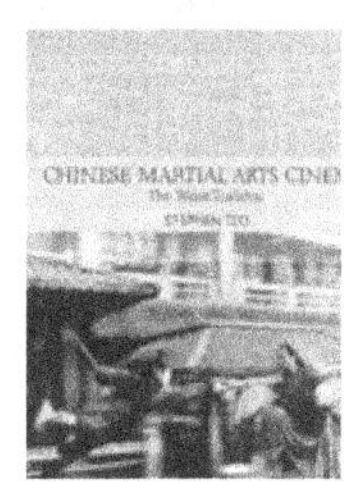

　　英國曼徹斯特大學 Hubertus M.G.van Malssen 在他以《"俠"的重新定義：王度盧的鶴—鐵系列中的現實與虛構，1938—1944》（Redefining xia: Reality and Fictionin, Wang Dulu's Crane-Iron Series, 1938-1944）為題的博士論文（2013）中指出：過去國外對"俠"（xia）的定義通常是同暴力和武藝（wu）相關。通過對民國史、王度盧生平及他的小說的分析，認識到"俠"的含義是正面的，是一種包括善良，利他，忠誠、正義等特點的美德，這種美德與武藝的強弱無關。而"義"（yi）即公正、正義，則是俠的一個道德方面的表現。把"俠"理解為歐洲中世紀騎士（knight）也是不恰當的。騎士只是男性，屬於特殊的社會階層，騎着馬，手執利劍和長矛到處遊逛，證實自己的勇氣，最後以贏得一個女人的芳心和美好的結局告終。而"俠"，既有男性也有女性，而且男女是平等的。俠士的愛情往往歷經波折並以悲劇告終。俠的道德往往高於盜匪、保鏢、捕頭、軍隊將領和朝廷官員。因此，他認為，對於"俠"，並沒有恰當的英語翻譯，應該引進新的詞彙 'xia'。

　　T.D. Sang 在《形體，代表性和中國文化所體現的現代性》（Embodied Modernities: Corporeality, Representation, and Chinese Cultures）一書中指出，雖然王度盧在中國文壇被忽視了幾十年，他其實是一個很有抱負的作家，他能在三、四十年代就能將中國的傳統同新思想結合起來。例如，他把中國長期以來就存在的俠女文學與現代的婦女平等、獨立、自主的思想聯係在一起，從而得到了推崇女權主義和人道主義現代文明的共鳴。

　　2011 年 9 月 14 日，我們在北京的八達嶺陵園為父親母親舉行了落葬儀式。墓地坐落於陵園的仙泰園內，這裏背依青山，松柏常綠，能聽到鳥鳴蟲叫，能遠眺巍巍長城，放眼望去，莽莽蒼蒼，群山峻拔，林木蔥籠。父親母親在外漂泊多年，終於魂歸故土，葉落歸根了，他們將在這裏，在八達嶺的蒼松翠柏之中，被後人長久垂念。想起父親 1930 年所寫的：

月上樹梢，晚風徐起，我也有些困倦了……

　　願他們安息！

已知王度盧著作目錄 (Bibliography)

序號 (Order)	作品名稱 (Title)	始載年份 (Publication Year)	出版社 (Publisher)	筆名 (Pen Name)
1	(Publisher)	筆名	平報	葆祥
2	(Pen Name)	1925	平報	霄羽
3	玻璃島	1926	平報	霄羽
4	血衫記	1926	平報	霄羽
5	草澤英雄傳	1926	平報	霄羽
6	半瓶香水	1926	小小日報	王霄羽
7	黃色粉筆	1926	小小日報	王霄羽
8	紅綾枕	1926	小小日報	王霄羽
9	殘陽碎夢	1926	小小日報	王霄羽
10	青衫劍客	1927	小小日報	王霄羽
11	俠義夫妻	1927	小小日報	王霄羽
12	琪花恨	1927	小小日報	王霄羽
13	孀母孤兒	1927	小小日報	王霄羽
14	風塵雙俠	1927	平報	葆祥
15	飄泊花	1927	平報	葆祥
16	甘肅響馬記	1927	平報	霄羽
17	紅手腕	1927	平報	霄羽
18	護花鈴	1927	小小日報	霄羽
19	怪皮鞋	1927	平報	王霄羽
20	江湖十六奇俠	1928	平報	王霄羽
21	獅子頭	1928	平報	王霄羽
22	蝶魂花骨	1928	平報	王霄羽
23	疑真疑假	1928	小小日報	葆祥
24	女刺客	1928	平報	王霄羽
25	雙鳳隨鴉錄	1928	小小日報	王霄羽
26	紅旗嶺	1929	平報	王霄羽
27	戰地情仇	1929	平報	王霄羽
28	脂粉英雄	1929	平報	王霄羽
29	塵海遊俠	1930	平報	王霄羽
30	自鳴鐘	1930	平報	王霄羽
31	驚人秘柬	1930	平報	王霄羽
32	神獒捉鬼	1930	平報	王霄羽
33	空房怪事	1930	平報	王霄羽
34	繡簾垂	?	平報	王霄羽
35	玉藕愁絲	1930	小小日報	香波館主

（接上表）

36	煙靄紛紛	1930	小小日報	香波館主
37	鼃汉海盜	1930	小小日報	霄羽
38	燕北雙雄	1930	平報	王霄羽
39	深宮奇俠	1930	平報	霄羽
40	胭脂劍	1931	平報	王霄羽
41	舞女啼痕	1931	平報	霄羽
42	北平新鏡	1931	平報	霄羽
43	纏命絲	1931	小小日報	王霄羽
44	觸目驚心	1931	小小日報	王霄羽
45	燕燕鶯鶯	1931	小小日報	香波館主
46	寶劍明珠	1931	平報	王霄羽
47	滄海雙鷹	1932	平報	王霄羽
48	洛水蛟龍	1932	平報	王霄羽
49	湖海龍蛇	1932	平報	霄羽
50	鸞鳳戟	1933	平報	霄羽
51	黃河四俠	1933	平報	霄羽
52	鷂子高三	1933	平報	霄羽
53	紅衣飲劍錄	1934	平報	霄羽
54	黃河遊俠傳	1936	平報	霄羽
55	燕趙悲歌傳	1937	平報	霄羽
56	八俠奪珠記	1937	平報	霄羽
57	河岳遊俠傳	1938	青島新民報	王度廬
58	寶劍金釵記	1938	青島新民報	王度廬
59	落絮飄香	1939	青島新民報	霄羽
60	劍氣珠光錄	1939	青島新民報	王度廬
61	古城新月	1940	青島新民報	霄羽
62	舞鶴鳴鸞記	1940	青島新民報	王度廬
63	風雨雙龍劍	1940	京報（南京）	王度廬
64	臥虎藏龍傳	1941	青島新民報	王度廬
65	海上虹霞	1941	青島新民報	霄羽
66	彩鳳銀蛇傳	1941	京報（南京）	王度廬
67	虞美人	1941	青島新民報	霄羽
68	纖纖劍	1942	京報（南京）	王度廬
69	鐵騎銀瓶傳	1942	青島大新民報	王度廬
70	舞劍飛花錄	1943	京報（南京）	王度廬
71	寒梅曲	1943	青島大新民報	霄羽
72	大漠雙鴛譜	1944	京報（南京）	王度廬
73	紫電青霜錄	1944	青島大新民報	王度廬
74	春明小俠	1944	京報（南京）	王度廬
75	瓊樓雙劍記	1945	京報（南京）	王度廬

（接上表）

76	錦繡豪雄傳	1945	民民民	王度廬
77	紫鳳鏢	1946	青島時報	魯雲
78	太平天國情俠傳	1947	民治報	魯雲
79	清末俠客傳	1947	大中報	魯雲
80	晚香玉	1947	青島時報	魯雲
81	雍正與年羹堯	1947	青島時報	魯雲
82	粉墨嬋娟	1948	青島時報	綠蕪
83	風塵四傑	1948	島聲旬刊	佩俠
84	寶刀飛	1948	青島時報	魯雲
85	燕市俠伶	1948	青島時報	綠蕪
86	金剛玉寶劍	1948	青島公報 聯青晚報	王度廬
87	龍虎鐵連環	1948	軍民晚報	王度廬
88	玉佩金刀記	1949	民治報	王度廬
89	香山俠女	1949	上海勵力出版社	王度廬
90	春秋戟	1949	上海勵力出版社	王度廬

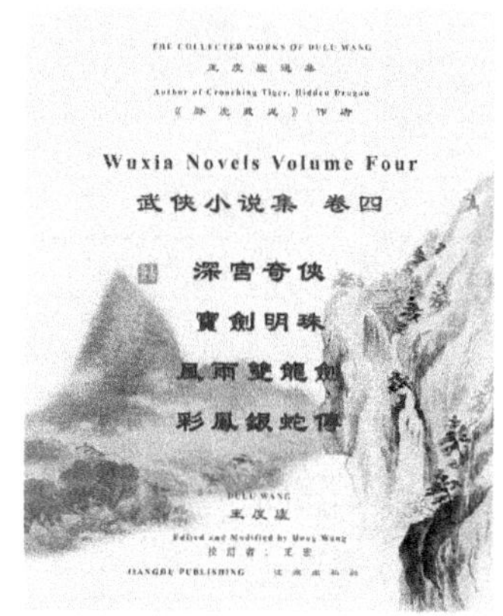

Collections for Dulu Wang's Wuxia novels!

Collect Them All!
Dulu Wang, Author of
"Crouching Tiger, Hidden Dragon"

王度廬武俠小說選集大全
《臥虎藏龍》作者